毛宗岗批评本
三国演义

罗贯中 ✦ 著

毛宗岗 ✦ 评

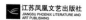
江苏凤凰文艺出版社
JIANGSU PHOENIX LITERATURE AND
ART PUBLISHING

目录

出版说明

本版《毛宗岗批评本三国演义》以通行的毛本为底本，参照贯华堂本、大魁堂本校订，复以作家出版社《三国演义》（1953年版）、人民文学出版社《三国演义》（1973年版）、上海古籍出版社《三国演义：毛评本》（1989年版）、岳麓书社《毛宗岗批评本三国演义》（2006年版）等为参校本，择善而从。底本中的明显错字径改，繁体字统一改为简体。人名、地名讹误或前后歧异之处，据校本酌改。

前言

《三国演义》(也称《三国志通俗演义》《三国志演义》)在中国文学史上拥有三个"第一":第一部长篇小说、第一部章回小说、第一部历史演义小说。

《三国演义》是一个特殊的存在,不仅在于它是古代长篇小说的开山之作,也在于其漫长的集体积累的成书过程和丰厚的文化意蕴。

没有哪部作品能像《三国演义》这样产生如此巨大的影响,它是史诗性质的作品,是家喻户晓的国人必读书。

若详细考察,《三国演义》的版本源流比较复杂。最早的刊本为嘉靖壬午本,最流行的版本则是毛宗岗评改本。自清代毛本问世以来,世人传阅最广的,并非罗贯中的原作,而是毛评本《三国演义》。

明代嘉靖元年刊行的《三国志通俗演义》(嘉靖壬午本)是最早的刻本,卷首有"简帙浩瀚,善本甚艰,请寿诸梓,公之四方"数语,标志着文本传播由抄本阶段进入刊本流行期,具有划时代的意义。

《三国演义》明代刊本的传播大体划分为两个时期:

一、嘉靖本流行期。其时间断限自嘉靖元年(1522)至万历十九年(1591),约七十年。

二、众版本并行期。其时间断限自万历十九年周曰校刊本出现至清初毛宗岗评改本问世,约八十年。在此期间,随着明代出版业的兴旺,金陵与福建等地涌现出一大批《三国演义》的家刻与坊刻本。根据其版本渊源、刊刻地点及总体面貌,我们大体可以将众版本分为两个系统:《三国志通俗演义》系统和《三国志传》系统。

《三国志通俗演义》系统主要包括周曰校刊本(题为《新刊校正古本大字音释三国志通俗演义》,万历十九年刊行于金陵)、夷白堂刊本、夏振宇刊本等。《三国志传》系统刻本皆在周曰校刊本之后,以双峰堂余象斗刊本为最早（题为《新刻按鉴全像批评三国志传》，刊行于万历二十年），加上了余象斗的批评，首开小说评点之风。

明末颇为流传的还有李卓吾评本，将二百四十节合并成一百二十回，并增加了李卓吾（实为叶昼伪托）的评语。李卓吾评本与《三国志通俗演义》系统和《三国志传》系统均有着一定的血缘关系，在明末清初的版本演变中，具有承前启后的特殊地位。清初出现的最流行的毛宗岗评本就是由李卓吾评本而来。

毛评本揭开了《三国演义》的新篇章，问世后，逐渐取代其他版本，成为清代以来传播最广的版本。迄今，毛评本《三国演义》仍然是中外广大读者喜爱阅读乃至收藏的首选版本。

毛评本由毛纶、毛宗岗父子共同完成，其完成时间当在康熙五年（1666）之前。从刊行于康熙五年毛纶评点的《第七才子书》（《琵琶记》）卷首《总论》中便可知其信息：

昔罗贯中先生作《通俗三国志》一百二十卷。其纪事之妙，不让史迁，却被村学究改坏，予甚惜之。前岁得读其原本，因为校正，复不揣愚陋，为之条分节解。而每卷之前，又各缀以总评数段，且许儿辈亦得参附末论，共赞其成。书既成，有白门快友见而称善，将取以付梓。不意忽遭背师之徒，欲窃冒此书为己有，遂致刻事中阁，殊为可恨。今特先以《琵琶》呈教，其《三国》一书，容当嗣出。

从版本渊源上看，毛评本是在李卓吾评本基础上进行评改的，总体上也应属于《三国志通俗演义》系统，但因其改动较大，面目已与明刊本大不相同，故自成系统，与明代两大系统鼎足而三。毛评本实是对前代《三国演义》版本演变的全面整理与总结，集前人之大成而后来居上。

毛评本兼有两种功能：《三国演义》的评点与《三国演义》的修改。

评点

这是毛氏作为小说美学家对中国小说理论进行的总结与阐发，其中既有对前辈金圣叹的学习与借鉴，也有他个人的感悟与创见，尤其在历史小说理论方面，创见尤多，在中国古代小说理论批评史上占有重要位置。从阅读角度来说，毛氏评语中时见精彩独到的分析与透辟深刻的议论，令读者产生强烈的心理共鸣。这对读者理解原文的思想内涵与艺术价值大有裨益，客观上也有助于扩大《三国演义》的传播范围。

除了分析与议论之外，毛氏的评点还充分体现出拥刘反曹的思想倾向，这一点与毛氏对《三国演义》的修改一致。同时，在文中许多语焉不详或令读者不解之处，毛氏的评点作为自然的注解或前后文回顾，让读者在阅读中充分了解背景，增强了《三国演义》的整体感。

修改

这是毛氏对《三国演义》的再创造，表现出杰出的小说艺术才能与文字推敲功夫。毛氏在置于卷首的《凡例》中，从十个方面对其修改意图作了详细说明，从中可以清楚地看到其改、增、削、换、修等情况。

有出于思想倾向的驱使而修改者（如第三、六条即是为强化拥刘反曹思想而增、削之），但更多的是从艺术角度着眼来修改的。难能可贵的是，毛氏在修改中兼顾了艺术需要与读者的阅读趣味。比如，他在《凡例》中有五次明确指出，是从读者角度来考虑修改的（见第一、三、四、五、十条）："今悉依古本改正，颇觉直捷痛快"；"今悉依古本存之，使读者得窥全豹"；"今悉依古本增入，以备好古者之览观焉"；"务取精工，以快悦者之目"；"今皆削去，使读者不为齐东所误"。毛评本一问世便风靡不已，取所有《三国演义》版本而代之，就是各层次读者所给予的有力回应和肯定。

学术界对毛评本功过的争论，主要集中在它与嘉靖本《三国志通俗演义》孰优孰劣的问题上。笔者认为，相对于接近罗贯中原作的嘉靖本而言，毛评本作为一种修改本，总体上可曰"得失兼之，功大于过"。其功在于，有些方面改得必要，改得精彩，如将嘉靖本中"俚鄙可笑"的诗词删去近二百首（占原有诗词的三分之二）；再如将回目全部改为对偶句，终于完成了中国章回小说形式演化的最后一环。其过在于，毛氏也有凭己意擅作不必要之修改者。若具体考察其修改在各方面的表现，则功过比例又不尽相同。试从以下三方面比较论之：

其一，从人物塑造方面来看，得大于失。

得，主要是指删除了嘉靖本中那些使人物性格呈现分裂状态的相互矛盾的描述，这显示出毛氏过人的艺术眼光。比如删除一些贬责曹操的诗词和描述，就是从艺术角度着眼的。

如第六十回删去"操原来自西都回，傲睨物表，自谓得志，不以天下为念"等贬曹之语；第七十二回删去"操平生为人，虽然用才能之人，心甚忌之，只恐人高如己"等语，皆可作如是观。

再如，周瑜当破曹在即之时竟说："为今之计，不若且与曹操连和，先擒刘备、诸葛亮，以绝后患。"这与周瑜坚决抗曹的思想前后矛盾，这种愚蠢的想法与其过人的智慧显然相互抵牾。毛氏从周瑜思想性格的整体逻辑角度考虑而删之，颇有艺术眼光。

另外，毛氏增加了关羽"秉烛达旦"，曹操"赦免陈琳""分香卖履""设疑冢"等细节，也是成功的，起到了加强人物个性的艺术作用。

而在人物塑造上的修改失误，主要是指毛氏把罗贯中原本中某些内涵丰富、颇具人性深度的描写"净化"掉了。

比如，嘉靖本描写诸葛瞻得邓艾书后的表现为："诸葛瞻看毕，疑之未决。其子诸葛尚在侧，问曰：'父亲有意降魏乎？'瞻叱之曰：'吾为何而降耶？'尚曰：'儿见父亲有三顾之意：容魏使入寨，与之相见，一也；得其书而审来意，二也；见封琅琊王而不怒，三也。'瞻扯碎其书曰：'吾不及吾子也！'叱武士立斩其使，令从者持首回营。"（《诸葛瞻大战邓艾》）这里真实生动地展示出诸葛瞻内心深处思想情感的复杂情状，描绘出他由心理失衡——"疑之未决"，到恢复平衡——"撕书斩使"的动态轨迹。而在毛宗岗笔下则被"净化"成"（瞻）看毕，勃然大怒，扯碎其书，叱武士立斩来使"，进而又将嘉靖本中"瞻中箭落马而死"的结局扩展为"瞻中箭落马，乃大呼曰：'吾力竭矣，当以一死报国！'遂拔剑自刎而死"。这就与毛氏所概括的"臣死于君，则有诸葛瞻、诸葛尚之忠"（《读〈三国志〉法》）完全一致了，但人物形象的塑造也有些概念化、扁平化了。

再如，毛评本将"魏王上书三辞"改为"曹操假意上书三辞"，以及加入"阿瞒""国贼"等直接标示主观倾向的词语，也违反了艺术创作规律。毛评本这种把贬曹倾向特别指点出来的修改，其阅读效果显然不如原作。

其二，从语言文字方面来看，毛氏的修改最为成功，后来居上。

细加比较，嘉靖本确实有"词语冗长，每多复沓处"的缺点。如《孔明遗计救刘琦》一节中，孔明引"骊姬害申生"的典故长达二百五十多字，夹在人物对话中颇显繁冗；毛氏改成"公子岂不闻申生、重耳之事乎？"，意到而文省，"颇觉直捷痛快"。

其三，从思想内涵方面来看，功过兼有，得失参半。

功，主要是指毛氏的一些改写揭示了历史事实的本质，寄寓了大众的思想感情，反映了一定的进步倾向。比如毛氏在全书卷首所加的一段议论："话说天下大势，分久必合，合久必分……推其致乱之由，殆始于桓、灵二帝。桓帝禁锢善类，崇信宦官。及桓帝崩，灵帝即位，……朝政日非，以致天下人心思乱，盗贼蜂起。"揭示出黄巾起义、天下大乱的根本原因在于封建皇帝的专制昏聩和倒行逆施，比诸葛亮"叹息痛恨于桓灵"（《出师表》）更为直接有力。其批判的尖锐性与表述的明确性，皆优于嘉靖本的开头，给人留下了深刻印象。

过，则在于毛氏体现于修改后的《三国演义》中的封建正统思想有所加强。如嘉靖本原有"天下者，非一人之天下，乃天下人之天下"的表述。身处元末动乱之世而"有志图王"的罗贯中，在《三国演义》中六次写入此语，当是在有意借笔下不同人物之口表述其政治观念。毛宗岗处在严酷的清王朝文化专制环境下，干净地删去这六处，自然有其不得不如此的无奈心态在焉，但从作品思想文化内涵的层面观照，也不能不说是一种退步和损失。

综上所述，《三国演义》版本的演变与时代文化环境有关，也受地域经济文化的影响，还为读者群的审美趣味所制约。当然，其中最重要的还是小说评改者的思想倾向、艺术眼光和审美层次。毛评本《三国演义》从各种版本中脱颖而出，有力地证明了毛氏父子作为中国古典小说美学家的杰出地位，这也是广大读者慧眼识珠的选择结果。过去如此，现在依然如是。

关四平

读《三国志》法

读《三国志》者，当知有正统、闰运、僭国之别。正统者何？蜀汉是也。僭国者何？吴、魏是也。闰运者何？晋是也。魏之不得为正统者，何也？论地则以中原为主，论理则以刘氏为主。论地不若论理，故以正统予魏者，司马光《通鉴》之误也；以正统予蜀者，紫阳《纲目》之所以为正也。《纲目》于献帝建安之末，大书"后汉昭烈皇帝章武元年"，而以吴、魏分注其下，盖以蜀为帝室之胄，在所当予；魏为篡国之贼，在所当夺。是以前则书"刘备起兵徐州讨曹操"，后则书"汉丞相诸葛亮出师伐魏"，而大义昭然揭于千古矣。夫刘氏未亡，魏未混一，魏固不得为正统。迨乎刘氏已亡，晋已混一，而晋亦不得为正统者，何也？曰：晋以臣弑君，与魏无异，而一传之后，厥祚不长，但可谓之闰运，而不可谓之正统也。至于东晋偏安，以牛易马，愈不得以正统归之。故三国之并吞于晋，犹六国之混一于秦，五代之混一于隋耳。秦不过为汉驱除，隋不过为唐驱除。前之正统，以汉为主，而秦与魏、晋不得与焉；亦犹后之正统，以唐、宋为主，而宋、齐、梁、陈、隋、梁、唐、晋、汉、周俱不得与焉耳。且不特魏、晋不如汉之为正，即唐、宋亦不如汉之为正。炀帝无道，而唐代之，是已惜其不能显然如周之代商，而称唐公，加九锡，以蹈魏、晋之陋辙，则得天下之正不如汉也。若夫宋以忠厚立国，又多名臣大儒出乎其间，故尚论者以正统予宋。然终宋之世，燕云十六州未入版图，其规模已逊于唐，而陈桥兵变，黄袍加身，取天下于孤儿寡妇之手，则得天下之正亦不如汉也。唐、宋且不如汉，而何论魏、晋哉！高帝以除暴秦、击楚之杀义帝者而兴，光武以诛王莽而克复旧物，昭烈以讨曹操而存汉祀于西川。祖宗之创之者正，而子孙之继之者亦正，不得但以光武之混一为正统，而谓昭烈之偏安非正统也。昭烈为正统，而刘裕、刘知远亦皆刘氏子孙，其不得为正统者，何也？曰：裕与知远之为汉苗裔远而无征，不若中山靖王之后近而可考，又二刘皆以篡弑得国，故不得与昭烈并也。后唐李存勖之不得为正统者，何也？曰：存勖本非李而赐姓李，其与吕秦、牛晋不甚相远，故亦不得与昭烈并也。南唐李昇之亦不得继唐而为正统者，何也？曰：世远代遐，亦裕与知远者比，故亦不得与昭烈并也。南唐李昇不得继唐而为正统，南宋高宗独得继宋而为正统者，何也？高宗立太祖之后为后，以延宋祚于不绝，故正统归焉。夫以高宗之杀岳飞、用秦桧，全不以二圣为念，作史者尚以其延宋祚而归之以正统，况昭烈之君臣同心、誓讨汉贼者乎？则昭烈之为正统愈无疑也。陈寿之《志》未及辨此，余故折衷于紫阳《纲目》，而特于演义中附正之。

古史甚多，而人独贪看《三国志》者，以古今人才之聚，未有盛于三国者也。观才与不才敌不奇，观才与才敌则奇；观才与才敌，而一才又遇众才之匹不奇，观才与才敌，而众才尤让一才之胜则更奇。吾以为《三国》有三奇，可称三绝：诸葛孔明一绝也，关云长一绝也，曹操亦一绝也。历稽载籍，贤相林立，而名高万古者，莫如孔明。其处而弹琴抱膝，居然隐士风流；出而羽扇纶巾，不改雅度。在草庐之中，而识三分天下，则达乎天时；承顾命之重，而至六出祁山，则尽乎人事。七擒八阵，木牛流马，既已疑鬼疑神之不测；鞠躬尽瘁，志决身�%，仍是为臣为子之用心。比管、乐则过之，比伊、吕则兼之，是古今来贤相中第一奇人。历稽载籍，名将如云，而绝伦超群者，莫如云长。青史对青灯，则极其儒雅；赤心如赤面，则极其英灵。秉烛达旦，人传其大节；单刀赴会，世服其神威。独行千里，报主之志坚；义释华容，酬恩之谊重。作事如青天白日，待人如霁月光风。心则赵抃焚香告帝之心，而磊落过之；意则阮籍白眼傲物之意，而严正过之：是古今来名将中第一奇人。历稽载籍，奸雄接踵，而智足以揽人才而欺天下者莫如曹操。听荀彧勤王之说，而自比周文，则有似乎忠；黜袁术僭号之非，而愿为曹侯，则有似乎顺；不杀陈琳而爱其才，则有似乎宽；不追关公以全其志，则有似乎义。王敦不能用郭璞，而操之得士过之；桓温不能识王猛，而操之知人过之。李林甫虽能制禄山，不如操之击乌桓于塞外；韩侂胄虽能贬秦桧，

不若操之讨董卓于生前。窃国家之柄而姑存其号，异于王莽之显然弑君；留改革之事以俟其儿，胜于刘裕之急欲篡晋：是古今来奸雄中第一奇人。有此三奇，乃前后史之所绝无者。故读遍诸史，而愈不得不喜读《三国志》也。

《三国》之有三绝，固已。然吾自三绝而外，更遍观乎三国之前、三国之后，问有运筹帷幄如徐庶、庞统者乎？问有行军用兵如周瑜、陆逊、司马懿者乎？问有料人料事如郭嘉、程昱、荀彧、贾诩、步骘、虞翻、顾雍、张昭者乎？问有武功将略迈等越伦如张飞、赵云、黄忠、严颜、张辽、徐晃、徐盛、朱桓者乎？问有冲锋陷阵骁锐莫当如马超、马岱、关兴、张苞、许褚、典韦、张郃、夏侯惇、黄盖、周泰、甘宁、太史慈、丁奉者乎？问有两才相当、两贤相遇如姜维、邓艾之智勇悉敌，羊祜、陆抗之从容互镇者乎？至于道学则马融、郑玄，文藻则蔡邕、王粲，颖捷则曹植、杨修，早慧则诸葛恪、锺会，应对则秦宓、张松，舌辩则李恢、阚泽，不辱君命则赵咨、邓芝，飞书驰檄则陈琳、阮瑀，治烦理剧则蒋琬、董允，扬誉蜚声则马良、荀爽，好古则杜预，博物则张华。求之别籍，俱未易一一见也。乃若知贤则有司马徽之哲，励操则有管宁之高，隐居则有崔州平、石广元、孟公威之逸，忤奸则有孔融之正，触邪则有赵彦之直，斥恶则有祢衡之豪，骂贼则有吉平之壮，殉国则有董承、伏完之贤，捐生则有耿纪、韦晃之节。子死于父，则有刘谌、关平之孝；臣死于君，则有诸葛瞻、诸葛尚之忠；部曲死于主帅，则有赵累、周仓之义。其他早计如田丰，苦口如王累，矢贞如沮授，不屈如张任，轻财笃友如鲁肃，事主不二心如诸葛瑾，不畏强御如陈泰，视死如归如王经，独存介性如司马孚，炳炳燐燐，照耀史册。殆举前之丰沛三杰、商山四皓、云台诸将、富春客星，后之瀛洲学士、麟阁功臣、杯酒节度、砭市宰相，分见于各朝之千百年者，奔合辐凑于三国之一时，岂非人才一大都会哉！入邓林而选名材，游玄圃而见积玉，收不胜收，接不暇接，吾于《三国》有观止之叹矣。

《三国》一书，乃文章之最妙者。叙三国，不自三国始也，三国必有所自始，则始之以汉帝。叙三国，不自三国终也，三国必有所自终，则终之以晋国。而不但此也，刘备以帝胄而缵统，则有宗室如刘表、刘璋、刘繇、刘辟等以陪之。曹操以强臣而专制，则有废立如董卓，乱国如李傕、郭汜以陪之。孙权以方侯而分鼎，则有僭号如袁术，称雄如袁绍，割据如吕布、公孙瓒、张杨、张邈、张鲁、张绣等以陪之。刘备、曹操于第一回出名，而孙权则于第七回方出名。曹氏之定许都在第十一回，孙氏之定江东在第十二回，而刘氏之取西川则在第六十回后。假令今人作稗官，欲平空拟一《三国》之事，势必劈头便叙三人，三人便各据一国，有能如是之统乎其前、出乎其后，多方以盘旋乎其左右者哉？古事所传，天然有此等波澜，天然有此等层折，以成绝世妙文。然则读《三国》一书，诚胜读稗官万万耳。

若论三国开基之主，人尽知为刘备、孙权、曹操也，而不知其间各有不同。备与操皆自我身而创业，而孙权则藉父兄之力，其不同者一。备与权皆及身而为帝，而操则不自为而待之于其子孙，其不同者二。三国之称帝也，唯魏独早，而蜀则称帝于曹操已死、曹丕已立之余，吴则称帝于刘备已死、刘禅已立之后，其不同者三。三国之相持也，吴为蜀之邻，魏为蜀之仇；蜀与吴有和有战，而蜀与魏则有战无和；吴与蜀则和多于战，吴与魏则战多于和，其不同者四。三国之传也，蜀止二世，魏则自丕及奂凡五主，吴则自权及皓凡四主，其不同者五。三国之亡也，吴居其后，而蜀先之，魏次之。魏则见夺于其臣，吴、蜀则见并于其敌，其不同者六。不宁惟是，策之与权，则兄终而弟及；丕之与植，则舍弟而立兄；备之与禅，则父为帝而子为虏；操之与丕，则父为臣而子为君：可谓参差错落，变化无方者矣。今之不善画者，虽使绘两人，亦必彼此同貌；今之不善歌者，即使唱两调，亦必前后同声。文之合掌，往往类是。古人本无雷同之事，而今人好为雷同之文，则何不取余所批《三国志》而读之？

《三国》一书，总起总结之中，又有六起六结。其叙献帝，则以董卓废立为一起，以曹丕篡夺为一结。其叙西蜀，则以成都称帝为一起，而以绵竹出降为一结。其叙刘、关、张三人，则以桃园结义为一起，而以白帝托孤为一结。其叙诸葛亮，则以三顾草庐为一起，而以六出祁山为一结。其叙魏国，则以黄初改元为一起，而以司马受禅为一结。其叙东吴，则以孙坚匿玺为一起，而以孙皓衔璧为一结。凡此数段文字，联络交互于其间，或此方起而彼已结，或此未结而彼又起。读之不见其断续之迹，而按之则自有章法之可知也。

《三国》一书，有追本穷源之妙。三国之分，由于诸镇之角立；诸镇角立，由于董卓之乱国；董卓乱国，由于何进之召外兵；何进召外兵，由于十常侍之专政。故叙三国，必以十常侍为之端也。然而刘备之初起，不即在诸镇之内，而尚在草泽之间。夫草泽之所以有英雄聚义，而诸镇之所以缮修兵革者，由于黄巾之作乱。故叙三国，又必以黄巾为之端也。乃黄巾未作，则有上天垂灾异以警戒之，更有忠谋智计之士直言极谏以预料之。使当时为之君者体天心之仁爱，纳良臣之谠论，断然举十常侍而进斥焉，则黄巾可以不作，草泽英雄可以不起，诸镇之兵革可以不修，而三国可以不分矣。故叙三国而追本于桓、灵，犹河源之有星宿海云。

《三国》一书，有巧收幻结之妙。设令魏而为蜀所并，此人心之所甚愿也。设令蜀亡而魏得一统，此人心之所大不平也。乃彼苍之意不从人心所甚愿，而亦不出于人心之所大不平，特假手于晋以一之，此造物者之幻也。然天既不祚汉，又不予魏，则何不假手于吴，而必假手于晋乎？曰：魏固汉贼也，吴尝害关公、夺荆州、助魏以攻蜀，则亦汉贼也。若晋之夺魏有似乎为汉报仇也者，则与其一之以吴，无宁一之以晋。且吴为魏敌，而晋为魏臣；魏以臣弑君，而晋即如其事以报之，可以为戒于天下后世，则使魏而见并于其敌，不若使之见并于其臣之为快也，是造物者之巧也。幻既出人意外，巧复在人意中，造物者可谓善于作文矣。今人下笔必不能如此之幻、如此之巧，然则读造物自然之文，而又何必读今人臆造之文乎哉!

《三国》一书，有以宾衬主之妙。如将叙桃园兄弟三人，先叙黄巾兄弟三人：桃园其主也，黄巾其宾也。将叙中山靖王之后，先叙鲁恭王之后：中山靖王其主也，鲁恭王其宾也。将叙何进，先叙陈蕃、窦武：何进其主也，陈蕃、窦武其宾也。叙刘、关、张及曹操、孙坚之出色，并叙各镇诸侯之无用：刘备、曹操、孙坚其主也，各镇诸侯其宾也。刘备将遇诸葛亮，而先遇司马徽、崔州平、石广元、孟公威等诸人：诸葛亮其主也，司马徽诸人其宾也。诸葛亮历事两朝，乃又有先来即去之徐庶，后来先死之庞统：诸葛亮其主也，而徐庶、庞统又其宾也。赵云先事公孙瓒，黄忠先事韩玄，马超先事张鲁，法正、严颜先事刘璋，而后皆归刘备：备其主也，公孙瓒、韩玄、张鲁、刘璋其宾也。太史慈先事刘繇后归孙策，甘宁先事黄祖后归孙权；张辽先事吕布，徐晃先事杨奉，张郃先事袁绍，贾诩先事李催、张绣，而后皆归曹操：孙、曹其主也，刘繇、黄祖、吕布、杨奉等诸人其宾也。"代汉当涂"之谶，本应在魏，而袁公路谬以自许：魏其主也，袁公路其宾也。三马同槽之梦，本应在司马氏，而曹操误以为马腾父子：司马氏其主也，马腾父子其宾也。受禅台之说，李肃以赚董卓，而曹丕即真焉，司马炎又即真焉：曹丕、司马炎其主也，董卓其宾也。且不独人有宾主，地亦有之。献帝自洛阳迁长安，又自长安迁洛阳，而终乃迁于许昌：许昌其主也，长安、洛阳皆宾也。刘备失徐州而得荆州：荆州其主也，徐州其宾也。及得两川而复失荆州：两川其主也，而荆州又其宾也。孔明将北伐中原而先南定蛮方，意不在蛮方，而在中原：中原其主也，蛮方其宾也。抑不独地有宾主也，物亦有之。李儒持鸩酒、短刀、白练以贻帝辩：鸩酒其主也，短刀、白练其宾也。许田打围，将叙曹操射鹿，先叙玄德射兔：鹿其主也，兔其宾也。赤壁鏖兵，将叙孔明借风，先叙孔明借箭：风其主也，

箭其宾也。董承受玉带，陪之以锦袍：带其主也，袍其宾也。关公拜受赤兔马，而陪之以金印、红袍诸赐：马其主也，金印等其宾也。曹操掘地得铜雀，而陪之以玉龙、金凤：雀其主也，龙、凤其宾也。诸如此类，不可悉数。善读是书者，可于此悟文章宾主之法。

《三国》一书，有同树异枝、同枝异叶、同叶异花、同花异果之妙。作文者以善避为能，又以善犯为能。不犯之而求避之，无所见其避也；唯犯之而后避之，乃见其能避也。如纪宫掖，则写一何太后，又写一董太后；写一伏皇后，又写一曹皇后；写一唐贵妃，又写一董贵人；写甘、糜二夫人，又写一孙夫人，又写一北地王妃；写魏之甄后、毛后，又写一张后：而其间无一字相同。纪戚畹，则何进之后写一董承，董承之后又写一伏完；写一魏之张缉，又写一吴之钱尚：而其间亦无一字相同。写权臣，则董卓之后又写李催、郭汜，催、汜之后又写曹操，曹操之后又写一曹丕，曹丕之后又写一司马懿，司马懿之后又并写一师、昭兄弟，师、昭之后又继写一司马炎，又旁写一吴之孙綝：而其间亦无一字相同。其他叙兄弟之事，则袁谭与袁尚不睦，刘琦与刘琮不睦，曹丕与曹植亦不睦，而谭与尚皆死，琦与琮一死一不死，丕与植皆不死：不大异乎？叙婚姻之事，则如董卓求婚于孙坚，袁术约婚于吕布，曹操约婚于袁谭，孙权结婚于刘备，又求婚于云长，而或绝而不许，或许而复绝，或伪约而反成，或真约而不就：不大异乎？至于王允用美人计，周瑜亦用美人计，而一效一不效，则互异。卓、布相恶，催、汜亦相恶，而一靖一不靖，则互异。献帝有两番密诏，则前隐而后彰；马腾亦有两番讨贼，则前彰而后隐：此其不同者矣。吕布有两番弑父，而前动于财，后动于色；前则以私灭公，后则假公济私：此又其不同者矣。赵云有两番救主，而前救于陆，后救于水；前则受之主母之手，后则夺之主母之怀：此又其不同者矣。若夫写水不止一番，写火亦不止一番。曹操有下邳之水，又有冀州之水；关公有白河之水，又有罾口川之

水。吕布有濮阳之火，曹操有乌巢之火，周郎有赤壁之火，陆逊有猇亭之火，徐盛有南徐之火，武侯有博望、新野之火，又有盘蛇谷、上方谷之火：前后曾有丝毫相犯否？甚者孟获之擒有七，祁山之出有六，中原之伐有九：求其一字之相犯而不可得，妙哉文乎！譬犹树同是树，枝同是枝，叶同是叶，花同是花，而其植根、安蒂、吐芳、结子，五色纷披，各成异采。读者于此，可悟文章有避之一法，又有犯之一法也。

《三国》一书，有星移斗转、雨覆风翻之妙。杜少陵诗曰："天上浮云如白衣，斯须改变成苍狗。"此言世事之不可测也。《三国》之文，亦犹是尔。本是何进谋诛宦官，却弄出宦官杀何进，则一变。本是吕布助丁原，却弄出吕布杀丁原，则一变。本是董卓结吕布，却弄出吕布杀董卓，则一变。本是陈宫释曹操，却弄出陈宫欲杀曹操，则一变。陈宫未杀曹操，反弄出曹操杀陈宫，则一变。本是王允不赦催、汜，却弄出催、汜杀王允，则一变。本是孙坚与袁术不睦，却弄出袁术致书于孙坚，则一变。本是刘表求救于袁绍，却弄出刘表杀孙坚，则一变。本是昭烈从袁绍以讨董卓，却弄出助公孙瓒以攻袁绍，则一变。本是昭烈救徐州，却弄出昭烈取徐州，则一变。本是吕布投徐州，却弄出吕布夺徐州，则一变。本是吕布攻昭烈，又弄出吕布迎昭烈，则一变。本是吕布绝袁术，又弄出吕布求袁术，则一变。本是昭烈助吕布以讨袁术，又弄出助曹操以杀吕布，则一变。本是昭烈助曹操，又弄出昭烈讨曹操，则一变。本是昭烈攻袁绍，又弄出昭烈投袁绍，则一变。本是昭烈助袁绍以攻曹操，又弄出关公助曹操以攻袁绍，则一变。本是关公寻昭烈，又弄出张飞欲杀关公，则一变。本是关公许田欲杀曹操，又弄出华容道放曹操，则一变。本是曹操追昭烈，又弄出昭烈投东吴以破曹操，则一变。本是孙权仇刘表，又弄出鲁肃吊刘表、又吊刘琦，则一变。本是孔明助周郎，却弄出周郎欲杀孔明，则一变。本是周郎欲害昭烈，却弄出孙权结婚昭烈，则一变。本是用孙夫人牵制昭烈，却弄出孙夫

人助昭烈，则一变。本是孔明气死周郎，又弄出孔明哭周郎，则一变。本是昭烈不受刘表荆州，却弄出昭烈借荆州，则一变。本是刘璋欲结曹操，却弄出迎昭烈，则一变。本是刘璋迎昭烈，却弄出昭烈夺刘璋，则一变。本是昭烈分荆州，又弄出吕蒙袭荆州，则一变。本是昭烈破东吴，又弄出陆逊败昭烈，则一变。本是孙权求救于曹丕，却弄出曹丕欲袭孙权，则一变。本是昭烈仇东吴，又弄出孔明结好东吴，则一变。本是刘封听孟达，却弄出刘封攻孟达，则一变。本是孟达背昭烈，又弄出孟达欲归孔明，则一变。本是马腾与昭烈同事，又弄出马超攻昭烈，则一变。本是马超救刘璋，却弄出马超投昭烈，则一变。本是姜维敌孔明，却弄出姜维助孔明，则一变。本是夏侯霸助司马懿，却弄出夏侯霸助姜维，则一变。本是钟会忌邓艾，却弄出卫瓘杀邓艾，则一变。本是姜维赚钟会，却弄出诸将杀钟会，则一变。本是羊祜和陆抗，却弄出羊祜请伐孙皓，则一变。本是羊祜请伐吴，却弄出一杜预，又弄出一王濬，则一变。论其呼应有法，则读前卷定知其有后卷；论其变化无方，则读前文更不料其有后文。于其可知，见《三国》之文之精；于其不可料，更见《三国》之文之幻矣。

《三国》一书，有横云断岭、横桥锁溪之妙。文有宜于连者，有宜于断者。如五关斩将、三顾草庐、七擒孟获：此文之妙于连者也。如三气周瑜、六出祁山、九伐中原：此文之妙于断者也。盖文之短者，不连叙则不贯串；文之长者，连叙则惧其累坠：故必叙别事以间之，而后文势乃错综尽变。后世稗官家鲜能及此。

《三国》一书，有将雪见霰、将雨闻雷之妙。将有一段正文在后，必先有一段闲文以为之引；将有一段大文在后，必先有一段小文以为之端。如将叙曹操濮阳之火，先写糜竺家中之火一段闲文以启之。将叙孔融求救于昭烈，先写孔融通刺于李膺一段闲文以启之。将叙赤壁纵火一段大文，先写博望、新野两段小文以启之。将叙六出祁山一段大文，先写

七擒孟获一段小文以启之是也。鲁人将有事于上帝，必先有事于泮宫。文章之妙，正复类是。

《三国》一书，有浪后波纹、雨后霢霂之妙。凡文之奇者，文前必有先声，文后亦必有余势。如董卓之后又有从贼以继之；黄巾之后又有余党以衍之；昭烈三顾草庐之后，又有刘琦三请诸葛一段文字以映带之；武侯出师一段大文之后，又有姜维伐魏一段文字以荡漾之是也。诸如此类，皆他书中所未有。

《三国》一书，有寒冰破热、凉风扫尘之妙。如关公五关斩将之时，忽有镇国寺内遇普净长老一段文字；昭烈跃马檀溪之时，忽有水镜庄上遇司马先生一段文字；孙策虎踞江东之时，忽有遇于吉一段文字；曹操进爵魏王之时，忽有遇左慈一段文字；昭烈三顾草庐之时，忽有一遇崔州平席地闲谈一段文字；关公水淹七军之后，忽有玉泉山月下点化一段文字。至于武侯征蛮而忽逢孟节，陆逊追蜀而忽遇黄承彦，张任临敌而忽问紫虚上人，昭烈伐吴而忽问青城老叟：或僧、或道、或隐士、或高人，俱于极喧闹中求之，真足令人躁思顿清，烦襟尽涤。

《三国》一书，有笙箫夹鼓、琴瑟间钟之妙。如正叙黄巾扰乱，忽有何后、董后两宫争论一段文字；正叙董卓纵横，忽有貂蝉凤仪亭一段文字；正叙催、汜猖狂，忽有杨彪夫人与郭汜之妻来往一段文字；正叙下邳交战，忽有吕布送女、严氏恋夫一段文字；正叙冀州厮杀，忽有袁谭失妻、曹丕纳妇一段文字；正叙荆州事变，忽有蔡夫人商议一段文字；正叙赤壁鏖兵，忽有曹操欲取二乔一段文字；正叙宛城交攻，忽有张济妻与曹操相遇一段文字；正叙赵云取桂阳，忽有赵范寡嫂敬酒一段文字；正叙昭烈争荆州，忽有孙权亲妹洞房花烛一段文字；正叙孙权战黄祖，忽有孙翊妻为夫报仇一段文字；正叙司马懿杀曹爽，忽有辛宪英为弟画策一段文字。至于袁绍讨曹操之时，忽带叙郑康成之婢；曹操救汉中之日，忽带叙蔡中郎之女。诸如此类，不一而足。人但知《三国》之文是叙龙争虎斗之事，而不知为凤为鸾、为莺为燕，篇中有应接不暇者，令人于干戈队里时见红裙，旌旗影中常睹粉黛，殆以豪士传与美人传合为一书矣。

《三国》一书，有隔年下种、先时伏着之妙。善圃者投种于地，待时而发。善弈者下一闲着于数十着之前，而其应在数十着之后。文章叙事之法，亦犹是已。如西蜀刘璋乃刘焉之子，而首卷将叙刘备，先叙刘焉，早为取西川伏下一笔。又于玄德破黄巾时，并叙曹操，带叙董卓，早为董卓乱国、曹操专权伏下一笔。赵云归昭烈在古城聚义之时，而昭烈之遇赵云，早于磐河战公孙时伏下一笔。马超归昭烈在葭萌战张飞之后，而昭烈之与马腾同事，早于受衣带诏时伏下一笔。庞统归昭烈在周郎既死之后，而童子述庞统姓名，早于水镜庄前伏下一笔。武侯叹"谋事在人，成事在天"在上方谷火灭之后，而司马徽"未遇其时"之语、崔州平"天不可强"之言，早于三顾草庐前伏下一笔。刘禅帝蜀四十余年而终在一百十回之后，而鹤鸣之兆早于新野初生时伏下一笔。姜维九伐中原在一百五回之后，而武侯之收姜维早于初出祁山时伏下一笔。姜维与邓艾相遇在三伐中原之后，姜维与锺会相遇在九伐中原之后，而夏侯霸述两人姓名早于未伐中原时伏下一笔。曹丕篡汉在八十回中，而青云紫云之祥早于三十三回之前伏下一笔。孙权僭号在八十五回后，而吴夫人梦日之兆早于三十八回中伏下一笔。司马篡魏在一百十九回，而曹操梦马之兆早于五十七回中伏下一笔。自此而外，凡伏笔之处，指不胜屈。每见近世稗官家一到扭捏不来之时，便平空生出一人，无端造出一事，觉后文与前文隔断，更不相涉。试令读《三国》之文，能不汗颜？

《三国》一书，有添丝补锦、移针匀绣之妙。凡叙事之法，此篇所阙者补之于彼篇，上卷所多者匀之于下卷，不但使前文不沓拖，而亦使后文不寂寞；不但使前事无遗漏，而又使后事增渲染：此史家妙品也。如吕布取曹豹之女本在未夺徐州之前，却于困下邳时叙之。曹操望梅止渴本在击张绣之日，却于青梅煮酒时叙之。管宁割席分坐本在华歆未仕之前，却于破壁取后时叙之。吴夫人梦月本在将生孙策之前，却于临终遗命时叙之。武侯求黄氏为配本在未出草庐之前，却于诸葛瞻死难时叙之。诸如此类，亦指不胜屈。前能留步以应后，后能回照以应前，令人读之，真一篇如一句。

《三国》一书，有近山浓抹、远树轻描之妙。画家之法，于山与树之近者，则浓之重之；于山与树之远者，则轻之淡之。不然，林麓迢遥，峰岚层叠，岂能于尺幅之中一一而详绘之乎？作文亦犹是已。如皇甫嵩破黄巾，只在朱儁一边打听得来；袁绍杀公孙瓒，只在曹操一边打听得来；赵云袭南郡，关、张袭两郡，只在周郎眼中、耳中得来；昭烈杀杨奉、韩暹，只在昭烈口中叙来；张飞夺古城，在关公耳中听来；简雍投袁绍，在昭烈口中说来。至若曹丕三路伐吴而皆败，一路用实写，两路用虚写；武侯退曹丕五路之兵，唯遣使入吴用实写，其四路皆虚写。诸如此类，又指不胜屈。只一句两句，正不知包却几许事情，省却几许笔墨。

《三国》一书，有奇峰对插、锦屏对峙之妙。其对之法，有正对者，有反对者，有一卷之中自为对者，有隔数十卷而遥为对者。如昭烈则自幼便大，曹操则自幼便奸。张飞则一味性急，何进则一味性慢。议温明是董卓无君，杀丁原是吕布无父。袁绍磐河之战，胜败无常；孙坚岘山之役，生死不测。马腾勤王室而无功，不失为忠；曹操报父仇而不果，不得为孝。袁绍起马步三军而复回，是力可战而不断；昭烈擒王、刘二将而复纵，是势不敌而从权。孔融荐祢衡，是缁衣之好；祢衡骂曹操，是巷伯之心。昭烈遇德操，是无意相遭；单福过新野，是有心来谒。曹丕苦逼生曹植，是同气戈矛；昭烈痛哭死关公，是异姓骨肉。火熄上方谷，是司马之数当生；灯灭五丈原，是诸葛之命当死。诸如此类，或正对，或反对，皆一回之中而自为对者也。如以国戚害国戚，则有何进；以国戚荐国戚，则有伏完。李肃说吕布，则以智济其恶；王允说吕布，则以巧行其忠。张飞失徐州，则以饮酒误事；吕布陷下邳，则以禁酒受殃。关公饮鲁肃之酒，是一片神威；羊祜饮陆抗之酒，是一团和气。孔明不杀孟获，是仁者之宽；司马懿必杀公孙渊，是奸雄之刻。关公义释曹操，是报其德于前；翼德义释严颜，是收其用于后。武侯不用子午谷之计，是慎谋以图全；邓艾不惧阴平岭之危，是行险以徼倖。曹操有病，陈琳一骂便好；王朗无病，孔明一骂便亡。孙夫人好甲兵，是女中丈夫；司马懿受巾帼，是男中女子。八日而取上庸，则以速而神；百日而取襄平，则以迟而胜。孔明屯田渭滨，是进取之谋；姜维屯田沓中，是退避之计。曹操受汉之九锡，是操之不臣；孙权受魏之九锡，是权之不君。曹操射鹿，义乖于君臣；曹丕射鹿，情动于母子。杨仪、魏延相争于班师之日，邓艾、锺会相忌在用兵之时。姜维欲继孔明之志，人事逆乎天心；杜预能承羊祜之谋，天时应乎人力。诸如此类，或正对，或反对，皆不在一回之中，而遥相为对者也。诚于此较量而比观焉，岂不足快读古之胸，而长尚论之识！

《三国》一书，有首尾大照应、中间大关锁处。如首卷以十常侍为起，而末卷有刘禅之宠中贵以结之，又有孙皓之宠中贵以双结之：此一大照应也。又如首卷以黄巾妖术为起，而末卷有刘禅之信师婆以结之，又有孙皓之信术士以双结之：此又一大照应也。照应既在首尾，而中间百余回之内若无有与前后相关合者，则不成章法矣。于是有伏完之托黄门寄书、孙亮之察黄门盗蜜以关合前后；又有李傕之喜女巫、张鲁之用左道以关合前后。凡若此者，皆天造地设，以成全篇之结构者也。然犹不止此也，作者之意，自宦官、妖术而外，尤重在严诛乱臣贼子，以自附于《春秋》之义，故书中多录讨贼之忠，纪弑君之恶。而首篇之末，则终之以张飞之勃然欲杀董卓；末篇之末，则终之以孙皓之隐然欲杀贾充。由此观之，虽曰演义，直可《继麟》经而无愧耳。

《三国》叙事之佳，直与《史记》仿佛，而其叙事之难则有倍难于《史记》者。《史记》各国分书，各人分载，于是有本纪、世家、列传之别；今《三国》则不然，殆合本纪、世家、列传而总成一篇。分则文短而易工，合则文长而难好也。

读《三国》胜读《列国志》。夫《左传》《国语》，诚文章之最佳者，然左氏依经而立传，经既逐段各自成文，传亦逐段各自成文，不相联属也。《国语》则离经而自为一书，可以联属矣，究竟周语、鲁语、晋语、郑语、齐语、楚语、吴语、越语，八国分作八篇，亦不相联属也。后人合《左传》《国语》而为《列国志》，因国多事烦，其段落处到底不能贯串。今《三国演义》，自首至尾读之，无一处可断，其书又在《列国志》之上。

读《三国》胜读《西游记》。《西游》捏造妖魔之事，诞而不经，不若《三国》实叙帝王之事，真而可考也。且《西游》好处，《三国》已皆有之。如哑泉、黑泉之类，何异子母河、落胎泉之奇？朵思大王、木鹿大王之类，何异牛魔、鹿力、金角、银角之号？伏波显圣、山神指迷之类，何异南海观音之救？只一卷汉相南征记，便抵得一部《西游记》矣。至于前而镇国寺，后而玉泉山，或目视戒刀，脱离火厄，或望空一语，有同棒喝。岂必诵灵台方寸、斜月三星之文，乃悟禅心乎哉？

读《三国》胜读《水浒传》。《水浒》文字之真，虽较胜《西游》之幻，然无中生有、任意起灭，其匠心不难，终不若《三国》叙一定之事，无容改易，而卒能匠心之为难也。且三国人才之盛，写来各各出色，又有高出于吴用、公孙胜等万万者。吾谓才子书之目，宜以《三国演义》为第一。

侯之语。今俱削去，而以新评校正之。

七、俗本之尤可笑者，于事之是者则圈点之，于事之非者则涂抹之，不论其文，而论其事，则《春秋》弒君三十六、亡国五十二，将尽取圣人之经而涂之抹之耶？今斯编评阅处，有圈点而无涂抹，一洗从前之陋。

八、叙事之中夹带诗词，本是文章极妙处，而俗本每至「后人有诗叹曰」，便处处是周静轩先生，而其诗又甚俚鄙可笑。今此编悉取唐宋名人作以实之，与俗本大不相同。

九、七言律诗起于唐人，若汉则未闻七言律也。俗本往往捏造古人诗句，如锺繇、王朗颂铜雀台，蔡瑁题馆驿屋壁，皆伪作七言律体，殊为识者所笑。今悉依古本削去，以存其真。

十、后人捏造之事，有俗本演义所无而今日传奇所有者，如关公斩貂蝉、张飞捉周瑜之类，此其诬也，则今人之所知也。有古本《三国志》所无而俗本演义所有者，如诸葛亮欲烧魏延于上方谷，诸葛瞻得邓艾书而犹豫未决之类，此其诬也，则非今人之所知也，不知其诬，毋乃冤古人太甚！今皆削去，使读者不为齐东所误。

凡例

一、俗本之乎者也荤字，大半龃龉不通；又词语冗长，每多复沓处。今悉依古本改正，颇觉直捷痛快。

二、俗本纪事多讹，如昭烈闻雷失箸，及马腾入京遇害、关公封汉寿亭侯之类，皆与古本不合。又曹后骂曹丕详于范晔《后汉书》中，而俗本反误书其党恶，孙夫人投江而死详于《枭姬传》中，而俗本但纪其归吴。今悉依古本辨定。

三、事不可阙者，如关公秉烛达旦、管宁割席分坐、曹操分香卖履、于禁陵庙见画，以至武侯夫人之才、康成侍儿之慧、邓艾凤兮之对、钟会不汗之答、杜预《左传》之癖，俗本皆删而不录。今悉依古本存之，使读者得窥全豹。

四、《三国》文字之佳，其录于《文选》中者，如孔融《荐祢衡表》、陈琳《讨曹操檄》，实可与前、后《出师表》并传，俗本皆阙而不载。今悉依古本增入，以备好古者之览观焉。

五、俗本题纲参差不对，错乱无章，又于一回之中分上下两截。今悉体作者之意而联贯之，每回必以二语对偶为题，务取精工，以快悦者之目。

六、俗本谬托李卓吾先生批阅，而究竟不知出自何人之手，其评中多有唐突昭烈、谩骂武

【词曰】

滚滚长江东逝水,
浪花淘尽英雄。
是非成败转头空。
青山依旧在,
几度夕阳红。
白发渔樵江渚上,
惯看秋月春风。
一壶浊酒喜相逢。
古今多少事,
都付笑谈中。

以词起,
以词结。

第一回

宴桃园豪杰三结义
斩黄巾英雄首立功

人谓魏得天时，吴得地理，蜀得人和，乃三大国将兴，先有天公、地公、人公三小寇以引之。亦如刘季将为天子，有吴广、陈涉以先之；刘秀为天子，有赤眉、铜马以先之也。以三寇引出三国，是全部中宾主；以张角兄弟三人，引出桃园兄弟三人，此又一回中宾主。

今人结盟，必拜关帝，不知桃园当日又拜何神？可见盟者盟诸心，非盟诸神也。今人好通谱，往往非族认族。试观桃园三义，各自一姓，可见兄弟之约，取同心同德，不取同姓同宗也。若不信心而信神，不论德而论姓，则神道设教，莫如张角三人；同气连枝，亦莫如张角三人矣。而彼三人者，其视桃园为何如耶？

齐东绝倒之语，偏足煽惑愚人。如"苍天已死，黄天当立"是已。且安知南华老仙天书三卷，非张角谬言之，而众人妄信之乎？愚以为裹黄巾，称黄天，由前而观，则黄门用事之应；由后而观，则黄初改元之兆也。

百忙中忽入刘、曹二小传：一则自幼便大，一则自幼便奸；一则中山靖王之后，一则中常侍之养孙，低昂已判矣。后人犹有以魏为正统，而书蜀兵入寇者，何哉？

许劭曰："治世能臣，乱世奸雄。"此时岂治世耶？劭意在后一语，操喜亦喜在后一语。喜得恶，喜得险，喜得直，喜得无礼，喜得不平常，喜得不怀好意。只此一喜，便是奸雄本色。

话说天下大势，分久必合，合久必分：周末七国分争，并入于秦；及秦灭之后，楚、汉分争，又并入于汉；汉朝自高祖斩白蛇而起义，一统天下，后来光武中兴，传至献帝，遂分为三国。推其致乱之由，殆始于桓、灵二帝。《出师表》曰："叹息痛恨于桓灵。"故从桓、灵说起。桓、灵不用十常侍，则东汉可以不为三国；刘禅不用黄皓，则蜀汉可以不为晋国。此一部大书，前后照应起。桓帝禁锢善类，崇信宦官。及桓帝崩，灵帝即位，大将军窦武、太傅陈蕃，共相辅佐。时有宦官曹节等弄权，窦武、陈蕃谋诛之，机事不密，反为所害，中涓自此愈横。将说何进，先以陈、窦二人作引。

建宁二年四月望日，帝御温德殿。方升座，殿角狂风骤起。只见一条大青蛇，从梁上飞将下来，蟠于椅上。白蛇斩而汉兴，青蛇见而汉危。青蛇、白蛇遥遥相对。○"惟虺惟蛇，女子之祥。"寺人正女子一类也，故有此兆。帝惊倒，左右急救入宫，百官俱奔避。须臾，蛇不见了。忽然大雷大雨，加以冰雹，落到半夜方止，坏却房屋无数。建宁四年二月，洛阳地震；又海水泛溢，沿海居民，尽被大浪卷入海中。水将灭火。光和元年，雌鸡化雄。此兆尤切中宦官。以男子而净身，则雄化为雌矣；以阉人而干政，则雌又化为雄矣。六月朔，黑气十余丈，飞入温德殿中。秋七月，有虹现于玉堂，五原山岸，尽皆崩裂。种种不祥，非止一端。先说灾异，引起盗贼。帝下诏问群臣以灾异之由，议郎蔡邕上疏，以为蜺堕鸡化，乃妇寺干政之所致，言颇切直。首卷书以蔡邕起，以董卓结，盖邕固一代文人也，使不失身董卓，则《三国志》当成于蔡邕之手，岂成于陈寿之手哉？作者殆为中郎惜之。帝览奏叹息，因起更衣。曹节在后窃视，悉宣告左右；遂以他事陷邕于罪，放归田里。后张让、赵忠、封谞、段珪、曹节、侯览、蹇硕、程旷、夏恽、郭胜十人朋比为奸，号为"十常侍"。帝尊信张让，呼为"阿父"。^{有此张父，自然生出张角等兄弟三人来。}朝政日非，以致天下人心思乱，盗贼蜂起。

时钜鹿郡有兄弟三人：^{以此兄弟三人引出桃园兄弟三人来。}一名张角，一名张宝，一名张梁。那张角本是个不第秀才，^{脱儒冠而裹黄巾，负却秀才名色。}因入山采药，遇一老人，碧眼童颜，手执藜杖，唤角至一洞中，以天书三卷授之，曰："此名《太平要术》。汝得之，当代天宣化，普救世人。若萌异心，必获恶报。"^{若无此句，人不肯信。}角拜问姓名。老人曰："吾乃南华老仙也。"言讫，化阵清风而去。^{此事谁见来？是张角自言之，而人遽信之，正与篝火狐鸣一般伎俩。}

角得此书，晓夜攻习，能呼风唤雨，号为"太平道人"。^{称得绝奇。}中平元年正月内，疫气流行，张角散施符水，为人治病，自称"大贤良师"。^{名号愈出愈奇。}角有徒弟五百余人，云游四方，皆能书符念咒。次后徒众日多，角乃立三十六方，大方万余人，小方六七千，各立渠帅，称为将军，^{书符念咒，只好遣鬼为将，奈何以人为将乎！称"道人"，称"师"，又称"将军"，名号愈出愈奇。}讹言："苍天已死，黄天当立；^{造语不通之极。如此秀才，宜其不第也。○汉将兴，有赤帝、白帝之奇谶；汉将亡，有苍天、黄天之妖言。赤、白、苍、黄，二帝二天，正遥遥相映。}岁在甲子，天下大吉。"令人各以白土，书"甲子"二字于家中大门上。青、幽、徐、冀、荆、扬、兖、豫八州之人，家家侍奉大贤良师张角名字。^{天子既呼张让为父，天下又安得不奉角为师！}角遣其党马元义，暗赍金帛，结交中涓封谞，以为内应。^{外寇必结连内寇。}

角与二弟商议曰："至难得者，民心也。今民心已顺，若不乘势取天下，诚为可惜。"遂一面私造黄旗，约期举事；一面使弟子唐周，驰书报封谞。唐周乃径赴省中告变。^{中涓反作奸细，奸细反作首人，可见内寇更恶于外寇。}帝召大将军何进，^{引出何进。}调兵擒马元义，斩之，次收封谞等一干人下狱。^{何不便杀？}张角闻知事露，星夜举兵，自称"天公将军"，张宝称"地公将军"，张梁称"人公将军"；^{隐然鼎足，为三国引子。}申言于众曰："今汉运将终，大圣人出。汝等皆宜顺天从正，以乐太平。"四方百姓，裹黄巾从张角反者四五十万。^{奉黄天而裹黄巾，熟是好笑。}贼势浩大，官军望风而靡。何进奏帝火速降诏，令各处备御，讨贼立功；一面遣中郎将卢植、皇甫嵩、朱儁，各引精兵，分三路讨之。^{好。}

且说张角一军，前犯幽州界分。幽州太守刘焉，^{一个姓刘的，引出一个姓刘的来。}乃江夏竟陵人氏，汉鲁恭王之后也；^{鲁恭王之后，引出中山靖王之后来。}当时闻得贼兵将至，召校尉邹靖计议。靖曰："贼兵众，我兵寡，明公宜作速招军应敌。"刘焉然其说，随即出榜招募义兵。

榜文行到涿县，引出涿县中一个英雄。^{方入此卷正文。○先是一个英雄。}那人不甚好读书，^{便与不第秀才不同。}性宽和，寡言语，喜怒不形于色；素有大志，专好结交天下豪杰，生得身长七尺五寸，两耳垂肩，双手过膝，目能自顾其耳，面如冠玉，唇若涂脂，中山靖王刘胜之后，汉景帝阁下玄孙，^{可知蜀汉是正统。}姓刘，名备，字玄德。昔刘胜之子刘贞，汉武时封涿鹿亭侯，后坐酎金失侯，^{汉武时，宗庙祭礼，命宗藩俱献金助祭。金色有不佳者，辄削其封。}因此遗这一枝在涿县。玄德祖刘雄，父刘弘。弘曾举孝廉，亦尝作吏，早丧。玄德幼孤，事母至孝；^{然则昭烈之事母，胜于高宗之事父矣。}家贫，贩屦织席为业，^{汉武用主父偃计削弱宗藩，以致光武起于田间，昭烈起于织席，可胜叹哉。}家住本县楼桑村。其家之东南，有一大桑树，高五丈余，遥望之，童童如车盖。相者云："此家必出贵人。"^{只为此一株桑，遂使南阳八百株桑不能独乐其乐。}玄德幼时，与乡中小儿戏于树下，曰："我为天子，当乘此车盖。"^{汉高微时，见始皇帝车从曰："丈夫不当如是耶？"正与此合。}叔父刘元起奇其言，曰："此儿非常人也！"因见玄德家贫，常资给之。^{好叔父。}年十五岁，母使游学，尝师事郑玄、卢植，与公孙瓒等为友。^{以上是玄德一篇小传。}及刘焉发榜招军时，玄德年已二十八岁矣。

当日见了榜文，慨然长叹。^{此一叹，叹出无数大事来。}随后一人厉声言曰："大丈夫不与国家出力，何故长叹？"^{斗然而来。}玄德回视其人：身长八尺，豹头环眼，燕颔虎须，声若巨雷，势如奔马，^{又引出一个英雄。}玄德见他形貌异常，问其姓名。其人曰："某姓张，名飞，字翼德。世居涿郡，颇有庄田，卖酒屠猪，专好结交天下豪杰。^{与玄德有同好。}恰才见公看榜而叹，故此相问。"玄德曰："我本汉室宗亲，姓刘，名备。今闻黄巾倡乱，有志欲破贼安民，恨力不能，故长叹耳。"飞曰："吾颇有资财，当招募乡勇，与公同举大事，如何？"^{毕竟有资财者易于举大事。}玄德甚喜，遂与同入村店中饮酒。

正饮间，见一大汉，推着一辆车子，到店门首歇了，入店坐下，便唤酒保："快斟酒来吃，我待赶入城去投军。"^{斗然而来。}玄德看其人：身长九尺，髯长二尺，面如重枣，唇若涂脂，丹凤眼，卧蚕眉，相貌堂堂，威风凛凛。^{又引出一个英雄。○写玄德先遇张公，次遇关公，叙法参差有致。}玄德就邀他同坐，叩其姓名。其人曰："吾姓关，名羽，字长生，后改云长，河东解良人也。因本处势豪倚势凌人，被吾杀了，^{颇与张翼德同性。}逃难江湖，五六年矣。今闻此处招军破贼，特来应募。"玄德遂以己志告之，云长大喜，同到张飞庄上，共议大事。飞曰："吾庄后有一桃园，花开正盛。明日当于园中祭告天地，我三人结为兄弟，协力同心，然后可图大事。"^{黄巾贼有三个姓张的弟兄，不如张翼德结两个不姓张的弟兄较胜万倍。但论兄弟不兄弟，何论姓张不姓张哉！}玄德、云长齐声应曰："如此甚好。"

次日，于桃园中备下乌牛白马祭礼等项，三人焚香再拜而说誓曰："念刘备、关羽、张飞，虽然异姓，既结为兄弟，则同心协力，救困扶危；上报国家，下安黎庶；不求同年同月同日生，只愿同年同月同日死。^{千古盟书第一奇语。}皇天后土，实鉴此心。背义忘恩，天人共戮！"誓毕，拜玄德为兄，关羽次之，张飞为弟。祭罢天地，复宰牛设酒，聚乡中勇士，得三百余人，就桃园中痛饮一醉。_{如此胜举，值得一醉。}

来日收拾军器，但恨无马匹可乘。正思虑间，人报有两个客人，引一伙伴俦，赶一群马，投庄上来。_{来得凑巧。}玄德曰："此天佑我也！"三人出庄迎接。原来二客乃中山大商：一名张世平，一名苏双，每年往北贩马，近因寇发而回。玄德请二人到庄，置酒管待，诉说欲讨贼安民之意。二客大喜，愿将良马五十匹相送，又赠金银五百两，镔铁一千斤，以资器用。_{大是佳客。}玄德谢别二客，便命良匠打造双股剑。云长造青龙偃月刀，_{刀名奇。}又名"冷艳锯"，_{更新奇。}重八十二斤。张飞造丈八点钢矛。各置全身铠甲，共聚乡勇五百余人，来见邹靖。邹靖引见太守刘焉。三人参见毕，各通姓名。玄德说起宗派，刘焉大喜，遂认玄德为侄。_{方作关、张之兄，又作刘焉之侄。}

不数日，人报黄巾贼将程远志统兵五万来犯涿郡。刘焉令邹靖引玄德等三人，统兵五百，_{看他以五百敌其五万}前去破敌。玄德等欣然领军前进，直至大兴山下，与贼相见。贼众皆披发，以黄巾抹额。当下两军相对，玄德出马，左有云长，右有翼德，扬鞭大骂："反国逆贼，何不早降！"程远志大怒，遣副将邓茂出战。张飞挺丈八蛇矛直出，手起处，刺中邓茂心窝，翻身落马。_{极写翼德。}程远志见折了邓茂，拍马舞刀，直取张飞。云长舞动大刀，纵马飞迎。程远志见了，早吃一惊，措手不及，被云长刀起处，挥为两段。_{极写云长。龙刀、蛇矛，初发利市。}后人有诗赞二人曰：

英雄露颖在今朝，一试矛兮一试刀。

初出便将威力展，三分好把姓名标。

众贼见程远志被斩，皆倒戈而走。玄德挥军追赶，投降者不计其数，大胜而回。刘焉亲自迎接，赏劳军士。

次日，接得青州太守龚景牒文，言黄巾贼围城将陷，乞赐救援。刘焉与玄德商议，玄德曰："备愿往救之。"_{壮甚。}刘焉令邹靖将兵五千，同玄德、关、张，投青州来。贼众见救军至，分兵混战。玄德兵寡不胜，退三十里下寨。_{前以五百而大胜，此以五千而小却，写得变幻。若每战必写获捷，便不成文字矣。}玄德谓关、张曰："贼众我寡，必出奇兵，方可取胜。"乃分关公引一千军伏山左，张飞引一千军伏山右，鸣金为号，齐出接应。_{先写关、张斩将，次写玄德运筹，叙法亦参差有致。}次日，玄德与邹靖引军鼓噪而进。贼众迎战，玄德引军便退。贼众乘势追赶，方过山岭，玄德军中一齐鸣金，左右两军齐出，玄德麾军回身复杀。三路夹攻，贼众大溃。^{极写玄德。}直赶至青州城下，太守龚景亦率民兵出城助战。^{带写青州兵一句，好。}贼势大败，剿戮极多，遂解青州之围。后人有诗赞玄德曰：

> 运筹决算有神功，二虎还须逊一龙。
>
> 初出便能垂伟绩，自应分鼎在孤穷。

龚景犒军毕，邹靖欲回。玄德曰："近闻中郎将卢植与贼首张角战于广宗，备昔曾师事卢植，欲往助之。"^{壮甚义甚。}于是邹靖引军自回，玄德与关、张引本部五百人投广宗来。至卢植军中，入帐施礼，具道来意。卢植大喜，留在帐前听调。

时张角贼众十五万，植兵五万，相拒于广宗，未见胜负。植谓玄德曰："我今围贼在此，贼弟张梁、张宝在颍川，与皇甫嵩、朱儁对垒。汝可引本部人马，我更助汝一千官军，前去颍川打探消息，约期剿捕。"玄德领命，引军星夜投颍川来。^{本要助卢植，却使转助皇甫嵩、朱儁，叙法变幻。}

时皇甫嵩、朱儁领军拒贼，贼战不利，退入长社，依草结营。嵩与儁计曰："贼依草结营，当用火攻之。"遂令军士每人束草一把，暗地埋伏。其夜大风忽起，^{正与"呼风唤雨"相映作趣。}二更以后，一齐纵火。嵩与儁各引兵攻击贼寨，火焰张天。贼众惊慌，马不及鞍，人不及甲，四散奔走。

杀到天明，张梁、张宝引败残军士，夺路而走。忽见一彪军马，尽打红旗，当头来到，截住去路。^{读至此，必谓是玄德、关、张来矣，不意竟不是。奇绝。}为首闪出一将：身长七尺，细眼长髯，官拜骑都尉，沛国谯郡人也，姓曹，名操，字孟德。^{忽然飞来。}操父曹嵩，本姓夏侯氏，因为中堂侍曹腾之养子，故冒姓曹。曹嵩生操，小字阿瞒，一名吉利。^{曹操世系如此，岂得与靖王后裔、景帝玄孙同日论哉！}操幼时，好游猎，喜歌舞，有权谋，多机变。操有叔父，见操游荡无度，尝怒之，^{玄德之叔父奇其任，曹操之叔父怒其任：都是好叔父。}言于曹嵩。嵩责操。操忽心生一计：见叔父来，诈倒于地，作中风之状。叔父惊告嵩，嵩急视之，操故无恙。嵩曰："叔言汝中风，今已愈乎？"操曰："儿自来无此病，因失爱于叔父，故见罔耳。"^{欺其父、欺其叔，他日安得不欺其君乎？○玄德孝其母，曹操欺其父、叔，邪正便判。}嵩信其言。后叔父但言操过，嵩并不听。因此，操得恣意放荡。

时人有桥玄者，谓操曰："天下将乱，非命世之才不能济。能安之者，其在君乎？"南阳何颙见操，言："汉室将亡，安天下者，必此人也。"^{二人皆不识曹操，曹操闻之亦不喜。}汝南许劭，有知人之名。操往见之，问曰："我何如人？"劭不答。又问，劭曰："子治世之能臣，乱世之奸雄也。"^{二语定评。}操闻言大喜。^{称之为奸雄而大喜，大喜便是真正奸雄。}年二十，举孝廉，为郎，除洛阳北部尉。

初到任，即设五色棒十余条于县之四门，有犯禁者，不避豪贵，皆责之。中常侍蹇硕之叔，提刀夜行，操巡夜拿住，就棒责之。由是，内外莫敢犯者，威名颇震。后为顿丘令。^{百忙中夹叙曹操因黄巾起，拜为骑都尉，引马步军五千，前来颍川助战。正值张梁、张}_{一篇小传，奇。}宝败走，曹操拦住，大杀一阵，斩首万余级，夺得旗幡、金鼓、马匹极多。张梁、张宝死战得脱。操见过皇甫嵩、朱儁，随即引兵追袭张梁、张宝去了。^{写曹操忽然飞来，}_{忽然飞去，奇绝。}

却说玄德引关、张来颍川，听得喊杀之声，又望见火光烛天，急引兵来时，贼已败散。玄德见皇甫嵩、朱儁，具道卢植之意。嵩曰："张梁、张宝势穷力乏，必投广宗去依张角。玄德可即星夜往助。"玄德领命，遂引兵复回。^{卢植遣助皇甫嵩、朱儁，皇甫嵩、}_{朱儁又遣助卢植，叙法变幻。}到得半路，只见一簇军马，护送一辆槛车：车中之囚，乃卢植也。^{更极变}_{幻。}玄德大惊，滚鞍下马，问其缘故。植曰："我围张角，将次可破；因角用妖术，未能即胜。^{张角妖术在卢植口}_{中虚叙一句，好。}朝廷差黄门左丰前来体探，问我索取贿赂。我答曰：'军粮尚缺，安有余钱奉承天使？'左丰挟恨，回奏朝廷，说我高垒不战，惰慢军心。因此朝廷震怒，遣中郎将董卓来代将我兵，^{先伏一}_{笔。}取我回京问罪。"张飞听罢，大怒，要斩护送军人，以救卢植。^{的是快}_{人。}玄德急止之曰："朝廷自有公论，汝岂可造次？"军士簇拥卢植去了。

关公曰："卢中郎已被逮，别人领兵，我等去无所依，不如且回涿郡。"玄德从其言，遂引军北行。行无二日，忽闻山后喊声大震。玄德引关、张纵马上高冈望之，见汉军大败，后面漫山塞野黄巾盖地而来，旗上大书"天公将军"。^{真是意外}_{出奇。}玄德曰："此张角也！可速战！"^{玄德两番往来，本要助战，却都未战；今引兵}_{欲回，本不想战，却反得一战：叙法俱变。}三人飞马引军而出。张角正杀败董卓，乘势赶来，忽遇三人冲杀，角军大乱，败走五十余里。三人救了董卓回寨。^{本要助卢植，却反救了董卓，变幻。○}_{此回本叙刘、关、张，中间却夹叙曹}_{操，末后又带出}卓问三人现居何职。玄德曰："白身。"卓甚轻之，不为礼。^{可笑}_{董卓，奇绝。}_{可恶。}

玄德出，张飞大怒曰："我等亲赴血战，救了这厮，他却如此无礼！若不杀之，难消我气！"便要提刀入帐来杀董卓。^{见卢植受屈便要救，见董卓无礼便要杀，略}_{无一毫算计。写张翼德真是当时第一快人。}正是：

人情势利古犹今，谁识英雄是白身？

安得快人如翼德，尽诛世上负心人！

毕竟董卓性命如何，且听下文分解。

第二回

张翼德怒鞭督邮
何国舅谋诛宦竖

翼德要救卢植，不曾救得；要杀董卓，不曾杀得。今遇督邮，更不能耐矣。督邮蠹国害民，是又一黄巾也。柳条一顿，可谓再破黄巾第二功。

写翼德十分性急，接手便写何进十分性慢。性急不曾误事，性慢误事不小。人谓项羽不能忍，是性急；高祖能忍，是性慢。此其说非也。项羽刻印将封，印敝而不忍与；鸿门会上，范增三举玦而不忍发：正病在迟疑不断，何尝性急？高祖四万斤金，可捐则捐之；三齐、九江、大梁之地，可割则割之；六国印，可销则销之；鸿沟之约，可背则背之：正妙在果断有余，何尝性慢？

西汉则外戚盛于宦官，东汉则宦官盛于外戚。惟其外戚盛也，故初则产、禄几危汉祚，后则王莽遂移汉鼎；而宦官如弘恭、石显辈，虽尝擅权，未至如东汉之横：是西汉之亡，亡于外戚也。若东汉则不然：外戚与宦官迭为消长，而以宦官图外戚则常胜，如郑众之杀窦宪，单超之杀梁冀是也；以外戚图宦官则常不胜，如窦武见杀于前，而何进复见杀于后是也：是东汉之亡，亡于宦竖也。然窦武不胜，止于身死；何进不胜，遂以亡国。何也？曰：召外兵之故也。外戚图之而不胜，至召外兵以胜之，而前门拒虎，后门进狼，国于是乎非君之国矣。乱汉者，宦竖也；亡汉者，外镇也；而召外镇者，外戚也。然则谓东汉之亡，亦亡于外戚可也。

前于玄德传中，忽然夹叙曹操；此又于玄德传中，忽然带表孙坚；一为魏太祖，一为吴太祖，三分鼎足之所从来也。分鼎虽属孙权，而伏线则已在此。此全部大关目处。

三大国将兴，先有三小丑为之作引。三小丑既灭，又有众小丑为之余波。从来实事，未尝径遂率直，奈何今之作稗官者，本可任意添设，而反径遂率直耶？

　　且说董卓字仲颖，陇西临洮人也，官拜河东太守，自来骄傲。_{一味骄傲，便算不得奸雄，便不及曹操。}当日怠慢了玄德，张飞性发，便欲杀之。玄德与关公急止之曰："他是朝廷命官，岂可擅杀？"飞曰："若不杀这厮，反要在他部下听令，其实不甘！二兄要便住在此，我自投别处去也！"_{确是怒后愤急语。不然，三人义同生死，何出此言？}玄德曰："我三人义同生死，岂可相离？不若都投别处去便了。"飞曰："若如此，稍解吾恨。"

　　于是三人连夜引军来投朱儁。儁待之甚厚，合兵一处，进讨张宝。是时曹操自跟皇甫嵩讨张梁，大战于曲阳。_{首回夹叙曹操，此处还他一句下落，且为后文伏线。}这里朱儁进攻张宝。张宝引贼众八九万，屯于山后。儁令玄德为其先锋，与贼对敌。张宝遣副将高升出马搦战，玄德使张飞击之。飞纵马挺矛，与升交战，不数合，刺升落马。玄德麾军直冲过去。张宝就马上披发仗剑，作起妖法。只见风雷大作，一股黑气，从天而降，黑气中似有无限人马杀来。_{前张角妖术只在卢植口中虚点一句；}_{今张宝妖术却用实叙，都好。}玄德连忙回军，军中大乱，败阵而归，与朱儁计议。儁曰："彼用妖术，我来日可宰猪羊狗血，令军士伏于山头，候贼赶来，从高坡上泼之，其法可解。”玄德听令，拨关公、张飞各引军一千，伏于山后高冈之上，盛猪羊狗血并秽物准备。

次日，张宝摇旗擂鼓，引军搦战，玄德出迎。交锋之际，张宝作法，风雷大作，飞砂走石，黑气漫天，滚滚人马，自天而下。玄德拨马便走，张宝驱兵赶来。将过山头，关、张伏军放起号炮，秽物齐泼。但见空中纸人草马，纷纷坠地；风雷顿息，砂石不飞。^{《太平要术》甚是不济。○关公当日已可与翼德并称伏魔大帝。}张宝见解了法，急欲退军。左关公，右张飞，两军都出，背后玄德、朱儁一齐赶上，贼兵大败。玄德望见“地公将军”旗号，飞马赶来，张宝落荒而走。玄德发箭，中其左臂。^{前写关、张，此写刘备。}张宝带箭逃脱，走入阳城，坚守不出。朱儁引兵围住阳城攻打，一面差人打探皇甫嵩消息。探子回报，^{只如此带笔接叙，冗不脱，绝妙经营。}不具说：“皇甫嵩大获胜捷，朝廷以董卓屡败，命嵩代之。^{带应董卓。}嵩到时，张角已死，^{了却张角。}张梁统其众，与我军相拒，被皇甫嵩连胜七阵，斩张梁于曲阳。^{了却张梁。}发张角之棺，戮尸枭首，送往京师。余众俱降。朝廷加皇甫嵩为车骑将军，领冀州牧。皇甫嵩又表奏卢植有功无罪，朝廷复卢植原官。^{又带应卢植妙。}曹操亦以有功，除济南相，^{结曹操。}即日将班师赴任。”^{一场大事，只就探子回报，带笔写出。一边实叙，一边虚叙，参差尽致。}朱儁听说，催促军马，悉力攻打阳城。贼势危急，贼将严政刺杀张宝，献首投降。^{了却张宝。○以三寇为三国作引，而}“天公”先亡，“人公”次之，“地公”后亡，正应^{着魏先亡，蜀次之，吴亡又次之，天然一个小样子。}朱儁遂平数郡，上表献捷。

时又黄巾余党三人^{三人方死，又有三人作余波。}——赵弘、韩忠、孙仲，聚众数万，望风烧劫，称与张角报仇。朝廷命朱儁即以得胜之师讨之。儁奉诏，率军前进。时贼据宛城，儁引兵攻之，赵弘遣韩忠出战。儁遣玄德、关、张攻城西南角，韩忠尽率精锐之众，来西南角抵敌。朱儁自纵铁骑二千，径取东北角。贼恐失城，急弃西南而回。玄德从背后掩杀，贼众大败，奔入宛城。朱儁分兵四面围定。城中断粮，韩忠使人出城投降，儁不许。^{不许得有见。}玄德曰：“昔高祖之得天下，盖为能招降纳顺。公何拒韩忠耶？”儁曰：“彼一时，此一时也。昔秦、项之际，天下大乱，民无定主，故招降赏附，以劝来耳。今海内一统，惟黄巾造反；若容其降，无以劝善。使贼得利恣意劫掠，失利便投降：此长寇之志，非良策也。”^{此是正论。}玄德曰：“不容寇降是矣。今四面围如铁桶，贼乞降不得，必然死战。万人一心，尚不可当，况城中有数万死命之人乎？不若撤去东南，独攻西北。贼必弃城而走，无心恋战，可即擒也。”^{两策都是。}儁然之，随撤东南二面军马，一齐攻打西北。韩忠果引军弃城而奔。儁与玄德、关、张率三军掩杀，射死韩忠，^{了却韩忠。}余皆四散奔走。正追赶间，赵弘、孙仲引贼众到，与儁交战。儁见弘势大，引军暂退。弘乘势复夺宛城。

　　儁离十里下寨，方欲攻打，忽见正东一彪人马到来。^{来得突兀。}为首一将，生得广额阔面，虎体熊腰，吴郡富春人也，姓孙，名坚，字文台，乃孙武子之后。年十七岁时，与父至钱塘，见海贼十余人劫取商人财物，于岸上分赃。坚谓父曰："此贼可擒也。"遂奋力提刀上岸，扬声大叫，东西指挥，如唤人状。贼以为官兵至，尽弃财物奔走。坚赶上，杀一贼。^{亦是自幼便奇。}由是郡县知名，荐为校尉。后会稽妖贼许昌造反，自称"阳明皇帝"，聚众数万。坚与郡司马招募勇士千余人，会合州郡破之，斩许昌并其子许韶。刺史臧旻上表奏其功，除坚为盐渎丞，又除盱眙丞、下邳丞。^{有此大功，只除一丞，可笑。}今见黄巾寇起，聚集乡中少年及诸商旅，并淮泗精兵一千五百余人，前来接应。^{孙坚为吴国孙权之父，故百忙中特为立一小传。}朱儁大喜，便令坚攻打南门，玄德打北门，朱儁打西门，留东门与贼走。孙坚首先登城，斩贼二十余人，贼众奔溃。赵弘飞马突槊，直取孙坚。坚从城上飞身夺弘槊，刺弘下马，^{了却赵弘。}却骑弘马，飞身往来杀贼。^{写得孙坚如此英雄，可见仲谋分鼎亦非易耳。}孙仲引贼突出北门，正迎玄德，无心恋战，只待奔逃。玄德张弓一箭，正中孙仲，翻身落马。^{了却孙仲。}朱儁大军随后掩杀，斩首数万级，降者不可胜计。南阳一路，十数郡皆平。儁班师回京，诏封为车骑将军，河南尹。儁表奏孙坚、刘备等功。坚有人情，除别郡司马上任去了。^{饶他十分本事，终须靠着人情，为之一叹。}惟玄德听候日久，不得除授。

　　三人郁郁不乐，上街闲行，正值郎中张钧车到。玄德见之，自陈功绩。钧大惊，随入朝见帝曰："昔黄巾造反，其原皆由十常侍卖官鬻爵，非亲不用，非仇不诛，以致天下大乱。今宜斩十常侍，悬首南郊，遣使者布告天下，有功者重加赏赐，则四海自清平也。"^{不提起刘玄德，却只骂十常侍，拔本塞源之论。}十常侍奏帝曰："张钧欺主。"帝令武士逐出张钧。十常侍共议："此必破黄巾有功者，不得除授，故生怨言。权且教省家铨注微名，待后却再理会未晚。"^{即伏后沙汰一着。}因此玄德除授定州中山府安喜县尉，克日赴任。玄德将兵散回乡里，^{细。}止带亲随二十余人，与关、张来安喜县中到任。署县事一月，与民秋毫无犯，民皆感化。到任之后，与关、张食则同桌，寝则同床。如玄德在稠人广坐，关、张侍立，终日不倦。^{今复有此结拜弟兄否？}

　　到县未及四月，朝廷降诏，凡有军功为长吏者当沙汰。玄德疑在遣中。^{无人情者如此吃亏，为之一叹。}适督邮行部至县，玄德出郭迎接，见督邮施礼。督邮坐于马上，惟微以鞭指回答。^{可恶，该打。}关、张二公俱怒。及到馆驿，督邮南面高坐，玄德侍立阶下。良久，督邮问曰："刘县尉是何出身？"^{所问与董卓如出一口，势利小人大都如是。}玄德曰："备乃中山靖王之后，自涿郡剿戮黄巾，大小三十余战，颇有微功，因得除今职。"督邮大喝曰："汝诈称皇亲，虚报功绩！目今朝廷降诏，正要沙汰这等滥官污吏！"^{可恶该打。}玄德喏喏连声而退。归到县中，与县吏商议。吏曰："督邮作威，无非要贿赂耳。"^{此等机关还是县吏精通。}玄德曰："我与民秋毫无犯，那得财物与他？"次日，督邮先提县吏去，勒令指称县尉害民。^{可恶该打。}玄德几番自往求免，俱被门役阻住，不肯放参。^{不过要一纸包耳。}

却说张飞饮了数杯闷酒，乘马从馆驿前过，^{来了。督邮作威时，定然不知有老张。}见五六十个老人，皆在门前痛哭。飞问其故，众老人答曰："督邮逼勒县吏，欲害刘公。我等皆来苦告，不得放入，反遭把门人赶打！"张飞大怒，睁圆环眼，咬碎钢牙，滚鞍下马，径入馆驿，把门人那里阻挡得住，直奔后堂，见督邮正坐厅上，将县吏绑倒在地。飞大喝："害民贼！认得我么？"^{快人快事。妙在绝无商量。}督邮未及开言，早被张飞揪住头发，扯出馆驿，直到县前马桩上缚住，^{前日坐马上，今日缚马桩上，好笑。}攀下柳条，去督邮两腿上着力鞭打，^{打得畅快。督邮所望者，蒜条金耳，岂意张公以柳条鞭见赠。}一连打折柳条十数枝。^{此柳条十数枝，可当"甘棠"之思。}玄德正纳闷间，听得县前喧闹，问左右，答曰："张将军绑一人在县前痛打。"玄德忙去观之，见绑缚者乃督邮也。^{不谓南面高坐，一人一至于此。}玄德惊问其故。飞曰："此等害民贼，不打死等甚！"^{快人快语，绝无商量。}督邮告曰："玄德公救我性命！"^{不敢不敢，我本诈称皇亲、虚扬功绩者，安能救你耶？}玄德终是仁慈的人，急喝张飞住手。旁边转过关公来，曰："兄长建许多大功，仅得县尉，今反被督邮侮辱。吾思枳棘丛中，非栖鸾凤之所，不如杀督邮，弃官归乡，别图远大之计。"^{落落丈夫语。}玄德乃取印绶，挂于督邮之颈，^{可谓"挂印督邮"。}责之曰："据汝害民，本当杀却，今姑饶汝命。^{翼德竟将打死之；关公乃欲杀之；而玄德则姑饶之。写三人各自一样，无不酷肖。}吾缴还印绶，从此去矣。"^{如此缴印辞官法，绝奇绝趣。}督邮归告定州太守，太守申文省府，差人捕捉。玄德、关、张三人往代州投刘恢。恢见玄德乃汉室宗亲，留匿在家不题。^{按下一头。}

却说十常侍既握重权，互相商议，但有不从己者，诛之。赵忠、张让差人问破黄巾将士索金帛，不从者奏罢职。皇甫嵩、朱儁皆不肯与，赵忠等俱奏罢其官。帝又封赵忠等为车骑将军，张让等十三人皆封列侯。朝政愈坏，人民嗟怨。于是长沙贼区星作乱；^{又是黄巾余波。}渔阳张举、张纯反，举称天子，纯称大将军。^{又是两个姓张的。}表章雪片告急，十常侍皆藏匿不奏。

一日，帝在后园与十常侍饮宴，谏议大夫刘陶径到帝前大恸。帝问其故。陶曰："天下危在旦夕，陛下尚自与阉宦共饮耶！"帝曰："国家承平，有何危急？"陶曰："四方盗贼并起，侵掠州郡。其祸皆由十常侍卖官害民、欺君罔上。朝廷正人皆去，祸在目前矣！"^{刘陶不愧姓刘。}十常侍皆免冠跪伏于帝前曰："大臣不相容，臣等不能活矣！愿乞性命归田里，尽将家产以助军资。"言罢痛哭。^{何异骊姬夜半之哭？奸竖妖姬，一般身分。}帝怒谓陶曰："汝家亦有近侍之人，何独不容朕耶？"呼武士推出斩之。刘陶大呼："臣死不惜！可怜汉室天下，四百余年，到此一旦休矣！"〔好刘陶。〕武士拥陶出，方欲行刑，一大臣喝住曰："勿得下手，待我谏去。"众视之，乃司徒陈耽，径入宫中来谏帝曰："刘谏议得何罪而受诛？"帝曰："毁谤近臣，冒渎朕躬。"耽曰："天下人民，欲食十常侍之肉，陛下敬之如父母，身无寸功，皆封列侯；况封谞等结连黄巾，欲为内乱。〔照应前文。〕陛下今不自省，社稷立见崩摧矣！"〔言言痛切。〕帝曰："封谞作乱，其事不明。十常侍中，岂无一二忠臣？"〔谥之曰"灵"，名称其实。〕陈耽以头撞阶而谏。〔好陈耽。〕帝怒，命牵出，与刘陶皆下狱。

是夜，十常侍即于狱中谋杀之。〔可惜可恨。〕假帝诏以孙坚为长沙太守，讨区星。不五十日，报捷，江夏平。〔了却区星。〕诏封坚为乌程侯，封刘虞为幽州牧，领兵往渔阳征张举、张纯。代州刘恢以书荐玄德见虞。虞大喜，令玄德为都尉，引兵直抵贼巢，与贼大战数日，挫动锐气。张纯专一凶暴，士卒心变，帐下头目刺杀张纯，将头纳献，〔了却张纯。〕率众来降。张举见势败，亦自缢死。〔了却张举。〕渔阳尽平。刘虞表奏刘备大功，朝廷赦免鞭督邮之罪，〔落得打。〕除下密丞，迁高堂尉。公孙瓒又表陈玄德前功，荐为别部司马，守平原县令。玄德在平原，颇有钱粮军马，重整旧日气象。刘虞平寇有功，封太尉。〔前文至此一束。〕

中平六年夏四月，灵帝病笃，召大将军何进入宫，商议后事。〔接入何进事。〕那何进起身屠家，因妹入宫为贵人，生皇子辩，遂立为皇后，进由是得权重任。帝又宠幸王美人，生皇子协。何后嫉妒，鸩杀王美人。〔可恶。〕皇子协养于董太后宫中。董太后乃灵帝之母，解渎亭侯刘苌之妻也。初因桓帝无子，迎立解渎亭侯之子，是为灵帝。灵帝入继大统，遂迎养母氏于宫中，尊为太后。〔插叙董太后，为后文伏线。○迎养则可，"尊为太后"，非礼也。若尊董氏为太后，亦将尊解渎亭侯为太皇乎？当时无有谏者，盖由奸邪擅权，言路闭塞耳。〕

董太后尝劝帝立皇子协为太子。帝亦偏爱协，欲立之。当时病笃，中常侍蹇硕奏曰："若欲立协，必先诛何进，以绝后患。"帝然其说，因宣进入宫。进至宫门，司马潘隐谓进曰："不可入宫。蹇硕欲谋杀公。"进大惊，急归私宅，召诸大臣，欲尽诛宦官。座上一人挺身出曰："宦官之势，起自冲、质之时，朝廷滋蔓极广，安能尽诛？倘机不密，必有灭族之祸，请细详之。"〔一语道破。〕进视之，乃典军校尉曹操也。进叱曰："汝小辈安知朝廷大事！"〔不知后来朝廷大事，都出此小辈之手。〕正踌躇间，潘隐至，言："帝已崩。今蹇硕与十常侍商议，秘不发丧，矫诏宣何国舅入宫，欲绝后患，册立皇子协为帝。"说未了，使命至，宣进速入，以定后事。操曰："今日之计，先宜正君位，然后图贼。"〔扼要语。〕进曰："谁敢与吾正君讨贼？"一人挺身出曰："愿借精兵五千，斩关入内，册立新君，尽诛阉竖，扫清朝廷，以安天下！"^{语亦不寻常}进视之，乃司徒袁逢之子，袁隗之侄：名绍，字本初，现为司隶校尉。何进大喜，遂点御林军五千。绍全身披挂。何进引何颙、荀攸、郑泰等大臣三十余员，相继而入，就灵帝枢前，扶立太子辩即皇帝位。

百官呼拜已毕，袁绍入宫收蹇硕。硕慌走入御园，花阴下为中常侍郭胜所杀。^{以宦官杀宦官}硕所领禁军，尽皆投顺。绍谓何进曰："中官结党，今日可乘势尽诛之。"^是张让等知事急，慌入告何后曰："始初设谋陷害大将军者，止蹇硕一人，并不干臣等事。今大将军听袁绍之言，欲尽诛臣等，乞娘娘怜悯！"何太后曰："汝等勿忧，我当保汝。"传旨宣何进入。太后密谓曰："我与汝出身寒微，非张让等，焉能享此富贵？今蹇硕不仁，既已伏诛，汝何听信人言，欲尽诛宦官耶？"^{妇人误事}何进听罢，出谓众官曰："蹇硕设谋害我，可族灭其家。其余不必妄加残害。"^{何进如此无用，死不足惜}袁绍曰："若不斩草除根，必为丧身之本。"^是进曰："吾意已决，汝勿多言。"众官皆退。

次日，太后命何进参录尚书事，其余皆封官职。董太后宣张让等入宫商议曰："何进之妹，始初我抬举他。今日他孩儿即皇帝位，内外臣僚，皆其心腹，威权太重，我将如何？"让奏曰："娘娘可临朝，垂帘听政，封皇子协为王，加国舅董重大官，掌握军权，重用臣等，^{张让意中只重此句}大事可图矣。"董太后大喜。次日设朝，董太后降旨，封皇子协为陈留王，董重为骠骑将军，张让等共预朝政。

何太后见董太后专权，于宫中设一宴，请董太后赴席。酒至半酣，何太后起身捧杯再拜曰："我等皆妇人也，参预朝政，非其所宜。昔吕后因握重权，宗族千口皆被戮。今我等宜深居九重，朝廷大事，任大臣元老自行商议，此国家之幸也。愿垂听焉。"^{说得是，惜言是而人非}董后大怒曰："汝鸩死王美人，设心嫉妒。^{恶毒。分明劈心一拳}今倚汝子为君，与汝兄何进之势，辄敢乱言！吾敕骠骑断汝兄首，如反掌耳！"何后亦怒曰："吾以好言相劝，何反怒耶？"董后曰："汝家屠沽小辈，有何见识！"两宫互相争竞，^{体统坏尽}张让等各劝归宫。

何后连夜召何进入宫，告以前事。何进出，召三公共议。来早设朝，使廷臣奏"董太后原系藩妃，不宜久居宫中，合仍迁于河间安置"，限日下即出国门。一面遣人起送董后，一面点禁军围骠骑将军董重府宅，追索印绶。董重知事急，自刎于后堂。家人举哀，军士方散。^{以外戚杀外戚}张让、段珪见董后一枝已废，遂皆以金珠玩好结构何进弟何苗并其母舞阳君，令早晚入何太后处，善言遮蔽，因此十常侍又得近幸。^{一班女子小人}

六月，何进暗使人鸩杀董后于河间驿庭，^{称太后则不可，然迎养宫中，灵帝所以尽子情也。出之外藩而又鸩杀之，何进之罪大矣。○今日姓何的弑董后，他}

举枢回京，葬于文陵。进托病不出，司隶校尉袁绍入见进曰："张让、段珪等流言于外，言公鸩杀董后，欲谋大事。乘此时不诛阉宦，后必为大祸。^{是。}昔窦武欲诛内竖，机谋不密，反受其殃。今公兄弟部曲将吏皆英俊之士，^{兄弟倒未必。}若使尽力，事在掌握。此天赞之时，不可失也。"进曰："且容商议。"左右密报张让，^{家人骨肉，个个向外，进之为人可知矣。}让等转告何苗，又多送贿赂。苗入奏何后云："大将军辅佐新君，不行仁慈，专务杀伐。今无端又欲杀十常侍，此取乱之道也。"后纳其言。少顷，何进入白后，欲诛中涓。^{何进真在梦中。}何后曰："中官统领禁省，汉家故事。先帝新弃天下，尔欲诛杀旧臣，非重宗庙也。"进本是没决断之人，^{没决断之人听太后言，干得甚事？}听太后言，唯唯而出。袁绍迎问曰："大事若何？"进曰："太后不允，如之奈何？"绍曰："可召四方英雄之士，勒兵来京，尽诛阉竖。此时事急，不容太后不从。"^{此计坏了。}进曰："此计大妙！"^{偏是此计不妙，他偏说大妙，想何进胸中如漆。}便发檄至各镇，召赴京师。主簿陈琳曰："不可！俗云：'掩目而捕燕雀。'是自欺也。微物尚不可欺以得志，况国家大事乎？今将军仗皇威，掌兵要，龙骧虎步，高下在心，若欲诛宦官，如鼓洪炉燎毛发耳。但当速发雷霆，行权立断，则天人顺之。却反外檄大臣，临犯京阙，英雄聚会，各怀一心：所谓倒持干戈，授人以柄，功必不成，反生乱矣。"^{良言硕量，炳若日星。}何进笑曰："此懦夫之见也！"^{到底不听好人言。}旁边一人鼓掌大笑曰："此事易如反掌，何必多议！"视之，乃曹操也。正是：

欲除君侧宵人乱，须听朝中智士谋。

不知曹操说出甚话来，且听下文分解。

第三回

议温明董卓叱丁原
馈金珠李肃说吕布

天子者，日也。日而借光于萤火，不成其为日矣。后人以孔明在蜀，耿耿如长庚之照一方。夫长庚则固胜于萤光百倍也。

李肃说吕布一段文字，花团锦簇。凡劝人背叛，劝人弑逆，是最难启齿之事，今偏不说出，偏要教他自说，妙不可言。

奸在君侧者，除之贵密贵速。董卓上表以暴其威，是不密也；顿兵以观其变，是不速也。何进不知当密，卓则知之，而故为不密；何进不知当速，卓则知之，而故为不速。其意以为如是而何进必死，内乱必作，夫然后乘衅入朝，可以惟我所欲为耳。此皆出李儒之谋，儒亦智矣。乃劝卓收吕布为腹心，又何愚而失于计也。杀一义父，拜一义父，为其父者，不亦危乎？卓不疑布，布亦不虑卓之疑己，无谋之人，固不足怪。儒自以为智，而虑不及此，哀哉！

玄德结两异姓之弟，而得其死力；丁原结一异姓之子，而受其摧残。其故何也？一则择弟而弟，弟其所当弟；一则不择子而子，子其所不当子故也。观吕布，益服关、张之笃义；观丁原，益叹玄德之知人。

且说曹操当日对何进曰："宦官之祸，古今皆有；但世主不当假之权宠，使至于此。若欲治罪，当除元恶，但付一狱吏足矣，何必纷纷召外兵乎？欲尽诛之，事必宣露。吾料其必败也。"_{所见大胜本初。两人优劣，俱在于此。}何进怒曰："孟德亦怀私意耶？"操退曰："乱天下者，必进也。"进乃暗差使命，赍密诏星夜往各镇去。

却说前将军、鳌乡侯、西凉刺史董卓，先为破黄巾无功，朝议将治其罪，因贿赂十常侍幸免，_{贿赂十常侍之人，安能杀十常侍？}后又结托朝贵，遂任显官，统西州大军二十万，常有不臣之心。是时得诏大喜，点起军马，陆续便行；使其婿中郎将牛辅守住陕西，自己却带李傕、郭汜、张济、樊稠等提兵望洛阳进发。卓婿谋士李儒曰："今虽奉诏，中间多有暗昧。何不差人上表，名正言顺，大事可图。"_{何进暗发密诏，李儒乃欲显上表章，明明要激成内乱。}卓大喜，遂上表。其略曰：

窃闻天下所以乱逆不止者，皆由黄门常侍张让等侮慢天常之故。臣闻扬汤止沸，不如去薪；溃痈虽痛，胜于养毒。臣敢鸣钟鼓入洛阳，请除让等。社稷幸甚！天下幸甚！

何进得表，出示大臣。侍御史郑泰谏曰："董卓乃豺狼也，引入京城，必食人矣。"_{欲去狐鼠，乃召豺狼。确论。}进曰："汝多疑，不足谋大事。"卢植亦谏曰："植素知董卓为人，面善心狠；一入禁庭，必生祸患。不如止之勿来，免致生乱。"进不听，郑泰、卢植皆弃官而去。朝廷大臣，去者大半。进使人迎董卓于渑池，卓按兵不动。^{先上表以示威，复按兵以观变，皆李儒之谋也。}

张让等知外兵到，共议曰："此何进之谋也。我等不先下手，皆灭族矣。"乃先伏刀斧手五十人于长乐宫嘉德门内，入告何太后曰："今大将军矫诏召外兵至京师，欲灭臣等，望娘娘垂怜赐救。"太后曰："汝等可诣大将军府谢罪。"让曰："若到相府，骨肉齑粉矣。望娘娘宣大将军入宫谕止之。如其不从，臣等只就娘娘前请死。"太后乃降诏宣进。^{妇人误事如此。}进得诏便行。主簿陈琳谏曰："太后此诏，必是十常侍之谋，切不可去，去必有祸。"^{智哉陈琳。}进曰："太后诏我，有何祸事？"袁绍曰："今谋已泄，事已露，将军尚欲入宫耶？"曹操曰："先召十常侍出，然后可入。"^{真应变之策。}进笑曰："此小儿之见也。^{好个大人。}吾掌天下之权，十常侍敢待如何？"绍曰："公必欲去，我等引甲士护从，以防不测。"于是袁绍、曹操各选精兵五百，命袁绍之弟袁术领之。袁术全身披挂，引兵布列青琐门外。绍与操带剑护送何进至长乐宫前。黄门传懿旨云："太后特宣大将军，余人不许辄入。"将袁绍、曹操等都阻住宫门外。何进昂然直入。^{可谓大将军八面威风。}至嘉德殿门，张让、段珪迎出，左右围住，进大惊。让厉声责进曰："董后何罪，妄以鸩死？国母丧葬，托疾不出！汝本屠沽小辈，我等荐之天子，以致荣贵；不思报效，欲相谋害！汝言我等甚浊，其清者是谁？"^{《左传》曰："惟无瑕者，可以戮人。"何进谋杀董后，其罪亦与十常侍等。}进慌急，欲寻出路，^{至此而欲寻出路，真小儿之见也。}宫门尽闭，伏甲齐出，将何进砍为两段。后人有诗叹之曰：

> 汉室倾危天数终，无谋何进作三公。
>
> 几番不听忠臣谏，难免宫中受剑锋。

让等既杀何进，袁绍久不见进出，乃于宫门外大叫曰："请将军上车！"让等将何进首级从墙上掷出，^{身不能上车而行，头乃得逾墙而出，还算逃得一半。}宣谕曰："何进谋反，已伏诛矣！其余胁从，尽皆赦宥。"袁绍厉声大叫："阉官谋杀大臣！诛恶党者前来助战！"何进部将吴匡，便于青琐门外放起火来。袁术引兵突入宫庭，但见阉官，不论大小，尽皆杀之。^{势必至此。然则又何必召外兵耶？}袁绍、曹操斩关入内。赵忠、程旷、夏恽、郭胜四个被赶至翠花楼前，剁为肉泥。宫中火焰冲天。

张让、段珪、曹节、侯览将太后及太子并陈留王劫去内省，从后道走北宫。时卢植弃官未去，见宫中事变，摅甲持戈，立于阁下。遥见段珪拥逼何后过来，植大呼曰："段珪逆贼，安敢劫太后！"段珪回身便走。太后从窗中跳出，植急救得免。^{国舅逾墙，止剩一头；太后跳窗，得保全身：}

犹幸矣。吴匡杀入内庭，见何苗亦提剑出。匡大呼曰："何苗同谋害兄，当共杀之！"众人俱曰："愿斩谋兄之贼！"苗欲走，四面围定，砍为齑粉。绍复令军士分头来杀十常侍家属，不分大小，尽皆诛绝，多有无须者误被杀死。此时胡子大得便宜。曹操一面救灭宫中之火，请何太后权摄大事，遣兵追袭张让等，寻觅少帝。孟德举动，毕竟不同。

且说张让、段珪劫拥少帝及陈留王，冒烟突火，连夜奔走至北邙山。约二更时分，后面喊声大举，人马赶至。当前河南中部掾吏闵贡，大呼："逆贼休走！"张让见事急，遂投河而死。帝与陈留王未知虚实，不敢高声，伏于河边乱草之内。军马四散去赶，不知帝之所在。

帝与王伏至四更，露水又下，腹中饥馁，相抱而哭；又怕人知觉，吞声草莽之中。寇则伏莽，帝亦伏莽，为之一叹。陈留王曰："此间不可久恋，须别寻活路。"于是二人以衣相结，爬上岸边。满地荆棘，黑暗之中，不见行路。正无奈何，忽有流萤千百成群，光芒照耀，只在帝前飞转。炎刘之势，昔如日月，今为萤光，火德衰矣。陈留王曰："此天助我兄弟也！"遂随萤火而行，渐渐见路。行至五更，足痛不能行，山冈边见一草堆，帝与王卧于草堆之畔。竟为草头皇帝矣。草堆前面是一所庄院。庄主是夜梦两红日坠于庄后，两红日正应陈留亦为帝之兆。惊觉，披衣出户，四下观望，见庄后草堆上红光冲天，然则萤光相随，直以光引光耳。慌忙往视，却是二人卧于草畔。庄主问曰："二少年谁家之子？"帝不敢应。陈留王指帝曰："此是当今皇帝，遭十常侍之乱，逃难到此。吾乃皇弟陈留王也。"庄主大惊，再拜曰："臣先朝司徒崔烈之弟崔毅也。因见十常侍卖官嫉贤，故隐于此。"崔烈此弟，颇胜于兄。遂扶帝入庄，跪进酒食。

却说闵贡赶上段珪，拿住问："天子何在？"珪言："已在半路相失，不知何往。"贡遂杀段珪，悬头于马项下，分兵四散寻觅，自己却独乘一马，随路追寻。偶至崔毅庄，毅见首级，问之，贡说详细。崔毅引贡见帝，君臣痛哭。贡曰："国不可一日无君，请陛下还都。"崔毅庄上止有瘦马一匹，备与帝乘。贡与陈留王共乘一马。帝曰万乘，王曰千乘，大夫亦曰百乘。今一帝、一王、一臣，止共骑二马，可叹。离庄而行，不到三里，司徒王允、太尉杨彪、左军校尉淳于琼、右军校尉赵萌、后军校尉鲍信、中军校尉袁绍，一行人众，数百人马，接着车驾，君臣皆哭。先使人将段珪首级往京师号令，另换好马与帝及陈留王骑坐，细。簇帝还京。先是洛阳小儿谣曰："帝非帝，王非王，千乘万骑走北邙。"至此果应其谶。后来帝废为王，王反为帝，所谓"帝非帝，王非王"耶？此时只应得末一句，那知后来却应在首二句耶？

车驾行不到数里，忽见旌旗蔽日，尘土遮天，一枝人马到来。百官失色，帝亦大惊。

袁绍骤马出问："何人？"绣旗影里，一将飞出，厉声问："天子何在？"^{不答袁绍，竟问}^{天子，气质便来}得不^{好。}帝战栗不能言。陈留王勒马向前，叱曰："来者何人？"卓曰："西凉刺史董卓也。"^{董卓至此时始来，}^{皆李儒之计也。}陈留王曰："汝来保驾耶？汝来劫驾耶？"卓应曰："特来保驾。"陈留王曰："既来保驾，天子在此，何不下马？"卓大惊，慌忙下马，拜于道左。陈留王以言抚慰董卓，自初至终，并无失语。^{献帝此时，颇强人意，}^{何后来倦怠之甚也？}卓暗奇之，已怀废立之意。

是日还宫，见何太后，俱各痛哭。检点宫中，不见了传国玉玺。^{为后文孙坚}^{得玺伏线。}董卓屯兵城外，每日带铁甲马军入城，横行街市，百姓惶惶不安。卓出入宫庭，略无忌惮。后军校尉鲍信，来见袁绍，言董卓必有异心，可速除之。^{若欲除之，不如勿召；既}^{已召之，欲除则难矣。}绍曰："朝廷新定，未可轻动。"鲍信见王允，亦言其事。允曰："且容商议。"信自引本部军兵，投泰山去了。

董卓招诱何进兄弟部下之兵，尽归掌握。私谓李儒曰："吾欲废帝立陈留王，何如？"^{不过欲借废立以张威，}^{非真有爱于陈留也。}李儒曰："今朝廷无主，不就此时行事，迟则有变矣。来日于温明园中，召集百官，谕以废立；有不从者斩之，则威权之行，正在今日。"卓喜。

次日大排筵会，遍请公卿。公卿皆惧董卓，谁敢不到。卓待百官到了，然后徐徐到园门下马，^{妆模做样，}^{可恶可笑。}带剑入席。酒行数巡，卓教停酒止乐，乃厉声曰："吾有一言，众官静听。"众皆侧耳。卓曰："天子为万民之主，无威仪不可以奉宗庙社稷。今上懦弱，不若陈留王聪明好学，可承大位。吾欲废帝，立陈留王，诸大臣以为何如？"^{鸣钟鼓入洛阳，不是来杀}^{十常侍，特来废皇帝耳。}诸官听罢，不敢出声。座上一人推案直出，立于筵前，大呼："不可！不可！汝是何人，敢发大语？天子乃先帝嫡子，初无过失，何得妄议废立！汝欲为篡逆耶？"^{此时此人}^{不可少。}卓视之，乃荆州刺史丁原也。卓怒叱曰："顺我者生，逆我者死！"遂掣佩剑欲斩丁原。时李儒见丁原背后一人，生得器宇轩昂，威风凛凛，手执方天画戟，怒目而视。^{先从李儒眼中虚画一吕}^{布。○此处先写戟。}李儒急进曰："今日饮宴之处，不可谈国政；来日向都堂公论未尽。"众人皆劝丁原上马而去。

卓问百官曰："吾所言，合公道否？"卢植曰："明公差矣。昔太甲不明，伊尹放之于桐宫；昌邑王登位方二十七日，造恶三千余条，故霍光告太庙而废之。今上虽幼，聪明仁智，并无分毫过失。公乃外郡刺史，素未参与国政，又无伊、霍之大才，何可强主废立之事？圣人云：'有伊尹之志则可，无伊尹之志则篡也。'"^{正论侃侃，不愧}^{为玄德之师。}卓大怒，拔剑向前欲杀植。侍中蔡邕、议郎彭伯谏曰："卢尚书海内人望，今先害之，恐天下震怖。"卓乃止。司徒王允曰："废立之事，不可酒后相商，另日再议。"^{王允此时，胸}^{中已有成算。}于是百官皆散。

卓按剑立于园门，忽见一人跃马持戟，于园门外往来驰骤。又从董卓眼中虚画一吕布。○前只写戟，此处添写马。卓问李儒："此何人也？"儒曰："此丁原义儿，姓吕，名布，字奉先者也。在李儒口中，方实叙出吕布姓名。主公且须避之。"添此一句，张皇之极。卓乃入园潜避。

次日，人报丁原引军城外搦战。卓怒，引军同李儒出迎。两阵对圆，只见吕布顶束发金冠，披百花战袍，擐唐猊铠甲，系狮蛮宝带，纵马挺戟，随丁建阳出到阵前。又双从董卓、李儒眼中实写一吕布。○看他先写状貌，次写姓名，次写妆束；先写戟，次写马，次写冠带袍甲：都作三层出落，妙。建阳指卓骂曰："国家不幸，阉官弄权，以致万民涂炭。尔无尺寸之功，焉敢妄言废立，欲乱朝廷！"董卓未及回言，吕布飞马直杀过来。董卓慌走，建阳率军掩杀。卓兵大败，退三十余里下寨，聚众商议。卓曰："吾观吕布非常人也。吾若得此人，何虑天下哉！"帐前一人出曰："主公勿忧。某与吕布同乡，知其勇而无谋，见利忘义。二语说尽奉先。某凭三寸不烂之舌，说吕布拱手来降，可乎？"卓大喜，观其人，乃虎贲中郎将李肃也。卓曰："汝将何以说之？"肃曰："某闻主公有名马一匹，号曰'赤兔'，日行千里。此处轻轻略赞一句。须得此马，再用金珠，以利结其心。某更进说词，吕布必反丁原，来投主公矣。"卓问李儒曰："此言可乎？"儒曰："主公欲取天下，何惜一马！"看他翁婿二人，口口稳取天下，然是可笑。卓欣然与之，今不惜名马，后独惜爱姬，何也？更与黄金一千两、明珠数十颗、玉带一条。

李肃赍了礼物，投吕布寨来。伏路军人围住。肃曰："可速报吕将军，有故人来见。"军人报知，布命入见。肃见布曰："贤弟别来无恙！"布揖曰："久不相见，今居何处？"肃曰："现任虎贲中郎将之职。闻贤弟匡扶社稷，不胜之喜。有良马一匹，日行千里，渡水登山，如履平地，此处又添赞一句。名曰'赤兔'，特献与贤弟，以助虎威。"且不说是董卓之马。妙甚。布便令牵过来看。果然那马浑身上下，火炭般赤，无半根杂毛，从头至尾，长一丈，从蹄至项，高八尺，嘶喊咆哮，有腾空入海之状。从吕布眼中方看出浑身上下好处，层次出落得妙。○此马将为云长骑坐，故先于此处极写之。后人有诗单道赤兔马曰：

奔腾千里荡尘埃，渡水登山紫雾开。

掣断丝缰摇玉辔，火龙飞下九天来。

布见了此马，大喜，极写名将爱马。谢肃曰："兄赐此龙驹，将何以为报？"肃曰："某为义气而来，岂望报乎！"布置酒相待。酒酣，肃曰："肃与贤弟少得相见，令尊却常会来。"妙在同乡人口中称"令尊"，必谓是姓吕之父矣。布曰："兄醉矣！先父弃世多年，安得与兄相会？"肃大笑曰："非也！某说今日丁刺史耳。"妙，明明羞他。布惶恐曰："某在丁建阳处，亦出于无奈。"

等他自说，
妙妙！ 肃曰："贤弟有擎天驾海之才，四海孰不钦敬？功名富贵，如探囊取物，何言无

奈而在人之下乎？" 看他逼入去，
恶极。 布曰："恨不逢其主耳。" 等他自说，
妙妙。 肃笑曰："'良禽择木

而栖，贤臣择主而事。'见机不早，悔之晚矣。" 恶极，
逼入。 又布曰："兄在朝廷，观何人为世

之英雄？" 等他先问，
妙妙。 肃曰："某遍观群臣，皆不如董卓。 疾入。 董卓为人敬贤礼士，赏罚分

明，终成大业。"布曰："某欲从之，恨无门路。" 等他自说，
妙妙。 肃取金珠、玉带列于布前。

马与金珠、玉带，分两番
取出，先后次序得妙。 布惊曰："何为有此？"肃令叱退左右，告布曰："此是董公久慕大

名，特令某将此奉献。赤兔马亦董公所赠也。" 至此方才说
明，妙绝！ 布曰："董公如此见爱，某将何

以报之？"肃曰："如某之不才，尚为虎贲中郎将；公若到彼，贵不可言。"布曰："恨

无涓埃之功，以为进见之礼。" 等他自说
妙妙。 肃曰："功在翻手之间，公不肯为耳。" 恶极，
妙极。 布

沉吟良久曰："吾欲杀丁原，引军归董卓，何如？" 此句亦等他自说，
恶极，妙极。 肃曰："贤弟若能如

此，真莫大之功也！但事不宜迟，在于速决。" 得他自肯，
便即催之。 布与肃约于明日来降，肃别去。

是夜二更时分，布提刀径入丁原帐中。原正秉烛观书，见布至，曰："吾儿来有何事

故？"布曰："吾堂堂丈夫，安肯为汝子乎！" 堂堂丈夫，不为丁原子，然一堂堂丈夫，又何独
为董卓子乎？总是金珠、赤兔在那里说话耳。 原

曰："奉先何故心变？"布向前，一刀砍下丁原首级，大呼左右："丁原不仁，吾已杀

之。肯从吾者在此，不从者自去！"军士散其大半。

次日，布持丁原首级，往见李肃。肃遂引布见卓。卓大喜，置酒相待。卓先下拜曰：

"卓今得将军，如旱苗之得甘雨也。"布纳卓坐而拜之曰："公若不弃，布请拜为义

父。" 方杀一义父，又拜一义父。
杀得容易，亦拜得容易。 卓以金甲锦袍赐布，畅饮而散。卓自是威势越大，自领前将军

事，封弟董旻为左将军、鄠侯，封吕布为骑都尉、中郎将、都亭侯。李儒劝卓早定废立之

计。 仍接叙到
废立事。 卓乃于省中设宴，会集公卿，令吕布将甲士千余，侍卫左右。是日，太傅袁隗

与百官皆到。酒行数巡，卓按剑曰："今上暗弱，不可以奉宗庙。吾将依伊尹、霍光故

事， 特特引二故事，却是从卢植口
中学来，足见其胸中无物。 废帝为弘农王，立陈留王为帝。有不从者斩！"群臣惶怖莫敢

对。中军校尉袁绍挺身出曰："今上即位未几，并无失德。汝欲废嫡立庶，非反而何？"

劝召外兵者，公也。
今日骂董卓晚矣。 卓怒曰："天下事在我！我今为之，谁敢不从！汝视我之剑不利否？"袁

绍亦拔剑曰："汝剑利，吾剑未尝不利！"两个在筵上对敌。正是：

丁原仗义身先丧，袁绍争锋势又危。

毕竟袁绍性命如何，且听下文分解。

第四回

废汉帝陈留践位

谋董贼孟德献刀

吕后惨杀戚姬，而惠帝无子；何后鸩死王美人，而少帝不终：岂非天哉？且也，前有何进之弑董后，后有董卓之弑何后，天道好还，于兹益信。

丁管、伍孚奋不顾身，若使两人当曹操之地，必不肯为献刀之举矣。曹操欲谋人，必先全我身。丁管、伍孚所不及曹操者，智也；曹操所不及丁管、伍孚者，忠也。假令当日县令不肯释放，伯奢果去报官，而曹操竟为董卓所杀，则天下后世，岂不以为汉末忠臣，固无有过于曹操者哉？王莽谦恭下士，而后人有诗叹之曰："假使当年身便死，一生真伪有谁知。"人固不易知，知人亦不易也。

孟德杀伯奢一家，误也，可原也；至杀伯奢，则恶极矣。更说出"宁使我负人，休教人负我"之语，读书者至此，无不诟之、詈之，争欲杀之矣。不知此犹孟德之过人处也。试问天下人，谁不有此心者，谁复能开此口乎？至于讲道学诸公，且反其语曰："宁使人负我，休教我负人。"非不说得好听，然察其行事，却是步步私学孟德二语者，则孟德犹不失为心口如一之小人，而此曹之口是心非，而不如孟德之直捷痛快也。吾故曰："此犹孟德之过人处也。"

若使首卷张飞于路中杀却董卓，此卷陈宫于店中杀却曹操，岂不大快？然使尔时即便杀却，安得后面有许多怪怪奇奇、异样惊人文字！苍苍者将演出无数排场，此二人却是要紧脚色，故特特留之耳。

且说董卓欲杀袁绍，李儒止之曰："事未可定，不可妄杀。"袁绍手提宝剑，辞别百官而出，悬节东门，奔冀州去了。^{亦去得慷慨。}卓谓太傅袁隗曰："汝侄无礼，吾看汝面，姑恕之。^{今既因叔恕侄，何后因侄杀叔？}废立之事若何？"隗曰："太尉所见是也。"^{侄儿颇刚，叔子太软。}卓曰："敢有阻大议者，以军法从事！"群臣震恐，皆云："一听尊命。"宴罢，卓问侍中周毖、校尉伍琼曰："袁绍此去若何？"周毖曰："袁绍忿忿而去，若购之急，势必为变。且袁氏树恩四世，门生故吏遍于天下；倘收豪杰以聚徒众，英雄因之而起，山东非公有也。不如赦之，拜为一郡守，则绍喜于免罪，必无患矣。"^{一个说他有用。}伍琼曰："袁绍好谋无断，^{四字定评}不足为虑，诚不若加之一郡守，以收民心。"^{一个说他无用。}卓从之，即日差人拜绍为渤海太守。

九月朔，请帝升嘉德殿，大会文武。卓拔剑在手，对众曰："天子暗弱，不足以君天下。今有策文一道，宜为宣读。"乃命李儒读策曰：

> 孝灵皇帝，早弃臣民；皇帝承嗣，海内侧望。而帝天资轻佻，威仪不恪，居丧慢惰：否德既彰，有忝大位。皇太后教无母仪，统政荒乱。永乐太后暴崩，众论惑焉。三纲之道，天地之纪，毋乃有阙？陈留王协，圣德伟懋，规矩肃然；居

丧哀戚，言不以邪；休声美誉，天下所闻：宜承洪业，为万世统。兹废皇帝为弘

农王，皇太后还政。请奉陈留王为皇帝，应天顺人，以慰生灵之望。

　　李儒读策毕，卓叱左右扶帝下殿，解其玺绶，北面长跪，称臣听命。又呼太后去服候

敕。帝、后皆号哭，群臣无不悲惨。阶下一大臣，愤怒高叫曰："贼臣董卓，敢为欺天之

谋，吾当以颈血溅之！"挥手中象简，直击董卓。^{此象简亦可云
"击贼笏"。}卓大怒，喝武士拿下：乃尚

书丁管也。卓命牵出斩之。管骂不绝口，至死神色不变。^{此时何可无
此一人。}后人有诗叹之曰：

董贼潜怀废立图，汉家宗社委丘墟。

满朝臣宰皆囊括，惟有丁公是丈夫。

　　卓请陈留王登殿。群臣朝贺毕，卓命扶何太后并弘农王及帝妃唐氏于永安宫闲住，封

锁宫门，禁群臣无得擅入。^{昔桓、灵禁锢党人，
今董卓禁锢天子。}可怜少帝四月登基，至九月即被废。卓所立陈

留王协，表字伯和，灵帝中子，即献帝也，时年九岁。改元初平。董卓为相国，赞拜不

名，入朝不趋，剑履上殿，威福莫比。李儒劝卓擢用名流，以收人望，^{从来权臣，
大都如是。}因荐蔡邕

之才。卓命征之，邕不赴。^{初念原
好。}卓怒，使人谓邕曰："如不来，当灭汝族。"^{求贤之法
太峻。}邕

惧，只得应命而至。卓见邕大喜，一月三迁其官，拜为侍中，甚见亲厚。^{孔光屈节于董贤，谷
永依托于王凤，扬雄}

^{失身于新莽，龟山应聘
于蔡京：古今同叹。}

　　却说少帝与何太后、唐妃困于永安宫中，衣服饮食渐渐少缺；少帝泪不曾干。^{李后主所云"此中
日夕，以眼泪洗}

^{面"
也。}一日，偶见双燕飞于庭中，遂吟诗一首。^{空庭飞鸟，任其翔舞；冷宫废主，身被牢笼。
触目感愤，抗声而吟，不知是诗，不知是泪？}诗曰：

嫩草绿凝烟，裊裊双飞燕。

洛水一条青，陌上人称羡。^{前半首咏燕，
兴也，比也。}

远望碧云深，是吾旧宫殿。^{目断旧宫，不能奋飞，诚不如
双燕之得返故巢矣。伤哉！}

何人仗忠义，泄我心中怨！^{后半首自咏，赋
也。○诗好。}

　　董卓时常使人探听。是日获得此诗，来呈董卓。卓曰："怨望作诗，杀之有名矣。"

^{杀之何名？请教。○天子亦
以文字取祸，千古异闻。}遂命李儒带武士十人，入宫弑帝。帝与后、妃正在楼上，宫女报李儒

至，帝大惊。儒以鸩酒奉帝，^{赋诗饮酒，最是雅事，不意
有此燕诗鸩酒之惨毒也。}帝问何故。儒曰："春日融和，^{是双燕飞
庭时节。}董

相国特上寿酒。"^{好个寿
酒。}太后曰："既云寿酒，汝可先饮。"^{此酒岂可
相劝！}儒怒曰："汝不饮耶？"

呼左右持短刀白练于前，曰："寿酒不饮，可领此二物！" ^{鸩酒可曰寿酒，则}^{二物亦可曰寿礼。}唐妃跪告曰："妾

身代帝饮酒，愿公存母子性命。" ^{满朝文武，}^{如此一女子。}儒叱曰："汝何人，可代王死？"乃举酒与何

太后曰："汝可先饮！" ^{后欲儒先饮，儒亦欲}^{后先饮，只算还敬。}后大骂何进无谋，引贼入京，致有今日之祸。 ^{此时方}^{悟何进}

^{误事，不识亦念及董}^{太后、王美人否？}儒催逼帝，帝曰："容我与太后作别。"乃大恸而作歌。 ^{甚矣，帝之多文也。既作}^{感怀诗于前，复作绝命词}

^{于后。文章无救于祸患，我为}^{天子一哭，更为文章一哭。}其歌曰：

> 天地易兮日月翻，弃万乘兮退守藩。
>
> 为臣逼兮命不久，大势去兮空泪潸！

唐妃亦作歌曰：

> 皇天将崩兮后土颓，身为帝姬兮命不随。
>
> 生死异路兮从此毕，奈何茕速兮心中悲！

歌罢，相抱而哭。李儒叱曰："相国立等回报，汝等俄延，望谁救耶？"太后大骂：

"董贼逼我母子，皇天不佑！汝等助恶，必当灭族！"儒大怒，双手扯住太后，直撺下

楼； 叱武士绞死唐妃；以鸩酒灌杀少帝， ^{惨极。李儒之罪，}^{浮于董卓。}还报董卓。卓命葬于城外。自此每

夜入宫，奸淫宫女，夜宿龙床。 ^{便是强盗所为，}^{不成气候。}尝引军出城，行到阳城地方，时当二月，村民

社赛，男女皆集。卓命军士围住，尽皆杀之，掠妇女财物，装载车上，悬头千余颗于车

下，连轸还都，扬言杀贼大胜而回； ^{末世官军捕盗往往如此，}^{堂堂宰相亦为是耶？}于城门外焚烧人头，以妇女财物分

散众军。

越骑校尉伍孚，字德瑜，见卓残暴，愤恨不平，尝于朝服内披小铠，藏短刀，欲伺便

杀卓。一日，卓入朝，孚迎至阁下，拔刀直刺卓。 ^{将叙曹操行刺，却先有伍孚行刺作引。天然奇妙。}^{○孚之勇往直前，较胜于操，盖曹操顾身，伍孚不}

^{顾身}^{也。}卓气力大，两手抠住。吕布便入，揪倒伍孚。卓问曰："谁教汝反？"孚瞪目大喝

曰："汝非吾君，吾非汝臣，何反之有？ ^{"反"字驳}^{得快畅。}汝罪恶盈天，人人愿得而诛之！吾恨不

车裂汝以谢天下！"卓大怒，命牵出剖剐之。孚至死骂不绝口。后人有诗赞之曰：

> 汉末忠臣说伍孚，冲天豪气世间无。
>
> 朝堂杀贼名犹在，万古堪称大丈夫！

董卓自此出入常带甲士护卫。时袁绍在渤海，闻知董卓弄权，乃差人赍密书来见王

允。夹写袁绍致书，前应悬节出奔，后伏兴兵会盟，妙甚。○接叙出王允，尤妙。书略曰：

卓贼欺天废主，人不忍言，而公恣其跋扈，如不听闻，岂报国效忠之臣哉？

绍今集兵练卒，欲扫清王室，未敢轻动。公若有心，当乘间图之。如有驱使，即当奉命。

王允得书，寻思无计。一日，于侍班阁子内见旧臣俱在，允曰："今日老夫贱降，晚间敢屈众位到舍小酌。"非请众官吃司徒寿酒，正为天子前日曾吃李儒寿酒耳。众官皆曰："必来祝寿。"当晚王允设宴后堂，公卿皆至。酒行数巡，王允忽然掩面大哭。绝不说起胸中心事，突然放声大哭：一则想着前日天子吃寿酒之眼泪，一则引出今日众人吃寿酒之眼泪也。是至情，亦妙用是。众官惊问曰："司徒贵诞，何故发悲？"允曰："今日并非贱降，因欲与众位一叙，恐董卓见疑，故托言耳。董卓欺主弄权，社稷旦夕难保。想高皇诛秦灭楚，奄有天下；谁想传至今日，乃丧于董卓之手，此吾所以哭也。"于是众官皆哭。徒作楚囚相对，亦何益耶？

坐中一人抚掌大笑众人皆哭我独笑的的妙人。曰："满朝公卿，夜哭到明，明哭到夜，还能哭死董卓否？"妙语解颐。允视之，乃骁骑校尉曹操也。毕竟主意全别。允怒曰："汝祖宗亦食禄汉朝，今不思报国而反笑耶？"操曰："吾非笑别事，笑众位无一计杀董卓耳。操虽不才，愿即断董卓头，悬之都门，以谢天下。"其言甚壮。允避席问曰："孟德有何高见？"操曰："近日操屈身以事卓者，实欲乘间图之耳。有心人。今卓颇信操，操因得时近卓。闻司徒有七宝刀一口，愿借与操入相府刺杀之，虽死不恨！"袁绍致书，孟德献刀，一样愤激，而操更壮。允曰："孟德果有是心，天下幸甚！"遂亲自酌酒奉操。操沥酒设誓，允随取宝刀与之。操藏刀，饮酒毕，即起身辞别众官而去。写得慷慨动色，仿佛荆卿渡易水时。众官又坐了一回，亦俱散讫。

次日，曹操佩着宝刀来至相府，问："丞相何在？"从人云："在小阁中。"操径入。见董卓坐于床上，吕布侍立于侧。读书者至此，为曹操捏一把汗。卓曰："孟德来何迟？"操曰："马羸行迟耳。"亏此一句，后卓顾谓布曰来好逃走。："吾有西凉进来好马，奉先可亲去拣一骑赐与孟德。"多谢。少停以宝刀奉答。当布领令而出。好机会。操暗忖曰："此贼合死！"我亦谓然。即欲拔刀刺之，惧卓力大，未敢轻动。有鉴于伍孚之事也。卓胖大不耐久坐，遂倒身而卧，转面向内。一发凑巧。操又思曰："此贼当休矣！"我亦谓然。急掣宝刀在手，读至此，又为董卓捏一把汗。恰待要刺，不想董卓仰面看衣镜中，照见曹操在背后拔刀，意外出奇之事，写得情景如画。急回身问曰："孟德何为？"读书者至此，大为曹操捏一把汗。时吕布已牵马至阁外。夹写此句，更令读者吃惊不小。操惶遽，乃持刀跪下曰："操有宝刀一口，献上恩相。"好权变，的是奸雄。○

赐马献刀，大好酬酢。○刺卓何必宝刀，其所以请宝刀者，预为地也。献刀之举，未必不在曹操算中。卓接视之，见其刀长尺余，七宝嵌饰，极其锋利，果宝刀也；（补写宝刀，忙中闲笔。○如此宝刀，固不当以董卓之颈血污之。）遂递与吕布收了。操解鞘付布。（先拔刀，后解鞘。明明行刺，董卓愚蠢，故不省得。）卓引操出阁看马，操谢曰：“愿借试一骑。”（妙。适未及试刀，今不得不急试马。）卓就教与鞍辔。（细。）操牵马出相府，加鞭望东南而去。（来便迟，去便快。○推托马羸，未必不为此时也。此奸雄妙算如神。）

布对卓曰：“适来曹操似有行刺之状，及被喝破，故推献刀。”（毕竟吕布略乖觉些。）卓曰：“吾亦疑之。”（此是顺口话，适才并不曾疑。）正说话间，适李儒至，（此君若早来，孟德休矣。）卓以其事告之。儒曰：“操无妻小在京，（唯其如此，所以去得放心，去得干净。○此句在李儒口中带叙出来，省笔。）只独居寓所。今差人往召，如彼无疑而便来，则是献刀；如推托不来，则必是行刺，便可擒而问也。”（李儒甚有机变。惜为董卓令坦。）卓然其说，即差狱卒四人往唤操。（差狱卒，便是擒捉之状。）去了良久，（孟德去远矣。）回报曰：“操不曾回寓，乘马飞出东门。门吏问之，操曰‘丞相差我有紧急公事’，纵马而去矣。”（此段在狱卒口中补叙出来，省笔。）儒曰：“操贼心虚逃窜，行刺无疑矣。”卓大怒曰：“我如此重用，反欲害我！”儒曰：“此必有同谋者，待拿住曹操便可知矣。”（读书者至此，为王允担忧。）卓遂令遍行文书，画影图形，捉拿曹操：擒献者，赏千金，封万户侯；窝藏者同罪。

且说曹操逃出城外，飞奔谯郡。路经中牟县，为守关军士所获，（读书者至此，不特为曹操着急，且益为王允担忧。）擒见县令。（且不说出县令是谁，好。）操言：“我是客商，复姓皇甫。”（何不云复姓夏侯？）县令熟视曹操，沉吟半晌，（是何故耶？令人惊疑不定。）乃曰：“吾前在洛阳求官时，曾认得汝是曹操，如何隐讳！且把来监下，明日解去京师请赏。”（熟视沉吟后却说出此数语，孟德奈何？）把关军士赐以酒食而去。（细。）至夜分，县令唤亲随人暗地取出曹操，直至后院中审究，（精细。此熟视沉吟时算定者。）问曰：“我闻丞相待汝不薄，何故自取其祸？”操曰：“‘燕雀安知鸿鹄志哉！’汝既拿住我，便当解去请赏，何必多问！”（此县令须以此言动之，奸雄眼力过人。）县令屏退左右，（精细。）谓操曰：“汝休小觑我。我非俗吏，奈未遇其主耳。”（是有心人。）操曰：“吾祖宗世食汉禄，若不思报国，与禽兽何异？（偏是奸雄会说道学语。）吾屈身事卓者，欲乘间图之，为国除害耳。今事不成，乃天意也！”（曹操此时，竟是一位正人。）县令曰：“孟德此行，将欲何往？”（问得紧要。）操曰：“吾将归乡里，发矫诏，召天下诸侯兴兵共诛董卓：吾之愿也。”（词直气壮。○后文事先逗露于此。）县令闻言，乃亲释其缚，扶之上坐，再拜曰：“公真天下忠义之士也！”（微独县令信之，读书者至此亦几信之。○写县令先沉吟，次密语，后拜服，最有次序。）曹操亦拜，问县令姓名。县令曰：“吾姓陈，名宫，字公台。（至此方说出姓名，好。）老母妻子，皆在东郡，（此处先说老母、妻子，遥对后白门楼中语。）今感公忠义，愿弃一官，从公而逃。”（不特相救，且复相从，宫之于操，其恩不可谓不厚矣。）操甚喜。是夜陈宫收拾盘费，与曹操更衣易服，各背剑一口，（细。）乘马投故乡来。

行了三日，至成皋地方，天色向晚。操以鞭指林深处（二语是绝妙一幅画景）谓宫曰：“此间有一人姓吕，名伯奢，是吾父结义弟兄；就往问家中消息，觅一宿，如何？”（闲闲而来。）宫曰：“最好。"二人至庄前下马，入见伯奢。奢曰："我闻朝廷遍行文书，捉汝甚急，汝父已避陈留去了。^{应上"家中消息"句}汝如何得至此？"操告以前事，曰："若非陈县令，已粉骨碎身矣。"^{异日白门楼中，何不记此一语？}伯奢拜陈宫曰："小侄若非使君，曹氏灭门矣。^{曹氏幸不灭门，君家却即刻有灭门之祸。}使君宽怀安坐，今晚便可下榻草舍。"^{应上"觅宿"句}说罢，即起身入内。良久乃出，^{写得举动可疑}谓陈宫曰："老夫家无好酒，容往西村沽一樽来相待。"言讫，匆匆上驴而去。^{更是可疑}操与宫坐久，忽闻庄后有磨刀之声。^{一发惊疑}操曰："吕伯奢非吾至亲，^{应上"结义弟兄"句}此去可疑，当窃听之。"^{微独操疑之，读书者至此亦深疑之}二人潜步入草堂后，但闻人语曰："缚而杀之，何如？"^{吓杀}操曰："是矣！^{二字摹今神}今若不先下手，必遭擒获。"遂与宫拔剑直入，不问男女，皆杀之，^{不曾在董家试刀，却来吕家试剑}一连杀死八口。^{八口之家无一全矣}搜至厨下，却见缚一猪欲杀。^{昔吕后曾以人为彘，今曹操误认彘为人，而吕氏全家被杀，伯奢岂吕氏苗裔与？否则何以有此恶报也！}宫曰："孟德心多，误杀好人矣！"急出庄上马而行。

　　行不到二里，只见伯奢驴鞍前鞒悬酒二瓶，手携果菜而来，^{又是一幅画图}叫曰："贤侄与使君何故便去？"操曰："被罪之人，不敢久住。"伯奢曰："吾已吩咐家人宰一猪相款，^{适来入内良久，正为吩咐此耳。○丈人宿子路，过鸡黍是供，今何必杀猪相款乎？伯奢真奢矣。}贤侄、使君何憎一宿？速请转骑。"操不顾，策马便行。行不数步，忽拔剑复回，叫伯奢曰："此来者何人？"伯奢回头看时，操挥剑砍伯奢于驴下。^{乃翁之结义弟兄也，而既杀其家，复杀其身，咄咄阿瞒！岂堪复与刘、关、张三人作狗彘耶？}宫大惊曰："适才误耳，今何为也？"操曰："伯奢到家，见杀死多人，安肯干休？若率众来追，必遭其祸矣。"^{此等见识，在曹操原自不差。}宫曰："知而故杀，大不义也！"操曰："宁教我负天下人，休教天下人负我。"^{曹操从前竟似一个好人，到此忽然说出奸雄心事。此二语是开宗明义章第一。}陈宫默然。

　　当夜，行数里，月明中敲开客店门投宿。^{又是一幅绝妙画景。忙中偏有此点缀，妙。}喂饱了马，曹操先睡。陈宫寻思："我将谓曹操是好人，弃官跟他；原来是个狼心之徒！今日留之，必为后患。"^{不差。}便欲拔剑来杀曹操。^{该杀}正是：

　　　　设心狼毒非良士，操卓原来一路人。

　　毕竟曹操性命如何，且听下文分解。

第五回

发矫诏诸镇应曹公

破关兵三英战吕布

　　董卓不乱，诸镇不起；诸镇不起，三国不分。此一卷，正三国之所自来也。故先叙曹操发檄举事，次叙孙坚当先敢战，末叙刘备三人英雄无敌。其余诸人，纷纷滚滚，不过如白茅之藉琬琰而已。

　　袁术不识玄德兄弟，无足责也。本初亦是人豪，乃亦拘牵俗见，不能格外用人。此孟德之所以为可儿也。今人都骂孟德奸雄，吾恐奸雄非寻常人所可骂，还应孟德骂人不奸雄耳。

　　甚矣，目前地位之不足量英雄也！十八镇诸侯，以盟主推袁绍，而后来分鼎，竟属孙、曹。且孙、曹虽为吴、魏之祖，而僭号称尊，尚在后嗣。其异日堂堂天子，正位继统者，乃立公孙瓒背后之一县令。呜呼！英雄岂易量哉！公孙瓒背后之一人，为惊天动地之人。而此一人又有背后之两人，又是惊天动地之人。英雄不得志时，往往居人背后，俗眼不能识，直待其惊天动地，而后叹前者立人背后之日交臂失之。孰知其背后冷笑之意，固已视十八路诸侯如草芥矣！

　　却说陈宫临欲下手杀曹操，忽转念曰："我为国家跟他到此，杀之不义，不若弃而他往。"插剑上马，不等天明，自投东郡去了。<small>陈宫不随曹操，可谓知人；然后来却随吕布，则犹未为知人也。</small>操觉，不见陈宫，寻思："此人见我说了这两句，疑我不仁，<small>操自以为不仁，可谓自知之明。</small>弃我而去。吾当急行，不可久留。"遂连夜到陈留，寻见父亲，备说前事，欲散家资，招募义兵。父言："资少恐不成事。此间有孝廉卫弘，疏财仗义，其家巨富，<small>富者必不疏财，疏财者必不富。今日疏财矣，而又曰其家巨富，何也？盖不疏财者，善藏其富，必不使人知其有富名。其家巨富，正在疏财上见得耳。</small>若得相助，事可图矣。"操置酒张筵，拜请卫弘到家，告曰："今汉室无主，董卓专权，欺君害民，天下切齿。操欲力扶社稷，恨力不足。公乃忠义之士，敢求相助！"卫弘曰："吾有是心久矣，恨未遇英雄耳。既孟德有大志，愿将家资相助。"<small>脱尽富人习套，不愧为孝廉矣。</small>操大喜。于是先发矫诏，驰报各道，然后招集义兵，竖起招兵白旗一面，上书"忠义"二字。<small>有声有色，古来真正奸雄，未有不借此二字而起。</small>不数日间，应募之士，如雨骈集。

　　一日，有一个阳平卫国人，姓乐，名进，字文谦，来投曹操。又有一个山阳巨鹿人，姓李，名典，字曼成，也来投曹操。操皆留为帐前吏。又有沛国谯人夏侯惇，字元让，乃夏侯婴之后，自小习枪棒，年十四从师学武，有人辱骂其师，惇杀之，逃于外方；闻知曹操起兵，与其族弟夏侯渊两个，各引壮士千人来会。<small>李典、乐进各自一人来；夏侯惇、夏侯渊却是两人同来，又带着千人而来：来法各自不同。</small>此二人本操之弟兄：操父曹嵩原是夏侯氏之子，过房与曹家，因此是同族。<small>忽然替曹氏扳亲叙谱。虽是再将他家世细述一番，亦是作者闲中冷笔。</small>不数日，曹氏兄弟曹仁、曹洪各引兵千余来助。<small>不姓曹而同族者既有两人，今姓曹而同族者又有两人。可发一笑。</small>曹仁字子孝，曹洪字子廉。二人弓马熟娴，武艺精通。操大喜，于村中调练军马。卫弘尽出家财，置办衣甲旗幡。^{兵精。}四方送粮食者，不计其数。^{粮足。○以上一}^{段极写曹氏。}

时袁绍得操矫诏，乃聚麾下文武，引兵三万，离渤海来与曹操会盟。^{袁绍先到，正与前}^{番致书王允相应。}操作檄文以达诸郡。檄文曰：

> 操等谨以大义布告天下：董卓欺天罔地，灭国弑君，秽乱宫禁，残害生灵，
> 狼戾不仁，罪恶充积！今奉天子密诏，大集义兵，誓欲扫清华夏，剿戮群凶。望
> 兴义师，共泄公愤，扶持王室，拯救黎民。檄文到日，可速奉行！

操发檄文去后，各镇诸侯皆起兵相应：第一镇，后将军南阳太守袁术；第二镇，冀州刺史韩馥；第三镇，豫州刺史孔伷；第四镇，兖州刺史刘岱；第五镇，河内郡太守王匡；第六镇，陈留太守张邈；第七镇，东郡太守乔瑁；第八镇，山阳太守袁遗；第九镇，济北相鲍信；第十镇，北海太守孔融；第十一镇，广陵太守张超；第十二镇，徐州刺史陶谦；第十三镇，西凉太守马腾；第十四镇，北平太守公孙瓒；第十五镇，上党太守张杨；第十六镇，乌程侯长沙太守孙坚；第十七镇，祁乡侯渤海太守袁绍。诸路军马，多少不等，有三万者，有一二万者，各领文官武将，投洛阳来。

且说北平太守公孙瓒，统领精兵一万五千，路经德州平原县。正行之间，遥见桑树丛中，一面黄旗，数骑来迎。瓒视之，乃刘玄德也。^{刘玄德不列诸侯之内，却从公孙瓒路上相遇，叙得}^{有意无意。执知后来虎牢关前，当先出色者，却}^{是此人。}瓒问曰："贤弟何故在此？"玄德曰："旧日蒙兄保备为平原县令，今闻大军过此，特来奉候，就请兄长入城歇马。"瓒指关、张而问曰："此何人也？"玄德曰："此关羽、张飞，备结义兄弟也。"瓒曰："乃同破黄巾者乎？"玄德曰："皆此二人之力。"^{就从玄德带袁关、张，}^{为虎牢关张本。}瓒曰："今居何职？"玄德答曰："关羽为马弓手，张飞为步弓手。"瓒叹曰："如此可谓埋没英雄！^{千古英雄往往如}^{此，为之一叹。}今董卓作乱，天下诸侯共往诛之。贤弟可弃此卑官，一同讨贼，力扶汉室，若何？"玄德曰："愿往。"张飞曰："当时若容我杀了此贼，免有今日之事。"^{快人快语。}^{照应前文。}又云长曰："事已至此，即当收拾前去。"玄德、关、张引数骑跟公孙瓒来，曹操接着。众诸侯亦陆续皆至，各自安营下寨，连接二百余里。操乃宰牛杀马，大会诸侯，商议进兵之策。太守王匡曰："今奉大义，必立盟主，众听约束，然后进兵。"操曰："袁本初四世三公，门多故吏，汉朝名相之裔，可为盟主。"^{不过以门}^{第推之。}绍再三推辞。众皆曰："非本初不可。"绍方应允。次日筑台三层，遍列五方旗帜，上建白旄黄钺，兵符将印，请绍登坛。绍整衣佩剑，慨然而上，焚香再拜。其盟曰：

汉室不幸，皇纲失统。贼臣董卓，乘衅纵害，祸加至尊，虐流百姓。绍等惧

社稷沦丧，纠合义兵，并赴国难。凡我同盟，齐心戮力，以致臣节，必无二志。

有渝此盟，俾坠其命，无克遗育。皇天后土，祖宗明灵，实皆鉴之！

　　读毕，歃血。众因其辞气慷慨，皆涕泗横流。歃血已罢，下坛。众扶绍升帐而坐，两

行依爵位年齿分列坐定。操行酒数巡，言曰："今日既立盟主，各听调遣，同扶国家，勿

以强弱计较。"^{先喝破}袁绍曰："绍虽不才，既承公等推为盟主，有功必赏，有罪必罚。国

有常刑，军有纪律，各宜遵守，勿得违犯。"众皆曰："惟命是听。"绍曰："吾弟袁术

总督粮草，应付诸营，无使有缺。^{与后不肯发粮相照。}更须一人为先锋，直抵汜水关挑战。余各据险

要，以为接应。"长沙太守孙坚出曰："坚愿为前部。"^{此处极写孙氏。}绍曰："文台勇烈，可当

此任。"坚遂引本部人马杀奔汜水关来。守关将士，差流星马往洛阳丞相府告急。

　　董卓自专大权之后，每日饮宴。李儒接得告急文书，径来禀卓。卓大惊，急聚众将商

议。温侯吕布挺身出曰："父亲勿虑。关外诸侯，布视之如草芥，愿提虎狼之师，尽斩其

首，悬于都门。"卓大喜曰："吾有奉先，高枕无忧矣！"言未绝，吕布背后一人^{吕布背后有人，那}

^{知公孙瓒背后又有人。}高声出曰："'割鸡焉用牛刀？'不劳温侯亲往。吾斩众诸侯首级，如探囊取物

耳！"卓视之，其人身长九尺，虎体狼腰，豹头猿臂，关西人也，姓华，名雄。卓闻言大

喜，加为骁骑校尉，拨马步军五万，同李肃、胡轸、赵岑星夜赴关迎敌。

　　众诸侯内有济北相鲍信，寻思孙坚既为前部，怕他夺了头功，暗拨其弟鲍忠，先将马

步军三千，径抄小路，直到关下搦战。华雄引铁骑五百，飞下关来，大喝："贼将休

走！"鲍忠急待退，被华雄手起刀落，斩于马下，^{先写鲍忠之死，以衬孙坚之勇。}生擒将校极多。华雄遣人赍

鲍忠首级来相府报捷，卓加雄为都督。

　　却说孙坚引四将直至关前。那四将？第一个，右北平土垠人，姓程，名普，字德谋，使

一条铁脊蛇矛；第二个，姓黄，名盖，字公覆，零陵人也，使铁鞭；第三个，姓韩，名当，

字义公，辽西令支人也，使一口大刀；第四个，姓祖，名茂，字大荣，吴郡富春人也，使双

刀。孙坚披烂银铠，裹赤帻，^{此处先写赤帻，为下文伏线。}横古锭刀，骑花鬃马，指关上而骂曰："助恶匹

夫，何不早降！"华雄副将胡轸引兵五千出关迎战。程普飞马挺矛，直取胡轸。斗不数合，

程普刺中胡轸咽喉，死于马下。^{写程普，正是写孙坚。副将如此，主将可知。}坚挥军直杀至关前，关上矢石如雨。孙坚

引兵回至梁东屯住，使人于袁绍处报捷，就于袁术处催粮。或说术曰："孙坚乃江东猛虎。

若打破洛阳，杀了董卓，正是除狼而得虎也。今不与粮，彼军必散。"术听之，不发粮草。

^{袁术误事，}^{可恨可恨。}孙坚军缺食，军中自乱，细作报上关来。

李肃为华雄谋曰："今夜我引一军从小路下关，袭孙坚寨后，将军击其前寨，坚可擒矣。"雄从之，传令军士饱餐，^{正与坚军缺}^{食映照。}乘夜下关。是夜月白风清，^{为照见赤}^{帻伏线。}到坚寨时，已是半夜，鼓噪直进。坚慌忙披挂上马，正遇华雄。两马相交，斗不数合，后面李肃军到，竟天价放起火来。^{风月之下放火，风助火势，}^{月助火光，分外猛烈。}坚军乱窜。众将各自混战，止有祖茂跟定孙坚，突围而走。背后华雄追来。坚取箭，连放两箭，皆被华雄躲过。再放第三箭时，因用力太猛，拽折了鹊画弓，只得弃弓纵马而奔。祖茂曰："主公头上赤帻射目，为贼所认识。可脱帻与某戴之。"^{祖茂智、勇、忠、}^{义，色色具足。}坚就脱帻换茂盔，^{孙坚脱帻，胜}^{于曹操弃袍。}分两路而走。雄军只望赤帻者追赶，坚乃从小路得脱。祖茂被华雄追急，将赤帻挂于人家烧不尽的庭柱上，却入树林潜躲。华雄军于月下遥见赤帻，四面围定，不敢近前。^{可知孙坚英勇，}^{故所慑服。}用箭射之，方知是计，遂向前取了赤帻。祖茂于林后杀出，挥双刀欲劈华雄。雄大喝一声，将祖茂一刀砍于马下。杀至天明，雄方引兵上关。

程普、黄盖、韩当都来寻见孙坚，再收拾军马屯扎。坚为折了祖茂，伤感不已，星夜遣人报知袁绍。绍大惊曰："不想孙文台败于华雄之手！"便聚众诸侯商议。众人都到，只有公孙瓒后至，绍请入帐列坐。绍曰："前日鲍将军之弟不遵调遣，擅自进兵，杀身丧命，折了许多军士。今者孙文台又败于华雄，挫动锐气，为之奈何？"^{独不说起袁术之不}^{发粮，岂非徇私？}诸侯并皆不语。绍举目遍视，见公孙瓒背后立着三人，容貌异常，都在那里冷笑。^{此处极写刘、关、}^{张。○如此三人，却}^{在人背后立着，岂不}^{可叹！岂不可怪！}绍问曰："公孙太守背后何人？"瓒呼玄德出曰："此吾自幼同舍兄弟，平原令刘备是也。"曹操曰："莫非破黄巾刘玄德乎？"^{偏是他}^{记得。}瓒曰："然。"即令刘玄德拜见。瓒将玄德功劳，并其出身，细说一遍。绍曰："既是汉室宗派，取坐来。"命坐。^{袁本初只重家世，}^{不重功勋，可笑。}备逊谢。绍曰："吾非敬汝名爵，吾敬汝是帝室之胄耳。"玄德乃坐于末位，关、张叉手侍立于后。

忽探子来报："华雄引铁骑下关，用长竿挑着孙太守赤帻，^{好照}^{应。}来寨前大骂搦战。"绍曰："谁敢去战？"袁术背后转出骁将俞涉曰："小将愿往。"绍喜，便着俞涉出马。即时报来："俞涉与华雄战不三合，被华雄斩了。"^{虚写}^{妙。}众大惊。太守韩馥曰："吾有上将潘凤，可斩华雄。"绍急令出战。潘凤手提大斧上马。去不多时，飞马来报："潘凤又被华雄斩了。"^{都用虚写，妙。○写得华雄}^{声势，越衬得云长声势。}众皆失色。绍曰："可惜吾上将颜良、文丑未至！得一人在此，何惧华雄！"衬入此数语，一言未毕，阶下一人大呼出曰："小将愿往斩华雄头，发激恼云长。

献于帐下！"更耐不众视之，见其人身长九尺，髯长二尺，丹凤眼，卧蚕眉，面如重枣，声得矣。

如巨钟，立于帐前。绍问何人。即异日杀颜良、公孙瓒曰："此刘玄德之弟关羽也。"代答妙。绍文丑之人也。

问现居何职。瓒曰："跟随刘玄德充马弓手。"帐上袁术大喝曰："汝欺吾众诸侯无大将

耶？量一弓手，安敢乱言！与我打出！"一弓手今且为王、为帝、为天尊矣。袁氏兄弟，四世三公，今何在哉？即为云长执鞭，云长之马亦决不肯也。曹操急

止之曰："公路息怒。此人既出大言，必有勇略；试教出马，如其不胜，责之未迟。"袁

绍曰："使一弓手出战，必被华雄所笑。"袁绍、袁术真操曰："此人仪表不俗，华雄安知乃难兄难弟。

他是弓手？"关公曰："如不胜，请斩某头。"操教酾热酒一杯，与关公饮了上马。

阿瞒的是关公曰："酒且斟下，某去便来。"壮哉。出帐提刀，飞身上马。众诸侯听得关外可儿。

鼓声大振，喊声大举，如天摧地塌，岳撼山崩，众皆失惊。亦用虚写，正欲探听，鸾铃响妙。

处，马到中军，云长提华雄之头，掷于地上。——其酒尚温。写得百倍后人有诗赞之曰：声势。

威镇乾坤第一功，辕门画鼓响冬冬。

云长停盏施英勇，酒尚温时斩华雄。

曹操大喜。只见玄德背后转出张飞，高声大叫："俺哥哥斩了华雄，不就这里杀入关

去，活拿董卓，更待何时！"快人快袁术大怒，喝曰："俺大臣尚自谦让，量一县令手下小语。

卒，安敢在此耀武扬威！都与赶出帐去！"袁术俗物，翼德何不以老拳断送之？世间曹操曰："得此等俗物极多，一一该以老拳断送之也。

功者赏，何计贵贱乎？"袁术曰："既然公等只重一县令，我当告退。"操曰："岂可因

一言而误大事耶？"命公孙瓒且带玄德、关、张回寨。众官皆散。曹操暗使人赍牛酒抚慰

三人。阿瞒毕竟是可儿。

却说华雄手下败军，报上关来。李肃慌忙写告急文书，申闻董卓。卓急聚李儒、吕布等

商议。儒曰："今失了上将华雄，贼势浩大。袁绍为盟主，绍叔袁隗，现为太傅，倘或里应

外合，深为不便，可先除之。请丞相亲领大军，分拨剿捕。"卓然其说，唤李傕、郭汜领兵

五百，围住太傅袁隗家，不分老幼，尽皆诛绝，先将袁隗首级去关前号令。袁绍外不能治其弟，内不能蔽其叔，为盟

主何卓遂起兵二十万，分为两路而来：一路先令李傕、郭汜引兵五万，把住汜水关，不要厮益？

杀；卓自将十五万，同李儒、吕布、樊稠、张济等守虎牢关。这关离洛阳五十里。军马到

关，卓令吕布领三万军，去关前扎住大寨。卓自在关上屯住。

流星马探听得，报入袁绍大寨里来。绍聚众商议。操曰："董卓屯兵虎牢，截俺诸侯

中路，今可勒兵一半迎敌。"绍乃分王匡、乔瑁、鲍信、袁遗、孔融、张杨、陶谦、公孙瓒八路诸侯，往虎牢关迎敌。操引军往来救应。八路诸侯，各自起兵。河内太守王匡，引兵先到。^{先是一路人马。}吕布带铁骑三千，飞奔来迎。王匡将军马列成阵势，勒马门旗下看时，见吕布出阵：头戴三叉束发紫金冠，体挂西川红锦百花袍，身披兽面吞头连环铠，腰系勒甲玲珑狮蛮带，弓箭随身，手持画戟，坐下嘶风赤兔马：果然是"人中吕布，马中赤兔"！

^{写吕布声势，愈衬刘、关、张声势。}王匡回头问曰："谁敢出战？"后面一将，纵马挺枪而出。匡视之，乃河内名将方悦。两马相交，无五合，被吕布一戟刺于马下，挺戟直冲过来。匡军大败，四散奔走。布东西冲杀，如入无人之境。幸得乔瑁、袁遗两军皆至，^{又是两路人马。}来救王匡，吕布方退。

三路诸侯，各折了些人马，退三十里下寨。随后五路军马都至，^{又是五路人马。八路人一处，写得参差有势。}一处商议，言吕布英雄，无人可敌。^{此时袁术何不以"四世三公"四字退却吕布也？}

正虑间，小校报来："吕布搦战。"八路诸侯，一齐上马。军分八队，布在高冈。遥望吕布一簇军马，绣旗招飐，先来冲阵。上党太守张杨部将穆顺，出马挺枪迎战，被吕布手起一戟，刺于马下。众大惊。北海太守孔融部将武安国，使铁锤飞马而出。吕布挥戟拍马来迎，战到十余合，一戟砍断安国手腕，弃锤于地而走。八路军兵齐出，救了武安国。吕布退回去了。

众诸侯回寨商议。曹操曰："吕布英勇无敌，可会十八路诸侯，共议良策。若擒了吕布，董卓易诛耳。"正议间，吕布复引兵搦战。八路诸侯齐出。公孙瓒挥槊亲战吕布。战不数合，瓒败走。吕布纵赤兔马赶来。那马日行千里，飞走如风。看看赶上，布举画戟望瓒后心便刺。旁边一将，圆睁环眼，倒竖虎须，挺丈八蛇矛，飞马大叫："三姓家奴休走！燕人张飞在此！"^{杀华雄先写云长，战吕布先写翼德，都好。}吕布见了，弃了公孙瓒，便战张飞。飞抖擞精神，酣战吕布。连斗五十余合，不分胜负。云长见了，把马一拍，舞八十二斤青龙偃月刀，来夹攻吕布。三匹马丁字儿厮杀。战到三十合，战不倒吕布。刘玄德掣双股剑，骤黄鬃马，刺斜里也来助战。这三个围住吕布，转灯儿般厮杀。^{今日走马灯多用三战吕布故事，这便是灯样。}八路人马，都看得呆了。^{其实好看。此时众人亦只好看得。}吕布架隔遮拦不定，看着玄德面上，虚刺一戟，玄德急闪。吕布荡开阵角，倒拖画戟，飞马便回。三个那里肯舍，拍马赶来。八路军兵，喊声大震，一齐掩杀。吕布军马望关上奔走，玄德、关、张随后赶来。古人曾有篇言语，单道着玄德、关、张三战吕布：

汉朝天数当桓灵，炎炎红日将西倾。

奸臣董卓废少帝，刘协懦弱魂梦惊。

曹操传檄告天下，诸侯奋怒皆兴兵。

议立袁绍作盟主，誓扶王室定太平。

温侯吕布世无比，雄才四海夸英伟。

护躯银铠砌龙鳞，束发金冠簪雉尾。

参差宝带兽平吞，错落锦袍飞凤起。

龙驹跳踏起天风，画戟荧煌射秋水。

出关搦战谁敢当？诸侯胆裂心惶惶。

踊出燕人张翼德，手提蛇矛丈八枪。

虎须倒竖翻金线，环眼圆睁起电光。

酣战未能分胜败，阵前恼起关云长。

青龙宝刀灿霜雪，鹦鹉战袍飞蛱蝶。

马蹄到处鬼神嚎，目前一怒应流血。

枭雄玄德掣双锋，抖擞天威施勇烈。

三人围绕战多时，遮拦架隔无休歇。

喊声震动天地翻，杀气迷漫牛斗寒。

吕布力穷寻走路，遥望家山拍马还。

倒拖画杆方天戟，乱散销金五彩幡。

顿断绒绦走赤兔，翻身飞上虎牢关。

　　三人直赶吕布到关下，看见关上西风飘动青罗伞盖。张飞大叫："此必董卓！追吕布有甚强处？不如先拿董贼，便是斩草除根！"*快人快语。*拍马上关，来擒董卓。*每回之末，定作异样惊人语。妙绝。*正是：

　　　　擒贼定须擒贼首，奇功端的待奇人。

　　未知胜负如何，且听下文分解。

第六回

焚金阙董卓行凶
匿玉玺孙坚背约

无故而迁天子，则比于蒙尘；无端而迁百姓，则等于流窜。迁天子不易，迁百姓更难。昔汉武徙关中豪杰，择富者而徙之，其贫者不中徙也。今董卓杀富户而徙贫民，富者既死于罪，贫者复死于徙。民生其时，富亦死，贫亦死。诗曰："周余黎民，靡有孑遗。"其不在周宣而在汉献乎？平王居东而周衰，光武居东而汉兴。其故何也？一则能诛王莽，而冠履之分明；一则不能讨申侯，而君臣之义灭也。盘庚复成汤之故宇而殷盛，献帝复高祖之故土而汉亡。其故何也？一则天子当阳，而曲达其迓续民命之情；一则暴臣当国，而大逞其劫夺民生之恶也。总之，君尊则治，君卑则乱；民安则治，民危则乱。安在西方之必胜于东，而新都之宜复其旧哉？

观董卓行事，是愚蠢强盗，不是权诈奸雄。奸雄必要结民心，奸雄必假行仁义。今焚宫室，发陵寝，杀百姓，掳赀财，不过如张角等所为。后人并称卓、操，孰知卓之不及操也远甚。

人各一心，不能同事。苏秦洹水之约，所以不久而散也。前者孙坚欲战，而袁术沮之；今者曹操欲战，而袁绍复沮之。使有志之人，动而掣肘，可胜叹哉！至于刘表徒负虚名，不闻其得曹操之檄而谋董卓，但见其奉袁绍之书而截孙坚，其无用可知矣。

千军易得，一将难求。众将易得，主将难求。为从者万辈，不若为首者一人之重也。"天下可无洪，不可无公"，此语可垂千古。

曹操几死者三：献刀而逃，在中牟军士所获，一死也；陈宫于客店欲杀之，二死也；荥阳之战，中箭堕马，三死也。脱此三死，人为曹幸，我独为操恨，恨其不得以一死成忠义之名。天下固有生不如死者，此类是也。

玉玺琢自祖龙，则祖龙以前，夏、商、周之为天子，何尝有玉玺耶？况祖龙三十六年，玉玺失而复得，而祖龙即于明年死，则是失之不足忧，得之不足喜也。孙坚举动，颇有忠义之气，一得玉玺而忽怀异心，亦其见之不明耳。

却说张飞拍马赶到关下，关上矢石如雨，不得进而回。八路诸侯，同请玄德、关、张贺功，使人去袁绍寨中报捷。绍遂移檄孙坚，令其进兵。〔不奖刘、关、张战捷，只檄孙坚进兵；但教孙坚进兵，不责袁术给粮：殊为可笑。〕坚引程普、黄盖至袁术寨中相见。坚以杖画地曰："董卓与我，本无仇隙。今我奋不顾身，亲冒矢石，来决死战者，上为国家讨贼，〔此句责他无君。〕下为将军家门之私；〔指袁隗受害。○此句责他无亲。〕而将军却听谗言，不发粮草，致坚败绩，将军何安？"术惶恐无言，命斩进谗之人，以谢孙坚。

忽人报坚曰："关上有一将，乘马来寨中，要见将军。"坚辞袁术，归到本寨，唤来问时，乃董卓爱将李傕。〔奇。〕坚曰："汝来何为？"傕曰："丞相所敬者，惟将军耳。今特使傕来结亲：丞相有女，欲配将军之子。"〔"匪寇，婚媾。"突如其来。〕坚大怒，叱曰："董卓逆天无道，荡覆王室，吾欲夷其九族，以谢天下，安肯与逆贼结亲耶！吾不斩汝，汝当速去，早早献关，饶你性命！倘若迟误，粉骨碎身！"〔孙坚是汉子与吕布大异。〕李傕抱头鼠窜，回见董卓，说孙坚如此无礼。卓怒，问李儒。儒曰："温侯新败，兵无战心。不若引兵回洛阳，迁帝于长安，以应童谣。近日街市童谣曰：'西头一个汉，东头一个汉。鹿走入长安，方可无斯难。'〔童谣甚奇。〕臣思此言，'西头一个汉'，乃应高祖旺于西都长安，传一十二帝；'东头一个汉'，乃应光武旺于东都洛阳，今亦传一十二帝。〔李儒所解，不合童谣。盖"东头一个汉"乃指许都，"西头一个汉"乃指蜀都也。〕天运合回，丞相迁回长安，方可无虞。"卓大喜曰："非汝言，吾实不悟。"遂引吕布星夜回洛阳，商议迁都。聚文武于朝堂，卓曰："汉东都洛阳，二百余年，气数已衰。吾观旺气实在长安，吾欲奉驾西幸。汝等各宜促装。"司徒杨彪曰："关中残破零落。今无故捐宗庙，弃皇陵，恐百姓惊动。天下动之至易，安之至难。望丞相鉴察。"〔此从百姓起见，言民居不可动摇。〕卓怒曰："汝阻国家大计耶？"太尉黄琬曰："杨司徒之言是也。往者王莽篡逆，更始赤眉之时，焚烧长安，尽为瓦砾之地；更兼人民流移，百无一二。今弃宫室而就荒地，非所宜也。"〔此从朝廷起见，言荒地不可建都。〕卓曰："关东贼起，天下播乱。长安有崤函之险，更近陇右。木石砖瓦，克日可办，宫室营造，不须月余。汝等再休乱言。"司徒荀爽谏曰："丞相若欲迁都，百姓骚动不宁矣。"〔荀爽之意亦重在百姓。〕卓大怒曰："吾为天下计，岂惜小民哉！"〔舍却百姓，安有天下？确是不通文理之言。〕即日罢杨彪、黄琬、荀爽为庶民。卓出上车，只见二人望车而揖，视之，乃尚书周毖、城门校尉伍琼也。卓问有何事，毖曰："今闻丞相欲迁都长安，故来谏耳。"卓大怒曰："我始初听你两个，保用袁绍；今绍已反，是汝等一党！"〔照应前文。〕叱武士推出都门斩首。遂下令迁都，限来日便行。

李儒曰："今钱粮缺少，洛阳富户极多，可籍没入宫。但是袁绍等门下，杀其宗党而抄其家赀，必得巨万。"〔读"哿矣富人"之诗，而叹幽、厉之朝犹为盛世矣。〕卓即差铁骑五千，遍行捉拿洛阳富户，共数千家，插旗头上，大书"反臣逆党"，尽斩于城外，取其金赀。〔何不竟题之曰"富户"，而必借逆党为名字？"匹夫无罪，怀璧其罪。"〕〔人生乱世，不幸而富，便当族耳。陶朱公三致千金而三散之，诚惧此也。〕李傕、郭汜尽驱洛阳之民数百万口，前赴长安。〔富民死，贫民徙，所得何罪？〕每百姓一队，间军一队，互相拖押；死于沟壑者，不可胜数。又纵军士淫人妻女，夺人粮食，啼哭之声，震动天地。〔不是丞相要迁都，却是强盗搬场矣。〕如有行得迟者，背后三千军催督，军手执白刃，于路杀人。卓临行，教诸门放火，焚烧居民房屋，并放火烧宗庙宫府。南北两宫，火焰相接；长乐宫庭，尽为焦土。〔仿佛楚人一炬。〕又差吕布发掘先皇及后妃陵寝，取其金宝。军士乘势掘官民坟冢殆尽。〔黄巾贼反不如此之甚。〕董卓装载金珠缎匹好物数千余车，劫了天子并后妃等，竟望长安去了。王莽知有《金縢》而学之，要做假圣人；董卓不知有《盘庚》而学之，竟做真强盗。

却说卓将赵岑，见卓已弃洛阳而去，便献了汜水关。孙坚驱兵先入。玄德、关、张杀入虎牢关，诸侯各引军入。

且说孙坚飞奔洛阳，遥望火焰冲天，黑烟铺地，二三百里，并无鸡犬人烟。坚先发兵救灭了火，令众诸侯各于荒地上屯住军马。曹操来见袁绍曰："今董贼西去，正可乘势追袭。本初按兵不动，何也？"众诸侯中，毕竟孙、曹二人出色。绍曰："诸兵疲困，进恐无益。"庸夫无胆。操曰："董贼焚烧宫室，劫迁天子，海内震动，不知所归：此天亡之时也，一战而天下定矣。诸公何疑而不进？"袁、曹优劣，又见于此。众诸侯皆言不可轻动。俱是庸夫。操大怒曰："竖子不足与谋！"遂自引兵万余，领夏侯惇、夏侯渊、曹仁、曹洪、李典、乐进，星夜来赶董卓。是壮举，不是轻动。

且说董卓行至荥阳地方，太守徐荣出接。李儒曰："丞相新弃洛阳，防有追兵。可教徐荣伏军荥阳城外山坞之旁，若有兵追来，可竟放过；待我这里杀败，然后截住掩杀，令后来者不敢复追。"若十八路齐出，一徐荣何足当之！可恨众人愚懦，致令孟德败兵。卓从其计，又令吕布引精兵遏后。布正行间，曹操一军赶上。吕布大笑曰："不出李儒所料也！"将军马摆开。曹操出马，大叫："逆贼！劫迁天子，流徙百姓，将欲何往？"吕布骂曰："背主懦夫，何得妄言！"夏侯惇挺枪跃马，直取吕布。战不数合，李傕引一军，从左边杀来，操急令夏侯渊迎敌。右边喊声又起，郭汜引军杀到，操急令曹仁迎敌。三路军马，势不可当。夏侯惇抵敌吕布不住，飞马回阵。布引铁骑掩杀，操军大败，回望荥阳而走。此败非操之罪，乃众诸侯之罪也。走至一荒山脚下，时约二更，月明如昼。间笔点缀绝佳。方才聚集残兵，正欲埋锅造饭，只听得四围喊声，徐荣伏兵尽出。徐荣党恶与李儒等。曹操慌忙策马，夺路奔逃，正遇徐荣，转身便走。荣搭上箭，射中操肩膊。操带箭逃命，趱过山坡。两个军士伏于草中，见操马来，二枪齐发，操马中枪而倒。操翻身落马，被二卒擒住。使读者吃一吓。只见一将飞马而来，挥刀砍死两个步军，下马救起曹操。不谓竟有此一救。○读到此处，方知"月明如昼"四字点缀得好。惟其月明如昼，故一来便见，若暗黑中，正自摸不着也。操视之，乃曹洪也。操曰："吾死于此矣，贤弟可速去！"洪曰："公急上马！洪愿步行。"操曰："贼兵赶上，汝将奈何？"洪曰："天下可无洪，不可无公。"曹洪真好兄弟。乃不从一家起见，而以天下起见，所以更奇。操曰："吾若再生，汝之力也。"操上马，洪脱去衣甲，拖刀跟马而走。天下可无洪，曹却不可无洪。约走至四更余，只见前面一条大河，阻住去路，后面喊声渐近。使读者又吃一吓。操曰："命已至此，不得复活矣！"洪急扶操下马，脱去袍铠，负操渡水。此时又不可无洪。才过彼岸，追兵已到，隔水放箭。操带水而走。险杀，吓杀。比及天明，又走三十余里，土冈下少歇。忽然喊声起处，一彪人马赶来：却是徐荣从上流渡河来追。使读者吃一吓。操正慌急间，只见夏侯惇、夏侯渊引数十骑飞至，大喝："徐荣无伤吾主！"〔不谓又有此一救。〕徐荣便奔夏侯惇，惇挺枪来迎。交马数合，惇刺徐荣于马下，〔杀得好。〕杀散余兵。随后曹仁、李典、乐进各引兵寻到，见了曹操，忧喜交集；聚集残兵五百余人，同回河内。〔曹操此一战，虽败犹荣。〕卓兵自往长安。

却说众诸侯分屯洛阳。孙坚救灭宫中余火，屯兵城内，设帐于建章殿基上。坚令军士扫除宫殿瓦砾。凡董卓所掘陵寝，尽皆掩闭。于太庙基上，草创殿屋三间，请众诸侯立列圣神位，宰太牢祀之。〔孙坚忙中举动，大是可观。〕祭毕，皆散。坚归寨中，是夜星月交辉，〔"明月自来还自去，更无人倚玉栏干。"〕乃按剑露坐，仰观天文。见紫微垣中白气漫漫，坚叹曰："帝星不明，贼臣乱国，万民涂炭，京城一空！"言讫，不觉泪下。〔在瓦砾场上看月，又在旧殿基上看月。月色愈好，人情愈悲。孙坚洒泪数语，可当唐人怀古诗数首。〕旁有军士指曰："殿南有五色毫光起于井中。"〔亦使读者眼光起烁。〕坚唤军士点起火把，下井打捞。捞起一妇人尸首，虽然日久，其尸不烂：〔此妇人之死，不在董卓放火之时，却在张让作乱之时。〕宫样装束，项下带一锦囊。取开看时，内有朱红小匣，用金锁锁着。启视之，乃一玉玺，方圆四寸，上镌五龙交纽；旁缺一角，以黄金镶之；上有篆文八字云："受命于天，既寿永昌。"〔前文不见了传国玉玺，今于此处还他下落，妙补前文。〕坚得玺，乃问程普。普曰："此传国玺也。此玉是昔日卞和于荆山之下，见凤凰栖于石上，载而进之楚文王。解之，果得玉。秦二十六年，令良工琢为玺，李斯篆此八字于其上。〔应上篆文八字句。〕二十八年，始皇巡狩至洞庭湖，风浪大作，舟将覆，急投玉玺于湖而止。〔未曾入井，先曾入湖。〕至三十六年，始皇巡狩至华阴，有人持玺遮道，与从者曰：'将此还祖龙。'言讫不见，此玺复归于秦。〔始皇得玺于活人，孙坚得玺于死妇。〕明年，始皇崩。〔得玺即死，又何取乎玺也。〕后来子婴将玉玺献与汉高祖。后至王莽篡逆，孝元皇太后将玺打王寻、苏献，崩其一角，以金镶之。〔应上"旁缺一角"句。〕光武得此宝于宜阳，传位至今。近闻十常侍作乱，劫少帝出北邙，回宫失此宝。〔又与前失玺照应。〕今天授主公，必有登九五之分。〔孙坚改节，实因程普此二语。〕此处不可久留，宜速回江东，别图大事。"坚曰："汝言正合吾意。明日便当托疾辞归。"〔孙坚一得玉玺便尔心变，惜哉！〕商议已定，密谕军士勿得泄漏。〔正为下文军人泄漏伏线。〕

谁想数中一军，是袁绍乡人，欲假此为进身之计，连夜偷出营寨，来报袁绍。绍与之赏赐，暗留军中。次日，孙坚来辞袁绍曰："坚抱小疾，欲归长沙，特来别公。"绍笑曰："吾知公疾，乃害传国玉玺耳。"〔趣甚。〕坚失色曰："此言何来？"绍曰："今兴兵讨贼，为国除害。玉玺乃朝廷之宝，公既获得，当对众留于盟主处，〔也不怀好意。〕候诛了董卓，复归朝廷。今匿之而去，意欲何为？"坚曰："玉玺何由在吾处？"绍曰："建章殿井中之物何在？"坚曰："吾本无之，何强相逼？"绍曰："作速取出，免自生祸。"坚指天为誓曰："吾若果得此宝，私自藏匿，异日不得善终，死于刀箭之下！"〔今之盗物者，极会赌咒。孙坚英雄，何亦尔尔。〕众诸侯曰："文台如此说誓，想必无之。"绍唤军士出曰："打捞之时，有此人否？"坚大怒，拔所佩之剑，要斩那军士。绍亦拔剑曰：“汝斩军人，乃欺我也。”绍背后颜良、文丑皆拔剑出鞘。坚背后程普、黄盖、韩当亦掣刀在手。众诸侯一齐劝住。坚随即上马，拔寨离洛阳而去。〔去了一个有用人。〕绍大怒，遂写书一封，差心腹人连夜往荆州，送与刺史刘表，教就路上截住夺之。〔伏线。〕

次日，人报曹操追董卓，战于荥阳，大败而回。绍令人接至寨中，会众置酒，与操解闷。〔孙坚无心对月，曹操亦何心对酒。〕饮宴间，操叹曰：“吾始兴大义，为国除贼。诸公既仗义而来，操之初意，欲烦本初引河内之众，临孟津；酸枣诸将固守成皋，据敖仓，塞轘辕、太谷，制其险要；公路率南阳之军，驻丹、析，入武关，以震三辅：皆深沟高垒，勿与战，益为疑兵，示天下形势，以顺诛逆，可立定也。〔所言确是良策。〕今迟疑不进，大失天下之望。操窃耻之！”绍等无言可对。既而席散，操见绍等各怀异心，料不能成事，自引军投扬州去了。〔又去了一个有用人。〕公孙瓒谓玄德、关、张曰：“袁绍无能为也，久必有变。吾等且归。”遂拔寨北行。〔又去了三个有用人。〕至平原，令玄德为平原相，自去守地养军。兖州太守刘岱问东郡太守乔瑁借粮，瑁推辞不与，岱引军突入瑁营，杀死乔瑁，尽降其众。袁绍见众人各自分散，就领兵拔寨，离洛阳，投关东去了。〔盟主走了，好个盟主。〕

却说荆州刺史刘表，字景升，山阳高平人也，乃汉室宗亲。幼好结纳，与名士七人为友，时号“江夏八俊”。〔刘表徒负虚名。〕那七人？汝南陈翔，字仲麟；同郡范滂，字孟博；鲁国孔昱，字世元；渤海范康，字仲真；山阳檀敷，字文友；同郡张俭，字元节；南阳岑晊，字公孝。刘表与此七人为友，〔今之依托名流、自谓名士者，皆刘表类也。〕有延平人蒯良、蒯越，襄阳人蔡瑁为辅。当时看了袁绍书，随令蒯越、蔡瑁引兵一万来截孙坚。〔既能引兵截孙坚，何不兴兵勤王室？〕坚军方到，蒯越将阵摆开，当先出马。孙坚问曰：“蒯异度何故引兵截吾去路？”越曰：“汝既为汉臣，如何私匿传国之宝？可速留下，放汝归去！”坚大怒，命黄盖出战。蔡瑁舞刀来迎。斗到数合，盖挥鞭打瑁，正中护心镜。瑁拨回马走，孙坚乘势杀过界口。山背后金鼓齐鸣，乃刘表亲自引军来到。孙坚就马上施礼曰：“景升何故信袁绍之书，相逼邻郡？”表曰：“汝匿传国玺，将欲反耶？”坚曰：“吾若有此物，死于刀箭之下！”〔只管赌咒。〕表曰：“汝若要我听信，将随军行李任我搜看。”坚怒曰：“汝有何力，敢小觑我！”方欲交兵，刘表便退。坚纵马赶去，两山后伏兵齐起，背后蔡瑁、蒯越赶来，将孙坚困在垓心。正是：

　　　　玉玺得来无用处，反因此宝动刀兵。

毕竟孙坚怎地脱身，且听下文分解。

第七回

袁绍磐河战公孙

孙坚跨江击刘表

诸侯纷纷，互相争竞，天下已成四分五裂之势。一董卓未死，而天下又生出无数董卓。欲举而一之固难，欲举而三之亦正不易也。

袁绍之取冀州，谋亦巧哉。然人知韩馥、公孙瓒为袁绍所愚，而不知袁绍又为董卓所愚。绍初为盟主以讨卓，何其壮也！今董卓遣一介之使以和之，而遂奉命不遑。呜呼！有愧曹操多矣。

善盗物者最会赌咒，亦惟善赌咒者最会盗物。观于孙坚故事，可为寒心。

一玉玺耳，孙坚匿焉，袁绍争焉，刘表截焉。究竟孙坚不因得玺而帝，反因得玺而死。若备之帝蜀，未尝得玺；丕之帝魏，权之帝吴，亦皆不因玺。噫嘻！皇帝不皇帝，岂在玉玺不玉玺哉？

看此卷瓒与绍战，一日之间，忽败忽胜，忽胜忽败，变态不测。至于文弱如刘表，勇壮如孙坚，必以为胜在孙，败在刘，而事之相反，又不可料如此。嗟乎！茫茫世事，何常之有？一部《三国志》俱当作如是观。微独《三国》而已，一部《十七史》俱当作如是观。

此卷叙孙坚之终，叙孙策之始，凡皆为孙权而叙之也。孙权于此卷方才出名，乃出名而犹未出色，止写得孙策出色耳。然与刘、曹鼎立者，孙权也，是孙权为主，而孙坚、孙策皆客也。且因孙权而叙其父兄，则又以孙坚、孙策为主，而袁绍、公孙瓒又其客也。然公孙瓒文中，忽有一刘备，突如其来，倏焉而往，而公孙瓒遂表备为平原相。则因刘备而叙及公孙瓒，因公孙瓒而叙及袁绍，是又以袁绍之战公孙为主，而孙坚之击刘表为客矣。何也？分汉鼎者孙权，而继汉统者刘备也。以三国为主，则绍、瓒等皆其客。三国以刘备为主，则孙权又其客也。

今此卷之目，曰"袁绍战公孙"，而注意乃在刘备；曰"孙坚击刘表"，而注意乃在孙权。宾中有主，主中又有宾。读《三国志》者，不可以不辨。

却说孙坚被刘表围住，亏得程普、黄盖、韩当三将死救得脱，折兵大半，夺路引兵回江东。自此孙坚与刘表结怨。^{伏一笔。}

且说袁绍屯兵河内，缺少粮草。冀州牧韩馥，遣人送粮以资军用。^{袁术不发粮而致孙坚之败，韩馥以送粮而启袁绍之谋。庸人举动皆错。}谋士逢纪说绍曰："大丈夫纵横天下，何待人送粮为食！冀州乃钱粮广盛之地，将军何不取之？"绍曰："未有良策。"纪曰："可暗使人驰书与公孙瓒，令进兵取冀州，约以夹攻，瓒必兴兵。韩馥无谋之辈，必请将军领州事，就中取事，唾手可得。"绍大喜，即发书到瓒处。瓒得书，见说共攻冀州，平分其地，大喜，即日兴兵。绍却使人密报韩馥。馥慌聚荀谌、辛评二谋士商议。^{如此二人，亦称谋士，可笑。}谌曰："公孙瓒将燕、代之众，长驱而来，其锋不可当。兼有刘备、关、张助之，难以抵敌。今袁本初智勇过人，手下名将极广，将军可请彼同治州事，彼必厚待将军，无患公孙瓒矣。"^{正中逢纪之计。}韩馥即差别驾关纯去请袁绍。长史耿武谏曰："袁绍孤客穷军，仰我鼻息，譬如婴儿在股掌之上，绝其乳哺，立可饿死。奈何欲以州事委之？此引虎入羊群也！"^{冀州未尝无人。}馥曰："吾乃袁氏之故吏，才能又不如本初。古者择贤者而让之，诸君何嫉妒耶？"耿武叹曰："冀州休矣！"于是弃职而去者三十余人。独耿武与关纯伏于城外，以待袁绍。

数日后，绍引兵至。耿武、关纯拔刀而出，欲刺杀绍。绍将颜良立斩耿武，文丑砍死关纯。^{二人烈烈，可谓忠于韩馥。}绍入冀州，以馥为奋威将军，以田丰、沮授、许攸、逢纪分掌州事，尽夺韩馥之权。^{"择贤而让"贤者固如是乎？}馥懊悔无及，遂弃下家小，匹马往投陈留太守张邈去了。^{虎入羊群，羊能存乎？其得去，犹幸矣。}

却说公孙瓒知袁绍已据冀州，遣弟公孙越来见绍，欲分其地。绍曰："可请汝兄自来，吾有商议。"越辞归。行不到五十里，道旁闪出一彪军马，口称："我乃董丞相家将也！"乱箭射死公孙越。^{袁绍不能讨董卓，反假作董家兵以杀人。如此举动，有愧盟主多矣。}从人逃回见公孙瓒，报越已死。瓒大怒曰："袁绍诱我起兵攻韩馥，他却就里取事。今又诈董卓兵射死吾弟，此冤如何不报！"尽起本部兵，杀奔冀州来。

绍知瓒兵至，亦领军出。二军会于磐河之上：绍军于磐河桥东，瓒军于桥西。瓒立马桥上，大呼曰："背义之徒，何敢卖我！"绍亦策马至桥边，指瓒曰："韩馥无才，愿让冀州于吾，与尔何干？"瓒曰："昔日以汝为忠义，推为盟主。今之所为，真狼心狗行之徒，有何面目立于世间！"^{回想向日歃血定盟，可发一笑，今之称盟兄盟弟者，须要仔细。}袁绍大怒曰："谁可擒之？"言未毕，文丑策马挺枪，直杀上桥。公孙瓒就桥边与文丑交锋。战不到十余合，瓒抵当不住，败阵而走。文丑乘势追赶。瓒走入阵中，文丑飞马径入中军，往来冲突。瓒手下健将四员，一齐迎战，被文丑一枪，刺一将下马，三将俱走。文丑直赶公孙瓒出阵后，瓒望山谷而逃。文丑骤马厉声大叫："快下马受降！"瓒弓箭尽落，头盔堕地，披发纵马，奔转山坡，其马前失，瓒翻身落于坡下。文丑急捻枪来刺。^{读书者至此，必曰："公孙瓒休矣。"}忽见草坡左侧转出一个少年将军，飞马挺枪，直取文丑。^{来得突兀。}公孙瓒扒上坡去，看那少年生得身长八尺，浓眉大眼，阔面重颐，威风凛凛，与文丑大战五六十合，胜负未分。^{在公孙瓒眼中看出，分外声势。}瓒部下救军到，文丑拨回马去了。那少年也不追赶。瓒忙下土坡，问那少年姓名。那少年欠身答曰："某乃常山真定人也，姓赵，名云，字子龙。^{此人突如其来。人谓当日公孙瓒得一救星，却是异日刘玄德得一帮手。}本袁绍辖下之人，因见绍无忠君救民之心，故特弃彼而投麾下，^{子龙立志，高人一等。}不期于此处相见。"瓒大喜，遂同归寨，整顿甲兵。

次日，瓒将军马分作左右两队，势如羽翼。马五千余匹，大半皆是白马。因公孙瓒曾与羌人战，尽选白马为先锋，号为"白马将军"，羌人但见白马便走，因此白马极多。_{闲文错杂得妙。}袁绍令颜良、文丑为先锋，各引弓弩手一千，亦分作左右两队，令在左者射公孙瓒右军，在右者射公孙瓒左军。再令麹义引八百弓手，步兵一万五千，列于阵中。_{一边马多，一边箭多。}袁绍自引马步军数万，于后接应。公孙瓒初得赵云，不知心腹，令其另领一军在后。_{便非能知人、能用人之人。}遣大将严纲为先锋。瓒自领中军，立马桥上，旁竖大红圈金线"帅"字旗于马前。_{有声有色。○先伏一笔。}从辰时擂鼓，直到巳时，绍军不进。麹义令弓手皆伏于遮箭牌下，只听炮响发箭。严纲鼓噪呐喊，直取麹义。义军见严纲兵来，都伏而不动，直到来得至近，一声炮响，八百弓弩手一齐俱发。_{麹义亦能军。}纲急待回，被麹义拍马舞刀，斩于马下。瓒军大败。左右两军，欲来救应，都被颜良、文丑引弓弩手射住。_{马多不如箭多。}绍军并进，直杀到界桥边。麹义马到，先斩执旗将，把绣旗砍倒。_{若使子龙在前，必不至此。}公孙瓒见砍倒绣旗，回马下桥而走。_{瓒军一败。}麹义引军直冲到后军，正撞着赵云，挺枪跃马，直取麹义。战不数合，一枪刺麹义于马下。赵云一骑马飞入绍军，左冲右突，如入无人之境。公孙瓒引军杀回，绍军大败。_{瓒军一胜。}

却说袁绍先使探马看时，回报麹义斩将搴旗，追赶败兵，因此不作准备，与田丰引着帐下持戟军士数百人，弓箭手数十骑，乘马出观，呵呵大笑曰："公孙瓒无能之辈！"正说之间，忽见赵云冲到面前。弓箭手急待射时，云连刺数人，众军皆走。后面瓒军团团围裹上来。田丰慌对绍曰："主公且于空墙中躲避！"绍以兜鍪扑地，大呼曰："大丈夫愿临阵斗死，岂可入墙而望活乎！"_{此时气概，惜不用之于讨董卓之时。}众军士齐心死战，赵云冲突不入。绍兵大队掩至，颜良亦引军来到，两路并杀。赵云保公孙瓒杀透重围，回到界桥。绍驱兵大进，复赶过桥，落水死者，不计其数。_{瓒军又一败。○处处夹写桥，妙。}袁绍当先赶来，不到五里，只听得山背后喊声大起，闪出一彪人马，为首三员大将，乃是刘玄德、关云长、张翼德，_{读书者至此，亦正想公等三人。}因在平原探知公孙瓒与袁绍相争，特来助战。当下三匹马，三般兵器，飞奔前来，直取袁绍。绍惊得魂飞天外，手中宝刀坠于马下，忙拨马而逃，_{四世三公，奈何比此一县令、两弓手耶？}众人死救过桥。_{瓒军又一胜。}_{○写两军忽胜忽败，令读者目光霍霍。}公孙瓒亦收军归寨。玄德、关、张动问毕，瓒曰："若非玄德远来救我，几乎狼狈。"教与赵云相见。玄德甚相敬爱，便有不舍之心。_{眼力绝胜公孙瓒。○此为后文子龙归刘张本。}

却说袁绍输了一阵，坚守不出，两军相拒月余。有人来长安报知董卓。李儒对卓曰："袁绍与公孙瓒，亦当今豪杰。现在磐河厮杀，宜假天子之诏，差人往和解之。二人感德，必顺太师矣。"卓曰："善。"次日便使太傅马日磾、太仆赵岐，赍诏前去。二人来至河北，绍出迎于百里之外，再拜奉诏。此果天子诏耶？乃董卓令耳。昔日盟众而讨之，今日再拜而奉之，绍真懦夫哉！次日，二人至瓒营宣谕，瓒乃遣使致书于绍，互相讲和。二人自回京复命。瓒即日班师，又表荐刘玄德为平原相。玄德与赵云分别，执手垂泪，不忍相离。云叹曰："某曩日误认公孙瓒为英雄，今观所为，亦袁绍等辈耳！"玄德曰："公且屈身事之，相见有日。"洒泪而别。此时子龙不即归刘，非子龙之恋瓒，乃玄德之爱瓒也。

却说袁术在南阳，闻袁绍新得冀州，遣使来求马千匹。绍不与，术怒。自此，兄弟不睦。曹家兄弟相救，袁家兄弟相仇。袁、曹优劣，又见于此。又遣使往荆州，问刘表借粮二十万，表亦不与。术恨之，密遣人遗书于孙坚，使伐刘表。袁术前以不发粮而致孙坚于败，今又恨他人之不发粮而误孙坚以死，可恨。其书略曰：

> 前者刘表截路，乃吾兄本初之谋也。今本初又与表私议，欲袭江东。公可速兴兵伐刘表，吾为公取本初，是何言与！二仇可报。公取荆州，吾取冀州，切勿误也！有此一番致书，便为后文孙策投袁术张本。

坚得书曰："叵耐刘表！昔日断吾归路，今不乘时报恨，更待何年！"聚帐下程普、黄盖、韩当等商议。程普曰："袁术多诈，未可准信。"坚曰："吾自欲报仇，岂望袁术之助乎？"语亦壮。便差黄盖先来江边安排战船，多装军器粮草，大船装载战马，克日兴师。

江中细作探知，来报刘表。表大惊，急聚文武将士商议。蒯良曰："不必忧虑。可令黄祖部领江夏之兵为前驱，主公率荆襄之众为援。孙坚跨江涉湖而来，安能用武乎？"计亦通。表然之，令黄祖设备，随后便起大军。

却说孙坚有四子，皆吴夫人所生：长子名策，字伯符；次子名权，字仲谋；三子名翊，字叔弼；四子名匡，字季佐。孙坚将死，其子方欲出头，故百忙中特为叙出。吴夫人之妹，即为孙坚次妻，后有二乔，前有二吴。二乔各配一婿，吴却共归一夫。亦生一子一女：子名朗，字早安；女名仁。并叙其女，为后配刘备张本。坚又过房俞氏一子，名韶，字公礼。坚有一弟，名静，字幼台。坚临行，静引诸子列拜于马前而谏曰："今董卓专权，天子懦弱，海内大乱，各霸一方，江东方稍宁，以一小恨而起重兵，非所宜也。愿兄详之。"文台之弟，胜于本初之弟。坚曰："弟勿多言。吾将纵横天下，有仇岂可不报！"长子孙策曰："如父亲必欲往，儿愿随行。"坚许之，遂与策登舟，杀奔樊城。

黄祖伏弓弩手于江边，见船傍岸，乱箭俱发。坚令诸军不可轻动，只伏于船中来往诱之。一连三日，船数十次傍岸。黄祖军只顾放箭，箭已放尽。坚却拔船上所得之箭，约十数万。当日正值顺风，坚令军士一齐放箭。朱晦翁见此，亦当注曰："即以其人之箭，还射其人之兵。"岸上支吾不住，只得退走。坚军登岸，程普、黄盖分兵两路，直取黄祖营寨。背后韩当驱兵大进。三面夹攻，黄祖大败，弃却樊城，走入邓城。〔孙坚大胜。〕坚令黄盖守住船只，亲自统兵追袭。黄祖引军出迎，布阵于野。坚列成阵势，出马于门旗之下。孙策也全副披挂，挺枪立马于父侧。〔本初无弟，文台有儿。〕黄祖引二将出马：一个是江夏张虎，一个是襄阳陈生。黄祖扬鞭大骂："江东鼠贼，安敢侵犯汉室宗亲境界！"便令张虎搦战。坚阵内韩当出迎。两骑相交，战三十余合，陈生见张虎力怯，飞马来助。孙策望见，按住手中枪，扯弓搭箭，正射中陈生面门，应弦落马。张虎见陈生坠地，吃了一惊，措手不及，被韩当一刀，削去半个脑袋。程普纵马直来阵前捉黄祖。黄祖弃却头盔、战马，杂于步军内逃命。孙坚掩杀败军，直到汉水，命黄盖将船只进泊汉江。〔孙坚又大胜。〕

黄祖聚败军，来见刘表，备言坚势不可当。表慌请蒯良商议。良曰："目今新败，兵无战心，只可深沟高垒，以避其锋，却潜令人求救于袁绍，此围自可解也。"〔有袁术致书于孙坚，便有刘表求救于袁绍：势所必然。〕蔡瑁曰："子柔之言，直拙计也。兵临城下，将至壕边，岂可束手待毙！某虽不才，愿请军出城，以决一战。"刘表许之。蔡瑁引军万余，出襄阳城外，于岘山布阵。孙坚将得胜之兵，长驱大进。蔡瑁出马。坚曰："此人是刘表后妻之兄也，谁与吾擒之？"〔蔡瑁出处从孙坚口中点出，叙事妙品。〕程普挺铁脊矛出马，与蔡瑁交战。不到数合，蔡瑁败走。坚驱大军，杀得尸横遍野。蔡瑁逃入襄阳。〔孙坚又大胜。〕蒯良言瑁不听良策，以致大败，按军法当斩。刘表以新娶其妹，不肯加刑。〔刘表溺爱后妻，便为后文废刘琦、立刘琮张本。〕

却说孙坚分兵四面，围住襄阳攻打。忽一日，狂风骤起，将中军"帅"字旗竿吹折。〔屡胜之后，忽有此不祥之兆。天有不测风云，正应人有旦夕祸福。〇公孙瓒帅字旗，敌军砍倒；孙坚帅字旗，天风吹折：两处闲闲相照。〕韩当曰："此非吉兆，可暂班师。"坚曰："吾屡战屡胜，取襄阳只在旦夕，岂可因风折旗竿，遽尔罢兵！"遂不听韩当之言，攻城愈急。蒯良谓刘表曰："某夜观天象，见一将星欲坠。以分野度之，当应在孙坚。〔又一预兆。彼兆在风，此兆在星。〇孙坚前在建章殿前看月，仰叹帝星不明；今于襄阳城下遇风，遂使将星下坠。一月、一风，帝星、将星，遥遥相对。〕主公可速致书袁绍，求其相助。"刘表写书，问谁敢突围而出。健将吕公，应声愿往。蒯良曰："汝既敢去，可听吾计：与汝军马五百，多带能射者冲出阵去，即奔岘山。他必引军来赶，汝分一百人上山，寻石子准备；一百人执弓弩伏于林中。但有追兵到时，不可径走，可盘旋曲折，引到埋伏之处，矢石俱发。若能取胜，放起连珠号炮，城中便出接应。〔本为求救防追，不谓便以此杀敌。〕如无追兵，不可放炮，趱程而去。〔主意在此三句，那知却是闲文。〕今夜月不甚明，黄昏便可出城。"吕公领了计策，拴束军马。黄昏时分，密开东门，引兵出城。

孙坚在帐中，忽闻喊声，急上马引三十余骑，出营来看。军士报说："有一彪人马杀将出来，望岘山而去。"坚不会诸将，只引三十余骑赶来。吕公已于山林丛杂去处，上下埋伏。坚马快，单骑独来，前军不远。坚大叫："休走！"吕公勒回马来战孙坚。交马只一合，吕公便走，闪入山路去。坚随后赶入，却不见了吕公。坚方欲上山，忽然一声锣响，山上石子乱下，林中乱箭齐发。坚体中石、箭，脑浆迸流，人马皆死于岘山之内，寿止三十七岁。刘备、曹操、孙坚，并起一时。而备则及身于帝，操亦及身而王，独坚不帝不王，而死于不虞之锋刃，岂非有幸有不幸哉？○孙坚此一死，不特坚所不及料，亦蒯良、吕公之所不及料也。

吕公截住三十骑，并皆杀尽，放起连珠号炮。城中黄祖、蒯越、蔡瑁分头引兵杀出，江东诸军大乱。黄盖听得喊声震天，引水军杀来，正迎着黄祖。战不两合，生擒黄祖。程普保着孙策，急待寻路，正遇吕公。程普纵马向前，战不到数合，一矛刺吕公于马下。两军大战，杀到天明，各自收军。刘表军自入城。孙策回到汉水，方知父亲被乱箭射死，尸首已被刘表军士扛抬入城去了，放声大哭。本欲报截路之仇，今又添一杀父之仇，是仇上加仇矣。众军俱号泣。策曰："父尸在彼，安得回乡！"黄盖曰："今活捉黄祖在此，得一人入城讲和，将黄祖去换主公尸首。"仇上添仇，而反欲遣使讲和者，重在父尸故耳。言未毕，军吏桓阶出曰："某与刘表有旧，愿入城为使。"策许之。桓阶入城见刘表，具说其事。表曰："文台尸首，吾已用棺木盛贮在此。可速放回黄祖，两家各罢兵，再休侵犯。"桓阶拜谢欲行，阶下蒯良出曰："不可！不可！吾有一言，令江东诸军片甲不回。请先斩桓阶，然后用计。"正是：

　　　　　追敌孙坚方殒命，求和桓阶又遭殃。

未知桓阶性命如何，且听下文分解。

第八回

王司徒巧使连环计

董太师大闹凤仪亭

十八路诸侯，不能杀董卓，而一貂蝉足以杀之；刘、关、张三人，不能胜吕布，而貂蝉一女子能胜之。以衽席为战场，以脂粉为甲胄，以盼睐为戈矛，以颦笑为弓矢，以甘言卑词为运奇设伏，女将军真可畏哉！当为之语曰："司徒妙计高天下，只用美人不用兵。"

为西施易，为貂蝉难。西施只要哄得一个吴王；貂蝉一面要哄董卓，一面又要哄吕布，使出两副心肠，妆出两副面孔，大是不易。我谓貂蝉之功，可书竹帛。若使董卓伏诛后，王允不激成李、郭之乱，则汉室自此复安。而貂蝉一女子，岂不与麟阁、云台并垂不朽哉！最恨今人讹传关公斩貂蝉之事。夫貂蝉无可斩之罪，而有可嘉之绩，特为表而出之。

此卷最妙在董卓赐金安慰吕布一段。若无此一段以缓之，则布之刺卓，不待凤仪亭相遇之后矣。且凤仪亭打戟堕地之时，吕布何难拾戟回刺董卓，而但往外急走，则皆此一缓之力也。

连环计之妙，不在专杀董卓也。设使董卓掷戟之时，刺中吕布，则卓自损其一臂而卓可图矣。此皆在王允算中，亦未始不在貂蝉算中。王允岂独爱吕布，貂蝉亦岂独爱吕布哉？吾尝谓西子真心归范蠡，貂蝉假意对温侯，盖貂蝉心中只有一王允尔。

前卷方叙龙争虎斗，此卷忽写燕语莺声，温柔旖旎，真如铙吹之后忽听玉箫，疾雷之余忽见好月，令读者应接不暇。今人喜读稗官，恐稗官中反无如此妙笔也。

却说蒯良曰："今孙坚已丧，其子皆幼。乘此虚弱之时，火速进军，江东一鼓可得。若还尸罢兵，容其养成气力，荆州之患也。"表曰："吾有黄祖在彼营中，安忍弃之？"良曰："舍一无谋黄祖而取江东，有何不可？"^{自是畅论。}表曰："吾与黄祖心腹之交，舍之不义。"遂送桓阶回营，相约以孙坚尸换黄祖。^{死孙坚换活黄祖，人道刘表便宜，我道刘表不便宜。黄祖十辈不敌孙坚一人；孙坚之死，犹胜黄祖之生也。}孙策换回黄祖，迎接灵柩，罢战回江东，葬父于曲阿之原。丧事已毕，引军居江都，招贤纳士，屈己待人，四方豪杰，渐渐投之，^{便有有凡。}不在话下。^{放过孙策，接入董卓。}

却说董卓在长安，闻孙坚已死，乃曰："吾除却一心腹之患也！"问："其子年几岁矣？"或答曰："十七岁。"卓遂不以为意。自此愈加骄横，自号为"尚父"，^{王莽欲学周公，董卓又欲学太公，可发一笑。}出入僭天子仪仗，封弟董旻为左将军、鄠侯，侄董璜为侍中，总领禁军。董氏宗族，不问长幼，皆封列侯。离长安城二百五十里，别筑郿坞，役民夫二十五万人筑之：其城郭高下厚薄一如长安，^{昔有新丰，今有小长安。}内盖宫室，仓库屯积二十年粮食；选民间少年美女八百人实其中，金玉、彩帛、珍珠堆积不知其数；家属都住在内。^{为后文伏案。}卓往来长安，或半月一回，或一月一回，公卿皆候送于横门外。卓常设帐于路，与公卿聚饮。

一日，卓出横门，百官皆送，卓留宴，适北地招安降卒数百人到。卓即命于座前，或断其手足，或凿其眼睛，或割其舌，或以大锅煮之，哀号之声震天，百官战栗失箸，卓饮食谈笑自若。以杀降卒为下酒物，亦甚无趣。又一日，卓于省台大会百官，列坐两行。酒至数巡，吕布径入，向卓耳边言不数句，卓笑曰："原来如此。"命吕布于筵上揪司空张温下堂。百官失色。不多时，侍从将一红盘，托张温头入献。同时有两张温。此一张温，乃汉张温也。后孙权使张温至蜀，乃吴张温也。百官魂不附体。卓笑曰："诸公勿惊。张温结连袁术，欲图害我，因使人寄书来，错下在吾儿奉先处，故斩之。张温事即在董卓口中叙出，省笔。公等无故，不必惊畏。"众官唯唯而散。

司徒王允归到府中，寻思今日席间之事，坐不安席。此处又放过董卓，接入王允。斗笋俱妙。至夜深月明，策杖步入后园，立于荼蘼架侧，仰天垂泪。孙坚、王允，一样月下洒泪。而一是悲愤，一是忧郁。忽闻有人在牡丹亭畔，长吁短叹。允潜步窥之，乃府中歌伎貂蝉也。无端忽叙出一女子。不用王允想到此人，偏用此人来挑动王允，妙妙。其女自幼选入府中，教以歌舞，年方二八，色伎俱佳，允以亲女待之。是夜允听良久，喝曰："贱人将有私情耶？"一喝妙甚。不用顺叙，偏用逆挑，最有波致。貂蝉惊跪答曰："贱妾安敢有私！"允曰："汝无所私，何夜深于此长叹？"蝉曰："容妾伸肺腑之言。"允曰："汝勿隐匿，当实告我。"蝉曰："妾蒙大人恩养，训习歌舞，优礼相待，妾虽粉身碎骨，莫报万一。近见大人两眉愁锁，必有国家大事，自曹操行刺不成以后，王允日夜忧闷光景，俱于貂蝉口中暗暗补出。又不敢问。今晚又见行坐不安，因此长叹，不想为大人窥见。倘有用妾之处，万死不辞！"好貂蝉。允以杖击地曰："谁想汉天下却在汝手中耶！突作奇语，令人猜想不着。随我到画阁中来。"貂蝉跟允到阁中，允尽叱出妇妾，纳貂蝉于坐，叩头便拜。又特特作此惊人之笔，令人一发猜想不着。貂蝉惊伏于地曰："大人何故如此？"允曰："汝可怜汉天下生灵！"看官试想：一个女子，教他如何救天下生灵？言讫，泪如泉涌。貂蝉曰："适间贱妾曾言：但有使令，万死不辞。"允跪而言曰："百姓有倒悬之危，君臣有累卵之急，非汝不能救也。贼臣董卓将欲篡位，朝中文武无计可施。董卓有一义儿，姓吕，名布，骁勇异常。我观二人皆好色之徒，今欲用'连环计'：计名奇。先将汝许嫁吕布，后献与董卓，汝于中取便，谍间他父子反颜，令布杀卓，以绝大恶。重扶社稷，再立江山，皆汝之力也。不知汝意若何？"此处方说出计策，却要他成功衽席之上。貂蝉曰："妾许大人万死不辞，望即献妾与彼，妾自有道理。"允曰："事若泄漏，我灭门矣。"此句叮嘱断不可少。貂蝉曰："大人勿忧。妾若不报大义，死于万刃之下！"允拜谢。

次日，便将家藏明珠数颗，令良匠嵌造金冠一顶，使人密送吕布。本将玉女为钓，先用珠冠作饵。妙。布大喜，亲到王允宅致谢。不用王允去请，却使吕布自来。又妙。允预备嘉肴美馔，候吕布至，允出门迎迓，接入后堂，延之上坐。布曰："吕布乃相府一将，司徒是朝廷大臣，何故错敬？"允曰："方今天下别无英雄，惟有将军耳。允非敬将军之职，敬将军之才也。"布大喜。允殷勤敬酒，

口称董太师并布之德不绝。极口奉承吕布，妙矣；却又于布大笑畅饮。允叱退左右，只留侍妾数
吕布面前襄奖太师，更妙。

人劝酒。酒至半酣，允曰："唤孩儿来。"竟说是孩少顷，二青衣引貂蝉艳妆而出。布惊问
儿，妙。

何人。允曰："小女貂蝉也。允蒙将军错爱，不异至亲，故令其与将军相见。"便命貂蝉

与吕布把盏。貂蝉送酒与布，两下眉来眼去。来了。允佯醉曰："孩儿央及将军痛饮几

杯，吾一家全靠着将军哩。"布请貂蝉坐，貂蝉假意欲入。写得好允曰："将军吾之至友，
看。

孩儿便坐何妨。"貂蝉便坐于允侧。先把盏，后同坐，以吕布目不转睛的看。又饮数杯，允指
渐而亲，写得次序。

蝉谓布曰："吾欲将此女送与将军为妾，还肯纳否？"布出席谢曰："若得如此，布当效

犬马之报！"允曰："早晚选一良辰，送至府中。"布欣喜无限，频以目视貂蝉。貂蝉亦

以秋波送情。写得好看，不意《三国志》少顷席散，允曰："本欲留将军止宿，恐太师见疑。"
中有此一段温柔旖旎文字。

布再三拜谢而去。

　　过了数日，允在朝堂见了董卓，趁吕布不在侧，精细。伏地拜请曰："允欲屈太师车

骑到草舍赴宴，未审钧意若何？"卓曰："司徒见招，即当趋赴。"允拜谢归家，水陆毕

陈，于前厅正中设座，锦绣铺地，内外各设帏幔。写设宴。比前
加倍尊严。

　　次日晌午，董卓来到。董卓、吕布来法不同，允具朝服出迎，再拜起居。卓下车，左右持
一个自来，一个请来。

戟甲士百余，簇拥入堂，分列两旁。允于堂下再拜，卓命扶上，赐坐于侧。允曰："太师

盛德巍巍，伊、周不能及也。"卓大喜。进酒作乐，允极其致敬。天晚酒酣，允请卓入后

堂。请入后堂，才出貂蝉，不特卓叱退甲士。允捧觞称贺曰："允自幼颇习天文，夜观乾象，汉
次序应然，亦见机密之至。

家气数已尽。太师功德振于天下，若舜之受尧，禹之继舜，正合天心人意。"不但奉承董卓，
便已埋伏后文。

卓曰："安敢望此！"允曰："自古'有道伐无道，无德让有德'，岂过分乎！"卓笑

曰："若果天命归我，司徒当为元勋。"先许一个元允拜谢。堂中点上画烛，止留女使进酒
勋稳当。

供食。允曰："教坊之乐，不足供奉；偶有家伎，敢使承应。"卓曰："甚妙。"允教放

下帘栊，笙簧缭绕，簇捧貂蝉舞于帘外。董卓先坐前堂，次入后堂；貂蝉先有词赞之曰：
舞帘外，转入帘内：俱有次序。

　　　　　原是昭阳宫里人，惊鸿宛转掌中身，

　　　　　只疑飞过洞庭春。按彻《梁州》莲步稳，

　　　　　好花风袅一枝新，画堂香暖不胜春。

　　又诗曰：

红牙催拍燕飞忙，一片行云到画堂。

眉黛促成游子恨，脸容初断故人肠。

榆钱不买千金笑，柳带何须百宝妆。

舞罢隔帘偷目送，不知谁是楚襄王。

舞罢，卓命近前。貂蝉转入帘内，深深再拜。来了。卓见貂蝉颜色美丽，便问："此女何人？"允曰："歌伎貂蝉也。"此时又不说是孩儿，更妙。卓曰："能唱否？"允命貂蝉执檀板低讴一曲。貂蝉见吕布只把盏，见董卓便歌舞。说女儿，是女儿身分；说歌伎，是歌伎身分。正是：

一点樱桃启绛唇，两行碎玉喷《阳春》。

丁香舌吐衔钢剑，要斩奸邪乱国臣。

卓称赏不已。允命貂蝉把盏。卓擎杯问曰："青春几何？"貂蝉曰："贱妾年方二八。"卓笑曰："真神仙中人也！"也来了。允起曰："允欲将此女献上太师，未审肯容纳否？"卓曰："如此见惠，何以报德？"允曰："此女得侍太师，其福不浅。"卓再三称谢。允即命备毡车，先将貂蝉送到相府。女将军兵起前去了。○连忙送去，妙。卓亦起身告辞。允亲送董卓直到相府，然后辞回。

乘马而行，不到半路，只见两行红灯照道，吕布骑马执戟而来，正与王允撞见，看到此处，为王允吃一吓。便勒住马，一把揪住衣襟，厉声问曰："司徒既以貂蝉许我，今又送与太师，何相戏耶？"吓杀。允急止之曰："此非说话处，且请到草舍去。"妙，有机变。布同允到家，下马入后堂。也入后堂，妙。叙礼毕，允曰："将军何故怪老夫？"布曰："有人报我，说你把毡车送貂蝉入相府，是何意故？"允曰："将军原来不知！昨日太师在朝堂中，对老夫说：'我有一事，明日要到你家。'允因此准备小宴等候。太师饮酒中间，说：'我闻你有一女，名唤貂蝉，已许吾儿奉先。我恐你言未准，特来相求，并请一见。'老夫不敢有违，随引貂蝉出拜公公。"公公"二字搁心。妙。太师曰：'今日良辰，吾即当取此女回去，配与奉先。'更妙。将军试思：太师亲临，老夫焉敢推阻？"一派鬼话令布入其玄中。布曰："司徒少罪。布一时错见，来日自当负荆。"允曰："小女颇有妆奁，待过将军府下，便当送至。"此句找足得妙。想吕布此时，犹俨然以新郎自待也。布谢去。

次日，吕布在府中打听，绝不闻音耗。不闻"配与奉先"之音耗也。径入堂中，寻问诸侍妾。侍妾对曰："夜来太师与新人共寝，至今未起。"〔董卓做干爷，难为了干娘；布做干儿，难为了干媳妇。〕布大怒，〔不得不潜入卓卧怒。〕潜入卓卧房后窥探。时貂蝉起于窗下梳头，忽见窗外池中照一人影，极长大，头戴束发冠，〔先见影，后见人，妙。〕偷眼视之，正是吕布。貂蝉故蹙双眉，做忧愁不乐之态，复以香罗频拭眼泪。〔笑亦倾人，颦亦倾人。〕吕布窥视良久，乃出；少顷，又入。卓已坐于中堂，见布来，问曰："外面无事乎？"布曰："无事。"〔外面无事，里面却有事。〕侍立卓侧。卓方食，布偷目窃望，见绣帘内一女子往来观觑，微露半面，以目送情。〔此皆女将军绝妙兵法。〕布知是貂蝉，神魂飘荡。卓见布如此光景，心中疑忌，曰："奉先无事且退。"布怏怏而出。

董卓自纳貂蝉后，为色所迷，月余不出理事。卓偶染小疾，貂蝉衣不解带，曲意逢迎，〔看他待布如彼，待卓又如此。使出两副心肠，妆出两副面孔，今我想杀女将军矣。〕卓心愈喜。吕布入内问安，正值卓睡。貂蝉于床后探半身望布，以手指心，又以手指董卓，挥泪不止。〔女将军韬略一至于此，孙吴不及也。〕布心如碎。卓朦胧双目，见布注视床后，目不转睛，回身一看，见貂蝉立于床后。卓大怒，叱布曰："汝敢戏吾爱姬耶！"唤左右逐出："今后不许入堂！"

吕布怒恨而归，〔先为掷戟作引。〕路遇李儒，告知其故。儒急入见卓曰："太师欲取天下，何故以小过见责温侯？倘彼心变，大事去矣。"卓曰："奈何？"儒曰："来朝唤入，赐以金帛，好言慰之，自然无事。"卓依言。次日，使人唤布入堂，慰之曰："吾前日病中，心神恍惚，误言伤汝，汝勿记心。"随赐金十斤，锦二十匹。布谢归，〔此处忽又一顿。波澜倏起倏落，大有层折。〕然身虽在卓左右，心实系念貂蝉。

卓疾既愈，入朝议事。布执戟相随，见卓与献帝共谈，便乘间提戟出内门，〔一写戟。〕上马径投相府来，〔一写马。〕系马府前，〔再写马。〕提戟入后堂，〔再写戟。〕寻见貂蝉。蝉曰："汝可去后园中凤仪亭边等我。"布提戟径往，〔三写戟。〕立于亭下曲栏之旁。良久，见貂蝉分花拂柳而来，果然如月宫仙子，〔花下看佳人，如马上看壮士，加倍动目。〕泣谓布曰："我虽非王司徒亲女，然待之如己出。自见将军，许侍箕帚，妾已生平愿足。谁想太师起不良之心，将妾淫污。妾恨不即死，止因未与将军一诀，故且忍辱偷生。今幸得见，妾愿毕矣！此身已污，不得复事英雄，愿死于君前，以明妾志！"〔语语动人。〕言讫，手攀曲栏，望荷花池便跳。〔以死动之。〕吕布慌忙抱住，泣曰：〔使布怒易，使布泣难。布而致于泣，董卓不能活矣。〕"我知汝心久矣，只恨不能共语！"貂蝉手扯布曰："妾今生不能与君为妻，愿相期于来世。"〔再逼一句，妙。〕布曰："我今生不能以汝为妻，非英雄也！"〔正要逼出他此句。〕蝉曰："妾度日如年，愿君怜而救之。"〔明明催杀董卓，自己原不肯死。〕布曰："我今偷空而来，恐老贼见疑，必当速去。"蝉牵其衣曰："君如此惧怕老贼，妾身无见天日之期矣！"〔妙极恶极。〕布立住曰："容我徐图良策。"语罢，提戟欲去。[四写戟。〇若此时便去，那得撞着董卓？读书者至此，亦惟恐其去也。]貂蝉曰："妾在深闺，闻将军之名，如雷灌耳，以为当世一人而已，谁想反受他人之制乎！"言讫，泪下如雨。[谚云："请将不如激将。"是绝妙说士声口。]布羞惭满面，重复倚戟，[五写戟。]回身搂抱貂蝉，用好言安慰。两个偎偎倚倚，不忍相离。[此皆貂蝉故意淹留吕布，要他撞着董卓。女将军兵法神妙如许。]

却说董卓在殿上，回头不见吕布，心下怀疑，连忙辞了献帝，登车回府，见布马系于府前，[三写马。]问门吏，吏答曰："温侯入后堂去了。"卓叱退左右，径入后堂中，寻觅不见；唤貂蝉，蝉亦不见。[急杀。]急问侍妾，侍妾曰："貂蝉在后园看花。"卓寻入后园，正见吕布和貂蝉在凤仪亭下共语，画戟倚在一边。[六写戟。]卓怒，大喝一声。布见卓至，大惊，回身便走。卓抢了画戟，[七写戟。]挺着赶来。吕布走得快，卓肥胖赶不上，掷戟刺布。[八写戟。]布打戟落地。[九写戟。]卓拾戟再赶，[十写戟。]布已走远。卓赶出园门，一人飞奔前来，与卓胸膛相撞，卓倒于地。[此何人耶？令人急欲看下文矣。]正是：

冲天怒气高千丈，仆地肥躯做一堆。

未知此人是谁，且听下文分解。

第九回

除暴凶吕布助司徒

犯长安李傕听贾诩

　　弑一君复立一君，为所立者，未有不疑其弑我亦如前之君也；弑一父复归一父，为所归者，未有不疑其弑我亦如前之父也。乃献帝畏董卓，而董卓不畏吕布。不惟不畏之，又复恃之。业已恃之，又不固结之，而反怨怒之、仇恨之。及其将杀己，又复望其援己而呼之。呜呼！董卓真蠢人哉！

　　王允劝吕布杀董卓一段文字，一急一缓，一起一落，一反一正，一纵一收，比李肃劝杀丁建阳更是淋漓痛快。今人俱以蔡邕哭卓为非，论固正矣。然情有可原，事有足录。何也？士各为知己者死。设有人受恩桀、纣，在他人固为桀、纣，在此人则尧、舜也。董卓诚为邕之知己，哭而报之，杀而殉之，不为过也。犹胜今之势盛则借其余润，势衰则掉臂去之，甚至为操戈，为下石，无所不至者。毕竟蔡为君子，而此辈则真小人也。

　　吕布去后，貂蝉竟不知下落。何也？曰：成功者退，神龙见首不见尾，正妙在不知下落。若必欲问他下落，则范大夫泛湖之后，又谁知西子踪迹乎？

　　张柬之不杀武三思而被害，恶党固不可赦，遗孽固不可留也。但李傕、郭汜拥兵于外，当散其众而徐图之，不当求之太急，以至生变耳。故柬之之病，病在缓；王允之病，病在急。

　　却说那撞倒董卓的人，正是李儒。当下李儒扶起董卓，至书院中坐定。卓曰："汝为何来此？"儒曰："儒适至府门，知太师怒入后园，寻问吕布。因急走来，正遇吕布奔走，云：'太师杀我！'儒慌赶入园中劝解，不意误撞恩相。死罪！死罪！"　李儒来此，只在李儒口中叙明，省笔之甚。卓曰："叵耐逆贼，戏吾爱姬，誓必杀之！"儒曰："恩相差矣。昔楚庄王'绝缨'之会，不究戏爱姬之蒋雄，后为秦兵所困，得其死力相救。今貂蝉不过一女子，而吕布乃太师心腹猛将也。太师若就此机会，以蝉赐布，布感大恩，必以死报太师。太师请自三思。"　李儒几破连环计。卓沉吟良久曰："汝言亦是，我当思之。"儒谢而出。

　　卓入后堂，唤貂蝉问曰："汝何与吕布私通耶？"蝉泣曰："妾在后园看花，吕布突至。妾方惊避，布曰：'我乃太师之子，何必相避？'提戟赶妾至凤仪亭。妾见其心不良，恐为所逼，欲投荷池自尽，却被这厮抱住。正在生死之间，得太师来，救了性命。"此等巧言，溺爱者每为所惑。董卓曰："我今将汝赐与吕布，何如？"貂蝉大惊，哭曰：惊是真惊，哭是假哭。"妾身已事贵人，今忽欲下赐家奴，妾宁死不辱！"遂掣壁间宝剑欲自刎。亦以死动人。○今日妇人放刁，每要以死恐吓其夫，是学貂蝉而误者也。卓慌夺剑拥抱曰："吾戏汝！"只三字，如闻其声。貂蝉倒于卓怀，掩面大哭曰："此必李儒之计也！儒与布交厚，故设此计，却不顾惜太师体面与贱妾性命。妾当生噬其肉！"说破李儒尤妙。不特间吕布，并间李儒。卓曰："吾安忍舍汝耶？"蝉曰："虽蒙太师怜爱，但恐此处不宜久居，必被吕布所害。"卓曰:"吾明日和你归郿坞去,同受快乐,慎勿忧疑。"蝉方收泪拜谢。

次日,李儒入见曰:"今日良辰,可将貂蝉送与吕布。"卓曰:"布与我有父子之分,不便赐与,我只不究其罪。汝传我意,以好言慰之可也。"（此处又用一顿。是听李儒一半言语,不然掷戟之后,安得虎头蛇尾?）儒曰:"太师不可为妇人所惑。"卓变色曰:"汝之妻肯与吕布否?貂蝉之事,再勿多言,言则必斩!"李儒出,仰天叹曰:"吾等皆死于妇人之手矣!"（双股剑、青龙刀、丈八蛇矛,俱不及女将军兵器。）（今之好色者,仔细仔细!）后人读书至此,有诗叹之曰:

司徒妙算托红裙,不用干戈不用兵。

三战虎牢徒费力,凯歌却奏凤仪亭。

董卓即日下令还郿坞,百官俱拜送。貂蝉在车上,遥见吕布于稠人之内,眼望车中。貂蝉虚掩其面,如痛哭之状。（哭是假哭。）车已去远,布缓辔于土冈之上,眼望车尘,叹惜痛恨。（恨是真恨。）忽闻背后一人问曰:"温侯何不从太师去,乃在此遥望而发叹?"（问得恶。）布视之,乃司徒王允也。

相见毕,允曰:"老夫日来因染微恙,闭门不出,故久未得与将军一见。（补笔,周旋得妙。）今日太师驾归郿坞,只得扶病出送,却喜得晤将军。请问将军,为何在此长叹?"布曰:"正为公女耳。"允佯惊曰:"许多时尚未与将军耶?"（唯托疾闭门,方掩饰得此句。不然,王允岂有不知之理?）布曰:"老贼自宠幸久矣!"允佯大惊曰:"不信有此事!"布将前事一一告允。允仰面跌足,半晌不语。良久,乃言曰:"不意太师作此禽兽之行!"因挽布手曰:"且到寒舍商议。"布随允归。

允延入密室,置酒款待。布又将凤仪亭相遇之事,细述一遍。允曰:"太师淫吾之女,夺将军之妻,诚为天下耻笑;非笑太师,笑允与将军耳!（一转妙。）然允老迈无能之辈,不足为道;可惜将军盖世英雄,亦受此污辱也!"（又一转妙更恶。）布怒气冲天,拍案大叫。允急曰:"老夫失语,将军息怒。"布曰:"誓当杀此老贼,以雪吾耻!"允急掩其口曰:"将军勿言,恐累及老夫。"（不用顺口撺掇却用反舌激恼。）布曰:"大丈夫生居天地间,岂能郁郁久居人下!"允曰:"以将军之才,诚非董太师所可限制。"（此处王允却用顺口撺掇。）布曰:"吾欲杀此老贼,奈是父子之情,恐惹后人议论。"（此处吕布却用反言跌顿。）允微笑曰:"将军自姓吕,太师自姓董。掷戟之时,岂有父子情耶?"（撺掇之中,又以"掷戟"二字激恼他。）布奋然曰:"非司徒言,布几自误!"允见其意已决,便说之曰:"将军若扶汉室,乃忠臣也,青史传名,流芳百世;将军若助董卓，乃反臣也，载之史笔，遗臭万年。"数语撇却家门私怨，告以朝廷大义，乃是正文。 布避席下拜曰："布意已决，司徒勿疑。"允曰："但恐事或不成，反招大祸。"当其奋怒，反掩口以止之；及其迟疑，则正言以动之；待其应允，又反言以决之。凡用三番曲折。王允信是妙人。 布拔带刀，刺臂出血为誓。允跪谢曰："汉祀不斩，皆出将军之赐也。切勿泄漏！临期有计，自当相报。"伏笔。 布慨诺而去。

允即请仆射士孙瑞、司隶校尉黄琬商议。瑞曰："方今主上有疾新愈，可遣一能言之人，往郿坞请卓议事；一面以天子密诏付吕布，使伏甲兵于朝门之内，引卓入诛之：此上策也。"琬曰："何人敢去？"瑞曰："吕布同郡骑都尉李肃，以董卓不迁其官，甚是怀怨。若令此人去，卓必不疑。"允曰："善。"请吕布共议。布曰："昔日劝吾杀丁建阳，亦此人也。照应前文。 今若不去，吾先斩之。"使人密请肃至。布曰："昔日公说布使杀丁建阳而投董卓，今卓上欺天子，下虐生灵，罪恶贯盈，人神共愤。公可传天子诏往郿坞，宣卓入朝，伏兵诛之，力扶汉室，共作忠臣。尊意若何？"肃曰："我亦欲除此贼久矣，恨无同心者耳。今将军若此，是天赐也，肃岂敢有二心！"惯会杀父者，吕布也；惯劝人杀父者，李肃也。 遂折箭为誓。允曰："公若能干此事，何患不得显官。"正应"董卓不迁其官"句，直刺入李肃耳中。

次日，李肃引十数骑，前到郿坞。人报天子有诏，卓教唤入。天子有诏，坐而受之，目中尚有"天子"二字乎？ 李肃入拜。卓曰："天子有何诏？"肃曰："天子病体新痊，欲会文武于未央殿，议将禅位于太师，故有此诏。"中心藏之久矣。此语亦直刺入董卓耳中。 卓曰："王允之意若何？"卓贼胸中只碍一王允，想见王允平日气概。 肃曰："王司徒已命人筑'受禅台'，只等主公到来。"受禅台故事却在后文，于此处先虚点一笔。有此处之虚，乃有后文之实。 卓大喜曰："吾夜梦一龙罩身，今日果得此喜信。龙罩身者，帝治其罪也，此老如何省得。 时哉不可失！"便命心腹将李傕、郭汜、张济、樊稠四人领飞熊军三千守郿坞，自己即日排驾回京，顾谓李肃曰："吾为帝，汝当为执金吾。"又许一个执金吾。 肃拜谢称臣。卓入辞其母。母时年九十余矣，此妪老而不死，以待典刑，皆董卓恶贯所致。 问曰："吾儿何往？"卓曰："儿将往受汉禅，母亲早晚为太后也！"又许一个太后。 母曰："吾近日肉颤心惊，恐非吉兆。"卓曰："将为国母，岂不预有惊报！"国母要做，只怕令孙不肯。 遂辞母而行。临行，谓貂蝉曰："吾为天子，当立汝为贵妃。"又许一个贵妃。 貂蝉已明知就里，假作欢喜拜谢。凤仪亭战功将从今日奏凯矣。

卓出坞上车，前遮后拥，望长安来。行不到三十里，所乘之车，忽折一轮，卓下车乘马。又行不到十里，那马咆哮嘶喊，掣断辔头。卓问肃曰："车折轮，马断辔，其兆若何？"肃曰："乃太师应绍汉禅，弃旧换新，将乘玉辇金鞍之兆也。"前则其母疑而董卓解之，此则董卓疑而李肃又解之。董卓解得勉强，李肃解得敏捷。 卓喜而信其言。次日，正行间，忽然狂风骤起，昏雾蔽天。卓问肃曰："此何祥也？"肃曰："主公登龙位，必有红光紫雾，以壮天威耳。"卓又喜而不疑。既至城外，百官俱出迎接。只有李儒抱病在家，不能出迎。<small>董卓此来无人谏阻，正为此耳。</small>卓进至相府，吕布入贺。卓曰："吾登九五，汝当总督天下兵马。"<small>又许一个总督，真是做梦。</small>布拜谢，就帐前歇宿。是夜有十数小儿于郊外作歌，风吹歌声入帐。歌曰："千里草，何青青！十日卜，不得生！"<small>"千里草"乃董字；"十日卜"乃卓字；不生者，言死也。</small>歌声悲切。卓问李肃曰："童谣主何吉凶？"肃曰："亦只是言刘氏灭、董氏兴之意。"<small>葫芦提的妙。</small>次日侵晨，董卓摆列仪从入朝，忽见一道人，青袍白巾，手执长竿，上缚布一丈，两头各书一"口"字。<small>明明是"吕布"二字。</small>卓问肃曰："此道人何意？"肃曰："乃心恙之人也。"呼将士驱去。卓进朝，群臣各具朝服，迎谒于道。李肃手执宝剑扶车而行。到北掖门，军兵尽挡在门外，独有御车二十余人同入。董卓遥见王允等各执宝剑立于殿门，惊问肃曰："持剑是何意？"肃不应，<small>到此便不消解说矣。</small>推车直入。王允大呼曰："反贼至此，武士何在？"两旁转出百余人，持戟挺槊刺之。卓衷甲不入，伤臂坠车，大呼曰："吾儿奉先何在？"吕布从车后厉声出曰："有诏讨贼！"<small>以前叫过无数父亲，此处忽换一"贼"字，可发一笑。</small>一戟直刺咽喉，<small>吕布孝丁原以刀，孝董卓以戟。或刀、或戟，比以用力、用劳，各尽子道。</small>李肃早割头在手。吕布左手持戟，右手怀中取诏，大呼曰："奉诏讨贼臣董卓，其余不问！"将吏皆呼万岁。后人有诗叹董卓曰：

霸业成时为帝王，不成且作富家郎。

谁知天意无私曲，郿坞方成已灭亡。

却说当下吕布大呼曰："助卓为虐者，皆李儒也！谁可擒之？"李肃应声愿往。忽听朝门外发喊，人报李儒家奴已将李儒绑缚来献。<small>事甚省力，文甚省笔。</small>王允命缚赴市曹斩之；又将董卓尸首，号令通衢。卓尸肥胖，看尸军士以火置其脐中为灯，<small>可称"卓灯"。</small>卓膏流满地。百姓过者，莫不手掷其头，足践其尸。王允又命吕布同皇甫嵩、李肃领兵五万，至郿坞抄籍董卓家产、人口。

却说李傕、郭汜、张济、樊稠闻董卓已死，吕布将至，便引了飞熊军连夜奔凉州去了。吕布至郿坞，先取了貂蝉。<small>吕布心中只为此一事。</small>皇甫嵩命将坞中所藏良家子女，尽行释放。<small>好。</small>但系董卓亲属，不分老幼，悉皆诛戮。卓母亦被杀。<small>是弑何太后之报。○董卓收得好儿子，此妪养得好儿子。</small>卓弟董旻、侄董璜皆斩首号令。收籍坞中所蓄，黄金数十万，白金数百万，绮罗、珠宝、器皿、粮食，不计其数。<small>刻剥民脂民膏，而今安在哉！可为贪夫之戒。</small>回报王允，允乃大犒军士，设宴于都堂，召集众官，酌酒称庆。

正饮宴间，忽人报曰："董卓暴尸于市，忽有一人伏其尸而大哭。"允怒曰："董卓伏诛，士民莫不称贺。此何人，独敢哭耶！"遂唤武士："与吾擒来！"须臾擒至。众官见之，无不惊骇：原来那人不是别人，乃侍中蔡邕也。^{蔡邕之哭董卓，亦
如栾布之哭彭越。}允叱曰："董卓逆贼，今日伏诛，国之大幸。汝为汉臣，乃不为国庆，反为贼哭，何也？"邕伏罪曰："邕虽不才，亦知大义，岂肯背国而向卓？只因一时知遇之感，不觉为之一哭。自知罪大，愿公见原。倘得黥首刖足，使续成汉史，以赎其辜，邕之幸也。"^{若使邕成汉史，当夺
范晔、陈寿之席。}众官惜邕之才，皆力救之。太傅马日磾亦密谓允曰："伯喈旷世逸才，若使续成汉史，诚为盛事。且其孝行素著，若遽杀之，恐失人望。"^{本是全孝不在忠，今《琵琶》曲本
反说他全忠不能全孝，诬之甚矣。}允曰："昔孝武不杀司马迁，后使作史，遂致谤书流于后世。方今国运衰微，朝政错乱，不可令佞臣执笔于幼主左右，使吾等蒙其讪议也。"^{王允所见亦是。恐其
叙董卓处有曲笔耳。}日磾无言而退，私谓众官曰："王允其无后乎！善人，国之纪也；制作，国之典也。灭纪废典，岂能久乎？"当下王允不听马日磾之言，命将蔡邕下狱中缢死。^{同一死也，若前日不从董卓而为卓
所杀，岂不善乎？吾为邕惜之。}一时士大夫闻者，尽为流涕。后人论蔡邕之哭董卓，固自不是；允之杀之，亦为已甚。有诗叹曰：

董卓专权肆不仁，侍中何自竟亡身？

当时诸葛隆中卧，安肯轻身事乱臣。

且说李傕、郭汜、张济、樊稠逃居陕西，使人至长安上表求赦。王允曰："卓之跋扈，皆此四人助之。今虽大赦天下，独不赦此四人。"^{先赦其罪，后散其兵，而后图
之，未为晚也。此是王允失算。}使者回报李傕。傕曰："求赦不得，各自逃生可也。"谋士贾诩曰："诸君若弃军单行，则一亭长能缚君矣。不若诱集陕人，并本部军马，杀入长安，与董卓报仇。事济，奉朝廷以正天下；若其不胜，走亦未迟。"^{只贾诩一言，便使长安大乱。武士
兵端，起于说士舌端：可畏哉！}傕等然其说，遂流言于西凉州曰："王允将欲洗荡此方之人矣！"众皆惊惶。乃复扬言曰："徒死无益，能从我反乎？"众皆愿从。于是聚众十余万，分作四路，杀奔长安来。路逢董卓女婿中郎将牛辅，引军五千人，欲去与丈人报仇，^{卓有二婿，李儒伏诛，
牛辅漏网。何也？}李傕便与合兵，使为前驱。四人陆续进发。

王允听知西凉兵来，与吕布商议。布曰："司徒放心。量此鼠辈，何足数也！"遂引李肃将兵出敌。肃当先迎战，正与牛辅相遇，大杀一阵。牛辅抵敌不过，败阵而去。不想是夜二更，牛辅乘肃不备，竟来劫寨。肃军乱窜，败走三十余里，折军大半，来见吕布。布大怒曰："汝何挫吾锐气！"遂斩李肃，悬头军门。^{惯劝人杀父之报。不用别人杀之，
即用杀父之人杀之，此天道之巧。}次日，吕布进兵与牛辅对敌。量牛辅如何敌得吕布，仍复大败而走。是夜牛辅唤心腹人胡赤儿商议曰："吕布骁勇，万不能敌。不如瞒了李傕等四人，暗藏金珠，与亲随三五人弃军而去。"^{贼徒身分，正堪为董卓之婿。}胡赤儿应允。是夜收拾金珠，弃营而走，随行者三四人。将渡一河，赤儿欲谋取金珠，竟杀死牛辅，将头来献吕布。^{一派贼徒。}布问起情由，从人出首："胡赤儿谋杀牛辅，夺其金宝。"布怒，即将赤儿诛杀，^{胡赤儿之杀牛辅，亦犹吕布之杀董卓也。知人则明，自知则暗。}领军前进，正迎着李傕军马。吕布不等他列阵，便挺戟跃马，麾军直冲过来。傕军不能抵当，退走五十余里，依山下寨，请郭汜、张济、樊稠共议，曰："吕布虽勇，然而无谋，不足为虑。我引军守住谷口，每日诱他厮杀。郭将军可领军抄击其后，效彭越挠楚之法，鸣金进兵，擂鼓收兵。张、樊二公，却分兵两路，径取长安。彼首尾不能救应，必然大败。"^{贾诩固能谋，李傕亦善算。}众用其计。

却说吕布勒兵到山下，李傕引军搦战。布忿怒冲杀过去，傕退走上山。山上矢石如雨，布军不能进。忽报郭汜在阵后杀来，布急回战。只闻鼓声大震，汜军已退。布方欲收军，锣声响处，傕军又来。未及对敌，背后郭汜又领军杀到。及至吕布来时，却又擂鼓收军去了。^{颠倒金鼓以乱之，所以疲其力也。}激得吕布怒气填胸。一连如此几日，欲战不得，欲止不得。正在恼怒，忽然飞马报来，说张济、樊稠两路军马，竟犯长安，京城危急。布急领军回，背后李傕、郭汜杀来。布无心恋战，只顾奔走，折了好些人马。^{昔日能挡十八路诸侯，而今日不能胜李、郭、张、樊四军，何也？岂既得貂蝉后，勇力已不如前日矣！}比及到长安城下，贼兵云屯雨集，围定城池，布军与战不利。军士畏吕布暴厉，多有降贼者，布心甚忧。

数日之后，董卓余党李蒙、王方在城中为贼内应，偷开城门，四路贼军一齐拥入。吕布左冲右突，拦挡不住，引数百骑往青琐门外，呼王允曰："势急矣！请司徒上马，同出关去，别图良策。"^{王允若去，是弃天子而去也。贻天子以危，而己则逃其难，王允决不为矣。}允曰："若蒙社稷之灵，得安国家，吾之愿也；若不获已，则允奉身以死。临难苟免，吾不为也。为我谢关东诸公，努力以国家为念！"吕布再三相劝，王允只是不肯去。^{王允是汉子。}不一时，各门火焰竟天，吕布只得弃却家小，^{貂蝉也不要了。}引百余骑飞奔出关，投袁术去了。

李傕、郭汜纵兵大掠。太常卿种拂、太仆鲁馗、大鸿胪周奂、城门校尉崔烈、越骑校尉王颀皆死于国难。贼兵围绕内庭至急，侍臣请天子上宣平门止乱。李傕等望见黄盖，约住军士，口呼"万岁"。献帝倚楼问曰："卿不候奏请，辄入长安，意欲何为？"李傕、郭汜仰面奏曰："董太师乃陛下社稷之臣，无端被王允谋杀，臣等特来报仇，非敢造反。^{如吴楚七国之欲杀晁错也。}但见王允，臣便退兵。"王允时在帝侧，闻知此言，奏曰："臣本为社稷计。

事已至此，陛下不可惜臣，以误国家。臣请下见二贼。"帝徘徊不忍。允自宣平门楼上跳下楼去，_{王允跳楼，胜于扬雄跳阁。}大呼曰："王允在此！"_{好王允。}李傕、郭汜拔剑叱曰："董太师何罪而见杀？"允曰："董贼之罪，弥天亘地，不可胜言！受诛之日，长安士民，皆相庆贺，汝独不闻乎？"傕、汜曰："太师有罪，我等何罪，不肯相赦？"_{本意在此句。}王允大骂："逆贼何必多言！我王允今日有死而已！"_{王允死之无益，不如随吕布而去。然不忍弃天子而走，乃其忠也。}二贼手起，把王允杀于楼下。史官有诗赞曰：

> 王允运机筹，奸臣董卓休。
>
> 心怀家国恨，眉锁庙堂忧。
>
> 英气连霄汉，忠诚贯斗牛。
>
> 至今魂与魄，犹绕凤凰楼。

众贼杀了王允，一面又差人将王允宗族老幼，尽行杀害。士民无不下泪。当下李傕、郭汜寻思曰："既到这里，不杀天子谋大事，更待何时？"便持剑大呼，杀入内来。正是：

> 巨魁伏罪灾方息，从贼纵横祸又来。

未知献帝性命如何，且听下文分解。

第十回

勤王室马腾举义
报父仇曹操兴师

或问予曰：天雷击董卓于身后，何不击董卓于生前？击既死之元凶，何不击方兴之从贼？予应之曰：天有天理，亦有天数，待其恶贯既盈，而后假手于人以杀之，是亦气数使然。盖天理之天，不能不听于天数之天也。

贾诩深沟高垒之谋，即李左车劝陈余之策也。陈余不能用李左车之言，车固遇非其人；李傕能用贾诩之言，诩亦事非其主。君子择主而事，可不慎哉？

马超如此英勇，却怪虎牢关前，并不见西凉兵将挺身一战。何也？意者马超此时尚幼，未随父来，又或马腾见袁绍不能用人，袁术不肯发粮，故无战心耶？不然，今日讨李、郭者马腾，异日受衣带诏者亦马腾，既已烈烈于后，岂得冥冥于前？

曹操以荀彧为"吾之子房"，是隐然以高祖自待矣，何至加九锡而始知其有不臣之心乎？文若不于此时疑之，直至后日而始疑之，惜哉，见之不早也！

曹操杀吕伯奢一家是有意，陶谦害曹嵩一家是无心。曹操迁怒于陶谦，犹可言也；迁怒于徐州百姓，则恶矣；至复迁怒于昔日救命之陈宫，则尤恶矣！恶人有言必践，言之则必行之。前日杀吕家，是"宁可我负人"；今日欲报仇，是"不可人负我"。

却说李、郭二贼欲弑献帝。张济、樊稠谏曰："不可！今日若便杀之，恐众人不服。不如仍旧奉之为主，赚诸侯入关，先去其羽翼，然后杀之，天下可图也。"〔一欲杀、一不杀，总是狂寇算计，与曹操不同。〕李、郭二人从其言，按住兵器。帝在楼上宣谕曰："王允既诛，军马何故不退？"李傕、郭汜曰："臣等有功王室，未蒙赐爵，故不敢退军。"帝曰："卿欲封何爵？"李、郭、张、樊四人各自写职衔献上，勒要如此官品。〔今道士受箓，每自拟职衔以奏天庭，想亦用此法也。〕帝只得从之，封李傕为车骑将军、池阳侯，领司隶校尉，假节钺；郭汜为后将军、美阳侯，假节钺，同秉朝政；樊稠为右将军、万年侯；张济为骠骑将军、平阳侯，领兵屯弘农。其余李蒙、王方等，各为校尉。然后谢恩，〔只算自封自，何谢之有？〕领兵出城。又下令追寻董卓尸首，获得些零碎皮骨，以香木雕成形体，安凑停当，大设祭祀，用王者衣冠棺椁，选择吉日，迁葬郿坞。临葬之期，天降大雷雨，平地水深数尺，霹雳震开其棺，尸首提出棺外。〔曹操七十二疑冢，天不一击之，而独击董卓之墓者，盖报其发掘陵寝之恶也。〕李傕候晴再葬，是夜又复如是。三次改葬，皆不能葬，零皮碎骨，悉为雷火消灭。〔前脐中置灯是人火，今雷火消灭是天火。〕天之怒卓，可谓甚矣！

且说李傕、郭汜既掌大权，残虐百姓；密遣心腹侍帝左右，观其动静。献帝此时举动荆棘。朝廷官员，并由二贼升降。因采人望，特宣朱儁入朝，封为太仆，同领朝政。〔董卓召蔡邕，李、郭用朱儁，正是一样意思。〕

一日，人报西凉太守马腾、并州刺史韩遂二将引军十余万，杀奔长安来，声言讨贼。原来二将先曾使人入长安，结连侍中马宇、谏议大夫种邵、左中郎将刘范三人为内应，共谋贼党。三人密奏献帝，封马腾为征西将军、韩遂为镇西将军，各受密诏，并力讨贼。

当下李傕、郭汜、张济、樊稠闻二军将至，一同商议御敌之策。谋士贾诩曰：“二军远来，只宜深沟高垒，坚守以拒之。不过百日，彼兵粮尽，必将自退，然后引兵追之，二将可擒矣。”李蒙、王方出曰：“此非好计。愿借精兵万人，立斩马腾、韩遂之头，献于麾下。”贾诩曰：“今若即战，必当败绩。”李蒙、王方齐声曰：“若吾二人败，情愿斩首；吾若战胜，公亦当输首级与我。”诩谓李傕、郭汜曰：“长安西二百里盩厔山，其路险峻，可使张、樊两将军屯兵于此，坚壁守之，待李蒙、王方自引兵迎敌，可也。”李傕、郭汜从其言，点一万五千人马与李蒙、王方。二人忻喜而去，离长安二百八十里下寨。

〔旁注：此处讨李、郭有密诏，后文讨曹操亦有衣带诏。前后一辙。〕
〔旁注：此即李左车劝陈余之计。〕
〔旁注：此似善棋者下一闲着，后来却是要着。〕

西凉兵到，两个引军迎去。西凉军马拦路摆开阵势，马腾、韩遂联辔而出，指李蒙、王方骂曰：“反国之贼！——谁去擒之？”言未绝，只见一位少年将军，面如冠玉，眼若流星，虎体猿臂，彪腹狼腰，手执长枪，坐骑骏马，从阵中飞出。原来那将即马腾之子马超，字孟起，年方十七岁，英勇无敌。王方欺他年幼，跃马迎战。战不到数合，早被马超一枪刺于马下。马超勒马便回。李蒙见王方刺死，一骑马从马超背后赶来。超只做不知。马腾在阵门下大叫：“背后有人追赶！”声犹未绝，只见马超已将李蒙擒在马上。

〔旁注：写得声势。〕
〔旁注：二人皆败，出贾诩之料。〕

原来马超明知李蒙追赶，却故意俄延，等他马近，举枪刺来，超将身一闪，李蒙搠个空，两马相并，被马超轻舒猿臂，生擒过去。军士无主，望风奔逃。马腾、韩遂乘势追杀，大获胜捷，直逼隘口下寨，把李蒙斩首号令。

〔旁注：马超乃五虎将之一，此处极写其英勇，正为后文伏线。〕

李傕、郭汜听知李蒙、王方皆被马超杀了，方信贾诩有先见之明，重用其计，只理会紧守关防，由他搦战，并不出迎。果然西凉军未及两月，粮草俱乏，商议回军。恰好长安城中马宇家僮出首家主与刘范、种邵，外连马腾、韩遂，欲为内应等情。李傕、郭汜大怒，尽收三家老少良贱斩于市，把三颗首级直来门前号令。马腾、韩遂见军粮已尽，内应又泄，只得拔寨退军。李傕、郭汜令张济引军赶马腾，樊稠引军赶韩遂，西凉军大败。马超在后死战，杀退张济。樊稠去赶韩遂，看看赶上，相近陈仓，韩遂勒马向樊稠曰：“吾与公乃同乡之人，今日何太无情？”樊稠也勒住马答道：“上命不可违！”韩遂曰：“吾此来亦为国

〔旁注：后来董承谋讨曹操，亦被家僮所首，前后又出一辙。〕
〔旁注：势不得去。○起义之兵，却因食尽而沮，前有孙坚，后有韩、马。为之一叹。〕
〔旁注：加一倍要去。〕
〔旁注：毕竟马超猛于韩遂。〕
〔旁注：国义不足以动之，而但以乡情动之。〕

家耳，公何相逼之甚也？"^{先通乡情，后通国义。}樊稠听罢，拨转马头，收兵回寨，让韩遂去了。

　　不提防李傕之侄李别，见樊稠放走韩遂，回报其叔。李傕大怒，便欲兴兵讨樊稠。贾诩曰："目今人心未宁，频动干戈，深为不便。不若设一宴，请张济、樊稠庆功，就席间擒稠斩之，毫不费力。"^{贾诩为傕谋，每中一寨。惜乎事非其主。}李傕大喜，便设宴请张济、樊稠，二将忻然赴宴。酒半阑，李傕忽然变色曰："樊稠何故交通韩遂，欲谋造反？"稠大惊，未及回言，只见刀斧手拥出，早把樊稠斩首于案下。^{樊稠犹知同乡之情，李傕更不念同事之情。}吓得张济俯伏于地。李傕扶起曰："樊稠谋反，故尔诛之。公乃吾之心腹，何须惊惧？"将樊稠军拨与张济管领。张济自回弘农去了。^{张济此时亦当心变，而终从李傕，非丈夫也。}

　　李傕、郭汜自战败西凉兵，诸侯莫敢谁何。贾诩屡劝抚安百姓，结纳贤豪。自是朝廷微有生意。^{此等举动，比之李儒劝杀百姓，大不相同；惜其党恶，至今受人唾骂。}不想青州黄巾又起，聚众数十万，头目不等，劫掠良民。^{黄巾与李、郭等真是声应气求，有董卓党作之于上，自有黄巾余党应之于下。}太仆朱儁保举一人，可破群贼。李傕、郭汜问是何人。朱儁曰："要破山东群贼，非曹孟德不可。"^{从李傕引出黄巾，又从黄巾引入曹操。下文独详叙曹操事，此正过枝接叶处也。}李傕曰："孟德今在何处？"儁曰："现为东郡太守，广有军兵。若命此人讨贼，贼可克日而破也。"李傕大喜，星夜草诏，差人赍往东郡，命曹操与济北相鲍信一同破贼。^{又添出鲍信陪之。}

　　操领了圣旨，会同鲍信一同兴兵，击贼于寿阳。鲍信杀入重地，为贼所害。^{此处了却鲍信。}却操追赶贼兵，直到济北，降者数万。操即用贼为前驱，兵马到处，无不降顺。不过百余日，招安到降兵三十余万、男女百余万口。操择精锐者，号为"青州兵"，其余尽令归农。操自此威名日重。捷书报到长安，朝廷加曹操为镇东将军。

　　操在兖州，招贤纳士。有叔侄二人来投操：^{先来二人。}乃颍川颍阴人，姓荀，名彧，字文若，荀绲之子也，旧事袁绍，今弃绍投操。操与语大悦，曰："此吾之子房也！"^{隐然以高祖自待。}遂以为行军司马。其侄荀攸，字公达，海内名士，曾拜黄门侍郎，后弃官归乡，今与其叔同投曹操，操以为行军教授。荀彧曰："某闻兖州有一贤士，今此人不知何在。"操问是谁，彧曰："乃东郡东阿人，姓程，名昱，字仲德。"^{二人荐出二人。}操曰："吾亦闻名久矣。"遂遣人于乡中寻问。访得他在山中读书，操拜请之。程昱来见，曹操大喜。昱谓荀彧曰："某孤陋寡闻，不足当公之荐。公之乡人姓郭，名嘉，字奉孝，^{一人又荐出一人。}乃当今贤士，何不罗而致之？"彧猛省曰："吾几忘却！"遂启操征聘郭嘉到兖州，共论天下之事。郭嘉荐光武嫡派子孙，淮南成德人，姓刘，名晔，字子阳。^{一人又荐出一人。}操即聘晔至。晔又荐二人：一个是山阳昌邑人，姓满，名宠，字伯宁；一个是武城人，姓吕，名虔，字子恪。^{二人荐出二人。}曹操亦素知这两个名誉，就聘为军中从事。满宠、吕虔共荐一人，乃陈留平邱人，姓毛，名玠，字孝先。^{二人共荐
一人。}曹操亦聘为从事。又有一将引军数百人，来投曹操，^{又自来
一人。}乃泰山巨平人，姓于，名禁，字文则。操见其人弓马熟娴，武艺出众，命为点军司马。

一日，夏侯惇引一大汉来见，^{前所见皆先通姓名而后引见，惟夏侯惇所
荐，先引见而后通姓名。又是一样笔法。}操问何人，惇曰："此乃陈留人，姓典，名韦，勇力过人。旧跟张邈，与帐下人不和，手杀数十人，逃窜山中。惇出射猎，见韦逐虎过涧，因收于军中。今特荐之于公。"^{典韦来历，只在夏侯
惇口中叙出，好。}操曰："吾观此人容貌魁梧，必有勇力。"惇曰："他曾为友报仇杀人，提头直出闹市，数百人不敢近。只今所使两枝铁戟，重八十斤，挟之上马，运使如飞。"操即令韦试之。韦挟戟骤马，往来驰骋。忽见帐下大旗为风所吹，岌岌欲倒，众军士挟持不定；韦下马，喝退众军，一手执定旗杆，立于风中，巍然不动。操曰："此古之恶来也！"^{恶来助纣，
果然。}遂命为帐前都尉，解身上锦袄及骏马雕鞍赐之。^{叙典韦独详，文
字参差有法。}

自是曹操部下文有谋臣，武有猛将，威镇山东。^{总结一
句。}乃遣泰山太守应劭，往琅琊郡取父曹嵩。^{曹操去讨黄巾，不讨李、郭，是重外而轻内；
不去勤王，先去取父，是先私而后公也。}嵩自陈留避难，隐居琅琊，当日接了书信，便与弟曹德及一家老小四十余人，带从者百余人，车百余辆，径望兖州而来。道经徐州，太守陶谦，字恭祖，为人温厚纯笃，向欲结纳曹操，正无其由，^{陶谦差矣。曹操何人，
而必欲结纳之耶！}知操父经过，遂出境迎接，再拜致敬，大设筵宴，款待两日。曹嵩要行，陶谦亲送出郭，特差都尉张闿，将部兵五百护送。^{谁知为好
反成怨？}曹嵩率家小行到华、费间，时夏末秋初，大雨骤至，只得投一古寺歇宿。寺僧接入。嵩安顿家小，命张闿将军马屯于两廊。众军衣装，都被雨打湿，同声嗟怨。

张闿唤手下头目于静处商议曰："我们本是黄巾余党，勉强降顺陶谦，未有好处。如今曹家辎重车辆无数，你们欲得富贵不难，只就今夜三更，大家砍将入去，把曹嵩一家杀了，取了财物，同往山中落草。此计何如？"^{曹操讨黄巾，那知
又受黄巾之害。}众皆应允。是夜风雨未息，曹嵩正坐，忽闻四壁喊声大举。曹德提剑出看，就被搠死。曹嵩忙引一妾奔入方丈后，欲越墙而走。妾肥胖不能出，嵩慌急，与妾躲于厕中，被乱军所杀。^{是曹操杀吕伯奢全家之报。吕家害
在一猪；曹家胖妾，亦一猪也。}应劭死命逃脱，投袁绍去了。张闿杀尽曹嵩全家，取了财物，放火烧寺，与五百人逃奔淮南去了。后人有诗曰：

曹操奸雄世所夸，曾将吕氏杀全家。

如今阖户逢人杀，天理循环报不差。

当下应劭部下有逃命的军士，报与曹操。操闻之，哭倒于地。众人救起。操切齿曰："陶谦纵兵杀吾父，此仇不共戴天！吾今悉起大军，洗荡徐州，方雪吾恨！"遂留荀彧、程昱领军三万守鄄城、范县、东阿三县，此二人为后来抵敌吕布伏线。其余尽杀奔徐州来。夏侯惇、于禁、典韦为先锋。操令但得城池，将城中百姓，尽行屠戮，以雪父仇。迁怒百姓殊为无理。当有九江太守边让，与陶谦交厚，闻知徐州有难，自引兵五千来救。操闻之大怒，使夏侯惇于路截杀之。后陈琳檄中以此罪操。时陈宫为东郡从事，亦与陶谦交厚，闻曹操起兵报仇，欲尽杀百姓，星夜前来见操。自前巷客店中一去却无下落，于此处补出。操知是为陶谦作说客，欲待不见，又灭不过旧恩，只得请入帐中相见。宫曰："今闻明公以大兵临徐州，报尊父之仇，所到欲尽杀百姓，某因此特来进言。陶谦乃仁人君子，非好利忘义之辈；尊父遇害，乃张闿之恶，非谦罪也。且州县之民，与明公何仇？杀之不祥。望三思而行。"操怒曰："公昔弃我而去，今有何面目复来相见？迁怒陈宫更是无理。陶谦杀吾一家，誓当摘胆剜心，以雪吾恨！然则吕伯奢全家被杀，又将摘何人之胆、剜何人之心，以雪其恨也？公虽为陶谦游说，其如吾不听何！"陈宫辞出，叹曰："吾亦无面目见陶谦也！"遂驰马投陈留太守张邈去了。为后文使吕布攻徐州张本。

且说操大军所到之处，杀戮人民，发掘坟墓。此段亦在陈琳檄中。陶谦在徐州，闻曹操起军报仇，杀戮百姓，仰天恸哭曰："我获罪于天，致使徐州之民，受此大难！"急聚众官商议。曹豹曰："曹兵既至，岂可束手待死！某愿助使君破之。"陶谦只得引兵出迎，远望操军如铺霜涌雪，中军竖起白旗二面，大书"报仇雪恨"四字。写得如此声势，读书者至此，为陶谦寒心，又为徐州百姓寒心。军马列成阵势，曹操纵马出阵，身穿缟素，扬鞭大骂。陶谦亦出马于门旗下，欠身施礼曰："谦本欲结好明公，故托张闿护送。不想贼心不改，致有此事，实不干陶谦之故。望明公察之。"操大骂曰："老匹夫！杀吾父，尚敢乱言！谁可生擒老贼？"夏侯惇应声而出。陶谦慌走入阵。夏侯惇赶来，曹豹挺枪跃马，前去迎敌。两马相交，忽然狂风大作，飞沙走石，两军皆乱，各自收兵。此时亦天之不欲绝徐州百姓也。

陶谦入城，与众计议曰："曹兵势大难敌，吾当自缚往操营，任其剖割，以救徐州一郡百姓之命。"忧在百姓仁人之言。言未绝，一人进前言曰："府君久镇徐州，人民感恩。今曹兵虽众，未能即破我城。府君与百姓坚守勿出。某虽不才，愿施小策，教曹操死无葬身之地！"众人大惊，便问计将安出。正是：

本为纳交反成怨，那知绝处又逢生？

毕竟此人是谁，且听下文分解。

第十一回

刘皇叔北海救孔融

吕温侯濮阳破曹操

本是陶谦求救，却弄出孔融求救；本是太史慈救孔融，却弄出刘玄德救孔融；本是孔融求玄德，却弄出陶谦求玄德；本是玄德退曹操，却弄出吕布退曹操。种种变幻，令人测摸不出。

看前卷曹操咬牙切齿，秣马厉兵，观者必以为此卷中定然踏平徐州，碎割陶谦矣。不意虎头蛇尾，竟自解围而去。所以然者，操以兖州为家，无兖州则无家也。顾家之情重，遂使报父之情轻，故乘便卖个人情与刘备。嗟乎！天下岂有报父仇而可以卖人情者乎？孝子报仇，不复顾身，奈何顾家而遂中止乎？太史慈为母报德，而终以克报，慈诚孝子也；曹操为父报仇，而竟不克报，以操非孝子故也。

刘备之辞徐州，为真辞耶？为假辞耶？若以为真辞，则刘璋之益州且夺之，而陶谦之徐州反让之，何也？或曰：辞之愈力，则受之愈稳。大英雄人，往往有此算计，人自不知耳。

却说献计之人，乃东海朐县人，姓糜，名竺，字子仲。此人家世富豪，尝往洛阳买卖，乘车而回，路遇一美妇人，来求同载，竺乃下车步行，让车与妇人坐。妇人请竺同载，竺上车端坐，目不邪视。^{其实难得。}行及数里，妇人辞去，临别对竺曰："我乃南方火德星君也，^{离为中女，火固属阴，故火星化为妇人。}奉上帝敕，往烧汝家。感君相待以礼，故明告君。君可速归，搬出财物。吾当夜来。"言讫不见。^{心火不动，天火亦不为害。然今之能为糜竺者，几人哉？天火安能烧得许多也！}竺大惊，飞奔到家，将家中所有，疾忙搬出。是晚果然厨中火起，尽烧其屋。竺因此广舍家财，济贫拔苦。后陶谦聘为别驾从事。^{夹叙糜竺一段闲情。叙事到极急时，偏用一缓。}当日献计曰："某愿亲往北海郡，求孔融起兵救援，更得一人往青州田楷处求救。若二处军马齐来，操必退兵矣。"谦从之，遂写书二封，问帐下谁人敢去青州求救。一人应声愿往。众视之，乃广陵人，姓陈，名登，字元龙。陶谦先打发陈元龙往青州去讫，^{略过青州一边。下便详叙北海一边。}然后命糜竺赍书赴北海，自己率众守城，以备攻击。

却说北海孔融，字文举，鲁国曲阜人也，孔子二十世孙，泰山都尉孔宙之子。自小聪明，年十岁时，往谒河南尹李膺，阍人难之。融曰："我系李相通家。"及入见，膺问曰："汝祖与吾祖何亲？"融曰："昔孔子曾问礼于老子，融与君岂非累世通家？"^{今挟刺投人者多写通家，想亦学孔融而误也。}膺大奇之。少顷，太中大夫陈炜至。膺指融曰："此奇童也。"炜曰："小时聪明，大时未必聪明。"融即应声曰："如君所言，幼时必聪明者。"^{口角尖利，咄咄逼人。}炜等皆笑曰："此子长成，必当代之伟器也。"自此得名。后为中郎将，累迁北海太守。极好宾客，^{今之写通家帖拜客者，偏多悭吝，未常必好客；此孔融之所以不可及也。}常曰："座上客常满，樽中酒不空：吾之愿也。"^{高怀。惜今世无孔融，我亦欲写通家帖拜投门下矣。}在北海六年，甚得民心。^{又夹叙孔融一段闲文。叙事到极急时，又用一缓。}

当日正与客坐，人报徐州糜竺至，融请入见，问其来意。竺出陶谦书，言："曹操攻围甚急，望明公垂救。"融曰："吾与陶恭祖交厚，子仲又亲到此，如何不去？只是曹孟德与我无仇，当先遣人送书解和。如其不从，然后起兵。"竺曰："曹操倚仗兵威，决不肯和。"融教一面点兵，一面差人送书。

正商议间，忽报黄巾贼党管亥部领群寇数万杀奔前来。^{此数万人突如其来，怪绝。}孔融大惊，急点本部人马，出城与贼迎战。管亥出马曰："吾知北海粮广，可借一万石，即便退兵；不然，打破城池，老幼不留！"孔融叱曰："吾乃大汉之臣，守大汉之地，岂有粮米与贼耶！"管亥大怒，拍马舞刀，直取孔融。融将宗宝挺枪出马，战不数合，被管亥一刀，砍宗宝于马下。孔融兵大乱，奔入城中。管亥分兵四面围城，孔融心中郁闷。糜竺怀愁，更不可言。^{糜竺此时其实难过。}

次日，孔融登城遥望，贼势浩大，倍添忧恼。忽见城外一人，挺枪跃马杀入贼阵，左冲右突，如入无人之境，直到城下，大叫"开门"。^{此一人又突如其来，怪绝。}孔融不识其人，不敢开门。贼众赶到壕边，那人回身连搠十数人下马，^{具见英雄。}贼众倒退，融急命开门引入。其人下马弃枪，径到城上，拜见孔融。融问其姓名，对曰："某东莱黄县人也，复姓太史，名慈，^{其名曰慈，其人必孝。}字子义。老母重蒙恩顾。某昨自辽东回家省亲，知贼寇城。老母说：'屡受府君深恩，汝当往救。'某故单马而来。"^{曹操为父报仇，太史慈为母报德。}孔融大喜。原来孔融与太史慈虽未识面，却晓得他是个英雄。因他远出，有老母住在离城二十里之外，融常使人遗以粟帛；母感融德，故特使慈来救。^{好客而惠及其母，固当得此报。}

当下孔融重待太史慈，赠与衣甲鞍马。慈曰："某愿借精兵一千，出城杀贼。"融曰："君虽英勇，然贼势甚盛，不可轻出。"慈曰："老母感君厚德，特遣慈来；如不能解围，慈亦无颜见母矣。^{的是孝子声口。}愿决一死战！"融曰："吾闻刘玄德乃当世英雄，若请得他来相救，此围自解，只无人可使耳。"慈曰："府君修书，某当急往。"^{糜竺方为陶谦求救于孔融，太史慈又为孔融求救于刘备：变幻之极。}融喜，修书付慈。慈擐甲上马，腰带弓矢，手持铁枪，饱食严装，城门开处，一骑飞出。近壕，贼将率众来战。慈连搠死数人，透围而出。管亥知有人出城，料必是请救兵的，便自引数百骑赶来，八面围定。慈倚住枪，拈弓搭箭，八面射之，无不应弦落马。贼众不敢来追。^{英雄之极。}

太史慈得脱，星夜投平原来见刘玄德。施礼罢，具言孔北海被围求救之事，呈上书札。玄德看毕，问慈曰："足下何人？"慈曰："某太史慈，东海之鄙人也。与孔融亲非骨肉，比非乡党，特以气谊相投，有分忧共患之意。^{语语打动玄}^{德，妙。}今管亥暴乱，北海被围，孤
穷无告，危在旦夕。闻君仁义素著，能救人危急，故特令某冒锋突围，前来求救。"玄德
敛容答曰："孔北海知世间有刘备耶！"^{自负语，}^{脏脏语。}亦乃同云长、翼德点精兵三千，往北海郡
进发。管亥望见救军来到，亲自引兵迎敌，因见玄德兵少，不以为意。玄德与关、张、太
史慈立马阵前，管亥忿怒直出。太史慈却待向前，云长早出，^{破黄巾贼却用一裹青巾}^{者，可谓以木克土。}直取管
亥。两马相交，众军大喊。量管亥怎敌得云长，数十合之间，青龙刀起，劈管亥于马下。
太史慈、张飞两骑齐出，双枪并举，杀入贼阵。玄德驱兵掩杀。城上孔融望见太史慈与
关、张赶杀贼众，如虎入羊群，纵横莫当，^{只八字，写得}^{何等声势。}便驱兵出城。两下夹攻，大败群
贼，降者无数，余党溃散。^{可谓"惯破黄巾刘、}^{关、张"矣。}

孔融迎接玄德入城，叙礼毕，大设筵宴庆贺。又引糜竺来见玄德，具言张闿杀曹嵩之
事："今曹操纵兵大掠，围住徐州，特来求救。"玄德曰："陶恭祖乃仁人君子，不意受
此无辜之冤。"孔融曰："公乃汉室宗亲。今曹操残害百姓，倚强欺弱，何不与融同往救
之？"玄德曰："备非敢推辞，奈兵微将寡，恐难轻动。"孔融曰："融之欲救陶恭祖，
虽因旧谊，亦为大义。公岂独无仗义之心耶？"^{激励得}^{好。}玄德曰："既如此，请文举先行，容
备去公孙瓒处，借三五千人马，随后便来。"融曰："公切勿失信。"玄德曰："公以备
为何如人也？"^{正与"北海知世间}^{有刘备"句相照。}圣人云：'自古皆有死，人无信不立。'刘备借得军或借不得
军，必然亲至。"孔融应允，教糜竺先回徐州去报，融便收拾起程。太史慈拜谢曰："慈
奉母命前来相助，今幸无虞。有扬州刺史刘繇，与慈同郡，有书来唤，不敢不去。容图再
见。"融以金帛相酬，慈不肯受而归。^{何不留之？}^{可惜可惜。}其母见之，喜曰："我喜汝有以报北海
也！"^{子是孝子，}^{母是贤母。}遂遣慈往扬州去了。^{为后伏}^{线。}

不说孔融起兵。且说玄德离北海来见公孙瓒，具说欲救徐州之事。瓒曰："曹操与君
无仇，何苦替人出力？"玄德曰："备已许人，不敢失信。"瓒曰："我借与君马步军
二千。"玄德曰："更望借赵子龙一行。"^{未尝须臾}^{忘此人。}瓒许之。玄德遂与关、张引本部三千人
为前部，子龙引二千军随后，往徐州来。

却说糜竺回报陶谦，言北海又请得刘玄德来助；陈元龙也回报青州田楷欣然领兵来
救；^{一边实叙，}^{一边虚叙。}陶谦心安。原来孔融、田楷两路军马，惧怕曹兵势猛，远远依山下寨，未敢
轻进。曹操见两路军到，亦分了军势，不敢向前攻城。

却说刘玄德军到，见孔融。融曰："曹兵势大，操又善于用兵，未可轻战。且观其动

静，然后进兵。"玄德曰："但恐城中无粮，难以久持。备令云长、子龙领军四千，在公部下相助；备与张飞杀奔曹营，径投徐州去见陶使君商议。"^{毕竟玄德英雄。}融大喜，会合田楷，为掎角之势；云长、子龙领兵两边接应。

是日玄德、张飞引一千人马杀入曹兵寨边。正行之间，寨内一声鼓响，马军步军，如潮似浪，拥将出来。当头一员大将，乃是于禁，勒马大叫："何处狂徒！往那里去！"张飞见了，更不打话，直取于禁。两马相交，战到数合，玄德掣双股剑麾兵大进，于禁败走。张飞当前追杀，直到徐州城下。城上望见红旗白字，大书"平原刘玄德"，陶谦急令开门。玄德入城，陶谦接着，共到府衙。礼毕，设宴相待，一壁劳军。陶谦见玄德仪表轩昂，语言豁达，心中大喜，便令糜竺取徐州牌印，让与玄德。^{陶恭祖一让徐州。}玄德愕然曰："公何意也？"谦曰："今天下扰乱，王纲不振；公乃汉室宗亲，正宜力扶社稷。老夫年迈无能，情愿将徐州相让，公勿推辞。谦当自写表文，申奏朝廷。"玄德离席再拜曰："刘备虽汉朝苗裔，功微德薄，为平原相犹恐不称职。今为大义，故来相助。公出此言，莫非疑刘备有吞并之心耶？若举此念，皇天不佑！"谦曰："此老夫之实情也。"再三相让，玄德那里肯受。^{真耶？假耶？}糜竺进曰："今兵临城下，且当商议退敌之策。待事平之日，再当相让可也。"玄德曰："备当遗书于曹操，劝令解和。操若不从，厮杀未迟。"于是传檄三寨，且按兵不动，遣人赍书以达曹操。

却说曹操正在军中，与诸将议事，人报徐州有战书到。操拆而观之，乃刘备书也。书略曰：

> 备自关外得拜君颜，嗣后天各一方，不及趋侍。向者，尊父曹侯，实因张闿不仁，以致被害，非陶恭祖之罪也。目今黄巾遗孽扰乱于外，董卓余党盘踞于内。愿明公先朝廷之急，而后私仇，撤徐州之兵，以救国难，则徐州幸甚，天下幸甚！^{书好。}

曹操看书，大骂："刘备何人，敢以书来劝我！且中间有讥讽之意！"命斩来使，一面竭力攻城。郭嘉谏曰："刘备远来救援，先礼后兵，主公当用好言答之，以慢备心，然后进兵攻城，城可破也。"操从其言，款留来使，候发回书。正商议间，忽流星马飞报祸事。^{令人测摸不出，怪绝。}操问其故，报说吕布已袭破兖州，进据濮阳。^{真是意想不到。}

原来吕布自遭李、郭之乱，逃出武关，去投袁术。术怪吕布反复不定，拒而不纳。投袁绍，绍纳之，与布共破张燕于常山。布自以为得志，傲慢袁绍手下将士。绍欲杀之。布乃去投张杨，杨纳之。时庞舒在长安城中，私藏吕布妻小，送还吕布。李傕、郭汜知之，遂斩庞舒，写书与张杨，教杀吕布。布因弃张杨去投张邈。^{吕布出关后事，附补于此。}恰好张邈弟张超引陈宫来见张邈。宫说邈曰："今天下分崩，英雄并起。君以千里之众，而反受制于人，不亦鄙乎？今曹操征东，兖州空虚；而吕布乃当世勇士，若与之共取兖州，霸业可图也。"^{陈宫妙人。}张邈大喜，便令吕布袭破兖州，随据濮阳。止有鄄城、东阿、范县三处，被荀彧、程昱设计死守得全，^{亏得前番防守。}其余俱破。曹仁屡战，皆不能胜，特此告急。^{不是刘备救陶谦，却是吕布救陶谦；亦不是吕布救陶谦，仍是陈宫救陶谦也。}

操闻报大惊曰："兖州有失，使吾无家可归矣，不可不亟图之！"^{欲报父仇，何顾家耶！}郭嘉曰："主公正好卖个人情与刘备，退军去复兖州。"^{报仇何事，卖人情乎？}操然之，即时答书与刘备，拔寨退兵。^{前写曹操盛怒，有不可向迩之势，不意却作如此收局，奇幻。}

且说来使回徐州，入城见陶谦，呈上书札，言曹兵已退。谦大喜，差人请孔融、田楷、云长、子龙等赴城大会。^{众军齐赴，必谓有一场大战矣，不意曹兵已不战而退，奇幻。}饮宴既毕，谦延玄德于上座，拱手对众曰："老夫年迈，二子不才，不堪国家重任。刘公乃帝室之胄，德广才高，可领徐州。老夫情愿乞闲养病。"^{陶恭祖二让徐州。}玄德曰："孔文举令备来救徐州，为义也。今无端据而有之，天下将以备为无义人矣。"糜竺曰："今汉室陵迟，海宇颠覆，树功立业，正在此时。徐州殷富，户口百万，刘使君领此，不可辞也。"^{糜竺亦看上玄德了。}玄德曰："此事决不敢应命。"陈登曰："陶府君多病，不能视事，明公勿辞。"玄德曰："袁公路四世三公，海内所归，近在寿春，何不以州让之？"孔融曰："袁公路冢中枯骨，^{四字骂得恶。}何足挂齿！今日之事，天与不取，悔不可追。"玄德坚执不肯。陶谦泣下曰："君若舍我而去，我死不瞑目矣！"云长曰："既承陶公相让，兄且权领州事。"张飞曰："又不是我强要他的州郡；他好意相让，何必苦苦推辞！"^{说得爽利。}玄德曰："汝等欲陷我于不义耶？"陶谦推让再三，玄德只是不受。^{真耶？假耶？}陶谦曰："如玄德必不肯从，此间近邑，名曰小沛，足可屯军，请玄德暂驻军此邑，以保徐州。何如？"众皆劝玄德留小沛，玄德从之。陶谦劳军已毕，赵云辞去，玄德执手挥泪而别。孔融、田楷亦各相别，引军自回。玄德与关、张引本部军来至小沛，修葺城垣，抚谕居民。^{高祖起于沛，玄德亦居小沛，可称"小沛公"。}

却说曹操回军，曹仁接着，言吕布势大，更有陈宫为辅，兖州、濮阳已失，其鄄城、东阿、范县三处，赖荀彧、程昱二人设计相连，死守城郭。操曰："吾料吕布有勇无谋，不足虑也。"教且安营下寨，再作商议。吕布知曹操回兵，已过滕县，召副将薛兰、李封曰："吾欲用汝二人久矣。汝可引军一万，坚守兖州。吾亲自率兵，前去破曹。"二人应诺。陈宫急入见曰："将军弃兖州，欲何往乎？"布曰："吾欲屯兵濮阳，以成鼎足之势。"宫曰："差矣。薛兰必守兖州不住。^{具有先见。}此去正南一百八十里，泰山路险，可伏精兵万人在彼。曹兵闻失兖州，必然倍道而进，待其过半，一击可擒也。"^{洵是妙策。}布曰："吾屯濮阳，别有良谋，汝岂知之！"遂不用陈宫之言，而用薛兰守兖州而行。曹操兵行至泰山险路，郭嘉曰："且不可进，恐此处有伏兵。"^{陈宫之言，郭嘉暗暗料着。}曹操笑曰："吕布无谋之辈，故教薛兰守兖州，自往濮阳，安得此处有埋伏耶？"^{吕布不听陈宫之言，曹操又暗暗料着。}教曹仁领一军围兖州，"吾进兵濮阳，速攻吕布"。陈宫闻曹兵至近，乃献计曰："今曹兵远来疲困，利在速战，不可养成气力。"布曰："吾匹马纵横天下，何愁曹操！待其下寨，吾自擒之。"

却说曹操兵近濮阳，下住寨脚。次日，引众将出，陈兵于野。操立马于门旗下，遥望吕布兵到。阵圆处，吕布当先出马，两边排开八员健将：第一个雁门马邑人，姓张，名辽，字文远；第二个泰山华阴人，姓臧，名霸，字宣高。两将又各引三员健将：郝萌、曹性、成廉，魏续、宋宪、侯成。布军五万，鼓声大震。操指吕布而言曰："吾与汝自来无仇，何得夺吾州郡？"布曰："汉家城池，诸人有分，偏尔合得？"^{极无理语，说来却甚是有理。}便叫臧霸出马搦战。曹军内乐进出迎。两马相交，双枪齐举，战到三十余合，胜负不分。夏侯惇拍马便出助战，吕布阵上张辽截住厮杀。恼得吕布性起，挺戟骤马，冲出阵来。夏侯惇、乐进皆走，吕布掩杀，曹军大败，退三四十里。布自收军。曹操输了一阵，回寨与诸将商议。于禁曰："某今日上山观望，濮阳之西，吕布有一寨，约无多军。今夜彼将谓我军败走，必不准备，可引兵击之；若得寨，布军必惧：此为上策。"操从其言，带曹洪、李典、毛玠、吕虔、于禁、典韦六将，选马步二万人，连夜从小路进发。

却说吕布于寨中劳军。陈宫曰："西寨是个要紧去处，倘或曹操袭之，奈何？"布曰："他今日输了一阵，如何敢来！"宫曰："曹操是极能用兵之人，须防他攻我不备。"^{于禁之谋，陈宫又暗暗料着。}布乃拨高顺并魏续、侯成引兵往守西寨。

却说曹操于黄昏时分，引军至西寨，四面突入。寨兵不能抵当，四散奔走，曹操夺了寨。将及四更，高顺方引军到，杀将入来。^{布兵未至，西寨已夺，可见曹操行军之速。}曹操自引军马来迎，正逢高顺，三军混战。将及天明，正西鼓声大震，人报吕布自引救军来了。操弃寨而走。^{既夺而使之不能不弃，可见陈宫背后高顺、魏续、侯成赶来，当头吕布亲自引军来到。于禁、乐进双战吕布不应敌之妙。}

住，操望北而行。山后一彪军出：左有张辽，右有臧霸。操使吕虔、曹洪战之，不利。操望西而走。忽又喊声大震，一彪军至：郝萌、曹性、成廉、宋宪四将拦住去路。_{杀得好看。陈宫兵法颇妙。}众将死战，操当先冲阵。梆子响处，箭如骤雨射将来。操不能前进，无计可脱，大叫："谁人救我！"马军队里，一将踊出，乃典韦也，手挺双铁戟，大叫："主公勿忧！"飞身下马，插住双戟，取短戟十数枝，挟在手中，_{吕布一戟，典韦双戟，奇矣；乃不用两大戟，而用无数小戟，更奇。}顾从人曰："贼来十步乃呼我！"_{奇。}遂放开脚步，冒箭前行。布军数十骑追至。从人大叫曰："十步矣！"韦曰："五步乃呼我！"_{奇。}从人又曰："五步矣！"韦乃飞戟刺之，一戟一人坠马，并无虚发，_{百步箭不敌五步戟，奇绝。}立杀十数人。众皆奔走。韦复飞身上马，挺一双大铁戟，冲杀入去。_{忽上马，忽下马；忽用小戟，忽用大戟。写典韦如生龙活虎。}郝、曹、成、宋四将不能抵当，各自逃去。典韦杀散敌军，救出曹操。众将随后也到，寻路归寨。看看天色傍晚，背后喊声起处，吕布骤马提戟赶来，大叫："操贼休走！"此时人困马乏，大家面面相觑，各欲逃生。正是：

虽能暂把重围脱，只怕难当劲敌追。

不知曹操性命如何，且听下文分解。

第十二回

陶恭祖三让徐州
曹孟德大战吕布

　　麋竺家中之火，天火也；濮阳城中之火，人火，亦天火也。麋竺知烧而避其烧，天所以全君子也；曹操不知烧而亦不死于烧，天所以留奸雄也。全君子是天理，留奸雄是天数。曹操既据兖州，且将北取冀，安得不东取徐？是徐州固操所必争也。今虽暂舍之而去，其志岂能须臾忘徐州哉！玄德虽受陶谦之让，吾知终非其有尔。

　　荀文若曰："河、济之地，昔之关中、河内也。"是隐然以高祖、光武之所为教曹操矣。待其后自加九锡，而恶其不臣，岂始既教之而后复恶之耶？坡公称文若为圣人，吾未敢信。

　　吕布一听陈宫之言而辄胜，一不听陈宫之言而辄败，宫诚智矣。然田氏之叛，乃宫教之也。何也？先启其机也。若在老手，只须自用一人，假作田使，不必使田氏知之。

　　曹操正慌走间，正南上一彪军到，乃夏侯惇引军来救援，截住吕布大战。斗到黄昏时分，^{自昨夜黄昏时分，直到今夜}^{黄昏时分，好一场大杀。}大雨如注，各自引军分散。操回寨，重赏典韦，加为领军都尉。

　　却说吕布到寨，与陈宫商议。宫曰："濮阳城中有富户田氏，家僮千百，为一郡之巨室。可令彼密使人往操寨中下书，言：'吕温侯残暴不仁，民心大怨。^{后吕布之败，果}^{然为此两句。}今欲移兵黎阳，止有高顺在城内。可连夜进兵，我为内应。'^{不想后来弄}^{假成真。}操若来，诱之入城，四门放火，外设伏兵。曹操虽有经天纬地之才，到此安能得脱也？"吕布从其计，密谕田氏使人径到操寨。操因新败，正在踌躇，忽报田氏人到，呈上密书云："吕布已往黎阳，城中空虚。万望速来，当为内应。城上插白旗，大书'义'字，便是暗号。"^{前日曹操在徐州城外}^{以白旗示威，今日吕}^{布在濮阳城中}操大喜曰："天使吾得濮阳也！"重赏来人，一面收拾起兵。刘晔曰："布虽^{以白旗行竹。}无谋，陈宫多计。只恐其中有诈，不可不防。明公欲去，当分三军为三队：两队伏城外接应，一队入城，方可。"^{操之不死于是役，}^{全亏刘晔此数语。}

　　操从其言，分军三队，来至濮阳城下。操先往观之，见城上遍竖旗幡，西门角上，有一"义"字白旗，^{此时只此一点白，谁}^{知少顷弄出一片红。}心中暗喜。是日午牌，城门开处，两员将引军出战：前军侯成，后军高顺。操即使典韦出马，直取侯成。侯成抵敌不过，回马望城中走。韦赶到吊桥边，高顺亦拦挡不住，都退入城中去了。数内有军人乘势混过阵来见操，说是田氏之使，呈上密书。约云："今夜初更时分，^{与前两番黄昏}^{时分相照。}城上鸣锣为号，便可进兵。某当献门。"操拨夏侯惇引军在左、曹洪引军在右，自己引夏侯渊、李典、乐进、典韦四将，率兵入城。李典曰："主公且在城外，容某等先入城去。"^{李典所见}^{亦是。}操喝曰："我不自往，谁肯向前！"遂当先领兵直入。时约初更，月光未上。^{将写火光之明，先写月光之暗以形之。○前写只}^{黄昏有雨，今写初更无月。忙中偏有此闲笔。}只听得西门上吹嬴壳声，喊声忽起，门上火把燎乱，城门大开，吊桥放落。曹操争先拍马而入，直到州衙，路上不见一人。操知是计，忙拨回马，大叫："退兵！"州衙中一声炮响，四门烈火轰天而起，金鼓齐鸣，喊声如江翻海沸。吓杀。东巷内转出张辽，西巷内转出臧霸，夹攻掩杀。操走北门，道旁转出郝萌、曹性，又杀一阵。操急走南门，高顺、侯成拦住。典韦怒目咬牙，冲杀出去。高顺、侯成倒走出城。中计者未得出城，杀敌者倒走出城，好笑。典韦杀到吊桥，回头不见了曹操，翻身复杀入城来，门下撞着李典。典韦问："主公何在？"典曰："吾亦寻不见。"韦曰："汝在城外催救军，我入去寻主公。"李典去了。典韦杀入城中，寻觅不见；再杀出城壕边，撞着乐进。进曰："主公何在？"韦曰："我往复两遭，寻觅不见。"进曰："同杀入去救主！"语亦壮。两人到门边，城上火炮滚下，乐进马不能入。典韦冒烟突火，又杀入去，到处寻觅。典韦三入火城，可谓忠勇。

却说曹操见典韦杀出去了，四下里人马截来，不得出南门。再转北门，火光里正撞见吕布挺戟跃马而来。吓杀。读书者至此，必谓曹操死矣。操以手掩面，加鞭纵马竟过。妙有智识。若此时便拨马回走，必反被擒矣。吕布从后拍马赶来，将戟于操盔上一击，问曰："曹操何在？"因其掩面，故认不真；然亦以其纵马竟过，故不疑其即操也。操反指曰："前面骑黄马者是他。"有急智。吕布听说，弃了曹操，纵马向前追赶。见了曹操，反问曹操；舍却曹操，别赶曹操。谚云："方说曹操，曹操就到。"当面错过，岂不好笑！曹操拨转马头，望东门而走，走得好。正逢典韦。韦拥护曹操，杀条血路，到城门边，火焰甚盛，城上推下柴草，遍地都是火，韦用戟拨开，飞马冒烟突火先出。曹操随后亦出。方到门道边，城门上崩下一条火梁来，正打着曹操战马后胯，那马扑地倒了。吓杀。读书者至此，又必谓曹操死矣。操用手托梁推放地上，手臂须发尽被烧伤。曹操之须未割于潼关，先烧于濮阳。须不幸而为曹操之须，须亦苦矣。典韦回马来救，恰好夏侯渊亦到。两个同救起曹操，突火而出。操乘渊马，典韦杀条大路而走。

直混战到天明，操方回寨。众将拜伏问安，操仰面笑曰：如此一番惊吓后，忽然发笑，正谚所谓"哭不得而笑"耳。"误中匹夫之计，吾必当报之！"郭嘉曰："计可速发。"操曰："今只将计就计：诈言我被火伤，已经身死。昨日吕布使人诈降，今日曹操自己诈死。你诈我，我诈你，好看杀人。布必引兵来攻。我伏兵于马陵山中，候其兵半渡而击之，布可擒矣。"好计策。嘉曰："真良策也！"于是令军士挂孝发丧，昨日濮阳城内一片红，今日濮阳城外一片白。红是真红，白是假白。○挂孝发丧，今人诈言操死，必以为不祥，可见婆子气人干不得事。早有人来濮阳报吕布，说曹操被火烧伤肢体，到寨身死。布随点起军马，杀奔马陵山来。将到操寨，一声鼓响，伏兵四起。吕布死战得脱，折了好些人马，败回濮阳，坚守不出。

是年蝗虫忽起，食尽禾稻。关东一境，每谷一斛，直钱五十贯，人民相食。曹操因军中粮尽，引兵回鄄城暂住。吕布亦引兵出屯山阳就食。因此二处权且罢兵。^{两家俱因凶荒罢兵，蝗虫倒是和事老。}

却说陶谦在徐州，时年已六十三岁，忽然染病，看看沉重，请麋竺、陈登议事。竺曰："曹兵之去，止为吕布袭兖州故也。今因岁荒罢兵，来春又必至矣。^{势所必然。}府君两番欲让位于刘玄德，时府君尚强健，故玄德不肯受；今病已沉重，正可就此而与之，玄德不肯辞矣。"^{麋竺心归玄德久矣。}谦大喜，使人来小沛，请刘玄德商议军务。玄德引关、张带数十骑到徐州，陶谦教请入卧内。玄德问安毕，谦曰："请玄德公来，不为别事，止因老夫病已危笃，朝夕难保，万望明公可怜汉家城池为重，^{"以汉家城池为重"的是仁人君子之言。}受取徐州牌印，老夫死亦瞑目矣！"玄德曰："君有二子，何不传之？"谦曰："长子商，次子应，其才皆不堪任。老夫死后，犹望明公教诲，^{不但让州，兼且托子，恭祖可谓知人。}切勿令掌州事。"玄德曰："备一身安能当此大任？"谦曰："某举一人，可为公辅，系北海人，姓孙，名乾，字公祐。此人可使为从事。"又谓麋竺曰："刘公当世人杰，汝当善事之。"玄德终是推托，陶谦以手指心而死。^{陶恭祖三让徐州。○其名曰谦，其字曰恭，其人则让，可谓名称其实。}众军举哀毕，即捧牌印交送玄德。玄德固辞。次日，徐州百姓拥挤府前哭拜曰："刘使君若不领此郡，我等皆不能安生矣！"^{民心悦服如此，想见刘公平日德政。}关、张二公亦再三相劝，玄德乃许权领徐州事，使孙乾、麋竺为辅，陈登为幕官，尽取小沛军马入城，出榜安民，一面安排丧事。玄德与大小军士，尽皆挂孝，^{濮阳城外有假挂孝，徐州城中有真挂孝。一假一真，前后照耀。}大设祭奠。祭毕，葬于黄河之原。将陶谦遗表，申奏朝廷。^{应前文。}

操在鄄城，知陶谦已死，刘玄德领徐州牧，大怒曰："我仇未报，汝不费半箭之功，坐得徐州！^{真是气杀。}吾必先杀刘备，后戮谦尸，以雪先君之怨！"即传号令，克日起兵去打徐州。^{前番卖个人情，此时不肯做人情矣。}荀彧入谏曰："昔高祖保关中，光武据河内，皆深根固本以制天下，进足以胜敌，退足以坚守，故虽有困，终济大业。明公本首事兖州，且河、济乃天下之要地，是亦昔之关中、河内也。^{文若此时已将高祖、光武望曹操矣，何后日九锡之加而反有所不满乎？}今若取徐州，多留兵则不足用，少留兵则吕布乘虚寇之，是无兖州也。若徐州不得，明公安所归乎？今陶谦虽死，已有刘备守之。徐州之民，既已服备，必助备死战。明公弃兖州而取徐州，是弃大而就小，去本而求末，以安而易危也。愿熟思之。"^{药石之言，洞见利害。}操曰："今岁荒乏粮，军士坐守于此，终非良策。"彧曰："不如东略陈地，使军就食汝南、颍川。黄巾余党何仪、黄劭等劫掠州郡，多有金帛、粮食，此等贼徒又容易破，破而取其粮，以养三军，朝廷喜，百姓悦，乃顺天之事也。"^{因粮于寇，是妙策。}操喜，从之，乃留夏侯惇、曹仁守鄄城等处，自引兵先略陈地，次及汝、颍。

　　黄巾何仪、黄劭知曹兵到，引众来迎，会于羊山。时贼兵虽众，都是狐群狗党，并无队伍行列。操令强弓硬弩射住，令典韦出马。何仪令副元帅出战，不三合，被典韦一戟刺于马下。操引众乘势赶过羊山下寨。次日，黄劭自引军来。阵圆处，一将步行出战，头裹黄巾，身披绿袄，手提铁棒，大叫：“我乃截天夜叉何曼也！^{确是强盗绰号。}谁敢与我厮斗？”曹洪见了，大喝一声，飞身下马，提刀步出，两下向阵前厮杀，四五十合，胜负不分。曹洪诈败而走，何曼赶来。洪用拖刀背砍计，转身一踅，砍中何曼，再复一刀，杀死。^{杀得好。}李典乘势飞马直入贼阵。黄劭不及提备，被李典生擒活捉过来。曹兵掩杀贼众，夺其金帛、粮食无数。^{意正欲得此耳。}何仪势孤，引数百骑奔走葛陂。正行之间，山背后撞出一军。为头一个壮士，身长八尺，腰大十围，手提大刀，截住去路。^{横闪出此一壮士，奇。}何仪挺枪出迎，只一合，被那壮士活挟过去。余众着忙，皆下马受缚，被壮士尽驱入葛陂坞中。^{如驱牛羊。}

　　却说典韦追袭何仪到葛陂，壮士引军迎住。典韦曰：“汝亦黄巾贼耶？”壮士曰：“黄巾数百骑，尽被我擒在坞内！”^{趣甚。}韦曰：“何不献出？”壮士曰：“你若赢得手中宝刀，我便献出！”韦大怒，挺双戟向前来战。两个从辰至午，不分胜负，各自少歇。不一时，那壮士又出搦战，典韦亦出。直战到黄昏，各因马乏暂止。^{可见人自不乏。}典韦手下军士，飞报曹操。操大惊，忙引众将来看。次日，壮士又出搦战。操见其人威风凛凛，心中暗喜，吩咐典韦，今日且诈败。韦领命出战，战到三十合，败走回阵，壮士赶到阵门中，弓弩射回。操急引军退五里，密使人掘下陷坑，暗伏钩手。次日，再令典韦引百余骑出。壮士笑曰：“败将何敢复来！”便纵马接战。典韦略战数合，便回马走。壮士只顾望前赶来，不提防连人带马，都落于陷坑之内，^{黄巾被驱入坞中，而驱黄巾之人又陷入坑内，好笑。}被钩手缚来见曹操。操下帐叱退军士，亲解其缚，急取衣衣之，命坐，问其乡贯姓名。^{曹操得英雄心俱用此法。}壮士曰：“我乃谯国谯县人也，姓许，名褚，字仲康。向遭寇乱，聚宗族数百人，筑坚壁于坞中以御之。一日寇至，吾令众人多取石子准备，吾亲自飞石击之，无不中者，^{典韦飞戟，许褚飞石，俱可称“没羽箭”。}寇乃退去。又一日寇至，坞中无粮，遂与贼和，约以耕牛换米。米已送到，贼驱牛至坞外，牛皆奔走回还，被我双手掣二牛尾，倒行百余步。^{真神力。}贼大惊，不敢取牛而走。因此保守此处无事。”^{此人生平，又用此人自述为称。}操曰：“吾闻大名久矣，还肯降否？”褚曰：“固所愿也。”遂招引宗族数百人俱降。操拜许褚为都尉，赏劳甚厚。随将何仪、黄劭斩讫。^{细。}汝、颍悉平。

　　曹操班师，曹仁、夏侯惇接见，言近日细作报说：兖州薛兰、李封军士皆出掳掠，城邑空虚，可引得胜之兵攻之，一鼓可下。操遂引军径奔兖州。薛兰、李封出其不意，只得引兵出城迎战。许褚曰：“吾愿取此二人，以为贽见之礼。”<small>典韦已见本事，此处专写许褚。</small>操大喜，遂令出战。李封使画戟，向前来迎。交马两合，许褚斩李封于马下。薛兰急走回阵，吊桥边李典拦住。薛兰不敢回城，引军投巨野而去，却被吕虔飞马赶来，一箭射于马下，<small>果不出陈宫所料。</small>军皆溃散。

曹操复得兖州，程昱便请进兵取濮阳。操令许褚、典韦为先锋，夏侯惇、夏侯渊为左军，李典、乐进为右军，操自领中军，于禁、吕虔为合后。兵至濮阳，吕布欲自将出迎，陈宫谏：“不可出战。待众将聚会后方可。”吕布曰：“吾怕谁来？”遂不听宫言，引兵出阵，横戟大骂。许褚便出，斗二十合，不分胜负。操曰：“吕布非一人可胜。”便差典韦助战，两将夹攻；左边夏侯惇、夏侯渊，右边李典、乐进齐到，六员将共攻吕布。<small>此可云"六战吕布"。</small>布遮拦不住，拨马回城。城上田氏见布败回，急令人拽起吊桥。布大叫：“开门！”田氏曰：“吾已降曹将军矣。”<small>谁知弄假反成真。</small>布大骂，引军奔定陶而去。陈宫急开东门，保护吕布老小出城。<small>不知此时貂蝉安在？</small>

操遂得濮阳，恕田氏旧日之罪。刘晔曰：“吕布乃猛虎也，今日困乏，不可少容。”操令刘晔等守濮阳，自己引军赶至定陶。时吕布与张邈、张超尽在城中，高顺、张辽、臧霸、侯成巡海打粮未回。<small>巡海打粮，与黄巾何异？</small>与操军至定陶，连日不战，引军退四十里下寨。正值济郡麦熟，操即令军割麦为食。<small>布军打粮未回，操军割麦为食，都照应前文岁荒乏粮。</small>细作报知吕布，布引军赶来。将近操寨，见左边一望林木茂盛，恐有伏兵而回。操知布军回去，乃谓诸将曰：“布疑林中有伏兵耳，可多插旌旗于林中以疑之。<small>前"义"字假白旗只得一面，此处假旗却又甚多。</small>寨西一带长堤无水，可尽伏精兵。明日吕布必来烧林，<small>吕布心肠，早被曹操猜破。</small>堤中军断其后，布可擒矣。”于是止留鼓手五十人于寨中擂鼓，将村中掳来男女在寨内呐喊。<small>打粮、割麦，又掳村中男女，民生此时亦大困矣。恐凶年又相寻也。</small>精兵多伏堤中。

却说吕布回报陈宫。宫曰：“操多诡计，不可轻敌。”<small>曹操诡计，又被陈宫猜破。</small>布曰：“吾用火攻，可破伏兵。”乃留陈宫、高顺守城。布次日引大军来，遥见林中有旗，驱兵大进，四面放火，竟无一人。欲投寨中，却闻鼓声大震。正自疑惑不定，忽然寨后一彪军出。吕布纵马赶来。炮响处，堤内伏兵尽出：夏侯惇、夏侯渊、许褚、典韦、李典、乐进骤马杀来。吕布料敌不过，落荒而走。从将成廉，被乐进一箭射死。布军三停去了二停，败卒回报陈宫。宫曰：“空城难守，不若急去。”遂与高顺保着吕布老小，弃定陶而走。<small>处处写吕布老小，</small><small>盖因吕布所注意者在此也。</small>曹操将得胜之兵，杀入城中，势如劈竹。张超自刎，张邈投袁术去了。山东一境，尽被曹操所得，安民修城，不在话下。

却说吕布正走，逢诸将皆回。^{打粮回}_{也。}陈宫亦已寻着。布曰："吾军虽少，尚可破曹。"
遂再引军来。正是：

　　　　兵家胜败真常事，卷甲重来未可知。

不知吕布胜负如何，且听下文分解。

第十三回

李傕郭汜大交兵

杨奉董承双救驾

　　王允以妇人行反间，杨彪亦以妇人行反间。同一间也，允用之而乱稍平，彪用之而乱益甚。何也？盖吕布听允，而为允所用；郭汜则未尝听彪，而不为彪所用也。纵使汜能杀傕，犹以董卓杀董卓耳。傕与汜是二董卓也，一董卓死，而一董卓愈横，曾何救于汉室哉？况二人合而离，离而复合。离而天子公卿受其毒，合而天子公卿亦受其毒。杨彪始而反间，继而讲和，既欲离之，又欲合之，主张不定，适以滋扰，以是谋国，亦无策之甚矣。

　　吕布之诛董卓，奉天子诏者也。郭汜之攻李傕，不奉天子诏，而自相吞并者也。一则假公义以报私仇，一则但知有私仇，而不知有公义。故布之行事与卓异，汜之肆恶与傕同。

　　杨奉、贾诩，其于李傕，亦始合而终离。乃一离而不复合，是则能补过者也。若郭阿多反复无常，与二人正自霄壤。

　　或问予曰："设使王允谋泄，郿坞兵变，其乱亦必至此？"予应之曰："董卓不死，将不止于劫天子；而吕布不胜，则必不至于劫公卿，而亦必不至与董卓复合。"何以知之？彼意在夺貂蝉，则不得不党王允；党王允则不得不助献帝，势所必然耳。

　　若使今人作稗官，董卓之后，便必紧接曹操，而兹偏有傕、汜为董卓之余波，又有李、乐为傕、汜之余波。夫然后以杨奉、董承之救驾作一过文，徐徐转出曹操。何其曲折乃尔！夫真善作稗官者哉！

　　却说曹操大破吕布于定陶，布乃收集败残军马于海滨，众将皆来会集，欲再与曹操决战。陈宫曰："今曹兵势大，未可与争。先寻取安身之地，那时再来未迟。"布曰："吾欲再投袁绍，何如？"<small>未叙袁绍那边要来，先叙吕布这边要去。</small>宫曰："先使人往冀州探听消息，然后可去。"布从之。

　　且说袁绍在冀州，闻知曹操与吕布相持，谋士审配进曰："吕布，豺虎也，若得兖州，必图冀州。不若助操攻之，方可无患。"绍遂遣颜良将兵五万，往助曹操。<small>后陈琳檄中以此居功。</small>细作探知这个消息，飞报吕布。布大惊，与陈宫商议。宫曰："闻刘玄德新领徐州，可往投之。"布从其言，竟投徐州来。有人报知玄德。玄德曰："布乃当今英勇之士，可出迎之。"糜竺曰："吕布乃虎狼之徒，不可收留，收则伤人矣。"<small>为后文夺徐州伏线。</small>玄德曰："前者非布袭兖州，怎解此郡之祸。<small>前者曹军之退，名亏玄德，实亏吕布；今玄德明明说出，何等光明忠厚。</small>今彼穷而投我，岂有他心！"张飞曰："哥哥心肠忒好。虽然如此，也要准备。"<small>老张却是粗中有细。</small>

　　玄德领众出城三十里，接着吕布，并马入城。都到州衙厅上，讲礼毕，坐下。布曰："某自与王司徒计杀董卓之后，又遭傕、汜之变，飘零关东，诸侯多不能相容。<small>岂非以汝连杀两义父，</small>

近因曹贼不仁，侵犯徐州，蒙使君力救陶谦，布因袭兖州以分其势；^{便有居功之意。}不料反
^{故人多疑汝耶？}
堕奸计，败兵折将。今投使君，共图大事，未审尊意如何？"玄德曰："陶使君新逝，无

人管领徐州，因令备权摄州事。今幸将军至此，合当相让。"遂将牌印送与吕布。^{有玄德今日之让，}

^{便有吕布后日之夺，}^{先知其将夺，故作此让。}一似吕布却待要接，只见玄德背后关、张二公各有怒色。布乃佯笑曰："量

吕布一勇夫，何能作州牧乎？"玄德又让。陈宫曰："'强宾不压主'，请使君勿疑。"

玄德方止。遂设宴相待，收拾宅院安下。

次日，吕布回席请玄德，玄德乃与关、张同往。饮酒至半酣，布请玄德入后堂。关、

张随入。布令妻女出拜玄德。玄德再三谦让。布曰："贤弟不必推让。"张飞听了，瞋目

大叱曰："我哥哥是金枝玉叶，你是何等人，敢称我哥哥为贤弟！你来！我和你斗三百

合！"^{翼德生平，只让得两个人为兄，其余则不惟不屑兄之，并不屑弟之也。吕布即欲为张公之弟且不可，况欲为其兄，且欲为其兄之兄乎？宜其忿然欲斗三百合也。○皇帝且称之为叔，而吕布乃呼之为弟，的是无礼。}玄

德连忙喝住，关公劝飞出。玄德与吕布陪话曰："劣弟酒后狂言，兄勿见责。"布默然无

语。须臾席散，布送玄德出门，张飞跃马横枪而来，大叫："吕布，我和你并三百合！"

^{的是快人。○写张飞与吕布不合，为后失徐州张本。}玄德急令关公劝止。次日，吕布来辞玄德曰："蒙使君不弃，但恐令

弟辈不能相容。布当别投他处。"玄德曰："将军若去，某罪大矣。劣弟冒犯，另日当令

陪话。近邑小沛，乃备昔日屯兵之处。将军不嫌浅狭，权且歇马，如何？粮食军需，谨当

应付。"吕布谢了玄德，自引军投小沛安身去了。玄德自去埋怨张飞不题。

却说曹操平了山东，表奏朝廷，加操为建德将军、费亭侯。^{此时朝廷是李傕、郭汜做，封操者，傕、汜也。}其时

李傕自为大司马，郭汜自为大将军，横行无忌，朝廷无人敢言。太尉杨彪、大司农朱儁暗

奏献帝曰："今曹操拥兵二十余万，谋臣武将数十员，若得此人扶持社稷，剿除奸党，天

下幸甚！"^{以此时大势观之，其才其力足以勤王室者，必曹操也。}献帝泣曰："朕被二贼欺凌久矣！若得诛之，诚为大

幸！"彪奏曰："臣有一计：先令二贼自相残害，然后诏曹操引兵杀之，扫清贼党，以安

朝廷。"献帝曰："计将安出？"彪曰："闻郭汜之妻最妒，可令人于汜妻处用反间计，

则二贼自相害矣。"^{又是女将军出头。}

帝乃书密诏付杨彪。^{此召曹操之诏也。}彪即暗使夫人以他事入郭汜府，^{连环计陪了一个貂蝉，此计却就用他妻子，更不费力。}乘间

告汜妻曰："闻郭将军与李司马夫人有染，其情甚密。倘司马知之，必遭其害。夫人宜绝

其往来为妙。"汜妻讶曰："怪见他经宿不归！却干出如此无耻之事！^{是妒妇声口。}非夫人言，妾

不知也。当慎防之。"彪妻告归，汜妻再三称谢而别。^{应该谢。}过了数日，郭汜又将往李傕府

中饮宴。妻曰："傕性不测，况今两雄不并立，倘彼酒后置毒，妾将奈何？"汜不肯听，

妻再三劝住。至晚间，催使人送酒筵至。汜妻乃暗置毒于中，方始献入，汜便欲食。妻曰：
"食自外来，岂可便食？"乃先与犬试之，犬立死。即用骊姬谮申生之术。此 自此汜心怀疑。
妇想亦曾读过《左传》。

　　一日朝罢，李催力邀郭汜赴家饮宴。至夜席散，汜醉而归，偶然腹痛。妻曰："必中
其毒矣！"急令将粪汁灌之，一吐方定。本为自己吃醋，汜大怒曰："吾与李催共图大事，今
却教丈夫吃粪。
无端欲谋害我，我不先发，必遭毒手。"遂密整本部甲兵，欲攻李催。何不亦设一酌以邀催，如杀樊
稠故事乎？郭汜失算甚矣。
早有人报知催。催亦大怒曰："郭阿多安敢如此！"遂点本部甲兵，来杀郭汜。两处合兵
数万，就在长安城下混战，乘势掳掠居民。杨彪反间计反弄催侄李暹引兵围住宫院，用车二
出不好来了。
乘，一乘载天子，一乘载伏皇后，只为一妇人，致使贾诩、左灵监押车驾，其余宫人内侍，并
使祸及帝后。
皆步走。拥出后宰门，正遇郭汜兵到，乱箭齐发，射死宫人不知其数。李催随后掩杀，郭
汜兵退，车驾冒险出城，不由分说，竟拥到李催营中。郭汜领兵入宫，尽抢掳宫嫔采女入
营，不畏妒 放火烧宫殿。董卓焚洛阳，郭汜焚长次日，郭汜知李催劫了天子，领军来营前厮杀，
妻耶？　　安，又见咸阳三月矣。
帝后都受惊恐。后人有诗叹之曰：

> 光武中兴兴汉世，上下相承十二帝。
>
> 桓灵无道宗社堕，阉臣擅权为叔季。
>
> 无谋何进作三公，欲除社鼠招奸雄。
>
> 豺獭虽驱虎狼入，西州逆竖生淫凶。
>
> 王允赤心托红粉，致令董吕成矛盾。
>
> 渠魁殄灭天下宁，谁知李郭心怀愤。
>
> 神州荆棘争奈何，六宫饥馑愁干戈。
>
> 人心既离天命去，英雄割据分山河。
>
> 后王规此存兢业，莫把金瓯等闲缺。
>
> 生灵糜烂肝脑涂，剩水残山多怨血。
>
> 我观遗史不胜悲，今古茫茫叹《黍离》。
>
> 人君当守"苞桑"戒，太阿谁执全纲维。

　　却说郭汜兵到，李催出营接战。汜军不利，暂且退去。催乃移帝后车驾于郿坞，董贼郿
坞，遗
害至此，惜王允杀使侄李暹监之，断绝内使，饮食不继，侍臣皆有饥色。帝令人问催取米五
卓时不即堕之。
斛，牛骨五具，以赐左右。催怒曰："朝夕上饭，何又他求？"乃以腐肉朽粮与之，

可恶。皆臭不可食。帝骂曰：“逆贼直如此相欺！”侍中杨琦急奏曰：“傕性残暴。事势至此，陛下且忍之，不可撄其锋也。”若必欲换好米、好肉，恐亦如郭汜腹痛矣。帝乃低头无语，泪盈袍袖。忽左右报曰：“有一路军马，枪刀映日，金鼓震天，前来救驾。”好消息。帝教打听是谁，乃郭汜也。原来即是此公。帝心转忧，只闻坞外喊声大起。

原来李傕引兵出迎郭汜，鞭指郭汜而骂曰：“我待你不薄，你如何谋害我？”汜曰：“尔乃反贼，如何不杀你！”然则公又是何等人？傕曰：“我保驾在此，何为反贼？”汜曰：“此乃劫驾，何为保驾？”傕曰：“不须多言！我两个各不许用军士，只自并输赢，赢的便把皇帝取去罢了。”以皇帝当赌输赢之物，可笑可叹。○皇帝上用一“把”字，皇帝下用“取去”字，自有“皇帝”二字以来，未有如此之狼狈者。二人便就阵前厮杀。战到十合，不分胜负。只见杨彪拍马而来，大叫：“二位将军少歇！老夫特邀众官，来与二位讲和。”杨彪始既欲用反间，今又欲为讲和，胸中全无主意。傕、汜乃各自还营。杨彪与朱儁会合朝廷官僚六十余人，先诣郭汜营中劝和。郭汜竟将众官尽行监下。众官曰：“我等为好而来，何乃如此相待？”汜曰：“李傕劫天子，偏我劫不得公卿？”极没理语，说来却是趣甚。杨彪曰：“一劫天子，一劫公卿，意欲何为？”汜大怒，便拔剑欲杀彪。中郎将杨密力劝，汜乃放了杨彪、朱儁，其余都监在营中。彪谓儁曰：“为社稷之臣，不能匡君救主，空生天地间耳！”固是正论，惜未得匡君救主之法。言讫，相抱而哭，昏绝于地。儁归家成病而死。朱儁与蔡邕不同。自此之后，傕、汜每日厮杀，一连五十余日，死者不知其数。

却说李傕平日最喜左道妖邪之术，常使女巫击鼓降神于军中。郭汜听妒妻之言，李傕信女巫之说。从来恶人，未有不听妇人言、不信师巫邪说者。可见听妇人言、信邪术非好人。贾诩屡谏不听。侍中杨琦密奏帝曰：“臣观贾诩虽为李傕腹心，然实未尝忘君，陛下当与谋之。”正说之间，贾诩来到。帝乃屏退左右，泣谕诩曰：“卿能怜汉朝，救朕命乎？”“朕”字两头忽着“救命”二字，自有“朕”字以来，未有如此之狼狈者。诩拜伏于地曰：“固臣所愿也。陛下且勿言，臣自图之。”帝收泪而谢。少顷，李傕来见，带剑而入。帝面如土色。傕谓帝曰：“郭汜不臣，监禁公卿，欲劫陛下。非臣则驾被掳矣。”帝拱手称谢，傕乃出。

时皇甫郦入见帝。帝知郦能言，又与李傕同乡，诏使往两边解和。前有和事公卿，此有和事天子。郦奉诏，走至汜营说汜。汜曰：“如李傕送出天子，我便放出公卿。”郦即来见李傕曰：“今天子以某是西凉人，与公同乡，特令某来劝和二公。汜已奉诏，公意若何？”傕曰：“吾有败吕布之大功，请问此是甚么功劳？辅政四年，多著勋绩，劫天子、掳百姓，都算是勋绩。天下共知。郭阿多盗马贼耳，乃敢擅劫公卿，与我相抗，誓必诛之！君试观我方略士众，足胜郭阿多否？”一派梦话。郦答曰：“不然。昔有穷后羿，恃其善射，不思患难，以致灭亡。近董太师之强，君所目见也。吕布受恩而反图之，斯须之间，头悬国门，则强固不足恃矣。将军身为上将，持钺仗节，子孙宗族，皆居显位，国恩不可谓不厚。今郭阿多劫公卿，而将军劫至尊，果谁轻谁重耶？其词太直，不是和事人。李傕大怒，拔剑叱曰："天子使汝来辱我乎？我先斩汝头！"骑都尉杨奉谏曰："今郭汜未除，而杀天使，则汜兴兵有名，诸侯皆助之矣。"贾诩亦力劝，傕怒少息。诩遂推皇甫郦出。郦大叫曰："李傕不奉诏，欲弑君自立！"侍中胡邈急止之曰："无出此言，恐于身不利。"郦叱之曰："胡敬才，汝亦为朝廷之臣，如何附贼？'君辱臣死'，吾被李傕所杀，乃分也！"大骂不止。郦虽忠，李傕可以用计胜，不可以理争也。帝知之，急令皇甫郦回西凉。

却说李傕之军，大半是西凉人氏，更赖羌兵为助。却被皇甫郦扬言于西凉人曰："李傕谋反，从之者即为贼党，后患不浅。"西凉人多有听郦之言，军心渐涣。军士肯听同乡人语，李傕却不肯听同乡人语。逆贼不知有国，并不知有乡。傕闻郦言大怒，差虎贲王昌追之。昌知郦乃忠义之士，竟不往追，只回报曰："郦已不知何往矣。"王昌殊有侠气。贾诩又密谕羌人曰："天子知汝等忠义，久战劳苦，密诏使汝还郡，后当有重赏。"羌人正怨李傕不与爵赏，遂听诩言，都引兵去。诩又密奏帝曰："李傕贪而无谋，今兵散心怯，可以重爵饵之。"帝乃降诏，封傕为大司马。傕喜曰："此女巫降神祈祷之力也！"遂重赏女巫，却不赏军将。李傕如此着邪，其妻亦宜以粪汁灌之。盖郭汜是吃粪人，李傕亦是吃粪人也。骑都尉杨奉大怒，谓宋果曰："吾等出生入死，身冒矢石，功反不及女巫耶？"宋果曰："何不杀此贼，以救天子？"奉曰："你于中军放火为号，吾当引兵外应。"二人约定是夜二更时分举事。不料其事不密，有人报知李傕。傕大怒，令人擒宋果先杀之。杨奉引兵在外，不见号火。李傕自将兵出，恰遇杨奉，就寨中混战到四更。奉不胜，引军投西安去了。为后救驾伏线。

李傕自此军势渐衰。更兼郭汜常来攻击，杀死者甚多。忽人来报："张济统领大军，自陕西来到，欲与二公解和，声言如不从者，引兵击之。"不记杀樊稠之时，伏地再拜耶？傕便卖个人情，先遣人赴张济军中许和。郭汜亦只得许诺。张济上表，请天子驾幸弘农。帝喜曰："朕思东都久矣。今乘此得还，乃万幸也！"诏封张济为骠骑将军。济进粮食酒肉，供给百官。可称"大醮"。粮食、酒肉，家常物耳，不意此时天子公卿，得之竟成至宝。汜放公卿出营。傕收拾车驾东行，遣旧有御林军数百，持戟护送。

銮舆过新丰，至霸陵，时值秋天，金风骤起。帝后但知宫庭春暖，今日却受用鞍马秋风。得此点染，悲凉之极。忽闻喊声大作，数百军兵来至桥上拦住车驾，厉声问曰："来者何人？"侍中杨琦拍马上桥曰："圣驾过此，谁敢拦阻？"有二将出曰："吾等奉郭将军命，把守此桥，以防奸细。既云圣驾，须亲见帝，方可准信。"杨琦高揭珠帘。帝谕曰："朕躬在此，卿何不退？"众将皆呼"万岁"，分于两边，驾乃得过。^{霸陵秋景虽佳，天子过桥不易。}二将回报郭汜曰："驾已去矣。"汜曰："我正欲哄过张济，劫驾再入郿坞，^{郿坞竟成陷阱。}你如何擅自放了过去？"遂斩二将，起兵赶来。车驾正到华阴县，背后喊声震天，大叫："车驾且休动！"帝泣告大臣曰："方离狼窝，又逢虎口，如之奈何？"众皆失色。贼军渐近，^{吓杀。}只听得一派鼓声，山背后转出一将，当先一面大旗，上书"大汉杨奉"四字，引军千余杀来。^{来得好。}原来杨奉自为李傕所败，便引军屯终南山下，今闻驾至，特来保护。^{补应前文。}当下列开阵势。汜将崔勇出马，大骂杨奉"反贼"。奉大怒，回顾阵中曰："公明何在？"一将手执大斧，飞骤骅骝，直取崔勇。两马相交，只一合，斩崔勇于马下。杨奉乘势掩杀，汜军大败，退走二十余里。奉乃收军来见天子。帝慰谕曰："卿救朕躬，其功不小！"奉顿首拜谢。帝曰："适斩贼将者何人？"奉乃引此将拜于车下曰："此人河东杨郡人，姓徐，名晃，字公明。"^{先出字，后出姓名，又是一样叙法。}帝慰劳之。杨奉保驾至华阴驻跸。将军段煨，具衣服饮膳上献。是夜，天子宿于杨奉营中。

郭汜败了一阵，次日又点军杀至营前来。徐晃当先出马。郭汜大军八面围来，将天子、杨奉困在垓心。^{又吃一惊。}正在危急之中，忽然东南上喊声大震，一将引军纵马杀来。贼众奔溃。徐晃乘势攻击，大败汜军。那人来见天子，乃国戚董承也。^{杨奉、董承，参差而至。}帝哭诉前事。承曰："陛下免忧。臣与杨将军誓斩二贼，以靖天下。"帝命早赴东都。连夜驾起，前幸弘农。

却说郭汜引败军回，撞着李傕，言："杨奉、董承救驾往弘农去了。若到山东，立脚得牢，必然布告天下，令诸侯共伐我等，三族不能保矣。"傕曰："今张济兵据长安，未可轻动。我和你乘间合兵一处，至弘农杀了汉君，平分天下，有何不可？"汜喜诺。^{看李、郭二人如此一番相争后，忽又相合。《诗》云："方茂尔恶，相尔矛矣。既夷既怿，如相酬矣。"小人之交固都如是。}二人合兵，于路劫掠，所过一空。杨奉、董承知贼兵远来，遂勒兵回，与贼大战于东涧。傕、汜二人商议："我众彼寡，只可以混战胜之。"于是李傕在左，郭汜在右，漫山遍野拥来。杨奉、董承两边死战，刚保帝后车出；百官宫人，符册典籍，一应御用之物，尽皆抛弃。郭汜引军入弘农劫掠。承、奉保驾走陕北，傕、汜分兵赶来。

承、奉一面差人与傕、汜讲和，一面密传圣旨往河东，急召故白波帅韩暹、李乐、胡才三处军兵前来救应。^{此数人终非好相识。}尔那李乐亦是啸聚山林之贼，今不得已而召之。

以贼攻贼，岂是善计？三处军闻天子赦罪赐官，如何不来？并拔本营军士，来与董承约会一齐，再取弘

农。其时李催、郭汜但到之处，劫掠百姓，老弱者杀之，强壮者充军；临敌则驱民兵在

前，名曰"敢死军"，^{何尝敢死，只是不敢求活耳。不当名为}^{"敢死军"，只当名为"替死军"。}贼势浩大。李乐军到，会于渭阳。郭

汜令军士将衣服物件抛弃于道。乐军见衣服满地，争往取之，队伍尽失。催、汜二军，四

面混战，乐军大败。杨奉、董承遮拦不住，保驾北走，背后贼军赶来。李乐曰："事急

矣！请天子上马先行！"帝曰："朕不可舍百官而去。"众皆号泣相随。胡才被乱军所

杀。承、奉见贼追急，请天子弃车驾，步行到黄河岸边。李乐等寻得一只小舟作渡船。时

值天气严寒，帝与后强扶到岸，^{此时景况，比草堆萤火之时更是悲凉。}^{前是兄弟流离，此则夫妇逃难也。}边岸又高，不得下船，后面

追兵将至。杨奉曰："可解马缰绳接连，拴缚帝腰，放下船去。"人丛中国舅伏德挟白绢

十数匹至，曰："我于乱军中拾得此绢，可接连拽挈。"行军校尉尚弘用绢包帝及后，令

众先挂帝往下放之，乃得下船。^{以白绢挂天子下船，真可称"白龙挂"。}李乐仗剑立于船头上。后兄伏德，负后下

船中。岸上有不得下船者，争扯船缆，李乐尽砍于水中。渡过帝后，再放船渡众人。其争

渡者，皆被砍下手指，^{《左传》述晋败于郏之役，有云}^{"舟中之指可掬也"，此将毋同？}哭声震天。既渡彼岸，帝左右止剩得十余

人。杨奉寻得牛车一辆，载帝至大阳，绝食，晚宿于瓦屋中。野老进粟饭，上与后共食，粗

粝不能下咽。^{"惟碎玉食"，乃有食粗}^{粝之天子，为之一叹。}次日，诏封李乐为征北将军，韩暹为征东将军，起驾前行。

有二大臣寻至，哭拜车前，乃太尉杨彪、太仆韩融也。帝后俱哭。韩融曰："催、汜二

贼，颇信臣言，臣舍命去说二贼罢兵。陛下善保龙体。"韩融去了。李乐请帝入杨奉营暂

歇。杨彪请帝都安邑县。驾至安邑，苦无高房，帝后都居于茅屋中；又无门关闭，四边插荆

棘以为屏蔽。帝与大臣议事于茅屋之下，^{茅屋土阶，直}^{欲比德唐尧。}诸将引兵于篱外镇压。李乐等专权，百

官稍有触犯，竟于帝前殴骂；故意送浊酒粗食与帝，^{禹尝菲饮食矣。既使之法尧，}^{又使之学禹，李乐真爱君哉。}帝勉强纳之。

李乐、韩暹又连名保奏无徒、部曲、巫医、走卒二百余名，并为校尉、御史等官。^{李催、郭汜}^{做了官，原}

^{做强盗；李乐等部卒做了强盗，又要做官。强盗是官}^{做，官又是强盗做。然则做了官是真做了强盗也。}刻印不及，以锥画之，全不成体统。

却说韩融曲说催、汜二贼，二贼从其言，乃放百官及宫人归。是岁大荒，百姓皆食枣

菜，饿莩遍野。河内太守张杨献米肉，河东太守王邑献绢帛，帝稍得宁。董承、杨奉商

议，一面差人修洛阳宫院，欲奉车驾还东都。李乐不从。董承谓李乐曰："洛阳本天子建

都之地，安邑乃小地面，如何容得车驾？今奉驾还洛阳是正理。"李乐曰："汝等奉驾

去，我只在此处住。"承、奉乃奉驾起程。李乐暗令人结连李催、郭汜，一同劫驾。^{前犹以贼攻}^{贼，今则以}

贼合贼。董承、杨奉、韩暹知其谋，连夜摆布军士，护送车驾前奔箕关。李乐闻知，不等傕、汜军到，自引本部人马前来追赶。四更左侧，赶到箕山下，大叫："车驾休行！李傕、郭汜在此！"（汝果与傕、汜无二。）吓得献帝心惊胆战。山上火光遍起。正是：

前番两贼分为二，今番三贼合为一。

不知汉天子怎离此难，且听下文分解。

第十四回

曹孟德移驾幸许都

吕奉先乘夜袭徐郡

　　或谓杨彪请召曹操，何不请召刘备？曰：刘备兵少而势弱，曹操兵多而势强。以多少强弱衡之，则必舍备而取操矣。况有杨奉、韩暹怀二心以争之于内，又有诸大镇挟重兵以争之于外，一刘备之兵力，乌足以御之乎？荀彧告操曰："恐有先我而为之者。"抑知袁绍、袁术辈，可为而不能为，刘备能为而不可为，舍曹操竟无有为之者尔？

　　操之迁帝许都，与卓之迁帝长安，傕、汜之迁帝郿坞，无以异也。然卓与傕、汜之名逆，而操之名顺者，勤王之师与劫驾不同，所以独成气候。晋文公要天子赴河阳，而诸侯宾服，真伯者之事也。

　　刘备不杀吕布，留以为操敌也；他日白门楼劝斩吕布，恐其为操翼也。前之不杀，与后之劝杀，各有深意，英雄所见，非凡人可及。

　　朱虚侯酒令，正为怪着姓吕的；张翼德酒风，亦为怪着姓吕的。朱虚侯意中只有一刘，那管我是吕家女婿？张翼德意中只有一刘，偏怪他说吕家丈人。

　　曹操为自己报父仇，而徐州卒未尝为操所破；吕布为老婆报父仇，而徐州竟为布所夺。鞭内父之怨，更甚于杀亲父之怨，人情爱父，不如爱妻，可叹也！然爱父不如爱妻，则必有爱妻不如爱妾者。曹豹吃打，便思为老婆报仇，独不思王允被杀，何不为貂蝉报仇耶？不算爱貂蝉，还是怕老婆，为之一笑。

　　却说李乐引军诈称李傕、郭汜来追车驾，天子大惊。杨奉曰："此李乐也。"遂令徐晃出迎之。李乐亲自出战。两马相交，只一合，被徐晃一斧砍于马下，<small>也算杀一李傕、郭汜矣。</small>杀散余党，保护车驾过箕关。太守张杨具粟帛迎驾于轵道。帝封张杨为大司马，杨辞帝屯兵野王去了。帝入洛阳，见宫室烧尽，街市荒芜，满目皆是蒿草，宫院中只有颓墙坏壁，<small>前孙坚看月之处。</small>命杨奉且盖小宫居住。百官朝贺，皆立于荆棘之中。<small>天子一向在长安，亦如居荆棘中耳。</small>诏改兴平为建安元年。<small>"建安"二字，取建都安邦之义，可见天子之意，固在洛阳也。孰知曹操乃欲移之耶？</small>是岁又大荒。洛阳居民，仅有数百家，无可为食，尽出城去剥树皮、掘草根食之。尚书郎以下，皆自出城樵采，<small>群臣何罪，皆为束薪？</small>多有死于颓墙坏壁之间者。<small>生不能为版筑宰相，死乃为墙下缙绅，哀哉。</small>汉末气运之衰，无甚于此。后人有诗叹之曰：

　　　　血流芒砀白蛇亡，赤帜纵横游四方。

　　　　秦鹿逐翻兴社稷，楚骓推倒立封疆。

　　　　天子懦弱奸邪起，气色凋零盗贼狂。

　　　　看到两京遭难处，铁人无泪也凄惶！

太尉杨彪奏帝曰：“前蒙降诏，未曾发遣。今曹操在山东，兵强将盛，可宣入朝，以辅王室。”帝曰：“朕前既降诏，^{应前文}卿何必再奏，今即差人前去便了。”彪领旨，即差使命赴山东，宣召曹操。

却说曹操在山东，闻知车驾已还洛阳，聚谋士商议。荀彧进曰：“昔晋文公纳周襄王，而诸侯服从；^{此劝以伯者之业。}汉高祖为义帝发丧，而天下归心。^{此直劝以王者之事。}今天子蒙尘，将军诚因此时首倡义兵，奉天子以从众望，不世之略也。若不早图，人将先我而为之矣。”^{此时此事，除却曹操亦无人可为矣。}曹操大喜。正要收拾起兵，忽报有天使赍诏宣召。操接诏，克日兴师。

却说帝在洛阳，百事未备，城郭崩倒，欲修未能。人报李傕、郭汜领兵将到。帝大惊，问杨奉曰：“山东之使未回，李、郭之兵又至，为之奈何？”杨奉、韩暹曰：“臣愿与贼决死战，以保陛下！”董承曰：“城郭不坚，兵甲不多，战如不胜，当复如何？不若且奉驾往山东避之。”帝从其言，即日起驾望山东进发。^{前者使命未至，曹操先欲勤王；此时曹操未来，天子反欲投操。写得两不相照，匆忙变动极。}百官无马，皆随驾步行。

出了洛阳，行无一箭之地，但见尘头蔽日，金鼓喧天，无限人马来到。^{又吃一惊，使人疑是傕、汜伏兵。}帝、后战栗不能言。忽见一骑飞来，乃前差往山东之使命也，至车前拜启曰：“曹将军尽起山东之兵，应诏前来。闻李傕、郭汜犯洛阳，先差夏侯惇为先锋，引上将十员，精兵五万，前来保驾。”帝心方安。少顷，夏侯惇引许褚、典韦等，至驾前面君，俱以军礼见。帝慰谕方毕，忽报正东又有一路军到。帝即命夏侯惇往探之，回奏曰：“乃曹操步军也。”须臾，曹洪、李典、乐进来见驾。通名毕，洪奏曰：“臣兄知贼兵至近，恐夏侯惇孤力难为，故又差臣等倍道而来协助。”帝曰：“曹将军真社稷臣也！”^{只怕未必。}遂命护驾前行。探马来报：“李傕、郭汜领兵长驱而来。”帝令夏侯惇分两路迎之。惇乃与曹洪分为两翼，马军先出，步军后随，尽力攻击。傕、汜贼兵大败，斩首万余。于是请帝还洛阳故宫。夏侯惇屯兵于城外。

次日，曹操引大队人马到来。^{马军先到，步军继至，然后大队人马到。写曹操来得声势。}安营毕，入城见帝，拜于殿阶之下。帝赐平身，宣谕慰劳。操曰：“臣向蒙国恩，刻思图报。今傕、汜二贼罪恶贯盈，臣有精兵二十余万，以顺讨逆，无不克捷。陛下善保龙体，以社稷为重。”帝乃封操领司隶校尉、假节钺、录尚书事。

却说李傕、郭汜知操远来，议欲速战。贾诩谏曰：“不可。操兵精将勇，不如降之，求免本身之罪。”傕怒曰：“尔敢灭吾锐气！”拔剑欲斩诩。众将劝免。是夜，贾诩单马走回乡里去了。^{去得是。独恨其不早耳。}次日，李傕军马来迎操兵。操先令许褚、曹仁、典韦领三百铁骑，于傕阵中冲突三遭，方才布阵。阵圆处，李傕侄李暹、李别出马阵前，未及开言，许褚飞马过去，一刀先斩李暹；李别吃了一惊，倒撞下马，褚亦斩之，双挽人头回阵。曹操抚许褚之背曰："子真吾之樊哙也！"^{又隐然以高祖自待。}随令夏侯惇领兵左出、曹仁领兵右出，操自领中军冲阵。鼓响一声，三军齐进。贼兵抵敌不住，大败而走。操亲掣宝剑押阵，率众连夜追杀，剿戮极多，降者不计其数。傕、汜望西逃命，忙忙似丧家之狗，自知无处容身，只得往山中落草去了。^{一向做官，原是做强盗。今去做强盗，原只算去做官。}今曹操回兵，仍屯于洛阳城外。杨奉、韩暹两个商议："今曹操成了大功，必掌重权，如何容得我等？"乃入奏天子，只以追杀傕、汜为名，引本部军屯于大梁去了。

帝一日命人至操营，宣操入宫议事。操闻天使至，请入相见。只见那人眉清目秀，精神充足。操暗想曰："今东都大荒，官僚军民皆有饥色，此人何得独肥？"因问之曰："公尊颜充腴，以何调理而至此？"对曰："某无他法，只食淡三十年矣。"^{肥者必俗，好淡却是不俗。}操乃颔之，又问曰："君居何职？"对曰："某举孝廉，^{然则是曹操年家。}原为袁绍、张杨从事。今闻天子还都，特来朝觐，官封正议郎。济阴定陶人，姓董，名昭，字公仁。"曹操避席曰："闻名久矣！幸得于此相见。"遂置酒帐中相待，令与荀彧相会。忽人报曰："一队军往东而去，不知何人。"操急令人探之。董昭曰："此乃李傕旧将杨奉，与白波帅韩暹，因明公来此，故引兵欲投大梁去耳。"操曰："莫非疑操乎？"昭曰："此乃无谋之辈，明公何足虑也。"操又曰："李、郭二贼此去若何？"昭曰："虎无爪，鸟无翼，不久当为明公所擒，无足介意。"^{看得杨、韩、李、郭四人雪淡。}

操见昭言语投机，便问以朝廷大事。昭曰："明公兴义兵以除暴乱，入朝辅佐天子，此五霸之功也。但诸将人殊意异，未必服从，今若留此，恐有不便。惟移驾幸许都为上策。^{此策非为朝廷，专为曹操。}然朝廷播越，新还京师，远近仰望，以冀一朝之安；今复徙驾，不厌众心。夫行非常之事，乃有非常之功。愿将军决计之。"^{不似食淡人语，然食醋人，又何能知此？}操执昭手而笑曰："此吾之本志也。但杨奉在大梁，大臣在朝，不有他变否？"昭曰："易也，以书与杨奉，先安其心。明告大臣，以京师无粮，欲车驾幸许都，近鲁阳，转运粮食，庶无欠缺悬隔之忧。大臣闻之，当欣从也。"操大喜。昭谢别，操执其手曰："凡操有所图，惟公教之。"昭称谢而去。^{曹操又得一谋士。}

操由是日与众谋士密议迁都之事。时侍中太史令王立私谓宗正刘艾曰："吾仰观天文，自去春太白犯镇星于斗牛，过天津，荧惑又逆行，与太白会于天关，金火交会，必有新天子出。吾观大汉气数将终，晋魏之地，必有兴者。"周诗有《魏风》，而魏为晋所并，魏地遂入于晋。及晋卿魏斯求为诸侯，与韩、赵三分晋国，而魏复兴焉。《左传》曰："魏大名也。故毕万卜居于此，而子孙乃昌。"魏居天下之中，中央属土，土之色黄，正应"黄天当立"之谶。又密奏献帝曰："天命有去就，五行不常盛。代火者土也。代汉而有天下者，当在魏。"操闻之，使人告立曰："知公忠于朝廷，然天道深远，幸勿多言。"操以是告彧。彧曰："汉以火德王，而明公乃土命也。许都属土，到彼必兴。火能生土，土能旺木，正合董昭、王立之言。他日必有兴者。"虽云地利，实合天时，故曰曹操得天时。操意遂决。次日，入见帝，奏曰："东都荒废久矣，不可修葺，更兼转运粮食艰辛。许都地近鲁阳，城郭宫室，钱粮民物，足可备用。臣敢请驾幸许都，惟陛下从之。"帝不敢不从。群臣皆惧操势，亦莫敢有异议。遂择日起驾。此时皇帝竟如双陆象棋，搬来搬去，凭人安放。操引军护行，百官皆从。

行不到数程，前至一高陵。忽然喊声大举，杨奉、韩暹领兵拦路。二人忽来夺驾，使其得志，未必不为催、汜所为。徐晃当先，大叫："曹操欲劫驾何往？"操出马视之，见徐晃威风凛凛，暗暗称奇，便令许褚出马与徐晃交锋。刀斧相交，战五十余合，不分胜败。操即鸣金收军，召谋士议曰："杨奉、韩暹诚不足道，徐晃乃真良将也。吾不忍以力并之，当以计招之。"曹操见才便爱，安得不成大业？行军从事满宠曰："主公勿虑。某向与徐晃有一面之交，今晚扮作小卒，偷入其营，以言说之，管教他倾心来降。"操欣然遣之。

是夜满宠扮作小卒，混入彼军队中，偷至徐晃帐前，只见晃秉烛被甲而坐。宠突至其前，来得突兀，如华元登子反之床。揖曰："故人别来无恙乎？"徐晃惊起，熟视之，曰："子非山阳满伯宁耶？何以至此？"宠曰："某现为曹将军从事。今日于阵前得见故人，欲进一言，故特冒死而来。"晃乃延之坐，问其来意。宠曰："公之勇略，世所罕有，奈何屈身于杨、韩之徒？曹将军当世英雄，其好贤礼士，天下所知也。今日阵前，见公之勇，十分敬爱，故不忍以健将决死战，特遣宠来奉邀。公何不弃暗投明，共成大业？"语甚明快。晃沉吟良久，乃喟然叹曰："吾固知奉、暹非立业之人，奈从之久矣，不忍相舍。"宠曰："岂不闻'良禽择木而栖，贤臣择主而事'。遇可事之主，而交臂失之，非丈夫也。"晃起谢曰："愿从公言。"宠曰："何不就杀奉、暹而去，以为进见之礼？"晃曰："以臣弑主，大不义也。吾决不为。"与吕布杀丁原大相悬绝。公明真义士，故后来独与云长公交厚。宠曰："公真义士也！"晃遂引帐下数十骑，连夜同满宠来投曹操。早有人报知杨奉。奉大怒，自引千骑来追，大叫："徐晃反贼休走！"正追赶间，忽然一声炮响，山上山下，火把齐明，伏军四出。曹操亲自引军当先，大喝："我在此等候多时，休教走脱！"^{满宠去而徐晃必来，徐晃来而杨奉必赶，都在曹操算中。}杨奉大惊，急待回军，早被曹兵围住。恰好韩暹引兵来救，两军混战，杨奉走脱。曹操趁彼军乱，乘势攻击，两家军士大半多降。杨奉、韩暹势孤，引败兵投袁术去了。^{后文伏线。}

曹操收军回营，满宠引徐晃入见。操大喜，厚待之。于是迎銮驾到许都，盖造宫室殿宇，立宗庙社稷、省台司院衙门，修城郭府库；封董承等十三人为列侯。赏功罚罪，并听曹操处置。操自封为大将军、武平侯，^{帝命为司隶校尉录尚书事，毕竟封得不畅，故不若自封之为爽快也。○李傕、郭汜自写职衔，勒令帝封；今曹操竟自封职衔，更不劳天子费心，愈出愈奇。}以荀彧为侍中、尚书令；荀攸为军师；郭嘉为司马祭酒；刘晔为司空仓曹掾；毛玠、任峻为典农中郎将，催督钱粮；程昱为东平相；范成、董昭为洛阳令；满宠为许都令；夏侯惇、夏侯渊、曹仁、曹洪皆为将军；吕虔、李典、乐进、于禁、徐晃皆为校尉；许褚、典韦皆为都尉；其余将士，各各封官。自此大权皆归于曹操，^{总结一句。}朝廷大务，先禀曹操，然后方奏天子。^{自此皇帝又在曹操手中过活矣。}

操既定大事，乃设宴后堂，聚众谋士共议曰："刘备屯兵徐州，自领州事。近吕布以兵败投之，备使居于小沛。若二人同心引兵来犯，乃心腹之患也。公等有何妙计可图之？"^{方定许都，遂以徐州为心腹之患，可知徐州乃操所必欲争也。}许褚曰："愿借精兵五万，斩刘备、吕布之头，献于丞相。"荀彧曰："将军勇则勇矣，不知用谋。今许都新定，未可造次用兵。彧有一计，名曰'二虎竞食'之计。^{计名奇。}今刘备虽领徐州，未得诏命。明公可奏请诏命，实授备为徐州牧，因密与一书，教杀吕布。事成则备无猛士为辅，亦渐可图；事不成，则吕布必杀备矣：此乃'二虎竞食'之计也。"^{极似战国策士之谋。}操从其言，即时奏请诏命，遣使赍往徐州，封刘备为征东将军、宜城亭侯，领徐州牧，并附密书一封。

却说刘玄德在徐州，闻帝幸许都，正欲上表庆贺。忽报天使至，出郭迎接入郡，拜受恩命毕，设宴管待来使。使曰："君侯得此恩命，实曹将军于帝前保荐之力也。"玄德称谢。使者乃取出私书递与玄德。玄德看罢，曰："此事尚容计议。"^{已识破机关。}席散，安歇来使于馆驿。玄德连夜与众商议此事。张飞曰："吕布本无义之人，杀之何碍！"^{直心快口。}玄德曰："他势穷而来投我，我若杀之，亦是不义。"张飞曰："好人难做！"^{看透世情语。然是为天下负好人者说法，非要人做不好人也。}玄德不从。

次日，吕布来贺，玄德教请入见。布曰："闻公受朝廷恩命，特来相贺。"玄德逊谢。只见张飞扯剑上厅，要杀吕布。玄德慌忙阻住。布大惊曰："翼德何故只要杀我？"张飞叫曰："曹操道你是无义之人，教我哥哥杀你！"^{曹操密书，却被他一口喊出。}玄德连声喝退，乃引吕布同入后堂，实告前因，就将曹操所送密书与吕布看。^{此是玄德妙用。}布看毕，泣曰："此乃曹贼欲令我二人不和耳！"玄德曰："兄勿忧，刘备誓不为此不义之事。"吕布再三拜谢。备留布饮酒，至晚方回。关、张曰："兄长何故不杀吕布？"玄德曰："此曹孟德恐我与吕布同谋伐之，故用此计，使我两人自相吞并，彼却于中取利。奈何为所使乎？"^{或之计早被料破，可见备机智绝人，不关公点头道是，是一味忠厚。}不关公点头道是。张飞曰："我只要杀此贼，以绝后患！"^{本心自要杀此贼，固不因孟德之书起见也。快人快语。}玄德曰："此非大丈夫之所为也。"

次日，玄德送使命回京，就拜表谢恩，并回书与曹操，只言容缓图之。使命回见曹操，言玄德不杀吕布之事。操问荀彧曰："此计不成，奈何？"彧曰："又有一计，名曰'驱虎吞狼'之计。"^{计名又奇。}操曰："其计如何？"彧曰："可暗令人往袁术处通问，报说刘备上密表，要略南郡。术闻之，必怒而攻备，公乃明诏刘备讨袁术。两边相并，吕布必生异心：此'驱虎吞狼'之计也。"^{因刘、吕二人不肯相并，又弄出一袁术来。}操大喜，先发人往袁术处。次假天子诏，发人往徐州。

却说玄德在徐州闻使命至，出郭迎接，开读诏书，却是要起兵讨袁术。玄德领命，送使者先回。糜竺曰："此又是曹操之计。"玄德曰："虽是计，王命不可违也。"^{曹操所以能令人者，只为假托王命。}遂点军马，克日起程。孙乾曰："可先定守城之人。"玄德曰："二弟之中，谁人可守？"关公曰："弟愿守此城。"玄德曰："吾早晚欲与尔议事，岂可相离？"张飞曰："小弟愿守此城。"玄德曰："你守不得此城：你一者酒后刚强，鞭挞士卒；^{为下文使酒伏线。}二者作事轻易，不从人谏，^{为下文不听陈登伏线。}吾不放心。"张飞曰："弟自今以后，不饮酒，^{只为不饮酒，倒弄出酒风来。}不打军士，诸般听人劝谏便了。"糜竺曰："只恐口不应心。"飞怒曰："吾跟哥哥多年，未尝失信，你如何轻料我！"玄德曰："弟言虽如此，吾终不放心。还请陈元龙辅之，早晚令其少饮酒，^{不曰不饮，而曰少饮，料得张公必不肯不饮酒也。}勿致失事。"陈登应诺。玄德吩咐了当，乃统马步军三万，离徐州望南阳进发。

却说袁术闻说刘备上表，欲吞其州县，乃大怒曰："汝乃织席编屦之夫，今辄占据大郡，与诸侯同列；吾正欲伐汝，汝却反欲图我，深为可恨！"乃使上将纪灵起兵十万，杀奔徐州。两军会于盱眙。玄德兵少，依山傍水下寨。那纪灵乃山东人，使一口三尖刀，重五十斤。是日引兵出阵，大骂："刘备村夫，安敢侵吾境界！"玄德曰："吾奉天子诏，以讨不臣。汝今敢来相拒，罪不容诛！"纪灵大怒，拍马舞刀，直取玄德。关公大喝曰："匹夫休得逞强！"出马与纪灵大战。一连三十合，不分胜负。纪灵大叫少歇，关公便拨马回阵，立于阵前候之。*儒雅之极，是云长身分，不是翼德身分。*纪灵却遣副将荀正出马。关公曰："只教纪灵来，与他决个雌雄！"荀正曰："汝乃无名下将，非纪将军对手！"关公大怒，直取荀正，交马一合，砍荀正于马下。玄德驱兵杀将过去，纪灵大败，退守淮阴河口，不敢交战，只教军士来偷营劫寨，皆被徐州兵杀败。两军相拒，不在话下。

却说张飞自送玄德起身后，一应杂事，俱付陈元龙管理；军机大务，自家参酌。一日，设宴请各官赴席。众人坐定，张飞开言曰："我兄临去时，吩咐我少饮酒，恐致失事。众官今日尽此一醉，明日都各戒酒，*自己不能戒酒，却要帮我守城。众人陪他戒酒，妙。*帮我守城。今日却都要满饮。"言罢，起身与众官把盏。酒至曹豹面前，豹曰："我从天戒，不饮酒。"*"天戒"二字新。○你自不吃酒，天何尝戒你来？*飞曰："厮杀汉如何不饮酒？*一死且不惜，斗酒安足辞。*我要你吃一盏。"豹惧怕，只得饮了一杯。*破天戒矣。*张飞把遍各官，自斟巨觥，连饮了几十杯，不觉大醉，却又起身与众官把盏。酒至曹豹，豹曰："某实不能饮矣。"飞曰："你恰才吃了，如今为何推却？"豹再三不饮。飞醉后使酒，*今人每因使酒故戒酒，翼德偏因戒酒，反致使酒。毕竟今人俗而翼德趣。*便发怒曰："你违我将令，该打一百！"*以将令行酒令，令将令，将官却是认真。*便喝军士拿下。陈元龙曰："玄德公临去时，吩咐你甚来？"飞曰："你文官，只管文官事，休来管我！"*违了将令，固非文官所得而管也。*曹豹无奈，只得告求曰："翼德公，看我女婿之面，且恕我罢。"飞曰："你女婿是谁？"豹曰："吕布是也。"*正提着他对头。*飞大怒曰："我本不欲打你，你把吕布来谑我，我偏要打你！我打你，便是打吕布！"*张飞使酒骂曹豹，意不在曹豹而在吕布。亦如灌夫使酒骂临汝侯，意不在临汝而在田蚡也。*诸人劝不住。将曹豹鞭至五十，*此五十鞭只算酒筹。*众人苦苦告饶，方止。*不怕曹豹背痛，只怕吕布耳热。*席散，曹豹回去，深恨张飞，连夜差人赍书一封，径投小沛见吕布，备说张飞无礼，且云："玄德已往淮南，今夜可乘飞醉，引兵来袭徐州，不可错此机会。"

吕布见书，便请陈宫来议。宫曰："小沛原非久居之地。今徐州既有可乘之隙，失此不取，悔之晚矣。"*两雄不并栖，况有陈宫为之谋，曹操为之构，即无张飞使酒，布能久居小沛哉？无徒以使酒责张飞也。*布从之，随即披挂上马，领五百骑先行，使陈宫引大军继进，高顺亦随后进发。*曹操之攻徐州，为父报仇；吕布之袭徐州，为妻之父报仇。*小沛离徐州只四五十里，上马便到。吕布到城下时，恰才四更，月色澄清，*当此月明人静，正好再饮酒，如何却动兵？*城上更不知觉。布到城门边叫曰："刘使君有机密使人至。"城上有曹豹军报知曹豹，豹上城看之，便令军士开门。吕布一声暗号，众军齐入，喊声大举。张飞正醉卧府中，左右急忙摇醒，报说："吕布赚开城门，杀将进来了！"张飞大怒，慌忙披挂，绰了丈八蛇矛，才出府门上得马时，吕布军马已到，正与相迎。张飞此时酒犹未醒，不能力战。吕布素知飞勇，*虎牢关前已曾领教。*亦不敢相逼。十八骑燕将，保着张飞杀出东门，玄德家眷在府中，都不及顾了。

　　却说曹豹见张飞只十数人护从，又欺他醉，遂引百十人赶来。^{岂非讨死！}飞见豹，大怒，拍马来迎。战了三合，曹豹败走，飞赶到河边，一枪正刺中曹豹后心，^{此一枪只算醉笔草草。○此时酒令已完，正好杀将。}连人带马死于河中。^{活时不肯饮酒，死时罚他吃水。}飞于城外招呼士卒，出城者尽随飞投淮南而去。吕布入城安抚居民，令军士一百人守把玄德宅门，诸人不许擅入。^{此非吕布用情，乃感玄德示以操书之情也。}

　　却说张飞引数十骑，直到盱眙来见玄德，具说曹豹与吕布里应外合，夜袭徐州。众皆失色。玄德叹曰："得何足喜，失何足忧！"^{落落丈夫语。}关公曰："嫂嫂安在？"^{问得紧要。}飞曰："皆陷于城中矣。"玄德默然无语。^{闻家眷失陷，只默然不语，后见翼德欲自刎，却放声大哭。是至情，亦是妙用。}关公顿足埋怨曰："你当初要守城时说甚来？兄长吩咐你甚来？今日城池又失了，嫂嫂又陷了，如何是好！"张飞闻言，惶恐无地，掣剑欲自刎。正是：

　　　　举杯畅饮情何放，拔剑捐生悔已迟！

　　不知性命如何，且听下文分解。

第十五回

太史慈酣斗小霸王

孙伯符大战严白虎

吕布袭兖州，而曹操卒复兖州；吕布袭徐州，而刘备不能复徐州：非备之才不如，而实势不如也。本是吕布依刘备，今反成刘备依吕布，客转为主，主转为客，备之遇亦艰矣哉！

孙策信太史慈，而慈亦不欺孙策。英雄心事，如青天白日，所以能相与有成耳。若刘备不听曹操而杀吕布，吕布乃听袁术而欲攻刘备，及为袁术所欺，而后召刘备，何无信义乃尔！翼德之欲杀之，可谓知人。翼德非莽人也。

玉玺得而孙坚亡，玉玺失而孙策霸。甚矣玉玺之无关重轻也！成大业者，以收人才、结民心为宝，而玉玺不与焉。坚之匿之，不若策之弃之。策之英雄，殆过其父。

或曰："孙策如此英雄，何不先击刘表以报父仇？"予曰："脚头不立定，未可报仇；脚头才立定，亦未可报仇。"曹操初得兖州而遽击陶谦，则吕布旋议其后；刘备未定巴蜀而遽攻曹操，则关、张不能为功：固筹之熟矣。

前卷叙曹氏立国之始，此卷叙孙氏开国之由。两家已各自成一局面，而刘备则尚茕茕无依。然继汉正统者，备也。故前卷以刘备结，此卷以刘备起。叙两家必夹叙刘备，盖既以备为正统，则叙刘处，文虽少，是正文；叙孙、曹处，文虽多，皆旁文。于旁文之中带出正文，如草中之蛇，于彼见头，于此见尾；又如空中之龙，于彼见鳞，于此见爪。记事之妙，无过于是。今人读《三国志》而犹欲别读稗官，则是未尝读《三国志》也。

却说张飞拔剑要自刎，玄德向前抱住，夺剑掷地曰："古人云：'兄弟如手足，妻子如衣服。_{《邶风》云："绿兮衣兮，绿衣黄里。"从来衣服比妻子。}衣服破，尚可缝；手足断，安可续？'_{但闻人有继妻，不闻有继兄、继弟。}吾三人桃园结义，不求同生，但愿同死。今虽失了城池家小，安忍教兄弟中道而亡？况城池本非吾有；_{识时达势语。}家眷虽被陷，吕布必不谋害，尚可设计救之。贤弟一时之误，何至遽欲捐生耶！"_{今之因妯娌不睦，而致兄弟不睦者多矣。同胞且然，何况异姓？观玄德数语，胜读《棠棣》一篇。}说罢大哭。关、张俱感泣。

且说袁术知吕布袭了徐州，星夜差人至吕布处，许以粮五万斛、马五百匹、金银一万两、彩缎一千匹，使夹攻刘备。_{袁术前既不纳吕布，今又交通吕布，反复可笑。}布喜，令高顺领兵五万袭玄德之后。_{前曾为其所拒，今又为其所使，吕布不但无义，亦无气。}玄德闻得此信，乘阴雨撤兵，弃盱眙而走，思欲东取广陵。比及高顺军来，玄德已去。高顺与纪灵相见，就索所许之物。灵曰："公且回军，容某见主公计之。"高顺乃别纪灵回军，见吕布具述纪灵语。布正在迟疑，忽有袁术书至。书意云："高顺虽来，而刘备未除；且待捉了刘备，那时方以所许之物相送。"_{前之所许，竟似商于六百里。}布怒骂袁术失信，欲起兵伐之。陈宫曰："不可。术据寿春，兵多粮广，不可轻敌。不如请玄德还屯小沛，使为我羽翼。他日令玄德为先锋，那时先取袁术，后取袁绍，可纵横天下

矣。"布听其言，令人赍书迎玄德回。忽欲攻之，忽欲迎之，
反复无常，可笑。

却说玄德引兵东取广陵，被袁术劫寨，折兵大半。回来正遇吕布之使，呈上书札，玄德大喜。关、张曰："吕布乃无义之人，不可信也。"玄德曰："彼既以好情待我，奈何疑之！"遂来到徐州。此在他人，决不肯来，亦决不敢来。布恐玄德疑惑，先令人送还家眷。甘、糜二夫人见玄德，具说："吕布令兵把定宅门，禁诸人不得入；又常使侍妾送物，未尝有缺。"玄德谓关、张曰："我知吕布必不害我家眷也。"乃入城谢吕布。张飞恨吕布，不肯随往，先奉二嫂往小沛去了。玄德入见吕布拜谢。吕布曰："我非欲夺城，因令弟张飞在此恃酒杀人，恐有失事，故来守之耳。"多谢。玄德曰："备欲让兄久矣。"布假意仍让玄德。玄德力辞，还屯小沛住扎。本是吕布寄寓于刘备，今反弄成刘备寄关、张心中不忿。玄德曰："屈身守分，以待天时，不可与命争也。"能屈然后能伸，吕布令人送粮米缎匹。自此两家和好，不确是至言。在话下。

却说袁术大宴将士于寿春。人报孙策征庐江太守陆康，得胜而回。术唤策至，策拜于堂下。问劳已毕，便令侍坐饮宴。此处接写孙策，忽写他在袁术堂下趋跪拜坐，人不解其故，直至下文方与说明，笔法妙甚！原来孙策自父丧之后，退居江南，礼贤下士；后因陶谦与策母舅丹阳太守吴景不和，策乃移母并家属居于曲阿，自己却投袁术。术甚爱之，常叹曰："使术有子如孙郎，死复何恨！"因使为怀义校尉，引兵攻泾县大师祖郎得胜。术见策勇，复使攻陆康，今又得胜而回。补叙简到。

当日筵散，策归营寨。见术席间相待之礼甚傲，袁术与孙策同辈，其待策之傲，自以为父执耳，不知英雄固不论年。策虽少，犹虎也；术虽发白，不过一心中郁闷，乃步月于中庭，因思："父孙坚如此英雄，我今沦落至此！"不觉放老牛而已。声大哭。昔孙坚在洛阳时，曾于月下挥泪。今孙策在袁术处，亦于月下放声。一为国事伤情，一为家声发愤。"我有一片心，诉与天边月。"月之感人，甚矣哉！忽见一人自外而入，大笑曰："伯符何故如此？尊父在日，多曾用我。君今有不决之事，何不问我，乃自哭耶？"策视之，乃丹阳故鄣人，姓朱，名治，字君理，孙坚旧从事官也。策收泪而延之坐，曰："策所哭者，恨不能继父之志耳。"哭得英雄。治曰："君何不告袁公路，借兵往江东，假名救吴景，实图大业，而乃久困于人之下乎？"正商议间，一人忽入曰："公等所谋，吾已知之。吾手下有精壮百人，暂助伯符一马之力。"策视其人，乃袁术谋士，汝南细阳人，姓吕，名范，字子衡。袁术谋士为他人用，策大喜，延坐共议。吕范曰："只恐袁公术之无成可知矣。路不肯借兵。"策曰："吾有亡父留下传国玉玺，乃翁设誓抵赖，以为质当。"以无用之玺，换有用令子竟不隐讳。之兵，大有算计。范曰："公路欲得此久矣！袁术平日妄想，却从以此相质，必肯发兵。"三人计议已定。吕范口中补出，妙。

次日，策入见袁术，哭拜曰："父仇不能报，今母舅吴景，又为扬州刺史刘繇所逼。

策老母家小，皆在曲阿，必将被害。〔先说报父仇，重在救母难。〕〔实〕策敢借雄兵数千，渡江救难省亲。恐明公不信，有亡父遗下玉玺，权为质当。”术闻有玉玺，取而视之，大喜曰：“吾非要你玉玺，今且权留在此。〔为后文借号张本。〕我借兵三千、马五百匹与你。平定之后，可速回来。你职位卑微，难掌大权。我表你为折冲校尉、殄寇将军，〔不但借得兵马，兼得一个大官。〕克日领兵便行。”

策拜谢，遂引军马，带领朱治、吕范、旧将程普、黄盖、韩当等，择日起兵。行至历阳，见一军到。当先一人，姿质风流，仪容秀丽，见了孙策，下马便拜。策视其人，乃庐江舒城人，姓周，名瑜，字公瑾。〔孙策是小霸王，人亦小范增也。〕此原来孙坚讨董卓之时，移家舒城，瑜与孙策同年，交情甚密，因结为昆仲。策长瑜两月，瑜以兄事策。瑜叔周尚为丹阳太守，今往省亲，〔不但同年，亦且同志。〕到此与策相遇。策见瑜大喜，诉以衷情。瑜曰：“某愿施犬马之力，共图大事。”策喜曰：“吾得公瑾，大事谐矣！”便令与朱治、吕范等相见。瑜谓策曰：“吾兄欲济大事，亦知江东有‘二张’乎？”〔一人荐出二人。○能成大事者，必能得士；能助人成大事者，必能荐贤。〕策曰：“何为‘二张’？”瑜曰：“一人乃彭城张昭，字子布；一人乃广陵张纮，字子纲。二人皆有经天纬地之才，因避乱隐居于此。吾兄何不聘之？”策喜，即便令人赍礼往聘，俱辞不至。〔有身分。若呼之即至者，周瑜亦不荐之矣。〕策乃亲到其家，与语大悦，力聘之，二人许允。策遂拜张昭为长史，兼抚军中郎将，张纮为参谋正议校尉，商议攻击刘繇。

却说刘繇字正礼，东莱牟平人也，亦是汉室宗亲，太尉刘宠之侄，兖州刺史刘岱之弟，旧为扬州刺史，屯于寿春，被袁术赶过江东，故来曲阿。〔叙明刘繇来历。〕当下闻孙策兵至，急聚众将商议。部将张英曰：“某领一军屯于牛渚，纵有百万之兵，亦不能近。”言未毕，帐下一人高叫曰：“某愿为前部先锋！”众视之，乃东莱黄县人太史慈也。慈自解了北海之围后，便来见刘繇，繇留于帐下。〔补应前文。〕当日听得孙策来到，愿为前部先锋。繇曰：“你年尚轻，未可为大将，〔袁术以年轻孙策，刘繇亦以年轻太史慈：术与繇是一流人。〕只在吾左右听命。”太史慈不喜而退。张英领兵至牛渚，积粮十万于邸阁。孙策引兵到，张英出迎，两军会于牛渚滩上。孙策出马，张英大骂，黄盖便出与张英战。不数合，忽然张英军中大乱，报说寨中有人放火。〔此放火者，果何人耶？事诚意外之事，文亦意外之文。〕张英急回军。孙策引军前来，乘势掩杀。张英弃了牛渚，望深山而逃。原来那寨后放火的，乃是两员健将：一人乃九江寿春人，姓蒋，名钦，字公奕；一人乃九江下蔡人，姓周，名泰，字幼平。二人皆遭世乱，聚人在洋子江中，劫掠为生，久闻孙策为江东豪杰，能招贤纳士，故特引其党三百余人，前来相投。〔二人不待相投而后立功，乃先立功而后相投，来得甚奇。〕策大喜，用为军前校尉。收得牛渚邸阁粮食、军器，并降卒四千余人，遂进兵神亭。

却说张英败回见刘繇，繇怒，欲斩之。谋士笮融、薛礼劝免，使屯兵零陵城拒敌。繇自领兵于神亭岭南下营，孙策于岭北下营。策问土人曰："近山有汉光武庙否？"土人曰："有庙在岭上。"^{光武庙宜在洛阳，奈何神亭岭亦有之？意者洛阳太庙焚毁，而刘繇自以为宗室，乃立庙于此耶？}策曰："吾夜梦光武召我相见，当往祈之。"^{孙策后来不信神仙，此日独信梦兆，何也？}长史张昭曰："不可。岭南乃刘繇寨，倘有伏兵，奈何？"策曰："神人佑我，吾何惧焉！"遂披挂绰枪上马，引程普、黄盖、韩当、蒋钦、周泰等共十三骑，出寨上岭，到庙焚香。下马参拜已毕，策向前跪祝曰："若孙策能于江东立业，复兴故父之基，即当重修庙宇，四时祭祀。"^{卿自欲兴孙家基业，与刘家何与？且正与刘家宗亲作对，何反向汉室祖先致祝也？○小霸王欲求神力助攻刘氏，当求项羽庙而祝之。}祝毕，出庙上马，回顾众将曰："吾欲过岭，探看刘繇寨栅。"诸将皆以为不可。策不从，遂同上岭，南望村林。早有伏路小军飞报刘繇。繇曰："此必是孙策诱敌之计，不可追之。"太史慈踊跃曰："此时不捉孙策，更待何时！"遂不候刘繇将令，竟自披挂上马，绰枪出营，大叫曰："有胆气者，都跟我来！"诸将不动。惟有一小将曰："太史慈真猛将也！吾可助之！"拍马同行。^{此小将惜不传其名，可竟称之为"小太史慈"。}众将皆笑。^{燕雀笑鸿鹄。}

却说孙策看了半晌，方始回马。^{足见孙策大胆。}正行过岭，只听得岭上叫："孙策休走！"策回头视之，见两匹马飞下岭来。策将十三骑一齐摆开。策横枪立马于岭下待之。^{儒雅之极。}太史慈高叫曰："那个是孙策？"策曰："你是何人？"答曰："我便是东莱太史慈也，特来捉孙策！"策笑曰："只我便是。^{从容之极。}你两个一齐来并我一个，我不惧你！我若怕你，非孙伯符也！"^{孙郎独战太史慈，此项羽所谓独身挑战者也。}慈曰："你便众人都来，我亦不怕！"纵马横枪，直取孙策。策挺枪来迎。两马相交，战五十合，不分胜负。程普等暗暗称奇。^{在旁观者眼中摹写一笔，妙。}慈见孙策枪法无半点儿渗漏，乃佯输诈败，引孙策赶来。慈却不由旧路上岭，竟转过山背后。策赶到，大喝曰："走的不算好汉！"慈心中自忖："这厮有十二从人，我只一个，便活捉了他，也吃众人夺去。^{不愁捉不得孙策，只愁捉了被人夺去，可谓目无孙策矣。}再引一程，教这厮没寻处，方好下手。"于是且战且走。策那里肯舍，一直赶到平川之地。慈兜回马再战，又到五十合。策一枪搠去，慈闪过，挟住枪；慈也一枪搠去，策亦闪过，挟住枪。两个用力只一拖，都滚下马来。^{杀得好马不知走的那里去了。}马不知走的那里去了。^{不惟从人失散，且两个弃了枪，揪住厮打，复"爱丧其马"。}两个弃了枪，揪住厮打，^{不打不成相识。}战袍扯得粉碎。策手快，掣了太史慈背上的短戟，慈亦掣了策头上的兜鍪。策把戟来刺慈，慈把兜鍪遮架。^{策即以慈之戟刺慈，慈亦即以策之盔御策。同是以敌治敌，同是以我困我。}忽然喊声后起，乃刘繇接应军到来，约有千余。策正慌急，程普等十二骑亦冲到。策与慈方才放手。慈于军中讨了一匹马，^{细。}取了枪，上马复来。孙策的马却是程普收得，^{细。}策亦取枪上马。刘繇一千余军，和程普等十二骑混战，逶迤杀到神亭岭下。喊声起处，周瑜领军来到。*赖有此军接应，不然孙策亦轻身陷大敌矣。独不记乃尊岘山故事耶？* 刘繇自引大军杀下岭来。时近黄昏，风雨暴至，两下各自收军。*若非风雨，繇、策二人将直杀至大天明矣。*

次日，孙策引军到刘繇营前，刘繇引军出迎。两阵圆处，孙策把枪挑太史慈的小戟于阵前，令军士大叫曰："太史慈若不是走的快，已被刺死了！"太史慈亦将孙策兜鍪挑于阵前，*前日虎牢关上，挑孙坚赤帻；今日神亭岭下，挑孙策兜鍪：可称"落帽世家"。* 也令军士大叫曰："孙策头已在此！"两军呐喊，这边夸胜，那边道强。太史慈出马，要与孙策决个胜负，策遂欲出。程普曰："不须主公劳力，某自擒之。"程普出到阵前，太史慈曰："你非我之敌手，只教孙策出马来！"程普大怒，挺枪直取太史慈。两马相交，战到三十合，刘繇急鸣金收军。太史慈曰："我正要捉拿贼将，何故收军？"刘繇曰："人报周瑜领军袭取曲阿，有庐江松滋人陈武，字子烈，接应周瑜入去。*此段事即在刘繇口中叙出，甚省笔。* 吾家基业已失，不可久留。速往秣陵，会薛礼、笮融军马，急来接应。"太史慈跟着刘繇退军，孙策不赶，收住人马。长史张昭曰："彼军被周瑜袭取曲阿，无恋战之心，今夜正好劫营。"孙策然之。当夜分军五路，长驱大进。刘繇军兵大败，众皆四纷五落。太史慈独力难当，引十数骑连夜投泾县去了。

却说孙策又得陈武为辅，其人身长七尺，面黄睛赤，形容古怪，*前只在刘繇口中述其事，今却在孙策眼中见其人，补叙得好。* 策甚敬爱之，拜为校尉，使作先锋，攻薛礼。武引十数骑突入阵去，斩首级五十余颗。*只十数骑耳，斩首如此之多，足见其勇。* 薛礼闭门不敢出。策正攻城，忽有人报刘繇会合笮融去取牛渚。孙策大怒，自提大军竟奔牛渚。刘繇、笮融二人出马迎敌。孙策曰："吾今到此，你如何不降？"刘繇背后一人挺枪出马，乃部将于糜也，与策战不三合，被策生擒过去，拨马回阵。繇将樊能，见捉了于糜，挺枪来赶。那枪刚搠到策后心，策阵上军士大叫："背后有人暗算！"策回头，忽见樊能马到，乃大喝一声，声如巨雷。樊能惊骇，倒翻身撞下马来，破头而死。策到门旗下，将于糜丢下，已被挟死。一霎时挟死一将，喝死一将，自此，人皆呼孙策为"小霸王"。*忙中夹注一笔，妙。○霸王无面见江东，今小霸王复霸江东，或即项羽后身，亦未可知。*

当日刘繇兵大败，人马大半降策。策斩首级万余。刘繇与笮融走豫章投刘表去了。

又是到孙策仇人处。 孙策还兵复攻秣陵，亲到城壕边，招谕薛礼投降。城上暗放一冷箭，正中孙策左腿，翻身落马。众将急救起，还营拔箭，以金疮药傅之。策令军中诈称主将中箭身死。*孙坚真被射死，孙策诈作射死。真一假，一死一生，令人不测。* 一军中举哀，拔寨齐起。薛礼听知孙策已死，连夜起城内之军，与骁将张英、陈横杀出城来追之。忽然伏兵四起，孙策当先出马，高声大叫曰："孙郎在此！"*孙策不死，无异孙坚复生。* 众军皆惊，尽弃枪刀，拜于地下。策令休杀一人。张英拨马回走，被陈

武一枪刺死。陈横被蒋钦一箭射死。薛礼死于乱军中。策入秣陵，安辑居民，移兵至泾县来捉太史慈。

却说太史慈招得精壮二千余人，并所部兵，正要来与刘繇报仇。孙策与周瑜商议活捉太史慈之计。瑜令三面攻县，只留东门放走，离城二十五里，三路各伏一军，太史慈到那里，人困马乏，必然被擒。原来太史慈所招军大半是山野之民，不谙纪律。^{然则虽有二千人，原只太史慈一人耳。}泾县城头苦不甚高，当夜孙策命陈武短衣持刀，首先爬上城放火。太史慈见城上火起，上马投东门走，背后孙策引军赶来。太史慈正走，后军赶至三十里，却不赶了。太史慈走了五十里，人困马乏，芦苇之中，喊声忽起。慈急待走，两下里绊马索齐来，将马绊翻了，生擒太史慈，解投大寨。

策知解到太史慈，亲自出营，喝散士卒，自释其缚，将自己锦袍衣之，^{孙策为小霸王，太史慈亦一小英布也。但项羽不能用英布，孙策能用慈，胜项羽多矣。}请入寨中，谓曰："我知子义真丈夫也。刘繇蠢辈，不能用为大将，以致此败。"^{贬驳刘繇，隐然夸奖自己。}慈见策待之甚厚，遂请降。策执慈手笑曰："神亭相战之时，若公获我，还相害否？"慈笑曰："未可知也。"^{极似穿封戍对楚灵王语。}策大笑，请入帐，邀之上坐，设宴款待。慈曰："刘君新破，士卒离心。某欲自往收拾余众，以助明公，不识能相信否？"策起谢曰："此诚策所愿也。今与公约：明日日中，望公来还。"慈应诺而去。诸将曰："太史慈此去必不来矣。"策曰："子义乃信义之士，必不背我。"众皆未信。次日，立竿于营门以候日影。恰将日中，太史慈引一千余众到寨。孙策大喜。众皆服策之知人。^{有孙策之信太史慈，乃有孙权之信诸葛瑾，弟正学其兄也。}

于是孙策聚数万之众，下江东，安民恤众，投者无数。江东之民，皆呼策为"孙郎"。但闻孙郎兵至，皆丧胆而走。及策军到，并不许一人掳掠，鸡犬不惊，人民皆悦，赏牛酒到寨劳军。策以金帛答之，欢声遍野。^{项羽好杀，每欲屠城，今其小霸王绝胜老霸王矣。}其刘繇旧军，愿从军者听从，不愿为军者给赏归农。江南之民，无不仰颂。^{勇者不必有仁，孙郎勇而能仁，尤为难得。}由是兵势大盛。策乃迎母叔诸弟俱归曲阿，使弟孙权与周泰守宣城。^{孙权此处方出头。}策领兵南取吴郡。

时有严白虎，自称"东吴德王"，据吴郡，遣部将守住乌程、嘉兴。当日白虎闻策兵至，令弟严舆出兵，会于枫桥。^{孙郎既得陈武，又得太史慈，已有二虎，何惧此一虎？}舆横刀立马于桥上。有人报入中军，策便欲出。^{一将之勇有余，君人之度未足。}张纮谏曰："夫主将乃三军之所系命，不宜轻敌小寇。愿将军自重。"策谢曰："先生之言如金石，但恐不亲冒矢石，则将士不用命耳。"随遣韩当出马。比及韩当到桥上时，蒋钦、陈武早驾小舟从河岸边杀过桥里，乱箭射倒岸上军，二人飞身上岸砍杀。严舆退走。韩当引军直杀到阊门下，贼退入城里去了。策分兵水陆并进，围住吴城。一困三日，无人出战。策引众军到阊门外招谕。城上一员裨将，左手托定护梁，右手指着城下大骂。太史慈就马上拈弓取箭，顾军将曰："看我射中这厮左手！"说声未绝，弓弦响处，果然射个正中，把那将的左手射透，反牢钉在护梁上。<small>此将但会骂人，却不能口手相应。</small>城上城下人见者，无不喝采。<small>城下人喜而喝采，宜矣；城上人正当着急，如何也喝采？想苏州人固应有此清兴。</small>众人救了这人下城。白虎大惊曰："彼军有如此人，安能敌乎！"遂商量求和。

次日，使严舆出城，来见孙策。策请舆入帐饮酒。酒酣，问舆曰："令兄意欲如何？"舆曰："欲与将军平分江东。"策大怒曰："鼠辈安敢与吾相等！"<small>彼自名"白虎"，策乃目之曰鼠辈。</small>命斩严舆。舆拔剑起身，策飞剑砍之，应手而倒，割下首级，令人送入城中。白虎料敌不过，弃城而走。

策进兵追袭，黄盖攻取嘉兴，太史慈攻取乌程，数州皆平。白虎奔余杭，于路劫掠，<small>人遇孙家兵如遇青龙，遇严家兵真遇白虎。</small>被土人凌操领乡人杀败，望会稽而走。凌操父子二人来接孙策，策使为从征校尉，遂同引兵渡江。严白虎聚寇，分布于西津渡口。程普与战，复大败之，连夜赶到会稽。

会稽太守王朗，欲引兵救白虎。忽一人出曰："不可。孙策用仁义之师，白虎乃暴虐之众，还宜擒白虎以献孙策。"<small>此言甚当。</small>朗视之，乃会稽余姚人，姓虞，名翻，字仲翔，现为郡吏。朗怒叱之，翻长叹而出。朗遂引兵会合白虎，同陈兵于山阴之野。两阵对圆，孙策出马，谓王朗曰："吾兴仁义之兵，来安浙江，汝何故助贼？"朗骂曰："汝贪心不足！既得吴郡，而又强并吾界！今日特与严氏雪仇！"<small>王朗亦一时名士，何不识好歹至此？</small>孙策大怒，正待交战，太史慈早出。王朗拍马舞刀，与慈战不数合，朗将周昕，杀出助战；孙策阵中黄盖，飞马接住周昕交锋。两下鼓声大震，互相鏖战。忽王朗阵后先乱，一彪军从背后抄来。<small>来得奇。</small>朗大惊，急回马来迎，原来是周瑜与程普引军刺斜杀来，<small>孙郎每亏周郎接应。孙郎之下江东，周郎之功居多。</small>前后夹攻。王朗寡不敌众，与白虎、周昕杀条血路，走入城中，拽起吊桥，坚闭城门。孙策大军乘势赶到城下，分布众军，四门攻打。王朗在城中见孙策攻城甚急，欲再出兵决一死战。严白虎曰："孙策兵势甚大，足下只宜深沟高垒，坚壁勿出。不消一月，彼军粮尽，自然退走。那时乘虚掩之，可不战而破也。"朗依其议，乃固守会稽城而不出。<small>几如勾践之甲楯五千。</small>孙策一连攻了数日，不能成功，乃与众将计议。孙静曰："王朗负固守城，难可卒拔。会稽钱粮大半屯于查渎，其地离此数十里，莫若以兵先据其内：所谓'攻其无备，出其不意'也。"

策大喜曰：“叔父妙用，足破贼人矣！”即下令于各门燃火，虚张旗号，设为疑兵，连夜撤围南去。周瑜进曰：“主公大兵一起，王朗必然出城来赶，可用奇兵胜之。”策曰：“吾今准备下了，取城只在今夜。”遂令军马起行。<small>名取查渎，其意实在会稽。
孙郎兵法颇妙，非徒勇也。</small>

却说王朗闻报孙策军马退去，自引众人来敌楼上观望，见城下烟火并起，旌旗不杂，心下迟疑。周昕曰：“孙策走矣，特设此计以疑我耳。可出兵袭之。”严白虎曰：“孙策此去，莫非要去查渎？我令部兵与周将军追之。”朗曰：“查渎是我屯粮之所，正须提防。汝引兵先行，吾随后接应。”白虎与周昕领五千兵出城追赶。将近初更，离城二十余里，忽密林里一声鼓响，火把齐明。白虎大惊，便勒马回走。一将当先拦住，火光中视之，乃孙策也。周昕舞刀来迎，被策一枪刺死。余众皆降。白虎杀条血路，望余杭而走。王朗听知前军已败，不敢入城，引部下奔逃海隅去了。孙策复回大军，乘势取了城池，安定人民。不隔一日，只见一人将着严白虎首级来孙策军前投献。策视其人，身长八尺，面方口阔。问其姓名，乃会稽余姚人，姓董，名袭，字元代。<small>此人亦先立功而后出姓
名，与前文一样笔法。</small>策喜，命为别部司马。自是东路皆平，令叔孙静守之，令朱治为吴郡太守，收军回江东。

却说孙权与周泰守宣城，忽山贼窃发，四面杀至。时值更深，不及抵敌，泰抱权上马。数十贼众，用刀来砍。泰赤体步行，提刀杀贼，砍杀十余人。随后一贼跃马挺枪直取周泰，被泰扯住枪，拖下马来，夺了枪马，杀条血路，救出孙权。余贼远遁。周泰身被十二枪，<small>有如此命之将，
安得不兴。</small>金疮发胀，命在须臾。策闻之大惊。帐下董袭曰：“某曾与海寇相持，身遭数枪，得会稽一个贤郡吏虞翻荐一医者，半月而愈。”<small>因荐医遂并荐一荐医
之人，曲折之甚。</small>策曰：“虞翻莫非虞仲翔乎？”袭曰：“然。”策曰：“此贤士也，我当用之。”<small>急于求医，更
急于用贤。</small>乃令张昭与董袭同往聘请虞翻。翻至，策优礼相待，拜为功曹，因言及求医之意。<small>先拜官而后问医，是为其贤士
而用之，非专托其请医生也。</small>翻曰：“此人乃沛国谯郡人，姓华，名佗，字元化，真当世之神医也。当引之来见。”不一日引至。策见其人童颜鹤发，飘然有出世之姿，<small>华佗先于此
处出现。</small>乃待为上宾，请视周泰疮。佗曰：“此易事耳。”投之以药，一月而愈。策大喜，厚谢华佗。遂进兵杀除山贼，江南皆平。孙策分拨将士，守把各处隘口，一面写表申奏朝廷，一面结交曹操，一面使人致书与袁术取玉玺。

却说袁术暗有称帝之心，乃回书推托不还，<small>孙坚匿玺而不出，袁术赖玺而不还，皆以此玺为
奇货。不知在人不在玺，犹之在德不在鼎也。</small>急聚长史杨大将，都督张勋、纪灵、桥蕤，上将雷薄、陈兰等三十余人商议，曰：“孙策借我军马起事，今日尽得江东地面，乃不思报本，而反来索玺，殊为无礼。当以何策图之？”长史杨大将曰：“孙策据长江之险，兵精粮广，未可图也。今当先伐刘备，<small>此卷书以备始，
亦以备终。</small>以

<small>孙权有叔，
孙坚有弟。</small>

报前日无故相攻之恨，然后图取孙策未迟。某献一计，使备即日就擒。"正是：

不去江东图虎豹，却来徐郡斗蛟龙。

不知其计若何，且听下文分解。

第十六回

吕奉先射戟辕门
曹孟德败师淯水

操欲杀布，而备出书以示布；术欲攻备，而布亦射戟以救备：相报之道也。操因备之不杀布，而使备怨于术；术因布之不攻备，而遂求婚于布：相取之谋也。以相报之道言之，布在玄德度内；以相取之谋论之，术亦在孟德算中。

尝纵观春秋时事，婚姻每为敌国。辰嬴在晋，而秦尝伐晋。穆姬在秦，而晋尝绝秦。况吕布不有其父，何有其婿；袁术不有其同族之兄，何有于异姓之戚：安在疏不间亲耶？或解之曰：天下尽有于父母则背之、于儿女则昵之者，于兄弟则背之、于外戚则亲之者。人情颠倒，往往如是。此固陈宫之所必欲劝，而陈珪之所必欲争耳。

毛遂对楚王曰："合纵为楚，非为赵。"吕布恐袁术取小沛则徐州危，其劝和也为己，非为备也。张仪劝楚绝齐欢，而楚遂为秦所弱。陈珪恐袁、吕之交合，则不利于刘，亦不利于曹，其劝绝也，亦为刘为曹，而非为布也。惟布本不为备，故夺马求和，便不许备。而射戟之时，□□为备，矜德色于备，一似助备无有如布者。珪不惟不为布，方父子同谋以图布，而绝婚之谋，□□为布，谆谆爱布，一似效忠于布无有如珪者。《三国志》有《战国策》之谲，而《战国策》无《三国志》之巧，真绝世妙文哉！

操之忌备，前既欲使吕布图之，后又使袁术攻之，而决不肯自杀之者，要推恶人与别人做，盖以其为人望所归，而不欲使吾有害贤之名也。此等奸雄，奸到绝顶。伧父不解，读书至此，失声叹曰："曹操亦有好处。"此真为曹操所笑矣。

董卓爱妇人，曹操亦爱妇人，乃卓死于布，而操不死于绣。何也？曰：卓之死，为失心腹猛将之心；操之不死，为得心腹猛将之助也。兴亡成败，止在能用人与否耳，岂在好色不好色哉！吴王不用子胥，虽无西施亦亡；吴王能用子胥，虽有西施何害？袁中郎先生作《灵岩记》曰："先齐有好内之桓公，仲父云无害霸。蜀宫无倾国之美人，刘禅竟为俘虏。"此千古风流妙论。

摹写典韦以死拒敌，淋漓痛快，令人读之，凛凛有生气，是篇中出色处。

却说杨大将献计欲攻刘备。袁术曰："计将安出？"大将曰："刘备军屯小沛，虽然易取，奈吕布虎踞徐州，前次许他金帛粮马，至今未与，恐其助备。今当令人送与粮食，以结其心，_{前番是赊 今番是现。}使其按兵不动，则刘备可擒。先擒刘备，后图吕布，徐州可得也。"术喜，便具粟二十万斛，令韩胤赍密书往见吕布。_{先送后讲。}吕布甚喜，_{赖物便怒，得物便喜，真如小儿。}重待韩胤。胤回告袁术，术遂遣纪灵为大将，雷薄、陈兰为副将，统兵数万，进攻小沛。玄德闻知此信，聚众商议。张飞要出战。孙乾曰："今小沛粮寡兵微，如何抵敌？可修书告急于吕布。"张飞曰："那厮如何肯来？"玄德曰："乾之言善。"遂修书与吕布。书略曰：

伏自将军垂念，令备于小沛容身，实拜云天之德。今袁术欲报私仇，遣纪灵领兵到县，亡在旦夕，非将军莫能救。望驱一旅之师，以救倒悬之急，不胜幸甚！

吕布看了书，与陈宫计议曰："前者袁术送粮致书，盖欲使我不救玄德也。今玄德又来求救。吾想玄德屯军小沛，未必遂能为我害。若袁术并了玄德，则北连泰山诸将以图我，我不能安枕矣。不若救玄德。"遂点兵起程。〔吕布从来没主张，独此番大有定见。〕

却说纪灵起兵长驱大进，已到沛县东南，扎下营寨。昼列旌旗，遮映山川；夜设火鼓，震明天地。〔形容得声势。〕玄德县中止有五千余人，也只得勉强出县，布阵安营。忽报吕布引兵离县一里、西南上扎下营寨。纪灵知吕布领兵来救刘备，急令人致书于吕布，责其无信。〔袁术先曾无信，今怪吕布不得。〕布笑曰："我有一计，使袁、刘两家都不怨我。"乃发使往纪灵、刘备寨中，请二人饮宴。〔此非饮宴时，岂欲以杯酒释兵权耶？奇绝。〕玄德闻布相请，即便欲往。关、张曰："兄长不可去，吕布必有异心。"玄德曰："我待彼不薄，彼必不害我。"遂上马而行，〔去得有胆。〕关、张随往，到吕布寨中，入见。布曰："吾今特解公之危，〔且不明言解危之法，妙。〕异日得志，不可相忘！"〔与白门楼相照。〕玄德称谢。布请玄德坐。关、张按剑立于背后。人报纪灵到，玄德大惊，欲避之。布曰："吾特请你二人来会议，勿得生疑。"玄德未知其意，心下不安。纪灵下马入寨，却见玄德在帐上坐，大惊，抽身便回，〔同是一惊，纪灵尤甚。〕左右留之不住。吕布向前一把扯回，如提童稚。〔数万之众，而以童稚之，关、张兵虽少，不足惧也。〕灵曰："将军欲杀纪灵耶？"〔此句着忙之极。〕布曰："非也。"灵曰："莫非杀'大耳儿'乎？"〔此句又过望之极。〕布曰："亦非也。"灵曰："然则为何？"布曰："玄德与布乃兄弟也，今为将军所困，故来救之。"〔且不明言解之法，妙。〕灵曰："若此则杀灵也？"〔此句更着忙得妙。〕布曰："无有此理。布平生不好斗，惟好解斗。吾今为两家解之。"〔绝似今日讼师之言。〕灵曰："请问解之之法？"〔未入门，先请问，情景逼真。〕布曰："我有一法，从天所决。"〔且只含吐，即说出，妙。〕乃拉灵入帐与玄德相见。〔两人不以兵戎相见，而以酒食，大奇。〕二人各怀疑忌。布乃居中坐，使灵居左，备居右，〔主居中而客居左右，是大阿哥身分。〕且教设宴行酒。〔今大阿哥惯要备酒替人和事，若吕布替玄德和事而不索谢，胜今之大阿哥多矣。盖有所觊觎于其间也。〕酒行数巡，布曰："你两家看我面上，俱各罢兵。"〔闲谈且只如此。〕玄德无语。灵曰："吾奉主公之命，提十万之兵专捉刘备，如何罢得？"张飞大怒，拔剑在手，叱曰："吾虽兵少，觑汝辈如儿戏耳！〔吕布提之如童稚，则张飞觑之如儿戏矣。〕你比百万黄巾何如？你敢伤我哥哥！"〔有玄德之无语，不得张飞之发作。〕关公急止之曰："且看吕将军如何主意，那时各回营寨厮杀未迟。"〔有张公之发作，少不得关公之劝解。○做好做恶，自收自放，今之听处事者多用此法。〕吕布曰："我请你两家解斗，须不教你厮杀！"〔是和事人声口。〕这边纪灵不忿，那边张飞只要厮杀。〔情景逼真。〕布大怒，教左右：

"取我戟来！"布提画戟在手，纪灵、玄德尽皆失色。_{本是解和，却故不作此惊人之笔。}布曰："我劝你两家不要厮杀，尽在天命。"令左右接过画戟，去辕门外远远插定，乃回顾纪灵、玄德曰："辕门离中军一百五十步。吾若一箭射中戟小枝，你两家罢兵；_{方说出解之法，妙。}如射不中，你各自回营，安排厮杀。有不从吾言者，并力拒之。"_{鲁仲连聊城一矢，难为了燕将，只为得一边；不若吕奉先辕门一箭，却不难为纪灵，是两边都为。}纪灵私忖："戟在一百五十步之外，安能便中？且落得应允，待其不中，那时凭我厮杀。"_{一个度其未必中。}便一口许诺。玄德自无不允。布都教坐，再各饮一杯酒。_{读者至此，将拭目观射矣，却偏教再饮酒。顿跌绝妙。}酒毕，布教取弓箭来。玄德暗祝曰："只愿他射得中便好！"_{一个祝其必中。摹写两人心事如画。}只见吕布挽起袍袖，搭上箭，扯满弓，叫一声："着！"正是：

弓开如秋月行天，箭去似流星落地。_{绝妙好词。}

一箭正中画戟小枝。帐上帐下将校齐声喝采。_{读者至此亦为喝采。}后人有诗赞之曰：

温侯神射世间稀，曾向辕门独解危。

落日果然欺后羿，号猿直欲胜由基。

虎筋弦响弓开处，雕羽翎飞箭到时。

豹子尾摇穿画戟，雄兵十万脱征衣。

当下吕布射中画戟小枝，呵呵大笑，_{其实得意。}掷弓于地，执纪灵、玄德之手曰："此天令你两家罢兵也！"_{应前"从天所决""尽在天命"等语。}喝教军士："斟酒来！各饮一大觥！"_{处处夹写酒，妙。}玄德暗称惭愧。_{应前暗祝意。}纪灵默然半晌，_{应前暗忖。}告布曰："将军之言，不敢不听；奈纪灵回去，主人如何肯信？"布曰："吾自作书复之便了。"_{二枝箭消缴二十万斛。}酒又数巡，纪灵求书先回。布谓玄德曰："非我则公危矣。"玄德拜谢，与关、张回。次日，三处军马都散。

不说玄德入小沛，吕布归徐州。却说纪灵回淮南见袁术，说吕布辕门射戟解和之事，呈上书信。袁术大怒曰："吕布受吾许多粮米，_{正项军粮且不肯发，今白送落二十万斛，岂不着恼。}反以此儿戏之事，偏护刘备。吾当自提重兵，亲征刘备，兼讨吕布！"纪灵曰："主公不可造次。吕布勇力过人，_{一把如提童稚之时，实亲领教其勇力。}兼有徐州之地，若布与备首尾相连，不易图也。灵闻布妻严氏有一女，年已及笄。主公有一子，可令人求亲于布，布若嫁女于主公，必杀刘备：此乃'疏不间亲'之计也。"_{贿赂不中，变为仇敌；仇敌不便，变为婚姻：愈出愈奇。○前处处说吕布妻小，知布儿女情深。}袁术从之，即日遣韩胤为媒，赍礼物往徐州求亲。

　　胤到徐州见布，称说："主公仰慕将军，欲求令爱为儿妇，永结'秦晋之好'。"布入谋于妻严氏。原来吕布有二妻一妾：先娶严氏为正妻，后娶貂蝉为妾；及居小沛时，又娶曹豹之女为次妻。曹氏先亡无出，貂蝉亦无所出，惟严氏生一女，布最钟爱。^{补叙得妙。}当下严氏对布曰："吾闻袁公路久镇淮南，兵多粮广，早晚将为天子，^{为后袁术称帝伏笔。}若成大事，则吾女有后妃之望。只不知他有几子？"^{确是妇人声口。}布曰："止有一子。"妻曰："既如此，即当许之。纵不为皇后，吾徐州亦无忧矣。"^{人家婚姻，多凭妇人作主，只要亲家富贵。古今同慨。}布意遂决，厚款韩胤，许了亲事。韩胤回报袁术。术即备聘礼，仍令韩胤送至徐州。吕布受了，设席相待，留于馆驿安歇。

　　次日，陈宫竟往馆驿内拜望韩胤。^{又一个帮做媒的来了。}讲礼毕，坐定。宫乃叱退左右，对胤曰："谁献此计，教袁公与奉先联姻？意在取刘玄德之头乎？"^{一语道破。}胤失惊，起谢曰："乞公台勿泄！"宫曰："吾自不泄，只恐其事若迟，必被他人识破，事将中变。"^{为后陈珪说吕布绝婚伏线。}胤曰："然则奈何？愿公教之。"宫曰："吾见奉先，使其即日送女就亲，何如？"^{一个方来下聘，一个便去催妆。}胤大喜，称谢曰："若如此，袁公感佩明德不浅矣！"宫遂辞别韩胤，入见吕布曰："闻公女许嫁袁公路，甚善。但不知于何日结亲？"布曰："尚容徐议。"宫曰："古者自受聘成婚之期，各有定例：天子一年，诸侯半年，大夫一季，庶民一月。"布曰："袁公路天赐国宝，^{映带玉玺好。}早晚当为帝，今从天子例，可乎？"^{是何言与？与严氏如出一口。}宫曰："不可。"布曰："然则仍从诸侯例？"宫曰："亦不可。"^{等不及半年。}布曰："然则将从卿大夫例矣？"宫曰："亦不可。"^{又等不及一季。}布笑曰："公岂欲吾依庶民例耶？"宫曰："非也。"^{然则并一月亦等不及矣。}布曰："然则公意欲如何？"宫曰："方今天下诸侯，互相争雄；今公与袁公路结亲，诸侯保无有嫉妒者乎？若复远择吉期，或竟乘我良辰，伏兵半路以夺之，如之奈何？^{其言亦殊动听。}为今之计：不许便休；既已许之，当趁诸侯未知之时，即便送女到寿春，^{"求我庶士，迨其今兮。"}另居别馆，然后择吉成亲，万无一失也。"布喜曰："公台之言甚当。"遂入告严氏，连夜具办妆奁，收拾宝马香车，令宋宪、魏续一同韩胤送女前去，鼓乐喧天，送出城外。^{谚云："朝种树，晚乘凉。"竟似娶妻一般，可笑。}

　　时陈元龙之父陈珪，养老在家，闻鼓乐之声，遂问左右。左右告以故。珪曰："此乃'疏不间亲'之计也。玄德危矣。"遂扶病来见吕布。^{"为吕者左袒"，陈宫是也。"为刘者右袒"，陈珪是也。}布曰："大夫何来？"珪曰："闻将军死至，特来吊丧。"^{故作惊人语。婚、丧、贺、吊，映衬成文。}布惊曰："何出此言？"珪曰："前者袁公路以金帛送公，欲杀刘玄德，而公以射戟解之。今忽来求亲，其意盖欲以公女为质，^{质物犹可，质人不堪；质子犹可，质女不堪。}随后就来攻玄德而取小沛。小沛亡，徐州危矣。且彼或来借粮，或来借兵：公若应之，是疲于奔命，而又结怨于人；若其不允，是弃亲而启兵端也。^{言袁术将攻徐州。}况闻袁术有称帝之意，是造反也。彼若造反，则公乃反贼亲属矣，得无为天下所不容乎？"^{言天下皆将攻徐州。}布大惊曰："陈宫误我！"急命张辽引兵，追赶至三十里之外，将女抢归，^{高祖刻印销印，正见其有决断；吕布送婚夺婚，正见其无主张。}连韩胤都拿回监禁，不放归去。^{殊非待媒礼。}却令人回复袁术，只说女儿妆奁未备，俟备毕便自送来。陈珪又说吕布，使解韩胤赴许都。^{恶极，妙极。○又为后文伏线。}布犹豫未决。

忽人报："玄德在小沛招军买马，不知何意。"布曰："此为将者本分事，何足为怪。"正话间，宋宪、魏续至，告布曰："我二人奉明公之命，往山东买马，买得好马三百余匹，回至沛县界首，被强寇劫去一半。打听得是刘备之弟张飞，诈妆山贼，抢劫马匹去了。"^{此是醒时夺的，不是使酒。}吕布听了大怒，随即点兵往小沛来斗张飞。玄德闻知大惊，慌忙领兵出迎。两阵圆处，玄德出马曰："兄长何故领兵到此？"布指骂曰："我辕门射戟，救你大难，你何故夺我马匹？"玄德曰："备因缺马，令人四下收买，安敢夺兄马匹。"布曰："你便使张飞夺了我好马一百五十匹，尚自抵赖！"张飞挺枪出马曰："是我夺了你好马！你今待怎么？"^{快人快语。}布骂曰："环眼贼！你累次渺视我！"飞曰："我夺你马你便恼，你夺我哥哥的徐州便不说了！"^{妙，妙。其言又快直又公平。}布挺戟出马来战张飞，飞亦挺枪来迎。两个酣战一百余合，未见胜负。玄德恐有疏失，急鸣金收军入城。吕布分军四面围定。

玄德唤张飞责之曰："都是你夺他马匹，惹起事端！如今马匹在何处？"飞曰："都寄在各寺院内。"玄德随令人出城，至吕布营中，说情愿送还马匹，两相罢兵。布欲从之，陈宫曰："今不杀刘备，久后必为所害。"^{亦伏白门楼之事。}布听之，不从所请，攻城愈急。玄德与糜竺、孙乾商议。孙乾曰："曹操所恨者，吕布也。不若弃城走许都，投奔曹操，借军破布，此为上策。"玄德曰："谁可当先破围而出？"飞曰："小弟情愿死战！"玄德令飞在前，云长在后，自居于中，保护老小。当夜三更，乘着月明，出北门而走。正遇宋宪、魏续，被翼德一阵杀退，得出重围。后面张辽赶来，关公敌住。吕布见玄德去了，也不来赶，随即入城安民，令高顺守小沛，自己仍回徐州去了。^{玄德既失徐州，又失小沛，虽皆因翼德起衅，然实陈宫构之也。}

却说玄德前奔许都，到城外下寨，先使孙乾来见曹操，言被吕布追逼，特来相投。操曰："玄德与吾，兄弟也。"^{奸甚！}便请入城相见。次日，玄德留关、张在城外，自带孙乾、糜竺入见操。操待以上宾之礼。^{奸甚。}玄德备诉吕布之事。操曰："布乃无义之辈，吾与贤弟并力诛之。"^{又是一个呼贤弟的。翼德此时不在侧耳。}玄德称谢。操设宴相待，至晚送出。荀彧入见曰：“刘备，英雄也。今不早图，后必为患。”操不答。彧出，郭嘉入。操曰：“荀彧劝我杀玄德，当如何？”嘉曰：“不可。主公兴义兵，为百姓除暴，惟仗信义以招俊杰，犹惧其不来也；今玄德素有英雄之名，以困穷而来投，若杀之，是害贤也。天下智谋之士，闻而自疑，将裹足不前，主公谁与定天下乎？夫除一人之患，以阻四海之望。安危之机，不可不察。”〔教语非为刘备，实为曹操。〕操大喜曰：“君言正合吾心。”次日，即表荐刘备领豫州牧。程昱谏曰：“刘备终不为人之下，不如早图之。”操曰：“方今正用英雄之时，不可杀一人而失天下之心。此郭奉孝与吾有同见也。”〔操非不欲杀备，但欲使吕布杀之、袁术杀之，必不欲自杀之也。奸雄，奸雄！〕遂不听昱言，以兵三千、粮万斛送与玄德，使往豫州到任，进兵屯小沛，招集原散之兵，攻吕布。

玄德至豫州，令人约会曹操。操正欲起兵，自往征吕布，忽流星马报说张济自关中引兵攻南阳，为流矢所中而死；济侄张绣统其众，用贾诩为谋士，结连刘表，屯兵宛城，欲兴兵犯阙夺驾。〔补接处如奇峰叠起。〕操大怒，欲兴兵讨之，又恐吕布来侵许都，乃问计于荀彧。彧曰：“此易事耳。吕布无谋之辈，见利必喜。明公可遣使往徐州，加官赐赏，令与玄德解和。〔荀彧前欲使二人相斗，今又欲使二人相和，变幻百出。〕布喜，则不思远图矣。”操曰：“善。”遂差奉军都尉王则，赍官诰并和解书，往徐州去讫。一面起兵十五万，亲讨张绣。分军三路而行，以夏侯惇为先锋。军马至淯水下寨。贾诩劝张绣曰：“操兵势大，不可与敌，不如举众投降。”张绣从之，使贾诩至操寨通款。操见诩应对如流，甚爱之，欲用为谋士。诩曰：“某昔从李傕，得罪天下。〔自知之明。〕今从张绣，言听计从，不忍弃之。”〔为下文攻曹操张本。〕乃辞去。次日引绣来见操，操待之甚厚。引兵入宛城屯扎，余军分屯城外，寨栅联络十余里。一住数日，绣每日设宴请操。

一日操醉，退入寝所，私问左右曰：“此城中有妓女否？”〔因酒及色，阿瞒颇露本相。〕操之兄子曹安民知操意，乃密对曰：“昨晚小侄窥见馆舍之侧，有一妇人生得十分美丽，问之，即绣叔张济之妻也。”〔取人叔之妻，以媚其叔，甚不正路。〕操闻言，便令安民领五十甲兵往取之。须臾，取到军中。〔以军中作桑中。〕操见之，果然美丽。问其姓，妇答曰：“妾乃张济之妻邹氏也。”操曰：“夫人识吾否？”邹氏曰：“久闻丞相威名，今夕幸得瞻拜。”〔今夕何夕，见此良人。〕操曰：“吾为夫人故，特纳张绣之降，不然灭族矣。”〔忽将天下大事卖与妇人，确是醉后狂语。〕邹氏拜曰：“实感再生之恩。”操曰：“今日得见夫人，乃天幸也。今宵愿同枕席，随吾还都，安享富贵，何如？”〔丑极。〕邹氏拜谢。是夜，共宿于帐中。〔郭汜之妻妒，张济之妻淫，皆党恶之报。〕邹氏曰：“久住城中，绣必生疑，亦恐外人议论。”操曰：“明日同夫人去寨中住。”〔可称“压寨夫人”。〕次日，移于城外安歇，唤典韦就中军帐房外宿卫。他人非奉呼唤，不许辄入。因此，内外不通。操每日与邹氏取乐，不想归期。奸雄如操，至此亦流连忘返，色之于人，甚矣哉！

张绣家人密报绣。绣怒曰："操贼辱我太甚！"张绣尚有廉耻。若使势利无耻者，当认曹操为继叔矣。便请贾诩商议。诩曰："此事不可泄漏。来日等操出帐议事，如此如此。"次日，操坐帐中，张绣入告曰："新降兵多有逃亡者，乞移屯中军。"操许之。绣乃移屯其军，分为四寨，刻期举事。贾诩之谋甚细密。因畏典韦勇猛，急切难近，乃与偏将胡车儿商议。那胡车儿力能负五百斤，日行七百里，亦异人也。当下献计于绣曰："典韦之可畏者，双铁戟耳。主公明日可请他来吃酒，使尽醉而归。那时某便混入他跟来军士数内，偷入帐房，先盗其戟，此人不足畏矣。"既请吃酒，何不便于酒中置毒？既可偷入帐房，何不便刺典韦，且何不竟刺曹操耶？车儿计不及此，盖天未欲死操也。绣甚喜，预先准备弓箭、甲兵，告示各寨。至期，令贾诩致意请典韦到寨，殷勤待酒。至晚醉归，胡车儿杂在众人队里，直入大寨。只叙得一半。

是夜曹操于帐中与邹氏饮酒，忽听帐外人言马嘶。捉奸的来了。操使人观之，回报是张绣军夜巡，操乃不疑。时近二更，忽闻寨内呐喊，报说草车上火起。操曰："军人失火，勿得惊动。"不是军人失火，只为主将要紧杀火。须臾，四下里火起，操始着忙，急唤典韦。韦方醉卧，睡梦中听得金鼓喊杀之声，便跳起身来，却寻不见了双戟。暗补车儿偷戟事，省笔。时敌兵已到辕门，韦急掣步卒腰刀在手。只见门首无数军马，各挺长枪，抢入寨来。韦奋力向前，砍死二十余人。马军方退，步军又到，两边枪如苇列。韦身无片甲，上下被数十枪，兀自死战。刀砍缺不堪用，韦即弃刀，双手提着两个军人迎敌，以双人当双戟，大奇。击死者八九人。真可谓以人治人。群贼不敢近，只远远以箭射之，箭如骤雨。韦犹死拒寨门，争奈寨后贼军已入，韦背上又中一枪，乃大叫数声，血流满地而死。死了半晌，还无一人敢从前门而入者。死典韦足拒生贼军。

却说曹操赖典韦当住寨门，乃得从寨后上马逃奔，只有曹安民步随。操右臂中了一箭，马亦中了三箭。亏得那马是大宛良马，熬得痛，走得快。刚刚走到淯水河边，贼兵追至，安民被砍为肉泥。马泊六死了。操急骤马冲波过河，才上得岸，贼兵一箭射来，正中马眼，那马扑地倒了。操长子曹昂，即以己所乘之马奉操。操上马急奔，曹昂却被乱箭射死。爱将、爱子皆死于妇人之手。操乃走脱。自己便走脱，只不知邹夫人如何下落。路逢诸将，收集残兵。时夏侯惇所领青州之兵，乘势下乡，劫掠民家。平房校尉于禁，即将本部军于路剿杀，安抚乡民。为民杀兵，乃真将军。青州兵走回，迎操泣拜于地，言于禁造反，赶杀青州军马。操大惊。须臾，夏侯惇、许褚、李典、乐进都到。操言于禁造反，可整兵迎之。

却说于禁见操等俱到，乃引军射住阵角，凿堑安营。^{俨如对}或告之曰："青州军言将军造反，今丞相已到，何不分辩，乃先立营寨耶？"于禁曰："今贼追兵在后，不时即至，若不先准备，何以拒敌？分辩小事，退敌大事。"^{退敌正是}安营方毕，张绣军两路杀至。于禁身先出寨迎敌。绣急退兵。左右诸将，见于禁向前，各引兵击之，绣军大败，追杀百余里。绣势穷力孤，引败兵投刘表去了。^{为后伏}曹操收军点将，于禁入见，备言青州之兵，肆行劫掠，大失民望，某故杀之。操曰："不告我，先下寨，何也？"禁以前言对。操曰："将军在匆忙之中，能整兵坚垒，任谤任劳，使反败为胜，虽古之名将，何以加兹！"乃赐以金器一副，封益寿亭侯；责夏侯惇治兵不严之过。^{治兵不严，虽猛将如惇、亲族如惇，}^{且不能逃其责，况不如惇者乎！}又设祭祭典韦，操亲自哭而奠之，顾谓诸将曰："吾折长子、爱侄，俱无深痛，独号泣典韦也！"^{此是曹操得人心处。}^然众皆感叹。次日下令班师。^{必用自说，便知其假。}

不说曹操还兵许都。且说王则赍诏至徐州，布迎接入府，开读诏书，封布为平东将军，特赐印绶，又出操私书。王则在吕布面前极道曹公相敬之意。布大喜。忽报袁术遣人至，布唤入问之。使言："袁公早晚即皇帝位，立东宫，催取皇妃早到淮南。"布大怒曰："反贼焉敢如此！"遂杀来使，将韩胤用枷钉了，^{真独桌请媒人矣。}^陈遣陈登赍谢表，解^{宫亦当陪吃一桌。}韩胤一同王则上许都来谢恩；且答书于操，欲求实授徐州牧。操知布绝婚袁术，大喜，遂斩韩胤于市曹。陈登密谏操曰："吕布，豺狼也，勇而无谋，轻于去就，^{八字定}宜早图^{评。}之。"操曰："吾素知吕布狼子野心，诚难久养。非公父子莫能究其情，公当与吾谋之。"登曰："丞相若有举动，某当为内应。"^{为后赚吕}操喜，表赠陈珪秩中二千石，登为^{布张本。}广陵太守。登辞回，操执登手曰："东方之事，便以相付。"登点头允诺，回徐州见吕布。布问之，登言："父赠禄，某为太守。"布大怒曰："汝不为吾求徐州牧，而乃自求爵禄！汝父教我协同曹公，绝婚公路，今吾所求终无一获，而汝父子俱各显贵，吾为汝父子所卖耳！"遂拔剑欲斩之。登大笑曰："将军何其不明之甚也！"^{从容之}^{极。}布曰："吾何不明？"登曰："吾见曹公，言养将军譬如养虎，当饱其肉，不饱则将噬人。曹公笑曰：'不如卿言。吾待温侯如养鹰耳：狐兔未息，不敢先饱，饥则为用，饱则飏去。'^{张良以韩信、彭越、英布}^{为虎，以绛、灌等诸将为}鹰，此即借用其语，^{某问}'谁为狐兔？'曹公曰：'淮南袁术、江东孙策、冀州袁绍、荆襄^{明是陈登捏出。}刘表、^{此四人前}益州刘璋、汉中张鲁，^{此二人前文未见，于此}皆狐兔也。'"布掷剑笑曰："曹^{文已见。}^{处点出，为后文伏线。}公知我也！"^{痴人。}正说话间，忽报袁术军取徐州。吕布闻言失惊。正是：

秦晋未谐吴越斗，婚姻惹出甲兵来。

毕竟后事如何，且听下文分解。

第十七回

袁公路大起七军

曹孟德会合三将

泽麋虎皮，便为众射之的。袁术一僭帝号，天下共起而攻之。曹操所以迟迟而未发者，非薄天子而不为，正畏天下而不敢耳。况所乐乎为君，以其有令天下之权也。权则专之于己，名则归之于帝，操之谋善矣。操辞其名而取其实，术无其实而冒其名，岂非操巧而术拙？

或曰：蜀、吴、魏三国后来皆称皇帝，独袁术之帝则不可，何也？曰：真能做皇帝者，每不在先而在后，其为正统混一之帝，必待海内削平、四方宾服，又必有群臣劝进、诸侯推戴，然后让再让三，辞之不得，而乃祀南郊，改正朔焉。则受之也愈迟，而得之也愈固。即为闰统偏安之帝，亦必待小邦俱已兼并，大国仅存一二，外而邻境息烽，内而人民乐附，然而自侯而王，自王而帝，次第而升之，斯能传之后人，以为再世不拔之业。今观建安之初，曹操虽专，献帝尚在，而群雄角立，如刘备、孙策、袁绍、公孙瓒、吕布、张绣、张鲁、刘表、刘璋、马腾、韩遂之徒，曾未有一人遽敢盗窃名字者。而以寿春太守漫然而僭至尊之号，安得不速祸而召亡哉！

爱兵而不爱民，不可以为将；爱将而不爱民，不可以为君。最善将兵者，必能治兵，兼能治他人之兵，于禁是也。善将将者，必能治将，兼能治他人之将，刘备是也。曹操击绣之兵，以手扶麦而过，则知操之能为将矣。袁术攻徐之将，于路劫掠而来，则知术之不能为君矣。民为邦本，故此卷之中，三致意云。

操之忌备深矣，忌布亦深矣。方其相合，则私为之构以离之；及其既离，又以未及攻之而姑使合之。乃阳合之，而又私相嘱以欲其终离之。初则为二虎争食之谋，继又为驱虎吞狼之计，末更为掘坑待虎之策，种种不怀好意，吕布不知而为其所弄；刘备知之而权且应命。曹操亦明知刘备必然知之，而大家只做不知，真好看煞人。

曹操一生，无所不用其借：借天子以令诸侯；又借诸侯以攻诸侯；至于欲安军心，则他人之头亦可借；欲申军令，则自己之发亦可借。借之谋愈奇，借之术愈幻，是千古第一奸雄。

却说袁术在淮南，地广粮多，又有孙策所质玉玺，遂思僭称帝号，_{如此举动，又可恶，又可笑，又可丑，又可怜。}大会群下议曰："昔汉高祖不过泗上一亭长，而有天下；今历年四百，气数已尽，海内鼎沸。吾家四世三公，_{久仰。○薄视亭长，重称四世三公，只是自称家世。丑极。}百姓所归。吾欲应天顺人，正位九五。尔众人以为何如？"主簿阎象曰："不可。昔周后稷积德累功，至于文王，三分天下有其二，犹以服事殷。明公家世虽贵，未若有周之盛；汉室虽微，未若殷纣之暴也。此事决不可行。"_{此事曹操亦不敢行，而必留待其后人者，正怕此一段议论耳。}术怒曰："吾袁姓出于陈，陈乃大舜之后。_{然则不止四世三公矣。}以土承火，正应其运，又谶云：'代汉者，当涂高也。'吾字公路，正应其谶；_{当涂而高，象魏阙也。此曹操之谶，袁术何得冒认？}又有传国玉玺，若不为君，背天道也。吾意已决，多言者斩！"_{但闻有群臣劝进而犹让者，不闻有群臣力谏而大怒者。}

皇帝岂是使性做的？遂建号仲氏，建号仲氏，想是虞舜第二房子孙。立台省等官，乘龙凤辇，祀南北郊，立冯方女为后，立子为东宫。因命使催取吕布之女为东宫妃，却闻布已将韩胤解赴许都，为曹操所斩，补接前文。乃大怒。遂拜张勋为大将军，统领大军二十余万，分七路征徐州：第一路大将张勋居中，第二路上将桥蕤居左，第三路上将陈纪居右，第四路副将雷薄居左，第五路副将陈兰居右，第六路降将韩暹居左，第七路降将杨奉居右。末二路应前文、伏后文。各领部下健将，克日起行。命兖州刺史金尚为太尉，监运七路钱粮。尚不从，术杀之。以纪灵为七路都救应使。术自引军三万，使李丰、梁刚、乐就为催进使，接应七路之兵。写得声势。

吕布使人探听得张勋一军从大路径取徐州，桥蕤一军取小沛，陈纪一军取沂都，雷薄一军取琅琊，陈兰一军取碣石，韩暹一军取下邳，杨奉一军取浚山，此一段事，又从吕布探听处补叙出，好。七路军马，日行五十里，于路劫掠将来。好个皇帝兵。乃急召众谋士商议。陈宫与陈珪父子俱至。陈宫曰：“徐州之祸，乃陈珪父子所招，媚朝廷以求爵禄，今日移祸于将军。可斩二人之头献袁术，其军自退。”此时即杀陈珪父子，袁术必不退兵，陈宫此谋甚左。布听其言，即命擒下陈珪、陈登。没主意。陈登大笑曰：“何如是之懦也！吾观七路之兵，如七堆腐草，何足介意！”语多豪气。○元龙会说大话，亦会干大事。今人干大事则不如元龙，说大话则学元龙，可叹也！布曰：“汝若有计破敌，免汝死罪。”陈登曰：“将军若用老夫之言，徐州可保无虞。”布曰：“试言之。”登曰：“术兵虽众，皆乌合之师，素不亲信。我以正兵守之，出奇兵胜之，无不成功。更有一计，不止保安徐州，并可生擒袁术。”其语愈壮。布曰：“计将安出？”登曰：“韩暹、杨奉乃汉旧臣，因惧曹操而走，无家可依，暂归袁术；术必轻之，彼亦不乐为术用。若凭尺书结为内应，更连刘备为外合，必擒袁术矣。”此彼失其二路，而我得其三路矣。布曰：“汝须亲到韩暹、杨奉处下书。”陈登允诺。布乃发表上许都，为后曹操攻术张本。并致书与豫州，为后云长助布张本。然后令陈登引数骑，先于下邳道上候韩暹。

暹引兵至，下寨毕，登入见。暹问曰：“汝乃吕布之人，来此何干？”登笑曰：“某为大汉公卿，四字便打动韩暹。何谓吕布之人？若将军者，向为汉臣，今乃为叛贼之臣，使昔日关中保驾之功化为乌有，窃为将军不取也。揭其前功，搔着痒处。且袁术性最多疑，将军后必为其所害。今不早图，悔之无及！”说出后患，刺着痛处。暹叹曰：“吾欲归汉，恨无门耳。”登乃出布书。暹览书毕曰：“吾已知之。公先回，吾与杨将军反戈击之。但看火起为号，温侯以兵相应可也。”前欲两处下书；今说得此一处，而彼一处已不必复往。如摧枯拉朽，全不费力。登辞暹，急回报吕布。布乃分兵五路：高顺引一军进小沛，敌桥蕤；陈宫引一军进沂都，敌陈纪；二将敌二将。张辽、臧霸引一军出琅琊，敌雷薄；宋宪、魏续引一军出碣石，敌陈兰；两将敌二将。吕布自引一军出大道，敌张勋。大将敌大将。各领军一万，余者守城。

吕布出城三十里下寨。张勋军到，料敌吕布不过，且退二十里屯住，待四下兵接应。是夜二更时分，韩暹、杨奉分兵到处放火，接应吕家军入寨。勋军大乱。吕布乘势掩杀，张勋败走。吕布赶到天明，正撞纪灵接应。^{前日替人和事，今日自做对头。}两军相迎，恰待交锋，韩暹、杨奉两路杀来。纪灵大败而走，吕布引兵追杀。山背后一彪军到，门旗开处，只见一队军马，打龙凤日月旗幡，四斗五方旌帜，金瓜银斧，黄钺白旄，黄罗销金伞盖之下，袁术身披金甲，腕悬两刀，立于阵前，^{如泽之麋鏖虎之皮。}大骂："吕布，背主家奴！"布怒，挺戟向前。术将李丰挺枪来迎，战不三合，被布刺伤其手，丰弃枪而走。吕布麾兵冲杀，术军大乱。吕布引军从后追赶，抢夺马匹衣甲无数。袁术引着败军，走不上数里，山背后一彪军出，截住去路。当先一将乃关云长也，^{即前日虎牢关前喝骂之马弓手也。○此时云长独来，则知翼德是必不肯来。}大叫："反贼！还不受死！"袁术慌走，余众四散奔逃，被云长大杀了一阵。袁术收拾败军，奔回淮南去了。^{术兵甚不经战，真如腐草。}吕布得胜，邀请云长并杨奉、韩暹等一行人马到徐州，大排筵宴管待，军士都有犒赏。次日，云长辞归。布保韩暹为沂都牧、杨奉为琅琊牧，商议欲留二人在徐州。陈珪曰："不可。韩、杨二人据山东，不出一年，则山东城郭皆属将军也。"布然之，遂送二将暂于沂都、琅琊二处屯扎，以候恩命。^{为后玄德杀二人张本。}陈登私问父曰："何不留二人在徐州，为杀吕布之根？"珪曰："倘二人协助吕布，是反为虎添爪牙也。"登乃服父之高见。^{杀义父人，偏有父子同心人协谋败之。}

却说袁术败回淮南，遣人往江东问孙策借兵报仇。策怒曰："汝赖吾玉玺，僭称帝号，背反汉室，大逆不道！吾方欲加兵问罪，岂肯反助叛贼乎！"^{孙策甚是正气。}遂作书以绝之。^{回思月下大哭之时，今日始得一雪其愤。}使者赍书回见袁术。术看毕，怒曰："黄口孺子，何敢乃尔！^{犹以年幼轻之，殊属梦寐。}吾先伐之！"长史杨大将力谏方止。

却说孙策自发书后，防袁术兵来，点军守住江口。忽曹操使至，拜策为会稽太守，令起兵征讨袁术。策乃商议，便欲起兵。长史张昭曰："术虽新败，兵多粮足，未可轻敌。不如遗书曹操，劝他南征，吾为后应，两军相援，术军必败。万一有失，亦望操救援。"策从其言，遣使以此意达曹操。

却说曹操至许都，思慕典韦，立祀祭之；封其子典满为中郎，收养在府。^{忙中照应前事。}忽报孙策遣使致书，操览书毕，又有人报袁术乏粮，劫掠陈留。^{以劫掠为事，似强盗，不似皇帝。}欲乘虚攻之，遂兴兵南征。令曹仁守许都，其余皆从征：马步兵十七万，粮食辎重千余车。一面先发人会

合孙策与刘备、吕布。兵至豫州界上，玄德早引兵来迎，操命请入营。相见毕，玄德献上

首级二颗。^{奇。}操惊曰："此是何人首级？"玄德曰："此韩暹、杨奉之首级也。"^{奇。}操

曰："何以得之？"玄德曰："吕布令二人权住沂都、琅琊两县。不意二人纵兵掠民，人

人嗟怨。因此备乃设一宴，诈请议事，饮酒间掷盏为号，使关、张二弟杀之，尽降其众。

今特来请罪。"^{此事只在玄德口中叙}_{出，省却许多笔墨。}操曰："君为国家除害，正是大功，何言罪也！"遂厚劳

玄德。^{纵兵掠民者，于禁治其兵，玄德}_{治其将，更是痛快，固当厚劳。}合兵到徐州界。吕布出迎，操善言抚慰，封为左将军，许

于还都之时，换给印绶。^{安放得}_{好。}布大喜。操即分吕布一军在左，玄德一军在右，自统大军居

中，令夏侯惇、于禁为先锋。

袁术知操兵至，令大将桥蕤引兵五万作先锋。两军会于寿春界口。桥蕤当先出马，与

夏侯惇战不三合，被夏侯惇搠死。术军大败，奔走回城。忽报孙策发船攻江边西面，吕布

引兵攻东面，刘备、关、张引兵攻南面，操自引兵十七万攻北面。^{袁术攻徐州，分兵七路；}_{曹操攻寿春，分兵四面。}术大

惊，急聚众文武商议。杨大将曰："寿春水旱连年，人皆缺食；今又动兵扰民，民既生

怨，兵至难以拒敌。不如留军在寿春，不必与战；待彼兵粮尽，必然生变。陛下且统御林

军渡淮，一者就熟，二者暂避其锐。"^{方才称帝，}_{便议迁都。}术用其言，留李丰、乐就、梁刚、陈纪四

人分兵十万，坚守寿春；其余将卒并库藏金玉宝贝，尽数收拾过淮去了。^{亦飞走}_{矣。}

却说曹兵十七万，日费粮食浩大，诸郡又荒旱，接济不及。操催军速战，李丰等闭门

不出。操军相拒月余，粮食将尽，致书于孙策，借得粮米十万斛，不敷支散。管粮官任峻

部下仓官王垕入禀操曰："兵多粮少，当如之何？"操曰："可将小斛散之，权且救一时

之急。"垕曰："兵士倘怨，如何？"操曰："吾自有策。"^{这策此时对王}_{垕说不得。}垕依命，以小斛

分散。操暗使人各寨探听，无不嗟怨，皆言丞相欺众。操乃密召王垕入曰："吾欲问汝借

一物，以压众心，汝必勿吝。"^{不敢吝借，但此物}_{只好借这一次。}垕曰："丞相欲用何物？"操曰："欲借汝

头以示众耳。"^{向孙策借粮不足，却向王垕借头。粮可借，}_{头亦可借乎？借则借矣，未审何时得还。}垕大惊："某实无罪！"操曰："吾亦

知汝无罪，但不杀汝，军必变矣。汝死后，汝妻子吾自养之，汝勿虑也。"垕再欲言时，

操早呼刀斧手推出门外，一刀斩讫，悬头高竿，出榜晓示曰："王垕故行小斛，盗窃官

粮，谨按军法。"于是众怨始解。^{纯用霸}_{术。}

次日，操传令各营将领："如三日内不并力破城，皆斩！"操亲自至城下，督诸军搬

土运石，填壕塞堑。城上矢石如雨，有两员裨将畏避而回，操掣剑亲斩于城下，遂自下马

接土填坑。^{纯用霸}_{术。}于是大小将士无不向前，军威大振。城上抵敌不住。曹兵争先上城，斩关

落锁，大队拥入。李丰、陈纪、乐就、梁刚都被生擒，操令皆斩于市。焚烧伪造宫室殿宇、一应犯禁之物；寿春城中，收掠一空。〔收之掠之，得毋亦曰借乎？〕商议欲进兵渡淮，追赶袁术。荀彧谏曰："年来荒旱，粮食艰难，若更进兵，劳军损民，未必有利。不若暂回许都，待来春麦熟，〔暗伏后践麦一事。〕军粮足备，方可图之。"操踌躇未决。忽报马到，报说："张绣依托刘表，复肆猖獗；南阳、江陵诸县复反。曹洪拒敌不住，连输数阵，今特来告急。"操乃驰书与孙策，令其跨江布阵，以为刘表疑兵，使不敢妄动；〔拒刘表专使孙策，妙。〕自己即日班师，别议征张绣之事。临行，令玄德仍屯兵小沛，与吕布结为兄弟，互相救助，再无相侵。〔奸甚。〕吕布领兵自回徐州。操密谓玄德曰："吾令汝屯兵小沛，是'掘坑待虎'之计也。〔前"二虎竞食""驱虎吞狼"之计，已领教过矣。〕公但与陈珪父子商议，勿致有失。某当为公外援。"〔阳使合，阴使离，奸甚。〕话毕而别。

却说曹操引军回许都，人报段煨杀了李傕，伍习杀了郭汜，将头来献。〔又省却无数笔墨。〕段煨并将李傕合族老小二百余口活解入许都。操令分于各门处斩，传首号令，〔真是快人快事。〕人民称快。天子升殿，会集文武，作太平筵宴。〔二贼之死，天子亦酌酒相贺。〕封段煨为荡寇将军、伍习为殄虏将军，各引兵镇守长安。二人谢恩而去。操即奏张绣作乱，当兴兵伐之。天子乃亲排銮驾，送操出师。时建安三年夏四月也。〔正是麦秋时。〕操留荀彧在许都，调遣兵将，自统大军进发。行军之次，见一路麦已熟；民因兵至，逃避在外，不敢刈麦。操使人远近遍谕村人父老，及各处守境官吏曰："吾奉天子明诏，出兵讨逆，与民除害。方今麦熟之时，不得已而起兵，大小将校，凡过麦田，但有践踏者，并皆斩首。军法甚严，尔民勿得惊疑。"〔君以民为天，民以食为天，曹操可谓知天之天。〕百姓闻谕，无不欢喜称颂，望尘遮道而拜。官军经过麦田，皆下马以手扶麦，递相传送而过，并不敢践踏。〔因粮于敌可也，取粮于民不可也。故无粮，则寿春城中不妨收掠；有粮，则所过麦田不许践踏。〕操乘马正行，忽田中惊起一鸠，那马眼生，窜入麦中，践坏了一大块麦田。操随呼行军主簿，拟议自己践麦之罪。〔权诈可爱。〕主簿曰："丞相岂可议罪？"操曰："吾自制法，吾自犯之，何以服众？"即掣所佩之剑欲自刎。〔权诈可爱。〕众急救住。郭嘉曰："古者《春秋》之义：法不加于尊。丞相总统大军，岂可自戕？"操沉吟良久，乃曰："既《春秋》有'法不加于尊'之义，吾姑免死。"〔自借郭嘉口中语，轻轻将死罪抛开。〕乃以剑割自己之发，掷于地曰："割发权代首。"使人以发传示三军曰："丞相践麦，本当斩首号令，今割发以代。"〔前既借人代己，此又借发代头，无所不用其借。〕于是三军悚然，无不懔遵军令。后人有诗论之曰：

十万貔貅十万心，一人号令众难禁。

拔刀割发权为首，方见曹瞒诈术深。

却说张绣知操引兵来，急发书报刘表，使为后应，一面与雷叙、张先二将领兵出城迎敌。两阵对圆，张绣出马，指操骂曰："汝乃假仁义无廉耻之人，与禽兽何异！"^{隐然为其叔母发恨。}操大怒，令许褚出马。绣令张先接战。只三合，许褚斩张先于马下，绣军大败。操引军赶至南阳城下。绣入城，闭门不出。操围城攻打，见城壕甚阔，水势又深，急难近城，乃令军士运土填壕；又用土布袋并柴薪草把相杂，于城边作梯凳；又立云梯窥望城中；操自骑马绕城观之。如此三日。传令教军士于西门角上，堆积柴薪，会集诸将，就那里上城。城中贾诩见如此光景，便谓张绣曰："某已知曹操之意矣。今可将计就计而行。"正是：

强中自有强中手，用诈还逢识诈人。

不知其计若何，且听下文分解。

第十八回

贾文和料敌决胜
夏侯惇拔矢啖睛

将在谋而不在勇。贾诩之知彼知己，决胜决负，斯诚善矣。至于郭嘉论袁、曹优劣，破曹之疑，不减淮阴侯登坛数语。若夏侯惇拔矢啖睛，不过一武夫之能，未足多也。"十胜""十败"，其言皆确，吾独于"仁胜""德胜"则有辩焉。夫操何仁何德之有？假仁非仁也，市德非德也，但当曰"才胜""术胜"耳。

操之哭典韦，非为典韦哭也。哭一既死之典韦，而凡未死之典韦，无不感激。此非曹操忠厚处，正是曹操奸雄处。或曰：奸雄虽奸，安得此一副急泪？予答之曰：彼口中哭典韦，意中自哭亡儿亡侄，我恶乎知之？

兵有先后着，此着宜在先，后一着不得；此着宜在后，先一着不得。操欲攻袁绍，而惧吕布之议其后也，于是舍绍而攻布。布既平，而后吾可安意肆志于袁绍，此先后着之不可乱也。

操亦巧矣哉！术方攻布，则助布以攻术，惧布之复与术和也。布既破术，则约备而攻布，知术之必不复与布和也。备、布之交合，而操之患深；袁、吕之交合，而操之患更深。今备既离，术亦离，而后布可图矣。老谋深算，信不可及。

却说贾诩料知曹操之意，便欲将计就计而行，乃谓张绣曰："某在城上见曹操绕城而观者三日。他见城东南角砖土之色，新旧不等，鹿角多半毁坏，意将从此处攻进，却虚去西北上积草，诈为声势，欲哄我撤兵守西北，彼乘夜黑必爬东南角而进也。"_{虚者实之，实者虚之，早被贾生看破。}绣曰："然则奈何？"诩曰："此易事耳。来日可令精壮之兵，饱食轻装，尽藏于东南房屋内，却教百姓假扮军士，虚守西北。夜间任他在东南角上爬城，俟其爬进城时，一声炮响，伏兵齐起，操可擒矣。"_{以诈待诈，是将计就计。}正绣喜，从其计。早有探马报曹操，说张绣尽撤兵在西北角上，呐喊守城，东南却甚空虚。操曰："中吾计矣！"_{谁知反中彼计。}遂命军中密备锹镢爬城器具，日间只引军攻西北角。至二更时分，却领精兵于东南角上爬过壕去，砍开鹿角。城中全无动静，众军一齐拥入。只听得一声炮响，伏兵四起。曹军急退，背后张绣亲驱勇壮杀来。曹军大败，退出城外，奔走数十里。张绣直杀至天明方收军入城。曹操计点败军，折兵五万余人，失去辎重无数。吕虔、于禁俱各被伤。_{此皆为城中有智囊也。}

却说贾诩见操败走，急劝张绣遗书刘表，使起兵截其后路。表得书，即欲起兵。忽探马报孙策屯兵湖口。_{应前。}蒯良曰："策屯兵湖口，乃曹操之计也。今操新败，若不乘势击之，后必有患。"_{蒯良之智，亦不在贾生下。}表乃令黄祖坚守隘口，自己统兵至安众县截操后路，一面约会张绣。绣知表兵已起，即同贾诩引兵袭操。

且说操军缓缓而行，_{故意缓行，便知有谋矣。}至襄城，到淯水，操忽于马上放声大哭。_{奸雄可爱。}众惊问其故，操曰："吾思去年于此地折了吾大将典韦，不由不哭耳！"〔此老得将士心惯用斯法。○邹夫人不知如何下落，亦当一哭。〕因即下令屯住军马，大设祭筵，吊奠典韦亡魂。操亲自拈香哭拜，三军无不感叹。〔其所以亲自拈香哭拜者，正要使三军无不感叹耳。〕祭典韦毕，方祭侄曹安民及长子曹昂，〔先祭将而后及侄与子，是妙用。〕并祭阵亡军士；〔不是为亡的，正是为活的。〕连那匹射死的大宛马，也都致祭。〔不是为马，正欲感人。○忙中夹叙此一段事，提照前文，妙。〕次日，忽荀彧差人报说："刘表助张绣屯兵安众，截吾归路。"操答彧书曰："吾日行数里，非不知贼来追我；然吾计划已定，若到安众，破绣必矣。君等勿疑。"〔妙算先定，此时却不明言。〕便催军行至安众县界。刘表军已守险要，张绣随后引军赶来。操乃令众军黑夜凿险开道，暗伏奇兵。〔前黑夜爬城，我中彼伏兵之计；今黑夜凿险，彼亦中我伏兵之计：真正奇妙。〕及天色微明，刘表、张绣军会合，见操兵少，疑操遁去，俱引兵入险击之。操纵奇兵出，大破两家之兵。曹兵出了安众隘口，于隘外下寨。〔彼方截险，我能出险，所谓用兵如神。〕刘表、张绣各整败兵相见。表曰："何期反中曹操奸计！"绣曰："容再图之。"于是两军集于安众。

且说荀彧探知袁绍欲兴兵犯许都，星夜驰书报曹操。操得书心慌，即日回兵。细作报知张绣，绣欲追之。贾诩曰："不可追也，追之必败。"〔其所以必败之故，且不说出。〕刘表曰："今日不追，坐失机会矣。"力劝绣引军万余同往追之。约行十余里，赶上曹军后队。曹军奋力接战，绣、表两军大败而还。〔截之者绕其前，追之者逐其后。绕其前而不胜，逐其后则宜胜矣，而又不胜，殊出意外。〕绣谓诩曰："不用公言，果有此败。"诩曰："今可整兵再往追之。"〔奇语似戏。〕绣与表俱曰："今已败，奈何复追？"诩曰："今番追去，必获大胜；如其不然，请斩吾首。"〔其所以必胜之故，且不说出。〕绣信之。〔亏他信。〕刘表疑虑，不肯同往。绣乃自引一军往追。〔绣乃深信诩言，诩所以不忍弃之也。〕操兵果然大败，军马辎重，连路散弃而走。〔不叙战，只叙败，省笔。○曹兵一败之后，忽得两胜；两胜之后，又复一败：令读者闪烁不测。〕绣正往前追赶，忽山后一彪军拥出。〔此处且不说是何军，留在后文补出。○绣不敢前追，收军回安众。刘表问贾诩曰："前以精兵追退兵，而公曰必败；后以败卒击胜兵，而公曰必克，究竟悉如公言。何其事不同而皆验也？愿公明教我。"〔读者亦巫欲请教。〕诩曰："此易知耳。将军虽善用兵，非曹操敌手。操军虽败，必有劲将为后殿，以防追兵；我兵虽锐，不能敌之也，故知必败。夫操之急于退兵者，必因许都有事；既破我追军之后，必轻车速回，不复为备。我乘其不备而更追之，故能胜也。"〔必败必胜之故，至此方说明，盖前之追在曹操料中，后之追不在曹操料中也。亹亹而谈，了了如见。〕刘表、张绣俱服其高见。〔不特表、绣服之，即曹操当亦服之。〕诩劝表回荆州，绣守襄城，以为唇齿。两军各散。

且说曹操正行间，闻报后军为绣所追，急引众将回身救应，〔补叙前文所未及，好。〕只见绣军已退。败兵回告操曰："若非山后这一路人马阻住中路，我等皆被擒矣。"〔数语于败军口中点缀得好。〕操急问何人。那人绰枪下马，拜见曹操，乃镇威中郎将，江夏平春人，姓李，名通，字文达。〔至此方叙操问何来，通曰：“近守汝南，闻丞相与张绣、刘表战，特来接应。”^{出姓名。}操喜，封之为建功侯，守汝南西界，以防表、绣。李通拜谢而去。^{忽然来，随即去，总不费笔墨。}操还许都，表奏孙策有功，封为讨逆将军，赐爵吴侯，遣使赍诏江东，谕令防剿刘表。操回府，众官参见毕。荀彧问曰：“丞相缓行至安众，何以知必胜贼兵？”^{读者也要请教。}操曰：“彼退无归路，必将死战，吾缓诱之而暗图之，是以知其必胜也。”^{昔日书中所言，至此才说明。○前有贾诩论兵，此又有曹操论兵，可当兵书一则。}荀彧拜服。^{不特彧服之，即贾诩当亦服之。}

郭嘉入，操曰：“公来何暮也？”嘉袖出一书，白操曰：“袁绍使人致书丞相，言欲出兵攻公孙瓒，特来借粮借兵。”操曰：“吾闻绍欲图许都，今见吾归，又别生他议。”遂拆书观之，见其词意骄慢，^{隋李密致书于李渊，词意骄慢，渊卑词答之。今操正与密相类。}乃问嘉曰：“袁绍如此无状，吾欲讨之，恨力不及，如何？”嘉曰：“刘、项之不敌，公所知也。^{隐然以高祖待操。}高祖惟智胜，项羽虽强，终为所擒。今绍有十败，公有十胜，^{妙论。}绍兵虽盛，不足惧也：绍繁礼多仪，公体任自然，此道胜也；^{大英雄不拘细节。绍自谓四世三公，故以繁礼为家数。不知太原公子，固自衫不履也。}绍以逆动，公以顺率，此义胜也；^{挟天子以令诸侯，其名固顺。}桓、灵以来，政失于宽，绍以宽济，公以猛纠，此治胜也；^{前有子产治郑，后有孔明治蜀，皆是猛以济宽。}绍外宽内忌，所任多亲戚，公外简内明，用人惟才，此度胜也；^{如袁绍为盟主时，不责袁术之羁粮；而曹操用兵，能杀于禁而责夏侯也。}绍多谋少决，公得策辄行，此谋胜也；^{此袁、曹第一优劣处。}绍专收名誉，公以至诚待人，^{未必。}此德胜也；^{操外虽诚而内实诈，算不得德。}绍恤近忽远，公虑无不周，此仁胜也；^{操何仁之有？但当曰“才胜”耳。}绍听谗惑乱，公浸润不行，此明胜也；^{绍每疑田丰、沮授，而操深信郭嘉、荀彧是也。}绍是非混淆，公法度严明，此文胜也；^{繁礼多仪不是文，法度严明乃真文。}绍好为虚势，不知兵要，公以少克众，用兵如神，此武胜也。^{如后文袁绍驰檄讨操，乃顿兵不进；而操能以十万之众，破绍兵八十万是也。}公有此十胜，于以败绍无难矣。”^{总结一句。○上文只说操之十胜，而绍之十败已举于中。}

操笑曰：“如公所言，孤何足以当之！”荀彧曰：“郭奉孝十胜十败之说，正与愚见相合。绍兵虽众，何足惧耶！”嘉曰：“徐州吕布，实心腹大患。今绍北征公孙瓒，我当乘其远出，先取吕布，扫除东南，然后图绍，乃为上计；否则我方攻绍，布必乘虚来犯许都，为害不浅也。”^{数陈十胜十败之后，读者必将谓攻绍矣，乃忽欲舍绍而攻布，殊出意表。}操然其言，遂议东征吕布。荀彧曰：“可先使人往约刘备，待其回报，方可动兵。”^{为后漏书伏线。}操从之，一面发书与玄德，一面厚遣绍使，奏封绍为大将军、太尉，兼都督冀、青、幽、并四州，密书答之云：“公可讨公孙瓒，吾当相助。”^{奸巧。}绍得书大喜，便进兵攻公孙瓒。^{便是谋之不胜。}

且说吕布在徐州，每当宾客宴会之际，陈珪父子必盛称布德。^{待吕布只须如此。}陈宫不悦，乘间告布曰：“陈珪父子面谀将军，其心不可测，宜善防之。”^{凡面谀人者，必腹算人者也。陈珪父子便是榜样。}布怒叱曰：

"汝无端献谗，欲害好人耶？"闻忠言则怒为献谗，闻谀言则信为好人：奉先殊属梦梦。虽然，世之如奉先者，正复不少也。宫出叹曰："忠言不入，吾辈必受殃矣！"意欲弃布他往，却又不忍，又恐被人嗤笑，此时若去，谁来笑你？不能引决，为可笑耳。乃终日闷闷不乐。一日，带领数骑去小沛地面围猎解闷，忽见官道上一骑驿马飞奔前去。如此穿插接递，妙有情致。宫疑之，弃了围场，引从骑从小路赶上，"从小路"三字细甚，正问曰："汝是何处使对上"官道"二字说也。命？"那使者知是吕布部下人，慌不能答。好。陈宫令搜其身，得玄德回答曹操密书一封。前日曹操密书，是玄德后堂取去；今日玄德回书，是陈宫半路得来。究竟前未见回札，今未见来书，总各看得一半耳。宫即连人与书，拿见吕布。布问其故。来使曰："曹丞相差我往刘豫州处下书，今得回书，不知书中所言何事。"使者差矣，那里有寄书的反瞒着鱼雁？○前慌不能答，此布乃拆书细看。陈宫不先拆，俟吕亦答犹不答。布手拆，俱细甚。书略曰：

奉明命欲图吕布，敢不夙夜用心。但备兵微将少，不敢轻动。丞相兴大师，

备当为前驱。谨严兵整甲，专待钧命。

吕布见了，大骂曰："操贼焉敢如此！"遂将使者斩首。先使陈宫、臧霸结连泰山寇孙观、吴敦、尹礼、昌豨，绝了假皇帝，结连真强盗。东取山东兖州诸郡。令高顺、张辽取沛城，攻玄德。令宋宪、魏续西取汝、颍。布自总中军为三路救应。本是操欲攻布，却反致布先发作，又出意表。

且说高顺等引兵出徐州，将至小沛，有人报知玄德。玄德急与众商议。孙乾曰："可速告急于曹操。"玄德曰："谁可去许都告急？"阶下一人出曰："某愿往。"视之，乃玄德同乡人，姓简，名雍，字宪和，现为玄德幕宾。玄德即修书付简雍，使星夜赴许都求援；此番莫又遇陈宫。一面整顿守城器具。玄德自守南门，孙乾守北门，云长守西门，张飞守东门，令糜竺与其弟糜芳守护中军。原来糜竺有一妹，嫁与玄德为次妻。玄德与他兄弟有郎舅之亲，故令其守中军保护妻小。忙中又夹叙闲事，正见玄德托人不苟，不似吕布妻小之托于宋宪、魏续也。高顺军至，玄德在敌楼上问曰："吾与奉先无隙，何故引兵至此？"顺曰："你结连曹操，欲害吾主，今事已露，何不就缚！"言讫，便麾军攻城。玄德闭门不出。次日，张辽引兵攻打西门。云长在城上谓之曰："公仪表非俗，何故失身于贼？"壮士惜壮士。○为后张辽低头不语。好张白门楼相救伏线。辽。云长知此人有忠义之气，更不以恶言相加，亦不出战。豪杰爱豪杰。辽引兵退至东门，张飞便出迎战。早有人报知关公。关公急来东门看时，只见张飞方出城，张辽军已退。好张飞欲追赶，关公急召入辽。城。飞曰："彼惧而退，何不追之？"关公曰："此人武艺不在你我之下。因我以正言感之，颇有自悔之心，故不与我等战耳。"好汉识好汉。飞乃悟，只令士卒坚守城门，更不出战。

却说简雍至许都见曹操，具言前事。操即聚众谋士议曰："吾欲攻吕布，不忧袁绍掣

肘，只恐刘表、张绣议其后耳。"提照前文。荀攸曰："二人新破，未敢轻动。吕布骁勇，若更结连袁术，纵横淮、泗，急难图矣。"表与绣合不足虑，布与术合深足忧。郭嘉曰："今可乘其初叛，众心未附，疾往击之。"操从其言，即命夏侯惇与夏侯渊、吕虔、李典领兵五万先行，自统大军陆续进发，简雍随行。叙事细甚。早有探马报知高顺。顺飞报吕布。布先令侯成、郝萌、曹性引二百余骑接应高顺，使离沛城三十里去迎曹军，自引大军随后接应。玄德在小沛城中见高顺退去，知是曹家兵至，乃只留孙乾守城，糜竺、糜芳守家，自己却与关、张二公，提兵尽出城外，分头下寨，接应曹军。空城出屯是失着。

却说夏侯惇引军前进，正与高顺军相遇，便挺枪出马搦战。高顺迎敌。两马相交，战有四五十合，高顺抵敌不住，败下阵来。惇纵马追赶，顺绕阵而走。惇不舍，亦绕阵追之。阵上曹性看见，暗地拈弓搭箭，觑得亲切，一箭射去，正中夏侯惇左目。惇大叫一声，急用手拔箭，不想连眼珠拔出，好痛也。乃大呼曰："父精母血，不可弃也！"遂纳于口内啖之，惇此时面上一眼，腹中一眼；一眼外观，一眼内视。己之视己，见其肺肝矣。○若云"父精母血"，虽然自吃自，还算吃爹娘。如仍复挺枪纵马，直取曹性。性不及提防，早被一枪搠透面门，曹性面上反多一眼矣。死于马下。两边军士见者，无不骇然。夏侯惇既杀曹性，纵马便回。高顺从背后赶来，麾军齐上，曹兵大败。夏侯渊救护其兄而走。吕虔、李典将败军退去济北下寨。高顺得胜，引军回击玄德。恰好吕布大军亦至，布与张辽、高顺分兵三路，来攻玄德、关、张三寨。正是：

啖睛猛将虽能战，中箭先锋难久持。

未知玄德胜负如何，且听下文分解。

第十九回

下邳城曹操鏖兵

白门楼吕布殒命

使刘备于漏书之后，而小沛之战为布所杀，则操必曰："非我也，布也。"及令备当淮南之冲，若其放走吕布，而操杀之，则又必曰："非我也，军令也。"欲使他人杀之而无其隙，构吕布则有其隙矣；欲自杀之而无其名，违军令则有其名矣。操心中步步欲害玄德，而外面却处处保护玄德；乃玄德心中亦步步提防曹操，而外面亦处处逢迎曹操。两雄相遇，两智相对，使读书者惊心悦目。

玄德常曰："元龙河海之士，豪气未除。"又曰："元龙如卧百尺楼上。"则元龙之为人，其英爽高明可知。乃英爽高明之人，而亦喜于用诈，何也？曰：兵不厌诈，亦在用之得其宜耳。不当诈而不诈，则有不欺人之羊叔子；当诈而诈，何妨有善骗人之陈元龙？

或曰：玄德既知丁原、董卓之事，何不劝操留布，以为图操之地？予曰：不然。操非丁原、董卓比也。操不杀布，则必用布。用布则必防布，既能以利厚结之，而使为我用；又能以术牢笼之，而使不为我害，是为虎添翼也。操之周密，不似丁、董之疏虞。玄德其见及此乎？

易牙杀子以飨君，管仲以为非人情不可近。刘安之事，将毋同乎？曰：不同。牙为利也，安为义也。君非绝食，则易牙之烹其子为不情；君当绝食，则介之推自割其肉不为过也。虽然，吕布之恋妻也太愚，刘安之杀妻也太忍，唯玄德为得其中，不得不弃而弃之，何必如兄弟之誓同生死？固不当学吕布，得保则保之；又谁云衣服之不及手足？亦不当学刘安。

曹家人截嫁拦婚，并非拉着香囊酒吃；吕家女空回白转，不为少了开门钱来。前日长枷钉韩胤，是独桌请了媒人；今番火炬烧下邳，是打灯接着新轿。军中得胜鼓，疑是娶亲的奏乐人；马前大纛旗，权当迎女的宸闺帐。国丈自驮着贵妃出走，不顾辱没了东宫；皇帝更不教太子亲迎，只为恶识了天使。《伐柯》诗咏成破斧，待大媒的是刀锯不是酒浆；血光星犯着红鸾，战通宵的是疆场不是枕席。此数联皆绝倒。

将欲和人戒酒，先特特邀人饮酒，张飞何其有礼；从未请人吃酒，便白白教人断酒，吕布大是不情。自要吃酒，却戒他人不吃酒，张飞怪得高怀；自不吃酒，却怒他人吃酒，吕布怒得没趣。送酒是好意，侯成遇张飞，定当引为腹心；拒酒是蠢才，曹豹与吕布，果然可称翁婿。先饮酒，后领棒，以醉人受醉棒，曹豹之痛好耐；既折酒，又折棒，以醒棒打醒人，侯成之恨难消。张飞借老曹打老吕，实不曾打老曹；吕布为众将打一人，是分明打众将。张飞戒饮之饮，比不戒饮之饮愈多，翻觉戒饮为多事；吕布禁酒之害，比害酒之害更甚，可为禁酒之大惩。戒气胜戒酒，张飞但当戒一己之鞭笞；禁酒如禁色，吕布安能禁众人之夫妇。张飞杀过一夜酒风，明日便戒酒不成，倒便宜了醉汉；吕布打散他人筵席，自家竟与酒永别，活断送了醒人。张飞徐州之失，还堪以酒解其闷；吕布白门楼之死，谁能以酒奠其魂！此数联又绝倒。

却说高顺引张辽击关公寨，吕布自击张飞寨，关、张各出迎战，玄德引兵两路接应。吕布分军从背后杀来，关、张两军皆溃，玄德引数十骑奔回沛城。^{今日狼狈奔回，则知前日不当尽出城外下寨。}吕布赶来，玄德急唤城上军士放下吊桥。吕布随后也到。城上欲待放箭，又恐射了玄德，叙事周致。被吕布乘势杀入城门，把门将士抵敌不住，都四散奔避。吕布招军入城。玄德见势已急，到家不及，只得弃了妻小，此卷中以玄德弃妻、刘安杀妻、吕布恋妻相对成趣。穿城而过，走出西门，匹马逃难。又失了小沛城。此城凡三得三失矣。吕布赶到玄德家中，糜竺出迎，告布曰："吾闻大丈夫不废人之妻子。今与将军争天下者，曹公耳。玄德常念辕门射戟之恩，不敢背将军也。今不得已而投曹公，惟将军怜之。"语亦动听。布曰："吾与玄德旧交，岂忍害他妻子？"前布与袁术战时，玄德曾遣云长助之，故今以此相报耶？便令糜竺引玄德妻小，去徐州安置。为后糜竺登城拒布伏案。布自引军投山东兖州境上，留高顺、张辽守小沛。此时孙乾已逃出城外。关、张二人亦各自收得些人马，往山中住扎。补笔应前，亦便伏笔照后。

且说玄德匹马逃难，正行间，背后一人赶至，视之乃孙乾也。孙乾先至，关、张慢来，叙法参差有致。玄德曰："吾今两弟不知存亡，妻小失散，为之奈何？"先说两弟及妻小，妙。孙乾曰："不若且投曹操，以图后计。"玄德依言，寻小路投许都。途次绝粮，尝往村中求食。但到处，闻刘豫州，皆争进饮食。绝胜重耳过卫时。○先写此句，为后刘安杀妻供食作引。一日，到一家投宿，其家一少年出拜，问其姓名，乃猎户刘安也。是喜吃野味人。当下刘安闻豫州牧至，欲寻野味供食，一时不能得，野味难得，不若家味之便。乃杀其妻以食之。奇绝。古名将亦有杀妻飨士者，妇人不幸生乱世，遂使命如草菅，哀哉！玄德以妻比衣服，此人以妻子为饮食，更奇。玄德曰："此何肉也？"安曰："乃狼肉也。"人有溺爱悍妻者，但知妻是肉，不知妻是狼，乃当以刘安之法处之。○若在惧内者言之，当名曰"狮子肉"。玄德不疑，乃饱食了一顿，曹操在吕伯奢家，误认猪是人；玄德在刘安家，误认人是狼。曹操不曾吃得一块猪肉，玄德饱吃一顿人肉。不吃猪肉者，反是恶人；吃人肉者，反不失为好人。天晚就宿。不知刘安此夜如何睡得着？至晓将去，往后院取马，忽见一妇人杀于厨下，不意取马，反忽见狼。臂上肉已都割去。昨宵深得此一臂之力。○玄德髀肉可复生，此妇臂肉，安得复生耶？玄德惊问，方知昨夜食者，乃其妻之肉也。设或不见不问，则刘安终不使玄德知之。其立念比杀妻飨士者更奇。玄德不胜伤感，洒泪上马。刘安告玄德曰："本欲相随使君，因老母在堂，未敢远行。"又是孝子。玄德称谢而别，取路出梁城。忽见尘头蔽日，一彪大军来到。玄德知是曹操之军，同孙乾径至中军旗下，与曹操相见，不必直到许都，即于途中相遇，好。具说失沛城、散二弟、陷妻小之事。操亦为之下泪。假悲。又说刘安杀妻为食之事，其事甚奇，不得不为一述。操乃令孙乾以金百两往赐之。千金买骏骨，百金谢狼肉。一上黄金台，一饱刘君腹。○刘安得此金，又可娶一妻矣，但恐无人肯嫁之耳。何也？恐其又把作野味请客也。

军行至济北，夏侯渊等迎接入寨，备言兄夏侯惇损其一目，卧病未痊。回顾前文，好。操临卧处视之，令先回许都调理。好安放。一面使人打探吕布现在何处。探马回报云："吕布与陈宫、臧霸结连泰山贼寇，共攻兖州诸郡。"照前文。操即令曹仁引三千兵打沛城；操亲提大军，与玄德来战吕布。伏后案。前至山东，路近萧关，正遇泰山寇孙观、吴敦、尹礼、昌豨领兵三万余拦住去路。操令许褚迎战，四将一齐出马。许褚奋力死战，四将抵敌不住，各自

败走。操乘势掩杀，追至萧关。探马飞报吕布。〔此句是过文。〕

时布已回徐州，欲同陈登往救小沛，〔小沛休令〕陈珪守徐州。〔徐州休矣。〕陈登临行，珪谓之曰："昔曹公曾言东方事尽付与汝。今布将败，可便图之。"〔照应前文。〕登曰："外面之事，儿自为之；倘布败回，父亲便请糜竺一同守城，休放布入，儿自有脱身之计。"〔埋伏后文。〕珪曰："布妻小在此，心腹颇多，为之奈何？"〔思虑周匝。〕登曰："儿亦有计了。"〔是父是子。〕乃入见吕布曰："徐州四面受敌，操必力攻，我当先思退步。可将钱粮移于下邳，倘徐州被围，下邳有粮可救。主公盍早为计？"〔只说钱粮，不说妻小，妙甚。〕布曰："元龙之言甚善。吾当并妻小移去。"

遂令宋宪、魏续保护妻小与钱粮移屯下邳；〔此句待他自说，甚妙。〕〔妻小休矣。○此处点出宋宪、魏续，笔法闲警。〕一面自引军与陈登往救萧关。到半路，登曰："容某先到关探曹操虚实，主公方可行。"〔此关休矣。〕布许之。登乃先到关上，陈宫等接见。登曰："温侯深怪公等不肯向前，要来责罚。"〔反间得妙。〕宫曰："今曹兵势大，未可轻敌。吾等紧守关隘，可劝主公深保沛城，乃为上策。"陈登唯唯。至晚，上关而望，见曹兵直逼关下，乃乘夜连写三封书，拴在箭上，射下关去。〔书中约他放火为号，杀入关中也。此处尚不说明。〕次日辞了陈宫，飞马来见吕布曰："关上孙观等皆欲献关，某已留下陈宫守把，将军可于黄昏时杀去救应。"〔又反间得妙。盖孙观等皆新结之寇，且又新败，而陈宫实为吕布心腹，故必作如此语以诱布，而布方无不信矣。○"黄昏时"三字，更有针线。〕布曰："非公则此关休矣。"〔非公则此关便安得休？〕教陈登飞骑先至关，约陈宫为内应，举火为号，〔正暗合陈登书中之意，亦是"黄昏时"三字有以启之也。〕登径往报宫曰："曹兵已抄小路到关内，恐徐州有失。公等宜急回。"〔骗吕布又骗陈宫，两边夹叙，都用实笔，妙。〕宫遂引众弃关而走。〔也着了道儿。〕登就关上放起火来。〔不负书中之约，亦可谓不背吕布之令。〕吕布乘黑杀至，陈宫军和吕布军在黑暗里自相掩杀。〔只一陈登，弄他七颠八倒，可知曹操用间之妙。〕曹兵望见号火，一齐杀到，乘势攻击。〔陈登箭上三书中语，暗补于此，妙。〕孙观等各自四散逃避去了。〔易聚易散，是贼寇身分。○此句伏后招安一案。〕

吕布直杀到天明，方知是计，〔呆鸟。〕急与陈宫回徐州。到得城边叫门时，城上乱箭射下。〔前日小沛城上之箭，当移于此日射之。〕糜竺在敌楼上喝曰："汝夺吾主城池，今当仍还吾主，汝不得复入此城也。"〔陈珪不出，使糜竺答话，妙甚。〕布大怒曰："陈珪何在？"竺曰："吾已杀之矣。"〔假说妙，若不如此说，恐陈登在吕布军中为其所害也。然不知登已早脱身去矣。〕布回顾宫曰："陈登安在？"〔已往小沛赚高顺、张辽去了。〕宫曰："将军尚执迷而问此佞贼乎？"〔真是呆鸟。〕布令遍寻军中，却只不见。〔好笑。〕宫劝布急投小沛，布从之。行至半路，只见一彪军骤至，视之，乃高顺、张辽也。〔奇。〕布问之，答曰："陈登来报说主公被围，令某等急来救解。"〔不向陈登那边叙去，却从吕布这边听来，是用虚笔，与前文变。〕宫曰："此又佞贼之计也。"布怒曰："吾必杀此贼！"〔只怕杀他不得了。〕急驱马至小沛。只见小沛城上尽插曹兵旗号。原来曹操已令曹仁袭了城池，引军守把。〔叙法虚实俱佳。〕吕布于城下大骂陈登。登在城上指布骂曰："吾乃汉臣，安肯事汝反贼耶！"此时却不面谀。布大怒，正待攻城，忽听背后喊声大起，一队人马来到，当先一将乃是张飞。突如其来，来得凑巧。高顺出马迎敌，不能取胜。布亲自接战。正斗间，阵外喊声复起，曹操亲统大军冲杀前来。写张飞后，不即写云长，又夹叙曹操，用笔错落。忽吕布料难抵敌，引军东走。曹兵随后追赶。吕布走得人困马乏。忽又闪出一彪军拦住去路，为首一将，立马横刀，大喝："吕布休走！关云长在此！"突如其来，来得凑巧。○看他写关、张之来，叙法各变，妙甚。吕布慌忙接战。背后张飞赶来。布无心恋战，与陈宫等杀开条路，径奔下邳。侯成引兵接应去了。略作一顿。○此处点出侯成，用笔闲警。

关、张相见，各洒泪言失散之事。写得有情致。云长曰："我在海州路上住扎，探得消息，故来至此。"张飞曰："弟在芒砀山住了这几时，今日幸得相遇。"补写二人踪迹，只在二公口中自叙，省笔。两个叙话毕，一同引兵来见玄德，哭拜于地。玄德悲喜交集，叙得有情致。引二人见曹操，便随操入徐州。糜竺接见，具言家属无恙，玄德甚喜。陈珪父子亦来参拜曹操。叙事简到，一笔不漏。操设一大宴，犒劳诸将。操自居中，使陈珪居右、玄德居左，亦学吕布坐法耶？其余将士，各依次坐。宴罢，操嘉陈珪父子之功，加封十县之禄，授登为伏波将军。完陈珪父子。

且说曹操得了徐州，心中大喜，可知其在兖州时，未尝须臾忘徐州也。商议起兵攻下邳。程昱曰："布今止有下邳一城，若逼之太急，必死战而投袁术矣。确虑。布与术合，其势难攻。今可使能事者守住淮南径路，内防吕布，外当袁术。此是正意。况今山东尚有臧霸、孙观之徒未曾归顺，防之亦不可忽也。"此是余意。操曰："吾自当山东诸路。其淮南径路，请玄德当之。"使玄德当袁、吕往来之要冲，亦即驱虎吞狼之计也。玄德曰："丞相将令，安敢有违。"玄德此时不得不应。次日，玄德留糜竺、简雍在徐州，带孙乾、关、张引军往守淮南径路。曹操自引兵攻下邳。

且说吕布在下邳，自恃粮食足备，应前移屯钱粮。且有泗水之险，照后曹操决水。安心坐守，可保无虞。陈宫曰："今操兵方来，可乘其寨栅未定，以逸击劳，无不胜者。"布曰："吾方屡败，不可轻出。待其来攻而后击之，皆落泗水矣。"岂知此水反为我害。遂不听陈宫之言。过数日，曹兵下寨已定。操统众将至城下，大叫："吕布答话！"布上城而立。操谓布曰："闻奉先又欲结婚袁术，吾故领兵至此。夫术有反逆大罪，而公有讨董卓之功，今何自弃其前功而从逆贼耶？倘城池一破，悔之晚矣！若早来降，共扶王室，当不失封侯之位。"此非诱布，实欲用布也。玄德在白门楼时，正虑此耳。布曰："丞相且退，尚容商议。"主张不定。陈宫在布侧大骂曹操"奸贼"，一箭射中其麾盖。今日城上之一箭，如前日店中之一剑。操指宫恨曰："吾誓杀汝！"为白门楼伏案。○吕布辕门之射，玄德不必报恩；陈宫麾盖之射，曹操安得怀恨耶？遂引兵攻城。

宫谓布曰："曹操远来，势不能久。将军可以步骑出屯于外，宫将余众闭守于内。操若攻将军，宫引兵击其背；若来攻城，将军为救于后。不过旬日，操军食尽，可一鼓而破：此乃掎角之势也。"〔玄德屯兵城外，而致失小沛者，为与关、张俱出而城中空虚也。若今陈宫所言，则诚大善。〕布曰："公言极是。"遂归府收拾戎装。时方冬寒，吩咐从人多带绵衣。布妻严氏闻之，〔百忙中忽闪出一妇人，正应前"移置妻小"句。〕出问曰："君欲何往？"布告以陈宫之谋。严氏曰："君委全城，捐妻子，孤军远出，倘一旦有变，妾岂得为将军之妻乎？"〔汝若肯死，安得为他人妻？只此一语，便非贞妇。〕布踌躇未决，三日不出。〔没主意。〕宫入见曰："操军四面围城，若不早出，必受其困。"布曰："吾思远出不如坚守。"〔没主意。〕宫曰："近闻操军粮少，遣人往许都去取，早晚将至。〔又在陈宫口中，带叙曹操军中事。〕将军可引精兵往断其粮道。此计大妙。"布然其言，复入内对严氏说知此事。〔婚姻之事谋及妇人，犹可言也；军旅之事谋及妇人，不可言也。〕严氏泣曰："将军若出，陈宫、高顺安能坚守城池？倘有差失，悔无及矣！妾昔在长安，已为将军所弃，幸赖庞舒私藏妾身，再得与将军相聚；〔顿提前事，如千丈游丝，忽然一落。〕孰知今又弃妾而去乎？将军前程万里，请勿以妾为念！"言罢痛哭。〔先以危词动之，又以哀词诀之。然后继之以哭，不由丈夫不听。〕布闻言愁闷不决，入告貂蝉。〔貂蝉别来无恙。○既谋之妻，又谋之妾，总是没主张。〕貂蝉曰："将军与妾作主，勿轻身自出。"〔严氏之言详，貂蝉之言略，叙法俱佳。〕布曰："汝无忧虑。吾有画戟、赤兔马，谁敢近我！"〔频令载马，正为后文盗马、盗戟作反衬。〕乃出谓陈宫曰："操军粮至者，诈也。操多诡计，吾未敢动。"〔惧内人偏不肯说是惧内，偏有许多解说。〕宫出，叹曰："吾等死无葬身之地矣！"〔极似李儒叹董卓语。〕布于是终日不出，只同严氏、貂蝉饮酒解闷。〔"饮酒"二字，闲闲而起。〕谋士许汜、王楷入见布，进计曰："今袁术在淮南，声势大振。将军旧曾与彼约婚，今何不仍求之？彼兵若至，内外夹攻，操不难破也。"〔此计不出程昱所料。〕布从其计，即日修书，就着二人前去。许汜曰："须得一军引路冲出方好。"布令张辽、郝萌两个引兵一千，送出隘口。是夜二更，张辽在前，郝萌在后，保着许汜、王楷杀出城去。抹过玄德寨，众将追赶不及，已出隘口。〔读者至此，为玄德着急。〕郝萌将五百人，跟许汜、王楷而去。张辽引一半军回来，〔一军忽分两队，一去一回，写得变幻。〕到隘口时，云长拦住。未及交锋，高顺引兵出城救应，接入城中去了。〔此时捉住张辽，不如后日捉住郝萌。〕

　　且说许汜、王楷至寿春，拜见袁术，呈上书信。术曰："前者杀吾使命，赖我婚姻；今又来相问，何也？"汜曰："此为曹操奸计所误，愿明上详之。"术曰："汝主不因曹兵困急，岂肯以女许我？"楷曰："明上今不相救，恐唇亡齿寒，亦非明上之福也。"术曰："奉先反复无信，可先送女，然后发兵。"〔孙策借兵，得他玉玺为质；吕布借兵，又要他女儿为质。一是死宝，一是活宝。〕许汜、王楷只得拜辞，和郝萌回来。到玄德寨边，汜曰："日间不可过。夜半吾二人先行，郝将军断后。"商量停当。夜过玄德寨，许汜、王楷先过去了。郝萌正行之次，张飞出寨拦路。郝萌交马只一合，被张飞生擒过去，五百人马尽被杀散。〔本恐许汜、王楷有失，故郝萌引军送之；不意彼二人反走脱，郝萌反被擒，写得变幻。〕

○走张辽则写云长，擒郝萌则写张飞，都好。张飞解郝萌来见玄德，玄德押往大寨见曹操。郝萌备说求救许婚一事。操大怒，斩郝萌于军门，又杀了吕家一个媒人。使人传谕各寨，小心防守：如有走透吕布及彼军士者，依军法处治。玄德亦在约束之内。各寨悚然。玄德回营，吩咐关、张曰："我等正当淮南冲要之处，二弟切宜小心在意，勿犯曹公军令。"飞曰："捉了一员贼将，操不见有甚褒赏，却反来谎吓，何也？"几乎又惹此公发作。玄德曰："非也。曹操统领多军，不以军令，何能服人？弟勿犯之。"玄德之意，不过"在他檐下过，不敢不低头"耳。然若以此语劝张飞，飞必不服，故以军令当严为辞，盖假话也。关、张应诺而退。

却说许汜、王楷回见吕布，具言袁术先欲得妇，然后起兵救援。布曰："如何送去？"汜曰："今郝萌被获，操必知我情，预作准备。若非将军亲自护送，谁能突出重围？"布曰："今日便送去，如何？"又何仓卒至此。汜曰："今日乃凶神值日，不可去。明日大利，宜用戌、亥时。"不唯会做媒，又会选日。布命张辽、高顺："引三千军马，安排小车一辆。我亲送至二百里外，却使你两个送去。"次夜二更时分，是戊亥初末。吕布将女以绵缠身，用甲包裹，负于背上，提戟上马。只有随新人的送娘，那有背新人的送爹？只有盖新人的红罗，那有裹新人的铁甲？只有坐新人的花轿，那有骑新人的战马？可发一笑。放开城门，布当先出城，张辽、高顺跟着。将次到玄德寨前，一声鼓响，关、张二人拦住去路，大叫："休走！"布无心恋战，只顾夺路而行。玄德自引一军杀来，两军混战。吕布虽勇，终是缚一女在身上，只恐有伤，不敢冲突重围。赵云怀小儿却能冲阵，吕布背女子不能突围。意者玄德之子紫微早已临身，奉先之女红鸾未曾照命耶？后面徐晃、许褚皆杀来，众军皆大叫曰："不要走了吕布！"布见军来太急，只得仍退入城。前番是自己追转，今番是别人赶回。玄德收军，徐晃等各归寨，端的不曾走透一个。吕布回到城中，心中忧闷，不独吕布忧闷，女儿当亦忧闷。只是饮酒。聊当送亲酒。

却说曹操攻城，两月不下。忽报："河内太守张杨出兵东市，欲救吕布；部将杨丑杀之，欲将头献丞相，却被张杨心腹将眭固所杀，反投犬城去了。"此事只在报人口中叙过，省笔。操闻报，即遣史涣追斩眭固。只一句了却，更省笔。因聚众将曰："张杨虽幸自灭，然北有袁绍之忧，东有表、绣之患，下邳久围不克，吾欲舍布还都，暂且息战，何如？"荀攸急止曰："不可。吕布屡败，锐气已堕，军以将为主，将衰则军无战心。彼陈宫虽有谋而迟。确评。今布之气未复，宫之谋未定，作速攻之，布可擒也。"机会良不可失。若在袁绍，必不肯听此言。郭嘉曰："某有一计，下邳城可立破，胜于二十万师。"荀彧曰："莫非决沂、泗之水乎？"嘉笑曰："正是此意。"不消郭嘉说出，荀彧早已道着。二口如出一心。操大喜，即令军士决两河之水。曹兵皆居高原，坐视水淹下邳。濮阳城中，吕布赠操以火；下邳城中，曹操答布以水。毕竟火不胜水。下邳一城，只剩得东门无水；为后侯成盗马出东门伏案。其余各门，都被水淹。众军飞报吕布。布曰："吾有赤兔马，渡水如平地，又何惧哉！"公则无惧矣，妻小奈何？恐不能尽驮在背上也。

乃日与妻妾痛饮美酒。[只顾自己吃酒，不顾他人吃水。]因酒色过伤，形容销减，一日取镜自照，惊曰："吾被酒色伤矣！自今日始，当戒之。"遂下令城中，但有饮酒者皆斩。[不戒色，则戒酒；自己害酒，却戒别人饮酒。可笑。]

却说侯成有马十五匹，被后槽人盗去，欲献与玄德。[将写侯成盗马献曹操，先写后槽人盗马献玄德，天然奇妙。]侯成知觉，追杀后槽人，将马夺回。诸将与侯成作贺，[失马安知非福，得马安知非祸？嗟哉诸将，不若翁之高见矣。]侯成酿得五六斛酒，欲与诸将会饮，[恋妻妾者，既为游釜之鱼；会宾客者，亦殊处堂之燕。有其上，必有其下也。]恐吕布见罪，乃先以酒五瓶诣布府，禀曰："托将军虎威，追得失马。众将皆来作贺，酿得些酒，未敢擅饮，特先奉上微意。"[亦可谓词礼交至矣。]

布大怒曰："吾方禁酒，汝却酿酒会饮，莫非同谋伐我乎！"[此语实启其杀机。]命推出斩之。[罪不至此。《酒诰》注曰："予其杀者，未必杀也。"]宋宪、魏续等诸将俱入告饶。布曰："故犯吾令，理合斩首。今看众将面，且打一百！"众将又哀告，打了五十背花，[与张飞打曹豹一样打法，但打曹豹是醉棒，打侯成是醒棒。]然后放归。众将无不丧气。宋宪、魏续至侯成家来探视，侯成泣曰："非公等则吾死矣！"宪曰："布只恋妻子，视吾等如草芥。"续曰："军围城下，水绕壕边，吾等死无日矣！"[然则水可吊也，马何可贺？]宪曰："布无仁无义，我等弃之而走，何如？"续曰："非丈夫也。不若擒布献曹公。"[一个商量要走，一个决计要擒，叙法又参差，又次序。]侯成曰："我因追马受责，而布所倚恃者，赤兔马也。[因马想到马。]汝二人果能献门擒布，吾当先盗马去见曹公。"[因盗马想到盗马。○侯成马后槽人不曾盗得，吕布马侯成反要盗去，奇幻。]三人商议定了。[三人者，或则托其防护妻小，或则赖其引兵接应，皆布之心腹也。而布卒死于此三人之手，异哉。○回思吕布"同谋伐吾"一语，竟是出口成谶。]是夜侯成暗至马院，盗了那匹赤兔马，[张飞夺马是一百五十匹，后槽偷马是一十五匹，今侯成盗马却只一匹。]飞奔东门来。[东门无水，故也。]魏续便开门放出，却佯作追赶之状。[若真追转，吕布也该饮酒贺喜。]侯成到曹操寨，献上马匹，[侯成马不曾献与玄德，吕布马反先献与曹操，奇幻。]备言宋宪、魏续插白旗为号，准备献门。[濮阳城中白旗是诈，下邳城上白旗是真。○白旗之说，前三人商议时所画之策，乃却于此处补出。]曹操闻此信，便押榜数十张射入城去。[一则惑其军心，一则暗约宋、魏二人。○前陈登射书，今曹操射榜；陈登书连射三封，曹操榜又连射数十：正相对成趣。]其榜曰：

大将军曹，特奉明诏，征伐吕布。如有抗拒大军者，破城之日，满门诛戮。

上至将校，下至庶民，有能擒吕布来献，或献其首级者，重加官赏。为此榜谕，各宜知悉。[前叙陈登书用暗补法，今叙曹操榜却明写其词，都好。]

次日平明，城外喊声震地。吕布大惊，提戟上城，各门点视，责骂魏续走透侯成，失了战马，欲待治罪。城下曹兵望见城上白旗，竭力攻城，布只得亲自抵敌。从平明直打到日中，曹兵稍退。[此时宋、魏二人不即献门者，惧布之勇也。]布少憩门楼，[此门楼其即白门楼耶？]不觉睡着在椅上。[既非酒醉，何便睡着？]宋宪赶退左右，先盗其画戟，[侯成盗马，宋宪盗戟，正相对。○被责者侯成，而首欲擒布者，反是魏续；首谋者魏续，而先盗戟者，反是宋宪：叙事参差变幻。]便与魏续一齐动手，将吕布绳缠索绑，紧紧缚住。[不意吕布竟被缚于二人。夫非二人之能缚布也，布实自缚于其妻妾耳。○"紧紧"二字，对后"缚太急"句。]布从睡梦中惊醒，急唤左右，却都被二人杀散，把白旗一招，曹兵齐至城下。魏续大叫："已生擒吕布矣！"夏侯渊尚未信。宋宪在城上掷下吕布画戟来，_{典韦之死，双戟先亡；吕布之擒，一戟先落。}大开城门，曹兵一拥而入。高顺、张辽在西门，水围难出，为曹兵所擒。陈宫奔至南门，为徐晃所获。

曹操入城，即传令退了所决之水，出榜安民；_{叙事周致。}一面与玄德同坐白门楼上，关、张侍立于侧，提过擒获一干人来。吕布虽然长大，却被绳索捆作一团。_{真如捆布。}布叫曰："缚太急，乞缓之！"_{既已被缚，何争缓急。}操曰："缚虎不得不急。"_{陈登说他是鹰，曹操偏说他是虎。}布见侯成、魏续、宋宪皆立于侧，乃谓之曰："我待诸将不薄，汝等何忍背反？"宪曰："听妻妾言，不听将计，何谓不薄？"_{责备得是。}布默然。_{其实没得说。}须臾，众拥高顺至。操问曰："汝有何言？"顺不答。_{亦好。}操怒命斩之。徐晃解陈宫至。操曰："公台别来无恙！"_{轻薄语。}宫曰："汝心术不正，吾故弃汝！"操曰："吾心不正，公又奈何独事吕布？"_{亦责备得不差。}宫曰："布虽无谋，不似你诡诈奸险。"操曰："公自谓足智多谋，今竟何如？"_{好嘲笑。}宫顾吕布曰："恨此人不从吾言！若从吾言，未必被擒也。"操曰："今日之事当如何？"_{问得恶。}宫大声曰："今日有死而已！"_{操如此问，宫必如此答。使操而有良心者，念其昔日活我之恩，若竟释之；释之而不降，则竟纵之；纵之而彼又来图我，而又获之，然后听其自杀，此则仁人君子之用心也，而操非其伦也。}操曰："公如是，奈公之老母妻子何？"_{又问得恶。○中牟县初遇时，曾谈及老母妻子，此处遥应前文。}宫曰："吾闻以孝治天下者，不害人之亲；施仁政于天下者，不绝人之祀。老母妻子之存亡，亦在于明公耳。吾身既被擒，请即就戮，并无挂念。"_{并无一弱语。}操有留恋之意。_{假惺惺。不记前城上射箭时，发狠要杀之耶？}宫径步下楼，左右牵之不住。_{硬汉。}操起身泣而送之。_{假惺惺。}宫并不回顾。_{硬汉。}操谓从者曰："即送公台老母妻子回许都养老。怠慢者斩。"_{一味权诈。○谆谆母妻，亦为卷中杀妻恋妻等事作余波。}宫闻言，亦不开口，伸颈就刑。_{硬汉。}众皆下泪。操以棺椁盛其尸，葬于许都。_{宫初获操而不杀，客店欲杀而不果，宫之活操者再矣。而操不一活之，操真狠人哉。}后人有诗叹之曰：

生死无二志，丈夫何壮哉！

不从金石论，空负栋梁材。

辅主真堪敬，辞亲实可哀。

白门身死日，谁肯似公台！

方操送宫下楼时，布告玄德曰："公为坐上客，布为阶下囚，何不发一言而相宽乎？"_{宫何硬，布何软。}玄德点头。及操上楼来，布叫曰："明公所患，不过于布；布今已服矣。公为大将，布副之，天下不难定也。"_{布言如此，备愈不肯出言相宽矣。}操回顾玄德曰："何如？"_{操意已动。}玄德答曰："公不见丁建阳、董卓之事乎？"^{妙极。似为操语。}布目视玄德曰："是儿最无信者！"^{聊以效颦。}操令牵下楼缢之。布回顾玄德曰："大耳儿！不记辕门射戟时耶？"^{即不辕门射戟，备未必死。操则负宫，备不为布。}忽一人大叫曰："吕布匹夫！死则死耳，何惧之有！"^{未骂曹操，先骂吕布；未说自己不怕死，先骂吕布怕死：大是妙人。}众视之，乃刀斧手拥张辽至。^{写吕布、陈宫、张辽、高顺陆续擒至，各有一样身分。}操令将吕布缢死，然后枭首。后人有诗叹曰：

> 洪水滔滔淹下邳，当年吕布受擒时：
>
> 空余赤兔马千里，漫有方天戟一枝。
>
> 缚虎望宽今太懦，养鹰休饱昔无疑。
>
> 恋妻不纳陈宫谏，枉骂无恩"大耳儿"。

又有诗论玄德曰：

> 伤人饿虎缚休宽，董卓丁原血未干。
>
> 玄德既知能啖父，争如留取害曹瞒？

却说武士拥张辽至。操指辽曰："这人好生面善。"辽曰："濮阳城中曾相遇，如何忘却？"操笑曰："你原来也记得！"辽曰："只是可惜！"^{奇语忽发。}操曰："可惜甚的？"辽曰："可惜当日火不大，不曾烧死你这国贼！"^{因今日之水，提起昔日之火，妙甚。}操大怒曰："败将安敢辱吾！"拔剑在手，亲自来杀张辽。^{不觉露恨恶身。}辽全无惧色，引颈待杀。^{所谓"死则死耳，何惧之有"。}曹操背后一人攀住臂膊，一人跪于面前，说道："丞相且莫动手！"正是：

> 乞哀吕布无人救，骂贼张辽反得生。

毕竟救张辽的是谁，且听下文分解。

第二十回

曹阿瞒许田打围

董国舅内阁受诏

　　赵高以指鹿察左右之顺逆，曹操以射鹿验众心之从违。奸臣心事，何其前后如出一辙也！至于借弓不还，始而假借，既且实受，岂独一弓为然哉？即天位亦犹是耳。河阳之狩，以臣召君；许田之猎，以上从下：皆非天子意也。然重耳率诸侯以朝王，曹操代天子而受贺，操于是不得复为重耳矣。

　　云长之欲杀操，为人臣明大义也；玄德之不欲杀，为君父谋万全也。君侧之恶，除之最难。前后左右皆其腹心爪牙，杀之而祸及我身犹可耳；杀之而祸及君父，则不为功之首，而反为罪之魁矣，可不慎哉！

　　董承前曾拒傕、汜以救驾，今若能诛曹操，是再救驾也。马腾前同韩遂攻傕、汜曾受密诏，今同董承谋曹操，是再受诏也。前之救驾是实事，而后之救驾是虚谈；前之受诏用虚叙，而后之受诏用实写。一虚一实，参差变换，各各入妙。又妙在七人受诏处，或自受，或因人所受以为受，或先见诏，或后见诏，或约来，或自至，或两人同来，或一人独至，或潸然泪下，或咬牙切齿。文官有文官身分，武臣有武臣气概。人人不同，人人如画，真叙事妙品。

　　曹操无君之罪，至许田射鹿而大彰明较著矣。人臣无将，将而必诛。袁术之僭，其既然者也；曹操之篡，其将然者也。将之与既，厥罪维均。故自有衣带诏之后，凡兴兵讨操者，俱大书“讨贼”以予之。

　　前有谋诛宦竖之何国舅，后有谋诛奸相之董国舅，遥遥相对，然二人不可同年而语矣。进有鸩董后之罪，承有拒李傕之功。进则灵帝尝欲杀之，承则献帝倾心托之。乃二人之贤否不同，而同于败者，进之失在不断，承之失在不密。君不密则失臣，臣不密则失身。事欲其秘，何必歃血会饮？迹恐其露，何必立券书名？虽然，“谋事在人，成事在天”，天不祚汉，无徒为董承咎也。

　　话说曹操举剑欲杀张辽，玄德攀住臂膊，云长跪于面前。玄德曰：“此等赤心之人，正当留用。”云长曰：“关某素知文远忠义之士，愿以性命保之。”〔为后文张辽土山救关公张本。〕操掷剑笑曰：“我亦知文远忠义，故戏之耳。”〔恐他人做了人情，便说自家戏。奸雄权变，真不可及。〕乃亲释其缚，解衣衣之，延之上坐。〔要杀则亲自拔剑，不杀则解衣延坐，怒便加一倍怒，爱亦加一倍爱。奸雄权变，真不可及。〕辽感其意，遂降。操拜辽为中郎将，赐爵关内侯，使招安臧霸。霸闻吕布已死，张辽已降，遂亦引本部军投降。操厚赏之。臧霸又招安孙观、吴敦、尹礼来降；独昌豨未肯归顺。操封臧霸为琅琊相。孙观等亦各加官，令守青、徐沿海地面。将吕布妻女载回许都。〔未识貂蝉亦在其中否？自此之后不复知貂蝉下落矣。〕大犒三军，拔寨班师。路过徐州，百姓焚香遮道，请留刘使君为牧。操曰：“刘使君功大，且待面君封爵，回来未迟。”〔操自欲取徐州，而不欲以予备，明矣。〕百姓叩谢。操唤车骑将军车胄权领徐州。〔为后文关公斩车胄张本。〕操军回许昌，封赏出征人员，留玄德在相府左近宅院歇定。

次日，献帝设朝，操表奏玄德军功，引玄德见帝。玄德具朝服拜于丹墀。帝宣上殿，问曰："卿祖何人？"玄德奏曰："臣乃中山靖王之后，孝景皇帝阁下玄孙，刘雄之孙，刘弘之子也。"^{首卷中已叙过，此又于玄德口中自叙一番。}帝教取宗族世谱检看，令宗正卿宣读曰：

孝景皇帝生十四子。第七子乃中山靖王刘胜。胜生陆城亭侯刘贞。贞生沛侯刘昂。昂生漳侯刘禄。禄生沂水侯刘恋。恋生钦阳侯刘英。英生安国侯刘建。建生广陵侯刘哀。哀生胶水侯刘宪。宪生祖邑侯刘舒。舒生祁阳侯刘谊。谊生原泽侯刘必。必生颍川侯刘达。达生丰灵侯刘不疑。不疑生济川侯刘惠。惠生东郡范令刘雄。雄生刘弘。弘不仕。刘备乃刘弘之子也。

帝排世谱，则玄德乃帝之叔也。^{历按宗谱，章章可考，正为后文继汉正统张本。}帝大喜，请入偏殿叙叔侄之礼。帝暗思："曹操弄权，国事都不由朕主，今得此英雄之叔，朕有助矣！"^{帝亦有眼力。}遂拜玄德为左将军、宜城亭侯。^{皇帝面封，封得冠冕。}设宴款待毕，玄德谢恩出朝。自此人皆称为刘皇叔。

曹操回府，荀彧等一班谋士入见曰："天子认刘备为叔，恐无益于明公。"操曰："彼既认为皇叔，吾以天子之诏令之，彼愈不敢不服矣。况吾留彼在许都，名虽近君，实在吾掌握之内，吾何惧哉？^{操不使备留徐州，正是此意。}吾所虑者，太尉杨彪系袁术亲戚，倘与二袁为内应，为害不浅，当即除之。"乃密使人诬告彪交通袁术，遂收彪下狱，命满宠按治之。^{前彪实劝帝召操，今操即害彪，老贼大是忘本。}时北海太守孔融在许都，^{孔融自玄德北海解围后，至此第二番出现。}因谏操曰："杨公四世清德，岂可因袁氏而罪之乎？"操曰："此朝廷意也。"融曰："使成王杀召公，周公可得言不知耶？"操不得已，乃免彪官，放归田里。^{彪则幸免，而操之忌融自此始矣。}议郎赵彦愤操专横，上疏劾操不奉帝旨、擅收大臣之罪。操大怒，即收赵彦杀之。^{杀赵彦、收杨彪二事，俱见陈琳檄中。}于是百官无不悚惧。谋士程昱说操曰："今明公威名日盛，何不乘此时行王霸之事？"操曰："朝廷股肱尚多，未可轻动。吾当请天子田猎，以观动静。"^{观动静者，观左右之顺逆也。}于是拣选良马、名鹰、俊犬、弓矢俱备，先聚兵城外，操入请天子田猎。帝曰："田猎恐非正道。"^{绝非亡国之君之言，何天之不祚汉也？}操曰："古之帝王，春蒐夏苗，秋狝冬狩，四时出郊，以示武于天下。今四海扰攘之时，正当借田猎以讲武。"帝不敢不从，^{周宣王之猎于东都，是天子当阳；汉献帝之猎于许田，是权臣耀武。}随即上逍遥马，带宝雕弓、金鈚箭，排銮驾出城。玄德与关、张各弯弓插箭，内穿掩心甲，手持兵器，引数十骑随驾出许昌。^{满朝文武，独详叙刘、关、张，正为关公欲杀曹操张本。}曹操骑爪黄飞电马，引十万之众，与天子猎于许田。军士排开围场，周广二百余里。操与天子并马而行，只争一马头。背后都是操之心腹将校。

可知此时杀曹操不得。文武百官，远远侍从，谁敢近前。

当日献帝驰马到许田，刘玄德起居道旁。帝曰："朕今欲看皇叔射猎。"玄德领命上马，忽草中赶起一兔。玄德射之，一箭正中那兔。将有曹操射鹿，先有玄德射兔以引之。帝喝采。转过土坡，忽见荆棘中赶出一只大鹿。帝连射三箭不中，顾谓操曰："卿射之。"操就讨天子宝雕弓、金鈚箭，扣满一射，正中鹿背，倒于草中。汉失其鹿，为操所得，正魏代汉之兆也。群臣将校，见了金鈚箭，只道天子射中，都踊跃向帝呼"万岁"。曹操纵马直出，遮于天子之前以迎受之。弓箭可借，"万岁"亦可借乎？操之俨然迎受，正以观众人之动静也。众皆失色。此句内伏下马腾一班人。玄德背后云长大怒，剔起卧蚕眉，睁开丹凤眼，提刀拍马便出，要斩曹操。义气凛凛，须眉如睹。玄德见了，慌忙摇手送目。关公见兄如此，便不敢动。玄德欠身向操称贺曰："丞相神射，世所罕及！"如此涵养，是英雄权变，是帝王度量。操笑曰："此天子洪福耳。"乃回马向天子称贺，竟不献还宝雕弓，就自悬带。袁术窃玺，曹操窃弓，不意一时遂有二阳货。围场已罢，宴于许田。宴毕，驾回许都。众人各自归歇。云长问玄德曰："操贼欺君罔上，我欲杀之，为国除害，兄何止我？"玄德曰："'投鼠忌器'。操与帝相离只一马头，其心腹之人，周回拥侍；吾弟若逞一时之怒，轻有举动，倘事不成，有伤天子，罪反坐我等矣。"大有斟酌。云长曰："今日不杀此贼，后必为祸。"玄德曰："且宜秘之，不可轻言。"云长耐不得，玄德偏耐得。

却说献帝回宫，泣谓伏皇后曰："朕自即位以来，奸雄并起，先受董卓之殃，后遭催、汜之乱。常人未受之苦，吾与汝当之。后得曹操，以为社稷之臣；遥应前文。不意专国弄权，擅作威福。朕每见之，背若芒刺。今日在围场上，身迎呼贺，无礼已极！早晚必有异谋，吾夫妇不知死所也！"异日曹操行凶，先害董妃，后及伏后。此时献帝密谋，却因伏后，乃及董妃。伏皇后曰："满朝公卿，俱食汉禄，竟无一人能救国难乎？"言未毕，忽一人自外而入曰："帝、后休忧。吾举一人，可除国害。"帝视之，乃伏皇后之父伏完也。伏完之死在后，董承之死在先；今却于董承之前，先将伏完引线，叙事妙品。帝掩泪问曰："皇丈亦知操贼之专横乎？"完曰："许田射鹿之事，谁不见之？但满朝之中，非操宗族，则其门下。若非国戚，谁肯尽忠讨贼？老臣无权，难行此事。车骑将军国舅董承可托也。"因一国戚，又引出一国戚。帝曰："董国舅多赴国难，朕躬素知。可宜入内，共议大事。"完曰："陛下左右皆操贼心腹，倘事泄，为祸不浅。"帝曰："然则奈何？"完曰："臣有一计：陛下可制衣一领，取玉带一条，密赐董承；却于带衬内缝一密诏以赐之，令到家见诏，可以昼夜画策，神鬼不觉矣。"衣带诏之谋出自伏完，而伏完偏不在董承等七人之内，却留在后文另作一事，读者所不能测也。帝然之，伏完辞出。

帝乃自作一密诏，咬破指尖，以血写之，<small>臣有刺血上表者矣，未有天子而刺血下诏者也。此亦千古奇事。</small>暗令伏皇后缝于玉带紫锦衬内，却自穿锦袍，自系此带，令内史宣董承入。承见帝礼毕，帝曰："朕夜来与后说霸河之苦，念国舅大功，故特宣入慰劳。"承顿首谢。帝引承出殿，到太庙，转上功臣阁内。帝焚香礼毕，引承观画像。中间画汉高祖容像。帝曰："吾高祖皇帝起身何地？如何创业？"<small>将说自己，先问高皇。</small>承大惊曰："陛下戏臣耳。圣祖之事，何为不知？高皇帝起自泗上亭长，提三尺剑，斩蛇起义，纵横四海，三载亡秦，五年灭楚，遂有天下，立万世之基业。"<small>与首卷起处遥遥相应。</small>帝曰："祖宗如此英雄，子孙如此懦弱，岂不可叹！"因指左右二辅之像曰："此二人非留侯张良、�酂侯萧何耶？"<small>将命董承，先说留侯、鄂侯。</small>承曰："然也。高祖开基创业，实赖二人之力。"帝回顾左右较远，乃密谓承曰："卿亦当如此二人立于朕侧。"<small>方入正义。</small>承曰："臣无寸功，何以当此？"帝曰："朕想卿西都救驾之功，未尝少忘，无可为赐。"因指所着袍带曰："卿当衣朕此袍，系朕此带，常如在朕左右也。"承顿首谢。帝解袍带赐承，<small>意只在带，却以袍陪之。</small>密语曰："卿归可细观之，勿负朕意。"承会意，穿袍系带，辞帝下阁。

早有人报知曹操曰："帝与董承登功臣阁说话。"操即入朝来看。董承出阁，才过宫门，恰遇操来，急无躲避处，<small>急杀。</small>只得立于路侧施礼。操问曰："国舅何来？"承曰："适蒙天子宣召，赐以锦袍玉带。"操问曰："何故见赐？"承曰："因念某旧日西都救驾之功，故有此赐。"操曰："解带我看。"<small>急杀急杀！</small>承心知衣带中必有密诏，恐操看破，迟延不解。操叱左右："急解下来！"<small>急杀，急杀，如何！如何！</small>看了半晌，笑曰："果然是条好玉带！再脱下锦袍来借看。"承心中畏惧，不敢不从，遂脱袍献上。<small>带不自解，袍却自脱，形容畏惧之态如画。</small>操亲自以手提起，对日影中细细详看。看毕，自己穿在身上，系了玉带，回顾左右曰："长短如何？"<small>一边着急，一边故意卖弄，好看。</small>左右称美。操谓承曰："国舅即以此袍带转赐与吾，何如？"<small>急杀，急杀，如何！如何！</small>承告曰："君恩所赐，不敢转赠；容某别制奉献。"操曰："国舅受此衣带，莫非其中有谋乎？"<small>吓杀。</small>承惊曰："某焉敢？丞相如要，便当留下。"操曰："公受君赐，吾何相夺？聊为戏耳。"遂脱袍带还承。<small>董承不肯献，操却偏要；董承愿献，操便不要，奸雄真奸猾之极。</small>

承辞操归家，至夜独坐书院中，将袍仔细反复看了，并无一物。<small>曹操细看袍，承亦先看袍。</small>承思曰："天子赐我袍带，命我细观，必非无意；今不见其踪迹，何也？"随又取玉带检看，乃白玉玲珑，碾成小龙穿花，背用紫锦为衬，缝缀端整，亦并无一物。承心疑，放于桌上，反复寻之。<small>操见袍中无物，故不更疑及带。承正以袍中无物，故更猜及带。</small>良久，倦甚。正欲伏几而寝，忽然灯花落于带上，烧着背

衬。承惊拭之，已烧破一处，微露素绢，隐见血迹，急取刀拆开视之，乃天子手书血字密

诏也。^{不用自己寻着，却用灯}诏曰：
_{花烧出，曲折之甚。}

> 朕闻人伦之大，父子为先；尊卑之殊，君臣为重。近日操贼弄权，欺压君

> 父；结连党伍，败坏朝纲；敕赏封罚，不由朕主。朕夙夜忧思，恐天下将危。卿

> 乃国之大臣，朕之至戚，当念高帝创业之艰难，纠合忠义两全之烈士，殄灭奸

> 党，复安社稷，祖宗幸甚！破指洒血，书诏付卿，再四慎之，勿负朕意！建安四

> 年春三月诏。

董承览毕，涕泪交流，一夜寝不能寐。^{为下文隐几}晨起，复至书院中，将诏再三观看，
_{而卧伏线。}

无计可施。乃放诏于几上，沉思灭操之计。忖量未定，隐几而卧。^{因一夜不}忽侍郎王子服
_{寐之故。}

至。门吏知子服与董承交厚，不敢拦阻，竟入书院。见承伏几不醒，袖底压着素绢，微露

"朕"字。^{形容得妙，与董承于灯花烧}子服疑之，默取看毕，藏于袖中，又为董承呼^{又为董承}承曰："国舅
_{破处窥见血迹一样惊人。}_{吃一吓。}

好自在！亏你如何睡得着！"^{只因一夜睡不着，}承惊觉，不见诏书，魂不附体，手脚慌乱。子
_{故此时睡着耳。}

服曰："汝欲杀曹公！吾当出首。"^{急杀。}承泣告曰："若兄如此，汉室休矣！"子

服曰："吾戏耳。吾祖宗世食汉禄，岂无忠心？愿助兄一臂之力，共诛国贼。"承曰："兄

有此心，国之大幸！"子服曰："当于密室同立义状，^{开口便要立盟书，颇觉}各舍三族，以报
_{书生气。是文官身分。}

汉君。"^{其言不}承大喜，取白绢一幅，先书名画字。子服亦即书名画字。书毕，子服曰：
_{祥。}

"将军吴子兰，与吾至厚，可与同谋。"^{子服引出}承曰："满朝大臣，惟有长水校尉种辑、
_{一人。}

议郎吴硕是吾心腹，必能与我同事。"^{董承又引}
_{出二人。}

正商议间，家僮入报种辑、吴硕来探。^{来得凑巧，}承曰："此天助我也！"教子服暂避
_{省笔之极。}

于屏后。^{避得}承接二人入书院坐定，茶毕，辑曰："许田射猎之事，君亦怀恨乎？"承
_{妙。}

曰："虽怀恨，无可奈何。"硕曰："吾誓杀此贼，恨无助我者耳！"辑曰："为国除

害，虽死无怨！"^{不用董承先说，}王子服从屏后出曰："汝二人欲杀曹丞相！我当出首，董
_{用二人自说，妙。}

国舅便是证见。"^{亦用逆挑，}种辑怒曰："忠臣不怕死！吾等死作汉鬼，强似你阿附国
_{不用顺接，妙。}

贼！"^{同一逆挑之语，而董承闻之着}承笑曰："吾等正为此事，欲见二公。王侍郎之言乃戏
_{急，种辑闻之着恼，各各不同。}

耳。"便于袖中取出诏来与二人看。二人读诏，挥泪不止。承遂请书名。子服曰："二公

在此少待，吾去请吴子兰来。"子服去不多时，即同子兰至，^{两人自来，一人请}与众相见，亦
_{至，又各不同。}

书名毕。承邀于后堂会饮。

忽报西凉太守马腾相探。^{又一个自}承曰："只推我病，不能接见。"门吏回报。腾大怒曰："我夜来在东华门外，亲见他锦袍玉带而出，^{又将袍带一提。}何故推病耶！吾非无事而来，奈何拒我！"门吏入报，备言腾怒。承起曰："诸公少待，暂容承出。"随即出厅延接。礼毕坐定，腾曰："腾入觐将还，故来相辞，何见拒也？"承曰："贱躯暴疾，有失迎候，罪甚！"腾曰："面带春色，未见病容。"承无言可答。腾拂袖便起，^{自来的几乎又自去。}嗟叹下阶曰："皆非救国之人也！"承感其言，挽留之，^{彼来则拒之，彼去则留之，俱用逆写。}问曰："公谓何人非救国之人？"腾曰："许田射猎之事，吾尚气满胸膛，公乃国之至戚，犹自殢于酒色，而不思讨贼，安得为皇家救难扶灾之人乎！"承恐其诈，佯惊曰："曹丞相乃国之大臣，朝廷所倚赖，公何出此言？"^{纯用逆挑妙。}腾大怒曰："汝尚以曹贼为好人耶？"承曰："耳目甚近，请公低声。"^{前用王子服反说，董承正告；此用马腾正告，董承反说，又各不同。}腾曰："贪生怕死之徒，不足以论大事！"说罢，又欲起身。^{写马腾与董承落落难合，又非若前四人一说便是也，妙。}承知腾忠义，乃曰："公且息怒。某请公看一物。"遂邀腾入书院，取诏示之。腾读毕，毛发倒竖，咬齿嚼唇，满口流血，^{写马腾又是马腾身分，与前五人不同。}谓承曰："公若有举动，吾即统西凉兵为外应。"承请腾与诸公相见，取出义状，教腾书名。腾乃取酒歃血为盟，^{天子刺血，马腾嚼血，六人歃血，只因一纸血诏，引动一片血诚。}曰："吾等誓死不负所约！"^{其言亦不详。}指坐上五人言曰："若得十人，大事谐矣。"承曰："忠义之士，不可多得。若所与非人，则反相害矣。"^{人少做不得，人多亦做不得。}腾教取《鸳行鹭序簿》来检看。检到刘氏宗族，乃拍手言曰："何不共此人商议？"^{因外戚荐出一外戚，又因一外戚引出一宗室。}众皆问何人。马腾不慌不忙，说出那人来。正是：

本因国舅承明诏，又见宗潢佐汉朝。

毕竟马腾之言如何，且听下文分解。

第二十一回

曹操煮酒论英雄

关公赚城斩车胄

天子血诏，从许田起见；诸臣定盟，亦从许田起见。马腾之知玄德，以云长而知之；马腾之知云长，以许田而知之。想见许田当日曹操之横，气焰逼人；云长之怒，须眉皆动。文有叙事在后幅，而适为前篇加倍衬染者，此类是也。

两雄不并立，不并立则必相图。操以备为英雄，是操将图备矣，又逆知备之必将图我矣。备方与董承等同谋，而忽闻此言，安得不失惊落箸耶？是因落箸而假托闻雷，非因闻雷而故作落箸也。若因闻雷而故作落箸，以之欺小儿则可，岂所以欺曹操者？俗本多讹，故依原本校正之。"一震之威，乃至于此！"只淡淡一语，轻轻溷过，妙在有意无意之间，岂真学小儿掩耳缩颈之态耶？古史所载，后人多有误解之者。即如项羽困于垓下，闻汉兵四面皆楚歌，大惊曰："汉已尽得楚乎？何楚人之多也！"是张良、韩信欲使羽疑彭城已失，乱其军心耳。今人看《千金记》，误以楚歌为思家之曲，劝楚人还乡。夫楚人有家，汉人亦有家，将解散客兵，而先解散我兵，为之奈何？不知作传奇者，不过分外妆点，以图悦目，而乃错认其事，讹以传讹，宁不为识者所笑？此时孙策在江东，曹操更不以英雄许之，直待后来孙权承袭，乃始叹曰："生子当如孙仲谋！"然则此老眼力，大是不谬。当青梅煮酒之日，英雄只有两人，鼎足尚缺其一也。

自车胄为云长所杀，而曹操之兵端起矣。玄德之不欲杀胄者，以此时衣带诏未泄，董承谋未露，尚欲与操羁縻勿绝，阳和而阴图之耳。英雄作事，须要审势量力，性急不得。玄德深心人，故有此等算计；云长直心人，别无此等肚肠。两人同是豪杰，却各自一样性格。云长之不及玄德者在此，玄德之不及云长者亦在此。

此卷叙刘、曹相攻之始，而中间夹写公孙瓒并袁术二段文字。瓒之事，只在满宠口中虚写；术之事，却用一半虚写，一半实写。不独瓒、术两人于此卷中收场，而玉玺下落亦于此卷中结局。前者汉帝失玉玺，今者玉玺归汉帝，相去十数卷，遥遥相对，而又预伏七十回后曹丕受玺篡汉之由，有应有伏，一笔不漏，一笔不繁。每见近人纪事，叙却一头，抛却一头，失枝脱节，病在遗忘；未说这边，又说那边，手忙脚乱，病在冗杂。今试读《三国演义》，其亦可以阁笔矣。

董承义状上大书"左将军刘备"，备之继正统而无愧者此也。只"左将军刘备"五字，消得"汉昭烈皇帝"五字。昔汉高祖讨项羽诏曰："愿从诸侯王击楚之杀义帝者。"于是名正言顺，海内归心。今玄德既奉衣带诏以讨贼，则仗义执言。武侯之六出祁山，姜维之九伐中原，皆自此诏始矣。然备于斩车胄之后，何不便将此诏布告天下乎？曰：诏词本以赐董承者也。董承在内，若遽暴之，恐害董承故也。待承死而后，此诏乃昭然共被于海内耳。

瓒之亡也，积粟三十万；术之亡也，剩麦三十斛。粮多亦亡，粮少亦亡。何也？曰：二人之无谋等也。无谋等，则粮之多少无异也。然瓒生平尚有荐玄德之一节可取，若袁术生平，直是一无足取。初以不发粮而误人，既乃以绝粮而自毙，天之报施，诚不爽哉！

却说董承等问马腾曰："公欲用何人？"马腾曰："见有豫州牧刘玄德在此，何不求之？"_{因董承转出马腾，因马腾转出玄德。}玄承曰："此人虽系皇叔，今正依附曹操，安肯行此事耶？"_{玄德依附曹操，与曹操胜曰依附董卓，同一识见。}腾曰："吾观前日围场之中，曹操迎受众贺之时，云长在玄德背后，挺刀欲杀操，玄德以目视之而止。_{前卷事又在马腾眼中、口中补写一笔。}玄德非不欲图操，恨操牙爪多，恐力不及耳。_{玄德心事，腾一语道着。}马公试求之，当必应允。"吴硕曰："此事不宜太速，当从容商议。"众皆散去。

次日黑夜里，董承怀诏，径往玄德公馆中来。门吏入报，玄德迎出，请入小阁坐定。关、张侍立于侧。玄德曰："国舅黄夜至此，必有事故。"承曰："白日乘马相访，恐操见疑，故黑夜相见。"玄德命取酒相待。承曰："前日围场之中，云长欲杀曹操，将军动目摇头而退之，何也？"_{问得突兀。}玄德失惊曰："公何以知之？"承曰："人皆不见，某独见之。"_{不说马腾看见，说自己看见，好。}竟玄德不能隐讳，遂曰："舍弟见操僭越，故不觉发怒耳。"承掩面而哭曰："朝廷臣子，若尽如云长，何忧不太平哉？"_{语殊慷慨淋漓。}玄德恐是曹操使他来试探，乃佯言曰："曹丞相治国，为何忧不太平？"_{前马腾正说，董承反说以试之；今董承正说，玄德反说以试之：妙甚。}承变色而起曰："公乃汉朝皇叔，故剖肝沥胆以相告，公何诈也？"玄德曰："恐国舅有诈，故相试耳。"于是董承取衣带诏令观之，玄德不胜悲愤。又将义状出示，上止有六位：一，车骑将军董承；二，工部侍郎王子服；三，长水校尉种辑；四，议郎吴硕；五，昭信将军吴子兰；六，西凉太守马腾。_{忽将前六人于此处历历叙明，却在玄德眼中看出，妙甚。}玄德曰："公既奉诏讨贼，备敢不效犬马之劳！"承拜谢，便请书名。玄德亦书"左将军刘备"，_{大书特书，字堪传千古。}押了字，付承收讫。承曰："尚容再请三人，共聚十义，以图国贼。"_{刘备一人可当百矣，何必凑足十人耶？}玄德曰："切宜缓缓施行，不可轻泄。"共议到五更，相别去了。

玄德也防曹操谋害，就下处后园种菜，亲自浇灌，以为韬晦之计。_{邵平种瓜是无聊，玄德种菜是有意。}关、张二人曰："兄不留心天下大事，而学小人之事，何也？"玄德曰："此非二弟所知也。"_{此处且不说明，留在后文补出。}二人乃不复言。

一日，关、张不在，玄德正在后园浇菜，许褚、张辽引数十人入园中曰："丞相有命，请使君便行。"玄德惊问曰："有甚紧事？"_{不特玄德惊疑，即读者亦为惊疑。}许褚曰："不知。只教我来相请。"_{吓杀。}玄德只得随二人入府见操。操笑曰："在家做得好大事！"_{吓杀。读者至此，必谓衣带诏泄矣。}谑得玄德面如土色。_{读者亦吃一大吓。}操执玄德手，直至后园，曰："玄德学圃不易！"玄德方才放心，_{如水上惊涛，忽起忽落。}答曰："无事消遣耳。"操曰："适见枝头梅子青青，忽感去年征张绣时，道上缺水，将士皆渴，吾心生一计，以鞭虚指曰：'前面有梅林。'军士闻之，口皆生唾，由是不渴。_{征张绣事已隔数卷，忽于此处补出一段闲文，妙绝，妙绝。}今见此梅，不可不赏。_{今见此梅，亦还想张济妻否？}又值煮酒正熟，故邀使君小亭一会。"_{恐是睹物怀人，未能忘情，故欲以酒解之耳。}玄德心神方定。

随至小亭，已设樽俎。盘置青梅，一樽煮酒。二人对坐，开怀畅饮_{叙得闲闲雅雅，与董承黑夜饮酒又自不同。}酒至半酣，忽阴云漠漠，骤雨将至。从人遥指天外龙挂，_{有景。}操与玄德凭栏观之。_{俨如一幅画图。}操曰："使君知龙之变化否？"_{闲闲说来。}玄德曰："未知其详。"_{假呆得妙。}操曰："龙能大能小，能升能隐，大则兴云吐雾，小则隐介藏形；升则飞腾于宇宙之间，隐则潜伏于波涛之内。方今春深，龙乘时变化，犹人得志而纵横四海。龙之为物，可比世之英雄。玄德久历四方，必知当世英雄。请试指言之。"_{从龙说起，渐渐说到英雄，又渐渐说到当世人物。亦如雨之将至，而先有雷；雷之将至，而先有龙挂也。}玄德曰："备肉眼安识英雄？"_{一发假呆得妙。}操曰："休得过谦。"玄德曰："备叨恩庇，得仕于朝。天下英雄，实有未知。"_{一味妆呆诈痴，即种菜之意。}操曰："既不识其面，亦闻其名。"玄德曰："淮南袁术，兵粮足备，可为英雄？"_{因术称帝，故首举术为问。不知术之龙非真龙，备之问亦是假问。}操笑曰："冢中枯骨，吾早晚必擒之！"_{袁术即于此卷中结局，与后文正相应。}玄德曰："河北袁绍，四世三公，门多故吏；今虎踞冀州之地，部下能事者极多，可为英雄？"_{为后文求救袁绍伏笔。}操笑曰："袁绍色厉胆薄，好谋无断；干大事而惜身，见小利而忘命，非英雄也。"_{为后文破袁绍伏线。}玄德曰："有一人名称八俊，威镇九州——刘景升可为英雄？"_{为后文依托刘表伏笔。○此下二段，又变一样文法。}操曰："刘表虚名无实，非英雄也。"_{看低当世多少名士。}玄德曰："有一人血气方刚，江东领袖——孙伯符乃英雄也？"_{为后文借寓江东伏笔。}操曰："孙策藉父之名，非英雄也。"_{看低当世多少公子。}玄德曰："益州刘季玉，可为英雄乎？"_{为后文入川伏笔。}操曰："刘璋虽系宗室，乃守户之犬耳，何足为英雄！"_{○又变一样文法。}_{看低天下多少宗室。}玄德曰："如张绣、张鲁、韩遂等辈皆何如？"_{连问三人，又变一样文法。○言韩遂而不及马腾者，正与备立义状，故隐之耳。袁术、袁绍、刘表、孙策、张绣、韩遂事之已见前文者也，刘璋、张鲁事之尚在后文者也。前文于此再一总，后文于此先一提。}操鼓掌大笑曰："此等碌碌小人，何足挂齿！"_{后三人皆降曹。}玄德曰："舍此之外，备实不知。"_{只是一味妆呆。}操曰："夫英雄者，胸怀大志，腹有良谋，有包藏宇宙之机，吞吐天地之志者也。"_{满怀自负。}玄德曰："谁能当之？"_{倒问一句妙甚，不但不自以为英雄，且似并不知曹操为英雄者。}操以手指玄德，后自指，曰："今天下英雄，惟使君与操耳！"_{曹操自以为英雄，又心畏玄德为英雄，一向只是以心相待，不曾当面说出。今一番酒后，不觉一语道破。}玄德闻言，吃了一惊，手中所执匙箸，不觉落于地下。_{半晌妆呆，却被一语道破，安得不惊？}时正值大雨将至，雷声大作。玄德乃从容俯首拾箸曰："一震之威，乃至于此。"_{为甚说破英雄，便尔举止失措？曹操心多，安得不疑。亏此一语随机应变，平白地掩饰过去。}操笑曰："丈夫亦畏雷乎？"玄德曰："圣人迅雷风烈必变，安得不畏？"_{淡淡一语，妙在有意无意之间。}将闻言失箸缘故，轻轻掩饰过了。_{真是灵警。}操遂不疑玄德。_{竟被瞒过。}后人有诗赞曰：

> 勉从虎穴暂趋身，说破英雄惊杀人。
>
> 巧借闻雷来掩饰，随机应变信如神。

天雨方住，见两个人撞入后园，手提宝剑，突至亭前，左右拦挡不住。操视之，乃关、张二人也。（与鸿门会樊哙排盾而入一样声势。）原来二人从城外射箭方回，听得玄德被许褚、张辽请将去了，慌忙来相府打听；（此处不说二公吃惊，留在后文云长口中补出，好。）闻说在后园，只恐有失，故冲突而入。（真好兄弟。）却见玄德与操对坐饮酒。二人按剑而立。（方说天上之龙，席间忽然来了二虎。）操问二人何来。云长曰："听知丞相和兄饮酒，特来舞剑，以助一笑。"操笑曰："此非'鸿门会'，安用项庄、项伯乎？"（语甚趣。）玄德亦笑。（到底只是假呆面孔，妙。）操命："取酒与二'樊哙'压惊。"（语更趣甚。樊哙不容有二，今乃与樊哙有三矣。）关、张拜谢。须臾席散，玄德辞操而归。云长曰："险些惊杀我两个！"（补前一笔。○不独二公吃惊，即读者亦曾吃惊。）玄德以落箸事说与关、张。关、张问是何意。玄德曰："吾之学圃，正欲使操知我无大志；（前日不说明，今乃补解之。）不意操竟指我为英雄，我故失惊落箸。又恐操生疑，故借惧雷以掩饰之耳。"（于玄德口中，将前文下一注脚。）关、张曰："兄真高见！"

操次日又请玄德。正饮间，人报满宠去探听袁绍而回。操召入问之。宠曰："公孙瓒已被袁绍破了。"（一段大文，只在满宠口中一句点出，省笔之甚。）玄德急问曰："愿闻其详。"（前磐河之战，玄德曾救公孙，此处不得不急问。）宠曰："瓒与绍战不利，筑城围圈，圈上建楼，高十丈，名曰易京楼，积粟三十万以自守。战士出入不息，或有被绍围者，众请救之。瓒曰：'若救一人，后之战者只望人救，不肯死战矣。'遂不肯救。（瓒之失事在此。）因此袁绍兵来，多有降者。瓒势孤，使人持书赴许都求救，不意中途为绍军所获。（后陈琳檄中以此罪操。）瓒又遗书张燕，暗约举火为号，里应外合。下书人又被袁绍擒住，却来城外放火诱敌。瓒自出战，伏兵四起，军马折其大半。退守城中，被袁绍穿地直入瓒所居之楼下，放起火来。瓒无走路，先杀妻子，然后自缢，全家都被火焚了。（前文曹操破吕布却用实写，此处袁绍破公孙都用虚述。一详一略，皆叙事妙品。）今袁绍得了瓒军，声势甚盛。绍弟袁术在淮南骄奢过度，不恤军民，众皆背反。术使人归帝号于袁绍。绍欲取玉玺，术约亲自送至，见今弃淮南，欲归河北。若二人协力，急难收复。乞丞相作急图之。"（本是探听袁绍，却并接入袁术，妙。）玄德闻公孙瓒已死，追念昔日荐己之恩，不胜伤感；（回顾前文，如千丈游丝，忽又一落。）又不知赵子龙如何下落，放心不下。（不独玄德欲知其下落，即读者亦急欲知其下落，乃此处偏不叙明，直至后古城聚义时方才出现。叙事真有草蛇灰线之奇。）因暗想曰："我不就此时寻个脱身之计，更待何时？"遂起身对操曰："术若投绍，必从徐州过。备请一军就半路截击，术可擒矣。

操笑曰：“来日奏帝，即便起兵。”〔可见青梅煮酒时，第一句便说他英雄，真是假话。〕

次日，玄德面奏君。操令玄德总督五万人马，又差朱灵、路昭二人同行。〔奸狡之极。〕玄德辞帝，帝泣送之。〔此时董承想已通消息于帝，帝与备已心照矣。〕玄德到寓，星夜收拾军器鞍马，挂了将军印，催促便行。〔慌速之极。〕董承赶出十里长亭来送。玄德曰：“国舅宁耐。某此行必有以报命。”承曰：“公宜留意，勿负帝心。”二人分别。〔完却上文立义关、状一段事情。〕张在马上问曰：“兄今番出征，何故如此慌速？”玄德曰：“吾乃笼中鸟、网中鱼。此一行如鱼入大海、鸟上青霄，不受笼网之羁绊也！”〔曹操比备为龙，然龙在网罗之中，与鱼鸟无异，故急欲脱此羁绊。〕因命关、张催朱灵、路昭军马速行。〔此句亦少时郭不得。〕嘉、程昱考较钱粮方回，〔亏得二人出外，玄德故能脱然而去。〕知曹操已遣玄德进兵徐州，慌入谏曰：“丞相何故令刘备督军？”操曰：“欲截袁术耳。”程昱曰：“昔刘备为豫州牧时，某等请杀之，丞相不听；〔又将前文一提。〕今日又与之兵：此放龙入海，纵虎归山也。后欲治之，其可得乎？”〔程昱直欲杀备。〕郭嘉曰：“丞相纵不杀备，亦不当使之去。古人云：‘一日纵敌，万世之患。’望丞相察之。”〔郭嘉只欲留备。〕操然其言，遂令许褚将兵五百前往，务要追玄德转来。许褚应诺而去。〔读者至此又为玄德着急。〕

却说玄德正行之间，只见后面尘头骤起，谓关、张曰：“此必曹兵追至也。”遂下了营寨，令关、张各执军器，立于两边。〔如欲厮杀状，掩卷猜之，必谓下文与许褚交战矣。〕许褚至，见严兵整甲，乃下马入营见玄德。玄德曰：“公来此何干？”褚曰：“奉丞相命，特请将军回去，别有商议。”玄德曰：“‘将在外，君命有所不受。’吾面过君，又蒙丞相钧语。今别无他议，公可速回，为我禀复丞相。”〔数语亦激不随。〕许褚寻思：“丞相与他一向交好，今番又不曾教我来厮杀，只得将他言语回复，另候裁夺便了。”遂辞了玄德，领兵而回。〔许褚一来，如江潮忽起；许褚一去，又如江潮忽落。〕回见曹操，备述玄德之言。操犹豫未决。程昱、郭嘉曰：“备不肯回兵，可知其心变矣。”操曰：“我有朱灵、路昭二人在彼，料玄德未必敢心变。〔遣二人同去之意，此处方说出。〕况我既遣之，何可复悔？”遂不复追玄德。〔了却曹操一边。〕后人有诗叹玄德曰：

束兵秣马去匆匆，心念天言衣带中。

撞破铁笼逃虎豹，顿开金锁走蛟龙。

却说马腾见玄德已去，边报又急，亦回西凉州去了。〔又安放马腾一句。〕玄德兵至徐州，刺史车胄出迎。公宴毕，孙乾、糜竺等都来参见。玄德回家探视老小，〔一向空身在京，家小自在徐州。一至此补照出来，极周密。〕一面差人探听袁术。探子回报：“袁术奢侈太过，雷薄、陈兰皆投嵩山去了。〔为后劫粮伏线。〕术势甚衰，乃作书让帝号于袁绍。绍命人召术，术乃收拾人马、宫禁御用之物，先到徐州来。"

玄德知袁术将至，乃引关、张、朱灵、路昭五万军出，正迎着先锋纪灵至。张飞更不打话，直取纪灵。斗无十合，张飞大喝一声，刺纪灵于马下，_{看纪灵如此无用，知辕门射戟时，玄德非真了不得而必望吕布救之也。}败军奔走。袁术自引军来斗。玄德分兵三路：朱灵、路昭在左，关、张在右，玄德自引兵居中，与术相见，在门旗下责骂曰："汝反逆不道，吾今奉明诏前来讨汝！汝当束手受降，免你罪犯。"袁术骂曰："织席编屦小辈，安敢轻我！"_{还是虎牢关前面孔，今日恐用不着。}麾兵赶来。玄德暂退，让左右两路军杀出。杀得术军尸横遍野，血流成渠，兵卒逃亡，不可胜计。又被嵩山雷薄、陈兰劫去钱粮草料。欲回寿春，又被群盗所袭，_{"代汉当涂"，竟成虚谶。路公路，竟是走头无路矣。}公只得住于江亭。止有一千余众，皆老弱之辈。时当盛暑，粮食尽绝，只剩麦三十斛，分派军士。家人无食，多有饿死者。术嫌饭粗，不能下咽，_{昨日"推位让国"，无复"垂拱平章"，不得"饱膳食饭"，只得"饥厌糟糠"。}乃命庖人取蜜水止渴。庖人曰："止有血水，安有蜜水！"术坐于床上，大叫一声，倒于地下，吐血斗余而死。_{未曾吃血水，奈何就还席？}时建安四年六月也。后人有诗曰：

汉末刀兵起四方，无端袁术太猖狂。

不思累世为公相，便欲孤身作帝王。

强暴枉夸传国玺，骄奢妄说应天祥。

渴思蜜水无由得，独卧空床呕血亡。

袁术已死，侄袁胤将灵柩及妻子奔庐江来，被徐璆尽杀之。璆夺得玉玺，赴许都献于曹操。操大喜，封徐璆为高陵太守。此时玉玺归操。_{为后文曹丕受玺篡汉张本。}

却说玄德知袁术已丧，写表申奏朝廷，书呈曹操，令朱灵、路昭回许都，留下军马保守徐州；一面亲自出城，招谕流散人民复业。_{爱民是玄德第一作用。}

且说朱灵、路昭回许都见曹操，说玄德留下军马。操怒，欲斩二人。荀彧曰："权归刘备，二人亦无奈何。"操乃赦之。彧又曰："可写书与车胄就内图之。"_{朱灵、路昭既无可奈何，车胄又复何用？}操从其计，暗使人来见车胄，传曹操钧旨。胄随即请陈登商议此事。登曰："此事极易。今刘备出城招民，不日将还；将军可命军士伏于瓮城边，只作接他，待马到来，一刀斩之；某在城上射住后军，大事济矣。"胄从之。陈登回见父陈珪，备言其事。珪命登先往报知玄德。登领父命，飞马去报，_{曹操写书与车胄，而不写书与陈登父子者，以其素与玄德相善耳。车胄无谋，乃反与登商议，宜其死也。}正迎着关、张，报说如此如此。_{本要报玄德，却先报了关、张，变幻。}原来关、张先回，玄德在后。_{注一句。}张飞听得，便要去厮杀。云长曰："他伏瓮城边待我，去必有失。我有一计，可杀车胄：乘夜扮作曹军到徐州，引车胄出迎，袭而杀之。"飞然其言。那部下军原有曹操旗号，衣甲都同。^{本是朱灵、路昭之兵，不消扮得。}当夜三更，到城边叫门。城上问是谁，众应是曹丞相差来张文远的人马。报知车胄，胄急请陈登议曰："若不迎接，诚恐有疑；若出迎之，又恐有诈。"胄乃上城回言："黑夜难以分辨，平明了相见。"^{车胄此时颇有主意，曹操所以托为心腹。}城下答应："只恐刘备知道，疾快开门！"^{妙。}车胄犹豫未定，城外一片声叫开门。车胄只得披挂上马，引一千军出城，跑过吊桥，大叫："文远何在？"火光中只见云长提刀纵马直迎车胄，大叫曰："匹夫安敢怀诈，欲杀吾兄！"车胄大惊，战未数合，遮拦不住，拨马便回。到吊桥边，城上陈登乱箭射下，^{前曾说过"某在城上射住后军"。}车胄绕城而走。云长赶来，手起一刀，砍于马下，^{陈登本欲先报玄德，却先斩车胄，变幻之极。}割下首级提回，望城上呼曰："反贼车胄，吾已杀之；众等无罪，投降免死！"诸军倒戈投降，军民皆安。

云长将胄头去迎玄德，具言车胄欲害之事，今已斩首。玄德大惊曰："曹操若来，如之奈何？"^{是深心人。}云长曰："弟与张飞迎之。"^{是直心人。}玄德懊悔不已，遂入徐州。百姓父老，伏道而接。玄德到府，寻张飞，飞已将车胄全家杀尽。玄德曰："杀了曹操心腹之人，如何肯休？"陈登曰："某有一计，可退曹操。"正是：

既把孤身离虎穴，还将妙计息狼烟。

不知陈登说出甚计来，且听下文分解。

第二十二回

袁曹各起马步三军

关张共擒王刘二将

荐刘备者，公孙瓒也；杀公孙瓒者，袁绍也。归袁绍者，袁术也；攻袁术者，刘备也。然则欲使袁绍救刘备，不独刘备意中以为必无之事，即读者意中亦以为必无之事矣。乃刘备偏往求之，袁绍偏肯救之。操之与备，合而忽离；绍之与备，离而忽合。读其前卷，更不料有后卷。事之变，文之幻，真令读者梦亦梦不到也。

陈登欲求援兵，试掩卷猜之，必以为求救于马腾矣，乃舍马腾而求袁绍，何也？曰：马腾虽同受衣带诏，而徐州之发使于西凉也远，冀州之进兵于许都也近。且马腾势小，袁绍势大，舍其远者、小者，求其大者、近者，亦是英雄见识。

玄德之求袁绍也，以郑玄为之介绍，而首卷叙述玄德生平，早有"师事郑玄"一语，遥遥伏线。且郑玄、卢植，俱为玄德所师，而卢植详见前文，郑玄直至此处方才出现。一先一后，参差错落，极叙事笔法之妙。况又于关公斩将之后、袁绍兴兵之前，忽然夹叙马氏歌姬、郑家诗婢一段风流文字，真如霹雳火中偶杂一片清冷云也。

曹操十胜，袁绍十败之说，于第十八卷中见之。窃谓继此以后，必叙袁、曹交锋之事，乃隔着数卷，直至斯篇，方始起兵相持，而犹未交锋也。各各奋勇而来，各各解散而去，虎头蛇尾，可发一笑。只因袁绍性格不出谋士料中，遂使《三国》文字竟出今人意外。

或疑曹操见檄必怒，似宜增病，而病反因之而愈，其故何也？曰：此与闻许劭之言而大喜，同一意也。人莫能识其奸雄，而有人焉能识之，彼亦自以为知己；人莫能斥其罪恶，而有人焉能斥之，彼亦自以为快心。今有谀人者，谀得不着痛痒，受谀者必不乐；然则骂人者骂得切中要害，受骂者岂不觉爽乎？武曌见骆宾王檄，叹曰："有如此才而不用，宰相之过也。"使武曌见檄而怒骂宾王，便不成武曌；使曹操见檄而怒骂陈琳，便不成曹操矣。事之成败不足论，而文人之笔，千古常伸。袁本初虽不能胜曹操，徐敬业虽不能除武曌，而陈琳、宾王之文至今脍炙人口，即谓曹操已为陈琳所杀，武曌已为宾王所诛可也。吾所惜者，宾王数武曌之恶已尽，陈琳数曹操之恶未尽。盖陈琳草檄之时，董妃尚未死，伏后尚未弑，董承等七人及孔融、耿纪等尚未遇害，故数操之恶止数得一半耳。然而操已闻而汗下矣。若使于董妃既死，伏后既弑，董、孔诸人既遇害之后，再邀陈琳之笔以骂之，其痛快又当何如哉！

当刘备立公孙瓒背后之时，刘岱固俨然座上一诸侯也。孰意今日乃俯首而为曹操爪牙，又被关、张提起放倒，呼来喝去，直如小儿，岂不可耻之甚乎？今之居上座者，切宜仔细，慎勿为立人背后者所窃笑也。

玄德获岱、忠二人而不杀，尚欲留为讲和之地，其与袁绍之顿兵河朔，迁延不进，毋乃同耶？曰：否。绍之力足以战而不战，备之力不足以战故不欲战。袁绍性慢，是无主意；刘备性慢，是有斟酌。

　　却说陈登献计于玄德曰："曹操所惧者袁绍。绍虎踞冀、青、幽、并诸郡，带甲百万，文官武将极多，今何不写书遣人到彼求救？"（回想磐河一战，则此番求绍似乎极难，乃陈登偏计及此，奇绝。）玄德曰："绍向与我未通往来，今又新破其弟，安肯相助？"登曰："此间有一人与袁绍三世通家，若得其一书致绍，绍必来相助。"（奇绝，此何人耶？）玄德问何人。登曰："此人乃公平日所折节敬礼者，何故忘之？"（奇绝，此何人耶？）玄德猛省曰："莫非郑康成先生乎？"（不用陈登说出，却用玄德想出。）登笑曰："然也。"

原来郑康成名玄，好学多才，尝受业于马融。融每当讲学，必设绛帐，前聚生徒，后陈声妓，侍女环列左右。玄听讲三年，目不邪视，（风流先生偏有此道学门生。）融甚奇之。及学成而归，融叹曰："得我学之秘者，惟郑玄一人耳！"玄家中侍婢俱通《毛诗》。一婢尝忤玄意，玄命长跪阶前。一婢戏谓之曰："'胡为乎泥中？'"此婢应声曰："'薄言往愬，逢彼之怒。'"其风雅如此。（道学主人偏有此风流侍婢。或曰：先生有歌姬，弟子亦有诗婢；是先生风流，弟子亦风流也。予笑谓：不然。有如此婢，而忍使跪于泥中，是道学不是风流。〇忙中夹叙此一段闲文，趣甚。）桓帝朝，玄官至尚书，后因十常侍之乱，弃官归田，居于徐州。（补应前文。）玄德在涿郡时，已曾师事之，（与第一卷中照应，又如千丈游丝，至此一落。）及为徐州牧，时时造庐请教，敬礼特甚。（玄德初到徐州时事，却从此处补出。）

当下玄德想出此人，大喜，便同陈登亲至郑玄家中，求其作书。玄慨然依允，写书一封，付与玄德。玄德便差孙乾星夜赍往袁绍处投递。绍览毕，自忖曰："玄德攻灭吾弟，本不当相助；但重以郑尚书之命，不得不往救之。"（袁、刘素不相亲，却用郑玄联络之，事出意外。）遂聚文武官，商议兴兵伐曹操。谋士田丰曰："兵起连年，百姓疲弊，仓廪无积，不可复兴大军。宜先遣人献捷天子，（献灭公孙瓒之捷也。）若不得通，乃表称曹操隔我王路，然后提兵屯黎阳；更于河内增益舟楫，缮置军器，分遣精兵，屯扎边鄙。三年之中，大事可定也。"（一个不要兴兵，是意在缓战。）谋士审配曰："不然。以明公之神武，抚河朔之强盛，兴兵讨曹贼，易如反掌，何必迁延日月？"（一个要兴兵，是以势言，意在速战。）谋士沮授曰："制胜之策，不在强盛。曹操法令既行，士卒精练，比公孙瓒坐受困者不同。（提照公孙瓒一句，应前文。）今弃献捷良策，而兴无名之兵，窃为明公不取。"（又一个不要兴兵，是在不战。）谋士郭图曰："非也。兵加曹操，岂曰无名？公正当及时早定大业。愿从郑尚书之言，与刘备共仗大义，剿灭曹贼，上合天意，下合民情，实为幸甚！"（又一个要兴兵，是以理言，意在宜战。）四人争论未定，绍踌躇不决。（没主意。）忽许攸、荀谌自外而入。绍曰："二人多有见识，且看如何主张。"二人施礼毕，绍曰："郑尚书有书来，令我起兵助刘备，攻曹操。起兵是乎？不起兵是乎？"二人齐声应曰："明公以众克寡，以强攻弱，（是以势言。）讨汉贼以扶王室：（是以理言。）起兵是也。"（又两个要兴兵的，是合理势而言。）绍曰："二人所见，正合我心。"便商议兴兵。（三人占，则从二人之言；六人谋，则依四人之论。）先令孙乾回报郑玄，并约玄德准备接应；一面令审配、逢纪为统军，田丰、荀谌、许攸为谋士，颜良、文丑为将军，起马军十五万，步兵十五万，共精兵三十万，望黎阳进发。分拨已定，郭图进曰："以明公大义伐操，必须数操之恶，驰檄各郡，声罪致讨，然后名正言顺。"〔只因郭图数语，引出一篇绝世妙文来。〕绍从之，遂令书记陈琳草檄。琳字孔璋，素有才名，灵帝时为主簿，因谏何进不听，〔遥应第二卷中事。〕复遭董卓之乱，避难冀州，绍用为记室。〔忙中又夹叙陈琳事，极闲极警。〕当下领命草檄，援笔立就。其文曰：

盖闻明主图危以制变，忠臣虑难以立权。是以有非常之人，然后有非常之事；有非常之事，然后立非常之功。夫非常者，固非常人所拟也。〔数句作一冒。〕

曩者，强秦弱主，赵高执柄，专制朝权，威福由己，时人迫胁，莫敢正言；终有望夷之败，祖宗焚灭，污辱至今，永为世鉴。〔将数操祖曹腾之恶，故先以赵高作一样子。〕及臻吕后季年，产〔吕产〕、禄〔吕禄〕专政，内兼二军，外统梁、赵；擅断万机，决事省禁；下陵上替，海内寒心。于是绛侯〔周勃〕、朱虚〔刘章〕兴兵奋怒，诛夷逆暴，尊立太宗〔汉文帝〕，故能王道兴隆，光明显融：此则大臣立权之明表也。〔将数曹操之恶，又先以吕产、吕禄作一样子。绍隐然以绛侯自比，而以朱虚比玄德也。○以上泛论往昔，以下方入本题。〕

司空曹操：祖父中常侍腾，与左悺、徐璜，并作妖孽，饕餮放横，伤化虐民；〔言腾与十常侍同恶。以上先骂其祖。〕父嵩，乞匄携养，〔嵩本姓夏侯，腾乞为己子，故曰"乞匄携养"。事见第一卷中。〕因赃假位，舆金辇璧，输货权门，窃盗鼎司，倾覆重器。〔言嵩以贿赂，官至太尉。以上骂其父。绍自以四世三公，家世甚美，故先将曹氏家世丑诋一番。〕操赘阉遗丑，〔赘指嵩，阉指腾。〕本无懿德；獍狡锋协，好乱乐祸。〔此方数操恶。〕

幕府〔绍自谓。〕董统鹰扬，扫除凶逆；续遇董卓，侵官暴国。于是提剑挥鼓，发命东夏，收罗英雄，弃瑕取用；故遂与操同谘合谋，授以裨师，谓其鹰犬之才，爪牙可任。〔此叙绍与操共事之由，事见第五回中。○本是操先起兵，请绍为盟主；今反说绍自起兵，用操为偏将。此文人曲笔也。〕至乃愚佻短略，轻进易退，伤夷折衄，数丧师徒；〔指荥阳之败。〕幕府辄复分兵命锐，修完补辑，表行东郡，领兖州刺史，〔操自领兖州，而绍居功，亦是曲笔。〕被以虎文，奖踖威柄，冀获秦师一克之报。〔此言绍第二番不弃曹操，谓操实羊质而被以虎文，乃绍奖成其威福也。秦师是引用孟明事。〕而操遂承资跋扈，恣行凶忒，割剥元元，残贤害善。故九江太守边让，英才俊伟，天下知名；直言正色，论不阿谄；身首被枭悬之诛，妻孥受灰灭之咎。〔事见第十回中。〕自是士林愤痛，民怨弥重；一夫奋臂，举州同声。故躬破于徐方，地夺于吕布；〔事见第十一回中。〕彷徨东裔，蹈据无所。幕府惟强干弱枝之义，且不登叛人之党，〔叛人指吕布。〕故复援旌擐甲，席卷起征，金鼓响振，布众奔沮；〔事在第十四回中。〕拯其死亡之患，复其方伯之位：（此言绍第三番不弃曹操。）则幕府无德于充土之民，而有大造于操也。（总顿一笔，历言操无状，而绍包容之，与吕相绝秦书一样入妙。）

后会銮驾返旆，群虏寇攻。时冀州方有北鄙之警，匪遑离局；（催、汜之乱，绍未勤王，此处斡旋得好。○北鄙之警，指公孙瓒磐河之战。）故使从事中郎徐勋，就发遣操，使缮修郊庙，翊卫幼主。（本系杨彪请帝召操，而乃谓绍所使，亦是曲笔。）操便放志，专行胁迁，当御省禁，（当御谓驾驭也。）卑侮王室，败法乱纪；坐领三台，专制朝政；爵赏由心，刑戮在口；所爱光五宗，所恶灭三族；群谈者受显诛，腹议者蒙隐戮；百僚钳口，道路以目；尚书记朝会，公卿充员品而已。

故太尉杨彪，典历二司，（彪为司空，又为司徒。）享国极位。操因缘眦睚，被以非罪；榜楚参并，五毒备至；触情任忒，不顾宪纲。（事见第二十回中。）又议郎赵彦，忠谏直言，义有可纳，是以圣朝含听，改容加饰。操欲迷夺时明，杜绝言路，擅收立杀，不俟报闻。（事亦见第二十回中。）又梁孝王，先帝母昆，（同母兄弟。）坟陵尊显；桑梓松柏，犹宜肃恭。而操帅将吏士，亲临发掘，破棺裸尸，掠取金宝。至令圣朝流涕，士民伤怀！（操攻徐州，所过发冢，梁孝王冢亦被发，操知而不问。）

操又特置"发丘中郎将""摸金校尉"，（此等名色，乃时人呼之耳，非操所立也。今竟云操之特置，亦是深文。）所过隳突，无骸不露。身处三公之位，而行桀虏之态，污国害民，毒施人鬼！（操初时无赖，后颇好名，深讳前事。今斥言之，安得不汗下乎？）加其细政惨苛，科防互设；罾缴充蹊，坑阱塞路；举手挂网罗，动足触机陷：是以兖、豫有无聊之民，帝都有吁嗟之怨。历观载籍，无道之臣，贪残酷烈，于操为甚！（三句将前文一总。）

幕府方诘外奸，未及整训；加绪含容，冀可弥缝。（言绍至此犹不弃操。顿笔绝佳。）而操豺狼野心，潜包祸谋，乃欲摧挠栋梁，孤弱汉室，除灭忠正，专为枭雄。往者伐鼓北征公孙瓒，强寇桀逆，拒围一年。操因其未破，阴交书命，外助王师，内相掩袭。会其行人发露，瓒亦枭夷，故使锋芒挫缩，厥图不果。（事见第二十一回中。以上言绍屡次包容曹操，而操无礼特甚，是直在我，而曲在彼也。）今乃屯据敖仓，阻河为固，欲以螳螂之斧，御隆车之隧。（"螳螂当车"语见《庄子》，螳螂举前两足，状如执斧，故云斧。隆车，雷车也，雷神名丰隆，故云隆车。隧，辙也。）幕府奉汉威灵，折冲宇宙；长戟百万，胡骑千群；奋中黄、育、获之士，（中黄、夏育、乌获，皆古力士。）骋良弓劲弩之势；并州越太行，青州涉济、漯；（绍甥高干为并州，绍子谭为青州。）大军泛黄河而角其前，荆州下宛、叶而掎其后，（荆州刘表与绍相结，击也。）雷震虎步，若举炎火以焫飞蓬，覆沧海以沃嫖炭，有何不灭者哉？（前言我直彼曲，是理胜；此言我强彼弱，是势胜也。）

又操军吏士，其可战者，皆出自幽、冀，或故营部曲，咸怨旷思归，流涕北顾。其余兖、豫之民，及吕布、张杨之余众，覆亡迫胁，权时苟从；各被创夷，人为仇敌。若回旆方徂，登高冈而击鼓吹，扬素挥以启降路，必土崩瓦解，不俟血刃。【此言操无可战之将，势固易破。○素，白也；挥，幡也。】

方今汉室陵迟，纲维弛绝；圣朝无一介之辅，股肱无折冲之势。方畿之内，简练之臣，皆垂头搨翼，莫所凭恃；虽有忠义之佐，胁于暴虐之臣，焉能展其节？

又操持部曲精兵七百，围守宫阙，外托宿卫，内实拘执。惧其篡逆之萌，因斯而作。此乃忠臣肝脑涂地之秋，烈士立功之会，可不勖哉！【此言操有篡逆之渐，理又难容，语殊悲壮。】

操又矫命称制，遣使发兵。恐边远州郡，过听给与，违众旅叛，【旅，助也，言助叛人。】举以丧名，为天下笑，则明哲不取也。【此段绝彼之党。】

即日幽、并、青、冀四州并进。【绍子熙领幽州。】书到荆州，便勒现兵，与建忠将军协同声势。【建忠将军指张绣。言荆州刘表已与张绣勒兵来助矣。】州郡各整义兵，罗落境界，举武扬威，并匡社稷，则非常之功于是乎著。【此段广我之助，又应起处，非常之人立非常之功意。】

其得操首者，封五千户侯，赏钱五千万。部曲偏裨将校诸吏降者，勿有所问。广宣恩信，班扬符赏，布告天下，咸使知圣朝有拘迫之难。如律令！

绍览檄大喜，即命使将此檄遍行州郡，并于各处关津隘口张挂。檄文传至许都，时曹操方患头风，卧病在床。【"头风"二字，近为吉平事作引，远为华佗事伏线。】左右将此檄传进，操见之，毛骨悚然，出了一身冷汗，不觉头风顿愈，从床上一跃而起，【陈琳之文，胜是华佗之药。】顾谓曹洪曰："此檄何人所作？"洪曰："闻是陈琳之笔。"操笑曰："有文事者，必须以武略济之。陈琳文事虽佳，其如袁绍武略之不足何！"【方吓得汗出，便强言笑语，真是奸雄。】遂聚众谋士商议迎敌。

孔融闻之，来见操曰："袁绍势大，【不说理顺，只说势大，犹婉词也。】不可与战，只可与和。"荀彧曰："袁绍无用之人，何必议和？"融曰："袁绍土广民强，其部下如许攸、郭图、审配、逢纪皆智谋之士；田丰、沮授皆忠臣也；颜良、文丑勇冠三军；其余高览、张郃、淳于琼等俱世之名将，何谓绍为无用之人乎？"【孔融此时便有左袒袁绍之意，为后文曹操杀融伏线。】彧笑曰："绍兵多而不整。田丰刚而犯上，许攸贪而不智，审配专而无谋，逢纪果而无用：此数人者，势不相容，必生内变。【历诋众谋士之短，俱确中其病，可见知己知彼，不独能知彼之主，亦能知彼之辅也。】颜良、文丑，匹夫之勇，一战可擒。其余碌碌等辈，纵有百万，何足道哉！"【荀彧此一段话，与十胜十败之说遥应。】孔融默然。操大笑曰："皆不出荀文若之料。”遂唤前军刘岱、后军王忠引军五万，打着“丞相”旗号，去徐州攻刘备。原来刘岱旧为兖州刺史，及操取兖州，岱降于操，操用为偏将，故今差他与王忠一同领兵。百忙中央补前文之所未及。操却自引大军二十万，进黎阳，拒袁绍。程昱曰：“恐刘岱、王忠不称其使。”操曰：“吾亦知非刘备敌手，为后二人被擒伏线。权且虚张声势。”吩咐：“不可轻进。待我破绍，再勒兵破备。”刘岱、王忠领兵去了。

曹操自引兵至黎阳。两军隔八十里，各自深沟高垒，相持不战，自八月守至十月。原来许攸不乐审配领兵，沮授又恨绍不用其谋，各不相和，不图进取。果应荀彧之言。袁绍心怀疑惑，不思进兵。方起兵时先无主张，今进兵时亦没要紧。故操乃唤吕布手下降将臧霸守把青、徐，于禁、李典屯兵河上，曹仁总督大军屯于官渡。操自引一军，竟回许都。袁、曹究竟未尝交手。○按住袁绍一边，以下独叙刘备一边。

且说刘岱、王忠引军五万，离徐州一百里下寨。中军虚打“曹丞相”旗号，未敢进兵，只打听河北消息。这里玄德也不知曹操虚实，未敢擅动，亦只探听河北。忽曹操差人催刘岱、王忠进战。二人在寨中商议。岱曰：“丞相催促攻城，你可先去。”王忠曰：“丞相先差你。”岱曰：“我是主将，如何先去？”二人互相推诿，亦如审配、许攸等互相疑沮，竟是一样局面。好笑。忠曰：“我和你同引兵去。”岱曰：“我与你拈阄，拈着的便去。”王忠拈着“先”字，袁绍与六人谋，则从其后者；曹操使二人战，则拈其先者。只得分一半军马，来攻徐州。玄德听知军马到来，请陈登商议曰：“袁本初虽屯兵黎阳，奈谋臣不和，尚未进取。曹操不知在何处。闻黎阳军中，无操旗号，此事却从玄德口中补出，妙。如何这里却反有他旗号？”登曰：“操诡计百出，必以河北为重，亲自监督，却故意不建旗号，乃于此处虚张旗号。吾意操必不在此。”登之料操，亦如彧之料绍。玄德曰：“两弟谁可探听虚实？”张飞曰：“小弟愿往。”玄德曰：“汝为人躁暴，不可去。”飞曰：“便是有曹操也拿将来！”快人快语。云长曰：“待弟往观其动静。”玄德曰：“云长若去，我却放心。”于是云长引三千人马出徐州来。

时值初冬，阴云布合，雪花乱飘，才见青梅如豆，又见白雪如花。忽而杯酒，忽而军马皆冒雪布干戈，一年之中，不独天时变，人事亦变矣。阵。云长骤马提刀而出，想见赤面绿袍人在雪光中分外照耀。大叫王忠打话。

忠出曰：“丞相到此，缘何不降？”云长曰：“请丞相出阵，我自有话说。”忠曰：“丞相岂肯轻见你！”云长大怒，骤马向前。王忠挺枪来迎。两马相交，云长拨马便走。王忠赶来。转过山坡，云长回马，大叫一声，舞刀直取。王忠拦截不住，恰待骤马奔逃，云长左手倒提宝刀，右手揪住王忠勒甲绦，拖下鞍鞒，横担于马上，回本阵来。王忠直如此易捉，可笑。王忠军四散奔走。以云长赶散王忠兵，亦如汤泼雪。云长押解王忠，回徐州见玄德。玄德问：“尔乃何人？现居何职？敢诈称'曹丞相'！"忠曰："焉敢有诈？奉命教我虚张声势，以为疑兵。丞相实不在此。"〔老实人。老实原是没用表字。〕玄德教付衣服酒食，且暂监下，待捉了刘岱，再作商议。云长曰："某知兄有和解之意，故生擒将来。"玄德曰："吾恐翼德躁暴，杀了王忠，故不教去。此等人杀之无益，留之可为解和之地。"〔此时尚欲求和，以袁绍既不决战，而自审其力未足拒操也。〕张飞曰："二哥捉了王忠，我去生擒刘岱来！"玄德曰："刘岱昔为兖州刺史，虎牢关伐董卓时，也是一镇诸侯，今日为前军，不可轻敌。"〔虎牢关事已隔十余回，此处忽然提照出来。〕飞曰："量此辈何足道哉！我也似二哥生擒将来便了。"玄德曰："只恐坏了他性命，误我大事。"飞曰："如杀了，我偿他命！"〔快人快语。〕玄德遂与军三千，飞引兵前进。

却说刘岱知王忠被擒，坚守不出。张飞每日在寨前叫骂，岱听知是张飞，越不敢出。〔如此人使当刘备，阿瞒亦殊失计。〕飞守了数日，见岱不出，心生一计，〔莽人忽然用计，未尝莽也，且正妙在以莽惑人耳。〕传令："今夜二更去劫寨。"日间却在帐中饮酒诈醉，〔奇绝妙绝。〕寻军士罪过，打了一顿，缚在营中，曰："待我今夜出兵时，将来祭旗！"却暗使左右纵之去。〔奇绝妙绝。〕军士得脱，偷走出营，径往刘岱营中来报劫寨之事。刘岱见降卒身受重伤，遂听其说，虚扎空寨，伏兵在外。是夜张飞却分兵三路，中间使三十余人劫寨放火，却教两路军抄出他寨后，看火起为号，夹击之。三更时分，张飞自引精兵，先断刘岱后路；中路三十余人，抢入寨中放火。刘岱伏兵恰待杀入，张飞两路兵齐出。岱军自乱，正不知飞兵多少，各自溃散。〔前在雪光中照耀赤面，今在火光中照耀黑脸，一样怕人，故军安得不溃。〕刘岱引一队残军，夺路而走，正撞见张飞，狭路相逢，急难回避，交马只一合，早被张飞生擒过去。余众皆降。飞使人先报入徐州。玄德闻之，谓云长曰："翼德自来粗莽，今亦用智，吾无忧矣！"乃亲自出郭迎之。〔非奖励其勇，奖励其智也。〕飞曰："哥哥道我躁暴，今日如何？"〔其实得意。〕玄德曰："不用言语相激，如何肯使机谋！"〔柔人激之则刚，直人飞大笑。激之则反曲。奇甚。〕

玄德见缚刘岱过来，慌下马解其缚曰："小弟张飞误有冒渎，望乞恕罪。"〔还以兖州刺史待之，比王忠略有体面。〕遂迎入徐州，放出王忠，一同管待。玄德曰："前因车胄欲害备，故不得不杀之。丞相错疑备反，遣二将军前来问罪。备受丞相大恩，正思报效，安敢反耶？二将军至许都，望善言为备分诉，备之幸也。"〔甘言卑词，一味虚假。还用青梅煮酒时身分。〕刘岱、王忠曰："深荷使君不杀之恩，当于丞相处方便，以某两家老小保使君。"玄德称谢。次日尽还原领军马，送出郭外。刘岱、王忠行不上十余里，一声鼓响，张飞拦路大喝曰："我哥哥忒没分晓！捉住贼将如何又放了？"諕得刘岱、王忠在马上发颤。张飞睁眼挺枪赶来，背后一人飞马大叫："不得无礼！"视之，乃云长也。刘岱、王忠方才放心。云长曰："既兄长放了，吾弟如何不遵法令？"飞曰："今番放了，下次又来。"云长曰："待他再来，杀之未迟。"

关、张二人一收一放，定是玄德作用。刘岱、王忠连声告退曰："便丞相诛我三族，也不来了。望将军宽恕。"

二人见云长之刀、翼德之谋，亦如飞曰："便是曹操自来，也杀他片甲不回！今番权且寄下两颗
曹操见陈琳之檄，不得不汗下也。

头！"快人快语。刘岱、王忠抱头鼠窜而去。

云长、翼德回见玄德曰："曹操必然复来。"孙乾谓玄德曰："徐州受敌之地，不可久

居。不若分兵屯小沛，守邳城，为掎角之势，以防曹操。"玄德用其言，令云长守下邳，

甘、糜二夫人亦于下邳安置。前吕布以家小住下邳而殒命，今玄德亦以家小甘夫人乃小沛人也，糜夫人
住下邳而出奔。婆子气人又要怨风水不好矣。

乃糜竺之妹也。忽然夹叙二夫人出处，笔极闲极警。孙乾、简雍、糜竺、糜芳守徐州。玄德与张飞屯小沛。

刘岱、王忠回见曹操，具言刘备不反之事。操怒骂："辱国之徒，留你何用！"喝令

左右推出斩之。正是：

犬豕何堪共虎斗，鱼虾空自与龙争。

不知二人性命如何，且听下文分解。

第二十三回

祢正平裸衣骂贼

吉太医下毒遭刑

　　祢衡、孔融、杨修三人才同，而其品则有不同。杨修事操者也，孔融不事操而犹与操周旋者也，祢衡则不事操而并不屑与操周旋者也。三人皆为操所杀，而三人之中，惟衡最刚。故三人之死，亦惟衡独蚤。操自负奸雄，其才力足以推倒一世，而祢衡鄙夷傲睨，视若无物，非胆勇过人，安能如此！生前既骂曹操，死后又骂王敦，至今鹦鹉洲英灵不泯，岂得仅以文人才士目之耶？

　　或谓骂操如陈琳而不杀之，何以独忌祢正平乎？操之出使正平于诸侯者，以正平恃才而狂，欲使人磨折他一番，挫其锐气，然后用之耳，不虞黄祖之遽杀之也。先儒有《代曹操责黄祖书》，备言此意。予曰：不然。为此说者，未知祢、陈两人之优劣也。祢衡骂操以口，陈琳骂操以笔，虽同一骂，而衡之骂操，自骂者也；琳之骂操，代人骂者也。夫自骂之与代人骂，则有间矣。琳之言曰："箭在弦上，不得不发。"使操用之以射人，则其代操骂敌，亦犹是也。陈琳骂操而终于事操，祢衡骂操则必不事操。代人骂者可降，自骂者断不降，此操之所为不杀琳而必杀衡欤！

　　为刘表计者，既知曹操使祢衡之意，便不当使衡见黄祖，当仍令衡还许都，方是高曹操一头地。今操借刀于表，表复借刀于祖，是与操一般见识，终在曹操术中耳。

　　董承元宵一梦，何其快心！奈此梦不应，可为惋惜。虽然，天地梦薮也，古今梦缘也，人生梦魂也。汉之变而为三国，三国之变而为晋，犹之蕉耳，鹿耳，蝴蝶耳，邯郸与南柯耳。事之真者，何必非梦？则事之梦者何必非真？梦如董承，直谓之真焉可矣。

　　尝读《昙花记》，见冥王坐勘曹操，拷之问之，打之骂之。或曰：此后人欲泄其愤，无聊之极思耳。予曰：不然。理应如是，不可谓之戏也。古来缺陷不平之事，有欲反其事以补之者：一曰邓伯道父子团圆，一曰荀奉倩夫妻偕老，一曰屈大夫重兴楚国，一曰燕太子克复秦仇，一曰王明妃再入汉关，一曰侯夫人生逢炀帝，一曰岳武穆寸斩秦桧，一曰南霁云立灭贺兰：斯皆以天数俯从人心，以人心挽回天数。然则董承剑起，曹操头落，忠魂所结，竟当作如是观。

　　上医医国，其吉平之谓乎？若吉平者，不愧为太医矣。以其药医曹操之头风，是毒药也；以其药医献帝之心病，是良药也。人谓其误以诈病为真病，不得谓之知病；我谓其能以毒药为良药，斯真谓之知医。惜乎其药不行耳！欲生人则生之，欲杀人则杀之。能生人是良医，能杀人亦是良医。独怪今之医家，心则华佗救周泰之心，药则吉平毒曹操之药，杀人而犹执生人之方，生人而适作杀人之孽，吾不知其医术居何等也。

　　孔融荐祢衡一篇文字，十分光彩。阅至此掀髯称快，当满引一大白。祢衡鼓击三挝，令人泣下；吉平血流九指，令人眦裂。阅至此，慷慨悲怀，又当满引一大白。

　　此回起处，正是曹操欲攻刘备，却因招安表、绣放下刘备，忽然接入董承。及董承事露，而首人不知有刘备，至搜出义状，而曹操始知与承同谋者之有刘备。于是下文攻刘备，更不容缓矣。然则此回虽无刘备之事，而实刘备传中一大关目也。

却说曹操欲斩刘岱、王忠。孔融谏曰："二人本非刘备敌手，若斩之，恐失将士之心。"操乃免其死，黜罢爵禄，欲自起兵伐玄德。孔融曰："方今隆冬盛寒，_{应前"雪花飘"句。}未可动兵，待来春未为晚也。_{孔融心向玄德，来春之说乃缓词耳。}可先使人招安张绣、刘表，然后再图徐州。"操然其言，先遣刘晔往说张绣。晔至襄城，先见贾诩，陈说曹公盛德。诩乃留晔于家中，次日来见张绣，说曹公遣刘晔招安之事。正议间，忽报袁绍有使至。绣命入。使者呈上书信。绣览之，亦是招安之意。诩问来使曰："近日兴兵破曹操，胜负何如？"使曰："隆冬寒月，权且罢兵。_{与孔融之言相合。}今以将军与荆州刘表俱有国士之风，故来相请耳。"_{使者口中就便带出刘表，正与陈琳檄文中相应。}诩大笑曰："汝可便回见本初，道：'汝兄弟尚不能容，何能容天下国士乎！'"_{袁术始而误粮，绍不能以军法斩之；继而僭号，绍不能以大义诛之。责绍者，正当责其不能讨术，不当责其不能容术也。贾诩初随李催，后随曹操，虽有知谋，不知顺逆，故其言如此。}当面扯碎书，叱退来使。

张绣曰："方今袁强曹弱，今毁书叱使，袁绍若至，当如之何？"诩曰："不如去从曹操。"绣曰："吾先与操有仇，安得相容？"_{应前第十六回中事。}诩曰："从操其便有三：夫曹公奉天子明诏，征伐天下，其宜从一也；绍强盛，我以少从之，必不以我为重，操虽弱，得我必喜，其宜从二也；_{今之锦上添花者，好向富厚处纳款，不乐向寒乏处通情，请听贾诩之论。}曹公五霸之志，必释私怨，以明德于四海，其宜从三也。愿将军无疑焉。"绣从其言，请刘晔相见。晔盛称操德，且曰："丞相若记旧怨，安肯使某来结好将军乎？"绣大喜，即同贾诩等赴许都投降。绣见操，拜于阶下。操忙扶起，执其手曰："有小过失，勿记于心。"_{乱其叔母，乃曰"小过失"，亏他这副老面皮。}遂封绣为扬武将军，封贾诩为执金吾使。_{操又得一谋士。}操即命绣作书招安刘表。贾诩进曰："刘景升好结纳名流，今必得一有文名之士往说之，方可降耳。"_{只此一句，引出祢正平来。}操问荀攸曰："谁人可去？"攸曰："孔文举可当其任。"操然之。攸出见孔融曰："丞相欲得一有文名之士，以备行人之选。公可当此任否？"融曰："吾友祢衡，字正平，其才十倍于我。此人宜在帝左右，不但可备行人而已。我当荐之天子。"_{不曰荐之丞相，而曰荐之天子，我知正平固不为操用者也。}于是遂上表奏帝。其文曰：

臣闻洪水横流，帝思俾乂；旁求四方，以招贤俊。昔世宗继统，_{指汉武帝。}将弘基业；畴咨熙载，群士响臻。陛下睿圣，篡承基绪，遭遇厄运，劳谦日昃；维岳降神，异人并出。窃见处士平原祢衡，年二十四，字正平，淑质贞亮，_{一句言其品。}英才卓跞，_{一句言其才。}初涉艺文，升堂睹奥。目所一见，辄诵之口；耳所暂闻，不忘于心。性与道合，思若有神。弘羊潜计，_{桑弘羊，武帝时人。}安世默识，_{张安世，宣帝时人。}以衡准之，诚不足怪。[一段美其才。]忠果正直，志怀霜雪；见善若惊，嫉恶若仇。任座抗行，[任座，魏文侯时人。]史鱼厉节，殆无以过也。[一段美其品。只此数语，便为祢衡骂曹操张本。]鸷鸟累百，不如一鹗；[郭嘉、程昱等皆鸷鸟耳。]使衡立朝，必有可观。飞辩骋词，溢气坌涌；解疑释结，临敌有余。

昔贾谊求试属国，诡系单于；[诡，责也。]终军欲以长缨，牵制劲越。弱冠慷慨，前世美之。近日路粹、严象，亦用异才，擢拜台郎。衡宜与为比。[一段言其少年有志，应前"年二十四"句。]如得龙跃天衢，振翼云汉，扬声紫微，垂光虹蜺，足以昭近署之多士，增四门之穆穆。钧天广乐，必有奇丽之观；帝室皇居，必蓄非常之宝。[语亦奇丽非常。]若衡等辈，不可多得。《激楚》[清辞。]《阳阿》，[曲名。]至妙之容，掌伎者之所贪；飞兔、騕褭，[皆良马。]绝足奔放，良[王良。]、乐[伯乐。]之所急也。臣等区区，敢不以闻？陛下笃慎取士，必须效试，乞令衡以褐衣召见。如无可观采，臣等受面欺之罪。

帝览表，以付曹操。操遂使人召衡至。礼毕，操不命坐。[无礼惹骂。]祢衡仰天叹曰："天地虽阔，何无一人也！"[开口便异。]操曰："吾手下有数十人，皆当世英雄，何谓无人？"[高祖踞见郦生，生责之，高祖便起谢。今曹操不谢，宜正平之终怒也。]衡曰："愿闻。"操曰："荀彧、荀攸、郭嘉、程昱机深智远，虽萧何、陈平不及也。张辽、许褚、李典、乐进勇不可当，虽岑彭、马武不及也。吕虔、满宠为从事，于禁、徐晃为先锋；夏侯惇天下奇才，曹子孝世间福将。安得无人？"[曹操自夸其谋臣、战将，叙得参差有势。]衡笑曰："公言差矣！此等人物，吾尽识之：荀彧可使吊丧问疾，荀攸可使看坟守墓，程昱可使关门闭户，郭嘉可使白词念赋，张辽可使击鼓鸣金，许褚可使牧牛放马，乐进可使取状读诏，李典可使传书送檄，吕虔可使磨刀铸剑，满宠可使饮酒食糟，于禁可使负版筑墙，徐晃可使屠猪杀狗；夏侯惇称为'完体将军'，曹子孝呼为'要钱太守'，[“完体”反言之也，“要钱”正言之也。然恐天下，不独一曹子孝矣。]其余皆是衣架、饭囊、酒桶、肉袋耳！"[骂得畅快。]操怒曰："汝有何能？"衡曰："天文地理，无一不通；三教九流，无所不晓。上可以致君为尧、舜，下可以配德于孔、颜。[祢衡自赞，亦如孔融之赞衡。此二句。]岂与俗子共论乎！"时止有张辽在侧，掣剑欲斩之。操曰："吾正少一鼓吏，早晚朝贺宴享，可令祢衡充此职。"[衡欲使张辽击鼓鸣金，操即以其鄙薄张辽者命衡也。]衡不推辞，应声而去。[玩世不恭，有诗人《简兮》之风。]辽曰："此人出言不逊，何不杀之？"操曰："此人素有虚名，远近所闻。今日杀之，天下必谓我不能容物。彼自以为能，故令为鼓吏以辱之。"[奸雄作用，故欲辱衡，谁知反为衡所辱也。]

来日，操于省厅上大宴宾客，令鼓吏挝鼓。旧吏云："挝鼓必换新衣。"衡穿旧衣而入。遂击鼓为《渔阳三挝》，音节殊妙，渊渊有金石声。于草木之器，能作金石之音，正所谓《激楚》《阳阿》，掌伎所贵者也。祢正平《渔阳挝》与嵇叔夜《广陵散》并称绝调，惜于今不传。坐客听之，莫不慷慨流涕。左右喝曰："何不更衣！"衡当面脱下旧破衣服，裸体而立，浑身尽露。孟嘉落帽以傲桓温，祢衡裸衣以辱曹操。奸雄而遇狂士，大有可观。坐客皆掩面。衡乃徐徐着裤，颜色不变。真是目中无人。操叱曰："庙堂之上，何太无礼？"衡曰："欺君罔上乃谓无礼。明明道着老贼。吾露父母之形，以显清白之体耳！"既听"伐鼓渊渊"又见"白鸟鹤鹤"。操曰："汝为清白，谁为污浊？"衡曰："汝不识贤愚，是眼浊也；不读诗书，是口浊也；不纳忠言，是耳浊也；不通古今，是身浊也；不容诸侯，是腹浊也；常怀篡逆，是心浊也！前既力诋其谋臣将士，今却指名独骂曹操。又骂之于伐鼓之后，可谓"鸣鼓而攻之"矣。○孔融荐祢衡一篇文字，十分光彩；祢衡骂曹操一篇言语，十分锋芒：可称双绝。吾乃天下名士，用为鼓吏，是犹阳货轻仲尼，臧仓毁孟子耳！索性骂个尽情畅绝。欲成王霸之业，而如此轻人耶？"时孔融在坐，恐操杀衡，乃从容进曰："祢衡罪同胥靡，不足发明王之梦。"用高宗梦傅说事。古使有罪者充役，谓之"胥靡"；傅说筑墙于傅岩之野，是代罪人役也。操指衡而言曰："令汝往荆州为使。如刘表来降，便用汝作公卿。"衡不肯往。操教备马三匹，令二人扶挟而行；祢衡倔强态可掬。却教手下文武，整酒于东门外送之。荀彧曰："如祢衡来，不可起身。"衡至，下马入见，众皆端坐。衡放声大哭。荀彧问曰："何为而哭？"衡曰："行于死柩之中，如何不哭？"鼓音之悲，正为此耳。众皆曰："吾等是死尸，汝乃无头狂鬼耳！"衡曰："吾乃汉朝之臣，不作曹瞒之党，安得无头？"祢衡以汉帝为头，不似彼众人以曹操为头也。众欲杀之。荀彧急止之曰："量鼠雀之辈，何足污刀！"衡曰："吾乃鼠雀，尚有人性；汝等只可谓之蜾虫！"然则其事曹操，不过如蚁中之王、蜂中之长耳。众恨而散。

衡至荆州，见刘表毕，虽颂德，实讥讽。表不喜，表好名士而不喜祢衡，如叶公之令去江夏见黄祖。或问表曰："祢衡戏谑主公，何不杀之？"表曰："祢衡数辱曹操，操不杀者，恐失人望，故令作使于我，欲借我手杀之，使我受害贤之名也。吾今遣去见黄祖，使曹操知我有识。"刘表使见黄祖，即曹操使见刘表之意，是操借刀于表，而表复乞诸其邻而与之耳。众皆称善。

时袁绍亦遣使至。表问众谋士曰："袁本初又遣使来，曹孟德又差祢衡在此，当从何便？"从事中郎将韩嵩进曰："今两雄相持，将军若欲有为，乘此破敌可也。如其不然，将择其善者而从之。今曹操善能用兵，贤俊多归，其势必先取袁绍，然后移兵向江东，恐将军不能御；莫若举荆州以附操，操必重待将军矣。"与贾诩劝张绣同。表曰："汝且去许都，观其动静，再作商议。"嵩曰："君臣各有定分。嵩今事将军，虽赴汤蹈火，一唯所命。将军若能上顺天子，下从曹公，使嵩可也；如持疑未定，嵩到京师，天子赐嵩一官，则嵩为天子之臣，不复为将军死矣。"先说在前，后来不得罪之。表曰："汝且先往观之。吾别有主意。"嵩辞表，到许都见操。操遂拜嵩为侍中，领零陵太守。_{果应韩嵩之言。}荀彧曰："韩嵩来观动静，未有微功，重加此职。祢衡又无音耗，丞相遣而不问，何也？"_{荀彧双问韩、祢二人。}操曰："祢衡辱吾太甚，故借刘表手杀之，何必再问？"_{曹操单答称衡一人。}遂遣韩嵩回荆州说刘表。嵩回见表，称颂朝廷盛德，劝表遣子入侍。表大怒曰："汝怀二心耶！"欲斩之。嵩大叫曰："将军负嵩，嵩不负将军！"蒯良曰："嵩未去之前，先有此言矣。"刘表遂赦之。

人报黄祖斩了祢衡，_{此事不用实写，只在使者口中虚写，省笔。}表问其故，对曰："黄祖与祢衡共饮，皆醉。祖问衡曰：'君在许都有何人物？'衡曰：'大儿孔文举，小儿杨德祖。除此二人，别无人物。'祖曰：'似我何如？'衡曰：'汝似庙中之神，虽受祭祀，恨无灵验！'祖大怒曰：'汝以我为土木偶人耶！'_{衡之视人，不是死尸，即是木偶，所以取祸。}遂斩之。衡至死骂不绝口。"_{此非黄祖杀之，而刘表杀之；亦非刘表杀之，而曹操杀之也。}刘表闻衡死，亦嗟呀不已，令葬于鹦鹉洲边。后人有诗叹曰：

> 黄祖才非长者俦，祢衡珠碎此江头。
>
> 今来鹦鹉洲边过，惟有无情碧水流。

却说曹操知祢衡受害，笑曰："腐儒舌剑，反自杀矣！"_{不说自己杀他，又不说别人杀他，反说他自杀，奸雄之极。}因不见刘表来降，便欲兴兵问罪。荀彧谏曰："袁绍未平，刘备未灭，而欲用兵江汉，是犹舍心腹而顾手足也。可先灭袁绍，后灭刘备，江汉可一扫而平矣。"操从之。_{以上按下荆州一边，以下再叙许都一边。}

且说董承自刘玄德去后，日夜与王子服等商议，无计可施。建安五年，元旦朝贺，见曹操骄横愈甚，感愤成疾。_{将叙元宵饮酒，先叙元旦染病。老泉诗曰："佳节每从愁里过，壮心犹傍醉中来。"正与此合。}帝知国舅染病，令随朝太医前去医治。此医乃洛阳人，姓吉名太，字称平，人皆呼为吉平，当时名医也。平到董承府用药调治，旦夕不离，常见董承长吁短叹，不敢动问。_{但知其身病，不知其心病也。}时值元宵，吉平辞去，承留住，二人共饮。饮至更余，承觉困倦，就和衣而睡。_{前二十回中隐几而卧，乃是日里，今和衣而睡，乃是夜间。前因隔夜未眠，此因病后困倦。写得有情有景。}忽报王子服等四人至，承出接入。服曰："大事谐矣！"承曰："愿闻其说。"服曰："刘表结连袁绍，起兵五十万，共分十路杀来。_{快畅之极。}马腾结连韩遂，起西凉军七十二万，从北杀来。_{快畅之极。}曹操尽起许昌兵马，分头迎敌，城中空虚。若聚五家僮仆，可得千余人。乘今夜府中大宴，庆赏元宵，将府围住，突入杀之。不可失此机会！"_{更畅快之极。}承大喜，即唤家奴各人收拾兵器，自己披挂绰枪上马，_{疾至此有起色矣。}约会都在内门前相会，同时进兵。夜至二鼓，众兵皆到。董承手提宝剑，徒步直入，见操设宴后堂，大叫："操贼休走！"一剑剁去，随手而倒。_{一路看来，竟似真有此快事。何其天从人愿至于如此之易也？}霎时觉来，乃南柯一梦，_{半晌欢喜，读至此句，不觉扫兴。}

口中犹骂"操贼"不止。吉平向前叫曰:"汝欲害曹公乎?"承惊惧不能答。〔楚庄王将有所谋,必屏人独寝,恐梦中漏言,正吉平为此也。〕吉平曰:"国舅休慌。某虽医人,未尝忘汉。某连日见国舅嗟叹,不敢动问。恰才梦中之言,已见真情,幸勿相瞒。倘有用某之处,虽灭九族,亦无后悔!"〔满朝文武,不及此一医生多矣。〕承掩面而哭曰:"只恐汝非真心!"平遂咬下一指为誓。〔献帝刺指写诏,吉平咬指为誓,二指正复相应。〕承乃取出衣带诏,令平视之,且曰:"今之谋望不成者,乃刘玄德、马腾各自去了,无计可施,因此感而成疾。"〔至此方说出真正病源。〕平曰:"不消诸公用心。操贼性命,只在某手中。"〔今日医生之手,皆如此之可畏。〕承问其故。平曰:"操贼常患头风,痛入骨髓,才一举发,便召某医治。如早晚有召,只用一服毒药,必然死矣,何必举刀兵乎?"〔一贴药胜是百万兵。〕承曰:"若得如此,救汉朝社稷者,皆赖君也!"〔方是真正良医,不但医董承身病,并医董承心病;不但医承心病,且医献帝心病矣。〕时吉平辞归。承心中暗喜,步入后堂,忽见家奴秦庆童同侍妾云英在暗处私语。承大怒,唤左右捉下,欲杀之。夫人劝免其死,〔夫人大是各人误事。〕各人杖脊四十,将庆童锁于冷房。庆童怀恨,黄夜将铁锁扭断,跳墙而出,径入曹操府中,告有机密事。〔前十回中马宇为家僮所首,此处董承亦同为家僮所首。前略后详,事虽同而文各异。〕操唤入密室问之。庆童云:"王子服、吴子兰、种辑、吴硕、马腾五人〔只说得五人,妙。〕在家主府中商议机密,必然是谋丞相。家主将出白绢一段,不知写着甚的。近日吉平咬指为誓,我也曾见。"〔秦庆童口中,妙在说得不明不白。但见白绢,不见血诏;但知写字咬指,不知所议谓何。正如断碑之文,不甚可读,而以意度之,自能猜测而得也。〕曹操藏匿庆童于府中,董承只道逃往他方去了,也不追寻。

次日,曹操诈患头风,召吉平用药。平自思曰:"此贼合休!"暗藏毒药入府。〔操之意是假病,平之医亦是假医。〕操卧于床上,令平下药。平曰:"此病可一服即愈。"〔自然不消第二服。〕教取药罐,当面煎之。药已半干,平已暗下毒药,亲自送上。操知有毒,故意迟延不服。平曰:"乘热服之,少汗即愈。"〔水二钟,姜三片,滓不再煎。〕操起曰:"汝既读儒书,必知礼义:君有疾饮药,臣先尝之;父有疾饮药,子先尝之。汝为我心腹之人,何不先尝而后进?"〔先尝则不能进矣。〕平曰:"药以治病,何用人尝?"平知事已泄,纵步向前,扯住操耳而灌之。操推药泼地,砖皆进裂。操未及言,左右已将吉平执下。〔事虽未成,而吉平之勇过于专诸矣。〕操曰:"吾岂有疾,特试汝耳!汝果有害我之心!"遂唤二十个精壮狱卒,执平至后园拷问。〔此是一拷吉平。〕操坐于亭上,将平缚倒于地。吉平面不改容,略无惧怯。〔想其怀药入府时,已置死生于度外。〕操笑曰:"量汝是个医人,安敢下毒害我?必有人唆使你来。你说出那人,我便饶你。"平叱之曰:"汝乃欺君罔上之贼,天下皆欲杀汝,岂独我乎!"〔绝似施全对秦桧语。〕操再三磨问。平怒曰:"我自欲杀汝,安有人使我来?〔先说人皆欲杀,不独是我;又说我自欲杀,更不关人。若论有人指使,则天下人皆使我来;若论无人指使,则更无一人使我来也。〕今事不成,惟死而已!"操怒,教狱卒痛打。打到两个时辰,皮开肉裂,血流满阶。

操恐打死，无可对证，令狱卒揪去静处，权且将息。^{恶极。}传令次日设宴，请众大臣饮酒。惟董承托病不来。王子服等皆恐操生疑，只得俱至。^{一人因恐而不来，数人因恐而皆至。}操于后堂设席。酒行数巡，曰：“筵中无可为乐，我有一人，可为众官醒酒。”^{吉平善用表汗汤，今操用他为醒酒汤。}教二十个狱卒：“与吾牵来！”须臾，只见一长枷钉着吉平，拖至阶下。^{此是二拷吉平。}操曰：“众官不知，此人连结恶党，欲反背朝廷，谋害曹某。今日天败，请听口词。”操教先打一顿，昏绝于地，以水喷面。吉平苏醒，^{吉平被水喷醒，众官却被曹操吓醒。}睁目切齿而骂曰：“操贼！不杀我，更待何时！”操曰：“同谋者先有六人，与汝共七人耶？”^{足七人之数者，刘玄德也。若添一吉平，则八人矣。乃白绢状上本无吉平，而庆童口中却无玄德。}猜测得平只是大骂。^{猜测得妙。}王子服等四人面面相觑，如坐针毡。^{曹操意中，八人认作七人；曹操座上，六人尚欠二人。参差不齐，错落有致。}操教一面打，一面喷。平并无求饶之意。^{硬汉。}操见不招，且教牵去。^{还不许他死，恶极。}

众官席散，操只留王子服等四人夜宴。四人魂不附体，只得留待。操曰：“本不相留，争奈有事相问。汝四人不知与董承商议何事？”子服曰：“并未商议甚事。”操曰：“白绢中写着何事？”子服等皆隐讳。操教唤出庆童对证。子服曰：“汝于何处见来？”庆童曰：“你回避了众人，六人在一处画字，如何赖得？”^{庆童只首得六人。}子服曰：“此贼与国舅侍妾通奸，被责诬主，不可听也。”操曰：“吉平下毒，非董承所使而谁？”子服等皆言不知。操曰：“今晚自首，尚犹可恕；若待事发，其实难容！”子服等皆言并无此事。操叱左右将四人拿住监禁。

次日，带领众人径投董承家探病。^{前吉平至曹操府中看病，今曹操至董承家中探病，都是不怀好意。}承只得出迎。操曰：“缘何夜来不赴宴？”承曰：“微疾未痊，不敢轻出。”操曰：“此是忧国家病耳。”^{曹操赚吉平是假病，董承忧曹操是真病。}承愕然。操曰：“国舅知吉平事乎？”承曰：“不知。”操冷笑曰：“国舅如何不知？”唤左右：“牵来与国舅起病。”^{竟欲以吉平三拷当枚生《七发》。○前日醒酒，是以吉平为汤；今日起病，是又以吉平为酒矣。}承举措无地。须臾，二十狱卒推吉平至阶下。^{此为三拷吉平。}吉平大骂：“曹操逆贼！”^{见曹操便骂，硬汉。}操指谓承曰：“此人曾攀下王子服等四人，吾已拿下廷尉。尚有一人，未曾捉获。”^{曹操只道一人，不知尚有三人。}因问平曰：“谁使汝来药我？可速招出！”平曰：“天使我来杀逆贼！”^{妙。人心所存，即天理也。}操怒教打。身上无容刑之处。承在座观之，心如刀割。操又问平曰：“你原有十指，今如何只有九指？”平曰：“嚼以为誓，誓杀国贼！”^{绝不抵赖，硬汉。}操教取刀来，就阶下截去其九指，^{今之庸医以十指杀人者，亦当以此法杀之。}曰：“一发截了，教你为誓！”平曰：“尚有口可以吞贼，有舌可以骂贼！”^{为张睢阳齿，为颜常山舌。}操令割其舌。平曰：“且勿动手。吾今熬刑不过，只得供招。^{不知者读至此，必以为将供出董承矣。}可释吾缚。”^{意在此句耳。}操曰：“释之何碍？”遂命解其缚。平起身望阙拜曰：“臣不能为国家除贼，乃天数也！"拜毕，撞阶而死。立誓以杀曹操，是其忠也，至死不招董承，是其义也。被祸最惨，性骨最烈，不意医生中乃有此人。操令分其肢体号令。时建安五年正月也。史官有诗曰：

> 汉朝无起色，医国有称平。
>
> 立誓除奸党，捐躯报圣明。
>
> 极刑词愈烈，惨死气如生。
>
> 十指淋漓处，千秋仰异名。

操见吉平已死，教左右牵过秦庆童至面前。操曰："国舅认得此人否？"承大怒曰："逃奴在此！即当诛之！"操曰："他首告谋反，今来对证，谁敢诛之？"承曰："丞相何故听逃奴一面之说？"操曰："王子服等吾已擒下，皆招证明白，汝尚抵赖乎？"即唤左右拿下，命从人直入董承卧房内，搜出衣带诏并义状。操看了，笑曰："鼠辈安敢如此！"曹操一向只知有义状，今日方知有血诏；一向只知有六人，今日方知有七人矣。遂命："将董承全家良贱，尽皆监禁，休教走脱一个。"操回府以诏状示众谋士商议，要废献帝，更立新君。曹操此时，竟欲为董卓所为矣。正是：

> 数行丹诏成虚望，一纸盟书惹祸殃。

未知献帝性命如何，且听下文分解。

第二十四回

国贼行凶杀贵妃

皇叔败走投袁绍

尝咏唐人吊马嵬诗曰："可怜四纪为天子，不及卢家有莫愁。"其言可谓悲矣。然杨妃之死，死于其兄之误国；董妃之死，死于其兄之爱君。夫以兄之罪而杀杨妃，今人犹为之惋惜；况以兄之忠而杀董妃，能不为之悼叹乎哉！吾以为董妃之冤，冤于太真；则献帝之痛，更痛于玄宗矣。

以天子之尊，而束缚于权臣，不得已耳；以方伯之重，而牵制于小儿，亦不得已耶？衣带诏之事既闻，董贵妃之事甚惨。正忠臣肝脑涂地之秋，义士发愤立功之日，而乃迁延岁月，坐失机会。天子不能保其嫔妃，诸侯且欲恋其家室。己之幼子有疾，犹然系怀；君之孕嗣遭殃，不为动念。以四世三公代食汉禄者，反不如一医生之尽节，良可叹也！

读徐文长《四声猿》，有祢衡骂曹操一篇文字，将祢衡死后之事补骂一番，殊为痛快。今恨不将陈琳檄后之事，再教陈琳补骂一番也。虽然，"惟无瑕者，可以戮人"。袁绍不奉天子之命，而袭取冀州，欺韩馥，又卖公孙瓒，其罪一；傕、汜之乱，不闻勤王，其罪二；袁术僭号而不能讨，及术归帝号而又欲近之，其罪三。为绍计者，恐我尽言以责操，而操亦尽言以责我，故一骂之后，不复更骂耳。昔齐桓公挟天子以令诸侯，行权力而假仁义。聂北之救，坐视邢亡；楚丘之封，直待卫灭。又兄弟姊妹之间，多惭德焉。是以其责楚也，不责其僭称王号，吞并诸姬，而但问以包茅不贡、昭王不复，舍其大而责其小，舍其近而责其远，其同此意也夫？

田丰前欲缓战，今欲急战；前则无隙可伺，今则有虚可乘：审时势而为谋，惜袁绍之不能用耳。然吾怪郭图、审配，独无一言，何也？盖二人与田丰不和。故前者丰不欲战，二人以宜战之说争之；今者丰既欲战，二人更不以宜战之说助之。但从自己门户起见，不从国家大事起见，古来朋党之害，往往坐此。唐有牛、李之互持，宋有朔、洛、蜀之角立，朝廷且受其患，况袁绍一隅之主乎？

为天下者不顾家。玄德前败于吕布，遂弃妻小而不顾；今败于曹操，又弃妻小而不顾。与高祖委吕后于项羽，正复相同。彼袁绍室家情重，恋恋小儿，岂得为成大事之人？

袁绍与玄德三番相见：第一次在虎牢，第二次在磐河，第三次在冀州。玄德于袁绍三番求救：第一次郑玄作柬，第二次自己致书，第三次单骑亲往。绍则前倨而后恭，备亦昔疏而今密。非绍之贤而纳备，乃备之急而投绍耳。前乎此者，依托吕布，又依托曹操；后乎此者，依托刘表，又依托孙权。茕茕一身，常为客子，然则备之为君，殆在旅之六五云。

操之敌绍，能以寡胜众；备之敌操，不能以寡胜众：是备之用兵不如操矣。然为将之道，在能用兵；为君之道，不在能用兵，而在能用用兵之人。备之所以败者，以此时未遇诸葛亮耳。未遇诸葛，虽关、张之勇，无所用；既遇诸葛，虽曹操之智，不能当。而诸葛不为操所得，独为备所得，善乎！唐太宗之论操曰："一将之智有余，万乘之才不足。"韩信善将兵，一将之智也；高祖不善将兵，而善将将，万乘之才也。岂非操之用兵则胜于备，而用人则逊于备与？

却说曹操见了衣带诏，与众谋士商议，欲废却献帝，更择有德者立之。程昱谏曰："明公所以能威震四方，号令天下者，以奉汉家名号故也。今诸侯未平，遽行废立之事，必起兵端矣。"操乃止。^{操贼几为董卓所为，而卒未为者，以自己曾讨董卓故也。}只将董承等五人，并其全家老小，押送各门处斩。死者共七百余人。城中官民见者，无不下泪。^{不特当日见者下泪，即今日读者亦为酸鼻。}后人有诗叹董承曰：

密诏传衣带，天言出禁门。

当年曾救驾，此日更承恩。

忧国成心疾，除奸入梦魂。

忠贞千古在，成败复谁论。

又有叹王子服等四人诗曰：

书名尺素矢忠谋，慷慨思将君父酬。

赤胆可怜捐百口，丹心自是足千秋。

且说曹操既杀了董承等众人，怒气未消，遂带剑入宫，来弑董贵妃。^{咄咄怪事。}贵妃乃董承之妹，帝幸之，已怀孕五月。^{补叙贵妃一笔。}当日帝在后宫，正与伏皇后私论董承之事至今尚无音耗，^{点缀好。}忽见曹操带剑入宫，面有怒容，帝大惊失色。^{宰相面有怒容，而天子大惊失色，岂不奇绝！}操曰："董承谋反，陛下知否？"帝曰："董卓已诛矣。"^{操言董承，而帝故意误言董卓，盖操乃今日之董卓也。帝意不在卓，殆暗指操耳。帝亦善于词令。}操大声曰："不是董卓！是董承！"帝战栗曰："朕实不知。"^{尝读《左传·周郑交质》篇"王曰无之"句，为之一叹；今献帝"朕实不知"四字，正复相似。}^{○此时宰相俨如问官，天子竟似罪人矣。}操曰："忘了破指修诏耶？"帝不能答。^{手迹既真，口词难赖。}操叱武士擒董妃至。帝告曰："董妃有五月身孕，望丞相见怜。"^{帝因孕而欲求免其身。}操曰："若非天败，吾已被害。岂得复留此女，为吾后患！"伏后告曰："贬于冷宫，待分娩了，杀之未迟。"^{后度不能免其身，但求全其孕。○宰相作色，帝后哀求，皆绝奇之事。}操曰："欲留此逆种，为母报仇乎？"^{天子之嗣，乃曰"逆种"，是何言与！}董妃泣告曰："乞全尸而死，勿令彰露。"^{妃度身、孕俱不能免，但泣求全尸矣。可怜可恨，令我不忍注目。}操令取白练至面前。^{因乃兄列名于白绢，遂使其妹毕命于白练。}帝泣谓妃曰："卿于九泉之下，勿怨朕躬！"^{何言之痛也，读者能不鼻酸而发指否？}言讫，泪下如雨。伏后亦大哭。操怒曰："犹作儿女态耶！"叱武士牵出，勒死于宫门之外。^{巍巍至尊，不能庇一女子，真天翻地覆时也。}后人有诗叹董妃曰：

春殿承恩亦枉然，伤哉龙种并时捐。

堂堂帝主难相救，掩面徒看泪涌泉。

操谕监宫官曰："今后但有外戚宗族，不奉吾旨，辄入宫门者，斩。守御不严，与同罪。"﹝为后文伏完事露伏笔。﹞又拨心腹人三千充御林军，令曹洪统领，以为防察。﹝献帝此时如坐牢狱中。﹞

操谓程昱曰："今董承等虽诛，尚有马腾、刘备，亦在此数，不可不除。"昱曰："马腾屯军西凉，未可轻取。但当以书慰劳，勿使生疑，诱入京师，图之可也。﹝为后诱出马腾伏笔。﹞刘备现在徐州，分布掎角之势，亦不可轻敌。﹝以上将马、刘二人并说。﹞况今袁绍屯兵官渡，常有图许都之心。若我一旦东征，刘备势必求救于绍。绍乘虚来袭，何以当？"﹝放下马腾，专策刘备，又因刘备，转策袁绍。﹞操曰："非也。备乃人杰也，今若不击，待其羽翼既成，急难图矣。袁绍虽强，事多怀疑不决，何足忧乎！"﹝操以玄德为英雄，不以本初为英雄，正与青梅煮酒时谈论相合。﹞正议间，郭嘉自外而入。操问曰："吾欲东征刘备，奈有袁绍之忧，如何？"嘉曰："绍性迟而多疑，其谋士各相妒忌，﹝此操语又添出谋士一句。﹞不足忧也。刘备新整军兵，众心未服，﹝二语为后张、关部卒降曹，降卒诈投关公，袭取下邳等事伏笔。﹞丞相引兵东征，一战可定矣。"操大喜曰："正合吾意。"遂起二十万大军，分兵五路下徐州。﹝下徐州五路分兵，攻小沛八面遣将。此五路只虚写，后八面却实叙，俱妙。﹞

细作探知，报入徐州。孙乾先往下邳报知关公，随至小沛报知玄德。玄德与孙乾计议曰："此必求救于袁绍，方可解危。"于是玄德修书一封，﹝此时玄德竟亲自写书，不必更烦郑康成矣。﹞遣孙乾至河北。乾乃先见田丰，具言其事，求其引进。﹝前托郑玄致书，今又托田丰引进，不肯先之以子贡、申之以冉有也。﹞丰即引孙乾入见绍，呈上书信。只见绍形容憔悴，衣冠不整。﹝却又作丰曰怪。﹞"今日主公何故如此？"绍曰："我将死矣！"﹝令人不解。﹞丰曰："主公何出此言？"绍曰："吾生五子，惟最幼者极快吾意，﹝妇人爱少子，丈夫亦如是耶？﹞今患疥疮，命已垂绝，﹝绍所患者，不过小儿之病，小儿所患者，又不过疥癣之疾。可发一笑。﹞吾有何心更论他事乎？"﹝可笑。﹞丰曰："今曹操东征刘玄德，许昌空虚，若以义兵乘虚而入，上可以保天子，下可以救万民。此不易得之机会也，惟明公裁之。"﹝丰前欲缓战，今欲急战，此量时度势之言，与沮授一味言战者不同。﹞绍曰："吾亦知此最好，奈我心中恍惚，恐有不利。"丰曰："何恍惚之有？"绍曰："五子中惟此子生得最异，倘有疏虞，吾命休矣。"遂决意不肯发兵，﹝曹昂死，而曹操只言哭典韦；袁熙病，而袁绍不肯救刘备。袁、曹优劣，又见如此。况前郑玄致书之时，董承未死，血诏未泄；今此事已露，玄德书中必详言之。乃绍见书而不一发愤，可谓无气。﹞乃谓孙乾曰："汝回见玄德，可言其故。倘有不如意，可来相投，吾自有相助之处。"﹝为后刘备投袁绍伏笔。﹞田丰以杖击地曰："遭此难遇之时，乃以婴儿之病，失此机会！大事去矣，可痛惜哉！"跌足长叹而出。﹝真正可惜。○玄德求救于绍，不出程昱所料。袁绍不肯发兵，不出郭嘉所料。﹞孙乾见绍不肯发兵，只得星夜回小沛见玄德，具说此事。玄德大惊曰："似此如之奈何？"张飞曰："兄长勿忧。曹兵远来，必然困乏；乘其初至，先去劫寨，可破曹操。" <small>此计亦可，但瞒不过曹操耳。</small>

玄德曰："素以汝为一勇夫耳。前者捉刘岱时，颇能用计；<small>又将前事一提。</small>今献此策，亦中兵法。"乃从其言，分兵劫寨。

且说曹操引军往小沛来。正行间，狂风骤至，忽听一声响亮，将一面牙旗吹折。<small>孙坚之死，有风报应；曹操之胜，亦有风报应。</small>操便令军兵且住，聚众谋士问吉凶。荀彧曰："风从何方来？吹折甚颜色旗？"操曰："风自东南方来，吹折角上牙旗，<small>单旗曰角，双旗曰门。</small>旗乃青红二色。"<small>董承之死，只因红诏一纸，白绢一幅；刘备之败，却因青红牙旗一面。</small>彧曰："不主别事，今夜刘备必来劫寨。"<small>张飞之计，早被荀文若占出。</small>操点头。忽毛玠入见曰："方才东南风起，吹折青红牙旗一面。主公以为主何吉凶？"操曰："公意若何？"

毛玠曰："愚意以为今夜必主有人来劫寨。"<small>谋士所见皆同。</small>后人有诗叹曰：

吁嗟帝胄势孤穷，全仗分兵劫寨功。

争奈牙旗折有兆，老天何故纵奸雄？

操曰："天报应我，当即防之。"遂分兵九队，只留一队向前虚扎营寨，余众八面埋伏。<small>九里山前，十面埋伏；小沛城外，八面埋伏。</small>是夜月色微明。<small>既写风，又写月，忙中偏有此闲笔。</small>玄德在左，张飞在右，分兵两队进发；只留孙乾守小沛。

且说张飞自以为得计，领轻骑在前，突入操寨，但见零零落落，无多人马，四边火光大起，喊声齐举。飞知中计，急出寨外。正东张辽、正西许褚、正南于禁、正北李典、东南徐晃、西南乐进、东北夏侯惇、西北夏侯渊，八处军马杀来。<small>曹操分拨八面之将，前不叙明，至此方点出。</small>张飞左冲右突，前遮后当，所领军兵原是曹操手下旧军，见事势已急，尽皆投降去了。<small>正是朱灵、路昭及车胄所领之兵也。</small>飞正杀间，逢着徐晃大杀一阵，后面乐进赶到。飞杀条血路突围而走，只有数十骑跟定。欲还小沛，去路已断；欲投徐州、下邳，又恐曹军截住；寻思无路，只得望芒砀山而去。<small>按下张飞，下文单叙玄德。</small>

却说玄德引军劫寨，将近寨门，忽然喊声大震，后面冲出一军，先截去了一半人马。夏侯惇又到。玄德突围而走，夏侯渊又从后赶来。玄德回顾，止有三十余骑跟随；急欲奔还小沛，<small>叙张飞处既详，叙玄德处不得略；然非略也，其详已在张飞劫寨中矣。</small>早望见小沛城中火起，<small>顺笔虚写，便算实叙，妙。</small>只得弃了小沛；欲投徐州、下邳，又见曹军漫山塞野，截住去路。<small>亦虚写一句。</small>玄德自思无路可归，想："袁绍有言'倘不如意，可来相投'，今不若暂往依栖，别作良图。"<small>还记磐河相遇时否？正是"明知不是伴，事急且相随"也。</small>遂望青州路而走，正逢李典拦住。玄德匹马落荒望北而逃，李典掳将从骑去了。<small>李典在正北，夏侯惇在东北，夏侯渊在西北。玄德望</small>

北而逃，正当与此三路
军相遇：一笔不乱。

　　且说玄德匹马投青州，日行三百里，奔至青州城下叫门。门吏问了姓名，来报刺史。刺史乃袁绍长子袁谭。谭素敬玄德，闻知匹马到来，即便开门相迎，^{袁谭较胜乃翁，而乃翁反爱其少子，何也？}接入公廨，细问其故。玄德备言兵败相投之意，谭乃留玄德于馆驿中住下，发书报父袁绍；一面差本州人马，护送玄德。至平原界口，袁绍亲自引众出邺郡三十里迎接玄德。^{回想虎牢关时，真前倨而后恭也。}玄德拜谢，绍忙答礼曰："昨为小儿抱病，有失救援，于心怏怏不安。今幸得相见，大慰平生渴想之思。"^{繁礼多仪，虚文无当。}玄德曰："孤穷刘备，^{玄德此时止剩一身，自称"孤穷刘备"，真不诬也。}久欲投于门下，奈机缘未遇。今为曹操所攻，妻子俱陷，^{天子不能保其一贵妃，董承等不能保其七百余口，玄德又安能保其二夫人乎？}想将军容纳四方之士，故不避羞惭，径来相投。望乞收录，誓当图报。"绍大喜，相待甚厚，同居冀州。^{按下玄德，下文单叙云长。}

　　且说曹操当夜取了小沛，随即进兵攻徐州。糜竺、简雍守把不住，只得弃城而走。陈登献了徐州。曹操大军入城，安民已毕，随唤众谋士议取下邳。荀彧曰："云长保护玄德妻小，死守此城。若不速取，恐为袁绍所窃。"^{彧已知备之必竟投绍矣。}操曰："吾素爱云长武艺人材，欲得之以为己用，不若令人说之使降。"^{欲说降关公亦大难事。}郭嘉曰："云长义气深重，必不肯降。^{曹操但知其武艺人材，郭嘉独知其义气。}若使人说之，恐被其害。"帐下一人出曰："某与关公有一面之交，愿往说之。"众视之，乃张辽也。^{回想白门楼相救之事，已隔数卷，此处忽然照应。}程昱曰："文远虽与云长有旧，吾观此人，非可以言词说也。某有一计，使此人进退无路，然后用文远说之，彼必归丞相矣。"正是：

　　　　　整备窝弓射猛虎，安排香饵钓鳌鱼。

　　未知其计若何，且听下文分解。

屯土山关公约三事

救白马曹操解重围

　　云长本来事汉，何云降汉？降汉云者，特为"不降曹"三字下一注脚耳。曹操借一汉字，笼络天下；云长即提一汉字，压倒曹操。如张绣、张鲁、韩遂等辈，名为降汉，而实则降曹者也；吕布、袁术等辈，不降曹而亦不降汉者也；华歆、王朗、郭嘉、程昱、张辽、许褚等辈，不知有汉而但知有曹者也；荀彧、荀攸误以为汉即是曹，曹即是汉，而不知汉必非曹，曹必非汉者也。汉是汉，曹是曹，将两下划然分开，较然明白，是云长十分学问、十分见识，非熟读《春秋》，不能到此。

　　关公三事之约，先有张辽三罪之说以引起之。张辽三罪：第一是负皇叔，第二是陷二嫂，第三是不能匡扶汉室。关公三事：首言归汉，次言保嫂，末言寻兄。第一辨君臣之分，第二严男女之别，第三明兄弟之义。以张辽所云第三者为第一，以张辽所云第一者为第三。而曹操听之，不以第一事为难，独以第三事为难，不知第三事即在第一事中矣。操曰："汉即吾也。"此特奸雄欺人之语。而关公以皇叔为汉，不以曹操为汉，既云归汉不归曹，是到底归刘不归操耳。

　　刘备与董承同谋，俨然列七人之数。而曹操于董贵妃则杀之，于五家七百口则杀之，独至甘、糜二夫人，不惟不杀，又加礼焉，何也？曰：此非爱玄德而独能忘其仇，乃爱关公而以此结其心也。故凡操之不杀甘、糜者，为关公也。使关公而死于土山之围，则甘、糜二夫人其不同于董贵妃与五家七百口者几希矣。

　　观云长秉烛达旦一事，操欲乱其上下、内外之礼，设心亦甚恶矣。忌玄德，仇玄德，故欲以此辱玄德；爱关公，敬关公，而又欲以此试关公。奸雄之奸，真是如鬼如蜮。

　　关公受袍则内之，受马则拜之，一举一动，处处不忘兄长，何其恩义之笃耶！乐莫乐于新相知。凡今之人，喜新而弃旧者多矣。读《我行其野》之篇，讽《习习谷风》之什，令人叹想云长之不置也。

　　玄德既在袁绍处，则袁之将即刘之将也。关公而杀袁之将，是即杀刘之将也。使绍因颜良之死而杀玄德，与关公杀之何异？然此不得为关公咎也。绍之纳备，虽有"倘不如意，当来相投"之语，而第一次致书，发兵而不战；第二次致书，并兵亦不发。关公此时安知备之必投绍，绍之必纳备乎？曹操军中细作，料已探知，而奸如曹操，又何难蒙蔽关公之耳目而不使之知乎？关公曰："我当立功报曹而后去。"则其杀袁将者，正谓归刘地耳。曹操知之，欲借此以绝其归刘之路；关公不知，欲借此以遂其归刘之心。故曰不得为关公咎也。

　　曹操厚待云长，袁绍亦厚待玄德。然曹操则始终不渝，袁绍则忽而加礼，忽而欲杀，主张不定。袁、曹优劣，又见于此。

　　却说程昱献计曰："云长有万人之敌，非智谋不能取之。今可即差刘备手下投降之兵，入下邳，见关公，只说是逃回的，伏于城中为内应；却引关公出战，诈败佯输，诱入他处，以精兵截其归路，然后说之可也。"〔此计亦甚善。〕操听其谋，即令徐州降兵数十，径投下邳来降关公。关公以为旧兵，留而不疑。〔程昱所以欲用降卒也。〕次日，夏侯惇为先锋，领兵五千来搦战。关公不出，惇即使人于城下辱骂。〔非骂不足以激公。〕关公大怒，引三千人马出城，与夏侯惇交战。约战十余合，惇拨回马走。关公赶来，惇且战且走。关公约赶二十里，恐下邳有失，提兵便回。〔公亦见及此，但恨稍迟耳。〕只听得一声炮响，左有徐晃，右有许褚，两队军截住去路。关公夺路而走，两边伏兵排下硬弩百张，箭如飞蝗。关公不得过，勒兵再回，徐晃、许褚接住交战。关公奋力杀退二人，引军欲回下邳，夏侯惇又截住厮杀。公战至日晚，无路可归，只得到一座土山，引兵屯于山头，权且少歇。曹兵团团将土山围住。〔此时甘、糜二嫂失陷城中矣。○前张飞失陷二嫂于徐州，今关公亦失陷二嫂于下邳。一是夜间，一是日里；一是醉后，一是醒时。〕关公于山上遥望下邳城中火光冲天——却是那诈降兵卒偷开城门，曹操自提大军杀入城中，只教举火以惑关公之心。〔不从曹操一边特叙起，却从关公一边带叙出，好。〕关公见下邳火起，心下惊惶，〔不得为失下邳着急，更为陷二嫂着急。〕连夜几番冲下山来，皆被乱箭射回。

捱到天晓，再欲整顿下山冲突，忽见一人跑马上山来，视之乃张辽也。关公迎谓曰："文远欲来相敌耶？"〔以己度人，各为其主。是关公语。〕辽曰："非也。想故人旧日之情，特来相见。"遂弃刀下马，与关公叙礼毕，坐于山顶。公曰："文远莫非说关某乎？"〔不是敌，便是说。关公此时语气，落落难合。〕辽曰："不然。昔日蒙兄救弟，今日弟安得不救兄？"〔又将白门楼事一提。〕公曰："然则文远将欲助我乎？"〔既非敌，又说则是助矣。以己度人，朋友情重。又确是关公语。〕辽曰："亦非也。"公曰："既不助我，来此何干？"〔语气又落落难合。〕辽曰："玄德不知存亡，翼德未知生死。昨夜曹公已破下邳，军民尽无伤害，差人护卫玄德家眷，不许惊扰。〔先言二嫂无恙，以安其心。〕如此相待，弟特来报兄。"〔二句又含吐得妙。〕关公怒曰："此言特说我也。〔不是敌，不是助，竟是说矣。〕吾今虽处绝地，视死如归。汝当速去，吾即下山迎战。"〔凛凛数语，至今读之，须眉如画。〕张辽大笑曰："兄此言岂不为天下笑乎？"公曰："吾仗忠义而死，安得为天下笑？"辽曰："兄今即死，其罪有三。"〔凡说英雄人，誉之不动，责之则动；甘言卑词，不若严气正色。此极得说关公法。〕公曰："汝且说我那三罪？"辽曰："当初刘使君与兄结义之时，誓同生死。今使君方败，而兄即战死，倘使君复出，欲求兄相助，而不可复得，岂不负当年之盟誓乎？其罪一也。〔是玄德若生，关公不得独生；玄德若生，关公安得独死！〕刘使君以家眷付托于兄，兄今战死，二夫人无所依赖，负却使君依托之重。其罪二也。〔是公死而使二夫人亦死，是公有憾于死，倘公死而二夫人或未必能死，则公益有憾于死。〕兄武艺超群，兼通经史，不思共使君匡扶汉室，徒欲赴汤蹈火，以成匹夫之勇，安得为义？其罪三也。〔关公心存汉室，辽即以汉室二字动之。○关公以死为义，乃张辽偏说不是义，妙。〕兄有此三罪，弟不得不告。"

公沉吟曰："汝说我有三罪，欲我如何？"辽曰："今四面皆曹公之兵，兄若不降，则必死；徒死无益，不若且降曹公，却打听刘使君音信，如知何处，即往投之。〔此二句方刺入关公耳中。〕

一者可以保二夫人，二者不背桃园之约，三者可留有用之身：有此三便，兄宜详之。"

三便又以三罪中第二为第一，以三罪中第一为第二，错综得妙。古人本无印板说品，今人奈何有印板文字也？公曰："兄言三便，吾有三约。若丞相能从，我即当卸甲；如其不允，吾宁受三罪而死。"辽因三罪说出三便，又因三便说出三约。公辽曰："丞相宽洪大量，何所不容。愿闻三事。"公曰："一者，吾与皇叔设誓，共扶汉室，吾今只降汉帝，不降曹操，辨君臣之分二者，二嫂处请给皇叔俸禄养赡，一应上下人等，皆不许到门；严男女之义三者，但知刘皇叔去向，不管千里万里，便当辞去。明兄弟之义三者缺一，断不肯降。望文远急急回报。"张辽应诺，遂上马，回见曹操，先说降汉不降曹之事。操笑曰："吾为汉相，汉即吾也。曹操欺天下，而天下受其欺，正为此语。此可从之。"第一件似难却易辽又言："二夫人欲请皇叔俸给，并上下人等不许到门。"操曰："吾于皇叔俸内，更加倍与之。至于严禁内外，乃是家法，又何疑焉！"第二件直是不难。辽又言："但知玄德信息，虽远必往。"操摇首曰："然则吾养云长何用？此事却难从。"操之所难，正在第三件。辽曰："岂不闻豫让'众人国士'之论乎？刘玄德待云长不过恩厚耳。丞相更施厚恩以结其心，何忧云长之不服也？"为后文赠袍、赠金、赠马诸事张本。操曰："文远之言甚当，吾愿从此三事。"

张辽再往山上回报关公。关公曰："虽然如此，暂请丞相退军，容我入城见二嫂，告知其事，然后投降。"几于三事之后，又请一事。张辽再回，以此言报曹操。操即传令，退军三十里。奸雄可爱荀彧曰："不可，恐有诈。"操曰："云长义士，必不失信。"曹操生平以诈待人，独于关公则信之。遂引军退。关公引兵入下邳，见人民安妥不动，应前张辽所云"军民尽无伤害"。竟到府中，来见二嫂。甘、麋二夫人听得关公到来，急出迎之。公拜于阶下曰："使二嫂受惊，某之罪也。"二夫人曰："皇叔今在何处？"公曰："不知去向。"二夫人曰："二叔今将若何？"公曰："关某出城死战，被困土山，张辽劝我投降，我以三事相约。曹操已皆允从，故特退兵，放我入城。我不曾得嫂嫂主意，未敢擅便。"事嫂如事兄，禀命于二嫂，如禀命于兄也。二夫人问："那三事？"关公将上项三事，备述一遍。甘夫人曰："昨日曹军入城，我等皆以为必死；谁想毫发不动，一军不敢入门。应前张辽所云"不许惊扰"。叔叔既已领诺，何必问我二人？只恐日后曹操不容叔叔去寻皇叔。"曹操难在第三事，亦疑操之难于第三事。二夫人公曰："嫂嫂放心，关某自有主张。"为后文五关斩将伏笔。二夫人曰："叔叔自家裁处，凡事不必问俺女流。"女流偏要插口，只此二语，可为女流之箴。

关公辞退，遂引数十骑来见曹操。操自出辕门相接。关公下马入拜，操慌忙答礼。关公曰："败兵之将，深荷不杀之恩。"操曰："素慕云长忠义，今日幸得相见，足慰平生之望。"与袁绍接玄德语相似。然绍繁礼虚文，操深心厚貌，各自不同。关公曰："文远代禀三事，蒙丞相应允，谅不食言。"

再面决一句，妙。操曰："吾言既出，安敢失信。"关公曰："关某若知皇叔所在，虽蹈水火，必往从之。独将第三事再申明一遍。此时恐不及拜辞，伏乞见原。"为后文不辞而去伏笔。操曰："玄德若在，必从公去；但恐乱军中亡矣。公且宽心，尚容缉听。"缓语亦妙。关公拜谢，操设宴相待。

次日班师还许昌。关公收拾车仗，请二嫂上车，亲自护车而行。于路安歇馆驿，操欲乱其君臣之礼，使关公与二嫂共处一室。关公乃秉烛立于户外，自夜达旦，毫无倦色。操以三事中第二事试之，而公男女之辨凛然不乱。操见公如此，愈加敬服。

既到许昌，操拨一府与关公居住。关公分一宅为两院，内门拨老军十人把守，关公自居外宅。操引关公朝见献帝，帝命为偏将军。公谢恩归宅。操次日设大宴，会众谋臣武士，以客礼待关公，延之上座；礼貌不足以结之。又备绫锦及金银器皿相送。关公都送与二嫂收贮。金帛不足以动之。○为后封金伏笔。关公自到许昌，操待之甚厚：小宴三日，大宴五日；又送美女十人，使侍关公。关公尽送入内门，令伏侍二嫂。好色不足以眩之。却又三日一次于内门外躬身施礼，动问"二嫂安否"。二夫人回问皇叔之事毕，曰"叔叔自便"，关公方敢退回。今天下有如此悌弟否？操闻之，又叹服关公不已。

一日，操见关公所穿绿锦战袍已旧，即度其身品，取异锦作战袍一领相赠。关公受之，穿于衣底，上仍用旧袍罩之。"衣锦尚絅"，非恶其文之著，恶其旧之没也。操笑曰："云长何如此之俭乎？"公曰："某非俭也。旧袍乃刘皇叔所赐，某穿之如见兄面，不敢以丞相之新赐而忘兄长之旧赐，故穿于上。"至性至情，读至此令人泪下。操叹曰："真义士也！"然口虽称羡，心实不悦。

一日，关公在府，忽报："内院二夫人哭倒于地，不知为何，请将军速入。"关公乃整衣跪于内门外，问二嫂为何悲泣。甘夫人曰："我夜梦皇叔身陷于土坑之内，觉来与糜夫人论之，想在九泉之下矣！是以相哭。"董承有梦，甘夫人亦有梦，董之梦似吉反凶，甘之梦似凶反吉。梦长梦短，各自成趣。关公曰："梦寐之事，不可凭信。此是嫂嫂想念之故，请勿忧愁。"正说间，适曹操命使来请关公赴宴。公辞二嫂，往见操。操见公有泪容，前不叙关公下泪，此于曹操眼中补出。○关公之泪，亦自难落。问其故。公曰："二嫂思兄痛哭，不由某心不悲。"操笑而宽解之，频以酒相劝。公醉，自绰其髯而言曰："生不能报国家，而背其兄，徒为人也！"酒后心热，乘醉绰髯，写关公如画。操问曰："云长髯有数乎？"不慰其言中之意，而但问其手中之髯，极力把闲话漾开去，最得为人解闷之法。公曰："约数百根。每秋月约退三五根。冬月多以皂纱囊裹之，恐其断也。"陆士龙自爱其须，惟公亦然。操以纱锦作囊，与关公护髯。媚士人，并媚其髯，媚人当如是矣。次日，早朝见帝。帝见关公一纱锦囊垂于胸次，帝问之。关公奏曰："臣髯颇长，丞相赐囊贮之。"帝令当殿披拂，过于其腹。帝曰："真美髯公也！"此须既贮相囊，又经御赏，须之遭际，可谓独奇。因此人皆呼为"美髯公"。闲笔，趣甚。

忽一日，操请关公宴。临散，送公出府，见公马瘦，操曰："公马因何而瘦？"关公曰："贱躯颇重，马不能载，因此常瘦。"操令左右备一马来。须臾牵至。那马身如火炭，状甚雄伟。操指曰："公识此马否？"公曰："莫非吕布所骑赤兔马乎？"自白门楼后，此马不知下落，今忽然出现。操曰："然也。"遂并鞍辔送与关公。人择主，马亦择主。幸哉赤兔，今乃得其主矣。○赤面人骑赤兔马，正如秋水长天。关公再拜称谢。操不悦曰："吾累送美女金帛，公未尝下拜；今吾赠马，乃喜而再拜，何贱人而贵畜耶？"公平日之不轻下拜，今在曹操口中补出。关公曰："吾知此马日行千里，今幸得之，若知兄长下落，可一日而见面矣。"非为马而拜，为兄而拜也。操愕然而悔。关公辞去。后人有诗叹曰：

威倾三国著英豪，一宅分居义气高。

奸相枉将虚礼待，岂知关羽不降曹。

操问张辽曰："吾待云长不薄，而彼常怀去心，何也？"辽曰："容某探其情。"次日，往见关公。礼毕，辽曰："我荐兄在丞相处，不曾落后？"公曰："深感丞相厚意。只是吾身虽在此，心念皇叔，未尝去怀。"心口如一，略无隐讳。辽曰："兄言差矣。处世不分轻重，非丈夫也。玄德待兄，未必过于丞相，兄何故只怀去志？"公曰："吾固知曹公待吾甚厚。奈吾受刘皇叔厚恩，誓以共死，不可背之。吾终不留此。要必立效以报曹公，然后去耳。"出言如金石。辽曰："倘玄德已弃世，公何所归乎？"公曰："愿从于地下。"不负桃园同死之盟。辽知公终不可留，乃告退，回见曹操，具以实告。操叹曰："事主不忘其本，乃天下之义士也！"关公之义，能使奸雄心折。荀彧曰："彼言立功方去，若不教彼立功，未必便去。"操然之。按住云长一边，以下再叙玄德一边。

却说玄德在袁绍处，且夕烦恼。绍曰："玄德何故常忧？"玄德曰："二弟不知音耗，妻小陷于曹贼，玄德处处先说兄弟，后及妻小。上不能报国，下不能保家，安得不忧？"绍曰："吾欲进兵赴许都久矣。方今春暖，正好兴兵。"便商议破曹之策。田丰谏曰："前操攻徐州，许都空虚，不及此时进兵。今徐州已破，操兵方锐，未可轻敌。不如以久持之，待其有隙而后可动也。"田丰第一次不欲战，第二次欲战，今第三次又不欲战，随时通变，正与沮授不同。绍曰："待我思之。"因问玄德："田丰劝我固守，何如？"玄德曰："曹操欺君之贼，明公若不讨之，恐失大义于天下。"玄德只以衣带诏为重。绍曰："玄德之言甚善。"遂欲兴兵。田丰又谏。绍怒曰："汝等弄文轻武，使我失大义！"田丰顿首曰："若不听臣良言，出师不利。"绍大怒，欲斩之。玄德力劝，乃囚于狱中。不听其言，又辱其身，待士如此，安能胜操乎？沮授见田丰下狱，乃会其宗族，尽散家财，与之诀曰："吾随军而去，胜则威无不加，败则一身不保矣！"众皆下泪送之。^{与綦叔哭师相似。}绍遣大将颜良作先锋，进攻白马。沮授谏曰："颜良性狭，虽骁勇，不可独任。"绍曰："吾之上将，非汝等可料。"

大军进发至黎阳，东郡太守刘延告急许昌。曹操急议兴兵抵敌。关公闻知，遂入相府见操曰："闻丞相起兵，某愿为前部。"^{只为欲去，急欲立功。}操曰："未敢烦将军。早晚有事，当来相请。"关公乃退。操引兵十五万，分三队而行。于路又连接刘延告急文书，操先提五万军亲临白马，靠土山扎住。^{又是一座土山。}遥望山前平川旷野之地，颜良前部精兵十万，排成阵势。操骇然，回顾吕布旧将宋宪曰："吾闻汝乃吕布部下猛将，今可与颜良一战。"宋宪领诺，绰枪上马，直出阵前。颜良横刀立马于门旗下，见宋宪马至，良大喝一声，纵马来迎，战不三合，手起刀落，斩宋宪于阵前。曹操大惊曰："真勇将也！"魏续曰："杀我同伴，愿去报仇！"操许之。续上马持矛，径出阵前，大骂颜良。良更不打话，交马一合，照头一刀，劈魏续于马下。^{吕布之马，已于关公所骑；吕布之将，又为颜良所杀。}操曰："今谁敢当之？"徐晃应声而出，与颜良战二十合，败归本阵。^{写得颜良声势，越衬得云长声势。正与写华雄一样笔法。}诸将栗然。曹操收军，良亦引军退去。

操见连折二将，心中忧闷。程昱曰："某举一人可敌颜良。"操问是谁。昱曰："非关公不可。"操曰："吾恐他立了功便去。"昱曰："刘备若在，必投袁绍。今若使云长破袁绍之兵，绍必疑刘备而杀之矣。备既死，云长又安往乎？"^{是直欲借云长之手以杀玄德也，昱之计亦谲矣哉！}操大喜，遂差人去请关公。关公即入辞二嫂。二嫂曰："叔今此去，可打听皇叔消息。"^{早为后卷伏线。}

关公领诺而出，提青龙刀，上赤兔马，^{此关公第一次试马。○青龙、赤兔正复成对。}引从者数人，直至白马来见曹操。操叙说："颜良连诛二将，勇不可当，特请云长商议。"关公曰："容某观之。"操置酒相待。忽报颜良搦战。操引关公上土山观看。操与关公坐，诸将环立。^{所谓以客礼相待。}曹操指山下颜良排的阵势，旗帜鲜明，枪刀森布，严整有威，乃谓关公曰："河北人马，如此雄壮！"关公曰："以吾观之，如土鸡瓦犬耳！"^{语殊趣。○鸡犬矣，又以土瓦为之，轻之殊甚。}操又指曰："麾盖之下，绣袍金甲，持刀立马者，乃颜良也。"关公举目一望，谓操曰："吾观颜良，如插标卖首耳！"^{山前颜铺，出卖首级，不误主顾。○关公出语，亦甚风流。然则世之建虚名者，大半皆卖首之标矣。}操曰："未可轻视。"^{夸奖颜良，正激怒关公。不用请他，却用激他，妙甚。}关公起身曰："某虽不才，愿去万军中取其首级，来献丞相。"张辽曰："军中无戏言，云长不可忽也。"^{亦激他一句。}关公奋然上马，倒提青龙刀，跑下山来，凤目圆睁，蚕眉直竖，直

冲彼阵。河北军如波开浪裂，关公径奔颜良。颜良正在麾盖下，见关公冲来，方欲问时，

关公赤兔马快，早已跑到面前；颜良措手不及，被云长手起一刀，刺于马下。_{杀得出其不意，所以谓之刺也。}

忽地下马，割了颜良首级，拴于马项之下，_{插标卖首，今已被青龙刀买去矣。}飞身上马，提刀出阵，如入无人

之境。_{描写神威，真如生龙活虎。}河北兵将大惊，不战自乱。曹军乘势攻击，死者不可胜数；马匹器械，

抢夺极多。关公纵马上山，众将尽皆称贺。公献首级于操前。操曰："将军真神人也！"

关公曰："某何足道哉！吾弟张翼德于百万军中取上将之头，如探囊取物耳。"_{既念其兄，又夸其弟，}

_{公固处处不忘兄弟也。○"探囊取物"与"插标卖首"，正映射成趣。}
_{○叙关公一边太热，觉翼德一边太冷，却从关公口中突然一提。}操大惊，回顾左右曰："今后如遇张

翼德，不可轻敌。"令写于衣袍襟底以记之。_{为长坂桥伏笔。}

　　却说颜良败军奔回，半路迎见袁绍，报说被赤面长须使大刀一勇将，_{不知其名，但言其状，在河北军士眼中口中画}

_{出一关公。}匹马入阵，斩颜良而去，因此大败。绍惊问曰："此人是谁？"沮授曰："此必是刘玄

德之弟关云长也。"绍大怒，指玄德曰："汝弟斩吾爱将，汝必通谋，留尔何用！"唤刀斧

手推出玄德斩之。_{使袁绍此时果杀玄德，云长知之，必立誓报仇，务杀袁绍而后死。是既借}
_{云长之手以杀玄德，又借云长之手以杀袁绍也。程昱之计，真是可畏。}正是：

　　　　初见方为座上客，此日几同阶下囚。

　　未知玄德性命如何，且听下文分解。

第二十六回

袁本初败兵折将

关云长挂印封金

今人见关公为汉寿亭侯，遂以"汉"为国号，而直称之曰"寿亭侯"，即博雅家亦时有此，此起于俗本演义之误也。俗本云"曹瞒铸寿亭侯印贻公而不受，加以'汉'字而后受"，是齐东野人之语。读者不察，遂为所误。夫"汉寿"地名也，"亭侯"爵名也。汉有亭侯、乡侯、通侯之名。如孔愉为余不亭侯，锺繇为东武亭侯，玄德为宜城亭侯之类。《蜀志》："大将军费祎，会诸将于汉寿。"则汉寿亭侯，犹言汉寿之亭侯耳。岂可去"汉"字而以"寿亭侯"为名耳？鸡笼山关庙内题主曰"汉前将军汉寿亭侯之神"，本自了然。余则谓当于外额亦加一"汉"字，曰"汉汉寿亭侯之祠"，则人人洞晓矣。俗本之误，今依古本校正。

曹操弃粮兴马以饵敌，捐金与印以饵士。同一饵也，欲杀之，则饵之；欲用之，则亦饵之。然文丑为操所饵，关公必不为操所饵，操亦无可如何耳。

颜良之死，出其不意；文丑之死，则非出其不意也。使丑亦如龚都之以玄德消息告云长，则必不至于死。故公之刺颜良，或为颜良惜；公之诛文丑，更不得为文丑惜。关公之斩袁将者再，袁绍之欲杀玄德者亦再。玄德此时，其不死也，间不容发，而关公陷于不知，直待见孙乾，遇龚都，而始知我之所以报曹操者，几至于杀玄德，则安得不流涕北顾，奋然而决去哉？即使曹操追公而杀之，公所不顾也；即袁绍仇公而杀之，亦公所不顾也。前之爱一死，所以全其嫂；今之轻一死，所以报其兄。观其"见兄一面，万死不辞"之语，真一字一血泪矣。

曹操一生奸伪，如鬼如蜮，忽然遇着堂堂正正、凛凛烈烈、皎若青天、明若白日之一人，亦自有珠玉在前，觉吾形秽之愧，遂不觉爱之敬之，不忍杀之。此非曹操之仁有以容纳关公，乃关公之义有以折服曹操耳。虽然，吾奇关公，亦奇曹操。以豪杰折服豪杰不奇，以豪杰折服奸雄则奇；以豪杰敬爱豪杰不奇，以奸雄敬爱豪杰则奇。夫豪杰而至折服奸雄，则是豪杰中有数之豪杰；奸雄而能敬爱豪杰，则是奸雄中有数之奸雄也。

人情未有不爱财与色者也；不爱财与色，未有不重爵与禄者也；不重爵与禄，未有不重人之推心置腹折节敬礼者也。曹操所以驾驭人才，笼络英俊者，恃此数者已耳。是以张辽旧事吕布，徐晃旧事杨奉，贾诩旧事张绣，文聘旧事刘表，张郃乃袁绍之旧臣，庞德乃马超之旧将，无不弃故从新，乐为之死。独至关公，而心恋故主，坚如铁石。金银美女之赐，不足以移之；偏将军汉寿亭侯之封，不足以动之；分庭抗礼，杯酒交欢之异数，不足以夺之：夫而后奸雄之术穷矣。奸雄之术既穷，始骇天壤间不受驾驭、不受笼络者，乃有如此之一人。即欲不吁嗟景仰，安可得乎？

来得明白，去得明白。推斯志也，纵无二嫂之羁绊，而孑然一身，亦必不给曹操而遁去也。明知袁绍为曹操之仇，而致书曹操，明明说出，更不隐讳。不知兄在则斩其将，既知兄在则归其处，心事无不可对人言者，有人如此，安得不与日月争光？

却说袁绍欲斩玄德。玄德从容进曰："明公只听一面之词，而绝向日之情耶？备自徐州失散，二弟云长未知存否；天下同貌者不少，岂赤面长须之人即为关某也？明公何不察之？"（此时云长尚在疑似之间，故玄德只说不是云长以解之。）袁绍是个没主张的人，闻玄德之言，责沮授曰："误听汝言，险杀好人。"（第一次欲杀，被玄德躲过。）遂仍请玄德上帐坐，议报颜良之仇。帐下一人应声而进曰："颜良与我如兄弟，今被曹贼所杀，我安得不雪其恨？"玄德视其人，身长八尺，面如獬豸，乃河北名将文丑也。（文丑之意，只在报颜良之仇，更不去打听关公消息，故卒为关公所杀也。）袁绍大喜曰："非汝不能报颜良之仇。吾与十万军兵，便渡黄河，追杀曹贼！"沮授曰："不可。今宜留屯延津，分兵官渡，乃为上策。若轻举渡河，设或有变，众皆不能还矣。"（沮授分兵守险之说，亦与田丰相合。）绍怒曰："皆是汝等迟缓军心，迁延日月，有妨大事！岂不闻'兵贵神速'乎？"（既知兵贵神速，何以前番两次不肯速战？）沮授出，叹曰："上盈其志，下务其功；悠悠黄河，吾其济乎！"（与田丰以杖击地之言，亦复相同。）遂托疾不出议事。玄德曰："备蒙大恩，无可报效，意欲与文将军同行：一者报明公之德，二者就探云长的实信。"（玄德意只重在此句。）绍喜，唤文丑与玄德同领前部。文丑曰："刘玄德屡败之将，于军不利。既主公要他去时，某分三万军，教他为后部。"（若使玄德在前，文丑不至于死。）于是文丑自领七万军先行，令玄德引三万军随后。

且说曹操见云长斩了颜良，倍加钦敬，表奏朝廷，封云长为汉寿亭侯，（汉寿地名，亭侯爵名。俗本此处多误，今依古本削去。）铸印送关公。（为后挂印张本。）忽报袁绍又使大将文丑渡黄河，已据延津之上。操乃先使人移徙居民于西河，然后自领兵迎之，传下将令："以后军为前军，以前军为后军，（文丑与玄德分前、后军，曹操却以前军、后军互相倒转。）粮草先行，军兵在后。"（谲诈得妙。）吕虔曰："粮草在先，军兵在后，何意也？"操曰："粮草在后，多被剽掠，故令在前。"（此是假话。）虔曰："倘遇敌军劫去，如之奈何？"操曰："且待敌军到时，却又理会。"（只不说明。）虔心疑未决。操令粮食辎重沿河堑至延津。操在后军，听得前军发喊，急教人看时，报说："河北大将文丑兵至，我军皆弃粮草，四散奔走。后军又远，将如之何？"操以鞭指南阜曰："此可暂避。"（谲诈得妙。）人马急奔土阜。操令军士皆解衣卸甲少歇，尽放其马。（既弃粮，又弃马，真令人不测。）文丑军掩至。众将曰："贼至矣！可急收马匹，退回白马！"荀攸急止之曰："此正可以饵敌，何故反退？"（荀攸独知曹操之意。）操急以目视荀攸而笑。攸知其意，不复言。（曹操只不要说明。）

文丑军既得粮草车仗，又来抢马。军士不依队伍，自相杂乱。曹操却令军将一齐下土阜击之，文丑军大乱。曹兵围裹将来，文丑挺身独战，军士自相践踏。文丑止遏不住，只得拨马回走。（曹操能兵。）操在土阜上指曰："文丑为河北名将，谁可擒之？"张辽、徐晃飞马齐出，大叫："文丑休走！"文丑回头见二将赶上，遂按住铁枪，拈弓搭箭，正射张辽。徐晃大叫："贼将休放箭！"张辽低头急躲，一箭射中头盔，将簪缨射去。辽奋力再赶，坐下战马又被文丑一箭射中面颊。那马跪倒前蹄，张辽落地。文丑回马复来，徐晃急轮大斧，截住厮杀。只见文丑后面军马齐到，晃料敌不过，拨马而回。文丑沿河赶来。<small>此亦先写文丑声势，以衬云长声势。</small>忽见十余骑马，旗号翻翻，一将当头提刀飞马而来，乃关云长也。<small>突如其来，与斩颜良时又自一样气色。</small>大喝："贼将休走！"与文丑交马，战不三合，文丑心怯，拨马绕河而走。关公马快，赶上文丑，脑后一刀，将文丑斩下马来。<small>文丑此时若以玄德消息告关公，则不至于死矣。</small>曹操在土阜上，见关公砍了文丑，大驱人马掩杀。河北军大半落水，<small>沮授言不可渡河，此处方验。</small>粮草马匹仍被曹操夺回。<small>如垂棘之璧，屈产之乘。</small>

云长引数骑东冲西突。正杀之间，刘玄德领三万军随后到。<small>读者至此，必谓二人相会矣。</small>前面哨马探知，报与玄德云："今番又是红面长髯的斩了文丑。"<small>但闻其形，未见其人。</small>玄德慌忙骤马来看，隔河望见一簇人马，往来如飞，旗上写着"汉寿亭侯关云长"七字。<small>但见其旗，不见其面。</small>玄德暗谢天地曰："原来吾弟果然在曹操处！"<small>知其在曹而反喜者，信其必不降操也。</small>欲待招呼相见，被曹兵大队拥来，只得收兵回去。<small>此时宜必相见矣，而竟不相见。方喜在原之近，又恨跗冈之远，咫尺天涯，为之一叹。</small>袁绍接应至官渡，下定寨栅。郭图、审配入见袁绍，说："今番又是关某杀了文丑，刘备佯推不知。"袁绍大怒，骂曰："大耳贼！焉敢如此！"少顷，玄德至，绍令推出斩之。<small>读者至此，为玄德吃吓，又代关公吃吓。</small>玄德曰："某有何罪？"绍曰："你故使汝弟又坏我一员大将，如何无罪？"玄德曰："容伸一言而死：曹操素忌备，今知备在明公处，恐备助公，故特使云长诛杀二将，公知必怒。此借公之手以杀刘备也。愿明公思之。"<small>程昱所言，不出玄德之料。</small>袁绍曰："玄德之言是也。汝等几使我受害贤之名。"<small>第二番欲杀，又被玄德躲过。</small>喝退左右，请玄德上帐而坐。玄德谢曰："荷明公宽大之恩，无可补报，欲令一心腹人持密书去见云长，使知刘备消息，彼必星夜来到，辅佐明公，共诛曹操，以报颜良、文丑之仇，若何？"<small>前者云长尚在疑似之间，则玄德只言不是云长以解之；今者云长更无疑惑矣，则又言招来云长以解之。</small>袁绍大喜曰："吾得云长，胜颜良、文丑十倍也。"<small>还记虎牢关前，盟主高坐而叱之否？</small>玄德修下书札，未有人送去。<small>此时不即寄去，又作一顿，妙。</small>绍令退军武阳，连营数十里，按兵不动。<small>袁绍此番又是虎头蛇尾。</small>

操乃使夏侯惇领兵守住官渡隘口，自己班师回许都，大宴众官，贺云长之功。因谓吕虔曰："昔日吾以粮草在前者，乃饵敌之计也。惟荀公达知吾心耳。"<small>此时方才说明。</small>众皆叹服。正饮宴间，忽报："汝南有黄巾刘辟、龚都，甚是猖獗，曹洪累战不利，乞遣兵救之。"云长闻言，进曰："关某愿施犬马之劳，破汝南贼寇。"<small>惟其急欲归刘，故急欲报曹耳。</small>操曰："云长建立大功，未曾重酬，岂可复劳征进？"公曰："关某久闲，必生疾病。愿再一行。"<small>英雄语。玄德"髀肉复生"之叹，亦是此意。</small>曹操壮之，点兵五万，使于禁、乐进为副将，次日便行。荀彧密谓操曰："云长常有归刘之心，倘知消息必去，不可频令出征。"操曰："今次收功，吾不复教临敌矣。"

且说云长领兵将近汝南，扎住营寨。当夜营外拿了两个细作人来。云长视之，内中认得一人，乃孙乾也。〔来得突兀，出于意外。〕关公叱退左右，问乾曰："公自溃散之后，一向踪迹不闻，今何为在此处？"乾曰："某自逃难，飘泊汝南，幸得刘辟收留。〔孙乾一向踪迹，只用他口中一句叙出，极省笔。〕今将军为何在曹操处？未识甘、糜二夫人无恙否？"关公因将上项事细说一遍。乾曰："近闻玄德公在袁绍处，欲往投之，未得其便。今刘、龚二人归顺袁绍，相助攻曹。天幸得将军到此，因特令小军引路，教某为细作，来报将军。来日二人当虚败一阵，公可速引二夫人投袁绍处，与玄德公相见。"〔玄德寄书未到，孙乾相见在前。云长欲知乃兄消息，不从河北知之，却从汝南知之，皆出意外。〕关公曰："既兄在袁绍处，吾必星夜而往。但恨吾斩绍二将，恐今事变矣。"〔恐事变者，非恐袁绍杀己也，恐因此而玄德又不在袁绍处耳。〕乾曰："吾当先往探彼虚实，再来报将军。"〔亦探玄德尚在袁绍处与否也。○为后文途中报信伏笔。〕公曰："吾见兄长一面，虽万死不辞。"〔言兄长果然在袁绍处，则今回许昌，便辞曹操也。〕当夜密送孙乾去了。

次日，关公引兵出，龚都披挂出阵。关公曰："汝等何故背反朝廷？"都曰："汝乃背主之人，何反责我？"关公曰："我何为背主？"都曰："刘玄德在袁本初处，汝却从曹操，何也？"〔孙乾在营中密语，龚都在阵上明言。○为后文军士报二夫人张本。〕关公更不打话，拍马舞刀向前。龚都便走，关公赶上。都回身告关公曰："故主之恩，不可忘也。公当速进，我让汝南。"〔让汝南者，欲其立功报曹，以便速去耳。〕关公会意，驱军掩杀。刘、龚二人佯输诈败，四散去了。云长夺得州县，安民已定，班师回许昌。曹操出郭迎接，赏劳军士。

宴罢，云长回家，参拜二嫂于门外。甘夫人曰："叔叔两番出军，可知皇叔音信否？"公答曰："未也。"〔此时不即实告，是精细处。〕关公退，二夫人于门内痛哭曰："想皇叔休矣！二叔恐我姊妹烦恼，故隐而不言。"〔将闻喜信，反先痛哭，叙事至此，又复一顿。〕正哭间，有一随行老军，听得哭声不绝，于门外告曰："夫人休哭，主人现在河北袁绍处。"〔不用关公说知，却用军人报信，事曲而文亦曲。〕夫人曰："汝何由知之？"军曰："跟关将军出征，有人在阵上说来。"〔应龚都语。〕夫人急召云长责之曰："皇叔未尝负汝，汝今受曹操之恩，顿忘旧日之义，不以实情告我，何也？"关公顿首曰："兄今委实在河北。未敢教嫂嫂知者，恐有泄漏也。〔恐有泄漏者，公意曹操不知玄德在河北耳。岂知操固与程昱筹之熟耳？〕事须缓图，不可欲速。"〔为欲待孙乾回报也，却又不说明，妙。〕甘夫人曰："叔宜上紧。"公退，寻思去计，坐立不安。

原来于禁探知刘备在河北，报与曹操。〔公则必待孙乾报而后知，操岂待于禁报而后知耶？〕操令张辽来探关公意。关公正闷坐，张辽入贺曰："闻兄在阵上知玄德音信，特来贺喜。"〔公方欲秘之，而辽已明言，妙。〕关公曰："故主虽在，未得一见，何喜之有！"〔辽既明言，公辽即不隐讳。〕辽曰："兄与玄德交，比弟与兄交何如？"公曰："我与兄，朋友之交也；我与玄德，是朋友而兄弟、兄弟而主臣者也：岂可共论乎？"_{看他轻重较然，只二语中，已备五伦之三矣。}辽曰："今玄德在河北，兄往从否？"关公曰："昔日之言，安肯背之！文远须为我致意丞相。"_{直心口快。}张辽将关公之言，回告曹操。操曰："吾自有计留之。"_{恐亦无甚妙计矣。}

且说关公正寻思间，忽报有故人相访，_{读者至此，必谓孙乾有信至矣。及请入，却不相识。奇。}关公问曰："公何人也？"答曰："某乃袁绍部下南阳陈震也。"关公大惊，急退左右，问曰："先生此来，必有所为？"震出书一缄，递与关公。公视之，乃玄德书也。_{玄德寄书人直至此处方来，来得突兀，出人意外。}其略云：

> 备与足下，自桃园缔盟，誓以同死。今何中道相违，割恩断义？君必欲取功名、图富贵，愿献备首级以成全功。_{两番几被袁绍所杀，故言之激如此。}书不尽言，死待来命。

关公看书毕，大哭曰：_{不得不哭。}"某非不欲寻兄，奈不知所在也。安肯图富贵而背旧盟乎？"_{既得此书，则知玄德尚在袁绍处，不必待孙乾回报。而公之去，更不容缓矣。}震曰："玄德望公甚切，公既不背旧盟，宜速往见。"关公曰："人生天地间，无终始者，非君子也。吾来时明白，去时不可不明白。_{明明白白，是公一生过人处。}吾今作书，烦公先达知兄长，容某辞却曹操，奉二嫂来相见。"震曰："倘曹操不允，为之奈何？"_{陈震之意，公不告而竟去；}公曰："吾宁死，岂肯久留于此！"_{言不死则必告，不去则必死也。}震曰："公速作回书，免致刘使君悬望。"关公写书答云：

> 窃闻义不负心，忠不顾死。羽自幼读书，粗知礼义，观羊角哀、左伯桃之事，未尝不三叹而流涕也。前守下邳，内无积粟，外无援兵，欲即效死，奈有二嫂之重，未敢断首捐躯，致负所托，故尔暂且羁身，冀图后会。近至汝南，方知兄信，即当面辞曹公，奉二嫂归。羽但怀异心，神人共戮。披肝沥胆，笔楮难穷。瞻拜有期，伏惟照鉴。_{玄德来书，从关公眼中看出；关公答书，即从关公笔下写出，叙得参差有致。}

陈震得书自回。关公入内告知二嫂，随即至相府，拜辞曹操。操知来意，乃悬回避牌于门。_{操所谓有计留之者，别无他计，只是一个不肯相见耳。}关公怏怏而回，命旧日跟随人役，收拾车马，早晚伺候；吩咐宅中，所有原赐之物，尽皆留下，分毫不可带去。_{一尘不染，澄然以清。}次日再往相府辞谢，门首又挂回避牌。_{操此时留公计亦穷矣。}关公一连去了数次，皆不得见。_{省笔。}乃往张辽家相探，欲言其事。辽亦托疾不出。_{此想亦曹操之故也。}关公思曰："此曹丞相不容我去之意。我去志已决，岂可复留！"即写书一封，辞谢曹操。书略曰：

羽少事皇叔，誓同生死；皇天后土，实闻斯言。前者下邳失守，所请三事，已蒙恩诺。今探知故主现在袁绍军中，_{明明说出，更不隐讳。}回思昔日之盟，岂容违背？新恩虽厚，旧义难忘。兹特奉书告辞，伏惟照察。其有余恩未报，愿以俟之异日。

_{为后文华容道伏线。}

写毕，封固，差人去相府投递；一面将累次所受金银，一一封置库中，悬汉寿亭侯印于堂上，_{封金挂印，传为千古美谈。}至今请二夫人上车。关公上赤兔马，手提青龙刀，率领旧日跟随人役，护送车仗，径出北门。_{果于去，勇于去，更不踌躇疑沮于其去。}门吏挡之。关公怒目横刀，大喝一声，门吏皆退避。_{先为五关斩将作一引。}关公既出门，谓从者曰："汝等护送车仗先行，但有追赶者，吾自当之，勿得惊动二位夫人。"从者推车，望官道进发。

却说曹操正论关公之事未定，左右报关公呈书。操即看毕，大惊曰："云长去矣！"_{四字有无限爱惜、无限嗟呀之意。○曹操见书，是第一段。}忽北门守将飞报："关公夺门而去，车仗鞍马二十余人，_{人数在北门守将口中补出。}皆望北行。"_{北门守将来报，是第二段。}又关公宅中人来报说："关公尽封所赐金银等物。美女十人，另居内室。_{此句又于关公宅中人口内补出。}其汉寿亭侯印悬于堂上。丞相所拨人役，皆不带去，只带原跟从人及随身行李，出北门去了。"_{关公宅中人来报，是第三段。只关公一去，用三段文字以描写之。来得昂藏，去亦去得英烈。}众皆愕然。一将挺身出曰："某愿将铁骑三千，去生擒关某，献与丞相！"众视之，乃将军蔡阳也。_{预为后文斩蔡阳伏笔。}正是：

欲离万丈蛟龙穴，又遇三千狼虎兵。

蔡阳要赶关公，毕竟如何，且听下文分解。

第二十七回

美髯公千里走单骑

汉寿侯五关斩六将

吾读此卷而叹曹操之义，又未尝不叹曹操之奸也。其于关公之去，赠金赠袍，亲自送行，而独吝一纸文凭，不即给与，使关公而死于卞喜之伏兵，或死于王植之纵火，则操必曰："非我也，守关将吏也。"己则居爱贤之名，而但责将吏以误杀之罪，斯其奸不已甚与？以小人而行君子之事，则虽似君子，而终怀小人之心。今人但见"各为其主"之语，便啧啧曹操不置，可谓不知乌之雌雄矣。

文有伏线之妙。荥阳城中之事，先于东岭关前伏线，此即伏于一卷之内者也；玉泉山顶之事，早于镇国寺中伏线，此伏于数十卷之前者也。其间一传家信，一叙乡情，闲闲冷冷，极没要紧处，却是极要紧处。如此叙事，虽龙门复生，无以过之。

关公斩蔡阳在后卷，而此卷先有蔡阳欲赶关公一段文字；廖化归关公，尚隔十数卷，而此卷先有廖化救二夫人一段文字：皆所谓隔年下种者也。至于关公行色匆匆，途中所历，忽然遇一少年，忽然遇一老人，忽然遇一强盗，忽然遇一和尚，点缀生波，殊不寂寞，天然有此妙事，助成此等妙文。若但过一关，杀一将，五处关隘，一味杀去，有何意趣？

自二十五回至此，皆为云长立传。而玄德、翼德两边，未免冷淡。乃于白马之役，忽有翼德探囊取物一语。文中虽无翼德，而翼德之威灵如见。至于玄德行藏，或在袁绍一边致书，或在关公一边接束，或在龚都阵上口传，或在孙乾途中备述，处处提照出来，更不疏漏，真叙事妙品。

关公此行，其难有三：保二嫂车仗而行，必须缓辔相随，非比独行，可以驰骋，虽有千里马，无所用之，一难也；自许昌而出，关隘重重，非止一处两处，可以侥幸而越，二难也；又所投之处，乃曹操之仇，守关将士，防御甚严，非比别处可以通融，三难也。有此三难，卒能脱然而去，虽邀天幸，实仗神威。总之，志不决，虽易者亦难；志既决，虽难者亦易耳。

五关斩将，非关公意也。观其不杀刘延可见矣。延虽不肯借船，而不敢拒公，则公竟舍之而不杀。推此而论，使胡班救公之后，王植不追公，亦何必索植而杀之乎？其余或以力敌，或以计害，皆不得已而杀之耳。故曰非公意也。

却说曹操部下诸将中，自张辽而外，只有徐晃与云长交厚，其余亦皆敬服；独蔡阳不服关公，故今日闻其去，欲往追之。操曰："不忘故主，来去明白，真丈夫也。汝等皆当效之。"^{操视诸将中未尝有此人。}遂叱退蔡阳，不令去赶。程昱曰："丞相待关某甚厚，今彼不辞而去，乱言片楮，冒渎钧威，其罪大矣。若纵之使归袁绍，是与虎添翼也。不若追而杀之，以绝后患。"^{又是一个要赶的。}操曰："吾昔已许之，岂可失信！彼各为其主，勿追也。"^{袁绍欲杀玄德，而曹操不追关公。有始有终，是曹操高袁绍一头地。}因谓张辽曰："云长封金挂印，财贿不以动其心，爵禄不以移其志，此等人吾深敬之。（操所以饵人者，不过财贿、爵禄耳。今二者不足以动关公，操安得不敬。）想他去此不远，我一发结识他做个人情。汝可先去请住他，待我与他送行，更以路费征袍赠之，使为后日记念。"（既不追之，则必饯之，索性加厚一倍。有心人算计，往往如此。）张辽领命，单骑先往。曹操引数十骑随后而来。

却说云长所骑赤兔马，日行千里，本是赶不上；因欲护送车仗，不敢纵马，按辔徐行。忽听背后有人大叫："云长且慢行！"（公此时必谓追兵至矣。）回头视之，见张辽拍马而至。（尊羞已愈乎？）关公教车仗从人，只管望大路紧行，（为后被劫伏笔。）自己勒住赤兔马，按定青龙刀，问曰："文远莫非欲追我回乎？"辽曰："非也。丞相知兄远行，欲来相送，特先使我请住台驾，别无他意。"关公曰："便是丞相铁骑来，吾愿决一死战！"（其言刚甚。）遂立马于桥上望之，见曹操引数十骑，飞奔前来，背后乃是许褚、徐晃、于禁、李典之辈。操见关公横刀立马于桥上，（此时何不挂回避牌？恐关公此时，反急欲回避矣。）令诸将勒住马匹，左右排开。关公见众人手中皆无军器，方始放心。操曰："云长行何太速？"关公于马上欠身答曰："关某前曾禀过丞相。今故主在河北，不由某不急去。累次造府，不得参见，故拜书告辞，封金挂印，纳还丞相。望丞相勿忘昔日之言。"（言简而意尽。）操曰："吾欲取信于天下，安肯有负前言？恐将军途中乏用，特具路资相送。"一将便从马上托过黄金一盘。关公曰："累蒙恩赐，尚有余资。留此黄金以赏将士。"（其人光明，其言磊落。）操曰："特以少酬大功于万一，何必推辞？"关公曰："区区微劳，何足挂齿。"操笑曰："云长天下义士，恨吾福薄，不得相留。（自叹缘悭分浅，乃爱极慕极之语。）锦袍一领，略表寸心。"令一将下马，双手捧袍过来。云长恐有他变，不敢下马，（精细。）用青龙刀尖挑锦袍披于身上，勒马回头称谢曰："蒙丞相赐袍，异日更得相会。"（须贯以绛袍而得以不死，则曹操锦袍可留异日华容一命矣。）遂下桥望北而去。（操甚殷殷，公甚落落；操甚款款，公甚匆匆。）许褚曰："此人无礼太甚，何不擒之？"操曰："彼一人一骑，吾数十余人，安得不疑？（代为之解。）吾言既出，不可追也。"（又自为解。）曹操自引众将回城，于路叹想云长不已。（见如此人，安得不惜别？）

不说曹操自回。且说关公来赶车仗，约行三十里，却只不见。（不知者读至此，必疑是曹操使人截去矣。）云长心慌，纵马四下寻之。忽见山头一人，高叫："关将军且住！"（与张辽背后相呼正复相似，不知者读至此，又疑是曹操使人来留公矣。）云长举目视之，只见一少年，黄巾锦衣，持枪跨马，马项下悬着首级一颗，引百余步卒，飞奔前来。（奇。）公问曰："汝何人也？"少年弃枪下马，拜伏于地。云长恐是诈，（精细。）勒马持刀问曰："壮士，愿通姓名。"答曰："吾本襄阳人，姓廖，名化，字元俭。因世乱流落江湖，聚众五百余人，劫掠为生。恰才同伴杜远下山巡哨，误将两夫人劫掠上山。吾问从者，知是大汉刘皇叔夫人，且闻将军护送在此，吾即欲送下山来。杜远出言不逊，被某杀之。今献头与将军请罪。"此事只在廖化口中叙出，省笔。关公曰："二夫人何在？"化曰："现在山中。"关公教急取下山。不移时，百余人簇拥车仗前来。关公下马停刀，叉手于车前问候曰："二嫂受惊否？"二夫人曰："若非廖将军保全，已被杜远所辱。"又在二夫人口中略述一遍。关公问左右曰："廖化怎生救夫人？"左右曰："杜远劫上山去，就要与廖化各分一人为妻。廖化问起根由，好生拜敬；杜远不从，已被廖化杀了。"又在左右口中详述一遍。关公听言，乃拜谢廖化。廖化欲以部下人送关公，关公寻思此人终是黄巾余党，未可作伴，乃谢却之。精细。廖化又拜送金帛，关公亦不受。丞相之金且不受，况强盗之金乎？然不受丞相之金，亦不受强盗之金者，其视丞相之金与强盗之金无以异也。廖化拜别，自引人伴投山谷中去了。廖化终从关公，而此处不即相从。合而复离，遥为后文伏线，妙。

云长将曹操赠袍事，告知二嫂，催促车仗前行。至天晚，投一村庄安歇。庄主出迎，须发皆白，问曰："将军姓甚名谁？"关公施礼曰："吾乃刘玄德之弟关某也。"老人曰："莫非斩颜良、文丑的关公否？"二人为河北名将，而公能杀之，则杀名将者之为名将，其名更著矣。○前卷事又从老人口中一提。公曰："便是。"老人大喜，便请入庄。关公曰："车上还有二位夫人。"老人便唤妻女出迎。二夫人至草堂上，关公叉手立于二夫人之侧。老人请公坐，公曰："尊嫂在上，安敢就坐！"极似范蠡在石室中光景。老人乃令妻女请二夫人入内室款待，自于草堂款待关公。关公问老人姓名。老人曰："吾姓胡，名华。桓帝时曾为议郎，致仕归乡。今有小儿胡班，在荥阳太守王植部下为从事。将军若从此处经过，某有一书寄与小儿。"未至第一关，先为第四关脱难伏线，妙。关公允诺。

次日早膳毕，请二嫂上车，取了胡华书信，相别而行，取路投洛阳来。前至一关，名东岭关。第一关。把关将姓孔，名秀，引五百军兵在岭上把守。当日关公押车仗上岭，军士报知孔秀，秀出关来迎。关公下马，与孔秀施礼。秀曰："将军何往？"公曰："某辞丞相，特往河北寻兄。"秀曰："河北袁绍，正是丞相对头。将军此去，必有丞相文凭？"公曰："因行期慌迫，不曾讨得。"前曹操送行，赠金、赠袍而不与以文凭，是不留而留，送而不送也。不说曹操不给，只说自己不讨。秀曰："既无文凭，待我差人禀过丞相，方可放行。"关公曰："待去禀时，须误了我行程。"秀曰："法度所拘，不得不如此。"关公曰："汝不容我过关乎？"其语渐硬。秀曰："汝要过去，留下老小为质。"此言无礼。关公大怒，不得不怒。举刀就杀孔秀。秀退入关去，鸣鼓聚军，披挂上马，杀下关来，大喝曰："汝敢过去么！"关公约退车仗，纵马提刀，竟不打话，直取孔秀。秀挺枪来迎。两马相交，只一合，钢刀起处，孔秀尸横马下。孔秀前恭后倨，关公亦先礼后兵。○斩却一将。众军便走。关公曰："军士休走。吾杀孔秀，不得已也，可见五关斩将，原非关公本意。与汝等无干。借汝众军之口，传语曹丞相，言孔秀欲害我，我故杀之。"礼切周至之极。众军俱拜于马前。

关公即请二夫人车仗出关，望洛阳进发。（第二关。）早有军士报知洛阳太守韩福。韩福急聚众将商议。牙将孟坦曰："既无丞相文凭，即系私行；若不阻挡，必有罪责。"（畏曹操，故不畏关公。）韩福曰："关公勇猛，颜良、文丑俱为所杀。（又将杀颜良、文丑一提。）今不可力敌，只须设计擒之。"孟坦曰："吾有一计：先将鹿角拦定关口，待他到时，小将引兵和他交锋，佯败诱他来追，公可用暗箭射之。若关某坠马，即擒解许都，必得重赏。"（既欲免罪，又复贪赏。）商议停当，人报关公车仗已到。韩福弯弓插箭，引一千人马，排列关口，问："来者何人？"关公马上欠身言曰："吾汉寿亭侯关某，敢借过路。"韩福曰："有曹丞相文凭否？"（已知其无，却又假问。）关公曰："事冗不曾讨得。"韩福曰："吾奉丞相钧命，镇守此地，专一盘诘往来奸细。若无文凭，即系逃窜。"关公怒曰："东岭孔秀，已被吾杀。汝亦欲寻死耶？"韩福曰："谁人与我擒之？"孟坦出马，轮双刀来取关公。关公约退车仗，拍马来迎。孟坦战不三合，拨回马便走。关公赶来。孟坦只指望引诱关公，不想关公马快，早已赶上，只一刀，砍为两段。（斩却二将。）关公勒马回来，韩福闪在门首，尽力放了一箭，正射中关公左臂。公用口拔出箭，血流不住，飞马径奔韩福，冲散众军，韩福急走不迭，关公手起刀落，带头连肩，斩于马下；（此头与肩，足以报吾臂之恨矣。○斩却三将。）杀散众军，保护车仗。

关公割帛束住箭伤，于路恐人暗算，不敢久住，连夜投汜水关来。（第三把关将乃并州人氏，姓卞，名喜，善使流星锤，原是黄巾余党，（廖化是强盗余党，卞喜亦是强盗余党。乃既做官之强盗，反不若未做官之强盗能识好人也。）后投曹操，拨来守关。当下闻知关公将到，寻思一计：就关前镇国寺中，埋伏下刀斧手二百余人，诱关公至寺，约击盏为号，欲图相害。（在佛地上谋杀好人，是强盗所为，然未必非和尚所为也。）安排已定，出关迎接关公。公见卞喜来迎，便下马相见。喜曰："将军名震天下，谁不敬仰！今归皇叔，足见忠义！"（小人欺君子，偏能为君子之言。）关公诉说斩孔秀、韩福之事。卞喜曰："将军杀之是也。某见丞相，代禀衷曲。"（言之太甘，其中必苦。）关公甚喜，同上马过了汜水关，到镇国寺前下马。众僧鸣钟出迎。

原来那镇国寺乃汉明帝御前香火院，本寺有僧三十余人。内有一僧，却是关公同乡人，法名普净。当下普净已知其意，向前与关公问讯，（胡班救关公，却于胡华家先期伏线；普净救关公，即在镇国寺当日相逢。）曰："将军离蒲东几年矣？"关公曰："将及二十年矣。"普净曰："还认得贫僧否？"（虽然当日相逢，却叙昔年旧识。然则伏线又在二十年之前。）公曰："离乡多年，不能相识。"普净曰："贫僧家与将军家只隔一条河。"（离乡人好与同乡人言乡，出家人亦与俗家人言家。意中欲报极要紧的事，口中却说没要紧的话。）卞喜见普净叙出乡里之情，恐有走泄，乃叱之曰："吾欲请将军赴宴，汝僧人何得多言！"关公曰："不然。乡人相遇，安得不叙旧情耶？"（不是"逢僧话"，却是叙乡情；不是"浮生半日闲"，却是旅况几年阔。如唱《西厢》曲者，不是"随喜到"，却是"望蒲东"耳。）普净请关公方丈待茶。关公曰："二位夫人在车上，可先献茶。"普净教取茶先奉夫人，然后请关公入方丈。普净以手举所佩戒刀，以目视关公。此僧大通，是慧明不是法聪。公会意，命左右持刀紧随。卞喜请关公于法堂筵席。关公曰："卞君请关某，是好意，还是歹意？"卞喜未及回言，关公早望见壁衣中有刀斧手，乃大喝卞喜曰："吾以汝为好人，安敢如此！"卞喜知事泄，大叫："左右下手！"左右方欲动手，皆被关公拔剑砍之。卞喜下堂绕廊而走，关公弃剑执大刀来赶。卞喜暗取飞锤掷打关公。关公用刀隔开锤，赶将入去，一刀劈卞喜为两段。要在佛地上杀好人，是真强盗；能在佛地上杀歹人，是真菩萨。○斩却四将。随即回身来看二嫂，早有军人围住，见关公来，四下奔走。关公赶散，谢普净曰："若非吾师，已被此贼害矣。"救关公者普净，杀卞喜者亦普净。杀之而当，杀即生也，此僧可谓深通佛法。普净曰："贫僧此处难容，收拾衣钵，亦往他处云游也。后会有期，将军保重。"早为玉泉山伏线。关公称谢，护送车仗，往荥阳进发。第四关。

荥阳太守王植，却与韩福是两亲家，闻得关公杀了韩福，商议欲暗害关公，关公念兄恩，王植重姻谊，闲闲相对。乃使人守住关口。待关公到时，王植出关，喜笑相迎。关公诉说寻兄之事。植曰："将军于路驱驰，夫人车上劳困，且请入城，馆驿中暂歇一宵，来日登途未迟。"与卞喜一样骗法。关公见王植意甚殷勤，遂请二嫂入城。馆驿中皆铺陈了当，王植请公赴宴，公辞不往，前赴卞喜席，今遂不赴王植席，足见精细。植使人送筵席至馆驿。关公因于路辛苦，请二嫂晚膳毕，就正房歇定。令从者各自安歇，饱喂马匹。关公亦解甲憩息。

却说王植密唤从事胡班听令，曰："关某背丞相而逃，又于路杀太守并守关将校，死罪不轻！此人武勇难敌，汝今晚点一千军围住馆驿，一人一个火把，待三更时分一齐放火，不问是谁，尽皆烧死！不用壁中刀斧把，却用门外火把。一在日里，一在夜间。吾亦自引军接应。"为后追赶关公张本。胡班领命，便点起军士，密将干柴引火之物，搬于馆驿门首，约时举事。胡班寻思："我久闻关云长之名，不识如何模样，试往窥之。"乃至驿中，问驿吏曰："关将军在何处？"答曰："正厅上观书者是也。"胡班潜至厅前，见关公左手绰髯，于灯下凭几看书。写得如画。班见了，失声叹曰："真天人也！"不特其人可敬，其貌亦可敬。公问何人，胡班入拜曰："荥阳太守部下从事胡班。"关公曰："莫非许都城外胡华之子否？"班曰："然也。"公唤从者于行李中取书付班。普净叙乡情，胡班见家信，又闲闲相对。班看毕，叹曰："险些误杀忠良！"遂密告曰："王植心怀不仁，欲害将军，暗令人四面围住馆驿，约于三更放火。今某当先去开了城门，将军急收拾出城。"方信胡华寄书不是闲文。关公大惊，忙披挂提刀上马，请二嫂上车，尽出馆驿，果见军士各执火把听候。关公急来到城边，只见城门已开。关公催车仗急急出城。胡班还去放火。前是王植赚关公，此则胡班赚王植矣。关公行不到数里，背后火把照耀，人马赶来。^{来送命了。}当先王植大叫："关某休走！"关公勒马，大骂："匹夫！我与你无仇，如何令人放火烧我？"王植拍马挺枪，径奔关公，被关公拦腰一刀，砍为两段。^{斩却五将。}人马都赶散。关公催车仗速行，于路感胡班不已。^{为后文胡班归蜀伏笔。}

行至滑州界首，有人报与刘延。延引数十骑，出郭而迎。关公马上欠身而言曰："太守别来无恙！"^{照应白马之役。}延曰："公今欲何往？"公曰："辞了丞相，去寻家兄。"延曰："玄德在袁绍处，绍乃丞相仇人，如何容公去？"公曰："昔日曾言定来。"延曰："今黄河渡口关隘，夏侯惇部将秦琪据守，恐不容将军过渡。"^{先报一信。}公曰："太守应付船只，若何？"延曰："船只虽有，不敢应付。"^{无用之人。}公曰："我前者诛颜良、文丑，亦曾与足下解厄，^{又在关公口中将前事一提。}今日求一渡船而不与，何也？"延曰："只恐夏侯惇知之，必然罪我。"^{无用之人。}关公知刘延无用之人，遂自催车仗前进。^{有杀有不杀，妙甚。若逢人便杀，便不成关公矣。}到黄河渡口，^{第五关。}秦琪引军出问："来者何人？"关公曰："汉寿亭侯关某也。"琪曰："今欲何往？"关公曰："欲投河北去寻兄长刘玄德，敬来借渡。"琪曰："丞相公文何在？"公曰："吾不受丞相节制，有甚公文！"^{前托言事冗行忙，此则竟说不受节制，更是直捷痛快。}琪曰："吾奉夏侯将军将令，守把关隘，你便插翅也飞不过去！"关公大怒曰："你知我于路斩戮拦截者乎？"琪曰："你只杀得无名下将，敢杀我么？"关公怒曰："汝比颜良、文丑若何？"^{又将前事一提。}秦琪大怒，纵马提刀，直取关公。二马相交，只一合，关公刀起，秦琪头落。^{斩却六将。}关公曰："当吾者已死，余人不必惊走。速备船只，送我渡河。"军士急撑舟傍岸。关公请二嫂上船渡河。渡过黄河，便是袁绍地方。关公所历关隘五处，斩将六员。^{将行程图总结一笔，斩将账总算一盘。}后人有诗叹曰：

挂印封金辞汉相，寻兄遥望远途还。

马骑赤兔行千里，刀偃青龙出五关。

忠义慨然冲宇宙，英雄从此震江山。

独行斩将应无敌，今古留题翰墨间。

关公于马上自叹曰："吾非欲沿途杀人，奈事不得已也。曹公知之，必以我为负恩之人矣。"^{观公此语，知后日华容道相遇，定然不杀。}正行间，忽见一骑自北而来，大叫："云长少住！"关公勒马视之，乃孙乾也。^{孙乾至此方来，来得突兀，亦来得凑巧。}关公曰："自汝南相别，一向消息若何？"乾曰："刘辟、龚都自将军回兵之后，复夺了汝南；^{此事只在孙乾口中补出，好！}遣某往河北结好袁绍，请玄德同谋破曹之计。不想河北将士，各相妒忌。田丰尚囚狱中，沮授黜退不用，审配、郭图各自争权，袁绍多疑，主持不定。某与刘皇叔商议，先求脱身之计。今皇叔已往汝南会合刘辟去了。此卷叙关公一边，十分热闹；放下玄德一边，未免冷落。今就孙乾口中，将河北事细述一遍，笔法又密又省。恐将军不知，反到袁绍处，或为所害，特遣某于路迎接将来。幸于此得见。将军可速往汝南与皇叔相会。"陈震致书，在孙乾未知之前；孙乾报信，又在关公已行之后。叙得参差历落。关公教孙乾拜见夫人。写得周至。夫人问其动静，孙乾备说："袁绍二次欲斩皇叔，前孙乾在汝南时未说此事，故今幸脱身往汝南去了。夫人可与云长到此相会。"二夫人皆掩面垂泪。写得入情。关公依言，不投河北去，径取汝南来。本赴河北，急转汝南，只因古人踪迹无常，遂使后人文字变幻。正行之间，背后尘埃起处，一彪人马赶来。当先夏侯惇大叫："关某休走！"正是：

六将阻关徒受死，一军拦路复争锋。

毕竟关公怎生脱身，且听下文分解。

第二十八回

斩蔡阳兄弟释疑

会古城主臣聚义

　　曹操于关公之行，不使人导之出疆者，阳美其大义，而阴忌其归刘，故听彼自往。若其于路阻截而复回，则是不留之留也。若其中途为人所害而死，则是不杀之杀也。迨至斩关而出，渡过黄河，当此之时，留之不可，杀之不得也，于是又恐不见了自己人情，然后令人赍送文凭，以示恩厚。斯其设心，不大可见乎？文凭之送，不送于需用文凭之时，而送于不必用文凭之后。读书者至此，慎勿被曹操瞒过也。

　　关公既遇廖化，又遇周仓。廖化是黄巾，周仓亦是黄巾。化之从公后于仓，而仓之慕公切于化。夫使仓而不与公遇，不过绿林一豪客耳。今日立庙绘像，仓得捧大刀立于公之侧，竟附公以并垂不朽，可见人贵改图，士贵择主，虽失足崔符，未尝不可以更新，而单身作仆，胜似拥喽啰称大王也。

　　人但知降汉不降曹为云长大节，而不知大节如翼德，殆视云长而更烈也。云长辨汉与曹甚明，翼德辨汉与曹又甚明。操为汉贼，则从汉贼者亦汉贼。彼误以关公为降曹，故骂曹操，并骂关公，而桃园旧好所不暇顾矣。盖有君臣，然后有兄弟，君臣之义乖，即兄弟之义亦绝。衣带诏之公愤为重，而桃园之私盟为轻。推斯志也，使翼德而处土山之围，宁蹈白刃而死，岂肯权宜变通，姑与曹操周旋乎哉？翼德生平最怒吕布，以其灭伦绝理，故一见便呼为"三姓家奴"，而嗣后屡欲杀之；其怒曹操亦犹是耳。恶吕布以正父子之伦，恶曹操以正君臣之礼。如翼德者，斯可谓之真孝子，斯可谓之真忠臣。

　　翼德失徐州，而云长责之；云长寄许都，而翼德责之。能如此以义相责，方是好兄弟。每怪今人好立朋党，一缔私盟，便互相遮护，虽有大过，不嫌其非，此以水济水耳。岂所称和而不同之君子乎？

　　玄德之于关公也，隔河望见旗帜，而以手加额；翼德之于关公也，古城觌面相逢，而绰枪欲战。一兄一弟，何其不同如此哉？曰："既不降曹，而何以在曹？"此翼德所以责关公者也；知其身虽在曹，而必不降曹，此玄德所以信关公者也。观弟之责其兄，则能为翼德之兄者，固自不易；观兄之信其弟，则能为云长之主者，大非偶然。

　　只因关公以弟寻兄，以叔保嫂，遂引出一派亲戚来。胡华与胡班为父子，韩福与王植为姻家，蔡阳与秦琪为甥舅，不唯各主其主，又复各亲其亲矣。至于不杀郭常之子，以存人祀；收养关定之子，以立己嗣。关公父子是初相见，桃园兄弟是重会合，玄德夫妇是再团圆。合前回与此回，殆共成一篇亲亲文字云。

　　玄德在许都，听满宠报信，但知公孙瓒下落，不知赵子龙下落，令人郁郁不快。关公在汝南，见孙乾报信，但知玄德下落，并不提起张翼德下落，又令人郁郁不快。今至此卷，不约而同，不期而会，不特当日见者快然，即今日读者亦为之快然矣。由前而观，则桃园为初聚义，古城为再聚义；由后而观，则南阳会诸葛，方为大聚义，古城合子龙，为小聚义也。

　　刘、关、张三人两番聚散：一散于吕布之攻小沛，再散于曹操之攻徐州。而玄德则前投曹操，后投袁绍；关公则前在东海，后在许都；翼德则两次俱在芒砀山中。乃叙事者于前之散也，略关、张而独详玄德；于后之散也，则略翼德，稍详玄德，而独甚详关公。所以然者，三面之事，不能并时同叙，故取其事之长者而备载焉，取其事之短者而简括焉，史迁笔法，往往如此。

前卷埋伏后文，此卷收拾前文。如胡班、廖化、普净辈，俱于前卷埋伏；糜竺、糜芳、简雍、赵云等，俱于此卷收拾。

　　却说关公同孙乾保二嫂向汝南进发，不想夏侯惇领三百余骑，从后追来。孙乾保车仗前行。关公回身勒马按刀问曰："汝来赶我，有失丞相大度。"夏侯惇曰："丞相无明文传报，汝于路杀人，又斩吾部将，无礼太甚！我特来擒你，献与丞相发落！"言讫，便拍马挺枪欲斗。只见后面一骑飞来，大叫："不可与云长交战！"关公按辔不动。来使于怀中取出公文，谓夏侯惇曰："丞相敬爱关将军忠义，恐于路关隘拦截，故遣某特赍公文，遍行诸处。"<small>直在渡河之后公文方到，此曹操奸猾处。</small>惇曰："关某于路杀把关将士，丞相知否？"来使曰："此却未知。"<small>第一次斩关之时，关吏必已飞报许都矣。岂有五关俱斩，而操犹未知者乎？惇曰"未知"者，曹操教之也，恐知之而后发使，不见了自己人情耳。</small>惇曰："我只活捉他去见丞相，待丞相自放他。"关公怒曰："吾岂惧汝耶！"拍马持刀，直取夏侯惇。惇挺枪来迎。两马相交，战不十合，忽又一骑飞至，大叫："二将军少歇！"惇停枪问来使曰："丞相叫擒关某乎？"<small>此句问得更妙。惇意亦以斩关之事操必知之矣。</small>使者曰："非也。丞相恐守关诸将阻挡关将军，故又差某驰公文来放行。"<small>未渡河前一纸公文不见，既渡河后，公文连片而至，曹操大是奸猾。</small>惇曰："丞相知其于路杀人否？"使者曰："未知。"<small>第二番使命犹云"未知"，一发是诈。</small>惇曰："既未知其杀人，不可放去。"指挥手下军士，将关公围住。关公大怒，舞刀来迎。两个正欲交锋，阵后一人飞马而来，大叫："云长、元让，休得争战！"众视之，乃张辽也。二人各勒住马。

　　张辽近前言曰："奉丞相钧旨：因闻知云长斩关杀将，恐于路有阻，特差我传谕各处关隘，任便放行。"<small>前两次言不知者，恐知其斩关而后发使，不见了人情也。此直言已知者，见得知其斩关而并不怒，索性再卖个人情也。皆是曹操奸猾处。</small>惇曰："秦琪是蔡阳之甥。他将秦琪托付我处，今被关某所杀，怎肯干休？"<small>伏后蔡阳厮杀事。</small>辽曰："我见蔡将军，自有分解。既丞相大度，教放云长去，公等不可废丞相之意。"夏侯惇只得将军马约退。<small>五关俱已斩过，一夏侯惇何足阻之，此时亦落得做个人情矣。</small>辽曰："云长今欲何往？"关公曰："闻兄长又不在袁绍处，吾今将遍天下寻之。"辽曰："既未知玄德下落，且再回见丞相，若何？"<small>本为放行而来，却转出挽留一语，趣甚。</small>关公笑曰："安有是理！文远回见丞相，幸为我谢罪。"说毕，与张辽拱手而别。_{公之来以迟终，公}_{之去亦以迟终。}于是张辽与夏侯惇领军自回。

关公赶上车仗，与孙乾说知此事。二人并马而行。行了数日，忽值大雨滂沱，行装尽湿。_{出路人每有}_{如此苦事。}遥望山冈边有一所庄院，关公引着车仗，到彼借宿。庄内一老人出迎，_{又遇一}_{老人。}关公具言来意。老人曰："某姓郭，名常，世居于此。久闻大名，幸得瞻拜。"遂宰羊置酒相待，请二夫人于后堂暂歇。郭常陪关公、孙乾于草堂饮酒。_{此老之待客与}_{胡华相似。}一边烘焙行李，_{照上"行装尽湿"}_{句，细甚。}一边喂养马匹。_{闲中带出"马匹"二字}_{为后偷马一逗，细甚。}至黄昏时候，忽见一少年，_{又遇一}_{少年。}引数人入庄，径上草堂。郭常唤曰："吾儿来拜将军。"因谓关公曰："此愚男也。"关公问何来。常曰："射猎方回。"_{代答。}少年见过关公，即下堂去了。_{写得闪闪}_{忽忽。}常流泪言曰："老夫耕读传家，止生此子，不务本业，惟以游猎为事。是家门不幸也！"_{胡华之子贤，郭}_{常之子不肖，闲}_{闲相}_{对。}关公曰："方今乱世，若武艺精熟，亦可以取功名，何云不幸？"常曰："他若肯习武艺，便是有志之人。今专务游荡，无所不为，_{伏偷马}_{事。}老夫所以忧耳！"关公亦为叹息。至更深，郭常辞出。

关公与孙乾方欲就寝，忽闻后院马嘶人叫。_{读者至此，疑又有卞喜}_{伏兵、王植纵火之事。}关公急唤从人，却都不应，乃与孙乾提剑往视之。只见郭常之子倒在地上叫唤，从人正与庄客厮打。_{好看。}公问其故。从人曰："此人来盗赤兔马，_{前有劫车仗之盗，此又有偷}_{马匹之贼，亦闲闲相对。}被马踢倒。_{公不可犯，公之}_{马亦不可犯。}我等闻叫唤之声，起来巡看，庄客们反来厮闹。"公怒曰："鼠贼焉敢盗吾马！"恰待发作，郭常奔至告曰："不肖子为此歹事，罪合万死！奈老妻最怜爱此子，_{人情多爱独子，而妇人之情，}_{又每怜不肖之子。则此子之不}_{肖，未必非怜}_{爱酿成之也。}乞将军仁慈宽恕！"关公曰："此子果然不肖，适才老翁所言，真'知子莫若父'也。_{不知子者又}_{莫若母。}我看翁面，且姑恕之。"遂吩咐从人看好了马，喝散庄客，与孙乾回草堂歇息。次日，郭常夫妇出拜于堂前，谢曰："犬子冒渎虎威，深感将军恩恕。"关公令唤出："我以正言教之。"常曰："他于四更时分，又引数个无赖之徒，不知何处去了。"_{为后劫马}_{伏笔。}

关公谢别郭常，奉二嫂上车，出了庄院，与孙乾并马，护着车仗，取山路而行。不及三十里，只见山背后拥出百余人，为首两骑马：_{本为盗一匹马，却}_{引出两骑马来。}前面那人，头裹黄巾，身穿战袍；后面乃郭常之子也。_{奇绝。此子两}_{番伏忽然现。}黄巾者曰："我乃天公将军张角部将也！来者快留下赤兔马，放你过去！"关公大笑曰："无知狂贼！汝既从张角为盗，亦知刘、关、张兄弟三人名字否？"_{第一卷中事忽于此一提。〇于}_{关公口中补照刘、张，妙甚。}黄巾者曰："我只闻赤面长髯者名关云长，_{此人口中却放}_{下刘、张，独}_{问关公，}_{又妙。}却未识其面。_{现对赤面，}_{何云未识？}汝何人也？"公乃停刀立马，解开须囊，出长髯令视之。

此人所以舍刘、张而独问关公者，盖已疑公之赤面，而特未见有长髯耳。故公即开囊示之。其人滚鞍下马，脑揪郭常之子拜献于马前。^{前有杀杜远之廖化，今有擒常子之裴元绍，遥遥相对。}又关公问其姓名。告曰："某姓裴，名元绍。自张角死后，一向无主，啸聚山林，权于此处藏伏。今早这厮来报：'有一客人，^{更不问此客姓名，这厮可谓卤莽。}骑一匹千里马，在我家投宿。'特邀某来劫夺此马。不想却遇将军。"^{前杜远事只在廖化口中虚述，今郭常事亦只在元绍口中虚述，皆省笔之法。}郭常之子拜伏乞命。关公曰："吾看汝父之面，饶你性命！"^{笃于兄弟者，绝人之父子。}郭子抱头鼠窜而去。

公谓元绍曰："汝不识吾面，何以知吾名？"元绍曰："离此二十里有一卧牛山。山上有一关西人，姓周，名仓，两臂有千斤之力，板肋虬髯，形容甚伟；原在黄巾张宝部下为将，张宝死，啸聚山林。他多曾与某说将军盛名，恨无门路相见。"^{因郭常引出郭常之子，因郭常之子引出裴元绍，又因裴元绍引出周仓，方知郭常相见一段文字并非闲笔。郭常为周仓引头，亦如胡华为胡班伏线耳。}关公曰："绿林中非豪杰托足之处。公等今后可各去邪归正，勿自陷其身。"元绍拜谢。

正说话间，遥望一彪人马来到。元绍曰："此必周仓也。"关公乃立马待之。果见一人，黑面长身，持枪乘马，引众而至，^{周仓形状，前在元绍口中叙出，今又在关公眼中看出。}见了关公，惊喜曰："此关将军也！"疾忙下马，俯伏道旁曰："周仓参拜。"^{画出惊喜之状}关公曰："壮士何处曾识关某来？"仓曰："旧随黄巾张宝时，曾识尊颜。^{元绍但闻公名，周仓已识公面。}恨失身贼党，不得相随。今日幸得拜见。愿将军不弃，收为步卒，早晚执鞭随镫，死亦甘心！"^{勇于从义，诚于慕贤，仓亦人杰矣哉！}公见其意甚诚，乃谓曰："汝若随我，汝手下人伴若何？"仓曰："愿从则俱从，不愿从者，听之可也。"于是众人皆曰："愿从。"关公乃下马至车前禀问二嫂。^{禀命而行，俨然有父兄在。}甘夫人曰："叔叔自离许都，于路独行至此，历过多少艰难，未尝要军马相随。前廖化欲相投，叔既却之，^{夫人口中，又将廖化事一提，照应前文。}今何独容周仓之众耶？我辈女流浅见，叔自斟酌。"公曰："嫂嫂之言是也。"遂谓周仓曰："非关某寡情，奈二夫人不从。汝等且回山中，待我寻见兄长，必来相招。"周仓顿首告曰："仓乃一粗莽之夫，失身为盗，今遇将军，如重见天日，岂忍复错过！若以众人相随为不便，可令其尽跟裴元绍去。仓只身步行，跟随将军，虽万里不辞也！"^{有匹马寻兄之主，自有只身随主之从者。〇仓之诚于从公如此，宜其与公同享血食于千秋也。}关公再以此言告二嫂。甘夫人曰："一二人相从，无妨于事。"公乃令周仓拨人伴随裴元绍去。元绍曰："我亦愿随关将军。"周仓曰："汝若去时，人伴皆散；且当权时统领。我随关将军去，但有住扎处，便来取你。"^{伏笔。}元绍怏怏而别。^{元绍之不得从公，亦有幸有不幸也。}

周仓跟着关公，往汝南进发。行了数日，遥见一座山城。公问土人："此何处也？"土人曰："此名古城。数月前有一将军，姓张，名飞，引数十骑到此，将县官逐去，^{逐县官，正与鞭督}

邀遥望。占住古城，招军买马，积草屯粮。今聚有三五千人马，四远无人敢敌。"芒砀一去，令人想杀。至此忽然出现，为之色喜。关公喜曰："吾弟自徐州失散，一向不知下落，谁想却在此！"本为寻兄，却先遇弟，奇文幻事。乃令孙乾先入城通报，教来迎接二嫂。本为寻常家数耳，不料下文幻出绝奇之事。

却说张飞在芒砀山中，住了月余，因出外探听玄德消息，又是一位寻兄的。偶过古城，入县借粮；县官不肯，此土人所未述。○这县官大不晓事。飞怒，因就逐去县官，夺了县印，将军权署知县印。占住城池，权且安身。补叙张飞事，断不可少。

当日孙乾领关公命，入城见飞。施礼毕，具言："玄德离了袁绍处，投汝南去了。今云长直从许都送二位夫人至此，请将军出迎。"张飞听罢，更不回言，随即披挂持矛上马，引一千余人，径出北门。奇绝怪绝，不解其故。孙乾惊讶，又不敢问，只得随出城来。

关公望见张飞到来，喜不自胜，付刀与周仓接了，拍马来迎。只见张飞圆睁环眼，倒竖虎须，吼声如雷，挥矛向关公便搠。奇绝怪绝。一路胡华、郭常、廖化、周仓等辈，无不出庄拜迎，下马拜伏，至此爱弟相见，忽然挺矛便搠，真惊杀人。关公大惊，连忙闪过，便叫："贤弟何故如此？岂忘了桃园结义耶？"首卷中事，此忽一提。飞喝曰："你既无义，有何面目来与我相见！"前此称兄称弟，今忽作尔我之呼。盖你我之为兄弟，本以义合也；你既无义，则你是你，我是我，你是做你的人，我是做我的人，你无面目见我，我亦无面目见你矣。说得字字愤，声声激。○前卷极力写云长，此卷极力写翼德。关公曰："我如何无义？"飞曰："你背了兄长，降了曹操，封侯赐爵，今又来赚我！"竟说"来赚我"，冤屈得好。我今与你并个死活！"桃园之誓"不求同生，但求同死"。今你既背义，则你死我活，方为快也。字字愤，声声激。关公曰："你原来不知！我也难说。现放着二位嫂嫂在此，贤弟请自问。"公不自说，推二嫂说，情景逼真。二夫人听得，揭帘而呼曰："三叔何故如此？"飞曰："嫂嫂住着。且看我杀了负义的人，然后请嫂嫂入城。"嫂犹兄也，杀负兄之人于嫂之前，犹杀之于兄前也。字字愤，声声激。○降曹即是负义，负义即是负兄，义则兄之，负义则人之：翼德真圣人也。甘夫人曰："二叔因不知你等下落，故暂时栖身曹氏。今知你哥哥在汝南，特不避险阻，送我们到此。三叔休错见了。"糜夫人曰："二叔向在许都，原出于无奈。"前翼德失陷二嫂于吕布，则云长责之，而玄德解之；今云长失陷二嫂于曹操，则翼德责之，而二嫂解之。前后亦遥遥相对。飞曰："嫂嫂休要被他瞒过了！忠臣宁死而不辱，大丈夫岂有事二主之理！"可知云长之事，翼德所不能为，亦不肯为。关公曰："贤弟休屈了我。"孙乾曰："云长特来寻将军。"夹孙乾语更妙。飞喝曰："如何你也胡说？他那里有好心，必是来捉我！"真认云长为曹操心腹，故作此等语。关公曰："我若捉你，须带军马来。"借此一语，带起下文，如针引线，极叙法之妙。○幸是不曾带得廖化、裴元绍等一班人伴来，不然真是没得辨。飞把手指曰："兀的不是军马来也！"来得突兀，叙事妙品。

关公回顾，果见尘埃起处，一彪人马来到。风吹旗号，正是曹军。关公此时，真浑身是口费分说矣。张飞大怒曰："今还敢支吾么？"不特翼德心疑，即关公亦心疑，读者至此亦心疑。挺丈八蛇矛便搠将来。关公急止之曰："贤弟且住。你看我斩此来将，以表我真心。"绝妙辨冤法。飞曰："你果有真心，我这里三通鼓罢，便要你斩来将！"〔祢衡之鼓三通，其节忍；张飞之鼓三通，其声壮。〕关公应诺。

须臾，曹军至。为首一将，乃是蔡阳，挺刀纵马大喝曰："你杀吾外甥秦琪，却原来逃在此！吾奉丞相命，特来拿你！"关公更不打话，举刀便砍。张飞亲自擂鼓。只见一通鼓未尽，关公刀起处，蔡阳头已落地。〔关公事借蔡阳头为辨揭，蔡阳头以张飞鼓为邀帖。〕众军士俱走。

关公活捉执认旗的小卒过来，问取来由。小卒告说："蔡阳闻将军杀了他外甥，十分忿怒，要来河北与将军交战。丞相不肯，因差他往汝南攻刘辟。不想在这里遇着将军。"〔曹操一边事在军人口中补出，省笔。〕关公闻言，教去张飞前告说其事。飞将关公在许都时事细问小卒，小卒从头至尾，说了一遍，飞方才信。〔既借曹将头辨心迹于目前，又借曹军口证往事于前日，张飞又不得不信服矣。〕

正说间，忽城中军士来报："城南门外有十数骑来的甚紧，不知是甚人。"〔一波未平，一波又起。〕〇〔读者至此，又疑是曹兵至矣。〕张飞心中疑虑，便转出南门看时，果见十数骑轻弓短箭而来。见了张飞，滚鞍下马。视之，乃糜竺、糜芳也。〔张飞在古城遇二糜，与关公在汝南遇孙乾，一样出人意外。〕飞亦下马相见。竺曰："自徐州失散，我兄弟二人逃难回乡。使人远近打听，知云长降了曹操，主公在于河北；又闻简雍亦投河北去了。〔又在二糜口中带表简雍下落，妙。〕只不知将军在此。昨于路上遇见一伙客人，说有一姓张的将军，如此模样，今据古城。我兄弟度量必是将军，故来寻访。幸得相见！"〔二糜踪迹，亦只借他口中叙出，省笔。〕飞曰："云长兄与孙乾送二嫂方到，已知哥哥下落。"二糜大喜，同来见关公，并参见二夫人。飞遂迎请二嫂入城。至衙中坐定，二夫人诉说关公历过之事，张飞方才大哭，参拜云长。〔不知则大怒欲杀，知之则大哭下拜，英雄血性，固应尔尔。〕二糜亦俱伤感。张飞亦自诉别后之事，〔叙事简到。〕一面设宴贺喜。

次日，张飞欲与关公同赴汝南见玄德。〔写张飞。〕关公曰："贤弟可保护二嫂暂住此城，待我与孙乾先去探听兄长消息。"〔保嫂寻兄之事，前此关公独任之，今则与翼德分任之矣。〕飞允诺。关公与孙乾引数骑奔汝南来。刘辟、龚都接着，关公便问："皇叔何在？"刘辟曰："皇叔到此住了数日，为见军少，复往河北袁本初处商议去了。"〔前赴河北，却在汝南；今至汝南，又在河北。古诗云："人生不相见，动如参与商。"散而求复聚，如此之难，可发一叹。〕关公快快不乐。孙乾曰："不必忧虑。再苦一番驱驰，仍往河北去报知皇叔，同至古城便了。"

关公依言，辞了刘辟、龚都，回至古城，与张飞说知此事。张飞便欲同至河北。〔写张飞。〕关公曰："有此一城，便是我等安身之处，未可轻弃。我还与孙乾同往袁绍处，寻见兄长，来此相会。贤弟可坚守此城。"飞曰："兄斩他颜良、文丑，如何去得？"〔斩颜良、文丑事，又在张飞口中一提。〕关公曰："不妨。我到彼当见机而变。"〔为后不入境伏笔。〕遂唤周仓问曰："卧牛山裴元绍处，共有多少人马？"仓曰："约有四五百。"关公曰："我今抄近路去寻兄长。汝可往卧牛山招此一枝人马，从大路上接来。"_{欲使彼接应，以防不虞，}仓领命而去。

※ *欲使彼接应，以防不虞，不意后文又殊不然。*

关公与孙乾只带二十余骑投河北来。将至界首，乾曰："将军未可轻入，只在此间暂歇。_{孙乾甚精细。○千里寻兄，及至兄所，却不即入见，变幻之极。}待某先入见皇叔，别作商议。"关公依言，先打发孙乾去了。遥望前村有一所庄院，便与从人到彼投宿。庄内一老翁携杖而出，_{又遇一老人。}与关公施礼。公具以实告。老翁曰："某亦姓关，名定。久闻大名，幸得瞻谒。"遂命二子出见，_{又遇两少年。}_{○此处且不叙明二子，妙。}款留关公，并从人俱留于庄内。_{胡华之后有郭常，郭常之后有关定。一样蹊径，各自出奇。}

且说孙乾匹马入冀州见玄德，具言前事。玄德曰："简雍亦在此间，_{先有二糜报信，此处便不突然。}可暗请来同议。"少顷，简雍至，与孙乾相见毕，共议脱身之计。雍曰："主公明日见袁绍，只说要往荆州说刘表共破曹操，便可乘机而去。"_{前在许都脱身，托言攻袁术；今在河北脱身，托言说刘表：一样骗法。}

玄德曰："此计大妙！但公能随我去否？"雍曰："某亦自有脱身之计。"_{此计且不说出。}商议已定。次日，玄德入见袁绍，告曰："刘景升镇守荆襄九郡，兵精粮足，宜与相约，共攻曹操。"绍曰："吾尝遣使约之，奈彼未肯相从。"玄德曰："此人是备同宗，备往说之，必无推阻。"绍曰："若得刘表，胜刘辟多矣。"遂命玄德行。绍又曰："近闻关云长已离了曹操，欲来河北；吾当杀之，以雪颜良、文丑之恨！"_{孙乾不与关公同入，确有主见。}玄德曰："明公前欲用之，吾故召之。_{又将前事一提。}今何又欲杀之耶？且颜良、文丑比之二鹿耳，云长乃一虎也：失二鹿而得一虎，何恨之有？"_{若绍之优柔无断，直一羊耳。羊安能用虎乎？}绍笑曰："吾实爱之，故戏言耳。公可再使人召之，令其速来。"玄德曰："即遣孙乾往召之可也。"_{玄德脱身之计，简雍预先画定；孙乾脱身之计，玄德随机化出。}绍大喜从之。

玄德出，简雍进曰："玄德此去，必不回矣。某愿与偕往：一则同说刘表，二则监住玄德。"_{妙人妙计。}绍然其言，便命简雍与玄德同行。_{玄德请攻袁术，曹操使朱灵、路昭监之；玄德请约刘表，袁绍即使简雍监之：袁、曹愚智又别于此。}郭图谏绍曰："刘备前去说刘辟，未见成事；_{此事不实叙，只今虚笔点缀。}今又使与简雍同往荆州，必不返矣。"绍曰："汝勿多疑，简雍自有见识。"_{可发一笑。}郭图嗟呀而出。

却说玄德先命孙乾出城，回报关公；一面与简雍辞了袁绍，上马出城。行至界首，孙乾接着，同往关定庄上。关公迎门接拜，执手啼哭不止。_{刘、关至此方才相见。○"啼哭"二字，宛然孺慕之诚。}关定领二子拜于草堂之前。玄德问其姓名。关公曰："此人与弟同姓，有二子：长子关宁，学文；次子关平，学武。"_{二子姓名学业，至此方补叙，却用关公代说，妙。○郭常之子不肖，关定之子又贤，又复闲闲相对。}关定曰："今愚意欲遣次子跟随关将军，未识肯容纳否？"_{郭子不肖，而郭常乞留之；关子贤，而关定欲遣之。毕竟郭常不脱常情，关定自有定见。}玄德曰："年几何矣？"

定曰："十八岁矣。"玄德曰："既蒙长者厚意，吾弟尚未有子，今即以贤郎为子，若

何？"此从同姓上想出。异姓者既为兄弟，同姓者岂不当为父子耶？　关定大喜，便命关平拜关公为父，呼玄德为伯父。_{关公本为寻兄，忽然得}

_{子；玄德方见一弟，又认一任，奇文奇事。○前玄德于途中遇杀妻为食之刘安，今关公于途中遇遗子为嗣之关定：亦遥相映照。}玄德恐袁绍追之，急收拾起行。关平随着

关公，一齐起身。关定送了一程自回。

关公教取路往卧牛山来。正行间，忽见周仓引数十人带伤而来。_{奇文奇事，杂沓而来。}关公引他见

了玄德。_{细。}问其何故受伤，仓曰："某未至卧牛山之前，先有一将单骑而来，与裴元绍

交锋，只一合，刺死裴元绍，_{关平为养子，有不必随行之关以陪之；周仓为前将，有不得随行之裴元绍以陪之。一虚一实，天然奇妙。}尽数招降人伴，占

住山寨。仓到彼招诱人伴时，止有这几个过来，余者俱惧怕，不敢擅离。仓不忿，与那将

交战，被他连胜数次，身中三枪。因此来报主公。"玄德曰："此人怎生模样？姓甚名

谁？"仓曰："极其雄壮，不知姓名。"_{关公遇张飞，妙在先知姓名；周仓见赵云，妙在不知姓名。}

于是关公纵马当先，玄德在后，径投卧牛山来。周仓在山下叫骂，只见那将全副披

挂，持枪骤马，引众下山。玄德早挥鞭出马大叫曰："来者莫非子龙否？"_{意外出奇。}那将见了

玄德，滚鞍下马，拜伏道旁。原来果然是赵子龙。_{徐州一别，令人想杀。今此处忽然出现，又为之色喜。}

玄德、关公俱下马相见，问其何由至此。云曰："云自别使君，不想公孙瓒不听人

言，以致兵败自焚。_{遥应第二十一回中语。}袁绍屡次招云，云想绍亦非用人之人，因此未往。_{有见识。}后欲

至徐州投使君，_{是其生平一片之心。}又闻徐州失守，云长已归曹操，使君又在袁绍处。云几番欲来相

投，只恐袁绍见怪。_{又精细。}四海飘零，无容身之地。前偶过此处，适遇裴元绍下山来欲夺吾

马，_{莫非又被郭常之子所误？}云因杀之，借此安身。近闻翼德在古城，欲往投之，未知真实。今幸得遇

使君！"_{子龙一向踪迹，即借他口中历历叙出，又周至，又省笔，又妙在夹带刘、关、张三人事。}

玄德大喜，诉说从前之事。关公亦诉前事。_{"素书欲寄何由达，旧事凄凉不可听。"}玄德曰："吾初见子龙，

便有留恋不舍之情。_{遥应第七回中事。}今幸得相遇！"云曰："云奔走四方，择主而事，未有如使君

者。今得相随，大称平生。虽肝脑涂地，无恨矣。"_{剖心沥胆之言。}当日就烧毁山寨，率领人众，

尽随玄德前赴古城。

张飞、糜竺、糜芳迎接入城，各相拜诉。二夫人具言云长之事，玄德感叹不已。_{前刘、关相见}

_{时，云长但执手啼哭，并无一语自明。今二夫人代为言之。○云长心事，光明磊落，玄德已深信之；虽微二夫人言，固将感叹不已也。}于是杀牛宰马，先拜谢天地，_{宛如桃园结义之时。}

然后遍劳诸军。玄德见兄弟重聚，将佐无缺，又新得了赵云，关公又得了关平、周仓二

人，欢喜无限，连饮数日。^{其实可喜。}后人有诗赞之曰：

当时手足似瓜分，信断音稀杳不闻。

今日君臣重聚义，正如龙虎会风云。

时玄德、关、张、赵云、孙乾、简雍、糜竺、糜芳、关平、周仓部领马步军校共四五千人。^{上已将前事一总，此又总叙一笔老甚。○上文单叙将，此兼叙兵。}玄德欲弃了古城去守汝南，^{究竟古城只作得书过文。}恰好刘辟、龚都差人来请。^{省却多少笔墨，叙事妙品。}于是遂起军往汝南驻扎，招军买马，徐图征进，不在话下。^{放下玄德一边。}

且说袁绍见玄德不回，大怒，欲起兵伐之。郭图曰："刘备不足虑。曹操乃劲敌也，不可不除。刘表虽据荆州，不足为强。江东孙伯符威镇三江，地连六郡，谋臣武士极多，可使人结之，共攻曹操。"^{放下刘备，专重曹操；又放下刘表，转出孙策；此文字过枝接叶处。}绍从其言，即修书遣陈震为使，来会孙策。正是：

只因河北英雄去，引出江东豪杰来。

未知其事如何，且听下文分解。

第二十九回

小霸王怒斩于吉

碧眼儿坐领江东

前孙坚以三十骑轻出而至于死，今孙策以单骑轻出而至于伤。轻而无备，此吴子寿梦之所以卒于巢也。万乘之重，壮者虑轻。坚与策之不得为帝王者在此。

智伯之客只一，许贡之客有三。未知许贡之待此三人，亦能如智伯之待豫让否也？又未知此三人之事许贡，其先亦如豫让之曾事他人否也？及豫让伏桥入厕，吞炭漆身，未尝损赵简子分毫，但能斩其衣袍而已。若三人之箭射枪搠，孙策皆以身亲受之，其事比豫让为尤快，其人亦比豫让为更烈。虽其姓名不传，固当表而出之，以愧后世之为人臣而忘君者。

孙策不信于神仙，是孙策英雄处。英明如汉武，犹且惑神仙、好方士，而孙策不然，此其识见，诚有大过人者。其死也，亦运数当绝，适逢其会耳，非于吉之能杀之也。世人不察，以为孙策死于吉，然则张角所云南华老仙授以《太平要术》，亦将谓其有是事否？若于吉能杀孙策，何以南华老仙不能救张角乎？

孙策之怒，非怒于吉，怒士大夫之群然拜之也。至今吴下风俗，最好延僧礼道，并信诸巫祝鬼神之事，盖自昔日而已然矣。席间耳语，纷纷下楼，此等光景，实不可耐，孙策见之，安得不怒乎？若于吉果系神仙，杀亦不死，何索命之有？其索命者，或孙策将亡，别有妖孽托言，必非于吉。正史但曰"孙策为许贡之客所刺，伤重而殒"，并不载于吉一事，所以破世人之惑也。予今存而辨之，亦以破世人之惑云。

有父创业以遗其子者矣，未有兄创业以遗其弟者也。策无年而权有年，策无嗣而权有嗣，策也竭蹶而取之，权也安坐而享之。所以然者何也？良由策之为策，冲锋陷阵，克敌之勇有余，雅俗坐镇，君人之度未足耳。孙策死而以帝业让之孙权，亦犹刘縯死而以帝业让之刘秀。策于举事之初，便梦光武，此其应已在孙权矣。

鲁肃之济周瑜，是笃友不是市恩；周瑜之举鲁肃，是荐贤不是酬惠。试观鲁肃初见孙权数语，与孔明隆中所见略同。人但知其为谨厚，而不知其慷慨；但知其为诚实，而不知其英敏，岂得为知子敬者耶？

人谓管仲不如鲍叔，以鲍叔能荐贤，而管仲不能荐贤也。今周瑜荐鲁肃，鲁肃又荐诸葛瑾，张纮亦荐顾雍，其转相汲引如此。彼管仲于临终时，力短宾须无、宁越等诸人，而未尝荐一贤士以自代。然则如瑜、如肃、如纮者，贤于管仲远矣。

使刘表截孙坚者，袁绍也；使曹仁婚孙匡者，曹操也。孙策欲结袁绍以拒曹操，则合者忽离，离者忽合；孙权又却袁绍而顺曹操，则合者将离而终合，离者将合而终离。事之变幻，何其不可捉摸乃尔乎？前回正叙刘备脱离袁绍之事，后回将叙袁绍再攻曹操之事。而此回忽然夹叙东吴，如天外奇峰，横插入来。事既变，叙事之文亦变。《三国》一书，诚非他书所能及。

却说孙策自霸江东，兵精粮足。建安四年，袭取庐江，败刘勋，^{庐江太守。}使虞翻驰檄豫章，豫章太守华歆投降。^{后孙权使华歆至许昌，先于此处伏笔。○王朗不降孙策而归曹操，华歆则既降孙策而又归曹操。华歆人品又在王朗之下。}自此声势大振，乃遣张纮往许昌上表献捷。曹操知孙策强盛，叹曰："狮儿难与争锋也！"^{刘景升之儿如豚犬，孙文台之儿如狮。}遂以曹仁之女许配孙策幼弟孙匡，两家结婚。^{曹操结婚孙策，与袁术求婚吕布一样主意。}留张纮在许昌。^{伏笔。}孙策求为大司马，曹操不许。策恨之，常有袭许都之心。^{吕与袁以绝婚而不睦，孙与曹以结婚而亦不睦，两样局面。}于是吴郡太守许贡，乃暗遣使赴许都上书于曹操。其略曰：

　　孙策骁勇，与项籍相似。^{小霸王。}朝廷宜外示荣宠，召还京师；不可使居外镇，以为后患。

　　使者赍书渡江，被防江将士所获，解赴孙策处。^{吕布获着刘备书是答书，孙策获着许贡书是送书。答书犹可原，送书不可耐。}策观书大怒，斩其使，遣人假意请许贡议事。贡至，策出书示之，叱曰："汝欲送我于死地耶！"命武士绞杀之。^{孙曹之交，至此愈离。}贡家属皆逃散。^{借家属衬出家客，妙。}有家客三人，欲为许贡报仇，恨无其便。^{此三客惜不传其姓名。}

　　一日，孙策引军会猎于丹徒之西山，赶起一大鹿，策纵马上山逐之。^{曹操许田射鹿，何其严整；孙策丹徒逐鹿，何其轻率。}正赶之间，只见树林之内有三个人持枪带弓而立。^{比豫让伏桥更觉闪烁。}策勒马问曰："汝等何人？"答曰："乃韩当军士也，在此射鹿。"策方举辔欲行，一人拈枪望策左腿便刺。^{写得突兀。}策大惊，急取佩剑从马上砍去，剑刃忽坠，止存剑把在手。一人早拈弓搭箭射来，正中孙策面颊。^{不是射鹿，却是射狮。}策就拔面上箭，取弓回射放箭之人，应弦而倒。^{狮儿甚能。}那二人举枪向孙策乱搠，大叫曰："我等是许贡家客，特来为主人报仇！"^{即在家客口中说明，省笔。○三人来所，却在两人口中说出，更妙。}策别无器械，只以弓拒之，^{前太史慈以一盏抵一戟，今孙策以一弓抵二枪，前后映射。}且拒且走。二人死战不退。策身被数枪，马亦带伤。^{前周泰以保护孙权而被创，今孙策以无人保护而被伤，又前后映射。}正危急之时，程普引数人至。孙策大叫："杀贼！"程普引众齐上，将许贡家客砍为肉泥。^{义哉三客，胜徐晃、张辽辈多矣。}看孙策时，血流满面，被伤至重，乃以刀割袍，裹其伤处，救回吴会养病。后人有诗赞许家三客曰：

　　孙郎智勇冠江湄，射猎山中受困危。

　　许客三人能死义，杀身豫让未为奇。

　　却说孙策受伤而回，使人寻请华佗医治。不想华佗已往中原去了，^{华佗前医周泰，后医关公，故于此处更为一提。}止有徒弟在吴，命其治疗。其徒曰："箭头有药，毒已入骨。须静养百日，方可无虞。若怒气冲激，其疮难治。"^{先伏一笔。}孙策为人最是性急，恨不得即日便愈。将息到二十余日，忽闻张纮有使者自许昌回，策唤问之。使者曰："曹操甚惧主公，其帐下谋士亦俱敬服，惟有郭嘉不服。"此在使者口中补叙，省笔。策曰："郭嘉曾有何说？"使者不敢言。策怒，固问之。使者只得从实告曰："郭嘉曾对曹操言主公不足惧也：轻而无备，性急少谋，乃匹夫之勇耳，他日必死于小人之手。"正与射猎受伤相照。嘉之料策，不于射猎知之，早于战太史慈知之矣。策闻言，大怒曰："匹夫安敢料吾！吾誓取许昌！"遂不待疮愈，便欲商议出兵。张昭谏曰："医者戒主公百日休动，今何因一时之忿，自轻万金之躯？"

正话间，忽报袁绍遣使陈震至。接引前卷。○陈震此来，恰中机会。策唤入问之。震具言袁绍欲结东吴为外应，共攻曹操。正中下怀。策大喜，即日会诸将于城楼上，设宴款待陈震。饮酒之间，忽见诸将互相耳语，纷纷下楼。此等光景，实可笑可恶。策怪问何故，左右曰："有于神仙者，今从楼下过，诸将欲往拜之耳。"此时不即说明于神仙来历，留侯后文叙出，有情景。策起身凭栏观之，见一道人身披鹤氅，手携藜杖，立于当道，百姓俱焚香伏道而拜。吴人风俗，往往如此。策怒曰："是何妖人？快与我擒来！"左右告曰："此人姓于，名吉，寓居东方，往来吴会，普施符水，救人万病，无有不验。当世呼为神仙，未可轻渎。"华佗是医中之仙，于吉又是仙中之医。然则孙策被伤，诸将何不即荐于吉疗治之，而必求华佗之徒也。策愈怒，喝令："速速擒来！违者斩！"左右不得已，只得下楼，拥于吉至楼上。策叱曰："狂道怎敢煽惑人心！"于吉曰："贫道乃琅琊宫道士，顺帝时曾入山采药，得神书于阳曲泉水上，号曰《太平青领道》，凡百余卷，皆治人疾病方术。此与张角得《太平要术》俱是自说，无人看见。贫道得之，唯务代天宣化，普救万人，未曾取人毫厘之物，不取人物，则与今之方士不同。安得煽惑人心？"策曰："汝毫不取人，衣服饮食，从何而得？汝即黄巾张角之流，张角事已隔二十余卷，忽又于此提动。今若不诛，必为后患！"叱左右斩之。张昭谏曰："于道人在江东数十年，并无过犯，不可杀害。"策曰："此等妖人，吾杀之，何异屠猪狗！"俗呼之为"神仙"，策乃骂之为"猪狗"，快绝。众官皆苦谏，陈震亦劝。策怒未息，命且囚于狱中。众官俱散。陈震自归馆驿安歇。

孙策归府，早有内侍传说此事与策母吴太夫人知道。男子或有不信僧道者，却又拗妇人不过。夫人唤孙策入后堂，谓曰："吾闻汝将于神仙下于缧绁。此人多曾医人疾病，军民敬仰，不可加害。"策曰："此乃妖人，能以妖术惑众，不可不除！"夫人再三劝解。策曰："母亲勿听外人妄言，儿自有区处。"乃出唤狱吏取于吉来问。原来狱吏皆敬信于吉，吉在狱中时，尽去其枷锁，及策唤取，方带枷锁而出。策访知大怒，痛责狱吏，仍将于吉械系下狱。策之杀吉，皆众人之激也。张昭等数十人连名作状，拜求孙策，乞保于神仙。今有写连名保状为病人拜神仙而求保者矣，未有代神仙拜凡人而求保者也。可发一笑。策曰："公等皆读书人，何不达理？昔交州刺史张津，听信邪教，鼓瑟焚香，常以红帕裹头，自称可助出军之威，后竟为敌军所杀。百忙中又于张角之前远引一故事。张角用黄巾，张津用红帕；张角是黄天当立，张津是赤地当兴矣。两下映射成趣。此等事甚无益，诸君自未悟耳。吾欲杀于吉，正思禁邪觉迷也。"

吕范曰："某素知于道人能祈风祷雨。方今天旱，何不令其祈雨以赎罪？"前言治病，此忽转出祈雨，甚幻。策曰："吾且看此妖人若何。"遂命于狱中取出于吉，开其枷锁，令登坛求雨。吉领命，即沐浴更衣，取绳自缚于烈日之中。前孙策欲拘囚于吉，则狱吏私开其枷锁；今孙策命开其枷锁，则于吉反取绳自缚。映射成趣。百姓观者，填街塞巷。夹写百姓一句，好。于吉谓众人曰："吾求三尺甘霖，以救万民，然我终不免一死。"神仙不死，死者必非神仙。众人曰："若有灵验，主公必然敬服。"于吉曰："气数至此，恐不能逃。"极似郭璞语。既知气数难逃，便不当怼孙策矣。未闻郭璞作祟，然则孙策之死，安得谓是于吉作祟耶？王敦之死，少顷，孙策亲至坛中下令："若午时无雨，即焚死于吉。"先令人堆积干柴伺候。是亦一祈雨法。将及午时，狂风骤起。风过处，四下阴云渐合。不便写下雨，妙有顿折。○前者"不速之客三人来"，此则"密云不雨，自我西郊"。策曰："时已近午，空有阴云而无甘雨，正是妖人！"叱左右将于吉扛上柴堆，四下举火，焰随风起。偏有此一折，妙甚。忽见黑烟一道，冲上空中，一声响喨，雷电齐发，大雨如注。顷刻之间，街市成河，溪涧皆满，足有三尺甘雨。遇雨之吉，群疑亡也。于吉仰卧于柴堆之上，大喝一声，云收雨住，复见太阳。看他一时写出风、云、烟、火、雷、电、雨、日，令读者惊心悦目。于是众官及百姓共将于吉扶下柴堆，解去绳索，再拜称谢。孙策见官民俱罗拜于水中，不顾衣服，乃勃然大怒。此时众人不罗拜，孙策或未必杀吉。使策果于杀吉者，皆众人之过也。叱曰："晴雨乃天地之定数，妖人偶乘其便，你等何得如此惑乱！"若果能欲雨而雨，欲晴而晴，则亦可欲死而死，欲生掣宝剑令左右速斩于吉。众官力谏，策怒曰："尔等皆欲从于吉造反耶！"众官乃不敢复言。策叱武士将于吉一刀斩头落地。能避火劫，不能避刀兵劫，毕竟不成神仙。只见一道青气，《太平青领道》。投东北去了。琅琊山在东北。策命将其尸号令于市，以正妖妄之罪。

是夜风雨交作，及晓，不见了于吉尸首。能于既死之后摄去其尸，何不先于未死之前，遁去其身乎？守尸军士报知孙策，策怒，欲杀守尸军士。忽见一人从堂前徐步而来，视之，却是于吉。既往东北，何又来东南？策大怒，正欲拔剑斫之，忽然昏倒于地。左右急救入卧内，半晌方苏。吴太夫人来视疾，谓策曰："吾儿屈杀神仙，四字好笑。故招此祸。"策笑曰："儿自幼随父出征，杀人如麻，何曾有为祸之理？令杀妖人，正绝大祸，安得反为我祸？"孙策明理，毕竟英雄。夫人曰："因汝不信，以致如此；今可作好事以禳之。"确是妇人声口。今日吴下，此风尤甚。○若云作好事，是将追荐神仙矣。岂有神仙而望人追荐者乎？好笑。策曰："吾命在天，妖人决不能为祸，何必禳耶！"夫人料劝不信，乃自令左右暗修善事禳解。妇人信鬼之事，慈母爱子之情。○何不并禳许贡及其家客三人？岂鬼不为祟，而神仙反为祟乎？

是夜二更，策卧于内宅，忽然阴风骤起，灯灭而复明。灯影之下，见于吉立于床前。

策大喝曰：“吾平生誓诛妖妄，以靖天下！汝既为阴鬼，何敢近我！”〔人之将死，而鬼物侮之，非真于吉之能为祸也。〕

取床头剑掷之，忽然不见。吴太夫人闻之，转生忧闷。策乃扶病强行，以宽母心。〔孙策事母至孝，岂有神仙而害孝子者？〕母谓策曰：“圣人云：‘鬼神之为德，其盛矣乎！’又云：‘祷尔于上下神祇。’鬼神之事，不可不信。〔今之信佛信仙者，偏会引孔孟之言为证，不独一吴太夫人也。〕汝屈杀于先生，岂无报应？吾已令人设醮于郡之玉清观内，〔设醮玉清，前不叙明，至此借吴太夫人口中说出，好。〕汝可亲往拜祷，自然安妥。”策不敢违母命，只得勉强乘轿至玉清观。〔孙策不得已而从母命，与今之信妇言而拜仙佛者不同。〕道士接入，请策焚香，策焚香而不谢。〔毕竟是强汉。〕忽香炉中烟起不散，结成一座华盖，上面端坐着于吉。〔种种兴妖作怪，神仙必不为此。〕策怒，唾骂之。走离殿宇，又见于吉立于殿门首，怒目视策。〔种种兴妖作怪，神仙必不为此。〕策顾左右曰：“汝等见妖鬼否？”左右皆云未见。策愈怒，拔佩剑望于吉掷去，一人中剑而倒。众视之，乃前日动手杀于吉之小卒，被剑斫入脑袋，七窍流血而死。〔小卒动手杀于吉，非小卒之意；吉若恨而杀之，亦不成神仙矣。〕策命扛出葬之。比及出观，又见于吉走入观门来。〔种种兴妖作怪，神仙必不为此。〕策曰：“此观亦藏妖之所也！”〔直以玉清观与琅琊宫一例看。〕遂坐于观前，命武士五百人拆毁之。武士方上屋揭瓦，却见于吉立于屋上，飞瓦掷地。〔种种兴妖作怪，神仙必不为此。○不能禁其拆毁，只得反助其揭瓦，亦甚着乖。〕策大怒，传令逐出本观道士，放火烧毁殿宇。火起处，又见于吉立于火光之中。〔种种兴妖作怪，神仙必不为此。○此时何不更求甘雨以灭火耶？〕策怒归府，又见于吉立于府门前。〔种种兴妖作怪，神仙必不为此。〕策乃不入府，随点起三军，出城外下寨，传唤众将商议，欲起兵助袁绍夹攻曹操。〔忙中回顾陈震通好一事，妙甚。〕众将俱曰：“主公玉体违和，未可轻动。且待平愈，出兵未迟。”

是夜孙策宿于寨内，又见于吉披发而来。〔种种兴妖作怪，神仙必不为此。○“披发而来”，一发像鬼，不像神仙。〕策于帐中叱喝不绝。次日，吴太夫人传命，召策回府。策乃归见其母。夫人见策形容憔悴，泣曰：“儿失形矣！”策即引镜自照，果见形容十分瘦损，不觉失惊，顾左右曰：“吾奈何憔悴至此耶！”言未已，忽见于吉立于镜中。〔种种兴妖作怪，神仙必不为此。○闻神仙有照妖镜，不意凡人又有照神仙之镜。〕策拍镜大叫一声，金疮迸裂，昏绝于地。〔曰“金疮迸裂”，则孙策仍死于许贡之客，非死于吉也。〕夫人令扶入卧内。须臾苏醒，自叹曰：“吾不能复生矣！”随召张昭等诸人，及弟孙权，至卧榻前，嘱咐曰：“天下方乱，以吴越之众，三江之固，大可有为。子布等幸善相吾弟。”乃取印绶与孙权曰：“若举江东之众，决机于两阵之间，与天下争衡，卿不如我；举贤任能，使各尽力以保江东，我不如卿。〔孙策深自知，亦深知其弟。〕卿宜念父兄创业之艰难，善自图之！”权大哭，拜受印绶。策告母曰：“儿天年已尽，不能奉慈母。今将印绶付弟，望母朝夕训之。父兄旧人，慎勿轻怠。”〔孙策可谓孝于父母，友于兄弟。〕母哭曰：“恐汝弟年幼，不能任大事，当复如何？”策曰：“弟才胜儿十倍，足当大任。倘内事不决，可问张昭；外事不决，可问周瑜。〔内事、外事分得妙。〕恨周瑜不在此，不得面嘱之也！" ^{此句补得妙。} 又唤诸弟嘱曰："吾死之后，汝等并辅仲谋。宗族中敢有生异心者，众共诛之；骨肉为逆，不得入祖坟安葬。" ^{早为后文孙峻、孙綝伏线。} 诸弟泣受命。又唤妻乔夫人谓曰："吾与汝不幸中途相分，汝须孝养尊姑。早晚汝妹入见，可嘱其转致周郎，尽心辅佐吾弟，休负我平日相知之雅。" ^{周郎之于孙策，犹樊哙之于汉高，皆两姨之亲也。○此处将二乔点叙一笔，为后文伏线。} 言讫，瞑目而逝。年止二十六岁。^{此是孙策当死，切勿认作于吉显灵。若于吉果能捉杀孙策，则后文左慈何不捉杀曹操耶？} 后人有诗赞曰：

独战东南地，人称小霸王。

运筹如虎踞，决策似鹰扬。

威镇三江靖，名闻四海香。

临终遗大事，专意属周郎。

孙策既死，孙权哭倒于床前。张昭曰："此非将军哭时也。^{语亦壮。} 宜一面治丧事，一面理军国大事。"权乃收泪。张昭令孙静理会丧事，请孙权出堂，受众文武谒贺。孙权生得方颐大口，碧眼紫髯。^{曹操有黄须儿，孙坚有紫须儿，紫须胜黄须多矣。} 昔汉使刘琬入吴，见孙家诸昆仲，因语人曰："吾遍观孙氏兄弟，虽各才气秀达，然皆禄祚不终。唯仲谋形貌奇伟，骨格非常，乃大贵之表，又享高寿，众皆不及也。" ^{百忙中忽补叙刘琬善相，是闲笔，却又是紧笔。}

且说当时孙权承孙策遗命，掌江东之事。经理未定，人报周瑜自巴丘提兵回吴。权曰："公瑾已回，吾无忧矣。"原来周瑜守御巴丘，闻知孙策中箭被伤，因此回来问候；将至吴郡，闻策已亡，故星夜来奔丧。^{看他补叙处何等周致。} 当下周瑜哭拜于孙策灵柩之前。吴太夫人出，以遗嘱之语告瑜。瑜拜伏于地曰："敢不效犬马之力，继之以死！"少顷，孙权入。周瑜拜见毕，权曰："愿公无忘先兄遗命。" ^{孙策不能面嘱周瑜，而特自嘱其妻，以转嘱其妻之妹；周瑜亦不能面见孙策，而但闻其母与弟述策之言。与白帝城托孤者，又是一样局面。} 瑜顿首曰："愿以肝脑涂地，报知己之恩。"权曰："今承父兄之业，将何策以守之？"瑜曰："自古'得人者昌，失人者亡'。为今之计，须求高明远见之人为辅，然后江东可定也。"权曰："先兄遗言：内事托子布，外事全赖公瑾。"瑜曰："子布贤达之士，足当大任。瑜不才，恐负倚托之重，愿荐一人以辅将军。" ^{才如周郎，而能推贤让能，是其大过人处。} 权问何人。瑜曰："姓鲁，名肃，字子敬，临淮东川人也。^{周瑜始荐张昭于孙策，今又荐鲁肃于孙权，始终以荐人为主，妙。} 此人胸怀韬略，腹隐机谋。早年丧父，事母至孝。其家极富，尝散财以济贫乏。瑜为居巢长之时，将数百人过临淮，因乏粮，闻鲁肃家有两囷米，各三千斛，因往求助。肃即指一囷相赠，其慷慨如此。^{孝亲笃友，轻财好施，此等人岂易于富翁中求之？○能孝亲笃友，则必能忠君矣。能轻财好施，则必不私其家以负国矣。} 平生好击剑骑射，寓居曲

阿。祖母亡，还葬东城。其友刘子扬欲约彼往巢湖投郑宝，肃尚踌躇未往。今主公可速召

之。"权大喜，即命周瑜往聘。瑜奉命亲往，见肃叙礼毕，具道孙权相慕之意。肃曰：

"近刘子扬约某往巢湖，某将就之。"瑜曰："昔马援对光武云：'当今之世，非但君择

臣，臣亦择君。'马援舍隗嚣而从光武，今吾孙将军亲贤礼士，纳奇录异，世所罕有。足下不
肃亦当舍郑宝而从孙权。

须他计，只同我往投东吴为是。"肃从其言，遂同周瑜来见孙权。权甚敬之，与之谈论，

终日不倦。

　　一日，众官皆散，权留鲁肃共饮，至晚同榻抵足而卧。权似李邺侯见　夜半，权问肃曰：
唐肃宗时。

"方今汉室倾危，四方纷扰；孤承父兄余业，思为桓、文之事，君将何以教我？"肃曰：

"昔汉高祖欲尊事义帝而不获者，以项羽为害也。今之曹操可比项羽，许贡以孙策比项羽，是言
其骁勇；鲁肃以曹操比项

羽，是言将军何由得为桓、文乎？肃窃料汉室不可复兴，曹操不可卒除。为将军计，惟有鼎
其跋扈。

足江东以观天下之衅。今乘北方多务，剿除黄祖，进伐刘表，竟长江所极而据守之；然后

建号帝王，以图天下：此高祖之业也。"天下大势，已了然胸中。权闻言大喜，披衣起谢。次日
其识见不在孔明以下。

厚赠鲁肃，并将衣服帏帐等物赐肃之母。君能推其孝以及臣，则　肃又荐一人见孙权，此人博学
臣必将推其孝以及君。

多才，事母至孝，君能孝，则所用之臣亦孝；复姓诸葛，名瑾，字子瑜，琅琊南阳人也。权拜之
臣能孝，则所荐之人亦孝。

为上宾。瑾劝权勿通袁绍，且顺曹操，然后乘便图之。权依言，乃遣陈震回，以书绝袁

绍。了前案。○孙策本欲通绍而攻曹，今权
乃通曹而绝绍。机谋转变，倏忽不同。

　　却说曹操闻孙策已死，欲起兵下江南。侍御史张纮谏曰：用张纮谏，"乘人之丧而伐
妙。

之，既非义举；若其不克，弃好成仇，不如因而善遇之。"操然其说，乃即奏封孙权为将

军，兼领会稽太守；即令张纮为会稽都尉，赍印往江东。后文曹操独留华歆，而此处不留张纮者，
以纮之兄弟久事东吴，终不为操用耳。

孙权大喜，又得张纮回吴，即命与张昭同理政事。张纮又荐一人于孙权，此人姓顾，名

雍，字元叹，乃中郎蔡邕之徒，又是一蔡其为人少言语，不饮酒，严厉正大。雍性不饮酒，孙权尝
子之徒。曰："顾公在座，使

人不乐。"其人权以为丞，行太守事。自是孙权威震江东，深得民心。
之严正可知。

　　且说陈震回见袁绍，具说："孙策已亡，孙权继立。曹操封之为将军，结为外应

矣。"袁绍大怒，遂起冀、青、幽、并等处人马七十余万，复来攻取许昌。正是：

　　　　江南兵革方休息，冀北干戈又复兴。

未知胜负若何，且听下文分解。

第三十回

战官渡本初败绩

劫乌巢孟德烧粮

　　当曹操攻吕布之时，袁绍可以全师袭许都而不袭，一失也。当曹操攻刘备之时，袁绍又可以全师袭许都而不袭，是再失也。迨吕布已灭，刘备已败，然后争之，斯已晚矣。然苟能以全师屯官渡而拒其前，以偏师袭许都而断其后，未尝不可以取胜，而绍又不为，是三失也。既已失之于始，谅不能得之于终，此田丰之所以知其必败耳。

　　项羽与高帝约割鸿沟以王，而高帝欲归，若非张良劝之勿归，楚汉之胜负，未可知也。今袁绍与曹操相拒于官渡，而操以乏粮而欲归，若非荀彧劝之勿归，袁、曹之胜负，亦未可知也。读书至此，正是大关目处，如布棋者满盘局势，所争只在一着而已。

　　袁绍善疑，曹操亦善疑。然曹操之疑，荀彧决之而不疑，所以胜也；袁绍之疑，沮授决之而仍疑，许攸决之而愈疑，所以败也。曹操疑所疑，亦能信所信。韩猛之粮，不疑其诱敌；许攸之来，不疑其诈降，所以胜也。袁绍疑所不当疑，又信所不当信。见曹操致荀彧之书，则疑其虚；见审配罪许攸之书，则信其实；听许攸袭许都之语，则疑其诈；听郭图谮张郃之语，则信其真，所以败也。一败于白马而颜良死，再败于延津而文丑亡，犹小败耳。至三败，而七十万大军止存八百余骑。前者十胜十败之说，不于此大验乎哉？

　　凡用兵之法，以粮为重。然于己之粮，有弃之者矣，于人之粮，亦有弃之者矣。或两军相当，我弃我粮以诱敌，敌争取我粮，则必乱，敌乱则我胜，我胜则粮仍归我，是弃未尝弃也。或大敌猝至，我欲坚壁，坚壁则必清野，清野则必自焚其积，不焚则粮为敌资，焚之则敌无所取，是非弃我粮，实断寇粮也。若夫粮之在敌，可劫则劫之，劫之而我因粮于敌，是敌粮皆我粮也。不可劫则焚之，劫之不尽，则我小受其利，而敌未必大损，焚之则敌之大损，即我之大利，是焚胜于劫也。总之，以少攻多，以弱攻强，非用奇不能取胜。故高帝有给汉粮之萧何，不可无烧楚粮之彭越；曹操有能应粮之荀彧，不可无请烧粮之许攸。

　　高帝踞床跣足而见英布，是过为傲慢以挫其气；曹操披衣跣足而迎许攸，是过为殷勤以悦其心。一则善驾驭，一则善结纳。其术不同，而其能用人则同。光武焚书以安反侧，是恕之于人心既定之后；曹操焚书以靖众疑，是忍之于人心未定之时。一则有度量，一则有权谋。其事同，而其所以用心不同也。帝王有帝王气象，奸雄有奸雄心事，真是好看。

　　袁绍兵多，可分之以袭许昌。曹操兵少，安能分之以袭邺郡并取黎阳乎？故许攸之献计袁绍，是欲以实计破曹操，使曹操不及知之；荀攸之献计曹操，是欲以虚声恐袁绍，正欲使袁绍知之。此兵家虚虚实实之大不同者。《三国》一书，直可作《武经七书》读。

　　韩信、陈平初皆在楚，而项羽驱之入汉；许攸、张郃初皆事袁，而本初驱之归曹，良可叹也。其驱之不动者，在楚唯有范增，在袁惟有沮授而已。呜呼！如增、如授，能有几人哉！

　　却说袁绍兴兵，望官渡进发。夏侯惇发书告急。曹操起军七万，前往迎敌，留荀彧守许都。绍兵临发，田丰从狱中上书谏曰："今且宜静守以待天时，不可妄兴大兵，恐有不利。" 田丰第一次请缓战，第二次请急战，今第三、第四次皆请勿战，确有斟酌。逢纪谮曰："主公兴仁义之师，田丰何得出此不祥之语！"绍因怒，欲斩田丰。没主意。众官告免。绍恨曰："待吾破了曹操，明正其罪！"若破了曹操，倒未必杀，正与后文反照。遂催军进发，旌旗遍野，刀剑如林。行至阳武，下定寨栅。沮授曰："我军虽众，而勇猛不及彼军；彼军虽精，而粮草不如我军。彼军无粮，利在急战；我军有粮，宜且缓守。若能旷以日月，则彼军不战自败矣。"知彼知我。此即贾诩劝李催拒马腾之计也。绍怒曰："田丰慢我军心，吾回日必斩之。汝安敢又如此！"叱左右："将沮授锁禁军中，待我破曹之后，与田丰一体治罪！"田丰意在不战，沮授意在缓战；不战但可免败，缓战实可致胜。乃皆不见用，而反见罪，惜哉！于是下令，将大军七十万，东西南北，周围安营，连络九十余里。

细作探知虚实，报至官渡。曹军新到，闻之皆惧。曹操与众谋士商议。荀攸曰："绍军虽多，不足惧也。我军俱精锐之士，无不一以当十，但利在急战。若迁延日月，粮草不敷，事可忧矣。"所见与沮授同，此用而彼不用者，所遇之主异耳。操曰："所言正合吾意。"遂传令军将鼓噪而进。绍军来迎，两边排成阵势。审配拨弩手一万，伏于两翼；弓箭手五千，伏于门旗内：约炮响齐发。三通鼓罢，袁绍金盔金甲，锦袍玉带，立马阵前。左右排列着张郃、高览、韩猛、淳于琼等诸将。旌旗节钺，甚是严整。曹阵上门旗开处，曹操出马。许褚、张辽、徐晃、李典等，各持兵器，前后拥卫。前写二人交战，俱未亲身对垒，此番方是大决雌雄。曹操以鞭指袁绍曰："吾于天子之前，保奏你为大将军，今何故谋反？"绍怒曰："汝托名汉相，实为汉贼！罪恶弥天，甚于莽、卓，乃反诬人造反耶！"操曰："吾今奉诏讨汝！"绍曰："吾奉衣带诏讨贼！"只此七字，抵得一篇陈琳檄文。操怒，使张辽出战。张郃跃马来迎。二将斗了四五十合，不分胜负。曹操见了，暗暗称奇。为后收用张郃伏笔。许褚挥刀纵马，直出助战。高览挺枪接住。四员将捉对儿厮杀。曹操令夏侯惇、曹洪各引三千军，齐冲彼阵。审配见曹军来冲阵，便令放起号炮。两下万弩并发，中军内弓箭手一齐拥出阵前乱射。袁军惯以箭取胜，此北人长技也。曹军如何抵敌，望南急走。袁绍驱兵掩杀，曹军大败，尽退至官渡。

袁绍移军逼近官渡下寨。审配曰："今可拨兵十万守官渡，就曹操寨前筑起土山，令军人下视寨中放箭。操若弃此而去，吾得此隘口，许昌可破矣。"亦是好计。绍从之，于各寨内选精壮军人，用铁锹土担，齐来曹操寨边，垒土成山。曹营内见袁军堆筑土山，欲待出去冲突，被审配弓弩手当住咽喉要路，不能前进。十日之内，筑成土山五十余座，上立高橹，分拨弓弩手于其上射箭。曹军大惧，皆顶着遮箭牌守御。土山上一声梆子响处，箭下如雨。前之箭自北而南，今之箭则自上而下。曹军皆蒙楯伏地，袁军呐喊而笑。呐喊与笑相连，此等军声，从来未有。曹操见军慌乱，集众谋士问计。刘晔进曰："可作发石车以破之。"^{以石御箭，妙计。}操令晔进车式，连夜造发石车数百乘，分布营墙内，正对着土山上云梯。候弓箭手射箭时，营内一齐拽动石车，炮石飞空，往上乱打。人无躲处，弓箭手死者无数。袁军皆号其车为"霹雳车"。^{箭自上而下则谓之雨，石自下而上则谓之雷。雨从天降，雷自地起。}由是袁军不敢登高射箭。审配又献一计：令军人用铁锹暗打地道，直透曹营内，号为"掘子军"。^{霹雳车是震，为雷；掘子军又是坤，为地矣。}曹兵望见袁军于山后掘土坑，报知曹操。操又问计于刘晔。晔曰："此袁军不能攻明而攻暗，发掘伏道，欲从地下透营而入耳。"^{不能自上而下，又将自下而上。}操曰："何以御之？"晔曰："可绕营掘长堑，则彼伏道无用也。"^{兵在山上，御之以石；兵在地中，御之以水，计更妙。}操连夜差军掘堑。袁军掘伏道到堑边，果不能入，空费军力。

却说曹操守官渡，自八月起，至九月终，军力渐乏，粮草不继。意欲弃官渡退回许昌，迟疑未决，乃作书遣人赴许昌问荀彧。彧以书报之。^{此袁、曹成败关头。}书略曰：

> 承尊命，使决进退之疑。愚以袁绍悉众聚于官渡，欲与明公决胜负，公以至弱当至强，若不能制，必为所乘，是天下之大机也。绍军虽众，而不能用；以公之神武明哲，何向而不济！今军实虽少，未若楚、汉在荥阳、成皋间也。公今画地而守，扼其喉而使不能进，情见势竭，必将有变。此用奇之时，断不可失。惟明公裁察焉。^{曹操此时进则胜，退则败，文若一书关系非小。}

曹操得书大喜，令将士效力死守。绍军约退三十余里，操遣将出营巡哨。有徐晃部将史涣获得袁军细作，解见徐晃。晃问其军中虚实。答曰："早晚大将韩猛运粮至军前接济，先令我等探路。"徐晃便将此事报知曹操。荀攸曰："韩猛匹夫之勇耳。若遣一人引轻骑数千，从半路击之，断其粮草，绍军自乱。"^{我军缺粮，则必断敌之粮。自是军家要着。}操曰："谁人可往？"攸曰："即遣徐晃可也。"操遂差徐晃将带史涣并所部兵先出，后使张辽、许褚引兵救应。当夜韩猛押粮车数千辆，解赴绍寨。正走之间，山谷内徐晃、史涣引军截住去路。韩猛飞马来战，徐晃接住厮杀。史涣便杀散人夫，放火焚烧粮车。^{此是第一次烧粮，小试其端。}韩猛抵当不住，拨回马走。徐晃催军烧尽辎重。袁绍军中望见西北上火起，正惊疑间，败军报来粮草被劫。绍急遣张郃、高览去截大路，正遇徐晃烧粮而回，恰欲交锋，背后张辽、许褚军到。两下夹攻，杀散袁军，四将合兵一处，回官渡寨中。曹操大喜，重加赏劳。又分军于寨前结营，为掎角之势。

却说韩猛败军还营，绍大怒，欲斩韩猛，众官劝免。审配曰："行军以粮食为重，不可不用心提防。乌巢乃屯粮之处，必得重兵守之。"韩猛所运，是行粮；乌巢所积，是坐粮。一是粮之小者，一是粮之大者，因失小，故思防大。袁绍曰："吾筹策已定。汝可回邺都监督粮草，休教缺乏。"审配领命而去。袁绍遣大将淳于琼，部领督将眭元进、韩莒子、吕威璜、赵睿等，引二万人马守乌巢。那淳于琼性刚好酒，军士多畏之；既至乌巢，终日与诸将聚饮。楚国子反以饮酒误事，淳于琼者将毋同。

且说曹操军粮告竭，急发使往许昌教荀彧作速措办粮草，星夜解赴军前接济。使者赍书而往，行不上三十里，被袁军捉住，缚见谋士许攸。袁家细作为徐晃所获，曹家使者为许攸所获，正复相似。乃操能用晃，而绍不能用攸，为之一叹。那许攸字子远，少时曾与曹操为友，此时却在袁绍处为谋士。先叙明许攸来历。当下搜得使者所赍曹操催粮书信，径来见绍曰："曹操屯军官渡，与我相持已久，许昌必空虚；若分一军星夜掩袭许昌，则许昌可拔，而操可擒也。今操粮草已尽，正可乘此机会，两路击之。"此计若行，操无葬身之地矣。绍曰："曹操诡计极多，此书乃诱敌之计也。"与吕布不用陈宫之谋，前后一辙。攸曰："今若不取，后将反受其害。"正话间，忽有使者自邺郡来，呈上审配书。荀彧答书于曹操，审配致书于袁绍，亦复相似。书中先说运粮事；后言许攸在冀州时，尝滥受民间财物，且纵令子侄辈多科税，钱粮入己，今已收其子侄下狱矣。因运粮，便借钱粮事寻出罪案，而又加以滥受民财一款，恶甚。绍见书大怒曰："滥行匹夫！尚有面目于吾前献计耶！善用人者，使贪、使诈。即攸果滥行，其计自是可用。独不闻陈平有受金之谤，而高祖捐金以予之乎？汝与曹操有旧，想今亦受他财贿，为他作奸细，啜赚吾军耳！此疑所不当疑，是教之投操也。本当斩首，今权且寄头在项！可速退出，今后不许相见！"许攸出，仰天叹曰："忠言逆耳，竖子不足与谋！吾子侄已遭审配之害，吾何颜复见冀州之人乎！"遂欲拔剑自刎。此处不即写投操，又作一曲折，妙。左右夺剑劝曰："公何轻生至此？袁绍不纳直言，后必为曹操所擒。公既与曹公有旧，何不弃暗投明？"投操之计，反出自左右，写得曲折。只这两句言语，点醒许攸，于是许攸径投曹操。后人有诗叹曰：

> 本初豪气盖中华，官渡相持枉叹嗟。
>
> 若使许攸谋见用，山河争得属曹家？

却说许攸暗步出营，径投曹寨，伏路军人拿住。攸曰："我是曹丞相故友，快与我通报，说南阳许攸来见。"军士忙报入寨中。时操方解衣歇息，闻说许攸私奔到寨，大喜，不及穿履，跣足出迎。荀彧所谓体任自然，与绍繁礼多仪者异也。遥见许攸，抚掌欢笑，携手共入，操先拜于地。看老奸何等殷勤。攸慌扶起曰："公乃汉相，吾乃布衣，何谦恭如此？"操曰："公乃操故友，岂敢以名爵相上下乎！"袁绍怒骂之，而曹操敬礼之，许攸安得不堕其术中耶？攸曰："某不能择主，屈身袁绍，言不听，计不从，今特弃之来见故人，愿赐收录。"操曰："子远肯来，吾事济矣！愿即教我以破绍之计。"攸曰："吾曾教袁绍以轻骑乘虚袭许都，首尾相攻。"（操欲求破绍之计，攸乃先说明破操之计，妙妙。）操大惊曰："若袁绍用子言，吾事败矣。"攸曰："公今军粮尚有几何？"（问得妙。）操曰："可支一年。"（诞得妙。）攸笑曰："恐未必。"（冷妙。）操曰："有半年耳。"（渐减妙。）攸拂袖而起，趋步出帐曰："吾以诚相投，而公见欺如是，岂吾所望哉！"（文势至此，又一曲折。）操挽留曰："子远勿嗔，尚容实诉：军中粮实可支三月耳。"（既云实诉，仍是虚言，妙甚。）攸笑曰："世人皆言孟德奸雄，今果然也。"（又冷妙。）操亦笑曰："岂不闻'兵不厌诈'！"（却又道'朋友有信'。）遂附耳低言曰：（好做作。）"军中止有此月之粮。"（曹操口中渐渐减来，凡作四番跌顿。）攸大声曰："休瞒我！粮已尽矣！"（大声说破，正对附耳低言，妙。）操愕然曰："何以知之？"攸乃出操与荀彧之书以示之曰："此书何人所写？"（摹写逼真。）操惊问曰："何处得之？"攸以获使之事相告。（先问粮，然后出书；先出书，然后说得书缘故，亦作两番跌顿。）操执其手曰："子远既念旧交而来，愿即有以教我。"攸曰："明公以孤军抗大敌，而不求急胜之方，此取死之道也。（与荀彧书中之意略同。）攸有一策，不过三日，使袁绍百万之众，不战自破。明公还肯听否？"（妙在不即说出何策。）操喜曰："愿闻良策。"攸曰："袁绍军粮辎重，尽积乌巢，今拨淳于琼守把，琼嗜酒无备。公可选精兵诈称袁将蒋奇领兵到彼护粮，乘间烧其粮草辎重，则绍军不三日将自乱矣。"（烧韩猛所运之粮，如烧乌巢所屯之粮。）操大喜，重待许攸，留于寨中。（留许攸于寨中，是曹操精细处。）

次日，操自选马步军士五千，准备往乌巢劫粮。张辽曰："袁绍屯粮之所，安得无备？丞相未可轻往，恐许攸有诈。"（以张辽衬出曹操之知人。文势至此，又作一曲。）操曰："不然。许攸此来，天败袁绍。今吾军粮不给，难以久持；若不用许攸之计，是坐而待困也。（善于料己。）彼若有诈，安肯留我寨中？（善于料人。○然则操之留攸于寨，正所以试之也。）且吾亦欲劫寨久矣。（又为后文今劫寨之举，计在必行，君请勿伏笔。）"辽曰："亦须防袁绍乘虚来袭。"（将欲劫人，先防人来劫我，亦是兵家要着。）操笑曰："吾已筹之熟矣。"便教荀攸、贾诩、曹洪同许攸守大寨，（同许攸守寨，又是精细处。）夏侯惇、夏侯渊领一军伏于左，曹仁、李典领一军伏于右，以备不虞。教张辽、许褚在前，徐晃、于禁在后，操自引诸将居中，（居者分左右，行者分前后，有法。）共五千人马，打着袁军旗号，军士皆束草负薪，人衔枚，马勒口，黄昏时分，望乌巢进发。是夜星光满天。（忙中偏有此闲笔。）

且说沮授被袁绍拘禁在军中，是夜因见众星朗列，乃命监者引出中庭，仰观天象。忽见太白逆行，侵犯牛、斗之分，（正欲叙曹操烧粮，却忽叙沮授观星，奇妙。）大惊曰："祸将至矣！"遂连夜求见袁绍。时绍已醉卧，听说沮授有密事启报，唤入问之。授曰："适观天象，见太白逆行于柳、鬼之间，流光射入牛、斗之分，恐有贼兵劫掠之害。乌巢屯粮之所，不可不提备。宜速遣精兵猛将，于间道山路巡哨，免为曹操所算。"（前若用许攸之言，则绍可以胜；今若用沮授之言，则绍犹不至于败。文势至此，又作一曲。）绍怒叱曰："汝乃得罪之人，何敢妄言惑众！"因叱监者曰："吾令汝拘囚之，何敢放出！"遂命斩监者，别唤人监押沮授。_{袁绍一误再误，天下事能堪几误耶？}授出，掩泪叹曰："我军亡在旦夕，我尸骸不知落何处也！"_{为后曹操殡葬沮授作反照。}后人有诗叹曰：

> 逆耳忠言反见仇，独夫袁绍少机谋。
>
> 乌巢粮尽根基拔，犹欲区区守冀州。

却说曹操领兵夜行，前过袁绍别寨，寨兵问是何处军马。操使人应曰："蒋奇奉命往乌巢护粮。"_{此是假蒋奇去赚真淳于。}袁军见是自家旗号，遂不疑惑。凡过数处，皆诈称蒋奇之兵，并无阻碍。_{略得妙。}及到乌巢，四更已尽。_{前云黄昏进发，此云四更已尽，时候一些不乱，细甚。}操教军士将束草周围举火，众将校鼓噪直入。时淳于琼方与众将饮了酒，醉卧帐中，_{绍醉卧是君，琼亦醉卧是臣。}闻鼓噪之声，连忙跳起问："何故喧闹？"言未已，早被挠钩拖翻。_{醉汉倒。}睢元进、赵睿运粮方回，见屯上火起，急来救应。曹军飞报曹操，说："贼兵在后，请分军拒之。"操大喝曰："诸将只顾奋力向前，待贼至背后，方可回战！"_{有进无退，真善用兵。}于是众军将无不争先掩杀。一霎时，火焰四起，烟迷太空。睢、赵二将驱兵来救，操勒马回战。二将抵敌不住，皆被曹军所杀，粮草尽行烧绝。_{前后两番烧粮，前是小粮，此是大粮。}淳于琼被擒见操，操命割去其耳鼻手指，缚于马上，放回绍营以辱之。_{醉汉此时想已醒矣。}

却说袁绍在帐中，闻报正北上火光满天，_{不信星光，遂有火光。}知是乌巢有失，急出帐召文武各官，商议遣兵往救。_{此时何不放出沮授耶？此时不放沮授，则知后日必杀田丰。}张郃曰："某与高览同往救之。"郭图曰："不可。曹军劫粮，曹操必然亲往；操既自出，寨必空虚，可纵兵先击曹操之寨；操闻之，必速还：此孙膑'围魏救赵'之计也。"_{计非不佳，惜已为张辽所料。}张郃曰："非也。曹操多谋，外出必为内备，以防不虞。_{郃之言正与辽之计相合。}今若攻操营而不拔，琼等见获，吾属皆被擒矣。"郭图曰："曹操只顾劫粮，岂留兵在寨耶！"再三请劫曹营。绍乃遣张郃、高览引军五千，往官渡击曹营；遣蒋奇领兵一万，往救乌巢。_{使真蒋奇去敌假蒋奇。○若此时并力尽去救乌巢，则粮或不至尽烧。绍不听郃言，是一误再误，而又三误矣。}

且说曹操杀散淳于琼部卒，尽夺其衣甲旗帜，伪作淳于琼部下败军回寨，至山僻小路，正遇蒋奇军马。奇军问之，称是乌巢败军奔回。_{前是假蒋奇去赚真淳于，此又是假淳于来赚真蒋奇，妙。}奇遂不疑，驱马径过。张辽、许褚忽至，大喝："蒋奇休走！"奇措手不及，被张辽斩于马下，尽杀蒋奇之兵。又使人当先伪报云："蒋奇已自杀散乌巢兵了。"袁绍因不复遣人接应乌巢，只添兵往官渡。_{既以假淳于赚真蒋奇，又以死蒋奇赚活袁绍，愈出愈幻。}

　　却说张郃、高览攻打曹营，左边夏侯惇，右边曹仁，中路曹洪，一齐冲出，三下攻击，袁军大败。比及接应军到，曹操又从背后杀来，四下围住掩杀。张郃、高览夺路走脱。袁绍收得乌巢败残军马归寨，见淳于琼耳鼻皆无，手足尽落。绍问："如何失了乌巢？"败军告说："淳于琼醉卧，因此不能抵敌。"绍怒，立斩之。郭图恐张郃、高览回寨证对是非，先于袁绍前谮曰："张郃、高览见主公兵败，心中必喜。"绍曰："何出此言？"图曰："二人素有降曹之意，今遣击寨，故意不肯用力，以致损折士卒。"〔审配之书是驱谋士以资敌，郭图之谮又驱猛将以资敌矣。〕绍大怒，遂遣使急召二人归寨问罪。〔没主意。〕郭图先使人报二人云："主公将杀汝矣。"〔极力驱之。〕及绍使至，高览问曰："主公唤我等为何？"使者曰："不知何故。"览遂拔剑斩来使。郃大惊。览曰："袁绍听信谗言，必为曹操所擒。吾等岂可坐而待死？不如去投曹操。"郃曰："吾亦有此心久矣。"于是二人领本部兵马，往曹操寨中投降。〔曹操既得许攸，又得二将。非曹得之，乃绍弃之耳。〕夏侯惇曰："张、高二人来降，未知虚实。"操曰："吾以恩遇之，虽有异心，亦可变矣。"〔老奸。〕遂开营门命二人入。二人倒戈卸甲，拜伏于地。操曰："若使袁绍肯从二将军之言，不至有败。今二将军肯来相投，如微子去殷、韩信归汉也。"〔纯用甘言抚慰，是老奸惯家。〕遂封张郃为偏将军、都亭侯，高览为偏将军、东莱侯。二人大喜。〔既慰以甘言，又縻以好爵，二人安得不堕其术中？〕

　　却说袁绍既去了许攸，又去了张郃、高览，又失了乌巢粮，军心皇皇。许攸又劝曹操作速进兵，张郃、高览请为先锋。〔袁家人都为曹家用，可发一叹。〕操从之，即令张郃、高览领兵往劫绍寨。〔以敌攻敌。○应前"吾久欲劫寨"句。〕当夜三更时分，出军三路劫寨。混战到明，各自收兵，绍军折其大半。〔略得好。〕荀攸献计曰："今可扬言调拨人马，一路取酸枣，攻邺郡；一路取黎阳，断袁兵归路。袁绍闻之，必然惊惶，分兵拒我；我乘其兵动时击之，绍可破也。"〔许攸劝绍袭许昌是实话，荀攸劝操袭邺郡、黎阳是虚话。一实一虚，各是妙策。○先乱其心、分其势，然后乘其动而击之，此以少胜多之法。〕操用其计，使大小三军四远扬言。绍军闻此信，来寨中报说："曹操分兵两路，一路取邺郡，一路取黎阳去也。"绍大惊，急遣袁谭分兵五万救邺郡，辛明分兵五万救黎阳，连夜起行。〔不出所料。〕曹操探知袁绍兵动，便分大队军马，八路齐出，直冲绍营。袁军俱无斗志，四散奔走，遂大溃。袁绍披甲不迭，单衣幅巾上马，〔与前金盔、金甲、锦袍、玉带、立马阵前，相映成趣。〕幼子袁尚后随。张辽、许褚、徐晃、于禁四员将，引军追赶袁绍。绍急渡河，尽弃图书车仗金帛，止引随行八百余骑而去。〔袁绍官渡之败，与曹操赤壁之败，一样狼狈之极。〕操军追之不及，尽获遗下之物。所杀八万余人，血流盈沟，溺水死者不计其数。操获全胜，将所得金宝缎匹，给赏军士。于图书中检出书信一束，皆许都及军中诸人与绍暗通之书。左右曰："可逐一点对姓名，收而杀之。"操曰："当绍之强，孤亦不能自保，况他人乎？"^{奸雄可}_{爱。}遂命尽焚之，更不再问。^{光武尝焚书，使反侧子}_{自安。曹操颇学此法。}

却说袁绍兵败而奔，沮授因被囚禁，急走不脱，为曹军所获，擒见曹操。操素与授相识。授见操，大呼曰："授不降也！"^{沮授与许攸皆为操故人，乃}_{攸降而授不降，人品特绝。}操曰："本初无谋，不用君言，君何尚执迷耶？吾若早得足下，天下不足虑也。"因厚待之，留于军中。授乃于营中盗马，欲归袁氏。操怒，乃杀之。授至死神色不变。^{有人如此，可}_{谓群空冀北。}操叹曰："吾误杀忠义之士也！"命厚礼殡殓，为建坟安葬于黄河渡口，题其墓曰"忠烈沮君之墓"。^{袁绍不能识，而曹操}_{识之，为之一叹。}后人有诗赞曰：

> 河北多名士，忠贞推沮君。
>
> 凝眸知阵法，仰面识天文。
>
> 至死心如铁，临危气似云。
>
> 曹公钦义烈，特与建孤坟。

操下令攻冀州。正是：

> 势弱只因多算胜，兵强却为寡谋亡。

未知胜负如何，且看下文分解。

第三十一回

曹操仓亭破本初

玄德荆州依刘表

前陈琳檄中，未及衣带诏一事，以尔时董承谋未泄，故诏未宣布耳。及官渡之战，袁绍声言曰："吾奉衣带诏讨贼！"此语差强人意，不劳陈琳再作檄文一篇矣。然犹未诵此诏于军前也。至玄德在军前将此诏朗诵一番，尤为痛快。《易》曰："孚号有厉。"玄德有焉。大义所在，岂可以成败论之耶？

苏老泉读书至此而叹曰："此孟德、本初之所以兴亡乎！孟德既胜乌桓，曰：'吾所以胜者，幸也。前谏吾者乃万全之策也。'遂赏谏者曰：'后勿难言。'本初败于官渡，曰：'诸人闻吾败必相哀，惟田别驾不然，幸其言之中也。'乃杀田丰。为明主谋而忠，其言虽不验而见褒；为庸主谋而忠，其言虽已验而见罪：何其不同如此哉！"

玄德势小，曹操不敢小觑之；本初势大，曹操偏能小觑之。然徐州之役，八面埋伏，是小题大做，固不敢小视玄德也。仓亭之战，十面埋伏，是大题大做，亦不敢小视本初也。狮子搏兔搏象，皆用全力，曹操可谓能兵矣！

刘备之于曹操，初与之为交，而后与之为仇者也；刘备之于袁绍，初与之为敌，而后托之为援者也；刘备之于吕布，初与之为敌，而后与之为交，既与之为交，而又与之为敌者也；刘备之于孙权，初托之为援，而后与之为敌，既与之为敌，而终托之为援者也。在徐州，则先为主而后为客；在西川，则先为客而后为主。惟其于刘表，可谓始终如一，惜表之不足与有为耳。

刘备与诸将聚饮沙滩之时，惜众人，遣众人，正所以留众人也。亦如舅犯从重耳归晋国之时，辞公子，别公子，正所以要公子也。遣之而其心愈坚，辞之而其心愈固。一是患难方深，一是安乐将至；一是以君慰臣，一是以臣结主。虽是两样局面，却是一样方法。

此卷有伏笔，有补笔，有转笔，有换笔。如袁氏谭、尚相争，尚在后卷，而在郭图口中先伏一笔；刘备投托孙权，尚隔数卷，而在孙乾口中先伏一笔；檀溪跃马逃难，亦在后文，而于蔡瑁口中先伏一笔：此伏笔之法也。黄星垂象，本桓帝时事，而于此方补一笔；袁绍爱幼子，已见前卷，尚未说明何人，而于此方补一笔；袁谭守青州，已见前文，若袁熙、高干之守幽、并，未经叙明，而于此方补一笔：此补笔之法也。袁绍兵败心灰，正议后嗣，忽因二子一甥来助，复与曹操相持，是忽转一笔；操欲乘势攻绍，忽因秋成在即，又因刘备来袭，回救许昌，是忽转一笔；刘备既投荆州，曹操欲攻刘表，忽因程昱之谏，置表而图绍，又忽转一笔：此转笔之法也。仓亭之战，曹操设计，袁绍中计，前后详叙两番。至汝南之袭，但叙刘备中计，不叙曹操设计，前隐后现，又换一样笔法。袁绍授剑，田丰伏剑；刘备投表，刘表接备：皆详叙两边。至刘备之败，则用实写；龚都之死，却用虚写，又换一样笔法：此换笔之法也。诸如此类，妙不可言。

却说曹操乘袁绍之败，整顿军马，迤逦追袭。袁绍幅巾单衣，引八百余骑，奔至黎阳北岸，大将蒋义渠出寨迎接。绍以前事诉与义渠。义渠乃招谕离散之众，众闻绍在，又皆蚁聚。军势复振，议还冀州。军行之次，夜宿荒山。绍于帐中闻远远有哭声，_{军中闻夜哭，抵得唐人《塞上行》数篇。}遂私往听之。却是败军相聚，诉说丧兄失弟、弃伴亡亲之苦，各各捶胸大哭，_{李华《吊古战场文》是闻鬼哭，闻人哭。}袁绍此夜是皆曰：“若听田丰之言，我等怎遭此祸！”_{不骂袁绍，只哭想田丰，袁绍愈觉难堪。}绍大悔曰：“吾不听田丰之言，兵败将亡；今回去，有何面目见之耶！”_{不因其言验而敬信之，乃因其言验而羞见之。谗人之言，自此得入矣。}次日，上马正行间，逢纪引军来接。绍对逢纪曰：“吾不听田丰之言，致有此败。吾今归去，羞见此人。”_{开之以谗端。}逢纪因谮曰：“丰在狱中闻主公兵败，抚掌大笑曰：‘果不出吾之料！’”_{哭是耳闻，笑是传说；哭是实，笑是虚。}袁绍大怒曰：“竖儒怎敢笑我！我必杀之！”_{逢纪之谮田丰，亦如郭图之谮张郃、高览，而绍皆信之，是当疑而不疑也。}遂命使者赍宝剑先往冀州狱中杀田丰。_{晋惠公杀庆郑而后入，庆郑固有可死之罪也；袁绍杀田丰而后归，田丰有何可死之罪乎？}

却说田丰在狱中，一日，狱吏来见丰曰：“与别驾贺喜！”_{用反击法妙。}丰曰：“何喜可贺？”狱吏曰：“袁将军大败而回，君必见重矣。”_{纯用反笔。}丰笑曰：“吾今死矣！”_{奇！}狱吏问曰：“人皆为君喜，君何言死也？”丰曰：“袁将军外宽而内忌，不念忠诚。若胜而喜，犹能赦我；_{贺得袁绍喜，可贺得田丰喜。}方今战败则羞，吾不望生矣。”_{知人必败，又知其必羞，田丰真知人哉。}狱吏未信。忽使者赍剑至，传袁绍命，欲取田丰之首，狱吏方惊。丰曰：“吾固知必死也。”狱吏皆流泪。_{军士夜哭是思活田丰，狱吏流泪是惜死田丰。}丰曰：“大丈夫生于天地间，不识其主而事之，是无智也！今日受死，夫何足惜！”_{此绍不识丰，非丰不识绍也。然丰不怨绍，只怨自己，怨自己真深于怨绍也。}乃自刎于狱中。后人有诗曰：

昨朝沮授军中失，今日田丰狱内亡。

河北栋梁皆折断，本初焉不丧家邦！

田丰既死，闻者皆为叹惜。

袁绍回冀州，心烦意乱，不理政事。其妻刘氏劝立后嗣。_{兵败之后忽然劝立后嗣，正为后文伏笔。}绍所生三子：长子袁谭字显思，出守青州；次子袁熙字显奕，出守幽州；三子袁尚字显甫，是绍后妻刘氏所出，生得形貌俊伟，绍甚爱之，因此留在身边。_{方知前日因幼子患病而不肯发兵，正是此人。}自官渡兵败之后，刘氏劝立尚为后嗣，绍乃与审配、逢纪、辛评、郭图四人商议。原来审、逢二人向辅袁尚，辛、郭二人向辅袁谭，四人各为其主。_{一家之中，又分二党。}当下袁绍谓四人曰：“今外患未息，内事不可不早定，吾将议立后嗣。长子谭，为人性刚好杀；次子熙，为人柔懦难成；三子尚，有英雄之表，礼贤敬士，吾欲立之。公等之意若何？”_{袁绍与刘表正是一流人。}郭图曰：“三子之中，谭为长，今又居外；主公若废长立幼，此乱萌也。今军威稍挫，敌兵压境，岂可复使父子兄弟自相争乱耶？_{下卷事早伏在此。}主公且理会拒敌之策，立嗣之事，毋容多议。”_{言亦侃侃。}袁绍踌躇未决。忽报袁熙引兵六万，自幽州来；袁谭引兵五万，自青州来；外甥高干亦引兵五万，自并州来：各至冀州助战。绍喜，再整人马来战曹操。<small>立嗣之事至此忽然放下，文势一顿。</small>

时操引得胜之兵，陈列于河上，有土人箪食壶浆以迎之。操见父老数人，须发尽白，乃命入帐中赐坐，问之曰："老丈多少年纪？"答曰："皆近百岁矣。"操曰："吾军士惊扰汝乡，吾甚不安。"父老曰："桓帝时，有黄星见于楚、宋之分，辽东人殷馗善晓天文，夜宿于此，对老汉等言：'黄星见于乾象，正照此间。后五十年，当有真人起于梁、沛之间。'<small>前卷于百忙中忽叙沮授夜观天象，此卷于百忙中忽叙殷馗预卜星文。一是当时事，一是往年事，又各不同。</small>今以年计之，整整五十年。袁本初重敛于民，民皆怨之。丞相兴仁义之兵，吊民伐罪，官渡一战，破袁绍百万之众，正应当时殷馗之言，兆民可望太平矣。"操笑曰："何敢当老丈所言？"遂取酒食绢帛赐老人而遣之。号令三军："如有下乡杀人家鸡犬者，如杀人之罪！"<small>有时贱人如鸡犬，有时贵鸡犬如人，皆老奸权变处。</small>于是军民震服，操亦心中暗喜。<small>喜得恶。</small>人报袁绍聚四州之兵，得二三十万，前至仓亭下寨。操提兵前进，下寨已定。

次日，两军相对，各布成阵势。操引诸将出阵，绍亦引三子一甥及文官武将出到阵前。操曰："本初计穷力尽，何尚不思投降？直待刀临项上，悔无及矣！"绍大怒，回顾众将曰："谁敢出马？"袁尚欲于父前逞能，便舞双刀，飞马出阵，来往奔驰。操指问众将曰："此何人？"有识者答曰："此袁绍三子袁尚也。"言未毕，一将挺枪早出。操视之，乃徐晃部将史涣也。两骑相交，不三合，尚拨马刺斜而走，史涣赶来，袁尚拈弓搭箭，翻身背射，正中史涣左目，坠马而死。袁绍见子得胜，挥鞭一指，大队人马拥将过来，混战大杀一场，各鸣金收军还寨。<small>叙战处亦先作一顿。</small>

操与诸将商议破绍之策。程昱献"十面埋伏"之计，劝操退军于河上，伏兵十队，诱绍追至河上，"我军无退路，必将死战，可胜绍矣"。<small>十面埋伏是韩信破项羽之计，背水为阵是韩信破陈余之计。今抄两篇旧文字，合成一篇新文字。</small>操然其计，左右各分五队。<small>分左右，妙。</small>左：一队夏侯惇，二队张辽，三队李典，四队乐进，五队夏侯渊；右：一队曹洪，二队张郃，三队徐晃，四队于禁，五队高览；中军许褚为先锋。<small>名为十面，却是十一队；名为十一队，却只是左、右、中三队。变化之极。</small>次日，十队先进，埋伏左右已定。至半夜，操令许褚引兵前进，<small>中军先进。</small>伪作劫寨之势。<small>好。</small>袁绍五寨人马一齐俱起，<small>五寨十队，彼此相对。</small>许褚回军便走，袁绍引军赶来，喊声不绝。比及天明，赶至河上。曹军无去路，操大呼曰："前无去路，诸军何不死战？"<small>所谓"置之死地而后生"。</small>众军回身奋力向前。许褚飞马当先，力斩十数将。袁军大乱。袁绍退军急回，背后曹军赶来。正行间，一声鼓响，左边夏侯渊，右边高览，两军冲出。_{第五队为}袁绍聚三子一甥，死冲血路奔走。又行不到十里，左边乐进，右边于禁杀出，_{第一。}

_{第四队为}杀得袁军尸横遍野，血流成渠。又行不到数里，左边李典，右边徐晃，两军截杀一_{第二。}

阵。_{第三队为}袁绍父子胆丧心惊，奔入旧寨。令三军造饭，方欲待食，左边张辽，右边张_{第三。}

郃，径来冲寨。_{第二队为}绍慌上马，前奔仓亭。人马困乏，欲待歇息，后面曹操大军赶来，_{第四。}

忽说曹操大军，几疑忘却一袁绍舍命而走。正行之间，右边曹洪，左边夏侯惇，挡住去路。_{第一队为第}

队，不知其正是作顿跌也。

_{五。○以上}

_{队队分明，前用顺叙，后用倒出。绍大呼曰："若不决死战，必为所擒矣！"奋力冲突，得脱重}

_{不惟阵法纵横，笔法亦甚错落。}

围。袁熙、高干皆被箭伤。军马死亡殆尽。绍抱三子痛哭一场，不觉昏倒。众人急救，绍

口吐鲜血不止，_{此时袁绍不即死，}叹曰："吾自历战数十场，不意今日狼狈至此！此天丧吾_{又作一顿。}

也！汝等各回本州，誓与曹贼一决雌雄！"便教辛评、郭图火急随袁谭前往青州整顿，恐

曹操犯境；令袁熙仍回幽州，高干仍回并州：各去收拾人马，以备调用。袁绍引袁尚等入

冀州养病，令尚与审配、逢纪暂掌军事。_{此时立尚之}

_{意已决。}

　　却说曹操自仓亭大胜，重赏三军，令人探察冀州虚实。细作回报："绍卧病在床。袁

尚、审配紧守城池。袁谭、袁熙、高干皆回本州。"众皆劝操急攻之。操曰："冀州粮食

极广，审配又有机谋，未可急拔。现今禾稼在田，恐废民业，姑待秋成后取之未晚。"

前与吕布相持，以岁荒解兵；今与袁绍相持，以秋成解兵。正议间，忽荀彧有书到，报说："刘备在汝

前止为军食计，今却为民食计，此皆老人拜迎之力也。

南得刘辟、龚都数万之众。闻丞相提军出征河北，乃令刘辟守汝南，备亲自引兵乘虚来攻

许昌。丞相可速回军御之。"_{忽然接入刘玄德，}操大惊，留曹洪屯兵河上，虚张声势，操自提_{斗笋绝妙。}

大兵往汝南来迎刘备。_{前使刘岱、王忠当刘备，而自当袁绍；今}

_{使曹洪当袁绍，而自当刘备，又与前异。}

　　却说玄德与关、张、赵云等，引兵欲袭许都。行近穰山地面，正遇曹兵杀来，玄德便

于穰山下寨。军分三队：云长屯兵于东南角上，张飞屯兵于西南角上，玄德与赵云于正南

立寨。_{前曹兵分左右十队，今刘兵却分东}曹操兵至，玄德鼓噪而出。操布成阵势，叫玄德打话。玄_{南、西南、正南三队，相对成趣。}

德出马于门旗下。操以鞭指骂曰："吾待汝为上宾，汝何背义忘恩？"玄德曰："汝托名

汉相，实为国贼！吾乃汉室宗亲，奉天子密诏，来讨反贼！"遂于马上朗诵衣带诏。_{读至此，为}

_{之一快。}

操大怒，教许褚出战。玄德背后赵云挺枪出马。二将相交三十合，不分胜负。忽然喊声大

震，东南角上，云长冲突而来；西南角上，张飞引军冲突而来。三处一齐掩杀，曹军远来

疲困，不能抵当，大败而走。玄德得胜回营。_{不是以少胜多，}

_{实是以逸胜劳。}

　　次日，又使赵云搦战，操兵旬日不出。玄德再使张飞搦战，操兵亦不出。玄德愈疑。

此正曹操遣兵截龚都、袭汝南时也。忽报龚都运粮至，被曹军围住，玄德急令张飞去救。忽又报夏

于此却不叙明，令人测摸不出。

侯惇引军抄背后径取汝南，_{不叙曹操一边发兵，单叙玄}_{德一边闻报，省笔之法。}玄德大惊曰："若如此，吾前后受敌，无所归矣！"急遣云长救之。两军皆去。不一日，飞马来报，夏侯惇已打破汝南，刘辟弃城而走，云长现今被围。玄德大惊。又报张飞去救龚都，也被围住了。_{俱用虚笔，不用}_{实叙，妙甚。}玄德急欲回兵，又恐操兵后袭。忽报寨外许褚搦战，玄德不敢出战，候至天黑，教军士饱餐，步军先起，马军后随，寨中虚传更点。玄德等离寨约行数里，转过土山，火把齐明，山头上大呼曰："休教走了刘备！丞相在此专等！"_{来得突}_{兀。}玄德慌寻走路。赵云曰："主公勿忧，但跟某来。"赵云挺枪跃马，杀开条路，玄德掣双股剑后随。正战间，许褚追至，与赵云力战。背后于禁、李典又到。玄德见势危，落荒而走。听得背后喊声渐远，玄德望深山僻路，单马逃生。捱到天明，侧首一彪军冲出。_{读至此，为}_{之一急。}玄德大惊，视之，乃刘辟引败军千余骑，护送玄德家小前来，孙乾、简雍、糜芳亦至，_{读至此，为}_{之一宽。}诉说："夏侯惇军势甚锐，因此弃城而走。曹兵赶来，幸得云长当住，因此得脱。"_{只在刘辟口中一叙，}_{省却无数笔墨。}玄德曰："不知云长今在何处？"_{急问云长，}_{妙。}刘辟曰："将军且行，却再理会。"_{不直说云长被围，}_{最得慰人之法。}行到数里，一棒鼓响，前面拥出一彪人马。当先大将，乃是张郃，大叫："刘备快下马受降！"玄德方欲退后，只见山头上红旗磨动，一军从山坞内拥出，为首大将乃高览也。玄德两头无路，仰天大呼曰："天何使我受此窘极耶！事势至此，不如就死！"欲拔剑自刎。_{读至此，为}_{之一急。}刘辟急止之曰："容某死战，夺路救君。"_{读至此，为}_{之一宽。}言讫，便来与高览交锋。战不三合，被高览一刀砍于马下。_{先写刘辟之死，}_{以衬赵云之勇。}玄德正慌，方欲自战，_{读至此，又}_{为一急。}高览后军忽然自乱，一将冲阵而来，枪起处，高览翻身落马。视之，乃赵云也。_{读至此，又}_{为一宽。}玄德大喜。云纵马挺枪，杀散后队，又来前军独战张郃。郃与云战三十余合，拨马败走。云乘势冲杀，却被郃兵守住山隘，路窄不得出。_{读至此，又}_{为一急。}正夺路间，只见云长、关平、周仓引三百军到。两下相攻，杀退张郃。各出隘口，占住山险下寨。_{读至此，又}_{为一宽。}玄德使云长寻觅张飞。_{急寻张飞，}_{又妙。}原来张飞去救龚都，龚都已被夏侯渊所杀；飞奋力杀退夏侯渊，迤逦赶去，却被乐进引军围住。云长路逢败军，寻踪而去，杀退乐进，与飞同回见玄德。_{叙得简}_{净。}人报曹军大队赶来，玄德教孙乾等保护老小先行。玄德与关、张、赵云在后，且战且走。操见玄德去远，收军不赶。

　　玄德败军不满一千，狼狈而奔。前至一江，唤土人问之，乃汉江也。玄德权且安营。土人知是玄德，奉献羊酒，_{前老人献酒于曹操，是畏其胜；今土人献酒于玄}_{德，是怜其败。胜时之酒易得，败时之酒难当。}乃聚饮于沙滩之上。玄德叹曰："诸君皆有王佐之才，不幸跟随刘备。备之命窘，累及诸君。今日身无立锥，诚恐有误诸君。君等何不弃备而投明主，以取功名乎？"_{数语呜咽慷慨，}_{令人泣数行下。}众皆掩面而哭。云长曰：

"兄言差矣。昔日高祖与项羽争天下，数败于羽；后九里山一战成功，而开四百年基业。胜负兵家之常，何可自隳其志！"　^{玄德此时不减高祖
睢水、荥阳时矣。}

孙乾曰："成败有时，不可丧志。此离荆州不远。刘景升坐镇九郡，兵强粮足，更且与公皆汉室宗亲，何不往投之？"　^{此处突然接入刘
表，斗笋又妙。}玄德曰："但恐不容耳。"乾曰："某愿先往说之，使景升出境而迎主公。"　^{不用备自往，却使
表来迎，妙甚。}玄德大喜，便令孙乾星夜往荆州。到郡入见刘表，礼毕，刘表问曰："公从玄德，何故至此？"乾曰："刘使君天下英雄，虽兵微将寡，而志欲匡扶社稷。汝南刘辟、龚都素无亲故，亦以死报之。明公与使君同为汉室之胄，今使君新败，欲往江东投孙仲谋。"　^{此句只是虚话，不
意后文却成实事。}乾僭言曰：'不可背亲而向疏。荆州刘将军礼贤下士，士归之如水之投东，何况同宗乎？'因此使君特使乾先来拜白。惟明公命之。"　^{乾亦善为
说词。}表大喜曰："玄德，吾弟也。久欲相会而不可得。今肯惠顾，实为幸甚！"蔡瑁潛曰："不可。刘备先从吕布，后事曹操，近投袁绍，皆不克终，足可见其为人。今若纳之，曹操必加兵于我，枉动干戈。不如斩孙乾之首以献曹操，操必重待主公也。"　^{先言刘备不可纳，次言曹操不可忤，
后言杀孙乾以媚曹操，其言甚毒。}孙乾正色曰："乾非惧死之人也。刘使君忠心为国，非曹操、袁绍、吕布等比。前此相从，不得已也。今闻刘将军汉朝苗裔，谊切同宗，故千里相投。尔何献谗而妒贤如此耶？"刘表闻言，乃叱蔡瑁曰："吾主意已定，汝勿多言。"蔡瑁惭恨而出。　^{便伏后文谋
害刘备事。}刘表遂命孙乾先往报玄德，一面亲自出郭三十里迎接。玄德见表，执礼甚恭。表亦相待甚厚。玄德引关、张等拜见刘表，表遂与玄德等同入荆州，分拨院宅居住。　^{表之迎备，与绍之迎备相同。然备之依绍，止是
一人，今则与云长等同依刘表，比前又不同。}

却说曹操探知玄德已往荆州投奔刘表，便欲引兵攻之。程昱曰："袁绍未除，而遽攻荆襄，倘袁绍从北而起，胜负未可知矣。不如还兵许都，养军蓄锐，待来年春暖，然后引兵先破袁绍，后取荆襄，南北之利，一举可收也。"　^{前放下袁绍，转出刘备、刘表，今又放
下二刘，仍转入袁绍，俱斗笋妙处。}操然其言，遂提兵回许都。

至建安七年春正月，操复商议兴兵。先差夏侯惇、满宠镇守汝南，以拒刘表；留曹仁、荀彧守许都；亲统大军前赴官渡屯扎。

且说袁绍自旧岁感冒吐血症候，今方稍愈，商议欲攻许都。审配谏曰："旧岁官渡、仓亭之败，军心未振；尚当深沟高垒，以养军民之力。"　^{前谏战者，田丰、沮授也；劝战者，郭
图、审配也。今审配亦谏，大势可知。}正议间，忽报曹操进兵官渡，来攻冀州。绍曰："若候兵临城下，将至壕边，然后拒敌，事已迟矣。吾当自领大军出迎。"袁尚曰："父亲病体未痊，不可远征。儿愿提兵前去迎敌。"绍许之，遂使人往青州取袁谭，幽州取袁熙，并州取高干，四路同破曹操。正是：

才向汝南鸣战鼓，又从冀北动征鼙。

未知胜负如何，且听下文分解。

第三十二回

夺冀州袁尚争锋

决漳河许攸献计

　　君子观于袁氏之乱，而信古来图大事者，未有兄弟不协而能有济者也。桃园兄弟，以异姓而如骨肉，固无论已；他如权之据吴，则有"汝不如我，我不如汝"之兄；操之开魏，则有"宁可无洪，不可无公"之弟。同心同德，是以能成帝业。彼袁氏者，绍与术既相左于前，谭与尚复相争于后，各自矛盾，以贻敌人之利，岂不重可惜哉！

　　善处人骨肉之间者，其惟王修乎？若执从父之见，则当以袁尚为嗣；若执立长之说，则当以袁谭为嗣。然使谭而能为泰伯，则尚可受之；谭而不能为泰伯，则尚不宜受之矣。使尚而能为叔齐，则谭可取之；尚而不能为叔齐，则谭不宜争之矣。故审配之助弟以攻兄者，非也；郭图之助兄以攻弟者，亦非也。惟王修之言，为金玉之论云。

　　甚矣，朋党之为祸烈也！以袁氏观之，初则众谋士立党，后则两公子亦立党。初则田丰、沮授为一党，审配、郭图为一党；后则郭图与审配又因谭、尚而分为二党。于是，逢纪党审配，辛评又党郭图。甚至审配之侄，背其叔而党其友；辛评之弟，背其兄而党其仇。然则谓袁氏之亡，亡于朋党可也。

　　曹操决漳河以淹冀州，与决泗水以淹下邳，前后两篇，大约相类。然用水于南境不奇，用水于北境为奇。淹下邳之计，出于曹操之谋士不奇；淹冀州之策，即出于袁氏之旧臣为奇。且下邳之淹，止一水耳；若淹冀州，则先遏一水，通一水以运粮，然后决一水以破敌，是有三水矣。下邳之水，所以报濮阳之火，两家各用其一耳。若淹冀州，则先有劫韩猛、烧乌巢之火于前，而乃有通白沟、决漳河之水于后，是一家兼用其两矣。侯成以献酒被责而降曹，冯礼亦以饮酒被责而降曹。降曹同也，而一降于决水之后而不死，一降于决水之后而随死，则大异。魏续为友人抱愤而献门，审荣亦为友人抱愤而献门。献门同也，而吕布在城中而被执，袁尚在城外而未擒，则又异。就其极相类处，却有极不相类处，若有特特犯之而又特特避之者，真是绝妙文章。

　　观乌巢之焚，令人追念易京楼之焚；观审配之死，令人追念耿武、关纪之死。一冀州耳，韩忽变而为袁，袁忽变而为曹。其始也，馥失之，瓒争之，而绍取之；其既也，谭失之，尚争之，而操取之。兴亡弹指，得丧转盼。夺人者曾几何时而为人所夺。读书至此，为之三叹！

　　陈琳之檄，骂曹嵩又骂曹腾，其骂也胜似杀矣。陶谦杀操之父，而操欲报仇；陈琳骂操之祖父，胜于杀操之祖父，而操不报仇，何也？曰：琳为袁绍而骂，则非琳骂之，而绍骂之也。绍为主而琳为从，不罪陈琳而归罪于袁绍，犹之不罪张闿而归罪于陶谦耳。虽然，使琳为曹操骂绍而为绍所获，则绍必杀琳。绍不能为此度外之事，而操独能为此度外之事，君子于此益识袁、曹之优劣矣。

　　此卷叙袁、曹相攻，各有三层转变：袁尚始欲救谭，既而不救，终而复救；袁谭始欲降曹，既而合尚，终复降曹；曹操始攻冀州，既攻荆州，后复仍攻冀州。诸如此类，皆不测之极。

　　却说袁尚自斩史涣之后，自负其勇，不待袁谭等兵至，自引兵数万出黎阳，与曹军前队相迎。张辽当先出马，袁尚挺枪来战，不三合，架隔遮拦不住，大败而走。张辽乘势掩杀，袁尚不能主张，急急引军奔回冀州。袁绍闻袁尚败回，又受了一惊，旧病复发，吐血数斗，昏倒在地。尚之败，袁绍实纵之；绍之死，袁尚实速之也。刘夫人慌救入卧内，病势渐危。刘夫人急请审配、逢纪，直至袁绍榻前，商议后事。绍但以手指而不能言。刘夫人曰："尚可继后嗣否？"绍点头。袁绍此时即不点头，亦不容不立尚矣。审配便就榻前写了遗嘱。绍翻身大叫一声，又吐血斗余而死。孙策死得磊磊落落，袁绍死得昏昏闷闷。后人有诗曰：

　　　　累世公卿立大名，少年意气自纵横。

　　　　空招俊杰三千客，漫有英雄百万兵。

　　　　羊质虎皮功不就，凤毛鸡胆事难成。

　　　　更怜一种伤心处，家难徒延两弟兄。

　　袁绍既死，审配等主持丧事。刘夫人便将袁绍所爱宠妾五人尽行杀害，妒性猖獗矣。又恐其阴魂于九泉之下再与绍相见，痴极，可发一笑。乃髡其发，刺其面，毁其尸：其妒恶如此。妒至于鬼，妒亦奇矣。妒其生，故欲其死，如又妒其鬼，则何不亦从之死耶？我为人，而人终不能防鬼；不若我亦为鬼，而鬼庶可以防鬼耳。袁尚恐宠妾家属为害，并收而杀之。惠帝见人鹿而泣，今袁尚助母为虐，毋乃太甚？审配、逢纪立袁尚为大司马将军，领冀、青、幽、并四州牧，遣使报丧。此时袁谭已发兵离青州，知父死，便与郭图、辛评商议。图曰："主公不在冀州，审配、逢纪必立显甫为主矣，当速行。"辛评曰："审、逢二人，必预定机谋。今若速往，必遭其祸。"袁谭曰："若此当何如？"郭图曰："可屯兵城外，观其动静。某当亲往察之。"谭依言。郭图遂入冀州，见袁尚。礼毕，尚问："兄何不至？"图曰："因抱病在军中，不能相见。"尚既僭立，谭不奔丧，尚固不弟，谭亦不子。尚曰："吾受父亲遗命，立我为主，加兄为车骑将军。目下曹军压境，请兄为前部，吾随后便调兵接应也。"图曰："军中无人商议良策，愿乞审正南、逢元图二人为辅。"郭图索二谋士，欲去尚之左右手也。独不思谭而谋尚，乃自去其手足乎？尚曰："吾亦欲仗此二人早晚画策，如何离得！"图曰："然则于二人内遣一人去，何如？"尚不得已，乃令二人拈阄，拈着者便去。逢纪拈着，尚即命逢纪赍印绶，同郭图赴袁谭军中。纪随图至谭军，见谭无病，心中不安，献上印绶。谭大怒，欲斩逢纪。郭图密谏曰："今曹军压境，且只款留逢纪在此，以安尚心。待破曹之后，却来争冀州不迟。"谭从其言。即时拔寨起行，前至黎阳，与曹军相抵。谭遣大将汪昭出战，操遣徐晃迎敌。二将战不数合，徐晃一刀斩汪昭于马下。曹军乘势掩杀，谭军大败。

谭收败军入黎阳，遣人求救于尚。^{原照袁矣，兄弟求救矣。}尚与审配计议，只发兵五千余人相助。曹操探知救军已到，遣乐进、李典引兵于半路接着，两头围住尽杀之。^{救如无救。}袁谭知尚止拨兵五千，又被半路坑杀，大怒，乃唤逢纪责骂。纪曰："容某作书致主公，求其亲自来救。"谭即令纪作书，遣人到冀州致袁尚。尚与审配共议。配曰："郭图多谋，前次不争而去者，为曹军在境也。今若破曹，必来争冀州矣。不如不发救兵，借操之力以除之。"^{是何言语？}尚从其言，不肯发兵。^{前止少发兵，后竟不发兵，计愈左矣。}使者回报，谭大怒，立斩逢纪，^{谮田丰之报。}议欲降曹。早有细作密报袁尚。尚与审配议曰："使谭降曹，并力来攻，则冀州危矣。"乃留审配并大将苏由固守冀州，自领大军来黎阳救谭。^{第一次少发兵，第二次不发兵，第三次亲自领兵：其反复无常，酷肖其父。}尚问军中谁敢为前部，大将吕旷、吕翔兄弟二人愿去。^{亦是兄弟二人，与谭、尚映射。}正尚点兵三万，使为先锋，先至黎阳。谭闻尚自来，大喜，遂罢降曹之议。^{阋墙则阋，御侮则御，固兄弟之常理也。}谭屯兵城中，尚屯兵城外，为掎角之势。

不一日，袁熙、高干皆领军到城外，屯兵三处，每日出兵与操相持。尚屡败，操兵屡胜。至建安八年春二月，操分路攻打，袁谭、袁熙、袁尚、高干皆大败，^{叙四路兵交战，却甚省笔。}弃黎阳而走。操引兵追至冀州。谭与尚入城坚守；熙与干离城三十里下寨，虚张声势。^{四路合成一路。}操兵连日攻打不下。郭嘉进曰："袁氏废长立幼，而兄弟之间，权力相并，各自树党，急之则相救，缓之则相争；^{后来遣计定辽东，亦是此意。}不如举兵南向荆州，征讨刘表，以候袁氏兄弟之变；变成而后击之，可一举而定也。"^{正攻冀州，忽作一顿，匪夷所思。}操善其言，命贾诩为太守，守黎阳；曹洪引兵守官渡。操引大军向荆州进兵。

谭、尚听知曹军自退，遂相庆贺。袁熙、高干各自辞去。袁谭与郭图、辛评议曰："我为长子，反不能承父业；尚乃继母所生，反承大爵。心实不甘。"^{不出郭嘉所料。}图曰："主公可勒兵城外，只做请显甫、审配饮酒，伏刀斧手杀之，大事定矣。"谭从其言。适别驾王修自青州来，谭将此计告之。修曰："兄弟者，左右手也。今与他人争斗，断其右手，而曰我必胜，安可得乎？夫弃兄弟而不亲，天下其谁亲之？彼谗人离间骨肉，以求一朝之利，愿塞耳勿听也。"^{数语抵得一篇《棠棣》之诗。}谭怒，叱退王修，使人去请袁尚。尚与审配商议。配曰："此必郭图之计也。主公若往，必遭奸计；不如乘势攻之。"袁尚依言，便披挂上马，引兵五万出城。^{未有带五万人赴席者，为之一笑。}袁谭见袁尚引军来，情知事泄，亦即披挂上马，与尚交锋。尚见谭大骂。谭亦骂曰："汝药死父亲，^{劈空造出一罪案。凡兄弟相争者，往往如此。}篡夺爵位，今又来杀兄耶！"二人亲自交锋，岂复成兄弟也？袁谭大败。尚亲冒矢石，冲突掩杀。战操何其怯，追兄何其猛。谭引败军奔平原，尚收兵还。袁谭与郭图再议进兵，令岑璧为将，领兵前来。尚自引兵出冀州。两阵对圆，旗鼓相望。璧出骂阵，尚欲自战，大将吕旷拍马舞刀，来战岑璧。二将战无数合，旷斩岑璧于马下。谭兵又败，再奔平原。审配劝尚进兵，追至平原。谭抵当不住，退入平原，坚守不出。尚三面围城攻打。谭与郭图计议。图曰："今城中粮少，彼军方锐，势不相敌。愚意可遣人投降曹操，使操将兵攻冀州，尚必还救。将军引兵夹击之，尚可擒矣。若操击破尚军，我因而敛其军实以拒操。操军远来，粮食不继，必自退去。我可以仍据冀州，以图进取也。"一袁尚且不能胜，乃欲胜既破袁尚之曹操，恐无是理，但说得好听耳。

谭从其言，始议降曹，既而合尚；今复从降曹之议，其没主意亦酷肖其父。问曰："何人可为使？"图曰："辛评之弟辛毗，又是兄弟二人，映射成趣。字佐治，见为平原令。此人乃能言之士，可命为使。"谭即召辛毗，毗欣然而至。谭修书付毗，使三千军送毗出境。毗星夜赍书往见曹操。时操屯军西平伐刘表，表遣玄德引兵为前部以迎之。未及交锋，辛毗到操寨。见操礼毕，操问其来意。毗具言袁谭相求之意，呈上书信。操看书毕，留辛毗于寨中，聚文武计议。程昱曰："袁谭被袁尚攻击太急，不得已而来降，不可准信。"吕虔、满宠亦曰："丞相既引兵至此，安可复舍表而助谭？"荀攸曰："三公之言未善。以愚意度之，天下方有事，而刘表坐保江、汉之间，不敢展足，其无四方之志可知矣。料刘表如见。袁氏据四州之地，带甲数十万，若二子和睦，共守成业，天下事未可知也。今乘其兄弟相攻，势穷而投我，我提兵先除袁尚，后观其变，并灭袁谭，天下定矣。此机会不可失也。"荀攸欲先灭尚，而后灭谭；后来却先灭谭，而后灭尚，变化不同。若说一句是一句，便是今日印板文字矣。

操大喜，便邀辛毗饮酒，谓之曰："袁谭之降，真耶诈耶？袁尚之兵，果可必胜耶？"毗对曰："明公勿问真与诈也，只论其势可耳。袁氏连年丧败，兵革疲于外，谋臣诛于内；兄弟谗隙，国分为二；加之饥馑并臻，天灾人困：无问智愚，皆知土崩瓦解，此乃天灭袁氏之时也。今明公提兵攻邺，袁尚不还救，则失巢穴；若还救，则谭踵袭其后。以明公之威，击疲惫之众，如迅风之扫秋叶也。不此之图而伐荆州，荆州丰乐之地，国和民顺，未可摇动。况四方之患，莫大于河北；河北既平，则霸业成矣。愿明公详之。"

其言全不为袁谭，竟是为曹操。辛氏兄弟，各怀一心，与袁氏兄弟正复相似。操大喜曰："恨与辛佐治相见之晚也！"即日督军还取冀州。玄德恐操有谋，不敢追袭，引兵自回荆州。正攻荆州，又忽作一顿，匪夷所思。

却说袁尚知曹军渡河，急急引军还邺，命吕旷、吕翔断后。袁谭见尚退军，乃大起平原军马，随后赶来。行不到数十里，一声炮响，两军齐出：左边吕旷，右边吕翔，兄弟二人截住袁谭。谭勒马告二将曰："吾父在日，吾并未慢待二将军，今何从吾弟而见逼耶？"二将闻言，乃下马降谭。谭曰："勿降我，可降曹丞相。"二将因随谭归营。谭候操军至，引二将见操。操大喜，以女许谭为妻，即令吕旷、吕翔为媒。^{人谓袁谭此时失却一弟，得却一妻，背却一父，得却一翁矣，孰知后来皆成画饼耶？}谭请操攻取冀州。操曰："方今粮草不接，搬运劳苦，我济河遏淇水入白沟，以通粮道，然后进兵。"^{运粮用水，后来攻城亦用水。遏淇水入白沟，先为决漳河伏线。}遂令谭且居平原。操引军退屯黎阳，封吕旷、吕翔为列侯，随军听用。郭图谓袁谭曰："曹操以女许婚，恐非真意。今又封赏吕旷、吕翔，带去军中，此乃牢笼河北人心，后必将为我祸。主公可刻将军印二颗，暗使人送与二吕，令作内应。待操破了袁尚，可乘便图之。"^{孰知二吕之不复为袁氏用乎？}谭依言，遂刻将军印二颗，暗送与二吕。^{二印只算二吕受讫谢媒。}二吕受讫，径将印来禀曹操。操大笑曰："谭暗送印者，欲汝等为内助，待我破袁尚之后，就中取事耳。汝等且权受之，我自有主张。"自此曹操便有杀谭之心。^{曹操许女之意，既是假非真，郭图刻印之谋，亦弄巧成拙。}

且说袁尚与审配商议："今曹兵运粮入白沟，必来攻冀州，如之奈何？"配曰："可发檄使武安长尹楷屯毛城，通上党运粮道；令沮授之子沮鹄守邯郸，遥为声援。主公可进兵平原，急攻袁谭。先绝袁谭，然后破曹。"^{不急攻仇，而先攻兄，为计亦左。}袁尚大喜，留审配与陈琳守冀州，使马延、张颤二将为先锋，连夜起兵攻打平原。谭知尚兵来近，告急于操。操曰："吾今番必得冀州矣。"正说间，适许攸自许昌来，闻尚又攻谭，入见操曰："丞相坐守于此，岂欲待天雷击杀二袁乎？"^{不用震为雷，将用坎为水。}操笑曰："吾已料定矣。"遂令曹洪先进兵攻邺，操自引一军来攻尹楷。兵临本境，楷引军来迎。楷出马，操曰："许仲康安在？"许褚应声而出，纵马直取尹楷。楷措手不及，被许褚一刀斩于马下。^{叙许褚战功，为后杀许攸伏线。}余众奔溃。操尽招降之，^{完却尹楷}即勒兵取邯郸。沮鹄进兵来迎。张辽出马，与鹄交锋。战不三合，鹄大败，辽从后追赶。两马相离不远，辽急取弓射之，应弦落马。操指挥军马掩杀，众皆奔散。^{完却沮鹄}于是操引大军前抵冀州。曹洪已近城下。操令三军绕城筑起土山，又暗掘地道以攻之。^{前官渡之战，袁绍用过土山地道；今冀州之攻，曹操亦用土山地道；孰知艮为山，坤为地，总不如坎为水也。}审配设计坚守，法令甚严。东门守将冯礼，因酒醉有误巡警，^{淳于琼以酒失事，今冯礼又以酒失事，何袁将之善饮也。}配痛责之。冯礼怀恨，潜地出城降操。操问破城之策，礼曰："突门内土厚，可掘地道而入。"操便命冯礼引三百壮士，黄夜掘地道而入。

却说审配自冯礼出降之后，每夜亲自登城点视军马。当夜在突门阁上，望见城外无灯火。配曰："冯礼必引兵从地道而入也。"急唤精兵运石击突闸门，门闭，冯礼及三百壮士皆死于土内。操折了这一场，遂罢地道之计，^{袁绍掘地道，曹操当之以堑；曹操掘地道，袁兵拒之以闸：前后遥映。}退军于洹水之上，以候袁尚回兵。袁尚攻平原，闻曹操已破尹楷、沮鹄，大军围困冀州，乃掣兵回救。部将马延曰："从大路去，曹操必有伏兵；可取小路，从西山出滏水口去劫曹营，必解围也。"尚从其言，自领大军先行，令马延与张颛断后。早有细作去报曹操。操曰："彼若从大路上来，吾当避之；若从西山小路而来，一战可擒也。吾料袁尚必举火为号，^{袁尚之火，不如曹操之水。}令城中接应。吾可分兵击之。"于是分拨已定。

却说袁尚出滏水界口，东至阳平，屯军阳平亭，离冀州十七里，一边靠着滏水。尚令军士堆积柴薪干草，至夜焚烧为号。遣主簿李孚扮作曹军都督，直至城下，大叫："开门！"审配认得是李孚声音，放入城中，说："袁尚已陈兵在阳平亭，等候接应。若城中兵出，亦举火为号。"配教城中堆草放火，以通音信。^{屡用火字，引出下文水来。}孚曰："城中无粮，可发老弱残兵并妇人出降，彼必不为备，我即以兵继百姓之后出攻之。"^{尔时冀州百姓未死于水，而先死于兵矣。}配从其论。次日，城上竖起白旗，上写"冀州百姓投降"。操曰："此是城中无粮，教老弱百姓出降，后必有兵出也。"^{又早猜破。}操教张辽、徐晃各引三千军马，伏于两边。操自乘马、张麾盖至城下，果见城门开处，百姓扶老携幼，手持白旗而出。百姓才出尽，城中兵突出。操教将红旗一招，^{白旗、红旗，映射成趣。}张辽、徐晃两路兵齐出乱杀，城中兵只得复回。操自飞马赶来，到吊桥边，城中弩箭如雨，射中操盔，险透其顶。^{前在下邳城下射中麾盖，今在冀州城下射中头盔。两番用水之前，其被射亦复相似。}众将急救回阵。

操更衣换马，引众将来攻尚寨。尚自迎敌。时各路军马一齐杀至，两军混战，袁尚大败。尚引败兵退往西山下寨，令人催取马延、张颛军来。不知曹操已使吕旷、吕翔去招安二将。二将随二吕来降，操亦封为列侯。^{叙法甚省笔。}即日进兵攻打西山，先使二吕、马延、张颛截断袁尚粮道。^{谭、尚相攻，是以袁攻袁；操即用袁氏之将以截袁氏之粮，亦是以袁攻袁。}尚情知西山守不住，夜走滥口。安营未定，四下火光并起，伏兵齐出，人不及甲，马不及鞍。尚军大溃，退走五十里，势穷力极，只得遣豫州刺史阴夔至操营请降。操佯许之，却连夜使张辽、徐晃去劫寨。^{操于谭之降则纳之，于尚之降则劫之，又是一样做法。}尚尽弃印绶、节钺、衣甲、辎重，望中山而逃。

操回军攻冀州。许攸献计曰："何不决漳河之水以淹之？"^{前下邳之淹，其计出于曹操之谋士郭嘉；今漳河之决，其计出于袁氏之客许攸，是亦以袁攻袁也。}操然其计，先差军于城外掘壕堑，周围四十里。审配在城上见操军在城外掘堑，却掘得甚浅。^{妙！}配暗笑曰："此欲决漳河之水以灌城耳。壕深可灌，如此之浅，有何用哉！"遂不为备。当夜曹操添十倍军士并力发掘，比及天明，广深二丈，引漳水灌之，城中水深数尺。_{操之掘堑，先浅后深，诡谲可喜。}更兼粮绝，军士皆饿死。辛毗在城外，用枪挑袁尚印绶衣服，招安城内之人。审配大怒，将辛毗家属老小八十余口，就于城上斩之，将头掷下。辛毗号哭不已。审配之侄审荣，素与辛毗相厚，见辛毗家属被害，心中怀忿，乃密写献门之书，拴于箭上，射下城来。_{审配前收捕许攸子侄，今又诛杀辛毗家属，而不能自禁其侄，可发一叹。}军士拾献辛毗，毗将书献操。操先下令：如入冀州，休得杀害袁氏一门老小；军民降者免死。次日天明，审荣大开西门，放曹兵入。_{前淹下邳，有献门之宋宪、魏续；今淹冀州，有献门之审荣：前后亦复相似。}辛毗跃马先入，军将随后，杀入冀州。审配在东南城楼上，见操军已入城中，引数骑下城死战，正迎徐晃交马。徐晃生擒审配，绑出城来。路逢辛毗，毗咬牙切齿，以鞭鞭配首曰："贼杀才！今日死矣！"配大骂："辛毗贼徒！引曹操破我冀州，我恨不杀汝也！"徐晃解配见操。操曰："汝知献门接我者乎？"配曰："不知。"操曰："此汝侄审荣所献也。"配怒曰："小儿不行，乃至于此！"_{袁氏兄弟相左，审氏叔侄亦相左：俱是骨肉之变。}操曰："昨孤至城下，何城中弩箭之多耶？"配曰："恨少！恨少！"_{与张辽答濮阳之火，语气相似。}操曰："卿忠于袁氏，不容不如此。今肯降吾否？"配曰："不降！不降！"辛毗哭拜于地曰："家属八十余口，尽遭此贼杀害。愿丞相戮之，以雪此恨！"配曰："吾生为袁氏臣，死为袁氏鬼，不似汝辈谗谄阿谀之贼！可速斩我！"操教牵出。临受刑，叱行刑者曰："吾主在北，不可使我面南而死！"乃向北跪，引颈就刃。_{审正南缘何正北而死？一笑。}后人有诗叹曰：

> 河北多名士，谁如审正南。
>
> 命因昏主丧，心与古人参。
>
> 忠直言无隐，廉能志不贪。
>
> 临亡犹北面，降者尽羞惭。

审配既死，操怜其忠义，命葬于城北。众将请曹操入城。操方欲起行，只见刀斧手拥一人至，操视之，乃陈琳也。操谓之曰："汝前为本初作檄，但罪状孤，可也；何乃辱及祖、父耶？"_{陈琳作檄事，已隔数卷，至此忽然一提。}琳答曰："箭在弦上，不得不发耳。"_{以箭自比，以弦比袁绍，箭非自发，乃弦发之也，操若能为琳之弦，琳亦愿为操之箭矣。}左右劝操杀之。操怜其才，乃赦之，命为从事。_{杀审配极似杀陈宫，赦陈琳极似赦张辽，与淹下邳一篇文字遥遥相对。○曹操头风亏得陈琳医治，此时不杀，只算谢医。}

却说操长子曹丕，字子桓，时年十八岁。丕初生时，有云气一片，其色青紫，圆如车盖，覆于其室，终日不散。有望气者，密谓操曰："此天子气也。令嗣贵不可言！"丕八岁能属文，有逸才，博古通今，善骑射，好击剑。百忙中忽入曹丕一小传，早为后文曹丕称帝伏线。〇叙袁家儿子将完，忽接入曹家儿子事，妙笔。时操破冀州，丕随父在军中，先领随身军径投袁绍家，下马拔剑而入。有一将当之曰："丞相有命，诸人不许入绍府。"丕叱退，提剑入后堂，见两个妇人相抱而哭，丕向前欲杀之。正是：

四世公侯已成梦，一家骨肉又遭殃。

未知性命如何，且听下文分解。

第三十三回

曹丕乘乱纳甄氏

郭嘉遗计定辽东

　　袁尚母刘氏之妒，其酷烈也甚矣。乃城破之后不能死节，而献甄氏于曹丕以图苟全，又何其无烈性至此乎？可见妇之贞者必不妒，妇之妒者必不贞。吕氏为项羽所得而不死，所以有人彘之刑；飞燕曾事射鸟儿，所以多杀皇嗣；武瞾有聚麀之耻，所以弑王后、杀萧妃。岂非妒妇之明验哉？

　　袁谭不得娶曹操之女，曹丕反得娶袁绍之妇，是曹操失一婿而得一妇，袁绍失一妇而又失一妇也。曹操之女未嫁而已寡，犹当悼其死婿；袁熙之妻未寡而再嫁，毋乃负其生夫乎？婚可绝，婿可易，曹操不妨舍谭求后婿；婿可续，儿不可续，刘氏亦将认丕为继儿乎？绍妾毁既死之容，熙妻何不毁欲生之面？为绍妻者妒及于既死之夫，为熙母者何不念及于未死之子？总只因兄弟之变，遂引出夫妇之变、母子之变、翁婿之变、姑媳之变。君子读书至此，盖深有感于骨肉之间矣。

　　沮授不屈，审配亦不屈。同一不屈也，而沮授则一于事袁，审配则知有袁尚而不知有袁谭。审配不如沮授多矣。许攸降操，王修亦降操。同一降也，而许攸则助曹谋袁，王修则不忍助曹谋袁，王修贤于许攸远矣。是不可以无辨。

　　杀许攸者，曹操也，非许褚也。许攸数侮曹操，操欲杀攸久矣。欲自杀之而恐有杀故人、故臣之名，故特假手于许褚耳。昔颠颉焚僖负羁之家，而重耳杀颠颉以徇于军。今许褚杀攸而操曾不之罪，故曰：非许褚杀之，而曹操杀之也。曹操资许攸之力以得冀州，刘备资法正之力以得西川。而法正恃功而横，未闻见杀于关、张；许攸恃功而骄，遂乃见杀于许褚。君子以是知刘备之厚而曹操之薄。

　　王修和解二袁之言，是真语、激语、热语；刘表和解二袁之言，是假语、缓语、冷语。然则刘表不过自解其不发兵之故，而在二袁听之，则当以表之言为良言也。董卓尝和解袁绍与公孙瓒矣，曹操尝和解刘备与吕布矣。仇敌相争，犹可暂时和解，况兄弟耶？而二袁不能听，悲夫！

　　曹操有时而仁，有时而暴。免百姓秋租，仁矣；而使百姓敲冰拽船，何其暴也！不杀逃民而纵之，仁矣；又戒令勿为军士所获，仍不禁军之杀民，何其暴也！其暴处多是真，其仁处多是假。盖曹操待冀州之民，与其待袁绍无以异耳。杀其子，夺其妇，取其地，而乃哭其墓。然则其哭也，真为慈悲乎，假为慈悲乎？奸雄之奸，非复常人意量所及。

　　急之则合，缓之则争，此郭嘉所以策冀州者也。其策辽东，亦犹是矣。曹操进军攻北，而谭与尚相和；及其回兵向南，而谭与尚遂相斗。观谭之与尚，而熙、尚之与公孙康，岂异此哉！但操之于谭则两灭之，于熙、尚与康则一存而一灭之，于冀州则待其乱而我灭之，于辽东则听其自灭，而更不烦我灭之。此则微有不同者尔。

　　却说曹丕见二妇人啼哭，拔剑欲斩之。忽见红光满目，为甄氏立皇后伏笔。○曹操有黄星之应，曹丕有青云紫云之祥，正与红光相映成趣。遂按剑而问曰："汝何人也？"一妇人告曰："妾乃袁将军之妻刘氏也。"丕曰："此女何人？"刘氏曰："此次男袁熙之妻甄氏也。因熙出镇幽州，甄氏不肯远行，故留于此。"丕拖此女近前，见披发垢面。丕以衫袖拭其面而观之，见甄氏玉肌花貌，有倾国之色，二语包着一篇《洛神赋》。遂对刘氏曰："吾乃曹丞相之子也。愿保汝家，汝勿忧虑。"遂按剑坐于堂上。

却说曹操统领众将入冀州城，将入城门，许攸纵马近前，以鞭指城门而呼操曰："阿瞒，汝不得我，安得入此门？"骄甚浅甚。操大笑。奸甚。众将闻言，俱怀不平。为后许褚杀许攸张本。操至绍府门下，问曰："谁曾入此门来？"守将对曰："世子在内。"操唤出责之。刘氏出拜曰："非世子不能保全妾家，愿献甄氏为世子执箕帚。"妒妇此时何无烈性？操教唤出甄氏拜于前。操视之曰："真吾儿妇也！"遂令曹丕纳之。本谓袁谭得妻，却弄出袁熙失妻；本是袁氏欲娶曹氏之女，却弄出曹氏娶袁氏之妇。奇绝，幻绝。

操既定冀州，亲往袁绍墓下设祭，再拜而哭甚哀，奸雄满身假。顾谓众官曰："昔日吾与本初共起兵时，本初问吾曰：'若事不辑，方面何所据？'吾问之曰：'足下意欲若何？'本初曰：'吾南据河，北阻燕、代，兼沙漠之众，南向以争天下，庶可以济乎？'吾答曰：'吾任天下之智力，以道御之，无所不可。'虎牢关以前之语，却从此处补出。此言如昨，而今本初已丧，吾不能不为流涕也！"众皆叹息。操以金帛粮米赐绍妻刘氏。刘氏受赐不乃下令曰："河北居民遭羞愧否？兵革之难，尽免今年租赋。"此奸雄收拾民心处。一面写表申朝，操自领冀州牧。

一日，许褚走马入东门，正迎许攸。攸唤褚曰："汝等无我，安能出入此门乎？"褚怒曰："吾等千生万死，身冒血战，夺得城池，汝安敢夸口！"攸骂曰："汝等皆匹夫耳，何足道哉！"褚大怒，拔剑杀攸，攸之当死不在此时，在呼"阿瞒"之时矣。早提头来见曹操，说："许攸如此无礼，某杀之矣！"操曰："子远与吾旧交，故相戏耳，何故杀之？"此奸雄假话。深责许褚，令厚葬许攸。都是奸雄欺人之处。乃令人遍访冀州贤士。冀民曰："骑都尉崔琰，字季珪，清河东武城人也。数曾献计于袁绍，绍不从，因此托疾在家。"操即召琰为本州别驾从事，此奸雄收拾士心处。因谓曰："昨按本州户籍，共计三十万众，可谓大州。"琰曰："今天下分崩，九州幅裂，二袁兄弟相争，冀民暴骨原野，丞相不急存问风俗，救其涂炭，而先计校户籍，岂本州士女所望于明公哉？"曹操方夸其众多，崔琰却惜其匮乏。贤士之名，洵不虚传。操闻言，改容谢之，待为上宾。

操已定冀州，使人探袁谭消息。时谭引兵劫掠甘陵、安平、渤海、河间等处，闻袁尚败走中山，乃统军攻之。尚无心战斗，径奔幽州投袁熙。谭尽降其众，欲复图冀州。操使人召之，谭不至。操大怒，驰书绝其婚，吕布与袁氏既绝婚而又送女，曹操与袁氏既许女而又绝婚。前后遥遥相对。自统大军征之，直抵平原。谭闻操自统军来，遣人求救于刘表。表请玄德商议。玄德曰："今操已破冀州，兵势正盛，袁氏兄弟不久必为操擒，救之无益；况操常有窥荆襄之意，我只养兵自守，未可妄动。"表曰："然则何以谢之？"玄德曰："可作书与袁氏兄弟，以和解为名，婉词谢之。"<small>正叙谭、操相攻，忽夹叙备、表共议，文势至此，又作一顿。</small>表然其言，先遣人以书遗谭。书略曰：

君子违难，不适仇国。日前闻君屈膝降曹，则是忘先人之仇，弃手足之谊，而遗同盟之耻矣。若冀州不弟，当降心相从。待事定之后，使天下平其曲直，不亦高义耶？<small>先责其降操，后劝其睦尚。</small>

又与袁尚书曰：

青州天性峭急，迷于曲直。君当先除曹操，以卒先公之恨。事定之后，乃计曲直，不亦善乎？若迷而不返，则是韩卢、东郭自困于前，而遗田父之获也。

<small>先言睦谭之利，后言攻谭之害。○本为袁谭求救，而书并致袁尚，可见善和事人，不止劝一边也。</small>

谭得表书，知表无发兵之意，又自料不能敌操，遂弃平原，走保南皮。曹操追至南皮，时天气寒肃，河道尽冻，粮船不能行动。操令本处百姓敲冰拽船，百姓闻令而逃。操大怒，欲捕斩之。<small>露出奸雄本相。</small>百姓闻得，乃亲往营中投首。操曰："若不杀汝等，则吾号令不行；若杀汝等，吾又不忍。汝等快往山中藏避，休被我军士擒获。"<small>己则放之，而复使军士获之，则曰："杀人者军士也，非我也。"奸雄之极。</small>百姓皆垂泪而去。

袁谭引兵出城，与曹军相敌。两阵对圆，操出马以鞭指谭而骂曰："吾厚待汝，汝何生异心？"谭曰："汝犯吾境界，夺吾城池，赖吾妻子，<small>照应前言，文法趣甚。</small>反说我有异心耶！"操大怒，使徐晃出马。谭使彭安接战。两马相交，不数合，晃斩彭安于马下。谭军败走，退入南皮。操遣军四面围住。谭着慌，使辛评见操约降。<small>此时何不仍与袁尚相和，求救于袁尚耶？</small>操曰："袁谭小子，反复无常，吾难准信。汝弟辛毗，吾已重用，汝亦留此可也。"评曰："丞相差矣。某闻'主贵臣荣，主忧臣辱'，某久事袁氏，岂可背之！"<small>袁谭不与弟合，是为私；辛评不与弟合，是为公。</small>操知其不可留，乃遣回。评回见谭，言操不准投降。谭叱曰："汝弟现事曹操，汝怀二心耶？"评闻言，气满填胸，昏绝于地。谭令扶出，须臾而死。<small>辛评之死，胜辛毗之生。</small>谭亦悔之。

郭图谓谭曰："来日尽驱百姓当先，以军继其后，与曹操决一死战。"<small>不惜百姓者，能保土地乎？</small>谭从其言。当夜尽驱南皮百姓，皆执刀枪听令。次日平明，大开四门，军在后，驱百姓在前，喊声大举，一齐拥出，直抵曹寨。两军混战，自辰至午，胜负未分，杀人遍地。操见未获全胜，弃马上山，亲自击鼓。将士见之，奋力向前，谭军大败。百姓被杀者无数。此时北方百姓大是当灾。曹洪奋威突阵，正迎袁谭，举刀乱砍，谭竟被曹洪杀于阵中。杀袁谭者乃是曹操之弟，何曹氏有兄弟，而袁氏无兄弟耶？〇曹洪杀袁谭，是叔翁杀任婿矣。一笑。郭图见阵大乱，急驰入城中。乐进望见，拈弓搭箭，射下城壕，人马俱陷。郭图驱民为兵，宜其死也。

操引兵入南皮，安抚百姓。忽有一彪军来到，乃袁熙部将焦触、张南也。操自引军迎之。二将倒戈卸甲，特来投降。操封为列侯。又黑山贼张燕引军十万来降，操封为平北将军。

下令将袁谭首级号令，敢有哭者斩。头挂北门外，一人布冠衰衣，哭于头下。左右拿来见操。操问之，乃青州别驾王修也。王修哭袁谭之首，极似栾布哭彭越之头。因谏袁谭被逐，应前。今知谭死，故来哭之。操曰："汝知吾令否？"修曰："知之。"操曰："汝不怕死耶？"修曰："我生受其辟命，亡而不哭，非义也。畏死忘义，何以立世乎！若得收葬谭尸，受戮无恨。"语从血性中流出，读之可以作忠。操曰："河北义士，何其如此之多也！可惜袁氏不能用；若能用，则吾安敢正眼觑此地哉！"连前沮授、审配、辛评等，总赞一句。遂命收葬谭尸，礼修为上宾，以为司金中郎将。因问之曰："今袁尚已投袁熙，取之当用何策？"修不答。好王修。操曰："忠臣也。"明于兄弟之义者，必知君臣之分。问郭嘉，嘉曰："可使袁氏降将焦触、张南等自攻之。"操用其言，随差焦触、张南、吕旷、吕翔、马延、张颛，各引本部兵，分三路进攻幽州；数人皆袁氏旧将，正与王修反照。一面使李典、乐进会合张燕，打并州，攻高干。前止策熙、尚，今忽带补高干。

且说袁尚、袁熙知曹兵将至，料难迎敌，乃弃城引兵，星夜奔辽西投乌桓去了。幽州刺史乌桓触，聚幽州众官，歃血为盟，共议背袁向曹之事。乌桓触先言曰："吾知曹丞相当世英雄，今往投降，有不遵令者斩。"依次歃血，循至别驾韩珩，珩乃掷剑于地，大呼曰："吾受袁公父子厚恩，今主败亡，智不能救，勇不能死，于义缺矣！若北面而降操，吾不为也！"韩珩自是奇士。众皆失色。乌桓触曰："夫兴大事，当立大义。事之济否，不待一人。韩珩既有志如此，听其自便。"推珩而出。乌桓不杀韩珩，亦是奇士。乌桓触乃出城迎接三路军马，径来降操。操大喜，加为镇北将军。

忽探马来报："乐进、李典、张燕攻打并州，高干守住壶关口，不能下。"叙事甚省。操自勒兵前往。三将接着，说干拒关难击。操集众将共议破干之计。荀攸曰："若破干，须用诈降计方可。"操然之，唤降将吕旷、吕翔，附耳低言如此如此。方叙韩珩不降，接叙二吕诈降，又与韩珩反照。吕旷等引军数十，直抵关下，叫曰：“吾等原系袁氏旧将，不得已而降曹。曹操为人诡谲，薄待吾等。吾今还扶旧主，可疾开关相纳。”高干未信，只教二将自上关说话。二将卸甲弃马而入，谓干曰：“曹军新到，可乘其军心未定，今夜劫寨。某等愿当先。”干喜，从其言，二吕舍尚而降谭，又舍谭而降曹，今复舍操而降干。即使真降，亦当虑其反复矣。干乃信而不疑，宜其败也。是夜教二吕当先，引万余军前去。将至曹寨，背后喊声大震，伏兵四起。高干知是中计，急回壶关城，乐进、李典已夺了关。叙事又省笔。高干夺路走脱，往投单于。操领兵拒住关口，使人追袭高干。干到单于界，正迎北番左贤王。干下马拜伏于地，言曹操吞并疆土，今欲犯王子地面，万乞救援，同力克复，以保北方。左贤王曰：“吾与曹操无仇，岂有侵我土地？汝欲使我结怨于曹氏耶！”叱退高干。后有公孙康不敢纳二袁，此先有左贤王不肯纳高干作引。干寻思无路，只得去投刘表。行至上洛，被都尉王琰所杀，将头解送曹操。后有公孙康送二袁之头，此先有王琰送高干之头作引。曹封琰为列侯。

并州既定，先取青州，次取冀州，又次取幽州，今又定并州，四州于此一结。操商议西击乌桓。曹洪等曰：“袁熙、袁尚兵败将亡，势穷力尽，远投沙漠。我今引兵西击，倘刘备、刘表乘虚袭许都，我救应不及，为祸不浅矣。请回师勿进为上。”此言二袁投乌桓不足患，而刘备投刘表为足患。郭嘉曰：“诸公所言错矣。主公虽威震天下，沙漠之人恃其边远，必不设备；乘其无备，卒然击之，必可破也。先说乌桓可击。且袁绍与乌桓有恩，而尚与熙兄弟犹存，不可不除。次说乌桓可不击。刘表坐谈之客耳，先言刘表不足虑。自知才不足以御刘备，重任之则恐不能制，轻任之则备不为用。虽虚国远征，公无忧也。”次言刘备可虑而不足虑。操曰：“奉孝之言极是。”遂率大小三军，车数千辆，望前进发。但见黄沙漠漠，狂风四起，道路崎岖，人马难行。四语抵得一篇《塞上行》。操有回军之心，问于郭嘉。嘉此时不伏水土，卧病车上。操泣曰：“因我欲平沙漠，使公远涉艰辛，以至染病，吾心何安！”嘉曰：“某感丞相大恩，虽死不能报万一。”操曰：“吾见北地崎岖，意欲回军，若何？”嘉曰：“兵贵神速。今千里袭人，辎重多而难以趋利，不如轻兵兼道以出，掩其不备。但须得识径路者为引导耳。”病人能作如此壮健语，毋怪今之壮健人反奄奄如作病中语也。

遂留郭嘉于易州养病，求向导官以引路。人荐袁绍旧将田畴深知此境，操召而问之。畴曰：“此道秋夏间有水，浅不通车马，深不载舟楫，最难行动。不如回军，从卢龙口越白檀之险，出空虚之地，前近柳城，掩其不备，蹋顿可一战而擒也。”地势如在指掌。操从其言，封田畴为靖北将军，作向导官，为前驱。张辽为次，操自押后，倍道轻骑而进。田畴引张辽前至白狼山，正遇袁熙、袁尚会合蹋顿等数万骑前来。张辽飞报曹操。操自勒马登高望之，见蹋顿兵无队伍，参差不整。操谓张辽曰：“敌兵不整，便可击之。”乃以麾授辽。

辽引许褚、于禁、徐晃分四路下山，奋力急攻，蹋顿大乱。辽拍马斩蹋顿于马下，余众皆降。袁熙、袁尚引数千骑投辽东去了。

操收军入柳城，封田畴为柳亭侯，以守柳城。畴涕泣曰："某负义逃窜之人耳，蒙厚恩全活，为幸多矣，岂可卖卢龙之寨以邀赏禄哉！死不敢受侯爵。"^{田畴为操设谋，虽不及王修之不答，而不受侯爵，则高于吕旷等多矣。}操义之，乃拜畴为议郎。操抚慰单于人等，收得骏马万匹，即日回兵。时天气寒且旱，二百里无水，军又乏粮，杀马为食，凿地三四十丈方得水。^{回想决漳河、通白沟之时，何水之多，而今何水之少也。湿则极湿，干则极干，前后映射成趣。}操回至易州，重赏先曾谏者，因谓众将曰："孤前者乘危远征，侥幸成功。虽得胜，天所佑也，不可以为法。诸君之谏，乃万安之计，是以相赏。后勿难言。"^{与袁绍之杀田丰，真霄壤之隔。}操到易州时，郭嘉已死数日，停柩在公廨。操往祭之，大哭曰："奉孝死，乃天丧吾也！"回顾众官曰："诸君年齿，皆孤等辈，惟奉孝最少，吾欲托以后事。不期中年夭折，使吾心肠崩裂矣！"^{前哭袁绍是假哭，后哭郭嘉是真哭。}嘉之左右将嘉临死所封之书呈上曰："郭公临亡，亲笔书此，嘱曰：'丞相若从书中所言，辽东事定矣。'"^{先微露一句，却不叙明，妙。}操拆书视之，点头嗟叹。诸人皆不知其意。^{此处更不说明，妙甚。}次日，夏侯惇引众入禀曰："辽东太守公孙康，久不宾服，^{此处诸将口中点出，妙甚。}今袁熙、袁尚又往投之，必为后患。不如乘其未动，速往征之，辽东可得也。"操笑曰："不烦诸公虎威。数日之后，公孙康自送二袁之首至矣。"^{奇语，疑惑煞人。}诸将皆不肯信。^{不独当时诸将不肯信，即今读者亦不肯信。}

却说袁熙、袁尚引数千骑奔辽东。辽东太守公孙康，本襄平人，武威将军公孙度之子也。当日知袁熙、袁尚来投，遂聚本部属官商议此事。公孙恭曰："袁绍在日，常有吞辽东之心；今袁熙、袁尚兵败将亡，无处依栖，来此相投，是鸠夺鹊巢之意也。若容纳之，后必相图。不如赚入城中杀之，献头与曹公，曹公必重待我。"^{所言亦大是，然使公孙康此时即听其言，又不足为奇。}康曰："只怕曹操引兵下辽东，又不如纳二袁使为我助。"^{有此一折，方见郭嘉遗计之为奇。}恭曰："可使人探听。如曹兵来攻，则留二袁；如其不动，则杀二袁，送与曹公。"^{皆在郭嘉料中。}康从之，使人去探消息。

却说袁熙、袁尚至辽东，二人密议曰："辽东军兵数万，足可与曹操争衡。今暂投之，后当杀公孙康而夺其地，养成气力而抗中原，可复河北也。"^{不出公孙恭之料。}商议已定，乃入见公孙康。康留于馆驿，只推有病，不即相见。不一日，细作回报："曹公兵屯易州，并无下辽东之意。"公孙康大喜，乃先伏刀斧手于壁衣中，使二袁入。^{皆在郭嘉料中。}相见礼毕，命座。时天气严寒，尚见床榻上无裀褥，谓康曰："愿铺坐席。"康瞋目言曰："汝二人之头将行万里，何席之有！" _{写得突兀惊人。}尚大惊。康叱曰："左右何不下手！"刀斧手拥出，就坐席上砍下二人之头，用木匣盛贮，使人送到易州，来见曹操。_{皆在郭嘉料中。}时操在易州，按兵不动。夏侯惇、张辽入禀曰："如不下辽东，可回许都。恐刘表生心。"操曰："待二袁首级至，即便回兵。" _{便不说明缘故，正不知葫芦里卖甚药。}众皆暗笑。忽报辽东公孙康遣人送袁熙、袁尚首级至，众皆大惊。使者呈上书信，操大笑曰："不出奉孝之料！"重赏来使，封公孙康为襄平侯、左将军。众官问曰："何为不出奉孝之所料？"操遂出郭嘉书以示之。_{一路隐隐跃跃，至此方书相示，文势绝妙。}书略曰：

今闻袁熙、袁尚往投辽东，明公切不可加兵。公孙康久畏袁氏吞并，二袁往投必疑。若以兵击之，必并力迎敌，急不可下；若缓之，公孙康、袁氏必自相图，其势然也。_{郭嘉遗书在众人眼中看出，妙。}

众皆踊跃称善。操引众官复设祭于郭嘉灵前。亡年三十有八岁，从征十有一年，多立奇勋。_{此处又补郭嘉行状。}后人有诗赞曰：

天生郭奉孝，豪杰冠群英。

腹内藏经史，胸中隐甲兵。

运谋如范蠡，决策似陈平。

可惜身先丧，中原梁栋倾。

操领兵还冀州，使人先扶郭嘉灵柩于许都安葬。

程昱等请曰："北方既定，今还许都，可早建下江南之策。"操笑曰："吾有此志久矣。诸君所言，正合吾意。" _{早为后文赤壁鏖兵伏线。}是夜宿于冀州城东角楼上，凭栏仰观天文。_{将叙地下金光，先叙天上星文，斗笋绝妙。}时荀攸在侧，操指曰："南方旺气灿然，恐未可图也。" _{又为后文赤壁兵败伏线。}攸曰："以丞相天威，何所不服？"正看间，忽见一道金光，从地而起。攸曰："此必有宝于地下。"操下楼令人随光掘之。正是：

星文方向南中指，金宝旋从北地生。

不知所得何物，且听下文分解。

第三十四回

蔡夫人隔屏听密语
刘皇叔跃马过檀溪

管仲之有三归，或云是台，或云是女。以今度之，意者管仲喜得三归之女，而即以此名其台，未可知也。然则是台亦是女，非有两三归也。若铜雀之二桥则不然：曹植所欲建者，玉龙、金凤所接之二桥；曹操所欲得者，乃孙策、周瑜所娶之二乔。"桥"之与"乔"，则有辨矣。

此卷以雀始，以马终。有曹操得雀，却远引舜母梦雀；有舜母梦雀，却便有禅母梦斗。又因铜雀化出金凤，又因金凤生出玉龙。前有凤与龙，后有鹤与马。将有的卢之跃，先有白鹤之鸣。至于张武丧马、赵云夺马、刘备送马、刘表还马、蒯越相马、伊籍谏马，种种波澜，无不层折入妙，此文中佳境。

前卷百忙中忽叙曹丕生时之异，此卷百忙中忽叙刘禅生时之祥，皆为后日称帝张本也。然叙曹丕于入冀州之时，是追叙已往；此叙刘禅于屯新野之日，是现叙目前：又是一样笔叙法。

袁绍昵后妻，刘表亦昵后妻；袁绍爱幼子，刘表亦爱幼子；袁绍优柔不断，刘表亦优柔不断。二人性情，何其相似至于如此之甚也！一则以家世自矜，大而无当；一则以虚名自爱，文而无用。虽胄美三公，名高八俊，何所益哉！然刘表亦有过于袁绍者：绍以逢纪之谮而杀田丰，表不以蔡瑁之谮而杀玄德。毕竟声望中人，犹较胜于阀阅中人。

曹操攻冀州之时，备不劝表袭许都；至操击乌桓之时，备乃劝表袭许都。其故何也？从冀州回救许都也近，近则不可袭；从乌桓回救许都也远，远则可袭：势不同也。且有不救袁谭以示怯于前，操必轻表而不设备。乘其不备而袭之，此所谓"始如处女，后若脱兔"，真兵家之妙算也。刘表不用备言，失此机会，可胜叹哉！

蔡夫人从屏风后窃听，大是怕人。玄德襄阳赴会，几乎丧命，皆此一听所致。不独景升害怕，玄德亦当害怕；不独玄德害怕，即读者至此，亦为之寒心咋舌也。今日惧内之家，多有此风。凡宾客至堂中叙话者，切宜仔细，不可妄言，恐惊动屏风后窃听之人，不是耍处。

天下怕老婆之人，未有不缘于爱老婆者也。爱极生怕，怕则不敢，爱则不忍。不忍与不敢之心合，而于是妻之旨不可违，妻之锋不可犯，而妻党之权遂牢固而不可破矣。虽然，今天下岂少刘景升哉？笑景升者复为景升，吾正恐景升笑人耳。

光武过滹沱之马，安行水上；昭烈过檀溪之马，几陷水中。李世民过涧之马，却有三跳；刘玄德过溪之马，只是一跃。金太祖混同江之马，按辔而行；刘先主檀溪之马，超越而过。宋高宗渡江之马，死马当活马骑；汉昭烈过溪之马，劣马作神马用。读书至此，真千古奇观！

范增欲杀沛公，而项羽不忍；蔡瑁欲杀玄德，而刘表不忍。然鸿门之宴，项羽在，故范增不能为政；襄阳之宴，刘表不在，则蔡瑁为政。由此言之，襄阳一会，其更险于鸿门哉！

却说曹操于金光处，掘出一铜雀，问荀攸曰："此何兆也？"攸曰："昔舜母梦玉雀入怀而生舜。今得铜雀，亦吉祥之兆也。"_{后曹丕欲学舜之禅兔，于此先伏一笔。}操大喜，遂命作高台以庆之。乃即日破土断木，烧瓦磨砖，筑铜雀台于漳河之上，约计一年而工毕。_{大兵之后，又兴大役，少爱民者如是乎？}少子曹植进曰："若建层台，必立三座：中间高者，名为铜雀；左边一座，名为玉龙；右边一座，名为金凤。又生出玉龙、金凤以配铜雀，更觉分外生色。更作两条飞桥，横空而上，乃为壮观。"此所云二桥乃"桥"也，非"乔"也。操曰："吾儿所言甚善。他日台成，足可娱吾老矣！"为后大宴铜雀台及临终时遗命伏线。原来曹操有五子，惟植性敏慧，善文章，为后七步成章伏线。曹操平日最爱之。前文叙袁绍爱少子，后文叙刘表爱少子，此又叙曹操爱少子，正与前后相映射。于是留曹植与曹丕在邺郡造台，使张燕守北寨。操将所得袁绍之兵，共五六十万，班师回许都，大封功臣；又表赠郭嘉为贞侯，养其子奕于府中。以上了却北方事，以下专叙南方事。复聚众谋士商议，欲南征刘表。荀彧曰："大军方北征而回，未可复动。且待半年，养精蓄锐，刘表、孙权可一鼓而下也。"带说孙权，为后文伏线。操从之，遂分兵屯田，以候调用。

却说玄德自到荆州，刘表待之甚厚。一日，正相聚饮酒，忽报降将张武、陈孙在江夏掳掠人民，共谋造反。表惊曰："二贼又反，为祸不小！"玄德曰："不须兄长忧虑，备请往讨之。"表大喜，即点三万军，与玄德前去。玄德领命即行，不一日，来到江夏。张武、陈孙引兵来迎。玄德与关、张、赵云出马在门旗下，望见张武所骑之马极其雄骏。玄德曰："此必千里马也。"曹操喜得死雀，刘备却爱活马。言未毕，赵云挺枪而出，径冲彼阵。张武纵马来迎，不三合，被赵云一枪刺落马下，随手扯住辔头，牵马回阵。子龙凑趣。陈孙见了，随赶来夺。张飞大喝一声，挺矛直出，将陈孙刺死。众皆溃散。玄德招安余党，平复江夏诸县，班师而回。此段专为得马而叙，为檀溪张本。○此番为得马而叙，而夺马杀将，偏用子龙、翼德，不用骑赤兔马之人，是其用笔闲处、幻处。表出郭迎接入城，设宴庆功。酒至半酣，表曰："吾弟如此雄才，荆州有倚赖也。但忧南越不时来寇，张鲁、孙权皆足为虑。"但忧南越张鲁、孙权，而独不虑及曹操，可谓知近不知远矣。玄德曰："弟有三将，足可委用：使张飞巡南越之境；云长拒固子城，以镇张鲁；赵云拒三江，以当孙权。何足虑哉？"玄德所虑，只表喜，欲从其言。蔡瑁告其姊蔡夫人曰：不告姊丈而告其姊，其姊之为姊可知，而姊丈之为姊丈亦可知矣。"刘备遣三将居外，而自居荆州，久必为患。"蔡夫人乃夜对刘表曰："夜对"妙，谱得其情矣。"我闻荆州人多与刘备往来，不可不防之。今容其居住城中，无益，不若遣使他往。"表曰："玄德仁人也。"蔡氏曰："只恐他人不似汝心。"呼夫曰"汝"，夫人之尊如此。表沉吟不答。此时不即遣玄德，又作一顿，是刘表缓处，是文字曲处。

次日出城，见玄德所乘之马极骏，问之，知是张武之马，表称赞不已。玄德遂将此马送与刘表。刘备赞马，赵云凑趣夺来；表赞马，玄德又凑趣送去。刘表大喜，骑回城中。蒯越见而问之，表曰："此玄德所送也。"越曰："昔先兄蒯良蒯良之死，只在蒯越口中带出。最善相马，越亦颇晓。此马眼下有泪槽，额边生白点，名为'的卢'，骑则妨主。张武为此马而亡。主公不可乘之。"若云亡张武者是的卢，则亡吕布者岂赤兔马耶？恐马不任咎也。表听其言。次日请玄德饮宴，因言曰："昨承惠良马，深感厚意。但贤弟不时征进，可以用之，敬当送还。"玄德起谢。表又曰："贤弟久居此间，恐废武事。襄阳属邑新野县，颇有钱粮。弟可引本部军马于本县屯扎，何如？"〔数语已在前沉吟不语时算定矣。〕玄德领诺。次日，谢别刘表，引本部军马径往新野。〔从荆州移屯新野，与前从徐州移屯小沛，同一局面。〕方出城门，只见一人在马前长揖曰："公所骑马，不可乘也。"玄德视之，乃荆州幕宾伊籍，字机伯，山阳人也。玄德忙下马问之。籍曰："昨闻蒯异度对刘荆州云：'此马名的卢，乘则妨主。'因此还公。公岂可复乘之？"〔蒯越学蒯良之相马以告刘表，伊籍又述蒯越之相马以告玄德。只一马耳，却生出无数曲折。〕玄德曰："深感先生见爱。但凡人死生有命，岂马所能妨哉！"〔刘表惧怕，玄德不惧怕，即此便见两人高下。〕籍服其高见，自此常与玄德往来。〔为后伊籍两番救玄德伏线。〕

玄德自到新野，军民皆喜，政治一新。建安十二年春，甘夫人生刘禅。是夜有白鹤一只，飞来县衙屋上，〔雀从地出，鹤从天来，前后闲闲映射。〕高鸣四十余声，望西飞去。〔应后刘禅称帝西川四十余年。〕临分娩时，异香满室。甘夫人尝夜梦仰吞北斗，因而怀孕，故乳名阿斗。〔前见黄星，此梦北斗，又闲闲映射。○忙中忽然叙阿斗降生事，却又非闲笔。〕此时曹操正统兵北征。玄德乃往荆州，说刘表曰："今曹操悉兵北征，许昌空虚，若以荆襄之众，乘间袭之，大事可就也。"〔读前卷曹操北征乌桓之时，深怪刘备在荆州何处睡着。今观此处，方知英雄谋略。〕表曰："吾坐据九郡足矣，岂可别图？"〔不出前卷郭嘉所料。〕玄德默然。表邀入后堂饮酒。酒至半酣，表忽然长叹。玄德曰："兄长何故长叹？"表曰："吾有心事，未易明言。"〔此时不即说出缘故，是刘表缓处，是文字曲处。〕玄德再欲问时，蔡夫人出立屏后。刘表乃垂头不语。〔写尽悍妇妨察之严、暗夫畏忌之状。○须臾席散，玄德自先写蔡夫人此番窃听却无所闻，妙甚。〕归新野。

至是年冬，闻曹操自柳城回，玄德甚叹表之不用其言。忽一日，刘表遣使至，请玄德赴荆州相会。玄德随使而往。刘表接着，叙礼毕，请入后堂饮宴，因谓玄德曰："近闻曹操提兵回许都，势日强盛，必有吞并荆襄之心。昔日悔不听贤弟之言，失此好机会。"〔九州铁铸不成，此一大错。〕玄德曰："今天下分裂，干戈日起，机会岂有尽乎？若能应之于后，未足为恨也。"〔往者不可谏，来者犹可追。〕表曰："吾弟之言甚当。"相与对饮。酒酣，表忽潸然泪下。〔前止长叹，此写下泪，文势纡徐有致。〕玄德问其故。表曰："吾有心事，前者欲诉与贤弟，未得其便。"玄德曰："兄长有何难决之事？倘有用弟之处，弟虽死不辞。"表曰："前妻陈氏所生长子琦，为人虽贤，而柔懦不足立事；后妻蔡氏所生少子琮，颇聪明。〔此在刘表口叙出，省笔。〕吾欲废长立幼，恐碍于礼法；欲立长子，争奈蔡氏族中皆掌军务，后必生乱。因此委决不下。"〔前不说明，此方说出，文势纡徐有致。○既爱少子，又怜长子；既爱长子，又畏蔡氏；活画一没主意、无决断人。〕玄德曰："自古废长立幼，取乱之道。若忧蔡氏权重，可徐徐削之，不可溺爱而立少子也。"〔自是正论。〕表默然。

原来蔡夫人素疑玄德，凡遇玄德与表叙论，必来窃听。〔前既先写蔡夫人出立屏后，此处所叙便不突然。〕是时正在屏风后，闻玄德此言，心甚恨之。<small>后文孔明不对刘琦之问，直至登楼去梯而后言者，正恐此属垣之有耳也。</small>玄德自知语失，遂起身如厕。因见己身髀肉复生，亦不觉潸然流涕。<small>刘表下泪是儿女态，玄德下泪是英雄气。</small>少顷复入席。表见玄德有泪容，怪问之。玄德长叹曰：“备往常身不离鞍，髀肉皆散；今久不骑，髀里肉生。日月蹉跎，老将至矣，而功业不建，是以悲耳！”<small>刘表为家庭系情，玄德为天下发愤。</small>表曰：“吾闻贤弟在许昌，与曹操青梅煮酒，共论英雄，贤弟尽举当世名士，操皆不许，而独曰‘天下英雄，惟使君与操耳’。<small>青梅煮酒事已隔数卷，忽于此处一提。</small>以曹操之权力，犹不敢居吾弟之先，何虑功业不建乎？”玄德乘着酒兴，失口答曰：“备若有基本，天下碌碌之辈，诚不足虑也。”<small>前于曹操面前假作愚人身分，今在刘表面前却露出英雄本色。</small>表闻言默然。玄德自知语失，托醉而起，归馆舍安歇。<small>前写玄德默然，后写刘表默然；前写刘表长叹，后写玄德长叹；前写刘表下泪，后写玄德下泪；前云玄德自知失语、起身如厕，后又云玄德自知失语、托醉而起。皆故意作此两两相对之笔，闲甚，妙甚。</small>后人有诗赞玄德曰：

曹公屈指从头数，天下英雄独使君。

髀肉复生犹感叹，争教寰宇不三分？

却说刘表闻玄德语，口虽不言，心怀不足，别了玄德，退入内宅。蔡夫人曰：“适间我于屏后听得刘备之言甚轻觑人，足见其有吞并荆州之意。今若不除，必为后患。”<small>屏后所闻，着怒只在前语；今激刘表，只说他后语。妇人狡猾。</small>表不答，但摇头而已。<small>活画刘表。</small>蔡氏乃密召蔡瑁入，商议此事。瑁曰：“请先就馆舍杀之，然后告知主公。”<small>读至此为玄德捏一把汗。</small>蔡氏然其言。瑁出，便连夜点军。<small>蔡瑁不奉刘表之命便欲点军杀玄德，想见蔡瑁之横、蔡夫人之专，而刘表之弱。</small>

却说玄德在馆舍中秉烛而坐，三更以后，方欲就寝。忽一人叩门而入，视之，乃伊籍也。<small>来得闪忽。</small>原来伊籍探知蔡瑁欲害玄德，特黄夜来报。<small>此伊籍第一番救玄德。</small>当下伊籍将蔡瑁之谋报知玄德，催促玄德速速起身。玄德曰：“未辞景升，如何便去？”籍曰：“公若辞，必遭蔡瑁之害矣。”玄德乃谢别伊籍，急唤从者，一齐上马，不待天明，星夜奔回新野。比及蔡瑁领军到馆舍时，玄德已去远矣。瑁悔恨无及，乃写诗一首于壁间，<small>幻想。</small>径入见表曰：“刘备有反叛之意，题反诗于壁上，不辞而去矣。”<small>玄德谏刘表，是几句真话；蔡瑁陷玄德，是一首假诗。</small>表不信，亲诣馆舍观之，果有诗四句。诗曰：

数年徒守困，空对旧山川。

龙岂池中物，乘雷欲上天！<small>龙跃池中，正应马跃溪中。假诗之句，已预为之谶矣。</small>

刘表见诗大怒，拔剑言曰：“誓杀此无义之徒！”行数步，猛省曰：“吾与玄德相处许多时，不曾见他作诗。此必外人离间之计也。"遂回步入馆舍，用剑尖削去此诗，弃剑上马。^{忽而大怒，忽而猛省；忽而拔剑，忽而弃剑，如潮起潮落，是刘表好处，是文字曲处。}蔡瑁请曰："军士已点齐，可就往新野擒刘备。"表曰："未可造次，容徐图之。"^{既识破假诗，不即说明，乃作此葫芦提语，是刘表缓处，是文字曲处。}蔡瑁见表持疑不决，乃暗与蔡夫人商议，即日大会众官于襄阳，就彼处谋之。次日，瑁禀表曰："近年丰熟，合聚众官于襄阳，以示抚劝之意。请主公一行。"表曰："吾近日气疾作，实不能行。可令二子为主待客。"瑁曰："公子年幼，恐失于礼节。"表曰："可往新野请玄德待客。"^{请玄德赴会，不用蔡瑁说，却用刘表说。甚妙。}瑁暗喜正中其计，便差人请玄德赴襄阳。

却说玄德奔回新野，自知失言取祸，未对众人言之。忽使者至，请赴襄阳。孙乾曰："昨见主公匆匆而回，意甚不乐。愚意度之，在荆州必有事故。今忽请赴会，不可轻往。"^{一个说不该去。}玄德方将前项事诉与诸人。^{归时不说，至此方说，曲甚。}云长曰："兄自疑心语失，刘荆州并无嗔责之意。外人之言，未可轻信。襄阳离此不远，若不去，则荆州反生疑矣。"^{一个说不该不去。}玄德曰："云长之言是也。"张飞曰："'筵无好筵，会无好会'，不如休去。"^{又一个说不该去。}赵云曰："某将马步军三百人同往，可保主公无事。"^{一个愿领兵随去。}玄德曰："如此甚好。"遂与赵云即日赴襄阳。

蔡瑁出郭迎接，意甚谦谨。^{写蔡瑁之诈。}随后刘琦、刘琮二子，引一班文武官僚出迎。玄德见二公子俱在，并不疑忌。是日请玄德于馆舍暂歇。赵云引三百军围绕保护，云披甲挂剑，行坐不离左右。^{写赵云之忠。}刘琦告玄德曰："父亲气疾作，不能行动，特请叔父待客，抚劝各处守牧之官。"玄德曰："吾本不敢当此，既有兄命，不敢不从。"次日，人报九郡四十二州官员俱已到齐。蔡瑁预请蒯越计议曰："刘备世之枭雄，久留于此，后必为害，可就今日除之。"越曰："恐失士民之望。"瑁曰："吾已密领刘荆州言语在此。"^{蔡瑁欺刘表既用假诗，欺蒯越又传假命。}越曰："既如此，可预作准备。"瑁曰："东门岘山大路，已使吾弟蔡和引军守把；南门外已使蔡中守把；北门外已使蔡勋守把。^{三蔡伏兵，只在蔡瑁口中叙出，最省笔。}止有西门不必守把，前有檀溪阻隔，虽有数万之众，不易过也。"^{先说得如此之险，方见后文脱难之奇。}越曰："吾见赵云行坐不离玄德，恐难下手。"瑁曰："吾伏五百军在城内准备。"越曰："可使文聘、王威二人另设一席于外厅，以待武将。先请住赵云，然后可行事。"^{与张绣欲谋曹操，先使人灌酒典韦，同一方法。}瑁从其言。当日杀牛宰马，大张筵席。玄德乘的卢马至州衙，命牵入后园拴系。^{此处写马、写后园，极似闲笔，却俱暗为后文伏线，妙。}众官皆至堂中。玄德主席，二公子两边分坐，其余各依次而坐。赵云带剑立于玄德之侧。文聘、王威入请赵云赴席，云推辞不去。^{极写赵云精细。}玄德令云就席，云勉强应命而出。蔡瑁在外收拾得铁桶相似，将玄德带来三百军，都遣归馆舍，只待半酣，号起下手。^{读至此，又为玄德捏一把汗。}酒至三巡，伊籍起把盏，至玄德前，以目视玄德，低声谓曰："请更衣。"玄德会意，即起如厕。伊籍把盏毕，疾入后园，接着玄德，附耳报曰："蔡瑁设计害君，城外东、南、北三处，皆有军马守把。惟西门可走，公宜速逃！"^{此伊籍第二番救玄德，写得又闪忽，又精微。}玄德大惊，急解的卢马，开后园门牵出，飞身上马，不顾从者，匹马望西门而走。门吏问之，玄德不答，加鞭而出。门吏当之不住，飞报蔡瑁。瑁即上马，引五百军随后追赶。^{前云伏兵五百在城，正为此句伏线。}

却说玄德撞出西门，行无数里，前有大溪，拦住去路。^{读至此，又为玄德捏一把汗。}那檀溪阔数丈，水通襄江，其波甚紧。^{极言其险，愈见后文脱难之奇。}玄德到溪边，见不可渡，勒马再回，^{若此时便写跃马，则无步骤矣。勒马再回，情势逼真。}遥望城西尘头大起，追兵将至。玄德曰："今番死矣！"遂回马到溪边。回头看时，追兵已近。^{急极矣，险极矣。}玄德着慌，纵马下溪。^{纵马下溪是慌极举动，情势是逼真。}行不数步，马前蹄忽陷，浸湿衣袍。^{不便写跃马，偏有此一折，愈出愈奇，愈险愈妙。}玄德乃加鞭大呼曰："的卢，的卢！今日妨吾！"^{急到没去处，险到没去处，读者以为必无生路矣。下文忽然死里逃生，真乃出人意表。}言毕，那马忽从水中涌身而起，一跃三丈，飞上西岸。玄德如从云雾中起。^{文不险不奇，事不急不快。急绝险绝之际，忽翻出奇绝快绝之事，可惊，可喜。}后来苏学士有古风一篇，单咏跃马檀溪事。诗曰：

> 老去花残春日暮，宦游偶至檀溪路。
>
> 停骖遥望独徘徊，眼前零落飘红絮。
>
> 暗想咸阳火德衰，龙争虎斗交相持。
>
> 襄阳会上王孙饮，坐中玄德身将危。
>
> 逃生独出西门道，背后追兵复将到。
>
> 一川烟水涨檀溪，急叱征骑往前跳。
>
> 马蹄踏碎青玻璃，天风响处金鞭挥。
>
> 耳畔但闻千骑走，波中忽见双龙飞。
>
> 西川独霸真英主，坐下龙驹两相遇。
>
> 檀溪溪水自东流，龙驹英主今何处！
>
> 临流三叹心欲酸，斜阳寂寂照空山。
>
> 三分鼎足浑如梦，踪迹空留在世间。

玄德跃过溪西，顾望东岸。蔡瑁已引军赶到溪边，大叫："使君何故逃席而去？"^{本是逃死，乃云逃席。}玄德曰："吾与汝无仇，何故欲相害？"瑁曰："吾并无此心，使君休听人

言。"玄德见瑁手将拈弓取箭，乃急拨马望西南而去。_{写蔡瑁尚有余势，}瑁谓左右曰："是何神
_{玄德尚有余慌。}

助也？"_{不特蔡瑁吃惊，即}方欲收军回城，只见西门内赵云引三百军赶来。_{前频写赵云随身保护，读}
_{读者至今犹未信。}_{者以为玄德全仗此人矣，}

_{不谓报信者乃伊籍，跃溪者乃的卢，赵云竟未及相助。今玄德已去，}
_{蔡瑁将归，而赵云忽然劈面赶来，读者又疑后文赵云必杀蔡瑁也。}　正是：

　　　　　跃去龙驹能救主，追来虎将欲诛仇。

　　未知蔡瑁性命如何，且听下文分解。

第三十五回

玄德南漳逢隐沦

单福新野遇英主

此卷为玄德访孔明，孔明见玄德作一引子耳。将有南阳诸葛庐，先有南漳水镜庄以引之；将有孔明为军师，先有单福为军师以引之。不特此也，前卷有玉龙、金凤，此卷乃有伏龙、凤雏；前卷有一雀一马，此卷乃有一凤一龙：是前卷又为此卷作引也。究竟一凤一龙，未曾明指其为谁，不但水镜不肯说龙、凤姓名，即单福亦不肯自道其真姓名。"庞统"二字在童子口中轻轻逗出，而玄德却不知此人之即为凤雏；"元直"二字在水镜夜间轻轻逗出，而玄德却不知此人即为单福。隐隐跃跃，如帘内美人，不露全身，只露半面，令人心神恍惚，猜测不定。至于"诸葛亮"三字，通篇更不一露，又如隔墙闻环佩声，并半面亦不得见。纯用虚笔，真绝世妙文！

赵云在襄阳城外，檀溪水边，接连几个转身，不见玄德，可谓急矣。若使翼德处此，必杀蔡瑁；若使云长处此，纵不杀蔡瑁，必要拿住蔡瑁，要在他身上寻还我兄，安肯将蔡瑁轻轻放过，却自寻到新野，又寻到南漳乎？三人忠勇一般，而子龙为人又精细而极安顿。一人有一人性格，各各不同，写来真是好看。

前玄德以髀肉复生而悲，何其壮也！今至南漳，道中见牧童吹笛而来，乃有"吾不如也"之叹，顿使英雄气尽。盖马蹄甚危，牛背甚稳；长鞭甚急，短笛甚闲。碌碌半生，征鞍劳苦，岂若散发林间，行吟泽畔，为足逍遥而适志耶？非但玄德不如，即效死之庞统，尽瘁之孔明，皆不如也。水镜先生宁老于南漳而不出，有以夫！玄德于波翻浪滚之后，忽闻童子吹笛，先生鼓琴；于电走风驰之后，忽见石案香清，松轩茶熟；正在心惊胆战，俄而气定神闲。真如过弱水而访蓬莱，脱苦海而游阆苑，恍疑身在神仙境界矣！至于夜半听水镜与元直共语，仿佛王积薪听妇姑弈棋，虽极分明，却费揣度。可闻而不可知，可听而不可见，尤神妙之至！水镜述襄阳童谣曰："泥中蟠龙向天飞。"是以玄德比龙也。前蔡瑁捏造玄德反诗曰："龙岂池中物？"亦以玄德比龙也。苏子瞻《檀溪》古风一篇，有"波中忽见双龙飞"之句，是又谓真主一龙，骏马亦一龙也。然人但知如龙之主，自有如龙之马以救之；不知如龙之主，不可无如龙之士以佐之。"泥中龙""池中龙""波中龙"，凡写无数"龙"字，总只为引起伏龙一人而已。

水镜之荐伏龙、凤雏，不肯明指其人，是荐而犹未荐也；然不便说出，正深于荐者也。何也？其人郑重，而言之不甚郑重，则听者不知其为郑重矣。唯郑重言之，使知其人之重。说且不可轻说，见又不可轻见，用又何可轻用耶？此三顾之勤，所以不敢后；而百里之任，所以不敢辱也。

袁绍之信逢纪，不知其恶也；其杀田丰，囚沮授，不知其善也。若刘表既知玄德之贤而不能用，既知蔡瑁之恶而不能去，是好贤不如《缁衣》，与不知贤者等；恶恶不如《巷伯》，与不知恶者等耳。元直之辞之也，宜哉！

观玄德遇元直一段文字，何其纡徐而曲折也！在水镜庄上，彼此各不相见。水镜与元直语，并不说出玄德；明日与玄德语，并不说出元直。及玄德归新野，元直亦更不造遏。直待市上行歌，马前邂逅，然后邀入县衙。读者至此，以为此时方得遇合矣，而不知其犹未即合也。

又借相马作一波澜：一则将欲事之，乃先试之；一则将欲用之，忽欲拒之。迨说明相试之故，然后彼此欢洽。可见人之轻率径遂者，必非妙人；文之轻率径遂者，必非妙文。今人作稗官，每到两人相合处，便急欲其就，唯恐其不就，有如此之纤徐曲折者乎？故读稗官，愈思《三国》一书之妙也。

却说蔡瑁方欲回城，赵云引军赶出城来。原来赵云正饮酒间，忽见人马动，急入内观之，席上不见了玄德。<small>前先叙蔡瑁路上见赵云，此方补叙赵云席上不见玄德，叙事妙品。</small>云大惊，出投馆舍，听得人说："蔡瑁引军望西赶去了。"云火急绰枪上马，引着原带来三百军，奔出西门，正迎着蔡瑁，急问曰："吾主何在？"瑁曰："使君逃席而去，不知何往。"赵云是谨细之人，不肯造次，<small>此时不杀蔡瑁，是子龙精细处，然实读者所不测。</small>即策马前行。遥望大溪，别无去路，乃复回马，喝问蔡瑁曰："汝请吾主赴宴，何故引着军马追来？"瑁曰："九郡四十二州县官僚俱在此，我为上将，岂可不防护？"云曰："汝逼吾主何处去了？"<small>问语一句，紧一句。</small>瑁曰："闻使君匹马出西门，到此却又不见。"云惊疑不定，直来溪边看时，只见隔岸一带水迹。<small>写到隔岸水迹，闲甚，细甚。</small>云暗忖曰："难道连马跳过了溪去？"<small>以为必无令三百军四散观望，并不见踪迹。</small>令三百军四散观望，并不见踪迹。<small>先遥望，次近看，次令众人四散观望，写得情景逼真。</small>云再回马时，蔡瑁已入城去了。云乃拿守门军士追问，皆说："刘使君飞马出西门而去。"云再欲入城，又恐有埋伏，遂急引军归新野。<small>写子龙四番盘问，两度到溪，两次回马。极慌张，又极精细。</small>

却说玄德跃马过溪，似醉如痴，想："此阔涧一跃而过，岂非天意！"<small>非惟读者不信，即玄德当日亦自不信。</small>迤逦望南漳策马而行，日将沉西。正行之间，见一牧童跨于牛背上，口吹短笛而来。<small>忽然别出奇境。</small>玄德叹曰："吾不如也！"<small>马背何如牛背稳，谁云骑马胜骑牛？</small>遂立马观之。牧童亦停牛罢笛，熟视玄德，曰："将军莫非破黄巾刘玄德否？"<small>奇绝幻绝。</small>玄德惊问曰："汝乃村僻小童，何以知吾姓字？"<small>马背上人不识牛背上人，牛背上人却偏识马背上人。</small>牧童曰："我本不知。因常侍师父，有客到日，多曾说有一刘玄德，身长七尺五寸，垂手过膝，目能自顾其耳，乃当世之英雄。今观将军如此模样，想必是也。"<small>借牧童口中画出一玄德。</small>玄德曰："汝师何人也？"牧童曰："吾师复姓司马，名徽，字德操，颍川人也。道号'水镜先生'。"<small>能识英雄，不愧"水镜"之目。</small>玄德曰："汝师与谁为友？"<small>不知其人，视其友；亦以其自号"水镜"，故有此问也。</small>小童曰："与襄阳庞德公、庞统为友。"<small>此卷叙玄德见司马徽，正为见诸葛亮伏线耳。乃童子口中不说诸葛，只说庞统，又添出一庞德公以陪之，奇妙。</small>玄德曰："庞德公乃庞统何人？"童子曰："叔侄也。庞德公字山民，长俺师父十岁；庞统字士元，少俺师父五岁。一日，我师父在树上采桑，适庞统来相访，坐于树下，共相议论，终日不倦。吾师甚爱庞统，呼之为弟。"^{详叙庞统，略叙}^{德公，俱妙。}玄德曰："汝师今居何处？"牧童遥指曰："前面林中，便是庄院。"玄德曰："吾正是刘玄德。汝可引我去拜见你师父。"

童子便引玄德行二里余，到庄前下马，入至中门，忽闻琴声甚美。玄德教童子且休通报，侧耳听之。^{既闻笛声，又听琴声，与以前}^{马蹄声、波涛声，大不同矣。}琴声忽住而不弹。一人笑而出曰："琴韵清幽，音中忽起高抗之调，必有英雄窃听。"^{前不必玄德通名，而童子先知；今亦不必童子通报，而先生}^{先出：是童子眼中看出一玄德，先生耳中又听出一玄德。}童子指谓玄德曰："此即吾师水镜先生也。"玄德视其人，松形鹤骨，器宇不凡，慌忙进前施礼，衣襟尚湿。^{点逗}^{闲细。}水镜曰："公今日幸免大难！"^{仙乎}^{仙乎！}玄德惊讶不已。小童曰："此刘玄德也。"水镜请入草堂，分宾主坐定。玄德见架上满堆书卷，窗外盛栽松竹，横琴于石床之上，清气飘然。^{隐然为诸葛草庐}^{先写一样子。}水镜问："明公何来？"玄德曰："偶尔经由此地，因小童相指，得拜尊颜，不胜万幸！"水镜笑曰："公不必隐讳。公今必逃难至此。"玄德遂以襄阳一事告之。^{至此方说出，}^{曲折之甚。}

水镜曰："吾观公气色，已知之矣。"因问玄德曰："吾久闻明公大名，何故至今犹落魄不偶耶？"玄德曰："命途多蹇，所以至此。"水镜曰："不然。盖因将军左右不得其人耳。"^{将欲荐出两人，先说他}^{左右无人，是作一跌。}玄德曰："备虽不才，文有孙乾、糜竺、简雍之辈，武有关、张、赵云之流，竭忠辅相，颇赖其力。"^{盖说左右有人，并不向}^{水镜求人，是作一顿。}水镜曰："关、张、赵云，皆万人敌，惜无善用之人。若孙乾、糜竺辈，乃白面书生，非经纶济世之才也。"^{隐然说他左右之人，不及}^{我意中之人，又作一跌。}玄德曰："备亦尝侧身以求山谷之遗贤，奈未遇其人何！"^{竟说山谷无人，更}^{不向水镜求人，又}^{作一顿。}水镜曰："岂不闻孔子云：'十室之邑，必有忠信。'何谓无人？"^{不说我意中有人，只}^{说天下未尝无人，又}^{作一跌。}玄德曰："备愚昧不识，愿赐指教。"^{直待水镜说未尝无人，然后玄德}^{请问其人，至此方是极力一迎。}水镜曰："公闻荆襄诸郡小儿谣言乎？其谣曰：'八九年间始欲衰，至十三年无孑遗。到头天命有所归，泥中蟠龙向天飞。'^{谣言大}^{奇。}此谣始于建安初。建安八年，刘景升丧却前妻，便生家乱，此所谓'始欲衰'也；'无孑遗'者，不久则景升将逝，文武零落无孑遗矣；'天命有归''龙向天飞'，盖应在将军也。"^{且不答所问之人，忽自述所闻之谣，又极力一纵。○蔡}^{瑁题假诗，以龙比玄德；水镜解童谣，亦以龙比玄德。}玄德闻言惊谢曰："备安敢当此！"^{不问所求之人，且谢所}^{解之语，又极力一纵。}水镜曰："今天下之奇才，尽在于此，公当往求之。"^{彼方}^{惊谢}^{所解之谣，此则隐示以当}^{求之人，亦极力一迎。}玄德急问曰："奇才安在？果系何人？"^{直待说出此间有人，然后}^{急问何人，又极力一迎。}水镜曰："伏龙、凤雏，两人得一，可安天下。"^{只"伏龙凤雏"四字，凡作如许跌顿，如许}^{迎纵，方才说出，何等曲折，何等郑重。}玄德曰："伏龙、凤雏何人也？"水镜抚掌大笑曰："好！好！"^{如此一番跌顿迎纵，说出"伏龙凤雏"四字，却}^{又不明指其姓名，只言"好好"，真绝世妙文。}

玄德再问时，水镜曰："天色已晚，将军可于此暂宿一宵，明日当言之。"〔此时宜说出姓名矣，乃又欲迟至明日，逼近之至。又复漾开去。妙绝〕即命小童具饮馔相待，马牵入后院喂养。〔此等句，俗笔几忘之〕玄德饮膳毕，即宿于草堂之侧。〔早为后文宿诸葛庐中作一引子〕

玄德因思水镜之言，寝不成寐。约至更深，忽听一人叩门而入，〔写得隐隐跃跃，闪闪忽忽〕水镜曰："元直何来？"〔将从市上相见，先在庐中听得。此伏笔之妙〕玄德起床密听之，闻其人答曰："久闻刘景升善善恶恶，特往谒之。及至相见，徒有虚名，盖善善而不能用，恶恶而不能去者也。〔此刘公所以亡〕故遗书别之，而来至此。"水镜曰："公怀王佐之才，宜择人而事，奈何轻身往见景升乎？且英雄豪杰，只在眼前，公自不识耳。"〔隐隐道着起床密听之人〕其人曰："先生之言是也。"玄德闻之大喜，暗忖此人必是伏龙、凤雏，〔妙在并不是伏龙、凤雏〕即欲出见，又恐造次。〔妙在不即相见〕候至天晓，玄德求见水镜，问曰："昨夜来者是谁？"水镜曰："此吾友也。"玄德求与相见。水镜曰："此人欲往投明主，已到他处去了。"〔妙在不说出将投玄德〕玄德请问其姓名。水镜笑曰："好！好！"〔妙在不说出姓名〕玄德再问："伏龙、凤雏，果系何人？"水镜亦只笑曰："好！好！"〔昨夜不语，待至明日；及至明日，只是不说。妙，妙！〕玄德拜请水镜出山相助，同扶汉室。水镜曰："山野闲散之人，不堪世用。自有胜吾十倍者来助公，公宜访之。"〔自己不出，只是荐人；及至荐人，又待其自访。妙，妙！〕

正谈论间，忽闻庄外人喊马嘶，小童来报："有一将军，引数百人到庄来也。"〔读者至此，疑是蔡瑁追兵至矣〕玄德大惊，急出视之，乃赵云也。玄德大喜。云下马入见曰："某夜来回县，寻不见主公，连夜跟问到此。〔极写赵云之忠〕主公可作速回县。只恐有人来县中厮杀。"〔此时只恐蔡瑁兵来，后来却是曹仁兵来〕玄德辞了水镜，与赵云上马，投新野来。行不数里，一彪人马来到，视之，乃云长、翼德也，〔前写赵云，此写关、张〕相见大喜。玄德诉说跃马檀溪之事，共相嗟讶。

到县中，与孙乾等商议。乾曰："可先致书于景升，诉告此事。"玄德从其言，即令孙乾赍书至荆州。刘表唤入问曰："吾请玄德襄阳赴会，缘何逃席而去？"孙乾呈上书札，具言蔡瑁设谋相害，赖跃马檀溪得脱。表大怒，急唤蔡瑁责骂曰："汝焉敢害吾弟！"命推出斩之。蔡夫人出，哭求免死，表怒犹未息。孙乾告曰："若杀蔡瑁，恐皇叔不能安居于此矣。"〔语中有刺，妙在隐而不露〕表乃责而释之，〔所谓"恶恶而不能去"〕使长子刘琦同孙乾至玄德处请罪。琦奉命赴新野，玄德接着，设宴相待。酒酣，琦忽然堕泪。〔刘表席间堕泪，是爱心难割；刘琦席间堕泪，是忧心未安〕玄德问其故。琦曰："继母蔡氏常怀谋害之心；侄无计免祸，幸叔父指教。"〔先为后文求计诸葛作一引〕玄德劝以"小心尽孝，自然无祸"。〔是叔父语〕次日，琦泣别。玄德乘马送琦出郭，因指马谓琦曰："若非此马，吾已为泉下之人矣。"〔点逗檀溪事，有情景〕琦曰："此非马之力，乃叔父之洪福也。"说罢相别，刘琦涕泣而去。

玄德回马入城，忽见市上一人，葛巾布袍，皂绦乌履，长歌而来。_{一人泣而去，一人歌而来，接应成趣。}歌曰：

天地反覆兮火欲殂，大厦将崩兮一木难扶。

山谷有贤兮欲投明主，明主求贤兮却不知吾。

玄德闻歌，暗思："此人莫非水镜所言伏龙、凤雏乎？"_{玄德自闻伏龙、凤雏之后，不知伏龙、凤雏为谁，刻刻以此关心，处处以此猜测妙，妙。}遂下马相见，邀入县衙。问其姓名，答曰："某乃颍上人也，姓单名福。_{妙在不说出真姓名。}久闻使君纳士招贤，欲来投托，未敢辄造，故行歌于市，以动尊听耳。"_{孰知市上行歌之人，即庄上叩门之人乎？}玄德大喜，待为上宾。单福曰："适使君所乘之马，再乞一观。"_{玄德方喜得人，单福却先欲看马，奇妙。}玄德命去鞍牵于堂下。单福曰："此非的卢马乎？虽是千里马，却只妨主，不可乘也。"_{又与蒯越相马、伊籍谏马相应。}玄德曰："已应之矣。"遂具言跃檀溪之事。_{"妨主"当应在张武之死，不应在檀溪之奔。}福曰："此乃救主，非妨主也。终必妨一主。某有一法可禳。"_{蒯越相马，伊籍谏马，单福禳马，真乃妙妙。}玄德曰："愿闻禳法。"福曰："公意中有仇怨之人，可将此马赐之；待妨过了此人，然后乘之，自然无事。"_{借禳马作波澜，逆折而入，妙甚。○前卷既详叙马，此处不好便住，亦即借此一段作收科。}玄德闻言变色曰："公初至此，不教吾以正道，便教作利己妨人之事，备不敢闻教。"_{本欲相合，忽若相离，曲折之甚。}福笑谢曰："向闻使君仁德，未敢便信，故以此言相试耳。"_{本欲相投，忽先相试，曲折之甚。}玄德亦改容起谢曰："备安能有仁德及人，惟先生教之。"_{几欲相离，然后相合，曲折之极。}福曰："吾自颍上来此，闻新野之人歌曰：'新野牧，刘皇叔；自到此，民丰足。'可见使君之仁德及人也。"_{水镜述襄阳之谣，单福述新野之歌，前后正相对。}玄德乃拜单福为军师，调练本部人马。

却说曹操自冀州回许都，常有取荆州之意，特差曹仁、李典并降将吕旷、吕翔等领兵三万，屯樊城，虎视荆襄，就探看虚实。_{此处补叙曹操一边，最是省笔。}一时吕旷、吕翔禀曹仁曰："今刘备屯兵新野，招军买马，积草储粮，其志不小，不可不早图之。吾二人自降丞相之后，未有寸功，愿请精兵五千，取刘备之头，以献丞相。"_{没用人偏会说大话。}曹仁大喜，与二吕兵五千，前往新野厮杀。_{不想子龙所云"厮杀"，却应在此。}

探马飞报玄德。玄德请单福商议。福曰："既有敌兵，不可令其入境。_{便是胜算。}可使关公引一军从左而出，以敌来军中路；张飞引一军从右而出，以敌来军后路；公自引赵云出兵前路相迎：敌可破矣。"_{左军、右军、中军，却分做中路、后路、前路，大有变化。}玄德从其言，即差关、张二人去讫；然后与单福、赵云等，共引二千人马出关相迎。行不数里，只见山后尘头大起，吕旷、吕翔引军来到。两边各射住阵角。玄德出马于旗门下，大呼曰："来者何人，敢犯吾境？"吕旷出马曰："吾乃大将吕旷也。奉丞相命，特来擒汝！"玄德大怒，使赵云出马。二将交战，不数合，赵云一枪刺吕旷于马下。^{如此不耐杀之人，何苦无事讨事做。}玄德麾军掩杀，吕翔抵敌不住，引军便走。正行间，路旁一军突出，为首大将乃关云长也。冲杀一阵，吕翔折兵大半，夺路走脱。行不到十里，又一军拦住去路，为首大将挺矛大叫："张翼德在此！"^{叙法与前变。}直取吕翔。翔措手不及，被张飞一矛刺中，翻身落马而死。^{不耐杀。}余众四散奔走。玄德合军追赶，大半多被擒获。^{此番得胜，是单福第一功。}玄德班师回县，重待单福，犒赏三军。

却说败军回见曹仁，报说："二吕被杀，军士多被活捉。"曹仁大惊，与李典商议。典曰："二将欺敌而亡，今只宜按兵不动，申报丞相，起大兵来征剿，乃为上策。"^{早为后文伏线。}仁曰："不然。今二将阵亡，又折许多军马，此仇不可不急报。量新野弹丸之地，何劳丞相大军？"^{曹仁轻视其地。}典曰："刘备人杰也，不可轻视。"^{李典重视其人。}仁曰："公何怯也！"典曰："兵法云：'知彼知己，百战百胜。'某非怯战，但恐不能必胜耳。"仁怒曰："公怀二心耶？吾必欲生擒刘备！"典曰："将军若去，某守樊城。"^{为后失樊城反照。}仁曰："汝若不同去，真怀二心矣！"典不得已，只得与曹仁点起二万五千军马，渡河投新野而来。正是：

偏裨既有舆尸辱，主将重兴雪耻兵。

未知胜负何如，且听下文分解。

玄德用计袭樊城
元直走马荐诸葛

　　孔明乃《三国志》中第一妙人也。读《三国志》者，必贪看孔明之事。乃阅过三十五回，尚不见孔明出现，令人心痒难熬。及水镜说出"伏龙"二字，偏不肯便道姓名，愈令人心痒难熬。至此卷徐庶既去之后，再回身转来，方才说出孔明。读者至此，急欲观其与玄德相遇矣；孰意徐庶往见，而孔明作色，却又落落难合。写来如海上仙山，将近忽远。绝世妙人，须此绝妙文以副之。

　　叙单福用兵处，不须几句，然设伏料敌、破阵取城之能，已略见一斑矣。后文有孔明无数神机妙算，此先有单福小试其端以引之。如将观名优演名剧，而此卷则是副末登场也。

　　此卷以孔明为主，而单福其宾也，即庞统亦其宾也。水镜双荐伏龙、凤雏，而单福专荐伏龙，带言凤雏，于孔明则详之，于庞统则略之，是又有宾主之别焉。盖主为重则宾为轻，故玄德既知单福之即是元直，并不提起水镜庄上先曾听见；既知凤雏之即是庞统，并不提起牧童口中先曾说出。此非玄德于此有所不暇言，而实作者于此亦有所不暇记。总之，注意在正笔，而旁笔皆在所省耳。

　　庞统有叔，孔明亦有叔。徐庶有弟，孔明亦有弟。庞统之叔与水镜为友，孔明之叔与刘表为交。徐庶则母在而弟亡，孔明则弟在而父亡。庞统来历，在牧童口中叙出；徐庶来历，在程昱口中叙出；孔明来历，在徐庶口中叙出。叙庞统止及其叔，叙徐庶止及其母与弟，叙孔明则不但及其弟与叔，并及其父与祖。或先或后，或略或详，参差错落，真叙事妙品。

　　渐离以筑击秦皇，而秦皇杀渐离；徐母以砚击曹操，而曹操不敢杀徐母：是徐母之威更烈于渐离矣。张良击秦不中，而不见执于秦；徐母击操不中，而拼见执于操：是徐母之胆更壮于张良矣。奇妇人胜似奇男子，不独列女传中罕见之，即豪士传中亦罕见之。

　　蔡瑁假玄德之书，而刘表疑之；程昱假徐母之书，而徐庶信之。岂庶之智不如表哉？情切于母子故也。缓则易于审量，急则不及致详；疏则旁观者清，亲则关心者乱。若徐庶迟疑不赴，不成其为孝子矣。故君子于徐庶无讥焉。

　　曹操不强留关公，以全其兄弟之义；玄德不强留徐庶，以全其母子之恩。两人之心同乎？曰：不同。曹操之于关公，佯纵之而阴阻之，及阻之不得，而后送之；若玄德之于徐庶，则竟送之而已。且曹操深欲袁绍之杀玄德，而玄德惟恐曹操之杀徐母。一诈一诚，相去何啻天渊！

　　观玄德与徐庶作别一段，长亭分手，肠断阳关，瞻望弗及，伫立以泣。胜读唐人送别诗数十首，几令人潸然下泪矣。乃忽然荐起一卧龙先生，顿使玄德破涕为欢，回愁作喜。一回之内，半幅之间，而哀乐倏变。奇事奇文！

　　却说曹仁忿怒，遂大起本部之兵，星夜渡河，意欲踏平新野。_{极写曹仁声势，以显单福之能。}

　　且说单福得胜回县，谓玄德曰："曹仁屯兵樊城，今知二将被诛，必起大军来战。"玄德曰："当何以迎之？"福曰："彼若尽提兵而来，樊城空虚，可乘间夺之。"_{写单福宛然一武侯小样。}

玄德问计，福附耳低言如此如此。^{此处妙在不叙明白。}玄德大喜，预先准备已定。忽报马报说："曹仁引大军渡河来了。"单福曰："果不出吾之料。"遂请玄德出军迎敌。两阵对圆，赵云出马唤彼将答话。曹仁命李典出阵，与赵云交锋。约战十数合，李典料敌不过，拨马回阵。云纵马追赶，两翼军射住，遂各罢兵归寨。李典回见曹仁，言："彼军精锐，不可轻敌，不如回樊城。"^{又与下文失樊城相照。}曹仁大怒曰："汝未出军时，已慢吾军心；今又卖阵，罪当斩首！"便喝刀斧手推出李典要斩，众将苦告方免。乃调李典领后军，仁自引兵为前部。

次日鸣鼓进军，布成一个阵势，使人问玄德曰："识吾阵势？"^{极写曹仁弄巧，以显单福之智。}单福便上高处观看毕，谓玄德曰："此'八门金锁阵'也。^{武侯八阵图，陆逊入而不觉；曹仁八阵图，单福一见便知。}八门者：休、生、伤、杜、景、死、惊、开。如从生门、景门、开门而入则吉；从伤门、惊门、休门而入则伤；从杜门、死门而入则亡。今八门虽布得整齐，只是中间通欠主持。^{见笑大方。}如从东南角上生门击入，往正西景门而出，其阵必乱。"^{写单福又宛然一武侯小样。}玄德传令，教军士把住阵角，命赵云引五百军从东南而入，径往西出。云得令，挺枪跃马，引兵径投东南角上，呐喊杀入中军。曹仁便投北走。云不追赶，却突出西门，又从西杀转东南角上来。曹仁军大乱。^{此非写赵云，是写单福。}玄德麾军冲击，曹兵大败而退。单福命休追赶，收军自回。

　　却说曹仁输了一阵，方信李典之言，因复请典商议，言："刘备军中必有能者，^{妙在此时不知是单福。}吾阵竟为所破。"李典曰："吾虽在此，甚忧樊城。"^{又为后文失樊城反照。}曹仁曰："今晚去劫寨。如得胜，再作计议；如不胜，便退军回樊城。"李典曰："不可，刘备必有准备。"仁曰："若如此多疑，何以用兵！"遂不听李典之言。自引军为前队，使李典为后应，当夜二更劫寨。

　　却说单福正与玄德在寨中议事，忽信风骤起。福曰："今夜曹仁必来劫寨。"玄德曰："何以敌之？"福笑曰："吾已预算定了。"^{又宛然一武侯小样。}遂密密分拨已毕。至二更，曹仁兵将近寨，只见寨中四围火起，烧着寨栅。曹仁知有准备，急令退军。赵云掩杀将来。仁不及收兵回寨，急望北河而走。将到河边，才欲寻船渡河，岸上一彪军杀到，为首大将乃张飞也。^{此皆在前附耳低言之中。不是写张飞，是写单福。}曹仁死战，李典保护曹仁下船渡河。曹军大半淹死水中。曹仁渡过河面，上岸奔至樊城，令人叫门。只见城上一声鼓响，一将引军而出，大喝曰："吾已取樊城多时矣！"众惊视之，乃关云长也。^{此亦在前附耳低言之中。不是写云长，是写单福。○写袭樊城不用实叙，最省笔。}仁大惊，拨马便走。云长追杀过来。曹仁又折了好些军马，星夜投许昌。于路打听，方知有单福为军师，设谋定计。^{妙在路上方知，曲折之甚。}

不说曹仁败回许昌。且说玄德大获全胜，引军入樊城，县令刘泌出迎。玄德安民已定。那刘泌乃长沙人，亦汉室宗亲，遂请玄德到家，设宴相待。只见一人侍立于侧。玄德视其人器宇轩昂，因问泌曰："此何人？"泌曰："此吾之甥寇封，本罗侯寇氏之子也。因父母双亡，故依于此。"玄德爱之，欲嗣为义子。刘泌欣然从之，遂使寇封拜玄德为父，改名刘封。（忙中夹叙刘封承嗣事，却并非闲笔。）玄德带回，令拜云长、翼德为叔。云长曰："兄长既有子，何必用螟蛉？后必生乱。"（云长收关平为子而独不欲玄德收寇封者，臣子无争立之嫌，君之子则有争立之嫌故也。）玄德曰："吾待之如子，彼必事吾如父。何乱之有！"云长不悦。（为后孟达说刘封伏线。）玄德与单福计议，令赵云引一千军守樊城。玄德领众自回新野。

却说曹仁与李典回许都，见曹操，泣拜于地请罪，具言损将折兵之事。操曰："胜负乃军家之常。但不知谁为刘备画策？"（问得紧要。）曹仁言是单福之计。操曰："单福何人也？"（不但曹操不知其为何人，即玄德此时亦未知其果何人也。）程昱笑曰："此非单福也。（奇绝。）此人幼好学击剑；中平末年，尝为人报仇杀人，披发涂面而走，为吏所获；问其姓名不答，吏乃缚于车上，击鼓行于市，令市人识之。虽有识者不敢言，而同伴窃解救之。乃更姓名而逃，折节向学，遍访名师，尝与司马徽谈论。（始为豪侠，继为名士。）此人乃颍川徐庶，字元直。单福乃其托名耳。"（单福真姓名直至此处方借程昱口中叙明，妙甚。）操曰："徐庶之才，比君何如？"昱曰："十倍于昱。"（与后元直赞孔明语相似。）操曰："惜乎贤士归于刘备！羽翼成矣！奈何？"昱曰："徐庶虽在彼，丞相要用，召来不难。"操曰："安得彼来归？"昱曰："徐庶为人至孝。（求忠臣必于孝子之门。庶既孝子，即安肯为操用乎？）幼丧其父，止有老母在堂。现今其弟徐康已亡，老母无人侍养。丞相可使人赚其母至许昌，令作书召其子，则徐庶必至矣。"（不以丞相召之，而以母召之，固知庶之不可召也。）

操大喜，使人星夜前去取徐庶母。不一日，取至。（省笔。）操厚待之。因谓之曰："闻令嗣徐元直乃天下奇才也。今在新野助逆臣刘备，背叛朝廷，正犹美玉落于污泥之中，诚为可惜。今烦老母作书，唤回许都，吾于天子之前保奏，必有重赏。"（先以助逆背叛恐之，继以美玉污泥动之，而后复称天子以压之，举重赏以陷之，全是欺妇人语。）遂命左右捧过文房四宝，令徐母作书。徐母曰："刘备何如人也？"（不便发作，先问一句。妙甚。）操曰："沛郡小辈，妄称'皇叔'，全无信义，所谓外君子而内小人者也。"（先说玄德并非宗室，后说玄德并非好人，又全是欺妇人语。）徐母厉声曰："汝何虚诞之甚也！吾久闻玄德乃中山靖王之后，孝景皇帝阁下玄孙，（说玄德的是宗亲。）屈身下士，恭己待人，仁声素著，世之黄童白叟、牧子樵夫皆知其名，真当世之英雄也。（说玄德的是好人。）吾儿辅之，得其主矣。（破"美玉""污泥"句。）汝虽托名汉相，实为汉贼，（破"天子之前保奏"句。）乃反以玄德为逆臣，（破"逆臣""背叛"句。）欲使吾儿背明投暗，岂不自耻乎！"

破"作书唤回"句。○先极口赞玄德，后言讫，取石砚便打曹操。此一石砚抵操大怒，叱武士执徐母
极口骂曹操，比祢衡、吉平尤为痛快。 得博浪椎。

出，将斩之。程昱急止之，入谏操曰："徐母触忤丞相者，欲求死也。丞相若杀之，则招

不义之名，而成徐母之德。徐母既死，徐庶必死心助刘备以报仇矣。不如留之，使徐庶身

心两处，纵使助刘备，亦不尽力也。且留得徐母在，昱自有计赚徐庶至此，以辅丞相。"

昱之为操操然其言，遂不杀徐母，送于别室养之。操之不杀徐母者，
谋诚善。 念于王陵故事也。

　　程昱日往问候，诈言曾与徐庶结为兄弟，待徐母如亲母，时常馈送物件，必具手启。

徐母因亦作手启答之。程昱赚得徐母笔迹，乃仿其字体，诈修家书一封，甚矣，妇人识字之为
累也！为之一叹！

差一心腹人，持书径奔新野县，寻问单福行幕。军士引见徐庶。庶知母有家书至，急唤入

问之。来人曰："某乃馆下走卒，奉老夫人言语，有书附达。"云长在曹操处得兄书，徐庶在玄德
处得母书。一真一假，遥遥相应。

庶拆封视之。书曰：

　　　近汝弟康丧，举目无亲。正悲凄间，不期曹丞相使人赚至许昌，言汝背反，

　　下我于缧绁，赖程昱等救免。若得汝降，能免我死。如书到日，可念劬劳之恩，星

　　夜前来，以全孝道；然后徐图归耕故园，妙在此句不教他事曹免遭大祸。吾今命若悬
操，宛似其母声口。

　　丝，专望救援！更不多嘱。

　　徐庶览毕，泪如泉涌。持书来见玄德曰："某本颍川徐庶，字元直；为因逃难，更名

单福。直至将去，方说出真名。向来不露真前闻刘景升招贤纳士，特往见之；及与论事，方知是无
名者，亦正恐曹操知之而收其母耳。

用之人，故作书别之。曩夜至司马水镜庄上，诉说其事。水镜深责庶不识主，因说：'刘

豫州在此，何不事之？'只此句话玄德不曾听得，庶故作狂歌于市，以动使君；幸蒙不弃，即赐
至此补出，妙甚。

重用。争奈老母今被曹操奸计赚至许昌囚禁，将欲加害。老母手书来唤，庶不容不去。非

不欲效犬马之劳，以报使君；奈慈亲被执，不得尽力。今当告归，容图后会。"油油然孝子
之言，比绝

裾之温峤，不玄德闻言大哭曰："子母乃天性之亲，元直无以备为念。待与老夫人相见之
啻天渊矣。

后，或者再得奉教。"玄德更不相留，徐庶便拜谢欲行。玄德曰："乞再聚一宵，来日饯
善体孝子之情。

行。"孙乾密谓玄德曰："元直天下奇才，久在新野，尽知我军中虚实。今若使归曹操，

必然重用，我其危矣。主公宜苦留之，切勿放去。操见元直不去，必斩其母。元直知母

死，必为母报仇，力攻曹操也。"此计亦妙，但非玄德曰："不可。使人杀其母，而吾用其
仁人所忍也。

子，不仁也；留之不使去，以绝其子母之道，不义也。吾宁死，不为不仁不义之事。"

玄德谢孙乾留庶之计，与谢单福相马之说，一样意思。众皆感叹。

玄德请徐庶饮酒，庶曰：“今闻老母被囚，虽金波玉液不能下咽矣。”玄德曰：“备闻公将去，如失左右手，虽龙肝凤髓，亦不甘味。”"龙""凤"二字，隐然逗下一"龙"一"凤"。二人相对而泣，坐以待旦。诸将已于郭外安排筵席饯行。玄德与徐庶并马出城，至长亭，下马相辞。送别光景，写得悽恻不胜。玄德举杯谓徐庶曰：“备分浅缘薄，不能与先生相聚。望先生善事新主，以成功名。”"还将旧来意，怜取眼前人"，何其言之痛也！庶泣曰：“某才微智浅，深荷使君重用。今不幸半途而别，实为老母故也。纵使曹操相逼，庶亦终身不设一谋。”是血性语。其急归见母，则依依孺子；其誓不佐操，则烈烈丈夫！玄德曰：“先生既去，刘备亦将远遁山林矣。”此句方逼出下文。庶曰：“某所以与使君共图王霸之业者，恃此方寸耳；今以老母之故，方寸乱矣，纵使在此，无益于事。真情实语。使君宜别求高贤辅佐，共图大业，何便灰心如此？”此处但说不宜灰心，尚不提起孔明。玄德曰：“天下高贤，无有出先生右者。”此句宜逼出孔明矣。庶曰：“某樗栎庸材，何敢当此重誉。”只自谦逊，尚不提起孔明。临别，又顾谓诸将曰：“愿诸公善事使君，以图名垂竹帛，功标青史，切勿效庶之无始终也。”哀痛之词，令人酸鼻。诸将无不伤感。玄德不忍相离，送了一程，又送一程。庶辞曰：“不劳使君远送，庶就此告别。”此时还不辞远送，不提起孔明。玄德就马上执庶之手曰：“先生此去，天各一方，未知相会却在何日！”说罢，泪如雨下。依依不舍，极写玄德爱庶之笃。庶亦涕泣而别。玄德立马于林畔，看徐庶乘马与从者匆匆而去。"匆匆而去"，极写元直念母之孝。○元直匆匆之状，在玄德眼中看出。妙甚。玄德哭曰：“元直去矣！吾将奈何？”只此二语，抵得江文通《别赋》一篇。凝泪而望，却被一树林隔断。玄德以鞭指曰：“吾欲尽伐此处树木。”众问何故。玄德曰：“因阻吾望徐元直之目也。”《西厢》曲云："青山隔送行，疏林不做美。"玄德之望元直也似之。

正望间，忽见徐庶拍马而回。上文写到徐庶去后，已是水穷山尽，更无他望矣；此处忽然拍马而回，如绝处逢生，真奇妙之笔。玄德曰：“元直复回，莫非无去意乎？”此元直必无之事，玄德必有之想。遂欣然拍马向前迎问曰：“先生此回，必有主意。”庶勒马谓玄德曰：“某因心绪如麻，忘却一语：此间有一奇士，只在襄阳城外二十里隆中，使君何不求之？”此时方说出一句要紧话，荐出一个要紧人；却又不言其名，先言其地。玄德曰：“敢烦元直为备请来相见。”此语正与后文三顾草庐反映成趣。庶曰：“此人不可屈致，使君可亲往求之。若得此人，无异周得吕望、汉得张良也。”只赞其人，不言其名。玄德曰：“此人比先生才德何如？”玄德亦不问其名，先问其人。庶曰：“以某比之，譬犹驽马并麒麟、寒鸦配鸾凤耳。此人每尝自比管仲、乐毅，以吾观之，管、乐殆不及此人。此人有经天纬地之才，盖天下一人也！”还只赞其人，不言其名。玄德喜曰：“愿闻此人姓名。”玄德至此方问姓名。庶曰：“此人乃琅琊阳都人，复姓诸葛，名亮，字孔明，至此方说出孔明姓名，纡徐之极，郑重之极。乃汉司隶校尉诸葛丰之后。其父名珪，字子贡，为泰山郡丞，早卒。亮从其叔玄。玄与荆州刘景升有旧，因往依之，遂家于襄阳。后玄卒，亮与弟诸葛均躬耕于南阳。细叙其家门履历尝好为《梁父吟》。补叙其生平所居之地有一冈，名卧龙冈，补叙其住处因自号为'卧龙先生'。补叙其别号。○自比管、乐与好为《梁父吟》，分作两次叙出；南阳与卧龙冈、姓名与别号，亦都分作两次叙出。妙甚。此人乃绝代奇才，使君急宜枉驾见之。若此人肯相辅佐，何愁天下不定乎！"玄德曰："昔水镜先生曾为备言：'伏龙、凤雏，两人得一，可安天下。'今所云莫非即伏龙、凤雏乎？"因"卧龙"二字忆起"伏龙"，又因"伏龙"忆起"凤雏"，曲甚。庶曰："凤雏乃襄阳庞统也，伏龙正是诸葛孔明。"水镜双荐两人，却并不曾说出一人；元直单荐一人，却早说出两人。妙极。玄德踊跃曰：半晌涕泣，此时踊跃。悲则极悲，喜则极喜。"今日方知伏龙、凤雏之语。何期大贤只在目前！非先生言，备有眼如盲也！"后人有赞徐庶走马荐诸葛诗曰：

> 痛恨高贤不再逢，临歧泣别两情浓。
> 片言却似春雷震，能使南阳起卧龙。

徐庶荐了孔明，再别玄德，策马而去。玄德闻徐庶之语，方悟司马德操之言，似醉方醒，如梦初觉。引众将回至新野，便具厚币，同关、张前去南阳请孔明。写玄德求贤之急。

且说徐庶既别玄德，感其留恋之情，恐孔明不肯出山辅之，遂乘马直至卧龙冈下，入草庐见孔明。写元直为人之忠。孔明问其来意。庶曰："庶本欲事刘豫州，奈老母为曹操所囚，驰书来召，只得舍之而往。临行时，将公荐与玄德。玄德即日将来奉谒，望公勿推阻，即展平生之大才以辅之，幸甚！"孔明闻言作色曰："君以我为享祭之牺牲乎！"说罢，拂袖而入。写孔明处己之高。庶羞惭而退，上马趱程，赴许昌见母。正是：

> 嘱友一言因爱主，赴家千里为思亲。

未知后事若何，下文便见。

第三十七回

司马徽再荐名士

刘玄德三顾草庐

徐庶之母与王陵之母，皆贤母也。陵母之死，恐其子之归楚；庶母之死，怒其子之归曹。然庶母不死于曹操召见之初，而死于徐庶既归之日，或恨其死之晚矣。予曰：不然。曹操非项羽比也，羽直而操诈。庶母即欲先死以绝庶之望，而奸诡如操，何难秘之而不使庶知，又何难于母死之后假作母书以召庶乎？此不得为庶母咎也。

水镜之荐孔明，与元直之荐孔明，又自不同。元直则相告相嘱，唯恐玄德之无人，唯恐孔明之不出，是极忙极热者也。水镜则自言自语，反以元直之荐为多事，反以孔明之出为可惜，是极闲极冷者也。一则特为荐孔明而返，一则偶因访元直而来。一有心，一无意。写来更无一笔相似，而各各入妙。

玄德望孔明之急：闻水镜而以为孔明，见崔州平而以为孔明，见石广元、孟公威而以为孔明，见诸葛均、黄承彦而又以为孔明。正如永夜望曙者，见灯光而以为曙也，见月光而以为曙也，见星光而又以为曙也。又如旱夜望雨者，听风声而以为雨也，听泉声而以为雨也，听漏声而又以为雨也。《西厢》曲云："风动竹声，只道金珮响；月移花影，疑是玉人来。"玄德求贤如渴之情，有类此者。孔明即欲不出，安得而不出乎？

顺天者逸，逆天者劳。无论徐庶有始无终，不如不出；即如孔明尽瘁至死，毕竟魏未灭、吴未吞，济得甚事！然使春秋贤士尽学长沮、桀溺、接舆、丈人，而无知其不可而为之仲尼，则谁著尊周之义于万年？使三国名流尽学水镜、州平、广元、公威，而无志决身歼、不计利钝之孔明，则谁传扶汉之心于千古？玄德之言曰："何敢委之数与命？"孔明其同此心与！

淡泊宁静之语，是孔明一生本领。淡泊，则其人之冷可知；宁静，则其人之闲可知。天下非极闲极冷之人，做不得极忙极热之事。后来自博望烧屯，以至六出祁山，无数极忙极热文字，皆从极闲极冷中积蓄得来。

此卷极写孔明，而篇中却无孔明。盖善写妙人者，不于有处写，正于无处写。写其人如闲云野鹤之不可定，而其人始远；写其人如威凤祥麟之不易睹，而其人始尊。且孔明虽未得一遇，而见孔明之居，则极其幽秀；见孔明之童，则极其古淡；见孔明之友，则极其高超；见孔明之弟，则极其旷逸；见孔明之丈人，则极其清韵；见孔明之题咏，则极其俊妙。不待接席言欢，而孔明之为孔明，于此领略过半矣！玄德一访再访，已不觉入其玄中，又安能已于三顾耶？

每到玄德访孔明处，必夹写张翼德几句性急语以衬之。或谓："孔明妆腔，玄德做势，一对空头，不若张翼德十分老实。"予笑曰："为此言者，以论今人则可，以论玄德、孔明则不可。"孔明真正养重，非比今人之本欲求售，只因索价，假意留难；玄德真正慕贤，非比今人之本不爱客，只因好名，虚修礼貌也。

观水镜"未得其时"之言，及州平"徒费心力"之语，令读者眼光直射注五丈原一篇。盖在孔明未起手时，早为他结尾伏下一笔矣。今有作稗官者，往往前不顾后，后不顾前。更有阅稗官者，亦往往前忘其后，后忘其前。或曰："此等人当令其读《三国》。"予曰："此等人正未许其读《三国》。"

却说徐庶趱程赴许昌。曹操知徐庶已到，遂命荀彧、程昱等一班谋士往迎之。庶入相府拜见曹操。^{为亲屈，非
为操屈也。}操曰："公乃高明之士，何故屈身而事刘备乎？"庶曰："某幼逃难，流落江湖，偶至新野，遂与玄德交厚。老母在此，幸蒙慈念，不胜愧感。"^{人欲杀其母，而
反谢其慈念，真}^{万不得已}操曰："公今至此，正可晨昏侍奉令堂，吾亦得听清诲矣。"^{孰知此后"晨昏"永不得"侍
奉"，而"清诲"亦誓不}^{赐教
乎？}庶拜谢而出。急往见其母，泣拜于堂下。母大惊曰："汝何故至此？"庶曰："近于新野事刘豫州，因得母书，故星夜至此。"徐母勃然大怒，拍案骂曰："辱子飘荡江湖数年，吾以为汝学业有进，何其反不如初也！^{元直始不过为侠客，继则居然作名士，本是
后胜于初；乃责其"反不如初"，妙甚。}汝既读书，须知忠孝不能两全。岂不识曹操欺君罔上之贼？刘玄德仁义布于四海，况又汉室之胄，汝既事之，得其主矣。今凭一纸伪书，更不详察，遂弃明投暗，自取恶名，真愚夫也！吾有何面目与汝相见！汝玷辱祖宗，空生于天地间耳！"^{前骂曹操，可敬；今骂徐庶，
更可敬。骂庶深于骂操矣。}骂得徐庶拜伏于地，不敢仰视。母自转入屏风后去了。少顷，家人出报曰："老夫人自缢于梁间。"徐庶慌入救时，母气已绝。^{本欲全母之生，以归；乃归，而反
速母之死。元直其抱恨终天乎！}后人有《徐母赞》曰：

> 贤哉徐母，流芳千古。
>
> 守节无亏，于家有补。
>
> 教子多方，处身自苦。
>
> 气若丘山，义出肺腑。
>
> 赞美豫州，毁触魏武。
>
> 不畏鼎镬，不惧刀斧。
>
> 唯恐后嗣，玷辱先祖。
>
> 伏剑同流，断机堪伍。
>
> 生得其名，死得其所。
>
> 贤哉徐母，流芳千古！

徐庶见母已死，哭绝于地，良久方苏。曹操使人赍礼吊问，又亲往祭奠。^{母而有灵，
母其吐之！}徐庶葬母枢于许昌之南原，居丧守墓。凡曹操所赐，庶俱不受。^{以上了却徐庶，
以下专叙孔明。}

时操欲商议南征。荀彧谏曰："天寒未可用兵，^{"天寒"二字
照后风雪。}姑待春暖，方可长驱大进。"操从之，乃引漳河之水作一池，名玄武池，于内教练水军，准备南征。^{汉武习水战于昆
明池，是天子穷}

^{兵外国；曹操习水战于玄武池，是权臣跌武
中华。○以上按下曹操，以下再叙玄德。}

却说玄德正安排礼物，欲往隆中谒诸葛亮，忽人报："门外有一先生，峨冠博带，道貌非常，特来相探。"〔伊何人〕玄德曰："此莫非即孔明否？"〔不独玄德疑是孔明，即读者至此亦疑是孔明矣。然孔明决不如此容易见也。〕遂整衣出迎。视之，乃司马徽也。〔突如其来，幻绝。〕玄德大喜，请入后堂高坐，拜问曰："备自别仙颜，因军务倥偬，有失拜访。今得光降，大慰仰慕之私。"徽曰："闻徐元直在此，特来一会。"〔不是来荐孔明，却是来寻徐庶，妙在极闲。〕玄德曰："近因曹操囚其母，徐母遣人驰书，唤回许昌去矣。"〔只答还他寻徐庶，尚不提起荐孔明，亦妙在极闲。〕徽曰："此中曹操之计矣！吾素闻徐母最贤，虽为操所囚，必不肯驰书召其子。此书必诈也。元直不去，其母尚存；今若去，母必死矣！"〔水镜之明于知人，与徐母之勇于死义，可称双绝〕玄德惊问其故，徽曰："徐母高义，必羞见其子也。"〔其子不知而其友知之，所谓关心者乱，旁观者清。〕玄德曰："元直临行，荐南阳诸葛亮，其人若何？"〔此处方是正文，以上只算闲话。〕徽笑曰："元直欲去，自去便了，何又惹他出来呕心血也？"〔不荐之荐，不赞之赞，妙在极闲极冷。〕玄德曰："先生何出此言？"徽曰："孔明与博陵崔州平、颍川石广元、汝南孟公威与徐元直四人为密友。〔本因徐庶知孔明，却又于徐庶之外闲闲叙出三人。○前者一人姓名不肯道，今则连片说出，奇妙。〕此四人务于精纯，惟孔明独观其大略。〔藏精纯于大略之中。〕尝抱膝长吟，而指四人曰：'公等仕进可至刺史、郡守。'众问孔明之志若何，孔明但笑而不答。〔既述其言，又述其所不言。其言可知，其所不言不可量。○此补徐庶语中所未及。〕每常自比管仲、乐毅，其才不可量也。"〔此申徐庶语中已及。〕玄德曰："何颍川之多贤乎！"徽曰："昔有殷馗善观天文，尝谓'群星聚于颍分，其地必多贤士'。"〔玄德所求，水镜所荐，止一贤耳。乃舍一贤而美多贤；一称地灵，一称天文。妙在极忙中夹此闲语。〕时云长在侧曰："某闻管仲、乐毅乃春秋、战国名人，功盖寰宇。孔明自比此二人，毋乃太过？"〔云长高抬管、乐，将孔明一抑。〕徽笑曰："以吾观之，不当比此二人，我欲另以二人比之。"〔极似顺云长语气。〕云长问："那二人？"徽曰："可比兴周八百年之姜子牙、旺汉四百年之张子房也。"〔云长意中必谓于管、乐之下，更求其次矣，不想水镜却于管、乐之上，请出太公、留侯来，索性抹倒管、乐，将孔明极力一扬。妙极，妙极！〕众皆愕然。徽下阶相辞欲行，玄德留之不住。徽出门仰天大笑曰："卧龙虽得其主，不得其时，惜哉！"〔预为后文言罢，飘然而去。伏笔。〕〔写水镜如闲云野鹤，忽然飞来，忽然飞去，飕洒之极。〕玄德叹曰："真隐居贤士也！"

次日，玄德同关、张并从人等来隆中。遥望山畔数人，荷锄耕于田间，而作歌曰：

苍天如圆盖，陆地似棋局。

世人黑白分，往来争荣辱。

荣者自安安，辱者定碌碌。

南阳有隐居，高眠卧不足！〔的是好歌。〕

玄德闻歌，勒马唤农夫问曰："此歌何人所作？"答曰："乃卧龙先生所作也。"

未见其人，^{未见其人}玄德曰："卧龙先生住何处？"农夫曰："自此山之南一带高冈，乃卧龙冈也。
先闻其歌。
冈前疏林内茅庐中，即诸葛先生高卧之地。"玄德谢之，策马前行。不数里，遥望卧龙

冈，果然清景异常。^{未见其人}后人有古风一篇，单道卧龙居处。诗曰：
^{先观其地。}

襄阳城西二十里，一带高冈枕流水。

高冈屈曲压云根，流水潺湲飞石髓。

势若困龙石上蟠，形如单凤松阴里。

柴门半掩闭茅庐，中有高人卧不起。

修竹交加列翠屏，四时篱落野花馨。

床头堆积皆黄卷，座上往来无白丁。

叩户苍猿时献果，守门老鹤夜听经。

囊里名琴藏古锦，壁间宝剑挂七星。

庐中先生独幽雅，闲来亲自勤耕稼。

专待春雷惊梦回，一声长啸安天下。^{诗亦不}
^{俗。}

　　玄德来到庄前下马，亲叩柴门，一童出问。玄德曰："汉左将军宜城亭侯领豫州牧皇

叔刘备，特来拜见先生。"^{直是一个脚}童子曰："我记不得许多名字。"^{每见人家阍奴接着一大字}
^{色手本。}　　　　　　　　　　　　　　　　　　^{名帖，辄便吃吓；今童子}

^{听得如许官衔，竟似不闻也者，}玄德曰："你只说刘备来访。"^{称名而去其官，}童子曰："先生今早
^{真不愧为卧龙先生之童也。}　　　　　　　　　　　　　^{则得之矣。}

少出。"^{第一番}玄德曰："何处去了？"童子曰："踪迹不定，不知何处去了。"^{"只在此山中，}
^{不遇。}　　　　　　　　　　　　　　　　　　　　　　　　　　　^{云深不知处。"}

玄德曰："几时归？"童子曰："归期亦不定，或三五日，或十数日。"^{写童子闲}玄德惆怅
　　　　　　　　　　　　　　　　　　　　　　　　　　　^{冷之甚。}

不已。张飞曰："既不见，自归去罢了。"玄德曰："且待片时。"云长曰："不如且

归，再使人来探听。"玄德从其言，嘱咐童子："如先生回，可言刘备拜访。"^{临行再嘱，}
　　　　　　　　　　　　　　　　　　　　　　　　　　　　　　　　^{极写殷勤。}

　　遂上马。行数里，勒马回观隆中景物，果然山不高而秀雅，水不深而澄清，地不广而

平坦，林不大而茂盛，猿鹤相亲，松篁交翠，观之不已。^{再将卧龙所居之处赏鉴一番。妙在勒马回}
　　　　　　　　　　　　　　　　　　　　　　　　　^{观，盖玩山色者，宜于遥看；游胜地者，不}

^{忍遽别}忽见一人，容貌轩昂，丰姿俊爽，头戴逍遥巾，身穿皂布袍，杖藜从山僻小路而来。
^{也。}

^{伊何人}玄德曰："此必卧龙先生也！"^{我亦疑是卧}急下马向前施礼，问曰："先生非卧龙
^{乎？}　　　　　　　　　　　　　　^{龙先生。}

否？"其人曰："将军是谁？"^{妙在不即通名}玄德曰："刘备也。"其人曰："吾非孔明，
　　　　　　　　　　　　^{先问玄德。}

乃孔明之友，博陵崔州平也。"^{妙在此人不是孔明，}玄德曰："久闻大名，幸得相遇。乞即席
　　　　　　　　　　　　　^{使玄德望个空。}

地权坐，请教一言。"二人对坐于林间石上，关、张侍立于侧。^{忙中偏有}州平曰："将军何
　　　　　　　　　　　　　　　　　　　　　　　　　　　　^{此闲笔。}

故欲见孔明？”玄德曰：“方今天下大乱，四方云扰，欲见孔明，求安邦定国之策耳。”

州平笑曰：“公以定乱为主，虽是仁心，但自古以来，治乱无常。自高祖斩蛇起义，诛无

道秦，是由乱而入治也；至哀、平之世二百年，太平日久，王莽篡逆，又由治而入乱；光

武中兴，重整基业，复由乱而入治；至今二百年，民安已久，故干戈又复四起：此正由治

入乱之时，未可猝定也。将军欲使孔明斡旋天地，补缀乾坤，恐不易为，徒费心力耳。岂

不闻‘顺天者逸，逆天者劳’‘数之所在，理不得而夺之；命之所在，人不得而强之’

乎？”^{妙在极忙极热之时，偏听此极闲极冷之语。○说孔明徒费心}^{力，是于孔明未出山时，早为他临终结局伏下一笔。妙。}玄德曰：“先生所言，诚为高见。但

备身为汉胄，合当匡扶汉室，何敢委之数与命？”^{与孔明"成败利钝，非所}^{逆睹"之言一样意思。}州平曰：“山野之

夫，不足与论天下事，适承明问，故妄言之。”^{州平更不往复，}^{便作收科。}玄德曰：“蒙先生见教。但不知

孔明往何处去了？”^{玄德见话不投机，}^{借问孔明作收科。}亦州平曰：“吾亦欲访之，正不知其何往。”^{愈闲}^{愈冷。}玄德曰：

“请先生同至敝县，若何？”^{如此闲冷之人，安肯到县？}^{玄德此言，不过了世事语。}州平曰：“愚性颇乐闲散，无意功名久矣。

容他日再见。”^{既无意功名，安肯他日再见？}^{州平此言，亦是了世事。}言讫，长揖而去。^{去得飒洒，与}^{水镜一般。}玄德与关、张上马而行。

张飞曰：“孔明又访不着，却遇此腐儒，闲谈许久！”^{偏是腐儒最喜闲谈。翼德骂之，}^{诚为畅快，但州平非其人耳。}玄德曰：

“此亦隐者之言也。”^{昔之隐士，翼德见之，犹以为腐儒；若今}^{之腐儒，恐玄德见之，必不以为隐士也。}三人回至新野。

过了数日，玄德使人探听孔明。回报曰：“卧龙先生已回矣。”玄德便教备马。张飞

曰：“量一村夫，何必哥哥自去，可使人唤来便了。”^{有翼德阻挡，}^{衬得玄德殷勤。}玄德叱曰：“汝岂不闻孟

子云：‘欲见贤而不以其道，犹欲其入而闭之门也。’孔明当世大贤，岂可召乎？”^{孔明能}^{比管、}

遂上马再往访孔明。关、张亦乘马相随。时值隆冬，天气严寒，彤云密布。行无^{乐，玄德能读}^{《孟子》。}

数里，忽然朔风凛凛，瑞雪霏霏，山如玉簇，林似银妆。^{卧龙冈雪景}^{必更可观。}张飞曰：“天寒地冻，尚

不用兵，^{正与前荀彧"大寒不可用}^{兵"一语，相反而相应。}岂宜远见无益之人乎！不如回新野以避风雪。”^{写翼德，愈}^{衬出玄德}玄德

曰：“吾正欲使孔明知我殷勤之意。如弟辈怕冷，可先回去。”飞曰：“死且不怕，岂怕冷

乎！但恐哥哥空劳神思。”^{用兵不怕冷，访客}^{却怕冷。一笑。}玄德曰：“勿多言，只相随同去。”将近茅庐，忽

闻路旁酒店中有人作歌。^{此何}^{人？}玄德立马听之。其歌曰：

　　　壮士功名尚未成，呜呼久不遇阳春！

　　　君不见东海老叟辞荆榛，后车遂与文王亲。

　　　八百诸侯不期会，白鱼入舟涉孟津。

　　　牧野一战血流杵，鹰扬伟烈冠武臣。

又不见高阳酒徒起草中，长揖芒砀隆准公。

高谈王霸惊人耳，辍洗延坐钦英风。

东下齐城七十二，天下无人能继踪。

二人功迹尚如此，至今谁肯论英雄？歌中之意，独有取于吕望与郦生者，隐然合着管仲、乐毅

也。管仲相于齐，而吕望封于齐；乐毅下齐七十余城，而郦生亦下齐七十余城。孔明
自比管、乐，而此作歌之人与孔明相仿佛；故其所歌之人，亦与管、乐相仿佛耳。

歌罢，又有一人击桌而歌。此又何人？其歌曰：

吾皇提剑清寰海，创业垂基四百载。

桓灵季业火德衰，奸臣贼子调鼎鼐。

青蛇飞下御座旁，又见妖虹降玉堂。首卷中事，忽于此处一提。

群盗四方如蚁聚，奸雄百辈皆鹰扬。

吾侪长啸空拍手，闷来村店饮村酒。

独善其身尽日安，何须千古名不朽。前歌是吊古，此歌是感今；前歌是嗟遇，此歌是自慰。一唱一和，如相赠答。

二人歌罢，抚掌大笑。玄德曰："卧龙其在此间乎？"我亦疑二人中必有一卧龙。遂下马入店，见二人凭桌对饮：上首者白面长须，下首者清奇古貌。先闻其歌，后见其貌。玄德揖而问曰："二公谁是卧龙先生？"长须者曰："公何人？欲寻卧龙何干？"亦妙在不即通名，先问玄德。玄德曰："某乃刘备也。欲访先生，求济世安民之术。"长须者曰："我等非卧龙，皆卧龙之友也：又妙在两人都不是孔明，使玄德又望一个吾乃颍川石广元，此位是汝南孟公威。"水镜说孔明之友，自徐庶而外，更有崔、石、孟三人。今玄德俱不期而会，一则遇于初访孔明之后，一则遇于再访孔明之前。或一人独遇，或两人并遇，参差错落。妙事，妙文。玄德喜曰："备久闻二公大名，幸得邂逅。今有随行马匹在此，敢请二公同往卧龙庄上一谈。"广元曰："吾等皆山野慵懒之徒，不省治国安民之事，不劳下问。明公请自上马，寻访卧龙。"又妙在极闲、极冷。

玄德乃辞二人，上马投卧龙冈来。至庄前下马，扣门问童子曰："先生今日在庄否？"童子曰："现在堂上读书。"读者至此，疑其只有两顾，不消三顾矣。玄德大喜，遂跟童子而入。至中门，只见门上大书一联云："淡泊以明志，宁静以致远。"观此二语，想见其为人。玄德正看间，忽闻吟咏之声，乃立于门侧窥之，不即入见，且窥听之，写得纡徐有致。见草堂之上，一少年拥炉抱膝，歌曰：

凤翱翔于千仞兮，非梧不栖；疑其人之为龙，而听其歌，则又以凤自况。

士伏处于一方兮，非主不依。

乐躬耕于陇亩兮，吾爱吾庐；

聊寄傲于琴书兮，以待天时。

玄德待其歌罢，上草堂施礼曰："备久慕先生，无缘拜会。昨因徐元直称荐，敬至仙庄，不遇空回。今特冒风雪而来，得瞻道貌，实为万幸！"^{此时玄德意中，以为既遇孔明；即今读者意中，亦以为既遇孔明矣。}那少年慌忙答礼曰："将军莫非刘豫州，欲见家兄否？"^{妙在又不是孔明，又使玄德望个空。}玄德惊讶曰："先生又非卧龙耶？"少年曰："某乃卧龙之弟诸葛均也。愚兄弟三人：长兄诸葛瑾，现在江东孙仲谋处为幕宾；孔明乃二家兄。"^{前徐庶止叙孔明之弟，而未及其兄，今却在诸葛均口中补叙出诸葛瑾。只一兄一弟，分作两番出落，真叙事妙品。}玄德曰："卧龙今在家否？"均曰："昨为崔州平相约，出外闲游去矣。"^{第二番又不遇。○方欲邀石、孟同来，谁知反为州平约去。}玄德曰："何处闲游？"均曰："或驾小舟游于江湖之中，或访僧道于山岭之上，或寻朋友于村落之间，或乐琴棋于洞府之内。往来莫测，不知去所。"^{说出高人韵事，妙在极闲极冷。}又玄德曰："刘备直如此缘分浅薄，两番不遇大贤！"均曰："少坐献茶。"张飞曰："那先生既不在，请哥哥上马。"^{我知翼德此时决耐不得矣。}玄德曰："我既到此间，如何无一语而回？"因问诸葛均曰："闻令兄卧龙先生熟谙韬略，日看兵书，可得闻乎？"均曰："不知。"^{又答得极闲极冷。}张飞曰："问他则甚！风雪甚紧，不如早归。"^{又借翼德焦躁衬出玄德谦恭。}玄德叱止之。均曰："家兄不在，不敢久留车骑，容日却来回礼。"玄德曰："岂敢望先生枉驾。数日之后，备当再至。愿借纸笔作一书，留达令兄，以表刘备殷勤之意。"^{第一次通名，第二次致书，以次而来，渐渐相近。}均遂进文房四宝。玄德呵开冻笔，拂展云笺，写书曰：

备久慕高名，两次晋谒，不遇空回，惆怅何似！窃念备汉朝苗裔，滥叨名爵，伏睹朝廷陵替，纲纪崩摧，群雄乱国，恶党欺君，备心胆俱裂。虽有匡济之诚，实乏经纶之策。仰望先生仁慈忠义，慨然展吕望之大才，施子房之鸿略，^{称吕望、子房，正与司马徽、徐元直所言相应。}天下幸甚！社稷幸甚！先此布达，再容斋戒薰沐，特拜尊颜，面倾鄙悃。统希鉴原。

玄德写罢，递与诸葛均收了，拜辞出门。均送出，玄德再三殷勤致意而别。^{第一次嘱其童，第二次嘱其弟，以次而来，又渐渐相近。}方上马欲行，忽见童子招手篱外，叫曰："老先生来也。"^{此必孔明无疑矣。}玄德视之，见小桥之西，一人暖帽遮头，狐裘蔽体，骑着一驴，后随一青衣小童，携一葫芦酒，踏雪而来。^{绝妙一幅画图。}转过小桥，口吟诗一首。^{又写得极闲极冷。}诗曰：

一夜北风寒，万里彤云厚。

长空雪乱飘，改尽江山旧。

仰面观太虚，疑是玉龙斗。

纷纷鳞甲飞，顷刻遍宇宙。 堂上之歌有凤，雪中之歌有龙，凤与龙又闲闲相对。

骑驴过小桥，独叹梅花瘦！ 通篇咏雪，末句咏梅，比石、孟二人吊古感今之歌，更觉潇洒。

玄德闻歌曰："此真卧龙矣！" 我亦以为此番定然不误。 滚鞍下马，向前施礼曰："先生冒寒不易！刘备等候久矣！"那人慌忙下驴答礼。诸葛均在后曰："此非卧龙家兄，乃家兄岳父黄承彦也。" 妙在又不是孔明，又使玄德望个空。○不用黄承彦通名，却用诸葛均代说，又变一样文法。 玄德曰："适间所吟之句，极其高妙。"承彦曰："老夫在小婿家观《梁父吟》，记得这一篇。适过小桥，偶见篱落间梅花，故感而诵之。不期为尊客所闻。" 宋太祖雪中访赵普，见了《论语》半部；刘玄德雪中访孔明，听了诗歌几篇。然半部致太平，是赵普欺人之语，不若诗歌之足以动听也。 玄德曰："曾见令婿否？"承彦曰："便是老夫也来看他。" 又妙在答得极闲极冷。 玄德闻言，辞别承彦，上马而归。正值风雪又大，回望卧龙冈，悒怏不已。 前番玩景，此番无心玩景，惟有悒怏。写得有情致。 后人有诗单道玄德风雪访孔明。诗曰：

一天风雪访贤良，不遇空回意感伤。

冻合溪桥山石滑，寒侵鞍马路途长。

当头片片梨花落，扑面纷纷柳絮狂。

回首停鞭遥望处，烂银堆满卧龙冈。

玄德回新野之后，光阴荏苒，又早新春。 冬雪则龙蛰，春雷则龙起。访卧龙者，固当于春时访之。 乃命卜者揲蓍，选择吉期，斋戒三日，薰沐更衣，再往卧龙冈谒孔明。 "明禋休享"，成王以敬神之道敬周公；"斋戒薰沐"，昭烈亦以敬神之道敬孔明。 关、张闻之不悦，遂一齐入谏玄德。正是：

高贤未服英雄志，屈节偏生杰士疑。

未知其言若何，下文便晓。

第三十八回

定三分隆中决策

战长江孙氏报仇

　　玄德第三番访孔明，已无阻隔，然使一去便见，一见便允，又径直没趣矣。妙在诸葛均不肯引见，待玄德自去，于此作一曲。及令童子通报，正值先生昼眠，则又一曲。玄德不敢惊动，待其自醒，而先生只是不醒，则又一曲。及半晌方醒，只不起身，却自吟诗，则又一曲。童子不即传言，直待先生问有俗客来否，然后说知，则又一曲。及既知之，却不即见，直待入内更衣，然后出迎，则又一曲。此未见以前之曲折也。及初见时，玄德称誉再三，孔明谦让再三，只不肯赐教，于此作一曲。及玄德又恳，方问其志若何，直待玄德促坐，细陈衷曲，然后为之画策，则又一曲。及孔明既画策，而玄德不忍取二刘，孔明复决言之，而后玄德始谢教，则又一曲。孔明虽代为画策，却不肯出山，直待玄德涕泣以请，然后许诺，则又一曲。既已许诺，却复固辞聘物，直待玄德殷勤致意，然后肯受，则又一曲。及既受聘，却不即行，直待留宿一宵，然后同归新野，则又一曲。此既见以后之曲折也。文之曲折至此，虽九曲武夷，不足拟之。

　　孔明既云曹操不可与争锋，而又曰中原可图，其故何哉？盖汉贼不两立，虽知天时，必尽人事，所以明大义于天下耳。且其言有应有不应。三分鼎足，言之应者也；功成归田，言之不必应者也。其必应者，酬三顾之恩；其不必应者，念托孤之重。大段规模，固已算定于前，而相理制宜，不妨变通于后。如必说一句定是一句，天下岂有印板事体，古人岂有印板言语，书中岂有印板文章乎？

　　或曰：孔明不劝玄德取孙、曹之地，而劝玄德取二刘之地，将欲扶汉而反自翦其宗室，毋乃不可乎？予曰：不然。二刘之地，玄德不取，必为孙、曹所有。故争荆州于孙权，何如受荆州于刘表？此玄德之失计于先也。取西川于刘璋，无异取西川于曹操，此孔明之预规其后也。不得以此为孔明病。

　　正叙孔明出草庐之后，读者方欲拭目而观孔明之事，乃忽然舍却新野，夹叙东吴，不但为孙权一边不当冷落，亦将为孔明游说东吴张本也。且其间文字，亦有相连而及者：孔明为玄德画策，便有周瑜为孙权画策以配之；孙权为孙坚报仇，便有徐氏为孙翊报仇以配之。又玄德得贤相，孙权亦得良将；孔明欲图荆、益，甘宁亦请图荆、益。凡如此类，皆天然成对，岂非妙文？

　　前太子辩与皇子协卧草堆之中，而崔毅有两日之梦；今孙策与孙权领江东之众，而其母亦有一日一月之梦。夫日为君象，民无二君，天无二日。辩既废而协始立，一日没而后一日升，原无两日并出之理也。若以孙权为日，则是与蜀、魏之君并出而为三日矣。吾以为正统之主则为日，僭号之主则但当月之。就江东而论，则权为日而策为月；若就天下而论，则宜以刘备为日，而曹丕与孙权皆月耳。

　　二乔姊妹，分嫁二婿；二吴姊妹，同归一夫。权母谓权曰："吾死之后，汝事吾妹如事我。"然则母死之前，权以母姨为庶母；母死之后，权即以母姨为继母矣。以母姨为庶母，与寻常之庶母不同；以母姨为继母，与寻常之继母不同。权即欲不尽孝，而不可得矣。虽然，不独孙权宜然也。凡继母之与前母，亦姊妹行也。即庶母之与嫡母，亦姊妹行也。岂必母姨而后为母之姊妹，岂必事母之姊妹而后尽孝哉？

　　唐徐世绩起于盗贼之中，而甘宁亦起于盗贼之中。世绩初号"无赖贼"，继号"难当贼"，末号"佳贼"，而甘宁亦号"锦帆贼"。然世绩阿附武后，而甘宁忠事孙权，则世绩之佳不必佳，而甘宁之锦乃真锦也。

　　今之学孔明者，不能学其决策草庐，而但学其昼寝；学甘宁者，不能学其改邪归正，而但学其铜铃锦帆；学孙权者，不能学其尊贤礼士，为父报仇，而但学其丧中争战；学徐氏者，不能学其智谋节义，而但学其浓妆艳裹，言笑自若。为之一笑。

　　却说玄德访孔明两次不遇，欲再往访之。关公曰："兄长两次亲往拜谒，其礼太过矣。想诸葛亮有虚名而无实学，故避而不敢见。*今有请名士作文、请名医治病而迟迟不赴者，乃当以此讽之。*兄何惑于斯人之甚也！"玄德曰："不然。昔齐桓公欲见东郭野人，五反而方得一面。*关公爱读《春秋》，便对他说一春秋故事。*况吾欲见大贤耶。"张飞曰："哥哥差矣。量此村夫，何足为大贤！今番不须哥哥去，他如不来，我只用一条麻绳缚将来！"*将欲以麻绳当千旄之素丝耶？将欲以一缚当白驹之絷维耶？如此请客，可发一笑。*玄德叱曰："汝岂不闻周文王谒姜子牙之事乎？*既引齐桓，又述周文，每况愈高，可见玄德之卑以自牧，正其高于自待也。*文王且如此敬贤，汝何太无礼！今番汝休去，我自与云长去。"飞曰："既两位哥哥都去，小弟如何落后！"玄德曰："汝若同往，不可失礼。"*麻绳一条不劳带得。飞应诺。*

　　于是三人乘马引从者往隆中。离草庐半里之外，玄德便下马步行，*其恭也如是。*正遇诸葛均。玄德忙施礼，问曰："令兄在庄否？"均曰："昨暮方归。将军今日可与相见。"言罢，飘然自去。*玄德访孔明，必带着两个兄弟同去；孔明见玄德，更不消一个兄弟陪来。劳者自劳，逸者自逸。*玄德曰："今番侥幸得见先生矣！"张飞曰："此人无礼！便引我等到庄也不妨，何故竟自去了！"玄德曰："彼各有事，岂可相强。"*若使诸葛均一见玄德，便连忙回转报出，孔明迎门相揖，则不成其为卧龙兄弟也。*三人来到庄前叩门，童子开门出问。玄德曰："有劳仙童转报：刘备专来拜见先生。"童子曰："今日先生虽在家，但今在草堂上昼寝未醒。"*惟其为卧龙，故不妨昼寝。今有瞌睡汉，不能学孔明，而但学其昼寝，岂得谓之卧龙哉！直是卧牛、卧犬耳。*玄德曰："既如此，且休通报。"吩咐关、张二人，只在门首等着。玄德徐步而入，见先生仰卧于草堂几席之上。玄德拱立阶下。*《西厢》之伫立闲阶，是未见其人而候之；玄德之伫立闲阶，是既见其人而候之。*半晌，先生未醒。关、张在外立久，不见动静，入见玄德犹然侍立。张飞大怒，谓云长曰："这先生如何傲慢！见我哥哥侍立阶下，他竟高卧，推睡不起！等我去屋后放一把火，看他起不起！"*先生一生最善火攻，翼德乃欲以此法施之于先生，是班门弄斧矣。一笑。*云长再三劝住。玄德仍命二人出门外等候。望堂上时，见先生翻身将起，忽又朝里壁睡着。*妙在此时还不便醒。*

童子欲报，玄德曰："且勿惊动。"又立了一个时辰，孔明才醒，口吟诗曰：_{妙在还不便起，且自吟诗。}

大梦谁先觉？平生我自知。

草堂春睡足，窗外日迟迟。 _{或问先生何所梦，予曰：仲尼之梦，是梦周公；孔明之梦，定是梦伊尹。}

孔明吟罢，翻身问童子曰："有俗客来否？"_{妙在童子不即通报，待先生先问。○客曰"俗客"，太难为人，能来此地者，其客亦不俗矣。}童子曰："刘皇叔在此立候多时。"孔明乃起身曰："何不早报！尚容更衣。"_{还要更衣，妙。}遂转入后堂。又半晌，_{又是半晌，妙。}方整衣冠出迎。玄德见孔明身长八尺，面如冠玉，头戴纶巾，身披鹤氅，飘飘然有神仙之概。_{在玄德眼中画出一孔明。}玄德下拜曰："汉室末胄、涿郡愚夫，久闻先生大名，如雷贯耳。昨两次晋谒，不得一见，已书贱名于文几，未审得入览否？"孔明曰："南阳野人，疏懒成性，屡蒙将军枉临，不胜愧赧。"_{乍见之时，却用玄德开谈，孔明回答；一述其来请，一谢其过访，都是套语。是第一段。}二人叙礼毕，分宾主而坐。童子献茶。

茶罢，孔明曰："昨观书意，足见将军忧民忧国之心。但恨亮年幼才疏，有误下问。"玄德曰："司马德操之言，徐元直之语，岂虚谈哉？望先生不弃鄙贱，曲赐教诲。"_{茶罢之后，却用孔明开谈，玄德回答；一自谦才短，一称赞大名，其语尚远。是第二段。}孔明曰："德操、元直，世之高士。亮乃一耕夫耳，安敢谈天下事？二公谬举矣。将军奈何舍美玉而求顽石乎？"玄德曰："大丈夫抱经世奇才，岂可空老于林泉之下？愿先生以天下苍生为念，开备愚鲁而赐教。"_{第三段是孔明再三推辞，玄德再三请教，其语渐近。}

孔明笑曰："愿闻将军之志。"玄德屏人促席而告曰："汉室倾颓，奸臣窃命，备不量力，欲伸大义于天下，而智术浅短，迄无所就。惟先生开其愚而拯其厄，实为万幸！"

_{第四段是孔明问志，玄德言怀，方是深谈。}

孔明曰："自董卓造逆以来，天下豪杰并起。曹操势不及袁绍，而竟能克绍者，非惟天时，抑亦人谋也。今操已拥百万之众，挟天子以令诸侯，此诚不可与争锋。_{先说曹操不可取。}孙权据有江东，已历三世，国险而民附，此可用为援而不可图也。_{次说孙权不可取。}荆州北据汉、沔，利尽南海，东连吴、会，西通巴、蜀，此用武之地，非其主不能守。是殆天所以资将军，将军岂有意乎？_{此言荆州可取。}益州险塞，沃野千里，天府之国，高祖因之以成帝业。今刘璋暗弱，民殷国富而不知存恤，智能之士，思得明君。_{此言益州可取。}将军既帝室之胄，信义著于四海，总揽英雄，思贤如渴，若跨有荆、益，保其岩阻，西和诸戎，南抚彝、越，外结孙权，内修政理；_{孙权不可取则结之。}待天下有变，则命一上将将荆州之兵以向宛、洛，将军身率益州之众以出

秦川，百姓有不箪食壶浆以迎将军者乎？_{曹操虽不可取，}_{而终当伐之。}诚如是，则大业可成，汉室可兴矣。此亮所以为将军谋者也，惟将军图之。"_{未下棋时，先将一盘局势算算得}_{停停当当，岂非天下第一手？}言罢，命童子取出画一轴，挂于中堂，指谓玄德曰："此西川五十四州之图也。_{正不知先生几时觅下此一轴画，可}_{见其一向高卧，非真正睡着也。}将军欲成霸业，北让曹操占天时，南让孙权占地利，将军可占人和。_{天时、地利、人}_{和，分得奇。}先取荆州为家，后即取西川建基业，以成鼎足之势，然后可图中原也。"_{既曰"成鼎足"，又曰"图中原"，盖成鼎足是顺}_{天时，图中原是尽人事。○孔明画策，已尽于此。}玄德闻言，避席拱手谢曰："先生之言，顿开茅塞，使备如拨云雾而睹青天。但荆州刘表、益州刘璋，皆汉室宗亲，备安忍夺之？"_{此孔明赐教之后，而玄}_{德踌躇，又作一折。}孔明曰："亮夜观天象，刘表不久人世；刘璋非立业之主，久后必归将军。"玄德闻言，顿首拜谢。_{此孔明重言以决，而玄}_{德谢教，乃作一收。}只这一席话，乃孔明未出茅庐，已知三分天下，真万古之人不及也！后人有诗赞曰：

> 豫州当日叹孤穷，何幸南阳有卧龙！
>
> 欲识他年分鼎处，先生笑指画图中。

玄德拜请孔明曰："备虽名微德薄，愿先生不弃鄙浅，出山相助。备当拱听明诲。"孔明曰："亮久乐耕锄，懒于应世，不能奉命。"_{此孔明于决策之后，忽}_{然不肯出山，又作一折。}玄德泣曰："先生不出，如苍生何！"言毕，泪沾袍袖，衣襟尽湿。_{前至水镜庄上，衣襟尽湿；今在卧龙庄上，衣襟亦尽湿。}_{前之湿是水，今之湿是泪。前遇难而不泪，今为求贤而反}_{泪者，前不为一身而泪，}_{今则为苍生而泪也。}孔明见其意甚诚，乃曰："将军既不相弃，愿效犬马之劳。"_{此孔明因玄德}_{意诚而许诺，}_{又作一}_{收。}玄德大喜，遂命关、张入，拜献金帛礼物。孔明固辞不受。_{孔明不肯受聘，}_{又作一折。}玄德曰："此非聘大贤之礼，但表刘备寸心耳。"孔明方受。_{此因玄德又恳而孔明}_{方受，又作一收。}于是玄德等在庄中共宿一宵。_{前宿水镜庄上，为想伏龙、凤雏，一夜睡}_{不着；今此夜与前不同，定然睡着矣。}次日，诸葛均回，孔明嘱咐曰："吾受刘皇叔三顾之恩，不容不出。汝可躬耕于此，勿得荒芜田亩。待我功成之日，即当归隐。"_{方出山便思退步，是}_{真淡泊宁静之人。}后人有诗叹曰：

> 身未升腾思退步，功成应忆去时言。
>
> 只因先主丁宁后，星落秋风五丈原。

又有古风一篇曰：

> 高皇手提三尺雪，芒砀白蛇夜流血。
>
> 平秦灭楚入咸阳，二百年前几断绝。

大哉光武兴洛阳，传至桓灵又崩裂。

献帝迁都幸许昌，纷纷四海生豪杰。

曹操专权得天时，江东孙氏开鸿业。

孤穷玄德走天下，独居新野愁民厄。

南阳卧龙有大志，腹内雄兵分正奇。

只因徐庶临行语，茅庐三顾心相知。

先生尔时年三九，_{亮出山时，年方二十七岁。}收拾琴书离陇亩。

先取荆州后取川，大展经纶补天手。

纵横舌上鼓风雷，谈笑胸中换星斗。

龙骧虎视安乾坤，万古千秋名不朽！

玄德等三人别了诸葛均，与孔明同归新野。玄德待孔明如师，食则同桌，寝则同榻，终日共论天下之事。孔明曰："曹操于冀州作玄武池以练水军，必有侵江南之意。可密令人过江探听虚实。"玄德从之，使人往江东探听。_{下文将叙东吴事，此乃过枝接叶处。}

却说孙权自孙策死后，据住江东，承父兄基业，广纳贤士，开宾馆于吴会，命顾雍、张纮延接四方宾客。_{方写玄德求贤，又接写孙权好士。}连年以来，你我相荐。时有会稽阚泽，字德润；彭城严畯，字曼才；沛县薛综，字敬文；汝阳程秉，字德枢；吴郡朱桓，字休穆；陆绩，字公纪；吴人张温，字惠恕；_{张温有二，前董卓所杀之张温，洛阳张温，此张温则吴郡张温。}乃乌伤骆统，字公绪；乌程吾粲，字孔休：此数人皆至江东，孙权敬礼甚厚。又得良将数人，乃汝南吕蒙，字子明；吴郡陆逊，字伯言；琅琊徐盛，字文向；东郡潘璋，字文珪；庐江丁奉，字承渊。文武诸人，共相辅佐，由此江东称得人之盛。_{方写玄德得一贤，接写孙权得多士。○程普、黄盖、周泰、韩当则孙坚所得，周瑜、张昭、张纮、虞翻、太史慈等则孙策所得，若鲁肃、诸葛瑾、顾雍则孙权初立时所得，今阚泽、吕蒙等数人，又独后至。}
_{前分叙，此总叙，或详或略，笔法各妙。}

建安七年，曹操破袁绍，遣使往江东，命孙权遣子入朝随驾。_{袁术欲使吕布质女，曹操欲使孙权质子，一样意思。}权犹豫未决。吴太夫人命周瑜、张昭等面议。张昭曰："操欲令我遣子入朝，是牵制诸侯之法也。然若不令去，恐其兴兵下江东，势必危矣。"_{既知遣质之为牵制，而又忧不遣质之将危，是首鼠两端之语。}周瑜曰："将军承父兄遗业，兼六郡之众，兵精粮足，将士用命，有何逼迫而欲送质于人？质一入，不得不与曹氏连和；彼有命召，不得不往：如此则见制于人也。不如勿遣，徐观其变，别以良策御之。"_{孔明为玄德画策，只数语决疑；周瑜为孙权画策，亦只数语决疑。}吴太夫人曰："公瑾之言是也。"权遂从

其言，谢使者，不遣子。自此曹操有下江南之意。但正值北方未宁，无暇南征。^{轻按下曹操，再接叙东吴。}

建安八年十一月，孙权引兵伐黄祖，战于大江之中。祖军败绩。权部将凌操，轻舟当先，杀入夏口，被黄祖部将甘宁一箭射死。凌操子凌统，时年方十五岁，奋力往夺父尸而归。^{前孙策求父尸，今凌统夺父尸，遥遥相对。}权见风色不利，收军还东吴。

却说孙权弟孙翊为丹阳太守。翊性刚好酒，醉后尝鞭挞士卒。^{前则有宋宪、魏续之叛吕布，后则有范疆、张达之刺张飞，皆为此也。}丹阳督将妫览、郡丞戴员二人，常有杀翊之心。乃与翊从人边洪结为心腹，共谋杀翊。时诸将县令，皆集丹阳。翊设宴相待。翊妻徐氏美而慧，极善卜《易》。^{女先生起课则有之矣，美夫人起课是所仅见。}是日卜一卦，其象大凶，劝翊勿出会客。翊不从，^{不听妇言，本是好处；不听慧夫人言，却是蠢处。不信卜，只是莽处；不信慧夫人卜，却是俗处。}遂与众大会。至晚席散，边洪带刀跟出门外，即抽刀砍死孙翊。妫览、戴员乃归罪边洪，斩之于市。^{与后文司马昭之归罪成济，正复相同。}二人乘势掳翊家资侍妾。妫览见徐氏美貌，乃谓之曰："吾为汝夫报仇，汝当从我；不从则死。"徐氏曰："夫死未几，不忍便相从；可待至晦日，设祭除服，然后成亲未迟。"^{既不从，又不死，权变之极。}览从之。

徐氏乃密召孙翊心腹旧将孙高、傅婴二人入府，泣告曰：^{对妫览不泣，对孙高二人则泣，权变之极。}"先夫在日，常言二公忠义。今妫、戴二贼谋杀我夫，只归罪边洪，将我家资童婢尽皆分去。妫览又欲强占妾身，妾已诈许之，以安其心。二将军可差人星夜报知吴侯，一面设密计以图二贼，雪此仇辱，生死衔恩！"言毕再拜。孙高、傅婴皆泣曰："我等平日感府君恩遇，今日所以不即死难者，正欲为复仇计耳。^{此二语即徐氏之意。}夫人所命，敢不效力！"于是密遣心腹使者往报孙权。至晦日，徐氏先召孙、傅二人，伏于密室帷幕之中，^{今之妇人，有丈夫新死而学徐氏之藏人于帷幕者矣，吾不知其有何仇之欲报而为此设伏也。}然后设祭于堂上。祭毕，即除去孝服，沐浴薰香，浓妆艳裹，言笑自若。^{今之妇人，有丈夫新死而学徐氏之浓妆艳裹、言笑自若者矣，我不知其有何仇之欲报而为此诈也。○古之寡妇，浓妆艳裹、言笑自若是假，披麻戴孝、掩面长号是真；今之寡妇，浓妆艳裹、言笑自若是真，披麻戴孝、掩面长号是假。古今之不相及，《柏舟》之诗、《黄鹄》之咏，其可复作乎！}妫览闻之甚喜。至夜，徐氏遣婢妾请览入府，^{倒先去请，权变之极。}设席堂中饮酒。饮既醉，徐氏乃邀览入密室。览喜，乘醉而入。徐氏大呼曰："孙、傅二将军何在！"二人即从帷幕中持刀跃出。妫览措手不及，被傅婴一刀砍倒在地，孙高再复一刀，登时杀死。^{不杀之于席间，而杀之于密室者，恐戴员知之而不来故也。精细之极。}徐氏复传请戴员赴宴。^{何等机智。}员入府来，至堂中，亦被孙、傅二将所杀。^{一杀之于密室，一杀之于堂中，各自一样杀法，妙甚。}一面使人诛戮二贼家小及其余党。^{更是快畅。}徐氏遂重穿孝服，^{《周书》曰："王释冕，反丧服。"盖暂时从吉云。}将妫览、戴员首级祭于孙翊灵前。^{此方是真正设祭。}不一日，孙权自领军马至丹阳，见徐氏已杀妫、戴二贼，^{比及孙权兵到，女将早已杀贼矣。其卜《易》，则知是女先生；其用兵，则是女军师。如此奇妇人，恐不让南阳卧龙也。}乃封孙高、傅婴为牙门将，令守丹阳，取徐氏归家养老。江东人无不称徐氏之德。后人有诗赞曰：

> 才节双全世所无，奸回一旦受摧锄。
>
> 庸臣从贼忠臣死，不及东吴女丈夫。

且说东吴各处山贼尽皆平复。大江之中，有战船七千余只。孙权拜周瑜为大都督，总统江东水陆军马。_{为后赤壁鏖兵伏线。}建安十二年冬十月，权母吴太夫人病危，召周瑜、张昭二人至，谓曰："我本吴人，幼亡父母，与弟吴景徙居越中。后嫁于孙氏，生四子。长子策生时，吾梦月入怀；后生次子权，又梦日入怀。_{日胜于月，为后孙权称帝伏线。○刘禅之母梦斗，即叙于其母分娩之初；孙权之母梦日，补叙于其母临终之顷。叙法各变，妙甚。}卜者云：'梦日月入怀者，其子大贵。'不幸策早丧，今将江东基业付权。望公等同心助之，吾死不朽矣！"又嘱权曰："汝事子布、公瑾以师傅之礼，不可怠慢。吾妹与我共嫁汝父，则亦汝之母也。吾死之后，事吾妹如事我。汝妹亦当恩养，择佳婿以嫁之。"_{为后玄德入赘伏线。○看他先嘱其臣，后嘱其子，及其嘱子之言，又先嘱其以师傅之礼待臣，而后及其妹与女，盖先公而后私，先尊贤而后亲亲也。何东吴奇女子之多乎！}言讫遂终。孙权哀哭，具丧葬之礼，自不必说。

至来年春，孙权商议欲伐黄祖。张昭曰："居丧未及期年，不可动兵。"周瑜曰："报仇雪恨，何待期年？"_{伐人之丧不可，丧中伐人亦不可。然以报父仇，则无不可也。若论报仇，正当服缟素而兴师，何待服除之有？张昭之见，往往不及周瑜。}权犹豫未决。适平北都尉吕蒙入见，告权曰："某把龙湫水口，忽有黄祖部将甘宁来降。某细询之：宁字兴霸，巴郡临江人也，颇通书史，有气力，好游侠。尝招合亡命，纵横于江湖之中，腰悬铜铃，人听铃声，尽皆避之。_{响马贼有响箭，响船贼亦有响铃。然则贼之不响者，必无用之贼也。}又尝以西川锦作帆幔，时人皆称为'锦帆贼'。_{贼以"锦帆"为名，其贼甚趣，不唱"大江东"，却唱"锦帆开"矣。}后悔前非，改行从善，引众投刘表。见表不能成事，即欲来投东吴，却被黄祖留住在夏口。前东吴破祖时，祖得甘宁之力，救回夏口，乃待宁甚薄。都督苏飞屡荐宁于祖，祖曰：'宁乃劫江之贼，岂可重用！'_{周仓起于黄巾，而关公用为亲随；甘宁起于劫江，而黄祖不肯用为心腹。君子用人，最是通融；小人用人，偏权拘执。}宁因此怀恨。_{为后杀黄祖伏线。}苏飞知其意，乃置酒邀宁到家，谓之曰：'吾荐公数次，奈主公不能用。日月逾迈，人生几何，宜自远图。吾当保公为邾县长，自作去就之计。'_{苏飞之荐甘宁于黄祖，为甘宁也，非为黄祖也；若为黄祖，则当告祖曰："不重用则杀之，勿以资敌国。"何乃导之入吴耶？飞之为友谋，则忠矣；为主谋，则不忠。}宁因此得过夏口，欲投江东，恐江东恨其救黄祖杀凌操之事。某具言主公求贤若渴，不记旧恨；况各为其主，又何恨焉？宁欣然引众渡江，来见主公。乞钧旨定夺。"_{甘宁一段来历，不向黄祖一边叙去，却向吕蒙口内述来，最是省笔。}孙权大喜曰："吾得兴霸，破黄祖必矣。"遂令吕蒙引甘宁入见。参拜已毕，权曰："兴霸来此，大获我心，岂有记恨之理？_{黄祖不录甘宁之功，孙权不记甘宁之怨，彼此正相反。}请无怀疑。愿教

我以破黄祖之策。"宁曰："今汉祚日危，曹操终必篡窃。南荆之地，操所必争也。刘表

无远虑，其子又愚劣，不能承业传基，明公宜早图之；若迟，则操先图之矣。<small>孔明劝玄德取荆州，甘宁亦劝孙</small>

<small>权取荆州</small>今宜先取黄祖。祖今年老昏迈，务于货利；侵求吏民，人心皆怨；战具不修，军无法

律。明公若往攻之，其势必破。既破祖军，鼓行而西，据楚关而图巴蜀，霸业可定也。"

<small>孔明劝玄德取巴蜀，甘宁亦劝孙劝取巴蜀，○如此见识，岂得以劫江之贼目之耶！</small>孙权曰："此金玉之论也！"遂命周瑜为大都督，总水陆

军兵；吕蒙为前部先锋；董袭与甘宁为副将；权自领大军十万，征讨黄祖。

　　细作探知，报至江夏。黄祖急聚众商议，令苏飞为大将，陈就、邓龙为先锋，尽起江

夏之兵迎敌。陈就、邓龙各引一队艨艟截住沔口，艨艟上各设强弓硬弩千余张，将大索系

定艨艟于水面上。<small>后文曹操之船用连环，此处黄祖之船用贯索；环不可断，索则可断也。</small>东吴兵至，艨艟上鼓响，弓弩齐发，兵不敢

进，约退数里水面。甘宁谓董袭曰："事已至此，不得不进。"乃选小船百余只，每船用

精军五十人：二十人撑船，三十人各披衣甲，手执钢刀，不避矢石，直至艨艟旁边，砍断

大索，艨艟遂横。<small>本是贯索勾陈，却遇了天煞白虎；本欲乘风破浪，却做了野渡横舟。为之一笑。</small>甘宁飞上艨艟，将邓龙砍死。陈就弃船

而走。吕蒙见了，跳下小船，自举橹棹，直入船队，放火烧船。陈就急待上岸，吕蒙舍命

赶到跟前，当胸一刀砍翻。<small>以上写水军战功。</small>比及苏飞引军于岸上接应时，东吴诸将一齐上岸，势不

可当。祖军大败。苏飞落荒而走，正遇东吴大将潘璋，两马相交，战不数合，被璋生擒过

去，径至船中来见孙权。<small>以上写陆路战功。</small>权命左右以槛车囚之，待活捉黄祖，一并诛戮。催动三

军，不分昼夜，攻打夏口。正是：

　　　　只因不用锦帆贼，致令冲开大索船。

不知黄祖胜负如何，且看下文分解。

第三十九回

荆州城公子三求计

博望坡军师初用兵

　　文有余波在后者：前有玄德三顾草庐一段奇文，后便有刘琦三求诸葛一段小文是也。文有作波在前者：将有孔明为玄德用兵一段奇文，却先有孔明为刘琦画策一段小文是也。谋人国不可轻，故三顾始出；谋人家亦不可轻，故三请后言。谋国事不可不密，故屏人促坐；谋家事尤不可不密，故登楼去梯。刘琦方惧祸，孔明又惧其漏言之祸。孔明未授计，玄德先授以求计之计。玄德、孔明，其真天下有心人也。

　　君之嫡子，所以奉宗庙社稷之粢盛，朝夕视君膳者也。故嫡子不可以出外，不出外则得立，出外则不得立。然刘琦之求计于孔明者，非求立也，求生而已。不求立而求生，则宜在外，不宜在内。若知其不得立，而犹勉强以求立，势不至如潘崇之教商臣不止，是岂仁人之所忍为哉？

　　或疑申生在内而死，扶苏在外而亦死，似孔明之教刘琦者，犹非万全之策也。予曰：不然。刘表之与始皇，则有间矣。始皇，残暴人也。残暴素著，故李斯得假其威以杀扶苏于外。刘表，柔懦人也。柔懦素著，则蔡瑁不得矫其旨以杀刘琦于外。势有相反，故事有不同，不可以一概论耳。

　　前徐庶在玄德面前夸奖孔明，是正笔、紧笔；今在曹操面前夸奖孔明，是旁笔、闲笔。然无旁笔、闲笔，则不见正笔、紧笔之妙。不但孔明一边愈加渲染，又使徐庶一边亦不冷落。真叙事妙品。

　　孔明初出茅庐，第一次用计，便是火攻。夫兵犹火也。用兵如用火，用火亦如用兵。兵不足而以火济之，是以火济火也。乃玄德之言曰："我得孔明，如鱼得水。"翼德亦曰："何不使'水'去！"然则以孔明而用火，是犹以水济火矣。以火济火，而火之威烈；以水济火，而火之用神。

　　博望一烧，有无数衬染。写云浓、月淡是反衬，写秋飙、夜风、林木、芦苇是正衬。写徐庶夸奖是顺衬，写夏侯轻侮，关、张不信是逆衬。且其间又曲折多端。当赵云诱敌，则有韩浩谏追为一折；玄德诱敌，则有于禁、李典中途疑沮为再折；人马走发，拦当不住，则又有夏侯猛省、传令勿追为三折。令读者至此，几疑计之不成，烧之不果；而功且终就，而敌且终破，方叹文章之妙，有非猜测之所能及者。若只一味直写，则竟依《纲目》例大书曰"诸葛亮破曹兵于博望"一句可了，又何劳作演义者撰此一篇哉？

　　刘表因见黄祖被杀，故欲玄德助我以防孙权；孔明欲留孙权为援，故劝玄德舍权而当曹操：此为后文伏线也。甘宁借江夏为避仇之地，而刘琦复借江夏为避患之地，乃孔明为刘琦谋今日安身之所，而早为玄德谋兵败借援之所：此亦为后文伏线也。不但此也，晋之代魏，尚隔数十卷，而司马氏之家世，早详叙于曹操未攻博望之先。正如五月《姤》卦，方当五阳强盛之时，而一阴已伏于下。若必前人去然后有后人，前事毕然后有后事，不独古今无此不相贯之事，亦岂有此不相贯之文乎？

　　却说孙权督众攻打夏口，黄祖兵败将亡，情知守把不住，遂弃江夏，望荆州而走。甘宁料得黄祖必走荆州，乃于东门外伏兵等候。黄祖之不用甘宁，犹梁惠王之不用卫鞅也。祖带数十骑突出东门，正走之间，一声喊起，甘宁拦住。祖于马上谓宁曰："我向日不曾轻待汝，今何相逼耶？"宁叱曰："吾昔在江夏，多立功绩，汝乃以'劫江贼'待我，今日尚有何说！"前日劫水路，今日劫陆路。宁不自以为贼，而黄祖待之以贼，今日乃真为黄祖之贼矣。黄祖自知难免，拨马而走。甘宁冲开士卒，直赶将来，只听得后面喊声起处，又有数骑赶来。宁视之，乃程普也。宁恐普来争功，慌忙拈弓搭箭，背射黄祖，祖中箭翻身落马。宁枭其首级，回马与程普合兵一处，回见孙权，献黄祖首级。黄祖之死，不用程普杀之，必用甘宁杀之，可为不能用人之戒。权命以木匣盛贮，待回江东祭献于亡父灵前。应第七回中事，又与前回徐氏祭夫相映射。○前孙策能以活黄祖换死孙坚，今孙权又能以死黄祖祭死孙坚；有子如此，孙坚不死矣。重赏三军，升甘宁为都尉。商议欲分兵守江夏。张昭曰："孤城不可守，不如且回江东。刘表知我破黄祖，必来报仇；我以逸待劳，必败刘表；表败而后乘势攻之，荆襄可得也。"意不在江夏而在荆襄，是舍小图大。向来子布画策，唯此差强人意。权从其言，遂弃江夏，班师回江东。

　　苏飞在槛车内，密使人告甘宁求救。宁曰："飞即不言，吾岂忘之？"今之忘恩者，幸其人之不言，甚且恶其人之言之矣。大军既至吴会，权命将苏飞枭首，与黄祖首级一同祭献。甘宁乃入见权，顿首哭告曰："某向日若不得苏飞，则骨填沟壑矣，安能效命将军麾下哉？今飞罪当诛，某念其昔日之恩情，愿纳还官爵，以赎飞罪。"甘宁非吕蒙，无由见孙权；然非苏飞，则无由见吕蒙也。追本穷源，知恩报德，是有血性男子，不是无义气丈夫。权曰："彼既有恩于君，吾为君赦之。但彼若逃去奈何？"宁曰："飞得免诛戮，感恩无地，岂肯走乎！若飞去，宁愿将首级献于阶下。"既愿以官爵赎之，又愿以首级保之，如此报德，方不负施德之人。权乃赦苏飞，止将黄祖首级祭献。祭毕设宴，大会文武庆功。

　　正饮酒间，忽见座上一人大哭而起，拔剑在手，直取甘宁。宁忙举坐椅以迎之。权惊视其人，乃凌统也。因甘宁在江夏时，射死他父亲凌操，今日相见，故欲报仇。方写孙权报仇，便接写甘宁报恩；方写甘宁报恩，又接写凌统报仇。义士之义，孝子之孝，各各出色。权连忙劝住，谓统曰："兴霸射死卿父，彼时各为其主，不容不尽力。今既为一家人，岂可复理旧仇？万事皆看吾面。"孙权自欲报仇，却不许凌统报仇，似乎不情；为甘宁而赦苏飞，独不为凌统而杀甘宁，似乎偏向。然为报仇起见，人有恩于为我报仇之人，则赦之；人而欲杀为我报仇之人，则解之；情也，非偏也。凌统叩头大哭曰："不共戴天之仇，岂容不报！"权与众官再三劝之，凌统只是怒目而视甘宁。权即日命甘宁领兵五千、战船一百只，在夏口镇守，以避凌统。宁拜谢，领兵自往夏口去了。此处写甘宁往夏口，正为后文刘琦请守夏口伏线。权又加封凌统为承烈都尉，统只得含恨而止。凌统不曾杀得甘宁，固是大仇未报；孙权但杀黄祖，不曾杀刘表，亦止报得一半，不若徐氏之报仇为快也。然则不独凌统含恨，孙权亦尚含恨。东吴自此广造战船，分兵守把江岸；又命孙静引一枝军守吴会，孙权自领大军屯柴桑，周瑜日于鄱阳湖教练水军，以备攻战。读者至此，必谓将来孙权与刘表攻战矣，孰知却为与曹操攻战之地乎？

话分两头。却说玄德差人打探江东消息，^{遥接前}_{文。}回报："东吴已攻杀黄祖，现今屯兵柴桑。"玄德便请孔明计议。正话间，忽刘表差人来请玄德赴荆州议事。^{不写玄德要去，却写}_{刘表来请。妙甚。}孔明曰："此必因江东破了黄祖，故请主公商议报仇之策也。某当与主公同往，相机而行，自有良策。"^{读者至此，必谓孔明将为刘表画报仇之策矣，}_{孰知后文却偏不与东吴交战，出人意表。}玄德从之，留云长守新野，令张飞引五百人马跟随往荆州来。玄德在马上谓孔明曰："今见景升，当若何对答？"孔明曰："当先谢襄阳之事。他若令主公去征讨江东，切不可应允，但说容归新野，整顿军马。"^{此孔明不欲悉识}_{孙权，正为后文}投托东吴_{地步。}玄德依言。来到荆州，馆驿安下，留张飞屯兵城外，玄德与孔明入城见刘表。礼毕，玄德请罪于阶下。表曰："吾已悉知贤弟被害之事。当时即欲斩蔡瑁之首，以献贤弟，因众人告免，故姑恕之。贤弟幸勿见罪。"玄德曰："非干蔡将军之事，想皆下人所为耳。"^{一语将前事}_{轻轻抹过。}表曰："今江夏失守，黄祖遇害，故请贤弟共议报复之策。"玄德曰："黄祖性暴，不能用人，故致此祸。^{隐然指着甘宁，然黄祖不能用甘宁，刘表不能杀蔡}_{瑁，正复同病；玄德之意，殆借黄祖以讽刘表乎？}今若兴兵南征，倘曹操北来，又当奈何？"表曰："吾今年老多病，不能理事，贤弟可来助我。我死之后，弟便为荆州之主也。"^{前有陶谦让徐州，此有刘}_{表让荆州，遥遥相对。}玄德曰："兄何出此言！量备安敢当此重任。"孔明以目视玄德。玄德曰："容徐思良策。"遂辞出。回至馆驿，孔明曰："景升欲以荆州付主公，奈何却之？"玄德曰："景升待我恩礼交至，安忍乘其危而夺之？"孔明叹曰："真仁慈之主也！"^{此时玄德若取了荆州，省却后来无数手}_{脚矣。使非玄德仁慈，安得文字曲折。}

正商论间，忽报公子刘琦来见。玄德接入。琦泣拜曰："继母不能相容，性命只在旦夕，望叔父怜而救之。"^{前于徐庶未来之先，已}_{早为此处伏下一笔。}玄德曰："此贤侄家事耳，奈何问我？"孔明微笑。玄德求计于孔明，孔明曰："此家事，亮不敢与闻。"少时，玄德送琦出，附耳低言曰："来日我使孔明回拜贤侄，可如此如此，彼定有妙计相告。"^{此处不即说明求计}_{之法，叙事妙品。}琦谢而去。次日，玄德只推腹痛，乃浼孔明代往回拜刘琦。孔明允诺，来至公子宅前下马，入见公子。公子邀入后堂。茶罢，琦曰："琦不见容于继母，幸先生一言相救。"^{此刘琦第一}_{番求计。}孔明曰："亮客寄于此，岂敢与人骨肉之事？倘有漏泄，为害不浅。"说罢，起身告辞。^{此孔}_{明第}_{一次推却。○第一次}_{说所以不敢言之故。}琦曰："既承光顾，安敢慢别。"乃挽留孔明入密室共饮。饮酒之间，琦又曰："继母不见容，乞先生一言救我。"^{此刘琦第二}_{番求计。}孔明曰："此非亮所敢谋也。"言讫，又欲辞去。^{此孔明第二次推却。○}_{第二次只一语谢之。}琦曰："先生不言则已，何便欲去？"孔明乃复坐。琦曰："琦有一古书，请先生一观。"^{幻甚。}乃引孔明登一小楼。^{自后堂而密室，自密室}_{而小楼，写得曲细。}孔明曰："书在何处？"琦泣拜曰："继母不见容，琦命在旦夕，先生忍无一言相救乎？"^{此刘琦第三}_{番求计。}

孔明作色而起，便欲下楼，〔此孔明第三次推却。○第三次不答一语。〕只见楼梯已撤去。〔此玄德附耳低言之计也，妙在此处写出。〕琦告曰："琦欲求教良策，先生恐有泄漏，不肯出言。今日上不至天，下不至地，出君之口，入琦之耳。可以赐教矣。"〔此时并无隔屏窃听之人。〕孔明曰："疏不间亲，亮何能为公子谋？"〔妙在此时还不肯说，又复难方曲折之甚。〕琦曰："先生终不幸教琦乎！琦命固不保矣，请即死于先生之前。"乃掣剑欲自刎。〔此亦玄德附耳低言之计也，妙在此处写出。〕孔明止之曰："已有良策。"〔至此方说，亦是水穷山尽，绝处逢生。〕琦拜曰："愿即赐教。"孔明曰："公子岂不闻申生、重耳之事乎？申生在内而亡，重耳在外而安。〔刘琦请孔明观古书，此却是孔明教刘琦观古书。〕今黄祖新亡，江夏乏人守御，公子何不上言，乞屯兵守江夏，则可以避祸矣。"〔或笑孔明为刘琦画策，不过是"三十六计，走为上计"耳，何须如此作难方才说出？不知走非客易，使人不知是走，方是会走；若使人知其走，便走不成、走不脱矣。〕琦再拜谢教，乃命人取梯送孔明下楼。〔今之求人画策者，偏会拔短梯。一笑。〕孔明辞别，回见玄德，具言其事。玄德大喜。

次日，刘琦上言，欲守江夏。刘表犹豫未决，请玄德共议。玄德曰："江夏重地，固非他人可守，正须公子自往。东南之事，兄父子当之；西北之事，备愿当之。"〔使刘表当孙权而自当曹操，亦孔明所教也。〕表曰："近闻曹操于邺郡作玄武池以练水军，必有南征之意，不可不防。"〔刘表正欲防孙权，因玄德说出曹操，便顺口说防曹操。〕玄德曰："备已知之，兄勿忧虑。"遂拜辞回新野。刘表令刘琦引兵三千往江夏镇守。〔为后玄德走江夏张本。〕

却说曹操罢三公之职，自以丞相兼之。以毛玠为东曹掾，崔琰为西曹掾，司马懿为文学掾。懿字仲达，河内温人也，颍川太守司马隽之孙，京兆尹司马防之子，主簿司马朗之弟也。〔叙司马懿独详其家世，盖在魏未代汉之先，早为晋之代魏伏笔。妙。〕自是文官大备，乃聚武将商议南征。夏侯惇进曰："近闻刘备在新野，每日教演士卒，必为后患，可早图之。"操即命夏侯惇为都督，于禁、李典、夏侯兰、韩浩为副将，领兵十万，直抵博望城，以窥新野。〔不窥荆襄而窥新野，操固轻视刘表而重视玄德也。〕荀彧谏曰："刘备英雄，今更兼诸葛亮为军师，不可轻敌。"惇曰："刘备鼠辈耳，吾必擒之。"〔轻视玄德，与曹操相反。〕徐庶曰："将军勿轻视刘玄德。今玄德得诸葛亮为辅，如虎生翼矣。"〔用徐庶说，妙。徐庶不对曹操说，却对夏侯惇说，又妙。〕操曰："诸葛亮何人也？"庶曰："亮字孔明，道号卧龙先生。有经天纬地之才，出鬼入神之计，真当世之奇才，非可小觑。"〔此处徐庶赞孔明，与前程昱赞徐庶，遥遥相对。〕操曰："比公若何？"庶曰："庶安敢比亮？庶如萤火之光，亮乃皓月之明也。"〔不愧名亮字孔明。〕夏侯惇曰："元直之言谬矣。吾看诸葛亮如草芥耳，何足惧哉！〔轻视孔明，与徐庶相拗。〕吾若不一阵生擒刘备，活捉诸葛，愿将首级献与丞相。"操曰："汝早报捷书，以慰吾心。"惇奋然辞曹操，引军登程。

却说玄德自得孔明，以师礼待之。关、张二人不悦，曰："孔明年幼，有甚才学？兄长待之太过！又未见他真实效验！”玄德曰：“吾得孔明，犹鱼之得水也。徐庶比孔明以月，玄德比孔明以水；月可以无莹，鱼不可以无水。两弟勿复多言。”关、张见说，不言而退。一日，有人送牦牛尾至。玄德取尾亲自结帽。孔明入见，正色曰：“明公无复有远志，但事此而已耶？”玄德投帽于地而谢曰：“吾聊假此以忘忧耳。”种菜所以避祸，结帽所以忘忧，遥遥相对。孔明曰：“明公自度比曹操若何？”玄德曰：“不如也。”孔明曰：“明公之众，不过数千人，万一曹兵至，何以迎之？”玄德曰：“吾正愁此事，未得良策。”孔明曰：“可速招募民兵，亮自教之，可以待敌。”玄德遂招新野之民，得三千人。孔明朝夕教演阵法。此处民兵，正为后文诱敌之用。

　　忽报曹操差夏侯惇引兵十万，杀奔新野来了。张飞闻知，谓云长曰：“可着孔明前去迎敌便了。”正说之间，玄德召二人入，谓曰：“夏侯惇引兵到来，如何迎敌？”张飞曰：“哥哥何不使‘水’去？”张飞欲使“水”去，孔明却使火去。“水”“火”二字，前后相照成趣。玄德曰：“智赖孔明，勇须二弟，何可推调？”关、张出，玄德请孔明商议。孔明曰：“但恐关、张二人不肯听吾号令。主公若欲亮行兵，乞假剑印。”韩信非挂印登坛，不能令樊哙；孔明非取剑印，不能令关、张。玄德便以剑印付孔明，孔明遂聚集众将听令。张飞谓云长曰：“且听令去，看他如何调度。”未听令之前，先写翼德要看他如何。孔明令曰：“博望之左有山，名曰豫山；右有林，名曰安林：可以埋伏军马。不识地理者，不可以为军师。云长可引一千军往豫山埋伏，等彼军至，放过休敌；其辎重粮草，必在后面，但看南面火起，可纵兵出击，就焚其粮草。翼德可引一千军去安林背后山谷中埋伏，只看南面火起便可出，向博望城旧屯粮草处纵火烧之。关平、刘封可引五百军，预备引火之物，于博望坡后两边等候，至初更兵到，便可放火矣。”又命于樊城取回赵云，令为前部，不要赢，只要输。

“主公自引一军为后援。各须依计而行，勿使有失。”前叙单福定计取樊城，在后文始见；今叙孔明用计烧博望，在前文说明。又是一样笔法。云长曰：“我等皆出迎敌，未审军师却作何事？”孔明曰：“我只坐守县城。”张飞大笑曰：“我们都去厮杀，你却在家里坐地，好自在！”总为后文作衬染。孔明曰：“剑印在此，违令者斩！”玄德曰：“岂不闻‘运筹帷幄之中，决胜千里之外’？二弟不可违令。”张飞冷笑而去。云长曰：“我们且看他的计应也不应，那时却来问他未迟。”既听令之后，又写二人去云长要看他如何。二人去了。众将皆未知孔明韬略，今虽听令，却都疑惑不定。又写众将多未信。○前夏侯惇轻孔明，是敌人不肯信；今众将疑孔明，是自家人亦不肯信；先生此两处不信，愈显得下文奇妙。孔明谓玄德曰：“主公今日可便引兵就博望山下屯住。来日黄昏，敌军必到，主公便弃营而走，但见火起，即回军掩杀。亮与糜竺、糜芳引五百军守县。”命孙乾、简雍准备庆喜筵席，安排“功劳簿”伺候。妙极，趣极。○前后调度，用两番写，叙事入妙。派拨已毕，玄德亦疑惑不定。不唯众人不信，连玄德亦未信，愈显得下文奇妙。

却说夏侯惇与于禁等引兵至博望，分一半精兵作前队，其余尽护粮车而行。<small>粮车在后，正应孔明所言。</small>时当秋月，商飙徐起。<small>此非闲笔，正为后文火势衬染。</small>人马趱行之间，望见前面尘头忽起。惇便将人马摆开，问向导官曰："此间是何处？"答曰："前面便是博望坡，后面是罗川口。"惇令于禁、李典押住阵脚，亲自出马阵前。遥望军马来到，惇忽然大笑。众问："将军为何而笑？"惇曰："吾笑徐元直在丞相面前夸诸葛亮为天人，今观其用兵，乃以此等军马为前部，与吾对敌，正如驱犬羊与虎豹斗耳！<small>此是民兵诱敌之故。</small>吾于丞相前夸口，要活捉刘备、诸葛亮，今必应吾言矣。"<small>极写夏侯惇之骄，以反衬后文之败。</small>遂自纵马向前。赵云出马。惇骂曰："汝等随刘备，如孤魂随鬼耳！"<small>骄极矣。</small>云大怒，纵马来战。两马相交，不数合，云诈败而走。夏侯惇从后追赶。云约走十余里，回马又战，不数合又走。韩浩拍马向前谏曰："赵云诱敌，恐有埋伏。"<small>韩浩一谏，文势一曲。</small>惇曰："敌军如此，虽十面埋伏，吾何惧哉！"遂不听浩言，直赶至博望坡。一声炮响，玄德自引军冲将过来，接应交战。夏侯惇笑谓韩浩曰："此即埋伏之兵也！<small>谁知此处伏兵亦是诱敌。</small>吾今晚不到新野，誓不罢兵！"乃催军前进。玄德、赵云退后便走。

时天色已晚，浓云密布，又无月色，昼风既起，夜风愈大。<small>先写月色之暗，以反衬后文火光之明；先写风力之大，以正衬后文火势之猛。</small>夏侯惇只顾催军赶杀。于禁、李典赶到窄狭处，两边都是芦苇。典谓禁曰："欺敌者必败。南道路狭，山川相逼，树木丛杂，倘彼用火攻，奈何？"禁曰："君言是也。吾当往前为都督言之；君可止住后军。"<small>前有韩浩之谏，此有于禁、李典之言，文势又一曲。</small>李典便勒回马，大叫："后军慢行！"人马走发，那里拦当得住？于禁骤马大叫："前军都督且住！"夏侯惇正走之间，见于禁从后军奔来，便问何故。禁曰："南道路狭，山川相逼，树木丛杂，可防火攻。"夏侯惇猛省，即回马令军马勿进。<small>前一路写风、写林木、写芦苇，读者至此急欲观其烧矣，乃忽有夏侯惇猛省欲回一段，竟似下文烧不成他也者，如此曲折，试掩卷猜之，决猜不着也。</small>言未已，只听背后喊声震起，早望见一派火光烧着，随后两边芦苇亦着。一霎时，四面八方，尽皆是火；<small>先写背后，次写两边，然后写四面八方，极忙之中却有次第。</small>又值风大，火势愈猛。<small>方信前写秋月、商飙不是闲笔。</small>曹家人马，自相践踏，死者不计其数。赵云回军赶杀，夏侯惇冒烟突火而走。

且说李典见势头不好，急奔回博望城时，火光中一军拦住。当先大将，乃关云长也。李典纵马混战，夺路而走。于禁见粮草车辆都被火烧，便投小路奔逃去了。夏侯兰、韩浩来救粮草，正遇张飞。<small>前调诸将，此处逐一叙出，前是布棋，此见收著。</small>战不数合，张飞一枪刺夏侯兰于马下。韩浩夺路走脱。直杀到天明，却才收军。杀得尸横遍野，血流成河。后人有诗曰：

博望相持用火攻，指挥如意笑谈中。

直须惊破曹公胆，初出茅庐第一功！

夏侯惇收拾残军，自回许昌。

却说孔明收军。关、张二人相谓曰："孔明真英杰也！"唯有前番疑惑，乃有此处称叹。行不数里，见糜竺、糜芳引军簇拥着一辆小车，车中端坐一人，乃孔明也。关、张下马拜伏于车前。唯有前番轻侮，乃有此处拜伏。须臾，玄德、赵云、刘封、关平等皆至，收聚众军，把所获粮草辎重分赏将士，班师回新野。新野百姓望尘遮道而拜，曰："吾属生全，皆使君得贤人之力也！"不写玄德褒孔明，却写百姓颂玄德。颂玄德甚于颂孔明也。孔明回至县中，谓玄德曰："夏侯惇虽败去，曹操必自引大军来。"玄德曰："似此如之奈何？"孔明曰："亮有一计，可敌曹军。"正是：

破敌未堪息战马，避兵又必赖良谋。

未知其计若何，且看下回分解。

第四十回

蔡夫人议献荆州

诸葛亮火烧新野

前自三顾草庐之后，便当接火烧博望一篇；却夹叙孙权杀黄祖，刘琦屯江夏以间之。至火烧博望之后，便当接火烧新野一篇；却夹叙曹操杀孔融，刘琮献荆州以间之。盖几处同时之事，不得详却一处，略却数处也。看他叙新野，又叙荆州；叙荆州，又叙东吴与许昌，头绪多端，如一线穿，却不见断续之痕。尤妙在叙孔融处补叙祢衡往事，叙荆州处详叙王粲生平，偏能于极忙中著此闲笔。

刘景升家难，与袁本初家难正自仿佛，而写来却无一笔相类者，何也？盖本初始终爱少子，而景升则有临终立长子之命：其不同一也。谭、尚相攻，而刘琮则本有让琦之心，刘琦亦初无伐琮之意：其不同二也。谭之降操，以长子不得立之故；琮之降操，则以幼子僭立之故：其不同三也。谭之降操，其臣教之；琮之降操，虽其臣教之，而实其母成之：其不同四也。冀州为曹操所自夺，而荆州则刘琮所献：其不同五也。本初之死，尚未尝不讣告谭；而景升之死，刘琮竟匿而不发：其不同六也。种种不同，求一笔之相犯而不可得。岂非天然有此变化之事，以成此变化之文哉？

玄德取荆州于刘表病危之时，则不正；取荆州于刘琮僭立之后，则无不正也。即谓取荆州于刘琮僭立之时，或有不正；而取荆州于刘琮降曹之日，则更无不正也。失此不取，而使荆州为曹操所有之荆州，又为孙权所欲得之荆州，于是借荆州、分荆州、索荆州、还荆州，遂至遗无数葛藤于后，则皆此卷中一着之错耳。

孔融才大名高，意所予夺，天下从之。此曹操之所深忌者。奸雄必去其所忌，而后可以惟我欲为。故称魏王、加九锡之事，必待于融死之后也。当时即无郗虑之谮，而操之欲杀之久矣。《纲目》书操杀融而存其官，盖重予之云。

或谓文人无行，文如蔡邕而失身董卓，文如王粲而劝降曹操，斯固然矣。然如孔融、祢衡之互相称许，则岂非名称其实者哉？两人之志节，实足动义概而忤雄风。然则无行文人之说，其赖此二人而一雪斯言与！

凡用计之难，不难在第一次，而难在第二次。当敌人经过一番之后，仍以前法施之，而敌之依旧不觉，则奇莫奇于斯矣。然其前后用法亦微有不同者：前之火，纯用火；后之火，兼用水。若以卦象论之，前卦只是巽为风、离为火，后卦乃变成水火既济。惜乎曹操出兵之时，不早令管辂卜之也！

博望之火易料，新野之火难料。何也？博望之火在城外，新野之火在城中；博望之火在林木，新野之火在房屋也。然孔明新野之火是城中房屋之火，吕布濮阳之火亦是城中房屋之火，而吕布伏兵城中，孔明伏兵城外，火中之伏兵可见，火外之伏兵不可知，则新野之烧更甚于濮阳矣，况火不足而继之以水！下邳之水是白日，白河之水是黑夜；冀州之水是灌城，白河之水是灌军。愈用愈幻，愈出愈奇。今日读者见之，犹目眩神摇，安得当日战者遇之，不魂飞胆落乎！

却说玄德问孔明求拒曹兵之计。孔明曰："新野小县，不可久居。近闻刘景升病在危笃，可乘此机会，取彼荆州为安身之地，庶可拒曹操也。"玄德曰："公言甚善；但备受景升之恩，安忍图之！"孔明曰："今若不取，后悔何及！"^{为后文争荆州伏线。}玄德曰："吾宁死，不忍作负义之事。"孔明曰："且再作商议。"

却说夏侯惇败回许昌，自缚见曹操，伏地请死。操释之。惇曰："惇遭诸葛亮诡计，用火攻破我军。"操曰："汝自幼用兵，岂不知狭处须防火攻？"惇曰："李典、于禁曾言及此，悔之不及！"操乃赏二人。^{兵败而有赏，瞒胜人之处。}惇曰："刘备如此猖狂，真腹心之患也，不可不急除。"操曰："吾所虑者，刘备、孙权耳，余皆不足介意。今当乘此时扫平江南。"^{因攻刘备，就势带出孙权，为后文赤壁伏线。}便传令起大兵五十万，令曹仁、曹洪为第一队，张辽、张郃为第二队，夏侯渊、夏侯惇为第三队，于禁、李典为第四队，^{仍用夏侯、于、李，如秦穆公之再用三帅。}操自领诸将为第五队，每队各引兵十万。又令许褚为折冲将军，引兵三千为先锋。^{先锋反叙在后，叙法变幻。}选定建安十三年秋七月丙午日出师。^{并记其日，重其事也。}

太中大夫孔融谏曰："刘备、刘表皆汉室宗亲，不可轻伐；^{以理言。}孙权虎踞六郡，且有大江之险，亦不易取。^{以势言。○融意重在二刘，带言孙权。}今丞相兴此无义之师，恐失天下之望。"操怒曰："刘备、刘表、孙权皆逆命之臣，岂容不讨！"^{前操止言刘备、孙权，今亦带言刘表。}遂叱退孔融，下令："如有再谏者，必斩。"孔融出府，仰天叹曰："以至不仁伐至仁，安得不败乎？"^{"至仁"独指刘备，而表与权又在所轻。}时御史大夫郗虑家客闻此言，报知郗虑。虑常被孔融侮慢，心正恨之，乃以此言入告曹操，且曰："融平日每每狎侮丞相，^{平日狎侮，却借郗虑口中叙出来。}又与祢衡相善。衡赞融曰'仲尼不死'，融赞衡曰'颜回复生'。^{孔、祢交誉语，亦借郗交口中叙出。}向者祢衡之辱丞相，乃融使之也。"^{又将祢衡前事一提。}操大怒，遂命廷尉捕捉孔融。融有二子，年尚少，时方在家对坐弈棋。左右急报曰："尊君被廷尉执去，将斩矣！二公子何不急避？"二子曰："破巢之下，安有完卵乎？"^{操之残恶，二子早已看透。}言未已，廷尉又至，尽收融家小并二子，皆斩之，^{操之杀祢衡，必假手于他人；今杀孔融，则竟自杀之，更不避杀贤士之名矣。}号令融尸于市。京兆脂习伏尸而哭。操闻之，大怒，欲杀之。荀彧曰："彧闻脂习常谏融曰：'公刚直太过，乃取祸之道。'^{脂习谏融语，却在荀彧口中补叙出来。}今融死而来哭，乃义人也，不可杀。"^{脂习之哭孔融，与王修之哭袁谭，正复相似。}操乃止。习收融父子尸首，皆葬之。后人有诗赞孔融曰：

孔融居北海，豪气贯长虹。

坐上客常满，樽中酒不空。^{此系融幼时语，应第十一回中。}

文章惊世俗，谈笑侮王公。

史笔褒忠直，存官纪太中。<small>《纲目》书曰"杀太中大夫孔融"，存其官也。</small>

曹操既杀孔融，传令五队军马次第起行，只留荀彧等守许昌。

却说荆州刘表病重，使人请玄德来托孤。玄德引关、张至荆州见刘表。表曰："我病已入膏肓，不久便死矣，特托孤于贤弟。我子无才，恐不能承父业。我死之后，贤弟可自领荆州。"<small>陶谦三让徐州，刘表可谓再让荆州矣。</small>玄德泣拜曰："备当竭力以辅贤侄，安敢有他意乎！"正说间，人报曹操自统大兵至。玄德急辞刘表，星夜回新野。刘表病中闻此信，吃惊不小，商议写遗嘱，令玄德辅佐长子刘琦为荆州之主。<small>刘表临死不听妇人言而立少子，虽不能正其始，犹能正其终也。</small>蔡夫人闻之大怒，关上内门，使蔡瑁、张允二人把住外门。时刘琦在江夏，知父病危，来至荆州探病，方到外门，蔡瑁当住曰："公子奉父命镇守江夏，其任至重；今擅离职守，倘东吴兵至，如之奈何？若入见主公，主公必生嗔怒，病将转增，非孝也。宜速回。"<small>蔡瑁此时但阻琦之见父，而不敢害琦者，畏玄德之在新野耳。</small>刘琦立于门外，大哭一场，上马仍回江夏。刘表病势危笃，望刘琦不来，至八月戊申日，大叫数声而死。<small>刘表欲立刘琦，而不能杀蔡瑁，以至于此。</small>后人有诗叹刘表曰：

昔闻袁氏居河朔，又见刘君霸汉阳。

总为牝晨致家累，可怜不久尽销亡！

刘表既死，蔡夫人与蔡瑁、张允商议，假写遗嘱，令次子刘琮为荆州之主，<small>袁绍之妻立少子，是顺夫之命；刘表之妻立少子，是逆夫之命。蔡氏更劣于刘氏矣。</small>然后举哀报丧。时刘琮年方十四岁，颇聪明，乃聚众言曰："吾父弃世，吾兄现在江夏，更有叔父玄德在新野。汝等立我为主，倘兄与叔兴兵问罪，如何解释？"<small>刘琮贤于袁尚。</small>众官未及对，幕官李珪答曰："公子之言甚善。今可急发哀书至江夏，请大公子为荆州之主，就命玄德一同理事，北可以敌曹操，南可以拒孙权。此万全之策也。"<small>刘表有如此之臣，而平日不能重托之，乃使蔡瑁掌兵权，何用人之舛误也。</small>蔡瑁叱曰："汝何人，敢乱言以逆主公遗命！"李珪大骂曰："汝内外朋谋，假称遗命，废长立幼，眼见荆襄九郡，送于蔡氏之手！故主有灵，必当殛汝！"蔡瑁大怒，喝令左右推出斩之。李珪至死大骂不绝。<small>李珪其泄冶之流乎！</small>于是蔡瑁遂立刘琮为主。蔡氏宗族分领荆州之兵；令治中邓义、别驾刘先守荆州；蔡夫人自与刘琮前赴襄阳驻扎，以防刘琦、刘备；就葬刘表之枢于襄阳城东汉阳之原，竟不讣告刘琦与玄德。<small>自死至葬，而竟不讣告；妇人作事舛错至此，宜其亡之速也！</small>

刘琮至襄阳，方才歇马，忽报曹操引大军径望襄阳而来。琮大惊，遂请蒯越、蔡瑁等商议。东曹掾傅巽进言曰："不特曹操兵来为可忧；今大公子在江夏，玄德在新野，我皆未往报丧，若彼兴兵问罪，荆襄危矣。巽有一计，可使荆襄之民安如泰山，又可保全主公名爵。" ^{不忧曹操而忧玄德、刘琦，则其计可知矣。}琮曰："计将安出？"巽曰："不如将荆襄九郡献与曹操，操必重待主公也。" ^{李珪既杀，此傅巽之言所由来也。}琮叱曰："是何言也！孤受先君之基业，坐尚未稳，岂可便弃之他人？" ^{刘琮贤于袁谭。}蒯越曰："傅公悌之言是也。夫逆顺有大体，强弱有定势。今曹操南征北讨，以朝廷为名，主公拒之，其名不顺。且主公新立，外患未宁，内忧将作。荆襄之民，闻曹兵至，未战而胆先寒，安能与之敌哉？" ^{蒯越常助蔡瑁谋害玄德，宜其有此论。若蒯良在，则必不至此。}琮曰："诸公善言，非我不从；但以先君之业，一旦弃与他人，恐贻笑于天下耳。" ^{傅、蒯二人，志不及此十四岁儿。}

言未已，一人昂然而进曰："傅公悌、蒯异度之言甚善，何不从之？"众视之，乃山阳高平人，姓王名粲，字仲宣。粲容貌瘦弱，身材短小。幼时往见中郎蔡邕，时邕高朋满座，闻粲至，倒履迎之，宾客皆惊曰："蔡中郎何独敬此小子耶？"邕曰："此子有异才，吾不如也。" ^{蔡邕之敬王粲，如孔融之重祢衡。然王、蔡二人不如孔、祢二人多矣。}粲博闻强记，人皆不及。尝观道旁碑文一过，便能记诵；观人弈棋，棋局乱，粲复为摆出，不差一子。又善算术。其文辞妙绝一时。年十七，辟为黄门侍郎，不就。后因避乱至荆襄，刘表以为上宾。 ^{忽叙王粲生平，忙中偏有此闲笔。}当日谓刘琮曰："将军自料比曹公何如？"琮曰："不如也。" ^{与玄德、孔明问答语相似。一则商议备敌，一则商议降敌，语同而意不同。}粲曰："曹公兵强将勇，足智多谋，擒吕布于下邳，摧袁绍于官渡，逐刘备于陇右，破乌桓于白狼， ^{又将曹操前事于此总叙一遍。}枭除荡定者，不可胜计。今以大军南下荆襄，势难抵敌。傅、蒯二君之谋，乃长策也。将军不可迟疑，致生后悔。" ^{文人不可与谋国事如此！}琮曰："先生见教极是。但须禀告母亲知道。"只见蔡夫人从屏后转出， ^{惯立屏后窃听人语，此妇人恶态。}谓琮曰："既是仲宣、公悌、异度三人所见相同，何必告我？" ^{我不怪妇人同此三人之见，却怪三人不异妇人之见。}于是刘琮意决，便写降书，令宋忠潜地往曹操军前投献。宋忠领命，直至宛城，接着曹操，献上降书。操大喜，重赏宋忠，吩咐教刘琮出城迎接，便着他永为荆州之主。 ^{假话骗小儿。}

宋忠拜辞曹操，取路回荆襄。将欲渡江，忽见一枝人马到来，视之，乃关云长也。宋忠回避不迭，被云长唤住，细问荆州之事。忠初时隐讳，后被云长盘问不过，只得将前后事情一一实告。云长大惊，随捉宋忠至新野见玄德，备言其事。玄德闻之大哭。 ^{此哀刘表而哭，非畏曹操而哭也。}张飞曰："事已如此，可先斩宋忠，随起兵渡江，夺了襄阳，杀了蔡氏、刘琮，然后与曹操交战。" ^{快人快语。}玄德曰："你且缄口，我自有斟酌。"乃叱宋忠曰："你知众人作事，何不早来报我？今虽斩汝，无益于事。可速去。"^{宋忠且不杀，岂肯杀刘琮母子乎？}忠拜谢，抱头鼠窜而去。

玄德正忧闷间，忽报公子刘琦差伊籍到来。玄德感伊籍昔日相救之恩，降阶迎之，再三称谢。^{照顾前文。}籍曰："大公子在江夏，闻荆州已故，蔡夫人与蔡瑁等商议，不来报表，竟立刘琮为主。公子差人往襄阳探听，回说是实。恐使君不知，特差某赍哀书呈报，并求使君尽起麾下精兵，同往襄阳问罪。"^{刘琦求助于刘备，与袁谭之求助于曹操，大不相同。}玄德看书毕，谓伊籍曰："机伯只知刘琮僭立，更不知刘琮已将荆襄九郡献与曹操矣！"^{本是伊籍报玄德信，却反是玄德报伊籍信。}籍大惊曰："使君从何知之？"玄德具言拿获宋忠之事。籍曰："若如此，使君不如以吊丧为名，前赴襄阳，诱刘琮出迎，就便擒下，诛其党类，则荆州属使君矣。"^{最是善策。}孔明曰："机伯之言是也。主公可从之。"玄德垂泪曰："吾兄临危托孤于我，今若执其子而夺其地，异日死于九泉之下，何面目复见吾兄乎？"^{刘琮既降曹操，则玄德非取荆州于刘琮，而取荆州于曹操也，何尚以刘表让之言乎？○前刘表让之而不取，失一机会；今刘琮失之而不取，又失一机会。}孔明曰："如不行此事，今曹兵已至宛城，何以拒敌？"玄德曰："不如走樊城以避之。"^{几与屯小沛时同一局面。}

正商议间，探马飞报曹兵已到博望了。玄德慌忙发付伊籍回江夏整顿军马，一面与孔明商议拒敌之计。孔明曰："主公且宽心。前番一把火，烧了夏侯惇大半人马；今番曹军又来，必教他中这条计。^{不说出何计，正使人猜测不着。}我等在新野住不得了，不如早到樊城去。"便差人四门张榜，晓谕居民："无问老幼男女，愿从者，即于今日皆跟我往樊城暂避，不可自误。"^{挈民同走，又是一样走法。}差孙乾往河边调拨船只，救济百姓；差糜竺护送各官家眷到樊城。^{先言百姓，后及各官家眷，足见爱民之至。}一面聚诸将听令，先教云长："引一千军去白河上流头埋伏。各带布袋，多装沙土，遏住白河之水；至来日三更后，只听下流头人喊马嘶，急取起布袋，放水淹之，却顺水杀将下来接应。"^{前翼德曰："何不使'水'去？"今番真是使水去了。}又唤张飞："引一千军去博陵渡口埋伏。此处水势最慢，曹军被淹，必从此逃难，可便乘势杀来接应。"^{第二次调拨，又在水边。}又唤赵云："引军三千，分为四队，自领一队伏于东门外，其三队分伏西、南、北三门，却先于城内人家屋上，多藏硫黄焰硝引火之物。曹军入城，必安歇民房。来日黄昏后，必有大风；^{不知天时者不可以为军师。}但看风起，便令西、南、北三门伏军尽将火箭射入城去；待城中火势大作，却于城外呐喊助威，^{第三次调拨，方用火攻。○既以风力助火势，又以人声助火威，自然分外猛烈。}只留东门放他出走。汝却于东门外从后击之。^{从后击之，妙，赶他到水边去。}天明会合关、张二将，收军回樊城。"^{又先算定收兵时候。}再令糜芳、刘封二人："带二千军，一半红旗，一半青旗，^{红属火，青属木，木能生火。}去新野城外三十里鹊尾坡前屯住。一见曹军到，红旗军走在左，青旗军走在右。他心疑必不敢追，汝二人却去分头埋伏。只望城中火起，便可追杀败兵，然后却来白河上流头接应。"前三次调拨已完，不想又有此一段在后，奇妙。○前一人一拨，此两人同拨。 孔明分拨已定，乃与玄德登高瞭望，只候捷音。为下文登高对坐饮酒伏笔。

却说曹仁、曹洪引军十万为前队，前面已有许褚引三千铁甲军开路，浩浩荡荡，杀奔新野来。是日午牌时分，来到鹊尾坡，午为火位，鹊应朱雀，正为下文点染。望见坡前一簇人马，尽打青、红旗号。许褚催军向前。刘封、糜芳分为四队，青、红旗各归左右。前于第四次调拨，此却于第一次出现。许褚勒马，教且休进："前面必有伏兵。我兵只在此处住下。"许褚一骑马飞报前队曹仁。曹仁曰："此是疑兵，必无埋伏。可速进兵。我当催军继至。"许褚复回坡前，提兵杀入。至林下追寻时，不见一人。时日已坠西。自午至晚，渐渐叙到夜来，却有次第。许褚方欲前进，只听得山上大吹大擂，抬头看时，只见山顶上一簇旗，旗丛中两把伞盖：左玄德，右孔明，二人对坐饮酒。相对饮酒，不是赏红灯，定是看烟火。许褚大怒，引军寻路上山。山上擂木炮石打将下来，不能前进。又闻山后喊声大震。欲寻路厮杀，天色已晚。晚已。

曹仁领兵到，教且夺新野城歇马。军士至城下时，只见四门大开。曹兵突入，并无阻当，城中亦不见一人，竟是一座空城了。谁知以此空城作炉灶。曹洪曰："此是势孤计穷，故尽带百姓逃窜去了。我军权且在城安歇，来日平明进兵。"此时各军走乏，都已饥饿，皆去夺房造饭。曹仁、曹洪就在衙内安歇。已入火瓮中矣。初更已后，初更。狂风大作。未写火，先写风。守门军士飞报火起。曹仁曰："此必军士造饭不小心，遗漏之火，不可自惊。"说犹未了，接连几次飞报，西、南、北三门皆火起。不见兵，只见火，奇幻。曹仁急令众将上马时，满县火起，上下通红。是夜之火，更胜前日博望烧屯之火。忽将前事对照，应上文，妙甚。后人有诗叹曰：

奸雄曹操守中原，九月南征到汉川。

风伯怒临新野县，祝融飞下焰摩天。

曹仁引众将突烟冒火，寻路奔走，闻说东门无火，急急奔出东门。军士自相践踏，死者无数。曹仁等方才脱得火厄，背后一声喊起，赵云引军赶来混战，前于第三次调拨，此于第二次出现。败军各逃性命，谁肯回身厮杀。正奔走间，糜芳引一军至，又冲杀一阵。曹仁大败，夺路而走，刘封又引一军截杀一阵。糜、刘二人前已于第一次出现，今于第三、第四次又出现。前则一齐出现，此则次第出现。到四更时分，四更。人困马乏，军士大半焦头烂额。奔至白河边，喜得河水不甚深，上流头有灰布袋故也。人马都下河吃水，人相喧嚷，马尽嘶鸣。

却说云长在上流用布袋遏住河水，黄昏时分，望见新野火起；补黄昏一句，甚妙。至四更，忽听得下流头人喊马嘶，急令军士一齐掣起布袋，水势滔天，望下流冲去，曹军人马俱溺于水中，死者极多。_{前于第一次调拨，今却于第五次出现。}○既用火烧，又用水浸，十万之众，不为炭，定为泥矣。曹仁引众将望水势慢处夺路而走。行到博陵渡口，只听喊声大起，一军拦路，当先大将乃张飞也，大叫："曹贼快来纳命！"_{前于第二次调拨，今却于第六次出现。○看他叙得前后参差有势，却又一笔不乱。}曹军大惊。正是：

城内才看红焰吐，水边又遇黑风来。

未知曹仁性命如何，且看下文分解。

第四十一回

刘玄德携民渡江

赵子龙单骑救主

前孔明教刘琦，是走为上计；今教玄德，亦是走为上计。然刘琦之走得免于难，玄德之走几不免于难。其故何也？则皆玄德不忍之心为之累耳。若非不忍于刘表，则可以不走；若非不忍于刘琮，则又可以不走；即走矣，若非不忍于百姓，则犹可以轻于走、捷于走、脱然于走。其走而及于难者，乃玄德之过于仁，而非孔明之疏于计也。

蔡氏之死，天不假手于玄德；刘琮之死，天不假手于刘琦，而杀之者乃是曹操。此造物者之巧也。然操于张绣之降则不杀，于张鲁之降则不杀，即于袁谭之初降而未叛则亦不遽杀，而独于刘琮母子则必杀之而后已。其故何居？曰：琮之意在永保荆州，失之则悔，悔则必怨，怨则旧臣之未降者或将嘘枯烬以复燃，则可虑者一。即其臣之已降者，见故主尚在，亦将怀二心以图我，则可虑者二。且操方欲下江南，而琮或复与琦合，将结刘备以为我肘腋之患，则可虑者三。操之筹此至熟矣，琮即欲不死，岂可得哉？

檀溪之役，子龙以三百人而不能救玄德；长坂之役，子龙以一单骑而独能救阿斗，事之不可知者也。关公之保二夫人，历过五关而皆得无恙；子龙之保二夫人，止过长坂而不能两全，又事之不可知者也。或谓檀溪不关龙马之力，当阳亦岂虎将之功，天也，非人也！我谓关公尽事兄之节，子龙竭救主之忠，天也，亦人也！玄德弃荆州，既失其地利，犹幸邀天之佑，得人之助尔。

孙策之知太史慈，不以新降而疑其诈；玄德之信子龙，不以临难而疑其违。一则投契于一时，一则孚信于平日也。大约文字之妙多在逆翻处。不有糜芳之告、翼德之疑，则玄德之识不奇，子龙之忠亦不显。《三国》叙事之法往往善于用逆，所以绝胜他书。

文有伏线之妙。玄德之取长沙，魏延之救黄忠，尚隔数卷，而此处襄阳城外，早有一魏延，忽然而来，忽然而去。在此时初无补于玄德，初无益于襄阳，而孰知预为后日之用，真奇事奇文。

徐氏以不死报夫仇，糜氏以一死全夫嗣，皆贤妻也。吴夫人临死托壮子于良臣，糜夫人临死托幼子于猛将，皆贤母也。然死更难于不死，临难之托子更难于平时之托子，则糜夫人之贤又在东吴两妇之上。

凡叙事之难，不难在聚处，而难在散处。如当阳长坂一篇，玄德与众将及二夫人并阿斗，东三西四，七断八续，详则不能加详，略又不可偏略，庸笔至此，几于束手。今作者将糜芳中箭，在玄德眼中叙出；简雍着枪、糜竺被缚，在赵云眼中叙出；二夫人弃车步行，在简雍口中叙出；简雍报信，在翼德口中叙出；甘夫人下落，则借军士口中详之；糜夫人及阿斗下落，则借百姓口中详之：历落参差，一笔不忙，一笔不漏。又有旁笔：写秋风，写秋夜，写旷野哭声，将数千兵及数万百姓，无不点缀描画。予尝读《史记》，至项羽垓下一战，写项羽，写虞姬，写楚歌，写九里山，写八千子弟，写韩信调军，写众将十面埋伏，写乌江自刎，以为文章纪事之妙，莫有奇于此者，及见《三国》当阳长坂之文，不觉叹龙门之复生也。

　　却说张飞因关公放了上流水，遂引军从下流杀将来，截住曹仁混杀。忽遇许褚，便与交锋。许褚不敢恋战，夺路走脱。张飞赶来，接着玄德、孔明，一同沿河到上流。刘封、糜芳已安排船只等候，遂一齐渡河，尽望樊城而去。孔明教将船筏放火烧毁。^{水上之火，又其余事。}

　　却说曹仁收拾残军，就新野屯住，使曹洪去见曹操，具言失利之事。操大怒曰："诸葛村夫，安敢如此！"催动三军，漫山塞野，尽至新野下寨。传令军士一面搜山，一面填塞白河。令大军分作八路，一齐去取樊城。^{前是五队，变作八路。}刘晔曰："丞相初至襄阳，必须先买民心。今刘备尽迁新野百姓入樊城，若我兵径进，二县为齑粉矣。不如先使人招降刘备，备即不降，亦可见我爱民之心；^{此句是正意。}若其来降，则荆州之地可不战而定也。"^{此句是陪说。}操从其言，便问："谁可为使？"刘晔曰："徐庶与刘备至厚，今现在军中，何不命他一往？"操曰："他去恐不复来。"晔曰："他若不来，贻笑于人矣。丞相勿疑。"^{前者赚徐庶，程昱料其必来；今者遣徐庶，刘晔料其必返。前后相映。}操乃召徐庶至，谓曰："我本欲踏平樊城，奈怜众百姓之命。公可往说刘备，如肯来降，免罪赐爵；若更执迷，军民共戮，玉石俱焚。吾知公忠义，故特使公往。愿勿相负。"^{明知备之不降而招之，又明知庶之不劝备降而遣之，皆诈也，不过先礼后兵，以示虚惠于百姓耳。}

　　徐庶受命而行。至樊城，玄德、孔明接见，共诉旧日之情。庶曰："曹操使庶来招降使君，乃假买民心也。今彼分兵八路，填白河而进，樊城恐不可守，宜速作行计。"^{不待徐庶教之行，而孔明之行计已定矣。}玄德欲留徐庶。庶谢曰："某若不还，恐惹人笑。今老母已丧，抱恨终天。身虽在彼，誓不为设一谋。公有卧龙辅佐，何愁大业不成。"庶请辞。^{若无卧龙辅佐，此时徐庶亦不留乎？或曰：徐庶孝子也，母虽死而坟墓在焉，故不敢绝操耳。}玄德不敢强留。徐庶辞回，见了曹操，言玄德并无降意。操大怒，即日进兵。

　　玄德问计于孔明。孔明曰："可速弃樊城，取襄阳暂歇。"^{本意在襄阳，孰知下文偏不是襄阳。}玄德曰："奈百姓相随许久，安忍弃之？"孔明曰："可令人遍告百姓：有愿随者同去，不愿者留下。"先使云长往江岸整顿船只，令孙乾、简雍在城中声扬曰："今曹兵将至，孤城不可久守，百姓愿随者，便同过江。"^{若使此时不告百姓，潜师宵遁，则后来必不为曹操所追及矣。}两县之民齐声大呼曰："我等虽死，亦愿随使君！"^{此之谓人和。}即日号泣而行，扶老携幼，将男带女，滚滚渡河，两岸哭声不绝。玄德于船上望见，大恸曰："为吾一人而使百姓遭此大难，吾何生哉！"欲投江而死，^{或曰：玄德之欲投江，与曹操之买民心一样，都是假处；然曹操之假，百姓知之；玄德之假，百姓偏不以为假。虽同一假也，而玄德胜曹操多矣。}左右急救止。闻者莫不痛哭。船到南岸，回顾百姓，有未渡者，望南而哭。玄德急令云长催船渡之，方才上马。^{不携百姓则已，既已携之，岂可携其半而弃其半？则催船急渡，乃必然之势也。}

行至襄阳东门，只见城上遍插旌旗，壕边密布鹿角。玄德勒马大叫曰："刘琮贤侄，吾但欲救百姓，并无他念。可快开门。"^{亦以百姓动之。}刘琮闻玄德至，惧而不出。蔡瑁、张允径来敌楼上，叱军士乱箭射下。城外百姓，皆望敌楼而哭。^{刘琮拒玄德，则不义；弃百姓，则不仁。}城中忽有一将，引数百人径上城楼，大喝："蔡瑁、张允卖国之贼！刘使君乃仁德之人，今为救民而来投，何得相拒！"^{突如其来，伊何人哉？}众视其人，身长八尺，面如重枣，乃义阳人也，姓魏名延，字文长。^{魏延之归玄德，尚在十数回之后，却早于此处现出，妙。}当下魏延轮刀砍死守门将士，开了城门，放下吊桥，大叫："刘皇叔快领兵入城，共杀卖国之贼！"^{读者至此，必谓蔡瑁、张允此时必死，而玄德此时必入襄阳矣。}张飞便跃马欲入，玄德急止之曰："休惊百姓！"^{处处以百姓为重。}魏延只顾招呼玄德军马入城。只见城内一将飞马引军而出，大喝："魏延无名小卒，安敢造乱！认得我大将文聘么？"^{忽然又遇一阻隔，妙绝。}魏延大怒，挺枪跃马，便来交战。两下军兵在城边混杀，喊声大震。玄德曰："本欲保民，反害民也！吾不愿入襄阳！"^{处处以百姓为重。}孔明曰："江陵乃荆州要地，不如先取江陵为家。"^{本要取江陵，谁知后文又不是江陵。}玄德曰："正合吾心。"于是引着百姓，尽离襄阳大路，望江陵而走。襄阳城中百姓，多有乘乱逃出城来，跟玄德而去。^{此之谓人和。}魏延与文聘交战，从巳至未，手下兵卒皆已折尽。延乃拨马而逃，却寻不见玄德，自投长沙太守韩玄去了。^{为后救黄忠伏线。}

却说玄德同行军民十余万，大小车数千辆，挑担背负者不计其数。路过刘表之墓，玄德率众将拜于墓前，哭告曰："辱弟备无德无才，负兄寄托之重，罪在备一身，与百姓无干。望兄英灵，垂救荆襄之民！"言甚悲切，军民无不下泪。^{曹操哭袁绍之墓，是假哭；玄德哭刘表之墓，是真哭。○虽为刘表而哭，却为百姓而哭，处处以百姓为重。}忽哨马报说："曹操大军已屯樊城，使人收拾船筏，即日渡江赶来也。"众将皆曰："江陵要地，足可拒守。今拥民众数万，日行十余里，似此几时得至江陵？倘曹兵到，如何迎敌？不如暂弃百姓，先行为上。"玄德泣曰："举大事者必以人为本。今人归我，奈何弃之？"^{不携百姓则已，既已携之，岂可携于前而弃于后？到底同行，亦必然之势也。}百姓闻玄德此言，莫不伤感。后人有诗赞之曰：

临难仁心存百姓，登舟挥泪动三军。

至今凭吊襄江口，父老犹然忆使君。

却说玄德拥着百姓，缓缓而行。孔明曰："追兵不久即至，可遣云长往江夏求救于公子刘琦，教他速起兵乘船会于江陵。"^{方知前日为刘琦画策，已早为今日玄德伏着。}玄德从之，即修书令云长同孙乾同五百军往江夏求救；令张飞断后，^{为长坂桥伏线。}赵云保护老小，^{为当阳伏笔。}其余俱管顾百姓而行，处处以百姓为重。每日只走十余里便歇。

却说曹操在樊城，使人渡江至襄阳，召刘琮相见。琮惧怕，不敢往见。蔡瑁、张允请行。王威密告琮曰："将军既降，玄德又走，曹操必懈弛无备。愿将军奋整奇兵，设于险处击之，操可获矣。获操则威震天下，中原虽广，可传檄而定。此难遇之机，不可失也。"王威此计妙不可言。刘琮若能行之，是一时快事；刘琮即不行之，亦千古快谈。琮以其言告蔡瑁。瑁叱王威曰："汝不知天命，安敢妄言！"威怒骂曰："卖国之徒，吾恨不生啖汝肉！"瑁欲杀之，蒯越劝止。李珪死而王威不死，亦侥幸耳。瑁遂与张允同至樊城，拜见曹操。瑁等辞色甚是谄佞。操问："荆州军马钱粮，今有多少？"瑁曰："马军五万，步军十五万，水军八万，共二十八万。钱粮大半在江陵，其余各处，亦足供给一载。"既有如此之兵粮而不修战具，蔡瑁非人哉！操曰："战船多少？原是何人管领？"瑁曰："大小战船，共七千余只，原是瑁等二人掌管。"操遂加瑁为镇南侯、水军大都督，张允为助顺侯、水军副都督。为赤壁伏线。二人大喜拜谢。狗才。操又曰："刘景升既死，其子降顺，吾当表奏天子，使永为荆州之主。"连许两番，谁知都是假话。二人大喜而退。荀攸曰："蔡瑁、张允乃谄佞之徒，主公何遂加以如此显爵，更教都督水军乎？"操笑曰："吾岂不识人！止因吾所领北地之众，不习水战，故且权用此二人；待成事之后，别有理会。"奸雄用人，全是权诈。可恨，可爱。

却说蔡瑁、张允归见刘琮，具言："曹操许保奏将军永镇荆襄。"琮大喜。次日，与母蔡夫人赍捧印绶兵符，亲自渡江拜迎曹操。大事去矣。操抚慰毕，即引随征军将进屯襄阳城外。蔡瑁、张允令襄阳百姓焚香拜接。曹操俱用好言抚谕。百姓焚香是没奈何，曹操抚谕是了世事。入城至府中坐定，即召蒯越近前，抚慰曰："吾不喜得荆州，喜得异度也。"老奸。遂封蒯越为江陵太守、樊城侯，傅巽、王粲等皆为关内侯，三人前劝刘琮降操，正为此耳。而以刘琮为青州刺史，便教起程。两次诈许，今番变卦，恶极。琮闻命大惊，辞曰："琮不愿为官，愿守父母乡土。"操曰："青州近帝都，教你随朝为官，免在荆襄被人图害。"琮再三推辞，曹操不准。琮只得与母蔡夫人同赴青州。只有故将王威相随，其余官员俱送至江口而回。刘琮此时行旅之况，更惨于玄德矣。操唤于禁嘱咐曰："你可引轻骑追刘琮母子杀之，以绝后患。"恶极。然亦势所必然。于禁得令，领众赶上，大喝曰："我奉丞相令，教来杀汝母子！可早纳下首级！"蔡夫人抱刘琮而大哭。早知今日，悔不当初！欲再从屏风后窃听宾客之语，岂可得哉？虽然，吕布之妻严氏、袁绍之妻刘氏，皆被曹操取至许都，则蔡夫人之见杀，犹为死得干净也。于禁喝令军士下手。王威忿怒，奋力相斗，竟被众军所杀。冀州死节者有沮授、审配，荆州死节者唯王威一人。军士杀死刘琮及蔡夫人。于禁回报曹操，操重赏于禁。便使人往隆中搜寻孔明妻小，却不知去向。原来孔明先已令人搬送至三江内隐避矣。徐庶之母被执，而孔明之家杳然，竟卧龙妙人，胜元直十倍。操深恨之。

襄阳既定，荀攸进言曰："江陵乃荆襄重地，钱粮极广。刘备若据此地，急难动摇。"操曰："孤岂忘之！"随命于襄阳诸将中选一员引军开道，诸将中却独不见文聘。操使人寻问，方才来见。操曰："汝来何迟？"对曰："为人臣而不能使其主保全境土，心实悲惭，无颜早见耳。"言讫，歔欷流涕。^{与袁绍之客王修等相类。}操曰："真忠臣也！"除江夏太守，赐爵关内侯，便教引军开道。探马报说："刘备带领百姓，日行止十数里，计程只有三百余里。"^{已行过一月矣。}操教各部下精选五千铁骑，星夜前进，限一日一夜，赶上刘备。^{以一日一夜赶一月之程，兵虽锐而亦疲矣。}大军陆续随后而进。

却说玄德引十数万百姓、三千余军马，一程程挨着往江陵进发。赵云保护老小，张飞断后。^{将二人再点一句，为后文伏线。}孔明曰："云长往江夏去了，绝无回音，不知若何。"玄德曰："敢烦军师亲自走一遭。刘琦感公昔日之教，今若见公亲至，事必谐矣。"孔明允诺，便同刘封引五百军先往江夏求救去了。^{关公既去，孔明又行，止剩张、赵二将矣。}

当日玄德自与简雍、糜竺、糜芳同行。正行间，忽然一阵狂风就马前刮起，尘土冲天，平遮红日。^{未写兵来，先写风报，使人凛凛。}玄德惊曰："此何兆也？"简雍颇明阴阳，袖占一课，失惊曰："此大凶之兆也，应在今夜。主公可速弃百姓而走。"玄德曰："百姓从新野相随至此，吾安忍弃之？"^{处处以百姓为重。}雍曰："主公若恋而不弃，祸不远矣。"玄德问："前面是何处？"左右答曰："前面是当阳县，有座山名为景山。"玄德便教就此山扎住。时秋末冬初，凉风透骨，黄昏将近，哭声遍野。^{尝读李陵书曰："凉秋九月，时闻悲风萧条之声。"又读李华《吊古战场文》曰："往往鬼哭，天阴则闻，未尝不惨然悲也。"今此处兼彼二语，倍觉凄凉。○"秋末冬初"二句，早为后文赤壁借风作衬。}至四更时分，只听得西北喊声震地而来。玄德大惊，急上马引本部精兵二千余人迎敌。曹兵掩至，势不可当。玄德死战。正在危迫之际，幸得张飞引军至，杀开一条血路，救玄德望东而走。文聘当先拦住，玄德骂曰："背主之贼，尚有何面目见人！"文聘羞惭满面，引兵自投东北去了。^{文聘尚有良心。}张飞保着玄德，且战且走。奔至天明，闻喊声渐渐远去，玄德方才歇马。看手下随行人，止有百余骑；百姓、老小并糜竺、糜芳、简雍、赵云等一干人，皆不知下落。^{此处写得七零八落，后文一一点出。}玄德大哭曰："十数万生灵，皆因恋我，遭此大难；诸将及老小，皆不知存亡。虽土木之人，宁不悲乎！"^{先言百姓，次言诸将、老小，处处以百姓为重。}

正凄惶时，忽见糜芳面带数箭，跟跄而来，^{糜芳带箭，在玄德眼中叙出，极省笔。}口言："赵子龙反投曹操去了也！"^{将写赵云尽忠，却报赵云降操，是借糜芳口中反衬下文。}玄德叱曰："子龙是我故交，安肯反乎？"^{玄德之言，是正衬下文。}张飞曰："他今见我等势穷力尽，或者反投曹操，以图富贵耳！"^{糜芳不知赵云，张飞亦疑赵云，不独反衬玄德之识，正反衬赵}

玄德曰：“子龙从我于患难，心如铁石，非富贵所能动摇也。”^{云之忠。}^{知心之语。}糜芳曰：“我亲见他投西北去了。”^{此却何故？}张飞曰：“待我亲自寻他去。若撞见时，一枪刺死！”^{读者至此，为赵云寒心。}玄德曰：“休错疑了。岂不见你二兄诛颜良、文丑之事乎？^{白马解围事已隔数回，至此忽然一提。}子龙此去，必有事故。吾料子龙必不弃我也。”张飞那里肯听，引二十余骑至长坂桥。见桥东有一带树木，飞生一计，教所从二十余骑都砍下树枝，拴在马尾上，在树林内往来驰骋，冲起尘土，以为疑兵。^{翼德渐能用智，想亦为孔明陶熔故也。}飞却亲自横矛立马于桥上，向西而望。^{写得有声势。此处权按下张飞，以下单叙赵云。}

却说赵云自四更时分，与曹军厮杀，往来冲突，杀至天明，寻不见玄德，又失了玄德老小。云自思曰：“主公将甘、糜二夫人与小主人阿斗托付在我身上，今日军中失散，有何面目去见主人？不如去决一死战，好歹要寻主母与小主人下落！”^{方叙明不归东南投转西北之故。}回顾左右，只有三四十骑相随。云拍马在乱军中寻觅，二县百姓号哭之声震天动地，中箭着枪、抛男弃女而走者不计其数。^{将写二夫人，先写两县百姓，是以旁笔佐正笔。}赵云正走之间，见一人卧在草中，视之，乃简雍也。^{借赵云眼中叙出简雍，又省笔。}云急问曰：“曾见两位主母否？”雍曰：“二主母弃了车仗，抱阿斗而走。我飞马赶去，转过山坡，被一将刺了一枪，跌下马来，马被夺了去。我争斗不得，故卧在此。”^{只糜芳中箭、简雍着枪，作两样叙法，又妙在二夫人先借简雍口中点出。}云乃将从骑所骑之马借一匹与简雍骑坐，又着二卒扶护简雍先去报与主人：“我上天入地，好歹寻主母与小主人来。如寻不见，死在沙场上也！”说罢，拍马望长坂坡而去。^{妙在不叙简雍一边归报，只叙赵云一面去寻。}

忽一人大叫：“赵将军那里去？”云勒马问曰：“你是何人？”答曰：“我乃刘使君帐下护送车仗的军士，被箭射倒在此。”赵云便问二夫人消息。军士曰：“恰才见甘夫人披头跣足，相随一伙百姓妇女，投南而走。”^{甘夫人下落借军士口中叙出，又省笔。○简雍说两个夫人都未有下落，军士只说一个夫人却有下落，俱妙。}云见说，也不顾军士，急纵马望南赶去。^{写赵云心忙，无眼更救军士，不独简雍与军士轻重有别，甘夫人与军士缓急更殊也。}只见一伙百姓，男女数百人，相携而走。云大叫曰：“内中有甘夫人否？”夫人在后面望见赵云，放声大哭。云下马插枪而泣曰：“使主母失散，云之罪也！糜夫人与小主人安在？”甘夫人曰：“我与糜夫人被逐，弃了车仗，杂于百姓内步行，^{与简雍语相应。}又撞见一枝军马冲散。糜夫人与阿斗不知何往。我独自逃生至此。”^{糜夫人失散，借甘夫人口中点出，又省笔。}正言间，百姓发喊，又撞出一枝军来。赵云拔枪上马看时，面前马上绑着一人，乃糜竺也。^{糜竺被缚，借赵云眼中点出，又省笔。○糜芳中箭，简雍着枪，糜竺被缚，写得参差历落妙。}背后一将，手提大刀，引着千余军，乃曹仁部将淳于导，拿住糜竺，正要解去献功。^{补叙明白笔法变换。}赵云大喝一声，挺枪纵马，直取淳于导。导抵敌不住，被云一枪刺落马下，向前救了糜竺，夺得马二匹。云请甘夫人上马，杀开条大路，直送至长坂坡。只见张飞横矛立马于桥上，大叫："子龙！你如何反我哥哥？" _{此时已知不反，又问一句，为前文余波。}云曰："我寻不见主母与小主人，因此落后，何言反耶？"飞曰："若非简雍先来报信，我今见你，怎肯干休也！" _{简雍报信，借翼德口中补叙出来，又极省笔。}云曰："主公在何处？"飞曰："只在前面不远。"云谓麋竺曰："麋子仲保甘夫人先行，待我仍往寻麋夫人与小主人去。"言罢，引数骑再回旧路。_{妙在此时不即见玄德。}

正走之间，见一将手提铁枪，背着一口剑，引十数骑跃马而来。赵云更不打话，直取那将。交马只一合，把那将一枪刺倒，从骑皆走。原来那将乃曹操随身背剑之将夏侯恩也。_{本为曹操背剑，今为赵云送剑。}曹操有宝剑二口：一名"倚天"，一名"青釭"；倚天剑自佩之，青釭剑令夏侯恩佩之。那青釭剑砍铁如泥，锋利无比。_{补叙宝剑来历，又以倚天陪青釭。急中偏有此缓笔，忙中偏有此闲笔。}当时夏侯恩自恃勇力，背着曹操，只顾引人抢夺掳掠。不想撞着赵云，被他一枪刺死，夺了那口剑，看靶上有金嵌"青釭"二字，方知是宝剑也。_{再补写宝剑一句。}云插剑提枪，复杀入重围，回顾手下从骑，已没一人，只剩得孤身。_{得了宝剑，失了从骑。}云并无半点退心，只顾往来寻觅，但逢百姓，便问麋夫人消息。忽一人指曰："夫人抱着孩儿，左腿上着了枪，行走不得，只在前面墙缺内坐地。" _{甘夫人下落，用军士报信；麋夫人下落，又用百姓报信。俱省笔。}

赵云听了，连忙追寻。只见一个人家，被火烧坏土墙，麋夫人抱着阿斗，坐于墙下枯井之旁啼哭。_{先将土墙枯井于此一逗，妙。}云急下马伏地而拜。夫人曰："妾得见将军，阿斗有命矣。望将军可怜他父亲飘荡半世，只有这点骨血。将军可护持此子，教他得见父面，妾死无恨！"

_{言之伤心，闻之酸鼻。○阿斗乃甘夫人所生，而患难之中，麋夫人能携持付托胜如己出，更自难得。}云曰："夫人受难，云之罪也。不必多言，请夫人上马。云自步行死战，保夫人透出重围。"麋夫人曰："不可！将军岂可无马！_{人知玄德过檀溪不可无马，不知赵云过当阳亦不可无马。}此子全赖将军保护。妾已重伤，死何足惜！望将军速抱此子前去，勿以妾为累也。" _{好夫人。}云曰："喊声将近，追兵已至，请夫人速速上马。"麋夫人曰："妾身委实难去，休得两误。"乃将阿斗递与赵云曰："此子性命全在将军身上！" _{人知昭烈在白帝城托阿斗于孔明，不知麋夫人在长坂坡托阿斗于子龙。一样付托之重。}赵云三回五次请夫人上马，夫人只不肯上马。四边喊声又起。云厉声曰："夫人不听吾言，追军若至，为之奈何？" _{势迫事险，心忙语急，写来如画。}麋夫人乃弃阿斗于地，翻身投入枯井中而死。_{人但知赵云不惜死以保其主，不知麋夫人不惜死以保其子。赵云固奇男子，麋夫人亦奇妇人。}后人有诗赞之曰：

战将全凭马力多，步行怎把幼君扶？

拼将一死存刘嗣，勇决还亏女丈夫。

赵云见夫人已死，恐曹军盗尸，便将土墙推倒，掩盖枯井。*土墙、枯井，前先点出，此处便不突然，可见其用笔闲细。* 掩讫，解开勒甲绦，放下掩心镜，将阿斗抱护在怀，*吕布驮女儿在背，甚是累赘；赵云裹阿斗在怀，颇觉轻便。* 绰枪上马。早有一将，引一队步军至，*来得如此危急，愈足见糜夫人一死之妙。* 乃曹洪部将晏明也，持三尖两刃刀来战赵云。不三合，被赵云一枪刺倒，杀散众军，冲开一条路。正走间，前面又一枝军马拦路。当先一员大将，旗号分明，大书"河间张郃"。云更不答话，挺枪便战。约十余合，云不敢恋战，夺路而走。背后张郃赶来，云加鞭而行，不想跐跶一声，连马和人颠入土坑之内。*读者至此，必谓赵云不免矣。* 张郃挺枪来刺，忽然一道红光从土坑中滚起，那匹马平空一跃，跳出坑外。*亦大奇事。本是赵云保阿斗，此却是阿斗保赵云矣。○与玄德檀溪跃马仿佛相似。* 后人有诗曰：

红光罩体困龙飞，征马冲开长坂围。

四十二年真命主，将军因得显神威。

张郃见了，大惊而退。赵云纵马正走，背后忽有二将大叫："赵云休走！"前面又有二将，使两般军器，截住去路。后面赶的是马延、张颉，前面阻的是焦触、张南，都是袁绍手下降将。*袁绍降将，正与子龙映射。* 赵云力战四将，曹军一齐拥至。云乃拔青釭剑乱砍，手起处，衣甲平过，血如涌泉。杀退众军将，直透重围。*玄德逃难赖良马，子龙杀将赖宝剑。一马一剑，正复相当。*

却说曹操在景山顶上，望见一将，所到之处，威不可当，急问左右是谁。曹洪飞马下山大叫曰："军中战将可留姓名！"云应声曰："吾乃常山赵子龙也！"曹洪回报曹操。操曰："真虎将也！吾当生致之。"遂令飞马传报各处："如赵云到，不许放冷箭，只要捉活的。"因此赵云得脱此难，此亦阿斗之福所致也。*曹操要捉生赵云，却使赵云保得活阿斗。* 这一场杀，赵云怀抱后主，直透重围，砍倒大旗两面，夺槊三条；前后枪刺剑砍，杀死曹营名将五十余员。*总叙一句，省却无数笔墨。* 后人有诗曰：

血染征袍透甲红，当阳谁敢与争锋！

古来冲阵扶危主，只有常山赵子龙。

赵云当下杀透重围，已离大阵，血满征袍。正行间，山坡下又撞出两枝军，乃夏侯惇部将锺缙、锺绅兄弟二人，一个使大斧，一个使画戟，大喝："赵云快下马受缚！"*上已作一收，*

不想此处
又起。　正是：

　　　　才离虎窟逃生去，又遇龙潭鼓浪来。

　毕竟子龙怎地脱身，且听下回分解。

第四十二回

张翼德大闹长坂桥
刘豫州败走汉津口

前回写赵云，此回写张飞。写赵云是几番血战，写张飞只是一声叱喝。天下事亦有虚声而可当实际者，然必其人平日之实际足以服人，而后临时之虚声足以耸听。所以张飞之功，与赵云等。非若今人之全靠虚声，浑无实际，他人吃尽老力，我只出一张寡嘴也。

翼德喝退曹军，若非有云长昔日夸奖之语，曹操当时未必如此之惧也。不但此也，翼德横矛立马于桥上，而曹兵疑为诱敌之计，若非有孔明两番火攻惊破曹兵之胆，当时曹操又未必如此之疑。则非翼德之先声夺人，而实则云长之先声足以夺人；又非云长之先声夺人，而实则孔明之先声足以夺人耳。

玄德将阿斗掷地，亦掷得不差。由后观之，以一英雄之赵云，救一无用之刘禅，诚不如勿救矣。然从来豪杰不遇时，庸人多厚福。禅之智则劣于父，而其福则过于父。玄德劳苦一生，甫登大宝，未几而殂，反不如庸庸之子安享四十二年南面之福也。长坂之役，本是庸主赖虎将之力而得生，人反谓虎将赖庸主之福而不死，为之一叹。

文章之妙，妙在猜不着。如玄德本欲投襄阳，忽变而江陵；既欲投江陵，又忽变而汉津：此猜测之所不及也。刘表为孙权之仇，刘表未死，孙权方欲攻之；刘表既死，权忽使人吊之：又猜测之所不及也。唯猜测不及，所以为妙。若观前事便知其有后事，则必非妙事；观前文便知其有后文，则必非妙文。

读书之乐，不大惊则不大喜，不大疑则不大快，不大急则不大慰。当子龙杀出重围，人困马乏之后，又遇文聘追来，是一急；而及见玄德之时，怀中阿斗不见声息，是一疑；至翼德断桥之后，玄德被曹操追至江边更无去路，又一急；及云长旱路接应之后，忽见江上战船拦路，不知是刘琦，又一惊；及刘琦同载之后，忽又见战船拦路，不知是孔明，又一疑一急。令读者眼中如猛电之一去一来，怒涛之一起一落。不意尺幅之内，乃有如此变幻也。

孔明劝玄德结孙权为援，鲁肃亦劝孙权结玄德为援，所见略同。而孔明巧处，不用我去求人，偏使人来求我。若鲁肃一至，孔明慌忙出迎，便没趣矣。妙在鲁肃求见，然后肯出，此孔明之巧也。一见之后，若孔明先下说词，又没趣矣。妙在孔明并不挑拨鲁肃，鲁肃先来勾搭孔明，又孔明之巧也。鲁肃欲邀孔明同去，而若使孔明欣然应允，又没趣矣。妙在玄德假意作难，孔明勉强一行，又孔明之巧也。求人之意甚急，故作不屑求人之态；胸中十分要紧，口内十分迟疑。写来真是好看煞人。

前看李肃说吕布杀丁原，偏等吕布自说出来，是一段绝妙文字。又看王允说吕布杀董卓，亦等吕布自说出来，又是一段绝妙文字。今看孔明欲往东吴见孙权，必待鲁肃说出，比前二段文字更是奇妙。前二段止是两人往复，此则夹一玄德在中；前二段一等吕布说出来时便随口赞成，此则既等鲁肃说出来时却又诈言不肯。愈出愈幻，愈转愈曲，赏心悦目，蔑以过兹。

却说钟缙、钟绅二人拦住赵云厮杀。赵云挺枪便刺，钟缙当先挥大斧来迎。两马相交，战不三合，被云一枪刺落马下，夺路便走。背后锺绅持戟赶来，马尾相衔，那枝戟只在赵云后心内弄影。云急拨转马头，恰好两胸相拍。云左手持枪隔过画戟，右手拔出青釭宝剑砍去，带盔连脑，砍去一半，绅落马而死。<small>既写赵云，又写宝剑。○赵云既斩曹营名将五十余员矣，不想五十余员后又有续案。</small>余众奔散。赵云得脱，望长坂桥而走。只闻后面喊声大震，原来文聘引军赶来。赵云到得桥边，人困马乏。<small>人困马乏矣，偏又有追军至，令读者着急。○此处写赵云人困马乏，愈见其适间威勇莫当。</small>见张飞挺矛立马于桥上，云大呼曰："翼德援我！"飞曰："子龙速行，追兵我自当之。"<small>本欲杀子龙而来，今反得为子龙之援，妙。</small>

云纵马过桥，行二十余里，见玄德与众人憩于树下。云下马伏地而泣，玄德亦泣。<small>几不得见而复见，故不得不泣。相见泣，悲其前之相失也。写得恻恻入情。</small>云喘息而言曰：<small>此处写赵云喘息，愈见上文劳苦功高。</small>"赵云之罪，万死犹轻！糜夫人身带重伤，不肯上马，投井而死，云只得推土墙掩之。怀抱公子，身突重围；赖主公洪福，幸而得脱。适来公子尚在怀中啼哭，此一会不见动静，多是不能保也。"<small>此处又着此疑人之笔，曲折之甚。</small>遂解视之，原来阿斗正睡着未醒。<small>阿斗一生，只是睡着未醒耳。</small>云喜曰："幸得公子无恙！"双手递与玄德。玄德接过，掷之于地曰："为汝这孺子，几损我一员大将！"<small>袁绍怜幼子而拒田丰之谏，玄德掷幼子以结赵云之心：一智一愚，相去天壤。</small>赵云忙向地下抱起阿斗，泣拜曰："云虽肝脑涂地，不能报也！"后人有诗曰：

> 曹操军中飞虎出，赵云怀内小龙眠。
>
> 无由抚慰忠臣意，故把亲儿掷马前。

却说文聘引军追赵云至长坂桥，只见张飞倒竖虎须，圆睁环眼，手绰蛇矛，立马桥上。<small>借文聘眼中写一张飞。○此处按下赵云，只写张飞。</small>又见桥东树林之后，尘头大起，疑有伏兵，便勒住马，不敢近前。<small>可知系树枝于马尾，驰聘林间，的是妙计。</small>俄而，曹仁、李典、夏侯惇、夏侯渊、乐进、张辽、张郃、许褚等都至。见飞怒目横矛，立马于桥上，<small>又描一句，在诸将眼中再写一张飞。</small>又恐是诸葛孔明之计，都不敢近前。<small>正写张飞，带写孔明。</small>扎住阵脚，一字儿摆在桥西，使人飞报曹操。操闻知，急上马，从阵后来。张飞睁圆环眼，隐隐见后军青罗伞盖、旄钺旌旗来到，料得是曹操心疑，亲自来看。<small>前在诸将眼中写张飞，此又在张飞眼中写曹操。</small>飞乃厉声大喝曰：<small>半日不喝，此时方喝，妙。</small>"我乃燕人张翼德也！谁敢与我决一死战？"<small>二"我"字，响甚。</small>声如巨雷。曹军闻之，尽皆股栗。<small>不独当时闻者股栗，即今日读之，犹觉其声如在纸上。</small>

曹操急令去其伞盖，<small>第一喝早喝去了曹操伞盖。</small>回顾左右曰："我向曾闻云长言，翼德于百万军中取上将之首，如探囊取物。<small>将白马解围时语，于此处提照出来。</small>今日相逢，不可轻敌。"言未已，张飞睁目又喝曰："燕人张翼德在此！谁敢来决死战？"<small>其声愈猛。</small>曹操见张飞如此气概，颇有退心。<small>又在曹操眼中写一张飞。</small>飞望见曹操后军阵脚移动，<small>第二喝又喝退了曹操后军。</small>乃挺矛又喝曰："战又不战，退又不退，却是何故！"此一喝更极嘲笑。喊声未绝，曹操身边夏侯杰惊得肝胆碎裂，倒撞于马下。第三喝直喝死了曹操近将。操便回马而走。于是诸军众将一齐望西奔走。正是：黄口孺子，怎闻霹雳之声；病体樵夫，难听虎豹之吼。一时弃枪落盔者不计其数，人如潮涌，马似山崩，自相践踏。前回写赵云死战，有死战之勇；此回写张飞不战，有不战之威。两样文章，一样出色。后人有诗赞曰：

> 长坂桥头杀气生，横枪立马眼圆睁。
>
> 一声好似轰雷震，独退曹家百万兵。

却说曹操惧张飞之威，骤马望西而走，冠簪尽落，披发奔逃。与袁绍磐河遇关、张时一般光景。张辽、许褚赶上，扯住辔环。曹操仓皇失措。犹疑被翼德追获。张辽曰："丞相休惊。料张飞一人，何足深惧！今急回军杀去，刘备可擒也。"曹操神色方才稍定，前写赵云喘息未定，是写赵云余勇；此写曹操神色方定，是写张飞余威。乃令张辽、许褚再至长坂桥探听消息。

且说张飞见曹军一拥而退，不敢追赶，速唤回原随二十余骑，解去马尾树枝，细甚。令将桥梁拆断，失算矣。然后回马来见玄德，具言断桥一事。玄德曰："吾弟勇则勇矣，惜失于计较。"飞问其故。玄德曰："曹操多谋。汝不合拆断桥梁，彼必追至矣。"妙在不即飞说明。曰："他被我一喝，倒退数里，何敢再追？"玄德曰："若不断桥，彼恐有埋伏，不敢进兵；今拆断了桥，彼料我无军而怯，必来追赶。彼有百万之众，虽涉江汉，可填而过，岂惧一桥之断耶？"方说明缘故。○马尾树枝是翼德巧处，拆断桥梁是翼德拙处。莽人使乖，到底是莽。于是即刻起身，从小路斜投汉津，望沔阳路而走。

却说曹操使张辽、许褚探长坂桥消息，回报曰："张飞已拆断桥梁而去矣。"操曰："彼断桥而去，乃心怯也。"曹操料张飞，玄德料曹操，都各不差。遂传令差一万军，速搭三座浮桥，只今夜就要过。李典曰："此恐是诸葛亮之诈谋，不可轻进。"操曰："张飞一勇之夫，岂有诈谋！"李典之疑是疑孔明，曹操之信是信张飞。遂传下号令，火速进兵。

却说玄德行近汉津，忽见后面尘头大起，鼓声连天，喊声震地。玄德曰："前有大江，后有追兵，如之奈何？"几与檀溪之急相似。急命赵云准备抵敌。曹操下令军中曰："今刘备釜中之鱼，阱中之虎。若不就此时擒捉，如放鱼入海，纵虎归山矣。众将可努力向前。"众将领命，一个个奋威追赶。有此一逼，更使读者寒心。忽山坡后鼓声响处，一队军马飞出，大叫曰："我在此等候多时了！"又是绝处逢生。当头那员大将，手执青龙刀，坐下赤兔马。原来是关云长去江夏借得军马一万，探知当阳长坂大战，特地从此路截出。云长一边事，于此处方才补出，正妙在突如其来。曹操一见云长，即勒住马回顾众将曰："又中诸葛亮之计也！"〔与李典之言相照。〕传令大军速退。

云长追赶十数里，即回军保护玄德等到汉津，已有船只伺候。云长请玄德并甘夫人、阿斗至船中坐定。云长问曰："二嫂嫂如何不见？"玄德诉说当阳之事。〔叙得一笔不漏。〕云长叹曰："曩日猎于许田时，若从吾意，可无今日之患。"〔第二十回中事，忽于此提照出来。〕玄德曰："我于此时亦投鼠忌器耳。"〔又追解前事。〕正说之间，忽见江南岸战鼓大鸣，舟船如蚁，顺风扬帆而来。〔故作惊人之笔。〕玄德大惊。〔不特玄德吃惊，读者至此亦为吃惊。〕船来至近，只见一人白袍银铠，立于船头上大呼曰："叔父别来无恙！小侄得罪！"玄德视之，乃刘琦也。〔先听其言，后见其人，叙得变化。〕琦过船哭拜曰："闻叔父困于曹操，小侄特来接应。"玄德大喜，遂合兵一处，放舟而行。在船中正诉情由，江西南上战船一字儿摆开，乘风唿哨而至。〔又作惊人之笔，读者再吃一惊。〕令刘琦惊曰："江夏之兵，小侄已尽起至此矣。今有战船拦路，非曹操之军，即江东之军也，如之奈何？"〔不但疑是曹军，且又疑是吴军。此在刘琦意中想出，正与下文鲁肃至江夏反照。〕玄德出船头视之，见一人纶巾道服，坐在船头上，乃孔明也，背后立着孙乾。〔只云长、刘琦、孔明三人，分作三次相见，皆故作惊人之笔。〕玄德慌请过船，问其何故却在此。孔明曰："亮自至江夏，先令云长于汉津登陆地而接。我料曹操必来追赶，主公必不从江陵来，必斜取汉津矣；故特请公子先来接应，我竟往夏口，尽起军前来相助。"〔孔明一边事，即借孔明口中补出，极省笔。〕玄德大悦，合为一处，商议破曹之策。孔明曰："夏口城险，颇有钱粮，可以久守。请主公且到夏口屯住。公子自回江夏，整顿战船，收拾军器，为掎角之势，可以抵当曹操。若共归江夏，则势反孤矣。"〔特约刘琦接应，却又不到江夏，变化之极。〕刘琦曰："军师之言甚善。但愚意欲请叔父暂至江夏，整顿军马停当，再回夏口不迟。"玄德曰："贤侄之言亦是。"遂留下云长引五千军守夏口，玄德、孔明、刘琦共投江夏。〔既欲往夏口，却又重到江夏，变化之极。〕

却说曹操见云长在旱路引军截出，疑有伏兵，不敢来追；又恐水路先被玄德夺了江陵，便星夜提兵赴江陵来。荆州治中邓义、别驾刘先，已备知襄阳之事，料不能抵敌曹操，遂引荆州军民出郭投降。〔本是玄德欲取江陵，却反是曹操取江陵，变化之极。〕曹操入城，安民已定，释韩嵩之囚，加为大鸿胪。〔韩嵩之囚在二十三回中，至此方照应。〕其余众官，各有封赏。曹操与众将议曰："今刘备已投江夏，恐结连东吴，是滋蔓也。〔"结连东吴"一句，早为下文伏线。〕当用何计破之？"荀攸曰："我今大振兵威，遣使驰檄江东，请孙权会猎于江夏，共擒刘备，分荆州之地，永结盟好。孙权必惊疑而来降，则吾事济矣。"〔此李左车所谓先声而后实者也。〕操从其计，一面发檄遣使赴东吴；一面计点马步水军共八十三万，诈称一百万，水陆并进，船骑双行，沿江而来，西连荆、峡，东接蕲、黄，寨栅联络三百余里。〔极写曹操军威，正为下文赤壁衬染。〕

话分两头。却说江东孙权屯兵柴桑郡，闻曹操大军至襄阳，刘琮已降，今又星夜兼道取江陵，乃集众谋士商议御守之策。鲁肃曰："荆州与国邻接，江山险固，士民殷富。吾若据而有之，此帝王之资也。今刘表新亡，刘备新败，肃请奉命往江夏吊丧，因说刘备，使抚刘表众将，同心一意，共破曹操；备若喜而从命，则大事可定矣。"孔明欲得荆州，鲁肃亦欲得荆州；孔明欲合东吴以破曹，鲁肃亦欲合刘备以破曹：是鲁肃识见过人处。权喜，从其言，即遣鲁肃赍礼往江夏吊丧。

却说玄德至江夏，与孔明、刘琦共议良策。孔明曰："曹操势大，急难抵敌，不如往投东吴孙权，以为应援。正写鲁肃一边要来，却又写孔明一边要去，机括相投，接笋甚妙。使南北相持，吾等于中取利，有何不可？"的的妙算。玄德曰："江东人物极多，必有远谋，安肯相容耶？"孔明笑曰："今操引百万之众，虎踞江汉，江东安得不使人来探听虚实？若有人到此，亮借一帆风，直至江东，凭三寸不烂之舌，说南北两军互相吞并。若南军胜，共诛曹操以取荆州之地；此句是主。若北军胜，则我乘势以取江南可也。"此句是宾。玄德曰："此论甚高。但如何得江东人到？"

正说间，人报江东孙权差鲁肃来吊丧，船已傍岸。孔明笑曰："大事济矣！"写孔明之智，倍觉出色。遂问刘琦曰："往日孙策亡时，襄阳曾遣人去吊丧否？"问得筋节。○孙策之死在二十九回中，忽于此处提照。琦曰："江东与我家有杀父之仇，安得通庆吊之礼！"孙坚之死在第七回中，又忽于此处提照。孔明曰："然则鲁肃之来，非为吊丧，乃来探听军情也。"以仇家而忽来通礼，是猜测不到之事；然其来意，则可猜测矣。遂谓玄德曰："鲁肃至，若问曹操动静，主公只推不知。再三问时，主公只说可问诸葛亮。"此今俗谚所云"门角落里之人"也。一笑。计会已定，使人迎接鲁肃。肃入城吊丧。收过礼物，刘琦请肃与玄德相见。鲁肃此时，非为见刘琦，正为见玄德。礼毕，邀入后堂饮酒。肃曰："久闻皇叔大名，无缘拜会；今幸得见，实为欣慰。近闻皇叔与曹操会战，必知彼虚实。敢问操军约有几何？"欲问江夏动静，先问北军虚实。玄德曰："备兵微将寡，一闻操至即走，竟不知彼虚实。"鲁肃曰："闻皇叔用诸葛孔明之谋，"诸葛孔明"四字，不消玄德说出，却是鲁肃先说，妙甚。两场火烧得曹操魂亡胆落，何言不知耶？"玄德曰："除非问孔明，便知其详。"肃曰："孔明安在？愿求一见。"玄德教请孔明出来相见。只刘琦、玄德、孔明，分作三次相见，妙甚。

肃见孔明礼毕，问曰："向慕先生才德，未得拜晤；今幸相遇，愿闻目今安危之事。"孔明曰："曹操奸计，亮已尽知；但恨力未及，故且避之。"曰"亮已尽知"，隐然要孙权请教；曰"力未及"，隐然要孙权助力，却妙在不直说出来。肃曰："皇叔今将止于此乎？"鲁肃逼近一句。孔明曰："使君与苍梧太守吴臣有旧，将往投之。"偏不说要投孙权，偏说要投吴臣。此等说品，今人多有学之者：今之医生遇人相请，本是闲坐在家，只说要到别家看病；今之先生求人荐馆，本是没人聘他，只说又有别家致聘。可发一笑也。肃曰："吴臣粮少兵微，自不能保，焉能容人？"又逼近一句。孔明曰："吴臣处虽不足久居，今且暂依之，别有良图。"鲁肃只言吴臣不足依，还未说出孙权来。孔明亦言吴臣只可暂依，亦并不提起孙权。妙甚。肃曰："孙将军虎踞六郡，兵

精粮足，又极敬贤礼士，江东英雄，多归附之。今为君计，莫若遣心腹往结东吴，以共图

大事。"鲁肃此时更耐不得，只得
自说出"孙将军"来矣。孔明曰："刘使君与孙将军自来无旧，恐虚费词说。且别无心

腹之人可使。"见他说出孙权来，又故意漾开一句，然正是逼近一句。言"无心腹
之人可使"，隐然除却自己，更无人可去矣。妙在只不说出来。肃曰："先生之兄，现

为江东参谋，日望与先生相见。肃不才，愿与公同见孙将军，共议大事。"孔明自己要去，却
待鲁肃请他。连诸

葛瑾在彼并不提起，亦待
鲁肃说出。妙不可言。玄德曰："孔明是吾之师，顷刻不可相离，安可去也？"半晌只是孔明之语
耳，此时玄德从旁

会孔明、鲁肃两人往复之意，
便夹此一句，针锋相凑。肃坚请孔明同去。玄德佯不许。孔明曰："事急矣，请奉命一

行。"玄德方才许诺。写鲁肃一味老实，孔明、玄德两
下会意，妆腔做势，好看之极。鲁肃遂别了玄德、刘琦，与孔明登舟，望

柴桑郡来。正是：

只因诸葛扁舟去，致使曹兵一旦休。

不知孔明此去毕竟如何，且看下文分解。

第四十三回

诸葛亮舌战群儒

鲁子敬力排众议

孔明将欲以东吴之兵破曹操之兵，而此回则是孔明之以舌为兵也。其战群儒以舌，其激孙权亦以舌。舌如悬河，则以舌为水；言扬属火，则又以舌为火。盖虽赤壁之兵未交，而卧龙先生先有一番水战，先有一番火战矣。

刘琮之事即孙权前车之鉴也。琮之臣王粲、蒯越等皆为尊官，而琮独见杀。权而降操，亦犹是耳。善乎鲁肃之言曰："诸臣皆可降，惟将军不可降。"真金玉之言哉！

文人之病，患在议论多而成功少。大兵将至，而口中无数"之乎者也""诗云子曰"，犹刺刺不休。此晋人之言谈，宋儒之讲学，所以无补于国事也。张昭等一班文士，得武人黄盖叱而止之，大是快事。

玄德客寓荆州，又值荡析，脱身南走，未有所归。孙权据有江东，已历三世，而孔明说权之言曰："操军破，必北还，则荆、吴之势强，鼎足之形成矣。"是以荆州自处而分画三国也。不几大言乎？曰：此固草庐之所以语先主者也。不但荆州未取，而早为其意中所有；即益州未夺，而亦预为其目中所无。且其时刘表虽亡，而刘璋、张鲁、马腾、韩遂尚在，观其鼎足一语，竟似未尝有此数人者，岂非英雄识见有所先定与？

曹操青梅煮酒之日，谓玄德曰："天下英雄，惟使君与操。"而孙权亦曰："非豫州莫能当曹操者。"何其言之不谋而相合与？盖天下唯英雄能识英雄。不待识之于鼎足之时，而早识之于孤穷之日。每怪今人肉眼，见人赫奕，则畏而重之；见人沦落，则鄙而笑之。异故相非，同必相识。英雄之不遇识者，正为天下更无有英雄如此人者耳。

此回文字曲处，妙在孔明一至东吴，鲁肃不即引见孙权，且歇馆驿，此一曲也。又妙在孙权不即请见，必待明日，此再曲也。及至明日，又不即见孙权，先见众谋士，此三曲也。及见众谋士，又彼此角辩，议论龃龉，四曲也。孔明言语既触众谋士，又忤孙权，此五曲也。迨孙权作色而起，拂衣而入，读者至此，几疑玄德之与孙权终不相合，孔明之至东吴竟成虚往也者，然后下文峰回路转，词洽情投。将欲通之，忽若阻之；将欲近之，忽若远之。令人惊疑不定，真是文章妙境。

孙权既听鲁肃之说，定吾身之谋，又闻孔明之言，识彼军之势，此时破曹之计决矣。乃复踌躇不断，寝食俱废者，何哉？盖非此一折，则后文周瑜之略不显，而孔明激周瑜之智不奇。不必孙权之果出于此，而作者特欲为后文取势耳。观此可悟文章之法。

却说鲁肃、孔明辞了玄德、刘琦，登舟望柴桑郡来。二人在舟中共议。鲁肃谓孔明曰："先生见孙将军，切不可实言曹操兵多将广。"鲁肃第一次叮嘱。孔明曰："不须子敬叮咛，亮自有对答之语。"孔明第一次应承。及船到岸，肃请孔明于馆驿中暂歇，先自往见孙权。此时不即引见，便有曲折。权正聚文武于堂上议事，闻鲁肃回，急召入问曰："子敬往江夏，体探虚实若何？"肃曰："已知其略，尚容徐禀。"〔妙在不即说出孔明。〕权将曹操檄文示肃曰："操昨遣使赍文至此，孤先发遣来使，现今会众商议未定。"〔曹操檄文之至，妙在孙权口中叙出。〕肃接檄文观看。〔曹操檄文之语，妙在鲁肃眼中看。〕其略曰：

> 孤近承帝命，奉诏伐罪。旌麾南指，刘琮束手；荆襄之民，望风归顺。今统雄兵百万，上将千员，欲与将军会猎于江夏，共伐刘备，同分土地，永结盟好。幸勿观望，速赐回音。

鲁肃看毕曰："主公尊意若何？"权曰："未有定论。"张昭曰："曹操拥百万之众，借天子之名以征四方，拒之不顺。〔此是论理。〕且主公大势可以拒操者，长江也。今操既得荆州，长江之险，已与我共之矣，势不可敌。〔此是论势。〕以愚之计，不如纳降为万安之策。"〔张昭第一次劝降。〕众谋士皆曰："子布之言，正合天意。"〔张昭只言地利不可恃，众人又言天意不可违。〕孙权沉吟不语。〔孙权第一次不答。〕张昭又曰："主公不必多疑。如降操，则东吴民安，江南六郡可保矣。"〔张昭第二次劝降。〕孙权低头不语。〔孙权第二次不答。〕须臾，权起更衣，鲁肃随于权后。权知肃意，乃执肃手而言曰："卿欲如何？"肃曰："恰才众人所言，深误将军。众人皆可降曹操，惟将军不可降曹操。"〔二语是至论。〕权曰："何以言之？"肃曰："如肃等降操，当以肃还乡党，累官故不失州郡也；将军降操，欲安所归乎？位不过封侯，车不过一乘，骑不过一匹，从不过数人，岂得南面称孤哉！众人之意，各自为己，不可听也。将军宜早定大计。"〔众人是就东吴全势论，肃只在孙权一人身上说，极其痛快。〕权叹曰："诸人议论，大失孤望。子敬开说大计，正与吾见相同。此天以子敬赐我也！〔张昭为孙策所得士，周瑜亦孙策所得士，惟鲁肃则孙权自得之，故独私为己有。〕但操新得袁绍之众，近又得荆州之兵，恐势大难以抵敌。"〔鲁肃嘱孔明，正为此也。〕肃曰："肃至江夏，引诸葛瑾之弟诸葛亮在此，主公可问之，便知虚实。"〔妙在至此方说出孔明。〕权曰："卧龙先生在此乎？"肃曰："现在馆驿中安歇。"权曰："今日天晚，且未相见。〔妙在说出孔明又不即见。〕来日聚文武于帐下，先教见我江东英俊，然后升堂议事。"〔此是孙权好胜。至今吴人风俗，往往如此。〕

肃领命而去。次日至馆驿中见孔明，又嘱曰："今见我主，切不可言曹操兵多。"〔鲁肃第二次叮嘱。〕孔明笑曰："亮自见机而变，决不有误。"〔孔明第二次应承。〕肃乃引孔明至幕下。早见张昭、顾雍等一班文武二十余人，峨冠博带，整衣端坐。〔"衣裳楚楚"，《蜉蝣》之诗，其为诸名士咏乎？〕孔明逐一相见，各问姓名。施礼已毕，坐于客位。张昭等见孔明丰神飘洒，器宇轩昂，料道此人必来游说。张昭先以言挑之曰："昭乃江东微末之士，久闻先生高卧隆中，自比管、乐。此语果有之乎？"〔张昭之意，即欲借管、乐压倒孔明。俗谚所谓"借他的拳撞他的嘴"也。〕孔明曰："此亮平生小可之比也。"〔"小可"二字妙，意谓尚不止此。〕昭曰："近闻刘豫州三顾先生于草庐之中，幸得先生，以为'如鱼得水'，思欲席卷荆襄。

今一旦以属曹操，未审是何主见？"^{亦问得恶，是当面嘲笑。} 孔明自思张昭乃孙权手下第一个谋士，若不先难倒他，如何说得孙权？^{意不在张昭，而在孙权。} 遂答曰："吾观取汉上之地，易如反掌。我主刘豫州躬行仁义，不忍夺同宗之基业，故力辞之。^{说得冠冕。} 刘琮孺子，听信佞言，暗自投降，致使曹操得以猖獗。今我主屯兵江夏，别有良图，非等闲可知也。"^{亦是实话，并非大言。} 昭曰："若此，是先生言行相违也。先生自比管、乐，管仲相桓公，霸诸侯，一匡天下；乐毅扶持微弱之燕，下齐七十余城：此二人者，真济世之才也。先生在草庐之中，但笑傲风月，抱膝危坐。今既从事刘豫州，当为生灵兴利除害，剿灭乱贼。^{不责其不降曹，反责其不攻曹，恶极。} 且刘豫州未得先生之前，尚且纵横寰宇，割据城池；^{此句更恶。} 今得先生，人皆仰望。虽三尺童蒙，亦谓彪虎生翼，将见汉室复兴，曹氏即灭矣。朝廷旧臣，山林隐士，无不拭目而待，以为拂高天之云翳，仰日月之光辉，拯民于水火之中，措天下于衽席之上，在此时也。^{故意先将他极口一赞。} 何先生自归豫州，曹兵一出，弃甲抛戈，望风而窜；上不能报刘表以安庶民，下不能辅孤子而据疆土；乃弃新野，走樊城，败当阳，奔夏口，无容身之地。是豫州既得先生之后，反不如其初也。^{将他极口一贬，说玄德反不如其初，是更进一层，其语尤恶。} 管仲、乐毅，果如是乎？愚直之言，幸勿见怪！"^{当面抢白。}

孔明听罢，哑然而笑曰："鹏飞万里，其志岂群鸟能识哉？^{亦是实话，并非大言。} 譬如人染沉疴，当先用糜粥以饮之，和药以服之；待其腑脏调和，形体渐安，然后用肉食以补之，猛药以治之，则病根尽去，人得全生也。若不待气脉和缓，便投以猛药厚味，欲求安保，诚为难矣。^{先生忽然讲医道，隐然笑张昭是庸臣谋国，如庸医杀人也。} 吾主刘豫州，向日军败于汝南，寄迹刘表，兵不满千，将止关、张、赵云而已，此正如病势尪羸已极之时也。^{三顾草庐，正是病重时求名医耳。} 新野山僻小县，人民稀少，粮食鲜薄，豫州不过暂借以容身，岂真将坐守于此耶？夫以甲兵不完，城郭不固，军不经练，粮不继日，然而博望烧屯，白河用水，使夏侯惇、曹仁辈心惊胆裂。窃谓管仲、乐毅之用兵，未必过此。^{公然自赞。} 至于刘琮降操，豫州实出不知；且又不忍乘乱夺同宗之基业，此真大仁大义也。^{高抬玄德，美其亲亲之仁。} 当阳之败，豫州见有数十万赴义之民，扶老携幼相随，不忍弃之，日行十里，不思进取江陵，甘与同败，此亦大仁大义也。^{又高抬玄德，美其爱民之德。} 寡不敌众，胜负乃其常事。昔高皇数败于项羽，而垓下一战成功，此非韩信之良谋乎？夫信久事高皇，未尝累胜，^{隐然以玄德比高皇，自比韩信。} 盖国家大计，社稷安危，是有主谋。非比夸辩之徒，虚誉欺人，坐议立谈，无人可及；临机应变，百无一能，诚为天下笑耳！"^{说尽秀才之病。} 这一篇言语，说得张昭并无一言回答。^{战胜了一个。}

座上忽一人抗声问曰："今曹公兵屯百万，将列千员，龙骧虎视，平吞江夏，公以为何如？" 夸称曹操，便低一着，不及子布多矣。 孔明视之，乃虞翻也。孔明曰："曹操收袁绍蚁聚之兵，劫刘表乌合之众，虽数百万不足惧也。"虞翻冷笑曰："军败于当阳，计穷于夏口，区区求救于人，而犹言不惧，此真大言欺人也！" 亦是当面嘲笑。 孔明曰："刘豫州以数千仁义之师，安能敌百万残暴之众？退守夏口，所以待时也。今江东兵精粮足，且有长江之险，犹欲使其主屈膝降贼，不顾天下耻笑。由此论之，刘豫州真不惧操贼者矣！" 借赞玄德以鄙薄江东，词令妙品。 虞翻不能对。 又战胜了一个。

座间又一人问曰："孔明欲效仪、秦之舌，游说东吴耶？" 此人直是没甚说。 孔明视之，乃步骘也。孔明曰："步子山以苏秦、张仪为辩士，不知苏秦、张仪亦豪杰也。 自赞则管、乐犹云小可，骂人则仪、秦亦是豪杰。 苏秦佩六国相印，张仪两次相秦，皆有匡扶人国之谋，非比畏强凌弱、惧刀避剑之人也。君等闻曹操虚发诈伪之词，便畏惧请降，敢笑苏秦、张仪乎？" 借赞仪、秦以鄙薄江东，词令妙品。 步骘默然无语。 又战胜了一个。

忽一人问曰："孔明以曹操何如人也？"孔明视其人，乃薛综也。孔明答曰："曹操乃汉贼也，又何必问？"综曰："公言差矣。汉传世至今，天数将终。今曹公已有天下三分之二，人皆归心。 虞翻但夸曹操之强，犹可；至薛综乃辩其不是汉贼，丧心蔑理，比虞翻又低一着。 刘豫州不识天时，强欲与争，正如以卵击石，安得不败乎？"孔明厉声曰："薛敬文安得出此无父无君之言乎！ 称"君""父"二字喝倒薛综，题目正大。 夫人生天地间，以忠孝为立身之本。公既为汉臣，则见有不臣之人，当誓共戮之，臣之道也。今曹操祖宗叨食汉禄，不思报效，反怀篡逆之心，天下之所共愤；公乃以天数归之，真无父无君之人也！不足与语！请勿复言！" 凿凿侃侃，愧杀薛综。 薛综满面羞惭，不能对答。 又战胜了一个。

座上又一人应声问曰："曹操虽挟天子以令诸侯，犹是相国曹参之后。刘豫州虽云中山靖王苗裔，却无可稽考，眼见只是织席贩屦之夫耳，何足与曹操抗衡哉！" 对臣骂主，已为失体，况又左袒曹操，更低一着。 孔明视之，乃陆绩也。孔明笑曰："公非袁术座间怀桔之陆郎乎？请安座，听吾一言。 轻薄。 曹操既为曹相国之后，则世为汉臣矣；今乃专权肆横，欺凌君父，是不惟无君，亦且蔑祖，不惟汉室之乱臣，亦曹氏之贼子也。 犹借曹参骂曹操，词令妙品。 刘豫州堂堂帝胄，当今皇帝按谱赐爵，何云'无可稽考'？ 其实冠冕正大。○按谱赐爵，二十回中事，忽于此处提照。 且高祖起身亭长，而终有天下；织席贩屦，又何足为辱乎？ 又以高祖比玄德。 公小儿之见，不足与高士共语！" 骂得畅。 陆绩语塞。 又战胜了一个。

座上一人忽曰："孔明所言，皆强词夺理，均非正论，不必再言。且请问孔明治何经典？" 一发问得没要紧，不济之极。 孔明视之，乃严畯也。孔明曰："寻章摘句，世之腐儒也，何能兴邦立事？且古耕莘伊尹，钓渭子牙，张良、陈平之流，邓禹、耿弇之辈，皆有匡扶宇宙之才，未审其生平治何经典。岂亦效书生，区区于笔砚之间，数黑论黄，舞文弄墨而已乎？"

若使卧龙以文章名世，亦不过蔡邕、王粲、陈琳、杨修等辈耳，何足为重！ 严畯低头丧气而不能对。又战胜了一个。

忽又一人大声曰："公好为大言，未必真有实学，恐适为儒者所笑耳。"亦即是严畯之论，没甚添换。 孔明视其人，乃汝阳程德枢也。孔明答曰："儒有君子小人之别。君子之儒，忠君爱国，守正恶邪，务使泽及当时，名留后世。若夫小人之儒，唯务雕虫，专工翰墨，青春作赋，皓首穷经，笔下虽有千言，胸中实无一策。看低天下多少文人学士。 且如扬雄以文章名世，而屈身事莽，不免投阁而死，此所谓小人之儒也。虽日赋万言，亦何取哉！"以扬雄事莽，为当日降操者比。 程德枢不能对。又战胜了一个。 众人见孔明对答如流，尽皆失色。

时座上张温、骆统二人，又欲问难。忽一人自外而入，厉声言曰："孔明乃当世奇才，君等以唇舌相难，非敬客之礼也。曹操大军临境，不思退敌之策，乃徒斗口耶！"

彼此问难，一往一复，毕竟作何结局？得此人来喝倒，绝妙收科。 众视其人，乃零陵人，姓黄名盖，字公覆，现为东吴粮官。为后文伏线。 当时黄盖谓孔明曰："愚闻多言获利，不如默而无言。何不将金石之论为我主言之，乃与众人辩论也？"黄盖数语倒可胜得孔明，众谋士不及也。 孔明曰："诸君不知世务，互相问难，不容不答耳。"未见周郎与曹操战，先见孔明与诸谋士战。周郎之战是舟师水卒，孔明之战是舌剑唇枪；然周郎为应兵，孔明亦为应兵耳。 于是黄盖与鲁肃引孔明入。至中门，正遇诸葛瑾，安放诸葛瑾在此处，最妙。若与诸谋士一同相见，将以孔明为客乎？抑将不以孔明为客乎？将亦与孔明辩乎？抑独不与孔明辩乎？ 孔明施礼。瑾曰："贤弟既到江东，如何不来见我？"孔明曰："弟既事刘豫州，理宜先公后私。公事未毕，不敢及私。望兄见谅。"瑾曰："贤弟见过吴侯，却来叙话。"说罢自去。去得妙。若与孔明一同入见孙权，则孙权与孔明坐，诸葛瑾将与诸谋士侍立耶？

鲁肃曰："适间所嘱，不可有误。"鲁肃第三次叮嘱。 孔明点头应诺。孔明第三次应承。 引至堂上，孙权降阶而迎，优礼相待。施礼毕，赐孔明坐。众文武分两行而立。鲁肃立于孔明之侧，只看他讲话。孔明致玄德之意毕，偷眼看孙权：碧眼紫髯，堂堂一表。孔明暗思："此人相貌非常，只可激，不可说。等他问时，用言激之便了。"先生前讲医道，此又善相法。 献茶已毕，孙权曰："多闻鲁子敬谈足下之才，今幸得相见，敢求教益。"孔明曰："不才无学，有辱明问。"权曰："足下近在新野，佐刘豫州与曹操决战，必深知彼军虚实。"孙权之意，专在欲知曹兵虚实。 孔明曰："刘豫州兵微将寡，更兼新野城小无粮，安能与曹操相持。"只说玄德兵少，尚未说出曹兵多少。 权曰："曹兵共有多少？"孔明曰："马步水军，约有一百余万。"三次应承鲁肃，至此忽然变卦，妙甚。 权曰："莫非诈乎？"孔明曰："非诈也。曹操就兖州已有青州军二十万；平了袁绍，又得五六十万；中原新招之兵三四十万；今又得荆州之军二三十万：以此计之，不下一百五十万。亮以百万言之，恐惊江东之士也。"索性再说多些，不怕气坏了鲁肃。鲁肃在旁闻言失色，以目视孔明，孔明只做不见。妙甚。权曰："曹操部下战将，还有多少？"既问其兵，又问其将者，或兵虽多而将少，犹不足惧也。孔明曰："足智多谋之士，能征惯战之将，何止一二千人。"既夸其兵，又夸其将，且又夸其谋臣，更不怕急坏了鲁肃。权曰："今曹操平了荆、楚，复有远图乎？"或兵将虽多，而无远志，犹不足惧也。孔明曰："即今沿江下寨，准备战船，不欲图江东，待取何地？"此句直逼将来。权曰："若彼有吞并之意，战与不战，请足下为我一决。"孔明曰："亮有一言，但恐将军不肯听从。"劝他投降，颇觉口重，故先着此一句。权曰："愿闻高论。"孔明曰："向者宇内大乱，故将军起江东，刘豫州收众汉南，与曹操并争天下。今操芟除大难，略已平矣；近又新破荆州，威震海内。纵有英雄，无用武之地，故豫州遁逃至此。愿将军量力而处之：若能以吴、越之众，与中国抗衡，不如早与之绝；此句反是宾。若其不能，何不从众谋士之论，按兵束甲，北面而事之？"此句反是主。权未及答，孔明又曰："将军外托服从之名，内怀疑贰之见，事急而不断，祸至无日矣！"又逼一句。权曰："诚如君言，刘豫州何不降操？"急问此句，已是不乐。孔明曰："昔田横，齐之壮士耳，犹守义不辱。况刘豫州王室之胄，英才盖世，众士仰慕。事之不济，此乃天也，又安能屈处人下乎！"明明说孙权不及玄德，并不及田横，恶甚。○前鲁肃以为诸臣皆可降，惟孙权不可降，高待孙权也；今孔明以为玄德皆不可降，惟孙权可降，薄待孙权也。孙权闻之，安得不怒乎？

　　孙权听了孔明此言，不觉勃然变色，拂衣而起，退入后堂。众皆哂笑而散。有此一折，几疑孙、刘之好不合矣；而下文忽转出无数奇文奇事，令人不测。鲁肃责孔明曰："先生何故出此言？幸是吾主宽洪大度，不即面责。先生之言，藐视吾主甚矣。"孔明仰面笑曰："何如此不能容物耶！反责孙权，妙。我自有破曹之计，彼不问我，我故不言。"方才说出真话，然却是不曾说出。肃曰："果有良策，肃当请主公求教。"孔明曰："吾视曹操百万之众，如群蚁耳！但我一举手，则皆为齑粉矣！"又说出大话，然却是不曾说出。肃闻言，便入后堂见孙权。权怒气未息，顾谓肃曰："孔明欺吾太甚！"肃曰："臣亦以此责孔明，孔明反笑主公不能容物。破曹之策，孔明不肯轻言，主公何不求之？"权回嗔作喜曰："原来孔明有良谋，故以言词激我。我一时浅见，几误大事。"好孙权。便同鲁肃重复出堂，再请孔明叙话。孔明前在草庐，必待玄德三请；今在江东，亦必待孙权再问。权见孔明，谢曰："适来冒渎威严，幸勿见罪。"孔明亦谢曰："亮言语冒犯，望乞恕罪。"权邀孔明入后堂，置酒相待。

　　数巡之后，权曰："曹操平生所恶者，吕布、刘表、袁绍、袁术、豫州与孤耳。今数雄已灭，独豫州与孤尚存。孤不能以全吴之地，受制于人。吾计决矣。有志气。非刘豫州莫与当曹操者，此句是求玄德相助。然豫州新败之后，安能抗此难乎？"此句是恐玄德不能相助。孔明曰："豫州虽新败，然关云长犹率精兵万人；刘琦领江夏战士，亦不下万人。^{言玄德之势不为弱。}曹操之众，远来疲惫；近追豫州，轻骑一日夜行三百里，此所谓'强弩之末，势不能穿鲁缟'者也。且北方之人，不习水战。荆州士民附操者，迫于势耳，非本心也。^{言曹操之势不足畏。}今将军诚能与豫州协力同心，破曹军必矣。操军破，必北还，则荆、吴之势强，而鼎足之形成矣。^{隐然以荆州自处，而与吴、魏并列为三。}成败之机，在于今日。惟将军裁之。"权大悦曰："先生之言，顿开茅塞。吾意已决，更无他疑。即日商议起兵，共灭曹操！"遂令鲁肃将此意传谕文武官员，就送孔明于馆驿安歇。

张昭知孙权欲兴兵，遂与众议曰："中了孔明之计也！"急入见权曰："昭等闻主公将兴兵与曹操争锋。主公自思比袁绍若何？^{说他不如玄德，尚然不乐；说他不如袁绍，一发不喜。}曹操向日兵微将寡，尚能一鼓克袁绍，何况今日拥百万之众南征，岂可轻敌？若听诸葛亮之言，妄动甲兵，此所谓负薪救火也。"^{张昭第三次劝降。}孙权只低头不语。^{孙权第三次不答。}顾雍曰："刘备因为曹操所败，故欲借我江东之兵以拒之，主公奈何为其所用乎？愿听子布之言。"^{舌战之时顾雍独无一言，却在此时开口。}孙权沉吟未决。^{孔明已将曹操兵势虚实开说明白矣，何尚沉吟未决耶？作者于此，特欲借此逼出下文周郎耳，不必孙权之果如此也。}张昭等出，鲁肃入见曰："适张子布等又劝主公休动兵，力主降议，此皆全躯保妻子之臣，为自谋之计耳。愿主公勿听也。"孙权尚在沉吟。^{都为后文取势。}肃曰："主公若迟疑，必为众人误矣。"权曰："卿且暂退，容我三思。"^{都为后文取势。}肃乃退出。时武将或有要战的，文官都是要降的，议论纷纷不一。^{前止写文官，此处又补写武将一句。}

且说孙权退入内宅，寝食不安，犹豫不决。^{都为后文取势。}吴国太见权如此，问曰："何事在心，寝食俱废？"权曰："今曹操屯兵于江汉，有下江南之意。问诸文武，或欲降者，或欲战者。欲待战来，恐寡不敌众；欲待降来，又恐曹操不容。^{寡不敌众是惩于刘备，恐操不容是惩于刘琮。}因此犹豫不决。"吴国太曰："汝何不记吾姐临终之语乎？"^{忽将权母临终遗命一提。}孙权如醉方醒，似梦初觉，想出这句话来。正是：

追思国母临终语，引得周郎立战功。

毕竟说着甚的，且看下文分解。

第四十四回

孔明用智激周瑜

孙权决计破曹操

　　孙权破曹操之计必待周瑜决之者，非决之以周瑜之言，而实决之以孙策临终之言，则谓周瑜之破操，一孙策之破操可也。不但此也，孙策之语，孙权能忆之者，忆之以权母临终之言，而又忆之以母姑忆姊之言也，则谓周瑜之破操，一吴氏两夫人之破操可也。且周瑜破操之计必待孔明激之者，非激之以孔明，而激之以二乔也，则谓周瑜之破操，一大乔、小乔之破操可也。赤壁鏖兵，一场大功，得妇人之力居多。妇人真可畏哉！

　　张昭有负孙策付托之重，或解之曰"内事不决问张昭"，原不当以外事问之。不知天下未有能谋内事而不能谋外事者，又未有不能谋外事而能谋内事者。攘外乃所以安内，外患至而不能捍，谓之知内，吾不信也。

　　前卷孙权谓孔明曰："非刘豫州莫与当曹操者。"是孔明之激怒孙权而致孙权之求助于玄德也。此卷周瑜谓孔明曰："望孔明助一臂之力，同破曹操。"是孔明之激怒周瑜而致周瑜之求助于孔明也。本是玄德求助于孙权，却能使孙权反求助于玄德；本是孔明求助于周瑜，却能使周瑜反求助于孔明。孔明之智，真妙绝千古。

　　周瑜拒操之志早已决于胸中，而诈言降操者，是以言挑拨孔明，欲使其求助于我也。鲁肃不知其诈，而极力争之；孔明知其诈，而随口顺之。瑜、亮二人各自使乖，各说假话，大家暗暗猜着，大家只做不知，而中间夹着一至诚之鲁肃，时出几句老实语以形之，写来真是好看煞人。

　　入门问讳，岂有入其国而不知其国之夫人者乎？或疑孔明二乔之说乃演义妆点耳，非真有是言也。然吾读杜少陵诗，有"东风不与周郎便，铜雀春深锁二乔"之句，则使孔明不借风，周郎不纵火，将二桥之为二乔，其不等于张济之妻、袁熙之妇者几希矣。事既非曹操之所无，说何必非孔明之所有。

　　《铜雀》旧赋云："连二桥于东西兮，若长空之蝃蝀。"此言东西有玉龙、金凤之两台，而接之以桥也。以蝃蝀比之，即《阿房赋》所谓"长桥卧波，未云何龙；复道凌空，不霁何虹"者也。孔明乃将"桥"字改作"乔"字，将"西"字改作"南"字，将"连"字改作"揽"字，而下句则全改之，遂轻轻划在二乔身上去，可谓善改文章者矣。刘贡父患疯疾，苏子瞻戏改《大风歌》以嘲之曰："大疯起兮眉飞扬，安得猛士兮守鼻梁。"其殆学孔明之改赋乎？

　　以"桥"作"乔"，此读别字也。孔明欲欺周郎，故有意为之。奈何近世孔明之多乎！"弄璋"而以为"弄獐"矣，"伏腊"而以为"伏猎"矣，"芊"而以为"羊"，"金根"而以为"金银"矣。吾不知其将赚何人、将施何计而亦学孔明之改别字也，为之一笑。

　　周瑜非忌孔明也，忌玄德也。孔明为玄德所有则忌之，使孔明而为东吴所有，则不忌也。观其使诸葛瑾招之之意可见矣。非若庞涓之忌孙膑，同事一君而必欲杀之而后快也。一则在异国而招之使入我国，一则在我国而驱之使入异国。试以庞涓较周瑜，则周瑜真爱孔明之至耳。

却说吴国太见孙权疑惑不决，乃谓之曰："先姊遗言云：'伯符临终有言：内事不决问张昭，外事不决问周瑜。'今何不请公瑾问之？"_{国太述先姊遗言，先姊却又是述伯符遗言。〇孙策遗命是二十九回中事，忽于此提照。}权大喜，即遣使往鄱阳请周瑜议事。_{可知前文写孙权沉吟犹豫，不过欲逼出周瑜。}原来周瑜在鄱阳湖训练水师，闻曹操大军至汉上，便星夜回柴桑郡议军机事。使者未发，周瑜已先到。_{不待孙权去请，却写周瑜自来，是极写周瑜。}鲁肃与瑜最厚，先来接着，将前项事细说一番。_{不待周瑜问鲁肃，先写鲁肃告周瑜，是极写鲁肃。}周瑜曰："子敬休忧，瑜自有主张。_{与孔明答应鲁肃一般。}今可速请孔明来相见。"鲁肃上马去了。

周瑜方才歇息。忽报张昭、顾雍、张纮、步骘四人来相探。瑜接入堂中坐定，叙寒温毕。张昭曰："都督知江东之利害否？"_{问得惊惶之极。}瑜曰："未知也。"_{假糊涂妙。}昭："曹操拥众百万，屯于汉上，昨传檄文至此，欲请主公会猎于江夏。虽有相吞之意，尚未露其形。昭等劝主公且降之，庶免江东之祸。不想鲁子敬从江夏带刘备军师诸葛亮至此，彼因自欲雪愤，特下说词以激主公。子敬却执迷不悟。正欲待都督一决。"瑜曰："公等之见皆同否？"顾雍等曰："所议皆同。"瑜曰："吾亦欲降久矣。公等请回。明早见主公，自有定议。"_{只用顺口答应昭等，妙。}昭等辞去。

少顷，又报程普、黄盖、韩当等一班战将来见。瑜迎入，各问慰讫。程普曰："都督知江东早晚属他人否？"_{问得愤懑之极。}瑜曰："未知也。"_{又是假糊涂。}普曰："吾等自随孙将军开基创业，大小数百战，方才战得六郡城池。今主公听谋士之言，欲降曹操，此真可耻可惜之事！吾等宁死不辱。望都督劝主公决计兴兵，吾等愿效死战。"_{写武将如画。〇前已写过黄盖，此处却写程普。}瑜："将军等所见皆同否？"黄盖忿然而起，以手拍额曰："吾头可断，誓不降曹！"_{又独写黄盖。}众人皆曰："吾等都不愿降！"_{带表众人。}瑜曰："吾正欲与曹操决战，安肯投降！将军等请回。瑜见主公，自有定议。"_{亦只顺口答应，妙。}程普等别去。

又未几，诸葛瑾、吕范等一班儿文官相候。瑜迎入，讲礼方毕，诸葛瑾曰："舍弟诸葛亮自汉上来，言刘豫州欲结东吴，共伐曹操，文武商议未定。因舍弟为使，瑾不敢多言，_{是避嫌疑之语。}专候都督来决此事。"瑜曰："以公论之若何？"瑾曰："降者易安，战者难保。"_{二语妙甚。明说文官欲保身，武官不惜死。}周瑜笑曰："瑜自有主张。来日同至府下定议。"_{与对鲁肃语一般。}瑾等辞退。

忽又报吕蒙、甘宁等一班儿来见。瑜请入，亦叙谈此事。有要战者，有要降者，互相争论。_{前是要降者与要战者，分作两处相见，今并作一起相见；前详此略，笔法各异。}今瑜曰："不必多言，来日都到府下公议。"_{妙在不置可否。}众乃辞去。周瑜冷笑不止。_{不知他葫芦里卖甚药。}

至晚，人报鲁子敬引孔明来拜。瑜出中门迎入。叙礼毕，分宾主而坐。肃先问瑜曰：

"今曹操驱众南侵，和与战二策，主公不能决，一听于将军。将军之意若何？"〔是老实人先开口〕瑜曰："曹操以天子为名，其师不可拒。且其势大，未可轻敌。战则必败，降则易安。吾意已决。来日见主公，便当遣使纳降。"〔此是周郎假话，所以急孔明，试孔明也。〕鲁肃愕然曰："君言差矣！江东基业，已历三世，岂可一旦弃于他人？伯符遗言，外事付托将军。今正欲仗将军保全国家，为泰山之靠，奈何从懦夫之议耶？"〔周瑜不过欲挑拨孔明开口，却妙在孔明不言，只在鲁肃回答。〕瑜曰："江东六郡，生灵无限；若罹兵革之祸，必有归怨于我，故决计请降耳。"〔孙权欲求助于豫州，周瑜却欲孔明求助于我，故又反言以挑之。〕肃曰："不然。以将军之英雄，东吴之险固，操未必便能得志也。"〔又妙在孔明不言，让鲁肃回答。〕二人互相争辩，孔明只袖手冷笑。〔前写周瑜冷笑，此又写孔明冷笑，都是满腹《春秋》。〕瑜曰："先生何故哂笑？"孔明曰："亮不笑别人，笑子敬不识时务耳。"〔恶极妙极。〕肃曰："先生如何反笑我不识时务？"孔明曰："公瑾主意欲降操，甚为合理。"〔恶极妙极。〕瑜曰："孔明乃识时务之士，必与吾有同心。"〔大家说假话，好看煞人。〕肃曰："孔明，你也如何说此？"〔夹着鲁肃一句老实话以衬之，妙。〕孔明曰："操极善用兵，天下莫敢当。向只有吕布、袁绍、袁术、刘表敢与对敌。今数人皆被操灭，天下无人矣。〔句句奚落孙权，又句句奚落周瑜。恶极妙极。〕独有刘豫州不识时务，强与争衡，今孤身江夏，存亡未保。将军决计降曹，可以保妻子，可以全富贵。国祚迁移，付之天命，何足惜哉！"〔恶极妙极。〕鲁肃大怒曰："汝教吾主屈膝受辱于国贼乎！"〔又夹着鲁肃一句老实话。〕

孔明曰："愚有一计，并不劳牵羊担酒，纳土献印；亦不须亲自渡江，只须遣一介之使，扁舟送两个人到江上。操一得此两人，百万之众皆卸甲卷旗而退矣。"〔说到此处，更奇极、幻极。〕瑜曰："用何二人可退操兵？"孔明曰："江东去此两人，如大木飘一叶，太仓减一粟耳；而操得之，必大喜而去。"〔且不便说是何人，偏要待他再问，妙极。〕瑜又问："果用何二人？"孔明曰："亮居隆中时，即闻操于漳河新造一台，名曰铜雀，极其壮丽，广选天下美女以实其中。〔先有此一句为实。〕操本好色之徒，久闻江东乔公有二女，长曰大乔，次曰小乔，有沉鱼落雁之容，闭月羞花之貌。〔方说出要他妻子及其主之嫂。〕操曾发誓曰：'吾一愿扫平四海，以成帝业；〔又先有一句为实。〕一愿得江东二乔，置之铜雀台，以乐晚年，虽死无恨矣。'〔恶极矣妙极矣。〕今虽引百万之众，虎视江南，其实为此二女也。〔恶极妙极。〕将军何不去寻乔公，以千金买此二女，〔佯作不知，妙。〕差人送与曹操，操得二女，称心满意，必班师矣。〔恶极妙极。〕此范蠡献西施之计，何不速为之？"〔妙在又借一故事为证。〕瑜曰："操欲得二乔，有何证验？"〔周瑜不即怒骂，又核实一句，文势甚曲。〕孔明曰："曹操幼子曹植，字子建，下笔成文。操尝命作一赋，名曰《铜雀台赋》。赋中之意，单道他家合为天子，〔又先有一句为实。〕誓取二乔。"〔有诗为证，竟似千真万真。〕瑜曰："此赋公能记否？"〔又核实一句，即发怒，妙甚。〕孔明曰："吾爱其文华美，尝窃记之。"瑜曰："试请一诵。"又核实一句，不 孔明即时诵《铜雀台赋》云：
即发怒，妙甚。

> 从明后以嬉游兮，登层台以娱情。见太府之广开兮，观圣德之所营。建高门
> 之嵯峨兮，浮双阙乎太清。立中天之华观兮，连飞阁乎西城。临漳水之长流兮，
> 望园果之滋荣。立双台于左右兮，有玉龙与金凤。揽二乔于东南兮，乐朝夕之与
> 共。旧赋云："连二桥于东西兮，若长空之蝃蛛。"此"桥"也，俯皇都之宏丽兮，瞰云霞之
> 非"乔"也，今孔明易此二语，便轻轻划在二乔身上去。浮动。欣群才之来萃兮，协飞熊之吉梦。仰春风之和穆兮，听百鸟之悲鸣。天云
> 垣其既立兮，家愿得乎获逞。扬仁化于宇宙兮，尽肃恭于上京。惟桓文之为盛
> 兮，岂足方乎圣明？
>
> 休矣！美矣！惠泽远扬。翼佐我皇家兮，宁彼四方。同天地之规量兮，齐日
> 月之辉光。永贵尊而无极兮，等年寿于东皇。御龙旗以遨游兮，回鸾驾而周章。
> 恩化及乎四海兮，嘉物阜而民康。愿斯台之永固兮，乐终古而未央！

周瑜听罢，勃然大怒，离座指北而骂曰："老贼欺吾太甚！"至此不得不怒，孔明急起止
不得不骂。
之曰："昔单于屡侵疆界，汉天子许以公主和亲，今何惜民间二女乎？"偏说"民间"二字，
佯为不知。恶极矣，
妙极瑜曰："公有所不知，知之久大乔是孙伯符将军主妇，小乔乃瑜之妻也。"孔明佯作惶
矣。矣。
恐之状，曰："亮实不知，失口乱言，死罪！死罪！"恶极瑜曰："吾与老贼誓不两
妙极。
立！"孔明曰："事须三思，免致后悔。"既知是他妻子及其主之嫂矣，又瑜曰："吾承伯符寄
故意说此两句。愈恶，愈妙。
托，安有屈身降操之理？适来所言，故相试耳。方说出吾自离鄱阳湖，便有北伐之心，虽刀
真话。
斧加头，不易其志也！望孔明助一臂之力，同破曹贼。"前此说假话，本欲孔明来求孔明曰：
我，今却是我求孔明矣。
"若蒙不弃，愿效犬马之劳，早晚拱听驱策。"瑜曰："来日入见主公，便议起兵。"孔
明与鲁肃辞出，相别而去。

次日清晨，孙权升堂。左边文官张昭、顾雍等三十余人，右边武官程普、黄盖等三十
余人，衣冠济济，剑佩锵锵，分班侍立。前孔明入见，止列着文官；今周瑜入见，少顷，周瑜入
兼列着武官。两番写来，各自好看。
见。礼毕，孙权问慰罢，瑜曰："近闻曹操引兵屯汉上，驰书至此，主公尊意若何？"权
即取檄文与周瑜看。瑜看毕，笑曰："老贼以我江东无人，敢如此相侮耶！"听赋则怒，见檄则
笑。怒极而笑，笑
正其怒权曰："君之意若何？"瑜曰："主公曾与众文武商议否？"权曰："连日议此事，
也。
有劝我降者，有劝我战者。吾意未定，故请公瑾一决。"瑜曰："谁劝主公降？"问得懊恼
之极，如
见其词权曰："张子布等皆主其意。"瑜即问张昭曰："愿闻先生所以主降之意。"昨日随口
色。答应，此

时忽然盘问。昭曰：“曹操挟天子而征四方，动以朝廷为名；近又得荆州，威势愈大。吾江东可以拒操者，长江耳。今操艨艟战舰，何止千百？水陆并进，何可当之？不如且降，更图后计。”不知图甚后计。瑜曰：“此迂儒之论也！一句骂倒张昭。周瑜骂胜是孔明骂。江东自开国以来，今历三世，安忍一旦废弃！”权曰：“若此，计将安出？”瑜曰：“操虽托名汉相，实为汉贼。将军以神武雄才，仗父兄余业，据有江东，兵精粮足，正当横行天下，为国家除残去暴，奈何降贼耶？以大义论之，则不当降贼。且操今此来，多犯兵家之忌：北土未平，马腾、韩遂为其后患，而操久于南征，一忌也；此处忽提马腾，为前文董承义状照应，为后文徐庶流言伏笔。北军不熟水战，操舍鞍马，仗舟楫，与东吴争衡，二忌也；为后计杀蔡瑁、张允伏笔。又时值隆冬盛寒，马无藁草，三忌也；时值隆冬，为后借东风伏笔。驱中国士卒，远涉江湖，不服水土，多生疾病，四忌也。为后献连环计伏笔。操兵犯此数忌，虽多必败。将军擒操，正在今日。以大势论之，又不必降操。瑜请得精兵数万人，进屯夏口，为将军破之！”其言甚壮。权矍然起曰：“老贼欲废汉自立久矣，所惧二袁、吕布、刘表与孤耳。今数雄已灭，惟孤尚存。与对孔明语一般。孤与老贼，誓不两立！卿言当伐，甚合孤意。此天以卿授我也。”与对鲁肃语一般。瑜曰：“臣为将军决一血战，万死不辞。只恐将军狐疑不定。”又反激孙权一句以决之。权拔佩剑砍面前奏案一角曰：“诸官将有再言降操者，与此案同！”张昭此时大难为情。言罢，便将此剑赐周瑜，即封瑜为大都督，程普为副都督，鲁肃为赞军校尉。如文武官将有不听号令者，即以此剑诛之。写得孙权出色。瑜受了剑，对众言曰：“吾奉主公之命，率众破曹。诸将官吏来日俱于江畔行营听令。如迟误者，依七禁令五十四斩施行。”写得周瑜声势。言罢，辞了孙权，起身出府。众文武各无言而散。

周瑜回到下处，便请孔明议事。孔明至。瑜曰：“今日府下公议已定，愿求破曹良策。”孔明曰：“孙将军心尚未稳，不可以决策也。”拔剑砍案之后，又说他心未稳，不是孔明看不出。瑜曰：“何谓心不稳？”孔明曰：“心怯曹兵之多，怀寡不敌众之意。将军能以军数开解，使其了然无疑，然后大事可成。”孙权屡以曹兵多寡为问，孔明便从此看出他心未稳。瑜曰：“先生之论甚善。”乃复入见孙权。权曰：“公瑾夜至，必有事故。”瑜曰：“来日调拨军马，主公心有疑否？”权曰：“但忧曹操兵多，寡不敌众耳。他无所疑。”卧龙先生料事如见。瑜笑曰：“瑜特为此来开解主公。主公因见操檄文，言水陆大军百万，故怀疑惧，不复料其虚实。今以实较之：彼将中国之兵，不过十五六万，且已久疲；所得袁氏之众，亦止七八万耳，尚多怀疑未服。将北来军兵平白地开销了无数。夫以久疲之卒，御狐疑之众，其数虽多，不足畏也。瑜得五万兵，自足破之。其言甚壮。愿主公勿以为虑。”权抚瑜背曰：“公瑾此言，足释吾疑。子布无谋，深失孤望；独卿及子敬，与孤

同心耳。^{又带骂张昭，}带表鲁肃。卿可与子敬、程普即日选军前进。孤当续发人马，多载资粮，为卿后

应。卿前军倘不如意，便还就孤。^{不算胜，先算败。}其志愈坚。孤当亲与操贼决战，更无他疑。"^{其言亦}甚壮。周

瑜谢出，暗忖曰："孔明早已料着吴侯之心。其计画又高我一头。久必为江东之患，不如

杀之。"^{周郎欲杀孔明，}正是孔明知己。乃令人连夜请鲁肃入帐，言欲杀孔明之事。肃曰："不可。今操贼未

破，先杀贤士，是自去其助也。"^{周郎患孔明，}敬只患曹操。瑜曰："此人助刘备，必为江东之患。"^{不是患}孔明，

乃患玄德之肃曰："诸葛瑾乃其亲兄，可令招此人同事东吴，岂不妙哉？"瑜善其言。^{可见周}郎非忌

胜己者，特忌胜己者之为敌用耳。

次日平明，瑜赴行营，升中军帐高座。左右立刀斧手，聚集文官武将听令。原来程普

年长于瑜，今瑜爵居其上，心中不乐，是日乃托病不出，令长子程咨自代。^{周郎初点兵时，程}普以年少轻周郎，

与孔明初点兵时，关、张以年少轻孔明，正复相似。瑜令众将曰："王法无亲，诸君各守乃职。方今曹操弄权，甚于董

卓，囚天子于许昌，屯暴兵于境上。吾今奉命讨之，诸君幸皆努力向前。大军到处，不得

扰民。赏劳罚罪，并不徇纵。"^{誓师之言，亦明大义，}周郎大是可儿。令毕，即差韩当、黄盖为前部先锋，领

本部战船，即日起行，前至三江口下寨，别听将令；蒋钦、周泰为第二队；凌统、潘璋为

第三队；太史慈、吕蒙为第四队；陆逊、董袭为第五队；吕范、朱治为四方巡警使，催督

六郡官军，水陆并进，克期取齐。^{只五万兵，}却有数十万之势。调拨已毕，诸将各自收拾船只军器起

行。程咨回见父程普，说周瑜调兵，动止有法。普大惊曰："吾素欺周郎懦弱，不足为

将；今能如此，真将才也！我如何不服！"遂亲诣行营谢罪。^{关、张之服孔明，在奏捷之后；程普}之服周郎，即在调兵之时。又不同。

瑜亦逊谢。

次日，瑜请诸葛瑾，谓曰："令弟孔明有王佐之才，如何屈身事刘备？今幸至江东，

欲烦先生不惜齿牙余论，使令弟弃刘备而事东吴，则主公既得良辅，^{此句为孙权，}是周郎本意。而先生兄

弟又得相见，^{此句为诸葛，}是周郎旁意。岂不美哉？先生幸即一行。"瑾曰："瑾自至江东，愧无寸功。

今都督有命，敢不效力。"即时上马，径投驿亭来见孔明。孔明接入，哭拜，各诉阔情。

瑾泣曰："弟知伯夷、叔齐乎？"孔明暗思："此必周郎教来说我也。"^{开口便见}雌雄。遂答曰：

"夷、齐，古之圣贤也。"^{闲闲答}应。瑾曰："夷、齐虽至饿死首阳山下，兄弟二人亦在一处。

我今与你同胞共乳，乃各事其主，不能旦暮相聚，视夷、齐之为人，能无愧乎？"^{亦善于}词令。孔

明曰："兄所言者，情也；弟所守者，义也。^{此言弟不能}来从兄。弟与兄皆汉人。今刘皇叔乃汉室之

胄，兄若能去东吴，而与弟同事刘皇叔，则上不愧为汉臣，而骨肉又得相聚，此情义两全

之策也。^{此言兄可以}来从弟。不识兄意以为何如？"瑾思曰："我来说他，反被他说了我也。"^{真可笑}矣。

遂无言回答，起身辞去。回见周瑜，细述孔明之言。瑜曰："公意若何？" ^{问得妙。}瑾曰："吾受孙将军厚恩，安肯相背！"瑜曰："公既忠心事主，不必多言。吾自有伏孔明之计。" ^{在他阿兄面前，不好说得要杀耳。}正是：

　　　　　智与智逢宜必合，才和才角又难容。

毕竟周瑜定何计伏孔明，且看下回分解。

第四十五回

三江口曹操折兵

群英会蒋干中计

凡大功之将成，必有其端之先见。而所谓端者，又有顺有逆。敌方疑我，而我先小败以骄其志，此端之逆见者也。敌方轻我，而我先小胜以挫其锐，此端之顺见者也。曹操当刘琮新降、豫州新败之后，席卷荆襄，气吞吴会，骄盈极矣，是不可不先有以挫之。周郎以江口之小胜，预为赤壁之见端，殆不用逆而用顺者乎？

玄德有檀溪跃马一事在前，可谓险矣；而此处江口劳军之事则愈险。云长有单刀赴会一事在后，可谓奇矣；而此处江口相从之事则愈奇。险莫险于不知，奇莫奇于不露。蔡瑁追之而仓皇出奔，是知其险者也；周瑜送之而从容作别，是不知其险者也。却荆州之请而以言折鲁肃，是露其奇者也；立玄德之后而以不言慑周瑜，是不露其奇者也。前后两番极其相类，又极其相反，真妙不可言。

文有正衬，有反衬。写鲁肃老实以衬孔明之乖巧，是反衬也。写周瑜乖巧以衬孔明之加倍乖巧，是正衬也。譬如写国色者，以丑女形之而美，不若以美女形之而觉其更美。写虎将者，以懦夫形之而勇，不若以勇夫形之而觉其更勇。读此可悟文章相衬之法。

孔明未出草庐之时，即曰"外结孙权"，故荆州之守，关公欲分兵拒吴，则孔明止之；关公之没，玄德欲兴兵伐吴，则孔明谏之。至白帝托孤以后，终孔明之世，未尝与吴相恶，盖欲结之以共讨汉贼也。惟鲁肃之见与孔明合，而周瑜之见独与鲁肃殊。肃方引孔明以相助，而瑜则欲杀孔明；肃方引玄德以相助，而瑜又欲杀玄德。是瑜之不及鲁肃远矣。虽然，肃知玄德与孔明之为人杰，故欲得之以为援；周瑜亦知玄德、孔明之为人杰，故必欲杀之以绝患。天下非人杰不能知人杰。呜呼！瑜亦人杰矣哉！

玄德在水镜庄上听元直之语，妙在句句明白；蒋干在周瑜帐中听军士之语，妙在不甚明白。玄德耳中虽甚明白，心中不知元直为谁，却是不明白；蒋干耳中虽不明白，眼中已见张、蔡降书，却是极明白。两样听法，亦作两样猜法，前后各各入妙。

陈宫在路上拾得玄德与曹操书，妙在千真万真；蒋干在帐中拾得张、蔡与周瑜书，妙在疑真疑假。吕布见书更无不信，曹操见书初信后疑。陈宫所拾之书并非曹操所作，蒋干所拾之书却是周瑜所为。一样拾法，两样来历，前后又各各入妙。

秦庆童述董承私语，只一句两句，妙在庆童不解；蒋干述周瑜私语，亦只一句两句，妙在蒋干先知。庆童所听，有义状为证，却是曹操搜出；蒋干所听，有降书为证，却是蒋干带来。一样述法，两样详法，前后又各各入妙。

周瑜诈睡，是骗蒋干；蒋干诈睡，又骗周瑜。周瑜假呼蒋干，是明知其诈睡；蒋干不应周瑜，是不知其诈呼。周瑜之醉，醉却是醒；蒋干之醒，醒却是梦。妙在先说破他是说客，使他开口不得；又妙在说他不是说客，一发使他开口不得。妙在梦中呼子翼、骂操贼，使他十分疑惑；又妙在醒来忘却呼子翼、骂操贼，一发使他十分疑惑。周瑜假做粗疏，却步步是密；蒋干自道极乖，却步步是呆。写来真是好看。

却说周瑜闻诸葛瑾之言，转恨孔明，存心欲谋杀之。次日，点齐军将，入辞孙权。权曰："卿先行，孤即起兵继后。"瑜辞出，与程普、鲁肃领兵起行，便邀孔明同往。^{邀孔明不是好意}孔明欣然从之。^{孔明从之，亦不是不知。}一同登舟，驾起帆樯，迤逦望夏口而进。离三江口五六十里，船依次第歇定。周瑜在中央下寨，岸上依西山结营，周围屯住。孔明只在一叶小舟内安身。^{孔明之舟如一叶，孔明之身亦如一叶。以一叶之身寄于东吴而安如泰山，真神人也。}

周瑜分拨已定，使人请孔明议事。孔明至中军帐，叙礼毕。瑜曰："昔曹操兵少，袁绍兵多，而操反胜绍者，因用许攸之谋，先断乌巢之粮也。^{三十回中事，于此处提照。}今操兵八十三万，我兵只五六万，安能拒之？亦必须先断操之粮，然后可破。我已探知操军粮草俱屯于聚铁山。先生久居汉上，熟知地理。敢烦先生与关、张、子龙辈——吾亦助兵千人——星夜往聚铁山断操粮道。彼此各为主人之事，幸勿推调。"^{天下唯不怀好意人最会说好话。}孔明暗思："此因说我不动，设计害我。我若推调，必为所笑。不如应之，别有计议。"乃欣然领诺。^{写孔明乖觉，只是不露出来。}瑜大喜。孔明辞出。鲁肃密谓瑜曰："公使孔明劫粮，是何意见？"瑜曰："吾欲杀孔明，恐惹人笑，故借曹操之手杀之，以绝后患耳。"^{写周瑜使乖，便自己说出来。}肃闻言，乃往见孔明，看他知也不知。只见孔明略无难色，整点军马要行。^{妙人乖觉全不露出。}肃不忍，以言挑之曰："先生此去可成功否？"^{写鲁肃忠厚以反衬周瑜。}孔明笑曰："吾水战、步战、马战、车战，各尽其妙，何愁功绩不成，非比江东公与周郎辈止一能也。"^{又用反激语。生惯行此法。}肃曰："吾与公瑾何谓一能？"孔明曰："吾闻江南小儿谣言云：'伏路把关饶子敬，临江水战有周郎。'公等于陆地但能伏路把关；^{此句是宾。}周公瑾但堪水战，不能陆战耳。"^{此句是主。}

肃乃以此言告知周瑜。瑜怒曰："何欺我不能陆战耶！不用他去！我自引一万马军，往聚铁山断操粮道。"^{写孔明耐得，周瑜耐不得。}肃又将此言告孔明。孔明笑曰："公瑾令吾断粮者，实欲使曹操杀吾耳。^{方才说破他使我之故。}吾故以片言戏之，公瑾便容纳不下。目今用人之际，只愿吴侯与刘使君同心，则功可成；如各相谋害，大事休矣。^{此以正言教之，止其害我之谋。}操贼多谋，他平生惯断人粮道，今如何不以重兵提备？公瑾若去，必为所擒。^{此以忠言告之，平其好胜之气。}今只当先决水战，挫动北军锐气，别寻妙计破之。^{为后文伏笔。}望子敬善言以告公瑾为幸。"鲁肃遂连夜回见周瑜，备述孔明之言。瑜摇首顿足曰："此人见识胜吾十倍，今不除之，后必为我国之祸！"^{愈敬之，愈服之，愈欲杀之。}肃曰："今用人之际，望以国家为重。^{此句是主。}且待破曹之后，图之未晚。"^{此句是宾。○处处写鲁肃忠厚，以反衬周瑜。}瑜然其说。

却说玄德吩咐刘琦守江夏，自领众将引兵往夏口。遥望江南岸旗幡隐隐，戈戟重重，料是东吴已动兵矣，乃尽移江夏之兵，至樊口屯扎。玄德聚众曰："孔明一去东吴，杳无音信，不知事体如何。谁人可去探听虚实回报？"〔鱼久脱水，毋乃涸乎？〕糜竺曰："竺愿往。"玄德乃备羊酒礼物，令糜竺至东吴，以犒军为名，探听虚实。竺领命，驾小舟顺流而下，径至周瑜大寨前。军士入报周瑜，瑜召入。竺再拜，致玄德相敬之意，献上酒礼。瑜受讫，设宴款待糜竺。竺曰："孔明在此已久，今愿与同回。"瑜曰："孔明方与我同谋破曹，岂可便去？〔既不放去，又不令与糜竺相见，写周瑜不怀好意。〕吾亦欲见刘豫州，共议良策，奈身统大军，不可暂离。若豫州肯枉驾来临，深慰所望。"〔不放孔明去，反欲赚玄德来，写周瑜一发不怀好意了。〕竺应诺，拜辞而回。肃问瑜曰："公欲见玄德，有何计议？"〔又夹写鲁肃老实，以衬周瑜。〕瑜曰："玄德世之枭雄，不可不除。吾今乘机诱至杀之，实为国家除一后患。"〔既欲杀孔明，又欲杀玄德，何其狠也。〕鲁肃再三劝谏，〔又写鲁肃忠厚，以衬周瑜。〕瑜只不听，遂传密令："如玄德至，先埋伏刀斧手五十人于壁衣中，看吾掷杯为号，便出下手。"〔读至此，为玄德担忧。〕

　　却说糜竺回见玄德，具言周瑜欲请主公到彼面会，别有商议。玄德便教收拾快船一只，只今便行。〔又写玄德坦直，以衬周瑜。〕云长谏曰："周瑜多谋之士，又无孔明书信，〔精细之极。〕恐其中有诈，不可轻去。"〔前襄阳赴会是关公功行，今周郎相邀却是关公谏阻，与前相类而又相反。〕玄德曰："我今结东吴以共破曹操，周郎欲见我，我若不往，非同盟之意。两相猜忌，事不谐矣。"〔玄德只防曹操，不防周瑜。〕云长曰："兄长若坚意要去，弟愿同往。"〔写关公。〕张飞曰："我也跟去。"〔写翼德。〕玄德曰："只云长随我去。翼德与子龙守寨。简雍固守鄂县。我去便回。"吩咐毕，即与云长乘小舟，并从者二十余人，飞棹赴江东。〔前往襄阳，是子龙随去；今往江东，是关公随去。前是三百步卒，今只二十从人。又相类而相反。〕玄德观看江东艨艟战舰、旌旗甲兵，左右分布整齐，心中甚喜。〔又写玄德忠厚，以衬周瑜。〕军士飞报周瑜："刘豫州来了。"瑜问："带多少船只来？"军士答曰："只有一只船，二十余从人。"瑜笑曰："此人命合休矣！"〔读至此，又为玄德担忧。〕乃命刀斧手先埋伏定，然后出寨迎接。玄德引云长等二十余人，直到中军帐。叙礼毕，瑜请玄德上坐。〔天下唯不怀好意人最会虚恭敬。〕玄德曰："将军名传天下，备不才，何烦将军重礼？"乃分宾主而坐。周瑜设宴相待。

　　且说孔明偶来江边，闻说玄德来此与都督相会，吃了一惊，〔此一惊不小。〕急入中军帐，窃看动静。只见周瑜面有杀气，两边壁衣中密排刀斧手。孔明大惊曰："似此如之奈何！"〔读者至此，必疑下文定是孔明设计，然后玄德得脱矣。〕回视玄德，谈笑自若；〔履危而不知，使旁观者愈着急。〕却见玄德背后一人，按剑而立，乃云长也。〔在孔明眼中写一云长。〕孔明喜曰："吾主无危矣。"遂不复入，仍回身至江边等候。〔妙在此时不即与玄德相见。〕

　　周瑜与玄德饮宴，酒行数巡，瑜起身把盏，猛见云长按剑立于玄德背后，〔再在周瑜眼中写一云长。〕忙问何人。玄德曰："吾弟关云长也。"瑜惊曰："非向日斩颜良、文丑者乎？"〔二十五回中事，忽

（于此处一提。）玄德曰："然也。"瑜大惊，汗流满背，便斟酒与云长把盏。（不是写周瑜，正是写云长。）少顷，鲁肃入。玄德曰："孔明何在？烦子敬请来一会。"瑜曰："且待破了曹操，与孔明相会未迟。"（又不肯教孔明相见，周瑜不怀好意。）玄德不敢再言。云长以目视玄德。（写云长。）玄德会意，即起身辞瑜曰："备暂告别。即日破敌收功之后，专当叩贺。"瑜亦不留，送出辕门。玄德别了周瑜，与云长等来至江边，只见孔明已在舟中。（写孔明真是可爱。）玄德大喜。孔明曰："主公知今日之危乎？"玄德愕然曰："不知也。"孔明曰："若无云长，主公几为周郎所害矣。"玄德方才省悟，（极写玄德忠厚老实。）便请孔明同回樊口。孔明曰："亮虽居虎口，安如泰山。（唯龙能制虎。）今主公但收拾船只军马候用，以十一月二十甲子日后为期，可令子龙驾小舟来南岸边等候。切勿有误。"（为后文伏笔。孔明真是可爱。）玄德问其意。孔明曰："但看东南风起，亮必还矣。"（预先算定，真是奇绝、妙绝。）玄德再欲问时，孔明催促玄德作速开船。言讫自回。玄德与云长及从人开船，行不数里，忽见上流头放下五六十只船来。船头上一员大将，横矛而立，乃张飞也。因恐玄德有失，云长独力难支，特来接应。（前已写过云长，此却极写翼德。）于是三人一同回寨，不在话下。

却说周瑜送了玄德，回至寨中，鲁肃入问曰："公既诱玄德至此，为何又不下手？"瑜曰："关云长，世之虎将也，与玄德行坐相随，吾若下手，他必来害我。"（此处方才说明。）肃愕然。忽报曹操遣使送书至。瑜唤入。使者呈上书看时，封面上判云："汉大丞相付周都督开拆。"瑜大怒，更不开看，将书扯碎，掷于地下，（此封书亦可作《铜雀台赋》观。）喝斩来使。肃曰："两国相争，不斩来使。"瑜曰："斩使以示威！"遂斩使者，将首级付从人持回。（此人头回而身不回矣，当赠诗一句曰："头在曹军身在吴。"）随令甘宁为先锋，韩当为左翼，蒋钦为右翼，（前分六队起身，每队二人；今遣三队迎敌，却每队只一人。与前甚是变换，此之谓小试其端也。）瑜自部领诸将接应。来日四更造饭，五更开船，鸣鼓呐喊而进。

却说曹操知周瑜毁书斩使，大怒，便唤蔡瑁、张允等一班荆州降将为前部，操自为后军，催督战船，到三江口。早见东吴船只蔽江而来。为首一员大将，坐在船头上大呼曰："吾乃甘宁也！谁敢来与我决战？"蔡瑁令弟蔡壎前进。两船将近，甘宁拈弓搭箭，望蔡壎射来，应弦而倒。（先写先锋立功。）宁驱船大进，万弩齐发。曹军不能抵当。右边蒋钦，左边韩当，直冲入曹军队中。（次写左、右翼。）曹军大半是青、徐之兵，素不习水战，大江面上，战船一摆，早立脚不住。甘宁等三路战船，纵横水面。（总写一句。）周瑜又催船助战。曹军中箭着炮者，不计其数。从巳时直杀到未时。周瑜虽得利，只恐寡不敌众，遂下令鸣金，收住船只。

（此孔明所谓"先挫北军锐气"者。虽是周瑜之功，亦即孔明之所教。）曹军败回。操登旱寨，再整军士，唤蔡瑁、张允责之曰："东吴兵少，反为所败，是汝等不用心耳！"（为下文曹操误杀二人张本。）蔡瑁曰："荆州水军，久不操练；青、徐之军，又素不习水战，故尔致败。今当先立水寨，令青、徐军在中，荆州军在外，每日教习精熟，方可用之。"操曰："汝既为水军都督，可以便宜从事，何必禀我！"于是张、蔡二人自去训练水军。沿江一带分二十四座水门，以大船居于外为城郭，小船居于内，可通往来。^{为周瑜计杀二人张本。}至晚点上灯火，照得天心水面通红。旱寨三百余里，烟火不绝。^{将写周瑜所放之火，先写曹操军中之火衬染，绝妙。}

却说周瑜得胜回寨，犒赏三军，一面差人到吴侯处报捷。当夜瑜登高观望，只见西边火光接天。左右告曰："此皆北军灯火之光也。"^{又写火光，预为下文赤壁火光衬染。}瑜亦心惊。次日，瑜欲亲往探看曹军水寨，乃命收拾楼船一只，带着鼓乐，随行健将数员，各带强弓硬弩，一齐上船迤逦前进。至操寨边，瑜命下了碇石，楼船上鼓乐齐奏。瑜暗窥他水寨，大惊曰："此深得水军之妙也！"问："水军都督是谁？"左右曰："蔡瑁、张允。"瑜思曰："二人久居江东，谙习水战，吾必设计先除此二人，然后可以破曹。"^{为下文赚蒋干张本。}正窥看间，早有曹军飞报曹操说："周瑜偷看吾寨。"操命纵船擒捉。瑜见水寨中旗号动，急教收起碇石，两边四下一齐轮转橹棹，望江面上如飞而去。^{极写南船轻捷。}比及曹寨中船出时，周瑜的楼船已离了十数里远，追之不及，回报曹操。

操问众将曰："昨日输了一阵，挫动锐气；今又被他深窥吾寨。吾当作何计破之？"言未毕，忽帐下一人出曰："某自幼与周郎同窗交契，愿凭三寸不烂之舌，往江东说此人来降。"^{周瑜既观水寨之后，正欲使人渡江离间蔡瑁、张允，而蒋干请往江东，适中机会，恰好凑着周瑜也。}曹操大喜，视之，乃九江人，姓蒋名干，字子翼，现为帐下幕宾。操问曰："子翼与周公瑾相厚乎？"干曰："丞相放心。干到江左，必要成功。"^{谁知此去倒使周瑜成功。}操问："要将何物去？"干曰："只消一童随往，二仆驾舟，其余不用。"操甚喜，置酒与蒋干送行。

干葛巾布袍，驾一只小舟，径到周瑜寨中，命传报："故人蒋干相访。"周瑜正在帐中议事，闻干至，笑谓诸将曰："说客至矣！"遂与众将附耳低言，如此如此。^{妙在不叙明所授何计，直待下文方见。}众皆应命而去。

瑜整衣冠，引从者数百，皆锦衣花帽，前后簇拥而出。^{葛巾布袍极其淡素，锦衣花帽极其煊赫，相形之下，甚是好看。}蒋干引一青衣小童，昂然而来。瑜拜迎之。干曰："公瑾别来无恙！"瑜曰："子翼良苦，远涉江湖，为曹氏作说客耶？"^{妙在开口便说破他。}干愕然曰："吾久别足下，特来叙旧，奈何疑我作说客也？"瑜笑曰："吾虽不及师旷之聪，闻弦歌而知雅意。"^{趣甚，不愧称"顾曲周郎"。}干曰："足下待故人如此，便请告退。"瑜笑而挽其臂曰："吾但恐兄为曹氏作说客耳。既无此心，何速

去也？”遂同入帐。叙礼毕，坐定，即传令悉召江左英杰与子翼相见。_{夸耀江东人物。}

须臾，文官武将各穿锦衣，帐下偏裨将校都披银铠，分两行而入。_{夸耀江东殷富。}瑜都教相见毕，就列于两旁而坐，大张筵席，奏军中得胜之乐，轮换行酒。瑜告众官曰：“此吾同窗契友也。虽从江北到此，却不是曹家说客。公等勿疑。”_{前妙在说破他是说客，此又妙在说他并不是说客，使他开口不得。}遂解佩剑付太史慈曰：“公可佩我剑作监酒。今日宴饮，但叙朋友交情；如有提起曹操与东吴军旅之事者，即斩之！”_{一发使他开口不得，妙甚，恶甚。}太史慈应诺，按剑坐于席上。_{朱虚侯监酒，是禁人逃席；今太史慈监酒，是戒言公事。此等令官，真是怕人。}蒋干惊愕，不敢多言。_{直是开口不得。}周瑜曰：“吾自领军以来，滴酒不饮；今日见了故人，又无疑忌，当饮一醉。”说罢，大笑畅饮。_{为下文诈醉张本。}座上觥筹交错。饮至半酣，瑜携干手，同步出帐外。左右军士皆全装贯带，持戈执戟而立。_{夸耀江东军威。}瑜曰：“吾之军士，颇雄壮否？”干曰：“真熊虎之士也。”瑜又引干到帐后一望，粮草堆如山积。_{又夸耀江东军粮。}瑜曰：“吾之粮草，颇足备否？”干曰：“兵精粮足，名不虚传。”瑜佯醉大笑曰：“想周瑜与子翼同学业时，不曾望有今日。”干曰：“以吾兄高才，实不为过。”瑜执干手曰：“大丈夫处世，遇知己之主，外托君臣之义，内结骨肉之恩，言必行，计必从，祸福共之。假使苏秦、张仪、陆贾、郦生复出，口似悬河，舌如利刃，安能动我心哉！”_{说得风流慷慨，一发使他开口不得。}言罢大笑。蒋干面如土色。瑜复携干入帐，会诸将再饮，因指诸将曰：“此皆江东之英杰。今日此会，可名‘群英会’。”_{盛称江东得士，非独夸示蒋干，正以夸示曹操也。}饮至天晚，点上灯烛，瑜自起舞剑作歌。歌曰：

丈夫处世兮立功名，立功名兮慰平生。

慰平生兮吾将醉，吾将醉兮发狂吟！

歌罢，满座欢笑。至夜深，干辞曰：“不胜酒力矣。”瑜命撤席，诸将辞出。瑜曰：“久不与子翼同榻，今宵抵足而眠。”于是佯作大醉之状，携干入帐共寝。瑜和衣卧倒，呕吐狼藉。蒋干如何睡得着？_{妙在搅得他不能稳睡。}伏枕听时，军中鼓打二更，起视残灯尚明。看周瑜时，鼻息如雷。干见帐内桌上堆着一卷文书，乃起床偷视之，却都是往来书信。内有一封，上写“蔡瑁、张允谨封”。_{恶极妙极。}干大惊，暗读之。书略曰：

某等降曹，非图仕禄，迫于势耳。今已赚北军困于寨中，但得其便，即将操贼之首献于麾下。早晚人到，便有关报。幸勿见疑。先此敬覆。

干思曰：“原来蔡瑁、张允结连东吴！”遂将书暗藏于衣内。再欲检看他书时，床上周瑜翻身，干急灭灯就寝。瑜口内含糊曰：“子翼，我数日之内，教你看操贼之首！”既骗之以桌上来书，又骗之以帐中醉语，骗法愈妙。干勉强应之。瑜又曰：“子翼，且住！教你看操贼之首！”又复叠一句，宛是醉人声口。及干问之，瑜又睡着。妙绝。干伏于床上，将近四更，只听得有人入帐唤曰：“都督醒否？”周瑜梦中做忽觉之状，妙绝。故问那人曰：“床上睡着何人？”又宛然是醉人情状，妆来逼真。答曰：“都督请子翼同寝，何故忘却？”瑜懊悔曰：“吾平日未尝饮醉，昨日醉后失事，不知可曾说甚言语？”既诈醉，又诈醒；既诈说，又诈忘：妆来逼真。那人曰：“江北有人到此。”瑜喝：“低声！”妙绝。便唤：“子翼！”妙绝。蒋干只妆睡着。前是周瑜假睡，此又是蒋干假睡，干受人骗，又要骗人。瑜潜出帐。干窃听之，只闻有人在外曰：“张、蔡二都督道：‘急切不得下手……’”既骗之以帐中醉语，又骗之以帐外人语，骗法愈妙。后面言语颇低，听不真实。只一句勾了，正不消多听。少顷，瑜入帐，又唤：“子翼！”妙绝。蒋干只是不应，蒙头假睡。蒋干只道自己骗人，不料已受人骗。瑜亦解衣就寝。计策已完，可以解衣矣。干寻思：“周瑜是个精细人，天明寻书不见，必然害我。”睡至五更，干起唤周瑜，瑜却睡着。几番诈醉，又几番诈睡，可谓神于骗矣。干戴上巾帻，潜步出帐，唤了小童，径出辕门。军士问：“先生那里去？”干曰：“吾在此恐误都督事，权且告别。”军士亦不阻当。皆是周瑜之计。

干下船，飞棹回见曹操。操问：“子翼干事若何？”干曰：“周瑜雅量高致，非言词所能动也。”操怒曰：“事又不济，反为所笑！”干曰：“虽不能说周瑜，却与丞相打听得一件事。乞退左右。”干取出书信，将上项事逐一说与曹操。操大怒曰：“二贼如此无礼耶！”前只是蒋干中计，今曹操亦中计。即便唤蔡瑁、张允到帐下。操曰：“我欲使汝二人进兵。”瑁曰：“军尚未曾练熟，不可轻进。”操怒曰：“军若练熟，吾首级献于周郎矣！”蔡、张二人不知其意，惊慌不能回答。若使曹操出书示之，责瑜以谋反，而蔡、张二人犹可辨，操亦不至于杀二人矣。正妙在不说明白，致二人惊惶失语，宛然是机谋已泄，不能抵对。操喝武士推出斩之。须臾，献头帐下，操方省悟曰：“吾中计矣！”聪明人，只好愚弄他一时。后人有诗叹曰：

曹操奸雄不可当，一时诡计中周郎。

蔡张卖主求生计，谁料今朝剑下亡！

众将见杀了张、蔡二人，入问其故。操虽心知中计，却不肯认错，聪明人吃骗，往往不肯认错，不独曹操为然也。乃谓众将曰：“二人怠慢军法，吾故斩之。”众皆嗟呀不已。操于众将内选毛玠、于禁为水军都督，以代蔡、张二人之职。想二人火星进命矣。

细作探知，报过江东。周瑜大喜曰：“吾所患者，此二人耳。今既剿除，吾无忧矣。"肃曰："都督用兵如此，何愁曹贼不破乎！"瑜曰："吾料诸将不知此计，独有诸葛亮识见胜我，想此谋亦不能瞒也。^{瞒过蒋干，瞒过曹操，安能瞒过孔明？}子敬试以言挑之，看他知也不知，便当回报。"正是：

还将反间成功事，去试从旁冷眼人。

未知肃去问孔明还是如何，且看下文分解。

第四十六回

用奇谋孔明借箭

献密计黄盖受刑

周瑜欲断北军之粮，明知其断不成，智也；孔明欲造江东之箭，明知其造不成，亦智也。乃周瑜不断粮，不能使北军无粮；而孔明不造箭，却能使江东有箭，则孔明之智为奇矣。周瑜欲借曹操之刀以杀孔明，早被孔明识破；而孔明借曹操之箭以与周瑜，却使周瑜不知，则孔明之智为尤奇矣。十日之限已可畏，偏要缩至三日；三日之限已甚危，偏又放过两日，令读者阅至第三日之夜，为孔明十分着急、十分担忧。几于水尽山穷、径断路绝，而不意奏功俄顷，报命一朝，真乃妙事妙文。

借箭之计，其利有三：使东吴得十万箭之用，一利也。既得十万箭之用，而又省造十万箭之费，是以二十万箭之利与江东也，二利也。我有所得，则利在我；我纵无所得，而能使敌有所失，则利亦在我。今我得十万箭之用，省造十万箭之费，而又令曹军有十余万箭之失，是以三十余万箭之利与江东也，三利也。在孔明，不过施一小计耳，而其利至于如此，真不愧军师之称哉！孔明用计之妙，善于用借。破北军者，既借江东之兵；而助江东者，即借北军之箭：是借于东又借于北也。取箭者，既借鲁肃之舟；而疑操者，复借一江之雾：是借于人又借于天也。兵可借，箭可借，于是乎东风亦可借，荆州亦无不可借矣。

周瑜以蔡瑁、张允之假书赚曹操，而曹操即以蔡中、蔡和之假降赚周瑜：此相报之巧也。曹操以二蔡之诈降赚周瑜，而周瑜即假二蔡之诈降以赚曹操：又相报之巧也。乃蔡瑁、张允实实未尝叛曹操，而操误信其事；蔡中、蔡和明明是来降周瑜，而瑜已知其非，则操之巧不如瑜。操使游说之客于敌国，适以杀吾军得力之人；瑜纳诈降之将于彼军，遂借以通我将诈降之信，则瑜之巧过于操。两智相欺，两诈相敌，写来真足动心悦目。

孔明掌中之字与周瑜掌中之字不约而同，此合掌文字也；又参之以黄盖之言，是三人之文，皆为合掌矣。孔明新野之火与博望之火大同小异，此重复文字也，又将继之以赤壁之火，是一人之文，而三番重复矣。然必文如公瑾方许其合掌，文如孔明方不厌其重复。每怪今人作文，动手便合，落笔便重，彼此只是一般，前后更无添换，即何不取周瑜、孔明之文而读之耶？

黄盖苦肉之计，苟非黄盖之所自愿，此岂周瑜之所能使哉？周瑜深欲用此计，而恨未得黄盖之一人，唯黄盖真能舍此身，而后可行苦肉之一计耳。作者于此，不是写周瑜之智，正是写黄盖之忠；亦只是写黄盖之忠，不是写黄盖之智。

周瑜反间之谋只好黑夜里骗蒋干，黄盖苦肉之计偏要白日里瞒众人，盖不瞒众人恐瞒不得曹操也。曹操之杀蔡瑁是真，周瑜偏识二蔡之降为假；黄盖之忤周瑜是假，二蔡已信周瑜之怒为真，盖欲瞒曹操又必须先瞒二蔡也。乃众人可瞒，二蔡可瞒，曹操可瞒，而孔明必不可瞒。不但公瑾不能瞒孔明，而孔明反嘱子敬以瞒公瑾，则孔明之智又高公瑾数头。

吾尝观黄盖苦肉之计，而叹其计之行亦有天意焉。盖此计之可虑者有三：使黄盖受棒太毒而至于死，虽捐躯而无补于国事，则长逝者魂魄私恨无穷，一可虑也。使众将不知，有愤激而生变者，则弄假成真，未图彼军而先致我军之叛，二可虑也。又使曹操惩于蒋干之被欺，拒盖之降而不纳，则黄盖徒然受刑，周瑜枉自妆乔，适为曹操所笑，三可虑也。乃黄盖不死，诸将不叛，曹操不疑，而周郎竟以此成功，岂非天哉？

却说鲁肃领了周瑜言语，径来舟中相探孔明。孔明接入小舟对坐。肃曰："连日措办军务，有失听教。"孔明曰："便是亮亦未与都督贺喜。"奇妙。肃曰："何喜？"孔明曰："公瑾使先生来探亮知也不知，便是这件事可贺喜耳。"妙在不等他开口，竟自说出。不想黑夜之事，孔明早已知之矣。诳得鲁肃失色问曰："先生何由知之？"孔明曰："这条计只好弄蒋干。曹操虽被一时瞒过，必然便省悟，只是不肯认错耳。隔江之事，孔明又已知之矣。今蔡、张两人既死，江东无患矣，如何不贺喜？吾闻曹操换毛玠、于禁为水军都督，则这两个手里，好歹送了水军性命。"为后文赤壁伏线。鲁肃听了，开口不得，蒋干见周瑜开口不得，肃见孔明亦开口不得。把些言语支吾了半晌，别孔明而回。孔明嘱曰："望子敬在公瑾面前勿言亮先知此事。公瑾要瞒孔明，孔明又要瞒公瑾，妙甚。恐公瑾心怀妒忌，又要寻事害亮。"为下文造箭伏笔。鲁肃应诺而去，回见周瑜，把上项事只得实说了。写鲁肃老实。瑜大惊："此人决不可留！吾决意斩之！"肃劝曰："若杀孔明，却被曹操笑也。"写鲁肃忠厚。瑜曰："吾自有公道斩之，教他死而无怨。"前欲使曹操杀之，此直欲自杀之。肃曰："何以公道斩之？"瑜曰："子敬休问，来日便见。"妙在不即说出。

次日，聚众将于帐下，教请孔明议事。孔明欣然而至。坐定，瑜问孔明曰："即日将与曹军交战，水路交兵，当以何兵器为先？"孔明曰："大江之上，以弓箭为先。"此语反是孔明说出妙。瑜曰："先生之言，甚合愚意。但今军中正缺箭用，敢烦先生监造十万枝箭，以为应敌之具。此系公事，先生幸勿推却。"前使断粮，今使造箭。前要断粮是周瑜自说，今要用箭却待孔明先说，妙甚。孔明曰："都督见委，自当效劳。敢问十万枝箭，何时要用？"瑜曰："十日之内，可完办否？"限期已促矣孔明曰："操军即日将至，若候十日，必误大事。"不以为促，反以为缓，奇妙。瑜曰："先生料几日可完办？"孔明曰："只消三日，便可拜纳十万枝箭。"不唯不请宽期，反欲自己立限，真奇绝、妙绝。瑜曰："军中无戏言。"孔明曰："怎敢戏都督！愿纳军令状：三日不办，甘当重罚。"受罚不待周瑜说，偏是孔明自说，妙，妙。瑜大喜，唤军政司当面取了文书，置酒相待曰："待军事毕后，自有酬劳。"不说罚，偏说酬，妙，妙。孔明曰："今日已不及，来日造起。至第三日，可差五百小军到江边搬箭。"已算定江边。饮了数杯，辞去。鲁肃曰："此人莫非诈乎？"是惊怪语。瑜曰："他自送死，非我逼他。今明白对众要了文书，他便两胁生翅，也飞不去。谁知乃是万古凌霄一羽毛耶！我只吩咐军匠人等，教他故意迟延，凡应用物件，都不与齐备。如此，必然误了日期。那时定罪，有何理说？悉极，读者至此当为孔明着急。公今可去探他虚实，却来回报。"

肃领命来见孔明。孔明曰："吾曾告子敬，休对公瑾说，他必要害我。不想子敬不肯为我隐讳，今日果然又弄出事来。三日内如何造得十万箭？子敬只得救我！"〔不知者读至此，又为孔明着急。〕肃曰："公自取其祸，我如何救得你？"孔明曰："望子敬借我二十只船，每船要军士三十人，船上皆用青布为幔，各束草千余个，分布两边。吾别有妙用。〔箭料甚奇，不知如何造法。〕第三日包管有十万枝箭。〔奇妙。〕只不可又教公瑾得知，若彼知之，吾计败矣。"〔此却是切嘱。〕肃允诺，却不解其意。回报周瑜，果然不提起借船之事，〔前不瞒周瑜，是老实处。今不忍不瞒周瑜，是忠厚处。〕只言："孔明并不用箭竹、翎毛、胶漆等物，自有道理。"瑜大疑曰："且看他三日后如何回复我！"

却说鲁肃私自拨轻快船二十只，各船三十余人，并布幔束草等物，尽皆齐备，候孔明调用。第一日却不见孔明动静，〔放过第一日。〕第二日亦只不动。〔又放过第二日。〕至第三日四更时分，〔放过两日，至第三日。〕〔又到四更时分，险到没去处矣。〕孔明密请鲁肃到船中。肃问曰："公召我来何意？"孔明曰："特请子敬同往取箭。"〔正不知箭在何处，奇甚。〕肃曰："何处去取？"孔明曰："子敬休问，前去便见。"〔与周瑜对子敬语同。〕遂命将二十只船用长索相连，径望北岸进发。是夜大雾漫天，长江之中，雾气更甚，对面不相见。〔此是预先算定。〕孔明促舟前进，果然是好大雾！前人有篇《大雾垂江赋》曰：

大哉长江！西接岷峨，南控三吴，北带九河。汇百川而入海，历万古以扬波。至若龙伯、海若，江妃、水母，长鲸千丈，天蜈九首，鬼怪异类，咸集而有。盖夫鬼神之所凭依，英雄之所战守也。

时而阴阳既乱，昧爽不分。讶长空之一色，忽大雾之四屯。虽舆薪而莫睹，惟金鼓之可闻。初若溟濛，才隐南山之豹；渐而充塞，欲迷北海之鲲。然后上接高天，下垂厚地；渺乎苍茫，浩乎无际。鲸鲵出水而腾波，蛟龙潜渊而吐气。又如梅霖收溽，春阴酿寒，溟溟漠漠，浩浩漫漫。东失柴桑之岸，南无夏口之山。战船千艘，俱沉沦于岩壑；渔舟一叶，惊出没于波澜。甚则穹昊无光，朝阳失色，返白昼为昏黄，变丹山为水碧。虽大禹之智，不能测其浅深；离娄之明，焉能辨乎咫尺？

于是冯夷息浪，屏翳收功；鱼鳖遁迹，鸟兽潜踪。隔断蓬莱之岛，暗围阊阖之宫。恍惚奔腾，如骤雨之将至；纷纭杂沓，若寒云之欲同。乃能中隐毒蛇，因之而为瘴疠；内藏妖魅，凭之而为祸害。降疾厄于人间，起风尘于塞外。小民遇之大伤，大人观之感慨。盖将返元气于洪荒，混天地为大块。

当夜五更时候，^{三日之限}^{已满。}船已近曹操水寨。孔明教把船只头西尾东，一带摆开，就船上擂鼓呐喊。^{取箭之法}^{甚奇。}鲁肃惊曰："倘曹兵齐出，如之奈何？"孔明笑曰："吾料曹操于重雾中必不敢出。吾等只顾酌酒取乐，待雾散便回。"^{酌酒是贺箭，}^{亦是赏雾。}

却说曹寨中听得擂鼓呐喊，毛玠、于禁二人慌忙飞报曹操。操传令曰："重雾迷江，彼军忽至，必有埋伏，切不可轻动。可拨水军弓弩手乱箭射之。"又差人往旱寨内唤张辽、徐晃各带弓弩军三千，火速到江边助射。^{胜东吴工}^{匠多矣。}比及号令到来，毛玠、于禁怕南军抢入水寨，已差弓弩手在寨前放箭；^{先是一起}^{送箭的。}少顷，旱寨内弓弩手亦到，^{又是一起}^{送箭的。}约一万余人，尽皆向江中放箭，箭如雨发。孔明教把船吊回，头东尾西，逼近水寨受箭，^{彼送来，}^{我受之。}一面擂鼓呐喊。待至日高雾散，孔明令收船急回。二十只船两边束草上，排满箭枝。^{不消胶漆、翎毛，}^{箭已完办。}孔明令各船上军士齐声叫曰："谢丞相箭！"^{曹操谨具奉申，}^{领谢帖矣！恶极，趣极。}比及曹军寨内报知曹操时，这里船轻水急，已放回二十余里，追之不及。曹操懊悔不已。

却说孔明回船谓鲁肃曰："每船上箭约五六千矣。不费江东半分之力，已得十万余箭。明日即将来射曹军，却不甚便！"^{此时权领}^{后即送还。}肃曰："先生真神人也！何以知今日如此大雾？"孔明曰："为将而不通天文，不识地利，不知奇门，不晓阴阳，不看阵图，不明兵势，是庸才也。^{"天文"一句是主，}^{下几句陪说。}亮于三日前已算定今日有大雾，因此敢任三日之限。^{曹操}^{正堕}^{在孔明云}^{雾中。}公瑾教我十日完办，工匠料物都不应手，将这一件风流罪过，明白要杀我。我命系于天，公瑾焉能害我哉！"^{此时方才}^{说破。}鲁肃拜服。

船到岸时，周瑜已差五百军在江边等候搬箭。孔明教于船上取之，可得十余万枝，都搬入中军帐交纳。鲁肃入见周瑜，备说孔明取箭之事。瑜大惊，慨然叹曰："孔明神机妙算，吾不如也！"后人有诗赞曰：

> 一天浓雾满长江，远近难分水渺茫。
>
> 骤雨飞蝗来战舰，孔明今日伏周郎。

少顷，孔明入寨见周瑜。瑜下帐迎之，称羡曰："先生神算，使人敬服。"孔明曰："诡谲小计，何足为奇。"^{自谦处，}^{正是自负。}瑜邀孔明入帐共饮。瑜曰："昨吾主遣使来催督进军，瑜未有奇计，愿先生教我。"^{前问用何兵器，是假问；}^{今问用何奇策，是真问。}孔明曰："亮乃碌碌庸才，安有妙计？"瑜曰：

"某昨观曹操水寨，极是严整有法，非等闲可攻。思得一计，不知可否。先生幸为我一决之。"孔明曰："都督且休言。各自写于手内，看同也不同。"瑜大喜，教取笔砚来，先自暗写了，却送与孔明。孔明亦暗写了。两个移近坐榻，各出掌中之字，互相观看，皆大笑。八十三万大军，已尽于两人掌中矣。原来周瑜掌中字，乃一"火"字；孔明掌中，亦一"火"字。以箭射船，是金克木；以火烧兵，是火克金。〇二火相合则成离卦，"离"者，"丽"也，周郎正当与孔明相附丽而成功。瑜曰："既我两人所见相同，更无疑矣。幸勿漏泄。"孔明曰："两家公事，岂有漏泄之理。吾料曹操虽两番经我这条计，又将博望、新野事一提。然必不为备。今都督尽行之可也。"操能料之于陆，不能料之于水。饮罢分散，诸将皆不知其事。

　　却说曹操平白折了十五六万箭，江东得箭十余万，曹操失箭十五六万，盖大半射在船上，小半射落水中矣。若曹操亦整整只失得十万箭，不唯无此文，亦无此等事也。心中气闷。荀攸进计曰："江东有周瑜、诸葛亮二人用计，急切难破。可差人去东吴诈降，为奸细内应，以通消息，方可图也。"操曰："此言正合吾意。汝料军中谁可行此计？"攸曰："蔡瑁被诛，蔡氏宗族皆在军中。瑁之族弟蔡中、蔡和现为副将，丞相可以恩结之，差往诈降东吴，必不见疑。"二蔡诈降，以杀兄为名，易使人信。操从之，当夜密唤二人入帐，嘱咐曰："汝二人可引些少军士，去东吴诈降。但有动静，使人密报。事成之后，重加封赏。休怀二心！"二人曰："吾等妻子俱在荆州，安敢怀二心，丞相勿疑。"曹操之不疑者在此，周瑜之不信者亦在此。某二人必取周瑜、诸葛亮之首，献于麾下。"正与前文"取操贼之首"相应。操厚赏之。次日，二人带五百军士，蒋干作说客，只带一小童；蔡为细作，乃有五百军士。驾船数只，顺风望着南岸来。

　　且说周瑜正理会进兵之事，忽报江北有船来到江口，称是蔡瑁之弟蔡和、蔡中，特来投降。瑜唤入。二人哭拜曰："吾兄无罪，被操贼所杀。吾二人欲报兄仇，特来投降。杀蔡瑁者周瑜也，欲报兄仇，则不当投降矣。望赐收录，愿为前部。"瑜大喜，"大喜"者，非喜其真降，正喜其诈降也。重赏二人，即命与甘宁引军为前部。二人拜谢，以为中计。瑜密唤甘宁吩咐曰："此二人不带家小，非真投降，正与二蔡对曹操语相应。乃曹操使来为奸细者。吾今欲将计就计，教他通报消息。为黄盖伏线。汝可殷勤相待，就里提防。至出兵之日，先要杀他两个祭旗。后文事先伏于此。汝切须小心，不可有误。"甘宁领命而去。鲁肃入见周瑜曰："蔡中、蔡和之降，多应是诈，不可收用。"此非写鲁肃乖觉，正是写鲁肃老实。瑜叱曰："彼因曹操杀其兄，欲报仇而来降，何诈之有！你若如此多疑，安能容天下之士乎！"二蔡诈，周郎更诈。肃默然而退，乃往告孔明。孔明笑而不言。周郎乖，孔明更乖。孔肃曰："孔明何故哂笑？"孔明曰："吾笑子敬不识公瑾用计耳。大江隔远，细作极难往来。操使蔡中、蔡和诈降，刺探我军中事，公瑾将计就计，正要他通报消息。一一都被看破，妙。兵不厌诈，公瑾之谋是也。"并瞒着鲁肃，所谓"兵不厌诈"。肃方才省悟。

却说周瑜夜坐帐中，忽见黄盖潜入中军来见周瑜。（来得突兀。）瑜问曰："公覆夜至，必有良谋见教？"盖曰："彼众我寡，不宜久持，何不用火攻之？"（孔明、公瑾掌中之字，已在黄盖意中。）瑜曰："谁教公献此计？"（前戒孔明勿漏泄，今问此一句，正疑掌中之字漏泄也。）盖曰："某出自己意，非他人之所教也。"（虽非学舌，却已合掌。）瑜曰："吾正欲如此，故留蔡中、蔡和诈降之人，以通消息；但恨无一人为我行诈降计耳。"（自欲使人诈降，故深喜敌人来诈降；及有敌人来诈降，却恨无自家人去诈降。）盖曰："某愿行此计。"瑜曰："不受些苦，彼如何肯信？"（炎上作苦，欲用火攻，安得不苦？）盖曰："某受孙氏厚恩，虽肝脑涂地，亦无怨悔。"瑜拜而谢之曰："君若肯行此苦肉计，则江东之万幸也。"（周瑜苦心，黄盖苦肉。苦心不易，苦肉更难。）盖曰："某死亦无怨。"遂谢而出。

次日，周瑜鸣鼓大会诸将于帐下。孔明亦在座。周瑜曰："操引百万之众，连络三百余里，非一日可破。今令诸将各领三个月粮草，准备御敌。"（下文破敌只在一月之内，诈言"三月"，反衬下文。）言未讫，黄盖进曰："莫说三个月，便支三十个月粮草，也不济事！若是这个月破的，便破；若是这个月破不的，只可依张子布之言，弃甲倒戈，北面而降之耳！"（先说要降，为诈降张本。○又将前文张昭一语一提。）周瑜勃然变色，大怒曰："吾奉主公之命，督兵破曹，敢有再言降者必斩。（将前文砍案一事一提。）今两军相敌之际，汝敢出此言，慢我军心，不斩汝首，难以服众！"喝左右将黄盖斩讫报来。

（明知众将必劝，故意妆此花面。）黄盖亦怒曰："吾自随破虏将军，纵横东南，已历三世，那有你来？"（前说要降，与张昭相应；此以年少轻周郎，又与程普相应。）瑜大怒，喝令速斩。（越妆越像。）甘宁进前告曰："公覆乃东吴旧臣，望宽恕之。"瑜喝曰："汝何敢多言，乱吾法度！"先叱左右将甘宁乱棒打出。（前收二蔡是假喜，今打黄盖定是假怒，想甘宁早已心照矣。）众官皆跪告曰："黄盖罪固当诛，但于军不利。望都督宽恕，权且记罪。破曹之后，斩亦未迟。"瑜怒未息。（越妆越像。）众官苦苦告求。瑜曰："若不看众官面皮，决须斩首！今且免死！"命左右拖翻打一百脊杖，以正其罪。（隔夜商量主意，正在于此。）众官又告免。瑜推翻案桌，叱退众官，喝教行杖。（越妆越像。）将黄盖剥了衣服，拖翻在地，打了五十脊杖。众官又复苦苦求免。瑜跃起指盖曰："汝敢小觑我耶！（正对"那有你来"语，真乃越妆越像。）且寄下五十棍，再有怠慢，二罪俱罚！"恨声不绝而入帐中。（此时苦肉计已毕，若不有此余怒，恐露出破绽来，真越妆越像。）

众官扶起黄盖，打得皮开肉绽，鲜血迸流，扶归本寨，昏绝几次。动问之人，无不下泪。鲁肃也往看问了，来至孔明船中，谓孔明曰："今日公瑾怒责公覆，我等皆是他部下，不敢犯颜苦谏；先生是客，何故袖手旁观，不发一语？"（在鲁肃口中补写孔明适间光景。）孔明笑曰："子敬欺我。"（不以老实待子敬，却以乖觉待子敬，早疑是周郎使来相试也。）肃曰："肃与先生渡江以来，未尝一事相欺。今何出此言？"孔明曰："子敬岂不知公瑾今日毒打黄公覆，乃其计耶？如何要我劝他？"（甘宁知之）

而劝，劝亦是诈；孔明知之而不劝，不劝是真。肃方悟。孔明曰："不用苦肉计，何能瞒过曹操？今必令黄公覆去诈降，却教蔡中、蔡和报知其事矣。如见。子敬见公瑾时，切勿言亮先知其事，只说亮也埋怨都督便了。"公瑾瞒不得孔明，孔明又要瞒公瑾，妙。肃辞去，入帐见周瑜。瑜邀入帐后，肃曰："今日何故痛责黄公覆？"瑜曰："诸将怨否？"肃曰："多有心中不安者。"瑜曰："孔明之意若何？"肃曰："他也埋怨都督忒情薄。"瑜笑曰："今番须瞒过他也。"谁知反被他所瞒也。肃曰："何谓也？"瑜曰："今日痛打黄盖，乃计也。吾欲令他诈降，先须用苦肉计瞒过曹操，就中用火攻之，可以取胜。"前言二蔡之降非诈，是欺子敬；今言黄盖之打非真，却不瞒子敬。肃乃暗思孔明之高见，却不敢明言。周郎不瞒子敬，那知子敬反瞒周郎。

且说黄盖卧于帐中，诸将皆来动问。盖不言语，但长吁而已。忽报参谋阚泽来问。盖令请入卧内，叱退左右。阚泽曰："将军莫非与都督有仇？"盖曰："非也。"泽曰："然则公之受责，莫非苦肉计乎？"不用黄盖说明，先是阚泽猜破，妙甚。盖曰："何以知之？"泽曰："某观公瑾举动，已料着八九分。"唯孔明便识得十分。盖曰："某受吴侯三世厚恩，无以为报，故献此计，以破曹操。吾虽受苦，亦无所恨。吾遍观军中，无一人可为心腹者。惟公素有忠义之心，敢以心腹相告。"泽曰："公之告我，无非要我献诈降书耳。"又不用黄盖说明，先盖是阚泽猜破，妙甚。盖曰："实有此意，未知肯否？"阚泽欣然领诺。正是：

勇将轻身思报主，谋臣为国有同心。

未知阚泽所言若何，且看下文分解。

第四十七回

闞泽密献诈降书

庞统巧授连环计

欺庸人易，欺奸雄难。黄盖受杖，犹可不死于杖。阚泽献书，宜其必死于书，而卒能不死而成功者，以得说奸雄之法也。说奸雄之法与说英雄之法，皆不当用顺而当用逆。英雄所自负者义耳，张辽之说关公，妙在责其轻死之非义；奸雄所自负者智耳，阚泽之说曹操，妙在笑其料事之不明：所谓用逆而不用顺者也。若使辽而甘言卑说，则公之拒愈峻；若使泽而伏地陈乞，则泽之死愈速矣。

前卷写甘宁，此卷写阚泽。而极写阚泽必先极写曹操。不写曹操之奸，不显阚泽之巧。若彼不知为苦肉计，而欺之不难；惟彼既知为苦肉计，而欺之之为难也。彼不知为诈降书，而中之不足奇；惟彼既知为诈降书，而我终能中之之为奇也。计虽巧而无行计之人则亦拙，计虽庸而有行计之人则不庸耳。

蔡和、蔡中之诈降，两人同来者也；黄、阚二人之诈降，妙在一来而一未来。二蔡之诈降，竟以身来而不必先以书来者也；黄盖之诈降，妙在身不来而书来。二蔡之诈降，来而不返者也；阚泽之诈降，妙在速返，又妙在初时不肯复返而次后乃欲速返，一似速返则得返，不速返则不得返者。一般是降，却有几样降法；一般是诈，却有几样诈法。愈出愈幻，非复读者意计之所及。

文章之妙，有各不相照者：二蔡现在，而黄盖之降书初不烦二蔡为通；阚泽渡江，而二蔡之报信不即使阚泽为奇。文章之妙，又有各不相照而暗暗相照者：黄盖但以其谋告阚泽，而阚泽献降书之后，忽然添出一甘宁；阚泽未以其谋告甘宁，而甘宁欺二蔡之言，有如关会乎阚泽。写来真是变幻可喜。

御战船之法，有彼方连而我利其断者，有彼方断而我利其连者。黄祖之舟，以大索相连，冲之不能入，甘宁以刀断之，而艨艟遂横，此则利其断也；曹操之舟，散而不聚，烧之不能尽，庞统以环连之，而火攻始便，此则利其连也。兵法变化无常，孙膑以减灶胜，而虞诩又以增灶胜，随机而应，岂可执一论哉！

连环计，一见于王允，再见于庞统。前之环虚名也，后之环实事也。王允以貂蝉双锁董、吕二人，如环之交互相连，故名连环耳。每见近日演《连环记》者，乃作吕布以玉连环赠与貂蝉，此又是传奇平空妆点出来，岂连环命名之意乎？若庞统则不然，实实以铁环连锁操船，与取名连环者不同。前以貂蝉为环，止有一环；后以铁环为环，乃有无数连环。前虚后实，前少后多，各极其妙。

北兵多病，而庞统以连环之方治之，此药毋乃太毒乎？虽然，卖毒药者，不独一庞统也，黄盖、阚泽皆是也。盖之药甚苦，泽之药甚甘，统之药甚辣。合苦者、甘者、辣者共成一剂毒药，然后周郎煎之以火，孔明扇之以风，而八十三万大军遂无一人有起色矣。

却说阚泽字德润，会稽山阴人也；家贫好学，与人佣工，尝借人书来看，看过一遍，更不遗忘；口才辨给，少有胆气。^{胆气从读}^{书得来。}孙权召为参谋，与黄盖最相善。^{百忙中略述阚泽生}^{平，不烦不略。}

盖知其能言有胆，故欲使献诈降书。泽欣然应诺曰："大丈夫处世，不能立功建业，不几

与草木同腐乎！公既捐躯报主，泽又何惜微生！"^{其言大有胆气，可见无胆}^{气者，必不是能读书人。}黄盖滚下床来，拜

而谢之。^{黄盖拜阚泽，正与}^{周瑜拜黄盖相对。}泽曰："事不可缓，即今便行。"盖曰："书已修下了。"^{极写黄}^{盖，而}

^{文字又}^{省笔。}

泽领了书，只就当夜扮作渔翁，^{以书作钩，以身作线，而}^{以八十三万大军为鱼也。}驾小舟，望北岸而行。是夜寒星

满天。^{闲笔，点}^{缀得妙。}三更时候，^{半夜扁舟，}^{机密之至。}早到曹军水寨。巡江军士拿住，连夜报知曹操。操曰：

"莫非是奸细么？"军士曰："只一渔翁，自称是东吴参谋阚泽，有机密事来见。"操便

教引将入来。军士引阚泽至，只见帐上灯烛辉煌，曹操凭几危坐，问曰："汝既是东吴参

谋，来此何干？"泽曰："人言曹丞相求贤若渴，今观此问，甚不相合。黄公覆，汝又错

寻思了也！"^{开口便用}^{反激语。}操曰："吾与东吴旦夕交兵，汝私行到此，如何不问？"泽曰："黄

公覆乃东吴三世旧臣，今被周瑜于众将之前无端毒打，不胜忿恨。因欲投降丞相，为报仇

之计，特谋之于我。我与公覆情同骨肉，径来为献密书。未知丞相肯容纳否？"操曰：

"书在何处？"阚泽取书呈上。操拆书，就灯下观看。书略曰：

盖受孙氏厚恩，本不当怀二心。^{妙在先说}^{此二句。}然以今日事势论之，用江东六郡之

卒，当中国百万之师，众寡不敌，海内所共见也。东吴将吏，无有智愚，皆知其

不可。周瑜小子，偏怀浅戆，自负其能，辄欲以卵敌石；兼之擅作威福，无罪受

刑，有功不赏。盖系旧臣，无端为所摧辱，心实恨之！伏闻丞相诚心待物，虚怀

纳士，盖愿率众归降，以图建功雪耻。粮草军仗，随船献纳。^{用计专在}^{此二句。}泣血拜

白，万勿见疑。

曹操于几案上翻覆将书看了十余次，忽然拍案张目大怒曰："黄盖用苦肉计，令汝下

诈降书，就中取事，却敢来戏侮我耶！"^{二人机谋，被他明明道破。读者至}^{此，为黄盖惜，又为阚泽忧矣。}便教左右推出斩之。左

右将阚泽簇下。^{令读者}^{急杀。}泽面不改容，仰天大笑。^{写阚泽真}^{是有胆。}操教牵回，叱曰："吾已识破奸

计，汝何故哂笑？"泽曰："吾不笑你。吾笑黄公覆不识人耳。"^{笑黄公覆，正是笑你，却偏说不笑}^{你，笑黄公覆，写阚泽真是能言。}

操曰："何不识人？"泽曰："杀便杀，何必多问！"^{写阚泽真}^{是有胆。}操曰："吾自幼熟读兵书，

深知奸伪之道。汝这条计，只好瞒别人，如何瞒得我！"^{奸雄自}^{负语。}泽曰："你且说书中那件

事是奸计？"操曰："我说出你那破绽，教你死而无怨：你既是真心献书投降，如何不明

约几时？你今有何理说？"〔阑泽待曹操问而后言，曹操亦待阑泽问而后说，顷跌有势。〕阑泽听罢，大笑曰："亏汝不惶恐，敢

自夸熟读兵书！还不及早收兵回去！倘若交战，必被周瑜擒矣！无学之辈，可惜吾屈死汝

手！"〔自负有智，偏要笑他无学；纯用反激语，妙。〕操曰："何谓我无学？"泽曰："汝不识机谋，不明道理，岂非

无学？"〔妙在不即说。〕操曰："你且说我那几般不是处？"泽曰："汝无待贤之礼，吾何必言！

但有死而已。"〔妙在不肯说。〕操曰："汝若说得有理，我自然敬服。"〔正要逼他说此一句，然后说耳。〕泽曰："岂不

闻'背主作窃，不可定期'？倘今约定日期，急切下不得手，这里反来接应，事必泄漏。

但可觑便而行，岂可预期相订乎？汝不明此理，欲屈杀好人，真无学之辈也！"〔写阑泽真是能读书人。〕

○方见孔明激孙权、激周瑜，又见阑泽激曹操，愈出愈奇。操闻言，改容下席而谢曰："某见事不明，误犯尊威，幸勿挂

怀。"〔惟聪明人能权变，亦惟聪明人偏着骗耳。既已道破，又被瞒过。〕泽曰："吾与黄公覆倾心投降，如婴儿之望父母，岂有诈

乎！"操大喜曰："若二人能建大功，他日受爵，必在诸人之上。"泽曰："某等非为爵禄而

来，实应天顺人耳。"〔先骂后诔。骂则极其骂，诔则极其诔。〕操取酒待之。

　　少顷，有人入帐，于操耳边私语。操曰："将书来看。"其人以密书呈上。操观之，

颜色颇喜。阑泽暗思："此必蔡中、蔡和来报黄盖受刑消息，操故喜我投降之事为真实

也。"〔妙在曹操不说，阑泽亦不问，大家心里明白。如蒋干在周瑜帐中听帐外人语，一假一真，各各入妙。〕操曰："烦先生再回江东，与黄公覆约定，

先通消息过江，吾以兵接应。"〔可见不书时日之妙。〕泽曰："某已离江东，不可复还。望丞相别遣机

密人去。"〔妙在不肯去，竟似千真万真。〕操曰："若他人去，事恐泄漏。"泽再三推辞，良久乃曰："若

去则不敢久停，便当行矣。"〔妙在欲速去，又似千真万真。〕

　　操赐以金帛，泽不受。辞别出营，再驾扁舟，重回江东，来见黄盖，细说前事。盖

曰："非公能辩，则盖徒受苦矣。"〔黄盖舍身，阑泽掉舌；然阑泽亦惟能舍身，故能掉舌耳，不似今人之不肯舍身，但能掉舌也。〕泽曰："吾今去

甘宁寨中，探蔡中、蔡和消息。"〔先在曹操坐中识得，再向甘宁寨里看来，前后紧紧相接。〕盖曰："甚善。"泽至宁寨，宁

接入。泽曰："将军昨为救黄公覆，被周公瑾所辱，吾甚不平。"〔妙在反言以试之。〕宁笑而不答。

〔写甘宁是解人。笑者，与阑泽会意；不答，瞒着二蔡也。〕正话间，蔡和、蔡中至。泽以目送甘宁，〔甘宁以笑，阑泽以目；一笑一目，如相问答。〕宁会

意，乃曰："周公瑾只自恃其能，全不以我等为念。我今被辱，羞见江左诸人！"说罢，

咬牙切齿，拍案大叫。〔妆二个像二个。〕泽乃虚与宁耳边低语。宁低头不言，长叹数声。〔两个妆模做样，好看煞人。〕

蔡和、蔡中见宁、泽皆有反意，以言挑之曰："将军何故烦恼？先生有何不平？"〔来了。〕

泽曰："吾等腹中之苦，汝岂知耶！"〔妙在假意不言。〕蔡和曰："莫非欲背吴投曹耶？"〔蔡和此时更忍不住。〕

阑泽失色，甘宁拔剑而起曰："吾事已为窥破，不可不杀之以灭口！"〔一个失惊，一个佯怒，各妆一样，竟似千真万真。〕

蔡和、蔡中慌曰："二公勿忧。吾亦当以心腹之事相告。"〔又来了。〕宁曰："可速言之！"蔡

和曰："吾二人乃曹公使来诈降者。二公若有归顺之心，吾当引进。"〔骗他两个自说出来，恶甚，妙甚。〕宁曰：

"汝言果真？"〔妙在诈作不信。〕二人齐声曰："安敢相欺！"宁佯喜曰："若如此，是天赐其便

也！"〔前已写过阚泽，此处单写甘宁，故一路只用甘宁说话。〕二蔡曰："黄公覆与将军被辱之事，吾已报知丞相矣。"〔不打自招，正

与阚泽于曹操席上所见照应。〕泽曰："吾已为黄公覆献书丞相，今特来见兴霸，相约同降耳。"〔此处方用阚泽说话。〕宁

曰："大丈夫既遇明主，自当倾心相投。"〔前既假恨周瑜，此又假读曹操，越妆越像。〕于是四人共饮，同论心事。

二蔡即时写书，密报曹操，说"甘宁与某同为内应"。阚泽另自修书，遣人密报曹操，

〔妙在各书中关会。〕书中具言黄盖欲来，未得其便，但看船头插青牙旗而来者，即是也。〔为后文赤壁伏线。〕

　　却说曹操连得二书，心中疑惑不定，聚众谋士商议曰："江左甘宁，被周瑜所辱，愿

为内应；黄盖受责，令阚泽来纳降，俱未可深信。〔写曹操奸猾。〕谁敢直入周瑜寨中，探听实信？"

〔不是又使一个人去，那得又引一个人来。〕蒋干进曰："某前日空往东吴，未得成功，深怀惭愧。今愿舍身再往，务

得实信，回报丞相。"操大喜，即时令蒋干上船。干驾小舟，径到江南水寨边，〔蒋干第一番渡江，只送

两个水军都督；第二番渡江，却送了八十三万大军。〕便使人传报。周瑜听得干又到，大喜曰："吾之成功，只在此人身

上！"遂嘱咐鲁肃："请庞士元来，为我如此如此。"〔前番送去一封假书，今番又要送去一个假人。〕原来襄阳庞统，

字士元，因避乱寓居江东，鲁肃曾荐之于周瑜。统未及往见，瑜先使肃问计于统曰："破

曹当用何策？"统密谓肃曰："欲破曹兵，须用火攻；〔伏龙、凤雏，所见略同，又是一篇合掌文字矣。〕但大江面上，一

船着火，余船四散，除非献'连环计'，教他钉作一处，然后功可成也。"〔曹操作池练兵，取名"玄武"，谁知

遇着连环则为勾陈，遇着火攻则为朱雀乎？〕肃以告瑜，瑜深服其论，因谓肃曰："为我行此计者，非庞士元不

可。"肃曰："只怕曹操奸猾，如何去得？"

　　周瑜沉吟未决。正寻思没个机会，忽报蒋干又来。〔来得凑巧。蒋干之功不小。〕瑜大喜，一面吩咐庞统

用计，一面坐于帐上，使人请干。干见不来接，心中疑虑，教把船于僻静岸口缆系，乃入

寨见周瑜。瑜作色曰："子翼何故欺吾太甚？"〔前番尽欢有尽欢之妙，今番变面有变面之妙。写得周瑜真是可爱。〕蒋干笑曰："吾

想与你乃旧日弟兄，特来吐心腹事，何言相欺也？"瑜曰："汝要说我降，除非海枯石

烂！前番吾念旧日交情，请你痛饮一醉，留你共榻，你却盗吾私书，不辞而去，归报曹

操，杀了蔡瑁、张允，致使吾事不成。〔正该谢他，反去责他，不当人子。〕今日无故又来，必不怀好意！吾不看

旧日之情，一刀两段！〔正要用他，反说杀他，不当人子。〕本待送你过去，争奈吾一二日间，便要破曹贼；待留

你在军中，又必有泄漏。"便教左右："送子翼往西山庵中歇息。待吾破了曹操，那时渡

你过江未迟。"〔若不是他渡江，怎能勾破曹操。〕蒋干再欲开言，周瑜已入帐后去了。左右取马与蒋干乘坐，送

到西山背后小庵歇息，拨两个军人伏侍。

干在庵内，心中忧闷，寝食不安。是夜星露满天，与阚泽渡江时一般景致，一在水边，一在山边，各有闲趣。独步出庵后，只听得读书之声。信步寻去，见山岩畔有草屋数椽，内射灯光。又写灯光，与后文赤壁火光衬染。干往窥之，只见一人挂剑灯前，诵孙、吴兵书。干思："此必异人也。"叩户请见。其人开门出迎，仪表非俗。干问姓名，答曰："姓庞名统，字士元。"干曰："莫非凤雏先生否？"统曰："然也。"在三十四卷出名，却于此处方才出现。干喜曰："久闻大名，今何僻居此地？"答曰："周瑜自恃才高，不能容物，吾故隐居于此。庞统灯下之语，与周瑜帐中之言，一是醉里骂周瑜，操，一是醒时骂周瑜，一般局面，两样做法。公乃何人？"干曰："吾蒋干也。"统乃邀入草庵，共坐谈心。干曰："以公之才，何往不利？如肯归曹，干当引进。"统曰："吾亦欲离江东久矣。公既有引进之心，即今便当一行。如迟则周瑜闻之，必将见害。"甘宁、阚泽骗二蔡，庞统又骗蒋干，都是一片假话，前后正复相对。于是与干连夜下山，至江边寻着原来船只，飞棹投江北。

既至操寨，干先入见，备述前事。操闻凤雏先生来，只道凤雏飞来，那知却是火老鸦。亲自出帐迎入，分宾主坐定，问曰："周瑜年幼，恃才欺众，不用良谋。操久闻先生大名，今得惠顾，乞不吝教诲。"曹操见阚泽则前倨而后恭，见庞统则前后相恭，妙在相类而相反。统曰："某素闻丞相用兵有法，今愿一睹军容。"闲闲而来。操教备马，先邀统同观旱寨。统与操并马登高而望。统曰："傍山依林，前后顾盼，出入有门，进退曲折，虽孙、吴再生，穰苴复出，亦不过此矣。"先以美言谀之，似更无计之可献。操曰："先生勿得过誉，尚望指教。"于是又与同观水寨。见向南分二十四座门，皆有艨艟战舰，列为城郭，中藏小船，往来有巷，起伏有序，统笑曰："丞相用兵如此，名不虚传！"又以美言谀之，似更无计之可献。○前看旱寨是宾，此看水寨是主。因指江南而言曰："周郎，周郎！克期必亡！"

操大喜。回寨，请入帐中，置酒共饮，同说兵机。统高谈雄辩，应答如流。操深敬服，殷勤相待。妙在尚不献计，只说闲话。统佯醉曰："敢问军中有良医否？"然后以微言挑之，却妙在一句便住，不即说明。操问何用。统曰："水军多疾，须用良医治之。"方才说明其意，却妙在尚不即说连环。时操军因不服水土，俱生呕吐之疾，多有死者，操正虑此事，忽闻统言，如何不问？统曰："丞相教练水军之法甚妙，但可惜不全。"阚泽见曹操，先激而后谀；庞统见曹操，先谀而后讽；又妙在相类而相反。操再三请问。统曰："某有一策，使大小水军，并无疾病，安稳成功。"庞统特来行医，特来用药，但恐疾虽愈而人则死耳。操大喜，请问妙策。统曰："大江之中，潮生潮落，风浪不息。北兵不惯乘舟，受此颠播，便生疾病。若以大船小船各皆配搭，或三十为一排，或五十为一排，首尾用铁环连锁，上铺阔板，休言人可渡，马亦可走矣。乘此而行，任他风浪潮水上下，复何惧哉？"风浪虽不怕，只恐还怕一件东西。○士元此来，添油乎？增炭乎？惜乎老瞒竟不解也。曹操下席而谢曰："非先生良谋，安能破东吴耶！"非先生良谋，安能烧北军耶！统曰："愚浅之见，丞相自裁之。"操即时传令，唤军中铁匠，连夜打造连环大钉，锁住船只。诸军闻之，俱各喜悦。后人有诗曰：

赤壁鏖兵用火攻，运筹决策尽皆同。

若非庞统连环计，公瑾安能立大功？

庞统又谓操曰："某观江左豪杰，多有怨周瑜者。某凭三寸舌，为丞相说之，使皆来降。借此为脱身之计。既下了火种，不得不为避火地也。周瑜孤立无援，必为丞相所擒。瑜既破，则刘备无所用矣。"又带照刘备一句，妙。操曰："先生果能成大功，操请奏闻天子，封为三公之列。"统曰："某非为富贵，但欲救万民耳。丞相渡江，慎勿杀害。"又以美言骄之，使之不疑，妙。操曰："吾替天行道，安忍杀戮人民！"统拜求榜文，以安宗族。妙。操曰："先生家属，现居何处？"统曰："只在江边。若得此榜，可保全矣。"操命写榜佥押付统。阚泽递黄盖书，是送去一张火票；庞统讨曹操榜，是销缴一面火牌。统拜谢曰："别后可速进兵，休待周郎知觉。"庞统临别，偏有许多言语。阚泽妙在速行，庞统妙在缓行。操然之。

统拜别，至江边，正欲下船，忽见岸上一人，道袍竹冠，一把扯住统曰："你好大胆！黄盖用苦肉计，阚泽下诈降书，你又来献连环计，只恐烧不尽绝！你们把出这等毒手来，只好瞒曹操，也须瞒我不得！"谑得庞统魂飞魄散。每于终篇，故作惊人之笔，令人疑惑不定。正是：

莫道东南能制胜，谁云西北独无人？

毕竟此人是谁，且看下文分解。

第四十八回

宴长江曹操赋诗

锁战船北军用武

　　前于阚泽赚曹操一段正文之后，又有赚二蔡一段旁文以缀之；今于庞统献连环一段正文之后，又有救徐庶一段旁文以缀之。所重在正文，而旁文不重也。然以赚二蔡带写甘宁，不但甘宁一边不冷落，而又使黄盖一边加渲染；以救徐庶照出马腾，不但徐庶一边不疏漏，而又使马腾一边不遗忘。有此天然妙事，凑成天然妙文。固今日作稗官者构思之所不能到也。

　　天下有最失意之事，必有一最快意之事以为之前焉。将写赤壁之败，则先写其舳舻千里，旌旗蔽空；将写华容之奔，则先写其南望武昌，西望夏口。盖志不得，意不满，足不高，气不扬，则害不甚而祸不速也。写吴王者，极写采莲之乐，非为采莲写也，为甬东写耳；写霸王者，极写夜宴之乐，非为夜宴写也，为乌江写耳。然则曹操之横槊赋诗，其夫差之采莲、项羽之夜宴乎？

　　曹操当舞槊作歌之时，正志得意满之时也。而歌乃曰"忧思难忘"，又曰"何以解忧"，又曰"忧从中来"，何其宜乐而忧耶？盖乐者忧之所伏。《檀弓》之言曰："乐斯陶，陶斯咏，咏斯舞，舞斯愠，愠斯戚，戚斯叹矣。"淳于之《讽齐王》亦曰："乐不可极，乐极生悲。"是不独"乌鹊南飞"为南征失利之兆，而即其酾酒临江，固知其忧必及之耳。

　　古人亦有善用古人之文者：横槊之歌多引《风》《雅》之句，而坡公《赤壁赋》一篇亦取曹操歌中之意而用之，其曰"如怨如慕，如泣如诉"，即所谓"忧从中来，不可断绝"也；其曰"哀吾生之须臾"，即所谓"譬若朝露，去日无多"也；其曰"盈虚者如彼，而卒莫消长"，即所谓"皎皎如月，何时可辍"也。取古人之文以为我文，亦视其用之何如耳。苟其善用，岂必如今人之杜撰哉！

　　凡计之妙，欲使敌用我计而败，必有不用我计而败者，以坚敌之心，则焦触、张南之败是也。吴所以愚操者，连环之计耳。焦触、张南败于无环之舟，使操知不用连环之不利，而用连环之志愈决矣。凡计之妙，我欲行此计而胜，必有不用此计而亦胜者，以杜敌之疑，则韩当、周泰之胜是也。吴所欲用者，火攻之计耳。韩当、周泰胜以不火之舟，使操知东吴之不必用火，而后之用火乃为操所不及料矣。人但知前卷之献连环、后卷之烧赤壁为周郎破曹之事，而此卷则似乎闲文之无当于前后也者，孰知乃前后之关目也耶！

　　火攻之策，不但孔明、公瑾、庞统、黄盖所知，而亦徐庶、程昱、荀攸之所知也。徐庶不为操言之，而攸与昱则为操言矣。为操言之，而操未尝不知矣。知之而终不免于犯之，其故何哉？盖操知风之不东，而不知风之可借；知火之不利于南，而不知火之可转于北。有回天之人，而天亦不可知；有助人之天，而人亦不可知耳。

　　事有与下文相反者，又有与下文相引者。如操之临江而歌，瑜之触风而倒：此与下文相反者也。刘馥以"乌鹊"之咏为不祥，周瑜以黄旗之折为预兆：此与下文相引者也。不相反则下文之事不奇，不相引则下文之事不现。可见事之幻、文之变者，出人意外，未尝不在人意中。

却说庞统闻言，吃了一惊，急回视其人，原来却是徐庶。〔徐庶一向冷落，至此忽然出现。〕统见是故人，心下方定。回顾左右无人，乃曰："你若说破我计，可惜江南八十一州百姓，皆是你送了也！"庶笑曰："此间八十三万人马，性命如何？"〔真是两位菩萨说法。〕统曰："元直真欲破我计耶？"庶曰："吾感刘皇叔厚恩，未尝忘报。曹操送死吾母，吾已说过终身不设一谋，〔又将三十六卷中事一提。〕今安肯破兄良策？只是我亦随军在此，兵败之后，玉石不分，岂能免难？君当教我脱身之术，我即缄口远避矣。"〔前以几十万生灵为言，今只图逃却一身矣。〕统笑曰："元直如此高见远识，谅此有何难哉！"庶曰："愿先生赐教。"统去徐庶耳边略说数句。〔妙在不叙明白。〕庶大喜，拜谢。庞统别却徐庶，下船自回江东。

且说徐庶当晚密使近人去各寨中暗布谣言。〔附耳低言之计，于此始见。〕次日，寨中三三五五，交头接耳而说。早有探事人报知曹操，说："军中传言西凉州韩遂、马腾谋反，杀奔许都来。"〔二人一向冷落，妙于此处提照。果有此事，真是快事；即无此事，亦是快文。〕操大惊，急聚众谋士商议曰："吾引兵南征，心中所忧者，韩遂、马腾耳。军中谣言，虽未辨虚实，然不可不防。"〔不便信，不得不信。〕言未毕，徐庶进曰："庶蒙丞相收录，恨无寸功报效。请得三千人马，星夜往散关把住隘口；如有紧急，再行告报。"〔不是防兵，却是避火。〕操喜曰："若得元直去，吾无忧矣！散关之上，亦有军兵，公统领之。目下拨三千马步军，命臧霸为先锋，星夜前去，不可稽迟。"〔带挈了三千人，又带挈了一个徐庶臧霸，想是火星不照命耳。〕徐庶辞了曹操，与臧霸便行。此便是庞统救徐庶之计。〔此处明写一句，以结上文。〕后人有诗曰：

曹操征南日日忧，马腾韩遂起戈矛。

凤雏一语教徐庶，正似游鱼脱钓钩。

曹操自遣徐庶去后，心中稍安，遂上马先看沿江旱寨，次看水寨。乘大船一只于中央，上建"帅"字旗号，两旁皆列水寨，船上埋伏弓弩千张。操居于上。时建安十二年冬十一月十五日，天气晴明，平风静浪。〔写一"风"字，下文借风相映。〕操令："置酒设乐于大船之上，吾今夕欲会诸将。"天色向晚，东山月上，皎皎如同白日。长江一带，如横素练。〔如读《赤壁赋》。〕操坐大船之上，左右侍御者数百人，皆锦衣绣袄，荷戈执戟。文武众官，各依次而坐。

操见南屏山色如画，东视柴桑之境，西观夏口之江，南望樊山，北觑乌林，四顾空阔，〔写江景如画。〕心中欢喜，谓众官曰："吾自起义兵以来，与国家除凶去害，誓愿扫清四海，削平天下，所未得者江南也。今吾有百万雄师，更赖诸公用命，何患不成功耶！收服江南之后，天下无事，与诸公共享富贵，以乐太平。"〔写曹操骄盈之甚。〕文武皆起谢曰："愿得早奏凯歌！

我等终身皆赖丞相福荫。"

操大喜，命左右行酒。饮至半夜，操酒酣，遥指南岸曰："周瑜、鲁肃，不识天时！今幸有投降之人，为彼心腹之患，此天助吾也。"_{写曹操骄盈之甚。}荀攸曰："丞相勿言，恐有泄漏。"_{写荀攸精细，以形曹操骄盈。}操大笑曰："座上诸公，与近侍左右，皆吾心腹之人也，言之何碍！"_{不是写其坦易，正是写其骄盈。}又指夏口曰："刘备、诸葛亮，汝不料蝼蚁之力，欲撼泰山，何其愚耶！"_{既笑江东，又笑夏口，写曹操骄盈之甚。}顾谓诸将曰："吾今年五十四岁矣，如得江南，窃有所喜。昔日乔公与吾至契，吾知其二女皆有国色。后不料为孙策、周瑜所娶。吾今新构铜雀台于漳水之上，如得江南，当娶二乔，置之台上，以娱暮年，吾愿足矣！"_{须知孔明之言，不是说谎；周瑜之怒，亦不是错怪。}言罢大笑。唐人杜牧之有诗曰：

折戟沉沙铁未消，自将磨洗认前朝。

东风不与周郎便，铜雀春深锁二乔。

曹操正笑谈间，忽闻鸦声望南飞鸣而去。_{只怕是火老鸦。}操问曰："此鸦缘何夜鸣？"左右答曰："鸦见月明，疑是天晓，故离树而鸣也。"_{鹊噪未为吉，鸦鸣岂是凶。}操又大笑。时操已醉，乃取槊立于船头上，以酒奠于江中，满饮三爵，横槊谓诸将曰："我持此槊，破黄巾，擒吕布，灭袁术，收袁绍，深入塞北，直抵辽东，纵横天下，颇不负大丈夫之志也。_{历数往事，略述生平，足高气扬，志得意满。写曹操骄盈之甚。}今对此景，甚有慷慨。吾当作歌，汝等和之。"歌曰：

对酒当歌，人生几何；_{"当歌"："当"字多有误解之者，如云对酒宜歌，则非也。"当"作该}

_{当之"当"，乃临当之"当"耳，如当风、当筵、当场之类，言人生对酒临歌之时有几时哉？即人生几见月当头之意也。}

譬若朝露，去日无多。

慨当以慷，忧思难忘；_{忽着一个"忧"字。}

何以解忧，惟有杜康。_{又着一个"忧"字。}

青青子衿，悠悠我心；

但为君故，沉吟至今。

呦呦鹿鸣，食野之苹；

我有嘉宾，鼓瑟吹笙。

皎皎如月，何时可辍？

忧从中来，不可断绝！ _{又一个"忧"字。篇中忽着无数"忧"字，盖乐极生悲，已为后文预兆矣。}

越陌度阡，枉用相存；

契阔谈宴，心念旧恩。

月明星稀，乌鹊南飞；

绕树三匝，无枝可依。

山不厌高，水不厌深；

周公吐哺，天下归心。 _{自比周公，骄盈极矣。}

　　歌罢，众和之，共皆欢笑。忽座间一人进曰："大军相当之际，将士用命之时，丞相何故出此不吉之言？"操视之，乃扬州刺史，沛国相人，姓刘名馥，字元颖。馥起自合淝，创立州治，聚逃散之民，立学校，广屯田，兴治教，久事曹操，多立功绩。_{夹叙刘馥生平，闲笔，甚妙。}当下操横槊问曰："吾言有何不吉？"馥曰："'月明星稀，乌鹊南飞；绕树三匝，无枝可依。'此不吉之言也。"_{苏子瞻《赤壁赋》亦引此四句以为孟德之困于周郎。盖南飞而无可依，主应其南征而无所得耳。}操大怒曰："汝安敢败吾兴！"手起一槊，刺死刘馥。_{醉后骄盈愈甚。}众皆惊骇，遂罢宴。次日，操酒醒，懊恨不已。馥子刘熙，告请父尸归葬。操泣曰："吾昨因醉误伤汝父，悔之无及。可以三公厚礼葬之。"又拨军士护送灵柩，即日回葬。_{临江饮酒，横槊赋诗，忽然刺杀一人，大是杀风景；况隔夜则歌，明日则泣，亦是不吉之兆。}

　　次日，水军都督毛玠、于禁诣帐下，请曰："大小船只，俱已配搭连锁停当。旌旗战具，一一齐备。请丞相调遣，克日进兵。"_{极写北军壮盛。}操至水军中央大战船上坐定，唤集诸将，各各听令。水旱二军，俱分五色旗号：_{青、黄、赤、黑、白，按水、火、金、木、土，正与后文无数"火"字映射。}水军中央黄旗毛玠、于禁，前军红旗张郃，后军皂旗吕虔，左军青旗文聘，右军白旗吕通；_{极写水军严整。}马步前军红旗徐晃，后军皂旗李典，左军青旗乐进，右军白旗夏侯渊。_{极写旱军严整。○以水军为主，故中央有黄旗，而旱路则无之。其余各分前后左右者，按东西南北也，乃前军皆用红旗，正与火攻相映射。}水陆路都接应使夏侯惇、曹洪，护卫往来监战使许褚、张辽。_{九旗之后，又有二队，严整之极。}其余骁将，各依队伍。令毕，水军寨中发擂三通，各队伍战船分门而出。是日西北风骤起，_{写西北风，正与后文东风反照。}各船拽起风帆，冲波激浪，稳如平地。北军在船上，踊跃施勇，刺枪使刀。前后左右各军，旗幡不杂。又有小船五十余只，往来巡警催督。_{为下文曹操下小船逃命张本。}

　　操立于将台之上，观看调练，心中大喜，以为必胜之法。_{骄盈之甚。}教且收住帆幔，各依次序回寨。操升帐谓众谋士曰："若非天命助吾，安得凤雏妙计？铁索连舟，果然渡江如履平地。"程昱曰："船皆连锁，固是平稳；但彼若用火攻，难以回避。不可不防。"

操大笑曰：“程仲德虽有远虑，却还有见不到处。”荀攸曰：“仲德之言甚是。丞相何故笑之？”^{北军未尝无人。}操曰：“凡用火攻，必藉风力。方今隆冬之际，但有西风北风，安有东风南风耶？吾居于西北之上，彼兵皆在南岸，彼若用火，是烧自己之兵也，吾何惧哉？^{正与后文周瑜发病、孔明写方张本。}若是十月小春之时，吾早已提备矣。”^{老贼未尝不奸猾。}诸将皆拜伏曰：“丞相高见，众人不及。”操顾诸将曰：“青、徐、燕、代之众，不惯乘舟。今非此计，安能涉大江之险！”^{曹操前因作歌赋诗，送了一个人；今因夸环耀武，又送了两个人。}只见班部中二将挺身出曰：“小将虽幽、燕之人，也能乘舟。今愿借巡船二十只，直至江口，夺旗鼓而还，以显北军亦能乘舟也。”^{二人舍其所长，而争其所短，不亦病乎？}

操视之，乃袁绍手下旧将焦触、张南也。操曰：“汝等皆生长北方，恐乘舟不便。江南之兵，往来水上，习练精熟，汝勿轻以性命为儿戏也。”焦触、张南大叫曰：“如其不胜，甘受军法！”操曰：“战船尽已连锁，惟有小舟。每舟可容二十人，只恐未便接战。”触曰：“若用大船，何足为奇？乞付小舟二十余只，某与张南各引一半，只今日直抵江南水寨，须要夺旗斩将而还。”^{多大言者少成事。}操曰：“吾与汝二十只船，差拨精锐军五百人，皆长枪硬弩。到来日天明，将大寨船出到江面上，远为之势。更差文聘亦领三十只巡船接应汝回。”^{写曹操亦甚周密。}焦触、张南欣喜而退。次日，四更造饭，五更结束已定，早听得水寨中擂鼓鸣金。船皆出寨，分布水面，长江一带，青红旗号交杂。焦触、张南领哨船二十只，穿寨而出，望江南进发。

却说南岸隔夜听得鼓声喧震，遥望曹操调练水军，探事人报知周瑜。瑜往山顶观之，操军已收回。^{补叙隔日一笔不漏。}次日，忽又闻鼓声震天，军士急登高观望，见有小船冲波而来，飞报中军。周瑜问帐下：“谁敢先出？”韩当、周泰二人齐出曰：“某当权为先锋破敌。”^{因黄盖病，故二人权为先锋，与前后文相应。}瑜喜，传令各寨严加守御，不可轻动。韩当、周泰各引哨船五只，分左右而出。

却说焦触、张南凭一勇之气，飞棹小船而来。韩当独披掩心，手执长枪，立于船头。焦触船先到，便命军士乱箭望韩当船上射来。当用牌遮隔。焦触捻长枪与韩当交锋。当手起一枪，刺死焦触。张南随后大叫起来。隔斜里周泰船出。张南挺枪立于船头，两边弓矢乱射。周泰一臂挽牌，一手提刀，两船相离七八尺，泰即飞身一跃，直跃过张南船上，手起刀落，砍张南于水中，^{有此二人之死，愈令操信连环计之妙，而更不疑连环之不可用也。}乱杀驾舟军士。众船飞棹急回。韩当、周泰催船追赶，到半江中，恰与文聘船相迎。两边便摆定船厮杀。

　　却说周瑜引众将立于山顶，遥望江北水面艨艟战船排合江上，旗帜号带，皆有次序。回看文聘与韩当、周泰相持，韩当、周泰奋力攻击，文聘抵敌不住，回船而走，^{文聘之败，又在周瑜眼中望见，叙法变换。}韩、周二人急催船追赶。周瑜恐二人深入重地，便将白旗招飐，令众鸣金。二人乃挥棹而回。^{此写南军第二次小胜，亦是预为之兆。}周瑜于山顶看隔江战船，尽入水寨。瑜顾谓众将曰："江北战船如芦苇之密，操又多谋，当用何计以破之？"众未及对，忽见曹军寨中，被风吹折中央黄旗，飘入江中。^{曹军折旗，却在周瑜眼中望见，叙法变换。○将写周瑜旗角拂面，先写曹操军中折旗，衬染绝佳。}瑜大笑曰："此不祥之兆也！"^{写周瑜大笑，反衬下文大叫。}正观之际，忽狂风大作，江中波涛拍岸。一阵风过，刮起旗角，于周瑜脸上拂过。瑜猛然想起一事在心，^{试思猛想是何想？一事是何事？解人必已辨之。}大叫一声，往后便倒，口吐鲜血。诸将急救起时，却早不省人事。^{终篇又忽作惊人之笔，令人疑惑不定。}正是：

　　　　一时忽笑又忽叫，难使南军破北军。

　　毕竟周瑜性命如何，且看下文分解。

第四十九回

七星坛诸葛祭风
三江口周瑜纵火

曹操假病，吉平以药药之而不死，不知其假也；周郎真病，孔明以不药药之而得生，独识其真也。北军之病，病在畏水；庞统镇以金而平其水，至水症平而火症发，则水不能制矣。周郎之病，病在畏风；孔明顺其气而疏其风，使寒风息而温风生，则风适为用矣。病若周郎，人所莫识；医如孔明，亦世所罕闻。

吾尝读《易》，观风火之为家人，火风之为鼎，窃以为可与赤壁之战相况也。惟孙、刘合为一家，而鼎足之形成。孙之合于刘，亦如火之合于风：风因火力，而风愈扬；火借风力，而火乃烈。瑜之不可无亮，犹亮之不可无瑜耳。

孔明之祭风，其孔明之用兵乎？杖剑登坛，号令严肃，仿佛与命将相似；按二十八宿与六十四卦，仿佛与布阵相似；下一层以青红黑白，分列四方旗帜，仿佛与四路奇兵相似；中一层又以五色间杂，分布八方，仿佛与八路奇兵相似；上一层以四人分左右两翼，又仿佛与两阵奇兵相似。虽未用兵，而有同于用兵者。只一百二十人，不异千军万马之势，其视彼八十三万大军，不啻如腐草败苇，摧而折之，真不费力矣。

写周郎用兵，不于既战时写之，正于将战未战时写之。一写其东风未发之前：各处打点，各人准备，秣马厉兵，治舟束甲，未战而已勃勃乎有欲战之势；一写其东风既发之后：诸将听令，各军赴敌，按部分班，星驰电走，将战而已森森然有必战之形。盖用兵之胜，决之于将战未战之时，而不待于既战之后也。若但观其战，不过某人射某人于水中，某人砍某人于马下而已，又何以见江东士气之壮，周郎兵略之善哉！

周郎赤壁一战，未调破曹操之兵，而先调取孔明之兵：以水陆十二队，分取八十三万人，而独以两队当孔明一人。盖以孔明一人为大敌，又在八十三万人之上也。乃八十三万人可胜，而孔明终不可胜。如其不可胜而欲杀之，人以病周郎之刻；知其不可胜而强欲杀之，吾以笑周郎之愚。

赤壁之火，不自赤壁始也，其下种在二回之前矣。以大江为灶，以赤壁为炉，而黄盖其担柴者也，阚泽其送炭者也，庞统其添油者也。况更有蒋干之乞薪于人，以佐其炊；二蔡之采樵于外，以资其爨者乎！迨乎孔明执扇而从之，周瑜因人而热之，而风伯施威，祝融凭怒，殆又其后事云。

周郎调兵，分作两段；诸葛调兵，亦分作两段。如周郎于调兵之先，另取孔明；而孔明亦于调兵之后，别命云长是也。然周郎既不知玄德之当结，又不知孔明之不死，则不知人，而亦不知天；孔明既知曹操之不死，而又知云长之必释，则能知天，而更能知人。由是观之，则周郎之不及孔明也远甚。

写风写火，此卷可谓奇矣。而定谋之初，则机密之至。周郎命各书一字于掌中，孔明亦暗写一方于纸上。而不知纸上之风，风之始也；掌中之火，火之原也。从来燎原之威，必始于炎炎之细；土囊之口，必始于青蘋之末。其犹此夫！

此卷写风之将来，有无数曲折；写风之既至，又有无数点染。所云曲折者：如孔明上坛三次，下坛三次，并无动静是也；又如等到天晚，不见风起，周瑜疑惑，言此时安得有东风是也；又如等到三更，先听风声响，出帐视之，旗带忽飘西北是也；又如周瑜叹诧为奇，而曹操一边见之，又以为一阳初生，偶亦有之，不足为奇是也。所云点染者：如丁奉、徐盛迎风而走，守坛将士当风而立是也；又如赵云扯篷，其船如飞，小校望见远帆，忽而孔明已到是也；又如曹操见月射波浪，金蛇万道是也；又如黄盖隔二里放火；又如风声正大，不听得弓弦响是也。至于此卷有风，却于前卷先写雾，于后卷又写雨，其余写月写星写云，不一而足，俱与风相映射。吾尝叹今之善画者，能画花画雪画月，而独不能画风，今读七星坛一篇，而如见乎丹青矣。

却说周瑜立于山顶，观望良久，忽然望后而倒，口吐鲜血，不省人事。左右救回帐中。诸将皆来动问，尽皆愕然相顾曰："江北百万之众，虎踞鲸吞。不争都督如此，倘曹兵一至，如之奈何？"慌忙差人申报吴侯，一面求医调治。_{北军求医，周瑜又求医。}

却说鲁肃见周瑜卧病，心中忧闷，来见孔明，言周瑜卒病之事。孔明曰："公以为何如？"肃曰："此乃曹操之福，江东之祸也。"孔明笑曰："公瑾之病，亮亦能医。"_{北军之病，庞统医之；周瑜之病，必须孔明治之。}肃曰："诚如此，则国家万幸！"即请孔明同去看病。肃先入见周瑜。瑜以被蒙头而卧。肃曰："都督病势若何？"_{鲁肃是真问病。}周瑜曰："心腹搅痛，时复昏迷。"肃曰："曾服何药饵？"瑜曰："心中呕逆，药不能下。"肃曰："适来去望孔明，言能医都督之病。现在帐外，烦来医治，何如？"瑜命请入，教左右扶起，坐于床上。孔明曰："连日不晤君颜，何期贵体不安！"_{孔明是假问病。}瑜曰："'人有旦夕祸福'，岂能自保？"孔明笑曰："'天有不测风云'，人又岂能料乎？"_{一语道着心病，巧绝，妙绝。}瑜闻失色，乃作呻吟之声。孔明曰："都督心中似觉烦积否？"瑜曰："然。"孔明曰："必须用凉药以解之。"瑜曰："已服凉药，全然无效。"孔明曰："须先理其气。气若顺，则呼吸之间，自然痊可。"_{都是隐语，妙语。}瑜料孔明必知其意，乃以言挑之曰："欲得顺气，当服何药？"_{大家借病说哑谜，写来真是好看。}孔明笑曰："亮有一方，便教都督气顺。"_{此等顺气方，谅用不着陈皮几分、乌药几钱也。}瑜曰："愿先生赐教。"孔明索纸笔，屏退左右，密书十六字曰：

欲破曹公，宜用火攻；

万事俱备，只欠东风。_{直是四句药性歌。恐《难经》《脉诀》万病回春，未必有此奇方。}

写毕，递与周瑜曰："此都督病源也。"^{此等病源，近世医家写不出。}瑜见了大惊，暗思："孔明真神人也！早已知我心事！只索以实情告之。"乃笑曰："先生已知我病源，将用何药治之？事在危急，望即赐教。"^{特求急救良方。}孔明曰："亮虽不才，曾遇异人传授奇门遁甲天书，可以呼风唤雨。^{云从龙，风从虎；孔明为"卧龙"，又为"啸虎"矣。}都督若要东南风时，可于南屏山建一台，名曰'七星坛'，高九尺，作三层，用一百二十人，手执旗幡围绕。亮于台上作法，借三日三夜东南大风，助都督用兵，何如？"^{病贵驱风，今反以风治病，盖三日之风，胜于七年之艾矣。}瑜曰："休道三日三夜，只一夜大风，大事可成矣。只是事在目前，不可迟缓。"^{不欲迟而多，但愿速而少。今人服药，往往如此。}孔明曰："十一月二十日甲子祭风，至二十二日丙寅风息，如何？"^{周以甲子兴，纣以甲子亡；赤壁之战几同牧野之师。}瑜闻言大喜，矍然而起。^{只因其风肆好，遂尔勿药有喜。}便传令差五百精壮军士，往南屏山筑坛；拨一百二十人，执旗守坛，听候使令。

孔明辞别出帐，与鲁肃上马，来南屏山相度地势，令军士取东南方赤土筑坛。^{东南巽地，与风相取；色尚其赤，与火相照。}方圆二十四丈，每一层高三尺，共是九尺。下一层插二十八宿旗：东方七面青旗，按角、亢、氐、房、心、尾、箕，布苍龙之形；北方七面皂旗，按斗、牛、女、虚、危、室、壁，作玄武之势；西方七面白旗，按奎、娄、胃、昴、毕、觜、参，踞白虎之威；南方七面红旗，按井、鬼、柳、星、张、翼、轸，成朱雀之状。^{前卷曹操用兵，用五色旗号以按五方；今孔明祭风，亦用四方旗号以按列宿：前后正相映射。}第二层周围黄旗六十四面，按六十四卦，分八位而立。^{曹操调兵，以黑白青红列前后左右，而黄旗立于中央；孔明祭风，以黑白青红列台下四面，而黄旗立于中层：前后又复映射。}上一层用四人，各人戴束发冠，穿皂罗袍，凤衣博带，朱履方裾。前左立一人，手执长竿，竿尖上用鸡羽为葆，以招风信；前右立一人，手执长竿，竿上系七星号带，以表风色；后左立一人，捧宝剑；后右立一人，捧香炉。^{曹操调兵，分水、陆二处；孔明祭风，分上、中、下三层。曹操于水军五队、旱军四队之外，又添设两队；孔明于二十八宿、六十四卦之上，又设立四人：前后又相映射。}坛下二十四人，各持旌旗、宝盖、大戟、长戈、黄钺、白旄、朱幡、皂纛，环绕四面。^{第一层用四人，第二层六十四人，第三层二十八人；今又加以二十四人，恰好是一百二十人之数。看他调度井然不乱，参差有法，或按八方，或按七星，虽一百二十人，如有千军万马之势。}孔明于十一月二十日甲子吉辰，沐浴斋戒，身披道衣，跣足散发，来到坛前。^{俨似祈雨道士模样。}吩咐鲁肃曰："子敬自往军中相助公瑾调兵。倘亮所祈无应，不可有怪。"^{反说一句，愈衬下文之奇。}鲁肃别去。孔明嘱咐守坛将士："不许擅离方位，^{嗄。}不许交头接耳，^{嗄。}不许失口乱言，^{嗄。}不许失惊打怪。^{嗄。}如违令者斩！"^{嗄。○孔明筑坛祭风，与韩信登坛点将一样声势。}众皆领命。孔明缓步登坛，观瞻方位已定，焚香于炉，注水于盂，仰天暗祝。下坛入帐中少歇，令军士更替吃饭。孔明一日上坛三次，下坛三次，却并不见有东南风。^{先反写一句，妙。}

且说周瑜请程普、鲁肃一班军官，在帐中伺候，只等东南风起，便调兵出；^{写周瑜一面等候，十分声势。}一面关报孙权接应。^{好。}黄盖已自准备火船二十只，船头密布大钉；船内装载芦苇干柴，灌以鱼油，上铺硫黄、焰硝引火之物，各用青布油单遮盖；船头上插青龙牙旗，船尾各系走舸。在帐下听候，只等周瑜号令。又写黄盖一面准备，又十分声势。甘宁、阚泽窝盘蔡和、蔡中在水寨中，每日饮酒，不放一卒登岸。妙。周围尽是东吴军马，把得水泄不通，只等帐上号令下来。又写甘宁、阚泽一面打点，十分周密，十分声势。周瑜正在帐中坐议，探子来报："吴侯船只离寨八十五里停泊，只等都督好音。"又写孙权一面等候，更觉十分声势。瑜即差鲁肃遍告各部下官兵将士："俱各收拾船只、军器、帆橹等物。号令一出，时刻休违。倘有违误，即按军法。"又写鲁肃传令遍告，又是十分声势。众兵将得令，一个个摩拳擦掌，准备厮杀。又写众兵将一句，加倍声势。是日，看看近夜，天色清明，微风不动。再反写一句，以见下文之奇。近日道士，祈雨反祈出晴来，此不能学七星坛上下半夜之孔明，只学得上半日之孔明也。瑜谓鲁肃曰："孔明之言谬矣。隆冬之时，怎得东南风乎？"再借周瑜口中极力反写一句，以见下文之奇。○万一此时无风，奈何？或笑曰：从来南风极盛，不必虑也。肃曰："吾料孔明必不谬谈。"将近三更时分，忽听风声响，旗幡转动。瑜出帐看时，旗脚竟飘西北，霎时间东南风大起。将写风起，先写声响，次写旗脚，以渐而来，妙甚。瑜骇然曰："此人有夺天地造化之法、鬼神不测之术！若留此人，乃东吴祸根也。及早杀却，免生他日之忧。"才借得风来，便欲杀借风之人，周郎可谓狠矣。不知风尚能借，杀岂不能避乎？急唤帐前护军校尉丁奉、徐盛二将："各带一百人。徐盛从江内去，丁奉从旱路去，都到南屏山七星坛前，休问长短，拿住诸葛亮便行斩首，将首级来请功。"未调各路破曹操之兵，先调两路杀孔明之兵，周郎之视孔明，重于曹操，重于八十三万大兵也。○今日道士求得雨，便二将领命。徐盛下船，一百刀斧手荡开棹要谢矣。孔明借风来，周郎却以斩首为谢将。可发一大笑。桨；丁奉上马，一百弓弩手各跨征驹：往南屏山来。读书至此，为孔明捏一把汗。于路正迎着东南风起。但于有火处写风，不于无火处写风，则疏矣。今去杀孔明，初不赖风力，而于此处闲写一句，正见叙事笔法之密。后人有诗曰：

> 七星坛上卧龙登，一夜东风江水腾。
>
> 不是孔明施妙计，周郎安得逞才能？

丁奉马军先到，见坛上执旗将士当风而立。又写一句风，妙甚。丁奉下马提剑上坛，不见孔明，先生将亦化作旋风去矣。慌问守坛将士。答曰："恰才下坛去了。"周瑜旱路丁奉忙下坛寻时，徐盛军无用。船已到。二人聚于江边。小卒报曰："昨晚一只快船停在前面滩口。适间却见孔明披发下船，那船望上水去了。"周瑜水路丁奉、徐盛便分水陆两路追袭。徐盛教拽起满帆，抢风军无用。而使。遥望前船不远，徐盛在船头上高声大叫："军师休去！都督有请！"读书至此，又只见孔明立于船尾大笑曰："上复都督好好用兵；诸葛亮暂回夏口，异日再容相见。"写得孔明从容不迫，的为孔明一急。是妙人。徐盛曰："请暂少住，有紧话说。"孔明曰："吾已料定都督不能容我，必来加害，预先教赵子龙来相接。将军不必追赶。"第一次不说破，第二次方才说破，妙甚。徐盛见前船无篷，妙。只顾赶去。

看看至近，赵云拈弓搭箭，立于船尾大叫曰："吾乃常山赵子龙也！奉令特来接军师。你如何来追赶？本待一箭射死你来，显得两家失了和气。教你知我手段！"孔明妙在第二次方说破，赵子龙妙在第三次方说出来。言讫，箭到处，射断徐盛船上篷索。那篷堕落下水，其船便横。赵云却教自己船上拽起满帆，更妙。乘顺风而去。其船如飞，追之不及。不是写篷，是写风。既借风破曹兵，又借风归夏口，可谓一事两得。岸上丁奉唤徐盛船近岸，言曰："诸葛亮神机妙算，人不可及。更兼赵云有万夫不当之勇，汝知他当阳长坂时否？又将前事一提。吾等只索回报便了。"于是二人回见周瑜，言孔明预先约赵云迎接去了。周瑜大惊曰："此人如此多谋，使我晓夜不安矣！"周瑜第一次调拨两路军出去，而丁、徐二人空身来见，竟无成功，是曹操可胜，八十三万大兵可胜，而孔明一人必不可胜也。鲁肃曰："且待破曹之后，却再图之。"

瑜从其言，此处按下孔明一边，以下单叙周郎调拨之事。唤集诸将听令。先教甘宁："带了蔡中妙甚。并降卒沿南岸而走，只打北军旗号，直取乌林地面，正当曹操屯粮之所，深入军中，举火为号。第一队旱路火军。只留下蔡和一人在帐下，我有用处。"只蔡和、蔡中二人，分作两处用之，妙甚。第二唤太史慈吩咐："你可领三千兵，直奔黄州地界，断曹操合淝接应之兵，就逼曹兵，放火为号；只看红旗，便是吴侯接应兵到。"第二队旱路火军。这两队兵最远，先发。又总叙一句，作一顿。第三唤吕蒙领三千兵去乌林接应甘宁，焚烧曹操寨栅。第三队旱路火军。第四唤凌统领三千兵，直截彝陵界首，只看乌林火起，以兵应之。第四队旱路火军。第五唤董袭领三千兵，直取汉阳，从汉川杀奔曹操寨中，看白旗接应。第五队旱路火军。第六唤潘璋领三千兵，尽打白旗，往汉阳接应董袭。第六队旱路火军。六队船只各自分路去了。又总叙一句，作一顿。却令黄盖安排火船，使小卒驰书约曹操，今夜来降。以上先调旱路放火之军，此处却是水路先锋第一个放的。一面拨战船四只，随于黄盖船后接应。为下文黄盖下小船捉曹操张本。第一队领兵军官韩当，第二队领兵军官周泰，第三队领兵军官蒋钦，第四队领兵军官陈武。四队各引战船三百只，前面各摆列火船二十只。将水路火军四队一齐叙出，又换一样笔法。周瑜自与程普在大艨艟上督战，徐盛、丁奉为左右护卫，以上旱军六队，水军连黄盖与周瑜亦是六队，共是十二队，与前卷曹操水军五队、旱军六队，正复相对。只留鲁肃共阚泽及众谋士守寨。程普见周瑜调军有法，甚相敬服。忙中又与前文映合。

却说孙权差使命持兵符至，说已差陆逊为先锋，直抵蕲、黄地面进兵，吴侯自为后应。此处写孙权又是两队，只五六万兵，叙事严整有法，隐然有百万之势。瑜又差人西山放火炮，南屏山举号旗。各各准备停当，只等黄昏举动。甲子日夜半有风，至乙丑日黄昏发火。黄昏以前，却是周瑜一一调拨。

话分两头。且说刘玄德在夏口专候孔明回来，忽见一队船到，乃是公子刘琦自来探听消息。玄德请上敌楼坐定，说："东南风起多时，子龙去接孔明，至今不见到，吾心甚忧。"小校遥指樊口港上："一帆风送扁舟来到，必军师也。"遥指而便到，是写风之顺也。玄德与刘琦下楼迎接。须臾船到，（须臾亦是风顺。）孔明、子龙登岸。玄德大喜。问候毕，孔明曰："且无暇告诉别事。前者所约军马战船，皆已办否？"（不说上项事，点上项事也，妙甚。正作者补）玄德曰："收拾久矣，只候军师调用。"孔明便与玄德、刘琦升帐坐定，谓赵云曰："子龙可带三千军马，渡江径取乌林小路，拣树木芦苇密处埋伏。（第一队亦取乌林，与周瑜相合。）今夜四更已后，曹操必然从那条路奔走。（算定四更，则非等他军马过，就半中间放起火来。虽然不杀他尽绝，也杀一半。"（第一队旱路火军。○说捉不得曹操，正为下文关公伏笔。）云曰："乌林有两条路，一条通南郡，一条取荆州。不知向那条路来？"孔明曰："南郡势迫，曹操不敢往；必来荆州，然后大军投许昌而去。"（料如指掌。）云领计去了。又唤张飞曰："翼德可领三千兵渡江，截断彝陵这条路，去葫芦谷口埋伏。（第二队亦取彝陵，与周瑜相合。）曹操不敢走南彝陵，必望北彝陵去。来日雨过，必然来埋锅造饭。（预知有雨，更非周瑜之所及也。）只看烟起，便就山边放起火来。虽然不捉得曹操，翼德这场功料也不小。"（第二队旱路火军。○又说捉不得曹操，正为下文关公伏笔。）飞领计去了。又唤糜竺、糜芳、刘封三人各驾船只，绕江剿擒败军，夺取器械。（第一队水军。）三人领计去了。孔明起身，谓公子刘琦曰："武昌一望之地，最为紧要。公子便请回，率领所部之兵，陈于岸口。操一败必有逃来者，就而擒之，却不可轻离城郭。"（第二队水军。）刘琦便辞玄德、孔明去了。孔明谓玄德曰："主公可于樊口屯兵，凭高而望，坐看今夜周郎成大功也。"

前遣过两路旱军，两路水军，却于此处故作一顿，
独留一队旱军在后，与前周瑜调拨，大是不同。

时云长在侧，孔明全然不睬。（本要重用他，却反不睬他，妙甚。）云长忍耐不住，乃高声曰："关某自随兄长征战，许多年来，未尝落后。今日逢大敌，军师却不委用，此是何意？"（待关公自问，妙甚。无此愤激，不见后文之奇。）孔明笑曰："云长勿怪！某本欲烦足下把一个最紧要的隘口，怎奈有些违碍，不敢教去。"（不即一口说出，妙甚。无此留难，却不见后文之奇。）云长曰："有何违碍？愿即见谕。"孔明曰："昔日曹操待足下甚厚，足下当有以报之。今日操兵败，必走华容道；若令足下去时，必然放他过去。因此不敢教去。"（言公必放者，不是激之使不放，正料定其必不肯不放也。）云长曰："军师好心多！当日曹操果是重待某，某已斩颜良，诛文丑，解白马之围，报过他了。今日撞见，岂肯放过！"（前既愤激，此又辩白，愈显后文之奇。）孔明曰："倘若放了时，却如何？"云长曰："愿依军法！"孔明曰："如此，立下文书。"云长便与了军令状。（此写关公之决。）云长曰："若曹操不从那条路上来，如何？"孔明曰："我亦与你军令状。"（此写孔明之智。）云长大喜。孔明曰："云长可于华容小路高山之处堆积柴草，放起一把火烟，引曹操来。"（周郎既以火逐之，孔明又以火迎之。周郎善于用火，孔明更工于用火也。）云长曰："曹操望见烟，知有埋伏，如何肯来？"孔明笑曰："岂不闻兵法'虚虚实实'之论？操虽能用兵，只此可以瞒过他也。他见烟起，将谓虚张声势，必然投这条路来。（奇绝妙绝。）将军休得容情。"（前既留难，此又切嘱，愈显后文之奇。）

云长领了将令，引关平、周仓并五百校刀手，投华容道埋伏去了。前写周瑜调拨，后写孔明调拨，至此方完。玄德曰："吾弟义气深重，若曹操果然投华容道去时，只恐端的放了。"不惟孔明料之，玄德已料之矣。孔明曰："亮夜观乾象，操贼未合身亡。留这人情，教云长做了，亦是美事。"孔明既知人，又知天。玄德曰："先生神算，世所罕及！"孔明遂与玄德往樊口看周瑜用兵，留孙乾、简雍守城。

此俗谚所云"云端里看厮杀"也。

却说曹操在大寨中与众将商议，只等黄盖消息。当日东南风起甚紧。程昱入告曹操曰："今日东南风起，宜预提防。"程昱亦甚精细。操笑曰："冬至一阳生，来复之时，安得无东南风？何足为怪！"若曹操见风而惊，便不奇矣，正妙在处之泰然，乃见后文之出其不意也。军士忽报江东一只小船来到，说有黄盖密书。操急唤入。其人呈上书。书中诉说："周瑜关防得紧，因此无计脱身。今有鄱阳湖新运到粮，周瑜差盖巡哨，已有方便。好歹杀江东名将，献首来降。只在今晚二更，船上插青龙牙旗者，即粮船也。"火军当插红旗，而用青旗者，何也？曰：木生火也。曹军黄旗居中，而以青旗胜之，木克土也。操大喜，遂与众将来水寨中大船上，观望黄盖船到。

且说江东，天色向晚，周瑜唤出蔡和，令军士缚倒。和叫："无罪！"瑜曰："汝是何等人，敢来诈降！吾今缺少福物祭旗，愿借你首级。"送箭人情，已令江东拜赐；祭旗福物，又承曹操馈来。和抵赖不过，大叫曰："汝家阚泽、甘宁亦曾与谋！"可发一笑。瑜曰："此乃吾之所使也。"蔡和悔之无及。瑜令捉至江边皂纛旗下，奠酒烧纸，一刀斩了蔡和，用血祭旗毕，便令开船。黄盖在第三只火船上，独披掩心，手提利刃，旗上大书"先锋黄盖"。盖乘一天顺风，望赤壁进发。周郎既献了活三牲，黄盖便去烧顺风纸矣。

是时东风大作，波浪汹涌。操在中军遥望隔江，看看月上，照耀江水，如万道金蛇，翻波戏浪。偏有闲笔写月、写波，以点染风势。操迎风大笑，自以为得志。此时老奸尚在梦中。忽一军指说："江南隐隐一簇帆幔，使风而来。"操凭高望之。报称："皆插青龙牙旗。内中有大旗，上书'先锋黄盖'名字。"操笑曰："公覆来降，此天助我也！"来船渐近。程昱观望良久，谓操曰："来船必诈。且休教近寨。"北军未尝无人。操曰："何以知之？"程昱曰："粮在船中，船必稳重；今观来船，轻而且浮。更兼今夜东南风甚紧，倘有诈谋，何以当之？"可惜知觉得迟了。操省悟，有曹操大笑，乃见下文之奇；有曹操省悟，更见下文之奇。便问："谁去止之？"文聘曰："某在水上颇熟，愿请一往。"言毕，跳下小船，用手一指，十数只巡船随文聘船出。聘立于船头，大叫："丞相钧旨：南船且休近寨，就江心抛住。"众军齐喝："快下了篷！"言未绝，弓弦响处，文聘被箭射中左臂，倒在船中。受了十万枝箭后，先有此一箭回礼。船上大乱，各自奔回。南船距操寨止隔二里水面。黄盖用刀一招，前船一齐发火。火趁风威，风助火势，船如箭发，烟焰涨天。二十只火船撞入水寨。写火猛，风猛，船猛，人猛，十分声势。曹寨中船只一时尽着，又被铁环锁住，无处逃避。方见连环计之妙。隔江炮响，四下火船齐到，但见三江面上，火逐风飞，一派通红，漫天彻地。适才见万道金蛇，此时却变作千条火龙矣。

曹操回观岸上营寨几处烟火。黄盖跳在小船上，背后数人驾舟，冒烟突火，来寻曹操。操见势急，方欲跳上岸，忽张辽驾一小脚船，扶操下得船时，那只大船已自着了。前以五十只小船为往来巡警之用，至此却为曹操救命之用。张辽与十数人保护曹操，飞奔岸口。黄盖望见穿绛红袍者下船，料是曹操，乃催船速进，手提利刃，高声大叫："曹贼休走！黄盖在此！"操叫苦连声。张辽拈弓搭箭，觑着黄盖较近，一箭射去。此时风声正大，黄盖在火光中，那里听得弓弦响？正中肩窝，翻身落水。正写曹操被火，忽写黄盖落水。正快意时，又见此不快意事，令人阅至此不得不急欲看后文也。正是：

火厄盛时遭水厄，棒疮愈后患金疮。

未知黄盖性命如何，且看下文分解。

第五十回

诸葛亮智算华容
关云长义释曹操

凡计之中人，必度彼之为何如人，而后中之，则未有不中者也；又度彼之料我为何如人，而后中之，则未有不中者也。盖彼方自以为智，而我即中之以其智，则正迎乎彼之意中；彼方料我之智，而我反中之以我之愚，则又出乎彼之意外：如孔明之料曹操于华容是也。夫举火于此，而伏兵于彼，则智人之所为，而为彼之所知；举火在此，而伏兵即在此，此愚人之所为，而为彼之不及料。操固熟知有兵家虚实之法，而又熟知孔明之知有兵家虚实之法：此其所以为孔明之所中与？

或疑关公之于操，何以欲杀之于许田，而不杀之于华容？曰：许田之欲杀，忠也；华容之不杀，义也。顺逆不分，不可以为忠；恩怨不明，不可以为义。如关公者，忠可干霄，义亦贯日，真千古一人。

怀惠者小人之情，报德者烈士之志。虽其人之大奸大恶，得罪朝廷，得罪天下，而彼能不害我，而以国士遇我，是即我之知己也。我杀我之知己，此在无意气丈夫则然，岂血性男子所肯为乎？使关公当日以公义灭私恩，曰："吾为朝廷斩贼，吾为天下除凶！"其谁曰不宜？而公之心，以为他人杀之则义，独我杀之则不义，故宁死而有所不忍耳。曹操可以释陈宫而不释，关公可以杀曹操而不杀，是关公之仁异于曹操。蔡邕哭董卓，而王允罪之；关公释曹操，而孔明谅之，则孔明之见高于王允矣。

孔明既知关公之不杀操，则华容之役，何不以翼德、子龙当之？曰：孔明知天者也。天未欲杀操，则虽当之以翼德、子龙，必无成功。故孔明之使关公者，所以成关公之义；而其不使翼德、子龙者，亦以掩翼德、子龙之短也。然则关公之释操，非公释之，而孔明释之；又非孔明释之，而实天释之耳。

前回写江中之火，此回写岸上之火；前回止写周郎之火，此回续写孔明之火。前回是写帆樯之风，此回是写林木之风；前回是写孔明之以风助火，此回是写孔明之以火继风。而至于风止火息之后，又有风之余势、火之余威以点缀之；于风之后而遇雨、火之后而见烟，烟与雨正风与火之余也。且其后文，又有与前文相反者。衣甲尽湿，又当燥之以风；军士乏食，又当炊之以火。盖即一回之中，而前之风为害，后之风为利；前之火为仇，后之火又为恩云。

操之习水战而凿池于北方，其名则玄武也，其象则习坎也。而庞统进之以勾陈，周郎则应之以朱雀；孔明当之以重巽，周郎则应之以重离。至于走彝陵、奔华容，则又为腾蛇之惊，白虎之凶，明夷之于行不食，旅人之先笑后号矣。

曹操于舟中舞槊之时，既大笑；今在华容败走之前，又大笑。前之笑是得意，后之笑是强颜；前之笑是适己，后之笑是骂人；前之笑既乐极生悲，后之笑又非苦中得乐。前之笑与后之笑，都无是处。千古而下，又当笑其所笑。

曹操前哭典韦，而后哭郭嘉。哭虽同而所以哭则异：哭典韦之哭，所以感众将士也；哭郭嘉之哭，所以愧众谋士也。前之哭胜似赏，后之哭胜似打。不谓奸雄眼泪，既可作钱帛用，又可作梃杖用。奸雄之奸，真是奸得可爱。

却说当夜张辽一箭射黄盖下水，救得曹操登岸，寻着马匹走时，军已大乱。^{舍大舟，就
小舟；又舍}

^{水旱路，奔旱路：
一时仓忙之甚。}写韩当冒烟突火来攻水寨，忽听得士卒报道："后梢舵上一人，高叫将军表

字。"韩当细听，但闻高叫："义公救我！"当曰："此黄公覆也！"急教救起。见黄盖

负箭着伤，咬出箭杆，箭头陷在肉内。韩当急为脱去湿衣，用刀剜出箭头，扯旗束之，脱

自己战袍与黄盖穿了，先令别船送回大寨医治。原来黄盖深知水性，故大寒之时和甲堕

江，也逃得性命。^{黄盖苦肉于前，又苦肉于后，
勇不避难，极写其忠。}

却说当日满江火滚，喊声震地。左边是韩当、蒋钦两军从赤壁西边杀来，右边是周

泰、陈武两军从赤壁东边杀来，^{先锋已去，将四队
水军合作两队。}正中是周瑜、程普、徐盛、丁奉大队船只都

到。^{此是中军
一队。}火须兵应，兵仗火威。此正是：三江水战，赤壁鏖兵。曹军着枪中箭、火焚水

溺者，不计其数。后人有诗曰：

魏吴争斗决雌雄，赤壁楼船一扫空。

烈火初张照云海，周郎曾此破曹公。

又有一绝云：

山高月小水茫茫，追叹前朝割据忙。

南士无心迎魏武，东风有意便周郎。

不说江中鏖兵。且说甘宁令蔡中引入曹寨深处，宁将蔡中一刀砍于马下，^{只蔡中、蔡和两
人，却有两样杀}

^{法，
妙。}就草上放起火来。^{第一队旱
军出现。}吕蒙遥望中军火起，也放十数处火，接应甘宁。^{第三队
旱军出现。}潘璋、

董袭分头放火呐喊，^{第五队、第六
队旱军出现。}四下里鼓声大震。^{前已写过水军，此处写
旱军，却又先写四队。}曹操与张辽引百余骑在火

林内走，^{"火林"
二字甚新。}看前面无一处不着。正走之间，毛玠救得文聘，引十数骑到。^{韩当救黄盖，即叙
在前；毛玠救文}

^{聘，补叙在后：
笔法甚变。}操令军寻路。张辽指道："只有乌林地面空阔可走。"操径奔乌林。正走间，

背后一军赶到，大叫："曹贼休走！"火光中现出吕蒙旗号。^{在曹操眼中看出，
带写火光之盛。}操催军马向

前，留张辽断后，抵敌吕蒙。却见前面火把又起，从山谷中拥出一军，大叫："凌统在

此！"^{第四队旱军出现，却
在凌统口中叫出。}曹操肝胆皆裂。忽刺斜里一彪军到，大叫："丞相休慌！徐晃在

此！"彼此混战一场，夺路望北而走。忽见一队军马，屯在山坡前。徐晃出问，乃是袁绍

手下降将马延、张颉，有三千北地军马列寨在彼。当夜见满天火起，未敢转动，恰好接着

曹操。^{两个替死
鬼来了。}操教二将引一千军马开路，其余留着护身。操得这枝生力军马，心中稍安。

马延、张颚二将飞骑前行。不到十里，喊声起处，一彪军出。为首一将，大呼曰："吾乃东吴甘兴霸也！"甘宁忽没忽现，分两番写，极其声势。马延正欲交锋，早被甘宁一刀斩于马下。张颚挺枪来迎，宁大喝一声，颚措手不及，被宁手起一刀，翻身落马。后军飞报曹操。操此时指望合淝有兵救应，不想孙权在合淝路口望见江中火光，知是我军得胜，便教陆逊举火为号。太史慈见了，与陆逊合兵一处，冲杀将来。又是两路旱军。○周瑜调拨第二队是太史慈，今却于末后出现，叙得参差有致。操只得望彝陵而走。路上撞见张郃，操令断后。

纵马加鞭，走至五更，回望火光渐远，操心方定，不是写曹操脱火，正是写火势猛烈。问曰："此是何处？"左右曰："此是乌林之西，宜都之北。"操见树木丛杂，山川险峻，乃于马上仰面大笑不止。且不要笑，理会哭着。诸将问曰："丞相何故大笑？"操曰："吾不笑别人，单笑周瑜无谋，诸葛亮少智。若是吾用兵之时，预先在这里伏下一军，如之奈何？"不要忙，孔明已先合着你意了。说犹未了，两边鼓声震响，火光竟天而起，前是周郎之火，此是孔明之火；前是孔明以风助火，此是孔明以火继风。惊得曹操几乎坠马。吓杀。刺斜里一彪军杀出，大叫："我赵子龙奉军师将令，在此等候多时了！"前孔明所拨第一队，于此出现。操教徐晃、张郃双敌赵云，自己冒烟突火而去。子龙不来追赶，只顾抢夺旗帜。曹操得脱。

天色微明，黑云罩地，东南风尚不息。前写风是在有火处写，此写风又在无火处写。忽然大雨倾盆，湿透衣甲。可谓水火既济。操与军士冒雨而行，诸军皆有饥色。操令军士往村落中劫掠粮食，寻觅火种。火能为利，亦能为害。方脱其害，又求其利。前则遍地是火，此处却要寻觅，亦火之有盛必有衰也。方欲造饭，后面一军赶到，操心甚慌。原来却是李典、许褚保护着众谋士来到。写曹军七零八落，陆续凑合，叙法绝佳。操大喜，令军马且行，问："前面是那里地面？"人报："一边是南彝陵大路，一边是北彝陵山路。"操问："那里投南郡江陵去近？"军士禀曰："取北彝陵过葫芦口去最便。"操教走北彝陵。行至葫芦口，军皆饥馁，行走不上，马亦困乏，多有倒于路者。操教前面暂歇。马上有带得锣锅的，也有村中掠得粮米的，便就山边拣干处埋锅造饭，割马肉烧吃，回思横槊赋诗之时，所谓昨日今朝大不同。尽皆脱去湿衣，于风头吹晒；马皆摘鞍野放，咽咬草根。操坐于疏林之下，仰面大笑。宜哭又笑，想亦哭不得而笑耳。众官问曰："适来丞相笑周瑜、诸葛亮，引惹出赵子龙来，又折了许多人马。恰像笑出来的。如今为何又笑？"操曰："吾笑诸葛亮、周瑜毕竟智谋不足。若是我用兵时，就这个去处，也埋伏一彪军马，以逸待劳；我等纵然脱得性命，也不免重伤矣。彼见不到此，我是以笑之。"不要忙，孔明又合着你意了。

正说间，前军后军一齐发喊。又笑出一个来了。操大惊，弃甲上马。众军多有不及收马者。早见四下火烟布合，又是孔明之火。此时不消寻觅火种矣。山口一军摆开，为首乃燕人张翼德，横矛立马，大叫：

"操贼走那里去！"　此是孔明所拨第二队出现。诸军众将见了张飞，尽皆胆寒。许褚骑无鞍马来战张飞。张辽、徐晃二将，纵马也来夹攻。两边军马混战做一团。操先拨马走脱，诸将各自脱身。张飞从后赶来。操迤逦奔逃，追兵渐远，回顾众将多已带伤。

正行间，军士禀曰："前面有两条路，请问丞相从那条路去？"操问："那条路近？"军士曰："大路稍平，却远五十余里。小路投华容道，却近五十余里，只是地窄路险，坑坎难行。"操令人上山观望，回报："小路山边有数处烟起，大路并无动静。"操教前军便走华容道小路。　不向无火处走，反向有烟处走，想尚烧得不快活也。诸将曰："烽烟起处，必有军马，何故反走这条路？"操曰："岂不闻兵书有云：'虚则实之，实则虚之。'诸葛亮多谋，故使人于山僻烧烟，使我军不敢从这条山路走，他却伏兵于大路等着。吾料已定，偏不教中他计！"　不要忙，却已中他计了。诸将皆曰："丞相妙算，人不可及。"　且慢赞着。遂勒兵走华容道。此时人皆饥倒，马尽困乏。焦头烂额者扶策而行，中箭着枪者勉强而走。衣甲湿透，个个不全；　此时又巴不得以火烘之矣。军器旗幡，纷纷不整。大半皆是彝陵道上被赶得慌，只骑得秃马，鞍辔衣服，尽皆抛弃。正值隆冬严寒之时，其苦何可胜言。　极写曹操狼狈，以衬关公释放之义。

操见前军停马不进，问是何故。回报曰："前面山僻路小，因早晨下雨，坑堑内积水不流，泥陷马蹄，不能前进。"　前苦于火，今苦于水。操大怒，　前大笑，笑得不情；此大怒，怒得无理。叱曰："军旅逢山开路，遇水叠桥，岂有泥泞不堪行之理！"传下号令，教老弱中伤军士在后慢行，强壮者担土束柴，搬草运芦，填塞道路，务要即时行动，如违令者斩。众军只得都下马，就路旁砍伐竹木，填塞山路。操恐后军来赶，令张辽、许褚、徐晃引百骑执刀在手，但迟慢者便斩之。　既死于敌之火，又死于我之刀，操军几无孑遗矣。此时军已饿乏，众皆倒地，操喝令人马践踏而行，死者不可胜数。号哭之声，于路不绝。操怒曰："生死有命，何哭之有！如再哭者立斩！"　只许自己笑，不许别人哭。三停人马，一停落后，一停填了沟壑，一停跟随曹操。过了险峻，路稍平坦。操回顾止有三百余骑随后，并无衣甲袍铠整齐者。　八十三万大军，剩得三百余骑。操催速行。众将曰："马尽乏矣，只好少歇。"操曰："赶到荆州将息未迟。"又行不到数里，操在马上扬鞭大笑。　第三番又笑，一发笑得可笑。众将问："丞相何又大笑？"操曰："人皆言周瑜、诸葛亮足智多谋，以吾观之，到底是无能之辈。若使此处伏一旅之师，吾等皆束手受缚矣。"　有此一句，乃见下文关公之义。

言未毕，一声炮响，两边五百校刀手摆开，为首大将关云长，提青龙刀，跨赤兔马，截住去路。　又笑出一个来了。今番笑出此人来，不但笑不得，哭亦哭不得矣！操军见了，亡魂丧胆，面面相觑。操曰："既到此处，只得决一死战！"众将曰："人纵然不怯，马力已乏，安能复战？"程昱曰："某素知云长傲上而不忍下，欺强而不凌弱；恩怨分明，信义素著。丞相旧日有恩于彼，今只亲自告之，可脱此难。"不但孔明能料云长，程昱亦能料之。操从其说，即纵马向前，欠身谓云长曰："将军别来无恙！"云长亦欠身答曰："关某奉军师将令，等候丞相多时。"不骂"操贼"而称"丞相"，便有不杀之意。操曰："曹操兵败势危，到此无路，望将军以昔日之情为重。"可谓哀鸣。云长曰："昔日关某虽蒙丞相厚恩，然已斩颜良，诛文丑，解白马之围，以奉报矣。今日之事，岂敢以私废公？"“今日之事，君事也”，此庾公对孺子之语耳。关公效之，便有不杀之意。操曰："五关斩将之时，还能记否？"此事在白马解围之后，则公之未及报也。大丈夫以信义为重。将军深明《春秋》，岂不知庾公之斯追子濯孺子之事乎？"公明《春秋》，即以《春秋》动之：小人之乞怜于君子，必不以小人之情动君子，而必以君子之道望君子也。云长是个义重如山之人，想起当日曹操许多恩义，与后来五关斩将之事，如何不动心？又见曹军惶惶，皆欲垂泪，一发心中不忍。妙在不言于处写。于是把马头勒回，谓众军曰："四散摆开。"这个分明是放曹操的意思。操见云长回马，便和众将一齐冲将过去。云长回身时，曹操已与众将过去了。云长大喝一声，众军皆下马，哭拜于地。云长愈加不忍。正犹豫间，张辽纵马而至。云长见了，又动故旧之情，张辽无言，关公亦无言，都妙在不言处写。长叹一声，并皆放去。一喝、一叹，写得有势、有情。后人有诗曰：

曹瞒兵败走华容，正与关公狭路逢。

只为当初恩义重，放开金锁走蛟龙。

曹操既脱华容之难，行至谷口，回顾所随军兵，止有二十七骑。三百余骑残兵，又只剩得二十七人。比及天晚，已近南郡，火把齐明，一簇人马拦路。此处尚有火之余威。操大惊曰："吾命休矣！"操之见火而惊，如牛之望月而喘也。只见一群哨马冲到，方认得是曹仁军马，操才心安。曹仁接着，言："虽知兵败，不敢远离，只得在附近迎接。"操曰："几与汝不相见也！"于是引众入南郡安歇。随后张辽也到，说云长之德。操点将校，中伤者极多，操皆令将息。曹仁置酒与操解闷。众谋士俱在座。操忽仰天大恸。宜哭反笑，宜笑反哭；奸雄哭笑，与人不同。众谋士曰："丞相于虎窟中逃难之时，全无惧怯；今到城中，人已得食，马已得料，正须整顿军马复仇，何反痛哭？"操曰："吾哭郭奉孝耳！若奉孝在，决不使吾有此大失也！"遂捶胸大哭曰："哀哉，奉孝！痛哉，奉孝！惜哉，奉孝！"哭死的与活的看，好甚。○周郎知二蔡之诈，并非有人往江北探来；曹操信黄盖之真，自是有人到江东报去。拾伪书之蒋干，有谁请到江东？献连环之士元，问孰引归江北？不当哭郭嘉，还该笑自己。众谋士皆默然自惭。次日，操唤曹仁曰："吾今暂回许都，收拾军马，必来报仇。汝可保全南郡。吾有一计，密留在此，非急休开，急则开之。依计而行，使东吴不敢正视南郡。"为后文周瑜中箭伏线。仁曰："合淝、襄阳，谁可保守？"操曰："荆州托汝管领；襄阳吾已拨夏侯惇守把；合淝最为紧要之地，吾令张辽为主将，乐进、李典为副将，保守此地。但有缓急，飞报将来。"〔为后文孙权战张辽伏线。〕操分拨已定，遂上马引众奔回许昌。荆州原降文武各官，依旧带回许昌调用。曹仁自遣曹洪据守彝陵、南郡，以防周瑜。〔以上放下曹操，以下接叙关公。〕

却说关云长放了曹操，引军自回。此时诸路军马，皆得马匹、器械、钱粮，已回夏口；独云长不获一人一骑，空身回见玄德。〔关公无所得，其所得者义耳。〕孔明正与玄德作贺，忽报云长至。孔明忙离坐席，执杯相迎曰："且喜将军立此盖世之功，与普天下除大害。合宜远接庆贺！"〔若果然杀得曹操，真当酌酒相贺矣。虽未有此事，然不可无此文。〕云长默然。孔明曰："将军莫非因吾等不曾远接，故尔不乐？"回顾左右曰："汝等缘何不先报？"〔虽孔明未必如此之诈，而作文者不可无如此之曲。〕云长曰："关某特来请死。"孔明曰："莫非曹操不曾投华容道上来？"〔若不肯释曹操，便不是关公；若操不走华容，必不是孔明。〕云长曰："是从那里来。关某无能，因此被他走脱。"孔明曰："拿得甚将士来？"云长曰："皆不曾拿。"〔既失其主，何问其从。〕孔明曰："此是云长想曹操昔日之恩，故意放了。但既有军令状在此，不得不按军法。"遂叱武士推出斩之。〔好做作。〕正是：

拼将一死酬知己，致令千秋仰义名。

未知云长性命如何，且看下文分解。

第五十一回

曹仁大战东吴兵

孔明一气周公瑾

君子观于南郡之战，而叹兵家胜负之不可知也。曹操于赤壁大败之后，而遗计于曹仁，遂使周郎于赤壁大胜之后，而中箭于南郡。以八十三万之众不能胜瑜，而一曹仁足以胜之；以江口乌林之兵未尝失利，而一南郡则失之。斯已奇矣。更可异者：由前而观，则黄盖之中箭，为大胜中之小挫；周瑜之中箭，又为大胜后之小挫。由后而观，则曹操之算周瑜，为大挫后之小胜；曹仁之失南郡，又为小胜后之大挫。夫事之难料，至于如此。用兵者其何得以败而沮、胜而骄乎？

读前卷而见孙、刘之合，读此卷而见孙、刘之离。盖同患则相恤，同利则相争，凡人之情，大抵然矣。当曹操之来，气吞吴会，赤壁之战，吴非为刘，实以自为耳！迨乎曹操已破，北军已还，而荆州九郡，刘备欲之，孙权又欲之，孔明欲为玄德取之，周郎、鲁肃又欲为孙权取之。于是乃以破曹而德色于刘，因以索谢而取偿于荆，遂致孙与刘终不得为好相识，良可叹也。

荆州之地，孔明让吴先攻，而玄德患之；周瑜许刘后取，而鲁肃又患之。盖玄德之不欲夺刘表，不欲夺刘琮，与鲁肃之不欲杀玄德，不欲杀孔明，同一仁人之心。而其不欲以荆州让人，则皆仁者之智耳。然玄德不知孔明之已有定算，鲁肃不知周瑜之假做人情，则智尚有所未及也。可见忠厚人乖觉，极乖觉处正是极忠厚处；老实人使心，极使心处正是极老实处。

吕布在濮阳开城赚曹操，曹仁在南郡亦开城赚周瑜，同一赚也。一则赚使入城而烧之，一则赚使入城而射之；一则使人诈降而赚之，一则以诈走而赚之：斯则其不同者矣。乃吕布使人诈降，其后乃至于真降；曹仁诈走，其后乃至于真走：是不同中又有相同处。真妙事妙文！

曹仁以诈走赚周瑜，周瑜即以诈死赚曹仁，同一诈也。而曹仁之诈，是曹操之所教；周瑜之诈，则是周瑜之所自为：斯则其不同者矣。且周瑜以诈死赚曹仁，曹操亦曾以诈死赚吕布：则曹仁之智不及周瑜，而周瑜之智同于曹操耳。乃曹操诈死，未便真死；而周瑜之诈死，则若有预兆焉：周瑜假诈堕马，金疮假裂，其后至于真堕马，金疮真裂；其初佯怒、佯病、佯死，后乃至于真怒、真病、真死：是相同中更有不同处。真妙事妙文！

观孔明之袭南郡，其即吕蒙袭荆州之事所由伏乎？周瑜力战而任其劳，孔明安坐而享其利。瑜即欲不怒，安得而不怒？吴即欲不报，安得而不报？然而孔明则已有辞矣：孔明袭之于曹氏，非袭之于东吴；取东吴之所将取，非取东吴之所既取。则虽同一袭，而孔明之袭又大异于吕蒙之袭矣。

周瑜之失南郡，不当怒孔明，当自怨其计之疏耳。昔赵人空壁逐韩信，而信先使人立赤帜于赵城。今瑜当曹仁劫寨之时，预伏一军于南郡之侧，则何至为子龙所袭乎？始之中箭，既轻进于前；继之失地，又迟发于后：是瑜之智，殆出韩信之下。

当周瑜战曹仁之时，正孔明遣将取三城之时。妙在周瑜一边实写，孔明一边虚写。又妙在赵子龙一边，在周瑜眼中实写；云长、翼德两边，在周瑜耳中虚写。此叙事虚实之法。

　　却说孔明欲斩云长，玄德曰："昔吾三人结义时，誓同生死。^{又将首卷中今云长虽犯法，不}今云长虽犯法，不忍违却前盟。望权记过，容将功赎罪。"孔明方才饶了。^{两人先自说通，此时却一个做好，一个做恶。}

　　且说周瑜收军点将，各各叙功，申报吴侯。所得降卒，尽行发付渡江。大犒三军，遂进兵攻取南郡。前队临江下寨，前后分五营，周瑜居中。瑜正与众商议征进之策，忽报："刘玄德使孙乾来与都督作贺。"瑜命请入。乾施礼毕，言："主公特命乾拜谢都督大德，有薄礼上献。"^{刘谢孙，孙亦当谢刘。}瑜问曰："玄德在何处？"乾答曰："现移兵屯油江口。"瑜惊曰："孔明亦在油江否？"^{此时吃惊，谁知后来还吃惊。}乾曰："孔明与主公同在油江。"瑜曰："足下先回，某亲来相谢也。"^{刘谢孙，当谢周郎之火；孙谢刘，当谢孔明之风。}瑜收了礼物，发付孙乾先回。肃曰："却才都督为何失惊？"瑜曰："刘备屯兵油江，必有取南郡之意。我等费了许多军马，用了许多钱粮，目下南郡反手可得；彼等心怀不仁，要就现成，^{谁知后文偏须放着周瑜不死！}须放着周瑜不死！"^{谁知后来就现成，偏在公活时。}肃曰："当用何策退之？"瑜曰："吾自去和他说话。好便好；不好时，不等他取南郡，先结果了刘备！"^{须放着孔明不死。}肃曰："某愿同往。"于是瑜与鲁肃引三千轻骑，径投油江口来。

　　先说孙乾回见玄德，言周瑜将亲来相谢。玄德乃问孔明曰："来意若何？"孔明笑曰："那里为这些薄礼肯来相谢，止为南郡而来。"^{二个乖似二个。}玄德曰："他若提兵来，何以待之？"孔明曰："他来便可如此如此应答。"^{须知下文玄德之言，皆是孔明之言。}遂于油江口摆开战船，岸上列着军马。人报："周瑜、鲁肃引兵到来。"孔明使赵云领数骑来接。瑜见军势雄壮，心甚不安。^{须结果刘备不得。}行至营门外，玄德、孔明迎入帐中。各叙礼毕，设宴相待。玄德举酒致谢罢兵之事。酒至数巡，瑜曰："豫州移兵在此，莫非有取南郡之意否？"^{只得直说出来。}玄德曰："闻都督欲取南郡，故来相助。"^{谁知乃是玄德欲取南郡，周郎来相助乎？}若都督不取，备必取之。"^{妙甚。}瑜笑曰："吾东吴久欲吞并汉江，今南郡已在掌中，如何不取？"^{只怕捏不牢。}玄德曰："胜负不可预定。曹操临归，令曹仁守南郡等处，必有奇计；^{暗照锦囊}更兼曹仁勇不可当。但恐都督不能取耳。"^{反激一句甚，妙甚。恶}瑜曰："吾若取不得，那时任从公取。"玄德曰："子敬、孔明在此为证，都督休悔。"^{妙在又料绝一句。}鲁肃踌躇未对。瑜曰："大丈夫一言既出，何悔之有！"孔明曰："都督此言，甚是公论。先让东吴去取；若不下，主公取之，有何不可！"^{恶甚妙甚。}瑜与肃辞别玄德、孔明，上马而去。玄德问孔明曰："却才先生教备如此回答，虽一时说了，展转寻思，于理未然。我今孤穷一身，无置足之地，欲得南郡，权且容身；若先教周瑜取了，城池已属东吴矣，却如何得住？"^{一向不要荆州，此时却说出实话来。}孔明大笑曰："当初亮劝主公取荆州，主公不听，_{照应刘表病时，刘琮降时之事。}今日却想耶？"_{趣甚。}玄德曰："前为景升之地，故不忍取；今为曹操之地，理合取之。"孔明曰："不须主公忧虑。尽着周瑜去厮杀，早晚教主公在南郡城中高坐。"_{玄德是让曹操先取而后取之，孔明是让周郎先取而后取之。第未识如何早晚便得高坐，令人不测。}玄德曰："计将安出？"孔明曰："只须如此如此。"_{妙在此处不叙明，却于后文始见。}玄德大喜，只在江口屯扎，按兵不动。

却说周瑜、鲁肃回寨。肃曰："都督如何亦许玄德取南郡？"_{毕竟鲁肃是实心。}瑜曰："吾弹指可得南郡，_{不要忒稳了。}落得虚做人情。"_{谁知后来却实做了人情。}随问帐下将士："谁敢先取南郡？"一人应声而出，乃蒋钦也。瑜曰："汝为先锋，徐盛、丁奉为副将，拨五千精锐军马，先渡江。吾随后引兵接应。"

且说曹仁在南郡，吩咐曹洪守彝陵，以为掎角之势。人报："吴兵已渡汉江。"仁曰："坚守勿战为上。"_{若终能坚守，则不至于失矣。}骁将牛金奋然进曰："兵临城下而不出战，是怯也。况吾兵新败，正当重振锐气。_{照应赤壁之事。}某愿借精兵五百，决一死战。"仁从之，令牛金引五百军出战。丁奉纵马来迎。约战四五合，奉诈败，牛金引军追赶入阵。奉指挥众军一裹围牛金于阵中。金左右冲突，不能得出。曹仁在城上望见牛金困在垓心，遂披甲上马，引麾下壮士数百骑出城，奋力挥刀，杀入吴阵。徐盛迎战，不能抵当。曹仁杀到垓心，救出牛金，回顾尚有数十骑在阵，不能得出，遂复翻身杀入，救出重围。_{写曹仁如此之勇，以见下文周瑜之胜不易。}正遇蒋钦拦路，曹仁与牛金奋力冲散。_{丁奉、徐盛、蒋钦三人，次点错落。}仁弟曹纯亦引兵接应，混杀一阵。吴军败走，曹仁得胜而回。蒋钦兵败，回见周瑜，瑜怒欲斩之，_{写周瑜第一次失利，为下文怒孔明张本。}众将告免。

瑜即点兵，要亲与曹仁决战。甘宁曰："都督未可造次。今曹仁令曹洪据守彝陵，为掎角之势；某愿以精兵三千，径取彝陵，都督然后可取南郡。"_{计亦甚善。}瑜服其论，先教甘宁领三千兵攻打彝陵。_{写周瑜分兵如此之劳，以见下文之胜不易。}早有细作报知曹仁，仁与陈矫商议。矫曰："彝陵有失，南郡亦不可守矣。宜速救之。"仁遂令曹纯与牛金暗地引兵救曹洪。曹纯先使人报知曹洪，令洪出城诱敌。_{将写南郡弃城诱敌，先有彝陵出城诱敌为之作引。}甘宁引兵至彝陵，洪出与甘宁交锋。战有二十余合，洪败走。宁夺了彝陵。至黄昏时，曹纯、牛金兵到，两下相合，围了彝陵。_{写周瑜第二次失利，为下文怒孔明张本。}

探马飞报周瑜，说甘宁困于彝陵城中，瑜大惊。程普曰："可急分兵救之。"瑜曰："此地正当冲要之处，若分兵去救，倘曹仁引兵来袭，奈何？"吕蒙曰："甘兴霸乃江东大将，岂可不救？"瑜曰："吾欲自往救之；但留何人在此，代当吾任？"蒙曰："留凌公绩当之。蒙为前驱，都督断后，不须十日，必奏凯歌。"瑜曰："未知凌公绩肯暂代吾任否？"凌统曰："若十日为期，可当之；十日之外，不胜其任矣。" _{又写周瑜分兵如此之难，
以见下文之胜不易。}

瑜大喜，遂留兵万余付与凌统，即日起大兵投彝陵来。蒙谓瑜曰："彝陵南僻小路，取南郡极便。可差五百军去砍倒树木，以断其路。彼军若败，必走此路；马不能行，必弃马而走，吾可得其马也。" _{得马之利恐不足偿
后文失地之辱。}瑜从之，差军去讫。大兵将至彝陵，瑜问："谁可突围而入，以救甘宁？"周泰愿往，即时绰刀纵马，直杀入曹军之中，径到城下。甘宁望见周泰至，自出城迎之。泰言："都督自提兵至。"宁传令教军士严装饱食，准备内应。

_{又写周瑜分兵如此之劳，
以见下文之胜不易。}

却说曹洪、曹纯、牛金闻周瑜兵将至，先使人往南郡报知曹仁，一面分兵拒敌。及吴兵至，曹兵迎之。比及交锋，甘宁、周泰分两路杀出，曹兵大乱，吴兵四下掩杀。曹洪、曹纯、牛金果然投小路而走，却被乱柴塞道，马不能行，尽皆弃马而走。吴兵得马五百余匹。_{两次失利，
才得一胜。}周瑜驱兵星夜赶到南郡，正遇曹仁军来救彝陵。两军接着，混战一场。天色已晚，各自收兵。曹仁回城中，与众商议。曹洪曰："目今失了彝陵，势已危急，何不拆丞相遗计观之，以解此危？" _{此处妙在
暗写。}曹仁曰："汝言正合吾意。"遂拆书观之，大喜，便传令教五更造饭。平明，大小军马尽皆弃城，城上遍插旌旗，虚张声势，军分三门而出。

却说周瑜救出甘宁，陈兵于南郡城外。见曹兵分三门而出，瑜上将台观看。只见女墙边虚搠旌旗，无人守护；又见军士腰下各束缚包裹。_{此是曹操锦囊之计：以诈走赚周瑜也。方在赤壁
真走之后，又教曹仁诈走之法。有赤壁之真，故}_{不疑南郡
之诈耳。}瑜暗忖曹仁必先准备走路，遂下将台号令，分布两军为左右翼；如前军得胜，只顾向前追赶，直待鸣金，方许退步。命程普督后军，瑜亲自引军取城。对阵鼓声响处，曹洪出马搦战，瑜自至门旗下，使韩当出马，与曹洪交锋，战到三十余合，洪败走。曹仁自出接战，周泰纵马相迎，斗十余合，仁败走。阵势错乱。_{诈败以
诱之。}周瑜麾两翼军杀出，曹军大败。瑜自引军马追至南郡城下，曹军皆不入城，望西北而走。_{妙，竟似
真败者。}韩当、周泰引前部尽力追赶。瑜见城门大开，城上又无人，遂令众军抢城。数十骑当先而入。瑜在背后纵马加鞭，直入瓮城。陈矫在敌楼上望见周瑜亲自入城来，暗暗喝采道："丞相妙策如神！"一声梆子响，两边弓弩齐发，势如骤雨。争先入城的，都颠入陷坑内。周瑜急勒马回时，被一弩箭正射中左肋，翻身落马。_{前受他十万枝箭，
一箭却受得不好。}牛金从城中杀出来捉周瑜，徐盛、丁奉二人舍命救去。城中曹兵突出，吴兵自相践踏，落堑坑者无数。程普急收军时，曹仁、曹洪分兵两路杀回。吴兵大败。幸得凌统引一军从刺斜里杀来，敌住曹兵。曹仁引得胜兵进城，程普收败军回寨。_{写周瑜第三次失利，
愈见下文之胜不易。}丁、徐二将救得周瑜到帐中，唤行军医者用铁钳子拔出箭头，将金疮药敷掩疮口，疼不可当，饮食俱废。_{写周瑜受如此之创，又为下文怒孔明张本。}医者曰："此箭头上有毒，急切不能痊可。若怒气冲激，其疮复发。"_{伏后文。}程普令三军紧守各寨，不许轻出。三日后，牛金引军来搦战，程普按兵不动。牛金骂至日暮方回，次日又来骂战。程普恐瑜生气，不敢报知。第三日，牛金直至寨门外叫骂，声声只道要捉周瑜。_{既被射，又被骂，以见下文之胜不易。}程普与众商议，欲暂且退兵，回见吴侯却再理会。_{此处文势作一顿，正应孔明取不得南郡之语。}

却说周瑜虽患疮痛，心中自有主张，已知曹兵常来寨前叫骂，却不见众将来禀。一日，曹仁自引大军，擂鼓呐喊，前来搦战。程普拒住不出。周瑜唤众将入帐问曰："何处鼓噪呐喊？"众将曰："军中教演士卒。"瑜怒曰："何欺我也！吾已知曹兵常来寨前辱骂。程德谋既同掌兵权，何故坐视？"遂命人请程普入帐问之。普曰："吾见公瑾病疮，医者言勿触怒，故曹兵搦战，不敢报知。"瑜曰："公等不战，主意若何？"普曰："众将皆欲收兵暂回江东。待公箭疮平复，再作区处。"瑜听罢，于床上奋然跃起曰："大丈夫既食君禄，当死于战场，以马革裹尸还，幸也！岂可为我一人，而废国家大事乎？"_{语亦甚壮。}言讫，即披甲上马。_{写周瑜如此之勇，以见下文之胜不易。}诸军众将，无不骇然。遂引数百骑出营前。望见曹兵已布成阵势，曹仁自立马于门旗下，扬鞭大骂曰："周瑜孺子，料必横夭，再不敢正觑我兵！"骂犹未绝，瑜从群骑内突然出曰："曹仁匹夫！见周郎否！"_{妙甚，趣甚。}曹军看见，尽皆惊骇。曹仁回顾众将曰："可大骂之！"众军厉声大骂。周瑜大怒，使潘璋出战。未及交锋，周瑜忽大叫一声，口中喷血，坠于马下。_{有此假怒，以引下文真怒。}曹兵冲来，众将向前抵住，混战一场，救起周瑜，回到帐中。程普问曰："都督贵体若何？"瑜密谓普曰："此吾之计也。"普曰："计将安出？"瑜曰："吾身本无甚痛楚；吾所以为此者，欲令曹兵知我病危，必然欺敌。可使心腹军士去城中诈降，说吾已死。今夜曹仁必来劫寨，吾却于四下埋伏以应之，则曹仁可一鼓而擒也。"_{写周瑜费如此之计，为下文怒孔明张本。}程普曰："此计大妙！"随就帐下举起哀声。众军大惊，尽传言都督箭疮大发而死，各寨尽皆挂孝。_{赤壁江边一片红，南郡城外一片白。真红假白，正复相对。}

却说曹仁在城中与众商议，言周瑜怒气冲发，金疮崩裂，以致口中喷血，坠于马下，不久必亡。正论间，忽报："吴寨内有十数个军士来降，中间亦有二人，原是曹兵被掳过去的。"_{妙在即用其人。}曹仁忙唤入问之。军士曰："今日周瑜阵前金疮碎裂，归寨即死。今众将皆已挂孝举哀。我等皆受程普之辱，故特归降，便报此事。"曹仁大喜，随即商议今晚便去劫寨，夺周瑜之尸，斩其首级，送赴许都。_{不能杀活周郎，却欲杀死周郎。一笑。}陈矫曰："此计速行，不可迟误。"曹仁遂令牛金为先锋，自为中军，曹洪、曹纯为合后，只留陈矫领些少军士守城，其余军兵尽起。_{为下文孔明拿住陈矫伏笔。}初更后出城，径投周瑜大寨。来到寨门，不见一人，但见虚插旗枪而已。情知中计，急忙退军。四下炮声齐发：东边韩当、蒋钦杀来，西边周泰、潘璋杀来，南边徐盛、丁奉杀来，北边陈武、吕蒙杀来。曹兵大败，三路军皆被冲散，_{以四路敌三面，写诸将如此劳苦功高，又为下文怒孔明张本。}首尾不能相救。曹仁引十数骑杀出重围，正遇曹洪，遂引败残军马一同奔走。杀到五更，离南郡不远，一声鼓响，凌统又引一军拦住去路，截杀一阵。曹仁引军刺斜而走，又遇甘宁大杀一阵。_{四路之后又有两路，写诸将如此劳苦功高，又为下文怒孔明张本。}曹仁不敢回南郡，径投襄阳大路而行。吴军赶了一程，自回。

　　周瑜、程普收住众军，径到南郡城下，见旌旗布满，敌楼上一将叫曰："都督少罪！吾奉军师将令，已取城了。吾乃常山赵子龙也。"_{一向忙了这几时，都为孔明出力。}周瑜大怒，便命攻城。城上乱箭射下。瑜命且回军商议，使甘宁引数千军马，径取荆州；凌统引数千军马，径取襄阳；然后却再取南郡未迟。正分拨间，忽然探马急来报说："诸葛亮自得了南郡，遂用兵符，星夜诈调荆州守城军马来救，却教张飞袭了荆州。"_{荆州一路用虚写。}又一探马飞来报说："夏侯惇在襄阳，被诸葛亮差人赍兵符，诈称曹仁求救，诱惇引兵出，却教云长袭取了襄阳。"_{襄阳一路亦用虚写。}二处城池，全不费力，皆属刘玄德矣。_{又总叙一句。取者不费力，叙者亦不费笔。}周瑜曰："诸葛亮怎得兵符？"程普曰："他拿住陈矫，兵符自然尽属之矣。"_{探马口中不叙陈矫，却在程普口中补出，妙事妙品。}周瑜大叫一声，金疮迸裂。_{前是诈骗曹仁，此番却弄出真来了。}正是：

　　　　几郡城池无我分，一场辛苦为谁忙！

　　未知性命如何，且看下文分解。

第五十二回

诸葛亮智辞鲁肃

赵子龙计取桂阳

荆州者，大汉之荆州，而非刘表之荆州也。非刘表之荆州，何必刘表之子方可有？即以为刘表之荆州，而刘表之子可有，刘表同宗之弟何不可有？然使孔明执此语以谢鲁肃，则东吴之攻我必速矣。东吴攻我，则我势危；曹操见我与吴之相攻，而复乘其间以图我，则我愈危。故不若借刘琦以缓之，而彼不肯缓，则以将死之刘琦暂缓之：此孔明之明而熟于计也。

前卷玄德所取者，荆州尚未半耳。周瑜即能听鲁肃之言而不攻刘备，安肯不分取荆州之半而遂去乎？周瑜之所以去者，有吴侯之召也；吴侯之所以召者，有合淝之战也。人但知周瑜之战曹仁，适为孔明取三郡之助；而不知孙权之战合淝，又适为孔明取四郡之助云。

三国人才绝异，而其形貌亦多有异者：如大耳之玄德，赤面长髯之关公，虎须环眼之翼德，碧眼紫须之仲谋及黄须之曹彰，斯皆奇矣；而又有白眉之马良，至今称众中之尤者，必曰白眉。虽然，形貌末耳：舜重瞳，重耳重瞳，项羽亦重瞳，黄巢左目亦重瞳。或圣而帝，或谲而霸，或勇而亡，或好杀而亡。人之贤不贤，岂在貌之异不异哉？

马良请表刘琦为荆州牧以安众心，可见荆州之人未忘刘表，其从曹操者，迫于势耳。使玄德于刘表托孤之日而遂自取之，则人心必不附。人心不附，则曹操来追，而内变必作。故知玄德之迟于取荆州，未为失算矣。或曰：荆州之人，既已未忘刘表；益州之人，岂其不念刘璋？玄德不背刘表于死后，而独可夺刘璋于生前，其故何欤？曰：荆州者，东吴之所必争也，宜权借刘琦以谢东吴；益州则非张鲁之所敢争也，不必存刘璋以谢张鲁。当曹操习战玄武之时，未尝须臾忘荆州也。外患既迫，我何能猝定荆州之人心而消其内忧？及曹操既破张鲁之后，势未暇遽窥益州也。外患尚迟，则我可徐抚益州之人心而戢其内变。是以荆州之事，不得以益州律之。

刘度纳降，只是一番；赵范纳降，却有两番。孔明取零陵，只是一番；子龙取桂阳，却有两番。邢道荣之诈，孔明知之而纵之，以行我计，妙在暗写；陈应、鲍隆之诈，子龙知之而杀之，用其带来之人以行我计，妙在明写。即一卷之中，而前事与后事无一毫相犯，前文后文亦无一毫相犯。问近日稗官，能有此否？

刘备取刘焉妇，而赵云不取赵范之嫂，是赵云过于刘备矣。张绣耻以其婶事曹操，而赵范愿以其嫂事赵云，是赵范不如张绣矣。赵范之意，以为嫂复作嫂，一重亲何妨更做两重亲；赵云之意，以为兄同是兄，一家人岂可更作两家事！

赵范之爱子龙以为亲，却是极疏；子龙之怒赵范以为疏，却是极亲。才通谱便令见嫂，是真以之为兄也，亲也；然才通谱便令娶嫂，是原不以之为兄也，疏也。才通谱便打，是不认之为弟也，疏也；然才通谱便打，是已认之为弟也，亲也。自子龙一打之后，而叔真是叔，嫂真是嫂，弟真是弟，兄真是兄也。

读子龙之事，戏成数联云："太守华堂出粉面，可惜蔺相如负却卓王孙；佳人翠袖捧金钟，又怜美玉环不遇韦节度。""李靖无心，枉了善识人的红拂；令公有院，逢着不解事的千牛。""老拳一击，打断了驾鹊仙桥；美酒三杯，撮不合行云巫峡。""虽非认义哥哥，也仿着云长秉烛；不学多情叔叔，羞杀他曹植思甄。"此数联俱堪绝倒。

　　却说周瑜见孔明袭了南郡，又闻他袭了荆襄，如何不气？^{真是气杀。}气伤箭疮，半晌方苏。众将再三劝解。瑜曰："若不杀诸葛村夫，怎息我心中怨气！程德谋可助我攻打南郡，定要夺还东吴。"^{读者至此，必谓下文与赵子龙厮杀也。}正议间，鲁肃至。瑜谓之曰："吾欲起兵，与刘备、诸葛亮共决雌雄，复夺城池。子敬幸助我。"鲁肃曰："不可。方今与曹操相持，尚未分成败；主公现攻合淝不下。^{为前文补笔，为后文伏笔。}不争自家互相吞并，倘曹兵乘虚而来，其势危矣。^{鲁肃见识，到底是结刘以拒曹。}况刘玄德旧曾与曹操相厚，若逼得紧急，献了城池，一同攻打东吴，如之奈何？"^{玄德自受衣带诏后，势不复与曹操合矣。然在东吴揣之，何必不然？}瑜曰："吾等用计策，损兵马，费钱粮，他去图现成，岂不可恨！"^{也要思量东风是谁家的。}肃曰："公瑾且耐。容某亲见玄德，将理来说他。若说不通，那时动兵未迟。"诸将曰："子敬之言甚善。"

　　于是鲁肃引从者径投南郡来，到城下叫门。赵云出问，肃曰："我要见刘玄德有话说。"云答曰："吾主与军师在荆州城中。"肃遂不入南郡，径奔荆州。见旌旗整列，军容甚盛，肃暗羡曰："孔明真非常人也！"^{又在鲁肃眼中补写孔明。}军士报入城中，说鲁子敬要见。孔明令大开城门，接肃入衙。讲礼毕，分宾主而坐。茶罢，肃曰："吾主吴侯与都督公瑾，教某再三申意皇叔：前者操引百万之众，名下江南，实欲来图皇叔；^{亦是实话。}幸得东吴杀退曹兵，救了皇叔。所有荆州九郡，合当归于东吴。今皇叔用诡计夺占荆襄，使江东空费钱粮军马，而皇叔安受其利，恐于理未顺。"^{子敬之言，不激不随，的是长者。}孔明曰："子敬乃高明之士，何故亦出此言？常言道：'物必归主。'荆襄九郡，非东吴之地，乃刘景升之基业。吾主固景升之弟也。景升虽亡，其子尚在；以叔辅侄而取荆州，有何不可？"^{刘表乃东吴之仇，而孔明权借刘表以谢东吴者，以子敬曾来吊刘表之丧故耳。}肃曰："若果系公子刘琦占据，尚有可解；今公子在江夏，须不在这里！"孔明曰："子敬欲见公子乎？"便命左右："请公子出来。"^{赵云之至南郡，公子之到荆州，皆不用先叙在前，此省笔之法。}只见两从者从屏风后扶出刘琦。琦谓肃曰："病躯不能施礼，子敬勿罪。"^{屏风后乃蔡夫人所立之处，今又换却刘琦。}鲁肃吃了一惊，默然无语，良久，言曰："公子若不在，便如何？"^{一见便望他死，是老实人语。}孔明曰："公子在一日，守一日；若不在，别有商议。"^{语甚含糊，妙。}肃曰："若公子不在，须将城池还我东吴。"孔明曰："子敬之言是也。"^{葫芦提得妙。}遂设宴相待。

　　宴罢，肃辞出城，连夜归寨，具言前事。瑜曰："刘琦正青春年少，如何便得他死？这荆州何日得还？"肃曰："都督放心。只在鲁肃身上，务要讨荆襄还东吴。"^{读此句，必谓子敬定有妙策。}瑜曰："子敬有何高见？"肃曰："吾观刘琦过于酒色，病入膏肓，见今面色羸瘦，气喘呕血；不过半年，其人必死。那时往取荆州，刘备须无得推故。"^{子敬别无妙策，不过望刘琦死耳，可发一笑。}周瑜犹自忿气未消，忽孙权遣使至。^{斗笋甚妙。}瑜令请入。使曰："主公围合淝，累战不捷。^{几番厮杀，只用使者口中一句虚点。}特令都督收回大军，且拨兵赴合淝相助。"^{亏此一事接下周瑜。}周瑜只得班师回柴桑养病，令程普部领战船士卒，来合淝听孙权调用。^{以上按下东吴一边。以下专叙玄德一边。}

却说刘玄德自得荆州、南郡、襄阳，心中大喜，商议久远之计。忽见一人上厅献策，视之，乃伊籍也。玄德感其旧日之恩，十分相敬，^{又将檀溪事一提。}坐而问之。籍曰："要知荆州久远之计，何不求贤士以问之？"玄德曰："贤士安在？"籍曰："荆襄马氏，兄弟五人并有才名。幼者名谡，字幼常。^{带叙马谡，为后文归蜀伏线。}其最贤者，眉间有白毛，名良，字季常。^{伊籍前曾谏马，此又荐"马"。玄德前破张武得一马，今取荆州又得一"马"。马良、马马，相映成趣。}乡里为之谚曰：'马氏五常，白眉最良。'^{马良之贤不贤，不在眉之白不白也。}^{若白眉而遂良，则今之社日生者岂尽贤人也？}公何不求此人而与之谋？"玄德遂命请之。马良至，玄德优礼相待，请问保守荆襄之策。良曰："荆襄四面受敌之地，恐不可久守；可令公子刘琦于此养病，招谕旧人以守之，就表奏公子为荆州刺史，以安民心。^{孔明借公子以谢东吴，马良亦借公子以安民心，前后相应。}然后南征武陵、长沙、桂阳、零陵四郡，积收钱粮，以为根本。此久远之计也。"^{为后文取四郡张本。}玄德大喜，遂问："四郡当先取何郡？"良曰："湘江之西，零陵最近，可先取之；次取武陵；然后湘江之东取桂阳；长沙为后。"玄德遂用马良为从事，伊籍副之。请孔明商议，送刘琦回襄阳，替云长回荆州。^{照应前文。}便调兵取零陵，差张飞为先锋，赵云合后，孔明、玄德为中军，人马一万五千；留云长守荆州；^{此处便是云长守荆州，预为后文伏线。}糜竺、刘封守江陵。

却说零陵太守刘度，闻玄德军马到来，乃与其子刘贤商议。贤曰："父亲放心。他虽有张飞、赵云之勇，我本州上将邢道荣，力敌万人，可以抵对。"刘度遂命刘贤与邢道荣引兵万余，离城三十里，依山靠水下寨。探马报说："孔明自引一军到来。"^{前是暗袭，此是明攻。}道荣便引军出战。两阵对圆，道荣出马，手使开山大斧，厉声高叫："反贼安敢侵我境界！"只见对阵中，一簇黄旗出。旗开处，推出一辆四轮车，车中端坐一人，头戴纶巾，身披鹤氅，手执羽扇，用扇招邢道荣曰："吾乃南阳诸葛孔明也。曹操引百万之众，被吾聊施小计，杀得片甲不回。^{又将赤壁事一提。}汝等岂堪与我对敌？我今来招安汝等，何不早降？"道荣大笑曰："赤壁鏖兵，乃周郎之谋也，干汝何事，敢来诳语！"^{不知孔明风力。}轮大斧竟奔孔明。孔明便回车，望阵中走，阵门复闭。道荣直冲杀过来，阵势急分两下而走。^{忽闭忽开，阵法纵横。}道荣遥望中央一簇黄旗，料是孔明，乃只望黄旗而赶。抹过山脚，黄旗扎住，忽地中央分开，不见四轮车，只见一将挺矛跃马，大喝一声，直取道荣，乃张翼德也。^{孔明忽没，张飞忽现，来得突兀。}道荣轮大斧来迎，战不数合，气力不加，拨马便走。翼德随后赶来，喊声大震，两下伏兵齐出。道荣舍死冲过。前面一员大将拦住去路，大叫："认得常山赵子龙否！"^{亦写得突兀。}道荣料敌不过，又无处奔走，只得下马请降。子龙缚来寨中见玄德、孔明。玄德喝教斩首。孔明急止之，问道荣曰："汝若与我捉了刘贤，便准你投降。"^{此处是孔明用计妙在不先说明。}道荣连声愿往。孔明曰："你用何法捉他？"道荣曰："军师若肯放某回去，某自有巧说。今晚军师调兵劫寨，某为内应，^{约来劫寨，便是诈言。}活捉刘贤，献与军师。刘贤既擒，刘度自降矣。"玄德不信其言。孔明曰："邢将军非谬言也。"^{浑身是计却不叙明。}遂放道荣归。道荣得放回寨，将前事实诉刘贤。贤曰："如之奈何？"道荣曰："可将计就计。今夜将兵伏于寨外，寨中虚立旗幡，待孔明来劫寨，就而擒之。"^{已在孔明算中。}刘贤依计。

当夜二更，果然有一彪军到寨口，每人各带草把，一齐放火。刘贤、道荣两下杀来，放火军便退。^{此是孔明之计。不知者读至此，必谓孔明中计矣。}刘贤、道荣两军乘势追赶，赶了十余里，军皆不见。^{奇绝怪绝。}刘贤、道荣大惊，急回本寨，只见火光未灭，寨中突出一将，乃张翼德也。^{全是孔明调度，妙在不先叙明。}刘贤叫道荣："不可入寨，却去劫孔明寨便了。"于是复回军。走不十里，赵云引一军刺斜里杀出，一枪刺道荣于马下。^{全是孔明调度，妙在不先叙明。}刘贤急拨马奔走，背后张飞赶来，活捉过马，绑缚见孔明。贤告曰："邢道荣教某如此，实非本心也。"孔明令释其缚，与衣穿了，赐酒压惊，教人送入城说父投降；^{待邢道荣则诈，待刘贤则真。}如其不降，打破城池，满门尽诛。刘贤回零陵见父刘度，备述孔明之德，劝父投降。度从之，遂于城上竖起降旗，大开城门，赍捧印绶出城，竟投玄德大寨纳降。孔明教刘度仍为郡守，其子刘贤赴荆州随军办事。^{隐然以子为质。}零陵一郡居民，尽皆喜悦。

玄德入城安抚已毕，赏劳三军。乃问众将曰："零陵已取了，桂阳郡何人敢取？"^{马良之言，本是零陵之后便取武陵，今却先取桂阳，变换得妙。}赵云应曰："某愿往。"张飞奋然出曰："飞亦愿往！"二人相争。孔明曰："终是子龙先应，只教子龙去。"张飞不服，定要去取。孔明教拈阄，拈着的便去。又是子龙拈着。张飞怒曰："我并不要人相帮，只独领三千军去，稳取城池。"^{张飞争先，后却用取武陵，此处早为武陵伏笔。}赵云曰："某也只领三千军去。如不得城，愿受军令。"孔明大喜，责了军令状，选三千精兵付赵云去。^{前是二将双立战功，此却分开两处。}张飞不服，玄德喝退。

赵云领了三千人马，径往桂阳进发。早有探马报知桂阳太守赵范。范急聚众商议。管军校尉陈应、鲍隆愿领兵出战。原来二人都是桂阳岭山乡猎户出身，陈应会使飞叉，鲍隆曾射杀双虎。^{忽夹叙陈应、鲍隆二句，忙中偏有此闲笔。}二人自恃勇力，乃对赵范曰："刘备若来，某二人愿为前部。"赵范曰："我闻刘玄德乃大汉皇叔；更兼孔明多谋，关、张极勇；今领兵来的赵子龙，在当阳长坂百万军中，如入无人之境。**又将子龙前事一提。**我桂阳能有多少人马？不可迎敌，只可投降。"**便为下文张本。**应曰："某请出战。若擒不得赵云，那时任太守投降不迟。"赵范拗不过，只得应允。

陈应领三千人马出城迎敌，早望见赵云领军来到。陈应列成阵势，飞马绰叉而出。赵云挺枪出马，责骂陈应曰："吾主刘玄德，乃刘景升之弟，今辅公子刘琦同领荆州，**又将前事一点。**特来抚民。汝何敢迎敌！"陈应骂曰："我等只服曹丞相，岂顺刘备！"赵云大怒，挺枪骤马，直取陈应。应捻叉来迎。两马相交，战到四五合，陈应料敌不过，拨马便走。赵云追赶。陈应回顾赵云马来相近，用飞叉掷去，被赵云接住，回掷陈应。应急躲过。云马早到，将陈应活捉过马，掷于地下，喝军士绑缚回寨。败军四散奔走。云入寨叱陈应曰："量汝安敢敌我！我今不杀汝，放汝回去，说与赵范，早来投降。"**与孔明放邢道荣不同。**陈应谢罪，抱头鼠窜，回到城中，对赵范尽言其事。范曰："我本欲降，汝强要战，以致如此。"遂叱退陈应，赍捧印绶，引十数骑出城投大寨纳降。

云出寨迎接，待以宾礼，置酒共饮，纳了印绶。酒至数巡，范曰："将军姓赵，某亦姓赵，五百年前合是一家。**近日此风盛行。**将军乃真定人，某亦真定人，又是同乡。倘得不弃，结为兄弟，实为万幸。"**今日异乡亦作通谱，何况同乡。**云大喜，各叙年庚。云与范同年。云长范四个月，范遂拜云为兄。二人同乡，同年，又同姓，十分相得。**不知者读至此，必谓二赵更密于关、张矣，孰知后来却又不然。**至晚席散，范辞回城。次日，范请云入城安民。云教军士休动，只带五十骑随入城中。**第一次入城。**居民执香伏道而接。云安民已毕，赵范邀请入衙饮宴。酒至半酣，范复邀云入后堂深处，洗盏更酌。

云饮微醉。范忽请出一妇人，与云把酒。**突如其来，出人意外。**子龙见妇人身穿缟素，**缟衣綦巾，聊乐我云。**有倾国倾城之色，**谁想此时忽然遇一文君。**乃问范曰："此何人也？"范曰："家嫂樊氏也。"**不使妻拜伯，独使嫂见叔，便是作怪。**子龙改容敬之。**道学之极。**樊氏把盏毕，范令就坐。**亲热之极。**云辞谢。**道学之极。**樊氏辞归后堂。云曰："贤弟何必烦令嫂举杯耶？"范笑曰："中间有个缘故，乞兄勿阻：先兄弃世已三载，**正当再醮之时矣。**家嫂寡居，终非了局，弟常劝其改嫁。嫂曰：'若得三件事兼全之人，我方嫁之：第一要文武双全，名闻天下；第二要相貌堂堂，威仪出众；第三要与家兄同姓。'**再醮妇人却如此拣择，一笑。**为之你道天下那得有这般凑巧的？**这样拣法，其实拣不出来。**今尊兄堂堂仪表，名震四海，又与家兄同姓，正合家嫂所言。**令嫂之巧则凑矣，怕令兄未必肯凑。**只若不嫌家嫂貌陋，愿陪嫁资，与将军为妻，**前呼"尊兄"，此忽改呼"将军"，正恐呼兄则有碍于娶嫂也。**结累世之亲，何如？"云闻言大怒而起，厉声曰："吾既与汝结为兄弟，汝嫂即吾嫂也，岂可作此乱人伦之事乎！"**赵范看得通谱为泛，赵云看得通谱为真。近日世俗好言通谱，必得认真如赵云者方可通之，恐天下赵范不少，切宜仔细。**赵范羞惭满面，答曰："我好意相待，如何这般无礼！"遂目视左右，有相害之意。云已觉，一拳打倒赵范，径出府门，上马出城去了。^{不算打媒人，还只算打兄弟。}

范急唤陈应、鲍隆商议。应曰："这人发怒去了，只索与他厮杀。"范曰："但恐赢他不得。"鲍隆曰："我两个诈降在他军中，太守却引兵来搦战，我二人就阵上擒之。"^{邢道荣是被困而诈降，今两人是自去诈降，又是一样诈法。}陈应曰："必须带些人马。"隆曰："五百骑足矣。"当夜二人引五百军径奔赵云寨来投降。云已心知其诈，^{写赵云精细。}遂教唤入。二将到帐下，说："赵范欲用美人计赚将军，^{赵范实无此心，东吴将有此事。一实一虚，前后相映。}只等将军醉了，扶入后堂谋杀，将头去曹丞相处献功，如此不仁。某二人见将军怒出，必连累于某，因此投降。"赵云佯喜，置酒与二人痛饮。二人大醉，云乃缚于帐中，擒其手下人问之，果是诈降。^{邢道荣之诈，孔明肚里明白；陈、鲍二人之诈，赵云盘问出来。}云唤五百军入，各赐酒食，传令曰："要害我者，陈应、鲍隆也，不干众人之事。汝等听吾行计，皆有重赏。"众军拜谢。将降将陈、鲍二人当时斩了，却教五百军引路，云引一千军在后，连夜到桂阳城下叫门。^{妙在即用其人。}城上听时，说陈、鲍二将军杀了赵云回军，请太守商议事务。^{妙在即用其计。}城上将火照看，果是自家军马。赵范急忙出城。云喝左右捉下。遂入城，安抚百姓已定，^{第二次入城。}飞报玄德。

玄德与孔明亲赴桂阳。云迎接入城，推赵范于阶下。孔明问之，范备言以嫂许嫁之事。孔明谓云曰："此亦美事，公何如此？"云曰："赵范既与某结为兄弟，今若娶其嫂，惹人唾骂，一也；^{此从兄弟起见。}其妇再嫁，使失大节，二也；^{此从夫妇起见。}赵范初降，其心难测，三也。主公新定江汉，枕席未安，云安敢以一妇人而废主公之大事？"^{此从君臣起见。○当挥拳之时，已不认赵范为兄弟，则得桂阳之后，何妨听军师做媒人？而子龙终不肯从，是子龙之不可及也。}玄德曰："今日大事已定，与汝娶之，若何？"云曰："天下女子不少，但恐名誉不立，何患无妻子乎？"^{落落丈夫语。○赵范做媒不允，玄德做媒亦不允，樊氏可谓数厄。}玄德曰："子龙真丈夫也！"遂释赵范，仍令为桂阳太守，重赏赵云。

张飞大叫曰："偏子龙干得功！偏我是无用之人！^{不是眼红，却是技痒。}只拨三千军与我去取武陵郡，活捉太守金旋来献！"^{谁知后来偏不是活捉。}孔明大喜曰："翼德要去不妨，但要依一件事。"正是：

军师决胜多奇策，将士争先立战功。

未知孔明说出那一件事来，且看下回分解。

第五十三回

关云长义释黄汉升

孙仲谋大战张文远

　　孔明取七郡之地，前三郡用袭，后四郡用攻。而后四郡之中，两郡太守是降，两郡太守是死。零陵、桂阳是太守不欲战，手下人欲战；武陵、长沙是太守欲战，手下人不欲战。至于零陵与桂阳不同，武陵与长沙又异，求其一笔之相犯而不可得。事之天然变幻，至于如此。后之作稗官者，即执笔效之，安能仿佛耶？

　　云长不杀黄忠，是好胜处，不是慈悲处；以为杀堕马之人，不足为勇故耳。若认作慈悲，则为宋襄公之仁义，岂所以论云长哉？设以宋襄公处此，不但堕马不杀，即不堕马亦不杀。何也？白发黄忠，已在不禽二毛之例也。

　　此处有云长义释黄忠，后复有翼德义释严颜以对之；此处有黄忠射盔缨不射关公，前却有赵云射篷索不射徐盛以对之。然关公不杀黄忠，是不便杀，欲留待后用；翼德不杀严颜，是竟不杀；赵云不杀徐盛，是本当杀姑不杀；黄忠不杀关公，是直不忍杀。四人各有一样肚肠，写来更不相犯。

　　文章之妙，有前文方于此应，后文又于此伏者，如魏延之献长沙是也。前在襄阳城下大战文聘，今在长沙城上杀却韩玄，是前文于此应也；孔明既死，魏延乃有反汉之谋；魏延初降，孔明已有欲杀之志，是后文又于此伏也。通观全部，虽人与事纷纷，而伏应之妙，则一篇如一句，斯真有数文字。

　　黄忠者，五虎将之一也，于此卷方才出名，写来亦极出色：写其刀，写其箭，犹但写其勇耳；至于不射关公，知重义也；敦请始出，能自爱也；请葬韩玄，不记怨也；请以刘表之侄为郡守，不忘本也。不独勇略过人，而其人品亦有不可及者。与关、张、赵云并列，夫何愧焉！

　　方叙玄德取四郡，便接叙孙权战合淝，盖玄德取四郡之时，正孙权战合淝之时也。若不按下周瑜，召去程普，牵制孙权，则玄德安能从容而取汉上之地？故夹叙孙权一边，特为玄德一边发明也。且孙权虽失南郡，而犹能取合淝，则以此之得，偿彼之失，而索荆州之意，不至于甚急耳。是合淝之役，不独为上文发明，又将为下文伏线也。

　　周瑜破曹仁，而孙权不能破张辽，非独张辽之智过于曹仁，亦孙权之智不如周瑜也。天下岂有一养马之后槽，而可以杀大将？又岂有一小卒为细作，而可以放火开城门者乎？太史慈而死于是役，使周郎而在军中，必不至此。故凡权之所以败，皆以周郎怒气冲激，养病柴桑之故，则不但南郡之失当致怨于孔明，而合淝之战亦当归怨孔明耳。

　　张辽之守合淝，其真大将之才乎！赤壁之战，射黄盖以救曹操，犹不过战将之能耳。观于此卷，有大将之才三：既胜而能惧，是其慎也；闻变而不乱，是其定也；乘机以诱敌，是其谋也。宜其为关公之器重与！惟大将不惧大将，亦惟大将能知大将。于黄忠见关公之神武，于张辽亦见关公之知人。

　　却说孔明谓张飞曰："前者子龙取桂阳郡时，责下军令状而去。今日翼德要取武陵，必须也责下军令状，方可领兵去。"赵云军令状是赵云情愿，张飞军令状是孔明索取。张飞遂立军令状，欣然领三千军，星夜投武陵界上来。金旋听得张飞引兵到，乃集将校，整点精兵器械，出城迎敌。从事巩志谏曰："刘玄德乃大汉皇叔，仁义布于天下，加之张翼德骁勇非常，不可迎敌，不如纳降为上。"此处独与桂阳相反。金旋大怒曰："汝欲与贼通连为内变耶？"喝令武士推出斩之。众官皆告曰："先斩家人，于军不利。"金旋乃喝退巩志，自率兵出。离城二十里，正迎张飞。飞挺矛立马，大喝金旋。旋问部将："谁敢出战？"众皆畏惧，莫敢向前。如此将士而欲迎敌，多见其不知量也。旋自骤马舞刀迎之。张飞大喝一声，浑如巨雷。金旋失色，不敢交锋，拨马便走。张飞不消战得，与前两处不同。又飞引众军随后掩杀。金旋走至城边，城上乱箭射下。旋惊视之，见巩志立于城上曰："汝不顺天时，自取败亡，吾与百姓自降刘矣。"言未毕，一箭射中金旋面门，坠于马下。将写黄忠之箭，先写巩志之箭，天然一个引子。军士割头献张飞。巩志出城纳降，飞就令巩志赍印绶，往桂阳见玄德。玄德大喜，遂命巩志代金旋之职。

玄德亲至武陵安民毕，驰书报云长，言翼德、子龙各得一郡。明明挑动云长。云长乃回书上请曰："闻长沙尚未取，如兄长不以弟为不才，教关某干这件功劳甚好。"前既写过赵、张，此处却写关公。玄德大喜，遂教张飞星夜去替云长守荆州，令云长来取长沙。云长既至，入见玄德、孔明。孔明曰："子龙取桂阳，翼德取武陵，都是三千军去。今长沙太守韩玄，固不足道。只是他有一员大将，乃南阳人，姓黄名忠，字汉升，黄忠名字，却用孔明口中说出，叙法变换。是刘表帐下中郎将，与刘表之侄刘磐共守长沙，为后文荐刘磐张本。后事韩玄。虽今年近六旬，却有万夫不当之勇，不可轻敌。先在孔明口中写黄忠。云长去，必须多带军马。"云长曰："军师何故长别人锐气，灭自己威风？量一老卒，何足道哉！关某不须用三千军，只消本部下五百名校刀手，决定斩黄忠、韩玄之首，献来麾下。"写云长好胜，更自出色。玄德苦挡。云长不依，只领五百校刀手而去。孔明谓玄德曰："云长轻敌黄忠，只恐有失。主公当往接应。"玄德从之，随后引兵望长沙进发。

独长沙却用孔明、玄德自去，与零陵相似，与桂阳、武陵相反。

却说长沙太守韩玄，平生性急，轻于杀戮，众皆恶之。为后文百姓助魏延张本。是时听知云长军到，便唤老将黄忠商议。忠曰："不须主公忧虑。凭某这口刀、这张弓，一千个来，一千个死！"夸刀又夸弓，为射关公伏线。原来黄忠能开二石力之弓，百发百中。言未毕，阶下一人应声而出曰："不须老将军出战，只就某手中定活捉关某。"韩玄视之，乃管军校尉杨龄。韩玄大喜，遂令杨龄引军一千，飞奔出城。约行五十里，望见尘头起处，云长军马早到。杨龄挺枪出马，立于阵前骂战。云长大怒，更不打话，飞马舞刀，直取杨龄。龄挺枪来迎。不三

合，云长手起刀落，砍杨龄于马下。_{先写杨龄之死，以反衬黄忠之勇。}追杀败兵，直至城下。韩玄闻之大惊，便教黄忠出马。玄自来城上观看。忠提刀纵马，引五百骑兵飞过吊桥。云长见一老将出马，知是黄忠，把五百校刀手一字摆开，横刀立马而问曰："来将莫非黄忠否？"_{写得关公儒雅之极。}忠曰："既知我名，焉敢犯我境！"云长曰："特来取汝首级！"_{趣甚。}言罢，两马交锋，斗一百余合，不分胜负。_{写黄忠第一日。}韩玄恐黄忠有失，鸣金收军。黄忠收军入城。云长也退军，离城十里下寨，心中暗忖："老将黄忠名不虚传，斗一百合，全无破绽。_{又在关公意中写一黄忠。}来日必用拖刀计，背砍赢之。"

次日早饭毕，又来城下搦战。韩玄坐在城上，教黄忠出马。忠引数百骑杀过吊桥，再与云长交马。又斗五六十合，胜负不分。_{写黄忠第二日。}两军齐声喝采。_{又在众人眼中旁写一笔。}鼓声正急时，云长拨马便走。黄忠赶来。云长方欲用刀砍去，忽听得脑后一声响，急回头看时，见黄忠被战马前失，掀在地下。_{不知者读至此必谓黄忠死矣。}云长急回马，双手举刀猛喝曰："我且饶你性命！快换马来厮杀！"_{此处却写关公。}黄忠急提起马蹄，飞身上马，奔入城中。玄惊问之。忠曰："此马久不上阵，故有此失。"玄曰："汝箭百发百中，何不射之？"_{又借韩玄口中写一黄忠。}忠曰："来日再战，必然诈败，诱到吊桥边射之。"玄以自己所乘一匹青马与黄忠。忠拜谢而退，寻思："难得云长如此义气！他不忍杀害我，我又安忍射他？_{此处又写黄忠。}若不射，又恐违了将令。"是夜踌躇未定。次日天晓，人报云长搦战。忠领兵出城。云长两日战黄忠不下，十分焦躁，抖擞威风，与忠交马。战不到三十余合，忠诈败，云长赶来。忠想昨日不杀之恩，不忍便射，带住刀，把弓虚拽弦响。_{不便射，妙。}云长急闪，却不见箭；云长又赶，忠又虚拽，_{又不便射，更妙。}云长急闪，又无箭。只道黄忠不会射，放心赶来。将近吊桥，黄忠在桥上搭箭开弓，弦响箭到，正射在云长盔缨根上。_{写黄忠第三日。○前是云长义释汉升，此又是汉升义释云长矣。}前面军齐声喊起。云长吃了一惊，带箭回寨，方知黄忠有百步穿杨之能，今日只射盔缨，正是报昨日不杀之恩也。_{又在云长意中写一黄忠。}云长领兵而退。

黄忠回到城上来见韩玄，玄便喝左右捉下黄忠。忠叫曰："无罪！"玄大怒曰："我看了三日，汝敢欺我！汝前日不力战，必有私心；昨日马失，他不杀汝，必有关通；_{因他第三日。}并疑他前两日。今日两番虚拽弓弦，第三箭却止射他盔缨，如何不是外通内连？若不斩汝，必为后患！"喝令刀斧手推下城门外斩之。众将欲告，玄曰："但告免黄忠者，便是同情！"_{不知者读至此必谓黄忠死矣。}刚推到门外，恰欲举刀，忽然一将挥刀杀入，砍死刀手，救起黄忠，_{救得突兀，出人意外。}大叫曰："黄汉升乃长沙之保障，今杀汉升，是杀长沙百姓也！_{此句便挑动百姓。}韩玄残暴不仁，轻贤慢士，当众共殛之！愿随我者便来！"众视其人，面如重枣，目若朗星，乃义阳人魏延也。^{前四十一回中，早为此处伏线。}自襄阳赶刘玄德不着，来投韩玄。玄怪其傲慢少礼，不肯重用，故屈沉于此。^{补叙得妙。}当日救下黄忠，教百姓同杀韩玄，袒臂一呼，相从者数百余人。黄忠拦当不住。^{又写黄忠。}魏延直杀上城头，一刀砍韩玄为两段，提头上马，引百姓出城，投拜云长。云长大喜，遂入城。安抚已毕，请黄忠相见。忠托病不出。^{又写黄忠。}云长即使人去请玄德、孔明。

却说玄德自云长来取长沙，与孔明随后催促人马接应。正行间，青旗倒卷，一鸦自北南飞，连叫三声而去。^{曹操"乌鹊南飞"不是吉兆，偏有此处乌鹊却是吉兆。}玄德曰："此应何祸福？"孔明就马上袖占一课，曰："长沙郡已得，又主得大将。午时后定见分晓。"^{今日安得有此起课先生。}少顷，见一小校飞报前来，说："关将军已得长沙郡，降将黄忠、魏延，专等主公到彼。"玄德大喜，遂入长沙。云长接入厅上，具言黄忠之事。玄德乃亲往黄忠家相请，忠方出降。^{又写黄忠。}求葬韩玄尸首于长沙之东。^{又写黄忠。}后人有诗赞黄忠曰：

> 将军气概与天参，白发犹然困汉南。
>
> 至死甘心无怨望，临降低首尚怀惭。
>
> 宝刀灿雪彰神勇，铁骑临风忆战酣。
>
> 千古高名应不泯，长随孤月照湘潭。

玄德待黄忠甚厚。云长引魏延来见，孔明喝令刀斧手推下斩之。^{写得突然可怪。}玄德惊问孔明曰："魏延乃有功无罪之人，军师何故欲杀之？"孔明曰："食其禄而杀其主，是不忠也；居其土而献其地，是不义也。^{自是正论，然意却不重在此。}吾观魏延脑后有反骨，久后必反，故先斩之，以绝祸根。"^{先生不惟善卜，又善相，早为一百回后伏线。}玄德曰："若斩此人，恐降者人人自危。望军师恕之。"孔明指魏延曰："吾今饶汝性命。汝可尽忠报主，勿生异心；若生异心，我好歹取汝首级。"魏延喏喏连声而退。^{巩志杀金旋而孔明不罪，乃独罪魏延者，知之必反，故欲借此以杀延耳。}黄忠荐刘表侄刘磐——现在攸县闲居，^{又写黄忠。}玄德取回，教掌长沙郡。四郡已平，^{总叙一句以括上文。}玄德班师回荆州，改油江口为公安。自此钱粮广盛，贤士归之。将军马四散屯于隘口。^{以上接下玄德一边，以下接叙东吴一边。}

却说周瑜自回柴桑养病，令甘宁守巴陵郡，令凌统守汉阳郡，二处分布战船，听候调遣。程普引其余将士投合淝县来。原来孙权自从赤壁鏖兵之后，久在合淝，^{补叙前与曹兵交锋。}大小十余战，未决胜负，^{一句包着无数文字，省却无数笔墨。}不敢逼城下寨，离城五十里屯兵。闻程普兵到，孙权大喜，亲自出营劳军。人报鲁子敬先至，权乃下马立待之。^{正应"天以子敬赐我"之语。}肃慌忙滚鞍下马施礼。众将见权如此待肃，皆大惊异。权请肃上马，并辔而行，密谓曰："孤下马相迎，足显公否？"肃曰："未也。"鲁肃大奇。权曰："然则何如而后为显耶？"肃曰："愿明公威德加于四海，总括九州，克成帝业，使肃名书竹帛，始为显矣。"愿以其君显，非但以其身显也。权抚掌大笑，同至帐中，大设饮宴，犒劳鏖兵将士，商议破合淝之策。

忽报张辽差人来下战书。权拆书观毕，大怒曰："张辽欺吾太甚！汝闻程普军来，故意使人搦战！来日吾不用新军赴敌，看我大战一场！"仲谋乃自好胜。传令当夜五更，三军出寨，望合淝进发。辰时左右，军马行至半途，曹兵已到。两边布成阵势。孙权金盔金甲，披挂出马；左宋谦，右贾华，二将使方天画戟，先将戟一逗。两边护卫。三通鼓罢，曹军阵中门旗两开，三员将全装贯带，立于阵前：中央张辽，左边李典，右边乐进。张辽纵马当先，专搦孙权决战。权绰枪欲自战，阵门中一将挺枪骤马早出，乃太史慈也。太史慈一向冷落，于此略一写之。张辽挥刀来迎。两将战有七八十合，不分胜负。曹阵上李典谓乐进曰："对面金盔者，孙权也。若捉得孙权，足可与八十三万大军报仇。"又将赤壁事一提。说犹未了，乐进一骑马，一口刀，从刺斜里径取孙权，如一道电光，飞至面前，手起刀落。写得骇人。宋谦、贾华急将画戟遮架。刀到处，两枝戟齐断，更自骇人。只将戟杆望马头上打。乐进回马，宋谦绰军士手中枪赶来。李典搭上箭，望宋谦心窝里便射，应弦落马。太史慈见背后有人堕马，弃却张辽，望本阵便回。张辽乘势掩杀过来，吴兵大乱，四散奔走。张辽望见孙权，骤马赶来。看看赶上，又自骇人。刺斜里撞出一军，为首大将，乃程普也，来得突兀。截杀一阵，救了孙权。张辽收军自回合淝。

程普保孙权归大寨，败军陆续回营。孙权因见折了宋谦，放声大哭。长史张纮曰："主公恃盛壮之气，轻视大敌，三军之众，莫不寒心。即使斩将搴旗，威振疆场，亦偏将之任，非主公所宜也。愿抑贲育之勇，怀王霸之计。且今日宋谦死于锋镝之下，皆主公轻敌之故。今后切宜保重。"孙坚以轻追而被箭，孙策以轻出而受创；前车之覆，后车之鉴。权曰："是孤之过也。从今当改之。"少顷，太史慈入帐，言："某手下有一人，姓戈名定，与张辽手下养马后槽是弟兄。后槽被责怀怨，今晚使人报来，举火为号，刺杀张辽，以报宋谦之仇。作奸细者，不过一小卒；为内应者，亦只一养马后槽，可发一笑。某请引兵为外应。"权曰："戈定何在？"太史慈曰："已混入合淝城中去了。某愿乞五千兵去。"诸葛瑾曰："张辽多谋，恐有准备，不可造次。"太史慈坚执要行。孙权轻出，太史慈又轻进。君臣皆轻，安得不败？权因伤感宋谦之死，急欲报仇，遂令太史慈引兵五千，去为外应。

却说戈定乃太史慈乡人，当日杂在军中，随入合淝城，寻见养马后槽，两个商议。戈定曰："我已使人报太史慈将军去了，今夜必来接应。你如何用事？"此等人，有甚计策商量出来？后槽曰：“此间离军中较远，夜间急不能进，只就草堆上放起一把火，你去前面叫反，城中兵乱，就里刺杀张辽，^{说得或容易了。}余军自走也。”戈定曰：“此计大妙！”是夜张辽得胜回城，赏劳三军，传令不许解甲宿睡。^{既胜而能慎，是大将，不是战将。}左右曰：“今日全胜，吴兵远遁，将军何不卸甲安息？”辽曰：“非也。为将之道，勿以胜为喜，勿以败为忧。倘吴兵度我无备，乘虚攻击，何以应之？今夜防备，当比每夜更加谨慎。”^{不但为将之道然也，立身处世，大抵宜尔。}说犹未了，后寨火起，一片声叫反，报者如麻。张辽出帐上马，唤亲从将校十数人，当道而立。左右曰：“喊声甚急，可往观之。”辽曰：“岂有一城皆反者？此是造反之人故惊军士耳。如乱者先斩！”^{其智能谋，其静能镇。}无移时，李典擒戈定并后槽至。辽询得其情，立斩于马前。只听得城门外鸣锣击鼓，喊声大震。辽曰：“此是吴兵外应，可就计破之。”便令人于城门内放起一把火，众皆叫反，大开城门，放下吊桥。^{曹仁在南郡赚周瑜，是白日；张辽在合淝赚太史慈，是黑夜。前后相映。}太史慈见城门大开，只道内变，挺枪纵马先入。城上一声炮响，乱箭射下，太史慈急退，身中数箭。^{太史慈中箭，与周瑜中箭，前后又相似。}背后李典、乐进杀出，吴兵折其大半，乘势直赶到寨前。陆逊、董袭杀出，救了太史慈。曹兵自回。孙权见太史慈身带重伤，愈加伤感。张昭请权罢兵。权从之，遂收兵下船，回南徐润州。比及屯住军马，太史慈病重，权使张昭等问安，太史慈大叫曰：“大丈夫生于乱世，当带三尺剑立不世之功。今所志未遂，奈何死乎！”^{人人有此志，不能人人言讫遂此志。为之三叹！}言讫而亡，年四十一岁。后人有诗赞曰：

> 矢志全忠孝，东莱太史慈。
>
> 姓名昭远塞，弓马震雄师。
>
> 北海酬恩日，神亭酣战时。
>
> 临终言壮志，千古共嗟咨！

孙权闻慈死，伤悼不已，命厚葬于南徐北固山下，养其子太史享于府中。^{以上按下孙权一边，以下再叙玄德一边。}

却说玄德在荆州整顿军马，闻孙权合淝兵败，已回南徐，与孔明商议。孔明曰：“亮夜观星象，见西北有星坠地，必应折一皇族。”^{方叙太史慈死，只疑东南有将星坠地，乃忽然接出西北刘琦。接笔甚幻。}正言间，忽报公子刘琦病亡。玄德闻之，痛哭不已。孔明劝曰：“生死分定，主公勿忧，恐伤贵体。且理大事。可急差人到彼守御城池，并料理葬事。”玄德曰：“谁可去？”孔明曰：“非云长不可。”即时便教云长前去襄阳保守。玄德曰：“今日刘琦已死，东吴必来讨荆州，如何对答？"孔明曰："若有人来，亮自有言对答。"过了半月，人报东吴鲁肃特来吊丧。

正是：

先将计策安排定，只等东吴使命来。

未知孔明如何对答，且看下文分解。

第五十四回

吴国太佛寺看新郎

刘皇叔洞房续佳偶

文章之奇，有不越半幅，而倏而吊丧，倏而作伐，倏而挂孝，倏而结亲，斯亦奇矣。然而凶则是凶，吉则是吉，犹未足为奇也。奇莫奇于戈矛剑戟之内，忽然花烛洞房；又莫奇于洞房花烛之中，仍是戈矛剑戟。凶即是吉，吉即是凶；吉伏于凶，凶又伏于吉。则此一篇，真为人意计之所不及量耳。

观孙权之使鲁肃吊丧，而叹今日之人情大抵如斯矣。前之吊刘表，非为刘表而吊也，为刘备而吊也；后之吊刘琦，又非为刘备而吊也，为荆州而吊也。吊本为死，乃以为生；吊本为人，乃以为我。吊之而无益于我，则虽当吊而不吊焉；吊之而有益于我，则虽不必吊而亦吊焉。岂独东吴为然哉？又岂独吊丧为然哉？凡近世之纷纷往来，皆当作东吴吊丧观。

孔明之辞鲁肃也，刘琦未死，则以刘琦谢之；刘琦既死，则以取西川谢之。而第二番措词又与第一番不同：前则止用缓词耳；今则先折之以正论，既明示不还之情，后乃应之以权宜，姑托为暂借之说。其云借也，是即其不还之意也。孔明尝借箭于敌矣，尝借风于天矣，借箭亦将还箭，借风亦将还风耶？

凡借物于人者，以己之所有借之，乃谓之借。荆州非孙氏之有也，何谓借乎？及授契于人者，先立契而后取物，乃以契为信。荆州刘氏之所先取也，何契之有乎？近世有谋人之美产，而必写借契者矣；亦有谢人之索逋，而虚以抵契搪塞者矣。鲁肃、孔明，毋乃类是！至于两家互相欺诳，一则假写借契，一则假立婚书，借契疑真实假，婚书弄假成真。一对空头，真堪捧腹。

孔明诵《铜雀台赋》，是以孙权之嫂、周瑜之妻激东吴也。今授锦囊密计，是又以孙权之母、周瑜之丈人助玄德也。其子之策，其母破之；其婿之策，其丈人又破之。妙在即用他自家人，教他怪别人不得。

袁术遣媒于吕布，认真做媒，却做不成；孙权遣媒于刘备，假意做媒，倒做成了。然则吕范非媒也，孙乾亦非媒也，乔国老乃真媒也。而乔国老之为媒，又孔明实使之，是成就此一段婚姻者，大媒惟孔明一人而已。

"烧了外太公的香，不怕舅爷作梗；倚了老丈母的势，便堪女婿放刁。""和尚寺中相女婿，禅堂倩作蓝桥；新人房里接将军，锦帐又成赤壁。""回廊下执斧健儿，须不是伐柯之斧；绣帏前持兵侍女，却可助行雨之兵。""有成就良姻的太太，吴夫人不比崔夫人；遇不怀好意的哥哥，孙仲谋险做孙飞虎。"此数联俱绝倒。

却说孔明闻鲁肃到，与玄德出城迎接，接到公廨，相见毕。肃曰："主公闻令侄弃世，特具薄礼，遣某前来致祭。周都督再三致意刘皇叔、诸葛先生。"玄德、孔明起身称谢，收了礼物，置酒相待。肃曰："前者皇叔有言：'公子不在，即还荆州。'今公子已去世，必然见还。不识几时可以交割？"^{第二次索荆州。}玄德曰："公且饮酒，有一个商议。"

此是孔明所教。肃强饮数杯，又开言相问。玄德未及回答，孔明变色曰："子敬好不通理，直须待人开口！前番用柔，此番用刚；忽柔忽刚，令人不测。自我高皇帝斩蛇起义，开基立业，先抬出高皇帝来压倒东吴。传至于今；不幸奸雄并起，各据一方；少不得天道好还，复归正统。我主人乃中山靖王之后，孝景皇帝玄孙，次抬出孝景皇帝来压倒东吴。今皇上之叔，次抬出今皇上来压倒东吴。岂不可分茅裂土？况刘景升乃我主之兄也，弟承兄业，有何不顺？说到刘表已是第四层意。汝主乃钱塘小吏之子，素无功德于朝廷；今倚势力，占据六郡八十一州，尚自贪心不足，而欲并吞汉土。前既高抬皇叔，此又申明骂孙权。刘氏天下，我主姓刘倒无分，汝主姓孙反要强争？且赤壁之战，我主多负勤劳，众将并皆用命，岂独是汝东吴之力？此言我不亏东吴。若非我借东南风，周郎安能展半筹之功？此言东吴反亏我。江南一破，休说二乔置于铜雀宫，照应四十四回中语。虽公等家小，亦不能保。恶极，妙极。适来我主人不即答应者，以子敬乃高明之士，不待细说。何公不察之甚也！"脚头才立得定，便会变面，便会说硬话。今人多有之矣，但本事不及孔明耳。

一席话，说得鲁子敬缄口无言，半晌乃曰："孔明之言，怕不有理，争奈鲁肃身上甚是不便。"理上说不去，得以情告之。只孔明曰："有何不便处？"肃曰："昔日皇叔当阳受难时，是肃引孔明渡江，见我主公。将四十三回中事一提。后来周公瑾要兴兵取荆州，又是肃挡住。至说待公子去世还荆州，又是肃担承。又将五十二回中事一提。今却不应前言，教鲁肃如何回复？主人面上说不去，只得以自己情分告之。我主与周公瑾必然见罪。肃死不恨，只恐惹恼东吴，兴动干戈，皇叔亦不能安坐荆州，空为天下耻笑耳。"既告之以情，又动之以势。孔明曰："曹操统百万之众，动以天子为名，吾亦不以为意，岂惧周郎一小儿乎！前是论理，此又论势。若恐先生面上不好看，我劝主人立纸文书，暂借荆州为本，岂有城池而可以契借者乎？若云为本，正不知起利几分算？待我主别图得城池之时，便交付还东吴。此论如何？"极似赖债者并不回绝，只用活脱话。肃曰："孔明待夺得何处，还我荆州？"孔明曰："中原急未可图。西川刘璋暗弱，我主将图之。若图得西川，那时便还。"以荆州为本，以西川为利。待得利之后，单还本钱，则是不起利者矣。肃无奈，只得听从。玄德亲笔写成文书一纸，押了字。保人诸葛孔明也押了字。妙极。孔明曰："亮是皇叔这里人，难道自家作保？烦子敬先生也押个字，回见吴侯也好看。"妙极，恶极。肃曰："某知皇叔乃仁义之人，必不相负。"遂押了字，如此作中，不知收了文书。可有中物相谢？宴罢辞回。玄德与孔明送到船边。孔明嘱曰："子敬回见吴侯，善言伸意，休生妄想。若不准我文书，我翻了面皮，连八十一州都夺了。一句硬。今只要两家和气，休教曹贼笑话。"又一句软。

肃作别下船而回，先到柴桑郡见周瑜。瑜问曰："子敬讨荆州如何？"肃曰："有文书在此。"呈与周瑜。瑜顿足曰："子敬中诸葛之谋也！名为借地，实是混赖。从来文书不足据，不独荆州为然也。他说取了西川便还，知他几时取西川？假如十年不得西川，十年不还？这等文书，如何中用，你却与他作保！从来保人难做，独鲁肃为然也。他若不还时，必须连累足下，主公见罪奈何？"肃闻言，呆了半晌，曰："然玄德不负我。"活写老实人。瑜曰："子敬乃诚实人也。刘备枭雄之辈，诸葛亮奸猾之徒，恐不似先生心地。"肃曰："若此，如之奈何？"瑜曰："子敬是我恩人，想昔日指困相赠之情，如何不救你？指困时周郎原不曾有借契。你且宽心住数日，待江北探细的回，别有区处。"鲁肃踟蹰不安。

过了数日，细作回报："荆州城中扬起布幡做好事，城外别建新坟，军士各挂孝。"瑜惊问曰："没了甚人？"细作曰："刘玄德没了甘夫人，即日安排殡葬。"刘玄德之死，在荆州一边叙来；甘夫人之死，在东吴一边听得。文法变换。瑜谓鲁肃曰："吾计成矣！使刘备束手受缚，荆州反掌可得！"妙极，令肃人不测。肃曰："计将安出？"瑜曰："刘备丧妻，必将续娶。主公有一妹，极其刚勇，侍婢数百，居常带刀，房中军器摆列遍满，虽男子不及。为后文玄德惊恐张本。我今上书主公，教人去荆州为媒，说刘备来入赘。读者至此，疑是成亲之后，教孙夫人讨荆州也。赚到南徐，妻子不能勾得，幽囚在狱中，却使人去讨荆州换刘备。原来却不用夫人。等他交割了荆州城池，我别有主意。于子敬身上，须无事也。"鲁肃拜谢。周瑜写了书呈，选快船送鲁肃投南徐见孙权，先说借荆州一事，呈上文书。权曰："你却如此糊涂！这样文书，要他何用！"谚云："不做媒人不做保，一世无烦恼。"子敬作保既受埋怨，只怕周瑜做媒终须淘气。肃曰："周都督有书呈在此，说用此计，可得荆州。"权看毕，点头暗喜，寻思谁人可去。猛然省曰："非吕范不可。"遂召吕范至，谓曰："近闻刘玄德丧妇。吾有一妹，欲招赘玄德为婿，永结姻亲，同心破曹，以扶汉室。非子衡不可为媒，望即往荆州一言。"做媒不用鲁肃，却用吕范，正恐识破讨荆州耳。范领命，即日收拾船只，带数个从人，望荆州来。

却说玄德自没了甘夫人，昼夜烦恼。一日，正与孔明闲叙，人报东吴差吕范到来。孔明笑曰："此乃周瑜之计，必为荆州之故。亮只在屏风后潜听。也学蔡夫人身段。但有甚说话，主公都应承了。"想孔明此时已料着七八分。留来人在馆驿中安歇，别作商议。"玄德教请吕范入。礼毕坐定，茶罢，玄德问曰："子衡来，必有所谕。"刘琦之死则吊，甘夫人之死则不吊。吊丧而便作伐，便知作伐之非真也。范曰："范近闻皇叔失偶，有一门好亲，故不避嫌，特来作媒。未知尊意若何？"玄德曰："中年丧妻，大不幸也。骨肉未寒，安忍便议亲？"范曰："人若无妻，如屋无梁，岂可中道而废人伦？吾主吴侯有一妹，美而贤，堪奉箕帚。若两家共结秦晋之好，则曹贼不敢正视东南也。此事家国两便，请皇叔勿疑。但我国太吴夫人甚爱幼女，不肯远嫁，必求皇叔到东吴就婚。"先说联姻，次说入赘，话有次第。玄德曰："此事吴侯知否？"已疑是周郎之计，故有此问。范曰："不先禀吴侯，如何敢造次来说？"玄德曰："吾年已半百，鬓发斑白；吴侯之妹，正当妙龄，恐非配偶。"范曰："吴侯之妹，身虽女子，志胜男儿。常言：'若非天下英雄，吾不事之。'_{权似赵范对子龙之语。其事一实一虚相映。}今皇叔名闻四海，正所谓淑女配君子，岂以年齿上下相嫌乎！"玄德曰："公且少留，来日回报。"是日设宴相待，留于馆舍。至晚，与孔明商议。孔明曰："来意亮已知道了。_{总瞒不过此老。}适间卜《易》，得一大吉大利之兆，_{卦象之辞，必是"夫得其女妻"。}老主公便可应允。先教孙乾和吕范回见吴侯，_{立契时两边都有保人，说亲时两家亦各有媒人。}说面许已定，择日便去就亲。"玄德曰："周瑜定计欲害刘备，岂可以身轻入危险之地？"孔明大笑曰："周瑜虽能用计，岂能出诸葛亮之料乎！_{其实说得嘴响，不似今人单会说大话。}略用小谋，使周瑜半筹不展；吴侯之妹，又属主公；荆州万无一失。"_{玄德将与孙夫人成鱼水之欢，终赖有如鱼得水之孔明也。}玄德怀疑未决。孔明竟教孙乾往江南说合亲事。孙乾领了言语，与吕范同到江南，来见孙权。权曰："吾愿将小妹招赘玄德，并无异心。"孙乾拜谢，回荆州见玄德，言："吴侯专候主公去结亲。"玄德怀疑不敢往。孔明曰："吾已定下三条计策，非子龙不可行也。"_{雄媳妇全亏此男赠嫁。}遂唤赵云近前，附耳言曰："汝保主公入吴，当领此三个锦囊。囊中有三条妙计，依次而行。"_{仲谋、公瑾皆入孔明囊中矣。}即将三个锦囊，与云贴肉收藏。孔明先使人赴东吴纳了聘，一切完备。

时建安十四年冬十月，_{小春之吉，可咏《桃夭》。}玄德与赵云、孙乾取快船十只，随行五百余人，离了荆州，前往南徐进发。荆州之事，皆听孔明裁处。玄德心中怏怏不安。_{不是新郎怕羞，却是赘婿胆怯。}到南徐州，船已傍岸，云曰："军师吩咐三条妙计，依次而行。今已到此，当先开第一个锦囊来看。"于是开囊看了计策。便唤五百随行军士，一一吩咐如此如此，众军领命而去。又教玄德先往见乔国老。_{不是赵云教玄德，却是孔明教赵云。}那乔国老乃二乔之父，居于南徐。玄德牵羊担酒，先往拜见，说吕范为媒、娶夫人之事。_{先打外太公的关节。}随行五百军士都披红挂彩，入南郡买办物件，传说玄德入赘东吴，城中人尽知其事。_{方知用五百人妙处。不然，以之防患则尚少，以之赠嫁则已多。}孙权知玄德已到，教吕范相待，且就馆舍安歇。

却说乔国老既见玄德，便入见吴国太贺喜。_{已在孔明算中。}国太曰："有何喜事？"乔国老曰："令爱已许刘玄德为夫人，今玄德已到，何故相瞒？"_{周瑜一个丈人，反为孔明用了。}国太惊曰："老身不知此事！"便使人请吴侯问虚实，一面先使人于城中探听。人皆回报："果有此事。女婿已在馆驿安歇，五百随行军士都在城中买猪羊果品，准备成亲。_{在报事人口中、吴国太耳中，写得热闹。}做媒的女家是吕范，男家是孙乾，俱在馆驿中相待。"国太吃了一惊。少顷，孙权入后堂见母亲。国太捶胸大哭。_{孙权一个母亲，又为孔明用了。}权曰："母亲何故烦恼？"国太曰："你直如此将我看承得如无物！我姐姐临危之时，吩咐你甚么话来？"_{照应前文。}孙权失惊曰："母亲有话明说，何苦如此？”国太曰：“男大须婚，女大须嫁，古今常理。我为你母亲，事当禀命于我。你招刘玄德为婿，如何瞒我？女儿须是我的！”^{俱在孔明算中。}权吃了一惊，问曰：“那里得这话来？”国太曰：“若要不知，除非莫为。满城百姓，那一个不知？你倒瞒我！”乔国老曰：“老夫已知多日了，今特来贺喜。”^{妙在又夹乔国老一句。}权曰：“非也。此是周瑜之计，因要取荆州，故将此为名，赚刘备来拘囚在此，要他把荆州来换；若其不从，先斩刘备。此是计策，非实意也。”国太大怒，骂周瑜曰：“汝做六郡八十一州大都督，直恁无条计策去取荆州，^{骂得是。}却将我女儿为名，使美人计！杀了刘备，我女便是望门寡，明日再怎的说亲？须误了我女儿一世！你们好做作！”^{前既大哭，此又大怒，俱在孔明算中。}乔国老曰：“若用此计，便得荆州，也被天下人耻笑。此事如何行得！”^{妙在又夹乔国老一句。两个老人儿真是一吹一唱。}说得孙权默然无语。

国太不住口的骂周瑜。^{骂周瑜便是骂孙权。}乔国老劝曰：“事已如此，刘皇叔乃汉室宗亲，不如真个招他为婿，免得出丑。”^{外太公做媒人，一拍即上。}权曰：“年纪恐不相当。”国老曰：“刘皇叔乃当世豪杰，若招得这个女婿，也不辱了令妹。”国太曰：“我不曾认得刘皇叔。明日约在甘露寺相见，如不中我意，任从你们行事；若中我的意，我自把女儿嫁他！”^{不由孙权作主。}孙权乃大孝之人，见母亲如此言语，随即应承，出外唤吕范，吩咐来日甘露寺方丈设宴，国太要见刘备。吕范曰：“何不令贾华部领三百刀斧手，伏于两廊。若国太不喜时，一声号举，两边齐出，将他拿下。”^{读者至此，又为玄德捏一把汗。然国太定然相得中，亦在孔明算中矣。}权遂唤贾华，吩咐预先准备，只看国太举动。

却说乔国老辞吴国太归，使人去报玄德，言：“来日吴侯、国太亲自要见，好生在意！”^{活是一个媒人。}玄德与孙乾、赵云商议。云曰：“来日此会，多凶少吉，云自引五百军保护。”^{赠嫁甚是精细。}

次日，吴国太、乔国老先在甘露寺方丈里坐定。孙权引一班谋士，随后都到，却教吕范来馆驿中请玄德。玄德内披细铠，外穿锦袍，^{新郎打扮簇簇新，但不知可曾用乌须药？}从人背剑紧随，上马投甘露寺来。赵云全装贯带，引五百军随行。来到寺前下马，先见孙权。权观玄德仪表非凡，心中有畏惧之意。^{阿兄则畏，妹必爱矣。}今二人叙礼毕，遂入方丈见国太。国太见了玄德，大喜，谓乔国老曰：“真吾婿也！”^{中了丈母意，然中夫人意。}自国老曰：“玄德有龙凤之姿，天日之表；更兼仁德布于天下。国太得此佳婿，真可庆也！”^{乔国老此等言语，女婿知之，一定埋怨。然女婿计策出丑，还赖丈人为之斡旋耳。}玄德拜谢，共宴于方丈之中。少刻，子龙带剑而入，立于玄德之侧。国太问曰：“此是何人？”玄德答曰："常山赵子龙也。"国太曰："莫非当阳长坂抱阿斗者乎？"^{照应四十一回中事。}玄德曰："然。"国太曰："真将军也！"遂赐以酒。^{赵云所饮者喜酒，与鸿门会樊哙之酒不同。}赵云谓玄德曰："却才某于廊下巡视，见房内有刀斧手埋伏，必无好意。可告知国太。"玄德乃跪于国太席前，_{未跪夫人，先跪丈母，是借丈母}操演也。泣而告曰："若杀刘备，就此请诛。"_{才做女婿，便尔放习。}国太曰："何出此言？"玄德曰："廊下暗伏刀斧手，非杀备而何？"国太大怒，责骂孙权：_{难为了舅子。}"今日玄德既为我婿，即我之儿女也。_{亲爱之极。}何故伏刀斧手于廊下？"权推不知，唤吕范问之。范推贾华。国太唤贾华责骂，华默然无言。国太喝令斩之。玄德告曰："若斩大将，于亲不利，备难久居膝下矣。"_{又是他讨饶，一发见得女婿好处。}乔国老也相劝。国太方叱退贾华。刀斧手皆抱头鼠窜而去。

玄德更衣出殿前，见庭下有一石块。玄德拔从者所佩之剑，仰天祝曰："若刘备得勾回荆州，成王霸之业，一剑挥石为两段。如死于此地，剑剁石不开。"言讫，手起剑落，火光迸溅，砍石为两段。_{蓝田之玉方种为双，寺门之石忽分为二。}孙权在后面看见，问曰："玄德公如何恨此石？"玄德曰："备年近五旬，不能为国家剿除贼党，心常自恨。今蒙国太招为女婿，此平生之际遇也。恰才问天买卦，如破曹兴汉，砍断此石。今果然如此。"权暗思："刘备莫非用此言瞒我？"亦掣剑谓玄德曰："吾亦问天买卦。若破得曹贼，亦断此石。"却暗暗祝告曰："若再取得荆州，兴旺东吴，砍石为两半！"手起剑落，巨石亦开。_{大家暗祝心事，俱为后文伏线。}至今有十字纹"恨石"尚存。后人观此胜迹，作诗赞曰：

> 宝剑落时山石断，金环响处火光生。
> 两朝旺气皆天数，从此乾坤鼎足成。

二人弃剑，相携入席。又饮数巡，孙乾目视玄德，玄德辞曰："备不胜酒力，告退。"孙权送出寺前，二人并立，观江山之景。玄德曰："此乃天下第一江山也！"_{一语品题，遂成佳话。}至今甘露寺牌上云："天下第一江山。"后人有诗赞曰：

> 江山雨霁拥青螺，境界无忧乐最多。
> 昔日英雄凝目处，岩崖依旧抵风波。

二人共览之次，江风浩荡，洪波滚雪，白浪掀天。忽见波上一叶小舟，行于江面上，如行平地。_{可作一幅江景图。}玄德叹曰："'南人驾船，北人乘马'，信有之也。"孙权闻言自思曰："刘备此言，戏我不惯乘马耳。"乃令左右牵过马来，飞身上马，驰骤下山，复加鞭上岭，笑谓玄德曰："南人不能乘马乎？"玄德闻言，撩衣一跃，跃上马背，飞走下山，复驰骋而上。二人立马于山坡之上，扬鞭大笑。_{权能试马，玄德不能试舟，毕竟让舅爷一步。}至今此处名为"驻马坡"。后人有诗曰：

> 驰骤龙驹气概多，二人并辔望山河。
>
> 东吴西蜀成王霸，千古犹存驻马坡。

当日二人并辔而回。南徐之民，无不称贺。

玄德自回馆驿，与孙乾商议。乾曰："主公只是哀求乔国老，早早毕姻，免生别事。"^{是媒人话，但不知如何谢媒。}次日，玄德复至乔国老宅前下马。国老接入，礼毕，茶罢，玄德告曰："江左之人，多有要害刘备者，恐不能久居。"国老曰："玄德宽心。吾为公告国太，令作护持。"^{国老可谓撮合山。}毕竟^{小媒人不如大媒人。}玄德拜谢自回。乔国老入见国太，言玄德恐人谋害，急急要回。国太大怒曰："我的女婿，谁敢害他！"即时便教搬入书院暂住，择日毕姻。^{竟似养女婿矣。}玄德自入告国太曰："只恐赵云在外不便，军士无人约束。"国太教尽搬入府中安歇，^{玄德处处赖丈母之力。}休留在馆驿中，免得生事。玄德暗喜。

数日之内，大排筵会，孙夫人与玄德结亲。至晚客散，两行红炬，接引玄德入房。灯光之下，但见枪刀簇满；侍婢皆佩剑悬刀，立于两旁。諕得玄德魂不附体。^{读至此，又疑是甘露寺之兵矣。}正是：

> 惊看侍女横刀立，疑是东吴设伏兵。

毕竟是何缘故，且看下文分解。

第五十五回

玄德智激孙夫人
孔明二气周公瑾

王允以美人计赚两人，只是一番；周瑜以美人计赚一人，却有两番。王允则专用实，周瑜则前虚而后实也：始之诈言入赘，诱其至吴，是虚以美人赚之；继欲娱其耳目，惑其心志，是实以美人赚之。计亦巧矣！孰知王允赚两人而皆得，周瑜赚一人而亦失；王允一用而辄得，周瑜两用而终失乎？

孙夫人房内设兵，而玄德心常凛凛。玄德非畏兵，而畏夫人之兵；亦非畏夫人，而畏好兵之夫人也。每怪今之惧内者，其夫人未尝好兵，而亦畏之，何也？曰：虽不好兵，而未尝不好战，好战甚于好兵也。只夫人便是兵，又何必房中设兵而后谓之兵耶？

甚矣！孔明之计之妙也：既借孙权之母、周瑜之丈人为玄德成婚之助，又即借孙权之妹为玄德归荆州之助。不但乔国老、吴国太为孔明所借，即孙夫人亦为孔明所借矣。国老可借，国母可借，夫人可借，而荆州又何不可借哉？

孙夫人之配玄德，如齐姜之配重耳，皆丈夫女也。重耳不欲去而齐姜遣之，玄德欲去而孙夫人从之。齐姜听重耳独去，不独去恐去不成；孙夫人与玄德同去，不同去也去不成。重耳之去，齐姜不告于其父；玄德之去，孙夫人不告于其兄。一则杀采桑之女，是英雄手段；一则退拦路之兵，亦是英雄手段。

玄德在车前哀告夫人，涕泣请死，活似妇人乞怜取妍，在丈夫面前放刁模样。以英雄人作此儿女态，是特孔明之所教耳！不想今日风俗，夫纲不振，竟若深得孔明妙计者。第三个锦囊，更不消卧龙先生传授得也。

吕布送女，送不过去，为撞着拉亲的曹老瞒；孙权追妹，追不转来，为遇着接亲的诸葛亮。袁术讨不成媳妇，止折了一个媒人；孙权杀不得妹夫，干赔了一个妹子。前后遥遥映射成趣。

"老新郎学作妇人腔，宛然弱婿；小媳妇偏饶男子气，壮矣贤妻。""一个向娘子身边长跪，顾不得膝下有黄金；一个为丈夫面上生嗔，那怕他军前排白刃。""家将畏主人，而尤畏其妹，赘婿之惧内可知；新娘听丈夫，而不听其兄，女生之向外益信。""前日单身入赘，赠嫁的只有赵子龙；今日两口回门，送亲的却是周公瑾。""化难生恩的刘备，阑干贯索，翻成天喜红鸾；弄巧成拙的周郎，阳错阴差，引出丧门吊客。"此数联俱绝倒。

却说玄德见孙夫人房中两边枪刀森列，侍婢皆佩剑，不觉失色。管家婆进曰："贵人休得惊惧。夫人自幼好观武事，居常令侍婢击剑为乐，故尔如此。"〔今人妇人所乐之兵器，又是一样。〕玄德曰："非夫人所观之事，吾甚心寒，可命暂去。"管家婆禀复孙夫人曰："房中摆列兵器，娇客不安，今且去之。"孙夫人笑曰："厮杀半生，尚惧兵器乎！"〔虽然厮杀半生，却不曾与女将军厮杀。〕命尽撤去，令侍婢解剑伏侍。当夜玄德与孙夫人成亲，两情欢洽。〔中间藏着无数欢洽。〕玄德又将金帛散给侍婢，以买其心；〔不但欲夫人欢洽，并欲侍婢欢洽，妙。〕先教孙乾回荆州报喜。自此连日饮酒。国太十分爱敬。〔女婿得岳母喜欢，那得做不起。〕

却说孙权差人来柴桑郡报周瑜，说："我母亲力主，已将吾妹嫁刘备。不想弄假成真。此事还复如何？"瑜闻大惊，^{撮合者乃是令岳}行坐不安，乃思一计，修密书付来人持回见孙权。权拆书视之。书略曰：

> 瑜所谋之事，不想反复如此。既已弄假成真，又当就此用计。刘备以枭雄之姿，有关、张、赵云之将，更兼诸葛用谋，必非久屈人下者。愚意莫如软困之于吴中，盛为筑宫室，以丧其心志；多送美色玩好，以娱其耳目。使分开关、张之情，隔远诸葛之契，各置一方，然后以兵击之，大事已定矣。今若纵之，恐蛟龙得云雨，终非池中物也。愿明公熟思之。

孙权看毕，以书示张昭。昭曰："公瑾之谋，正合愚意。刘备起身微末，奔走天下，未尝受享富贵。今若以华堂大厦、子女金帛，令彼享用，自然疏远孔明、关、张等，使彼各生怨望，然后荆州可图也。主公可依公瑾之计而速行之。"^{前是假用美人计，此却真用美人计矣。}权大喜，即日修整东府，广栽花木，盛设器用，请玄德与妹居住；又增女乐数十余人，并金玉锦绮玩好之物。国太只道孙权好意，喜不自胜。^{为丈母者不但望婿女相得，尤喜郎舅相得。}玄德果然被声色所迷，全不想回荆州。^{已入温柔乡矣。}

却说赵云与五百军在东府前住，终日无事，^{玄德太忙，子龙甚闲。}只去城外射箭走马。看看年终，云猛省："孔明吩咐三个锦囊与我，教我一到南徐，开第一个；住到年终，开第二个；临到危急无路之时，开第三个。于内有神出鬼没之计，可保主公回家。^{孔明附耳吩咐语，至此方才补出。}此时岁已将终，主公贪恋女色，并不见面，何不拆开第二个锦囊，看计而行？"^{玄德恋着贴肉的锦被，亏遂得赵云有贴肉的锦囊。}遂拆开视之。原来如此神策。即日径到府堂，要见玄德。侍婢报曰："赵子龙有紧急事来报贵人。"玄德唤入问之。云佯作失惊之状，^{第一个锦囊用着乔国老并五百个军士，第二个锦囊却只用赵云一人。}曰："主公深居画堂，不想荆州耶？"玄德曰："有甚事如此惊怪？"云曰："今早孔明使人来报，说曹操要报赤壁鏖兵之恨，^{又将四十九回中事一提。}起精兵五十万，杀奔荆州，甚是危急，请主公便回。"^{此是锦囊定计。}玄德曰："必须与夫人商议。"云曰："若和夫人商议，必不肯教主公回。不如休说，今晚便好起程。迟则误事！"^{此是子龙激语。}玄德曰："你且暂退，我自有道理。"云故意催逼数番而出。^{妙甚。}

玄德入见孙夫人，暗暗垂泪。孙夫人曰："丈夫何故烦恼？"玄德曰："念备一身飘荡异乡，生不能侍奉二亲，又不能祭祀宗祖，乃大逆不孝也。今岁旦在迩，使备怏怏不已。"〔且说三分话。〕孙夫人曰："你休瞒我，我已听知了也！方才赵子龙报说荆州危急，你欲还乡，故推此意。"〔已知其心。〕玄德跪而告曰："夫人既知，备安敢相瞒。备欲不去，使荆州有失，被天下人耻笑；欲去，又舍不得夫人。因此烦恼。"〔前跪丈母，今跪夫人；前在有人处跪，今在无人处跪。○此是从来做丈夫的衣钵，今日流传更广。〕夫人曰："妾已事君，任君所之，妾当相随。"〔此时夫人亦是孔明囊中之物矣。〕玄德曰："夫人之心虽则如此，争奈国太与吴侯安肯容夫人去？夫人若可怜刘备，暂时辞别。"言毕，泪如雨下。〔实是要他同去，反说暂时辞别，诈甚妙甚。〕孙夫人劝曰："丈夫休得烦恼。妾当苦告母亲，必放妾与君同去。"玄德曰："纵然国太肯时，吴侯必然阻挡。"〔是要他瞒着哥哥。〕孙夫人沉吟良久，乃曰："妾与君正旦拜贺时，推称江边祭祖，不告而去，若何？"玄德又跪而谢曰："若如此，生死难忘！切勿漏泄。"〔善哭又善跪，夫人安得不入其计中？〕两个商议已定。玄德密唤赵云吩咐："正旦日，你先引军士出城，于官道等候。吾推祭祖，与夫人同走。"云领诺。

建安十五年春正月元旦，吴侯大会文武于堂上。玄德与孙夫人入拜国太。孙夫人曰："夫主想父母宗祖坟墓，俱在涿郡，昼夜伤感不已。今日欲往江边，望北遥祭，须告母亲得知。"〔听着丈夫之语，连母亲面前亦无实语，今日此风亦盛。〕国太曰："此孝道也，岂有不从？汝虽不识舅姑，可同汝夫前去祭拜，亦见为妇之礼。"〔俱在孔明算中。〕孙夫人同玄德拜谢而出。此时只瞒着孙权。夫人乘车，止带随身一应细软。玄德上马，引数骑跟随出城，与赵云相会。五百军士前遮后拥，离了南徐，趱程而行。〔拣元旦回门，既是新春吉日；拣元旦逃走，妙在出其不意。〕当日，孙权大醉，左右近侍扶入后堂，文武皆散。比及众官探得玄德、夫人逃遁之时，天色已晚。要报孙权，权醉不醒。及至睡觉，已是五更。〔妹夫去远了。〕次日，孙权闻知走了玄德，急唤文武商议。张昭曰："今日走了此人，早晚必生祸乱。可急追之。"孙权令陈武、潘璋选五百精兵，无分昼夜，务要赶上拿回。二将领命去了。孙权深恨玄德，将案上玉砚摔为粉碎。〔为破曹而砍案，为追刘而摔砚。而曹可破，刘不可追，非若甘露寺中之石可以随我所愿也。〕程普曰："主公空有冲天之怒，某料陈武、潘璋必擒此人不得。"权曰："焉敢违我令！"普曰："郡主自幼好观武事，严毅刚正，诸将皆惧。既然肯顺刘备，必同心而去。所追之将，若见郡主，岂肯下手？"权大怒，掣所佩之剑，唤蒋钦、周泰听令，曰："汝二人将这口剑去取吾妹并刘备头来！违令者立斩！"〔孙权此时已无兄妹之情，孰知夫人此时止有夫妻之爱。〕蒋钦、周泰领命，随后引一千军赶来。

却说玄德加鞭纵辔，趱程而行；当夜于路暂歇两个更次，慌忙起行。看看来到柴桑界首，望见后面尘头大起，人报："追兵至矣！"〔读至此，为玄德着急。〕玄德慌问赵云曰："追兵既至，如之奈何？"赵云曰："主公先行，某愿当后。"转过前面山脚，一彪军马拦住去路。当先两员大将，厉声高叫曰："刘备早早下马受缚！吾奉周都督将令，守候多时！"<small>读至此，一发为玄德着急。</small>原来周瑜恐玄德走脱，先使徐盛、丁奉引三千军马于冲要之处扎营等候，时常令人登高遥望，料得玄德若投旱路，必经此道而过。当日徐盛、丁奉瞭望得玄德一行人到，各绰兵器截住去路。<small>七星坛追孔明之时，此二人分作水旱二路，此处却都在旱路；前是追在背后，此是挡在面前，其势比前更是可畏。</small>玄德惊慌，勒回马，问赵云曰："前有拦截之兵，后有追赶之兵。前后无路，如之奈何？"云曰："主公休慌。军师有三条妙计，多在锦囊之中。已拆了两个，并皆应验。今尚有第三个在此，吩咐遇危难之时方可拆看。今日危急，当拆观之。"便将锦囊拆开，献与玄德。<small>前两个锦囊皆是赵云自看，第三个锦囊却送与玄德自看，盖求夫人须是丈夫去求也。</small>玄德看了，急来车前泣告孙夫人曰："备有心腹之言，至此尽当实诉。"夫人曰："丈夫有何言语，实对我说。"玄德曰："昔日吴侯与周瑜同谋，将夫人招嫁刘备，实非为夫人计，乃欲幽困刘备而夺荆州耳。夺了荆州，必将杀备。是以夫人为香饵而钓备也。<small>今香饵既得，金钩可脱。</small>备不惧万死而来，盖知夫人有男子之胸襟，必能怜备。<small>妙甚。</small>昨闻吴侯将欲加害，故托荆州有难，以图归计。<small>一片心和盘托出。</small>幸得夫人不弃，同至于此。今吴侯又令人在后追赶，周瑜又使人于前截住，非夫人莫解此祸。如夫人不允，备请死于车前，以报夫人之德。"<small>前在丈母面前请死，今又在夫人面前请死。此是从来夫人吓丈夫妙诀，不意玄德亦作此态，诈甚妙甚。</small>夫人怒曰："吾兄既不以我为亲骨肉，我有何面目重相见乎！今日之危，我当自解。"于是叱从人推车直出，卷起车帘，亲喝徐盛、丁奉曰："你二人欲造反耶？"<small>孔明妙计安天下，只用夫人不用兵。</small>徐、丁二将慌忙下马，弃了军器，声喏于车前曰："安敢造反。为奉周都督将令，屯兵在此专候刘备。"<small>对夫人而呼玄德名，然时可恶。</small>孙夫人大怒曰："周瑜逆贼！我东吴不曾亏负你！玄德乃大汉皇叔，是我丈夫。<small>只此四字便足压倒丁、徐二将。</small>我已对母亲、哥哥说知回荆州去。<small>因二将为周瑜所使，故连哥哥亦说在内。</small>今你两个于山脚去处引着军马拦截道路，意欲劫掠我夫妻财物耶？"<small>竟说他是劫掠，语甚可畏。</small>徐盛、丁奉喏喏连声，口称："不敢。请夫人息怒。这不干我等之事，乃是周都督的将令。"<small>先喝倒了两个。</small>孙夫人叱曰："你只怕周瑜，独不怕我？周瑜杀得你，我岂杀不得周瑜？"把周瑜大骂一场，<small>国太骂周瑜是为女儿，夫人骂周瑜是为丈夫。</small>喝令推车前进。徐盛、丁奉自思："我等是下人，安敢与夫人违拗？"又见赵云十分怒气，<small>在徐、丁二人眼中写一赵云，若只写夫人不写赵云，便有遗漏。</small>只得把军喝住，放条大路教过去。<small>已在孔明算中。</small>

恰才行不得五六里，背后陈武、潘璋赶到。徐盛、丁奉备言其事。陈、潘二将曰："你放他过去差了也。<small>且慢埋怨着。</small>我二人奉吴侯旨意，特来追捉他回去。"于是四将合兵一处，趱程赶来。玄德正行间，忽听得背后喊声大起。玄德又告孙夫人曰："后面追兵又到，如之奈何？"夫人曰："丈夫先行，我与子龙当后。"<small>前既仗夫人为开路先锋，今又仗夫人为断后猛将。</small>玄德先引三百军，望江岸去了。子龙勒马于车旁，将士卒摆开，专候来将。四员将见了孙夫人，只得下马，叉手而立。夫人曰："陈武、潘璋，来此何干？"二将答曰："奉主公之命，请夫人、玄德回。"夫人正色叱曰：〔不呼刘备而称玄德，不说追而说请，与徐、丁二将又自不同。〕"都是你这伙匹夫，离间我兄妹不睦！〔不骂孙权，反骂二将，妙甚。〕我已嫁他人，今日归去，须不是与人私奔。我奉母亲慈旨，令我夫妇回荆州。〔因二将为孙权所使，故又不说哥哥。〕便是我哥哥来，也须依礼而行。〔前只骂周瑜，此处并将孙权压倒。〕〔只说母亲，妙甚。〕你二人倚仗兵威，欲待杀害我耶？"骂得四人面面相觑，各自寻思："他一万年也只是兄妹，更兼国太作主，吴侯乃大孝之人，怎敢违逆母言？明日翻过脸来，只是我等不是。不如做个人情。"〔又喝倒了两个。〕军中又不见玄德，但见赵云怒目睁眉，只待厮杀。〔又在陈、潘二人眼中带写赵云。〕因此四将喏喏连声而退。〔已在孔明算中。〕孙夫人令推车便行。徐盛曰："我四人同去见周都督，告禀此事。"四人犹豫未定。忽见一军如旋风而来，〔来得声势。〕视之，乃蒋钦、周泰。〔逐一对差来，只算送亲的是高灯旺相耳。〕二将问曰："你等曾见刘备否？"四将曰："早晨过去，已半日矣。"蒋钦曰："何不拿下？"四人各言孙夫人发话之事。蒋钦曰："便是吴侯怕道如此，封一口剑在此，〔吴侯一剑，怎敌孔明三囊？〕教先杀他妹，后斩刘备。违者立斩！"四将曰："去之已远，怎生奈何？"蒋钦曰："他终是些步军，急行不上。徐、丁二将军可飞报都督，教水路棹快船追赶，我四人在岸上追赶。无问水旱之路，赶上杀了，休听他言语。"于是徐盛、丁奉飞报周瑜，蒋钦、周泰、陈武、潘璋四个领兵沿江赶来。

却说玄德一行人马，离柴桑较远，来到刘郎浦，〔到了刘郎浦，便不怕孙家港矣。〕心才稍宽。沿着江岸寻渡，一望江水弥漫，并无船只。玄德俯首沉吟。赵云曰："主公在虎口中逃出，今已近本界，吾料军师必有调度，何用忧疑？"玄德听罢，蓦然想起在吴繁华之事，不觉凄然泪下。〔又将上文回顾，叙事妙品。〕后人有诗叹曰：

> 吴蜀成婚此水浔，明珠步障屋黄金。
>
> 谁知一女轻天下，欲易刘郎鼎峙心。

玄德令赵云望前哨探船只，忽报后面尘土冲天而起。玄德登高望之，但见车马盖地而来，叹曰："连日奔走，人困马乏，追兵又到，死无地矣！"〔与檀溪跃马时一样危急。〕看看喊声渐近，正慌急间，忽见江岸边一字儿抛着拖篷船二十余只。赵云曰："天幸有船在此！何不速下，棹过对岸，再作区处！"玄德与孙夫人便奔上船。子龙引五百军亦都上船。只见船舱中一人纶巾道服，大笑而出，曰："主公且喜！诸葛亮在此等候多时。"〔接亲的来了。〕船中扮作客人的，皆是荆州水军。玄德大喜。不移时，四将赶到。孔明笑指岸上人言曰："吾已算定多时矣。^{有得他说嘴。}汝等回去传示周郎，休教再使美人局手段。"^{若要再使，除非再送一个夫人。}岸上乱箭射来，船已开的远了。蒋钦等四将，只好呆看。

玄德与孔明正行间，忽然江声大震。回头视之，只见战船无数。帅字旗下，周瑜自领惯战水军，左有黄盖，右有韩当，势如飞马，疾似流星。看看赶上，^{丈人成就了好事，女婿干做了冤家。}孔明教棹船投北岸，弃了船，尽皆上岸而走，车马登程。周瑜赶到江边，亦皆上岸追袭。大小水军尽是步行，止有为首官军骑马。周瑜当先，黄盖、韩当、徐盛、丁奉紧随。周瑜曰："此处是那里？"军士答曰："前面是黄州界首。"望见玄德车马不远，瑜令并力追袭。^{岂因玄德毕姻之后不曾与大舅姨公会亲，故特苦苦道通耶？一笑。}正赶之间，一声鼓响，山崦内一彪刀手拥出，为首一员大将，乃关云长也。^{又是一个接亲的。}周瑜举止失措，急拨马便走；云长赶来，周瑜纵马逃命。正奔走间，左边黄忠，右边魏延，两军杀出。^{又是两个接亲的。}吴兵大败。周瑜急急下得船时，岸上军士齐声大叫曰："周郎妙计安天下，陪了夫人又折兵！"^{前在南郡时，则送了城池又折兵，犹可言也；今陪了夫人又折兵，则大不堪矣。}瑜怒曰："可再登岸决一死战！"黄盖、韩当力阻。瑜自思曰："吾计不成，有何面目去见吴侯！"^{项王不曾把虞姬送与别人，犹云"无面见江东父老"。今周郎平白地把夫人送与玄德，更有何面见江东主人？}大叫一声，金疮迸裂，倒于船上。众将急救，却早不省人事。^{此时即死，倒省了后文多少气。}正是：

两番弄巧翻成拙，此日含嗔却带羞。

未知周郎性命如何，且看下文分解。

第五十六回

曹操大宴铜雀台

孔明三气周公瑾

曹操赤壁赋诗，在未败之前，是赏心乐事；铜台大宴，在既败之后，只算解闷消愁。未败之前，其语骄；既败之后，其语逊。然其曰愿题墓道云"曹侯之墓"，则奸雄欺人之语也。心则奸雄，口则圣贤，不但瞒众人，又欲瞒君子；不但瞒一时，直欲瞒尽天下后世，其斯之谓老瞒乎？

操以备之得荆州，比龙之得水，其视备一龙也。乃自青梅煮酒之时，以龙比英雄，而曰"英雄惟使君与操"，则其自视亦一龙也。向则一龙失水，一龙得水，失水之龙犹受制于得水之龙。而今则两龙皆得水矣：操以兖许为水，而玄德以荆襄为水。然玄德之得荆州，犹是借来之水，不若得西川，方为自有之水，是得荆州，犹未可云得水也。乃玄德不以荆州为水，亦不以西川为水，而直以孔明为水耳。以西川为水，则得水尚在荆州之后；以孔明为水，则得水已在荆州之前。况孔明固所称卧龙也，玄德遇孔明，如龙得水；孔明遇玄德，亦如龙得水。其卧南阳，以为勿用之潜龙；其出茅庐，则为在田之见龙；其助玄德以讨曹操，则奉应运之飞龙以敌战野之孽龙。水以济水，龙以辅龙，曹操虽如鬼如蜮，安能以一水敌二水，一龙当二龙哉？

孙权之表刘备为荆州牧，非结备也，正欲曹之忌备而攻备。操攻备而我得乘间以取荆州，是佯以己之所欲者让备，而实欲以备之所有者归我也。操之以周瑜为南郡守，非畏瑜也，正畏备而欲使瑜之攻备也。瑜攻备而我亦得乘间以取荆州，是名以备之所得者授瑜，而实欲以我之所失者还归我也。然则以荆州表刘备，即是鲁肃索荆州之心；以南郡授周瑜，无异曹仁守南郡之意。两样机谋，一样诡谲。《战国策》中多有此等文字，不谓于《三国》往往见之。

鲁肃之索荆州者三，孔明之辞鲁肃者亦三：初以刘琦未死辞之，继以候取西川辞之，终又以不忍取西川辞之。前既云候取西川，而忽云不忍取西川；既云不忍取西川，而其后乃卒取西川，是前与后相谬也，诈也。孙权既使鲁肃索荆州，而又表刘备为荆州牧；既表刘备为荆州牧，而又使鲁肃索荆州，是前与后亦相谬也，诈也。彼以诈来，故此以诈往耳。孙权之上表既不足据，而刘备之立契又何足凭？周瑜之做媒既非好意，而鲁肃之作保又何必不受骗耶？鲁肃见玄德之哭而不忍，是以玄德之假不忍动其真不忍也；周瑜闻玄德之喜而得意，是以玄德之假得意赚其真得意也；周瑜诈言取蜀，而鲁肃误以为真，是老实人不晓得弄虚头；孔明诈许犒师，而周瑜不知其诈，是聪明人又撞了撮空手：写来真是好看。

三顾草庐之文，妙在一连写去；三气周瑜之文，妙在断续叙来。一气周瑜之后，则有张辽合淝之战，孔明汉上之攻，玄德南徐之攻以间之；二气周瑜之后，则又有曹操铜雀台之宴以间之。其间断续之处，或长或短，正以参差入妙。

周瑜之欲杀玄德者三矣：诱令犒师江上，一也；诱使就婚南郡，二也；刘郎浦之追，三也。其欲杀孔明者亦三也：先使断粮，是欲令曹操杀之也，一也；继使造箭，是欲自以军令杀之也，二也；七星坛之遣将，是不以军令而直欲以无罪杀之也，三也。彼有三杀，此有三气，亦相报之道宜然耳。况以气报杀，以一报两，报之犹为厚矣。

却说周瑜被诸葛亮预先埋伏关公、黄忠、魏延三枝军马一击大败。黄盖、韩当急救下船，折却水军无数。遥观玄德、孙夫人车马仆从，都停住于山顶之上，瑜如何不气？^{不该气别人，只该气自己。}箭疮未愈，因怒气冲激，疮口迸裂，昏绝于地。众将救醒，开船逃去。孔明教休追赶，自和玄德归荆州庆喜，赏赐众将。

周瑜自回柴桑。蒋钦等一行人马自归南徐报孙权。权不胜忿怒，欲拜程普为都督，起兵取荆州。周瑜又上书，请兴兵雪恨。张昭谏曰："不可。曹操日夜思报赤壁之恨，因恐孙、刘同心，故未敢兴兵。今主公若以一时之忿，自相吞并，操必乘虚来攻，国势危矣。"^{以此时论之，则张昭之见胜于周瑜。}顾雍曰："许都岂无细作在此？若知孙、刘不睦，操必使人勾结刘备。备惧东吴，必投曹操。若此，则江南何日得安？为今之计，莫若使人赴许都，表刘备为荆州牧。曹操知之，则惧而不敢加兵于东南。且使刘备不恨于主公。然后使心腹用反间之计，令曹、刘相攻，吾乘隙而图之，斯为得耳。"^{顾雍之见更胜张昭。}权曰："元叹之言甚善。但谁可为使？"雍曰："此间有一人，乃曹操敬慕者，可以为使。"权问何人。雍曰："华歆在此，何不遣之？"权大喜，即遣歆赍表赴许都。^{曹操恨刘备之取徐州，而反诏刘备为徐州牧，欲使吕布忌之也。今东吴亦恨刘备之取荆州，而反表刘备为荆州牧，欲使曹操忌之也，同是一样机谋之。}歆领命起程，径到许都来见曹操。闻操会群臣于邺郡，庆赏铜雀台，歆乃赴邺郡候见。

操自赤壁败后，常思报仇；只疑孙、刘并力，因此不敢轻进。时建安十五年春，造铜雀台成，^{筑台是三十四回中事，至此始成。其劳民伤财可知。曹操之有铜雀台，犹董卓之有郿坞也。}操乃大会文武于邺郡，设宴庆贺。其台正临漳河，中央乃铜雀台，左边一座名玉龙台，右边一座名金凤台，各高十丈，上横二桥相通，千门万户，金碧交辉。^{八言可抵一篇《阿房宫赋》。}是日，曹操头戴嵌宝金冠，身穿绿锦罗袍，^{宗族都命穿红，自己却又穿绿。}玉带珠履，凭高而坐。文武侍立台下。

操欲观武官比试弓箭，乃使近侍将西川红锦战袍一领，挂于垂杨枝上，^{以一锦袍引出无数锦袍人来。○玄武池中习水战是演武于赤壁未败之前，铜雀台前挂锦袍是演武于赤壁既败之后。}下设一箭垛，以百步为界。分武官为两队：曹氏宗族俱穿红，其余将士俱穿绿；^{前在赤壁江中分五色旗号，今在铜雀台边分红绿两班。}各带雕弓长箭，跨鞍勒马，听候指挥。^{此日其实好看。}操传令曰："有能射中箭垛红心者，即以锦袍赐之；如射不中，罚水一杯。"号令方下，红袍队中一个少年将军骤马而出，^{一个红。}众视之，乃曹休也。休飞马往来，奔驰三次，^{第一个出来射箭的却不便射，先往来驰骤作势，写得好看。}扣上箭，拽满弓，一箭射去，正中红心。^{好看。}金鼓齐鸣，^{夹写金鼓。}众皆喝采。^{夹写众人。}曹操于台上望见大喜，曰："此吾家千里驹也！"^{又夹写曹操语。}方欲使人取锦袍与曹休，只见绿袍队中一骑飞出，^{间一个绿。}叫曰："丞相锦袍，合让俺外姓先取，宗族中不宜搀越。"操视其人，乃文聘也。众官曰："且看文仲业射法。"〔又夹写众官语。〕文聘拈弓纵马，一箭亦中红心。〔好看。〕众皆喝采，金鼓乱鸣。〔二句倒写，又与前变。〕聘大呼曰："快取袍来！"只见红袍队中又一将飞马而出，〔又一个红。〕厉声曰："文烈先射，汝何得争夺？看我与你两个解箭！"拽满弓，一箭射去，也中红心。〔好看。〕众人齐声喝采。〔只写众人不写众鼓，文法又变。〕视其人，乃曹洪也。〔先写箭后写人，文法又变。〕洪方欲取袍，只见绿袍队里又一将出，〔又间一个绿。〕扬弓叫曰："你三人射法，何足为奇！看我射来！"众视之，乃张郃也。郃飞马翻身，背射一箭，也中红心。〔更好看。〕四枝箭齐齐的攒在红心里。〔又总写四箭一句。〕众人都道："好射法！"〔写众人喝采，又变一法。○亦只写众人，不写金鼓。〕郃曰："锦袍须该是我的！"言未毕，红袍队中一将飞马而出，〔又一个红。〕大叫曰："汝翻身背射，何足称异！看我夺射红心！"众视之，乃夏侯渊也。渊骤马至界口，纽回身一箭射去，正在四箭当中，〔更好看。〕金鼓齐鸣。〔只写金鼓不写人，文法又变。〕渊勒马按弓大叫曰："此箭可得夺锦袍么？"只见绿袍队里，一将应声而出，〔又间一个绿。〕大叫："且留下锦袍与我徐晃！"〔出徐晃名字，又是一样写法。〕渊曰："汝更有何射法，可夺我袍？"晃曰："汝夺射红心，不足为异。看吾单取锦袍！"拽弓搭箭，遥望柳条射去，恰好射断柳条，锦袍坠地。〔一发好看。〕徐晃飞取锦袍，披于身上，〔绿袍人变做红袍人矣。〕骤马至台前声喏曰："谢丞相袍！"〔看至此疑已结夺袍之局矣，不谓其殊未已也。〕曹操与众官无不称羡。〔一总写曹操与众官一句。〕晃才勒马要回，猛然台边跃出一个绿袍将军，〔叙法又变。〕大呼曰："你将锦袍那里去？早早留下与我！"众视之，乃许褚也。晃曰："袍已在此，汝何敢强夺！"褚更不回答，竟飞马来夺袍。〔妙在夺得无理。○以前都是红袍人与绿袍人相争，此却是绿袍队里自相争夺。然此时徐晃身上已不是绿袍，恰好与许褚一红一绿相争，真是好看。〕两马相近，徐晃便把弓打许褚。褚一手按住弓，把徐晃拖离鞍鞒。晃急弃了弓，翻身下马，褚亦下马，两个揪住厮打。〔射箭起头，厮打结局，可发一笑。〕操急使人解开，那领锦袍已是扯得粉碎。〔人人射箭夺此袍，却被一不曾射箭人扯得粉碎，妙极趣极。〕操令二人都上台。徐晃睁眉怒目，许褚切齿咬牙，各有相斗之意。操笑曰："孤特视公等之勇耳！岂惜一锦袍哉？"便教诸将尽都上台，各赐蜀锦一匹。〔老瞒最会和事。〕诸将各各称谢。操命各依位次而坐。乐声竞奏，水陆并陈。文官武将轮次把盏，献酬交错。〔与酾酒临江之时正复相类。〕

操顾谓众文官曰："武将既以骑射为乐，足显威勇矣。公等皆饱学之士，登此高台，可不进佳章以纪一时之胜事乎？"众官皆躬身而言曰："愿从钧命。"〔前者横槊赋诗，横槊是武，赋诗是文，以一人兼文武。今则使众人分奏之。〕时有王朗、锺繇、王粲、陈琳一班文官，进献诗章。诗中多有称颂曹操功德巍巍、合当受命之意。〔王莽之时，《剧秦美新》只一个，此日乃有无数扬雄。〕曹操逐一览毕，笑曰："诸公佳作，过誉甚矣。孤本愚陋，始举孝廉。〔出身文。〕后值天下大乱，筑精舍于谯东五十里，欲春夏读书，〔一句文。〕秋冬射猎，〔一句武。〕以待天下清平，方出仕耳。不意朝廷征孤为典军校尉，〔出仕武。〕遂更其意，专欲为国家讨贼立功，图死后得题墓道曰‘汉故征西将军曹侯之墓’，平生愿足矣。_{后来称“魏公”、称“魏王”者谁耶？}

念自讨董卓、剿黄巾以来，除袁术、破吕布、灭袁绍、定刘表，遂平天下。_{武功绝顶。}身为宰相，人臣之贵已极，又复何望哉？_{文官极品。}如国家无孤一人，正不知几人称帝，几人称王。_{别人称帝称王未必弑母后、杀贵妃，而大肆其恶也。}或见孤权重，妄相忖度，疑孤有异心，此大谬也。孤常念孔子称文王之至德，此言耿耿在心。_{自比周文王，推不好人与子孙做。}但欲孤委捐兵众，归就所封武平侯之国，实不可耳。诚恐一解兵柄，为人所害；_{此是实话，亦骑虎难下之势矣。}孤败则国家倾危，是以不得慕虚名而处实祸也。_{又将国家推头，奸甚。}诸公必无知孤意者。”众皆起拜曰：“虽伊尹、周公，不及丞相矣。”_{曹操欲为文王而众人比之伊尹周公，又非其意。}后人有诗曰：

> 周公恐惧流言日，王莽谦恭下士时。
>
> 假使当年身便死，一生真伪有谁知！

曹操连饮数杯，不觉沉醉，唤左右捧过笔砚，亦欲作《铜雀台诗》。刚才下笔，忽报：“东吴使华歆表奏刘备为荆州牧，孙权以妹嫁刘备，汉上九郡大半已属备矣。”操闻之，手脚慌乱，投笔于地。_{“满城风雨近重阳”，为催租人所阻。今曹操连一句也无，何其急也。}程昱曰：“丞相在万军之中，矢石交攻之际，未尝动心；今闻刘备得了荆州，何故如此失惊？”操曰：“刘备，人中之龙也，生平未尝得水。今得荆州，是困龙入大海矣。孤安得不动心哉！”_{孰知其未得荆州之时，早已得水矣。何也？彼固以孔明为水也。}程昱曰：“丞相知华歆来意否？”操曰：“未知。”昱曰：“孙权本忌刘备，欲以兵攻之，但恐丞相乘虚而击。故令华歆为使，表荐刘备。乃安备之心，以塞丞相之望耳。”操点头曰：“是也。”_{当时乘人一个赛一个。}昱曰：“某有一计，使孙、刘自相吞并，丞相乘间图之，一鼓而二敌俱破。”操大喜，遂问其计。程昱曰：“东吴所倚者，周瑜也。丞相今表奏周瑜为南郡太守，程普为江夏太守，留华歆在朝重用之；瑜必自与刘备为仇敌矣。_{即荀彧所谓“二虎争食”之计。}我乘其相并而图之，不亦善乎？”操曰：“仲德之言，正合孤意。”遂召华歆上台，重加赏赐。当日筵散，操即引文武回许昌，表奏周瑜为总领南郡太守，程普为江夏太守。_{慷他人之慨。}封华歆为大理少卿，留在许都。_{为六十六回伏线。}使命至东吴，周瑜、程普各受职讫。_{有职而无地，竟是挂名太守。}

周瑜既领南郡，愈思报仇，遂上书吴侯，乞令鲁肃去讨还荆州。孙权乃命肃曰：“汝昔保借荆州与刘备，今备迁延不还，等待何时？”肃曰：“文书上明白写着，得了西川便还。”权叱曰：“只说取西川，到今又不动兵，不等老了人！”肃曰：“某愿往言之。”遂乘船投荆州而来。_{第三次讨荆州。}

　　却说玄德与孔明在荆州广聚粮草，调练军马，远近之士多归之。忽报鲁肃到。玄德问孔明曰："子敬此来何意？"孔明曰："昨者孙权表主公为荆州牧，此是惧曹操之计。操封周瑜为南郡太守，此欲令我两家自相吞并，他好于中取事也。_{又是一个乖的，一个赛一个。}今鲁肃此来，又是周瑜既受太守之职，要来索荆州之意。"玄德曰："何以答之？"孔明曰："若肃提起荆州之事，主公便放声大哭。_{前来吊孝不哭，此非吊孝反哭，奇绝怪绝。}哭到悲切之处，亮自出来解劝。"计会已定，接鲁肃入府，礼毕叙坐。肃曰："今日皇叔做了东吴女婿，便是鲁肃主人，如何敢坐？"玄德笑曰："子敬与我旧交，何必太谦？"肃乃就坐。茶罢，肃曰："今奉吴侯钧命，专为荆州一事而来。皇叔已借住多时，未蒙见还。今既两家结亲，当看亲情面上，早早交付。"_{妹夫借阿舅的东西，又与外人不同了。}玄德闻言，掩面大哭。_{亏得那里来这副急泪。}肃惊曰："皇叔何故如此？"玄德哭声不绝。孔明从屏后出曰："亮听之久矣。子敬知吾主人哭的缘故么？"肃曰："某实不知。"孔明曰："有何难见？当初我主人借荆州时，许下取得西川便还。仔细想来，益州刘璋是我主人之弟，一般都是汉朝骨肉，若要兴兵去取他城池时，恐被外人唾骂；_{一层。}若要不取，还了荆州，何处安身？_{二层。}若不还时，于尊舅面上又不好看。_{三层。}事实两难，因此泪出痛肠。"孔明说罢，触动玄德衷肠，真个捶胸顿足，放声大哭。_{越妆越像。}鲁肃劝曰："皇叔且休烦恼，与孔明从长计议。"孔明曰："有烦子敬，回见吴侯，勿惜一言之劳，将此烦恼情节恳告吴侯，再容几时。"_{妙在只用缓兵之计。}肃曰："倘吴侯不从，如之奈何？"孔明曰："吴侯既以亲妹聘嫁皇叔，安得不从乎？望子敬善言回复。"_{第三次索荆州俱用孔明回答。}

　　鲁肃是个宽仁长者，见玄德如此哀痛，只得应允。_{定然陪出了几点眼泪矣。}玄德、孔明拜谢。宴毕，送鲁肃下船。径到柴桑，见了周瑜，具言其事。周瑜顿足曰："子敬又中诸葛亮之计也！当初刘备依刘表时，常有吞并之意，何况西川刘璋乎？似此推调，未免累及老兄矣。_{此时鲁肃亦该哭。}吾有一计，使诸葛亮不能出吾算中。子敬便当一行。"肃曰："愿闻妙策。"瑜曰："子敬不必去见吴侯，再去荆州对刘备说：孙、刘两家既结为亲，便是一家。若刘氏不忍去取西川，我东吴起兵去取；取得西川时，以作嫁资，却把荆州交还东吴。"_{何不即以荆州为嫁资？}肃曰："西川迢递，取之非易。都督之计，莫非不可？"_{老实人说实心话。}瑜笑曰："子敬真长者也。_{长者是无用之别名。}你道我真个去取西川与他？我只以此为名，实欲去取荆州，且教他不做准备。东吴军马收川，路过荆州，就问他索要钱粮，刘备必然出城劳军。那时乘势杀之，夺取荆州，雪吾之恨，解足下之祸。"_{此等计策，郎甚是不济。}鲁肃大喜，便再往荆州来。玄德与孔明商议。孔明曰："鲁肃必不曾见吴侯，只到柴桑和周瑜商量了甚计策，来诱我耳。但说的话，主公只看我点头，便满口应承。"<small>或教他不应，或教他哭，或教他应承，皆是孔明扯线。</small>计会已定。鲁肃入见，礼毕，曰："吴侯甚是称赞皇叔盛德，遂与诸将商议，起兵替皇叔收川。取了西川，却换荆州，以西川权当嫁资。<small>荆州是现成妆奁，何必舍近而求远？</small>但军马经过，却望应些钱粮。"孔明听了，忙点头曰："难得吴侯好心！"玄德拱手称谢曰："此皆子敬善言之力。"<small>二个点头，二个会意。</small>孔明曰："如雄师到日，即当远接犒劳。"鲁肃暗喜，宴罢辞回。玄德问孔明曰："此是何意？"孔明大笑曰："周郎死日近矣！这等计策，小儿也瞒不过！"玄德又问如何，<small>小儿瞒不过，大人倒不晓得。</small>孔明曰："此乃'假途灭虢'之计也。虚名收川，实取荆州。等主公出城劳军，乘势拿下，杀入城来，'攻其不备，出其不意'也。"<small>周瑜乖，孔明又乖。</small>玄德曰："如之奈何？"孔明曰："主公宽心，只顾'准备窝弓以擒猛虎，安排香饵以钓鳌鱼'。等周瑜到来，他便不死，也九分无气。"<small>孔明只是顽皮作乐。</small>便唤赵云听计："如此如此，其余我自有布摆。"玄德大喜。后人有诗叹云：

> 周瑜决策取荆州，诸葛先知第一筹。
>
> 指望长江香饵稳，不知暗里钓鱼钩。

却说鲁肃回见周瑜，说玄德、孔明欢喜一节，准备出城劳军。周瑜大笑曰："原来今番也中了吾计！"<small>且慢笑，备气着。</small>便教鲁肃禀报吴侯，并遣程普引军接应。周瑜此时箭疮已渐平愈，身躯无事，使甘宁为先锋，自与徐盛、丁奉为第二，凌统、吕蒙为后队，水陆大兵五万，望荆州而来。周瑜在船中，时复欢笑，以为孔明中计。<small>周瑜对蒋干时尝诈说梦话，此则真说梦话矣。</small>前军至夏口，周瑜问："荆州有人在前面接否？"人报："刘皇叔使麋竺来见都督。"瑜唤至，问劳军如何。麋竺曰："主人皆准备安排下了。"<small>准备窝弓以射猛虎，安排香饵以钓鳌鱼。</small>瑜曰："皇叔何在？"竺曰："在荆州城门外相等，与都督把盏。"<small>只怕周瑜吃不得这一杯。</small>瑜曰："今为汝家之事，出兵远征；劳军之礼，休得轻易。"麋竺领了言语先回。

战船密密排在江上，依次而进。看看至公安，并无一只军船，又无一人远接。周瑜催船速行。离荆州十余里，只见江面上静荡荡的。哨探的回报："荆州城上，插两面白旗，<small>送嫁资来如何反插白旗？想预为周瑜吊孝耳。</small>并不见一人之影。"瑜心疑，教把船傍岸，亲自上岸乘马，带了甘宁、徐盛、丁奉一班军官，引亲随精军三千人，径望荆州来。既至城下，并不见动静。瑜勒住马，令军士叫门。城上问是谁人。<small>只做不认得，妙。</small>吴军答曰："是东吴周都督亲自在此。"言未

已，忽一声梆子响，城上军一齐都竖起枪刀。敌楼上赵云出曰："都督此行，端的为

何？"<small>不即说破，先问一句，妙。</small>瑜曰："吾替汝主取西川，汝岂犹未知耶？"云曰："孔明军师已知都

督'假途灭虢'之计，故留赵云在此。吾主公有言：'孤与刘璋皆汉室宗亲，安忍背义而

取西川？若汝东吴端的取蜀，吾当披发入山，不失信于天下也。'"<small>偏与后文相反。</small>周瑜闻之，勒

马便回。只见一人打着令字旗，于马前报说："探得四路军马，一齐杀到：关某从江陵杀

来，张飞从秭归杀来，黄忠从公安杀来，魏延从屡陵小路杀来。四路正不知多少军马，喊声

远近震动百余里，皆言要捉周瑜。"<small>此是把盖芳军的。</small>瑜马上大叫一声，箭疮复裂，坠于马下。正是：

一着棋高难对敌，几番算定总成空。

未知性命如何，且看下文分解。

第五十七回

柴桑口卧龙吊丧

耒阳县凤雏理事

　　天下当治，人才辈出；天下当乱，人才亦辈出。君子观于生瑜生亮之叹，而窃以为当日人才之并生，不独此二人为然也。其并生而相济者，如庶之先亮，统之赞亮，维之继亮，肃、蒙、逊、抗之嗣瑜，嘉、昱、彧、攸之佐操皆是矣；其并生而相难者，如备之遇操，亮之遇懿，维之遇艾皆是矣。天生一非常之人，必更生非常之人以济之；而天生一非常之才，亦必更生一非常之才以难之。夫既生备，何生操？既生亮，何生懿？既生维，又何生艾哉？

　　孔明吊公瑾之言曰："从此天下更无知音。"盖不独爱我者为知己，能忌我者亦知己也；不独欲用我者为知音，欲杀我者亦知音也。不宁唯是，苟能爱我而不能用，用我而用之不尽其才，反不如忌我杀我者之知我耳！

　　孔明吊公瑾之后，忽然遇着庞统，与庞统见曹操之后，忽然遇着徐庶，正复相似。前是将徐庶放去，此是将庞统引来。一样文法，两样局面，真叙事妙品。

　　元直、德操，并称伏龙、凤雏名字，已在三十六回之前，至此已隔二十回矣，而凤雏方与卧龙会于一处。其先则忽隐忽现，若减若没，踪迹又自不同。始之为周瑜献连环，极似四皓为子房定太子；继之见孙权，极似王猛之见桓温；后之谒玄德，极似邓禹之谒光武：虽未及孔明，而写来亦甚出色。庞统走谒荆州，与徐庶之走谒新野，皆不如孔明之高卧南阳，三顾而后出也；徐庶后归曹操，庞统亦先投孙权，又不如孔明之以草庐始，以五丈原终，前后无二也。然庞统有荐书二封，初时并不取出，直待耒阳县中显过本事，然后将书呈送，可见有本事人不藉荐书之力。今之求讨荐牍专靠吹嘘者，恐为庞统所笑矣。

　　孙权既失一周瑜，又失一庞统，是再失也；玄德既得一孔明，又得一庞统，是两得也。周瑜不能荐统，而肃乃荐统；周瑜忌孔明之助刘，而鲁肃则荐统以助刘。不但庞统所学，与周瑜大不相同；而鲁肃所见，亦与周瑜大不相同。

　　董承等七人同立义状，至此已隔三十余回矣。独马腾一去西凉，杳无动静，令读者意甚悬悬。今忽于此卷中照应出来，并与赤壁以前庞统教徐庶之语，暗相关合。如此叙事，真有一篇如一句者。不似今人之作稗官，如理词谱而见杂曲，如观演戏而点杂剧，逐段皆断，更不联络也。

　　事有前文所未载，而观于后文可以识前文者，如曹操之杀苗泽是也。即其后之杀苗泽，而前之杀秦庆童可知，岂有不赦黄奎之亲戚，而独纵董承之家奴者乎？小人不独不容于君子，而并不见容于小人；不独以小人谋小人，而不容于小人，即以小人助小人，而亦不容于小人。读此可为小人之戒。

　　却说周瑜怒气填胸，坠于马下，左右急救归船。军士传说："玄德、孔明在前山顶上饮酒取乐。"但自饮酒，更不来把盏。瑜大怒，咬牙切齿曰："你道我取不得西川，吾誓取之！"正恨间，人报吴侯遣弟孙瑜到。周瑜接入，具言其事。孙瑜曰："吾奉兄命来助都督。"遂令催军前行。行至巴丘，人报上流有刘封、关平二人领军截住水路。周瑜愈怒。忽又报孔明遣人送书至。^{催死文书到了。}周瑜拆封视之。书曰：

汉军师中郎将诸葛亮，致书于东吴大都督公瑾先生麾下：亮自柴桑一别，至今恋恋不忘。闻足下欲取西川，亮窃以为不可。益州民强地险，刘璋虽暗弱，足以自守。今劳师远征，转运万里，欲收全功，虽吴起不能定其规，孙武不能善其后也。^{恶极妙极。}曹操失利于赤壁，志岂须臾忘报仇哉？今足下兴兵远征，倘操乘虚而至，江南齑粉矣！亮不忍坐视，^{恶极妙极。}特此告知。幸垂照鉴。

周瑜览毕，长叹一声，^{怨极而叹，叹甚于怨。}唤左右取纸笔作书上吴侯。乃聚众将曰："吾非不欲尽忠报国，奈天命已绝矣。汝等善事吴侯，共成大业。"言讫，昏绝。徐徐又醒，仰天长叹曰："既生瑜，何生亮！"^{周瑜少年经怒不起，盖其读书养气之学不及孔明耳。}连叫数声而亡。寿三十六岁。后人有诗叹曰：

赤壁遗雄烈，青年有俊声。

弦歌知雅意，杯酒谢良朋。

曾谒三千斛，常驱十万兵。

巴丘终命处，凭吊欲伤情。

周瑜停丧于巴丘。众将将所遗书缄，遣人飞报孙权。权闻瑜死，放声大哭。拆视其书，乃荐鲁肃以自代也。书略曰：

瑜以凡才，荷蒙殊遇，委任腹心，统御兵马，敢不竭股肱之力，以图报效。奈死生不测，修短有命；愚志未展，微躯已殒，遗恨何极！方今曹操在北，疆场未静；刘备寄寓，有似养虎；^{曹操以备为龙，周郎又以备为虎。}天下之事，尚未可知。此正朝士旰食之秋，至尊垂虑之日也。鲁肃忠烈，临事不苟，可以代瑜之任。人之将死，其言也善。倘蒙垂鉴，瑜死不朽矣。

孙权览毕，哭曰："公瑾有王佐之才，今忽短命而死，孤何赖哉？既遗书特荐子敬，孤敢不从之。"即日便命鲁肃为都督，总统兵马；一面教发周瑜灵柩回葬。

却说孔明在荆州夜观天文，见将星坠地，乃笑曰："周瑜死矣。"至晓，告于玄德。

玄德使人探之，果然死了。玄德问孔明曰："周瑜既死，还当如何？"孔明曰："代瑜领兵者，必鲁肃也。_{能料死又}_{能料生。}亮观天象，将星聚于东方。亮当以吊丧为由，往江东走一遭，就寻贤士佐助主公。"_{预为庞统}_{伏线。}玄德曰："只恐吴中将士加害于先生。"孔明曰："瑜在之日，亮犹不惧；今瑜已死，又何患乎？"_{孔明吊丧，与关公}_{赴会一样有胆。}乃与赵云引五百军，具祭礼，下船赴巴丘吊丧。于路探听得孙权已令鲁肃为都督，周瑜灵柩已回柴桑。孔明径至柴桑，鲁肃以礼迎接。周瑜部将皆欲杀孔明，因见赵云带剑相随，不敢下手。孔明教设祭物于灵前，亲自奠酒，跪于地下，读祭文曰：

呜呼公瑾，不幸夭亡！修短故天，人岂不伤？我心实痛，酹酒一觞；君其有灵，享我烝尝！吊君幼学，以交伯符；仗义疏财，让舍以居。吊君弱冠，万里鹏抟；定建霸业，割据江南。吊君壮力，远镇巴丘；景升怀虑，讨逆无忧。吊君丰度，佳配小乔；汉臣之婿，不愧当朝。吊君气概，谏阻纳质；始不垂翅，终能奋翼。吊君鄱阳，蒋干来说；挥洒自如，雅量高志。吊君弘才，文武筹略；火攻破敌，挽强为弱。想君当年，雄姿英发；哭君早逝，俯地流血。忠义之心，英灵之气；命终三纪，名垂百世。哀君情切，愁肠千结；惟我肝胆，悲无断绝。昊天昏暗，三军怆然；主为哀泣，友为泪涟。亮也不才，丐计求谋；助吴拒曹，辅汉安刘。掎角之援，首尾相傄；若存若亡，何虑何忧？呜呼公瑾，生死永别！朴守其贞，冥冥灭灭。魂如有灵，以鉴我心；从此天下，更无知音！_{此是实}_{话。}呜呼痛哉！伏惟尚飨。

孔明祭毕，伏地大哭，泪如涌泉，哀恸不已。_{哭其不能助我以攻曹，}_{乃真哭非假哭也。}众将相谓曰："人尽道公瑾与孔明不睦，今观其祭奠之情，人皆虚言也。"鲁肃见孔明如此悲切，亦为感伤，自思曰："孔明自是多情，乃公瑾量窄，自取死耳。"_{写鲁肃处处}_{是实心人。}后人有诗叹曰：

卧龙南阳睡未醒，又添列曜下舒城。

苍天既已生公瑾，尘世何须出孔明！

鲁肃设宴款待孔明。宴罢，孔明辞回。方欲下船，只见江边一人道袍竹冠，皂绦素履，一手揪住孔明，大笑曰："汝气死周郎，却又来吊孝，明欺东吴无人耶！"孔明急视其人，乃凤雏先生庞统也。_{孔明此来正为寻访贤士。乃不用孔明去寻，偏}_{用庞统自来，又不用顺写，偏用逆接，妙甚。}孔明亦大笑。两人携手登舟，各诉心事。孔明乃留书一封与统，嘱曰："吾料孙仲谋必不能重用足下。稍有不如意，可来荆州共扶玄德。此人宽仁厚德，必不负公平生之所学。"统允诺而别。^{不便偕归，妙有曲折。}孔明自回荆州。

却说鲁肃送周瑜灵柩至芜湖，孙权接着，哭祭于前，命厚葬于本乡。^{了却周瑜。}周瑜有两男一女，长男循，次男胤，权皆厚恤之。鲁肃曰："肃碌碌庸才，误蒙公瑾重荐，其实不称所职，愿举一人以助主公。此人上通天文，下晓地理，谋略不减于管、乐，枢机可并于孙、吴。往日周公瑾多用其言，孔明亦深服其智。现在江南，何不重用？"^{借鲁肃口极力写庞统。}权闻言大喜，便问此人姓名。肃曰："此人乃襄阳人，姓庞名统，字士元，道号凤雏先生。"权曰："孤亦闻其名久矣。今既在此，可即请来相见。"于是鲁肃邀请庞统入见孙权。施礼毕。权见其人浓眉掀鼻，黑面短髯，形容古怪，心中不喜。^{以貌取人，失之子羽。独不思碧眼紫髯，亦自形容古怪耶？}乃问曰："公平生所学，以何为主？"统曰："不必拘执，随机应变。"权曰："公之才学，比公瑾如何？"统笑曰："某之所学，与公瑾大不相同。"权平生最喜周瑜，见统轻之，心中愈不乐，^{既厌其貌，又怪其言。}乃谓统曰："公且退。待有用公之时，却来相请。"统长叹一声而出。鲁肃曰："主公何不用庞士元？"权曰："狂士也，用之何益！"肃曰："赤壁鏖兵之时，此人曾献连环策，成第一功。^{照应四十七回中事。}主公想必知之。"权曰："此时乃曹操自欲钉船，未必此人之功也。吾誓不用之。"鲁肃出谓庞统曰："非肃不荐足下，奈吴侯不肯用公。公且耐心。"统低头长叹不语。肃曰："公莫非无意于吴中乎？"统不答。肃曰："公抱匡济之才，何往不利？可实对肃言，将欲何往？"统曰："吾欲投曹操去也。"^{反言以激之。}肃曰："此明珠暗投矣。可往荆州投刘皇叔，必然重用。"统曰："统意实欲如此，前言戏耳。"肃曰："某当作书奉荐。公辅玄德，必令孙、刘两家无相攻击，同力破曹。"^{见机胜周郎十倍。}统曰："此某平生之素志也。"乃求肃书，径往荆州来见玄德。

此时孔明按察四郡未回。^{妙有曲折。}门吏传报："江南名士庞统，特来相投。"玄德久闻统名，便教请入相见。统见玄德，长揖不拜。玄德见统貌陋，心中亦不悦，^{曹操初见庞统恭敬之极，仲谋、玄德反不如之。}乃问统曰："足下远来不易？"统不拿出鲁肃、孔明书投呈，但答曰："闻皇叔招贤纳士，特来相投。"^{妙有身分。若令之挟荐书投人者，未入门而先传进矣。}玄德曰："荆楚稍定，苦无闲职。此去东北一百三十里，有一县名耒阳县，缺一县宰，屈公任之。如后有缺，却当重用。"统思："玄德待我何薄！"欲以才学动之，见孔明不在，只得勉强相辞而去。^{妙有曲折。}统到耒阳县，不理政事，终日饮酒为乐，^{醉翁之意不在酒。}一应钱粮词讼，并不理会。有人报知玄德，言庞统将耒阳县事尽废。

玄德怒曰："竖儒焉敢乱吾法度！"遂唤张飞吩咐，引从人去荆南诸县巡视："如有不公不法者，就便究问。恐于事有不明处，可与孙乾同去。"

张飞领了言语，与孙乾前至耒阳县。军民官吏皆出郭迎接，独不见县令。*以饮酒废事，犹胜于迎接废事。若善于迎接者，便非好县令。*飞问曰："县令何在？"同僚复曰："庞县令自到任及今将百余日，县中之事并不理问，每日饮酒自旦及夜，只在醉乡。今日宿酒未醒，犹卧不起。"*既有卧龙，安得无卧凤？卧治有余，卧亦是醒。彼暗于治者虽日日醒，犹日日卧耳。*张飞大怒，欲擒之。孙乾曰："庞士元乃高明之人，未可轻忽。且到县问之。如果于理不当，治罪未晚。"飞乃入县，正厅上坐定，教县令来见。统衣冠不整，扶醉而出。*故作偃蹇之态。*飞怒曰："吾兄以汝为人，令作县宰，汝焉敢尽废县事！"统笑曰："将军以吾废了县中何事？"*奇绝妙绝。*飞曰："汝到任百余日，终日在醉乡，安得不废政事？"统曰："量百里小县，些小公事，何难决断！*此不足为将军少坐，待我发落。"随即唤公吏，将百余日所积公务都取来剖断。吏皆纷然赍抱案卷上厅，诉词被告人等，环跪阶下。统手中批判，口中发落，耳内听词，*刘穆之不足为奇。*曲直分明，并无分毫差错。民皆叩首拜伏。不到半日，将百余日之事，尽断毕了，*谁云"大受者不可小知"？*投笔于地而对张飞曰："所废之事何在？*妙极。*曹操、孙权，吾视之若掌上观文，*一语便露出圭角。*量此小县，何足介意！"飞大惊，下席谢曰："先生大才，小子失敬。吾当于兄长处极力举荐。"*前倨后恭，粗中有细。*统乃将出鲁肃荐书。*两封荐书又只先取一封，藏却一封，妙有曲折。*飞曰："先生初见吾兄，何不将出？"统曰："若便将出，似乎专藉荐书来干谒矣。"*今之求讨荐书一味钻刺者，能不愧死？*飞顾谓孙乾曰："非公则失一大贤也。"遂辞统回荆州见玄德，具说庞统之才。玄德大惊曰："屈待大贤，吾之过也！"飞将鲁肃荐书呈上。*不消鲁肃荐，先生先自荐矣。*玄德拆视之。书略曰：

庞士元非百里之才，使处治中、别驾之任，始当展其骥足。如以貌取之，恐负所学，*有鉴于孙权而先为是言也。*终为他人所用，实可惜也！

玄德看毕，正在嗟叹，忽报孔明回。玄德接入，礼毕。孔明先问曰："庞军师近日无恙否？"*问妙。*玄德曰："近治耒阳县，好酒废事。"孔明笑曰："士元非百里之才，胸中所学，胜亮十倍。*此句是过誉，足见孔明之谦，不似今人之妄自矜夸也。*亮曾有荐书在士元处，曾达主公否？"玄德曰："今日方得子敬书，却未见先生之书。"孔明曰："大贤若处小任，往往以酒糊涂，倦于视事。"玄德曰："若非吾弟所言，险失大贤。"随即令张飞往耒阳县敬请庞统到荆州。玄德下阶请罪，统方将出孔明所荐之书。*两封书作两次取出，写庞统极有身分。*玄德看书中之意，言凤雏到日，宜即重用。玄德喜曰："昔司马德操言：'伏龙、凤雏，两人得一，可安天下。'^{照应三十五回中语。}今吾二人皆得，汉室可兴矣。"遂拜庞统为副军师中郎将，与孔明共赞方略，教练军士，听候征伐。^{以上按下玄德一边，以下接叙曹操一边。}

早有人报到许昌，言刘备有诸葛亮、庞统为谋士，招军买马，积草屯粮，连结东吴，早晚必兴兵北伐。曹操闻之，遂聚众谋士商议南征。荀攸进曰："周瑜新死，可先取孙权，次攻刘备。"操曰："我若远征，恐马腾来袭许都。前在赤壁之时，军中有讹言，亦传西凉入寇之事，^{照应四十八回中事。}今不可不防也。"荀攸曰："以愚所见，不若降诏加马腾为征南将军，使讨孙权，诱入京师，先除此人，则南征无患矣。"^{本因刘备转出孙权，又因孙权转入马腾，将二十回中事至此忽然归结。}操大喜，即日遣人赍诏至西凉召马腾。

却说腾字寿成，汉伏波将军马援之后。父名肃，字子硕，桓帝时为天水兰干县尉，后失官流落陇西，与羌人杂处，遂娶羌女生腾。腾身长八尺，体貌雄异，禀性温良，人多敬之。灵帝末年，羌人多叛，腾招募民兵破之。初平中年，因讨贼有功，拜征西将军，与镇西将军韩遂为弟兄。^{又补叙马腾来历，续前文之所未及。}是当日奉诏，乃与长子马超商议曰："吾自与董承受衣带诏以来，与刘玄德约共讨贼，不幸董承已死，玄德屡败。我又僻处西凉，未能协助玄德。^{马腾一向冷落不见出头，得此两句叙明。}今闻玄德已得荆州，我正欲展昔日之志，而曹操反来召我，当是如何？"马超曰："操奉天子之命以召父亲，今若不往，彼必以'逆命'责我矣。当乘其来召，竟往京师，于中取事，则昔日之志可展也。"^{有马超之言，方见马腾此去不是疏虞。}马腾兄子马岱谏曰："曹操心怀叵测，叔父若往，恐遭其害。"^{为下文伏笔。}超曰："儿愿尽起西凉之兵，随父亲杀入许昌，为天下除害，有何不可？"^{是马超声口。}腾曰："汝自统羌兵保守西凉，只教次子马休、马铁并侄马岱随我同往。曹操见有汝在西凉，又有韩遂相助，谅不敢加害于我也。"^{为后文韩遂助马超伏线。}超曰："父亲欲往，切不可轻入京师。当随机应变，观其动静。"腾曰："吾自有处，不必多虑。"于是马腾乃引西凉兵五千，先教马休、马铁为前部，留马岱在后接应，^{为马岱逃回伏笔。}迤逦望许昌而来。离许昌二十里屯住军马。

曹操听知马腾已到，唤门下侍郎黄奎吩咐曰："目今马腾南征，吾命汝为行军参谋，先至马腾寨中劳军，可对马腾说：西凉路远，运粮甚难，不能多带人马。我当更遣大兵，协同前进。来日教他入城面君，^{赚他入城，是诱杀之计。}便吾就应付粮草与之。"奎领命，来见马腾。腾置酒相待。奎酒半酣而言曰："吾父黄琬死于李傕、郭汜之难，尝怀痛恨。^{又将数十回前之事于此一提。}不想今日又遇欺君之贼！"腾曰："谁为欺君之贼？"奎曰："欺君者操贼也。公岂不知之，而问我耶？"腾恐是操使来相探，急止之曰："耳目较近，休得乱言。"奎叱曰：

"公竟忘却衣带诏乎！"前马腾见董承时，马腾正言，董承隐讳；今黄奎见腾见他说出心事，乃密以

实情告之。奎曰："操欲公入城面君，必非好意。公不可轻入。来日当勒兵城下，待曹操

出城点军，就点军处杀之，大事济矣。"二人商议已定。

　　黄奎回家，恨气未息。其妻再三问之，奎不肯言。不告其妻而独告不料其妾李春香与奎妻

弟苗泽私通。泽欲得春香，正无计可施。与董承家秦庆童妾见黄奎愤恨，遂对泽曰："黄侍郎

今日商议军情回，意甚愤恨，不知为谁？"泽曰："汝可以言挑之曰：'人皆说刘皇叔仁

德，曹操奸雄，何也？'看他说甚言语。"是夜黄奎果到春香房中。妾以言挑之。奎乘醉

言曰："汝乃妇人，尚知邪正，何况我乎？吾所恨者，欲杀曹操也！"妾曰："若欲杀

之，如何下手？"奎曰："吾已约定马将军，明日在城外点兵时杀之。"谋及妇人，妾告于

苗泽，泽报知曹操。操便密唤曹洪、许褚吩咐如此如此；又唤夏侯渊、徐晃吩咐如此如

此。各人领命去了，一面先将黄奎一家老小拿下。

　　次日，马腾领着西凉兵马将次近城，只见前面一簇红旗，打着丞相旗号。马腾只道曹

操自来点军，拍马向前。忽听得一声炮响，红旗开处，弓弩齐发。一将当先，乃曹洪也。

马腾急拨马回时，两下喊声又起：左边许褚杀来，右边夏侯渊杀来，后面又是徐晃领兵杀

至，截断西凉军马，两起调拨，却匀将马腾父子三人困在垓心。马腾见不是头，奋力冲杀。马

铁早被乱箭射死。三人中先死马休随着马腾，左冲右突，不能得出。二人身带重伤，坐下马

又被箭射倒，父子二人俱被执。曹操教将黄奎与马腾父子一齐绑至。董承七人之外添出一吉平，

马腾父子之外添出一黄奎，

前后遥望黄奎大叫："无罪！"操教苗泽对证。马腾大骂曰："竖儒误我大事！我不能为国
相对。

杀贼，是乃天也！"操命牵出。马腾骂不绝口，与其子马休及黄奎，一同遇害。后人有诗

叹马腾曰：

父子齐芳烈，忠贞著一门。

捐生图国难，誓死答君恩。

嚼血盟言在，诛奸义状存。

西凉推世冑，不愧伏波孙！

　　苗泽告操曰："不愿加赏，只求李春香为妻。"操笑曰："你为了一妇人，害了你姐

夫一家，留此不义之人何用！"奸雄快语，便教将苗泽、李春香与黄奎一家老小并斩于市。
可儿可儿。

观者无不叹息。后人有诗叹曰：

苗泽因私害苓臣，春香未得反伤身。

奸雄亦不相容恕，枉自图谋作小人。

曹操教招安西凉兵马，谕之曰："马腾父子谋反，不干众人之事。"一面使人吩咐把住关隘，休教走了马岱。

且说马岱自引一千兵在后。早有许昌城外逃回军士，报知马岱。岱大惊，只得弃了兵马，扮作客商，连夜逃遁去了。以上按下西凉一边，以下再叙许昌一边。曹操杀了马腾等，便决意南征。忽人报曰："刘备调练军马，收拾器械，将欲取川。"操惊曰："若刘备收川，则羽翼成矣。将何以图之？"言未毕，阶下一人进言曰："某有一计，使刘备、孙权不能相顾，江南、西川皆归丞相。"正是：

西州豪杰方遭戮，南国英雄又受殃。

未知献计者是谁，且看下文分解。

第五十八回

马孟起兴兵雪恨
曹阿瞒割须弃袍

周瑜在而孙、刘离，周瑜死而孙、刘合；曹操去而孙、刘离，曹操欲至而孙、刘又合：此两家离合之机也。乃孙方借刘以拒操，而刘忽借马以救孙则奇；刘方约马以拒操，而操忽约韩以取马则更奇；韩不为操以攻马，而马得合韩以攻曹则愈奇。至于刘不助马，而助马者乃是韩；刘不约韩，而约韩者乃是操；马非救孙，而救孙者实是马；马非应刘，而借马者实是刘：是又事之最巧，而文之至幻者矣！

曹操、孙权之欲报父仇，为父也，非为君也，私也；马超之欲报父仇，为父也，亦为君也，公也。马腾为衣带诏而死，则腾为忠臣；超为父之死于衣带诏而讨操，则超为孝子而亦为忠臣。而前史误书之为贼，误书之为反，则大谬矣！若断以《春秋》之义，直当书曰："马超起兵西凉讨曹操。"斯为得之。

曹操不能杀陶谦，而以吕布回兵；孙权不能杀刘表，而反使鲁肃吊孝：乌睹所谓不共天地、不同日月者乎？若马超者，是真能报仇矣。绕树之枪，渡河之箭，操之不死，间不容发。虽天方助操，不能遽斩国贼，而使之心寒胆落，魄散魂飞，则谓马超已诛曹操可也。

君子观于割须弃袍之事，而窃以为是汉帝之威灵也。何也？衣带诏不降，则义状不立；义状不立，则马腾不死；马腾不死，则马超不来。惟有帝之刺血，所以有操之割须；惟有帝之解带，所以有操之弃袍耳。

曹操每至危急时，有曹洪救之，有许褚救之，有丁斐救之。然而曹洪、许褚之救，是以救救也；丁斐之救，是以不救救也。延津之战，弃粮与马；渭桥之战，放马与牛。前之饵敌，所以取胜；后之饵敌，所以救败。则洪与褚之勇，又不若丁斐之智耳。

当马超战潼关之时，孙、刘两家若乘虚而袭许都，此大快事，而孙权不为，刘备亦不为，其故何也？盖东吴之兵，但能应敌，而不能取敌。一合淝且不下，而何有于许昌乎？且其所欲得者荆州耳，志固不在中原也。刘备则欲养其兵力以取西川，即东吴求救，且不肯轻劳我师，而何暇于袭许昌乎？是其志虽在中原，而西川未得，不敢遽图中原也。曹操有可乘之势，而两家未有能乘之力。呜呼，岂非天哉！

赤壁鏖兵之日，徐庶曾乞一兵守潼关矣。而此卷但见锺繇，不见徐庶，何也？意者徐庶此时已死乎？不然，庶纵不肯为操设谋，而身在潼关，恐不能谢其责也。自赤壁一去，更不见徐庶下落，庶即不死，我知其必托病而归田里耳。

却说献策之人，乃治书侍御史陈群，字长文。操问曰："陈长文有何良策？"群曰："今刘备、孙权结为唇齿，若刘备欲取西川，丞相可命上将提兵，会合淝之众，径取江南，则孙权必求救于刘备；备意在西川，必无心救权；权无救则力乏兵衰，江东之地必为丞相所得。前欲使马腾伐吴，意不在吴而在腾也，至此则真伐吴矣。若得江东，则荆州一鼓可平也；荆州既平，然后徐图西川。天下定矣。"操曰:"长文之言,正合吾意。"即时起大兵三十万,径下江南;令合淝张辽准备粮草,以为供给。

早有细作报知孙权。权聚众将商议。张昭曰:"可差人往鲁子敬处,教急发书到荆州,使玄德同力拒曹。子敬有恩于玄德,其言必从;且玄德既为东吴之婿,亦义不容辞。若玄德来相助,江南可无患矣。"^{事急则孙、刘复合。但内兄不致书于妹丈而必烦鲁肃修书者,以上有江上之追故耳,故曰:"凡事留人情,后来好相见。"}权从其言,即遣人谕鲁肃,使求救于玄德。肃领命,随即修书使人送玄德。玄德看了书中之意,留使者于馆舍,差人往南郡请孔明。孔明到荆州,玄德将鲁肃书与孔明看毕,孔明曰:"也不消动江南之兵,也不必动荆州之兵,自使曹操不敢正觑东南。"便回书与鲁肃,教高枕无忧:"若但有北兵侵犯,皇叔自有退兵之策。"^{妙在不即说明,令人测摸不出。}使者去了。玄德问曰:"今操起三十万大军,会合淝之众,一拥而来,先生有何妙计,可以退之?"孔明曰:"操平生所虑者,乃西凉之兵也。今操杀马腾,其子马超,现统西凉之众,必切齿操贼。主公可作一书,往结马超,使超兴兵入关,则操又何暇下江南乎?"^{马腾死后便当接出马超,却偏因曹操伐吴,孙权求救,然后转将出来,事曲而文亦曲。}玄德大喜,即时作书,遣一心腹人,径往西凉州投下。

却说马超在西凉州,夜感一梦:梦见身卧雪地,群虎来咬。惊惧而觉,心中疑惑,聚帐下将佐,告说梦中之事。帐下一人应声曰:"此梦乃不祥之兆也。"众视其人,乃帐前心腹校尉,姓庞名德,字令明。超问:"令明所见若何?"德曰:"雪地遇虎,梦兆殊恶。莫非老将军在许昌有事否?"言未毕,一人踉跄而入,^{接笋甚紧。}哭拜于地曰:"叔父与弟皆死矣!"超视之,乃马岱也。超惊问何为。岱曰:"叔父与侍郎黄奎同谋杀操,不幸事泄,皆被斩于市。二弟亦遇害。惟岱扮作客商,星夜走脱。"超闻言,哭倒于地。众将救起。超咬牙切齿,痛恨操贼。^{即无玄德书,超之起兵决矣。}忽报荆州刘皇叔遣人赍书至。^{马超正说梦,马岱忽来;马超正哭,玄德书又忽来。接笋处俱极紧。}超拆视之。书略曰:

　　伏念汉室不幸,操贼专权,欺君罔上,黎民凋残。备昔与令先君同受密诏,誓诛此贼。^{照应二十回中事。}今令先君被操所害,此将军不共天地、不同日月之仇也。若能率西凉之兵,以攻操之右,备当举荆襄之众,以遏操之前。^{句虚。}则逆操可擒,奸党可灭,仇辱可报,汉室可兴矣。书不尽言,立待回音。

马超看毕,即时挥涕回书,发使者先回,随后便起西凉军马。正欲进发,忽西凉太守韩遂使人请马超往见。^{马超正欲起兵,韩遂使忽来,接笋又甚紧。}超至遂府,遂将出曹操书示之。内云:"若将马超擒赴许都，即封汝为西凉侯。"〔玄德致书于马超用实写，曹操致书于韩遂用虚写，一实一虚，笔法变化。○有此书札往来，便为下文诈书张本。〕超拜伏于地曰："请叔父就缚俺兄弟二人，解赴许昌，免叔父戈戟之劳。"〔有此一逆，文势便曲。〕韩遂扶起曰："吾与汝父结为兄弟，安忍害汝？汝若兴兵，吾当相助。"〔玄德之助是虚，韩遂之助是实。〕马超拜谢。韩遂便将操使者推出斩之，乃点手下八部军马，一同进发。那八部？乃侯选、程银、李堪、张横、梁兴、成宜、马玩、杨秋也。八将随着韩遂，合马超手下庞德、马岱，共起二十万大兵，杀奔长安来。〔写得声势。〕长安郡守钟繇，飞报曹操；一面引军拒敌，布阵于野。西凉州前部先锋马岱，引军一万五千，浩浩荡荡，漫山遍野而来。钟繇出马答话。岱使宝刀一口，与繇交战。不一合，繇大败奔走。〔只会写字，那里会厮杀。我有笔如刀，不若别人怀宝剑。〕岱提刀赶来。马超、韩遂引大军都到，围住长安。钟繇上城守护。长安乃西汉建都之处，城郭坚固，壕堑险深，急切攻打不下。一连围了十日，不能攻破。庞德进计曰："长安城中土硬水碱，甚不堪食，更兼无柴。今围十日，军民饥荒。不如暂且收军，只须如此如此，长安唾手可得。"〔此时妙在不叙明白，至后方知其计。〕马超曰："此计大妙！"即时差令字旗传与各部，尽教退军，马超亲自断后。各部军马渐渐退去。钟繇次日登城看时，军皆退了，只恐有计；令人哨探，果然远去，方才放心。纵令军民出城打柴取水，大开城门，放人出入。〔即此便是计策。〕至第五日，人报马超兵又到，军民竞奔入城，〔此时庞德已杂其中矣。〕钟繇仍复闭城坚守。

却说钟繇弟钟进守把西门。约近三更，城门里一把火起。钟进急来救时，城边转过一人，举刀纵马大喝曰："庞德在此！"〔庞德入城不用明叙，至此突如其来，如亚夫将军从天而下。〕钟进措手不及，被庞德一刀斩于马下，杀散军校，斩关断锁，放马超、韩遂军马入城。钟繇从东门弃城而走。马超、韩遂得了城池，赏劳三军。钟繇退守潼关，飞报曹操。操知失了长安，不敢复议南征，〔照应前文东吴求救事，此马超救之，而实玄德救之也。〕遂唤曹洪、徐晃吩咐："先带一万人马，替钟繇紧守潼关。如十日内失了关隘，皆斩；十日外，不干汝二人之事。我统大军随后便至。"二人领了将令，星夜便行。曹仁谏曰："洪性躁，诚恐误事。"〔预为失潼关伏笔。〕操曰："你与我押送粮草，便随后接应。"

却说曹洪、徐晃到潼关，替钟繇坚守关隘，并不出战。马超领军来关下，把曹操三代毁骂。〔又一陈琳。〕曹洪大怒，要提兵下关厮杀。徐晃谏曰："此是马超要激将军厮杀，切不可与战。待丞相大军来，必有主画。"马超军日夜轮流来骂，〔陈琳骂操以笔，马超骂操以口，笔止一笔，口有万口。〕曹洪只要厮杀，徐晃苦苦挡住。至第九日，在关上看时，西凉军都弃马在于关前草地上坐，多半困乏，就于地上睡卧。〔诱敌之计。〕曹洪便教备马，点起三千兵杀下关来。西凉兵弃马抛戈而走，洪迤逦追赶。时徐晃正在关上点视粮车，闻曹洪下关厮杀，大惊，急引兵随后赶来，大叫曹洪回马。忽然背后喊声大震，马岱引军杀至。城外见马岱与城中见庞德，皆突如其来，写得声势。曹洪、徐晃急回走时，一棒鼓响，山背后两军截出：左是马超，右是庞德，混杀一阵。曹洪抵当不住，折军大半，撞出重围，奔到关上。西凉兵随后赶来，洪等弃关而走。庞德直追过潼关，撞见曹仁军马，救了曹洪等一军。马超接应庞德上关。曹洪失了潼关，奔见曹操。操曰："与你十日限，如何九日失了潼关？"洪曰："西凉军兵百般辱骂。因见彼军懈怠，乘势赶去，不想中贼奸计。"操曰："洪年幼躁暴，徐晃你须晓事！"晃曰："累谏不从。当日晃在关上点粮车，比及知道，小将军已下关了。晃恐有失，连忙赶去，已中贼奸计矣。"操大怒，喝斩曹洪。忘却"宁可无洪，可无公"之时耶？众官告免。曹洪服罪而退。

操进兵直叩潼关。曹仁曰："可先下定寨栅，然后打关未迟。"操令砍伐树木，起立排栅，分作三寨：左寨曹仁，右寨夏侯渊，操自居中寨。次日，操引三寨大小将校，杀奔关隘前去，正遇西凉军马。两边各布阵势。操出马于门旗下，看西凉之兵，人人勇健，个个英雄。又见马超生得面如傅粉，唇若抹朱，腰细膀宽，声雄力猛，白袍银铠，手执长枪，立马阵前；借曹操眼中极写马超。上首庞德，下首马岱。操暗暗称奇，自纵马谓超曰："汝乃汉朝名将子孙，何故背反耶？"超咬牙切齿，大骂："操贼！欺君罔上，罪不容诛！害我父弟，不共戴天之仇！吾当活捉生啖汝肉！"前是背后骂，此是当面骂，只此数语亦抵得一篇檄文。说罢，挺枪直杀过来。曹操背后于禁出迎。两马交战，斗得八九合，于禁败走。张郃出迎，战二十合亦败走。李通出迎，超奋威交战，数合之中，一枪刺李通于马下。超把枪望后一招，西凉兵一齐冲杀过来。操兵大败。西凉兵来得势猛，左右将佐，皆抵当不住。马超、庞德、马岱引百余骑，直入中军来捉曹操。操在乱军中，只听得西凉军大叫："穿红袍的是曹操！"操就马上急脱下红袍。畅绝快绝。马超挂孝，曹操何敢穿红？操之去红，只算替马超带孝。又听得大叫："长髯者是曹操！"操惊慌，掣所佩刀断其髯。袁绍入宫时，胡子大得便宜；马超追操时，胡子又极受累。军中有人将曹操割髯之事告知马超，超遂令人叫拿："短髯者是曹操！"操闻知，即扯旗角包颈而逃。畅绝快绝。关公囊长须，曹操包短须。若云囊颈的是曹操，则将断其颈乎？后人有诗曰：

潼关战败望风逃，孟德怆惶脱锦袍。

剑割髭髯应丧胆，马超声价盖天高。

曹操正走之间，背后一骑赶来，回头视之，正是马超。吓杀。操大惊。左右将校见超赶来，各自逃命，只撇下曹操。超厉声大叫曰："曹操休走！"操惊得马鞭坠地。看看赶上，马超从后使枪搠来。操绕树而走，超一枪搠在树上；急拔下时，操已走远。或曰："恶人不死，天之道也。"予曰："此非天道，特天数耳。" 超纵马赶来，山坡边转过一将，大叫："勿伤吾主！曹洪在此！"轮刀纵马，拦住马超。操得命走脱。与荥阳救操仿佛相似。洪与马超战到四五十合，渐渐刀法散乱，气力不加。夏侯渊引数十骑随到。马超独自一人，恐被所算，乃拨马而回。夏侯渊也不来赶。

曹操回寨，却得曹仁死据定了寨栅，因此不曾多折军马。操入帐叹曰："吾若杀了曹洪，今日必死于马超之手也！"不是写曹洪，是写马超。遂唤曹洪，重加赏赐。收拾败军，坚守寨栅，深沟高垒，不许出战。超每日引兵来寨前辱骂搦战。操传令教军士坚守，如乱动者斩。诸将曰："西凉之兵，尽使长枪，当选弓弩迎之。"操曰："战与不战，皆在于我，非在贼也。贼虽有长枪，安能便刺？诸公但坚壁观之，贼自退矣。"诸将皆私相议曰："丞相自来征战，一身当先；今败于马超，何如此之弱也？"弱得作怪。过了几日，细作报来："马超又添二万生力兵来助战，乃是羌人部落。"操闻知大喜。喜得作怪。诸将曰："马超添兵，丞相反喜，何也？"操曰："待吾胜了，却对汝等说。"三日后又报关上又添军马。操又大喜，就于帐中设宴作贺。贺得作怪。诸将皆暗笑。操曰："诸公笑我无破马超之谋，公等有何良策？"徐晃进曰："今丞相盛兵在此，贼亦全部现屯关上，此去河西，必无准备。若得一军暗渡蒲阪津，先截贼归路，丞相径发河北击之，贼两不相应，势必危矣。"因曹操分兵，故韩与马亦分兵，分则易间也。操曰："公明之言，正合吾意。"便教徐晃引精兵四千，和朱灵同去径袭河西，伏于山谷之中，"待我渡河北同时击之"。徐晃、朱灵领命，先引四千军暗暗去了。操下令，先教曹洪于蒲阪津安排船筏，留曹仁守寨，操自领兵渡渭河。早有细作报知马超。超曰："今操不攻潼关，而使人准备船筏，欲渡河北，必将遏吾之后也。吾当引一军循河拒住岸北。操兵不得渡，不消二十日，河东粮尽，操兵必乱，却循河南而击之，操可擒矣。"长江不可渡，渭河亦几不可渡。韩遂曰："不必如此。岂不闻兵法有云：'兵半渡可击。'待操兵渡至一半，汝却于南岸击之，操兵皆死于河内矣。"不死于陆，必死于水，其不死者，天也。超曰："叔父之言甚善。"即使人探听曹操几时渡河。

却说曹操整兵已毕，分三停军前渡渭河。比及人马到河口时，日光初起。操先发精兵渡过北岸，开创营寨。操自引亲随护卫军将百人，按剑坐于南岸，看军渡河。忽然人报："后边白袍将军到了！"白虎来临，腾蛇发动。众皆认得是马超，一拥下船。河边军争上船者，声喧不止。操犹坐而不动，按剑指约休闹。只顾其前不顾其后，巢烧粮时亦用此法。只听得人喊马嘶，蜂拥而来，船上一将跃身上岸，呼曰："贼至矣！请丞相下船！"操视之，乃许褚也。操口内犹言："贼至何妨？"回头视之，马超已离不得百余步。吓杀。许褚拖操下船时，船已离岸一丈有余，褚负操一跃上船。随行将士尽皆下水，扳住船边，争欲上船逃命。船小将翻，褚掣刀乱砍，傍船手尽折，倒于水中，^{舟中之指急将船望下水棹去。}许褚立于梢上，忙用木篙撑之。操伏在许褚脚边。^{许褚为曹操手下将，操反为许褚脚下人。}马超赶到河岸，见船已流在半河，遂拈弓搭箭，喝令骁将绕河射之，矢如雨急。褚恐伤曹操，以左手举马鞍遮之。^{操无洪则死于陆，无褚则死于水。其不死者，天也。}马超箭不虚发，船上驾舟之人应弦落水，船中数十人皆被射倒。其船反撑不定，于急水中旋转。许褚独奋神威，将两腿夹舵摇撼，一手使篙撑船，一手举鞍遮护曹操。^{以旗包颈，以鞍遮身，不谓旗与鞍却有如此用法。}

时有渭南县令丁斐，在南山之上见马超追操甚急，恐伤操命，遂将寨内牛只马匹尽驱于外，漫山遍野，皆是牛马。西凉兵见之，都回身争取牛马，无心追赶，曹操因此得脱。^{曹操不死，亏了树，亏了旗，亏了鞍，又亏了牛马，亏了放牛，救了水中一老牛；亏了放马，退了岸上一怒马。○}方到北岸，便把船筏凿沉。诸将听得曹操在河中逃难，急来救时，操已登岸。许褚身被重铠，箭皆嵌在甲上。众将保操至野寨中，皆拜于地而问安。操大笑曰："我今日几为小贼所困！"^{每败必笑，奸雄故态。}褚曰："若非有人纵马放牛以诱贼，贼必努力渡河矣。"操问曰："诱贼者谁也？"有知者答曰："渭南县令丁斐也。"少顷，斐入见。操谢曰："若非公之良谋，则吾被贼所擒矣。"遂命为典军校尉。斐曰："贼虽暂去，明日必复来。须以良策拒之。"操曰："吾已准备了也。"遂唤诸将："各分头循河筑起甬道，暂为寨脚。贼若来时，陈兵于甬道外，内虚立旌旗，以为疑兵；更沿河掘下壕堑，虚立栅盖，河内以兵诱之。贼急来必陷，贼陷便可擒矣。"^{但为自守之计，是示之以弱。}

却说马超回见韩遂，说："几乎捉住曹操！有一将奋勇负操下船去了，不知何人。"遂曰："吾闻曹操选极精壮之人为帐前侍卫，名曰'虎卫军'，以骁将典韦、许褚领之。^{因许褚并提起典韦，照应击张绣时事。}典韦已死，今救曹操者，必许褚也。此人勇力过人，人皆称为'虎痴'；如遇之，不可轻敌。"超曰："吾亦闻其名久矣。"遂曰："今操渡河，将袭我后，可速攻之，不可令他创立营寨。若立营寨，急难剿除。"超曰："以侄愚意，还只拒住北岸，使彼不得渡河，乃为上策。"遂曰："贤侄守寨，吾引军循河战操，若何？"超曰："令庞德为先锋，跟叔父前去。"于是韩遂与庞德将兵五万，直抵渭南。操令众将于甬道两旁诱之。庞德先引铁骑千余，冲突而来。喊声起处，人马俱落于陷马坑内。庞德踊身一跳，跃出土坑，立于平地，立杀数人，步行砍出重围。^{写庞德声势，为后文战关公伏笔。}韩遂已被困在垓心，庞德步行救之。正遇着曹仁部将曹永，被庞德一刀砍于马下，夺其马，杀开一条血路，救出韩遂，投东南而走。^{庞德失马夺马，许褚跳船撑船，其勇相似。}背后曹兵赶来，马超引军接应，杀败曹兵，复救出大半军马。战至日暮方回。计点人马，折了将佐程银、张横，陷坑中死者二百余人。^{韩遂八将中折}

了二人。超与韩遂商议："若迁延日久，操于河北立了营寨，难以退敌；不若乘今夜引轻骑去劫野营。"遂曰："须分兵前后相救。"于是超自为前部，令庞德、马岱为后应，当夜便行。

却说曹操收兵屯渭北，唤诸将曰："贼欺我未立寨栅，必来劫野营。可四散伏兵，虚其中军。号炮响时，伏兵尽起，一鼓可擒也。"超、遂之谋早为老贼所觉。众将依令，伏兵已毕。当夜，马超却先使成宜引三十骑往前哨探。成宜见无人马，径入中军。操军见西凉兵到，遂放号炮。四面伏兵皆出，只围得三十骑。成宜被夏侯渊所杀。韩遂八将中又折了一人。马超却自从背后与庞德、马岱兵分三路蜂拥杀来。正是：

纵有伏兵能候敌，怎当健将共争先？

未知胜负若何，且看下文分解。

第五十九回

许褚裸衣斗马超
曹操抹书间韩遂

马超者，蜀中五虎将之一也。此卷于其未入蜀之时，先写马超之勇。而将写马超之勇，先写许褚之勇，写许褚正以写马超也。然许褚但矜其勇，而马超斗之，亦不过以勇斗勇耳。马腾之轻入虎口，固为忠有余而智不足，马超之徒恃虎威，其亦勇有余而谋未足与！

兵法有妙于用间者。胜一人难，胜两人易，以一人不可间，而两人则可间也；聚两人于一处而胜之难，分两人于两处而胜之易，以两人之聚不可间，而两人之分则可间也。然而间之则非一术矣：有马上之语，而书中之字可疑；有书中之字，而马上之语愈可疑。间之则又非无端矣：斩使之前，操先有书，有前之书，而后之书可疑；割地之时，遂亦有书，有我之书，而彼之书亦可疑。操之所以疑超者，盖深得兵家间法之妙云。

周瑜之愚蒋干，妙在黑夜；曹操之间韩遂，又妙在白日。愚蒋干之书，妙在明白；间韩遂之书，又妙在糊涂。周瑜帐前之语，妙在说极要紧话；曹操马上之语，又妙在说极没要紧语。骗法不同，愈出愈妙，写来好看杀人。

天下岂有两阵对圆而但叙寒温，无一语及军事者？又岂有遣使送书，精密如曹操，而误封草稿者？此明系反间之计，而韩遂不知，乃含糊以对马超，马超安得不怒乎？然则马超之疑，虽曹操之智足以使之，而亦韩遂之愚有以成之耳。

马超断韩遂之手，犹自断其手也。韩遂因马超之疑，而欲图马超，亦犹自断其手也。两人之相救，当如左右手，而乃自相矛盾，使曹操拱手而享其利，袖手而观其败，岂不深可惜哉？

孙权之兵事决于大都督，刘备之兵事决于军师，而唯曹操则自揽其权而独运其谋。虽有众谋士以赞之，而裁断出诸臣之上，又非刘备、孙权比也。观其每运一计，其始必为众将之所未知，其后乃为众将之所叹服。唐太宗题其墓曰："一将之智有余。"良然，良然。

操每见西凉之添兵而大喜，盖以兵多则粮不能继，一可喜也；兵多则心不能一，二可喜也。乌巢之战，以少而胜；赤壁之战，以多而败。操之料人，亦以己之得失料之而已。

张角之以左道惑众，已隔五十余回矣，此卷忽有一左道之张鲁以配之。角有兄弟三人，鲁则有父子祖孙三世；角有太平道人、大贤良师之名，鲁则有师君、祭酒、鬼卒之号。何其不谋而相类也？盖刘备之将聚桃园，则以黄巾为之始；而刘备之将入西蜀，则以张鲁为之端，是一部大书前后关合处。

却说当夜两兵混战，直到天明，各自收兵。马超屯兵渭口，日夜分兵，前后攻击。曹操在渭河内将船筏锁链作浮桥三条，接连南岸。曹仁引军夹河立寨，将粮草车辆穿连，以为屏障。马超闻之，教军士各挟草一束，带着火种，与韩遂引军并力杀到寨前，堆积草把，放起烈火。<small>前有赤壁之烧，后有渭河之烧，大火之后又有小火。</small>操兵抵敌不住，弃寨而走，车乘、浮桥尽被烧毁。西凉兵大胜，截住渭河。曹操立不起营寨，心中忧惧。荀攸曰："可取渭河沙土筑起土城，可以坚守。"操拨三万军担土筑城。马超又差庞德、马岱各引五百马军，往来冲突；更兼沙土不实，筑起便倒，操无计可施。时当九月尽，天气暴冷，彤云密布，连日不开。^{妙有闲笔，点次时序。}曹操在寨中纳闷。忽人报曰："有一老人来见丞相，欲陈说方略。"操请入，见其人鹤骨松姿，形貌苍古。问之，乃京兆人也，隐居终南山，姓娄名子伯，道号"梦梅居士"。操以客礼待之。子伯曰："丞相欲跨渭安营久矣，今何不乘时筑之？"操曰："沙土之地，筑垒不成。隐士有何良策赐教？"子伯曰："丞相用兵如神，岂不知天时乎？连日阴云布合，朔风一起，必大冻矣。^{前攻冀州之时，有老叟陈说星象；今战渭桥之日，又有老叟陈说天时：前后遥遥相对。}风起之后，驱兵士运土泼水，比及天明，土城已就。"操大悟，厚赏子伯。子伯不受而去。^{不受金帛，高则高矣，但不明顺逆，有愧隐士之名。彼四皓助吕不得为安刘，今梦梅助曹岂得为安汉乎？}

是夜北风大作。操尽驱兵士担土泼水。为无盛水之具，作缣囊盛水浇之，随筑随冻。比及天明，沙水冻紧，土城已筑完。^{超之焚寨恃有火攻，操之筑寨赖有水助。}细作报知马超。超领兵观之，大惊，疑有神助。次日，集大军鸣鼓而进。操自乘马出营，止有许褚一人随后。操扬鞭大呼曰："孟德单骑至此，请马超出来答话。"超乘马挺枪而出。操曰："汝欺我营寨不成，今一夜天已筑就，汝何不早降！"^{老贼妄称天命，天实为之，谓之何哉？}马超大怒，意欲突前擒之，见操背后一人，睁圆怪眼，手提钢刀，勒马而立。^{极写许褚英勇，以衬马超之英勇。}超疑是许褚，乃扬鞭问曰："闻汝军中有虎侯，安在哉？"许褚提刀大叫曰："吾即谯郡许褚也！"目射神光，威风抖擞。超不敢动，乃勒马回。^{前梦众虎而疑，今见一虎而退。}操亦引许褚回寨。两军观之，无不骇然。操谓诸将曰："贼亦知仲康乃虎侯也！"自此军中皆称褚为虎侯。^{百忙中夹注一笔。}许褚曰："某来日必擒马超。"操曰："马超英勇，不可轻敌。"褚曰："某誓与死战！"即使人下战书，说虎侯单搦马超来日决战。超接书大怒曰："何敢如此相欺耶！"即批："次日誓杀虎痴！"^{褚一虎也，超亦一虎也，虎超岂畏虎褚？}

次日，两军出营布成阵势。超分庞德为左翼，马岱为右翼，韩遂押中军。超挺枪纵马，立于阵前，高叫："虎痴快出！"曹操在门旗下回顾众将曰："马超不减吕布之勇！"^{此语是激许褚。}言未绝，许褚拍马舞刀而出，马超挺枪接战。斗了一百余合，胜负不分。马匹困乏，各回军中，换了马匹，又出阵前。又斗一百余合，不分胜负。许褚性起，飞回阵中，卸了盔甲，浑身筋突，赤体提刀，翻身上马，来与马超决战。^{极写许褚正是极写马超。○曹操弃袍许褚弃甲，弃甲亦算输矣。}两军大骇。两个又斗到三十余合，褚奋威举刀便砍马超。超闪过，一枪望褚心窝刺来。褚弃刀将枪挟住。两个在马上夺枪。许褚力大，一声响，拗断枪杆，各拿半节在马上乱打。^{以厮杀始，以厮打终，一笑。}操恐褚有失，遂令夏侯渊、曹洪两将齐出夹攻。庞德、马岱见操将齐出，麾两翼铁骑，横冲直撞，混杀将来。操兵大乱。许褚臂中两箭，谁叫汝赤膊？诸将慌退入寨。马超直杀到壕边，操兵折伤大半。未行反间之前操军屡败，可见将在谋而不在勇也。操令坚闭休出。马超回至渭口，谓韩遂曰："吾见恶战者莫如许褚，真虎痴也！"

却说曹操料马超可以计破，乃密令徐晃、朱灵尽渡河西结营，前后夹攻。一日，操于城上见马超引数百骑，直临寨前，往来如飞。操观良久，掷兜鍪于地曰："马儿不死，吾无葬地矣！"伍员不死，楚不得安，曹操其有鞭墓之惧乎？夏侯渊听了，心中气忿，厉声曰："吾宁死于此地，誓灭马贼！"遂引本部千余人，大开寨门，直赶去。操急止不住，恐其有失，慌自上马前来接应。马超见曹兵至，乃将前军作后队，后队作先锋，一字儿摆开。夏侯渊到，马超接住厮杀。超于乱军中遥见曹操，就撇了夏侯渊，直取曹操。写马超志在报仇，不但是勇，实见其孝。操大惊，拨马而走。曹兵大乱。

正追之际，忽报操有一军，已在河西下了营寨。超大惊，无心追赶，急收军回寨，与韩遂商议，言："操兵乘虚已渡河西，吾军前后受敌，如之奈何？"部将李堪曰："不如割地请和，两家且各罢兵。捱过冬天，到春暖别作计议。"韩遂曰："李堪之言最善，可从之。"超犹豫未决。马超不欲和而韩遂欲和，即此便为下文生疑张本。杨秋、侯选皆劝求和。于是韩遂遣杨秋为使，直往操寨下书，言割地请和之事。曹操反间之书未来，韩遂求和之书先去。操曰："汝且回寨。吾来日使人回报。"杨秋辞去。

贾诩入见操曰："丞相主意若何？"操曰："公所见若何？"诩曰："兵不厌诈，可伪许之；然后用反间计，令韩、马相疑，则一鼓可破也。"贾诩前为李傕策马腾，今为曹操策马超，始终助逆，虽智谋不足取也。操抚掌大喜曰："天下高见，多有相合。文和之谋，正吾心中之事也。"于是遣人回书，言："待我徐徐退兵，还汝河西之地。"一面教搭起浮桥，作退军之意。马超得书，谓韩遂曰："曹操虽然许和，奸雄难测。倘不准备，反受其制。超与叔父轮流调兵，今日叔向操，超向徐晃；明日超向操，叔向徐晃。分头提备，以防其诈。"两下分开，反间之计便可从此而入。韩遂依计而行。

早有人报知曹操。操顾贾诩曰："吾事济矣！"问："来日是谁合向我这边？"人报曰："韩遂。"次日，操引众将出营，左右围绕，操独显一骑于中央。韩遂部卒多有不识操者，出阵观看。想是要看短胡子。操高叫曰："汝诸军欲观曹公耶？吾亦犹人也，非有四目两口，但多智谋耳。"割须弃袍之时惟恐被人识认，今却出面示人，好生大胆。○"两目一口"，只是髭须割去几根耳，一笑。诸军皆有惧色。操使人过阵谓韩遂曰："丞相谨请韩将军会话。"韩遂即出阵，见操并无甲仗，亦弃衣甲，轻服匹马而出。

二人马头相交，各按辔对语。操曰："吾与将军之父同举孝廉，吾尝以叔事之。吾亦与公同登仕路，不觉有年矣。^{对阵之时，忽叙年家。}将军今年妙龄几何？"^{既叙寒温又叙年齿，全不似对阵时语，是极没要紧话，却是极要紧处。}韩遂答曰："四十岁矣。"操曰："往日在京师，皆青春年少，何期又中旬矣！安得天下清平共乐耶！^{多时不见，髭须满面，而今失去髭须，当有今昔之感。}只把旧事细说，并不提起军情。^{奸极妙极。}说罢大笑。相谈有一个时辰，方回马而别，^{奸极妙极。}各自归寨。早有人将此事报知马超。超忙来问韩遂曰："今日曹操阵前所言何事？"遂曰："只诉京师旧事耳。"超曰："安得不言军务乎？"遂曰："曹操不言，吾何独言之？"超心甚疑，不言而退。^{在曹操算中。}

却说曹操回寨，谓贾诩曰："公知吾阵前对语之意否？"诩曰："此意虽妙，尚未足间二人。某有一策，令韩、马自相仇杀。"操问其计。贾诩曰："马超乃一勇之夫，不识机密。丞相亲笔作一书，单与韩遂，中间朦胧字样，于要害处自行涂抹改易，然后封送与韩遂，故意使马超知之。超必索书来看。若看见上面要紧去处尽皆改抹，只猜是韩遂恐超知甚机密事，自行改抹，正合着单骑会语之疑，疑则必生乱。我更暗结韩遂部下诸将，使互相离间，超可图矣。"^{叙谈不足，继之以书，书中有涂抹则疑语中亦必有隐讳矣。因前疑后，因后疑前，真是绝妙疑兵之计。}操曰："此计甚妙。"随写书一封，将紧要处尽皆改抹，然后实封，故意多遣从人送过寨去，^{多带从人，正欲使马超知之。}下了书自回。果然有人报知马超。超心愈疑，径来韩遂处索书看。韩遂将书与超。超见上面有改抹字样，问遂曰："书上如何都改抹糊涂？"遂曰："原书如此，不知何故。"超曰："岂有以草稿送与人耶？必是叔父怕我知了详细，先改抹了。"^{俱在贾诩算中。}遂曰："莫非曹操错将草稿误封来了？"^{殷浩空函、曹操草稿，皆咄咄怪事。}超曰："吾又不信。曹操是精细之人，岂有差错？吾与叔父并力杀贼，奈何忽生异心？"遂曰："汝若不信吾心，来日吾在阵前赚操说话，汝从阵内突出，一枪刺杀便了。"^{读至此，为曹操寒心。}超曰："若如此，方见叔父真心。"两人约定。

次日，韩遂引侯选、李堪、梁兴、马玩、杨秋五将出阵。马超藏在门影里。韩遂使人到操寨前，高叫："韩将军请丞相攀话。"操乃令曹洪引数十骑径出阵前与韩遂相见。马离数步，洪马上欠身言曰："夜来丞相拜意将军之言，切莫有误。"言讫便回马。^{对语之后继之以可疑之书，送书之后又继之以可疑之语。前既自出，后换他人，奸雄机智真不可及。}超听得大怒，挺枪骤马，便刺韩遂。五将拦住，劝解回寨。遂曰："贤侄休疑，我无歹心。"马超那里肯信，恨怨而去。韩遂与五将商议曰："这事如何解释？"杨秋曰："马超倚仗武勇，常有欺凌主公之心，便胜得曹操，怎肯相让？以某愚见，不如暗投曹公，他日不失封侯之位。"^{弄假成真，俱在曹操、贾诩算中。}遂曰："吾与马腾结为兄弟，安忍背之？"杨秋曰："事已至此，不得不然。"遂曰："谁可以通消息？"杨秋曰："某愿往。"遂乃写密书，遣杨秋径来操寨，说投降之事。^{假书换得真书，曹操大得便宜。}操大喜，许封韩遂为西凉侯、杨秋为西凉太守，其余皆有官爵。约定放火为号，共谋马超。杨秋拜辞，回见韩遂，备言其事："约定今夜放火，里应外合。"遂大喜，就令军士于中军帐后堆积干柴，五将各悬刀剑听候。韩遂商议，欲设宴赚请马超，就席图之，犹豫未决。

不想马超早已探知备细，便带亲随数人，仗剑先行，令庞德、马岱为后应。超潜步入韩遂帐中，只见五将与韩遂密语，只听得杨秋口中说道："事不宜迟，可速行之！"^{蒋干在周瑜帐中所听之语是虚，今马超在韩遂帐前所听之语是实。一实一虚，前后遥遥相映。}超大怒，挥剑直入，大喝曰："群贼焉敢谋害我！"众皆大惊。超一剑望韩遂面门剁去，遂慌以手迎之，左手早被砍落。^{韩遂手痛，不是马超手辣，只缘曹操手毒耳。}五将挥刀齐出。超纵步出帐外，五将围绕混杀。超独挥宝剑，力敌五将。剑光明处，鲜血溅飞。砍翻马玩，剁倒梁兴，^{五将中又去其二。}三将各自逃生。超复入帐中来杀韩遂时，已被左右救去。帐后一把火起，各寨兵皆动。超连忙上马。庞德、马岱亦至，互相混战。超领军杀出时，操兵四至：前有许褚，后有徐晃，左有夏侯渊，右有曹洪。西凉之兵，自相并杀。超不见了庞德、马岱，乃引百余骑，截于渭桥之上。天色微明，^{方知混杀了一夜。}只见李堪领一军从桥下过，超挺枪纵马逐之。李堪拖枪而走。恰好于禁从马超背后赶来，禁开弓射马超。超听得背后弦响，急闪过，却射中前面李堪，落马而死。^{三将中又去其一。○曹操欲借韩遂杀马超，谁知马超又借于禁杀李堪，为之一笑。}超回马来杀于禁，禁拍马走了。超回桥上住扎。操兵前后大至，虎卫军当先，乱箭夹射马超。超以枪拨之，矢皆纷纷落地。^{写得超可畏。}超令从骑往来突杀，争奈曹兵围裹坚厚，不能冲出。超于桥上大喝一声，杀入河北，从骑皆被截断。超独在阵中冲突，却被暗弩射倒坐下马，马超堕于地上，操军逼合。正在危急，忽西北角上一彪军杀来，乃庞德、马岱也。^{此是绝处逢生。}二人救了马超，将军中战马与马超骑了，翻身杀条血路，望西北而走。曹操闻马超走脱，传令诸将："无分晓夜，务要赶到马儿。如得首级者，千金赏，万户侯；生获者封大将军。"^{与前追刘豫州仿佛相似。}众将得令，各要争功，迤逦追袭。马超顾不得人马困乏，只顾奔走。从骑渐渐皆散。步兵走不上者，多被擒去。止剩得三十余骑，与庞德、马岱望陇西临洮而去。^{以上按下马超，以下专叙曹操。}

曹操亲自追至安定，知马超去远，方收兵回长安。众将毕集，韩遂已无左手，做了残疾之人，^{韩遂无手，曹操无须，同病相怜，为之一笑。}操教就于长安歇马，授西凉侯之职。杨秋、侯选皆封列侯，令守渭口。^{八将止剩其二。}下令班师回许都。凉州参军杨阜，字义山，径来长安见操。操问之，杨阜曰："马超有吕布之勇，深得羌人之心。今丞相若不乘势剿绝，他日养成气力，陇上诸郡非复国家之有也。望丞相且休回兵。"^{为后文马超夺陇西张本。}操曰："吾本欲留兵征之，奈中原多事，南方未定，不可久留。君当为孤保之。"阜领诺，又保荐韦康为凉州刺史，同领兵屯冀城，以防马超。^{为后文杨阜破马超张本。}阜临行，请于操曰："长安必留重兵以为后援。"操曰："吾已定下，汝但放心。"阜辞而去。众将皆问曰："初贼据潼关，渭北道缺，丞相不从河东击冯翊，而反守潼关，迁延日久，而后北渡，立营固守，何也？"^{老贼用兵，每为众将所不识。}操曰："初贼守潼关，若吾初到便取河东，贼必以各寨分守诸渡口，则河西不可渡矣。吾故盛兵皆聚于潼关前，使贼尽南守，而河西不准备，故徐晃、朱灵得渡也。吾然后引兵北渡，连车树栅为甬道，筑冰城，欲贼知吾弱，以骄其心，使不准备。吾乃巧用反间，畜士卒之力，一旦击破之。正所谓'疾雷不及掩耳'。兵之变化，固非一道也。"^{荀彧谓操"用兵如神"，信然。}众将又请问曰："丞相每闻贼加兵添众，则有喜色，何也？"操曰："关中边远，若群贼各依险阻，征之非一二年不可平复；今皆来聚一处，其众虽多，人心不一，易于离间，一举可灭。吾故喜也。"^{《孟德新书》虽不传，只此一段可当"新书"一则。}众将拜曰："丞相神谋，众不及也！"操曰："亦赖汝众文武之力。"遂重赏诸军。留夏侯渊屯兵长安，所得降兵，分拨各部。夏侯渊保举冯翊高陵人，姓张名既，字德容，为京兆尹，与渊同守长安。操班师回都。献帝排銮驾出郭迎接，^{明明是迎贼，迎贼之人，非}诏操"赞拜不名，入朝不趋，剑履上殿"，如汉相萧何故事。自此威震中外。^{以上按下曹操，以下接入张鲁。}

　　这消息播入汉中，早惊动了汉宁太守张鲁。原来张鲁乃沛国丰人。其祖张陵在西川鹄鸣山中造作道书以惑人，人皆敬之。陵死之后，其子张衡行之。百姓但有学道者，助米五斗，世号"米贼"。^{妙绝神号。}张衡死，张鲁行之。^{张角与张鲁，一个横叙三人，一个竖传三世。一横一竖，前后遥遥相对。}鲁在汉中自号为"师君"，^{称谓奇绝。}其来学道者皆号为"鬼卒"，^{称谓奇绝。}为首者号为"祭酒"，^{愈出愈奇。}领众多者号为"治头大祭酒"。^{愈出愈奇。}务以诚信为主，不许欺诈。如有病者，即设坛使病人居于静室之中，自思己过，当面陈首，然后为之祈祷。主祈祷之事者，号为"奸令祭酒"。^{愈出愈奇。}祈祷之法，书病人姓名，说服罪之意，作文三通，名为"三官手书"：一通焚于山顶以奏天，一通埋于地以奏地，一通沉于水以申水官。^{天公、地公、人公，与天官、地官、水官，前后又遥遥相对。}如此之后，但病痊可，将米五斗为谢。^{今之僧道替人家作好事，每以铺灯镇坛骗人米粟，不若"米贼"之犹为老实也。}又盖义舍，舍内饭米、柴火、肉食齐备，许过往人量食多少，自取而食；多取者受天诛。^{天只怕不管此等闲事。}境内有犯法者，必恕三次；不改者，然后施刑。所在并无官长，尽属祭酒所管。如此雄据汉中之地已三十年。国家以为地远不能征伐，就命鲁为镇南中郎将，领汉宁太守，通进贡而已。^{张角称"苍天已死，黄天当立"，今张鲁}

在汉中亦别有一天。当年闻操破西凉之众，威震天下，乃聚众商议曰："西凉马腾遭戮，马超新败，曹操必将侵我汉中。我欲自称汉宁王，何不竟称"汉中大师君""大祭酒"？督兵拒曹操，诸君以为何如？"阎圃曰："汉川之民，户出十万余众，财富粮足，四面险固。今马超新败，西凉之民从子午谷奔入汉中者，不下数万。愚意益州刘璋昏弱，不如先取西川四十一州为本，然后称王未迟。"张鲁大喜，遂与弟张卫商议起兵。以上又按下张鲁，以下接入刘璋。○张角有弟，张鲁亦有弟。早有细作报入川中。

却说益州刘璋，字季玉，即刘焉之子，汉鲁恭王之后。章帝元和中，徙封竟陵，支庶因居于此。后焉官至益州牧，兴平元年患病疽而死，第一卷中便以刘焉作引，至此方才叙明来历，遥应前文。州大吏赵韪等，共保璋为益州牧。璋曾杀张鲁母及弟，因此有仇。刘表与孙权有仇，刘璋与张鲁有仇，彼此遥遥相对。○张鲁、刘璋，在曹操青梅煮酒之时，刘备已说出两人名字，至此方才叙明来历，亦遥应前文。璋使庞羲为巴西太守，以拒张鲁。时庞羲探知张鲁欲兴兵取川，急报知刘璋。璋平生懦弱，闻得此信，心中大忧，急聚众官商议。忽一人昂然而出曰："主公放心。某虽不才，凭三寸不烂之舌，使张鲁不敢正眼来觑西川。"正是：

只因蜀地谋臣进，致引荆州豪杰来。

未知此人是谁，且看下回分解。

第六十回

张永年反难杨修

庞士元议取西蜀

《孟德新书》，或有以其不传为可惜者。不知兵不在书，即使其书传，而书中之意，岂书之所能传乎？得其书而化之，虽旧亦新；执其书而泥之，虽新亦旧。得其书中之意，则无以书为也，不得其书中之意，则又何以书为也？夫善兵者不言兵，曹操有书而孔明无书，是以曹操之用兵不及孔明云。

张松暗暗把一西川欲送与曹操，曹操却白白把一西川让与玄德。玄德以谦得之，曹操以骄失之也。许攸狎侮曹操，而操独能忍者，当未破袁绍之时，故气抑而善下；张松狎侮曹操，而操不能忍者，以既破马超之后，故志满而易骄耳。

文有隐而愈现者：张松之至荆州，凡子龙、云长接待之礼，与玄德对答之言，明系孔明所教，篇中只写子龙，只写云长，只写玄德，更不叙孔明如何打点，如何指使，而令读者心头眼底，处处有一孔明在焉。真神妙之笔！

孔明深欲为玄德取西川，又明知张松此来是卖西川，却教玄德只做不知，凭他挑拨，并不提起，直待张松忍耐不住，自吐衷曲，最似今之巧于贸易者：极欲买是物，偏故作不欲买之状，直待卖者求售，然后取之。写来真是好看。

西川画图一轴，孔明在草庐时，已曾取以示玄德，何待张松而后见之？曰：孔明之图，不过形势之大略也；张松之图，必其险要曲折之详备者也。大略虽已可见，而至于何处可以屯粮，何处可以伏兵，不有张松，安能知其详哉？况将入一险峻之西川，则必有人焉为之先容，为之内应。是其得松，又不专在于得图耳。

玄德迎张松之计，孔明教之；而取西川之谋，则庞统主之。何也？盖孔明欲以守荆州之责自任，而特以取川之事委之庞统也。以荆州当吴、魏之冲，苟我方入川，而吴、魏乘虚来袭，将奈之何？故刘璋之使不来，则西川不可入；荆州之守不重，则西川亦不可入。

当刘表之迎刘备也，忌之者蔡瑁一小人耳；至于刘璋欲迎，而黄权争之，李恢争之，刘巴争之，王累又以死争之，此数人者，皆君子也。

未得孔明之前，则一小人之忌，几为其所中；兼得庞统之后，则众君子之争，曾不以为忧。得士者昌，于兹益信。

却说那进计于刘璋者，乃益州别驾，姓张名松，字永年。其人生得额镊头尖，鼻偃齿露，身短不满五尺，言语有若铜钟。*庞统貌丑，张松亦貌丑，可见以貌取人者不可以相天下士。*刘璋问曰："别驾有何高见，可解张鲁之危？"松曰："某闻许都曹操扫荡中原，吕布、二袁皆为所灭，近又破马超，天下无敌矣。主公可备进献之物，松亲往许都，说曹操兴兵取汉中，以图张鲁。则鲁拒敌不暇，何敢复窥蜀中耶？"*张松看得曹操中意，谁知后来却是不然。*刘璋大喜，收拾金珠锦绮为进献之物，遣张松为使。松乃暗画西川地理图本藏之，*画图为记，永年张铺出卖西川，不误主顾。*带从人数骑，取路赴许都。早有人

报入荆州，孔明便使人入许都打探消息。^{有此一句，暗下文伏线。}

却说张松到了许都馆驿中住定，每日去相府伺候，求见曹操。原来曹操自破马超回，傲睨得志，每日饮宴，无事少出，国政皆在相府商议。张松候了三日，方得通姓名。左右近侍先要贿赂，却才引入。^{此苏秦所谓"因鬼见帝者"也，然走谒大人者往往如此，岂独曹操为然哉？}操坐于堂上，松拜毕，操问曰："汝主刘璋连年不进贡，何也？"松曰："为路途艰难，贼寇窃发，不能通进。"操叱曰："吾扫清中原，有何盗贼？"^{好言太平而恶言盗贼者，秦之赵高、宋之贾似道则然，不谓曹操亦作此语。}松曰："南有孙权，北有张鲁，西有刘备，至少者亦带甲十余万，岂得为太平耶？"^{抢白得好。}操先见张松人物猥琐，五分不喜；又闻语言冲撞，遂拂袖而起，转入后堂。^{曹操不以貌陋轻庞统，独以貌陋轻张松，何也？盖庞统谀之而张松触之也。}左右责松曰："汝为使命，何不知礼，一味冲撞？幸得丞相看汝远来之面，不见罪责。汝可急急回去！"松笑曰："吾川中无谄佞之人也。"^{身虽短，言则长。}而忽然阶下一人大喝曰："汝川中不会谄佞，吾中原岂有谄佞者乎？"

松观其人，单眉细眼，貌白神清。^{一俊一丑，相形好看。}问其姓名，乃太尉杨彪之子杨修，字德祖，现为丞相门下掌库主簿。此人博学能言，智识过人。松知修是个舌辩之士，有心难之。修亦自恃其才，小觑天下之士。当时见张松言语讥讽，遂邀出外面书院中，分宾主而坐，谓松曰："蜀道崎岖，远来劳苦。"松曰："奉主之命，虽赴汤蹈火，弗敢辞也。"修问："蜀中风土何如？"松曰："蜀为西郡，古号益州。路有锦江之险，地连剑阁之雄。回还二百八程，纵横三万余里。鸡鸣犬吠相闻，市井闾阎不断。田肥地茂，岁无水旱之忧；国富民丰，时有管弦之乐。所产之物阜如山积，天下莫可及也！"^{张松口中夸示之语，亦抵得一幅画图。}修又问曰："蜀中人物如何？"松曰："文有相如之赋，武有伏波之才，医有仲景之能，卜有君平之隐。九流三教，'出乎其类，拔乎其萃'者，不可胜计，岂能尽数！"^{既夸地灵，又夸人杰。}修又问曰："方今刘季玉手下，如公者还有几人？"松曰："文武全才，智勇足备，忠义慷慨之士，动以百数。如松不才之辈，车载斗量，不可胜记。"^{既夸先贤，又夸时俊。}修曰："公近居何职？"松曰："滥充别驾之任，甚不称职。敢问公为朝廷何官？"修曰："现为丞相府主簿。"松曰："久闻公世代簪缨，何不立于庙堂，辅佐天子，乃区区作相府门下一吏乎？"^{孔融称杨彪"四世清德"，而其子乃为曹操所用，且操曾执辱杨彪，而修曾不以为嫌，宜其为松笑耳。}杨修闻言，满面羞惭，强颜而答曰："某虽居下僚，丞相委以军政钱粮之重，早晚多蒙丞相教诲，极有开发，故就此职耳。"^{不日附操之势，而曰服操之才，亦是勉强支吾之语。}松笑曰："松闻曹丞相文不明孔、孟之道，武不达孙、吴之机，专务强霸而居大位，安能有所教诲，以开发明公耶？"^{既笑杨修又笑曹操，妙甚，恶甚。}修曰："公居边隅，安知丞相

大才乎？吾试令公观之。"呼左右于箧中取书一卷，以示张松。松观其题曰《孟德新

书》。从头至尾看了一遍，共一十三篇，皆用兵之要法。<small>曹操以兵为书，张松又以书为兵。</small>松看毕，问曰："公以

此为何书耶？"修曰："此是丞相酌古准今，仿《孙子十三篇》而作。<small>若仿《十三篇》，便不得谓之《新书》。</small>公欺丞

相无才，此堪以传后世否？"松大笑曰："此书吾蜀中三尺小童亦能暗诵，何为《新

书》？此是战国时无名氏所作，曹丞相盗窃以为己能，止好瞒足下耳！"<small>今之盗窃他人文字以为己有者，恨不令张</small>

<small>永年见之。</small>修曰："丞相秘藏之书，虽已成帙，未传于世。公言蜀中小儿暗诵如流，何相欺

乎？"松曰："公如不信，吾试诵之。"遂将《孟德新书》从头至尾朗诵一遍，并无一字

差错。<small>不是曹操蹈袭他人文，却是曹操之文被张松蹈袭去了。</small>修大惊曰："公过目不忘，真天下奇才也！"后人有诗赞曰：

> 古怪形容异，清高体貌疏。
>
> 语倾三峡水，目视十行书。
>
> 胆量魁西蜀，文章贯太虚。
>
> 百家并诸子，一览更无余。

当下张松欲辞回。修曰："公且暂居馆舍，容某再禀丞相，令公面君。"松谢而退。

修入见操曰："适来丞相何慢张松乎？"操曰："语言不逊，吾故慢之。"修曰：

"丞相尚容一祢衡，何不纳张松？"<small>照应二十三卷中事。</small>操曰："祢衡文章播于当今，吾故不忍杀

之。松有何能？"修曰："且无论其口似悬河，辩才无碍。适修以丞相所撰《孟德新书》

示之，彼观一遍，即能暗诵。如此博闻强记，世所罕有。松言此书乃战国时无名氏所作，

蜀中小儿皆能熟记。"操曰："莫非古人与我暗合否？"令扯碎其书烧之。<small>今人文字多有暗合古人者，却不肯学</small>

<small>曹操之烧之也。</small>修曰："此人可使面君，教见天朝气象。"操曰："来日我与西教场点军，汝可先

引他来，使见我军容之盛，<small>杨修夸之以文，曹操又耀之以武。</small>教他回去传说，吾即日下了江南，便来收川。"

修领命。

至次日，与张松同至西教场。操点虎卫雄兵五万，布于教场中。果然盔甲鲜明，衣袍

灿烂；金鼓震天，戈矛耀日；四方八面，各分队伍；旌旗飏彩，人马腾空。松斜目视之。

<small>斜目便有傲睨不屑之意。</small>良久，操唤松指而示曰："汝川中曾见此英雄人物否？"松曰："吾蜀中不曾

见此兵革，但以仁义治人。"<small>妙甚，恶甚。○文不足以动之，而欲以武动之，曹操已低一着。</small>操变色视之。松全无惧意。杨修频

以目视松。操谓松曰："吾视天下鼠辈犹草芥耳。大军到处，战无不胜，攻无不取，顺吾

者生，逆吾者死。汝知之乎？"松曰："丞相驱兵到处，战必胜，攻必取，松亦素知。昔

日濮阳攻吕布之时，宛城战张绣之日；赤壁遇周郎，华容逢关羽；割须弃袍于潼关，夺船避箭于渭水：此皆无敌于天下也！"当面嘲笑亦大快心，闻此数语，《新书》即不暗合古人，亦当烧矣。操大怒曰："竖儒怎敢揭吾短处！"喝令左右推出斩之。杨修谏曰："松虽可斩，奈从蜀道而来入贡，若斩之，恐失远人之意。"操怒气未息。荀彧亦谏，操方免其死，令乱棒打出。有此一番受侮，愈衬下文之妙。

松归馆舍，连夜出城，收拾回川。松自思曰："吾本欲献西川州郡与曹操，谁想如此慢人！把一个西川乱棒打落了。我来时于刘璋之前开了大口，今日快快空回，须被蜀中人所笑。吾闻荆州刘玄德仁义远播久矣，不如径由那条路回。试看此人如何，我自有主见。"一个主顾不着，只得再寻一个。于是乘马引仆从望荆州界上而来。前至郢州界口，忽见一队军马，约有五百余骑，为首一员大将，轻妆软扮，勒马前问曰："来者莫非张别驾乎？"松曰："然也。"那将慌忙下马，声喏曰："赵云等候多时。"明明是孔明调度，妙在不叙出来，令读者自知之。松下马答礼曰："莫非常山赵子龙乎？"云曰："然也。某奉主公刘玄德之命，为大夫远涉路途，鞍马驱驰，特命赵云聊奉酒食。"言罢，军士跪奉酒食，云敬进之。极其恭敬，便与曹操相反。松自思曰："人言刘玄德宽仁爱客，今果如此。"俱在孔明算中。遂与赵云饮了数杯，上马同行，来到荆州界首。是日天晚，前到馆驿，见驿门外百余人侍立，击鼓相接。一将于马前施礼曰："奉兄长将令，为大夫远涉风尘，令关某洒扫驿庭，以待歇宿。"又明明是孔明调遣，妙在只不叙明，令读者自知之。松下马，与云长、赵云同入馆舍，讲礼叙坐。须臾，排上酒筵，二人殷勤相劝。又极其恭敬，与曹操相反。务饮至更阑，方始罢席，宿了一宵。

次日早膳毕，上马行不到三五里，只见一簇人马到，乃是玄德引着伏龙、凤雏亲自来接。遥见张松，早先下马等候。非敬张松也，敬西川耳。松亦慌忙下马相见。玄德曰："久闻大夫高名，如雷灌耳。恨云山遥远，不得听教。今闻回都，专此相接。倘蒙不弃，到荒州暂歇片时，以叙渴仰之思，实为万幸！"非请张松，直请得一个西川来了。松大喜，遂上马并辔入城。至府堂上各各叙礼，分宾主依次而坐，设宴款待。饮酒间，玄德只说闲话，并不提起西川之事。孔明教法绝妙。松以言挑之曰："今皇叔守荆州，还有几郡？"孔明答曰："荆州乃暂借东吴的，每每使人取讨。今我主因是东吴女婿，故权且在此安身。"却用孔明回答，妙甚。松曰："东吴据六郡八十一州，民强国富，犹且不知足耶？"庞统曰："吾主汉朝皇叔，反不能占据州郡；其他皆汉之蟊贼，却都恃强侵占地土。惟智者不平焉。"又换庞统回答，妙甚。孔明只言玄德无处安身，庞统便言他人合当相让，一吹一唱，大家说着哑谜。玄德曰："二公休言。吾有何德，敢多望乎？"庞统不平之语渐渐说得近了，却用玄德一语漾开去，妙甚。松曰："不然。明公乃汉室宗亲，仁义充塞乎四海。休道占据州郡，便代正统而居帝位，亦非分外。"玄德拱手谢曰："公言太过，备何敢当！"玄德一味谦逊，只不挠来，妙甚。

自此一连留张松饮宴三日，并不提起川中之事。三日后还不提起，妙甚。松辞去，玄德于十里长亭设宴送行。玄德举酒酌松曰："甚荷大夫不外，留叙三日；今日相别，不知何时再得听教。"到西川来领言罢，潸然泪下。非为张松而泪，为西川而泪也。张松自思："玄德如此宽仁爱士，安可舍之？不如说之，令取西川。"乃言曰："松亦思朝暮趋侍，恨未有便耳。松观荆州，东有孙权常怀虎踞，北有曹操每欲鲸吞，亦非可久恋之地也。"只说荆州不可居，尚未说出西川来，亦自觉引路。玄德曰："故知如此，但未有安迹之所。"以言钩之。松曰："益州险塞，沃野千里，民殷国富；智能之士，久慕皇叔之德。若起荆襄之众，长驱西指，霸业可成，汉室可兴矣。"至此更耐不得，只得和盘托出。玄德曰："备安敢当此？刘益州亦汉室宗亲，恩泽布蜀中久矣。他人岂可得而动摇乎？"

张松明明说出，已是极力相就矣。妙在玄德又用一语漾开去。松曰："某非卖主求荣，实实是此四字，偏要先辩白一句，亦自觉口重耳。今遇明公，不敢不披沥肝胆。刘季玉虽有益州之地，禀性暗弱，不能任贤用能；加之张鲁在北，时思侵犯；人心离散，思得明主。松此一行，专欲纳款于操；何期逆贼恣逞奸雄，傲贤慢士，故特来见明公。不打自招，尽情说出。明公先取西川为基，然后北图汉中，收取中原，匡正天朝，名垂青史，功莫大焉。明公果有取西川之意，松愿施犬马之劳，以为内应。未知钧意若何？"连日殷勤相待，正为要钩他这几句话。玄德曰："深感君之厚意。奈刘季玉与备同宗，若攻之，恐天下人唾骂。"又推开一句，妙甚。松曰："大丈夫处世，当努力建功立业，著鞭在先。今若不取，为他人所取，悔之晚矣。"皆是孔明、庞统意中之语，却偏要逼张松口中说出，妙甚。玄德曰："备闻蜀道崎岖，千山万水，车不能方轨，马不能联辔；虽欲取之，用何良策？"此处方才应承，却便要钩他这本画图出来。松于袖中取出一图，递与玄德曰："松感明公盛德，敢献此图。但看此图，便知蜀中道路矣。"孔明用计，此大事已毕。玄德略展视之，上面尽写着地理行程，远近阔狭，山川险要，府库钱粮，一一俱载明白。松曰："明公可速图之。松有心腹契友二人：法正、孟达。此二人必能相助。如二人到荆州时，可以心事共议。"又引出两人来一同做贼。玄德拱手谢曰："青山不老，绿水长存。他日事成，必当厚报。"松曰："松遇明主，不得不尽情相告，岂敢望报乎？"说罢作别。极似迎宾馆中说分上者，直待临别时方才一露来意。孔明命云长等护送数十里方回。

张松回益州，先见友人法正。正字孝直，右扶风郿人也，贤士法真之子。松见正，备说："曹操轻贤傲士，只可同忧，不可同乐。吾已将益州许刘皇叔矣。专欲与兄共议。"轻轻将一国卖与人了。法正曰："吾料刘璋无能，已有心见刘皇叔久矣。此心相同，又何疑焉？"少顷，孟达至。达字子庆，与法正同乡。达入，见正与松密语。达曰："吾已知二公之意。

将欲献益州耶？"松曰："是欲如此。兄试猜之，合献与谁？"达曰："非刘玄德不可。"三人抚掌大笑。做买卖归，又合着伙计了。法正谓松曰："兄明日见刘璋，当若何？"松曰："吾荐二公为使，可往荆州。"不用法、孟二人请往，却用张松荐之，妙。二人应允。

次日，张松见刘璋。璋问："干事若何？"松曰："操乃汉贼，欲篡天下，不可为言。彼已有取川之心。"先将取川谎他。璋曰："似此如之奈何？"松曰："松有一谋，使张鲁、曹操必不敢轻犯西川。"不即说何计，待他自问。璋曰："何计？"松曰："荆州刘皇叔与主公同宗，仁慈宽厚，有长者风。赤壁鏖兵之后，操闻之而胆裂，何况张鲁乎？主公何不遣使结好，使为外援，可以拒曹操、张鲁矣。"不须玄德自来，却使刘璋去请，亦谓善于卖国矣。璋曰："吾亦有此心久矣。谁可为使？"松曰："非法正、孟达不可往也。"璋即召二人入，修书一封，令法正为使，先通情好；次遣孟达领精兵五千，迎玄德入川为援。正商议间，一人自外突入，汗流满面，大叫曰："主公若听张松之言，则四十一州郡已属他人矣！"松大惊，视其人，乃西阆中巴人，姓黄名权，字公衡，现为刘璋府下主簿。黄权后亦从刘备，而此时则忠于刘璋。璋问曰："玄德与我同宗，吾故结之为援。汝何出此言？"权曰："某素知刘备宽以待人，柔能克刚，英雄莫敌；远得人心，近得民望；兼有诸葛亮、庞统之智谋，关、张、赵云、黄忠、魏延为羽翼。若召到蜀中，以部曲待之，刘备安肯伏低做小？与郭嘉之度刘表，其语相同。若以客礼待之，又一国不容二主。今听臣言，则西蜀有泰山之安；不听臣言，则主公有累卵之危矣。张松昨从荆州过，必与刘备同谋。其言如见。可先斩张松，后绝刘备，则西川万幸也。"璋曰："曹操、张鲁到来，何以拒之？"权曰："不如闭境绝塞，深沟高垒，以待时清。"璋曰："贼兵犯界，有烧眉之急；若待时清，则是慢计也。"遂不从其言，遣法正行。又一人阻曰："不可！不可！"璋视之，乃帐前从事官王累也。韩嵩欲招袁绍、耿武、关纯谏之；刘璋欲招玄德，而黄权、王累谏之；前后正复相类。累顿首言曰："主公今听张松之说，自取其祸。"璋曰："不然。吾结好刘玄德，实欲拒张鲁也。"累曰："张鲁犯界，乃癣疥之疾；刘备入川，乃心腹之大患。况刘备世之枭雄，先事曹操，便思谋害；后从孙权，便夺荆州。心术如此，安可同处乎？今若召来，西川休矣！"王累之言更切于黄权，故其后黄权不死而王累独死。璋叱曰："再休乱道！玄德是我同宗，他安肯夺我基业？"便教扶二人出。遂命法正便行。法正离益州，径取荆州，来见玄德。参拜已毕，呈上书信。玄德拆封视之。书曰：

族弟刘璋，再拜致书于玄德宗兄将军麾下：久伏电天，蜀道崎岖，未及赍

贡，甚切惶愧。璋闻"吉凶相救，患难相扶"，朋友尚然，况宗族乎？今张鲁在

北，旦夕兴兵，侵犯璋界，甚不自安。专人谨奉尺书，上乞钧听。倘念同宗之

情，全手足之义，即日兴师剿灭狂寇，永为唇齿，自有重酬。<sup>即以西川
酬之。</sup>书不尽言，

专候车骑。

　　玄德看毕大喜，设宴相待法正。酒过数巡，玄德屏退左右，密谓正曰："久仰孝直英

名，张别驾多谈盛德。今获听教，甚慰平生。"<sup>前张松初来，再三推调，今日却急于
自说矣。前缓后急，变化不同。</sup>法正谢曰：

"蜀中小吏，何足道哉！盖闻马逢伯乐而嘶，人遇知己而死。张别驾昔日之言，将军复有

意乎？"<sup>只消将张松语一提，
不必更说自家话。</sup>玄德曰："备一身寄客，未尝不伤感而叹息。尚思鹪鹩尚存一

枝，狡兔犹藏三窟，何况人乎？蜀中丰余之地，非不欲取；奈刘季玉系备同宗，不忍相

图。"<sup>既言欲得西川，
却又假意推调。</sup>法正曰："益州天府之国，非治乱之主不可居也。今刘季玉不能用贤，

此业不久必属他人。今日自付与将军，不可错失。岂不闻'逐兔先得'之语乎？将军欲

取，某当效死。"<sup>前得画图，今
又得一向导。</sup>玄德拱手谢曰："尚容商议。"

　　当日席散，孔明亲送法正归馆舍。玄德独坐沉吟。庞统进曰："事当决而不决者，愚

人也。主公高明，何多疑耶？"玄德问曰："以公之意，当复何如？"统曰："荆州东有

孙权，北有曹操，难以得志。益州户口百万，土广财富，可资大业。今幸张松、法正为内

助，此天赐也。何必疑哉？"<sup>如范蠡"天以吴
赐越"之语。</sup>玄德曰："今与吾水火相敌者，曹操也。操以

急，吾以宽；操以暴，吾以仁；操以谲，吾以忠。每与操相反，事乃可成。<sup>不忍取刘表
正是此意。</sup>若以

小利而失信义于天下，吾不忍也。"庞统笑曰："主公之言，虽合天理，奈离乱之时，用

兵争强，固非一道；若拘执常理，寸步不可行矣，宜从权变。且'兼弱攻昧''逆取顺

守'，汤、武之道也。若事定之后，报之以义，封为大国，何负于信？<sup>此处说"封以大国"，后乃
欲袭杀之于涪城，何耶？</sup>

今日不取，终被他人取耳。主公幸熟思焉。"玄德乃恍然曰："金石之言，当铭肺腑。"

于是遂请孔明，同议起兵西行。孔明曰："荆州重地，必须分兵守之。"玄德曰："吾与

庞士元、黄忠、魏延前往西川，军师可与关云长、张翼德、赵子龙守荆州。"孔明应允。<sup>取川
之谋</sup>

<sup>惟庞统力劝，取川之
事亦惟庞统任之耳。</sup>于是孔明总守荆州；关公拒襄阳要路，当青泥隘口；张飞领四郡巡江；赵云

屯江陵，镇公安。玄德令黄忠为前部，魏延为后军，玄德自与刘封、关平在中军，庞统为军

师，马步兵五万，起程西行。临行时，忽廖化引一军来降。<sup>二十七卷中所伏之
人于此处始来。</sup>玄德便教廖化辅佐

云长以拒曹操。

是年冬月，引兵望西川进发。行不数程，孟达接着，拜见玄德，说："刘益州令某领兵五千，远来迎接。"玄德使人入益州，先报刘璋。璋便发书告报沿途州郡，供给钱粮。璋欲自出涪城亲接玄德，即下令准备车乘帐幔、旌旗铠甲，务要鲜明。主簿黄权入谏曰："主公此去，必被刘备之害。某食禄多年，不忍主公中他人奸计。望三思之！"^{既于遣使时谏之，又于}张松曰："黄权此言，疏间宗族之义，滋长寇盗之威，实无益于主公。"璋乃叱权^{出迎时谏之。}曰："吾意已决，汝何逆吾！"权叩首流血，近前口衔璋衣而谏。璋大怒，扯衣而起。权不放，顿落门牙两个。^{黄权之齿落，权之心尽矣。黄}璋喝左右推出黄权。权大哭而归。

璋欲行，一人叫曰："主公不纳黄公衡忠言，乃欲自就死地耶！"伏于阶前而谏。璋视之，乃建宁俞元人也，姓李名恢，叩首谏曰："窃闻'君有诤臣，父有诤子'。黄公衡忠义之言，必当听从。若容刘备入川，是犹迎虎于门也。"^{李恢后来亦事玄德，然此时则忠于刘璋。}璋曰："玄德是吾宗兄，安肯害吾？再言者必斩！"叱左右推出李恢。张松曰："今蜀中文官各顾妻子，不复为主公效力；诸将恃功骄傲，各有外意。不得刘皇叔，则敌攻于外，民攻于内，必败之道也。"^{偏是卖国之人反说别人不忠。}璋曰："公所谋，深于吾有益。"次日，上马出榆桥门。人报："从事王累，自用绳索倒吊于城门之上，一手执谏章，一手仗剑，口称如谏不从，自割断其绳索，撞死于此地。"^{如此谏法，从来未有。}刘璋教取所执谏章观之。其略曰：

益州从事臣王累，泣血恳告：窃闻"良药苦口利于病，忠言逆耳利于行"。昔楚怀王不听屈原之言，会盟于武关，为秦所困。今主公轻离大郡，欲迎刘备于涪城，恐有去路而无回路矣。倘能斩张松于市，绝刘备之约，则蜀中老幼幸甚，主公之基业亦幸甚！

刘璋观毕，大怒曰："吾与仁人相会，如亲芝兰，汝何数侮于吾耶！"王累大叫一声，自割断其索，撞死于地。^{黄权、李恢之识同于王累，而王累之忠则过于此二人。}后人有诗叹曰：

倒挂城门捧谏章，拼将一死报刘璋。

黄权折齿终降备，矢节何如王累刚！

刘璋将三万人马往涪城来。后军装载资粮钱帛一千余辆，来接玄德。

却说玄德前军已到垫江。所到之处，一者是西川供给，二者是玄德号令严明，如有妄取百姓一物者斩，于是所到之处，秋毫无犯。百姓扶老携幼，满路瞻观，焚香礼拜。玄德

皆用好言抚慰。^{初来便收拾人心。}

却说法正密谓庞统曰："近张松有密书到此，言于涪城相会刘璋，便可图之。机会切不可失。"^{张松之计太狠。}统曰："此意且勿言。待二刘相见，乘便图之。若预走泄，于中有变。"^{庞统直欲并瞒过玄德。}法正乃秘而不言。涪城离成都三百六十里。璋已到，使人迎接玄德。两军皆屯于涪江之上。玄德入城，与刘璋相见，各叙兄弟之情。礼毕，挥泪诉告衷情。^{初见刘表未尝挥泪，今见刘璋而挥泪者，以将取其西川，故有所不忍而挥泪也。}饮宴毕，各回寨中安歇。

璋谓众官曰："可笑黄权、王累等辈，不知宗兄之心，妄相猜疑。吾今日见之，真仁义之人也。吾得他为外援，又何虑曹操、张鲁耶？非张松则失之矣。"^{且慢谢，须仔细看。}乃脱所穿绿袍，并黄金五百两，令人往成都赐与张松。^{人言刘璋暗，此便知其暗。}即时部下将佐刘璝、泠苞、张任、邓贤等一班文武官曰："主公且休欢喜。刘备柔中有刚，其心未可测，还宜防之。"^{后来此四人皆死于战，可谓璋之忠臣。}璋笑曰："汝等皆多虑。吾兄岂有二心哉！"众皆嗟叹而退。

却说玄德归到寨中。庞统入见曰："主公今日席上见刘季玉动静乎？"玄德曰："季玉真诚实人也。"统曰："季玉虽善，其臣刘璝、张任等皆有不平之色，其间吉凶未可保也。^{刘璋无隙可寻，以手下人为说。}以统之计，莫若来日设宴，请季玉赴席。于壁衣中埋伏刀斧手一百人，主公掷杯为号，就筵上杀之。一拥入成都，刀不出鞘，弓不上弦，可坐而定也。"^{劝杀刘璋，孔明必不出此言。}玄德曰："季玉是吾同宗，诚心待吾；^{二句是宾。}更兼吾初到蜀中，恩信未立；^{二句是主。}若行此事，上天不容，下民亦怨。公此谋，虽霸者亦不为也。"^{不曰"王者不为"，曰"霸者亦不为"，拒绝之甚。}统曰："此非统之谋，是法孝直得张松密书，言事不宜迟，只在早晚当图之。"言未已，法正入见，曰："某等非为自己，乃顺天命也。"玄德曰："刘季玉与吾同宗，不忍取之。"正曰："明公差矣。若不如此，张鲁与蜀有杀母之仇，必来攻取。明公远涉山川，驱驰士马，既到此地，进则有功，退则无益。若执狐疑之心，迁延日久，大为失计。且恐机谋一泄，反为他人所算。^{庞统只言取之之利，法正却言不取之害，更进一层。}不如乘此天与人归之时，出其不意，早立基业，实为上策。"庞统亦再三相劝。正是：

人主几番存厚道，才臣一意进权谋。

未知玄德心下如何，且看下文分解。

第六十一回

赵云截江夺阿斗

孙权遗书退老瞒

取川者，玄德之心也。然乘刘璋之来迎而袭杀之，以夺其地，不足以服西川之人心，此玄德之所不欲为也。庞统以此劝之，劝之不从，而欲自行之。若孔明处此，必不然矣。是以庞统之智，虽不亚于孔明，而用谲而不失其正，行权而不诡于道，则孔明又在庞统之上欤！

英雄一生，出色惊人之事，不可多得，得其一，便可传为美谈。今偏不止一番，却有两番，则子龙之截江夺阿斗是也。美云长者，但称其单刀赴会，而不知已有油江赴会一事以为之前焉；美子龙者，但称其长坂救主，而不知又有截江夺主一事以为之后焉。常历观前史，求其出色惊人者，或代止有其一人，人止有其一事，孰有应接不暇如三国者乎？然则既读《三国》，虽有他书，不敢请矣。

孙夫人在荆，刘备得以孙权之母牵制孙权；若使阿斗入吴，孙权又将以刘备之子牵制刘备矣。英明如夫人，岂不知东吴取阿斗之意，而乃欲携之以归耶？国太病而取夫人，似也；其取阿斗则非国太之意可知也。取阿斗非国太之意，则取夫人亦未必为国太之意可知也，而夫人曾不察焉。然则由前而观，不愧为女丈夫；由后而观，依然女子之见耳。

荀彧之死，或以杀身成仁美之者，非也。初之劝操取兖州，则比之于高、光；继之劝操战官渡，则比之于楚、汉。凡其设策定计，无非助操僭逆之谋，杜牧讥其教盗穴墙发柜者，诚为至论矣。既以盗贼之事教之，后乃忽以君子之论谏之，何其前后之相谬耶？盖彧之失在从操之初，而欲盖之以晚节，毋乃为识者所笑？

父兄创业以贻子弟固难，子弟能承父兄之业尤难。当曹操讨董卓之时，与孙坚并列，权特操之后辈耳。操之言曰："生子当如孙仲谋。"隐然以前辈自居，而以后辈目权也。然袁术以年少轻孙策，而曹操正以年少重孙权。此老奸识英雄之眼，又非他人可及。

孙权之击合淝，宋谦死焉，太史慈又死焉。至于濡须而独能屡胜，何也？盖东吴之兵，长于自守而短于攻取。合淝攻取之兵也，濡须则自守之兵也。以攻取，则一城不能拔；以自守，虽四十万之众，可以却之。其亦长短之势有异乎？

前卷与后卷，皆叙玄德入川之事，而此卷，忽然放下西川，更叙荆州，放下荆州，更叙孙权，复因孙权夹叙曹操。盖阿斗为西川四十余年之帝，则取西川为刘氏大关目，夺阿斗亦刘氏大关目也。至于迁秣陵，应王气，为孙氏僭号之由；称魏公，加九锡，为曹氏僭号之本。而曹操梦日，孙权致书，互相畏忌，又鼎足三分一大关目也。以此三大关目，为此书半部中之眼。又妙在西川与荆州分作两边写，曹操与孙权合在一处写，叙事用笔之精，直与腐史不相上下。

却说庞统、法正二人，劝玄德就席间杀刘璋，西川唾手可得。玄德曰："吾初入蜀中，恩信未立，此事决不可行。"二人再三说之，玄德只是不从。次日，复与刘璋宴于城中，彼此细叙衷曲，情好甚密。酒至半酣，庞统与法正商议曰："事已至此，由不得主公了。"便教魏延登堂舞剑，乘势杀刘璋。^{如范增之}延遂拔剑进曰："筵间无以为乐，愿舞剑 <small>如范增之</small>

为戏。"庞统便唤众武士入，列于堂下，只待魏延下手。刘璋手下诸将，见魏延舞剑筵

前，又见阶下武士手按刀靶，直视堂上，从事张任亦掣剑舞曰："舞剑必须有对，某愿与

魏将军同舞。"<small>如项伯之</small>二人对舞于筵前。魏延目视刘封，封亦拔剑助舞。于是刘璝、泠 <small>对项庄。</small>

苞、邓贤各掣剑出曰："我等当群舞，以助一笑。"<small>鸿门宴上舞剑只有二人，今却有 无数项庄、项伯，更是奇绝。</small>玄德大惊，

急掣左右所佩之剑，立于席上曰："吾兄弟相逢痛饮，并无疑忌。又非'鸿门会'上，何

用舞剑？不弃剑者立斩！"刘璋亦叱曰："兄弟相聚，何必带刀？"命侍卫者尽去佩剑。

众皆纷然下堂。玄德唤诸将士上堂，以酒赐之，<small>鸿门宴上止赐樊哙卮酒，今日</small>曰："吾弟兄同宗骨 <small>却有无数樊哙，更是奇绝。</small>

血，共议大事，并无二心。汝等勿疑。"诸将皆拜谢。刘璋执玄德之手而泣曰："吾兄之

恩，誓不敢忘！"二人欢饮至晚而散。玄德归寨，责庞统曰："公等奈何欲陷备于不义

耶？今后断勿为此。"<small>庞统、法正之谋太急，不如玄德之</small>统嗟叹而退。 <small>缓，急则不免于忍，缓则不失为仁。</small>

却说刘璋归寨，刘璝等曰："主公见今日席上光景乎？不如早回，免生后患。"刘璋

曰："吾兄刘玄德，非比他人。"众将曰："虽玄德无此心，他手下人皆欲吞并西川，以

图富贵。"<small>从来帝王事业，</small>璋曰："汝等无间吾兄弟之情。"遂不听，日与玄德欢叙。忽报 <small>是手下人成之。</small>

张鲁整顿兵马，将犯葭萌关。刘璋便请玄德往拒之。玄德慨然领诺，即日引本部兵望葭萌

关去了。众将劝刘璋令大将紧守各处关隘，以防玄德兵变。<small>为后文取涪</small>璋初时不从，后因 <small>关张本。</small>

众人苦劝，乃令白水都督杨怀、高沛二人，守把涪水关。刘璋自回成都。玄德到葭萌关，

严禁军士，广施恩惠，以收民心。<small>玄德不欲遽杀刘璋，亦为收民心故耳。</small> <small>先收民心而后取西川，此是玄德主意。</small>

早有细作报入东吴。吴侯孙权会文武商议。顾雍进曰："刘备分兵远涉山险而去，未

易往还。何不差一军先截川口，断其归路，后尽起东吴之兵，一鼓而下荆襄？此不可失之

机会也。"<small>此计但说得好听，须知荆州有孔明、</small>权曰："此计大妙！"正商议间，忽屏风后一人大 <small>关、张、赵云守之，未易得取也。</small>

喝而出曰："进此计者可斩之！欲害吾女之命耶！"<small>刘表屏风后之一人是玄德难星。</small>众惊视之， <small>孙权屏风后之一人是玄德救星。</small>

乃吴国太也。国太怒曰："吾一生唯有一女，嫁与刘备。今若动兵，吾女性命如何！"

<small>前为孙夫人不欲杀玄德，今因叱孙权曰</small>："汝掌父兄之业，坐领八十一州，尚自不足，乃顾小利 <small>又为孙夫人不欲取荆州。</small>

而不念骨肉！"孙权喏喏连声，答曰："老母之训，岂敢有违！"遂叱退众官。国太恨恨

而入。孙权立于轩下，自思："此机会一失，荆襄何日可得？"<small>孙权此时还当</small>正沉吟间，只 <small>埋怨周郎。</small>

见张昭入问曰："主公有何忧疑？"孙权曰："正思适间之事。"张昭曰："此极易也。

今差心腹将一人，只带五百军，潜入荆州，下一封密书与郡主，只说国太病危，欲见亲

女，_{若国太听得咒他，又当着恼。}取郡主星夜回东吴。玄德平生只有一子，就教带来。那时玄德定把荆州来换阿斗。_{前日折了一个夫人，今日却要赢他一个公子。}如其不然，一任动兵，更有何碍？"权曰："此计大妙！吾有一人，姓周，名善，最有胆量。自幼穿房入户，多随吾兄。今可差他去。"昭曰："切勿漏泄。只此便令起行。"

　　于是密遣周善，将五百人，扮为商人，分作五船；_{后来吕蒙亦使人扮作客商，今却于此处先有一引子。}更诈修国书，以备盘诘；船内暗藏兵器。周善领命，取荆州水路而来。船泊江边，善自入荆州，令门吏报孙夫人。夫人命周善入。善呈上密书。夫人见说国太病危，洒泪动问。_{不是太太要归神，却是哥哥会捣鬼。}周善拜诉曰："国太好生病重，旦夕只是思念夫人。倘去得迟，恐不能相见。就教夫人带阿斗去见一面。"_{阿斗不是孙夫人养的，既非国太亲外孙，如何要见？只此便可知其掉谎。}夫人曰："皇叔引兵远出，我今欲回，须使人知会军师，方可以行。"周善曰："若军师回言道：'须报知皇叔，候了回命，方可下船。'如之奈何？"夫人曰："若不辞而去，恐有阻当。"周善曰："大江之中，已准备下船只。只今便请夫人上车出城。"孙夫人听知母病危急，如何不慌？便将七岁孩子阿斗，载在车中；_{昔日长坂坡前，亏了一个死夫人保来；今日荆州城里，几被一个活夫人取去。}随行带三十余人，各跨刀剑，上马离荆州城，便来江边上船。府中人欲报时，孙夫人已到沙头镇，下在船中了。

　　周善方欲开船，只听得岸上有人大叫："且休开船，容与夫人饯行！"视之，乃赵云也。_{来得突兀。○阿斗曾做赵云怀中之物，今日此去，如取其怀而夺之矣。}原来赵云巡哨方回，听得这个消息，吃了一惊，只带四五骑，旋风般沿江赶来。_{前吴将追夫人是旱路，今子龙追夫人是水路；前是以旱追旱，今是以旱追水；前有六将，今只一人。}周善手执长戈，大喝曰："汝何人，敢当主母！"叱令军士一齐开船，各将军器出来，摆列在船上。风顺水急，船皆随流而去。赵云沿江赶叫："任从夫人去。只有一句话拜禀。"周善不睬，只催船速进。赵云沿江赶到十余里，忽见江滩斜缆一只渔船在那里。赵云弃马执枪，跳上渔船。只两人驾船前来，望着夫人所坐大船追赶。_{渔船只取得鱼，今却借他取一小龙，可谓小材大用。}周善教军士放箭。赵云以枪拨之，箭皆纷纷落水。离大船悬隔丈余，吴兵用枪乱刺。赵云弃枪在小船上，掣所佩青釭剑在手，分开枪搠，望吴船涌身一跳，早登大船。_{此一跃之功，抵吴兵尽皆惊倒。得长坂数十倍。}吴兵尽皆惊倒。赵云入舱中，见夫人抱阿斗于怀中，_{若非昔日在子龙怀中，安得今日在夫人怀中？}喝赵云曰："何故无礼！"云插剑声喏曰："主母欲何往？何故不令军师知会？"夫人曰："我母亲病在危笃，无暇报知。"云曰："主母探病，何故带小主人去？"夫人曰："阿斗是吾子，留在荆州，无人看觑。"云曰："主母差矣。主人一生，只有这点骨血，_{极似糜夫人对子龙语。}小将在当阳长坂坡百万军中救出，今日夫人却欲抱将去，是何道理？"_{有得他说，说得嘴响。}夫人怒曰："量汝只是帐下一武夫，安敢管我家事！”云曰：“夫人要去便去，只留下小主人。”夫人喝曰：“汝半路辄入船中，必有反意！”〔宛然是昔日叱喝徐盛、丁奉面孔。〕云曰：“若不留下小主人，纵然万死，亦不敢放夫人去。”夫人喝侍婢向前揪捽，〔子龙前番救阿斗是杀着男将，今番夺阿斗却撞着女兵。〕被赵云推倒，就怀中夺了阿斗，抱出船头上。〔何等爽快。〕欲要傍岸，又无帮手；欲要行凶，又恐碍于道理，进退不得。夫人喝侍婢夺阿斗，赵云一手抱定阿斗，〔前做了男赠嫁，却做了雄乳娘。〕一手仗剑，人不敢近。周善在后梢挟住舵，只顾放船下水。风顺水急，望中流而去。赵云孤掌难鸣，只护得阿斗，安能移舟傍岸？

　　正在危急，忽见下流头港内一字儿使出十余只船来，船上磨旗擂鼓。赵云自思：“今番中了东吴之计！”〔不独子龙着急，读者至此亦替子龙着急。〕只见当头船上一员大将，手执长矛，高声大叫：“嫂嫂留下侄儿去！”〔先闻其声。〕原来张飞巡哨，听得这个消息，急来油江夹口，正撞着吴船，急忙截住。〔后见其人。〕当下张飞提剑跳上吴船。周善见张飞上船，提刀来迎，被张飞手起一剑砍倒，提头掷于孙夫人前。〔一颗人头权当叔叔饯行之礼。〕夫人大惊曰：“叔叔何故无礼？”张飞曰：“嫂嫂不以俺哥哥为重，私自归家，这便无礼！”〔快人快语。〕夫人曰：“吾母病重，甚是危急，若等你哥哥回报，须误了我事。若你不放我回去，我情愿投江而死！”张飞与赵云商议：“若逼死夫人，非为臣下之道。只护着阿斗过船去罢。”〔前日夫妇归荆，追之者意不在妇而在夫；今日母子归吴，追之者意不在母而在子。〕乃谓夫人曰：“俺哥哥大汉皇叔，也不辱没嫂嫂。今日相别，若思哥哥恩义，早早回来。”说罢，抱了阿斗，自与赵云回船，〔东吴许多将佐追不得刘备转去，只张、赵二人却夺得阿斗转来。〕放孙夫人五只船去了。后人有诗赞子龙曰：

　　　　　　昔年救主在当阳，今日飞身向大江。

　　　　　　船上吴兵皆胆裂，子龙英勇世无双！

　　又有诗赞翼德曰：

　　　　　　长坂桥边怒气腾，一声虎啸退曹兵。

　　　　　　今朝江上扶危主，青史应传万载名。

　　二人欢喜回船。行不数里，孔明引大队船只接来。〔前写张、赵，今写孔明。若见阿斗已夺回，孔明此时不来，便疏漏矣。〕大喜。三人并马而归。孔明自申文书往葭萌关，报知玄德。

　　却说孙夫人回吴，具说张飞、赵云杀了周善，截江夺了阿斗。孙权大怒曰：“今吾妹已归，与彼不亲，杀周善之仇，如何不报！”唤集文武，商议起军攻取荆州。〔此处只叙孙权取荆州之谋，便不

^{叙母女怎生相见，并真病}^{假病缘故，此省笔之法。}正商议调兵，忽报曹操起军四十万来报赤壁之仇。^{曹操起兵，不向曹操一边叙}^{来，却在孙权一边听得，又}^{省笔之}^{法。}孙权大惊，且按下荆州，商议拒敌曹操。人报长史张纮辞疾回家，今已病故，有哀书上呈。权拆视之，书中劝孙权迁居秣陵，言秣陵山川有帝王之气，可速迁于此，以为万世之业。^{为后文称}^{帝张本。}孙权览书大哭，谓众官曰：“张子纲劝吾迁居秣陵，吾如何不从！”即命迁治建业，筑石头城。^{“石头城”}^{自此而始。}吕蒙进曰：“曹操兵来，可于濡须水口筑坞以拒之。”诸将皆曰：“上岸击贼，跣足入船，何用筑城？”蒙曰：“兵有利钝，战无必胜。如猝然遇敌，步骑相促，人尚不暇及水，何能入船乎？^{能守而后能战，有备而后}^{无患，吕蒙可谓善计。}”权曰：“‘人无远虑，必有近忧’。子明之见甚远。”便差军数万筑濡须坞。晓夜并工，刻期告竣。^{以下按过孙权，}^{接叙曹操。}

却说曹操在许都，威福日甚。长史董昭进曰：“自古以来，人臣未有如丞相之功者，虽周公、吕望，莫可及也。栉风沐雨，三十余年，扫荡群凶，与百姓除害，使汉室复存，岂可与诸臣宰同列乎？合受魏公之位，加‘九锡’以彰功德。”^{董昭前请迁都许昌，今又请加九}^{锡，全乎为曹操腹心者也，不想食}^{淡人偏不}^{肯淡。}你道那九锡？一，车马；^{大辂、戎辂各一。大辂，金车也。戎}^{辂，兵车也。玄牡二驷，黄马八匹。}二，衣服；^{衮冕之服，赤舄副焉。衮冕，}^{王者之服。赤舄，朱履也。}三，乐悬；^{乐悬，王者}^{之乐也。}四，朱户；^{居以朱户，}^{红门也。}五，纳陛；^{纳陛以登}^{陛，阶也。}六，虎贲；^{虎贲三百人，}^{守门之军也。}七，铁钺；^{铁、钺各一。铁，即}^{斧也。钺，斧属。}八，弓矢；^{彤弓一，彤矢百。彤，赤色也。玈}^{弓十，玈矢千。玈，黑色也。}九，秬鬯圭瓒。^{秬鬯一卣，圭瓒副焉。秬，黑}^{色也。鬯，香酒，灌地以求神}^{于阴。卣，中樽也。圭瓒，}^{宗庙祭器，以祀先王也。}

侍中荀彧曰：“不可。丞相本兴义兵，匡扶汉室，当秉忠贞之志，守谦退之节。君子爱人以德，不宜如此。”^{荀彧向为曹操心腹，今日忽然作此等语，是教曹操以}^{淡也。董昭淡而不淡，荀彧不淡而假淡，可发一笑。}曹操闻言，勃然变色。董昭曰：“岂可以一人而阻众望？”遂上表请尊操为魏公，加九锡。^{操愿书墓道曰“曹侯之墓”，}^{今则与此言大不相同。}荀彧叹曰：“吾不想今日见此事！”操闻，深恨之，以为不助己也。建安十七年冬十月，曹操兴兵下江南，就命荀彧同行。彧已知操有杀己之心，托病止于寿春。忽曹操使人送饮食一盒至。^{曹操有“九锡”，}^{彧只有“一锡”。}盒上有操亲笔封记。开盒视之，并无一物。彧会其意，遂服毒而亡。^{汉文帝赐食于周亚夫而不设箸，是犹有食也；今�365以空盒赐荀}^{彧，是并食亦无有矣。明是使荀彧绝食之意，彧安得不假死乎？}年五十岁。后人有诗叹曰：

> 文若才华天下闻，可怜失足在权门。
>
> 后人休把留侯比，临没无颜见汉君。

其子荀恽，发哀书报曹操。操甚懊悔，命厚葬之，谥曰敬侯。

且说曹操大军至濡须，先差曹洪领三万铁甲马军，哨至江边。回报云：“遥望沿江一带，旗幡无数，不知兵聚何处。”^{方见藏兵在}^{坞之妙。}操放心不下，自领兵前进，就濡须口排开军阵。操领百余人上山坡，遥望战船，各分队伍，依次摆列。旗分五色，兵器鲜明。当中大船上青罗伞下，坐着孙权。左右文武，侍立两边。操以鞭指曰："生子当如孙仲谋！若刘景升儿子，豚犬耳！" ^{刘琮降操而操薄之，孙权拒操而操嘉之，奸雄赏鉴，亦自不凡。}忽一声响动，南船一齐飞奔过来。濡须坞内又一军出，冲动曹兵。曹操军马退后便走，止喝不住。忽有千百骑赶到山边，为首马上一人，碧眼紫髯，众人认得正是孙权。权自引一队马军来击曹操。操大惊，急回马时，东吴大将韩当、周泰，两骑马直冲将上来。操背后许褚纵马舞刀，敌住二将，曹操得脱归寨。许褚与二将战三十合方回。^{操军一败。}操回寨，重赏许褚，责骂众将："临敌先退，挫吾锐气！后若如此，尽皆斩首！"

是夜二更时分，忽寨外喊声大震。操急上马，见四下里火起，^{赤壁之火于此再见。}却被吴兵劫入大寨。杀至天明，曹兵退五十余里下寨。^{操军再败。}操心中郁闷，闲看兵书。程昱曰："丞相既知兵法，岂不知'兵贵神速'乎？丞相起兵，迁延日久，故孙权得以准备，夹濡须水口为坞，难于攻击。不若且退兵还许都，别作良图。"操不应。^{不应便有退心。}程昱出。操伏几而卧，忽闻潮声汹涌，如万马争奔之状。操急视之，见大江中推出一轮红日，光华射目；仰望天上，又有两轮太阳对照。^{日而有三，正应鼎足之象。}正忽见江心那轮红日，直飞起来，坠于寨前山中，其声如雷。猛然惊觉，原来在帐中做了一梦。^{正征战时，忽然叙却一梦，读部《三国》皆当作如是观。}帐前军报道午时。曹操教备马，引五十余骑，径奔出寨，至梦中所见落日山边。正看之间，忽见一簇人马，当先一人，金盔金甲。操视之，乃孙权也。^{孙权之母梦日而生权，曹操之梦正与权母之梦相合。三十八回中事，于此照应出来。}权见操至，也不慌忙，在山上勒住马，以鞭指操曰："丞相坐镇中原，富贵已极，何故贪心不足，又来侵我江南？"操答曰："汝为臣下，不尊王室。吾奉天子诏，特来讨汝！"孙权笑曰："此言岂不羞乎？天下岂不知你挟天子令诸侯？吾非不尊汉朝，正欲讨汝以正国家耳。"^{孙权题目亦自正大。}操大怒，叱诸将上山捉孙权。忽一声鼓响，山背后两彪军出，右边韩当、周泰，左边陈武、潘璋。四员将带三千弓弩手乱射，矢如雨发。操急引众将回走。背后四将赶来甚急。赶到半路，许褚引众虎卫军敌住，救回曹操。^{操军三败。}吴兵齐奏凯歌，回濡须去了。操还营自思："孙权非等闲人物。红日之应，久后必为帝王。"^{正与秣陵王气相应。}于是心中有退兵之意。又恐东吴耻笑，进退未决。两边又相拒了月余，战了数场，互相胜负。^{省却无数笔墨。}直至来年正月，春雨连绵，水港皆满，军士多在泥水之中，困苦异常。^{赤壁连环之舟，水中如在岸上；濡须雨后之兵，岸上如在水中。}操心甚忧。当日正在寨中，与众谋士商议。或劝操收兵，或云目今春暖，正好相持，不可退归。操犹豫未定。忽报东吴有使赍书到。操启视之。书略曰：

孤与丞相，彼此皆汉朝臣宰。丞相不思报国安民，乃妄动干戈，残虐生灵，岂仁人之所为哉？即日春水方生，公当速去。如其不然，复有赤壁之祸矣。公宜自思焉。

书背后又批两行云："足下不死，孤不得安。"操以权为英雄，权亦以操为英雄，正是两心相照。曹操看毕，大笑曰："孙仲谋不欺我也。"操畏权，权亦畏操，若云不畏，便是欺人之语。重赏来使，遂下令班师，命庐江太守朱光镇守皖城，自引大军回许昌。赤壁以遇火而退，濡须以遇水而归，前后遥遥相映。孙权亦收军回秣陵。权与众将商议："曹操虽然北去，刘备尚在葭萌关未还。何不引拒曹操之兵，以取荆州？"张昭献计曰："且未可动兵。某有一计，使刘备不能再还荆州。"正是：

孟德雄兵方退北，仲谋壮志又图南。

不知张昭说出甚计来，且看下文分解。

第六十二回

取涪关杨高授首
攻雒城黄魏争功

读前卷而见孙与刘之相离，读此卷而见备与璋之相恶。一取妹而一夺子，孙、刘之所以离也；一吝粮而一毁书，璋、备之所以恶也。然孙、刘之离者，可以复合；而璋、备之恶者，不可复合。何也？璋既迎备，则已有不能更拒之势，招之来而又欲麾之去，则首鼠两端，而衅必起矣。备既入川，则已有不能不取之势，入其境而不忍取其地，则进退维谷，而祸及身矣。总之，召虎易而遣虎难，入险易而出险难耳。

玄德初以徐州为家，而布夺之，操又夺之；继以荆州为家，而操争之，权又争之；惟至于西川，则真为玄德之家矣。然其受陶谦之让，而不受刘表之让者，惩于徐州之得而复失，故重发于刘表也。不夺同宗之荆，而独夺同宗之益者，惩于荆州之迟而滋议，故不得复重发于刘璋也。此其先后迟速之机，因时而变者然也。

庞统之计三：一曰取成都，二曰取涪关，三曰回荆州。夫回荆州则是无策矣，不可谓之下策也。统之意本以袭杀刘璋于初迎之时为上计，而自葭萌取成都为中计，自葭萌取涪关为下计。玄德之从其中，犹是从其下耳。然杀刘璋而急取之，则人心不附，而抚之也难；不杀刘璋而缓取之，则人心可服，而享之也固。是取乎其下者，乃其所以为上欤！

观于张肃、张松，而有慨于兄弟之间也。一则卖主求荣，而不告其兄；一则惧祸及己，而不顾其弟。在同胞之兄弟且然，而况备与璋之以同宗通谱者耶！读书至此，为之三叹。

玄德其不用壮而善于用老者乎！急于取川者，壮罔之谋也；缓于取川者，老成之算也。魏延以壮而败，黄忠以老而胜。老成则吉，壮罔则凶。为将之道固然，将将者用兵之道，何独不然？

有以闲笔为伏笔者：正当干戈争斗之时，忽有一紫虚上人，如古木寒鸦，苍岩怪石，此极忙中之闲笔也。乃涪关之役，庞统未死，孔明未来，而紫虚早有"一凤坠地，一龙升天"之语，则已为后文伏笔也。与云长在镇国寺中见普净和尚，玄德在南漳庄上见水镜先生，一样笔墨。

文有正笔，有奇笔：如玄德之杀杨高，士元之取涪关，刘璝之谒紫虚，泠苞之议决水，皆以次而及者也，正笔也；如黄忠之救魏延，玄德之入敌寨，魏延之捉泠苞，法正之见彭羕，皆突如其来者也，奇笔也。正笔发明在前，奇笔推原在后；正笔极其次第，奇笔极其突兀，可谓叙事妙品。

却说张昭献计曰："且休要动兵。若一兴师，曹操必复至。不如修书二封：一封与刘璋，言刘备结连东吴，共取西川，使刘璋心疑而攻刘备；一封与张鲁，教进兵向荆州来，着刘备首尾不能救应。我然后起兵取之，事可谐矣。" *前者玄德欲救孙权而致书于马超，是不救之救；今者孙权欲图刘备而致书于璋、鲁，是不图之图。* 权从之，即发使二处去讫。

且说玄德在葭萌关日久，甚得民心。忽接得孔明文书，知孙夫人已回东吴。又闻曹操兴兵犯濡须，乃与庞统议曰："曹操击孙权，操胜必将取荆州，权胜亦必取荆州矣。为之奈何？"庞统曰："主公勿忧。有孔明在彼，料想东吴不敢犯荆州。主公可驰书去刘璋处，只推：'曹操攻击孙权，权求救于荆州。吾与孙权唇齿之邦，不容不相援。张鲁自守之贼，决不敢来犯界。吾今欲勒兵回荆州，与孙权会同破曹操，〔孙权之书以刘备结东吴为名，玄德之书又以东吴求刘备为说，大家借题互相欺诡，正是一对空头。〕奈兵少粮缺。望推同宗之谊，速发精兵三四万，行粮十万斛相助。请勿有误。'若得军马钱粮，却另作商议。"〔此处不即说明。〕

玄德从之，遣人往成都。来到关前，杨怀、高沛闻知此事，遂教高沛守关，杨怀同使者入成都，见刘璋呈上书信。刘璋看毕，问杨怀为何亦同来。杨怀曰："专为此书而来。刘备自从入川，广布恩德，以收民心，其意甚是不善。今求军马钱粮，切不可与。如若相助，是把薪助火也。"刘璋曰："吾与玄德有兄弟之情，岂可不助？"一人出曰："刘备枭雄，久留于蜀而不遣，是纵虎入室矣。今更助之以军马钱粮，何异与虎添翼乎？"〔一以备为火，一以备为虎，谁知火已炽不可灭，虎已入不可出乎？〕众视其人，乃零陵烝阳人，姓刘，名巴，字子初。刘璋闻刘巴之言，犹豫未决。黄权又复苦谏。璋乃量拨老弱军四千，米一万斛，发书遣使报玄德。〔是授之以隙矣。〕仍令杨怀、高沛紧守关隘。刘璋使者到葭萌关见玄德，呈上回书。玄德大怒曰："吾为汝御敌，费力劳心。汝今积财吝赏，何以使士卒效命乎？"遂扯毁回书，大骂而起。〔正欲寻衅，得此一书便好翻转面皮。〕使者逃回成都。庞统曰："主公只以仁义为重，今日毁书发怒，前情尽弃矣。"玄德曰："如此，当若何？"庞统曰："某有三条计策，请主公自择而行。"

玄德问："那三条计？"统曰："只今便选精兵，昼夜兼道径袭成都，此为上计。〔若比席间杀刘璋则此又其中计矣。〕杨怀、高沛乃蜀中名将，各仗强兵拒守关隘；今主公佯以回荆州为名，二将闻知，必来相送；就送行处，擒而杀之，夺了关隘，先取涪城，然后却向成都，此中计也。〔此中计凤雏已为下计矣。〕退还白帝，连夜回荆州，徐图进取，此为下计。〔若弃葭萌而归，此玄德所必不愿也，庞统特以此句激之，欲其行上计耳。〕若沉吟不去，将至大困，不可救矣。"〔又逼一句，然实是确话。〕玄德曰："军师上计太促，下计太缓，中计不迟不疾，可以行之。"〔玄德不用上计而用中计，犹有不忍之心。〕

于是发书致刘璋，只说曹操令部将乐进引兵至青泥镇，众将抵敌不住，吾当亲往拒之，不及面会，特书相辞。书至成都，张松听得说刘玄德欲回荆州，只道是真心，〔玄德此时不曾知会得张松。〕乃修书一封，欲令人送与玄德。却值亲兄广汉太守张肃到，松急藏书于袖中，与肃相陪说话。肃见松神情恍惚，心中疑惑。松取酒与肃共饮。献酬之间，忽落此书于地，〔画图藏得甚紧，手书何故不密。〕被肃从人拾得。席散后，从人以书呈肃。肃开视之。书略曰：

松昨进言于皇叔，并无虚谬，何乃迟迟不发？逆取顺守，古人所贵。今大事已在掌握之中，何故欲弃此而回荆州乎？使松闻之，如有所失。书呈到日，疾速进兵。松当为内应，万勿自误！

张肃见了，大惊曰："吾弟作灭门之事，不可不首。"连夜将书见刘璋，具言弟张松与刘备同谋，欲献西川。刘璋大怒曰："吾平日未尝薄待他，何故欲谋反！"_{一向尚在梦中。}遂下令捉张松全家，尽斩于市。后人有诗叹曰：

一览无遗世所稀，谁知书信泄天机。

未观玄德兴王业，先向成都血染衣。

刘璋既斩张松，聚集文武商议曰："刘备欲夺吾基业，当如之何？"黄权曰："事不宜迟。即便差人告报各处关隘，添兵把守，不许放荆州一人一骑入关。"璋从其言，星夜驰檄各关去讫。_{若依庞统上计，则各关未必费力。}

却说玄德提兵回涪城，先令人报上涪水关，请杨怀、高沛出关相别。杨、高二将闻报，商议曰："玄德此回若何？"高沛曰："玄德合死。我等各藏利刃在身，就送行处刺之，以绝吾主之患。"_{庞统正欲于送行时杀二将，二将亦欲于送行时刺玄德，彼此正是同心，但二将知己不知彼耳。}杨怀曰："此计大妙。"二人只带随行二百人，出关送行，其余并留在关上。

玄德大军尽发。前至涪水之上，庞统在马上谓玄德曰："杨怀、高沛若欣然而来，可提防之；_{此句是主。}若彼不来，便起兵径取其关，不可迟缓。"_{此句是宾。}正说间，忽起一阵旋风，把马前"帅"字旗吹倒。_{不必风旗告变，庞统已知之矣。}玄德问庞统曰："此何兆也？"统曰："此警报也，杨怀、高沛二人必有行刺之意，宜善防之。"玄德乃身披重铠，自佩宝剑防备。人报杨、高二将前来送行。玄德令军马歇定。庞统吩咐魏延、黄忠："但关上来的军士，不问多少，马步军兵，一个也休放回。"_{为下文赚关之用。}二将得令而去。

却说杨怀、高沛二人身边各藏利刃，带二百军兵，牵羊送酒，直至军前。见并无准备，心中暗喜，以为中计。入至帐下，见玄德正与庞统坐于帐中。二将声喏曰："闻皇叔远回，特具薄礼相送。"遂进酒劝玄德。玄德曰："二将军守关不易，当先饮此杯。"_{玄德不肯自饮，教他先饮，是玄德谨慎提防处。}二将饮酒毕，玄德曰："吾有密事与二将军商议，闲人退避。"遂将带来二百人尽赶出中军。玄德叱曰："左右与吾捉下二贼！"帐后刘封、关平应声而出。

杨、高二人急待争斗，刘封、关平各捉住一人。玄德喝曰："吾与汝主是同宗兄弟，汝二人何故同谋，离间亲情？"庞统叱左右搜其身畔，果然各搜出利刃一口。^{亦将舞剑以助一笑乎？}统便喝斩二人，玄德还犹未决，统曰："二人本意欲杀吾主，罪不容诛。"遂叱刀斧手斩杨怀、高沛于帐前。黄忠、魏延早将二百从人，先自捉下，不曾走了一个。玄德唤入，各赐酒压惊。^{善买人心。}玄德曰："杨怀、高沛离间吾兄弟，又藏利刃行刺，故行诛戮。尔等无罪，不必惊疑。"众各拜谢。庞统曰："吾今即用汝等引路，带吾军取关，各有重赏。"^{不欲走透一人，正为此耳。}众皆应允。

是夜二百人先行，大军随后。前军至关下叫曰："二将军有急事回，可速开关。"城上听得是自家军，即时开关。大军一拥而入，兵不血刃，得了涪关。^{只杀得两人，甚不费力。}蜀兵皆降。玄德各加重赏，遂即分兵前后守把。次日劳军，设宴于公厅。玄德酒酣，顾庞统曰："今日之会，可为乐乎？"^{未免露出真情。○玄德在刘表席间醉后失言，于此复见。}庞统曰："伐人之国而以为乐，非仁者之兵也。"玄德曰："吾闻昔日武王伐纣，作乐象功，此亦非仁者之兵欤？^{以纣比刘璋，亦拟之非其伦，确是醉语。}汝言何不合道理？可速退！"庞统大笑而起。^{亦有醉意。}左右亦扶玄德入后堂。睡至半夜，酒醒。左右以逐庞统之言，告知玄德。玄德大悔，次早穿衣升堂，请庞统谢罪曰："昨日酒醉，言语触犯，幸勿挂怀。"庞统谈笑自若。玄德曰："昨日之言，惟吾有失。"庞统曰："君臣俱失，何独主公？"^{一语冰释，庞统亦妙。}玄德亦大笑，其乐如初。

却说刘璋闻玄德杀了杨、高二将，袭了涪水关，大惊曰："不料今日果有此事！"^{始信王累之言。}遂聚文武，问退兵之策。黄权曰："可连夜遣兵屯雒县，塞住咽喉之路。刘备虽有精兵猛将，不能过也。"璋遂令刘璝、泠苞、张任、邓贤点五万大军，星夜往守雒县，以拒刘备。四将行兵之次，刘璝曰："吾闻锦屏山中有一异人，道号'紫虚上人'，知人生死贵贱。吾辈今日行军，正从锦屏山过。何不试往问之？"^{正厮杀时，忽见一世外之人。}张任曰："大丈夫行兵拒敌，岂可问于山野之人乎？"^{是大丈夫语。}璝曰："不然。圣人云：'至诚之道，可以前知。'吾等问于高明之人，当趋吉避凶。"^{既一心为主，又有何趋避之有？}于是四人引五六十骑至山下，问径樵夫。樵夫指高山绝顶上，便是上人所居。四人上山至庵前，见一道童出迎。^{极与水镜庄上仿佛。}问了姓名，引入庵中。只见紫虚上人，坐于蒲墩之上。四人下拜，求问前程之事。紫虚上人曰："贫道乃山野废人，岂知休咎？"刘璝再三拜问，紫虚遂命道童取纸笔，写下八句言语，付与刘璝。其文曰：

左龙右凤，飞入西川。

雏凤坠地，^{为落凤坡伏笔。}卧龙升天。

一得一失，天数当然。

见机而作，勿丧九泉。

　　刘璝又问曰："我四人气数如何？"紫虚上人曰："定数难逃，何必再问！"^{四人无一生还，亦先伏下一笔。}璝又请问时，上人眉垂目合，恰似睡着的一般，并不答应。四人下山。刘璝曰："仙人之言，不可不信。"张任曰："此狂叟也，听之何益。"^{张任不降之意于此已决。}遂上马前行。既至雒县，分调人马，守把各处隘口。刘璝曰："雒城乃成都之保障，失此则成都难保。吾四人公议，着二人守城，二人去雒县前面，依山傍险，扎下两个寨子，勿使敌兵临城。"泠苞、邓贤曰："某愿往结寨。"刘璝大喜，分兵二万，与泠、邓二人，离城六十里下寨。^{玄德以二将当先，刘璋亦有二将当先。}刘璝、张任守护雒城。

　　却说玄德既得涪水关，与庞统商议进取雒城。人报刘璋拨四将前来，即日泠苞、邓贤领二万军离城六十里，扎下两个大寨。玄德聚众将问曰："谁敢建头功，去取二将寨栅？"老将黄忠应声出曰："老夫愿往。"^{写黄忠不异廉颇、马援。}玄德曰："老将军率本部人马，前至雒城，如取得泠苞、邓贤营寨，必当重赏。"黄忠大喜，即领本部兵马，谢了要行。^{矍铄哉是翁！}忽帐下一人出曰："老将军年纪高大，如何去得？小将不才愿往。"玄德视之，乃是魏延。黄忠曰："我已领下将令，你如何敢搀越？"魏延曰："老者不以筋骨为能。吾闻泠苞、邓贤乃蜀中名将，血气方刚。恐老将军近他不得，岂不误了主公大事？^{魏延激恼黄忠，则黄忠之成功愈必。}因此愿相替，本是好意。"黄忠大怒曰："汝说吾老，敢与我比试武艺么？"^{此处黄忠欲与魏延比试，后文关公亦欲与马超比试，前后相映。}魏延曰："就主公之前，当面比试。赢得的便去，何如？"黄忠遂趋步下阶，便叫小校："将刀来！"^{人虽老，刀不老。}玄德急止之曰："不可！吾今提兵取川，全仗汝二人之力。今两虎相斗，必有一伤。须误了我大事。吾与你二人劝解，休得争论。"庞统曰："汝二人不必相争。即今泠苞、邓贤下了两个营寨。今汝二人自领本部军马，各打一寨。如先夺得者，便为头功。"^{赢者便为壮，输者便为老。}于是分定黄忠打泠苞寨，魏延打邓贤寨。二人各领命去了。庞统曰："此二人去，恐于路上相争。主公可自引军为后应。"^{预知魏延必争黄忠之功。}玄德留庞统守城，自与刘封、关平引五千军随后进发。

　　却说黄忠归寨，传令来日四更造饭，五更结束，平明进兵，取左边山谷而进。魏延却暗使人探听黄忠甚时起兵。探事人回报："来日四更造饭，五更起兵。"魏延暗喜，吩咐众军士二更造饭，三更起兵，平明要到邓贤寨边。厨杀时叙不得齿，写魏延贪功，亦甚壮勇。军士得令，都饱餐一顿，马摘铃，人衔枚，卷旗束甲，暗地去劫寨。三更前后，离寨前进。到半路，魏延马上寻思："只去打邓贤寨，不显能处；不如先去打泠苞寨，却将得胜兵打邓贤寨。两处功劳，都是我的。"就马上传令，教军士都投左边山路里去。彼后我先，宜右忽左，魏延好胜，视今之推诿退避者，何啻天渊。天色微明，离泠苞寨不远，教军士少歇，排搊金鼓旗幡、枪刀器械。

　　早有伏路小军飞报入寨，泠苞已有准备了。如此早去又吃准备，可谓"夜眠清早起，又有早行人"。一声炮响，三军上马，杀将出来。魏延纵马提刀，与泠苞接战。二将交马，战到三十合，川兵分两路来袭汉军。汉军走了半夜，人马力乏，抵当不住，退后便走。魏延听得背后阵脚乱，撇了泠苞，拨马回走。川兵随后赶来，汉军大败。正为争功失功。走不到五里，山背后鼓声震地，邓贤引一彪军从山谷里截出来，大叫："魏延快下马受降！"魏延策马飞奔，那马忽失前蹄，双足跪地，将魏延掀将下来。读者至此，必谓魏延死矣。邓贤马奔到，挺枪来刺魏延。枪未到处，弓弦响，邓贤倒撞下马。后面泠苞方欲来救，一员大将，从山坡上跃马而来，厉声大叫："老将黄忠在此！"先闻其弓，后见其人，写得声势。舞刀直取泠苞。泠苞抵敌不住，望后便走。黄忠乘势追赶，川兵大乱。

　　黄忠一枝军救了魏延，魏延在长沙城上救了黄忠，此日真堪相报。杀了邓贤，直赶到寨前。泠苞回马与黄忠再战。不到十余合，后面军马拥将上来，泠苞只得弃了左寨，引败军来投右寨。只见寨中旗帜全别，泠苞大惊。兜住马看时，当头一员大将，金甲锦袍，乃是刘玄德。写得突兀。左边刘封，右边关平，大喝道："寨子吾已夺下，汝欲何往？"原来玄德引兵从后接应，便乘势夺了邓贤寨子。补叙得妙。泠苞两头无路，取山僻小径，要回雒城。行不到十里，狭路伏兵忽起，搭钩齐举，把泠苞活捉了。写得突兀。原来却是魏延自知罪犯，无可解释，收拾后军，令蜀兵引路，伏在这里，等个正着。补叙得妙。用索缚了泠苞，解投玄德寨来。

　　却说玄德立起免死旗，但川兵倒戈卸甲者，并不许杀害，如伤者偿命，善买人心。又谕众降兵曰："汝川人皆有父母妻子，愿降者充军，不愿降者放回。"于是欢声动地。放回之人又将为未取之地布其声耳黄忠安下寨脚，径来见玄德，说魏延违了军令，可斩之。玄德急召魏延，魏延解泠苞至。玄德曰："延虽有罪，此功可赎。"令魏延谢黄忠救命之恩，今后毋得相争。魏延顿首伏罪。善于调停。玄德重赏黄忠。黄忠故自不老。使人押泠苞到帐下，玄德去其缚，赐酒压惊，问曰："汝肯降否？"泠苞曰："既蒙免死，如何不降？刘璝、张任与某为生死之交，若肯放某回去，当即招二人来降，就献雒城。"玄德大喜，便赐衣服鞍马，令回雒城。总是收川将之心。魏延曰：“此人不可放回。若脱身一去，不复来矣。”玄德曰：“吾以仁义待人，人不负我。”

却说泠苞得回雒城，见刘璝、张任，不说捉去放回，只说：“被我杀了十余人，夺得马匹逃回。”<small>今人有讳言没体面事者，往往类此。</small>刘璝忙遣人往成都求救。刘璋听知折了邓贤，大惊，慌忙聚众商议。长子刘循进曰：“儿愿领兵前去守雒城。”璋曰：“既吾儿肯去，当遣谁人为辅？”一人出曰：“某愿往。”璋视之，乃舅氏吴懿也。璋曰：“得尊舅去最好。谁可为副将？”吴懿保吴兰、雷铜二人为副将，<small>二人后皆为刘备所用。</small>点二万军马来到雒城。刘璝、张任接着，具言前事。吴懿曰：“兵临城下，难以拒敌，汝等有何高见？”泠苞曰：“此间一带，正靠涪江，江水大急，前面寨占山脚，其形最低。某乞五千军，各带锹锄前去，决涪江之水，可尽淹死刘备之兵也。”<small>热人用火，冷人用水，一笑。</small>吴懿从其计，即令泠苞前往决水，吴兰、雷铜引兵接应。泠苞领命，自去准备决水器械。

却说玄德令黄忠、魏延各守一寨，自回涪城，与军师庞统商议。细作报说：“东吴孙权遣人结好东川张鲁，将欲来攻葭萌关。”<small>张鲁兴兵不从张鲁一边叙来，却从玄德一边听得，此省笔之法。</small>玄德惊曰：“若葭萌关有失，截断后路，吾进退不得，当如之何？”庞统谓孟达曰：“公乃蜀中人，多知地理，去守葭萌关如何？”达曰：“某保一人与某同去守关，万无一失。”玄德问何人。达曰：“此人曾在荆州刘表部下为中郎将，乃南郡枝江人，姓霍，名峻，字仲邈。”玄德大喜，即时遣孟达、霍峻守葭萌关去了。<small>玄德此时腹背受敌，亦大危事，却只使两人去当后路，令人急欲观其后也。</small>

庞统退归馆舍，门吏忽报：“有客特来相访。”统出迎接，见其人身长八尺，形貌甚伟，头发截短，披于颈上，<small>发短而心甚长。</small>衣服不甚齐整。统问曰：“先生何人也？”其人不答，径登堂仰卧床上。<small>来得作怪。</small>统甚疑之，再三请问。其人曰：“且消停，吾当与汝说知天下大事。”<small>作怪，令人测摸不出。</small>统闻之愈疑，命左右进酒食。其人起而便食，并无谦逊。饮食甚多，食罢又睡。<small>一发作怪。</small>统疑惑不定，使人请法正视之，恐是细作。法正慌忙到来，统出迎接，谓正曰：“有一人如此如此。”法正曰：“莫非彭永言乎？”<small>奇。</small>升阶视之。其人跃起曰：“孝直别来无恙！”正是：

> 只为川人逢旧识，遂令涪水息洪流。

毕竟此人是谁，且看下文分解。

第六十三回

诸葛亮痛哭庞统

张翼德义释严颜

前文之决水者二：曹操之决泗水以淹下邳，决漳水以淹冀州是也；后文之决水者一：关公之决湘江以淹七军是也。独此卷于涪水之决，则欲决而不能决，遂不果决。有前之二实，不可无此之一虚；有此之一虚，然后又有后之一实。文字有虚实相生之法，不意天然有此等妙事，以助成此等妙文。

观于庞统之死，而知荆州之所以失，关公之所以亡也。何也？庞统不死，则收川之事，委之庞统，而孔明可以不离荆州；纵使抚川之事托之孔明，而荆州又可转付庞统，虽有吕蒙、陆逊，何所施其诡计哉？故凡荆州之失，与关公之亡，不关于吕蒙之多智，陆逊之能谋，而特由于庞统之死耳。然则谓孔明之哭庞统，即为关公哭可也，即为荆州哭也可。

甚矣！躁进之心，不可不戒；而人己猜嫌之情，不可不忘也。庞统未死之时，星为之告变矣，梦为之告变矣，马又为之告变矣；而统乃疑孔明之忌己，欲功名之速立，遂使"凤兮凤兮"，反不如"鸿飞冥冥"，足以避弋人之害。呜呼！虽曰天也，岂非人也？

孔明隆中决策之语，其曰"外结孙权"，所谓东和孙权也；其曰"然后中原可图"，所谓北拒曹操也，其告关公即以此耳。况孙夫人在，而孙、刘暂合；孙夫人去，而孙、刘遂离。孙既与刘离，必将北与操合。濡须之战，权不致书于备以求援，而独致书于操以解兵，便有与操连和之机矣。孙与刘离不足忧，而操与孙合则大可惧。苟但知北拒曹操，而不知东和孙权，其又何能拒操也耶？

翼德生平有快事数端：前乎此者，鞭督邮矣，骂吕布矣，喝长坂矣，夺阿斗矣。然前数事之勇，不若擒严颜之智也；擒严颜之智，又不若释严颜之尤智也。未遇孔明之前，则勇有余而智不足；既遇孔明之后，则勇有余而智亦有余。盖一入孔明熏陶，而莽气化焉，骄气亦化焉，勇不可学，而智可学。翼德之勇，固其素有，而其智则孔明教之云。

严将军头本未尝断，而有"断头将军"一语，遂使千古传为美谈。文天祥《正气歌》曰："为严将军头。"而元人吊天祥诗，亦曰："忠如蜀将斩颜时。"竟似严将军真曾断头也者。可见人虽不死，不可以畏死；虽不必不生，不可以贪生。

人但知树林中过去之张飞是假，不知大寨中跌足大叫之张飞亦是假。后之张飞是以假张飞扮作真张飞，前之张飞是以真张飞扮作假张飞。后之以假为假固奇，前之以真为假尤奇。

却说法正与那人相见，各抚掌而笑。庞统问之。正曰："此公乃广汉人，姓彭，名羕，字永言，蜀中豪杰也。因直言触忤刘璋，被璋髡钳为徒隶，因此短发。"统乃以宾礼待之，问羕从何而来。羕曰："吾特来救汝数万人性命，见刘将军方可说。"妙在不即说明，先作此惊人之语。法正忙报玄德。玄德亲自谒见，请问其故。羕曰："将军有多少军马在前寨？"玄德实告："有魏延、黄忠在彼。"羕曰："为将之道，岂可不知地理乎？前寨紧靠涪江，若决

动江水，前后以兵塞之，一人无可逃也。"　冷苞之计早被猜破。　玄德大悟。彭羕曰："罡星在西方，

太白临于此地，当有不吉之事，切宜慎之。"　借决水一事照下落凤坡。方才说地理，便又说天文。　〇玄德即拜彭羕为幕宾，

使人密报魏延、黄忠，教朝暮用心巡警，以防决水。　不消移营，甚妙。　黄忠、魏延商议，二人各轮

一日，如遇敌军到来，互相通报。

却说冷苞见当夜风雨大作，引了五千军，径循江边而进，安排决江。只听得后面喊声

乱起，冷苞知有准备，急急回军。前面魏延引军赶来，川兵自相践踏。冷苞正奔走间，撞

着魏延。交马不数合，被魏延活捉去了。　冷苞第二次被擒。　比及吴兰、雷铜来接应时，又被黄忠一军

杀退。魏延解冷苞到涪关。玄德责之曰："吾以仁义相待，放汝回去，何敢背我！今次难

饶！"将冷苞推出斩之，重赏魏延。

玄德设宴管待彭羕。忽报：荆州诸葛亮军师特遣马良奉书至此。玄德召入问之。马良

礼毕曰："荆州平安，不劳主公忧念。"遂呈上军师书信。玄德拆书观之，略云：

亮夜算太乙数，今年岁次癸巳，罡星在西方，又观乾象，太白临于雒城之

分，主将帅身上多凶少吉，切宜谨慎。　彭羕之言早与孔明相合。

玄德看了书，便教马良先回。玄德曰："吾将回荆州，去论此事。"庞统暗思："孔

明怕我取了西川，成了功，故意将此书相阻耳。"　此士元不及孔明处。　乃对玄德曰："统亦算太乙数，

已知罡星在西，应主公合得西川，别不主凶事。　亦算得着。　统亦占天文，见太白临于雒城，先斩

蜀将冷苞，已应凶兆矣。　只因自己心热，却画在姓冷的身上去。　主公不可疑心，可急进兵。"

玄德见庞统再三催促，乃引军前进。黄忠同魏延接入寨去。庞统问法正曰："前至雒

城，有多少路？"法正画地作图。玄德取张松所遗图本对之，并无差错。　照应画图。　法正言：

"山北有条大路，正取雒城东门；山南有条小路，却取雒城西门。两条路皆可进兵。"庞

统谓玄德曰："统令魏延为先锋，取南小路而进；主公令黄忠作先锋，从山北大路而进。

并到雒城取齐。"　俱作画中人。　玄德曰："吾自幼熟于弓马，多行小路。军师可从大路去取东门，

吾取西门。"庞统曰："大路必有军邀拦，主公引兵当之。统取小路。"玄德曰："军师

不可。吾夜梦一神人，手执铁棒击吾右臂，觉来犹自臂疼。此行莫非不佳？"　玄德以伏龙、凤雏为左右手，士元乃其右手也。　庞统曰："壮士临阵，不死带伤，理之自然也。何故以梦寐之事疑心乎？"玄德

曰："吾所疑者，孔明之书也。　梦是梦，书是书，似今人但看梦书。　军师还守涪关，如何？"庞统大笑曰：

"主公被孔明所惑矣！彼不欲令统独成大功，故作此言以疑主公之心。　前只肚里寻思，今却口中说出。　心疑则

致梦，何凶之有？统肝脑涂地，方称本心。主公再勿多言，来早准行。"当日传下号令，军士五更造饭，平明上马。黄忠、魏延领军先行。玄德再与庞统约定，忽坐下马眼生前失，把庞统掀将下来。^{又是一个}玄德跳下马，自来笼住那马。玄德曰："军师何故乘此劣马？"庞统曰："此马乘久，不曾如此。"玄德曰："临阵眼生，误人性命。吾所骑白马，性极驯熟，军师可骑，万无一失。劣马吾自乘之。"遂与庞统更换所骑之马。庞统谢曰："深感主公厚恩，虽万死亦不能报也。"^{说出死字，又}遂各上马取路而进。玄德见庞统去了，心中甚觉不快，快快而行。^{又是一个}

却说雒城中吴懿、刘璝听知折了泠苞，遂与众商议。张任曰："城东南山僻有一条小路，最为要紧，某自引一军守之。诸公紧守雒城，勿得有失。"忽报汉兵分两路前来攻城。张任急引三千军，先来抄小路埋伏。见魏延兵过，张任教尽放过去，休得惊动。后见庞统军来，张任军士遥指军中大将："骑白马者必是刘备。"^{的卢救了玄德，白马送了}张任大喜，传令教如此如此。

却说庞统迤逦前进，抬头见两山逼窄，树木丛杂；又值夏末秋初，枝叶茂盛。^{百忙中又夹}庞统心下甚疑，勒住马问："此处是何地？"数内有新降军士，指道："此处地名落凤坡。"庞统惊曰："吾道号凤雏，此处名落凤坡，不利于吾。"^{卧龙冈为孔明之始，落凤坡为}令后军疾退。只听山坡前一声炮响，箭如飞蝗，只望骑白马者射来。可怜庞统竟死于乱箭之下，时年止三十六岁。后人有诗叹曰：

> 古岘相连紫翠堆，士元有宅傍山隈。
>
> 儿童惯识呼鸠曲，闾巷曾闻展骥才。
>
> 预计三分平刻削，长驱万里独徘徊。
>
> 谁知天狗流星坠，不使将军衣锦回。

先是东南有童谣云：

> 一凤并一龙，相将到蜀中。才到半路里，凤死落坡东。风送雨，雨随风，隆
>
> 汉兴时蜀道通，蜀道通时只有龙。^{又与紫虚上人语相应。○荆州之谣曰"泥中蟠龙向天飞"，西川}_{之谣曰"蜀道通时只有龙"，前之龙应在君，后之龙应在臣。}

当日张任射死庞统，汉军拥塞，进退不得，死者大半。前军飞报魏延。魏延忙勒兵欲回，奈山路逼窄，厮杀不得。又被张任截断归路，在高阜处用强弓硬弩射来。魏延心慌

有新降蜀兵曰：“不如杀奔雒城下，取大路而进。”延从其言，当先

魏延不死者，天幸也，而士
元独不得邀天幸，惜哉！

开路，杀奔雒城来。尘埃起处，前面一军杀至，乃雒城守将吴兰、雷铜也。后面张任引兵

追来，前后夹攻，把魏延围在垓心。魏延死战不能得脱。但见吴兰、雷铜后军自乱，二将

急回马去救。魏延乘势赶去，当先一将，舞刀拍马，大叫：“文长，吾特来救汝！”视

之，乃老将黄忠也。前是魏延两擒泠苞，此是黄忠两　两下夹攻，杀败吴、雷二将，直冲至雒城之
　　　　　　　　救魏延，一卷之中又自相对。

下。刘璝引兵杀出，却得玄德在后当住接应。黄忠、魏延翻身便回。玄德军马比及奔到寨

中，张任军马又从小路里截出。刘璝、吴兰、雷铜当先赶来。玄德守不住二寨，且战且

走，奔回涪关。凤既死，龙　蜀兵得胜，迤逦追赶。玄德人困马乏，那里有心厮杀，且只顾奔
　　　　　　亦受困。

走。将近涪关，张任一军追赶至紧。幸得左边刘封，右边关平，二将领三万生力军截出，

杀退张任，还赶二十里，夺回战马极多。白马既亡，
　　　　　　　　　　　　　　别马何用？

　　玄德一行军马，再入涪关，问庞统消息。有落凤坡逃得性命的军士，报说：“军师连

人带马，被乱箭射死于坡前。”玄德闻言，望西痛哭不已。接舆之歌是悲生凤，　遥为招魂设祭，
　　　　　　　　　　　　　　　　　　　　　　　　玄德之哭是悲死凤。

诸将皆哭。黄忠曰：“今番折了庞统军师，张任必然来攻打涪关，如之奈何？不若差人往

荆州，请诸葛军师来商议收川之计。”正说之间，人报张任引军直临城下搦战。黄忠、魏

延皆要出战。玄德曰：“锐气新挫，宜坚守以待军师来到。”黄忠、魏延领命，只谨守城

池。玄德写一封书，教关平吩咐：“你与我往荆州请军师去。”为后文关公守　关平领了书，星
　　　　　　　　　　　　　　　　　　　　　　　　　　荆州伏笔。

夜往荆州来。玄德自守涪关，并不出战。

　　却说孔明在荆州，时当七夕佳节，大会众官夜宴，共说收川之事。只见正西上一星，

其大如斗，从天坠下，流光四散。孔明失惊，掷杯于地，掩面哭曰：“哀哉！痛哉！”众

官慌问其故。孔明曰：“吾前者算今年罡星在西方，不利于军师；天狗犯于吾军，只因天上
　　　　　　　　　　　　　　　　　　　　　　　　　　　　　　　　　　　　一狗，失

却人间一凤。○此　太白临于雒城，已拜书主公，教谨防之。谁想今夕西方星坠，庞士元命必休
句补前文所未及。

矣！”言罢，大哭曰：“今吾主丧一臂矣！”与玄德之　众官皆惊，未信其言。孔明曰：“数
　　　　　　　　　　　　　　　　　　　梦相应。

日之内，必有消息。”是夕酒不尽欢而散。

　　数日之后，孔明与云长等正坐间，人报关平到。众官皆惊。关平入，呈上玄德书信。

孔明视之，内言：“本年七月初七日，庞军师被张任在落凤坡前箭射身故。”本为渡鹊佳期，
　　　　　　　　　　　　　　　　　　　　　　　　　　　　　　　　　　却为落凤忌日。

孔明大哭，众官无不垂泪。孔明曰：“既主公在涪关进退两难之际，亮不得不去。”西川
　　　　　　　　　　　　　　　　　　　　　　　　　　　　　　　　　　　　失了

一凤，换　云长曰：“军师去，谁人保守荆州？荆州乃重地，干系非轻。”孔明曰：“主公书
去一龙。

中虽不明言其人，吾已知其意了。”在下书人身　乃将玄德书与众官看曰：“主公书中，把荆
　　　　　　　　　　　　　　　上着眼。

州托在吾身上，教我自量才委用。虽然如此，今教关平赍书前来，其意欲云长公当此重任。^{玄德差关平之意，在孔明口中说出，妙。}云长想桃园结义之情，^{又将首卷中事一提。}可竭力保守此地。责任非轻，公宜勉之。"^{荆州去了一龙，止留一虎。}云长更不推辞，慨然领诺。孔明设宴，交割印绶。云长双手来接。孔明擎着印曰："这干系都在将军身上。"^{郑重之至，写得如画。}云长曰："大丈夫既领重任，除死方休。"^{与庞统说"死"字，前后相对。}孔明见云长说个"死"字，心中不悦。欲待不与，其言已出。孔明曰："倘曹操引兵来到，当如之何？"云长曰："以力拒之。"孔明又曰："倘曹操、孙权齐起兵来，如之奈何？"云长曰："分兵拒之。"孔明曰："若如此，荆州危矣。^{未得西川而荆州之失已兆于此。}吾有八个字，将军牢记，可保守荆州。"云长问："那八个字？"孔明曰："北拒曹操，东和孙权。"^{只重在"东和孙权"一句，八个字只四个字耳。若"北拒曹操"，关公已知之矣。}云长曰："军师之言，当铭肺腑。"

孔明遂与了印绶，令文官马良、伊籍、向朗、糜竺，武将糜芳、廖化、关平、周仓，一班儿辅佐云长，同守荆州。^{自六十回中玄德入川之后，便与云长不复相见，今自此卷中孔明入川之后，亦不得复与云长相见。读书至此，为之怅然。}一面亲自统兵入川。先拨精兵一万，教张飞部领，取大路杀奔巴州、雒城之西，先到者为头功。^{一路旱军。}又拨一枝兵，教赵云为先锋，溯江而上，会于雒城。^{一路水军。}孔明随后引简雍、蒋琬等起行。那蒋琬字公琰，零陵湘乡人也，乃荆襄名士，现为书记。^{此处补叙蒋琬来历，殊不费笔。}

当日孔明引兵一万五千，与张飞同日起行。张飞临行时，孔明嘱咐曰："西川豪杰甚多，不可轻敌。^{为严颜伏笔。}于路戒约三军，勿得掳掠百姓，以失民心。所到之处，并宜存恤，勿得恣逞鞭挞士卒。望将军早会雒城，不可有误。"

张飞欣然领诺，上马而去。迤逦前行，所到之处，但降者秋毫无犯。径取汉川路，前至巴郡。细作回报："巴郡太守严颜，乃蜀中名将，年纪虽高，精力未衰，善开硬弓，使大刀，有万夫不当之勇，^{隐然又是一个黄忠。}据住城郭，不竖降旗。"张飞教离城十里下寨，差人入城去："说与老匹夫早早来降，饶你满城百姓性命；若不归顺，即踏平城郭，老幼不留！"

却说严颜在巴郡，闻刘璋差法正请玄德入川，拊心而叹曰："此所谓独坐穷山，引虎自卫者也！"^{可谓老识。}后闻玄德据住涪关，大怒，屡欲提兵往战，又恐这条路上有兵来。^{补笔周到。}当日闻知张飞兵到，便点起本部五六千人马，准备迎敌。或献计曰："张飞在当阳长坂，一声喝退曹兵百万之众。曹操亦闻风而避之，不可轻敌。^{又将四十二回中事一提。}今只宜深沟高垒，坚守不出。彼军无粮，不过一月，自然退去。更兼张飞性如烈火，专要鞭挞士卒。如不与战，必怒，怒则必以暴厉之气待其军士。军心一变，乘势击之，张飞可擒也。"^{以昔日张飞度之。}严颜从其言，教军士尽数上城守护。忽见一个军士，大叫："开门！"严颜教放入问之。那军士告说是张将军差来的，把张飞言语依直便说。严颜大怒，骂："匹夫怎敢无礼！吾严将军岂降贼者乎！借你口说与张飞！"唤武士把军人割下耳鼻，却放回寨。写严颜如此触怒张飞，愈见下文义释之奇。

军人回见张飞，哭告严颜如此毁骂。张飞大怒，咬牙睁目，披挂上马，引数百骑来巴郡城下搦战。城上众军百般痛骂。张飞性急，几番杀到吊桥，要过护城河，又被乱箭射回。到晚全无一个人出，张飞忍一肚气还寨。次日早晨，又引军去搦战。那严颜在城敌楼上，一箭射中张飞头盔。与黄忠射关公盔缨，前后相对。飞指而恨曰："若拿住你这老匹夫，我亲自食你肉！"写张飞如此忿怒，愈见下文义释之奇。到晚又空回。第三日，张飞引了军，沿城去骂。原来那座城子是个山城，周围都是乱山，张飞自乘马登山，下视城中。见军士尽皆披挂，分列队伍，伏在城中，只是不出；又见民夫来来往往，搬砖运石，相助守城。张飞教马军下马，步军皆坐，引他出敌，并无动静。又骂了一日，依旧空回。至此已气了三日。张飞在寨中，自思："终日叫骂，彼只不出，如之奈何？"猛然思得一计，教众军不要前去搦战，都结束了在寨中等候；却只教三五十个军士，直去城下叫骂，引严颜军出来，便与厮杀。张飞摩拳擦掌，只等敌军来。小军连骂了三日，全然不出。又气三日。张飞眉头一纵，又生一计，传令教军士四散砍打柴草，寻觅路径，不来搦战。张飞此时不减孔明之谋。严颜在城中，连日不见张飞动静，心中疑惑，着十数个小军，扮作张飞砍柴的军，潜地出城，杂在军内，入山中探听。已在张飞算中。

当日诸军回寨。张飞坐在寨中，顿足大骂："严颜老匹夫！枉气杀我！"此是昔日张飞真面目，却是今日张飞假腔调。只见帐前三四个人说道："将军不须心焦，这几日打探得一条小路，可以偷过巴郡。"张飞故意大叫曰："既有这个去处，何不早来说？"莽人假莽，粗人假粗，此正是极精极细。众应曰："这几日却才哨探得出。"张飞曰："事不宜迟，只今二更造饭，趁三更明月，拔寨都起，人衔枚，马去铃，悄悄而行。我自前面开路，汝等依次而行。"传了令便满寨告报。妙人妙计。

探细的军听得这个消息，尽回城中来，报与严颜。颜大喜曰："我算定这匹夫忍耐不得！能料其粗，不能料其细；能料其莽，不能料其精。你偷小路过去，须是粮草辎重在后；我截住后路，你如何得过？好无谋匹夫，中我之计！"谁知反中了张飞之计。即时传令，教军士准备赴敌："今夜二更也造饭，三更出城，伏于树木丛杂去处。只等张飞过咽喉小路去了，车仗来时，只听鼓响，一齐杀出。"传了号令，看看近夜，严颜全军尽皆饱食，披挂停当，悄悄出城，四散伏住，只听鼓响。严颜自引十数裨将，下马伏于林中。约三更后，遥望见张飞亲自在前，横矛纵马，悄悄引军前进。读者至此，正不知张飞如何用计。若如此，定为严颜所算。去不得三四里，背后车仗人马，陆续进发。严颜看得分晓，^{偏说是看}^{得分晓。}一齐擂鼓，四下伏兵尽起。正来抢夺车仗，背后一声锣响，一彪军掩到，大喝：“老贼休走！我等的你恰好！”严颜猛回头看时，为首一员大将，豹头环眼，燕颔虎须，使丈八矛，骑深乌马，乃是张飞。^{忽然有两张飞，好生作怪。读者至}^{此，几疑是《西游记》身外身法矣。}四下里锣声大震，众军杀来。严颜见了张飞，举手无措，交马战不十合，张飞卖个破绽，严颜一刀砍来，张飞闪过，撞将入去，扯住严颜勒甲绦，生擒过来，掷于地下。众军向前，用索绑缚住了。原来先过去的是假张飞。^{此处方才叙明}^{绝妙用笔。}料道严颜击鼓为号，张飞却教鸣金为号，金响诸军齐到。川兵大半弃甲倒戈而降。

张飞杀到巴郡城下，后军已自入城。张飞叫休杀百姓，出榜安民。群刀手把严颜推至。飞坐于厅上，严颜不肯下跪。^{硬汉。}飞怒目咬牙大叱曰：“大将到此，何为不降，而敢拒敌？”严颜全无惧色，回叱飞曰：“汝等无义，侵我州郡！但有断头将军，无降将军！”^{二语传为千}^{古美谈。}飞大怒，喝左右斩来。严颜喝曰：“贼匹夫！砍头便砍，何怒也？”张飞见严颜声音雄壮，面不改色，乃回嗔作喜，下阶喝退左右，亲解其缚，取衣衣之，扶在正中高坐，低头便拜曰：“适来言语冒渎，幸勿见责。吾素知老将军乃豪杰之士也。”^{此处出人}^{意外，不}^{但严颜所不料，亦}^{读者所不料也。}严颜感其恩义，乃降。后人有诗赞严颜曰：

> 白发居西蜀，清名震大邦。
>
> 忠心如皎月，浩气卷长江。
>
> 宁可断头死，安能屈膝降？
>
> 巴州年老将，天下更无双。

又有赞张飞诗曰：

> 生获严颜勇绝伦，惟凭义气服军民。
>
> 至今庙貌留巴蜀，社酒鸡豚日日春。

张飞请问入川之计。严颜曰：“败军之将，荷蒙厚恩，无可以报，愿施犬马之劳，不须张弓只箭，径取成都。”正是：

> 只因一将倾心后，致使连城唾手降。

未知其计如何，且看下文分解。

第六十四回

孔明定计捉张任

杨阜借兵破马超

张任设伏以害庞统，孔明亦设伏以捉张任。同一伏也，而任则在山坡，孔明则在平岸；张任则在林木，孔明则在芦苇；张任以强弓硬弩，孔明以长枪砍刀；张任之伏止一处，孔明伏不止一处；张任意在射杀，孔明意在捉活。又有甚不同者，则孔明之用兵为独奇。

玄德获张任，正当为庞统报仇，而不忍杀之，而欲降之。何哉？盖欲资其才以为用耳。章邯射杀项梁，而项羽折箭以誓之；朱鲔谮杀刘縯，而光武指河而誓之。天下未平，不敢怀怨以待人也。且勿论其远者，曹操不记杀典韦之怨而纳张绣；孙权不记杀凌操之怨而纳甘宁，亦此意也。乃玄德欲任降，而任终不肯降，若张任者，则真断头将军矣。

杨阜之为韦康报仇，义也，而其攻马超以助曹操，则非义。马腾两番受诏，两番讨贼，固汉之忠臣也；其子之欲雪父恨则孝，承父志而讨国贼则忠。奉一欺君罔上之曹操，而攻一忠孝之马超，以超为贼，而不知操之为贼，故杨阜之义，君子无取焉。

或曰：杨阜之助操以算马超，与陈登之助操以算吕布，将毋同乎？予曰：不同。马超，孝子也；吕布，无父之人也。且登之助操，在许田射鹿之前，尔时衣带诏未发也，董贵人未死也，魏公未称，九锡未加，操之逆未露，而操之恶未彰，则其挟天子以令诸侯者，陈登信而助之，无怪也。至于阜，而衣带诏发矣，董贵人死矣，魏公已称，九锡已加矣，操为国贼，而助国贼者亦贼，杨阜其何说之辞？

五虎将中，关、张、赵、黄皆大将才也。若马超，则可为战将，而不可为大将。其杀韦康，屠百姓，不得谓之仁矣；其不疑杨阜，不得谓之智矣。前既惑于曹操而攻韩遂，后复归于张鲁而拒玄德：此其识见当在四人之下。

人谓姜叙之母同于太史慈之母：慈之母勉其子以报孔融，叙之母勉其子以报韦康，此则其可嘉者也。我谓姜叙之母异于徐庶之母：庶之母知操之为贼，叙之母不知讨操者之非贼，而助操者之为贼，此则其可惜者也。人谓赵昂之妻异于吕布之妻：布之妻阻其夫之出战，昂之妻励其夫以起兵，此则其可嘉者也。我谓赵昂之妻同于刘表之妻：表之妻背刘备而从曹操，致其身与子俱死；昂之妻助曹操以攻马超，身幸免于死，而亦致其子于死。此又其可惜者也。虽然，郭嘉、程昱等辈，天下所称智谋之士，犹然不明顺逆，而何论于妇人哉？尚论者于杨氏、王氏可勿讥云。

此卷自孔明捉张任之后，便当接马超攻葭萌之事，而马超攻葭萌，由于张鲁遣马超；张鲁遣马超，由于马超投张鲁；马超投张鲁，则又由于杨阜破马超。夫杨阜之与刘璋，风马牛不相及也，而寻原溯委，遂忽然夹叙陇中一段文字，却与五十九回之末遥遥相接。此等叙事宜求之《左传》《史记》之中。

却说张飞问计于严颜，颜曰："从此取雒城，凡守御关隘，都是老夫所管，官军皆出于掌握之中。今感将军之恩，无可以报，老夫当为前部，所到之处，尽皆唤出拜降。"

只因一个"断头将军"引出无数"降将军"。张飞称谢不已。于是严颜为前部，张飞领军随后。凡到之处，尽是严颜所管，都唤出投降。有迟疑未决者，颜曰："我尚且投降，何况汝乎？"自是望风归顺，并不曾厮杀一场。省事亦省笔。○以下按过翼德一边，接叙玄德一边。

却说孔明已将起程日期申报玄德，教都会聚雒城。玄德与众官商议："今孔明、翼德分两路取川，会于雒城，同入成都。水陆舟车，已于七月二十日起程，此时将及待到。今我等便可进兵。"黄忠曰："张任每日来搦战，见城中不出，彼军懈怠，不做准备，今日夜间分兵劫寨，胜如白昼厮杀。"上既写翼德，此又写黄忠。玄德从之，教黄忠引兵取左，魏延引兵取右，玄德取中路。当夜二更，三路军马齐发。张任果然不做准备。汉军拥入大寨，放起火来，烈焰腾空。蜀兵奔走，连夜直赶到雒城，城中兵接应入去。玄德还中路下寨。次日，引兵直到雒城，围住攻打。张任按兵不出。攻到第四日，若孔明未来便能攻破雒城，便不见孔明用计之妙。玄德自提一军攻打西门，令黄忠、魏延在东门攻打，留南门北门放军行走。原来南门一带都是山路，北门有涪水，因此不围。张任望见玄德在西门，骑马往来，指挥打城，从辰至未，人马渐渐力乏。张任教吴兰、雷铜二将引兵出北门，转东门，敌黄忠、魏延；自己却引军出南门，转西门，单迎玄德。前射白马将是射着假玄德。今出雒城门是来寻真玄德。城内尽拨民兵上城，擂鼓助喊。

却说玄德见红日平西，教后军先退。军士方回身，城上一片声喊起，南门内军马突出。张任径来军中捉玄德。玄德军中大乱。黄忠、魏延又被吴兰、雷铜敌住。两下不能相顾。玄德敌不住张任，拨马往山僻小路而走。张任从背后追来，看看赶上。玄德独自一人一马，张任引数骑赶来。读至此为玄德一吓。玄德正望前尽力加鞭而行，忽山路一军冲来。读至此又为玄德一吓。玄德马上叫苦曰："前有伏兵，后有追兵，天亡我也！"每于接笋处，作惊人之笔。只见来军当头一员大将，乃是张飞。原来张飞与严颜正从那条路上来，望见尘埃起，知与川兵交战。张飞当先而来，张将军来得突兀，来得凑巧，不如此不见义释严颜之妙。正撞着张任，便就交马。战到十余合，背后严颜引兵大进。张任火速回身。张飞直赶到城下。张任退入城，拽起吊桥。

张飞回见玄德曰："军师溯江而来，尚且未到，反被我夺了头功。"有得他说嘴。玄德曰："山路险阻，如何无军阻当，长驱大进，先到于此？"张飞曰："于路关隘四十五处，皆出老将严颜之功，因此于路并不曾费分毫之力。"不是义释一人，却是智收诸郡。遂把义释严颜之事，从头说了一遍，引严颜见玄德。玄德谢曰："若非老将军，吾弟安能到此？"即脱身上黄金锁子甲以赐之。为已降者奖，为未降者劝。又严颜拜谢。正待安排宴饮，忽闻哨马回报："黄忠、魏延和川将吴兰、雷铜交锋，城中吴懿、刘璝又引兵助战，两下夹攻，我军抵敌不住，魏、黄二将败阵

投东去了。”不从黄、魏一边叙来，却在
刘、张一边听得，省笔之法。张飞听得，便请玄德分兵两路，杀去救援。于是张飞在左，玄德在右，杀奔前来。吴懿、刘璝见后面喊声起，慌退入城中。吴兰、雷铜只顾引兵追赶黄忠、魏延，却被玄德、张飞截住归路。黄忠、魏延又回马转攻。吴兰、雷铜料敌不住，只得将本部军马前来投降。严颜之后又是两
个"降将军"。玄德准其降，收兵近城下寨。

却说张任失了二将，心中忧虑。吴懿、刘璝曰："兵势甚危，不决一死战，如何得兵退？一面差人去成都见主公告急，雒城求救于成都，便为
成都求救于汉中张本。一面用计敌之。"张任曰："吾来日领一军搦战，诈败，引转城北；城内再以一军冲出，截断其中，可获胜也。"吴懿曰："刘将军相辅公子守城，我引兵冲出助战。"约会已定。次日，张任引数千人马，摇旗呐喊，出城搦战。张飞上马出迎，更不打话，与张任交锋。战不十余合，张任诈败，绕城而走。张飞尽力追之。吴懿一军截住，张任引军复回，把张飞围在垓心，进退不得。黄忠、魏延捉张
任不得，张飞亦
捉张任不得，方见
下文孔明之妙。正没奈何，只见一队军从江边杀出。当先一员大将，挺枪跃马，与吴懿交锋；只一合，生擒吴懿，战退敌军，救出张飞。视之，乃赵云也。赵云此来亦来得突兀，来得
凑巧，与上文张飞来法一
样笔墨。飞问："军师何在？"云曰："军师已至。想此时已与主公相见了也。"叙法甚二人擒
吴懿回寨。张任自退入东门去了。

张飞、赵云回寨中，见孔明、简雍、蒋琬已在帐中。飞下马来参军师。不向孔明一边叙来，
却从张飞一边看出，
用笔之孔明惊问曰："如何得先到？"玄德具述义释严颜之事。孔明贺曰："张将军能用谋，皆主公之洪福也。"赵云解吴懿见玄德。玄德曰："汝降否？"吴懿曰："我既被捉，如何不降？"又是一个"降玄德大喜，亲解其缚。孔明问："城中有几人守城？"吴懿
将军"。曰："有刘季玉之子刘循，辅将刘璝、张任。刘璝不打紧，张任乃蜀郡人，极有胆略，不可轻敌。"又借吴懿口中写张任，
写张任正是写孔明。孔明曰："先捉张任，然后取雒城。"问："城东这座桥名为何桥？"吴懿曰："金雁桥。"孔明遂乘马至桥边，绕河看了一遍，回到寨中，唤黄忠、魏延听令曰："离金雁桥南五六里，两岸都是芦苇蒹葭，可以埋伏。金雁桥可为落
凤坡答礼。魏延引一千枪手伏于左，单戳马上将；黄忠引一千刀手伏于右，单砍坐下马。杀散彼军，张任必投山东小路而来。张翼德引一千军伏在那里，就彼处擒之。"又唤赵云伏于金雁桥北："待我引张任过桥，你便将桥拆断，却勒兵于桥北，遥为之势，使张任不敢望北走，退投南去，却好中计。"别处用计只是"如此如此"而已，
此处详叙在前，又是一样笔法。调遣已定，军师自去诱敌。

却说刘璋差卓膺、张翼二将，前至雒城助战。张任教张翼与刘璝守城，自与卓膺为前后二队，任为前队，膺为后队，出城退敌。孔明引一队不整不齐军，妙在"不整
不齐"。过金雁桥

来，与张任对阵。孔明乘四轮车，纶巾羽扇而出，两边百余骑簇捧，遥指张任曰："曹操以百万之众，闻吾之名，望风而逃，今汝何人，敢不投降？"^{天下惟没用的人最会说大话，不但不整不齐是诱敌，即说大话亦是诱敌。}张任看见孔明军伍不齐，在马上冷笑曰："人说诸葛亮用兵如神，原来有名无实！"把枪一招，大小军校齐杀过来。孔明弃了四轮车，上马退走过桥。张任从背后赶来。过了金雁桥，见玄德军在左，严颜军在右，冲杀将来。张任知是计，急回军时，桥已拆断了；^{过桥拆桥，何今日孔明之多也，一笑。}欲投北去，只见赵云一军隔岸摆开，遂不敢投北，径往南绕河而走。走不到五七里，早到芦苇丛杂处。魏延一军从芦中忽起，都用长枪乱戳。黄忠一军伏在芦苇里，用长刀只剁马蹄。^{江边芦苇可为城边林木答礼。}马军尽倒，皆被执缚。步军那里敢来？张任引数十骑望山路而走，正撞着张飞。张任方欲退走，张飞大喝一声，众军齐上，将张任活捉了。原来卓膺见张任中计，已投赵云军前降了，^{又是一个"降将军"。是省笔之法。}一发都到大寨。玄德赏了卓膺。张飞解张任至。孔明亦坐于帐中。玄德谓张任曰："蜀中诸将，望风而降，汝何不早投降？"张任睁目怒叫曰："忠臣岂肯事二主乎？"玄德曰："汝不识天时耳。降即免死。"任曰："今日便降，久后也不降！可速杀我！"^{不肯诈降是硬汉，便说实话是直汉。}玄德不忍杀之。张任厉声高骂。孔明命斩之，以全其名。^{张任倒是"断头将军"。}后人有诗赞曰：

> 烈士岂甘从二主，张君忠勇死犹生。
>
> 高明正似天边月，夜夜流光照雒城。

玄德感叹不已，令收其尸首，葬于金雁桥侧，以表其忠。^{不取其头祭庞统而反葬之，所以收川中之人心也。不是为死，正是为生。}

次日，令严颜、吴懿等一班蜀中降将为前部，直至雒城，大叫："早开门受降，免一城生灵受苦！"刘璝在城上大骂。严颜方待取箭射之，忽见城上一将，拔剑砍翻刘璝，开门投降。^{又是一个"降将军"，却断他人之头以来降。}玄德军马入雒城，刘循开西门走脱，投成都去了。玄德出榜安民。杀刘璝者，乃武阳人张翼也。^{叙明在后，笔法又变。}玄德得了雒城，重赏诸将。孔明曰："雒城已破，成都只在目前。唯恐外州郡不宁，可令张翼、吴懿引赵云抚外水江阳、犍为等处所属州郡，令严颜、卓膺引张飞抚巴西德阳所属州郡，就委官按治平靖，即勒兵回成都取齐。"^{先得外郡便先抚外郡，处置得宜。}张飞、赵云领命，各自引兵去了。孔明问："前去有何处关隘？"蜀中降将曰："止绵竹有重兵守御，若得绵竹，成都唾手可得。"孔明便商议进兵。法正曰："雒城既破，蜀中危矣。主公欲以仁义服众，且勿进兵。某作一书上刘璋，陈说利害，璋自然降矣。"孔明曰："孝直之言最善。"便令写书遣人径往成都。^{前张松致书于玄德致不过来，今法正}

致书于刘璋却
公然致去。

却说刘循逃回见父，说雒城已陷，刘璋慌聚众官商议。从事郑度献策曰："今刘备虽攻城夺池，然兵不甚多，士众未附，野谷是资，军无辎重。不如尽驱巴西梓潼民，过涪水以西。其仓廪野谷，尽皆烧除，深沟高垒，静以待之。彼至请战，勿许。久无所资，不过百日，彼兵自走。我乘虚击之，备可擒也。"_{亦似李左车教陈余之计。}刘璋曰："不然。吾闻拒敌以安民，未闻动民以备敌也。此言非保全之计。"_{刘璋虽暗，亦有仁心，然从来有仁心者每每吃亏，每每失事，为之一叹。}正议间，人报法正有书至。刘璋唤入。呈上书。璋拆开书视之。其略曰：

昨蒙遣差结好荆州，不意主公左右不得其人，以致如此。今荆州眷念旧情，不忘族谊。主公若能幡然归顺，量不薄待。望三思裁示。

刘璋大怒，扯毁其书，大骂："法正卖主求荣、忘恩背义之贼！"逐其使者出城。

_{刘璋既不听郑度之策，又不即从法正之言，犹豫不决，正是刘表、袁绍一流人。}即时遣妻弟费观，提兵前去守把绵竹。费观举保南阳人姓李，名严，字方正，一同领兵。当下费观、李严点三万军来守绵竹。益州太守董和，字幼宰，南郡枝江人也，上书与刘璋，请往汉中借兵。璋曰："张鲁与吾世仇，安肯相救？"_{今有与所亲为仇而致欲结其仇以攻亲者矣，亲既变仇，而欲仇反变亲，不亦难乎？为之一叹。}和曰："虽然与我有仇，刘备军在雒城，势在危急，唇亡则齿寒，若以利害说之，必然肯从。"璋乃修书遣使前赴汉中。

却说马超自兵败入羌，二载有余，结好羌兵，攻拔陇西州郡。所到之处，尽皆归降；_{因刘璋求救于汉中，本该接叙张鲁，却放下张鲁，接入马超，盖为马超投张鲁，张鲁遣马超之由也。此等叙事，如连山断岭，笔法逼真龙门。}惟冀城攻打不下。刺史韦康，累遣人求救于夏侯渊。_{韦康求救于夏侯渊，与刘璋求救于张鲁，两相映衬。}渊不得曹操言语，未敢动兵。韦康见救兵不来，与众商议："不如投降马超。"参军杨阜哭谏曰："超等叛君之徒，岂可降之？"康曰："事势至此，不降何待？"阜苦谏不从。韦康大开城门，投拜马超。_{韦康出降与后文刘璋出降，两相衬映。}超大怒曰："汝今事急请降，非真心也！"将韦康四十余口尽斩之，不留一人。_{马超杀韦康而失州郡之心，与后文玄德不害刘璋以收州郡之心，正是相反。}有人言："杨阜劝韦康休降，可斩之。"超曰："此人守义，不可斩也。"复用杨阜为参军。_{马超用杨阜与后文玄德用刘巴、黄权，又相类而相反。}阜荐梁宽、赵衢二人，超尽用为军官。_{此时一似真降者。}

杨阜告马超曰："阜妻死于临洮，乞告两个月假，归葬某妻便回。"马超从之。杨阜过历城，来见抚彝将军姜叙。叙与阜是姑表兄弟，叙之母是阜之姑，时年已八十二。当日，杨阜入姜叙内宅，拜见其姑，哭告曰："阜守城不能保，主亡不能死，愧无面目见姑。马超叛君，妄杀郡守，一州士民，无不恨之。今吾兄坐据历城，竟无讨贼之心，此岂人臣之理乎？”言罢，泪流出血。〔杨阜思报其主，与许贡之客并称。〕当叙母闻言，唤姜叙入，责之曰：“韦使君遇害，亦尔之罪也。”又谓阜曰：“汝既降人，且食其禄，何故又兴心讨之？”阜曰：“吾从贼者，欲留残生，与主报冤也。”叙曰：“马超英勇，急难图之。”阜曰：“有勇无谋，易图也。吾已暗约下梁宽、赵衢。兄若肯兴兵，二人必为内应。”〔方知所荐二人不是真荐。〕叙母曰：“汝不早图，更待何时？谁不有死，死于忠义，死得其所也。勿以我为念。汝若不听义山之言，吾当先死，以绝汝念。”〔一个女丈夫，可比“断头将军”。〕

叙乃与统兵校尉尹奉、赵昂商议。原来赵昂之子赵月，现随马超为裨将。赵昂当日应允，归见其妻王氏曰：“吾今日与姜叙、杨阜、尹奉一处商议，欲报韦康之仇。吾想子赵月现随马超，今若兴兵，超必先杀吾子，奈何？”〔亦有谋及妇人而不失者，赵昂是也。〕其妻厉声曰：“雪君父之大耻，虽丧身亦不惜，何况一子乎！君若顾子而不行，吾当先死矣！”〔又一个女丈夫，可比“断头将军”。〕赵昂乃决。次日一同起兵。姜叙、杨阜屯历城，尹奉、赵昂屯祁山。王氏乃尽将首饰资帛，亲自往祁山军中，赏劳军士，以励其众。〔当以夫人为主帅，以赵昂为偏裨。〕

马超闻姜叙、杨阜会合尹奉、赵昂举事，大怒，即将赵月斩之；〔赵昂先送了一个儿子。〕令庞德、马岱尽起军马，杀奔历城来。姜叙、杨阜引兵出。两阵圆处，杨阜、姜叙衣白袍而出，〔与马超在潼关时正相映射。○叙与阜以中表兄弟而相援，备与璋以同宗兄弟而相攻，为一叹。〕大骂曰：“叛君无义之贼！”马超大怒，冲将过来，两军混战。姜叙、杨阜如何抵得马超，大败而走。马超驱兵赶来。背后喊声起处，尹奉、赵昂杀来。超急回时，两下夹攻，首尾不能相顾。正斗间，刺斜里大队军马杀来。原来是夏侯渊得了曹操军令，正领军来破马超。〔此一路军马突如其来，照应前文，又是不突。〕超如何当得三路军马，大败奔回。走了一夜，比及平明，到得冀城叫门时，城上乱箭射下。梁宽、赵衢立在城上，大骂马超；将马超妻杨氏从城上一刀砍了，撇下尸首来；又将马超幼子三人，并至亲十余口，都从城上一刀一个，剁将下来。超气噎塞胸，几乎坠下马来。〔杀了韦康一家，出乎尔者反乎尔，人苦不絜矩耳。〕背后夏侯渊引兵追赶。超见势大，不敢恋战，与庞德、马岱杀开一条路走。前面又撞见姜叙、杨阜，杀了一阵；冲得过去，又撞着尹奉、赵昂，杀了一阵。零零落落，剩得五六十骑，连夜奔走。四更前后，走到历城下，守门者只道姜叙兵回，大开门接入。超从城南门边杀起，尽洗城中百姓。〔百姓何辜？所谓怒于室而作色于市者也。〕至姜叙宅，拿出老母。母全无惧色，指马超而大骂。超大怒，自取剑杀之。〔姜叙又送了一个母亲。〕尹奉、赵昂全家老幼，亦尽被马超所杀。〔尹赵又送了两家老幼。〕昂妻王氏因在军中，得免于难。〔照应前文。〕次日，夏侯渊大军至，马超弃城杀出，望西而逃。行不得二十里，前面一军摆开，为首的是杨阜。超切齿而恨，拍马挺枪刺之。阜宗弟七人，一齐来助战。马岱、庞德敌住后军。宗弟七人，皆被马超杀死。^{杨阜又送了}阜身中五枪，犹然死战。

后面夏侯渊大军赶来，马超遂走。只有庞德、马岱五七骑后随而去。夏侯渊自行安抚陇西

诸州人民，令姜叙等各各分守，用车载杨阜赴许都，见曹操。操封阜为关内侯。阜辞曰：

"阜无捍难之功，又无死难之节，于法当诛，何颜受职？"操嘉之，卒与之爵。^{可谓操之}

　　却说马超与庞德、马岱商议，径往汉中投张鲁。^{此处方接}张鲁大喜，以为得马超，则西

可以吞益州，东可以拒曹操，乃商议欲以女招超为婿。大将杨柏谏曰："马超妻子遭惨

祸，皆超之贻害也。主公岂可以女与之？"鲁从其言，遂罢招婿之议。^{张鲁欲婿马超而不果，与}

^{后遥遥}或以杨柏之言，告知马超。超大怒，有杀杨柏之意。^{为后文杀杨}杨柏知之，与兄杨松商

议，亦有图马超之心。^{为后文杨松谮}正值刘璋遣使求救于张鲁，鲁不从。忽报刘璋又遣黄权

到。权先来见杨松，说："东西两川，实为唇齿；西川若破，东川亦难保矣。今若肯相

救，当以二十州相酬。"^{与孙权授刘备而欲以荆州九郡}松大喜，即引黄权来见张鲁，说唇齿利

害，更以二十州相谢。鲁喜其利，从之。巴西阎圃谏曰："刘璋与主公世仇，今事急求

救，诈许割地，不可从也。"忽阶下一人进曰："某虽不才，愿乞一旅之师，生擒刘备。

务要割地以还。"正是：

　　　　　　　　方看真主来西蜀，又见精兵出汉中。

　　未知其人是谁，且看下文分解。

第六十五回

马超大战葭萌关

刘备自领益州牧

孙权与刘表为仇，刘璋亦与张鲁为仇。黄权之求救于汉中，如鲁肃之吊丧于江夏，所谓同舟遇风，吴、越可以相济者也。然玄德助仲谋，而张鲁不能助季玉，何哉？盖孙与刘，非操之所能间也；璋与鲁，则孔明之所能间者也。然使张鲁不用杨松，虽有间亦不能入，则非孔明之能间之，一张鲁之自间之耳。

蔡瑁在荆州，而刘备不能安其身；杨松在汉中，而马超亦不能安其身，是则同矣。然备之依表，欲以拒曹，超之归鲁，乃欲攻备：则超之志异于备矣。我方欲讨国贼，而伐其同心讨贼之人；我方欲报父仇，而伐其与父同事之友，超其忘衣带诏之事乎？不独内有杨松，而欲立功于葭萌，为势之所不能；纵使内无杨松，而欲立功于葭萌，亦为理之所不可。

关公之欲与马超比试，非真欲与之比试也，欲借此以压服其心也。汉高初见英布，而倨傲跣腜以折之，恐其骄则不为我用耳。马超新降，其视川中诸将，无出我右，将不免于自矜；得孔明一书，方知翼德之上，又有绝伦超群如关公者，而超之骄气折矣！关公见书而笑曰："孔明知吾心。"孔明其知此心哉！

玄德当奔走流离之时，而不忍弃百姓，而一得西川，乃欲以民田赏功，是不可无子龙之谏也。子龙爱民所以爱国，爱国则不复爱家。前于取桂阳之时，不以妻子动其心，今于入川之后，不以田宅累其念，有古大臣之风焉！岂独一名将之才足以尽之！

子产之言曰："水懦弱，民狎而玩之，故多死焉；火烈，民望而畏之，故鲜死焉。"凡子产之用猛，正其善于用宽也。孔明之治蜀，其得此意乎？法行而知恩，即猛以济宽之道。玄德以孔明为水，而当其治蜀，则又不为水而为火矣。曹操徙刘琮于青州，而杀其母子；刘备迁刘璋于公安，而归其财物，则备与操异矣。刘备宽以抚蜀，而收之以恩；诸葛严以治蜀，而绳之以法，则亮又与备异矣。盖我与敌取其反：敌以暴，我以仁，敌以急，我以缓，以相反为能者也。君与相取其相济：君以仁，相以义，君以柔，相以刚，以相济为用者也。不相反，则无以相胜，不相济，则亦无以相成。

却说阎圃正劝张鲁勿助刘璋，只见马超挺身出曰："超感主公之恩，无可上报。愿领一军攻取葭萌关，生擒刘备，忘了董承衣带诏义状。务要刘璋割二十州奉还主公。"张鲁大喜，先遣黄权从小路而回，随即点兵二万与马超。此时庞德卧病不能行，留于汉中。为后文归曹操张本。张鲁令杨柏监军，正是冤家撞着对头人。超与弟马岱选日起程。

却说玄德军马在雒城。法正所差下书人回报说："郑度劝刘璋尽烧野谷，并各处仓廪，率巴西之民，避于涪水西，深沟高垒而不战。"前既在刘璋一边写来，此又在玄德一边听得，是两边双叙法，笔有省处，亦有不省处，变化不同。玄德、孔明闻之，皆大惊曰："若用此言，吾势危矣！"法正笑曰："主公勿忧。此计虽毒，刘璋必不能用也。"〔料刘璋如见，谓知彼知己。〕可不一日，人传刘璋不肯迁动百姓，不从郑度之言。玄德闻之，方始宽心。〔玄德一边听得，两段写，妙甚。〕孔明曰："可速进兵取绵竹。如得此处，成都易取矣。"遂遣黄忠、魏延领兵前进。费观听知玄德兵来，差李严出迎。严领三千兵出，各布阵完。黄忠出马，与李严战四五十合，不分胜败。孔明在阵中教鸣金收军。〔便有爱李严之意。〕黄忠回阵，问曰："正待要擒李严，军师何故收兵？"孔明曰："吾已见李严武艺，不可力取。来日再战，汝可诈败，引入山峪，出奇兵以胜之。"黄忠领计。次日，李严再引兵来，黄忠又出战，不十合诈败，引兵便走。李严赶来，迤逦赶入山峪，猛然省悟。急待回来，前面魏延引兵摆开。孔明自在山头，唤曰："公如不降，两下已伏强弩，欲与吾庞士元报仇矣。"〔姓张的射死了却寻着姓李的，真是张冠李戴。〕李严慌下马卸甲投降。〔又是一个"降将军"。〕军士不曾伤害一人。孔明引李严见玄德。玄德待之甚厚。严曰："费观虽是刘益州亲戚，与某甚密，当往说之。"玄德即命李严回城招降费观。〔不疑李严，便是待之甚厚处。〕严入绵竹城，对费观赞玄德如此仁德；今若不降，必有大祸。观从其言，开门投降。〔又是一个"降将军"。〕玄德遂入绵竹，商议分兵取成都。忽流星马急报，言："孟达、霍峻守葭萌关，今被东川张鲁遣马超与杨柏、马岱领兵攻打甚急，救迟则关隘休矣。"〔接笋甚紧。〕玄德大惊。孔明曰："须是张、赵二将，方可与敌。"玄德曰："子龙引兵在外未回。翼德已在此，可急遣之。"孔明曰："主公且勿言，容亮激之。"

却说张飞闻马超攻关，大叫而入曰："辞了哥哥，便去战马超也！"〔写得张飞如画。〕孔明佯作不闻，〔妙甚。〕对玄德曰："今马超侵犯关隘，无人可敌；除非往荆州取关云长来，方可与敌。"〔为后文关公比试虚伏一笔。〕张飞曰："军师何故小觑吾！吾曾独拒曹操百万之兵，〔照应四十二卷中事。〕岂愁马超一匹夫乎！"孔明曰："翼德拒水断桥，此因曹操不知虚实耳。若知虚实，将军岂得无事？今马超之勇，天下皆知，渭桥六战，杀得曹操割须弃袍，几乎丧命，〔照应五十八卷中事。〕非等闲之比。云长且未必可胜。"〔纯用反激，妙甚。〕飞曰："我只今便去，如胜不得马超，甘当军令！"孔明曰："既尔肯写文书，便为先锋。请主公亲自去一遭。留亮守绵竹。待子龙来，却作商议。"〔为后子龙守绵竹伏笔。〕魏延曰："某亦愿往。"〔添一个副手。〕孔明令魏延带五百哨马先行，张飞第二，玄德后队，望葭萌关进发。魏延哨马先到关下，正遇杨柏。魏延与杨柏交战，不十合，杨柏败走。魏延要夺张飞头功，乘势赶去。前面一军摆开，为首乃是马岱。魏延只道是马超，舞刀跃马迎之。〔魏延与马岱作一个破题。〕先与岱战不十合，岱败走。延赶去，被岱回身一箭，中了魏延左臂。延急回马走。马岱赶到关前，只见一将喊声如雷，从关上飞奔至面前。原来是张飞初到关上，听得关前厮杀，便来看时，正见魏延中箭，因骤马下关，救了魏延。飞喝马岱曰："汝是何人？先通名姓，然后厮杀！"马岱曰："吾乃西凉马岱是也。"张飞曰：

"你原来不是马超，快回去！非吾对手！只令马超那厮自来，说道燕人张飞在此！"^{抵得一张通名}

^{红单帖。}马岱大怒曰："汝焉敢小觑我！"挺枪跃马，直取张飞。战不十合，马岱败走。张飞

欲待追赶，关上一骑马到来，叫："兄弟且休去！"飞回视之，原来是玄德到来。^{前军、中军、后军，匀三次到，}

^{写得次第。亦写得突兀。}飞遂不赶，一同上关。玄德曰："恐怕你性躁，故我随后赶来到此。既然胜了

马岱，且歇一宵，来日战马超。"

　　次日天明，关下鼓声大震，马超兵到。玄德在关上看时，门旗影里，马超纵骑持枪而

出，狮盔兽带，银甲白袍，一来结束非凡，二者人才出众。^{在玄德眼中极写一马超。}玄德叹曰："人言

'锦马超'，名不虚传！"^{又在玄德眼中补写一马超。}张飞便要下关。玄德急止之曰："且休出战。先当

避其锐气。"关下马超单搦张飞出马，关上张飞恨不得平吞马超，^{"西地锦"惹动了"急三枪"。}三五番皆被

玄德当住。看看午后，玄德望见马超阵上人马皆倦，遂选五百骑，跟着张飞冲下关来。马

超见张飞军到，把枪望后一招，约退军有一箭之地。张飞军马一齐扎住，关上军马，陆续

下来。张飞挺枪出马，大呼："认得燕人张翼德么！"马超曰："吾家累世公侯，岂识村

野匹夫！"^{又被马超一激。}张飞大怒。两马齐出，二枪并举。约战百余合，不分胜负。^{一白一黑，杀得好看。}玄

德观之，叹曰："真虎将也！"^{连翼德都赞在内。}恐张飞有失，急鸣金收军。两将各回。^{写第一次交锋。}张飞

回到阵中，略歇马片时，不用头盔，只裹包巾上马，又出阵前搦马超厮杀。超又出。两个

再战。玄德恐张飞有失，自披挂下关，直至阵前。看张飞与马超又斗百余合，两个精神倍

加。玄德教鸣金收军。^{写第二次交锋。}二将分开，各回本阵。是日天色已晚，玄德谓张飞曰："马

超英勇，不可轻敌，且退上关。来日再战。"张飞杀得性起，那里肯休？大叫曰："誓死

不回！"玄德曰："今日天晚，不可战矣。"飞曰："多点火把，安排夜战！"^{好斗与好饮一般，既卜}

^{其昼，又卜其夜。}马超亦换了马，再出阵前，大叫曰："张飞！敢夜战么？"张飞性起，问玄德换了

坐下马，抢出阵来，叫曰："我捉你不得，誓不上关！"超曰："我胜你不得，誓不回

寨！"^{大家立誓，可称盟兄盟弟。}两军呐喊，点起千百火把，照耀如同白日。两将又向阵前鏖战。到二十

余合，马超拨回马便走。张飞大叫曰："走那里去！"原来马超见赢不得张飞，心生一

计：诈败佯输，赚张飞赶来，暗掣铜锤在手，扭回身觑着张飞便打将来。^{比战许褚更自利害。}张飞见

马超走，心中也提防；比及铜锤打来时，张飞一闪，从耳朵边过去。张飞便勒回马走时，

马超却又赶来。张飞带住马，拈弓搭箭，回射马超；超却闪过。二将各自回阵。^{一锤一箭，借作收科。}

^{不然将战个不住矣。}玄德自于阵前叫曰："吾以仁义待人，不施谲诈。马孟起，你收兵歇息，我不乘

势赶你。"^{极会做}马超闻言，亲自断后，诸军渐退。玄德亦收军上关。

次日，张飞又欲下关战马超。人报军师来到。玄德接着孔明。孔明曰："亮闻孟起世之虎将，若与翼德死战，必有一伤，故令子龙、汉升守住绵竹，我星夜来此。^{绵竹之守借孔明口中}_{叙出，省笔之甚。}可用条小计，令马超归降主公。"玄德曰："吾见马超英勇，甚爱之。如何可得？"孔明曰："亮闻东川张鲁，欲自立为'汉宁王'。手下谋士杨松，极贪贿赂。主公可差人从小路径投汉中，先用金银结好杨松，后进书与张鲁云：'吾与刘璋争西川，是与汝报仇。不可听信离间之语。事定之后，保汝为汉宁王。'^{刘璋许以地，孔明许以爵，二者}_{不可得兼，舍地而取爵可也。}令其撤回马超兵。待其来撤时，便可用计招降马超矣。"玄德大喜，即时修书，差孙乾赍金珠从小路径至汉中，先来见杨松，说知此事，送了金珠。松大喜，先引孙乾见张鲁，陈言方便。^{全是金}_{珠在那}^{里说}_{话。}鲁曰："玄德只是左将军，如何保得我为汉宁王？"杨松曰："他是大汉皇叔，正合保奏。"^{不是皇叔保得，而}_{金珠可以保得。}张鲁大喜，便差人教马超罢兵。孙乾只在杨松家听回信。

不一日，使者回报："马超言，未成功，不可退兵。"^{未有奸臣在内，而大}_{将能立功于外者。}张鲁又遣人去唤，又不肯回。一连三次不至。杨松曰："此人素无信行，不肯罢兵，其意必反。"遂使人流言云："马超意欲夺西川，自为蜀主，与父报仇，不肯臣于汉中。"^{全是金珠}_{说话。}张鲁闻之，问计于杨松。松曰："一面差人去说与马超：'汝既欲成功，与汝一月限，要依我三件事。若依得，便有赏，否则必诛。一要取西川，二要刘璋首级，三要退荆州兵。三件事不成，可献头来。'^{出下三个难题目，马超}_{关节不到，如何作文？}一面教张卫点军守把关隘，防马超兵变。"鲁从之，差人到马超寨中，说这三件事。超大惊曰："如何变得恁的！"^{金珠之为物，}_{极是善变。}乃与马岱商议："不如罢兵。"杨松又流言曰："马超回兵，必怀异心。"^{不想金珠这}_{等有用。}于是张卫分七路军，坚守隘口，不放马超兵入。超进退不得，无计可施。

孔明谓玄德曰："今马超正在进退两难之际，亮凭三寸不烂之舌，亲往超寨，说马超来降。"玄德曰："先生乃吾之股肱心腹，倘有疏虞，如之奈何？"孔明坚意要去。玄德再三不肯放去。正踌躇间，忽报赵云有书荐西川一人来降。^{接笋甚}_{妙。}玄德召入问之。其人乃建宁俞元人也，姓李，名恢，字德昂。玄德曰："向日闻公苦谏刘璋，今何故归我？"^{照应前}_{文。}恢曰："吾闻'良禽相木而栖，贤臣择主而事'。前谏刘益州者，以尽人臣之心；既不能用，知必败矣。今将军仁德布于蜀中，知事必成，故来归耳。"玄德曰："先生此来，必有益于刘备。"恢曰："今闻马超在进退两难之际。恢昔在陇西，与彼有一面之交，愿往说马超归降，若何？"^{李恢来得凑巧，恰}_{好做了孔明替身。}孔明曰："正欲得一人替吾一往。愿闻公之说词。"

李恢于孔明耳畔陈说如此如此。孔明大喜，即时遣行。_{入得孔明的耳，方入得马超的耳。}

　　恢行至超寨，先使人通姓名。马超曰：“吾知李恢乃辩士，今必来说我。”先唤二十刀斧手伏于帐下，嘱曰：“令汝砍，即砍为肉酱！”须臾，李恢昂然而入。马超端坐帐中不动，叱李恢曰：“汝来为何？”恢曰：“特来作说客。”_{蒋干一见周瑜，辩明不是说客；李恢一见马超，妙在自说是说客。}超曰：“吾匣中宝剑新磨。汝试言之。其言不通，便请试剑！”恢笑曰：“将军之祸不远矣！但恐新磨之剑，不能试吾之头，将欲自试也！”_{先以危言动之，妙在即借他题目发挥。}超曰：“吾有何祸？”恢曰：“吾闻越之西子，善毁者不能闭其美；齐之无盐，善美者不能掩其丑。‘日中则昃，月满则亏’，此天下之常理也。今将军与曹操有杀父之仇，而陇西又有切齿之恨；前不能救刘璋而退荆州之兵，后不能制杨松而见张鲁之面；目下四海难容，一身无主。若复有渭桥之败，冀城之失，何面目见天下之人乎？”_{李恢言语当得金珠用，一字一金，一字一珠矣。}超顿首谢曰：“公言极善，但超无路可行。”恢曰：“公既听吾言，帐下何故伏刀斧手？”超大惭，尽叱退。_{李恢舌剑可以退帐下之剑。}恢曰：“刘皇叔礼贤下士，吾知其必成，故舍刘璋而归之。公之尊人，昔年曾与皇叔约共讨贼，_{照应二十卷本事。}公何不背暗投明，以图上报父仇，下立功名乎？”马超大喜，即唤杨柏入，一剑斩之，_{方雪破婚之恨。}将首级共恢一同上关来降玄德。玄德亲自接入，待以上宾之礼。超顿首谢曰：“今遇明主，如拨云雾而见青天！”时孙乾已回。玄德复命霍峻、孟达守关，便撤兵来取成都。赵云、黄忠接入绵竹。人报蜀将刘晙、马汉引军到。赵云曰：“某愿往擒此二人！”言讫，上马引军出。玄德在城上管待马超吃酒。未曾安席，子龙已斩二人之头，献于筵前。_{张飞显过本事，却用赵云显本事与马超看。}马超亦惊，倍加敬重。超曰：“不须主公军马厮杀，超自唤出刘璋来降。如不肯降，超自与弟马岱取成都，双手奉献。”_{子龙以两颗人头为安席之敬，马超便欲以一座城池为进见之礼。}玄德大喜。是日尽欢。

　　却说败兵回到益州，报刘璋。璋大惊，闭门不出。人报城北马超救兵到，刘璋方敢登城望之。见马超、马岱立于城下，大叫：“请刘季玉答话。”刘璋在城上问之。超在马上以鞭指曰：“吾本领张鲁兵来救益州，谁想张鲁听信杨松谗言，反欲害我。今已归降刘皇叔。公可纳士拜降，免致生灵受苦。如或执迷，吾先攻城矣！”_{好一个请来的救星。}刘璋惊得面如土色，气倒于城上。众官救醒。璋曰：“吾之不明，悔之何及！不若开门投降，以救满城百姓。”董和曰：“城中尚有兵三万余人，钱帛粮草，可支一年，奈何便降？”刘璋曰：“吾父子在蜀二十余年，无恩德以加百姓。攻战三年，血肉捐于草野。皆我罪也，我心何安？不如投降以安百姓。”_{忠厚为无用之别名，非忠厚之无用，忠厚而不精明之为无用也。刘璋失岂在仁，失在仁而不智耳。}众人闻之，皆堕泪。忽一人进曰："主公之言，正合天意。"视之，乃巴西西充国人也，姓谯，名周，字允南。此人素晓天文。璋问之，周曰："某夜观乾象，见群星聚于蜀郡，其大星光如皓月，乃帝王之象也。况一载之前，小儿谣云：'若要吃新饭，须待先主来。'此乃预兆，〔为玄德称帝伏笔。〕不可逆天道。"黄权、刘巴闻言皆大怒，欲斩之。〔谯周惯说天文，后来劝后主出降，即此人也，权、巴欲杀之亦不为过。〕刘璋当住。忽报："蜀郡太守许靖，逾城出降矣。"刘璋大哭归府。〔前不听挂城之王累，今却哭逾城之许靖，亦迟矣。〕

次日，人报刘皇叔遣幕宾简雍在城下唤门。璋令开门接入。雍坐车中，傲睨自若。忽一人掣剑大喝曰："小辈得志，旁若无人！汝敢藐视吾蜀中人物耶！"雍慌下车迎之。此人乃广汉绵竹人也，姓秦，名宓，字子敕。〔秦宓后来以舌辩难吴使，于此处先露圭角。〕雍笑曰："不识贤兄，幸勿见责。"遂同入见刘璋，具说玄德宽洪大度，并无相害之意。于是刘璋决计投降，厚待简雍。次日，亲赍印绶文籍，与简雍同车出城投降。玄德出寨迎接，握手流涕曰："非吾不行仁义，奈势不得已也！"〔"不得已"三字亦是玄德实话，然古来以此三字解说者多矣：如重耳之杀怀公，小白之杀子纠，唐太宗之杀建成、元吉，皆是也。兄弟之变至于如此，为之一叹。〕共入寨，交割印绶文籍，并马入城。

玄德入成都，百姓香花灯烛，迎门而接。玄德到公厅，升堂坐定。郡内诸官，皆拜于堂下，惟黄权、刘巴闭门不出。众将忿怒，欲往杀之。玄德慌忙传令曰："如有害此二人者，灭其三族！"〔汉高之封雍齿、蒯通即此意也。〕玄德亲自登门，请二人出仕。〔不独收二人之心，正欲收众人之心。〕二人感玄德恩礼，乃出。孔明请曰："今西川平定，难容二主，可将刘璋送去荆州。"玄德曰："吾方得蜀郡，未可令季玉远去。"孔明曰："刘璋失基业者，皆因太弱耳。主公若以妇人之仁，临事不决，恐此土难以长久。"〔一个做好，一个做恶，定是商量停当。〕玄德从之，设一大宴，请刘璋收拾财物，佩领振威将军印绶，令将妻子良贱，尽赴南郡公安住歇，即日起行。〔玄德迁刘璋于公安，与曹操迁刘琮于青州，正是一样算计，但一则杀之于路，一则善道之去，为不同耳。〕

玄德自领益州牧。其所降文武，尽皆重赏，定拟名爵：严颜为前将军，法正为蜀郡太守，董和为掌军中郎将，许靖为左将军长史，庞义为营中司马，刘巴为左将军，黄权为右将军。其余吴懿、费观、彭羕、卓膺、李严、吴兰、雷铜、李恢、张翼、秦宓、谯周、吕义、霍峻、邓芝、杨洪、周群、费祎、费诗、孟达，文武投降官员，共六十余人，并皆擢用。〔先封新降之臣，然后封旧日之臣，皆是玄德权变处。〕诸葛亮为军师，关云长为荡寇将军、汉寿亭侯，张飞为征虏将军、新亭侯，赵云为镇远将军，黄忠为征西将军，魏延为扬武将军，马超为平西将军。孙乾、简雍、糜竺、糜芳、刘封、吴班、关平、周仓、廖化、马良、马谡、蒋琬、伊籍，及旧日荆襄一班文武官员，尽皆升赏。〔诸臣劳苦功高，至此方才受封，良是不易。〕遣使赍黄金五百斤、白银一千斤、钱五千万、蜀锦一千匹，赐与云长。^{既赏西川从征之将，遂念荆州留守之臣。盖不有留守，则从征不能成功，是西川之取，云长亦与有功也。}其余官将，给赏有差。杀牛宰马，大犒士卒。开仓赈济百姓，^{既收士心，又结民心。}军民大悦。

益州既定，玄德欲将成都有名田宅，分赐诸官。赵云谏曰：“益州人民，屡遭兵火，田宅皆空，今当归还百姓，令安居复业，民心方服，不宜夺之为私赏也。”^{萧何强买民间田宅以自污，为遇猜忌之主故然；今子龙遇玄德，不嫌市惠于民。}玄德大喜，从其言。使诸葛军师定拟治国条例，刑法颇重。法正曰：“昔高祖约法三章，黎民皆感其德。愿军师宽刑省法，以慰民望。”孔明曰：“君知其一，未知其二。秦用法暴虐，万民皆怨，故高祖以宽仁得之。^{高祖约法，是刑新国、用轻典。}今刘璋暗弱，德政不举，威刑不肃，君臣之道，渐以陵替。宠之以位，位极则残；顺之以恩，恩竭则慢。所以致弊，实由于此。吾今威之以法，法行则知恩；限之以爵，爵加则知荣。恩荣并济，上下有节。为治之道，于斯著矣。”^{孔明治蜀，是刑乱国、用重典。}法正拜服。自此军民安堵。四十一州地面，分兵镇抚，并皆平定。法正为蜀郡太守，凡平日一餐之德，睚眦之怨，无不报复。^{二句内包着无数事情，省笔之甚。}或告孔明曰：“孝直太横，宜稍斥之。”孔明曰：“昔主公困守荆州，北畏曹操，东惮孙权，赖孝直为之辅翼，遂翻然翱翔，不可复制。今奈何禁止孝直，使不得少行其意耶？”因竟不问。^{继刘璋而用猛，是猛以济宽；遇法正而用宽，是宽以济猛。}法正闻之，亦自敛戢。^{法行而知恩，恩行而亦知法矣。}

一日，玄德正与孔明闲叙，忽报云长遣关平来谢所赐金帛。玄德召入。平拜罢，呈上书信曰：“父亲知马超武艺过人，要入川来与之比试高低。教就禀伯父此事。”^{不必有此事，不可无此言。}玄德大惊曰：“若云长入蜀，与孟起比试，势不两立。”孔明曰：“无妨。亮自作书回之。”^{孔明已会其意。}玄德只恐云长性急，便教孔明写了书，发付关平星夜回荆州。平回至荆州，云长问曰：“我欲与马孟起比试，汝曾说否？”平答曰：“军师有书在此。”云长拆开视之。其书曰：

> 亮闻将军欲与孟起分别高下。以亮度之：孟起虽雄烈过人，亦乃黥布、彭越之徒耳！当与翼德并驱争先，犹未及美髯公之绝伦超群也。今公受任守荆州，不为不重；倘一入川，若荆州有失，罪莫大焉。惟冀明照。

云长看毕，自绰其髯笑曰：“孔明知我心也。”^{正欲孔明将自己推高以压服孟起耳，非喜其誉己也。}将书遍示宾客，遂无入川之意。^{以下按过西川、荆州两边，接叙东吴一边。}

却说东吴孙权，知玄德并吞西川，将刘璋逐于公安，遂召张昭、顾雍商议曰：“当初刘备借我荆州时，说取了西川，便还荆州。今已得巴蜀四十一州，须用取索汉上诸郡。如其不还，即动干戈。"^{玄德方才得采，
想讨债的便来。}不张昭曰："吴中方宁，不可动兵。昭有一计，使刘备将荆州双手奉还主公。"正是：

西蜀方开新日月，东吴又索旧山川。

未知其计如何，且看下文分解。

第六十六回

关云长单刀赴会

伏皇后为国捐生

关公不屑与东吴较量尔，我只将"大汉"二字压倒东吴，此其读《春秋》得力处也。吕布之对曹操曰："汉家疆土，人人有分。"惟其无父，所以无君。关公之对诸葛瑾曰："大汉疆土，岂可妄以尺寸与人？"惟其能为人臣，所以能为人弟。

玄德之就婚，妙在授计而往，关公之赴会，又妙在不消授计；玄德之就婚而归，妙在不别而行，关公之赴会而归，又妙在公然而别；张辽之请关公，妙在屡请方来，鲁肃之请关公，又妙在一请便来；关公之别曹操，妙在不劳他送，关公之别鲁肃，又妙在偏要他送；前日之五关斩将，妙在拦当不住，今日之扁舟江上，又妙在无人拦当；前日之独行千里，妙在来得明白，去得明白，今日之单刀赴会，又妙在来得轩昂，去得轩昂。读书至此，而叹公之往来自得，旁若无人，岂但在一时为然，岂但在一国为然哉？直将独往独来于天地古今之中耳！

观曹操杖杀母后一事，天翻地覆，真前史之所绝无而仅见者矣。或为之解曰："献帝为高帝后身，伏后为吕后后身，曹操为韩信后身，曹操女为戚姬后身，华歆为赵王如意后身。"呜呼！其然耶，其不然耶？

以名士如华歆，而助操为恶至于如此之甚，原其初不过为荣利之心未忘耳。拾金而观之，利未忘也；见乘轩者而视之，荣未忘也。止此贪荣慕利之心，遂成其党恶助虐之心。管幼安知割席分坐，殆逆料其后与？

或谓管宁坐卧一楼，足不履地，以地为魏地也，独不思楼非魏地之楼乎？予曰："不然。贤人君子，特借此以自明其高尚之志耳。"文丞相诗曰："或为辽东帽，清操励冰雪。"而《纲目》亦书曰："汉管宁卒于魏。"诚以清操如管宁，有非魏之所得有也者。若以楼为魏之楼，则箕山亦为唐之山，颍水亦为虞之水，首阳之薇，亦为周之薇矣。

以国戚害国戚者，何进也；以国戚荐国戚者，伏完也；以宦官害国戚者，张让也；以宦官助国戚者，穆顺也。以国戚谋国戚而胜，以国戚与国戚共谋权臣而不胜，以宦官谋国戚而胜，以宦官与国戚共谋权臣而亦不胜。然则权臣之恶，其更甚于宦官、国戚乎？然立曹贵人为皇后，则操亦居然国丈矣，丕亦居然国舅矣；王莽以国戚而为权臣，操与丕则又以权臣而为国戚矣。国戚不足惧，以权臣为之则可惧；权臣不足惧，权臣而又使之为国戚则更可惧。魏之篡汉，又何疑焉？

荀彧以操之加九锡而死，荀攸以操之称魏王而死。君子惜其不死于杀董妃之时，以为死之已晚也；然尤幸其能死于弑伏后之前，以为死之未晚也。夫杀董妃则加九锡、称魏王之渐也，称魏王则弑伏后之本也，弑伏后则篡国之机也。乃加九锡则董昭劝之，称魏王则王粲赞之，弑伏后则华歆助之。是彧与攸之为人，其犹有贤于董昭、王粲、华歆者耶！

却说孙权要索荆州。张昭献计曰："刘备所倚仗者，诸葛亮耳。其兄诸葛瑾今仕于吴，何不将瑾老小执下，使瑾入川告其弟，令劝刘备交割荆州：'如其不还，必累及我老小。'亮念同胞之情，必然应允。"^{既夺不得阿斗，却用着诸葛瑾；不能取刘备之子以牵制刘备，却借孔明之兄以牵制孔明。}权曰："诸葛瑾乃诚实君子，安忍拘其老小？"昭曰："明教知是计策，自然放心。"^{掩耳盗铃。}权从之，召诸葛瑾老小，虚监在府；一面修书，打发诸葛瑾往西川去。^{第四次索荆州。○保人本是鲁肃，文书上原无诸葛瑾名字，今舍肃而使瑾，又是推班出色。}不数日，早到成都，先使人报知玄德。玄德问孔明曰："令兄此来为何？"孔明曰："来索荆州耳。"玄德曰："何以答之？"孔明曰："只须如此如此。"

计会已定，孔明出郭接瑾。不到私宅，径入宾馆。参拜毕，瑾放声大哭。^{老实人何处得此急泪。}亮曰："兄长有事但说，何故发哀？"瑾曰："吾一家老小休矣！"亮曰："莫非为不还荆州乎？因弟之故，执下兄长老小，弟心何安？兄休忧虑，弟自有计还荆州便了。"^{兄既假哭，弟亦假应，一兄一弟，俱不是真。}

瑾大喜，即同孔明入见玄德，呈上孙权书。玄德看了，怒曰："孙权既以妹嫁我，却乘我不在荆州，竟将妹子潜地取去，情理难容！^{刘玄德老小已被骗去，诸葛瑾老小又何足惜。}我正要大起川兵，杀下江南，报我之恨，却还想来索荆州乎！"^{前番只是借，今番却要赖矣。}孔明哭拜于地，^{妙。}曰："吴侯执下亮兄长老小，倘若不还，吾兄将全家被戮。兄死，亮岂能独生？望主公看亮之面，将荆州还了东吴，全亮兄弟之情！"^{孔明自做好人，却教玄德做难人，妙。}玄德再三不肯，孔明只是哭求。^{三个人都是妆腔做势。}玄德徐徐曰："既如此，看军师面，分荆州一半还之，将长沙、零陵、桂阳三郡与他。"^{借债的先还一半。}亮曰："既蒙见允，便可写书与云长令交割三郡。"玄德曰："子瑜到彼，须用善言求吾弟。吾弟性如烈火，吾尚惧之。切宜仔细。"^{玄德又自做好人，推关公做难人，妙。}

瑾求了书，辞了玄德，别了孔明，登途径到荆州。云长请入中堂，宾主相叙。瑾出玄德书曰："皇叔许先以三郡还东吴，望将军即日交割，令瑾好回见吾主。"云长变色曰："吾与吾兄桃园结义，誓共匡扶汉室。荆州本大汉疆土，岂得妄以尺寸与人？^{提出"大汉"二字，辞严义正。}将在外，君命有所不受。虽吾兄有书来，我却只不还。"^{后文使伊籍知会关公便听了，此时只有诸葛瑾来，便知是孔明之计。}瑾曰："今吴侯执下瑾老小，若不得荆州，必将被诛。望将军怜之！"云长曰："此是吴侯谲计，如何瞒得我过！"^{玄德、孔明知之而不言，却被关公一口说破。}瑾曰："将军何太无面目？"云长执剑在手曰："休再言！此剑上并无面目！"关平告曰："军师面上不好看，望父亲息怒。"^{关平与关公亦似约会一般。}云长曰："不看军师面上，教你回不得东吴！"

瑾满面羞惭，急辞下船，再往西川见孔明。孔明已自出巡去了。^{哥哥却为兄弟所弄。}瑾只得再见玄德，哭告云长欲杀之事。^{前是假哭，此是真哭。}玄德曰："吾弟性急，极难与言。子瑜可暂回，容吾取了东川、汉中诸郡，调云长往守之，那时方得交付荆州。"^{取了西川，又等东川。极似今人赖债的最会回债。}瑾不得已，只得回东吴见孙权，具言前事。孙权大怒曰："子瑜此去，反复奔走，莫非皆是诸葛亮之计？"^{然也。}瑾曰："非也。吾弟亦哭告玄德，方许将三郡先还，又无奈云长恃顽不肯。"^{子瑜是实心人，
不像兄弟乖觉。}孙权曰："既刘备有先还三郡之言，便可差官前去长沙、零陵、桂阳三郡赴任，且看如何。"^{不曾会租
便要管业。}瑾曰："主公所言极善。"权乃令瑾取回老小，一面差官往三郡赴任。不一日，三郡差去官吏，尽被逐回，告孙权曰："关云长不肯相容，连夜赶逐回吴。迟后者便要杀。"^{只是不肯写承揽。○逐回官吏
事只借官吏口中说出，省笔之。}孙权大怒，差人召鲁肃责之曰："子敬昔为刘备作保，借吾荆州，今刘备已得西川，不肯归还，子敬岂得坐视？"^{此时寻着保人，
却要原中理直。}肃曰："肃已思得一计，正欲告主公。"权问："何计？"肃曰："今屯兵于陆口，使人请关云长赴会。若云长肯来，以善言说之，如其不从，伏下刀斧手杀之。如彼不肯来，随即进兵，与决胜负，夺取荆州便了。"^{中人没法，勉强
生出两条计策。}孙权曰："正合吾意，可即行之。"阚泽进曰："不可。关云长乃世之虎将，非等闲可及。恐事不谐，反遭其害。"孙权怒曰："若如此，荆州何日可得！"便命鲁肃速行此计。肃乃辞孙权，至陆口，召吕蒙、甘宁商议，设宴于陆口寨外临江亭上，^{只有借债的请中人，
何倒要中人费酒席？}如修下请书，选帐下能言快语一人为使，登舟渡江。江口关平问了，遂引使人入荆州，叩见云长，具道鲁肃相邀赴会之意，呈上请书。

云长看书毕，谓来人曰："既子敬相请，我明日便来赴宴。^{请帖上定写"翌日候
教，恕乏人邀"。}汝可先回。"

使者辞去。关平曰："鲁肃相邀，必无好意，父亲何故许之？"云长笑曰："吾岂不知耶？此是诸葛瑾回报孙权，说吾不肯还三郡，故令鲁肃屯兵陆口，邀我赴会，便索荆州。吾若不往，道吾怯矣。^{若是怕讨债不吃酒，
便是会欠债的。}吾来日独驾小舟，只用亲随十余人，单刀赴会，看鲁肃如何近我！"^{权写关公
神威。}平谏曰："父亲奈何以万金之躯，亲蹈虎狼之穴？恐非所以重伯父之寄托也。"^{权写关平
细腻。}云长曰："吾于千枪万刃之中，矢石交攻之际，匹马纵横，如入无人之境，岂忧江东群鼠乎！"^{下战书且不怕，
请吃酒何足怕？}马良亦谏曰："鲁肃虽有长者之风，但今事急，不容不生异心。将军不可轻往。"^{须知中人要
脱干系。}云长曰："昔战国时赵人蔺相如，无缚鸡之力，于渑池会上，觑秦国君臣如无物，况吾曾学万人敌者乎！^{公乃合廉、蔺
为一人矣。}既已许诺，不可失信。"良曰："纵将军去，亦当有准备。"云长曰："只教吾儿选快船十只，藏善水军五百，于江上等候。看吾认旗起处，便过江来。"平领命自去准备。^{先准备候
客的。}

　　却说使者回报鲁肃，说云长慨然应允，来日准到。肃与吕蒙商议："此来若何？"蒙曰："彼带军马来，某与甘宁各人领一军伏于岸侧，放炮为号，准备厮杀；如无军来，只于庭后伏刀斧手五十人，就筵间杀之。"计会已定。

次日，肃令人于岸口遥望。辰时后，见江面上一只船来，梢公水手只数人，一面红旗，风中招飐，显出一个大"关"字来。写得情景如画，今日演《单刀赴会》者，未必能如此之写生也。船渐近岸，见云长青巾绿袍，坐于船上，旁边周仓捧着大刀，八九个关西大汉，各跨腰刀一口。儒雅之极，英雄之极。○在鲁肃眼中看来，加倍出奇。鲁肃惊疑，接入庭内。叙礼毕，入席饮酒，举杯相劝，不敢仰视。云长谈笑自若。酒至半酣，肃曰："有一言诉与君侯，幸垂听焉：昔日令兄皇叔，使肃于吾主之前，保借荆州暂住，约于取川之后归还。今西川已得，而荆州未还，得毋失信乎？"不是请吃酒，却是讨债了。云长曰："此国家之事，筵间不必论之。"似周瑜对蒋干语。肃曰："吾主只区区江东之地，而肯以荆州相借者，为念君侯等兵败远来，无以为资故也。今已得益州，则荆州自应见还。乃皇叔但肯先割三郡，而君侯又不从，恐于理上说不去。"前说玄德不肯还，此说关公不肯还，语又逼近。云长曰："乌林之役，左将军亲冒矢石，戮力破敌，岂得徒劳而无尺土相资？今足下复来索地耶？"只略答他两句，妙在略而不详。肃曰："不然。君侯始与皇叔同败于长坂，计穷力竭，将欲远窜，吾主矜念皇叔身无处所，不爱土地，使有所托足，以图后功；而皇叔愆德隳好，已得西川，又占荆州，贪而背义，恐为天下所耻笑。惟君侯察之。"此将玄德与关公合说。云长曰："此皆吾兄之事，非某所宜与也。"玄德推关公，关公又推玄德。关公对诸葛瑾之词严，对鲁肃之词婉，所以然者，饮酒之时只宜如此对答，正妙在不以为意。肃曰："某闻君侯与皇叔桃园结义，誓同生死。皇叔即君侯也，何得推托乎？"此又坐在云长身上去。

云长未及回答，周仓在阶下厉声言曰："天下土地，惟有德者居之。岂独是汝东吴当有耶！"忽夹周仓一语，是好伴当，便有催起身之意。云长变色而起，夺周仓所捧大刀，立于庭中，目视周仓而叱曰："此国家之事，汝何敢多言！可速去！"妙在借周仓作一收科。仓会意，先到岸口，把红旗一招。关平船如箭发，奔过江东来。云长右手提刀，左手挽住鲁肃手，佯推醉曰："公今请吾赴宴，莫提起荆州之事。吾今已醉，恐伤故旧之情。他日令人请公到荆州赴会，另作商议。"说得不激不随，绝妙收拾法。鲁肃魂不附体，被云长扯至江边。吕蒙、甘宁各引本部军欲出，见云长手提大刀，亲握鲁肃，恐肃被伤，遂不敢动。关公把臂，不独鲁肃丧胆，兼使二将寒心。云长到船边，却才放手，早立于船首，与鲁肃作别。肃如痴似呆，看关公船已乘风而去。难得请来，忽然放去，鲁肃此时如有所失。后人有诗赞关公曰：

藐视吴臣若小儿，单刀赴会敢平欺。

当年一段英雄气，尤胜相如在渑池。

云长自回荆州。鲁肃与吕蒙共议："此计又不成，如之奈何？"蒙曰："可即申报主公，起兵与云长决战。"肃即时使人申报孙权。权闻之大怒，商议起倾国之兵，来取荆州。忽报："曹操又起三十万大军来也！"_{下文曹兵竟不曾来，忽于此处借作一顿。}权大惊，且教鲁肃休惹荆州之兵，移兵向合淝、濡须，以拒曹操。_{以上按下东吴一边，以下专叙曹操一边。}

却说操将欲起程南征，参军傅干，字彦材，上书谏操。书略曰：

> 干闻用武则先威，用文则先德；威德相济，而后王业成。往者天下大乱，明公用武攘之，十平其九；今未承王命者，吴与蜀耳。吴有长江之险，蜀有崇山之阻，难以威胜。愚以为且宜增修文德，按甲寝兵，息军养士，待时而动。今若举数十万之众，顿长江之滨，倘贼凭险深藏，使我士马不得逞其能，奇变无所用其权，则天威屈矣。惟明公详察焉。

曹操览之，遂罢南征，_{前次虚言南征，竟似特为荆州作援。}兴设学校，延礼文士。于是侍中王粲、杜袭、卫凯、和洽四人，议欲尊曹操为"魏王"。中书令荀攸曰："不可。丞相官至魏公，荣加九锡，位已极矣。今又进升王位，于理不可。"_{荀彧谏九锡已晚矣，荀攸不谏九锡而谏称王，抑又晚矣。}曹操闻之，怒曰："此人欲效荀彧耶！"_{又将前事一提。}荀攸知之，忧愤成疾，卧病十数日而卒，亡年五十八岁。操厚葬之，遂罢"魏王"事。_{姑徐徐云尔，未必因荀攸之谏而遂止也。}

一日，曹操带剑入宫，献帝正与伏后共坐。伏后见操来，慌忙起身。帝见曹操，战栗不已。操曰："孙权、刘备各霸一方，不尊朝廷，当如之何？"帝曰："尽在魏公裁处。"_{卫君所谓"政由宁氏，祭则寡人"。}操怒曰："陛下出此言，外人闻之，只道吾欺君也。"帝曰："君若肯相辅则幸甚；不尔，愿垂恩相舍。"_{语极软又似极刚。}操闻言，怒目视帝，恨恨而出。左右或奏帝曰："近闻魏公欲自立为王，不久必将篡位。"帝与伏后大哭。后曰："妾父伏完常有杀操之心，妾今当修书一封，密与父图之。"_{天子血诏尚且无成，皇后手书又复何用？}帝曰："昔董承为事不密，反遭大祸；今恐又泄漏，朕与汝皆休矣！"_{照应二十三卷中事。}后曰："旦夕如坐针毡，似此为人，不如早亡！妾看宦官中之忠义可托者，莫如穆顺，当令寄此书。"_{穆顺与张让、赵忠，相去天壤。}乃即召穆顺入屏后，退去左右近侍。帝后大哭告顺曰："操贼欲为'魏王'，早晚必行篡夺之事。朕欲令后父伏完密图此贼，而左右之人，俱贼心腹，无可托者。欲汝将皇后密书，寄与伏完。量汝忠义，必不负朕。"顺泣曰："臣感陛下大恩，敢不以死报！臣即请行。"_{国戚是好国戚，宦官亦是好宦官。}后乃修书付顺。顺藏书于发中，潜出禁宫，_{带中诏，发中书，前后遥遥相映。}径至伏完宅，将书呈上。完见是伏后亲笔，乃谓穆顺曰："操贼心腹甚众，不可遽图。除非江东孙权、西川刘备，二处起兵于外，操必自往。此时却求在朝忠义之臣，一同谋之。内外夹攻，庶可有济。"

董承义状上只存刘备一人，今又欲添出一孙权。顺曰："皇丈可作书复帝后，求密诏，暗遣人往吴、蜀二处，令约会起兵，讨贼救主。"伏完即取纸写书付顺。何不口传，又要回书，不密之甚。顺乃藏于头髻内，辞完回宫。

原来早有人报知曹操。操先于宫门等候。穆顺回遇曹操，操问："那里去来？"顺答曰："皇后有病，命求医去。"害忧国病，欲求医国手耳。操曰："召得医人何在？"顺曰："还未召至。"操喝左右，遍搜身上，并无夹带，放行。忽然风吹落其帽。操又唤回，取帽视之，遍观无物，还帽令戴。穆顺双手倒戴其帽。冠履倒置之时，宜其帽之倒也。操心疑，令左右搜其头发中，搜出伏完书来。操看时，书中言欲结连孙、刘为外应。操大怒，执下穆顺于密室问之，顺不肯招。好穆顺。操连夜点起甲兵三千，围住伏完私宅，老幼并皆拿下；董承事泄得迟，伏完事泄得快，前后又自不同。搜出伏后亲笔之书，随将伏氏三族尽皆下狱。平明，使御林将军郗虑持节入宫，先收皇后玺绶。

是日，帝在外殿，见郗虑引三百甲兵直入。帝问曰："有何事？"虑曰："奉魏公命收皇后玺。"帝知事泄，心胆皆碎。虑至后宫，伏后方起。虑便唤管玺绶人索取玉玺而出。敢于收皇后玺，其不收传国玺者几希矣。伏后情知事发，便于殿后椒房内夹壁中藏躲。少顷，尚书令华歆引五百甲兵入到后殿，问宫人："伏后何在？"宫人皆推不知。歆教甲兵打开朱户，寻觅不见；料在壁中，便喝甲士破壁搜寻。歆亲自动手揪后头髻拖出。曹操搜穆顺之发，华歆揪伏后之发，其罪皆难擢发。后曰："望免我一命！"歆叱曰："汝自见魏公诉去！"后披发跣足，二甲士推拥而出。

原来华歆素有才名，向与邴原、管宁相友善。时人称三人为一龙：华歆为龙头，邴原为龙腹，管宁为龙尾。今则有尾无头，若论歆之行凶，则是虎头豹头，若论歆之为操爪牙，则是狗头马头矣。一日，宁与歆共种园蔬，锄地见金。宁挥锄不顾；歆拾而视之，然后掷下。手虽掷下，心上好生舍不得，若非管宁看见，必然袖而藏之矣。又一日，宁与歆同坐观书，闻户外传呼之声，有贵人乘轩而过。宁端坐不动，歆弃书往观。今之贪美富贵人者，比比皆是，我甚危之。宁自此鄙歆之为人，遂割席分坐，不复与之为友。头尾不复相连。后来管宁避居辽东，常戴白帽，坐卧一楼，足不履地，终身不肯仕魏；歆出而宁不出，又见头不见尾。而歆乃先事孙权，后归曹操，至此乃有收捕伏皇后一事。百忙中忽接叙华歆生平，极似闲笔，却不是闲笔。后人有诗叹华歆曰：

> 华歆当日逞凶谋，破壁生将母后收。
> 助虐一朝添虎翼，骂名千载笑龙头！

又有诗赞管宁曰：

辽东传有管宁楼，人去楼空名独留。

笑杀子鱼贪富贵，岂如白帽自风流。

且说华歆将伏后拥至外殿。帝望见后，乃下殿抱后而哭。歆曰："魏公有命，可速行！"后哭谓帝曰："不能复相活耶？"帝曰："我命亦不知在何时也！"_{为天子不能庇一浑家，为之一哭。}甲士拥后而去，帝捶胸大恸。见郗虑在侧，帝曰："郗公！_{如闻其声。}天下宁有是事乎！"哭倒在地。郗虑令左右扶帝入宫。华歆拿伏后见操。操骂曰："吾以诚心待汝等，汝等反欲害我耶！吾不杀汝，汝必杀我！"喝左右乱棒打死。_{读至此，令人发上指冠。}随即入宫，将伏后所生二子，皆鸩杀之。当晚将伏完、穆顺等宗族二百余口，皆斩于市。朝野之人，无不惊骇。时建安十九年十一月也。后人有诗叹曰：

曹瞒凶残世所无，伏完忠义欲何如。

可怜帝后分离处，不及民间妇与夫！

献帝自从坏了伏后，连日不食。操入曰："陛下无忧，臣无异心。臣女已与陛下为贵人，大贤大孝，宜居正宫。"献帝安敢不从？于建安二十年正月朔，就庆贺正旦之节，册立曹操女曹贵人为正宫皇后。_{皇后可以杖得，皇后亦有何荣？国丈可以杀得，国丈亦有何贵？而操犹以女为后，己为国丈耶？}群下莫敢有言。

此时曹操威势日甚，会大臣商议收吴灭蜀之事。贾诩曰："须召夏侯惇、曹仁二人回，商议此事。"操即时发使，星夜唤回。夏侯惇未至，曹仁先到，连夜便入府中见操。操方被酒而卧，许褚仗剑立于堂门之内。曹仁欲入，被许褚当住。曹仁大怒曰："吾乃曹氏宗族，汝何敢阻当耶？"许褚曰："将军虽亲，乃外藩镇守之官；许褚虽疏，现充内侍。主公醉卧堂上，不敢放入。"仁乃不敢入。曹操闻之，叹曰："许褚真忠臣也！"_{逆臣手下偏有忠臣，为之一叹。}不数日，夏侯惇亦至，共议征伐。惇曰："吴、蜀急未可攻，宜先取汉中张鲁，以得胜之兵取蜀，可一鼓而下也。"曹操曰："正合吾意。"遂起兵西征。正是：

方逞凶谋欺弱主，又驱劲卒扫偏邦。

未知后事如何，且看下文分解。

第六十七回

曹操平定汉中地

张辽威震逍遥津

操以许褚为忠臣，是贼臣亦爱忠臣也；操以杨松为贼臣，是贼臣亦恶贼臣也。然但以褚之助己者为忠，犹未为知忠臣，能以松之助我者为贼，则真能恶贼臣矣。夫贼而即见恶于贼，亦何乐而为贼？以贼而亦知贼之可恶，复奈何而自为贼哉？

庞德之背马超而从曹操，犹不至如杨阜之攻马超以助曹操也。而君子以为无异，不惟无异，且有甚焉。凡阜之所以涕泗纵横，必欲破马超而后快者，不过以韦康之见杀耳。阜为康之参军，而为康报仇至于如此之激；德为马腾家将，而乃甘心事一杀马腾之曹操，是独何心哉？君子曰："庞德于是乎不及杨阜。"

操之得陇而不望蜀，苏子瞻以为重发于刘备而丧其功，斯固然矣。然操之怀惧者三。前以初破袁绍之众，远行疲敝，跋涉江河，致有赤壁之败；今以初平张鲁之众，历险阻，越山川，不恤其劳而用之，安能料其必胜乎？一可惧也。使荆州会合东吴，而乘虚北伐，将奈之何？二可惧也。且心畏孔明之才，向以博望、新野蕞尔之城，犹能焚我师而挫我锐，况今有西川之地而欲与之抗衡，三可惧也。操实有此三惧，而假托知足以为辞，此奸雄欺人之语耳！

孙、刘之分荆州，非孙、刘之分之，而曹操分之也。何也？曹操不下东川，则荆州不可得而分也。前此之许分而不果分，非关公之阻之而孔明阻之也。何也？伊籍不至荆州，则荆州又不可得而分也。交割三郡，但有诸葛瑾来，而无蜀中之使命偕之以来，关公已知孔明之佯许矣。若云"将在外，君命有所不受"，何以伊籍一至，关公即便交割耶？

兵有迟则得、速则失者，郭嘉之定辽东是也；兵有速则得、迟则失者，吕蒙之取皖城是也；城有战则失、不战则不失者，曹洪之守潼关是也；城有战则能守、不战则不能守者，张辽之守合淝是也。或迟或速，或战或不战，用兵之道，变动不拘，可当《孙子十三篇》读。

金雁桥之断，孔明以此擒张任；小师桥之断，张辽不能擒孙权。非张辽之拙于人谋，而实孙权之邀有天幸也。君子于檀溪之奔，知成都之景历有归；于逍遥津之脱，亦知秣陵之王气有验。

却说曹操兴师西征，分兵三队：前部先锋夏侯渊、张郃，操自领诸将居中，后部曹仁、夏侯惇押运粮草。早有细作报入汉中来。张鲁与弟张卫，商议退敌之策。^{何不使鬼卒当之？}卫曰："汉中最险无如阳平关，可于关之左右，依山傍林，下十余个寨栅，迎敌曹兵。兄在汉宁，多拨粮草应付。"^{米贼岂患米之不足？}张鲁依言，遣大将杨昂、杨任，与其弟即日起程。军马到阳平关，下寨已定。夏侯渊、张郃前军随到，闻阳平关已有准备，离关一十五里下寨。

是夜，军士疲困，各自歇息。忽寨后一把火起，杨昂、杨任两路兵杀来劫寨。夏侯渊、张郃急上得马，四下里大兵拥入，曹兵大败，^{曹兵第一次败。}退见曹操。操怒曰："汝二人行军许多年，岂不知'兵若远行疲困，可防劫寨'？如何不作准备？"欲斩二人，以明军法。众官告免。

操次日自引兵为前队，见山势险恶，林木丛杂，不知路径，恐有伏兵，即引军回寨，谓许褚、徐晃二将曰："吾若知此处如此险恶，必不起兵来。"^{入陇且如此之惧，又何心入蜀耶？早为后文不欲攻蜀伏下一笔。}许褚曰："兵已至此，主公不可惮劳。"次日，操上马，只带许褚、徐晃二人，来看张卫寨栅。三匹马转过山坡，早望见张卫寨栅。操扬鞭遥指，谓二将曰："如此坚固，急切难下！"^{初进便有退心。}言未已，背后一声喊起，箭如雨发。杨昂、杨任分两路杀来。操大惊。许褚大呼曰："吾当敌贼！徐公明善保主公！"说罢，提刀纵马向前，力敌二将。杨昂、杨任不能当许褚之勇，回马退去，其余不敢向前。徐晃保着曹操奔过山坡，前面又一军到，看时却是夏侯渊、张郃二将听得喊声，故引军杀来接应。于是杀退杨昂、杨任，救得曹操回寨。^{曹兵第二次又败。}操重赏四将。

自此两边相拒五十余日，只不交战。曹操传令退军。贾诩曰："贼势未见强弱，主公何故自退耶？"操曰："吾料贼兵每日提备，急难取胜。吾以退军为名，使贼懈而无备，然后分轻骑抄袭其后，必胜贼矣。"^{前欲退是真退，此欲退是假退。}贾诩曰："丞相神机，不可测也。"于是令夏侯渊、张郃分兵两路，各引轻骑三千，取小路抄阳平关后。曹操一面引大军拔寨尽起。杨昂听得曹兵退，请杨任商议，欲乘势击之。杨任曰："操诡计极多，未知真实，不可追赶。"^{若杨昂依得杨任，曹操未必能胜。}杨昂曰："公不往，吾当自去。"杨任苦谏不从。^{若杨任止得杨昂，曹操亦不能胜。}杨昂尽提五寨军马前进，只留些少军士守寨。是日，大雾迷漫，对面不相见。^{前孔明借箭时有江中大雾，今曹兵破故时有山中大雾。前有赋此无赋者，只下文叙事情景，而赋已在其中矣。}杨昂军至半路，不能行，且权扎住。

却说夏侯渊一军抄过山后，见重雾垂空，又闻人语马嘶，^{但闻人语，不见人形，但闻马嘶，不见马到，抵得一篇《大雾赋》。}恐有伏兵，急催人马行动，大雾中误走到杨昂寨前。守寨军士，听得马蹄响，只道是杨昂兵回，开门纳之。^{互相错认，妙。}曹军一拥而入，见是空寨，便就寨中放起火来。^{火在雾中，则为红雾。}五寨军士，尽皆弃寨而走。比及雾散，杨任领兵来救，与夏侯渊战不数合，背后张郃兵到。杨任杀条大路，奔回南郑。杨昂待要回时，已被夏侯渊、张郃两个占了寨栅。^{若非大雾，曹操亦未必能胜。}背后曹操大队军马赶来，两下夹攻，四边无路。杨昂欲突阵而出，正撞着张郃。两个交手，被张郃杀死。败兵回投阳平关，来见张卫。原来卫知二将败走，诸营已失，半夜弃关，奔回去了。曹操遂得阳平关并诸寨。^{若非张卫无用，曹操亦未必能胜。}张卫、杨任回见张鲁。卫言二将失了隘口，因此守关不住。^{自己逃走了，却推在别人身上。}张鲁大怒，欲斩杨任。任曰："某曾谏杨昂，休追操兵。他不肯听信，故有此败。任再乞一军前去挑战，必斩曹操。如不胜，甘当军令。"^{一杨任何能为？}张鲁取了军令状。杨任上马，引二万军离南郑下寨。

却说曹操提军将进，先令夏侯渊领五千军，往南郑路上哨探，正迎着杨任军马，两军摆开。任遣部将昌奇出马，与渊交锋，战不三合，被渊一刀斩于马下。杨任自挺枪出马，与渊战三十余合，不分胜负。渊佯败而走，任从后追来，被渊用拖刀计，斩于马下。军士大败而回。^{两个姓杨的都死了，只剩一个姓杨的去送东川也。}曹操知夏侯渊斩了杨任，即时进兵，直抵南郑下寨。张鲁慌聚文武商议。^{张鲁此时何不修书三封，以告天地鬼神乎？}阎圃曰："某保一人，可敌曹操手下诸将。"鲁问是谁。圃曰："南安庞德，前随马超投主公；后马超往西川，庞德卧病不曾行。现今蒙主公恩养，何不令此人去？"^{在阎圃口中补照五十六回中事。}

张鲁大喜，即召庞德至，厚加赏劳，点一万军马，令庞德出。离城十余里，与曹兵相对，庞德出马搦战。曹操在渭桥时，深知庞德之勇，^{照应五十八回中事。}乃嘱诸将曰："庞德乃西凉勇将，原属马超；今虽依张鲁，未称其心。吾欲得此人。汝等须皆与缓斗，使其力乏，然后擒之。"^{徐晃事杨奉而操欲得之，庞德事张鲁而操又欲得之。一则使人往说，一则命将缓斗，前后遥遥相对。}张郃先出，战了数合便退。夏侯渊也战数合退了。徐晃又战三五合也退了。临后许褚战五十余合亦退。庞德力战四将，并无惧怯。各将皆于操前夸庞德好武艺。^{在诸将口中夸奖武艺，预为下文战关公伏笔。}曹操心中大喜，与众将商议："如何得此人投降？"贾诩曰："某知张鲁手下，有一谋士杨松，其人极贪贿赂。今可暗以金帛送之，使谮庞德于张鲁，便可图矣。"^{前玄德欲得马超，孔明想着杨松；今曹操欲得庞德，贾诩亦想着杨松。松之贪著闻于外，而鲁独不知，哀哉！}操曰："何由得人入南郑？"诩曰："来日交锋，诈败佯输，弃寨而走，使庞德据我寨。我却于黄夜引兵劫寨，庞德必退入城。却选一能言军士，扮作彼军，杂在阵中，便得入城。"操听其计，选一精细军校，重加赏赐，付与金掩心甲一副，^{秦以五羊皮换百里奚，今操以一金甲换了庞德。}令披在贴肉，外穿汉中军士号衣，先于半路上等候。次日，先拨夏侯渊、张郃两枝军，远去埋伏，却教徐晃挑战，不数合败走。庞德招军掩杀，曹兵尽退。庞德却夺了曹操寨栅。见寨中粮草极多，^{曹操既弃甲又弃粮，总为欲得庞德耳。而寨既劫则粮仍是我粮，松可杀则甲仍是我甲矣。}大喜，即时申报张鲁；一面在寨中设宴庆贺。当夜二更之后，忽然三路火起：正中是徐晃、许褚，左张郃，右夏侯渊。三路军马，齐来劫寨。庞德不及提备，只得上马冲杀出来，望城而走。背后三路兵追来。庞德急唤开城门，领兵一拥而入。

此时细作已杂到城中，径投杨松府下谒见，具说："魏公曹丞相久闻盛德，特使某送金甲为信，更有密书呈上。"松大喜，^{见金便喜，不独一杨松为然也。}看了密书中言语，谓细作曰："上复魏公，但请放心。某自有良策奉报。"打发来人先回，便连夜入见张鲁，说庞德受了曹操贿赂，卖此一阵。〔偏是受贿人专要诳人受贿。〕张鲁大怒，唤庞德责骂，欲斩之。〔若非张鲁不明，曹操亦必不能胜。〕阎圃苦谏。张鲁曰："你来日出战，不胜必斩！"庞德抱恨而退。次日，曹兵攻城，庞德引兵冲出。操令许褚交战。褚诈败，庞德赶来。操自乘马于山坡上唤曰："庞令明何不早降？"庞德寻思："拿住曹操，抵一千员上将。"遂飞马上坡。〔此时犹是渭桥之心。〕一声喊起，天崩地塌，连人和马，跌入陷坑内去。四壁钩索一齐上前，活捉了庞德，押上坡来。曹操下马，叱退军士，亲释其缚，问庞德肯降否。庞德寻思张鲁不仁，情愿拜降。〔此时忘却渭桥矣。〕曹操亲扶上马，共回大寨，故意教城上望见。人报张鲁，德与操并马而行。鲁益信杨松之言为实。〔事有弄假成真而使人竟信为真者，往往如此。〕

次日，曹操三面竖立云梯，飞炮攻打。张鲁见其势已极，与弟张卫商议。卫曰："放火尽烧仓廪府库，出奔南山，去守巴中可也。"〔与郑度劝刘璋一样意思。〕杨松曰："不如开门投降。"张鲁犹豫不定。卫曰："只是烧了便行。"张鲁曰："我向本欲归命国家，而意未得达；今不得已而出奔，仓廪府库，国家之有，不可废也。"遂尽封锁。〔与刘璋不欲烧涪水之粮正相仿佛。〕是夜二更，张鲁引全家老小，开南门杀出。曹操教休追赶，提兵入南郑，见鲁封闭库藏，心甚怜之。遂差人往巴中，劝使投降。张鲁欲降，张卫不肯。杨松以密书报操，便教进兵，松为内应。〔金甲只要换庞德，不想直换了汉中。〕操得书，亲自引兵往巴中。张鲁使弟卫领兵出敌，与许褚交锋，被褚斩于马下。败军回报张鲁，鲁欲坚守。杨松曰："今若不出，坐而待毙矣。某守城，主公当亲与决一死战。"鲁从之。〔刘璋能斩张松，张鲁到底信杨松，鲁之暗比璋尤甚。〕阎圃谏鲁休出。鲁不听，遂引军出迎。未及交锋，后军已走。张鲁急退，背后曹兵赶来。鲁到城下，杨松闭门不开。〔贿赂之于人甚矣哉！〕张鲁无路可走，操从后追至，大叫："何不早降！"鲁乃下马投拜。操大喜，念其封仓库之心，优礼相待，〔米贼终以米得免。〕封鲁为镇南将军。阎圃等皆封列侯。于是汉中皆平。曹操传令各郡分设太守，置都尉，〔祭酒、师君之名，至此一换。〕大赏士卒。惟有杨松卖主求荣，即命斩之于市曹示众。〔与杀苗泽一般快举。〕后人有诗叹曰：

妨贤卖主逞奇功，积得金银总是空。

家未荣华身受戮，令人千载笑杨松！

曹操已得东川，主簿司马懿进曰："刘备以诈力取刘璋，蜀人尚未归心。今主公已得汉中，益州震动。可速进兵攻之，势必瓦解。智者贵于乘时，时不可失也。"〔一言取蜀之利。〕曹操叹曰："人苦不知足，既得陇，复望蜀耶？"〔初畏山川险峻，得陇已出望外，借知足而止兵，亦是老贼假语。〕刘晔曰："司马仲达之言是也。若少迟缓，诸葛亮明于治国而为相，关、张等勇冠三军而为将，蜀民既定，据守关隘，不可犯矣。"^{一言不取}操曰："士卒远涉劳苦，且宜存恤。"遂按兵不动。^{以上按下}曹操一边，以下接叙西川一边。

却说西川百姓，听知曹操已取东川，料必来取西川，一日之间，数遍惊恐。玄德请军师商议。孔明曰："亮有一计，曹操自退。"玄德问何计。孔明曰："曹操分军屯合淝，惧孙权也。今我若分江夏、长沙、桂阳三郡还吴，^{前是假割三郡，此时方欲真割}遣舌辩之士，陈说利害，令吴起兵袭合淝，牵动其势，操必勒兵南向矣。"玄德问："谁可为使？"伊籍曰："某愿往。"玄德大喜，遂作书具礼，令伊籍先到荆州，知会云长，^{可知前番不遣人知会，是明明愚弄诸葛瑾。}然后入吴。到秣陵，来见孙权，先通了姓名。权召籍入。籍见权礼毕，权问曰："汝到此何为？"籍曰："昨承诸葛子瑜取长沙等三郡，为军师不在，有失交割，今传书送还。^{说得圆稳。}所有荆州南郡、零陵，本欲送还，被曹操袭取东川，使关将军无容身之地。^{前以玄德容身为辞，今又以关公容身为辞，总是活脱法。}今合淝空虚，望君侯起兵攻之，使曹操撤兵回南。吾主若取了东川，即还荆州全土。"^{有此一说，又为后文吕蒙袭荆州张本。}权曰："汝且归馆舍，容吾商议。"伊籍退出，权问计于众谋士。张昭曰："此是刘备恐曹操取西川，故为此谋。虽然如此，可因操在汉中，乘势取合淝，亦是上计。"权从之，发付伊籍回蜀去讫，便议起兵攻操，令鲁肃收取长沙、江夏、桂阳三郡，^{此时关公并不作梗，则知前之不肯乃是默会孔明意也。}屯兵于陆口，取吕蒙、甘宁回；又去余杭取凌统回。

不一日，吕蒙、甘宁先到。蒙献策曰："现今曹操令庐江太守朱光屯兵于皖城，大开稻田，纳谷于合淝，以充军实。今可先取皖城，然后攻合淝。"^{操之怜张鲁以钱粮为重，蒙之攻皖城意亦然。}权曰："此计甚合吾意。"遂教吕蒙、甘宁为先锋，蒋钦、潘璋为合后，权自引周泰、陈武、董袭、徐盛为中军。时程普、黄盖、韩当在各处镇守，都未随征。^{又补叙几个不来的。}

却说军马渡江，取和州，径到皖城。皖城太守朱光，使人往合淝求救，一面固守城池，坚壁不出。权自到城下看时，城上箭如雨发，射中孙权麾盖。^{孙权亲冒矢石，皆为蜀中所使。}权回寨，问众将曰："如何取得皖城？"董袭曰："可差军士筑起土山攻之。"徐盛曰："可竖云梯，造虹桥，下观城中而攻之。"吕蒙曰："此法皆费日月而成，合淝救军一至，不可图矣。今我军初到，士气方锐，正可乘此锐气，奋力攻击。来日平明进兵，午未时便当破城。"^{兵贵神速，此类是也。}权从之。次日五更饭毕，三军大进。城上矢石齐下。甘宁手执铁链，冒矢石而上。^{甘宁可谓拔鳌孤以先登。}朱光令弓弩手齐射。甘宁拨开箭林，^{"箭林"二字新。}一链打倒朱光。吕蒙亲自擂鼓。士卒皆一拥而上，乱刀砍死朱光。余众多降，得了皖城，方才辰时。张辽引军至半

路，哨马回报皖城已失，辽即回兵归合淝。^{不出吕蒙所算。}

孙权入皖城，凌统亦引军到。权慰劳毕，大犒三军，重赏吕蒙、甘宁诸将，设宴庆功。吕蒙逊甘宁上坐，盛称其功劳。酒至半酣，凌统想起甘宁杀父之仇，^{照应三十八回中事。}又见吕蒙夸美之，心中大怒，瞪目直视良久，忽拔左右所佩之剑，立于筵上曰："筵前无乐，看吾舞剑。"甘宁知其意，推开果桌起身，两手取两枝戟挟定，纵步出曰："看我筵前使戟。"吕蒙见二人各无好意，便一手挽牌，一手提刀，立于其中曰："二公虽能，皆不如我巧也。"说罢，舞起刀牌，将二人分于两下，^{与刘备、刘璋筵前看诸将舞剑，又是一样光景。}早有人报知孙权，权慌跨马，直到筵前。众见权至，方各放下军器。权曰："吾常言二人休念旧仇，今日又何如此？"凌统哭拜于地，^{写凌统真是孝子。}孙权再三劝止。至次日，起兵进取合淝，三军尽发。

张辽为失了皖城，回到合淝，心中愁闷。忽曹操差薛悌送木匣一个，上有操封，旁书云："贼来乃发。"^{合淝木匣与南郡锦囊，遥遥相对。}是日报说孙权自引十万大军，来攻合淝。张辽便开匣观之。内书云："若孙权至，张、李二将军出战，乐将军守城。"张辽将教帖与李典、乐进观之。乐进曰："将军之意若何？"张辽曰："主公远征在外，吴兵以为破我必矣。今可发兵出迎，奋力与战，折其锋锐，以安众心，然后可守也。"^{有以守为守者，有以战为守者，李以战为守，张辽之言是也。}李典素与张辽不睦，闻辽此言，默然不答。^{吴有甘、凌不睦，魏有张、李不睦，彼此相对。}乐进见李典不语，便道："贼众我寡，难以迎敌，不如坚守。"张辽曰："公等皆是私意，不顾公事。吾今自出迎敌，决一死战。"便教左右备马。李典慨然而起曰："将军如此，典岂敢以私憾而忘公事乎？愿听指挥。"张辽大喜曰："既曼成肯相助，来日引一军于逍遥津北埋伏，待吴兵杀过来，可先断小师桥，^{与孔明断金雁桥一样方法。}吾与乐文谦击之。"^{曹操只教两人出战，一人坚守；今却三人俱出，可见行军用兵贵随机应变，不可拘执也。}李典领命，自去点军埋伏。

却说孙权令吕蒙、甘宁为前队，自与凌统居中，其余诸将陆续进发，望合淝杀来。吕蒙、甘宁前队兵进，正与乐进相迎。甘宁出马与乐进交锋，战不数合，乐进诈败而走。^{张辽本说两人诱敌，一人埋伏；今却用一人诱敌，两人埋伏，又是变化不拘。}甘宁招呼吕蒙一齐引军赶去。孙权在第二队，听得前军得胜，催兵行至逍遥津北，忽闻连珠炮响，左边张辽一军杀来，右边李典一军杀来。孙权大惊，急令人唤吕蒙、甘宁回救时，张辽兵已到。^{读至此，为孙权一急。}凌统手下，止有三百余骑，当不得曹军势如山倒。凌统大呼曰："主公何不速渡小师桥！"言未毕，张辽引二千余骑，当先杀至。凌统翻身死战。孙权纵马上桥，桥南已折丈余，并无一片板。^{读至此，又为孙权一急。}孙权惊得手足无措。牙将谷利大呼曰："主公可约马退后，再放马向前，跳过桥去。"孙权收回马来有三丈余远，然后纵辔加鞭，那马一跳飞过桥南。^{与玄德檀溪跃马隐然相对。}后人有诗曰：

的卢当日跳檀溪，又见吴侯败合淝。

退后着鞭驰骏骑，逍遥津上玉龙飞。

孙权跳过桥南，徐盛、董袭驾舟相迎。^{玄德檀溪之奔是出水登岸，权逍遥津之走又舍陆从舟。}凌统、谷利抵住张辽。甘宁、吕蒙引军回救，却被乐进从后追来，李典又截住厮杀，吴兵折了大半。^{吴人此时逍遥不得，逍遥津做了惶恐滩、零丁洋矣。}凌统所领三百余人，尽被杀死。统身中数枪，杀到桥边，桥已折断，绕河而逃。^{凌统不能越桥，而孙权能越，可见权之实邀天幸也，称帝已兆于此。}孙权在舟中望见，急令董袭棹舟接之，乃得渡回。吕蒙、甘宁皆死命逃过河南。这一阵杀得江南人人害怕，闻张辽大名，小儿也不敢夜啼。^{小儿便害怕，大人原不必害怕，大人害怕便是小儿。}众将保护孙权回营。权乃重赏凌统、谷利，收军回濡须，整顿船只，商议水陆并进；一面差人回江南，再起人马来助战。^{以上按卜孙权，以下再叙曹操。}

却说张辽闻孙权在濡须将欲兴兵进取，恐合淝兵少难以抵敌，急令薛悌星夜往汉中，报知曹操，求请救兵。操同众官议曰："此时可收西川否？"刘晔曰："今蜀中稍定，已有提备，不可击也。不如撤兵去救合淝之急，就下江南。"操乃留夏侯渊守汉中定军山隘口，留张郃守蒙头岩等隘口。^{为后文张本。}其余军兵拔寨都起，杀奔濡须坞来。正是：

铁骑甫能平陇右，旌旄又复指江南。

未知胜负如何，且看下文分解。

第六十八回

甘宁百骑劫魏营

左慈掷杯戏曹操

鲁连一矢，为人解纷，不若甘宁一矢，为己解怨。我能解我怨，不待他人为之解纷也。廉颇怒蔺相如，相如让之，而廉颇之怒平；贾复怒寇恂，寇恂让之，而贾复之怒平；若凌统杀父之仇，是非一让之所能平矣。故甘宁之让凌统不难，而救凌统难，盖以仇让仇不足奇，而以仇救仇，乃足为仇者之所深感耳。

荀攸谏操称王，而能暂寝称王之举；崔琰谏操称王，而不能复遏称王之谋。然君子以为琰之贤过于攸，何也？攸与彧初既党操，而继乃规操；初不知有汉，而继乃复知有汉，是失之于始而正之于终者也。若崔琰则无助贼之计，惟有骂贼之节，故尚论者当以攸为魏之谋士，而以琰为汉之忠臣。

袁谭、袁尚，异母兄弟也；刘琦、刘琮，亦异母兄弟也。绍与表惟爱后妻，故欲立其所出。其溺少子也，以溺妇人故也。若曹操则不然。丕与植，皆为卞氏之所生，而操独以才爱植，是为子之才不才起见，非为母之爱不爱起见。夫溺妇人之心，不可得而夺，而不溺妇人之意，则可得而回。此贾诩之谏，所以能入与！

曹操当称魏王、立世子、江东请和、孙权纳贡之后，正志得意满之时也。威无不加，权无不遂。其势力足以刑人、辱人、屠人、族人，而忽遇一无可奈何之左慈，刑之不得，辱之不得，屠之、族之亦不得，而于是奸雄之威丧，奸雄之权沮，奸雄之势诎，奸雄之力尽矣。且有"土鼠随金虎，奸雄一旦休"之语，于极热闹中，早笑其销灭。不啻于秦长脚之遇风魔，令读者快之。

曹操之遇左慈，与孙策之遇于吉仿佛相似，而实有大不同者：于吉非来谒孙策，左慈特来谒曹操，是于吉无意，而左慈有心；于吉不敢犯孙策，左慈敢于侮曹操，是于吉没趣，而左慈有胆；于吉索命，而左慈不索命，是于吉死而左慈不死；孙策杀一于吉，便处处见有于吉，曹操杀了无数左慈，却不见有一个左慈，是于吉不能空，而左慈能空；于吉未得为仙，若左慈之仙则真仙耳！

但当空诸所有，不当实诸所无，左慈其借空柑点化曹操乎？汉家箫鼓，魏国山河，不转盼而夕阳流水；吴宫花草，晋代衣冠，曾几时而幽径荒丘。汉也，魏也，吴也，晋也，殆无一非空者也。知过去之为空，即知现前之亦是空。不待脱手而后空，即入手之时而未尝不空。操若能知此意，则王位可以不贪，乘舆可以不僭，而汉祚可以不窃矣。

却说孙权在濡须口收拾军马，忽报曹操自汉中领兵四十万前来救合淝。孙权与谋士计议，先拨董袭、徐盛二人领五十只大船，在濡须口埋伏，令陈武带领人马，往来江岸巡哨。张昭曰："今曹操远来，必须先挫其锐气。"　张昭屡次以不战为主，此番却有胆气。　权乃问帐下曰："曹操远来，谁敢当先破敌，以挫其锐气？"凌统出曰："某愿往。"权曰："带多少军

去？"统曰："三千人足矣。"甘宁曰："只须百骑，便可破敌，何必三千！"凌统大怒。两个就在孙权面前争竞起来。〔为上回余波〕权曰："曹军势大，不可轻敌。"乃命凌统带三千军出濡须口去哨探，遇曹兵，便与交战。凌统领命，引着三千人马，离濡须坞。尘头起处，曹兵早到。先锋张辽与凌统交锋，斗五十合，不分胜败。孙权恐凌统有失，令吕蒙接应回营。

甘宁见凌统回，即告权曰："宁今夜只带一百人马去劫曹营，若折了一人一骑，也不算功。"〔一可当百，则百可当万。〕孙权壮之，乃调拨帐下一百精锐马兵付宁；又以酒五十瓶，羊肉五十斤，赏赐军士。甘宁回到营中，教一百人皆列坐，先将银碗斟酒，自吃两碗，乃语百人曰："今夜奉命劫寨，请诸公各满饮一觞，努力向前。"〔或破敌而后饮，或先饮酒以壮胆，皆妙。〕众人闻言，面面相觑。甘宁见众人有难色，乃拔剑在手，怒叱曰："我为上将，且不惜命，汝等何得迟疑！"众人见甘宁作色，皆起拜曰："愿效死力。"〔南人本是无用，激之则有用。〕甘宁将酒肉与百人共饮食尽，约至二更时候，取白鹅翎一百根，插于盔上为号，〔前为"锦帆贼"，今又为"鹅翎军"矣。〕都披甲上马，飞奔曹操寨边，拔开鹿角，大喊一声，杀入寨中，径奔中军来杀曹操。原来中军人马，以车仗伏路穿连，围得铁桶相似，不能得进。〔既写甘宁有胆，又写曹操能军。〕甘宁只将百骑，左冲右突。曹兵惊慌，正不知敌兵多少，自相扰乱。那甘宁百骑，在营内纵横驰骤，逢着便杀。各营鼓噪，举火如星，喊声大震。〔张辽能止吴儿夜哭，甘宁能使北军夜惊，一样声势。〕甘宁从寨之南门杀出，无人敢当。孙权令周泰引一枝兵来接应。甘宁将百骑回到濡须。操兵恐有埋伏，不敢追袭。后人有诗赞曰：

鼙鼓声喧震地来，吴师到处鬼神哀。

百翎直贯曹家寨，尽说甘宁虎将才。

甘宁引百骑到寨，不折一人一骑；至营门，令百人皆击鼓吹笛，口称："万岁！"欢声大震。〔鼓笛之声比铜铃响时，又是一样气色。〕孙权自来迎接。甘宁下马拜伏。权扶起，携宁手曰："将军此去，足使老贼惊骇。〔张辽吓小儿，若甘宁吓老贼。〕非孤相舍，正欲观卿胆耳！"即赐绢千匹，利刀百口。宁拜受讫，遂分赏百人。权语诸将曰："孟德有张辽，孤有甘兴霸，足以相敌也。"〔宁善将兵，权善将将。〕

次日，张辽引兵搦战。凌统见甘宁有功，奋然曰："统愿敌张辽。"权许之。统遂领兵五千，离濡须。权自引甘宁临阵观战。对阵圆处，张辽出马，左有李典，右有乐进。凌统纵马提刀，出至阵前。张辽使乐进出迎。两个斗到五十合，未分胜败。曹操闻知，亲自策马到门旗下来看，见二将酣斗，乃令曹休暗放冷箭。曹休便闪在张辽背后，开弓一箭，正中凌统坐下马，那马直立起来，把凌统掀翻在地。乐进连忙持枪来刺。枪还未到，只听得弓弦响处，一箭射中乐进面门，翻身落马。^{曹休明写，甘宁暗写，妙甚。}两军齐出，各救一将回营，鸣金罢战。凌统回寨中拜谢孙权。权曰：“放箭救你者，甘宁也。”凌统乃顿首拜宁曰：“不想公能如此垂恩！”自此与甘宁结为生死之交，再不为恶。^{甘宁不是以德报怨，乃是以直报怨耳。}

且说曹操见乐进中箭，令自到帐中调治。次日，分兵五路来袭濡须。操自领中路；左一路张辽，二路李典；右一路徐晃，二路庞德。每路各带一万人马，杀奔江边来。^{写曹军甚是声势。}时董袭、徐盛二将，在楼船上见五路军马来到，诸军各有惧色。^{南人无用。}徐盛曰：“食君之禄，忠君之事，何惧哉！”遂引猛士数百人，用小船渡过江边，杀入李典军中去了。^{甘宁百人在黑夜，徐盛数百人在白日，白日更难于黑夜。}董袭在船上，令众军擂鼓呐喊助威。忽然江上猛风大作，白浪掀天，波涛汹涌。军士见大船将覆，争下脚舰逃命。董袭仗剑大喝曰：“将受君命，在此防贼，怎敢弃船而去！”立斩下船军士十余人。须臾，风急船覆，董袭竟死于江口水中。^{宁不畏死而不死，袭不畏死而竟死，幸有不幸焉。}徐盛在李典军中，往来冲突。

却说陈武听得江边厮杀，引一军来，正与庞德相遇，两军混战。孙权在濡须坞中，听得曹兵杀到江边，亲自与周泰引军前来助战。^{写数处军马分头交战，历历详明，一笔不乱。}正见徐盛在李典军中搅做一团厮杀，便麾军杀入接应。却被张辽、徐晃两枝军，把孙权困在垓心。曹操上高阜处看见孙权被围，急令许褚纵马持刀杀入军中，把孙权军冲作两段，彼此不能相救。^{前张辽所断者桥也，今许褚所断者兵也，皆善于用截。}

却说周泰从军中杀出，^{杀了出来。}到江边，不见了孙权，勒回马，从外又杀入阵中，^{又杀入去。}问本部军：“主公何在？”军人以手指兵马厚处，曰：“主公被围甚急！”周泰挺身杀入，寻见孙权。泰曰：“主公可随泰杀出。”于是泰在前，权在后，奋力冲突。泰到江边，^{又杀出来。}回头又不见孙权，乃复翻身杀入围中，^{又杀入去。○写周泰如生龙活虎，以前事论之，此是第二番，就此日论之，又有第三番。}又寻见孙权。权曰：“弓弩齐发，不能得出，如何？”泰曰：“主公在前，某在后，可以出围。”孙权乃纵马前行。周泰左右遮护，身被数枪，箭透重铠，救得孙权。^{劫营难，救主尤难。○又杀出来。}到江边，吕蒙引一枝水军前来接应下船。^{亏得此路水军。}权曰：“吾亏周泰三番冲杀，得脱重围。但徐盛在垓心，如何得脱？”周泰曰：“吾再救去。”^{救主之后，犹有余勇可贾。}遂轮枪复翻身杀入重围之中，^{又杀入去。}救出徐盛。^{又杀出来。}二将各带重伤。吕蒙教军士乱箭射住岸上兵，救二将下船。

却说陈武与庞德大战，后面又无应兵，被庞德赶到峪口，树林丛密；陈武再欲回身交战，被树株抓住袍袖，不能迎敌，为庞德所杀。^{陈武之见杀于庞德，与祖茂之见杀于华雄，前后遥遥相对。}曹操见孙权走脱了，自策马驱兵，赶到江边对射。吕蒙箭尽，正慌间，忽对江一宗船到，为首一员大将，乃是孙策女婿陆逊，自引十万兵到。一阵射退曹兵，<u>亏得又有此路军。</u>乘势登岸追杀曹兵，复夺战马数千匹。曹兵伤者，不计其数，大败而回。<u>初有甘宁之劫营来救，中间没兴，赖有两头。</u>于乱军中寻见陈武尸首。后有陆逊之于乱军中寻见陈武尸首。

孙权知陈武已亡，董袭又沉江而死，哀痛至切，令人入水中寻见董袭尸首，与陈武尸一齐厚葬之。又感周泰救护之功，设宴款之。权亲自把盏，抚其背，泪流满面，<u>臣之感君有流涕纵横者矣，君之感臣亦流涕泗纵横，君臣相得，莫过于此。</u>曰：“卿两番相救，<u>照应十五回中事。</u>不惜性命，被枪数十，肤如刻画，孤亦何心不待卿以骨肉之恩、委卿以兵马之重乎！卿乃孤之功臣，孤当与卿共荣辱、同休戚也。”<u>赞周泰正以言罢，励诸将。</u>令周泰解衣与众将观之：皮肉肌肤，如同刀剜，盘根遍体。孙权手指其痕，一一问之。周泰具言战斗被伤之状。一处伤令吃一觥酒。<u>若欲以疮疤换酒吃，是欲饮必先痛，不痛不能饮矣；若但能饮，不能痛，何以谓之痛饮乎？○以此行酒，恐惜死武臣终席无一杯相及也。</u>是日，周泰大醉。权以青罗伞赐之，令出入张盖，以为显耀。<u>无数疮疤换得一顶罗盖。</u>

权在濡须，与操相拒月余，不能取胜。张昭、顾雍上言：“曹操势大，不可力取，若与久战，大损士卒，不若求和安民为上。”<u>孙、曹之相和自此始，孙、刘之相离亦自此始。</u>孙权从其言，令步骘往曹营求和，许年纳岁贡。操见江南急未可下，乃从之，令：“孙权先撤人马，吾然后班师。”步骘回复，权只留蒋钦、周泰守濡须口，尽发大兵上船回秣陵。<u>以上按下孙权，以下再叙曹操。</u>

操留曹仁、张辽屯合淝，班师回许昌。文武众官皆议立曹操为“魏王”。尚书崔琰力言不可。众官曰：“汝独不见荀文若乎？”琰大怒曰：“时乎，时乎！会当有变！任自为之！”<u>崔琰之阻魏王，更烈于荀彧之阻九锡、荀攸之阻称王。</u>有与琰不和者，告知操。操大怒，收琰下狱问之。琰虎目虬髯，只是大骂曹操欺君奸贼。<u>荀彧、荀攸不闻其骂，而崔琰能骂，与二人不同。</u>廷尉白操，操令杖杀崔琰在狱中。后人有赞曰：

清河崔琰，天性坚刚。

虬髯虎目，铁石心肠。

奸邪辟易，声节显昂。

忠于汉主，千古名扬！

建安二十一年夏五月，群臣表奏献帝，颂魏公曹操功德极天际地，伊、周莫及，宜进爵为王。献帝即令锺繇草诏，册立曹操为“魏王”。曹操假意上书三辞。<u>自封之而自让之，妆腔做势，可发一笑。</u>诏三报不许，操乃拜命受“魏王”之爵，冕十二旒，乘金根车，驾六马，用天子车服銮仪，出警入跸，于邺郡盖魏王宫，议立世子。操大妻丁夫人无出。姜刘氏生子曹昂，因征张绣时死于宛城。_{照应十八卜氏所生四子：长曰丕，次曰彰，三曰植，四曰熊。}_{自称魏王便是其子篡汉之兆，故}于此处特详叙其子。于是黜丁夫人，而立卜氏为魏王后。第三子曹植，字子建，极聪明，举笔成章，操欲立之为后嗣。_{丕与植一母所生，而操独爱植，又与袁绍、刘表不同。绍与表是以其母起见，操则但以其子起见耳。}长子曹丕，恐不得立，乃问计于中大夫贾诩。诩教如此如此。自是但凡操出征，诸子送行，曹植乃称述功德，发言成章；惟曹丕辞父，只是流涕而拜，左右皆感伤。于是操疑植乖巧，诚心不及丕也。_{今人谓刘备基业是哭成的，不知曹丕帝位亦是哭来的。}丕又使人买嘱近侍，皆言丕之德。操欲立后嗣，踌躇不定，乃问贾诩曰："孤欲立后嗣，当立谁？"贾诩不答，_{妙甚。}操问其故。诩曰："正有所思，故不能即答耳。"_{妙甚。}操曰："何所思？"诩对曰："思袁本初、刘景升父子也。"_{言简而意妙，妙在不谏之谏。}操大笑，遂立长子曹丕为王世子。

冬十月，魏王宫成，差人往各处收取奇花异果，栽植后苑。有使者到吴地，见了孙权，传魏王令旨，再往温州取柑子。时孙权正尊让魏王，便令人于本城选了大柑子四十余担，星夜送往邺郡。_{曹操以青梅饷刘备，孙权以柑子馈老瞒，前后映射成趣。}至中途，挑担役夫疲困，歇于山脚下，见一先生，眇一目，跛一足，头戴白藤冠，身穿青懒衣，来与脚夫作礼，言曰："你等挑担劳苦，贫道都替你挑一肩何如？"众人大喜。于是先生每担各挑五里，但是先生挑过的担儿都轻了。_{鹅笼先生能使身轻，今此先生能使担轻，更是奇幻。}众皆惊疑。先生临去，与领柑子官说："贫道乃魏王乡中故人，姓左，名慈，字元放，道号'乌角先生'。_{乌角、紫虚相射成趣。}如你到邺郡，可说左慈申意。"遂拂袖而去。

取柑人至邺郡见操，呈上柑子。操亲剖之，但只空壳，内并无肉。_{前以空盒赐荀彧，可谓一报还一报，一笑。}操大惊，问取柑人。取柑人以左慈之事对。操未肯信。门吏忽报："有一先生，自称左慈，求见大王。"操召入。取柑人曰："此正途中所见之人。"操叱之曰："汝以何妖术，摄吾佳果？"慈笑曰："岂有此事！"取柑剖之，内皆有肉，其味甚甜。但操自剖者，皆空壳。_{才入我手便已成空，此是左慈点化奸雄也。称魏王，图汉鼎，皆当作如是观。}操愈惊，乃赐左慈坐而问之。慈索酒肉，操令与之，饮酒五斗不醉，肉食全羊不饱。_{万羊丞相、斗酒学士，皆不及矣。}操问曰："汝有何术，以至于此？"慈曰："贫道于西川嘉陵峨嵋山中，学道三十年，忽闻石壁中有声呼我之名，及视，不见，如此者数日。忽有天雷震碎石壁，得天书三卷，名曰《遁甲天书》。_{张角三人亦言受天书三卷矣，然张角以此煽惑天下，左慈以此点化奸雄，又自不同。}上卷名'天遁'，中卷名'地遁'，下卷名'人遁'。天遁能腾云跨风，飞升太虚；地遁能穿山透石；人遁能云游四海，藏形变身，飞剑掷刀，取人首级。_{此句便是恐吓老瞒。}大王位极人臣，何不退步，跟贫道往峨嵋山中修行？当以三卷天书相授。"_{操在铜雀台上谓众}

官曰："我若解兵柄，恐人谋害。"操曰："我亦久思急流勇退，奈朝廷未得其人耳。"慈笑曰：^{今若去修行，便没人谋害矣。}

"益州刘玄德乃帝室之胄，何不让此位与之？不然，贫道当飞剑取汝之头也。"^{吉平骂之，祢衡骂之，}

^{不若左慈之快。}操大怒曰："此正是刘备细作！"喝左右拿下。慈大笑不止。操令十数狱卒，捉下

拷之。狱卒着力痛打，看左慈时，却鼾鼾熟睡，全无痛楚。^{三拷吉平之威，至此全无用处。}操怒，命取大枷，

铁钉钉了，铁锁锁了，送入牢中监收，令人看守。只见枷锁尽落，左慈卧于地上，并无

伤损。^{械击杨彪之威，至此又无用处。}连监禁七日，不与饮食。及看时，慈端坐于地上，面皮转红。^{先生面皮红，曹操面皮厚矣。}

狱卒报知曹操，操取出问之。慈曰："我数十年不食，亦不妨，日食千羊，亦能尽。"操

无可奈何。^{老贼奸计百出，至此亦有无可奈何之日，畅绝快绝！}

是日，诸官皆至王宫大宴。正行酒间，左慈足穿木履，立于筵前。众官惊怪。左慈

曰："大王今日水陆俱备，大宴群臣，四方异物极多，内中欠少何物，贫道愿取之。"操

曰："我要龙肝作羹，汝能取否？"慈曰："有何难哉！"^{将虎须且不惧，取龙肝又何难？}取墨笔于粉墙上画

一条龙，以袍袖一拂，龙腹自开。左慈于龙腹中提出龙肝一副，鲜血尚流。^{假龙真肝，是假是真？}操不

信，叱之曰："汝先藏于袖中耳！"^{呆话。}慈曰："即今天寒，草木枯死。大王要甚好

花，随意所欲。"操曰："吾只要牡丹花。"慈曰："易耳。"令取大花盆放筵前，以水

噀之。顷刻发出牡丹一株，开放双花。^{空中有花，花即是空，亦是点化奸雄。}众官大惊，邀慈同坐而食。少

顷，庖人进鱼脍。慈曰："脍必松江鲈鱼者方美。"操曰："千里之隔，安能取之？"

^{愈呆。}慈曰："此亦何难取！"教把钓竿来，于堂下鱼池中钓之。顷刻钓出数十尾大鲈

鱼，放在殿上。^{温州之柑既已化实成空，松江之鲈何妨自无入有？}操曰："吾池中原有此鱼。"^{更呆。}慈曰："大王何相

欺耶？天下鲈鱼只两腮，惟松江鲈鱼有四腮，此可辨也。"众官视之，果是四腮。^{巨口细鳞，苏}

^{子《赤壁赋》中曾有之矣，见此鱼，亦记赤壁之事乎？}操曰："烹松江鲈鱼，须紫芽姜方可。"操曰："汝亦能取之

否？"慈曰："易耳。"令取金盆一个，慈以衣覆之。须臾，得紫芽姜满盆，进上操前。

操以手取之，忽盆内有书一本，题曰《孟德新书》。操取视之，一字不差。^{书在张松口中，不过记问之奇，今在}

^{左慈盆内，更见幻术之妙。}操大疑。慈取桌上玉杯，满斟佳酿进操曰："大王可饮此酒，寿有千年。"操

曰："汝可先饮。"慈遂拔冠上玉簪，于杯中一画，将酒分为两半，^{奇绝幻绝}自饮一半，将一

半奉操。操叱之。慈掷杯于空中，化成一白鸠，绕殿而飞。^{尝读《列仙传》，饭可为蜂，杖可化龙，则杯之变鸠，不足奇耳。}众官

仰面视之，左慈不知所往。左右忽报："左慈出宫门去了。"操曰："如此妖人，必当除

之！否则必将为害。"遂命许褚引三百铁甲军追擒之。褚上马引军赶至城门，望见左慈穿

木履在前，慢步而行。褚飞马追之，却只追不上。^{"虎卫将军"之威，至此亦全无用处。}直赶到一山中，有牧羊

小童，赶着一群羊而来，慈走入羊群内。^{羊亦可名"乌角先生"。}褚取箭射之，慈即不见。褚尽杀群羊而回。^{追赶左慈不上，却将群羊出气。}牧羊小童守羊而哭。忽见羊头在地上作人言，唤小童曰："汝可将羊头都凑在死羊腔子上。"^{幻极。}小童大惊，掩面而走。忽闻有人在后呼曰："不须惊走，还汝活羊。"小童回顾，见左慈已将地上死羊凑活，赶将来了。^{断头之羊既可活，剖肝之龙亦未必死。}小童急欲问时，左慈已拂袖而去。其行如飞，倏忽不见。^{正与前慢步而行相对成趣。}

小童归告主人，主人不敢隐讳，报知曹操。操画影图形，各处捉拿左慈。三日之内，城里城外，所捉眇一目、跛一足、白藤冠、青懒衣、穿木履先生，都一般模样者，有三四百个，^{孙行者变化之法，《三国志》中已有之，不谓}哄动街市。操令众将，将猪羊血浇之，押送城南教场。曹操亲自引甲兵五百人围住，尽皆斩之。人人颈腔内各起一道青气，到上天聚成一处，化成一个左慈，^{一致而有万殊，万殊仍归一处。}向空招白鹤一只骑坐，^{白鸠绕殿而飞，白鹤自空而至，相映成趣。或借群羊隐形，或乘白鹤遐举，幻甚趣甚。}○拍手大笑曰："土鼠随金虎，奸雄一旦休！"^{言操死于子年正月也，早为七十八回伏线。}操令众将以弓箭射之。忽然狂风大作，走石扬沙，所斩之尸，皆跳起来，手提其头，奔上演武厅来打曹操。^{甘宁百骑是真人真马，左慈百辈是疑鬼疑神，前后映射成趣。}文官武将，掩面惊倒，各不相顾。正是：

　　奸雄权势能倾国，道士仙机更异人。

未知曹操性命如何，且看下文分解。

第六十九回

卜周易管辂知机

讨汉贼五臣死节

前卷方写一左慈，此卷又接写一管辂。左慈，术之幻者也；管辂，数之真者也。术之所变，令人不可测识；数之所定，亦令人无可奈何。诚知其无可奈何，而竭智尽能以图逞其欲者，亦复何为哉？故不独左慈之术，所以点化老贼，而管辂之数，亦所以醒悟奸雄。

当庞统未死，孔明未入蜀之时，先有紫虚上人八句谶语以为之兆；今当夏侯渊未死，曹丕未篡汉之时，又先有管公明八句谶语以为之兆。此皆以前之闲文，为后之伏笔者也。乃紫虚八句合作一篇，公明八句分为两段；紫虚则刘璝往见，公明则许芝引来；紫虚则略其生平，公明则叙其往事。或略或详，前后更无一笔相犯，所以为佳。

金祎若能先约刘备，俟操之出救汉中而后举事，则备自外来，祎从中起，其事未必无成，而惜乎其发之太骤也。虽然，事之成败不足论，而其忠肝义胆，实可对后土而告皇天。安见此五贤之有异于三杰乎？史官仍《魏史》之旧，误书为耿纪、韦晃等谋反伏诛，大为背谬。自《纲目》正之曰："耿纪、韦晃讨曹操不克，死之。"《春秋》之旨，昭于千古矣。

或谓许昌失火之事，管辂不先言，则曹操不预防；操不预防，则操可以出汉中，而五臣之事，未必其无成矣。吉平、管辂，一医一卜，而吉氏一门忠义，管辂为操防灾，毋乃管辂之卜，不若吉平之医乎？虽然，此不足为管辂咎。五臣之举火，数也；管辂之言失火，亦数也；曹操听管辂之言，亦数也。数之既定，无可复逃。但在奸雄，则当思一定之数，以戢其篡窃之心；在忠臣，则不当因一定之数，而沮其报国之志耳。

元宵起义，董承先有其梦，而金祎乃实有其事，是前之梦早为后之事作引也。元宵相约，先有吉平饮酒于前，乃有二吉举火于后，是后之火又因前之酒而生也。隔三十余回，而虚实相生，父子相继，斯亦奇矣。至于马腾为汉名臣之后，金祎亦汉名臣之后，而腾之事泄甚迟，祎之事发甚速；吉邈、吉穆为父而死，马休、马铁亦为父而死，而马氏三人合在一处，吉氏三人分为两时。其照耀史册者，参差不同，种种各异，更是可观。

观耿、韦五家之僮仆，而窃叹董承之不及此五人也。董承之事，以一秦庆童泄之；而五家僮仆七百余人，竟无有一人泄其事者，使非五人之能用其人，而何以能若是哉？田横传，而田横之五百人赖以传，乃五百人传而田横愈以传，君子于五家僮仆之贤，而益信五人之贤为不可及云。

却说当日曹操见黑风中群尸皆起，惊倒于地。须臾风定，群尸皆不见。^{百化为一，一又化为空，真是仙家妙理。}左右扶操回宫，惊而成疾。后人有诗赞左慈曰：

飞步凌云遍九州，独凭遁甲自遨游。

等闲施设神仙术，点悟曹瞒不转头。

曹操染病，服药无愈。适太史丞许芝，自许昌来见操。操令芝卜《易》。芝曰："大王曾闻神卜管辂否？"〔一个起课先生又荐出一个起课先生，不似今之起课者自夸灵验，惟恐他人夺却道路也。〕操曰："颇闻其名，未知其术。汝可详言之。"芝曰："管辂字公明，平原人也。容貌粗丑，好酒疏狂。其父曾为琅琊即丘长。辂自幼便喜仰视星辰，〔卜必兼星，不知星者不能卜。〕夜不肯寐，父母不能禁止。常云：'家鸡野鹄，尚自知时，何况为人在世乎？'与邻儿共戏，辄画地为天文，分布日月星辰。及稍长，即深明《周易》，仰观风角，数学通神，兼善相术。〔卜星星，又兼相。〕琅琊太守单子春闻其名，召辂相见。时有坐客百余人，皆能言之士。辂谓子春曰：'辂年少，胆气未坚，先请美酒三升，饮而后言。'〔以兵战者，以酒壮胆；舌战者，亦欲以酒壮胆。〕子春奇之，遂与酒三升。饮毕，辂问子春：'今欲与辂为对者，若府君四座之士耶？'子春曰：'吾自与卿旗鼓相当。'于是与辂讲论《易》理。辂亹亹而谈，言言精奥。子春反复辩难，辂对答如流。从晓至暮，酒食不行。〔晋人清谈已兆于此。〕子春及众宾客，无不叹服。于是天下号为'神童'。后有居民郭恩者，兄弟三人，皆得躄疾，请辂卜之。辂曰：'卦中有君家本墓中女鬼，非君伯母即叔母也。昔饥荒之年，谋数升米之利，推之落井，以大石压破其头，孤魂痛苦，自诉于天，故君兄弟有此报。不可禳也。'〔曹操闻之，若想起董贵人、伏皇后之事，当为寒心。〕郭恩等涕泣伏罪。安平太守王基，知辂神卜，延辂至家。适信都令妻，常患头风，〔正与曹操头风相映。〕其子又患心痛，〔若曹操不是心痛，当是心黑，心痛可医，心黑不可医。〕因请辂卜之。辂曰：'此堂之西角有二死尸，一男持矛，一男持弓箭。头在壁内，脚在壁外。持矛者主刺头，故头痛；持弓箭者主刺胸腹，故心痛。'乃掘之。入地八尺，果有二棺。一棺中有矛，一棺中有角弓及箭，木俱已朽烂。辂令徙骸骨去城外十里埋之，妻与子遂无恙。〔能以卜治病，则又以卜而兼医。〕馆陶令诸葛原，迁新兴太守，辂往送行。客言辂能覆射。诸葛原不信，暗取燕卵、蜂窠、蜘蛛三物，分置三盒之中，令辂卜之。卦成，各写四句于盒上。〔左慈能取石中之书，管辂能猜盒中之物，又相映成趣。〕其一曰：'含气须变，依乎宇堂；雌雄以形，羽翼舒张。此燕卵也。'其二曰：'家室倒悬，门户众多；藏精育毒，得秋乃化。此蜂窠也。'其三曰：'觳觫长足，吐丝成罗；寻网求食，利在昏夜。此蜘蛛也。'满座惊骇。〔管辂能猜燕卵、蜂窠等物，与左慈能取龙肝、鱼脍，相映成趣。〕乡中有老妇失牛，求卜之。辂判曰：'北溪之滨，七人宰烹；急往追寻，皮肉尚存。'老妇果往寻之，七人于茅舍后煮食，皮肉犹存。〔左慈能使死羊复活，管辂能使失牛复得，又相映成趣。〕妇告本郡太守刘邠，捕七人罪之，因问老妇曰：'汝何以知之？'妇告以管辂之神卜。刘邠不信，请辂至府，取印囊及山鸡毛藏于盒中，令卜之。辂卜其一曰：'内方外圆，五色成文；含宝守信，出则有章。此印囊也。'其二曰：'岩岩有鸟，锦体朱衣；羽翼玄黄，鸣不失晨。此山鸡毛也。'〔玉印有囊，山鸡有毛，与玉杯、白鸠又相映成趣。〕

刘邠大惊，遂待为上宾。一日，出郊闲行，见一少年耕于田中，辂立道旁，观之良久，问曰：'少年高姓、贵庚？'答曰：'姓赵，名颜，年十九岁矣。敢问先生为谁？'辂曰：'吾管辂也。吾见汝眉间有死气，三日内必死。^{此是相术之验。}汝貌美，可惜无寿。'赵颜回家，急告其父。父闻之，赶上管辂，哭拜于地曰：'请归救吾子！'辂曰：'此乃天命也，安可禳乎？'父告曰：'老夫止有此子，望乞垂救！'赵颜亦哭求。辂见其父子情切，乃谓赵颜曰：'汝可备净酒一瓶，鹿脯一块，来日赍往南山之中，大树之下，看盘石上有二人弈棋，一人向南坐，穿白袍，其貌甚恶；一人向北坐，穿红袍，其貌甚美。汝可乘其弈兴浓时，将酒及鹿脯跪进之。待其饮食毕，汝乃哭拜求寿，必得益算矣。但切勿言是吾所教。^{管辂幼时能观星于天、画星于地，今又能使人见星于山，此是星学之奇。}'老人留辂在家。次日，赵颜携酒脯杯盘入南山之中。约行五六里，果有二人于大松树下盘石上着棋，全然不顾。赵颜跪进酒脯。二人贪着棋，不觉饮酒已尽。^{左慈饮酒食肉，两星君亦饮酒食肉，想仙家原不忌酒肉也，今之不饮酒、不食肉者，吾知之矣。}赵颜哭拜于地而求寿，二人大惊。穿红袍者曰：'此必管子之言也。吾二人既受其私，必须怜之。'穿白袍者，乃于身边取出簿籍检看，谓赵颜曰：'汝今年十九岁，当死。吾今于"十"字上添一"九"字，汝寿可至九十九。^{一酒一脯换了八十年之寿，则淳于髡所谓一豚蹄、酒一盂而祝满箕满车者，不为过。}一回见管辂，教再休泄漏天机，不然，必致天谴。'穿红者出笔添讫，一阵香风过处，二人化作二白鹤，冲天而去。^{与左慈骑白鹤相映成趣。}赵颜归问管辂。辂曰：'穿红者，南斗也，穿白者，北斗也。'颜曰：'吾闻北斗九星，何止一人？'辂曰：'散而为九，合而为一也。^{一左慈能化众左慈，众左慈只是一左慈，又与星君变化相映。}北斗注死，南斗注生。今已添注寿算，子复何忧？'父子拜谢。自此管辂恐泄天机，更不轻为人卜。^{以上忽借许芝口中夹叙管辂生平，百忙中偏有此等闲笔。}此人现在平原，大王欲知休咎，何不召之？^{此处方才接入正文。}

操大喜，即差人往平原召辂。辂至，参拜讫，操令卜之。辂答曰："此幻术耳，何必为忧？"操心安，病乃渐可。操令卜天下之事。辂卜曰："三八纵横，黄猪遇虎；定军之南，伤折一股。"^{为夏侯渊被斩伏笔。}又令卜传祚修短之数。辂卜曰："狮子宫中，以安神位；王道鼎新，子孙极贵。"^{为曹丕篡汉伏笔。}操问其详。辂曰："茫茫天数，不可预知，待后自验。"操欲封辂为太史。辂曰："命薄相穷，不称此职，不敢受也。"操问其故。答曰："辂额无主骨，眼无守睛，鼻无梁柱，脚无天根，背无三甲，腹无三壬，只可泰山治鬼，不能治生人也。"^{不说命但说相，相穷便是命薄。}操曰："汝相吾若何？"辂曰："位极人臣，又何必相？"^{相君之面，位止人臣；相君之背，贵不可言。}再三问之，辂但笑而不答。操令辂遍相文武官僚。辂曰："皆治世之臣也。"^{皆事乱世之奸雄者也，管辂不肯直言耳，若许劭之相曹操便直说出来。}操问休咎，皆不肯尽言。后人有诗赞曰：

平原神卜管公明，能算南辰北斗星。

八卦幽微通鬼窍，六爻玄奥究天庭。

预知相法应无寿，自觉心源极有灵。

可惜当年奇异术，后人无复授遗经。

操令卜东吴、西蜀二处。辂设卦云："东吴主亡一大将，西蜀有兵犯界。"操不信。忽合淝报来："东吴陆口守将鲁肃身故。"操大惊，便差人往汉中探听消息。不数日，飞报刘玄德遣张飞、马超兵屯下辨取关。<small>不从吴蜀两边叙来，却从曹操一边听得，省笔之甚。</small>操大怒，便欲自领大兵再入汉中，令管辂卜之。辂曰："大王未可妄动，来春许都必有火灾。"<small>为耿纪事伏笔。</small>操见辂言累验，故不敢轻动，留居邺郡。使曹洪领兵五万，往助夏侯渊、张郃同守东川；又差夏侯惇领兵三万，于许都来往巡警，以备不虞；<small>为夏侯惇救火伏笔。</small>又教长史王必总督御林军马。主簿司马懿曰："王必嗜酒性宽，恐不堪任此职。"操曰："王必是孤披荆棘历艰难时相随之人，忠而且勤，心如铁石，最足相当。"遂委王必领御林军马屯于许都东华门外。

时有一人，姓耿，名纪，字季行，洛阳人也，旧为丞相府掾，后迁侍中少府，与司直韦晃甚厚，见曹操进封王爵，出入用天子车服，心甚不平。<small>与董承等七人见许田射鹿而不平，遥相对照。</small>时建安二十三年春正月，<small>照后元宵。</small>耿纪与韦晃密议曰："操贼奸恶日甚，将来必为篡逆之事。吾等为汉臣，岂可同恶相济？"韦晃曰："吾有心腹人，姓金，名祎，乃汉相金日磾之后，<small>金日磾之后与马伏波之后，遥相对照。</small>素有讨操之心，更兼与王必甚厚。若得同谋，大事济矣。"耿纪曰："他既与王必交厚，岂肯与我等同谋乎？"韦晃曰："且往说之，看是如何。"于是二人同至金祎宅中。祎接入后堂，坐定。晃曰："德伟与王长史甚厚，吾二人特来告求。"<small>开口便妙。</small>祎曰："所求何事？"晃曰："吾闻魏王早晚受禅，将登大宝，公与王长史必高迁。望不相弃，曲赐提携，感德非浅！"<small>先用反言以挑之。</small>祎拂袖而起。适从者奉茶至，便将茶泼于地下。晃佯惊曰："德伟故人，何薄情也？"祎曰："吾与汝交厚，为汝等是汉朝臣宰之后；今不思报本，欲辅造反之人，吾有何面目与汝为友！"<small>被二人挑出心语。</small>耿纪曰："奈天数如此，不得不为耳！"<small>妙在不便正说，再用反词。</small>祎大怒。耿纪、韦晃见祎果有忠义之心，乃以实情相告曰："吾等本欲讨贼，来求足下。前言特相试耳。"<small>待他再怒然后说明。</small>祎曰："吾累世汉臣，安能从贼！公等欲扶汉室，有何高见？"晃曰："虽有报国之心，未有讨贼之计。"祎曰："吾欲里应外合，杀了王必，夺其兵权，扶助銮舆。更结刘皇叔为外援，操贼可灭矣。"<small>未结外援而先谋内变，事安得成？</small>二人闻之，抚掌称善。

祎曰："我有心腹二人，与操贼有杀父之仇，现居城外，可用为羽翼。"耿纪问是何人。祎曰："太医吉平之子：长名吉邈，字文然；次名吉穆，字思然。操昔日为董承衣带诏事，曾杀其父；二子逃窜远乡，得免于难。今已潜归许都，若使相助讨贼，无有不从。"<small>马腾与马休、马铁合在一处写，吉平与吉邈、吉穆分作两处写。一处写只有一段事，两处写却有两段事。</small>耿纪、韦晃大喜。金祎即使人密唤二吉。须臾，二人至。祎具言其事。二人感愤流泪，怨气冲天，誓杀国贼。<small>一忠臣之后，又有两孝子，又与马超报仇遥遥相对。</small>金祎曰："正月十五日夜间，城中大张灯火，庆赏元宵。耿少府、韦司直，你二人各领家僮，杀到王必营前，只看营中火起，<small>趁着百姓点灯，却用州官放火。</small>分两路杀入。杀了王必，径跟我入内，请天子登五凤楼，召百官面谕讨贼。<small>董承是先奉诏而后谋举事，金祎是先举事后请发诏，又是一样局面。</small>吉文然兄弟于城外杀入，放火为号，各要扬声，叫百姓诛杀国贼，截住城内救军。待天子降诏，招安已定，便进兵杀投邺郡擒曹操，即发使赍诏召刘皇叔。今日约定，至期二更举事，勿似董承自取其祸。"<small>董承正月十五之梦，梦疑是真；金祎正月十五之事，事还成梦。</small>五人对天说誓，歃血为盟，<small>与董承家歃血遥相映射。</small>各自归家，整顿军马器械，临期而行。

且说耿纪、韦晃二人，各有家僮三四百，预备器械。吉邈兄弟，亦聚三百人口，<small>四家僮仆共七百余人。</small>只推围猎，安排已定。金祎先期来见王必，言："方今海宇稍安，魏王威震天下。今值元宵令节，不可不放灯火以示太平气象。"王必然其言，告谕城内居民，尽张灯结彩，庆赏佳节。至正月十五夜，天色晴霁，星月交辉，六街三市，竞放花灯。真个金吾不禁，玉漏无催！<small>百忙中偏有闲笔写元宵佳景，妙甚。</small>王必与御林诸将在营中饮宴。二更以后，忽闻营中呐喊，人报营后火起。<small>在元宵还疑是放烟火。</small>王必慌忙出帐看时，只见火光乱滚；又闻喊杀连天，知是营中有变，急上马出南门，正遇耿纪，一箭射中肩膊，几乎坠马，遂望西门而走。<small>射不杀王必便是天数。</small>背后有军赶来。王必着忙，弃马步行。至金祎门首，慌叩其门。原来金祎一面使人于营中放火，一面亲领家僮随后助战，只留妇女在家。时家中闻王必叩门之声，只道金祎归来。祎妻从隔门便问曰："王必那厮杀了么？"<small>对王必问王必，与吕布在濮阳城中对曹操问曹操，正是一般。</small>王必大惊，方悟金祎同谋，径投曹休家，报知金祎、耿纪等同谋反。<small>王必意中尚不知韦晃、二吉。</small>休急披挂上马，引千余人在城中拒敌。城内四下火起，烧着五凤楼，帝避于深宫。<small>百忙中又写汉帝避火。</small>曹氏心腹爪牙，死据宫门。城中但闻人叫："杀尽曹贼，以扶汉室！"<small>百忙中又写城中百姓听得喊声。</small>

原来夏侯惇奉曹操命，巡警许昌，领三万军，离城五里屯扎；是夜，遥望见城中火起，便领大军前来，围住许都，使一枝军入城接应曹休，直混杀至天明。<small>既写曹休一边，又写夏侯惇一边。</small>耿纪、韦晃等无人相助。人报金祎、二吉皆被杀死。^{金祎、二吉之死，只在耿韦一边听得，用虚写法最省笔。}耿纪、韦晃夺路杀出城门，正遇夏侯惇大军围住，活捉去了。^{耿、韦二人被擒，却用实写。}手下百余人皆被杀。夏侯惇入城，救灭遗火，尽收五人老小宗族，^{王必夜里但知有二人，天明时夏侯惇方知有五人。}使人飞报曹操。操传令教将耿、韦二人及五家宗族老小，皆斩于市，并将在朝大小百官，尽行拿解邺郡，听候发落。^{五家之外又波及众人。}^{惨毒。}夏侯惇押耿、韦二人至市曹。耿纪厉声大叫曰："曹阿瞒！吾生不能杀汝，死当作厉鬼以击贼！"刽子以刀搠其口，流血满地，大骂不绝而死。韦晃以面颊顿地曰："可恨！可恨！"咬牙皆碎而死。^{二人之烈，不减吉平。}后人有诗赞曰：

> 耿纪精忠韦晃贤，各持空手欲扶天。
>
> 谁知汉祚相将尽，恨满心胸丧九泉。

夏侯惇尽杀五家老小宗族，将百官解赴邺郡。曹操于教场立红旗于左、白旗于右，下令曰："耿纪、韦晃等造反，放火焚许都，汝等亦有出救火者，亦有闭门不出者。如曾救火者，可立于红旗下；如不曾救火者，可立于白旗下。"众官自思救火者必无罪，于是多奔红旗之下。三停内只有一停立于白旗下。操教尽拿立于红旗下者。众官各言无罪。操曰："汝当时之心，非是救火，实欲助贼耳。"尽命牵出漳河边斩之，死者三百余员。^{老贼至此，心愈毒、手愈辣矣。}其立于白旗下者，尽皆赏赐，仍令还许都。时王必已被箭疮发而死，操命厚葬之。令曹休总督御林军马，钟繇为相国，华歆为御史大夫。遂定侯爵六等十八级，关中侯爵十七级，皆金印紫绶；又置关内外侯十六级，银印龟纽墨绶；五大夫十五级，铜印环纽墨绶。定爵封官，朝廷又换一班人物。^{变更官制，是篡国之兆。}愈曹操方悟管辂火灾之说，遂重赏辂。辂不受。^{以上按下许昌一边，以下再叙东川一边。}

却说曹洪领兵到汉中，令张郃、夏侯渊各据险要。曹洪亲自进兵拒敌，时张飞自与雷铜守把巴西。马超兵至下辨，令吴兰为先锋，领军哨出，正与曹洪军相遇。吴兰欲退，牙将任夔曰："贼兵初至，若不先挫其锐气，何颜见孟起乎？"于是骤马挺枪搦曹洪战。洪自提刀跃马而出。交锋三合，斩夔于马下，^{将有大败，必有小胜。}乘势掩杀。吴兰大败，回见马超。超责之曰："汝不得吾令，何故轻敌致败？"吴兰曰："任夔不听吾言，故有此败。"马超曰："可紧守隘口，勿与交锋。"一面申报成都，听候行止。曹洪见马超连日不出，恐有诈谋，引军退回南郑。张郃来见曹洪，问曰："将军既已斩将，如何退兵？"洪曰："吾见马超不出，恐有别谋。且我在邺都，闻神卜管辂有言，当于此地折一员大将。^{将管辂语照应，谁知不}

是此一员，却是那一员也。 吾疑此言，故不敢轻进。"张郃大笑曰："将军行兵半生，今奈何信卜者之言而惑其心哉！ 不信卜亦是豪杰。 郃虽不才，愿以本部兵取巴西。若得巴西，蜀郡易耳。"洪曰："巴西守将张飞，非比等闲，不可轻敌。"张郃曰："人皆怕张飞，吾视之如小儿耳！ 但曰彼丈夫我丈夫可耳，乃曰我丈夫而彼小儿，只怕这个老张还不认得那个老张也。 此去必擒之！"洪曰："倘有疏失，若何？"郃曰："甘当军令。"洪勒了文状，张郃进兵。正是：

　　　　自古骄兵多致败，从来轻敌少成功。

　　未知胜负如何，且看下文分解。

第七十回

猛张飞智取瓦口隘
老黄忠计夺天荡山

数卷之前，方写关公饮酒，此处又接写翼德饮酒。单刀赴会之饮，是饮他人之酒；瓦口寨前之饮，是饮自己之酒。关公之饮酒是胆，翼德之饮酒是智；关公之饮酒是豪，翼德之饮酒是巧。夫以胆而饮，饮又可以壮胆；以豪而饮，饮又可以助豪；若欲以酒而行其巧与智，则难矣。胆与豪，则与酒相近者也；巧与智，是不与酒相近者也。不与酒相近，而卒能于酒中用之，则饮如张公，更不可及。

张郃草草用兵，误以张飞之用兵为草草耳。乃郃之骄，方视人如草；而飞之智，则又以草为人，始知其醉之非真醉也。若使醉为真醉，则真张飞无异草张飞；惟醉非真醉，故草张飞能赚真张郃，而真张郃反似草张郃耳。今日以醉取瓦口之张飞，大非昔日以醉失徐州之张飞，是前后竟有两张飞也。而今日赚张郃之张飞，即前日赚严颜之张飞，是前后原无两张飞也。乃其赚严颜者，林木前后，张飞有两；赚张郃者，寨门内外，张飞又有两。疑鬼疑神，几有同于左慈之身外身也者，张公其酒中之仙乎？

《诗》称："方叔元老。"《易·系》："师贞丈人。"将之贵用老成人也明矣。然用老而以少者佐之，尤不若以老佐老之为妙也。有马首欲东之栾黡，则先轸不能行其意；有仡仡勇夫之三帅，则蹇叔不能用其谋。黄忠之请严颜为副，有以哉！

兵有贵于诱敌者：彼以我为莽，而我即诱之以粗疏；彼以我为老，而我即诱之以怯弱是也。然有诱兵居其前，必更有奇兵绕其后而后胜，如翼德、汉升皆以小路取关之背，斯则其兵之奇者矣。故无诱不能用奇，而无奇亦不可用诱。

却说张郃部兵三万，分为三寨，各傍山险：一名宕渠寨，一名蒙头寨，一名荡石寨。当日张郃于三寨中，各分军一半去取巴西，留一半守寨。早有探马报到巴西，说张郃引兵来了。张飞急唤雷铜商议。铜曰："阆中地恶山险，可以埋伏。将军引兵出战，我出奇兵相助，郃可擒矣。"_{彼分三寨，我分两路，以两对三。将名雷铜，用军却不雷同。}张飞拨精兵五千与雷铜去讫。飞自引兵一万，离阆中三十里，与张郃兵相遇。两军摆开，张飞出马，单搦张郃。郃挺枪纵马而出，_{张与张同，枪与枪同，副将名雷铜，主将亦是雷铜。}战到三十余合，郃后军忽然喊起，原来望见山背后有蜀兵旗幡，故此扰乱。_{雷铜伏兵，先用虚写。}张郃不敢恋战，拨马回走。张飞从后掩杀，前面雷铜又引兵杀出。两下夹攻，郃兵大败。张飞、雷铜连夜追袭，直赶到宕渠山。张郃仍旧分兵守住三寨，多置擂木炮石，坚守不战。张飞离宕渠十里下寨，次日引兵搦战。郃在山上大吹大擂饮酒，并不下山。_{将写张飞饮酒，先写张郃饮酒。}张飞令军士大骂，郃只不出，飞只得还营。次日，雷铜又去山下搦战，郃又不出。雷铜驱军士上山，山上擂木炮石打将下来，雷铜急退。荡石、蒙头两寨兵出，杀败雷铜。次日，张飞又去搦战，张郃又不出。飞使军人百般秽骂，郃在山上亦骂。

彼亦骂、此亦骂，不^略张飞寻思，无计可施。相拒五十余日，飞就在山前扎住大寨，每日饮酒，
_{是相杀，竟是斗口。}
饮至大醉，坐于山前辱骂。^{彼饮酒，此亦饮酒，不}
_{是相杀，竟是较量。}

　　玄德差人犒军，见张飞终日饮酒，使者回报玄德。玄德大惊，忙来问孔明。孔明笑
曰："原来如此！军前恐无好酒；成都佳酿极多，可将五十瓮作三车装，送到军前与张将
军饮。"^{不是知趣，却是知机。○管公明谈《易》，}玄德曰："吾弟自来饮酒失事，军师何故反送酒
_{清酒三升，张翼德破敌，美酒五十瓮。}
与他？"孔明笑曰："主公与翼德做了许多年兄弟，还不知其为人耶？翼德自来刚强，然
前于收川之时，义释严颜，此非勇夫所为也。^{又将六十三回}今与张郃相拒五十余日，酒醉之
_{中事一提。}
后，便坐山前辱骂，旁若无人。此非贪杯，乃败张郃之计耳。"^{在徐州时是真醉，在巴西时是}玄德但知其真，孔明却
_{假醉。}
^{知其}玄德曰："虽然如此，未可托大。可使魏延助之。"孔明令魏延解酒赴军前，车上各
_{假。}
插黄旗，大书"军前公用美酒"。^{绝妙酒}魏延领命，解酒到寨中，见张飞，传说主公赐酒。
_{旗。}
飞拜受讫，吩咐魏延、雷铜各引一枝人马，为左右翼；只看军中红旗起，便各进兵；^{绝妙酒}
_{令。}
教将酒摆列帐下，令军士大开旗鼓而饮。^{绝妙酒}有细作报上山来，张郃自来山顶观望，见张
_{场。}
飞坐于帐下饮酒，令二小卒于面前相扑为戏。^{绝妙下}郃曰："张飞欺我太甚！"传令今夜下
_{酒物。}
山劫飞寨，令蒙头、荡石二寨，皆出为左右援。当夜张郃乘着月色微明，引军从山侧而
下，径到寨前。遥望张飞大明灯烛，正在帐中饮酒。^{阅至此，只道张}张郃当先大喊一声，山头
_{飞亲自诱敌。}
擂鼓为助，直杀入中军。但见张飞端坐不动。张郃骤马到面前，一枪刺倒，^{阅至此，为张飞一}
_{吓，为张郃一喜。}
却是一个草人。^{赚严颜的假张飞是活张飞，}急勒马回时，帐后连珠炮起。一将当先，拦住去
_{赚张郃的假张飞却是死张飞。}
路，睁圆环眼，声如巨雷，乃张飞也。^{前遥见张飞饮酒，又近见张飞端坐，又刺倒张飞在地，}挺矛跃
_{此处又忽然走出一个张飞，就似行者孙、者行孙矣。}
马，直取张郃。两将在火光中，战到三五十合。张郃只盼两寨来救，谁知两寨救兵，已被
魏延、雷铜两将杀退，就势夺了二寨。张郃不见救兵至，正没奈何，又见山上火起，已被
张飞后军夺了寨栅。张郃三寨俱失，^{三寨之失，}只得奔瓦口关去了。张飞大获胜捷，^{美酒五十}
_{只用虚写。}_{瓮，当于}
^{此时饮}报入成都。玄德大喜，方知翼德饮酒是计，只要诱张郃下山。^{方知醉张飞却}
_{之。}_{是醒张飞。}

　　却说张郃退守瓦口关，三万军已折了二万，遣人问曹洪求救。洪大怒曰："汝不听吾
言，强要进兵，失了紧要隘口，却又来求救！"遂不肯发兵，使人催督张郃出战。郃心
慌，^{前日开大口，今日也心}只得定计，分两军去关口前山僻埋伏，吩咐曰："我诈败，张飞必
_{慌，恐应管公明之数。}
然赶来，汝等就截其归路。"当日张郃引军前进，正遇雷铜。战不数合，张郃败走，雷铜
赶来。两军齐出，截断回路。张郃复回，刺雷铜于马下。^{前次刺的是假张飞，}败军回报张飞，
_{今次刺的是真雷铜。}
飞自来与张郃挑战。郃又诈败，张飞不赶。^{妙。}郃又回战，不数合，又败走。张飞知是

计，收军回寨，〔饮酒后愈觉细腻，想是酒量比前更进。〕与魏延商议曰："张郃用埋伏计，杀了雷铜，又要赚吾，何不将计就计？"〔以翼德而知人之计已奇，又能将人之计就己之计，更奇。〕延问曰："如何？"飞曰："我明日先引一军前往，汝却引精兵于后，待伏兵出，汝可分兵击之。用车十余乘，各藏柴草，塞住小路，放火烧之。〔前既用草人，此又用草车，善于驱使草木。〕吾乘势擒张郃，与雷铜报仇。"魏延领计。次日，张飞引兵前进。张郃兵又至，与张飞交锋。战到十合，郃又诈败。张飞引马步军赶来，〔前妙在不赶，今又妙在赶。〕郃且战且走。引张飞过山峪口，郃将后军为前，复扎住营，与飞又战，指望两彪伏兵出，要围困张飞。不想伏兵却被魏延精兵到，赶入峪口，将车辆截住山路，放火烧车，山谷草木皆着，烟迷其径，兵不得出。〔前张鲁兵败是雾锁，今张郃兵败是烟迷。雾自天生，烟由人作。〕张飞只顾引军冲突，张郃大败，死命杀开条路，走上瓦口关，收聚败兵，坚守不出。张飞和魏延连日攻打关隘不下。飞见不济事，把军退二十里，却和魏延引数十骑，自来两边哨探小路。忽见男女数人，各背小包，于山僻路攀藤附葛而走。飞于马上用鞭指与魏延曰："夺瓦口关，只在这几个百姓身上。"〔其言妙绝，匪夷所思。〕便唤军士吩咐："休要惊恐他，好生唤那几个百姓来。"军士连忙唤到马前。飞用好言以安其心，〔一步细腻一步，翼德何尝莽来？〕问其何来。百姓告曰："某等皆汉中居民，今欲还乡。听知大军厮杀，塞闭阆中官道；今过苍溪，从梓潼山桧钐川入汉中，还家去。"飞曰："这条路取瓦口关远近若何？"百姓曰："从梓潼山小路，却是瓦口关背后。"飞大喜，带百姓入寨中，与了酒食，吩咐魏延："引兵扣关攻打，我亲自引轻骑出梓潼山攻关后。"便令百姓引路，选轻骑五百，从小路而进。〔捉得几个向导官。〕

却说张郃为救军不到，心中正闷，人报魏延在关下攻打。张郃披挂上马，却待下山，忽报："关后四五路火起，不知何处兵来。"〔如亚夫将军，从天而降。〕郃自领兵来迎。旗开处，早见张飞。郃大惊，急往小路而走，马不堪行。后面张飞追赶甚急，郃弃马上山，寻径而逃，方得走脱。〔前则踊跃用兵，则爱丧其马矣。〕随行只有十余人，步行入南郑，见曹洪。洪见张郃只剩下十余人，大怒曰："吾教汝休去，汝取下文状要去；今日折尽大兵，尚不自死，还来做甚！"喝令左右推出斩之。〔前以张飞为小儿，今却被小儿骗了。〕行军司马郭淮谏曰："'三军易得，一将难求。'张郃虽然有罪，乃魏王所深爱者也，不可便诛。可再与五千兵径取葭萌关，牵动其各处之兵，汉中自安矣。〔前张鲁使马超取葭萌关在玄德背后，今郭淮使张郃取葭萌关亦在玄德背后。〕今如不成功，二罪俱罚。"曹洪从之，又与兵五千，教张郃取葭萌关。郃领命而去。

却说葭萌关守将孟达、霍峻知张郃兵来。霍峻只要坚守，孟达定要迎敌，引军下关与张郃交锋，大败而回。〔先写孟达之败，以反衬黄忠之胜；先写孟达之真败，以正衬黄忠之假败。〕霍峻急申文书到成都。玄德闻知，请军师商议。孔明聚众将于堂上，问曰："今葭萌关紧急，必须阆中取翼德，方可退张郃也。"法正曰："今翼德兵屯瓦口，镇守阆中，亦是紧要之地，不可取回。帐中诸将内选一人去破张郃。"孔明笑曰："张郃乃魏之名将，非等闲可及。除非翼德，无人可当。"忽一人厉声而出曰："军师何轻视众人耶！吾虽不才，愿斩张郃首级，献于麾下。"【惯用激将之法。】众视之，乃老将黄忠也。【激出一个老的来。】孔明曰："汉升虽勇，争奈年老，恐非张郃对手。"【索性竭力一激。】忠听了，白发倒竖而言曰："某虽老，两臂尚开三石之弓，浑身还有千斤之力，岂不足敌张郃匹夫耶！"孔明曰："将军年近七十，如何不老？"【妙在只是反激。】忠趋步下堂，取架上大刀，轮动如飞；壁上硬弓，连拽折两张。【廉将军不独善饭。】孔明曰："将军要去，谁为副将？"忠曰："老将严颜，可同我去。【老的又请出一个老的来。○黄忠请严颜为副，大有意思。】但有疏虞，先纳下这白头。"【白头妙。】玄德大喜，即时令严颜、黄忠去与张郃交战。赵云谏曰："今张郃亲犯葭萌关，军师休为儿戏。若葭萌一失，益州危矣。何故以二老将当此大敌乎？"【玄德不知张飞，子龙亦不知黄忠。一则疑其荐，一则虑其衰。】孔明曰："汝以二人老迈，不能成事，吾料汉中必于此二人手内可得。"赵云等各各哂笑而退。

却说黄忠、严颜到关上，孟达、霍峻见了，心中亦笑孔明欠调度："是这般紧要去处，如何只教两个老的来！"【有子龙笑之，又有孟达、霍峻笑之，愈显下文得胜之奇。】黄忠谓严颜曰："你可见诸人动静么？他笑我二人年老，今可建奇功，以服众心。"【老将又激老将。】严颜曰："愿听将军之令。"两个商议定了。黄忠引军下关，与张郃对阵。张郃出马，见了黄忠，笑曰："你许大年纪，犹不识羞，尚欲出战耶！"【前欺张飞为小儿，以为小儿则欺之，以为老夫则又欺之，既欺小又欺老，安得不败？】忠怒曰："竖子欺吾年老！吾手中宝刀却不老！"【妙语。】遂拍马向前与郃决战。二马相交，约战二十余合，忽然背后喊声起：原来是严颜从小路抄在张郃军后。两军夹攻，张郃大败。【严颜虚写，来得突兀。○此即前两个商议之计，妙在前不明写，此方写明。】连夜赶去，张郃兵退八九十里。黄忠、严颜收兵入寨，俱各按兵不动。曹洪听知张郃输了一阵，又欲见罪。郭淮曰："张郃被迫，必投西蜀；今可遣将助之，就如监临，使不生外心。"【郭淮亦善于将。】曹洪从之，即遣夏侯惇之侄夏侯尚并降将韩玄之弟韩浩，二人引五千兵前来助战。二将即时起行，到张郃寨中，问及军情，郃言："老将黄忠，甚是英雄，更有严颜相助，不可轻敌。"【此时却让他一分。】韩浩曰："我在长沙知此老贼利害。他和魏延献了城池，害吾亲兄，今既相遇，必当报仇！"【照应五十三回中事，妙。】遂与夏侯尚引新军离寨前进。原来黄忠连日哨探，已知路径。严颜曰："此去有山，名天荡山，山中乃是曹操屯粮积草之地。若取得那个去处，断其粮草，汉中可得也。"【亦是老谋深算。】忠曰："将军之言，正合吾意。可与吾如此如此。"严颜依计，自领一枝军去了。妙在此处不叙明，留待后见。

却说黄忠听知夏侯尚、韩浩来，遂引军马出营。韩浩在阵前大骂黄忠："无义老贼！"拍马挺枪，来取黄忠。夏侯尚便出夹攻。黄忠力战二将，各斗十余合，黄忠败走。二将赶二十余里，夺了黄忠寨。忠又草创一营。次日，夏侯尚、韩浩赶来，忠又出阵，战数合，又败走。读者至此，试掩卷猜之，真乎，假乎？二将又赶二十余里，夺了黄忠营寨，唤张郃守后寨。郃来前寨谏曰："黄忠连退二日，于中必有诡计。"夏侯尚叱张郃曰："你如此胆怯，可知屡次战败！今再休多言，看吾二人建功！"前是曹洪把细，张郃粗莽；今张郃羞赧而退。次日，二将又又是张郃把细，夏侯尚粗莽。战，黄忠又败退二十里；二将迤逦赶上。次日，二将兵出，黄忠望风而走，连败数阵，省笔。直退在关上。二将扣关下寨，黄忠坚守不出。孟达暗暗发书，申报玄德，说："黄忠连输数阵，现今退在关上。"玄德慌问孔明。孔明曰："此乃老将骄兵之计也。"翼德诈醉知之，黄忠诈败则又知之，孔明可谓知人。赵云等不信。玄德差刘封来关上接应黄忠。忠与封相见，问刘封曰："小将军来助战何意？"封曰："父亲得知将军数败，故差某来。"忠笑曰："此老夫骄兵之计也。与孔明如出一口。看今夜一阵，可尽复诸营，夺其粮食马匹。此是借寨与彼屯辎重耳。以空寨换实寨，大得便宜。今夜留霍峻守关，孟将军可与我搬粮草夺马匹，小将军看我破敌！"拿得定、算得到，写黄忠的是妙人。是夜二更，忠引五千军开关直下。原来夏侯尚、韩浩二将连日见关上不出，尽皆懈怠；被黄忠破寨直入，人不及甲，马不及鞍，二将各自逃命而走，军马自相践踏，死者无数。比及天明，连夺三寨。寨中丢下军器鞍马无数，尽教孟达搬运入关。黄忠催军马随后而进，刘封曰："军士力困，可以暂歇。"忠曰："不入虎穴，焉得虎子？"策马先进。宝刀不老，忠亦不老。士卒皆努力向前。张郃军兵，反被自家败兵冲动，都屯扎不住，望后而走，尽弃了许多寨栅，直奔至汉水旁。

张郃寻见夏侯尚、韩浩议曰："此天荡山，乃粮草之所，更接米仓山，亦屯粮之地，是汉中军士养命之源。倘若疏失，是无汉中也。当思所以保之。"魏延送酒、张郃护米，前后相映成趣。夏侯尚曰："米仓山有吾叔夏侯渊分兵守护，那里正接定军山，不必忧虑。谁知可虑正在此。天荡山有吾兄夏侯德镇守，我等宜往投之，就保此山。"于是张郃与二将连夜投天荡山来，见夏侯德，具言前事。夏侯德曰："吾此处屯十万兵，你可引去，复取原寨。"郃曰："只宜坚守，不可妄动。"忽听山前金鼓大震，人报黄忠兵到。夏侯德大笑曰："老贼不谙兵法，只恃勇耳！"孰知不专恃壮力，实有老谋。郃曰："黄忠有谋，非止勇也。"已领略过矣。德曰："川兵远涉而来，连日疲困，更兼深入战境，此无谋也！"郃曰："亦不可轻敌，且宜坚守。"韩浩曰："愿借精兵三千击之，当无不克。"德遂分兵与浩下山。黄忠整兵来迎。刘封谏曰：

"日已西沉矣，军皆远来劳困，且宜暂息。"^{少年倒似老人。}忠笑曰："不然。此天赐奇功，不取

是逆天也。"言毕，鼓噪大进。韩浩引兵来战。黄忠挥刀直取浩，只一合，斩浩于马下。

^{入虎穴得虎子矣。}蜀兵大喊，杀上山来。张郃、夏侯尚急引军来迎。忽听山后大喊，火光冲天而

起，上下通红。夏侯德提兵来救火时，正遇老将严颜，手起刀落，斩夏侯德于马下。^{张飞袭瓦口关}

^{后，却用明写；严颜袭
天荡山后，却用暗写。}原来黄忠预先使严颜引军埋伏于山僻去处，只等黄忠军到，却来放火，

柴草堆上，一齐点着，烈焰飞腾，照耀山峪。^{此处方才叙明。}严颜既斩夏侯德，从山后杀来。张

郃、夏侯尚前后不能相顾，只得弃天荡山，望定军山投奔夏侯渊去了。^{失了两个隘口。}

黄忠、严颜守住天荡山，捷音飞报成都。玄德闻之，聚众将庆喜。法正曰："昔曹操

降张鲁，定汉中，不因此势以图巴、蜀，乃留夏侯渊、张郃二将屯守，而自引大军北还，

此失计也。今张郃新败，天荡失守，主公若乘此时，举大兵亲往征之，汉中可定也。既定

汉中，然后练兵积粟，观衅伺隙，进可讨贼，退可自守。此天与之时，不可失也。"^{得人和}

^{时，可乘此
以取地利。}玄德、孔明皆深然之，遂传令赵云、张飞为先锋，玄德与孔明亲自引兵十万，择

日图汉中；传檄各处，严加提备。时建安二十三年，秋七月吉日。玄德大军出葭萌关下

营，召黄忠、严颜到寨，厚赏之。玄德曰："人皆言将军老矣，惟军师独知将军之能。今

果立奇功。但今汉中定军山，乃南郑保障，粮草积聚之所；若得定军山，阳平一路，无足

忧矣。将军还敢取定军山否？"黄忠慨然应诺，便要领兵前去。孔明急止之曰："老将军

虽然英勇，然夏侯渊非张郃之比也。^{又用反激法。}渊深通韬略，善晓兵机，曹操倚之为西凉藩蔽，

先曾屯兵长安，拒马孟起，^{照应五十八回中事。}今又屯兵汉中。操不托他人，而独托渊者，以渊有将

才也。今将军虽胜张郃，未卜能胜夏侯渊。吾欲酌量着一人去荆州，替回关将军来，方可

敌之。"^{前借张飞激他，又借关公激他。}今忠奋然答曰："昔廉颇年八十，尚食斗米、肉十斤，诸侯畏其勇，

不敢侵犯赵界，何况黄忠未及七十乎？^{若是此说，则公尚是年少。}军师言吾老，吾今并不用副将，只将本

部兵三千人去，立斩夏侯渊首级，纳于麾下。"孔明再三不容。^{到底只是反激，甚妙。}黄忠只是要

去。孔明曰："既将军要去，吾使一人为监军同去，若何？"正是：

请将须行激将法，少年不若老年人。

未知其人是谁，且看下文分解。

第七十一回

占对山黄忠逸待劳

据汉水赵云寡胜众

夏侯渊以妙才为字，可谓实不称其名矣。夏侯非妙才，若杨修庶为妙才。而有妙才之杨修，先有一妙才之蔡邕；有妙才之蔡邕，又先有一妙才之邯郸淳。百忙中夹叙一段闲文，虽极不相蒙处，却有极相映合处，近日稗官中未见有此。

前卷与此卷，方叙战胜攻取之事，几于旌旗眩目，金鼓聒耳矣。忽于武功之内带表文词，猛将之中杂见列女，如曹女之孝，蔡琰之聪，黄绢幼妇之品题，外孙齑臼之颖悟，令人耳目顿换。纪事之妙，真不可方物。

有以二老将而共建奇功者，天荡山之役是也；有以一老将而再立奇功者，定军山之役是也。盖使可一不可再，则前者之功为幸邀矣；惟可一而又可再，益信前者之功非幸致矣。且老者报主之日短，则其报主之心愈殷，黄忠真不愧忠臣哉！

孔明之两用黄忠，非用其老也，用其老而壮也；又非专用其壮也，用其壮而老也。盖有老谋而后有壮事。老而壮则其老不为弱，壮而老则其壮不为轻。

上卷于黄忠之前，先写张飞；此卷于黄忠之后，独写赵云。云之救黄忠于重围，与前之救阿斗于重围无异也；云之据汉水以退曹兵，与飞之拒长坂以退曹兵无异也。然救阿斗与拒长坂，以两人分任之不奇，救黄忠与拒汉水，以一人兼任之则奇；救阿斗或仗后主之福不奇，救黄忠独赖将军之力则奇；拒长坂但欲止之勿来不奇，据汉水更能追之使去则奇：其事相同，而比前更自出色。

子龙以一身当数十万猝至之众，若闭寨而守则必死，即弃寨而走亦必死。乃不弃寨亦不闭寨，而偃旗息鼓，立马在外，以疑兵胜之，非独胆包身，直是智包身耳！若但云胆而已，则大胆姜维，何以屡败于邓艾耶？

却说孔明吩咐黄忠："你既要去，吾教法正助你。凡事计议而行。绝妙法家，恰好姓法。吾随后拨人马来接应。"黄忠应允，和法正领本部兵去了。孔明告玄德曰："此老将不着言语激他，虽去不能成功。他今既去，须拨人马前去接应。"乃唤赵云："将一枝人马，从小路出奇兵接应黄忠。若忠胜，不必出战；倘忠有失，即去救应。"前以严颜助黄忠，是以老助老；此以赵云助黄忠，是以壮助老。又遣刘封、孟达："领三千兵于山中险要去处，多立旌旗，以壮我兵之声势，令敌人惊疑。"三人各自领兵去了。为后文袭定军山伏笔。又差人往下辨，授计与马超，令他如此而行。此处不说明，为后又差严颜往巴西阆中守隘，文截曹操后路伏笔。替张飞、魏延来同取汉中。为后文袭南郑伏笔。

却说张郃与夏侯尚来见夏侯渊，说："天荡山已失，折了夏侯德、韩浩。今闻刘备亲自领兵来取汉中，可速奏魏王，早发精兵猛将，前来策应。"夏侯渊便差人报知曹洪。以上按下西川一边，以下再叙曹操一边。洪星夜前到许昌，禀知曹操。操大惊，急聚文武，商议发兵救汉中。长史刘晔进曰："汉中若失，中原震动。大王休辞劳苦，必须亲自征讨。"操自悔曰："恨当时不用卿言，以致如此！"照应六十七回中语。忙传令旨，起兵四十万亲征。时建安二十三年秋七月也。曹操兵分三路而进，前部先锋夏侯惇，操自领中军，使曹休押后，三军陆续起行。操骑白马金鞍，玉带锦衣。武士手执大红罗销金伞盖，左右金瓜银钺，镫棒戈矛，打日月龙凤旌旗，护驾龙虎官军二万五千，分为五队，每队五千，按青、黄、赤、白、黑五色。旗幡甲马，并依本色，光辉灿烂，极其雄壮。僭称王号之后，又是一样气色。

兵出潼关，操在马上望见一簇林木，极其茂盛，问近侍曰："此何处也？"答曰："此名蓝田。蓝田有玉，有玉人在焉。林木之间，乃蔡邕庄也。今邕女蔡琰与其夫董祀居此。"原来操素与蔡邕相善。蔡邕事至此已隔数十回，忽于闲中照应前文。先时其女蔡琰，乃卫仲道之妻；后被北方掳去，于北地生二子，作《胡笳十八拍》，流入中原。此亦是绝妙好辞，与《曹娥碑》作对。操深怜之，使人持千金入北方赎之。左贤王惧操之势，送蔡琰还汉。昭君不还而蔡琰得还，有幸有不幸。操乃以琰配与董祀为妻。当日到庄前，因想起蔡邕之事，令军马先行，操引近侍百余骑，到庄门下马。

时董祀出仕于外，止有蔡琰在家。琰闻操至，忙出迎接。操至堂，琰起居毕，侍立于侧。操偶见壁间悬一碑文图轴，起身观之。问于蔡琰，琰答曰："此乃曹娥之碑也。女子口中又叙出一女子来。昔和帝时，上虞有一巫者，名曹盱，能婆娑乐神；五月五日，醉舞舟中，堕江而死。其女年十四岁，绕江啼哭七昼夜，跳入波中；后五日，负父之尸浮于江面，里人葬之江边。上虞令度尚奏闻朝廷，表为孝女。昔有姓曹的孝女，今有姓曹的奸臣，老瞒辱没曹字多矣。度尚令邯郸淳作文镌碑以记其事。时邯郸淳年方十三岁，文不加点，一挥而就，又是一立石墓侧，时人奇之。妾父蔡邕才子。闻而往观，时日已暮，乃于暗中以手摸碑文而读之，手能看文，非手中有眼，实心中有眼耳。索笔大书八字于其背。后人镌石，并镌此八字。"操读八字云："黄绢幼妇，外孙齑臼。"奇文。操问琰曰："汝解此意否？"琰曰："虽先人遗笔，妾实不解其意。"蔡琰敏慧，自能省得，其不言者，欲操自解之也。操回顾众谋士曰："汝等解否？"众皆不能答。于内一人出曰："某已解其意。"操视之，乃主簿杨修也。操曰："卿且勿言，容吾思之。"遂辞了蔡琰，引众出庄。

上马行三里，忽省悟，未必。笑谓修曰："卿试言之。"修曰："此隐语耳。'黄绢'乃颜色之丝也：色旁加丝，是'绝'字。'幼妇'者，少女也：女旁少字，是'妙'字。天下之妙无有过于幼妇者，不独解字之形，亦可解字之义。一笑。'外孙'乃女之子也：女旁子字，是'好'字。'齑臼'乃受五辛之器也：受旁辛字，是'辞'字。总而言之，是'绝妙好辞'四字。"操大惊曰："正合孤意！"多应是老贼油嘴。若既晓得，何不写在掌中，如孔明、周瑜之互写"火"字者，而乃虚言合我意耶？读书者莫为他瞒过也。众皆叹羡杨修才识之敏。

百忙中忽夹此一段闲文，叙事妙品。

不一日，军至南郑。曹洪接着，备言张郃之事。操曰："非郃之罪，胜负乃兵家常事耳。"洪曰："目今刘备使黄忠攻打定军山，夏侯渊知大王兵至，固守未曾出战。"操曰："若不出战，是示懦也。"便差人持节到定军山，教夏侯渊进兵。刘晔谏曰："渊性太刚，恐中奸计。"操乃作手书与之。使命持节到渊营，渊接入。使者出书，渊拆视之。略曰：

> 凡为将者，当以刚柔相济，不可徒恃其勇。若但任勇，则是一夫之敌耳。吾今屯大军于南郑，欲观卿之"妙才"，勿辱二字可也。_{若渊号"妙才"，便当有才，则操号"孟德"，何以不德乎？}

夏侯渊览毕大喜，打发使命回讫，乃与张郃商议曰："今魏王率大兵屯于南郑，以讨刘备。吾与汝久守此地，岂能建立功业？来日吾出战，务要生擒黄忠。"_{只怕"妙才"此番有些不妙。}张郃曰："黄忠谋勇兼备，况有法正相助，不可轻敌。此间山路险峻，只宜坚守。"_{惊弓之鸟。}渊曰："若他人建了功劳，吾与汝有何面目见魏王耶？汝只守山，吾去出战。"遂下令曰："谁敢出哨诱敌？"夏侯尚曰："吾愿往。"渊曰："汝去出哨，与黄忠交战，只宜输，不宜赢。吾有妙计，如此如此。"_{且看"妙才"有何妙计。}尚受令，引三千军离定军山大寨前行。

却说黄忠与法正引兵屯于定军山口，累次挑战，夏侯渊坚守不出；欲要进攻，又恐山路危险，难以料敌，只得据守。是日，忽报山上曹兵下来搦战。黄忠恰待引军出迎，牙将陈式曰："将军休动，某愿当之。"_{文势一曲。}忠大喜，遂令陈式引军一千，出山口列阵。夏侯尚兵至，遂与交锋。不数合，尚诈败而走。式赶去，行到半路，被两山上擂木炮石打将下来，不能前进。正欲回时，背后夏侯渊引兵突出，陈式不能抵当，被夏侯渊生擒回寨。部卒多降。_{将有大败，必有小胜。}有败军逃得性命，回报黄忠，说陈式被擒。忠慌与法正商议，正曰："渊为人轻躁，恃勇少谋。可激劝士卒，拔寨前进，步步为营，诱渊来战而擒之。此乃'反客为主'之法。"_{"妙才"未必有才，法家果是有法。}忠用其谋，将应有之物，尽赏三军，欢声满谷，愿效死战。黄忠即日拔寨而进，步步为营；每营住数日，又进。渊闻之，欲出战。张郃曰："此乃'反客为主'之计，不可出战，战则有失。"_{此番又是夏侯渊粗莽，张郃把细。}渊不从，令夏侯尚引数千兵出战，直到黄忠寨前。忠上马提刀出迎，与夏侯尚交马，只一合，生擒夏侯尚归寨。余皆败走，_{为陈式答礼。}回报夏侯渊。渊急使人到黄忠寨，言愿将陈式来换夏侯尚。忠约定来日阵前相换。次日，两军皆到山谷阔处，布成阵势。黄忠、夏侯渊各立马于本阵门旗之下。黄忠带着夏侯尚，夏侯渊带着陈式，各不与袍铠，只穿蔽体薄衣。一声鼓响，陈式、夏侯尚各望本阵奔回。好看。○黄祖换孙坚是活的换死的，陈式换夏侯尚是活的换活的。夏侯尚比及到阵门时，被黄忠一箭射中后心。尚带箭而回。多换了一箭，却是便宜。渊大怒，骤马径取黄忠。忠正要激渊厮杀。两将交马，战到二十余合，曹营内忽然鸣金收兵。渊慌拨马而回，被忠乘势杀了一阵。渊回阵问押阵官："为何鸣金？"答曰："某见山凹中有蜀兵旗幡数处，恐是伏兵，故急招将军回。"渊信其说，遂坚守不出。

黄忠逼到定军山下，与法正商议。正以手指曰："定军山西，巍然有一座高山，四下皆是险道，此山上足可下视定军山之虚实。将军若取得此山，定军山只在掌中也。"蔡邕读文在掌中如在眼中，法正取山在目中即在掌中。忠仰见山头稍平，山上有些少人马。是夜二更，忠引军士鸣金击鼓，直杀上山顶。此山有夏侯渊部将杜袭守把，止有数百余人。当时见黄忠大队拥上，只得弃山而走。忠得了山顶，正与定军山相对。法正曰："将军可守在半山，某居山顶。待夏侯渊兵至，吾举白旗为号，将军却按兵勿动；待他倦怠无备，吾却举起红旗，将军便下山击之。以逸待劳，必当取胜。"曹操出兵有五色旗，今法正只用红、白二旗，彼此闲闲相对。忠大喜，从其计。

却说杜袭引军逃回，见夏侯渊，说黄忠夺了对山。渊大怒曰："黄忠占了对山，不容我不出战。"张郃谏曰："此乃法正之谋也。将军不可出战，只宜坚守。"张郃此时小心之甚。渊曰："占了吾对山，观吾虚实，如何不出战？"郃苦谏不听。渊分军围住对山，大骂挑战。法正在山上举起白旗；任从夏侯渊百般辱骂，黄忠只不出战。午时以后，法正见曹兵倦怠，锐气已堕，多下马坐息，乃将红旗招展，鼓角齐鸣，喊声大震，黄忠一马当先，驰下山来，犹如天崩地塌之势。夏侯渊措手不及，被黄忠赶到麾盖之下，大喝一声，犹如雷吼。渊未及相迎，黄忠宝刀已落，连头带肩，砍为两段。夏侯妙才绝于此，是黄绢不是幼妇。后人有诗赞黄忠曰：

> 苍头临大敌，皓首逞神威。
>
> 力趁雕弓发，风迎雪刃挥。
>
> 雄声如虎吼，骏马似龙飞。
>
> 献馘功勋重，开疆展帝畿。

黄忠斩了夏侯渊，曹兵大溃，各自逃生。黄忠乘势去夺定军山，张郃领兵来迎。忠与陈式两下夹攻，混杀一阵，张郃败走。忽然山旁闪出一彪人马，当住去路。为首一员大将，大叫："常山赵子龙在此！"子龙来得突兀。张郃大惊，引败军夺路望定军山而走。只见前面一枝兵来迎，乃杜袭也。袭曰："今定军山已被刘封、孟达夺了。"刘封、孟达在杜袭口中点出，与子龙是一虚一实，叙事妙品。

郃大惊，遂与杜袭引败兵到汉水扎营；一面令人飞报曹操。操闻渊死，放声大哭，方悟管

辂所言："三八纵横"，乃建安二十四年也；"黄猪遇虎"，乃岁在己亥正月也；"定军

之南"，乃定军山之南也；"伤折一股"，乃渊与操有兄弟之亲情也。管辂占辞至此方悟，则知蔡邕碑文八字未必即时悟

出。○占辞虽是前定妙数，然亦魏王手书一封为催命文书耳。操令人寻管辂时，不知何处去了。去得妙。天下事尽多，岂能一一全知？即知之而不可救，徒乱人意耳，是以君子

不问数。操深恨黄忠，既定数矣，又有何恨？遂亲统大军，来定军山与夏侯渊报仇，令徐晃作先锋。行到汉

水，张郃、杜袭接着曹操。二将曰："今定军山已失，可将米仓山粮草移于北山寨中屯

积，然后进兵。"曹操依允。

　　却说黄忠斩了夏侯渊首级，来葭萌关上见玄德献功。前战张郃时愿纳下白头，今却献上一颗黑头。玄德大喜，加

忠为征西大将军，设宴庆贺。忽牙将张著来报说："曹操自领大军二十万，来与夏侯渊报

仇。目今张郃在米仓山搬运粮草，移于汉水北山脚下。"孔明曰："今操引大兵至此，恐

粮草不敷，故勒兵不进。若得一人深入其境，烧其粮草，夺其辎重，则操之锐气挫矣。"

直与乌巢断粮遥遥相对。黄忠曰："老夫愿当此任。"孔明曰："操非夏侯渊之比，不可轻敌。"又用反激法。

玄德曰："夏侯渊虽是总帅，乃一勇夫耳，安及张郃？若斩得张郃，胜斩夏侯渊十倍

也。"忠奋然曰："吾愿往斩之。"孔明曰："你可与赵子龙同领一枝兵去，凡事计议而

行，看谁立功。"又激他。忠应允便行。孔明就令张著为副将同去。云谓忠曰："今操引

二十万众，分屯十营，将军在主公前要去夺粮，非小可之事。将军当用何策？"忠曰：

"看我先去，如何？"云曰："等我先去。"忠曰："我是主将，你是副将，如何争

先？"云曰："我与你都一般为主公出力，何必计较？我二人拈阄，拈着的先去。"忠依

允。当时黄忠拈着先去。拈阄亦是叙齿。云曰："既将军先去，某当相助。可约定时刻。如将军依

时而还，某按兵不动；若将军过时而不还，某即引军来接应。"忠曰："公言是也。"于

是二人约定午时为期。黄忠斩夏侯，妙在晚刻；赵云约黄忠，妙在午刻。云回本寨，谓部将张翼曰："黄汉升约定明日去

夺粮草，若午时不回，我当往助。吾营前临汉水，地势危险；我若去时，汝可谨守寨栅，

不可轻动。"张翼应诺。

　　却说黄忠回到寨中，谓副将张著曰："我斩了夏侯渊，张郃丧胆。吾明日领命去劫粮

草，只留五百军守营。你可助吾。今夜三更，尽皆饱食，四更离营，杀到北山脚下，先捉

张郃，后劫粮草。"各人吩咐自家副将，赵云极其精细，黄忠极其勇往。张著依令。当夜黄忠领人马在前，张著在后，偷

过汉水，直到北山之下。东方日出，见粮积如山。有些少军士看守，见蜀兵到，尽弃而

走。黄忠教马军一齐下马，取柴堆于米粮之上。正欲放火，张郃兵到，与忠混战一处。曹

操闻知，急令徐晃接应。晃领兵前进，将黄忠困于垓心。张著引三百军走脱，正要回寨，忽一枝兵撞出，拦住去路，为首大将，乃是文聘；后面曹兵又至，把张著围住。前周郎欲取聚铁山，孔明以为难，今米仓山亦复不易。

却说赵云在营中，看看等到午时，不见忠回，急忙披挂上马，引三千军向前接应，临行，谓张翼曰："汝可坚守营寨。两壁厢多设弓弩，以为准备。"此时已预算退步，写赵云精细之极。翼连声应诺。云挺枪骤马直杀往前去。迎头一将拦路，乃文聘部将慕容烈也，拍马舞刀来迎赵云，被云手起一枪刺死。曹兵败走。云直杀入重围，又一枝兵截住，为首乃魏将焦炳。云喝问曰："蜀兵何在？"炳曰："已杀尽矣！"云大怒，骤马一枪，又刺死焦炳。前写黄忠，此写赵云。杀散余兵，直至北山之下，见张郃、徐晃两人围住黄忠，军士被困多时。云大喊一声，挺枪骤马，杀入重围，左冲右突，如入无人之境。那枪浑身上下，若舞梨花；遍体纷纷，如飘瑞雪。四句是绝妙枪赞。○黄忠斩夏侯有红旗一面，子龙救汉升见白光一道，一红一白，相映成趣。张郃、徐晃心惊胆战，不敢迎敌。云救出黄忠，且战且走，所到之处，无人敢阻。操于高处望见，惊问众将曰："此将何人也？"有识者告曰："此乃常山赵子龙也。"操曰："昔日当阳长坂英雄尚在！"提照前事。急传令曰："所到之处，不许轻敌。"赵云救了黄忠，杀透重围，有军士指曰："东南上围的，必是副将张著。"云不回本寨，遂望东南杀来。所到之处，但见"常山赵云"四字旗号，曾在当阳长坂知其勇者，互相传说，尽皆逃窜。先声夺人，又为前事渲染。○此在众人眼中写赵云。云又救了张著。

曹操见云东冲西突，所向无前，莫敢迎敌，此又在曹操眼中写赵云。救了黄忠，又救了张著，奋然大怒，自领左右将士来赶赵云。云已杀回本寨。部将张翼接着，望见后面尘起，知是曹兵追来，即谓云曰："追兵渐近，可令军士闭上寨门，上敌楼防护。"云喝曰："休闭寨门！汝岂不知吾昔在当阳长坂时，单枪匹马，觑曹兵八十三万如草芥！今有军有将，又何惧哉！"上文是别人传说，此却是自家说，英雄一生快事，不嫌自负。今人亦欲自负，怎奈没得说也。遂拨弓弩手于寨外壕中埋伏；将营内旗枪，尽皆倒偃，金鼓不鸣。云匹马单枪，立于营门之外。张飞在长坂桥边，以树枝结于马尾，妆作有兵之状；今赵云偏反作无兵之状，妙在极相类，又极相反。

却说张郃、徐晃领兵追至蜀寨，天色已暮，见寨中偃旗息鼓，又见赵云匹马单枪，立于营外，寨门大开，二将不敢前进。正疑之间，曹操亲到，急催督众军向前。众军听令，大喊一声，杀奔营前，见赵云全然不动，草张飞端坐不动，今活赵云亦全然不动，奇绝妙绝。曹兵翻身就回。赵云把枪一招，壕中弓弩齐发。时天色昏黑，正不知蜀兵多少。操先拨回马走。只听得后面喊声大震，鼓角齐鸣，蜀兵赶来。曹兵自相践踏，拥到汉水河边，落水死者，不知其数。子龙一人有胆，曹操数十万军皆丧胆。赵云、黄忠、张著各引后一枝，追杀甚急。操正奔走间，忽刘封、孟达率二枝兵，从米仓山路杀来，放火烧粮草。刘封、孟达不期而会，来得突兀。操弃了北山粮草，忙回南郑。徐晃、张郃扎脚不住，亦弃本寨而走。赵云占了曹寨，黄忠夺了粮草，汉水所得军器无数，大获胜捷，差人去报玄德。玄德遂同孔明前至汉水，问赵云的部卒曰："子龙如何厮杀？"军士将子龙救黄忠、拒汉水之事，细述一遍。玄德大喜，看了山前山后险峻之路，欣然谓孔明曰："子龙一身都是胆也！"姜维胆大如卵，犹是身包胆耳，子龙是胆包身，其大当不止如卵也。后人有诗赞曰：

> 昔日战长坂，威风犹未减。
>
> 突阵显英雄，被围施勇敢。
>
> 鬼哭与神号，天惊并地惨。
>
> 常山赵子龙，一身都是胆！

于是玄德号子龙为"虎威将军"，大劳将士，欢宴至晚。

忽报曹操复遣大军从斜谷小路而进，来取汉水。玄德笑曰："操此来无能为也。我料必得汉水矣。"乃率兵于汉水之西以迎之。只因子龙有胆，玄德此时亦是大胆。曹操命徐晃为先锋，前来决战。帐前一人出曰："某深知地理，愿助徐将军同去破蜀。"操视之，乃巴西宕渠人也，姓王，名平，字子均，现充牙门将军。操大喜，遂命王平为副先锋，相助徐晃。操屯兵于定军山北。徐晃、王平引军至汉水，晃令前军渡水列阵。平曰："军若渡水，倘要急退，如之奈何？"晃曰："昔韩信背水为阵，所谓'致之死地而后生'也。"恰与后文马谡对王平语相合。平曰："不然。昔者韩信料敌人无谋而用此计；今将军能料赵云、黄忠之意否？"赵云、黄忠诚非陈余之比。○恰与后文谏马谡相照。晃曰："汝可引步军拒敌，看我引马军破之。"遂令搭起浮桥，随即过河来战蜀兵。正是：

> 魏人妄意宗韩信，蜀相那知是子房。

未知胜负如何，且看下文分解。

第七十二回

诸葛亮智取汉中

曹阿瞒兵退斜谷

曹操善疑，而孔明即以疑兵胜操。此非孔明之疑操，而操之自疑也。然虽操之自疑，而非孔明则不能疑之也。烧于博望，挫于新野，困于乌林，穷于华容，操之畏孔明久矣。见他人之疑兵未必疑，惟见孔明之疑兵而不敢不疑。故善用疑兵者，必度其人之可以疑而疑之，又必度我之可以用疑兵而后用之耳。即如韩信以背水胜，徐晃以背水败，同一法而今昔之势异；徐晃以背水败，孔明以背水胜，同一时而彼此之势又异。兵之善用，岂不视乎其人哉？

操之不能守汉中，犹备之不能守徐州也。操既取兖州，则徐州为操之所必取；备既取西川，则汉中亦为备之所必取。卧榻之侧，岂容他人鼾睡耶？操欲跋涉山川，以与备争此土，吾知其难矣。

汉高之破项王，赖有彭越以扰其后；先主之破曹操，亦有马超以扰其后：前后殆如一辙也。五虎将中，关公既守荆州，而张飞、赵云、黄忠之建功，又备写于前卷，独于马超未有及焉。今观此卷，则超之功不在四人之下。

孔融、荀彧、杨修皆为忤操而死，而修则不如融，并不如彧，何也？不事操而以正直忤操者，孔融也；先以不正不直事操，而后以正直忤操者，荀彧也；既以不正不直事操，又以不正不直忤操者，杨修也。修为杨彪之子，而屈身事操，既有愧于家门，复为曹植之故而使操心疑，又不善处人骨肉。夫以正直忤操，则罪在操；以不正不直忤操，则罪在修。故修之死，君子于操无责焉。

或疑操以才忌杨修者，非也。士之才有二：一曰谋士之才，一曰文士之才。以谋士之才而为操用者，如郭嘉、程昱、荀彧、荀攸、贾诩、刘晔等是也；以文士之才而为操用者，如杨修、陈琳、王粲、阮瑀等是也。文士之才不若谋士之才之为足忌。而操之忌荀彧，但以阻九锡之故，前此未之忌焉，其余谋士亦曾未之忌焉。其视谋士之才且然，而何忌于文士哉？故虽骂操如陈琳，而操不以为罪，盖才而不为我用则忌之，才而为我用则不忌耳。使修非党植以欺曹操，则操可以不怒，而修可以不死。彼谓修之以才见忌者，殆未为笃论矣。

曹操于定军之南，折其一股；又于汉川之东，折其二齿。股之折非真，而齿之落则真矣。于潼关之役，割须数茎；又于汉中之役，落齿两个。须之割不痛，而齿之落则痛矣。弟既死，身又伤，其兆大凶，恨不再令管辂卜之；须既短，齿又缺，其相已破，恨不再令管辂相之。

此卷叙事之法，有倒生在前者：其人将来，而必先有一语以启之，如操之称黄须是也；有铺叙在后者：其人既死，而举其未死之前追叙之，如操之恶杨修是也；有横间在中者：正叙此一事，而忽引他事以夹之，如两军交战之时，而杂以曹彰、杨修两人之生平是也。至于曹操之平代北，则因曹彰而及焉；曹丕之忌曹植，则又因杨修而及焉；其他正文之中，张、赵、马、魏、孟达、刘封诸将，或于彼忽伏，或于此忽现，参差断续，纵横出奇，令人心惊目眩。作者用笔，直与孔明用兵相去不远。

却说徐晃引军渡汉水，王平苦谏不听，渡过汉水扎营。黄忠、赵云告玄德曰："某等各引本部兵去迎曹兵。"玄德应允。二人引兵而行。忠谓云曰："今徐晃恃勇而来，且休与敌，待日暮兵疲，你我分兵两路击之可也。"（即法正教黄忠之策。）云然之，各引一军据住寨栅。徐晃引兵从辰时搦战，直至申时，蜀兵不动。晃尽教弓弩手向前，望蜀营射去。黄忠谓赵云曰："徐晃令弓弩射者，其军必将退也，可乘时击之。"言未已，忽报曹兵后队果然退动。于是蜀营鼓声大震：黄忠领兵左出，赵云领兵右出。两下夹攻，徐晃大败，军士逼入汉水，死者无数。（晃曰"置之死地而后生"，则"置之死地而竟死"矣。）今晃死战得脱，回营责王平曰："汝见吾军势将危，如何不救？"平曰："我若来救，此寨亦不能保。我曾谏公休去，公不肯听，以致此败。"晃大怒，欲杀王平。平当夜引本部军就营中放起火来，曹兵大乱，徐晃弃营而走。王平渡汉水来投赵云，云引见玄德。王平尽言汉水地理。玄德大喜曰："孤得王子均，取汉中无疑矣。"遂命王平为偏将军，领向导使。（曹操送一个向导来了。）

却说徐晃逃回见操，说："王平反去降刘备矣！"操大怒，亲统大军来夺汉水寨栅。赵云恐孤军难立，遂退于汉水之西。两军隔水相拒。玄德与孔明来观形势。孔明见汉水上流头，有一带土山，可伏千余人，乃回到营中，唤赵云吩咐："汝可引五百人，皆带鼓角，伏于土山之下，或半夜，或黄昏，只听我营中炮响。炮响一番，擂鼓一番，只不要出战。"（以虚声胜之。）子龙受计去了。孔明却在高山上暗窥。次日，曹兵到来搦战，蜀营中一人不出，弓弩亦都不发。曹兵自回。当夜更深，孔明见曹营灯火方息，军士歇定，遂放号炮。子龙听得，令鼓角齐鸣。曹兵惊慌，只疑劫寨。及至出营，不见一军。（但闻"击鼓其镗"，不见"踊跃用兵"。）方才回营欲歇，号炮又响，鼓角又鸣，呐喊震地，山谷应声。（鸣鼓而攻之可也，焉用战？）曹兵彻夜不安。一连三夜，如此惊疑，操心怯，拔寨退三十里，就空阔处扎营。（老贼不经吓。）孔明笑曰："曹操虽知兵法，不知诡计。"遂请玄德亲渡汉水，背水结营。（徐晃背水而败，孔明又用背水而胜。）玄德问计，孔明曰："可如此如此。"曹操见玄德背水下寨，心中疑惑，使人来下战书。孔明批来日决战。

次日，两军会于中路五界山前，列成阵势。操出马立于门旗下，两行布列龙凤旌旗，擂鼓三通，唤玄德答话。玄德引刘封、孟达并川中诸将而出。操扬鞭大骂曰："刘备忘恩失义、反叛朝廷之贼！"玄德曰："吾乃大汉宗亲，奉诏讨贼。汝上弑母后，自立为王，僭用天子銮舆，非反而何？"（自面诵衣带诏之后，阔别久矣。今此数语，又抵得一篇衣带诏。）操怒，命徐晃出马来战。刘封出迎。交战之时，玄德先走入阵。封敌晃不住，拨马便走。操下令："捉得刘备，便为西川之主。"大军齐呐喊杀过阵来。蜀兵望汉水而逃，尽弃营寨，马匹军器，丢满道上。曹军

皆争取。操急鸣金收军。众将曰："某等正待捉刘备，大王何故收军？"操曰："吾见蜀

兵背汉水安营，其可疑一也；多弃马匹军器，其可疑二也。可急退军，休取衣物。"遂下

令曰："妄取一物者立斩。火速退兵。"曹兵方回头时，孔明号旗举起，玄德中军领兵便

出，黄忠左边杀来，赵云右边杀来。俱在前文"如此如此"之中。曹兵大溃而逃，孔明连夜追赶。操传令军

回南郑。只见五路火起。原来魏延、张飞得严颜代守阆中，分兵杀来，先得了南郑。

在七十一回中伏笔，至此方见。操心惊，望阳平关而走。玄德大兵追至南郑褒州。安民已毕，玄德问孔明曰：

"曹操此来，何败之速也？"孔明曰："操平生为人多疑，虽能用兵，疑则多败。吾以疑

兵胜之。"曹操善疑，孔明又善信，惟信得真，故拿得定。○操惟多疑，所以死亦有七十二疑冢。玄德曰："今操退守阳平关，其势已孤，先生

将何策以退之？"孔明曰："亮已算定了。"便差张飞、魏延分兵两路去截曹操粮道，令

黄忠、赵云分兵两路去放火烧山。四路军将，各引向导官军去了。此处四路兵又是第二番差遣。

　　却说曹操退守阳平关，令军哨探。回报曰："今蜀兵将远近小路，尽皆塞断，砍柴去

处，尽放火烧绝。不知兵在何处。"先写黄忠、赵云两路。操正疑惑间，又报张飞、魏延分兵劫粮。次写张飞、魏延两路。

操问曰："谁敢敌张飞？"许褚曰："某愿往！"操令许褚引一千精兵，去阳平关路上

护接粮草。解粮官接着，喜曰："若非将军到此，粮不得到阳平矣。"恐将军到，此亦无益。遂将车上的

酒肉献与许褚。褚痛饮，不觉大醉，前醉张飞是假醉，今醉许褚是真醉。便乘酒兴，催粮车行。解粮官曰："日已

暮矣，前褒州之地，山势险恶，未可过去。"褚曰："吾有万夫之勇，岂惧他人哉！今夜乘

着月色，正好使粮车行走。"醉人在月下，又发动了酒兴。许褚当先，横刀纵马，引军前进。二更已后，往褒

州路上而来。行至半路，忽山凹里鼓角震天，一枝军当住。为首大将，乃张飞也，挺矛纵

马，直取许褚。褚舞刀来迎，却因酒醉，敌不住张飞，战不数合，被飞一矛刺中肩膊，翻身

落马，军士急忙救起，退后便走。万夫之勇，原来如此。张飞尽夺粮草车辆而回。只因酒肉之故，失却粮食。○烧山用虚写，抢粮用实写，然留下

魏延，只写张飞，实之中又有虚焉，妙甚。

　　却说众将保着许褚，回见曹操。操令医士疗治金疮，一面亲自提兵来与蜀兵决战。玄

德引军出迎。两阵对圆，玄德令刘封出马。操骂曰："卖履小儿，常使假子拒敌！吾若唤

黄须儿来，汝假子为肉泥矣！"吴有紫髯，魏有黄须，正复相对。刘封大怒，挺枪骤马，径取曹操。操令徐晃

来迎，封诈败而走。操引兵追赶。蜀兵营中，四下炮响，鼓角齐鸣。亦是疑兵。操恐有伏兵，急

教退军。曹兵自相践踏，死者极多。奔回阳平关，方才歇定。蜀兵赶到城下，东门放火，

西门呐喊，南门放火，北门擂鼓。操大惧，弃关而走。老贼只是不经吓。蜀兵从后追袭。操正走之

间，前面张飞引一枝兵截住，赵云引一枝兵从背后杀来，黄忠又引兵从褒州杀来。前所拨四路，先写

三路，留一路在后，写得参差有势。操大败。诸将保护曹操，夺路而走。方逃至斜谷界口，前面尘头忽起，一枝兵到。操曰："此军若是伏兵，吾休矣！"及兵将近，乃操次子曹彰也。正想着他，来得凑巧。

彰字子文，少善骑射；膂力过人，能手格猛兽。操尝戒之曰："汝不读书而好弓马，此匹夫之勇，何足贵乎？"彰曰："大丈夫当学卫青、霍去病，立功沙漠，长驱数十万众，纵横天下，何能作博士耶？"说得博士无用，教杨修、王粲等一班文人何处生活？操尝问诸子之志。彰曰："好为将。"操问："为将何如？"彰曰："披坚执锐，临难不顾，身先士卒；赏必行，罚必信。"颇为老瞒肖子。操大笑。建安二十三年，代郡乌桓反，操令彰引兵五万讨之，临行戒之曰："居家为父子，受事为君臣。法不徇情，尔宜深戒。"即彰所云"赏必行，罚必信"之意。彰到代北，身先战阵，直杀至桑干，北方皆平。因闻操在阳平败阵，故来助战。百忙中忽叙曹彰生平，正补前文所未及。操见彰至，大喜曰："我黄须儿来，破刘备必矣！"正恐未必。遂勒兵复回，于斜谷界口安营。有人报玄德，言曹彰到。玄德问曰："谁敢去战曹彰？"刘封曰："某愿往。"孟达又说要去。玄德曰："汝二人同去，看谁成功。"各引兵五千来迎。刘封在先，孟达在后。曹彰出马与封交战，只三合，封大败而回。假子不及真儿。

孟达引兵前进，方欲交锋，只见曹兵大乱。原来马超、吴兰两军杀来，在七十二回中伏着，至此方见。曹兵惊动。孟达引兵夹攻。马超士卒，蓄锐日久，到此耀武扬威，势不可当。曹兵败走。曹彰正遇吴兰，两个交锋，不数合，曹彰一戟刺吴兰于马下。有曹操夸奖一番，得此聊足解嘲。○谚云"黄须无弱汉"，果然。三军混战。操收兵于斜谷界口扎住。

操屯兵日久，欲要进兵，又被马超拒守；欲收兵回，又恐被蜀兵耻笑，心中犹豫不决。适庖官进鸡汤。许褚啖酒肉，曹操啖鸡汤，可比太史公酒肉帐簿。操见碗中有鸡肋，因而有感于怀。正沉吟间，夏侯惇入帐，禀请夜间口号。操随口曰："鸡肋！鸡肋！"直是席面上生风，绝妙酒令。惇传令众官，都称"鸡肋"。行军主簿杨修，见传"鸡肋"二字，便教随行军士，各收拾行装，准备归程。弄聪明。有人报知夏侯惇。惇大惊，遂请杨修至帐中问曰："公何收拾行装？"修曰："以今夜号令，便知魏王不日将退兵归也。鸡肋者，食之无肉，弃之有味。今进不能胜，退恐人笑，在此无益，不如早归，来日魏王必班师矣。"知人之所不言，其罪大矣。故先收拾行装，免得临行慌乱。"若云"弃之有味"，犹不欲遽弃也，今收拾行装，则竟弃之矣。夏侯惇曰："公真知魏王肺腑也！"遂亦收拾行装。于是寨中诸将，无不准备归计。当夜曹操心乱，不能稳睡，遂手提钢斧，绕寨私行。只见夏侯惇寨内军士，各准备行装。操大惊，急回帐召惇问其故。惇曰："主簿杨德祖先知大王欲归之意。"操唤杨修问之，修以鸡肋之意对。操大怒曰："汝怎敢造言，乱我军心！""碑文八字"解得

^{不差，不想"口号"
二字竟解差了。}"喝刀斧手推出斩之，将首级号令于辕门外。

　　原来杨修为人恃才放旷，数犯曹操之忌。操尝造花园一所，造成，操往观之，不置褒贬，只取笔于门上书一"活"字而去。人皆不晓其意。修曰："'门'内添'活'字，乃'阔'字也。丞相嫌园门阔耳。"于是再筑墙围，改造停当，又请操观之。操大喜，问曰："谁知吾意？"左右曰："杨修也。"操虽称美，心甚忌之。^{非忌其才，忌其知我意也。曹
操意中不言之事，最畏人知。}又一日，塞北送酥一盒至。操自写"一合酥"三字于盒上，置之案头。修入见之，竟取匙与众分食讫。操问其故，修答曰："盒上明书'一人一口酥'，岂敢违丞相之命乎？"操虽喜笑，而心恶之。^{操尝以空盒遗荀彧，今杨修以
空盒还曹操，操安得不怒？}操恐人暗中谋害己身，常吩咐左右："吾梦中好杀人，凡吾睡着，汝等切勿近前。"^{周瑜诈作梦中语，只要骗得蒋干一个，
曹操之诈却欲骗尽众人，奸雄之极。}一日，昼寝帐中，落被于地，一近侍慌取覆盖。操跃起拔剑斩之，复上床睡；半晌而起，佯惊问："何人杀吾近侍？"众以实对。操痛哭，命厚葬之。^{假梦、假睡、假问、
假哭，一片是假。}人皆以为操果梦中杀人；惟修知其意，临葬时指而叹曰："丞相非在梦中，君乃在梦中耳！"操闻而愈恶之。^{周郎瞒不得孔明，
曹操瞒不得杨修，}

^{使一样欲
杀之。}操第三子曹植，爱修之才，常邀修谈论，终夜不息。操与众商议，欲立植为世子。曹丕知之，密请朝歌长吴质入内府商议，因恐有人知觉，乃用大簏藏吴质于中，只说是绢匹在内，载入府中。修知其事，径来告操。^{操即不杀修，
后必为丕所杀。}操令人于丕府门伺察之。丕慌告吴质，质曰："无忧也。明日用大簏装绢再入以惑之。"^{以假混真，以真混
假，巧妙之极。}丕如其言，以大簏载绢入。使者搜看簏中，果绢也，回报曹操。操因疑修谮害曹丕，愈恶之。^{其实可
恶。}操欲试曹丕、曹植之才干。一日，令各出邺城门，却密使人吩咐门吏，令勿放出。曹丕先至，门吏阻之，丕只得退回。植闻之，问于修。修曰："君奉王命而出，如有阻当者，竟斩之可也。"植然其言。及至门，门吏阻住。植叱曰："吾奉王命，谁敢阻当！"立斩之。于是曹操以植为能。^{修以杀人教人，操又以杀
人为能，都不是好人。}后有人告操曰："此乃杨修之所教也。"操大怒，因此亦不喜植。^{杨修不善处人
骨肉之间。}修又尝为曹植作答教十余条，但操有问，植即依条答之。^{子建亦请人
代笔也？}操每以军国之事问植，植对答如流。操心中甚疑。后曹丕暗买植左右，偷答教来告操。操见了大怒曰："匹夫安敢欺我耶！"此时已有杀修之心。今乃借惑乱军心之罪杀之。^{补叙杨修
生平，与}

^{见杀之由，又于百忙中
夹叙闲事，笔法殊妙。}修死年三十四岁。后人有诗曰：

聪明杨德祖，世代继簪缨。

笔下龙蛇走，胸中锦绣成。

　　开谈惊四座，捷对冠群英。

　　身死因才误，非关欲退兵。

　　曹操既杀杨修，佯怒夏侯惇，亦欲斩之。众官告免。操乃叱退夏侯惇，下令来日进兵。次日，兵出斜谷界口，前面一军相迎，为首大将乃魏延也。<small>魏延一路，此处方见。</small>操招魏延归降，延大骂。操令庞德出战。二将正斗间，曹寨内火起。人报马超劫了中后二寨。<small>马超忽没忽现，写来又是一样声势。</small>操拔剑在手曰："诸将退后者斩！"众将努力向前，魏延诈败而走。操方麾军回战马超，自立马于高阜处，看两军争战。忽一彪军撞至面前，大叫："魏延在此！"<small>魏延忽去忽来，写得亦与马超一样声势。</small>拈弓搭箭，射中曹操。操翻身落马。延弃弓绰刀，骤马上山坡来杀曹操。<small>读至此，为之拍案一快。</small>刺斜里闪出一将，大叫："休伤吾主！"<small>忘却旧主，而以操为吾主，岂不羞杀？</small>视之，乃庞德也。德奋力向前，战退魏延，保操前行。<small>读至此，为之废书一叹。</small>马超兵已退。操带伤归寨。原来被魏延射中人中，折却门牙两个，<small>曹操此时愈嚼不得鸡肋矣。</small>急令医士调治。方忆杨修之言，随将修尸收回厚葬，就令班师，却教庞德断后。操卧于毡车之中，左右虎贲军护卫而行。忽报斜谷山上两边火起，伏兵赶来。曹兵人人惊恐。正是：

　　依稀昔日潼关厄，仿佛当年赤壁危。

　　未知曹操性命如何，且看下文分解。

第七十三回

玄德进位汉中王

云长攻拔襄阳郡

刘备之为徐州牧、为豫州牧，是曹操假天子之命以予之者也。其为荆州牧，孙权佯表之而操未之予者也。若其为益州牧，则备自予之者也。然而自予之胜于曹操之予之者，以操为国贼，故操之予不足重也。备之为左将军、宜城亭侯，是天子爵之者也。若其为汉中王，则非天子爵之而自爵之者也。然而自爵之无异于天子之爵之者，以备能讨国贼，则固天子之所欲爵也。表奏献帝之文，称与董承同受密诏，既受王爵之后，便令关公北伐樊城。大义昭然，炳若日月。故《纲目》于备之领益州牧、称汉中王无贬辞焉。

曹操称公称王，而子孙又追称之为帝，而称于朝者夺于天下，称于一时者夺于后世。天下后世之称操，不曰公，不曰王，不曰帝，直曰贼而已矣。若关公之为汉寿亭侯，又为前将军，一国爵之，天下不得而议之；一时爵之，后世不得而议之。彼时且不独侯之将之，又从而王之帝之，可见爵以人重耳，人岂以爵重哉！

孙权之求婚于关公也，当代为公致对曰："两家之和不和，不在婚与不婚也。汉中王尝受室于东吴矣，吴侯能惠顾前好，则有孙夫人在，何必又重以某之婚姻？苟其不能，虽婚无益。"如是则辞婉而意妙，不至大忤东吴之心也。虽然，若谓荆州之失，为关公拒婚所致，则又不然。曹仁之女，曾配孙权之弟，而竟无解于赤壁之师；曹操之女，亦为献帝之后，而究不改其篡夺之志：此非其明验耶？且玄德之自吴逃归，权欲追而杀之，又欲并其妹而杀之。夫不以妹之故而不杀玄德，安能以娶关公之女故而不夺荆州？然则公之拒婚，诚不为过；但犬子一语，太觉不堪耳。

吕范假意做媒，倒弄假成真；诸葛瑾好意做媒，反为好成怨。或戏曰："孙权之子，当令姑娘作伐；关公之女，须待伯母主婚。既欲亲上加亲，何不即使亲人说亲乎？"予笑曰："姑娘撇却姑夫而归，伯母不顾伯父而去，上一辈正与下一辈看样，东吴若传孙夫人之命，一发不济矣！"

孔明若不使关公取樊城，则荆州可以不失；即欲使公取樊城，而另遣一大将以代公守荆州，则荆州亦可以不失。而孔明计不出此，此不得为孔明咎也，天也。关公若能听王甫而不用潘濬，则关公可以不死；若不用糜芳、傅士仁，则关公亦可以不死。而关公又计不及此，此不得为关公咎也，天也。人欲兴汉，而天不祚汉，天实为之，谓之何哉！

此卷正叙得襄阳之事，下卷又叙斩庞德、获于禁之事，皆快事也。而出兵之前，乃有失火为之告凶，又有恶梦为之告变，是早为七十六回伏线也。夫为失意伏线，而伏于将失意之时不足奇，惟伏于将快意之时则深足奇。此非作者有意为如此之文，而实古来天然有如此之事。奈何今人眼光甚短，但能及寸，不能及尺，但能及尺，不能及丈耶！

　　却说曹操退兵至斜谷，孔明料他必弃汉中而走，故差马超等诸将，分兵十数路，不时

攻劫。^{补注前文。}因此操不能久住；又被魏延射了一箭，急急班师。三军锐气堕尽。前队才行，

两下火起，乃是马超伏兵追赶。曹兵人人丧胆。操令军士急行，晓夜奔走无停，直至京

兆，方始安心。^{此时颇快人意。}

且说玄德命刘封、孟达、王平等，攻取上庸诸郡。申耽等闻操已弃汉中而走，遂皆投

降。玄德安民已定，大赏三军，人心大悦。^{不独当日人心大悦，即今于是将皆有推尊玄德为帝}于是众将皆有推尊玄德为帝

之心，未敢径启，却来禀告诸葛军师。孔明曰："吾意已有定夺了。"随引法正等入见玄

德，曰："今曹操专权，百姓无主。主公仁义著于天下，今已抚有两川之地，可以应天顺

人，即皇帝位，^{孔明之意非蔑献帝也，殆欲如唐肃宗灵武之事，尊帝为上皇耳。}名正言顺，以讨国贼。事不宜迟，便请择吉。"

玄德大惊曰："军师之言差矣。刘备虽然汉之宗室，乃臣子也。若为此事，是反汉矣。"

^{玄德以在上之天子为辞。}孔明曰："非也。方今天下分崩，英雄并起，各霸一方。四海才德之士，舍死

亡生而事其上者，皆欲攀龙附凤，建立功名也。今主公避嫌守义，恐失众人之望。愿主公

熟思之。"^{孔明以在下之人心为辞。}玄德曰："要吾僭居尊位，吾必不敢。可再商议长策。"诸将齐言

曰："主公若只推却，众心解矣。"^{上是孔明劝进，此又写诸将推戴。}孔明曰："主公平生以义为本，未肯便

称尊号。今有荆襄、两川之地，可暂为汉中王。"玄德曰："汝等虽欲尊吾为王，不得天

子明诏，是僭也。"^{不是辞王，但欲请诏。}孔明曰："今宜从权，不可拘执常理。"张飞大叫曰："异

姓之人，皆欲为君，何况哥哥乃汉朝宗派！莫说汉中王，就称皇帝，有何不可！"^{每到玄德谦让处，}

^{便是张飞直叫出来。}玄德叱曰："汝勿多言！"孔明曰："主公宜从权变，先进位汉中王，然后表奏

天子，未为迟也。"^{操贼挟天子以令诸侯，天子之诏乃操主之者也，故先称王而后奉表，乃权宜之法。}

玄德再三推辞不过，只得依允。建安二十四年秋七月，筑坛于沔阳，方圆九里，分布

五方，各设旌旗仪仗。群臣皆依次序排列。许靖、法正请玄德登坛，进冠冕玺绶讫，面南

而坐，受文武官员拜贺为汉中王。^{称得堂堂正正，与魏王加九锡不同。}与子刘禅，立为王世子。封许靖为太傅，法

正为尚书令；诸葛亮为军师，总理军国重事。封关羽、张飞、赵云、马超、黄忠为五虎大

将；魏延为汉中太守。其余各拟功勋定爵。玄德既为汉中王，遂修表一道，差人赍赴许

都。表曰：

备以具臣之才，荷上将之任，总督三军，奉辞于外，不能扫除寇难，靖匡王

室，久使陛下圣教陵迟，六合之内，否而未泰，惟忧反侧，疚如疾首。^{先用自责。}

曩者董卓，伪为乱阶。自是之后，群凶纵横，残剥海内。赖陛下圣德威临，

人臣同应，或忠义奋讨，或上天降罚，暴逆并殪，以渐冰消。_{次叙董卓、催、汜之乱，以下方说曹操。}惟独曹操，久未枭除，侵擅国权，恣心极乱。臣昔与车骑将军董承，图谋讨操，机事不密，承见陷害。_{即奉衣带诏一事，消受得一个汉中王。}臣播越失据，忠义不果，_{自述起兵徐州以后之事。}遂得使操穷凶极逆，主后戮杀，皇子鸩害。_{此二事足定操贼罪案。}虽纠合同盟，念在奋力；懦弱不武，历年未效。常恐殒没，辜负国恩；寤寐永叹，夕惕若厉。_{又是自责之语。}

今臣群僚以为：在昔《虞书》，敦叙九族，庶明励翼，帝王相传，此道不废。周监二代，并建诸姬，实赖晋、郑夹辅之力。高祖龙兴，尊王子弟，大启九国，卒斩诸吕，以安大宗。今操恶直丑正，实繁有徒，包藏祸心，篡盗已显。既宗室微弱，帝族无位，斟酌古式，依假权宜，上臣为大司马、汉中王。_{以上述群下推戴之意。}

臣伏自三省：受国厚恩，荷任一方，陈力未效，所获已过，不宜复忝高位，以重罪谤。_{以上自叙谦让之怀。}群僚见逼，迫臣以义。臣退惟寇贼不枭，国难未已，宗庙倾危，社稷将坠，诚臣忧心碎首之日。若应权通变，以宁静圣朝，虽赴水火，所不得辞。辄顺众议，拜受印玺，以崇国威。_{以上又述群下复请，不得复辞之故。}

仰惟爵号，位高宠厚；俯思报效，忧深责重；惊怖惕息，如临于谷。敢不尽力输诚，奖励六师，率齐群义，应天顺时，以宁社稷。_{此又述受爵以后，当讨贼自效。}谨拜表以闻。

表到许都，曹操在邺郡闻知玄德自立汉中王，大怒曰："织席小儿，安敢如此！吾誓灭之！"即时传令，尽起倾国之兵，赴两川与汉中王决雌雄。_{操以备为英雄，自青梅煮酒之时已知有今日矣，又何为而怒耶？}一人出班谏曰："大王不可因一时之怒，亲劳车驾远征。臣有一计，不须张弓只箭，令刘备在蜀自受其祸。待其兵衰力尽，只须一将往征之，便可成功。"操视其人，乃司马懿也。_{仲达此时渐渐出头。}操喜问曰："仲达有何高见？"懿曰："江东孙权以妹嫁刘备，而又乘间窃取回去，_{照应六十一回中事。}刘备又据占荆州不还，彼此俱有切齿之恨。今可差一舌辩之士，赍书往说孙权，使兴兵取荆州；刘备必发两川之兵以救荆州。那时大王兴兵去取汉川，令刘备首尾不能相救，势必危矣。"_{不消自家费力，却去挑拨他人。}

操大喜，即修书令满宠为使，星夜投江东来见孙权。权知满宠到，遂与谋士商议。张昭进曰："魏与吴本无仇；前因听诸葛之说词，致两家连年征战不息，生灵遭其涂炭。今满伯宁来，必有讲和之意，可以礼接之。"_{独不记二乔铜雀之事乎？是操为仇，而备乃婚姻也。}权依其言，令众谋士接满宠入城相见。礼毕，权以宾礼待宠。宠呈上操书，曰："吴、魏自来无仇，皆因刘备之故，致生衅隙。魏王差某到此，约将军攻取荆州，魏王以兵临汉川，首尾夹击。破刘之后，共分疆土，誓不相侵。”^{玄德不肯还荆州，}^{操独肯分疆土耶?}孙权览书毕，设筵相待满宠，送归馆舍安歇。

权与众谋士商议。顾雍曰：“虽是说词，其中有理。^{温州柑子四十担前已送}^{过，今日之议敢不奉承?}今可一面送满宠回，约会曹操，首尾相击；一面使人过江探云长动静，方可行事。”^{张昭只要和魏，}^{顾雍却有两说。}诸葛瑾曰：“某闻云长自到荆州，刘备娶与妻室，先生一子，次生一女。其女尚幼，未许字人。^{云长家事，却借诸葛瑾}^{口中补出，是省笔之法。}某愿往与主公世子求婚。若云长肯许，即与云长计议共破曹操；若云长不肯，然后助曹取荆州。”^{诸葛瑾有鲁}^{肃之风。}

孙权用其谋，先送满宠回许都，却遣诸葛瑾为使，投荆州来。入城见云长，礼毕。云长曰：“子瑜此来何意?”瑾曰：“特来求结两家之好。吾主吴侯有一子，甚聪明，闻将军有一女，特来求亲。两家结好，并力破曹。此诚美事，请君侯思之。”^{吕范做媒是假，诸葛}^{瑾做媒是真;一是求}^{婿，一是求妇，}^{各各不同。}云长勃然大怒曰：“吾虎女安肯嫁犬子乎!^{“虎女犬子”，太觉言重。玄德曾配孙夫人}^{矣，是虎兄而配犬妹也;孙夫人为公之嫂矣，}^{是虎叔而有}^{犬嫂也。}不看汝弟之面，立斩汝首!再休多言!”遂唤左右逐出。^{做媒的往往}^{讨恁慢。}瑾抱头鼠窜，回见吴侯，不敢隐匿，遂以实告。

权大怒曰：“何太无礼耶!”便唤张昭等文武官员，商议取荆州之策。步骘曰：“曹操久欲篡汉，所惧者刘备也；今遣使来令吴兴兵吞蜀，此嫁祸于吴也。”^{云长不肯嫁女，于吴无}^{损，曹操有意嫁祸，不}^{利于吴。}权曰：“孤亦欲取荆州久矣。”骘曰：“今曹仁现屯兵于襄阳、樊城，又无长江之险，旱路可取荆州，如何不取，却令主公动兵?只此便见其心。^{步骘略有见识，}^{张昭不如也。}主公可遣使去许都见操，令曹仁旱路先起兵取荆州，云长必擎荆州之兵而取樊城。若云长一动，主公可遣一将，暗取荆州，一举可得矣。”^{为后文吕蒙袭}^{荆州张本。}权从其议，即时遣使过江，上书曹操，陈说此事。操大喜，发付使者先回，随遣满宠往樊城助曹仁，为参谋官，商议动兵;^{吴让魏先发，}^{是着乖处。}一面驰檄东吴，令领兵水路接应，以取荆州。^{以上按下吴魏两边，}^{以下接应先主一边。}

却说汉中王令魏延总督军马，守御东川，遂引百官回成都。差官起造宫庭，又置馆舍，自成都至白水，共建四百余处馆舍亭邮。广积粮草，多造军器，以图进取中原。^{写西川大}^{起景色。}细作人探听得曹操结连东吴，欲取荆州，即飞报入蜀。汉中王忙请孔明商议。孔明曰：“某已料曹操必有此谋；然吴中谋士极多，必教操令曹仁先兴兵矣。”^{明见万里，是}^{以谓之孔明。}汉中王曰：“似此如之奈何?”孔明曰：“可差使命就送官诰与云长，令先起兵取樊城，使敌军胆寒，自然瓦解矣。”^{吴欲使魏先发，孔明又使云长}^{先发，一是让先，一是占先。}汉中王大喜，即差前部司马费诗为使，赍捧诰命投荆州来。云长出郭，迎接入城。至公廨礼毕，云长问曰：“汉中王封我何爵?”诗曰：“‘五虎大将'之首。"云长问："那五虎将？"诗曰："关、张、赵、马、黄是也。"云长怒曰：

"翼德吾弟也；孟起世代名家；子龙久随吾兄，即吾弟也，位与吾相并，可也。黄忠何等

人，敢与吾同列？大丈夫终不与老卒为伍！"遂不肯受印。<small>公太好胜，既不肯以虎配犬，又不肯以虎并虎。○严颜老而翼德以为壮，黄忠不服老而</small>

<small>云长以为老，二公情性又自不同。</small>诗笑曰："将军差矣。昔萧何、曹参与高祖同举大事，最为亲近，而韩信乃楚

之亡将也；然信位为王，居萧、曹之上，未闻萧、曹以此为怨。今汉中王虽有'五虎将'之

封，而与将军有兄弟之义，视同一体。<small>以兄弟之义动之。</small>将军即汉中王，汉中王即将军也。岂与诸人等

哉？将军受汉中王厚恩，当与同休戚、共祸福，不宜计较官号之高下。愿将军熟思之。"

<small>诗亦善于说辞，与张辽等。</small>云长大悟，乃再拜曰："某之不明，非足下见教，几误大事。"即拜受印绶。

　　费诗方出王旨，令云长领兵取樊城。云长领命，即时便差傅士仁、糜芳二人为先锋，

先引一军于荆州城外屯扎；一面设宴城中，款待费诗。饮至二更，忽报城外寨中火起。云

长急披挂上马，出城看时，乃是傅士仁、糜芳饮酒，帐后遗火，烧着火炮，满营撼动，把

军器粮草，尽皆烧毁。<small>便是不祥之兆。</small>云长引兵救扑，至四更方才火灭。云长入城，召傅士仁、糜

芳责之曰："吾令汝二人作先锋，不曾出师，先将许多军器粮草烧毁，火炮打死本部军

人。如此误事，要你二人何用！"叱令斩之。<small>为后文二人背公伏线。○于诸葛瑾当看军师之面，于糜芳当看亡嫂之面。</small>费诗告曰："未

曾出师，先斩大将，于军不利。可暂免其罪。"云长怒气不息，叱二人曰："吾不看费司

马之面，必斩汝二人之首！"乃唤武士各杖四十，摘去先锋印绶，罚糜芳守南郡，傅士仁

守公安，<small>既轻待之，又重托之，此公之所以误也。</small>且曰："若吾得胜回来之日，稍有差池，二罪俱罚！"二人满

面羞惭，喏喏而去。云长便令廖化为先锋，关平为副将，自总中军，马良、伊籍为参谋，

一同征进。先是，有胡华之子胡班，到荆州来投降关公，公念其旧日相救之情，甚爱之，

<small>胡班救关公是二十七回中事，于此照应出来。</small>令随费诗入川，见汉中王受爵。费诗辞别关公，带了胡班，自回蜀中

去了。

　　且说关公是日祭了"帅"字大旗，假寐于帐中。忽见一猪，其大如牛，浑身黑色，奔

入帐中，径咬云长之足。<small>豕属亥，亥者水也，其江东谋害之象乎？</small>云长大怒，急拔剑斩之，声如裂帛。霎然惊觉，

乃是一梦。便觉左足阴阴疼痛，<small>又是不祥之兆。先主梦臂疼，应在庞统；关公梦足痛，应在自身。</small>心中大疑。唤关平至，以梦告

之。平对曰："猪亦有龙象。龙附足，乃升腾之意，不必疑忌。"云长聚多官于帐下，告

以梦兆。或言吉祥者，或言不祥者，众论不一。云长曰："吾大丈夫年近六旬，即死何

憾！"<small>说一死字，亦是不祥之兆。</small>正言间，蜀使至，传汉中王旨，拜云长为前将军，假节钺，都督荆襄九

郡事。云长受命讫，众官拜贺曰："此足见猪龙之瑞也。"<small>今日详梦者，大都类此。</small>于是云长坦然不

疑，遂起兵奔襄阳大路而来。

曹仁正在城中，忽报云长自领兵来。仁大惊，欲坚守不出。副将翟元曰：“今魏王令将军约会东吴取荆州；今彼自来，是送死也，何故避之？”参谋满宠谏曰：“吾素知云长勇而有谋，未可轻敌。不如坚守，乃为上策。”骁将夏侯存曰：“此书生之言耳。岂不闻‘水来土掩，^{岂知淹七军之水，竟不能以土掩乎？}将至兵迎’？我军以逸待劳，自可取胜。”曹仁从其言，令满宠守樊城，自领兵来迎云长。云长知曹兵来，唤关平、廖化二将，受计而往。与曹兵两阵对圆，廖化出马搦战。翟元出迎。二将战不多时，化诈败，拨马便走。翟元从后追杀，荆州兵退二十里。^{先退后进，亦善于用兵。}次日，又来搦战。夏侯存、翟元一齐出迎，荆州兵又败，又追杀二十余里。^{一退再退，诱敌殊妙。}忽听得背后喊声大震，鼓角齐鸣。曹仁急命前军速回，背后关平、廖化杀来，曹兵大乱。曹仁知是中计，先掣一军飞奔襄阳。离城数里，前面绣旗招飐，云长勒马横刀，拦住去路。^{写得云长声势。}曹仁胆战心惊，不敢交锋，望襄阳斜路而走。云长不赶。须臾，夏侯存军至，见了云长，大怒，便与云长交锋，只一合，被云长砍死。翟元便走，被关平赶上，一刀斩之。乘势追杀，曹兵大半死于襄江之中。曹仁退守樊城。

云长得了襄阳，赏军抚民。^{此时取襄阳如反掌，诚不料有后事。}随军司马王甫曰：“将军一鼓而下襄阳，曹兵虽然丧胆，然以愚意论之：今东吴吕蒙屯兵陆口，常有吞并荆州之意，倘率兵径取荆州，如之奈何？”^{为吕蒙袭荆州伏笔。}云长曰：“吾亦念及此。汝便可提调此事，去沿江上下，或二十里，或三十里，选高阜处置一烽火台，每台用五十军守之；倘吴兵渡江，夜则明火，昼则举烟为号。吾当亲往击之。”^{守之以烽火，若守之以人。不}王甫曰：“糜芳、傅士仁守二隘口，恐不竭力，必须再得一人以总督荆州。”^{为后糜、傅二人背汉伏笔。}云长曰：“吾已差治中潘濬守之，有何虑焉？”甫曰：“潘濬平生多忌而好利，不可任用。^{为后文潘濬失事伏笔。}可差军前都督粮料官赵累代之。赵累为人忠诚廉直，若用此人，万无一失。”^{惜不用王甫之言。}云长曰：“吾素知潘濬为人。今既差定，不必更改。赵累现掌粮料，亦是重事。汝勿多疑，只与我筑烽火台去。”王甫怏怏拜辞而行。^{荆州之失，实原于此。}云长令关平准备船只渡襄江，攻打樊城。

却说曹仁折了二将，退守樊城，谓满宠曰：“不听公言，兵败将亡，失却襄阳，如之奈何？”宠曰：“云长虎将，足智多谋，不可轻敌，只宜坚守。”正言间，人报云长渡江而来，攻打樊城。^{离荆州愈远。}仁大惊。宠曰：“只宜坚守。”部将吕常奋然曰：“某乞兵数千，愿当来军于襄江之内。”宠谏曰：“不可。”吕常怒曰：“据汝等文官之言，只宜坚守，何能退敌？岂不闻兵法云：‘军半渡可击。’^{兵法成语，拘执不得。}今云长军半渡襄江，何不击之？若兵临城下，将至壕边，急难抵当矣。"仁即与兵二千，令吕常出樊城迎战。吕常来至江口，只见前面绣旗开处，云长横刀出马。吕常却欲来迎，后面众军见云长神威凛凛，不战先走，^{写得云长声势。}吕常喝止不住。云长混杀过来，曹兵大败，马步军折其大半，残败军奔入樊城。曹仁急差人求救。使命星夜至长安，将书呈上曹操，言："云长破了襄阳，现围樊城甚急。望拨大将前来救援。"曹操指班部内一人而言曰："汝可去解樊城之围。"其人应声而出。众视之，乃于禁也。^{曹操此时颇无眼力。}禁曰："某求一将作先锋，领兵同去。"操又问众人曰："谁敢作先锋？"一人奋然出曰："某愿施犬马之劳，生擒关某，献于麾下。"操观之大喜。正是：

　　　　未见东吴来伺隙，先看北魏又添兵。

　　未知此人是谁，且看下文分解。

第七十四回

庞令明抬榇决死战
关云长放水淹七军

关公初欲与马超比试，而今与马超之部将争锋，是与战马超无异也。马超既与关公为一家，而庞德乃与关公死战，是亦与战马超无异也。以关公敌马超犹未为损重，而以庞德斗马超，毋乃为背主乎？其后既不肯背曹操而降关公，其初何以背马腾而降曹操？故庞德之死，君子无取焉。

关公以水胜者有二：一为白河之水，一为襄江之水。白河之水，是奉孔明之命而小用之者也；襄江之水，是得孔明之意而大用之者也。小用之不过火后之余波，大用之遂作军前之胜算。盖孔明以水济火，而关公则纯用水。纯用水而水之功更大于前矣。虽然，玄德以孔明为水，孔明而用水犹之以水济水耳。若关公性烈如火，面赤如火，坐下之马亦如火，则虽纯用水，而亦可谓之以水济火云。

襄江之决，可以淹七军，而不足以取樊城。何也？曰："水之灌兵也易，而灌城也难。灌兵之水顺而速，灌城之水渐而迟。速则敌不及防，而迟则敌能自守也。然则决泗水而取下邳，决漳水而取冀州，将毋曹操之用水独胜于关公乎？曰：是又不然。使下邳无侯成之纳款，冀州无审荣之献门，则二城未必可入。操之幸胜，岂尽水之力哉？

关公之欲决襄江与泠苞之欲决涪江，其谋无异，不可以成败论也。苞之所以败者，彭羕告焉，而庞统防焉；公之所以胜者，成何觉焉，而于禁昧焉。法正知之早，故不移营而无伤；庞德知之晚，虽欲移营而无及。同一谋而谋之成不成，亦视敌之愚与不愚耳。

鱼入罾口，而关公坐享渔人之利矣。乃庞德几为网之漏，而卒为俎之登；于禁不为校之烹，而幸为池之畜。其故何也？盖鱼入罾而难脱，此禁之所以被擒；鱼得水而不涸，此禁之所以终活与？

观于樊城之不下，而知天下之不欲复兴汉室也。当单福取樊城之时，其兵力不足以守樊城，故其后终至弃樊城。及关公围樊城之时，其兵力将不止于取樊城，则其时甚利于得樊城，而惜乎其中阻也。读书至此，为之三叹。

却说曹操欲使于禁赴樊城救援，问众将谁敢作先锋。一人应声愿往。操视之，乃庞德也。操大喜曰："关某威震华夏，未逢对手；今遇令明，真劲敌也。"遂加于禁为征南将军，加庞德为征西都先锋，大起七军，前往樊城。<small>天一生水，地六成之。七，固水之数也。</small>这七军，皆北方强壮之士。两员领军将校，一名董衡，一名董超，当日引各头目参拜于禁。董衡曰："今将军提七枝重兵，去解樊城之厄，期在必胜，乃用庞德为先锋，岂不误事？"禁惊问其故。衡曰："庞德原系马超手下副将，不得已而降魏，今其故主在蜀，职居'五虎上将'；<small>照应前事。</small>况其亲兄庞柔亦在西川为官，<small>又补叙前文所未及。</small>今使他为先锋，是泼油救火也。将军何不启知魏

王，别换一人去？" ^{有此一段言语，愈见
下文庞德之不易也。}

禁闻此语，遂连夜入府启知曹操。操省悟，即唤庞德至阶下，令纳下先锋印。德大惊曰："某正欲与大王出力，何故不肯见用？"操曰："孤本无猜疑，但今马超现在西川，汝兄庞柔亦在西川，俱佐刘备，孤纵不疑，奈众口何？" ^{操推托别人，亦
一激之之意。}庞德闻之，免冠顿首，流血满面而告曰："某自汉中投降大王，每感厚恩，虽肝脑涂地，不能补报，大王何疑于德也？德昔在故乡时，与兄同居，嫂甚不贤，德乘醉杀之；兄恨德入骨髓，誓不相见，恩已断矣。^{杀嫂绝兄，
是为无亲。}故主马超，有勇无谋，兵败地亡，孤身入川，今与德各事其主，旧义已绝。^{背主从操，
是为无君。}德感大王恩遇，安敢萌异志？惟大王察之。"操乃扶起庞德，抚慰曰："孤素知卿忠义，前言特以安众人之心耳。卿可努力建功。卿不负孤，孤亦必不负卿也。" ^{老贼善于
用人。}

德拜谢回家，令匠人造一木榇。^{亦是死
兆。}次日，请诸友赴席，列榇于堂。众亲友见之，皆惊问曰："将军出师，何用此不祥之物？"德举杯谓亲友曰："吾受魏王厚恩，誓以死报。今去樊城与关某决战，我若不能杀彼，必为彼所杀；即不为彼所杀，我亦当自杀。故先备此榇，以示无空回之理。" ^{若死于疆场，当以马革
裹尸，何以榇为？}众皆嗟叹。德唤其妻李氏与其子庞会出，谓其妻曰："吾今为先锋，义当效死疆场。我若死，汝好生看养吾儿；吾儿有异相，长大必当与吾报仇也。" ^{以死自誓，固是好汉，
惜其用之不当耳。}妻子痛哭送别，德令扶榇而行。临行，谓部将曰："吾今去与关某死战，我若被关某所杀，汝等即取吾尸置此榇中；^{后被周仓活擒，
究竟此榇无用。}我若杀了关某，吾亦即取其首，置此榇内，回献魏王。" ^{榇为己设则可，若为
敌设，益觉无谓。}部将五百人皆曰："将军如此忠勇，某等敢不竭力相助！"于是引军前进。有人将此言报知曹操。操喜曰："庞德忠勇如此，孤何忧焉！"贾诩曰："庞德恃血气之勇，欲与关某决死战，臣窃虑之。" ^{贾诩先料
其败。}操然其言，急令人传旨戒庞德曰："关某智勇双全，切不可轻敌。可取则取，不可取则宜谨守。"庞德闻命，谓众将曰："大王何重视关某也？吾料此去，当挫关某三十年之声价。" ^{谁知关公声价
虽死不挫乎？}禁曰："魏王之言，不可不从。"德奋然趱军前至樊城，耀武扬威，鸣锣击鼓。

却说关公正坐帐中，忽探马飞报："曹操差于禁为将，领七枝精壮兵到来。前部先锋庞德，军前抬一木榇，口出不逊之言，誓欲与将军决一死战。兵离城止三十里矣。"关公闻言，勃然变色，美髯飘动，大怒曰："天下英雄闻吾之名，无不畏服。庞德竖子，何敢藐视吾耶！^{关公好胜，又遇着
一个不怕死的。}又令关平一面攻打樊城，吾自去斩此匹夫，以雪吾恨！"平曰："父亲不可以泰山之重，与顽石争高下。辱子愿代父去战庞德。"关公曰："汝试一往，吾随

后便来接应。"关平出帐，提刀上马，领兵来迎庞德。两阵对圆，魏营一面皂旗上大书
"南安庞德"四个白字。_{用白书字便是挂孝之兆，颇似今之铭旌。}庞德青袍银铠，钢刀白马，立于阵前；背后五百
军兵紧随，步卒数人肩抬木椟而出。关平大骂庞德："背主之贼！"_{"背主"二字骂得切当。}庞德问部
卒曰："此何人也？"或答曰："此关公义子关平也。"德叫曰："吾奉魏王旨，来取汝
父之首！汝乃疥癞小儿，吾不杀汝！快唤汝父来！"_{庞德无见，岂识关公有子？}平大怒，纵马舞刀，来取
庞德。德横刀来迎。战三十合，不分胜负，两家各歇。_{不是写庞德，是写关公。}

　　早有人报知关公。公大怒，令廖化去攻樊城，自己亲来迎敌庞德。关平接着，言与庞
德交战，不分胜负。关公随即横刀出马，大叫曰："关云长在此，庞德何不早来受死！"
_{庞德来讨死，乃欲以死与之。}公鼓声响处，庞德出马曰："吾奉魏王旨，特来取汝首！恐汝不信，备椟在此。
汝若怕死，早下马受降！"关公大骂曰："量汝一匹夫，亦何能为！可惜我青龙刀斩汝鼠
贼！"_{为刀惜，亦当为公惜。}纵马舞刀，来取庞德。德轮刀来迎。二将战有百余合，精神倍长。两军各
看得痴呆了。_{在众人眼中写一句。}魏军恐庞德有失，急令鸣金收军。关平恐父年老，亦急鸣金。二将
各退。庞德归寨，对众曰："人言关公英雄，今日方信也。"_{德亦心服。}正言间，于禁至。相见
毕，禁曰："闻将军战关公，百合之上，未得便宜，何不且退军避之？"德奋然曰："魏
王命将军为大将，何太弱也？吾来日与关某共决一死，誓不退避！"_{到底只是要寻死。}禁不敢阻而回。

　　却说关公回寨，谓关平曰："庞德刀法惯熟，真吾敌手。"平曰："俗云：'初生之
犊不惧虎。'父亲纵然斩了此人，只是西羌一小卒耳；倘有疏虞，非所以重伯父之托
也。"_{关平之言，深见大体。}关公曰："吾不杀此人，何以雪恨？吾意已决，再勿多言！"次日，上马
引兵前进。庞德亦引兵来迎。两阵对圆，二将齐出，更不打话，出马交锋。斗至五十余
合，庞德拨回马，拖刀而走。关公随后追赶。关平恐有疏失，亦随后赶去。_{关平处处精细。}关公口
中大骂："庞贼！欲使拖刀计，吾岂惧汝？"原来庞德虚作拖刀势，却把刀就鞍鞒挂住，
偷拽雕弓，搭上箭，射将来。_{不能以刀胜，而欲以箭胜，亦不算英雄。}关平眼快，见庞德拽弓，大叫："贼将休放
冷箭！"_{关平能。}关公急睁眼看时，弓弦响处，箭早到来，躲闪不及，正中左臂。关平马到，
救父回营。庞德勒回马轮刀赶来，忽听得本营锣声大震。德恐后军有失，急勒马回。原来
于禁见庞德射中关公，恐他成了大功，灭禁威风，故鸣金收军。_{于禁初阻庞德，今故忌之。}庞德回马，
问："何故鸣金？"于禁曰："魏王有戒，关公智勇双全，他虽中箭，只恐有诈，故鸣金
收军。"_{解说得勉强。}德曰："若不收军，吾已斩了此人也。"_{有关平相救，只怕未必。}禁曰："紧行无好步，
当缓图之。"庞德不知于禁之意，只懊悔不已。

却说关公回营，拔了箭头。幸得箭射不深，用金疮药敷之。_{后又有一箭射得重，此处先关
有一箭射得轻，为之作引。}关公痛恨庞德，谓众将曰："吾誓报此一箭之仇！"众将对曰："将军且暂安息几日，然后与战未迟。"次日，人报庞德引军搦战。关公就要出战，众将劝住。庞德令小军毁骂。关平把住隘口，吩咐众将休报知关公。_{写关平精
细之极。}庞德搦战十余日，无人出迎，乃与于禁商议曰："眼见关公箭疮举发，不能动止，不若乘此机会，统七军一拥杀入寨中，可救樊城之围。"于禁恐庞德成功，只把魏王戒旨相推，不肯动兵。_{于禁忌庞德，正为
庞德背马超之报。}庞德累欲动兵，于禁只不允，乃移七军转过山口，离樊城北十里，依山下寨。禁自领兵截断大路，令庞德屯兵于谷后，使德不能进兵成功。_{庞德前为杨松之忌，遂降曹操；
今有于禁之忌，何不降关公？}

却说关平见关公箭疮已合，甚是喜悦。忽听得于禁移七军于樊城之北下寨，未知其谋，即报知关公。公遂上马，引数骑上高阜处望之，见樊城城上旗号不整，军士慌乱，_{又在关公眼中
带写樊城一笔。}城北十里山谷之内，屯着军马；又见襄江水势甚急。_{伏笔甚
妙。}看了半晌，唤向导官问曰："樊城北十里山谷，是何地名？"对曰："罾口川也。"关公喜曰："于禁必为我擒矣。"将士问曰："将军何以知之？"关公曰："'鱼'入'罾口'，岂能久乎？"_{坡名"落凤"，庞统被射；川名"罾口"，于禁被擒，正
复相似。而庞统则自觉之，于禁则不自知，而关公知之。}诸将未信。公回本寨。时值八月秋天，骤雨数日。公令人预备船筏，收拾水具。关平问曰："陆地相持，何用水具？"公曰："非汝所知也。于禁七军不屯于广易之地，而聚于罾口川险隘之处。方今秋雨连绵，襄江之水必然泛涨。吾已差人堰住各处水口，待水发时，乘高就船，放水一淹，樊城、罾口川之兵皆为鱼鳖矣。"_{不独于禁为鱼，
七军皆为鱼矣。}关平拜服。

却说魏军屯于罾口川，连日大雨不止，督将成何来见于禁曰："大军屯于川口，地势甚低；虽有土山，离营稍远。即今秋雨连绵，军士艰辛。近有人报说荆州兵移于高阜处，_{关公移兵在成
何口中补出。}又于汉水口预备战筏；倘江水泛涨，我军危矣。宜早为计。"于禁叱曰："匹夫惑吾军心耶！再有多言者斩之！"_{于禁素来知兵，今何愚昧之甚？总之人
不可以有私，私则蔽明，可不戒哉！}成何羞惭而退，却来见庞德说此事。德曰："汝所见甚当。于将军不肯移兵，吾明日自移军屯于他处。"_{只怕等明
日不得。}

计议方定，是夜风雨大作。庞德坐于帐中，只听得万马争奔，征鼙震地。德大惊，急出帐上马看时，四面八方，大水骤至，七军乱窜，随波逐浪者，不计其数。平地水深丈余，于禁、庞德与诸将各登小山避水。_{地水师化作
水山蹇。}比及平明，关公及众将皆摇旗鼓噪，乘大船而来。于禁见四下无路，左右止有五六十人，料不能逃，口称"愿降"。_{不济
事。}关公令尽去衣甲，拘收入船，_{初入罾口，
则已入渔舟。}然后来擒庞德。时庞德并二董及成何，与步卒五百人，皆无衣甲，立在堤上。见关公来，庞德全无惧怯，奋然前来接战。关公将船四面围定，军士一齐放箭，射死魏兵大半。董衡、董超见势已危，乃告庞德曰："军士折伤大半，四下无路，不如投降。"庞德大怒曰："吾受魏王厚恩，岂肯屈节于人！"遂亲斩董衡、董超于前，其初本是二董疑庞德，今反是庞德杀二董，出于意外。厉声曰："再说降者，以此二人为例！"于是众皆奋力御敌。自平明战至日中，勇力倍增。关公催四面急攻，矢石如雨。德令军士用短兵接战。德回顾成何曰："吾闻'勇将不怯死以苟免，壮士不毁节而求生'。此一语在被擒于曹操时何不记之？今日乃我死日也。死则死矣，但不知汝可努力死战。"木榇何处去耳？成何依令向前，被关公一箭射落水中。众军皆降，止有庞德一人力战。正遇荆州数十人，驾小船近堤来，德提刀飞身一跃，早上小船，立杀十余人，有此本事，可惜用之不得其当。余皆弃船赴水逃命。庞德一手提刀，一手使短棹，欲向樊城而走。与许褚渭桥之舟仿佛相类。只见上流头，一将撑大筏而至，将小船撞翻，庞德落于水中。船上那将跳下水去，生擒庞德上船。众视之，擒庞德者，乃周仓也。先叙其功，后出其名。仓素知水性，又在荆州住了数年，愈加惯熟；更兼力大，因此擒了庞德。又补叙周仓武艺。于禁所领七军，皆死于水中。其会水者料无去路，亦皆投降。后人有诗曰：

夜半征鼙响震天，襄樊平地作深渊。

关公神算谁能及，华夏威名万古传。

关公回到高阜去处，升帐而坐。群刀手押过于禁来。禁拜伏于地，乞哀请命。大失体面。关公曰："汝怎敢抗吾？"禁曰："上命差遣，身不由己。望君侯怜悯，誓以死报。"公绰髯笑曰："吾杀汝，犹杀狗彘耳，空污刀斧！令人缚送荆州，大牢内监候，荆州大牢，权待作放生池。吾回，别作区处。"发落去讫。为后文伏笔。关公又令押过庞德。德睁眉怒目，立而不跪。不肯跪关公，独肯跪曹操，殊无足取。关公曰："汝兄现在汉中，汝故主马超，亦在蜀中为大将，汝如何不早降？"绝不记被射之恨，等卓荦。德大怒曰："吾宁死于刀下，岂降汝耶！"德之所以不降者，想以妻子在许昌故耶？嫂可杀，兄可绝，而妻子独不可弃耶？骂不绝口。公大怒，喝令刀斧手推出斩之。德引颈受刑。关公怜而葬之。此时定是关公另以木榇葬之，原来之榇，不知漂没归何所矣。于是乘水势未退，复上战船，引大小将校来攻樊城。

却说樊城周围，白浪滔天，水势益甚，城垣渐渐浸塌，男女担土搬砖，填塞不住。曹军众将，无不丧胆，慌忙来告曹仁曰："今日之危，非力可救；可趁敌军未至，乘舟夜走。虽然失城，尚可全身。"仁从其言。皆是怕死的。方欲备船出走，满宠谏曰："不可。山水骤至，岂能长存？不旬日即当自退。成何知水之将来，满宠知水之将去，而关公虽未攻城，已遣别将一见听，一不见听，亦有幸有不幸焉。

在郏下。其所以不敢轻进者，虑吾军袭其后也。今若弃城而去，黄河以南，非国家之有矣。愿将军固守此城，以为保障。"仁拱手称谢曰："非伯宁之教，几误大事。" ^{若无满宠，则樊城必为关公}所有。关公既得樊城，则举黄河以南皆可据而有之，如是则吕蒙虽袭荆州，而关公犹不至于无以自立也。而满宠言之，曹仁听之，岂非天哉？ 乃骑白马上城，聚众将发誓曰："吾受魏王命，保守此城，但有言弃城而去者斩！"诸将皆曰："某等愿以死据守！"仁大喜，就城上设弓弩数百，军士昼夜防护，不敢懈怠。老幼居民，担土石填塞城垣。旬日之内，水势渐退。

关公自擒魏将于禁等，威震天下，无不惊骇。忽次子关兴来寨内省亲。^{关兴于此处出现。}公就令兴赍诸官立功文书去成都见汉中王，各求升迁。^{但求升迁，而不求添兵相助，是亦疏虞处。}兴拜辞父亲，径投成都去讫。^{亏此一去，关公留得一子。}

却说关公分兵一半，直抵郏下。公自领兵四面攻打樊城。当日关公自到北门，立马扬鞭，指而问曰："汝等鼠辈，不早来降，更待何时？"正言间，曹仁在敌楼上，见关公身上止披掩心甲，斜袒着绿袍，乃急招五百弓弩手，一齐放箭。公急勒回马时，右臂上中一弩箭，翻身落马。正是：

水里七军方丧胆，城中一箭忽伤身。

未知关公性命如何，且看下文分解。

第七十五回

关云长刮骨疗毒

吕子明白衣渡江

　　吉平截指骂贼，是良医为烈汉；关公刮骨疗毒，是烈汉遇良医。可见忠臣义士，不怕疼痛；若怕疼痛，便做不得忠臣义士矣。然临难不怕，必是平日先不怕。惟平日有刮骨之关公，然后临难有截指之吉平也。

　　华佗医周泰，一请便到；医关公，不请自来。古之名医，志在济人利物，绝不似今之名医，善于拿班，巧于图利，几番邀请，方才入门，先讲谢仪，然后开手也。能慕忠臣者，即是忠臣；能救义士者，即是义士。吉平、华佗是一人，不是两人。

　　此卷方写关公有病而如无病，便即写吕蒙无病而诈有病；方写华佗医真病，便接写陆逊医假病。华佗知药箭之毒而去其毒，是以药治药也；陆逊知吕蒙之假病，而又教之以托病，是以病医病也。而又有奇焉者。关公有受病之臂，亦有受病之心。尊己而傲物，是受病之心也。陆逊有去病之方，亦有发病之方。币重而言甘，是发病之方也。吕蒙辞职，而关公以为去一疾，视去臂上之疾而更快，乃荆州撤备，而关公又中一毒，视中药箭之毒而更深。若孔明以借风医周郎而周郎愈，庞统以连环医北军而北军亡。二公分用之，而陆逊以一人兼用之，比前文更自出色。

　　观孙权之听吕蒙，而吴与魏皆为汉贼矣。权若乘关公之距樊城，而北取徐州，以共分中原，则汉室可兴，而操贼可灭。奈何忘砍案之誓，背昔日之盟，而反阴与操约，以图关公乎？所以然者，不过一荆州耳。刘备取荆州于曹操，本未尝假荆州于孙权，其曰借曰还，不过孔明一时权变之辞，欲结权以为讨操之助；而乃认为真借，而望其真还，分之不足，又从而袭之，致使玄德之志不得伸，而关公之功不得就，岂不重可恨哉！

　　周瑜在而孙、刘之交离，周瑜死而孙、刘之交合；鲁肃用而孙、刘之交合，鲁肃死而孙、刘之交又离。盖周瑜之见，异于鲁肃；而鲁肃之见，又异于吕蒙也。肃欲结刘备以拒操，与孔明所见略同，故终鲁肃之世，吴、蜀未尝相攻。及吕蒙柄用，而背盟失义至于如此。悲夫！

　　曹仁欲弃樊城，而满宠止之；曹操欲离许昌，而司马懿又止之。夫樊城弃，而大河以南皆震动矣；许都迁，而大河以北亦皆震动矣。乃韩信破赵之先声，足以夺燕而遂能取燕；关公破襄阳之先声，足以夺操而卒不能取操。岂关公之用兵不如韩信哉？遭时之不偶耳。唐人诗云："关张无命欲何如！"诚哉！其无命也。

　　先主轻陆逊而败，早有关公轻陆逊而失，以为之样子矣；吕蒙白衣摇橹而取荆州，先有周善白衣摇橹而取孙夫人，以为之样子矣。凡有一事于后，必先有一事以见其端者。故曰："前事不忘，后事之师。"

　　却说曹仁见关公落马，即引兵冲出城来；被关平一阵杀回，救关公归寨，拔出臂箭。原来箭头有药，毒已入骨，右臂青肿，不能运动。<small>庞德心毒而箭不毒，
曹仁箭毒而心亦毒。</small>关平慌与众将商议曰："父亲若损此臂，安能出敌？不如暂回荆州调理。"于是与众将入帐见关公。公问曰：

"汝等来有何事？"众对曰："某等因见君侯右臂损伤，恐临敌致怒，冲突不便。众议可暂班师回荆州调理。"_{周郎在南郡中箭，而程普劝其回军；关公在樊城中箭，而关平劝其回军；周郎之受伤也轻，关公之受伤也重，极相似又极不相似。}公怒曰："吾取樊城，只在目前，取了樊城，即当长驱大进，径到许都，剿灭操贼，以安汉室。_{不必有是事，不可无是心；既已有是心，即如有是事。壮哉关公，千古仰之！}岂可因小疮而误大事？汝等敢慢吾军心耶！"平等默然而退。

众将见公不肯退兵，疮又不痊，只得四方访问名医。忽一日，有人从江东驾小舟而来，直至寨前。小校引见关平。平视其人：方巾阔服，臂挽青囊，自言姓名："乃沛国谯郡人，姓华，名佗，字元化。因闻关将军乃天下英雄，今中毒箭，特来医治。"_{不请自来，脱尽近日名医之套。}平曰："莫非昔日医东吴周泰者乎？"_{借关平口中将十五回中事一提。}佗曰："然。"平大喜，即与众将同引华佗入帐见关公。时关公本是臂疼，恐慢军心，无可消遣，正与马良弈棋，闻有医者至，即召入。礼毕，赐坐。茶罢，佗请臂视之。公袒下衣袍，伸臂令佗看视。佗曰："此乃弩箭所伤，其中有乌头之药，直透入骨；若不早治，此臂无用矣。"_{先讲病源。}公曰："用何物治之？"佗曰："某自有治法。但恐君侯惧耳。"_{未说出治法，先用一惊人语。}公笑曰："吾视死如归，有何惧哉？"_{不惧敌，岂惧医？}佗曰："当于静处立一标柱，上钉大环，请君侯将臂穿于环中，以绳系之，然后以被蒙其首。吾用尖刀割开皮肉，直至于骨，刮去骨上箭毒，用药敷之，以线缝其口，方可无事。但恐君侯惧耳。"_{既说出治法，又用一惊人语。}公笑曰："如此，容易！何用柱环？"_{不惧箭，岂惧刀？}令设酒席相待。

公饮数杯酒毕，一面仍与马良弈棋，伸臂令佗割之。_{如此神医难得，如此病人更难得。}佗取尖刀在手，令一小校捧一大盆于臂下接血。佗曰："某便下手。君侯勿惊。"_{临下手时，再用一惊人语。}公曰："任汝医治。吾岂比世间俗子惧痛者耶！"_{华佗之语惊人，关公之语更是惊人。}佗乃下刀，割开皮肉，直至于骨，骨上已青；佗用刀刮骨，悉悉有声。帐上帐下见者，皆掩面失色。_{今日读者亦为之寒心，何况当日见者，能不为之失色？}公饮酒食肉，谈笑弈棋，全无痛苦之色。_{若以他人当此，臂色既青，面色必白，青色既去，面色亦失矣。}

须臾，血流盈盆。佗刮尽其毒，敷上药，以线缝之。公大笑而起，谓众将曰："此臂伸舒如故，并无痛矣。先生真神医也！"_{如此医人是神医，如此病人亦是神人。}佗曰："某为医一生，未尝见此。君侯真天神也！"_{病人未尝见此医人，医人亦未尝见此病人。}后人有诗曰：

治病须分内外科，世间妙艺苦无多。

神威罕及惟关将，圣手能医说华佗。

关公箭疮既愈，设席款谢华佗。佗曰："君侯箭疮虽治，然须爱护，切勿怒气伤触。

过百日后，平复如旧矣。"关公以金百两酬之。佗曰："某闻君侯高义，特来医治，岂望报乎！"坚辞不受，_{不索谢仪，又脱尽近日名医之套。}留药一帖，以敷疮口，辞别而去。

却说关公擒了于禁，斩了庞德，威名大震，华夏皆惊。探马报到许都。_{以上按下关公一边，以下再叙曹操边。}曹操大惊，聚文武商议曰："某素知云长智勇盖世，今据荆襄，如虎生翼。于禁被擒，庞德被斩，魏兵挫锐；倘彼率兵直至许都，如之奈何？孤欲迁都以避之。"_{此时老贼亦胆落矣。曹操欲离许都，与曹仁欲弃樊城，一样怕法。}司马懿谏曰："不可。于禁等被水所淹，非战之故；于国家大计，本无所损。今孙、刘失好，云长得志，孙权必不喜；大王可遣使去东吴陈说利害，令孙权暗暗起兵蹑云长之后，许事平之日，割江南之地以封孙权，则樊城之危自解矣。"_{司马懿之止曹操，与满宠之止曹仁，差足相仿。}主簿蒋济曰："仲达之言是也。今可即发使往东吴，不必迁都动众。"操依允，遂不迁都，因叹谓诸将曰："于禁从孤三十年，何期临危反不如庞德也！_{人固不易知，知人亦不易也。}今一面遣使致书东吴，一面必得一大将以当云长之锐。"言未毕，阶下一将应声而出曰："某愿往。"操视之，乃徐晃也。操大喜，遂拨精兵五万，令徐晃为将，吕建副之，克日起兵，_{曹仁有援兵，关公无应兵，众寡之势不敌。}前到阳陵坡驻扎，看东南有应，然后征进。_{以上按下曹操一边，以下接入孙权一边。}

却说孙权接得曹操书信，览毕，欣然应允，_{自满宠致书以后，此是第二封矣。}即修书发付使者先回，乃聚文武商议。张昭曰："近闻云长擒于禁，斩庞德，威震华夏，_{此言关公未可胜。}操欲迁都以避其锋。今樊城危急，遣使求救，事定之后，恐有反复。"_{此言关公纵可胜，而曹操又可疑。}权未及发言，忽报："吕蒙乘小舟自陆口来，有事面禀。"权召入问之，蒙曰："今云长提兵围樊城，可乘其远出，袭取荆州。"_{但算关公一边，不算曹操一边。}权曰："孤欲北取徐州，如何？"_{按下关公，欲取曹操。}蒙曰："今操远在河北，未暇东顾，徐州守兵无多，往自可克；然其地势利于陆战，不利水战，纵然得之，亦难保守。不如先取荆州，全据长江，别作良图。"_{按下曹操，欲取荆州。}权曰："孤本欲取荆州，前言特以试卿耳。卿可速为孤图之，孤当随后便起兵也。"_{鲁肃若在，必主取徐州之议以共分中原，必不使孙权攻关公以助曹操。}

吕蒙辞了孙权，回至陆口，早有哨马报说："沿江上下，或二十里，或三十里，高阜处各有烽火台。"又闻荆州军马整肃，预有准备，蒙大惊曰："若如此，急难图也。我一时在吴侯面前劝取荆州，今却如何处置？"寻思无计，乃托病不出，_{周郎感东风而病，吕蒙感烽火而病：一是风症，一是火症。}使人回报孙权。权闻吕蒙患病，心甚怏怏。陆逊进言曰："吕子明之病，乃诈耳，非真病也。"_{惟孔明知周瑜之病，惟陆逊知吕蒙之病。}权曰："伯言既知其诈，可往视之。"陆逊领命，星夜至陆口寨中，来见吕蒙，果然面无病色。_{关公真病，而无病色；吕蒙假病，而无病色：一是神威莫及，一是奸伪难遮。}逊曰："某奉吴侯命，敬探子明贵恙。"蒙曰："贱躯偶病，何劳探问。"逊曰："吴侯以重任付公，公不乘时而动，空怀郁结，何也？"蒙目视陆逊，良久不语。逊又曰："愚有小方，能治将军之疾，未审可用否？"孔明能以方治周郎之病，陆逊亦能以方治吕蒙之病。蒙乃屏退左右而问曰："伯言良方，乞早赐教。"逊笑曰："子明之疾，不过因荆州兵马整肃，沿江有烽火台之备耳。先说病源。予有一计，令沿江守吏，不能举火，荆州之兵，束手归降，可乎？"后说医法。蒙惊谢曰："伯言之语，如见我肺腑。愿闻良策。"陆逊曰："云长倚恃英雄，自料无敌，所虑者惟将军耳。将军乘此机会，托疾辞职，要医他真病，却仍教他诈病，医法绝奇绝幻，更非华佗之所能及。以陆口之任让之他人，他人者自己也，陆逊不好说得自己，故但云他人，以人视我，则我是他。使他人卑辞赞美关公，以骄其心，彼必尽撤荆州之兵，以向樊城。若荆州无备，用一旅之师，别出奇计以袭之，则荆州在掌握之中矣。"此是去病之药，三关六部俱已看明，故有此妙剂。蒙大喜曰："真良策也！"

由是吕蒙托病不起，上书辞职。陆逊回见孙权，具言前计。孙权乃召吕蒙还建业养病。蒙至，入见权，权问曰："陆口之任，昔周公瑾荐鲁子敬以自代，后子敬又荐卿自代，鲁肃荐子明却于孙权口中补出，省笔之法。今卿亦须荐一才望兼隆者，代卿为妙。"蒙曰："若用望重之人，云长必然提备。陆逊意思深长，而未有远名，非云长所忌；若即用以代臣之任，必有所济。"天下有名无实之人尽多，若有实无名之人正不可多得。权大喜，即日拜陆逊为偏将军、右都督，代蒙守陆口。逊谢曰："某年幼无学，恐不堪重任。"正取其年幼，为关公所轻。权曰："子明保卿，必不差错。卿毋得推辞。"逊乃拜受印绶，连夜往陆口，交割马步水三军已毕，即修书一封，具名马、异锦、酒礼等物，遣使赍赴樊城见关公。药吕蒙者是良药，药关公者是毒药，良马异锦等物抵得箭上乌头。

时公正将息箭疮，按兵不动。忽报："江东陆口守将吕蒙病危，孙权取回调理。近拜陆逊为将，代吕蒙守陆口。今逊差人赍书具礼，特来拜见。"关公召入，指来使而言曰："仲谋见识短浅，用此孺子为将！"以汉升为老卒，以伯言为孺子，老与幼皆不入公之眼。来使伏地告曰："陆将军呈书备礼，一来与君侯作贺，二来求两家和好。幸乞笑留。"币重而言甘，诱我也。公拆书视之，书词极其卑谨。言之太甘，其中必苦。关公览毕，仰面大笑，令左右收了礼物，发付使者回去。使者回见陆逊曰："关公欣喜，无复有忧江东之意。"

逊大喜，密遣人探得关公果然撤荆州大半兵赴樊城听调，苦言药也，甘言疾也，吕蒙之疾愈，关公之疾作也。只待箭疮痊可，便欲进兵。逊察知备细，即差人星夜报知孙权。孙权召吕蒙商议曰："今云长果撤荆州之兵，攻取樊城，便可设计袭取荆州。卿与吾弟孙皎同引大军前去，何如？"孙皎字叔明，乃孙权叔父孙静之次子也。蒙曰："主公若以蒙可用则独用蒙，若以叔明可用则独用叔明。"兼用则败，专任则胜"，自古而然。岂不闻昔日周瑜、程普为左右都督，事虽决于瑜，然普自以旧臣而居瑜下，颇不相睦，后因见瑜之才，方始敬服。照应四十四回中事。今蒙之才不及瑜，而叔明之亲胜于普，恐未必能相济也。"老成之见。

　　权大悟，遂拜吕蒙为大都督，总制江东诸路军马；令孙皎在后接应粮草。蒙拜谢，点兵三万，快船八十余只，选会水者扮作商人，皆穿白衣，在船上摇橹，周善用此法是小用之，吕蒙用此法是大用之。却将精兵伏于艛艒船中。次调韩当、蒋钦、朱然、潘璋、周泰、徐盛、丁奉等七员大将，相继而进。其余皆随吴侯为合后救应。一面遣使致书曹操，令进兵以袭云长之后；此处不写曹操一边，是省笔。一面先传报陆逊，此处不再写陆逊一边，亦是省笔。然后发白衣人，驾快船往浔阳江去，昼夜趱行，直抵北岸。江边烽火台上守台军盘问时，吴人答曰："我等皆是客商，因江中阻风，到此一避。"随将财物送与守台军士。军士信之，遂任其停泊江边。有台而无人，与无台等；有人而无识，与无人等。约至二更，艛艒中精兵齐出，将烽火台上官军缚倒，暗号一声，八十余船精兵俱起，将紧要去处墩台之军，尽行捉入船中，不曾走了一个。于是长驱大进，径取荆州，无人知觉。赵云、关、张袭三郡用虚写，今吕蒙袭荆州用实写。将至荆州，吕蒙将沿江墩台所获官军，用好言抚慰，各各重赏，令赚开城门，纵火为号。众军领命，吕蒙便教前导。比及半夜，到城下叫门。门吏认得是荆州之兵，开了城门。众军一声喊起，就城门里放起号火。前有城外之火，今有城中之火。吴兵齐入，袭了荆州。吕蒙便传令军中："如有妄杀一人，妄取民间一物者，定按军法。"原任官吏，并依旧职。此非吕蒙好处，正是吕蒙奸处。将关公家属另养别宅，不许闲人搅扰。与吕布不害玄德家小相似。一面遣人申报孙权。

　　一日大雨，蒙上马引数骑点看四门。忽见一人取民间箬笠以盖铠甲，蒙喝左右执下问之，乃蒙之乡人也。蒙曰："汝虽系我同乡，但吾号令已出，汝故犯之，当按军法。"只欲结荆州之人，遂顾不得同乡之人。其人泣告曰："某恐雨湿官铠，故取遮盖，非为私用。乞将军念同乡之情！"蒙曰："吾固知汝为覆官铠，然终是不应取民间之物。"叱左右推下斩之。枭首传示毕，然后收其尸首，泣而葬之。与曹操割发以示众一样奸诈。自是三军震肃。

　　不一日，孙权领众至，吕蒙出郭迎接入衙。权慰劳毕，仍命潘濬为治中，掌荆州事；潘濬无用，果应王甫之言。监内放出于禁，遣归曹操；为后文灵庙伏笔。安民赏军，设宴庆贺。权谓吕蒙曰："今荆州已得，但公安傅士仁、南郡糜芳，此二处如何收复？"言未毕，忽一人出曰："不须张弓只箭，某凭三寸不烂之舌，说公安傅士仁来降，可乎？"众视之，乃虞翻也。权曰："仲翔有何良策，可使傅士仁归降？"翻曰："某自幼与士仁交厚；今若以利害说之，彼必归矣。"与李恢说马超，仿佛相似。权大喜，遂令虞翻领五百军，径奔公安来。

　　却说傅士仁听知荆州有失，急令闭城坚守。虞翻至，见城门紧闭，遂写书拴于箭上，射入城中。军士拾得，献与傅士仁。士仁拆书视之，乃招降之意。览毕，想起关公去日恨吾之意，不如早降。照应七十三回中事。即令大开城门，请虞翻入城。二人礼毕，各诉旧情。翻说吴侯宽洪大度，礼贤下士。士仁大喜，即同虞翻赍印绶来荆州投降。孙权大悦，仍令去守公安。未识此时刘璋在公安作何行径。○玄德取益州于刘璋，而荆州又为人所夺，得无报反之道有然耶？为之一叹。吕蒙密谓权曰："今云长未获，留士仁于公安，久必有变，不若使往南郡招糜芳归降。"招糜芳即用傅士仁，殊不费力。权乃召傅士仁谓曰："糜芳与卿交厚，卿可招来归降，孤自当有重赏。"傅士仁慨然领诺，遂引十余骑，径投南郡招安糜芳。正是：

今日公安无守志，从前王甫是良言。

未知此去如何，且看下文分解。

第七十六回

徐公明大战沔水

关云长败走麦城

徐晃声东击西，此没彼现，只一员正将，两员副将，写来似有千军万马之势，可谓用兵之能者矣。晃之战沔水，与张辽之战合淝，仿佛相类。两人皆有大将才，故关公与之友善。然辽能救公于患难之中，晃独穷公于患难之际，则晃之为人，殆逊于辽云。

田单之克复齐城也，以骑劫焚城外之骨；关公之不得复荆州也，以吕蒙能抚城中之民。此则其事之相反者也。张良之以楚歌散楚兵也，欲使楚人之去；吕蒙之以荆州兵召荆兵也，欲使荆人之来。此则其事之相类而相反者矣。关公用阳，而吕蒙用阴；关公用刚，而吕蒙用柔。其存恤将士之家，重待使命之辱，极加厚处，正是极奸猾处。

吕蒙之算傅士仁，与傅士仁之算糜芳，同一机谋也。蒙恐士仁之志未坚，招糜芳，则士仁无二心矣。士仁恐糜芳之意未决，杀使者，则糜芳无归路矣。孙权之策荆州，与曹操之策樊城，各一机谋也。吴致魏书，而嘱魏勿泄，恐关公知之而回救，则荆州之袭未稳矣。魏得吴书，而故令公知，使荆兵知之而欲归，则樊城之围自解矣。或同或异，俱极机谋之巧。

或谓关公之走麦城，与前之屯土山无异也，何以前不拒张辽之说，而后独拒诸葛瑾之言？曰：公固降汉，不降曹者也。操非借汉之名以招之，终不能致之者也。公但知有汉，不知有曹，又何知有孙？然则其守麦城之心，犹然守土山之心耳。

刘封之不发救兵，孟达实教之。然则刘封之罪，其将视孟达而未减乎？曰：是不然。达故蜀之降将，刘璋可背，则关公何不可背？我无责焉耳。若刘封则汉中王之养子也，王与关公为一体，负关公则是负王。负关公，犹可言也；负汉中王，不可言也。此不得为刘封恕。

却说糜芳闻荆州有失，正无计可施。忽报公安守将傅士仁至，芳忙接入城，问其事故。士仁曰："吾非不忠。势危力困，不能支持，我今已降东吴。将军亦不如早降。"芳曰："吾等受汉中王厚恩，安忍背之？"此人尚有良心。士仁曰："关公去日，痛恨吾二人，倘一日得胜而回，必无轻恕，公细察之。"芳曰："吾兄弟久事汉中王，岂可一朝相背？"

不忍背玄德，不忍背糜竺。又正犹豫间，忽报关公遣使至，接入厅上。使者曰："关公军中缺粮，特来南郡、公安二处取白米十万石，令二将军星夜解去军前交割。如迟立斩。"分明是一道催批，催入东吴。芳大惊，顾谓傅士仁曰："今荆州已被东吴所取，此粮怎得过去？"士仁厉声曰："不必多疑！"遂拔剑斩来使于堂上。二人之罪，芳从未减。糜芳惊曰："公如何斩之？"士仁曰："关公此意，正要斩我二人。我等安可束手受死？公今不早降东吴，必被关公所杀。"正说间，忽报吕蒙引兵杀至城下。又是一道催批。芳大惊，乃同傅士仁出城投降。刘璋之妻弟费观背姊夫而从玄德，玄德之妻弟糜芳亦背姊夫而从东吴，两事相蒙大喜，引见孙权。权重赏二人。安民已毕，大犒三军。以上按下孙权一边，以下再叙曹操一边。

时曹操在许都，正与众谋士议荆州之事，忽报东吴遣使奉书至。操召入，使者呈上书信。操拆视之，书中具言吴兵将袭荆州，求操夹攻云长，且嘱："勿泄漏，使云长有备也。" 书在袭荆州之前，此处照应前文。 操与众谋士商议，主簿董昭曰："今樊城被困，引颈望救，不如令人将书射入樊城，以宽军心；且使关公知东吴将袭荆州。彼恐荆州有失，必速退兵，却令徐晃乘势掩杀，可获全功。" 东吴嘱魏勿泄，魏却欲泄之以乱关公之心。各人使乖，各人为己。两样肚肠，一般权诈。 操从其谋，一面差人催徐晃急战；一面亲统大兵，径往洛阳之南阳陵坡驻扎，以救曹仁。 以上按下曹操，以下又叙徐晃。

却说徐晃正坐帐中，忽报魏王使至。晃接入问之，使曰："今魏王引兵已过洛阳，令将军急战关公，以解樊城之困。"正说间，探马报说："关平屯兵在偃城，廖化屯兵在四冢，前后一十二个寨栅，连络不绝。"晃即差副将徐商、吕建假着徐晃旗号，前赴偃城与关平交战。晃却自引精兵五百，循沔水去袭偃城之后。 吕蒙袭荆州用假客船，徐晃袭偃城用假旗号。

且说关平闻徐晃自引兵至，遂提本部兵迎敌。两阵对圆，关平出马，与徐商交锋，只三合，商大败而走。吕建出战，五六合亦败走。平乘胜追杀二十余里，忽报城中火起。平知中计，急勒兵回救偃城。正遇一彪军摆开，徐晃立马在门旗下，高叫曰："关平贤侄，好不知死！汝荆州已被东吴夺了，犹然在此狂为！" 故意在军前说出，以乱众军之心。 平大怒，纵马轮刀直取徐晃；不三四合，三军喊叫，偃城中火光大起。平不敢恋战，杀条大路，径奔四冢寨来。廖化接着。化曰："人言荆州已被吕蒙袭了，军心惊慌，如之奈何？" 皆是魏军散布，此言却在廖化口中叙出。 平曰："此必讹言也。军士再言者斩之。"忽流星马到，报说正北第一屯被徐晃领兵攻打。 此特假徐晃，非真徐晃也。 平曰："若第一屯有失，诸营岂得安宁？此间皆靠沔水，贼兵不敢到此。吾与汝同去救第一屯。"廖化唤部将吩咐曰："汝等坚守营寨，如有贼到，即便举火。"部将曰："四冢寨鹿角十重，虽飞鸟亦不能入，何虑贼兵！" 为后文作反衬。 于是关平、廖化尽起四冢寨精兵，奔至第一屯住扎。关平看见魏兵屯于浅山之上， 诱敌之计。 谓廖化曰："徐晃屯兵，不得地利，今夜可引兵劫寨。"化曰："将军可分兵一半前去，某当谨守本寨。"

是夜，关平引一枝兵杀入魏寨，不见一人。平知是计，火速退时，左边徐商，右边吕建，两下夹攻。 但见二将，不见徐晃，徐晃此时已在四冢寨矣。 平大败回营，魏兵乘势追杀前来，四面围住。关平、廖化支持不住，弃了第一屯，径投四冢寨来。早望见寨中火起。急到寨前，只见皆是魏兵旗号。 夺偃城用实写，夺四冢用虚写。 关平等退兵，忙奔樊城大路而走。前面一军拦住，为首大将乃是徐晃也。 写得徐晃出没不测。 平、化二人奋力死战，夺路而走，回到大寨，来见关公曰："今徐晃夺了偃城等处，又兼曹操自引大军，分三路来救樊城；多有人言荆州已被吕蒙袭了。"关公喝曰："此敌人讹言，以乱我军心耳！东吴吕蒙病危，孺子陆逊代之，不足为虑！" 方知陆逊用计之妙。

言未毕，忽报徐晃兵至。公令备马。平谏曰："父体未痊，不可与敌。"公曰："徐晃与吾有旧，深知其能；若彼不退，吾先斩之，以警魏将。"遂披挂提刀上马，奋然而出。魏军见之，无不惊惧。_{关公之威虽死犹在，何况当日。}公勒马问曰："徐公明安在？"魏营门旗开处，徐晃出马，欠身而言曰："自别君侯，倏忽数载，不想君侯须发已苍白矣！忆昔壮年相从，多蒙教诲，感谢不忘。今君侯英风震于华夏，使故人闻之，不胜叹羡！兹幸得一见，深慰渴怀。"_{与曹操对韩遂语相似。}公曰："吾与公明交契深厚，非比他人，今何故数穷吾儿耶？"晃回顾众将，厉声大叫曰："若取得云长首级者，重赏千金！"_{忽然变脸，前恭后倨，又与曹操对韩遂大是不同。}公惊曰："公明何出此言？"晃曰："今日乃国家之事，某不敢以私废公。"_{与关公在华容时何事天壤。}言讫，挥大斧直取关公。公大怒，亦挥刀迎之。战八十余合，公虽武艺绝伦，终是右臂少力。关平恐公有失，火急鸣金，公拨马回寨。忽闻四下里喊声大震。原来是樊城曹仁闻曹操救兵至，引军杀出城来，_{不从曹仁一边叙来，却从关公一边写出，省笔。}与徐晃会合，两下夹攻，荆州兵大乱。关公上马，引众将急奔襄江上流头。背后魏兵追至。关公急渡过襄江，望襄阳而奔。忽流星马到，报说："荆州已被吕蒙所夺，家眷被陷。"_{此时方知荆州事。}关公大惊，不敢奔襄阳，提兵投公安来。探马又报："公安傅士仁已降东吴了。"_{此时方知公安事。}关公大怒。忽催粮人到，报说："公安傅士仁往南郡，杀了使命，招糜芳都降东吴去了。"_{此时方知南郡事。}

关公闻言，怒气冲塞，疮口迸裂，昏绝于地。众将救醒，公顾谓司马王甫曰："悔不听足下之言，今日果有此事！"_{照应七十三回中语。}因问："沿江上下，何不举火？"探马答曰："吕蒙使水手尽穿白衣，扮作客商渡江，将精兵伏于䑽艖之中，先擒了守台士卒，因此不得举火。"公跌足叹曰："吾中奸贼之谋矣！有何面目见兄长耶！"_{公此时之志已誓在必死。}管粮都督赵累曰："今事急矣，可一面差人往成都求救，一面从旱路去取荆州。"关公依言，差马良、伊籍赍文三道，星夜赴成都求救；_{恨请援之不早耳。}一面引兵来取荆州，自领前队先行，留廖化、关平断后。_{按下关公，再叙曹操。}

却说樊城围解，曹仁引众将来见曹操，泣拜请罪。操曰："此乃天数，非汝等之罪也。"操重赏三军，亲至四冢寨周围阅视，顾谓众将曰："荆州兵围堑鹿角数重，徐公明深入其中，竟获全功。孤用兵三十余年，未敢长驱径入敌围。公明真胆识兼优者也！"_{玄德赞子龙只是一身胆，今曹操赞徐晃又添一个识字。}众皆叹服。操班师还于摩陂驻扎。徐晃兵至，操亲出寨迎之，见晃军皆按队伍而行，并无差乱。操大喜曰："徐将军真有周亚夫之风矣！"_{直欲以摩陂当细柳。}遂封徐晃为平南将军，同夏侯尚守襄阳，以遏关公之师。操因荆州未定，_{荆州已定而云未定者，以关公尚在故耳。}就屯兵

于摩陂，以候消息。^{按下曹操，再叙关公。}

却说关公在荆州路上，进退无路，谓赵累曰："目今前有吴兵，后有魏兵，吾在其中，救兵不至，如之奈何？"累曰："昔吕蒙在陆口时，尝致书君侯，两家约好，共诛操贼，^{前文但叙陆逊致书，未叙吕蒙致书，此又补前文之所未及。}今却助操而袭我，是背盟也。君侯暂驻军于此，可差人遗书吕蒙责之，看彼如何对答。"关公从其言，遂修书遣使赴荆州来。

却说吕蒙在荆州，传下号令，凡荆州诸郡，有随关公出征将士之家，不许吴兵搅扰，按月给与粮米；有患病者，遣医治疗。将士之家，感其恩惠，安堵不动。^{不是吕蒙好处，正是吕蒙奸处。}忽报关公使至，吕蒙出郭迎接入城，以宾礼相待。^{恶极。}使者呈书与蒙。蒙看毕，谓来使曰："蒙昔日与关将军结好，乃一己之私见；今日之事，乃上命差遣，不得自主。烦使者回报将军，善言致意。"^{关公单刀赴会全用硬，吕蒙此时全用软。}遂设宴款待，送归馆驿安歇。于是随征将士之家，皆来问信；有附家书者，有口传音信者，皆言家门无恙，衣食不缺。^{皆在吕蒙术中。}

使者辞别吕蒙，蒙亲送出城。使者回见关公，具道吕蒙之语，并说："荆州城中，君侯宝眷并诸将家属，俱各无恙，供给不缺。"公大怒曰："此奸贼之计也！我生不能杀此贼，死必杀之，以雪吾恨！"^{为后文伏线。}喝退使者。使者出寨，众将皆来探问家中之事。使者具言各家安好，吕蒙极其恩恤，并将书信传送各将。各将欣喜，皆无战心。^{俱在吕蒙术中。}

关公率兵取荆州，军行之次，将士多有逃回荆州者。关公愈加恨怒，遂催军前进。忽然喊声大震，一彪军拦住，为首大将，乃蒋钦也，^{不从东吴叙来，却从关公一边撞见，省笔之法。}勒马挺枪大叫曰："云长何不早降！"关公骂曰："吾乃汉将，岂降贼乎！"拍马舞刀，直取蒋钦。不三合，钦败走。关公提刀追杀二十余里，喊声忽起，左边山谷中韩当领军冲出，右边山谷中周泰引军冲出，蒋钦回马复战，三路夹攻。关公急撤军回走。行无数里，只见南山冈上人烟聚集，一面白旗招飐，上写"荆州土人"四字，众人都叫："本处人速速投降！"^{皆催散关公兵之计。}关公大怒，欲上冈杀之。山崦内又有两军撞出：左边丁奉，右边徐盛；并合蒋钦等三路军马，喊声震地，鼓角喧天，将关公困在垓心。^{东吴既袭荆州，可以已矣，又使众将来攻关公，其恶已甚。}手下将士，渐渐消疏。比及杀到黄昏，关公遥望四山之上，皆是荆州士兵，呼兄唤弟，觅子寻爷，喊声不住。军心尽变，皆应声而去。^{皆在吕蒙术中。}关公止喝不住，部从止有三百余人。杀至三更，正东上喊声连天，乃是关平、廖化分两路兵杀入重围，救出关公。关平告曰："军心乱矣，必得城池暂屯，以待援兵。麦城虽小，足可屯扎。"关公从之，催促残军前至麦城，^{此时走麦城与二十五回奔土山相似。}分兵紧守四门，聚将士商议。赵累曰："此处相近上庸，现有刘封、孟达在彼把守，可速差人往求救兵。〔成都之救远，上庸之救近，急则取其近者。〕若得这枝军马接济，以待川兵大至，军心自安矣。”

正议间，忽报吴兵已至，将城四面围定。公问曰："谁敢突围而出，往上庸求救？"廖化曰："某愿往。"〔马良、伊籍之去也易，廖化之去也难，急则不避其难者。〕关平曰："我护送汝出重围。"关公即修书付廖化藏于身畔，饱食上马，开门出城。正遇吴将丁奉截住。被关平奋力冲杀，奉败走，廖化乘势杀出重围，投上庸去了。关平入城，坚守不出。

且说刘封、孟达自取上庸，太守申耽率众归降，因此汉中王加刘封为副将军，与孟达同守上庸。〔接叙七十二回中事。〕当日探知关公兵败，二人正议间，忽报廖化至。封令请入问之。化曰："关公兵败，现困于麦城，被围至急。蜀中援兵不能旦夕即至，特命某突围而出，来此求救。望二将军速起上庸之兵，以救此危。倘稍迟延，公必陷矣。"〔太史慈求救于平原是突如其来，廖化求救于上庸是有因而至：一则言之慷慨，一则言之急切。〕封曰："将军且歇，容某计议。"〔如此急事，有何计议？计议便不像了。〕

化乃至馆驿安歇，尚候发兵。刘封谓孟达曰："叔父被困，如之奈何？"达曰："东吴兵精将勇。且荆州九郡俱已属彼，止有麦城，乃弹丸之地。又闻曹操亲督大军四五十万，屯于摩陂。量我等山城之众，安能敌得两家之强兵？不可轻动。"〔又是一个傅士仁。〕封曰："吾亦知之。奈关公是吾叔父，安忍坐视而不救乎？"达笑曰："将军以关公为叔，恐关公未必以将军为侄也。某闻汉中王初嗣将军之时，关公即不悦。〔照应前文。〕后汉中王登位之后，欲立后嗣，问于孔明，孔明曰：'此家事也，问关、张可矣。'汉中王遂遣人至荆州问关公，关公以将军乃螟蛉之子，不可僭立，〔补前文之所未及。〕劝汉中王远置将军于上庸山城之地，以杜后患。〔此是孟达挑构之语。〕此事人人知之，将军岂反不知耶？何今日犹沾沾以叔侄之义，而欲冒险轻动乎？"〔如此挑构阻挠，可恨可恶。〕封曰："君言虽是，但以何词却之？"达曰："但言山城初附，民心未定，不敢造次兴兵，恐失所守。"封从其言。次日，请廖化至，言："此山城初附之所，未能分兵相救。"〔又是一个糜芳。○玄德于孔融疏矣，于陶谦又疏矣，而能因太史慈之请而救孔融，又能因孔融之请而救陶谦。今刘封乃听孟达而拒廖化，安得为肖子乎？〕化大惊，以头叩地曰："若如此，则关公休矣！"达曰："我今即往，一杯之水，安能救一车薪之火乎？将军速回，静候蜀兵至可也。"化大恸告求，〔直欲效包胥之哭。〕刘封、孟达皆拂袖而入。廖化知事不谐，寻思须告汉中王求救，遂上马大骂出城，望成都而去。〔刘封之杀兆于此。〕

却说关公在麦城盼望上庸兵到，却不见动静；手下止有五六百人，多半带伤；城中无粮，甚是苦楚。忽报城下一人教休放箭，有话来见君侯。公令放入，问之，乃诸葛瑾也。礼毕茶罢，瑾曰："今奉吴侯命，特来劝谕将军。自古道：'识时务者为俊杰。'今将军所统汉上九郡，皆已属他人矣。止有孤城一区，内无粮草，外无救兵，危在旦夕。将军何不从瑾之言，归顺吴侯，复镇荆襄，可以保全家眷。幸君侯熟思之。"^{张辽说关公是说之以理，诸葛}瑾说关公相告之以势，公为理

势屈也。关公正色而言曰："吾乃解良一武夫，^{汉文帝与南越王书曰："朕高皇帝侧室}蒙吾主以手足

相待，安肯背义投敌国乎？城若破，有死而已。玉可碎而不可改其白，竹可焚而不可毁其

节；身虽殒，名可垂于竹帛也。^{言贯金}汝勿多言，速请出城，吾欲与孙权决一死战！"瑾

曰："吴侯欲与君侯结秦晋之好，同力破曹，共扶汉室，别无他意。君侯何执迷如是？"

^{又照应前文}言未毕，关平拔剑而前，欲斩诸葛瑾。^{义气凛然，今之立于}公止之曰："彼弟孔明在

蜀，佐汝伯父，今若杀彼，伤其兄弟之情也。"^{自重其兄弟，以及人之兄弟}遂令左右逐出诸葛

瑾。瑾满面羞惭，上马出城，回见吴侯曰："关公心如铁石，不可说也。"孙权曰："真

忠臣也！似此如之奈何？"吕范曰："某请卜其休咎。"^{魏有管辂之卜，吴有吕范之卜，一则}权即令卜

之。范揲蓍成象，乃"地水师卦"，更有玄武临应，主敌人远奔。权问吕蒙曰："卦主敌人远

奔，卿以何策擒之？"蒙笑曰："卦象正合某之机也。关公虽有冲天之翼，飞不出吾罗网

矣！"正是：

龙游沟壑遭虾戏，凤入牢笼被鸟欺。

毕竟吕蒙之计若何，且看下文分解。

第七十七回

玉泉山关公显圣

洛阳城曹操感神

　　"云长安在"一语，抵得一部《金刚经》妙义。以"安在"二字推之，微独云长为然也。吴安在？魏安在？蜀安在？三分事业，三国人才皆安在哉？凡有在者不在，而惟无在者常在。知其安在，而云长乃千古如在矣。

　　昔之和尚能感神，今之和尚善捣鬼。看普静独自一个在玉泉山修行，方是清净法师，所以能点化云长耳。每见近日有一等没发光棍，略诵几句《多心经》，辄欲升座说法；盗袭几句野狐禅，便称棒喝宗门。聚徒成群，过都越国，哄动男女，填塞街巷，布施金钱。和尚捣鬼，众人见鬼，总是一派鬼混，恨不借云长青龙刀一斩其魔障也。

　　云长英灵不泯固矣，而赤兔马亦在云中。岂马为英雄之马，其英灵亦胜于人耶？况青巾绿袍并青龙偃月刀，皆依然如故，得毋衣物器械亦有魂否？曰：无疑也。其神灵则不独相随之人附之而灵，其所用之物亦与之而俱灵。平也，仓也，马也，刀也，巾袍也，皆宜与云长并垂不朽者也。

　　或疑关、张并是英雄，而云长显圣，不闻翼德显圣，何也？曰：翼德何尝不显圣？相传有在唐留姓，在宋留名之说。今张睢阳、岳武穆，声灵赫然，庙祀甚肃，岂非翼德之未尝死乎？况桃园三人，非三人也，一人而已。云长存，即谓之翼德存可耳。且谓与玄德俱存，亦无不可耳。

　　关公既经普静点化之后，人相我相，一切皆空，何又有追吕蒙、骂孙权、惊曹操、告玄德之事乎？曰：云长不以生死而有异。玉泉山之关公，与镇国寺之关公，非有两关公也，善善恶恶，因乎自然，而我无与焉。追所当追，骂所当骂，惊所当惊，告所当告，直以为未尝追、未尝骂、未尝惊、未尝告而已矣。不宁惟是，五关斩将，直是未尝斩；水淹七军，直是未尝淹也。

　　却说孙权求计于吕蒙。蒙曰："吾料关某兵少，必不从大路而逃。麦城正北有险峻小路，必从此路而去。可令朱然引精兵五千，伏于麦城之北二十里。彼军至，不可与敌，只可随后掩杀。彼军定无战心，必奔临沮。却令潘璋引精兵五百，伏于临沮山僻小路，关某可擒矣。_{权志在于得荆州耳，何必害关公而后快。若使鲁肃而在，决不为此。}今遣将士各门攻打，只空北门，待其出走。"_{操围公于土山，不使之走。权围公于麦城，偏欲使之走。}权闻计，令吕范再卜之。_{管辂只有一卜，吕卦成，范一事而有再卜。}卦成，范告曰："此卦主敌人投西北而走，今夜亥时必然就擒。"_{亥属水，仍合玄武临应之兆。}权大喜，遂令朱然、潘璋领两枝精兵，各依军令埋伏去讫。

　　且说关公在麦城，计点马步军兵，止剩三百余人；粮草又尽。是夜，城外吴兵招唤各军姓名，越城而去者甚多。_{项羽垓下之役，八千子弟且俱散去，何况三百人乎？}救兵又不见到。心中无计，谓王甫曰："吾悔昔日不用公言！今日危急，将复何如？"甫哭告曰："今日之事，虽子牙复生，亦无计可施也。"_{孔明见在，但远不能救耳。}赵累曰："上庸救兵不至，乃刘封、孟达按兵不动之故。何不弃此孤城，奔入西川，再整兵来，以图恢复？"公曰："吾亦欲如此。"遂上城观之。见北门外敌军不多，因问本城居民："此去往北，地势若何？"答曰："此去皆是山僻小路，可通西川。"公曰："今夜可走此路。"王甫谏曰："小路有埋伏，可走大路。"公曰："虽有埋伏，吾何惧哉！"〔此时若用王甫之言，或犹可免，未可知也。〕即下令：马步官军，严整装束，准备出城。甫哭曰："君侯于路，小心保重！某与部卒百余人，死据此城；城虽破，身不降也！〔此言亦可贯金石，与公并垂不朽矣。〕专望君侯速来救援！"

公亦与泣别，遂留周仓与王甫同守麦城。关公自与关平、赵累引残卒二百余人，突出北门。〔公于此时不即自杀者，尚欲图后举以报汉中王也。〕关公横刀前进，行至初更以后，〔是亥时了。〕约走二十余里，只见山凹处，金鼓齐鸣，喊声大震，一彪军到，为首大将朱然，骤马挺枪叫曰："云长休走！趁早投降，免得一死！"公大怒，拍马轮刀来战。朱然便走，公乘势追杀。一棒鼓响，四下伏兵皆起。公不敢战，望临沮小路而走，朱然率兵掩杀。关公所随之兵，渐渐稀少。〔兵之渐少，非必尽死也，大率为荆州兵招去耳。〕走不得四五里，前面喊声又震，火光大起，潘璋骤马舞刀杀来。公大怒，轮刀相迎，只三合，潘璋败走。公不敢恋战，急望山路而走，背后关平赶来，报说赵累已死于乱军中。〔赵累之死在关平口中叙出，用虚写，妙。〕关公不胜悲惶，遂令关平断后，公自在前开路，随行止剩得十余人。行至决石，两下是山，山边皆芦苇败草，树木丛杂。时已五更将尽。〔吕范卜在亥时，今却到五更，读者窃审其数之不着矣。〕正走之间，一声喊起，两下伏兵尽出，长钩套索，一齐并举，先把关公坐下马绊倒。关公翻身落马，被潘璋部将马忠所获。〔读至此，令人拍案一叫。〕关平知父被擒，火速来救；背后潘璋、朱然率兵齐至，把关平四下围住。平孤身独战，力尽亦被执。〔读至此，又至拍案一叫。〕至天明，孙权闻关公父子已被擒获，大喜，〔可恶。〕聚众将于帐中。

少时，马忠簇拥关公至前。权曰："孤久慕将军盛德，欲结秦晋之好，何相弃耶？〔原来是不肯扳亲之恨。一笑。〕公平昔自以为天下无敌，今日何由被吾所擒？将军今日还服孙权否？"〔曹操敬礼关公，而孙权笑之，不及曹操多矣。〕关公厉声骂曰："碧眼小儿，紫髯鼠辈！吾与刘皇叔桃园结义，誓扶汉室，岂与汝叛汉之贼为伍耶！〔操为汉贼，而助操攻公，则吴亦叛汉之贼也。骂得快畅。〕我今误中奸计，有死而已，何必多言！"权回顾众官曰："云长世之豪杰，孤深爱之。今欲以礼相待，劝使归降，何如？"主簿左咸曰："不可。昔曹操得此人时，封侯赐爵，三日一小宴，五日一大宴，上马一提金，下马一提银，如此恩礼，毕竟留之不住，听其斩关杀将而去，〔将公往事一提，照应二十七回之前。〕致使今日反为所逼，几欲迁都以避其锋。〔独不提起华容之事，何耶？〕今主公既已擒之，若不即除，恐贻后患。"孙权沉吟半晌，曰："斯言是也。"遂命推出。于是关公父子皆遇害。〔曹操不害关公，而孙权害之，不及曹操多矣。〕时建安二十四年冬十二月也。关公亡年五十八岁。后人有诗叹曰：

汉末才无敌，云长独出群。

神威能奋武，儒雅更知文。

天日心如镜，《春秋》义薄云。

昭然垂万古，不止冠三分。

又有诗曰：

人杰惟追古解良，士民争拜汉云长。

桃园一日兄和弟，俎豆千秋帝与王。

气挟风雷无匹敌，志垂日月有光芒。

至今庙貌盈天下，古木寒鸦几夕阳。

关公既殁，坐下赤兔马被马忠所获，献与孙权。权即赐马忠骑坐。其马数日不食草料而死。此马不为吕布死而为关公死，死得其所矣。马亦能择主乎？

却说王甫在麦城中，骨颤肉惊，乃问周仓曰："昨夜梦见主公浑身血污，立于前，急问之，忽然惊觉。不知主何吉凶？"前有关公之梦，此又有王甫之梦。正说间，忽报吴兵在城下，将关公父子首级招安。王甫、周仓大惊，急登城视之，果关公父子首级也。王甫大叫一声，堕城而死。周仓自刎而亡。二人死且不朽，今人但塑平与仓之像于公侧，而不及王甫、赵累二人，犹为有阙也。于是麦城亦属东吴。

却说关公一魂不散，荡荡悠悠，直至一处，乃荆门州当阳县一座山，名为玉泉山。山上有一老僧，法名普净，原是汜水关镇国寺中长老，二十七回中之人，至此忽然照出。后因云游天下，来到此处，见山明水秀，就此结草为庵，每日坐禅参道；是清净法师，不是热闹和尚。身边只有一小行者，化饭度日。小行者而忍使之化饭，便不似今之爱恤徒弟的和尚了。是夜月白风清，三更已后，普静正在庵中默坐，忽闻空中有人大呼曰："还我头来！"既在空，何有我？本无我，何有头？本无头，何有还？本无头去，何有头来？○若云无头，呼者是谁？若欲还头，还于何处？普净仰面谛观，只见空中一人，骑赤兔马，提青龙刀，左有一白面将军，右有一黑脸虬髯之人相随，关平、周仓在普静眼中写出，妙在不知其人。一齐按落云头，至玉泉山顶。普净认得是关公，遂以手中麈尾击其户曰："云长安在？"此语抵得一声棒喝。关公英魂顿悟，即下马乘风落于庵前，叉手问曰："吾师何人？愿求法号。"普净曰："老僧普净，昔日汜水关前镇国寺中，曾与君侯相会，今日岂遂忘之耶？"云长空，普静亦空。何必忘，何必不忘。公曰："向蒙相救，铭感不忘。今某已遇祸而死，愿求清诲，指点迷途。"

普净曰："昔非今是，一切休论；后果前因，彼此不爽。_{四语抵得升座}今将军为吕蒙所害，大^{说法一场。}呼'还我头来'，然则颜良、文丑、五关六将等众人之头，又将向谁索耶？"_{现前因}于是关公^{果。}恍然大悟，稽首皈依而去。_{稽首则无头而有头，皈}后往往于玉泉山显圣护民。乡人感其德，就于^{依则有我而无我矣。}山顶上建庙，四时致祭。后人题一联于其庙云：

赤面秉赤心，骑赤兔追风，驰驱时无忘赤帝；

青灯观青史，仗青龙偃月，隐微处不愧青天。

却说孙权既害了关公，遂尽收荆襄之地，赏犒三军，设宴大会诸将庆功，置吕蒙于上座，顾谓众将曰："孤久不得荆州，今唾手而得，皆子明之功也。"蒙再三逊谢。权曰："昔周郎雄略过人，破曹操于赤壁。_{周郎未尝结连曹}不幸早夭，鲁子敬代之。子敬初见孤时，^{操，胜于子明。}便及帝王大略，此一快也；曹操东下，诸人皆劝孤降，子敬独劝孤召公瑾逆而击之，此二快也。_{子敬未尝结连曹操，}惟劝吾借荆州与刘备，是其一短。_{借备以荆州合力拒操，}今子明设计定^{又胜于子明。}谋，立取荆州，胜子敬、周郎多矣！"_{昧讨贼之义，是吕蒙不如}^{正是长策，何云短也。}

于是亲酌酒赐吕蒙。吕蒙接酒欲饮，忽然掷杯于地，一手揪住孙权，厉声大骂曰："碧眼小儿！紫髯鼠辈！还识我否？"_{令人吓杀之。"我"}众将大惊，急救时，蒙推倒孙权，^{字叫得响。}大步前进，坐于孙权位上，两眉倒竖，双眼圆睁，大喝曰："我自破黄巾以来，纵横天下三十余年，今被汝一旦以奸计图我，我生不能啖汝之肉，死当追吕贼之魂！我乃汉寿亭侯关云长也。"_{惊天动地之人，自有}权大惊，慌忙率大小将士，皆下拜。只见吕蒙倒于地上，七^{此作威显圣之事。}窍流血而死。_{死得快畅，孙}众将见之，无不恐惧。权将吕蒙尸首，具棺安葬，赠南郡太守、^{权亦险些儿。}孱陵侯，命其子吕霸袭爵。孙权自此感关公之事，惊讶不已。

忽报张昭自建业而来。权召入问之。昭曰："今主公损了关公父子，江东祸不远矣！此人与刘备桃园结义之时，誓同生死。今刘备已有两川之兵，更兼诸葛亮之谋，张、黄、马、赵之勇。备若知云长父子遇害，必起倾国之兵，奋力报仇，恐东吴难与敌也。"_{势所必}权闻之大惊，跌足曰："孤失计较也！似此如之奈何？"^{然。}_{却才被死吕蒙吓了一跳，}昭曰："主公^{今见活张昭又吓了一跳。}勿忧。某有一计，令西蜀之兵不犯东吴，荆州如磐石之安。"权问何计。昭曰："今曹操拥百万之众，虎视华夏，刘备急欲报仇，必与操约和。_{玄德必不与操连和，}若二处连兵而^{在东吴须以此度之耳。}来，东吴危矣。不如先遣人将关公首级，转送与曹操，明教刘备知是操之所使，必痛恨于操，西蜀之兵不向吴而向魏矣。_{虽是东吴之所谋，实亦曹操之}吾乃观其胜负，于中取事，此为上^{所使。嫁祸于操，诚不为过。}

策。*既欲嫁祸于人，又欲取利于己，人情大抵如是。*

　　权从其言，随遣使者以木匣盛关公首级，星夜送与曹操。时操从摩陂班师回洛阳，闻东吴送关公首级至，喜曰："云长已死，吾夜眠贴席矣。"*夜眠今始贴席，孰知席将不能久贴也。*阶下一人出曰："此乃东吴移祸之计也。"*又早识破。*操视之，乃主簿司马懿也。操问其故。懿曰："昔刘、关、张三人桃园结义之时，誓同生死。今东吴害了关公，惧其复仇，故将首级献与大王，使刘备迁怒大王，不攻吴而攻魏，他却于中乘便而图事耳。"*如烛照而龟卜。*操曰："仲达之言是也。孤以何策解之？"懿曰："此事极易。大王可将关公首级，刻一香木之躯以配之，葬以大臣之礼。刘备知之，必深恨孙权，尽力南征。我却观其胜负，蜀胜则击吴，吴胜则击蜀。二处若得一处，那一处亦不久也。"*乘的又撞着乘的。*操大喜，从其计，遂召吴使入。呈上木匣，操开匣视之，见关公面如平日。操笑曰："云长公别来无恙！"*与华容道相见之语一般，前是恭敬，此是戏谑。*言未讫，只见关公口开目动，须发皆张，操惊倒。*才吓倒孙权，又吓倒曹操，关公竟未尝死也。*众官急救，良久方醒，顾谓众官曰："关将军真天神也！"吴使又将关公显圣附体、骂孙权、追吕蒙之事告操。操愈加恐惧。*活关公可怕，死关公更可怕，死关公无异活关公，则尤可怕。*遂设牲醴祭祀，刻沉香木为躯，以王侯之礼，葬于洛阳南门外，令大小官员送殡。操自拜祭，赠为荆王，差官守墓；即遣吴使回江东去讫。*以上按下曹操，以下接叙玄德。*

　　却说汉中王自东川回成都，法正奏曰："主上先夫人去世，孙夫人又南归，未必再来。*糜夫人死而糜芳叛去，孙夫人去而孙权见图。正叙西川一边，却紧照荆州一边。*人伦之道，不可废也，必纳王妃，以襄内政。"汉中王从之。法正复奏曰："吴懿有一妹，美而且贤。尝闻有相者，相此女后必大贵。*前叙卜，此叙相，闲闲相对。*先曾许刘焉之子刘瑁，瑁早夭。其女至今寡居，大王可纳之为妃。"*正说婚姻，却关碍兄弟。*汉中王曰："刘瑁与我同宗，于理不可。"*笃于异姓兄弟，岂忍忘同族兄弟。*法正曰："论其亲疏，何异晋文之与怀嬴乎？"*法正做媒，颇为不正。*汉中王乃依允，遂纳吴氏为王妃。*玄德应允，大是从权。*后生二子：长刘永，字公寿；次刘理，字奉孝。*带笔叙及。*

　　且说东西两川，民安国富，田禾大成。忽有人自荆州来，言东吴求婚于关公，关公力拒之。*法正议婚，东吴亦议婚；玄德应允，关公不肯应允：正相映射。*孔明曰："荆州危矣！可使人替关公回。"*若能如此，荆州不失。惜乎有此言，未有此事。*正商议间，荆州捷报使命，络绎而至。不一日，关兴到，具言水淹七军之事。忽又报马到来，报说关公于江边多设墩台，提防甚密，万无一失。因此玄德放心。*补叙玄德。*

　　忽一日，玄德自觉浑身肉颤，行坐不安。至夜，不能宁睡，起坐内室，秉烛看书，觉神思昏迷，伏几而卧。就室中起一阵冷风，灯灭复明，抬头见一人立于灯下。*写得闪忽可畏。*玄德问曰："汝何人，黉夜至吾内室？"其人不答。玄德疑怪，自起视之，乃是关公，于灯影下往来躲避。〔与玉泉山顶、孙权座间，另是一般光景。〕玄德曰："贤弟别来无恙！夜深至此，必有大故。吾与汝情同骨肉，因何回避？"关公泣告曰："愿兄起兵，以雪弟恨！"言讫，冷风骤起，关公不见。玄德忽然惊觉，乃是一梦，〔前叙王甫一梦，此又叙玄德一梦。〕时正三鼓。玄德大疑，急出前殿，使人请孔明来。孔明入见，玄德细言梦警。孔明曰："此乃主上心思关公，故有此梦。何必多疑？"〔人亦有言，将信将疑，暗暗心目，寐寐见之。〕玄德再三疑虑，孔明以善言解之。〔读者至此，必疑孔明糊涂矣。〕

　　孔明辞出，至中门外，迎见许靖。靖曰："某才赴军师府下报一机密，听知军师入宫，特来至此。"孔明曰："有何机密？"靖曰："某适闻外人传说，东吴吕蒙已袭荆州，关公已遇害！故特来密报军师。"孔明曰："吾夜观天象，见将星落于荆楚之地，已知云长必然被祸，但恐王上忧虑，故未敢言。"〔方知孔明心中已是明白。〕二人正说之间，忽然殿内转出一人，扯住孔明衣袖而言曰："如此凶信，公何瞒我！"孔明视之，乃玄德也。〔玄德忽见灯下一人，孔明忽见殿后一人，皆写得突兀。〕

　　孔明、许靖奏曰："适来所言，皆传闻之事，未足深信。愿王上宽怀，勿生忧虑。"玄德曰："孤与云长，誓同生死；彼若有失，孤岂能独生耶！"〔有此一语，二公一发不肯说实话。〕孔明、许靖正劝解之间，忽近侍奏曰："马良、伊籍至。"〔接笋甚紧。〕玄德急召入问之。二人具说荆州已失，关公兵败求救，〔妙在只晓得一半，尚不知有后事。〕呈上表章。未及拆观，侍臣又奏荆州廖化至。〔接笋更急。〕玄德急召入。化哭拜于地，细奏刘封、孟达不发救兵之事。〔亦只晓得一大半，尚不知有后事。〕玄德大惊曰："若如此，吾弟休矣！"孔明曰："刘封、孟达如此无礼，罪不容诛！王上宽心，亮亲提一旅之师，去救荆襄之急。"〔有此言，必有此事。〕玄德泣曰："云长有失，孤断不独生！孤来日自提一军去救云长！"遂一面差人赴阆中报知翼德，一面差人会集人马。〔预为后文伏笔，足见三人同心。〕未及天明，一连数次，报说关公夜走临沮，为吴将所获，义不屈节，父子归神。〔一路俱作吞吐之事，至此方才叙完，绝妙笔法。〕玄德听罢，大叫一声，昏绝于地。正是：

　　　　为念当年同誓死，忍教今日独捐生！

　　未知玄德性命如何，且看下文分解。

第七十八回

治风疾神医身死

传遗命奸雄数终

曹操之杀华佗，以佗之将杀操也。佗疗操而何以云杀操？曰凿其头，则是欲杀之也。臂则刮，未闻头可凿。如凿其头而能活，必如左慈之幻术则可；若以言医，则无是理也。无是理，则其欲杀之无疑也。曷为疗关公则疗之，疗曹操则欲杀之？曰能慕义者，必恶恶。于其慕关公之义而疗公，则知其必能杀操者耳。故华佗之死，当与吉平之死并传。

或惜华佗之书不传，而后世无神医，此言非笃论也。医者意也，意岂书之所能传乎？不可知之谓神。医而曰神，神岂书之所得而解乎？以书治病者，不谓之知医；犹之以书用兵者，不谓之知兵。佗之书与《孟德新书》而俱焚，焚之诚是矣。吴氏之妇焚之，为其书之足以杀身。若使吴氏之妇不焚之，而今人学之，又恐其书之足以杀人耳。

曹操死于庚子之年，戊寅之月。而十回之前，早有左慈"土鼠金虎"一言伏案矣。然而数之未尽，事在将来。触左慈而不死，触树神而后死，前文之左慈特为此卷之引子也。犹之合眼见关公而不死，开眼见伏后诸人而后死，此卷之关公特为前卷之余波也。且树神又为伏后诸人之引子，而夏侯惇见伏后又为曹操见伏后之余波。斯篇略借鬼神之事警戒奸雄，事极其妙，文亦极其妙。

曹操之托文王，与王莽之托周公相似，而曹操又巧于王莽，何也？篡国之事，王莽身自为之，曹操不自为之，而使其子为之，则莽拙而操巧也。王莽以金縢学周公，又以居摄学虞舜，是欲以一身而兼学两圣人之事；曹操以其身学文王，而使其子学武王，是欲以两世而分学两圣人之事。呜呼！以圣人之事，而乃为奸雄之所窃，岂不重可叹耶！

或见曹操分香卖履之令，以为平生奸伪，死见真性。不知此非曹操之真，仍是曹操之伪也。非至死而见真，乃至死而犹伪也。临终遗命，有大于禅代者乎？乃家人婢妾，无不处置详尽，而独无一语及禅代之事，是欲使天下后世信其无篡国之心，于是子孙蒙其恶名，而己则避之，即自比周文之意耳。其意欲欺尽天下后世之人，而天下后世之无识者，乃遂为其所欺。操真奸雄之尤哉！

曹操平生无真，至死犹假，则分香卖履是也；临死无真，死后犹假，则疑冢七十二是也。以生曹操欺人不奇，以死曹操欺人则奇矣；以一假曹操欺人不足奇，以无数假曹操欺人则更奇矣。然曹操之死，以假混真，虽有无数假曹操，其中却有一真曹操。曹操之生有假无真，人只见得一曹操，到底不曾认得一真曹操。不独死曹操是假，即活曹操亦是假；不独假曹操是假，即真曹操亦是假，是其生又幻于其死云。

曹操既护其生前之身，又护其死后之身，则疑冢七十二是也；既护其死后之形，又欲娱其死后之魂，则命设帏帐于铜雀台，每进食必奏乐是也。其生前之作恶，不畏死后之受谴者，以死后之无知耳。若欲娱死后之魂，则是有知矣。岂受谴则无知，而娱乐则有知乎？其杀人于生前，不畏其报复于死后者，以他人死后之无知耳。若自娱其死后之魂，则己固有知矣。岂己之死则有知，而他人之死则无知乎？究竟果报昭然，厉鬼终当杀贼，地狱既设，游魂难到铜台。我叹曹操之巧，终笑曹操之愚。

观三马同槽之梦，又在马腾既死之后，而窃叹数之所伏，有非人意计之所得防也。周王以"檿弧"之谣杀弓人，而不知其应在褒姒；汉武以狱中天子气而杀罪人，而不知其应在病己；王莽以易名应谶之故而杀刘歆，而不知其应在光武。今操之梦兆亦有是矣。若谓前之梦为西凉，则马休、马铁固合而为三；若谓后之梦为西凉，则马超、马岱已仅存其二。因后之谬，并识前之非。而既识前之非，更无从考其后之是。读者至此，为之喟然。

却说汉中王闻关公父子遇害，哭倒于地，众文武急救，半晌方醒，扶入内殿。孔明劝曰："王上少忧。自古道'死生有命'。关公平日刚而自矜，故今日有此祸。（以不记军师"东和孙权"一语，故似有埋怨之意。）王上且宜保养尊体，徐图报仇。"玄德曰："孤与关、张二弟桃园结义时，誓同生死。今云长已亡，孤岂能独享富贵乎！"言未已，只见关兴号恸而来。玄德见了，大叫一声，又哭绝于地。（羊舌见向戍而泣，况玄德乎？）众官救醒。一日哭绝三五次，三日水浆不进，只是痛哭。泪湿衣襟，斑斑成血。（是真哥哥，是假哥哥。）孔明与众官再三劝解。玄德曰："孤与东吴，誓不同日月也！"（不反兵之仇，不共戴之仇，非。）孔明曰："闻东吴将关公首级献与曹操，操以王侯礼祭葬之。"玄德曰："此何意也？"孔明曰："此是东吴欲移祸于曹操，操知其谋，故以厚礼葬关公，令主上归怨于吴也。"（张昭、司马懿之计，不能逃此公之明鉴。）（总。）玄德曰："吾今即提兵问罪于吴，以雪吾恨！"（舍魏而单举吴。）孔明谏曰："不可。方今吴欲令我伐魏，魏亦欲令我伐吴，各怀谲计，伺隙而乘。王上只宜按兵不动，且与关公发丧。待吴、魏不和，乘时而伐之，可也。"（此以吴、魏并说。）众官又再三劝谏，玄德方才进膳，传旨川中大小将士，尽皆挂孝。（早为后文张飞伏笔。）汉中王亲出南门招魂祭奠，号哭终日。（诗曰："上慎旃哉，由来无死。"今竟死矣，吊祭不至，招魂何依？为之兄者能不悲哉！○以上按下玄德，以下先叙曹操。）

却说曹操在洛阳，自葬关公后，每夜合眼便见关公。（与孙策见于吉仿佛相似。）操甚惊惧，问于众官。众官曰："洛阳行宫旧殿多妖，可造新殿居之。"（操自将死，与殿何干。）操曰："吾欲起一殿，名建始殿。"（当名曰"命终殿"。）"恨无良工。"贾诩曰："洛阳良工有苏越者，最有巧思。"操召入，令画图像。苏越画成九间大殿，前后廊庑楼阁，呈与操。操视之曰："汝画甚合孤意，但恐无栋梁之材。"（为巨室，必使工师求大木。）苏越曰："此去离城三十里，有一潭，名跃龙潭；前有一祠，名跃龙祠。祠旁有一株大梨树，高十余丈，堪作建始殿之梁。"操大喜，（工师得大木则王喜。）即令人工到彼砍伐。

次日，回报此树锯解不开，斧砍不入，不能斩伐。操不信，自领数百骑，直至跃龙祠前下马，仰观那树，亭亭如华盖，直侵云汉，并无曲节。^{在曹操眼中}^{细看一番。}操命砍之，乡老数人前来谏曰："此树已数百年矣，常有神人居其上，恐未可伐。"^{卧龙冈有栋梁之才，跃龙祠亦}^{有栋梁之材，皆是神奇不同。}操大怒曰："吾平生游历，普天之下，四十余年，上至天子，下及庶人，无不惧孤，是何妖神，敢违孤意！"^{好言。}言讫，拔所佩剑亲自砍之，铮然有声，血溅满身，^{树亦有血，奈}^{何人无血性。}操愕然大惊，掷剑上马，回至宫内。是夜二更，操睡卧不安，坐于殿中，隐几而寐。忽见一人披发仗剑，身穿皂衣，直至面前，指操喝曰："吾乃梨树之神也。汝盖建始殿，意欲篡逆，却来伐吾神木！吾知汝数尽，特来杀汝！"^{草木非人，尚能讨贼，人非草}^{木，却多从贼，为之一叹。}操大惊，急呼："武士安在？"皂衣人仗剑砍操。操大叫一声，忽然惊觉，头脑疼痛不可忍。急传旨遍求良医治疗，不能痊可。众官皆忧。

华歆入奏曰："大王知有神医华佗否？"^{华歆不识曾}^{通谱否？}操曰："即江东医周泰者乎？"^{又将}^{十五}^{回事提}^{照。}歆曰："是也。"操曰："虽闻其名，未知其术。"歆曰："华佗字元化，沛国谯郡人也。其医术之妙，世所罕有。但有患者，或用药，或用针，或用灸，随手而愈。若患五脏六腑之疾，药不能效者，以麻肺汤饮之，令病者如醉死，却用尖刀剖开其腹，以药汤洗其脏腑，^{曹操一肚皮奸猾，}^{当用何药汤洗之？}病人略无疼痛。洗毕，然后以药线缝口，用药敷之，或一月，或二十日，即平复矣。其神妙如此！一日，佗行于道上，闻一人呻吟之声。佗曰：'此饮食不下之病。'问之果然。佗令取蒜齑汁三升饮之，吐蛇一条，长二三尺，饮食即下。^{曹操}^{腹中}^{毒蛇，恐不}^{止一条。}广陵太守陈登，心中烦懑，面赤，不能饮食，求佗医治。佗以药饮之，吐虫三升，皆赤头，首尾动摇。登问其故，佗曰：'此因多食鱼腥，故有此毒。今日虽可，三年之后，必将复发，不可救也。'后陈登果三年而死。^{陈登在徐州事，已隔数十}^{回，忽以闲笔应出，妙。}又有一人眉间生一瘤，痒不可当，令佗视之。佗曰：'内有飞物。'人皆笑之。佗以刀割开，一黄雀飞去，病者即愈。^{奇绝。○操之事君如赘}^{瘤，惜献帝之不能飞也。}有一人被犬咬足指，随长肉二块，一痛一痒，俱不可忍。佗曰：'痛者内有针十个，痒者内有黑白棋子二枚。'^{更奇。○操之能刺人，能}^{算人，恐术当生此二物。}人皆不信。佗以刀割开，果应其言。此人真扁鹊、仓公之流也！^{于百忙中}^{叙几桩闲事。}现居金城，离此不远，大王何不召之？"

操即差人星夜请华佗入内，令诊脉视疾。佗曰："大王头脑疼痛，因患风而起。病根在脑袋中，风涎不能出，枉服汤药，不可治疗。某有一法：先饮麻肺汤，然后用利斧砍开脑袋，取出风涎，方可除根。"^{与吉平用药}^{之意相同。}操大怒曰："汝要杀孤耶！"佗曰："大王曾闻关公中毒箭，伤其右臂，某刮骨疗毒，关公略无惧色。^{周泰事在曹操口中照应，关公事在华佗口中照}^{应，只两事匀作两番写，又以华佗口中一段闲}

今大王小可之疾，何多疑焉？"操曰："臂痛可刮，脑袋安可砍开？汝必与关公情熟，乘此机会，欲报仇耳！"_{非但为关公报仇，直将为天子讨贼。}呼左右拿下狱中，拷问其情。贾诩谏曰："似此良医，世罕其匹，未可废也。"操叱曰："此人欲乘机害我，正与吉平无异！"_{照应二十二回中事。}急令追拷。

　　华佗在狱，有一狱卒，姓吴，人皆称为"吴押狱"。此人每日以酒食供奉华佗。佗感其恩，乃告曰："我今将死，恨有《青囊书》未传于世。感公厚意，无可为报；我修一书，公可遣人送与我家，取《青囊书》来赠公，以继吾术。"吴押狱大喜曰："我若得此书，弃了此役，医治天下病人，以传先生之德。"_{有此心便可继华佗，不必治也。}佗即修书付吴押狱。吴押狱直至金城，问佗之妻取了《青囊书》，回至狱中，付与华佗检看毕，佗即将书赠与吴押狱。吴押狱持回家中藏之。_{以酒肉换《青囊》，大是便宜。换了此书，便有无数酒肉吃矣。}旬日之后，华佗竟死于狱中。吴押狱买棺殡殓讫，_{只算谢师钱。}脱了差役回家，欲取《青囊书》看习，只见其妻正将书在那里焚烧。_{妇人不爱医，非不爱书。}吴押狱大惊，连忙抢夺，全卷已被烧毁，只剩得一两叶。吴押狱怒骂其妻。妻曰："纵然学得与华佗一般神妙，只落得死于牢中，要他何用！"_{亦是达人之言。}吴押狱嗟叹而止。因此《青囊书》不曾传于世，所传者止阉鸡猪等小法，乃烧剩一两叶中所载也。后人有诗叹曰：

　　　　华佗仙术比长桑，神识如窥垣一方。

　　　　惆怅人亡书亦绝，后人无复见《青囊》！

　　却说曹操自杀华佗之后，病势愈重，又忧吴、蜀之事。正虑间，近臣忽奏东吴遣使上书。操取书拆视之，略曰：

　　　　臣孙权久知天命已归王上，伏望早正大位，遣将剿灭刘备，扫平两川，臣即

　　率群下纳土归降矣。_{孙权此时断断为汉贼无疑矣。}

　　操观毕大笑，出示群臣曰："是儿欲使吾居炉火上耶！"侍中陈群等奏曰："汉室久已衰微，殿下功德巍巍，生灵仰望。今孙权称臣归命，此天人之应，异气齐声。殿下宜应天顺人，早正大位。"_{令人追思荀彧，荀彧尚有良心。}操笑曰："吾事汉多年，虽有功德及民，然位至于王，名爵已极，何敢更有他望？苟天命在孤，孤为周文王矣。"_{隐然以篡逆之事留与曹丕。}司马懿曰："今孙权既称臣归附，王上可封官赐爵，令拒刘备。"_{权欲使操攻备，操又使权攻备，两家之意只在于此。至于一劝进、一赐爵，皆是醉翁之意不在酒。}操

从之，表封孙权为骠骑将军、南昌侯，领荆州牧。即日遣使赍诰敕赴东吴去讫。

操病势转加。忽一夜梦三马同槽而食，及晓，问贾诩曰："孤向日曾梦三马同槽，疑是马腾父子为祸；^{此梦在杀马腾之前，于此补照出来。}今腾已死，昨宵复梦三马同槽。主何吉凶？"^{曹丕未篡，早为司马氏预兆。}诩曰："禄马，吉兆也。禄马归于槽，王上何必疑乎？"^{与关平解猪为龙仿佛相似。今之代人详恶梦者，大抵类此。}操因此不疑。后人有诗曰：

> 三马同槽事可疑，不知已植晋根基。
>
> 曹瞒空有奸雄略，岂识朝中司马师？

是夜，操卧寝室，至三更，觉头目昏眩，乃起，伏几而卧。忽闻殿中声如裂帛，操惊视之，忽见伏皇后、董贵人、二皇子，并伏完、董承等二十余人，浑身血污，立于愁云之内，隐隐闻索命之声。^{从前作过事，没兴一齐来。}操急拔剑望空砍去，忽然一声响亮，震塌殿宇西南一角。^{新殿造不成，旧殿又塌了。}操惊倒于地，近侍救出，迁于别宫养病。次夜，又闻殿外男女哭声不绝。^{吕蒙是神附于身，曹操是鬼集于户，然操何以不附？曰：一则可附，多则不胜其附，故不附耳。}至晓，操召群臣入，曰："孤在戎马之中，三十余年，未尝信怪异之事。今日为何如此？"群臣奏曰："大王当命道士设醮修禳。"操叹曰："圣人云：'获罪于天，无所祷也。'^{"获罪于天"一语，自写供招。然既欲学文王，何不更学孔子之言，曰："某之祷久矣？"}孤天命已尽，安可救乎？"遂不允设醮。

次日，觉气冲上焦，目不见物，急召夏侯惇商议。惇至殿门前，忽见伏皇后、董贵人、二皇子、伏完、董承等，立在阴云之中。^{曹操是双眼见之，侯惇是一眼见之。}惇大惊昏倒，左右扶出，自此得病。操召曹洪、陈群、贾诩、司马懿等，同至卧榻前，嘱以后事。曹洪等顿首曰："大王善保玉体，不日定当霍然。"操曰："孤纵横天下三十余年，群雄皆灭，止有江东孙权、西蜀刘备，未曾剿除。孤今病危，不能再与卿等相叙，特以家事相托。^{但言家事而不言国事，是老贼奸猾处。}孤长子曹昂，刘氏所生，不幸早年殁于宛城。^{又将前事一提。}今卞氏生四子：丕、彰、植、熊。孤平生所爱第三子植，为人虚华少诚实，嗜酒放纵，因此不立。次子曹彰，勇而无谋。四子曹熊，多病难保。惟长子曹丕，笃厚恭谨，可继我业。卿等宜辅佐之。"^{但言立丕自继，更不说到禅代事，奸猾之极。}曹洪等涕泣领命而出。

操令近侍取平日所藏名香，分赐诸侍妾，且嘱曰："吾死之后，汝等须勤习女工，多造丝履，卖之可以得钱自给。"^{不知操者，但谓其儿女情深，英雄气尽。}又命诸妾多居于铜雀台中，每日设祭，必令女伎奏乐上食。^{刘表之妻妒及于鬼，恐其以鬼悦鬼也。今操之遗命又欲以人悦鬼。}又遗命于彰德府讲武城外，设立疑冢七十二，

"勿令后人知吾葬处，恐为人所发掘故也。"以此自防，亦甚苦矣。若使后人将七十二冢尽掘之，为之奈何？嘱毕，长叹一声，泪如雨下。须臾，气绝而死。寿六十六岁。时建安二十五年春正月也。是子年寅月，正应左慈语。后人有《邺中歌》一篇，叹曹操云：

> 邺则邺城水漳水，定有异人从此起。雄谋韵事与文心，君臣兄弟而父子。
> 英雄未有俗胸中，出没岂随人眼底？功首罪魁非两人，遗臭流芳本一身。文章有
> 神霸有气，岂能苟尔化为群？横流筑台距太行，气与理势相低昂；安有斯人不作
> 逆，小不为霸大不王？霸王降作儿女鸣，无可奈何中不平。向帐明知非有益，分
> 香未可谓无情。呜呼！古人作事无巨细，寂寞豪华皆有意；书生轻议冢中人，冢
> 中笑尔书生气！

却说曹操身亡，文武百官尽皆举哀；一面遣人赴世子曹丕、鄢陵侯曹彰、临淄侯曹
植、萧怀侯曹熊处报丧。曹操未见四子而死，为之一叹。众官用金棺银椁将操入殓，星夜举灵榇赴邺郡来。
曹操不死于邺郡而死于洛阳，与先主不死于成都而死于白帝相似。曹丕闻知父丧，放声痛哭，率大小官员出城十里，伏道迎榇入
城，停于偏殿。官僚挂孝，聚哭于殿上。忽一人挺身而出曰："请世子息哀，且议大
事。"众视之，乃中庶子司马孚也。孚曰："魏王既薨，天下震动；当早立嗣王，以安众
心。何但哭泣耶？"群臣曰："世子宜嗣位，但未得天子诏命，岂可造次而行？"此时天子诏已属具
文，而犹欲待之者，欺人耳目耳。兵部尚书陈矫曰："王薨于外，爱子私立，彼此生变，则社稷危矣。"遂拔
剑割下袍袖，厉声曰："即今日便请世子嗣位。众官有异议者，以此袍为例！"此时已不欲奉天子诏矣。
百官悚惧。忽报华歆自许昌飞马而至，众皆大惊。须臾华歆入，众问其来意，歆曰："今
魏王薨逝，天下震动，何不早请世子嗣位？"众官曰："正因不及候诏命，方议欲以王后
卞氏慈旨立世子为王。"未得父命，乃欲奉母命。操之所以无令者，以天子诏可以取之如寄，群臣自能为我请之，故不必以己之令令之也。歆曰："吾已于汉
帝处索得诏命在此。"众皆踊跃称贺。歆于怀中取出诏命开读。一班乱贼赞成曹丕篡汉之基。原来华歆谄事
魏，故草此诏，威逼献帝降之；与破壁取后正是一样尽忠。帝只得听从，故下诏即封曹丕为魏王、丞相、
冀州牧。丕即日登位，受大小官僚拜舞起居。

正宴会庆贺间，忽报鄢陵侯曹彰，自长安领十万大军来到。丕大惊，前华歆来众官吃一谎，今曹彰来曹丕亦吃一谎。
遂问群臣曰："黄须小弟，平日性刚，深通武艺。今提兵远来，必与孤争王位也。如之奈
何？"忽阶下一人应声出曰："臣请往见鄢陵侯，以片言折之。"众皆曰："非大夫莫能解
此祸也。"正是：

试看曹氏丕彰事，几作袁家谭尚争。

未知此人是谁，且看下文分解。

第七十九回

兄逼弟曹植赋诗
侄陷叔刘封伏法

刘、曹之相形，何厚薄之悬殊乎？玄德以异姓之兄而痛悼其弟之亡，曹丕以同胞之兄而急欲其弟之死。一则痛义弟之死而不顾其养子之恩，一则欲亲弟之亡而不顾其生母之爱。君子于此，有天伦之感焉！

甚矣，名之不可窃，而实之不可诬也！操以武王之事遗其子，而自比于文王；丕则不以文王之事目其父，而仍谥之曰武王。是父欲避改革之名而让之后人，子又避改革之实而归之先世也。归之先世，而魏之篡汉非丕篡之，实操篡之耳。操将欺人，而子先不能欺，操欲自掩，而子不为之掩。呜呼！奸雄之奸，亦复何用哉？

文章足以杀身，而有时乎亦足以救死；文章足以取忌，而有时乎亦足以动人。如子建之七步成章是已。杨恽"种豆"之歌，适触君王之怒，不若子建"煮豆"之咏，能发兄弟之悲；朱虚"耕田"之吟，但寒异姓之心，不若子建"燃豆"之诗，能解同气之怨；刘胜闻乐之对，自述涕泣之情，又不若子建"釜中"之辞，能陨他人之泪。此岂独当时为然哉？凡今之人，有以兄弟而相煎者，观于其文，亦宜为之泫然矣。

曹子建亦尝倩人代笔矣，杨修手教数十条是也。然子建倩人代笔，面试却不出丑；不似今人倩人代笔，面试即便出丑。面试不出丑，连平日之代笔者，亦信其自作；面试一出丑，连平日之自作者，亦疑其代笔。故惟才如子建，可不倩人；亦惟才如子建，可以偶一倩人。

观曹氏之得免于内乱，而知天之不欲祚汉也。懦若曹熊，不足论耳。曹彰以勇略自矜，而驱雄兵于邺郡；曹植以才名自恃，而集文士于临淄。岌岌乎几不免内乱之作矣！使亦如谭与尚之相争，琦与琮之相恶，而汉中王得乘隙以攻之，岂不大快事哉！乃熊既死，彰既归，而曹植亦束手而受缚，君子以为魏之幸而汉之不幸云。

刘封之拒孟达，与糜芳之从傅士仁，则有异矣。然既然拒之于终，何不拒之于始？既能斩孟达之使而不降曹操，何以听孟达之谮而不救关公乎？南郡之救樊城也难，糜芳不听士仁则必死，上庸之援麦城也易，封不听孟达则未必至于死，惜其见之不早耳。

刘封虽有罪，而先主杀之，亦未得其当也。其不救关公也，可罪；其不降曹氏也，可原；其拒孟达于后也，可嘉；则其悔听孟达于前也，亦可谅。而丧一义弟，又杀一义儿，诚计之左矣。且既欲杀之，不即召而杀之，而使丧师失地，以重其辜，则先主有三失焉：彼自知获戾而将兵于外，安保其无降魏之心？其失算者一。以一刘封当徐晃、夏侯尚、孟达之师，明知其非敌而故遣焉，是弃刘封并弃五万人，其失算者二。孟达已去，不更令别将以守上庸，而至有申耽、申仪之叛，使刘封进退无路，是弃刘封并弃上庸之地，其失算者三。有此三失，宜先主之终悔与？

张松、法正、孟达、彭羕四人皆卖国，而各有不同。初欲投曹操，而继乃向先主者，张松也；既归先主，而又欲叛先主者，彭羕也；事刘而复降曹，降曹而其后又欲归刘者，孟达也；其背刘璋之后，始终事先主者，惟法正一人而已。虽然，法正、孟达同功一体，孟达有罪，法正必不自安。幸其时正已死耳。若正而在，安保其不为彭羕乎？苟曰始终无二，吾于法正，未之敢信。

却说曹丕闻曹彰提兵而来，惊问众官。一人挺身而出，愿往折服之。众视其人，乃谏议大夫贾逵也。曹丕大喜，即命贾逵前往。逵领命出城，迎见曹彰。彰问曰："先王玺绶安在？"^{一见便问玺绶，
几几欲学紫须儿。}逵正色而言曰："家有长子，国有储君。先王玺绶，非君侯之所宜问也。"^{意正而
词严。}彰默然无语，乃与贾逵同入城。至宫门前，逵问曰："君侯此来，欲奔丧耶？欲争位耶？"^{本欲其退兵，却先
问此二语，妙甚。}彰曰："吾来奔丧，别无异心。"逵曰："既无异心，何故带兵入城？"^{妙在不教之
退而自退。}彰即时叱退左右将士，只身入内，拜见曹丕。兄弟二人，相抱大哭。曹彰将本部军马尽交与曹丕。丕令彰回鄢陵自守，彰拜辞而去。

于是曹丕安居王位，改建安二十五年为延康元年；^{未篡位先改元，奇绝。〇谚云："自
肚里改年号。"即此便为篡位之兆。}封贾诩为太尉，华歆为相国，王朗为御史大夫；大小官僚，尽皆升赏。谥曹操曰武王，^{曹操自比文王，
而曹丕偏不谥之
曰"文"，偏谥
之曰"武"。}葬于邺郡高陵，令于禁董治陵事。禁奉命到彼，只见陵屋中白粉壁上，图画关云长水淹七军擒获于禁之事，^{文字照应
之妙。}画云长俨然上座，庞德愤怒不屈，于禁拜伏于地，哀求乞命之状。^{教他看曹操的坟墓，却看了自己的行乐。
既看了自己的行乐，又看了关公的喜神。}原来曹丕以于禁兵败被擒，不能死节，既降敌而复归，心鄙其为人，故先令人图画陵屋粉壁，故意使之往见以愧之。^{曹丕羞臣下是一幅
画，难兄弟是一首}诗。^{看画所以陶情，吟诗所以遣兴，自有
诗画以来未有如于禁、曹植之不堪者也。}当下于禁见此画像，又羞又恼，气愤成病，不久而死。^{死迟
了。}后人有诗叹曰：

> 三十年来说旧交，可怜临难不忠曹。
>
> 知人未向心中识，画虎今从骨里描。

却说华歆奏曹丕曰："鄢陵侯已交割军马，赴本国去了。临淄侯植、萧怀侯熊，二人竟不来奔丧，理当问罪。"^{不知君臣之义者，定
不善处人兄弟之间。}丕从之，即分遣二使往二处问罪。不一日，萧怀使者回报："萧怀侯曹熊惧罪，自缢身死。"^{先逼杀了一
个兄弟。}丕令厚葬之，追赠萧怀王。又过了一日，临淄使者回报，说："临淄侯日与丁仪、丁廙兄弟二人酣饮，悖慢无礼。闻使命至，临淄侯端坐不动，丁仪骂曰：'昔者先王本欲立吾主为世子，被谗臣所阻。今王丧未远，便问罪于骨肉，何也？'^{是责曹
丕。}丁廙又曰：'据吾主聪明冠世，自当承嗣大位，今反不得立。汝那庙堂之臣，何不识人才若此！'^{是责群
臣。}临淄侯因怒，叱武士将臣乱棒打出。"^{曹植之事不在临淄一边叙来，只
在邺使口中说出，笔法甚省。}丕闻之，大怒，即令许褚领虎卫军三千，火速至临淄擒曹植等一干人来。褚奉命，引军至临淄城。守将拦阻，褚立斩之，直入城中，无一人敢当锋锐，径到府堂。只见曹植与丁仪、丁廙等尽皆醉倒。^{丧中醉倒，难为孝子。
丕虽不兄，植亦不子。}褚皆缚之，载于车上，并将府下

大小属官，尽行拿解邺郡，听候曹丕发落。丕下令，先将丁仪、丁廙等尽行诛戮。丁仪字正

礼，丁廙字敬礼，沛郡人，乃一时文士；及其被杀，人多惜之。_{文章不能免祸，为之一叹。}

　　却说曹丕之母卞氏，听得曹熊缢死，心甚悲伤；忽又闻曹植被擒，其党丁仪等已杀，

大惊。急出殿，召曹丕相见。_{群臣无一人为曹植请命者，而必待其母自出，为之一叹。}丕见母出殿，慌来拜谒。卞氏哭谓丕

曰："汝弟植平生嗜酒疏狂，盖因自恃胸中之才，故尔放纵。汝可念同胞之情，存其性

命。吾至九泉亦瞑目也。"_{吴氏为女之故而骂孙权，其词厉；卞氏为植之故而求曹丕，其词哀。}丕曰："儿亦深爱其才，安肯害他？

今正欲戒其性耳。母亲勿忧。"

　　卞氏洒泪而入。丕出偏殿，召曹植入见。华歆问曰："适来莫非太后劝殿下勿杀子建

乎？"丕曰："然。"歆曰："子建怀才抱智，终非池中物；若不早除，必为后患。"

_{华歆不知有伏后，何知有卞氏。}丕曰："母命不可违。"歆曰："人皆言子建出口成章，臣未深信。主上可

召入，以才试之。若不能，即杀之；若果能，则贬之，以绝天下文人之口。"_{不难助臣欺主，何难助兄谋弟。}

丕从之。须臾，曹植入见，惶恐伏拜请罪。丕曰："吾与汝情虽兄弟，义属君臣，汝安敢

恃才蔑礼？昔先君在日，汝常以文章夸示于人，吾深疑汝必用他人代笔。吾今限汝行七步

吟诗一首。若果能，则免一死；若不能，则从重治罪，决不姑恕！"_{纵使倩人代笔，罪不至死。若以此论死，则天下之犯死}

_{罪者多矣。}植曰："愿乞题目。"时殿上悬一水墨画，画着两只牛，斗于土墙之下，一牛坠井而

亡。丕指画曰："即以此画为题。诗中不许犯着'二牛斗墙下，一牛坠井死'字样。"

_{阿哥做考官，乃出如此难题目。}植行七步，其诗已成。诗曰：

> 两肉齐道行，头上带凹骨。
>
> 相遇块山下，欻起相搪突。
>
> 二敌不俱刚，一肉卧土窟。
>
> 非是力不如，盛气不泄毕。

　　曹丕及群臣皆惊。丕又曰："七步成章，吾犹以为迟。汝能应声而作诗一首否？"

_{面试中式，偏不作准，又要复试。}植曰："愿即命题。"丕曰："吾与汝乃兄弟也。以此为题。亦不许犯着

'兄弟'字样。"_{前题在《牵牛》章。此题在《棠棣》章。}植略不思索，即口占一首曰：

> 煮豆燃豆萁，豆在釜中泣。
>
> 本是同根生，相煎何太急！

曹丕闻之，潸然泪下。四句诗赛过一篇求通亲亲表，闻之安得不泪。其母卞氏，从殿后出曰："兄何逼弟之甚耶？"丕慌忙离坐告曰："国法不可废耳。"于是贬曹植为安乡侯。试了好文字，犹然降等；若文字不佳，将不止劣等矣。植拜辞上马而去。

曹丕自继位之后，法令一新，威逼汉帝，甚于其父。早有细作报入成都。以上按下曹丕，以下再叙先主。汉中王闻之，大惊，即与文武商议曰："曹操已死，曹丕继位，威逼天子，更甚于操。东吴孙权，拱手称臣。孤欲先伐东吴，以报云长之仇；以关公之仇仇之则私；以臣魏之罪罪之则公。次讨中原，以除乱贼。"言未毕，廖化出班，哭拜于地曰："关公父子遇害，实刘封、孟达之罪。乞诛此二贼。"玄德便欲遣人擒之。孔明谏曰："不可。且宜缓图之，急则生变矣。恐其不降吴则降魏耳。可升此二人为郡守，分调开去，然后可擒。"

玄德从之，遂遣使升刘封去守绵竹。原来彭羕与孟达甚厚，听知此事，急回家作书，遣心腹人驰报孟达。本为欲治二人之罪，却引出一人来。使者方出南门外，被马超巡视军捉获，解见马超。超审知此事，即往见彭羕。羕接入，置酒相待。酒至数巡，超以言挑之曰："昔汉中王待公甚厚，今何渐薄也？"马超性直，此时亦能用诈。羕因酒醉，恨骂曰："老革荒悖，吾必有以报之！"超又探曰："某亦怀怨心久矣。"羕曰："公起本部军，结连孟达为外合，某领川兵为内应，大事可图也。"前被髡于刘璋，今发长未几而复生异心，恐不但断发，将断其头矣。超曰："先生之言甚当。来日再议。"超辞了彭羕，即将人与书解见汉中王，细言其事。玄德大怒，即令擒彭羕下狱，拷问其情。羕在狱中，悔之无及。玄德问孔明曰："彭羕有谋反之意，当何以治之？"孔明曰："羕虽狂士，然留之久必生祸。"于是玄德赐彭羕死于狱。与张松事泄而死，仿佛相似。

羕既死，有人报知孟达。达大惊，举止失措。忽使命至，调刘封回守绵竹去讫。孟达慌请上庸、房陵都尉申耽、申仪弟兄二人商议曰："我与法孝直同有功于汉中王；今孝直已死，法正之死，在孟达口中补出。而汉中王忘我前功，乃欲见害，为之奈何？"耽曰："某有一计，使汉中王不能加害于公。"达大喜，急问何计。耽曰："吾弟兄欲投魏久矣！公可作一表，辞了汉中王，投魏王曹丕，丕必重用。吾二人亦随后来降也。"又因孟达一人引出两人之叛。达猛然省悟，即写表一通，付与来使，当晚引五十余骑投魏去了。使命持表回成都，奏汉中王，言孟达投魏之事。先主大怒。览其表曰：

　　臣达伏惟殿下：将建伊、吕之业，追桓、文之功，大事草创，假势吴、楚，
　是以有为之士，望风归顺。臣委质以来，愆戾山积；臣犹自知，况于君乎？今王

朝英俊鳞集，臣内无辅佐之器，外无将领之才，列次功臣，诚足自愧！

臣闻范蠡识微，浮于五湖；舅犯谢罪，逡巡河上。夫际会之间，请命乞身，何哉？欲洁去就之分也。况臣卑鄙，无元功巨勋，自系于时，窃慕前贤，早思远耻。昔申生至孝，见疑于亲；子胥至忠，见诛于君；蒙恬拓境而被大刑，乐毅破齐而遭谗佞。臣每读其书，未尝不感慨流涕；而亲当其事，益用伤悼！

迩者，荆州覆败，大臣失节，百无一还；惟臣寻事，自致房陵、上庸，而复乞身，自放于外。伏想殿下圣恩感悟，愍臣之心，悼臣之举。臣诚小人，不能始终。知而为之，敢谓非罪？臣每闻"交绝无恶声，去臣无怨辞"。臣过奉教于君子，愿君王勉之。臣不胜惶恐之至！

玄德看毕，大怒曰："匹夫叛吾，安敢以文辞相戏耶！"即欲起兵擒之。孔明曰："可就遣刘封进兵，令二虎相并；刘封或有功，或败绩，必归成都，就而除之，可绝两害。"〔一举两得，殊不费力。〕玄德从之，遂遣使到绵竹，传谕刘封。封受命，率兵来擒孟达。

却说曹丕正聚文武议事，忽近臣奏曰："蜀将孟达来降。"丕召入问曰："汝此来，莫非诈降乎？"达曰："臣为不救关公之危，汉中王欲杀臣，因此惧罪来降，别无他意。"曹丕尚未准信，忽报刘封引五万兵来取襄阳，单搦孟达厮杀。丕曰："汝既是真心，便可去襄阳取刘封首级来，孤方准信。"〔与吕蒙使傅士仁招糜芳一般意思。〕达曰："臣以利害说之，不必动兵，令刘封亦来降也。"丕大喜，遂加孟达为散骑常侍、建武将军、平阳亭侯，领新城太守，去守襄阳、樊城。原来夏侯尚、徐晃已先在襄阳，正将收取上庸诸部。孟达到了襄阳，与二将礼毕，探得刘封离城五十里下寨。达即修书一封，使人赍赴蜀寨招降刘封。〔与傅士仁说糜芳相似。〕刘封览书大怒曰："此贼误吾叔侄之义，又间吾父子之亲，使吾为不忠不孝之人也！"遂扯碎来书，斩其使。〔刘封此时却与糜芳大异。〕

次日，引军前来搦战。孟达知刘封扯书斩使，勃然大怒，亦领兵出迎。两阵对圆，封立马于门旗下，以刀指骂曰："背国反贼，安敢乱言！"孟达曰："汝死已临头上，还自执迷不省！"封大怒，拍马轮刀，直奔孟达。战不三合，达败走，〔便是诱敌之计。〕封乘虚追杀二十余里，一声喊起，伏兵尽出，左边夏侯尚杀来，右边徐晃杀来，孟达回身复战。三军夹攻，刘封大败而走，连夜奔回上庸，背后魏兵赶来。刘封到城下叫门，城上乱箭射下。申耽在敌楼上叫曰："吾已降了魏也！"〔早为十数回后闭门射孟达作一样子。〕封大怒，欲要攻城，背后追军将至。

封立脚不住，只得望房陵而奔，见城上已尽插魏旗。申仪在敌楼上将旗一飐，城后一彪军出，旗上大书"右将军徐晃"。<small>与沔水之战相似。</small>封抵敌不住，急望西川而走。晃乘势追杀。刘封部下只剩得百余骑。到了成都，入见汉中王，哭拜于地，细奏前事。玄德怒曰："辱子有何面目复来见吾！"封曰："叔父之难，非儿不救，因孟达谏阻故耳。"<small>今番却推脱不干净了。</small>玄德转怒曰："汝须食人食、穿人衣，非土木偶人！安可听谗贼所阻！"命左右推出斩之。<small>此时悔听孟达之言</small>而不救关公，又悔不听<small>孟达之言而不降魏矣。</small>汉中王既斩刘封，后闻孟达招之，毁书斩使之事，心中颇悔；又哀痛关公，以致染病。因此按兵不动。<small>以上按下先主，以下再叙曹丕。</small>

且说魏王曹丕，自即王位，将文武官僚，尽皆升赏，遂统甲兵三十万，南巡沛国谯县，大飨先茔。乡中父老，扬尘遮道，奉觞进酒，效汉高祖还沛之事。<small>正尔居丧守制，却便衣锦还乡，恐不如高祖之"威加海内"而归也。</small>人报大将军夏侯惇病危，丕即还邺郡。时惇已卒，<small>照应前文见鬼事。</small>丕为挂孝，以厚礼殡葬。

是岁八月间，报称石邑县凤凰来仪，临淄城麒麟出现，黄龙现于邺郡。<small>此凤、此麟、此龙，不当来而来，非魏之祯祥，乃汉之妖孽耳。</small>于是中郎将李伏、太史丞许芝商议，种种瑞征，乃魏当代汉之兆，可安排受禅之礼，令汉帝将天下让于魏王。遂同华歆、王朗、辛毗、贾诩、刘廙、刘晔、陈矫、陈群、桓阶等一班文武官僚，四十余人，直入内殿，来奏汉献帝，请禅位于魏王曹丕。正是：

> 魏家社稷今将建，汉代江山忽已移。

未知献帝如何回答，且看下文分解。

第八十回

曹丕废帝篡炎刘
汉王正位续大统

　　三代以后，学汤、武之征诛则是，学舜、禹之受禅则非。盖征诛可学而受禅不可学也。汉高学汤、武，虽未必遂可汤、武，而犹不失为堂堂之阵，正正之旗。若夫受禅之举，一学之而谬者有王莽，再学之而谬者有曹丕。彼但知舜、禹之事，而不知舜、禹之所以行其事者耳。舜、禹之事，行之以舜、禹之心。后人乃以羿、浞之心，而欲行舜、禹之事，居尧宫而逼尧子，夺舜玺而逼舜禅，天下有如是之舜、如是之禹哉？

　　有妖孽而为祯祥者，如九年之水开圣帝，七年之旱启贤王是也；有祯祥而为妖孽者，如鲁桓公之书大有，鲁哀公之志获麟是也。不当瑞而瑞，即谓之妖；不当祥而祥，即谓之孽。麟凤黄龙，非曹丕受命之祯，乃献帝失国之兆。然则麟也凤也龙也，直等之青蛇之堕，雌鸡之化而已矣。

　　观曹丕受禅之时，有怪风之警，而知天心之未尝不与人心合也。人有心，天亦有心。人心不予魏，岂天心独予魏哉？然不与魏者天心也，不予魏而终不能禁魏之篡者天数也。不独人不能违数，即天亦不能自违其数。数不可凭，而福善祸淫之心则可凭。紫阳《纲目》不以魏为正统，盖不以天数与之，还以天心之合乎人心者夺之耳。

　　汉高之返沛县，有《大风》之歌，此汉初之雄风也。献帝之禅许昌，有怪风之变，此汉末之悲风也。风在汉初而雄，在汉末而悲，同一风而有盛衰之异焉。虽然，风至汉末，风斯息矣，汉末安得有风？当仍归之高祖在天之灵可也。

　　吕雉王产、禄，而刘几化吕；武曌宠三思，而周几代唐。若曹后者，诚过之矣。曹后之骂曹丕，比之王后之骂王莽，庶几相似乎？然以后之贵而贵其族者，王后也；以族之贵而贵为后者，曹后也。族以后之故而得贵，则后之斥之也易；后因族之故而得立，则后之不党其族也难。推曹后之心，使其身非曹操之所出，我知其必与父兄同谋讨贼，如伏后、董妃之事耳。伏完有女而曹操亦有女，董承有妹而曹丕亦有妹。曹后之贤，殆将与伏后、董妃并列为三云。

　　玄德帝成都，曹丕帝洛阳，同一帝也。而史家予玄德，而不予曹丕者，正与僭之异也。若论玄德之取西川，则以刘夺刘，或以为逆取而顺守；若论玄德之即帝位，则以刘继刘，直是顺取而顺守矣。所可议者，续高、光之业而不坠其统，固所以尊祖。乃纳刘瑁之妻，而立之为后，似不免于渎祖。君子于此，不能无遗憾焉。

　　玄德之称汉中王也，在曹操称魏王之后。夫曹氏可王，而刘氏独不可王乎？非刘氏而王者，高祖有禁，即以献帝临之，曹可夺而刘可予也。玄德之即帝位也，在曹丕篡帝位之后。夫丕可以篡汉，而帝室之胄反不可以继汉乎？丕篡之而玄德继之，是献帝废而未废也。宋之司马氏乃帝魏而寇蜀，吾不知其作何解！

　　却说华歆等一班文武，入见献帝。歆奏曰："伏睹魏王自登位以来，德布四方，仁及万物，越古超今，虽唐、虞无以过此。语语表_{忠。}群臣会议，言汉祚已终，望陛下效尧、舜之

道，以山川社稷，禅与魏王，上合天心，下合民意，则陛下安享清闲之福，祖宗幸甚！生

灵幸甚！臣等议定，特来奏请。"^{东吴讨一荆州，关公且不许，华歆却把一皇帝轻轻讨去。}帝闻奏大惊，半晌无言，觑百官

而哭曰："朕想高祖提三尺剑，斩蛇起义，平秦灭楚，创造基业，世统相传，四百年矣。

朕虽不才，初无过恶，安忍将祖宗大业，等闲弃了？汝百官再从公计议。"^{议便不妥。}

　　华歆引李伏、许芝近前奏曰："陛下若不信，可问此二人。"李伏奏曰："自魏王即

位以来，麒麟降生，凤凰来仪，黄龙出现，嘉禾蔚生，甘露下降，此是上天示瑞，魏当代

汉之象也。"^{何不竟指青龙见坐、雌鸡化雄之灾异以为言乎！}许芝又奏曰："臣等职掌司天，夜观乾象，见炎汉气数已

终，陛下帝星隐匿不明；魏国乾象，极天际地，言之难尽。更兼上应图谶，其谶曰：'鬼

在边，委相连；当代汉，无可言。言在东，午在西；两日并光上下移。'以此论之，陛下

可早禅位。'鬼在边，委相连'，是'魏'字也，'言在东，午在西'，乃'许'字也；

'两日并光上下移'，乃'昌'字也。此是魏在许昌应受汉禅也，愿陛下察之。"^{此等图谶，想亦华歆等捏造耳。}帝曰："祥瑞图谶，皆虚妄之事；奈何以虚妄之事，而遽欲朕舍祖宗之基业乎？"王

朗奏曰："自古以来，有兴必有废，有盛必有衰，岂有不亡之国、不败之家乎？汉室相传

四百余年，延至陛下，气数已尽，宜早退避，不可迟疑；迟则生变矣。"^{未闻当日皋夔、稷契如此苦劝唐尧。}帝

大哭，入后殿去了。百官哂笑而退。

　　次日，官僚又集于大殿，令宦官入请献帝。帝忧惧不敢出。曹后曰："百官请陛下设

朝，陛下何故推阻？"帝泣曰："汝兄欲篡位，令百官相逼，朕故不出。"曹后大怒曰：

"吾兄奈何为此乱逆之事耶！"^{曹后深明大义，不是女生外向。}言未已，只见曹洪、曹休带剑而入，请帝出

殿。曹后大骂曰："俱是汝等乱贼，希图富贵，共造逆谋！吾父功盖寰区，威震天下，然

且不敢篡窃神器。今吾兄嗣位未几，辄思篡汉，皇天必不祚尔！"^{比孙夫人之叱吴将更为激烈，不意曹瞒老贼却有如此一位贤女。}

言罢，痛哭入宫。左右侍者皆欷歔流涕。

　　曹洪、曹休力请献帝出殿。帝被逼不过，只得更衣出前殿。华歆奏曰："陛下可依臣

等昨日之议，免遭大祸。"^{四岳荐舜，未闻有此恐吓语。}帝痛哭曰："卿等皆食汉禄久矣，中间多有汉朝功

臣子孙，何忍作此不臣之事？"^{月正元日，未闻唐尧如此苦告四岳。}歆曰："陛下若不从众议，恐旦夕萧墙祸

起，非臣等不忠于陛下也。"帝曰："谁敢弑朕耶？"歆厉声曰："天下之人，皆知陛下

无人君之福，以致四方大乱！若非魏王在朝，弑陛下者，何止一人？陛下尚不知恩报德，

直欲令天下人共伐陛下耶？"^{使管宁而在，不但割席，当割其舌，不但分坐，当分其尸矣。}帝大惊，拂袖而起。王朗以目视华

歆。歆纵步向前，扯住龙袍，变色而言曰："许与不许，早发一言！"^{露出昔日破壁面孔。}帝战栗不

能答。曹洪、曹休拔剑大呼曰："符宝郎何在？"祖弼应声出曰："符宝郎在此！"曹洪索要玉玺。祖弼叱曰："玉玺乃天子之宝，安得擅索！"〔忠臣国之宝也。符宝非宝，祖弼是宝。〕洪喝令武士推出斩之。祖弼大骂不绝口而死。后人有诗赞曰：

> 奸宄专权汉室亡，诈称禅位效虞唐。
>
> 满朝百辟皆尊魏，仅见忠臣符宝郎。

帝颤栗不已。只见阶下披甲持戈数百余人，皆是魏兵。帝泣谓群臣曰："朕愿将天下禅于魏王，幸留残喘，以终天年。"贾诩曰："魏王必不负陛下。陛下可急降诏，以安众心。"〔非安众心，乃安一身耳。〕帝只得令陈群草禅国之诏，令华歆赍捧诏玺，引百官直至魏王宫献纳。〔本是天子所赐，乃曰"献纳"，可叹。〕曹丕大喜。开读诏曰：

> 朕在位三十二年，遭天下荡覆，幸赖祖宗之灵，危而复存。〔原非大臣之力。〕然今仰瞻天象，俯察民心，炎精之数既终，行运在乎曹氏。是以前王既树神武之迹，今王又光耀明德，以应其期。历数昭明，信可知矣。夫"大道之行，天下为公"。唐尧不私于厥子，而名播于无穷，朕窃慕焉。今其追踵尧典，禅位于丞相魏王。王其毋辞！

曹丕听毕，便欲受诏。司马懿谏曰："不可。虽然诏玺已至，殿下宜且上表谦辞，以绝天下之谤。"〔天下难欺。与其诈让，不如从直。〕丕从之，令王朗作表，自称德薄，请别求大贤以嗣天位。〔不曰天位不可让，而曰别求大贤，便是欲天子避位之意。〕帝览表，心甚惊疑，谓群臣曰："魏王谦逊，如之奈何？"〔天子若信，老实不更与他，看他如何再诈！〕华歆曰："昔魏武王受王爵之时，三辞而诏不许，然后受之。〔此是家传奸诈衣钵。〕今陛下可再降诏，魏王自当允从。"〔子效父之诈，臣导君以诈，真堪羞杀。〕

帝不得已，又令桓阶草诏，遣高庙使张音，持节奉玺至魏王宫。曹丕开读诏曰：

> 咨尔魏王，上书谦让。朕窃为汉道陵迟，为日已久；幸赖武王操，德膺符运，奋扬神武，芟除凶暴，清定区夏。今王丕缵承前绪，至德光昭，声教被四海，仁风扇八区；天之历数，实在尔躬。昔虞舜有大功二十，而放勋禅以天下；大禹有疏导之绩，而重华禅以帝位。汉承尧运，有传圣之义，加顺灵祇，绍天明命，使行御史大夫张音，持节奉皇帝玺绶。王其受之！

曹丕接诏欣喜，谓贾诩曰："虽二次有诏，然终恐天下后世，不免篡窃之名也。"诩曰："此事极易。可再命张音赍回玺绶，却教华歆令汉帝筑一台，名'受禅台'，择吉日良辰，集大小公卿，尽到坛下，令天子亲奉玺绶，禅天下与王，便可以释群疑而绝众议矣。"

【既畏此名，何如不做。】

【前李肃赚董卓，曾言筑"受禅台"矣，有前之虚话，乃有此之即真。】

【差人送来不算，却要天子亲自送来。】

丕大喜，即令张音捧回玺绶，仍作表谦辞。音回奏献帝。帝问群臣曰："魏王又让，其意若何？"华歆奏曰："陛下可筑一坛，名曰'受禅坛'，集公卿庶民，明白禅位，则陛下子子孙孙，必蒙魏恩矣。"帝从之，乃遣太常院官，卜地于繁阳，筑起三层高坛，择于十月庚午日寅时禅让。

【若天子第二次竟做假呆，曹丕将如之何？】

【到底不明不白。】

至期，献帝请魏王曹丕登坛受禅，坛下集大小官僚四百余员，御林虎贲禁军三十余万，帝亲捧玉玺奉曹丕。丕受之。坛下群臣跪听册曰：

【众目昭彰，其罪愈著。】

咨尔魏王！昔者唐尧禅位于虞舜，舜亦以命禹。天命不于常，惟归有德。汉道陵迟，世失其序。降及朕躬，大乱滋昏；群凶恣逆，宇内颠覆。赖武王神武，拯兹难于四方，惟清区夏，以保绥我宗庙。岂予一人获乂，俾九服实受其赐。今王钦承前绪，光于乃德；恢文武之大业，昭尔考之弘烈。皇灵降瑞，人神告徵；诞惟亮采，师锡朕命。佥曰：尔度克协于虞舜，用率我唐典，敬逊尔位。於戏！天之历数在尔躬，君其祗顺大礼，飨万国以肃承天命！

读册已毕，魏王曹丕即受八般大礼，登了帝位。贾诩引大小官僚朝于坛下。改延康元年为黄初元年。国号大魏。丕即传旨，大赦天下。谥父曹操为太祖武皇帝。华歆奏曰："'天无二日，民无二王'。汉帝既禅天下，理宜退就藩服。乞降明旨，安置刘氏于何地？"言讫，扶献帝跪于坛下听旨。丕降旨封帝为山阳公，即日便行。华歆按剑指帝，厉声而言曰："立一帝，废一帝，古之常道！今上仁慈，不忍加害，封汝为山阳公。今日便行，非宣召不许入朝！"献帝含泪拜谢，上马而去。坛下军民人等见之，伤感不已。丕谓群臣曰："舜、禹之事，朕知之矣！"群臣皆呼"万岁"。后人观此受禅坛，有诗叹曰：

【张角所云"黄天当立"，于此始验。】

【尧率诸侯北面而朝之，方信不是齐东之语。】

【龙头之恶，一至于此！追原舜、跖之分，只在拾金一刻。】

【旁写一笔，见献帝之难堪。】

【天下有如此舜、禹乎？】

　　两汉经营事颇难，一朝失却旧江山。
　　黄初欲学唐虞事，司马将来作样看。

百官请曹丕答谢天地。丕方下拜，忽然坛前卷起一阵怪风，飞砂走石，急如骤雨，对面不见；坛上火烛，尽皆吹灭。_{此亦是祥瑞耶？虞、舜当日四方风动，恐未必如此风也。}丕惊倒于坛上，百官急救下坛，半晌方醒。_{烈风雷雨弗迷，丕何以不如舜？}侍臣扶入宫中，数日不能设朝。后病稍可，方出殿受群臣朝贺。封华歆为司徒，王朗为司空；大小官僚，一一升赏。丕疾未痊，疑许昌宫室多妖，_{曹操之疾既疑洛阳有鬼，曹丕之疾又疑许昌多妖，究竟何鬼、何妖？不过因操奸如鬼，故以鬼召鬼；丕恶如妖，故以妖召妖耳。}乃自许昌幸洛阳，大建宫室。_{以上按下曹丕，以下接叙先主。}

早有人到成都，报说曹丕自立为大魏皇帝，于洛阳盖造宫殿；且传言汉帝已遇害。_{此传言之误。按献帝废为山阳公者十五年，至曹叡青龙二年始卒。}汉中王闻知，痛哭终日，下令百官挂孝，遥望设祭，上尊谥曰"孝愍皇帝"。玄德因此忧虑，致染成疾，不能理事，政务皆托与孔明。孔明与太傅许靖、光禄大夫谯周商议，言天下不可一日无君，欲尊汉中王为帝。_{放下先主，接叙孔明。为即帝位斗笋。}谯周曰："近有祥风庆云之瑞；成都西北角有黄气数十丈，冲霄而起；帝星见于毕、胃、昴之分，煌煌如月。此正应汉中王当即帝位，以继汉统，更复何疑？"_{孔明但言人事，谯周兼言天象。}

于是孔明与许靖，引大小官僚上表，请汉中王即皇帝位。汉中王览表，大惊曰："卿等欲陷孤为不忠不义之人耶？"孔明奏曰："非也。曹丕篡汉自立，王上乃汉室苗裔，理合继统以延汉祀。"汉中王勃然变色曰："孤岂效逆贼所为！"拂袖而起，入于后宫。_{曹丕逼勒天子之诏，先主不受群臣之表，相去甚远。}众官皆散。三日后，孔明又引众官入朝，请汉中王出。众皆拜伏于前。许靖奏曰："今汉天子已被曹丕所弑，王上不即帝位，兴师讨逆，不得为忠义也。今天下无不欲王上为君，为孝愍皇帝雪恨。若不从臣等所议，是失民望矣。"_{不以大德推之，而以大义责之，善于劝进。}汉中王曰："孤虽是景帝之孙，并未有德泽以布于民；今一旦自立为帝，与篡窃何异！"_{不言义不当立，但言德不堪受。渐渐相近。}孔明苦劝数次，汉中王坚执不从。孔明乃设一计，谓众官曰："如此如此。"于是孔明托病不出。

汉中王闻孔明病笃，亲到府中，直入卧榻边，问曰："军师所感何疾？"_{害着要立皇帝的病。}孔明答曰："忧心如焚，命不久矣！"_{故作可骇之语。}汉中王曰："军师所忧何事？"连问数次，孔明只推病重，瞑目不答。_{先是先主作难，此处却是孔明作难，妙绝。}汉中王再三请问。孔明喟然叹曰："臣自出茅庐，得遇大王，相随至今，言听计从。今幸大王有两川之地，不负臣夙昔之言。目今曹丕篡位，汉祀将斩，文武官僚，咸欲奉大王为帝，灭魏兴刘，共图功名；不想大王坚执不肯，众官皆有怨心，不久必尽散矣。_{不以己动之，乃以群臣动之。}若文武皆散，吴、魏来攻，两川难保，臣安得不忧乎？"_{既以群臣动之，又以两川动之。}汉中王曰："吾非推阻，恐天下人议论耳。"_{不言己德不堪，但恐人心不服，比前又渐渐相近。}孔明曰："圣人云：'名不正，则言不顺。'今大王名正言顺，有何可议？_{此言人事当允宜。}岂不闻'天与弗取，反受其咎'？"此言天命当受。汉中王曰："待军师病可，行之未迟。"此句已是十分应承。

孔明听罢，从榻上跃然而起，曹丕真病，孔明假病。真病难瘥，假病立愈。将屏风一击，外面文武众官皆入，拜伏于地曰："王上既允，便请择日以行大礼。"只露得一句口风，便被众人拾去。汉中王视之，乃是太傅许靖、安汉将军糜竺、青衣侯尚举、阳泉侯刘豹、别驾赵祚、治中杨洪、议曹杜琼、从事张爽、太常卿赖恭、光禄卿黄权、祭酒何宗、学士尹默、司业谯周、大司马殷纯、偏将军张裔、少府王谋、昭文博士伊籍、从事郎秦宓等众也。先闻其言，后详其人，不想屏风之外早有埋伏。

汉中王惊曰："陷孤于不义，皆卿等也！"埋怨一句，实是应承。孔明曰："王上既允所请，便可筑坛择吉，恭行大礼。"核实一句，便难推调。即时送汉中王还宫，一面令博士许慈、谏议郎孟光掌礼，筑坛于成都武担之南。诸事齐备，多官整设銮驾，迎请汉中王登坛致祭。谯周在坛上，高声朗读祭文曰：

> 惟建安二十六年四月丙午朔，越十二日丁巳，皇帝备，敢昭告于皇天后土：汉有天下，历数无疆。曩者，王莽篡盗，光武皇帝震怒致诛，社稷复存。今曹操阻兵残忍，戮杀主后，罪恶滔天；操子丕，载肆凶逆，窃据神器。群下将士，以为汉祀堕废，备宜延之，嗣武二祖，躬行天罚。备惧无德忝帝位，询于庶民，外及遐荒君长，佥曰：天命不可以不答，祖业不可以久替，四海不可以无主。率土式望，在备一人。备畏天明命，又惧高、光之业，将坠于地，谨择吉日，登坛告祭，受皇帝玺绶，抚临四方。惟神飨祚汉家，永绥历服！魏家之诏欺人，汉家之文告天。诏有三通，却不是真文，止一篇却不是假。

读罢祭文，孔明率众官恭上玉玺。汉中王受了，捧于坛上，再三推辞曰："备无才德，请择有才德者受之。"此让虽是虚文，然与曹丕之让不同。孔明奏曰："王上平定四海，功德昭于天下，况是大汉宗派，宜即正位。已祭告天神，复何让焉！"文武各官，皆呼"万岁"。拜舞礼毕，改元章武元年。与曹丕一般改元，主却改得堂堂正正。立妃吴氏为皇后，长子刘禅为太子；封次子刘永为鲁王，三子刘理为梁王；封诸葛亮为丞相，许靖为司徒；大小官僚，一一升赏。大赦天下。两川军民，无不欣跃。一样做皇帝，只此一语，曹丕却输与先主。

次日设朝，文武官僚拜毕，列为两班。先主降诏曰："朕自桃园与关、张结义，誓同生死。不幸二弟云长，被东吴孙权所害，若不报仇，是负盟也。朕欲起倾国之兵，剪伐东吴，生擒逆贼，以雪此恨！"篡献帝之仇，更大于害关公之仇。乃先言关公而后献帝者，特以其事有先后耳。言未毕，班内一人，拜伏于阶下，谏曰："不可。"先王视之，乃虎威将军赵云也。正是：

君王未及行天讨，臣下曾闻进直言。

未知子龙所谏若何，且看下文分解。

第八十一回

急兄仇张飞遇害
雪弟恨先主兴兵

　　翼德之不欲先伐魏，而请先伐吴者，非但知兄弟而不知君臣之义也。观其古城之役，误疑关公之降操，而欲拒关公，岂非君臣之义重，而兄弟之情轻乎？其伐吴之意，以为魏固汉贼，而吴之党魏，亦为汉贼。从来除残去暴者，必先剪其党。如殷将伐桀，而先伐韦伐顾伐昆吾；周将伐纣，而先伐崇伐密是也。盖不独为兄弟起见，而伐吴在所当先；即为君臣起见，而伐吴亦在所当先耳。

　　观于翼德之亡，而先主伐吴之计，愈不得不决矣。翼德之死，为关公而死也。为关公而死，则其与孙权杀之无异也。杀一弟之仇不可忍，杀两弟之仇，又何可忍乎？为一己之私恩而释曹操，人不以此病关公。则为三人之义而讨孙权，岂得以此訾先主！

　　有关兴而云长不死，有张苞而翼德复生。君子观于此二人，而独为先主之堂构惜也。使刘禅而有兴、苞之风，则邓艾不能越阴平，锺会不能逾剑阁。而"此间乐，不思蜀"之言，不至为晋武所笑矣。呜呼！天不祚汉，其谓之何哉！

　　李意之见先主，与紫虚上人、公明管子正是一流人物。而紫虚则有数言，李意止写一字，公明惟凭卦象。李意自写画图，极相类又极不相类，而皆为后文伏笔，令读者于数卷之后，追验前文，方知其文之一线穿却也。

　　陈震之请李意，当是孔明教之。先主决意伐吴，孔明争之不得，故特欲借青城山老叟以相阻耳。然张良能以南山四皓止储君之废，而孔明不能以青城老叟阻伐吴之师。谋之成不成，盖有幸有不幸焉。

　　先主一生见画图者三：初见孔明画图一幅，定三分之形；继见张松画图一幅，定八川之计；最后见李意画图一幅，为白帝托孤之兆。盖其一生俱是画中人也。

　　当关公显圣之后，便当接先主杀刘封，而中间忽有曹操患病，华佗被杀、曹丕袭爵、曹植赋诗一段文字以间之。及刘封既斩之后，便当接翼德被刺、先主伐吴，而中间又有献帝禅位、曹丕篡汉、成都闻变、孔明劝进一段文字以间之。其过枝接叶处，全不见其断续之痕，而两边夹叙，一笔不漏。如此叙事，真可直追迁史。

　　却说先主欲起兵东征，赵云谏曰："国贼乃曹操，非孙权也。今曹丕篡汉，神人共怒。陛下可早图关中，屯兵渭河上流，以讨凶逆，则关东义士，必裹粮策马以迎王师。若舍魏以伐吴，兵势一交，岂能骤解？愿陛下察之。"_{先君臣之公义而后兄弟之私仇，子龙独见其大。}先主曰："孙权害了朕弟，又兼傅士仁、糜芳、潘璋、马忠皆有切齿之仇，啖其肉而灭其族，方雪朕恨！卿何阻耶？"云曰："汉贼之仇，公也；兄弟之仇，私也。愿以天下为重。"_{子龙见识有大臣、谏臣之风，不当以战将目之。}先主答曰："朕不为弟报仇，虽有万里江山，何足为贵？"遂不听赵云之谏，下令起兵伐吴；且发使往五溪，借番兵五万，共相策应；一面差使往阆中，迁张飞为车骑将军，领司隶校尉，封西乡侯，兼阆中牧。使命赍诏而去。

却说张飞在阆中，闻知关公被东吴所害，旦夕号泣，血湿衣襟。^{是真兄弟，不是假兄弟。}诸将以酒解劝，酒醉，怒气愈加。帐上帐下，但有犯者即鞭挞之，多有鞭死者。^{为后文鞭范疆、张达张本。}每日望南切齿睁目怒恨，放声痛哭不已。^{其声其泪，俱从血性中流出。}忽报使至，慌忙接入，开读诏旨。飞受爵望北拜毕，设酒款待来使。飞曰："吾兄被害，仇深似海。庙堂之臣，何不早奏兴兵？"使者曰："多有劝先灭魏而后伐吴者。"飞怒曰："是何言也！昔我三人桃园结义，誓同生死；今不幸二兄半途而逝，吾安得独享富贵耶！^{独生且不愿，况独受富贵。}吾当面见天子，愿为前部先锋，挂孝伐吴，^{为后文制办白旗、白甲伏笔。}生擒逆贼，祭告二兄，以践前盟！"言讫，就同使命望成都而来。

却说先主每日自下教场操演军马，克日兴师，御驾亲征。于是公卿都至丞相府中见孔明，曰："今天子初临大位，亲统军伍，非所以重社稷也。^{此不谏征吴，但谏亲征。}丞相秉钧衡之职，何不规谏？"孔明曰："吾苦谏数次，只是不听。^{孔明之谏，在孔明口中补出。}今日公等随我入教场谏去。"当下孔明引百官来奏先主曰："陛下初登宝位，若欲北讨汉贼，以伸大义于天下，方可亲统六师；若只欲伐吴，命一上将统军伐之可也，何必亲劳圣驾？"^{言伐魏则当亲征，伐吴则不当亲征，主意又与众官不同。}先主见孔明苦谏，心中稍回。忽报张飞到来，先主急召入。飞至演武厅拜伏于地，抱先主足而哭。^{以手足论之，先主缺其一足矣，故抱足而哭。}先主亦哭。飞曰："陛下今日为君，早忘了桃园之誓！二兄之仇，如何不报？"先主曰："多官谏阻，未敢轻举。"飞曰："他人岂知昔日之盟？若陛下不去，臣舍此躯与二兄报仇！若不能报时，臣宁死不见陛下也！"^{只说自家要去，便是要先主去。}先主曰："朕与卿同往。卿提本部兵自阆州而出，朕统精兵会于江州，共伐东吴，以雪此恨！"飞临行，先主嘱曰："朕素知卿酒后暴怒，鞭挞健儿，而复令在左右，此取祸之道也。今后务宜宽容，不可如前。"^{先为下文伏笔。○史称关公善待卒伍，骄于士大夫，张飞爱君子而不恤军人，故先主以此嘱之。}飞拜辞而去。

次日，先主整兵要行。学士秦宓奏曰："陛下舍万乘之躯，而徇小义，古人所不取也。愿陛下思之。"先主曰："云长与朕，犹一体也。大义尚在，岂可忘耶？"宓伏地不起曰："陛下不从臣言，诚恐有失。"^{预为后文伏笔。}先主大怒曰："朕欲兴兵，尔何出此不利之言！"叱武士推出斩之。^{非此一怒，则众官之谏不息。}宓面不改色，回顾先主而笑曰："臣死无恨，但可惜新创之业，又将颠覆耳！"众官皆为秦宓告免。先主曰："暂且囚下，待朕报仇回时发落。"孔明闻知，即上表救秦宓。其略曰：

臣亮等切以吴贼逞奸诡之计，致荆州有覆亡之祸；陨将星于斗牛，折天柱于楚地。此情哀痛，诚不可忘。但念迁汉鼎者，罪由曹操；移刘祚者，过非孙权。窃谓魏贼若除，则吴自宾服。愿陛下纳秦宓金石之言，以养士卒之力，别作良图，^{二句隐着伐魏，早则社稷幸甚！天下幸甚！}则社稷幸甚！天下幸甚！

先主看毕，掷表于地曰："朕意已决，无得再谏！"^{先主以孔明为水，今伐吴之心，其急如火，水亦不能制火矣。}遂命丞相诸葛亮保太子守两川；^{时法正既死，孔明又不同往，则后来之败势所必然。}骠骑将军马超并弟马岱，助镇北将军魏延守汉中，以当魏兵；虎威将军赵云为后应，兼督粮草；^{因赵云曾谏，故不用为先锋。}黄权、程畿为参谋；马良、陈震掌理文书；黄忠为前部先锋；冯习、张南为副将；傅彤、张翼为中军护尉；赵融、廖淳为合后。川将数百员，并五溪番将等，共兵七十五万，择定章武元年七月丙寅日出师。

却说张飞回到阆中，下令军中：限三日内制办白旗白甲，三军挂孝伐吴。^{关公之死，为江上有白衣；翼德之死，为军中需白甲。}次日，帐下两员末将范疆、张达，入帐告曰："白旗白甲，一时无措，须宽限方可。"飞大怒曰："吾急欲报仇，恨不明日便到逆贼之境，^{义气凛凛，是真兄弟，不是假兄弟。}汝安敢违我将令！"叱武士缚于树上，各鞭背五十。^{前之鞭督邮是怒，继之鞭曹豹是醉，今之鞭范、张是痛。因痛而鞭，鞭必倍痛矣。}鞭毕，以手指之曰："来日俱要完备！若违了限，即杀汝二人示众！"打得二人满口出血，回到营中商议。范疆曰："今日受了刑责，着我等如何办得？其人性暴如火，倘来日不完，你我皆被杀矣！"张达曰："比如他杀我，不如我杀他。"^{与糜芳、傅士仁一段商议，前后相对。}疆曰："怎奈不得近前。"达曰："我两个若不当死，则他醉于床上；若是当死，则他不醉。"^{吕布以戒酒而为部将所害，张飞以饮酒而为部将所害，前后相反而相对。}二人商议停当。

却说张飞在帐中，神思昏乱，动止恍惚，^{与关公梦猪咬足前后相对，一则以梦为醒时之兆，一则以醒为梦时之兆。}乃问部将曰："吾今心惊肉颤，坐卧不安，此何意也？"部将答曰："此是君侯思念关公，以致如此。"飞令人将酒来，与部将同饮，^{本欲以酒节哀，谁知以酒致死。}不觉大醉，卧于帐中。^{凡人饮酒易醉，闷饮更是易醉。}范、张二贼，探知消息，初更时分，各藏短刀，密入帐中，诈言欲禀机密重事，直至床前。原来张飞每睡不合眼，当夜寝于帐中，二贼见他须竖目张，本不敢动手。^{写得张飞声势。曹操见关公于匣中，虽死不死，范、张见翼德于帐中，虽睡不睡。}因闻鼻息如雷，方敢近前，以短刀刺入飞腹。飞大叫一声而亡。^{读书至此，亦为之拍案大叫。}时年五十五岁。后人有诗叹曰：

安喜曾闻鞭督邮，黄巾扫尽佐炎刘。

虎牢关上声先震，长坂桥边水逆流。

义释严颜安蜀境，智欺张郃定中州。

伐吴未克身先死，秋草长遗阆地愁。

却说二贼当夜割了张飞首级，便引数十人连夜投东吴去了。次日，军中闻知，起兵追之不及。时有张飞部将吴班，向自荆州来见先主，先主用为牙门将，使佐张飞守阆中。吴班事补前文所未及。○"胡班"古本作"吴班"，今从之。当下吴班先发表章，奏知天子，然后令长子张苞具棺椁盛贮，令弟张绍守阆中，苞自来报先主。时先主已择期出师。大小官僚，皆随孔明送十里方回。孔明回至成都，怏怏不乐，顾谓众官曰："法孝直若在，必能制主上东行也。"孔明劝取西川，昭烈不听；法正劝之而即听，然则法正必有所以制之之法也。

却说先主是夜心惊肉颤，寝卧不安。出帐仰观天文，见西北一星，其大如斗，忽然坠地。关公之死，先主感梦；翼德之死，先主见星：前后相对。先主大疑，连夜令人求问孔明。孔明回奏曰："合损一上将。三日之内，必有惊报。"先主因此按兵不动。忽侍臣奏曰："阆中张车骑部将吴班，差人赍表至。"先主顿足曰："噫！三弟休矣！"结义之始，先遇翼德，次遇关公。临终之时，先丧关公，次丧翼德，参差不同。及至览表，果报张飞凶信。先主放声大哭，昏绝于地。众官救醒。次日，人报一队军马骤风而至。先主出营观之。良久，见一员小将，白袍银铠，滚鞍下马，伏地而哭，乃张苞也。张飞挂孝，是一重孝；苞曰："范疆、张达杀了臣父，将首级投吴去了！"张苞挂孝，是两重孝。先主哀痛至甚，饮食不进。群臣苦谏曰："陛下方欲为二弟报仇，何可先自摧残龙体？"先主方才进膳，遂谓张苞曰："卿与吴班，敢引本部军作先锋，为卿父报仇否？"苞曰："为国为父，万死不辞！"不但为父，又为伯父。先主正欲遣苞起兵，又报一彪军风拥而至。先主令侍臣探之。须臾，侍臣引一小将军，白袍银铠，入营伏地而哭。先主视之，乃关兴也。此是制中期服，与先主见了关兴，想起关公，又放声大哭。众官苦劝。先主曰："朕想布衣时，与关、张结义，誓同生死；今朕为天子，正欲与两弟同享富贵，不幸俱死于非命！见此二侄，能不断肠！"张飞曾见先主为天子，关公尚不曾见先主为天子。一则言讫又哭。一则见而死，一则未见而死，俱为可痛。

众官曰："二小将军且退。容圣上将息龙体。"侍臣奏曰："陛下年过六旬，不宜过于哀痛。"先主曰："二弟俱亡，朕安忍独生！"言讫，以头顿地而哭。先主从来善哭，何况此时哭上加哭，宜其哭个不住。多官商议曰："今天子如此烦恼，将何解劝？"马良曰："主上亲统大兵伐吴，终日号泣，于军不利。"陈震曰："吾闻成都青城山之西，有一隐者，姓李，名意。世人传说此老已三百余岁，能知人之生死吉凶，乃当世之神仙也。百忙中忽叙出一个仙人，与魏之左慈、吴之于吉，遥相映射。何不奏知天子，召此老来，问他吉凶，胜如吾等之言。"遂入奏先主。先主从之，即遣陈震赍诏，往青城山宣召。

震星夜到了青城，令乡人引入山谷深处，遥望仙庄，清云隐隐，瑞气非凡。与卧龙冈仿佛相似。忽见一小童来迎曰："来者莫非陈孝起乎？"与水镜童子仿佛相似。震大惊曰："仙童如何知我姓字？"童子曰："吾师昨者有言：'今日必有皇帝诏命至，使者必是陈孝起。'"震曰："真神仙也！人言信不诬矣！"遂与小童同入仙庄，拜见李意，宣天子诏命。李意推老不行。震曰："天子急欲见仙翁一面，幸勿吝鹤驾。"再三敦请，李意方行。与隆中三请仿佛相似。既至御营，入见先主。先主见李意鹤发童颜，碧眼方瞳，灼灼有光，身如古柏之状，李意形状在先主眼中写出。○写李意三百岁人，另是一样光景。知是异人，优礼相待。李意曰："老夫乃荒山村叟，无学无识。辱陛下宣召，不知有何见谕？"先主曰："朕与关、张二弟结生死之交，三十余年矣。今二弟被害，亲统大军报仇，未知休咎如何。久闻仙翁通晓玄机，望乞赐教。"何不于关公未死之前问之！李意曰："此乃天数，非老夫所知也。"先主再三求问，意乃索纸笔画兵马器械四十余张，画毕便一一扯碎。此应后文连营四十皆被烧毁也。又画一大人仰卧于地上，旁边一人掘土埋之，上写一大"白"字，此应后文白帝托孤之兆。遂稽首而去。先主不悦，谓群臣曰："此狂叟也！不足为信。"即以火焚之，为后文火焚之兆。便催军前进。

张苞入奏曰："吴班军马已至。小臣乞为先锋。"先主壮其志，即取先锋印赐张苞。苞方欲挂印，又一少年将奋然出曰："留下印与我！"视之，乃关兴也。二人争印，与许褚、徐晃争袍，遥相映射。苞曰："我已奉诏矣。"兴曰："汝有何能，敢当此任？"苞曰："我自幼习学武艺，箭无虚发。"先主曰："朕正要观贤侄武艺，以定优劣。"苞令军士于百步之外，立一面旗，旗上画一红心。旗上画红心是权时从吉。苞拈弓取箭，连射三箭，皆中红心。写张苞。众皆称善。旁写众人。关兴挽弓在手曰："射中红心何足为奇？"正言间，忽值头上一行雁过。兴指曰："吾射这飞雁第三只。"一箭射去，那只雁应弦而落。写关兴。○雁行可比兄弟，独失却第三，先失却第二矣。文武官僚，齐声喝采。又写众人。苞大怒，飞身上马，手挺父所使丈八点钢矛，大叫曰："你敢与我比试武艺否？"兴亦上马，绰家传大砍刀纵马而出曰："偏你能使矛！吾岂不能使刀！"曹操铜雀台前是一红一绿相争，此处却是两白相争，又自不同。

二将方欲交锋，先主喝曰："二子休得无礼！"兴、苞二人慌忙下马，各弃兵器，拜伏请罪。作者欲写二小将英雄，故借争印稍加点染，今既显过本事，便当如此收科。先主曰："朕自涿郡与卿等之父结异姓之交，亲如骨肉。今汝二人亦是昆仲之分，正当同心协力，共报父仇，奈何自相争竞，失其大义！父丧未远而犹如此，况日后乎？"^{近日之丧中计利、兄弟}^{相争者，当愧死矣。}二人再拜伏罪。先主问曰："卿二人谁年长？"苞曰："臣长关兴一岁。"先主即命兴拜苞为兄。二人就帐前折箭为誓，永相救护。^{桃园之后，又是}^{一番小结义。}先主下诏使吴班为先锋，令张苞、关兴护驾，水陆并进，船骑双行，浩浩荡荡，杀奔吴国来。^{以上按下先主，}^{以下再叙东吴。}

却说范疆、张达将张飞首级，投献吴侯，细告前事。孙权听罢，收了二人，乃谓百官曰："今刘玄德即了帝位，统精兵七十余万，御驾亲征，其势甚大，如之奈何？"百官尽皆失色，面面相觑。^{南人无用}^{为之一笑。}诸葛瑾出曰："某食君侯之禄久矣，无可报效，愿舍残生，去见蜀主，以利害说之，使两国相和，共讨曹丕之罪。"^{诸葛瑾所见，到}^{底与鲁肃相似。}权大喜，即遣诸葛瑾为使，来说先主罢兵。正是：

两国相争通使命，一言解难赖行人。

未知诸葛瑾此去如何，且看下文分解。

第八十二回

孙权降魏受九锡

先主征吴赏六军

魏王受九锡，吴侯亦受九锡。君子于魏之受，讥曹操之不臣；于吴之受，笑孙权之不君。何也？"宁为鸡口，无为牛后。"韩侯之所以自奋也。江东之地，岂其小于韩邦哉？且降魏而有益于吴，则亦已耳；无益于吴而徒受屈膝之耻，良足叹矣。

操之九锡，操自加之者也；权之九锡，非孙权自加之，而待魏加之者也。自加之与待人加，则有间矣。操之九锡，天子所不敢不与者也；权之九锡，魏欲加之而权所不敢不受者也。人所不敢不与，与己所不敢不受，则又有间矣。且受汉之九锡，则足荣；受魏之九锡，则足耻。为篡汉而受汉之九锡，则为强；降魏而受魏之九锡，则为弱。吾甚为孙权惜之。

孙权前后如二人。前之拔剑砍案，何其壮也！后之俯首称臣，何其惫也！所以然者，失在争荆州而开隙于刘耳。其始也，结刘为援，则以周郎五万人，足以西向而遏曹操百万之师；其既也与刘为仇，则以江东八十一州，乃至北面而受曹丕孺子之命。君子于此，叹与国之不可绝，而辅车相依之势为不可离云。

赵咨之对曹丕，有二语为最妙：其以"获于禁而不害为仁"，所以暴彼之短；其以"屈于陛下为略"，所以抑彼之骄。夫七军覆，庞德死，非魏之见辱于关公者乎？使非东吴，则于禁不得生还矣。是言蜀之凌魏，而吴之大有造于魏也。至于稽首称臣，不曰是诚服，不曰是有礼，不曰是识时务，而乃曰略者，明言降魏非其本心，不过一时权宜之计，而吴终不为魏下也。词令之妙，至于如此，真不愧行人之选哉！

为国者之学，不比书生寻章摘句，旨哉斯言乎？石勒未尝识字，闻郦生劝立六国后，以为此法当失，及闻张良止之，乃曰："赖有此耳。"是其能读《汉书》者也。宋理宗好探究理学，而史弥远以小人见用，真德秀、魏了翁以君子见斥，则虽终日读性理，却是不曾读得。

孙策不疑太史慈，孙权不疑诸葛瑾，其事同乎？曰：不同。策当兵势方盛之时，其信慈为易；权当国势可忧之日，其信瑾为难也。庞德不以兄之在蜀而背魏，诸葛瑾不以弟之在蜀而背吴，其事同乎？曰：不同。德事马超而不终，则德之义为非义；瑾事孙权而无贰，则瑾之忠乃真忠也。且瑾在昔日，以瑾之不往，信亮之不留；权在今日，即以其信亮之不留者，信瑾之不往。君臣之相信，殆于兄弟之相信决之耳。

还我汝阳，归我叛人，此鲁之所以与齐盟也。而还荆州不许，还降将不许，则先生之于吴，毋乃已甚乎？晋君朝以入，则婢子夕以死；夕以入，则朝以死。此秦之所以归晋侯也。而送还孙夫人亦不许，则先主之于吴，又毋乃太甚乎？然使仇自此而遂解，兵自此而遂回，则不成其为刘玄德矣。今人称结义必称桃园，玄德之为玄德，索性做兄弟朋友中立极之一人，可以愧后世之朋友寒盟、兄弟解体者。

却说章武元年秋八月，先主起大军至夔关，驾屯白帝城。^{"白帝城"三字，先于此处一逗。}前队军马已出川口。近臣奏曰："吴使诸葛瑾至。"先主传旨教休放入。黄权奏曰："瑾弟在蜀为相，必有事而来。陛下何故绝之？当召入，看他言语。可从则从；如不可，则就借彼口说与孙权，令知问罪有名也。”先主从之，召瑾入城。瑾拜伏于地。^{不似前番待鲁肃之礼。}先主问曰：“子瑜远来，有何事故？”瑾曰：“臣弟久事陛下，臣故不避斧钺，特来奏荆州之事。^{先将孔明说起，要他看军师之面，纳其所言。}前者，关公在荆州时，吴侯数次求亲，关公不允。^{此二句隐然责备关公，反推在关公身上。}后关公取襄阳，曹操屡次致书吴侯，使袭荆州。^{又推在曹操身上。}吴侯本不肯许，因吕蒙与关公不睦，故擅自兴兵，误成大事。今吴侯悔之不及。此乃吕蒙之罪，非吴侯之过也。^{又推在吕蒙身上。}今吕蒙已死，冤仇已息。孙夫人一向思归。^{关公死矣，曹操死矣，吕蒙死矣，俱在三个死人身上，却请出一个活夫人来。又要他看夫人之面，纳其所言。}今吴侯令臣为使，愿送归夫人，缚还降将，并将荆州仍旧交还^{又恐一夫人不足以动之，又说还荆州、还降将以陪之。降将本是汉将，曰“还”是矣；若荆州，向以为东吴所自有，而借与玄德者也，今亦曰“还”，则荆州亦本是汉地，不曾借矣。}，永结盟好，共灭曹丕，以正篡逆之罪。”^{末句归重伐魏。前是动之以情，此则动之以义。}先主怒曰：“汝东吴害了朕弟，今日敢以巧言来说乎！”瑾曰：“臣请以轻重大小之事，与陛下论之。陛下乃汉朝皇叔，今汉帝已被曹丕篡夺，不思剿除，却为异姓之亲，而屈万乘之尊，是舍大义而就小义也。^{先论义之大小。}中原乃海内之地，两都皆大汉创业之方，陛下不取，而但争荆州，是弃重而取轻也。^{次论利之重轻。}天下皆知陛下即位，必兴汉室，恢复山河；今陛下置魏不问，反欲伐吴，窃为陛下不取。”^{前还在两家情分上说，此又单就先主身上说。前所言是私，后所言是公。}先主大怒曰：“杀吾弟之仇，不共戴天！欲朕罢兵，除死方休！^{早为后文谶兆。}不看丞相之面，先斩汝首！今且放汝回去，说与孙权，洗颈就戮！”诸葛瑾见先主不听，只得自回江南。

却说张昭见孙权曰：“诸葛子瑜知蜀兵势大，故假以请和为辞，欲背吴入蜀。此去必不回矣。”^{有此一段议论，愈衬孙权知人之明。}权曰：“孤与子瑜，有生死不易之盟，孤不负子瑜，子瑜亦不负孤。昔子瑜在柴桑时，孔明来吴，孤欲使子瑜留之。子瑜曰：‘弟已事玄德，义无二心；弟之不留，犹瑾之不往。’^{补四十四卷中所未及。}其言足贯神明。今日岂肯降蜀乎？孤与子瑜可谓神交，非外言所得间也。”^{朋友不相信，而君臣之相信如此，为朋友者可以愧矣。}正言间，忽报诸葛瑾回。权曰：“孤言若何？”张昭满面羞惭而退。^{真正可羞。}瑾见孙权，言先主不肯通和之意。权大惊曰：“若如此，则江南危矣！”阶下一人进曰：“某有一计，可解此危。”视之，乃中大夫赵咨也。权曰：“德度有何良策？”咨曰：“主公可作一表，某愿为使，往见魏帝曹丕，陈说利害，使袭汉中，则蜀兵自危矣。”^{先主不肯与吴共伐曹丕，其势必至于此。}权曰：“此计最善。但卿此去，休失了东吴气象。”咨曰：“若有些小差失，即投江而死，安有面目见江南人物乎！”

权大喜，即写表称臣，^{恐孙权此时亦难见江南人物。}令赵咨为使。星夜到了许都，先见太尉贾诩等，并大小官僚。次日早朝，贾诩出班奏曰：“东吴遣中大夫赵咨上表。”曹丕笑曰：“此欲退蜀兵故也。”有急来求，早已猜着。即令召入。咨拜伏于丹墀。丕览表毕，遂问咨曰：“吴侯乃何如主也？”咨曰：“聪明、仁智、雄略之主也。”自夸其君。丕笑曰：“卿褒奖毋乃太甚？”咨曰：“臣非过誉也。吴侯纳鲁肃于凡品，是其聪也；拔吕蒙于行阵，是其明也；带言鲁肃、吕蒙。自夸其君，又自夸其臣。获于禁而不害，是其仁也；是以己之长形彼之短。为人所获，难乎为臣；臣为人获，难乎为君！取荆州兵不血刃，是其智也；据三江虎视天下，是其雄也；屈身于陛下，是其略也。略者，权谋之谓也，即将现前事解“略”字，甚妙。以此论之，岂不为聪明、仁智、雄略之主乎？”丕又问曰：“吴主颇知学乎？”咨曰：“吴主浮江万艘，带甲百万，任贤使能，志存经略；少有余闲，博览书传，历观史籍，采其大旨，不效书生寻章摘句而已。”帝王之学，与书生不同。若寻章摘句，即霸主亦不为也。丕曰：“朕欲伐吴，可乎？”咨曰：“大国有征伐之兵，小国有御备之策。”不失东吴气象。丕曰：“吴畏魏乎？”咨曰：“带甲百万，江汉为池，何畏之有？”不失东吴气象。丕曰：“东吴如大夫者几人？”咨曰：“聪明特达者八九十人；如臣之辈，车载斗量，不可胜数。”前表鲁肃、吕蒙，是借君夸臣，此却单就臣说。丕叹曰：“‘使于四方，不辱君命’，卿可以当之矣。”于是即降诏，命太常卿邢贞赍册封孙权为吴王，加九锡。与前曹操加九锡相反而相对。赵咨谢恩出城。

大夫刘晔谏曰：“今孙权惧蜀兵之势，故来请降。以臣愚见，蜀、吴交兵，乃天亡之也。今若遣上将提数万之兵，渡江袭之，蜀攻其外，魏攻其内，吴国之亡，不出旬日。吴亡则蜀孤矣。陛下何不早图之？”刘晔劝灭吴，非所以助蜀，正所以图蜀，可见二国之不宜相恶也。丕曰：“孙权既以礼服朕，朕若攻之，是沮天下欲降者之心，不若纳之为是。”刘晔又曰：“孙权虽有雄才，乃残汉骠骑将军、南昌侯之职。官轻则势微，尚有畏中原之心；若加以王位，则去陛下一阶耳。今陛下信其诈降，崇其位号以封殖之，是与虎添翼也。”此则书生之见耳。魏即不封，吴岂不能自王哉？魏之帝可僭，吴之王何不可僭？丕曰：“不然。朕不助吴，亦不助蜀。待看吴、蜀交兵，若灭一国，止存一国，那时除之，有何难哉？刘晔是踏沉船，曹丕是看冷铺。朕意已决，卿勿复言。”遂命太常卿邢贞同赵咨捧执册锡，径至东吴。

却说孙权聚集百官，商议御蜀兵之策。忽报：“魏帝封主公为王，礼当远接。”顾雍谏曰：“主公宜自称上将军、九州伯之位，不当受魏帝封爵。”盖以自称则虽伯犹荣，受封则虽王亦辱耳。权曰：“当日沛公受项羽之封，盖因时也；何故却之？”亦解嘲语。遂率百官出城迎接。孙权出丑。邢贞自恃上国天使，入门不下车。张昭大怒，厉声曰：“礼无不敬，法无不肃，而君敢自尊大，岂以江南无方寸之刃耶？”与秦宓之叱简雍仿佛相似。○子布此时颇有胆气。邢贞慌忙下车，与孙权相见，赵咨足以服魏君，张昭足以服魏臣。并车入城。忽车后一人放声哭曰：“吾等不能奋身舍命，为主并魏吞蜀，乃令主公受人封爵，不亦辱乎！”众视之，乃徐盛也。赵咨之后有张昭，不谓张昭之后又有徐盛。邢贞闻之，叹曰：“江东将相如此，终非久在人下者也！"

却说孙权受了封爵，众文武官僚拜贺已毕，命收拾美玉明珠等物，遣人赍进谢恩。

孙权丑
极。 早有细作报说："蜀主引本国大兵，及蛮王沙摩柯番兵数万，又有洞溪汉将杜路、刘宁二枝兵，水陆并进，声势震天。水路军已出巫口，旱路军已到秭归。"时孙权虽登王位，奈魏主不肯接应，**王位九锡，岂足以弹** **压蜀兵乎？一笑。** 乃问文武曰："蜀兵势大，当复如何？"众皆默然。权叹曰："周郎之后有鲁肃，鲁肃之后有吕蒙；今吕蒙已亡，无人与孤分忧也！"

此是激将 **之语。** 言未毕，忽班部中一少年将，奋然而出，伏地奏曰："臣虽年幼，颇习兵书。愿乞数万之兵，以破蜀兵。"权视之，乃孙桓也。桓字叔武，其父名河，本姓俞氏，**与刘封本姓寇** **正复相似。** 孙策爱之，赐姓孙，因此亦系吴王宗族。河生四子，桓居其长，弓马熟娴，常从吴王征讨，累立奇功，官授武卫都尉，时年二十五岁。**百忙中补叙** **孙桓来历。** 权曰："汝有何策胜之？"桓曰："臣有大将二员，一名李异，一名谢旌，俱有万夫不当之勇。乞数万之众，往擒刘备。"**不过恃二勇夫，** **便不是良策。** 权曰："侄虽英勇，争奈年幼，必得一人相助，方可。"虎威将军朱然出曰："臣愿与小将军同擒刘备。"权许之，遂点水陆军五万，封孙桓为左都督，朱然为右都督，**与前遣周瑜、程普为** **左右，遥相对照。** 即日起兵。哨马探得蜀兵已至宜都下寨，孙桓引二万五千军马，屯于宜都界口，前后分作三营，以拒蜀兵。

却说蜀将吴班领先锋之印，自出川以来，所到之处，望风而降，兵不血刃，直到宜都；探知孙桓在彼下寨，飞奏先主。时先主已到秭归，闻奏怒曰："量此小儿，安敢与朕抗耶！"**少年有可轻、有不可轻，此处以少年轻** **孙桓则可，后文以少年轻陆逊则不可。** 关兴奏曰："既孙权令此子为将，不劳陛下遣大将，臣愿往擒之。"**以少年故** **少年。** 先主曰："朕正欲观汝壮气。"即命关兴前往。兴拜辞欲行，张苞出曰："既关兴前去讨贼，臣愿同行。"**以两少年故** **一少年。** 先主曰："二侄同行甚妙，但须谨慎，不可造次。"

二人拜辞先主，会合先锋，一同进兵，列成阵势。孙桓听知蜀兵大至，合寨多起。两阵对圆，桓领李异、谢旌立马于门旗之下，见蜀营中拥出二员大将，皆银盔银铠，白马白旗：上首张苞挺丈八点钢矛，下首关兴横着大砍刀。**再就吴将眼中写** **出二小将声势。** 苞大骂曰："孙桓竖子！死在临时，尚敢抗拒天兵乎！"桓亦骂曰："汝父已作无头之鬼；今汝又来讨死，好生不智！"张苞大怒，挺枪直取孙桓。**此处独写张苞出** **头，未写关兴。** 桓背后谢旌，骤马来迎。两将战有三十余合，旌败走，苞乘胜赶来。李异见谢旌败了，慌忙拍马轮蘸金斧接战。张苞与战二十余合，不分胜负。**写张苞连战二将，** **又未写关兴。** 吴军中裨将谭雄，见张苞英勇，李异不能胜，却放一冷箭，正射中张苞所骑之马。那马负痛奔回本阵，未到门旗边，扑地便倒，将张苞掀在地上。李异急向前轮起大斧，望张苞脑袋便砍。^{故作惊人之笔。}忽一道红光闪处，李异头早落地。^{读至此，疑有神助。及阅下文，方知是人不是鬼。}原来关兴见张苞马回，正待接应，忽见张苞马倒，李异赶来，兴大喝一声，劈李异于马下，^{此处关兴突然而出，却先见斩将，后见其人，笔法甚奇。}救了张苞，乘势掩杀。孙桓大败。各自鸣金收军。

次日，孙桓又引军来。张苞、关兴齐出。关兴立马于阵前，单搦孙桓交锋。^{此写关兴。}桓大怒，拍马轮刀，与关兴战三十余合，气力不加，大败回阵。二小将追杀入营，吴班引着张南、冯习驱兵掩杀。张苞奋勇当先，杀入吴军，正遇谢旌，被苞一矛刺死。^{此写张苞。}吴军四散奔走。蜀将得胜收兵，只不见了关兴。^{忽然突出，又忽然不见，写得关兴奇妙。}张苞大惊曰："安国有失，吾不独生！"言讫，绰枪上马。寻不数里，只见关兴左手提刀，右手活挟一将。^{此又写关兴。}苞问曰："此是何人？"兴笑答曰："吾在乱军中，正遇仇人，故生擒来。"苞视之，乃昨日放冷箭的谭雄也。苞大喜，同回本营，斩首沥血，祭了死马，^{做了豪杰的马，即死也不漫然。}遂写表差人赴先主处报捷。

孙桓折了李异、谢旌、谭雄等许多将士，力穷势孤，不能抵敌，即差人回吴求救。蜀将张南、冯习谓吴班曰："目今吴兵势败，正好乘虚劫寨。"班曰："孙桓虽然折了许多将士，朱然水军现今结营江上，未曾损折。^{朱然一军不见所杀，吴班口中补叙出来。}今日若去劫寨，倘水军上岸，断我归路，如之奈何？"南曰："此事至易。可教关、张二将军，各引五千军伏于山谷中，如朱然来救，左右两军齐出夹攻，必然取胜。"^{南亦能。}班曰："不如先使小卒诈作降兵，却将劫寨事告与朱然；然见火起，必来救应，却令伏兵击之，则大事济矣。"^{前写过兴、苞，此又写吴班三将。}冯习等大喜，遂依计而行。

却说朱然听知孙桓损兵折将，正欲来救，忽伏路军引几个小卒上船投降。然问之，小卒曰："我等是冯习帐下士卒，因赏罚不明，特来投降，就报机密。"然曰："所报何事？"小卒曰："今晚冯习乘虚要劫孙将军营寨，约定举火为号。"朱然听毕，即使人报知孙桓。报事人行至半途，被关兴杀了。^{假报了朱然，真报偏不许报孙桓。}朱然一面商议，欲引兵去救应孙桓。部将崔禹曰："小卒之言，未可深信。倘有疏虞，水陆二军尽皆休矣。将军只宜稳守水寨，某愿替将军一行。"^{是朱然替死鬼。}然从之，遂令崔禹引一万军前去。是夜，冯习、张南、吴班分兵三路，直杀入孙桓寨中，四面火起，吴兵大乱，寻路奔走。

且说崔禹正行之间，忽见火起，急催兵前进。刚才转过山来，忽山谷中鼓声大震，左边关兴，右边张苞，两路夹攻。崔禹大惊，方欲奔走，正遇张苞，交马只一合，被苞生擒而回。^{关兴杀一人、擒一人，张苞亦杀一人、擒一人，二人功勋正是相对。○而关兴擒谭雄用虚写，张苞擒崔禹用实写，又自不同。}朱然听知危急，将船往下水退五六十里去了。^{此写吴兵水路。}孙桓引败军逃走，问部将曰："前去何处城坚粮广？"部将曰："此去正北彝陵城，可以屯兵。"桓引败军急望彝陵而走。^{此写吴兵陆路。}方进得城，吴班等追至，将城四面围定。关兴、张苞等解崔禹到秭归来。先主大喜，传旨将崔禹斩却，大赏三军。自此威风震动，江南诸将无不胆寒。

却说孙桓令人求救于吴王，吴王大惊，即召文武商议曰："今孙桓受困于彝陵，朱然大败于江中，蜀兵势大，如之奈何？"张昭奏曰："今诸将虽多物故，然尚有十余人，何虑于刘备？可命韩当为正将，周泰为副将，潘璋为先锋，凌统为合后，甘宁为救应，起兵十万拒之。"权依所奏，即命诸将速行。此时甘宁已患痢疾，带病从征。^{为后文死于江边伏线。}

却说先主从巫峡建平起，直接彝陵界分，七百余里，连结四十余寨，见关兴、张苞屡立大功，叹曰："昔日从朕诸将，皆老迈无用矣，复有二侄如此英雄，朕何虑孙权乎！"^{重少轻老，则失之黄忠；重老轻小，则失之陆逊。}正言间，忽报韩当、周泰领兵来到。先主方欲遣将迎敌，近臣奏曰："老将黄忠，引五六人投东吴去了。"先主笑曰："黄汉升非反叛之人也。因朕失口误言老者无用，彼必不服老，故奋力去相持矣。"^{先主之信汉升，与孙权之信子瑜，前后恰好相对。}即召关兴、张苞曰："黄汉升此去必然有失。贤侄休辞劳苦，可去相助。略有微功，便可令回，勿使有失。"二小将拜辞先主，引本部军来助黄忠。正是：

老臣素矢忠君志，年少能成报国功。

未知黄忠此去如何，且看下文分解。

第八十三回

战猇亭先主得仇人
守江口书生拜大将

关公显圣，不一而足。前文既追吕蒙，此卷又擒潘璋，或疑为演义妆点，未必其事之果然，而不知无庸疑也。即公之不没于今日，可以信其不没于当年。以为有关公，何处是关公，以为无关公，何处非关公？岂必拜像瞻图，见赤面长髯者，而后谓之关公哉？是气所磅礴凛烈，万古存，殆无日不有一关公在天地，无日不有一关公在人心耳。

潘璋之死，妙在关公显圣；糜芳、傅士仁、马忠之死，又妙在不必关公显圣。若必待关公显圣而后获之，则不胜其显圣矣。且孙权、陆逊亦当显圣以杀之，连营七百里之失，亦当显圣以告之，而全蜀之师可不动，先主之兵可不败，鱼腹浦之八阵图可不设矣。《三国志》本以纪人事，岂尽如《西游记》仗孙行者之神通，赖南海观音之相救乎？虽然，糜芳之欲降，马忠之被刺，关公之灵，实式凭焉，则亦谓之关公显圣可也。不宁惟是，即孙权之缚送范疆、张达，安知非翼德之灵实使其然？则亦谓之翼德显圣可也。

观先主之伐孙权，而知其必不赦糜芳也。不以孙夫人之尚在而宽孙权，岂肯以糜夫人之既死而赦糜芳乎？又观先主之杀糜芳，而知其必不释东吴也。不以殉难而亡之糜夫人而赦其弟，岂肯以不告而归之孙大人而恕其兄乎？凡人妻子之情，每足夺其兄弟之情；而爱兄弟之情，每不如其爱妻子之情，观于先主亦可以风矣。

书生而有大将之才，不得以书生目之。亦惟书生而有大将之才，则正以其书生而取之。先轸悦礼乐而敦诗书，晋之名将，一书生也；张巡读书过目不忘，唐之名将，一书生也；岳飞歌雅投壶，孟珙扫地焚香，宋之名将，一书生也。每怪今人以书生相诟詈，见其人之文而无用者，辄笑之为书生气，试观陆逊之为书生，奈何轻量书生哉？

从来未有不忍辱而能负重者。韩信非为胯下之夫，则不能成兴汉之烈；张良非进圯桥之履，则不能成报韩之功。又未有不能负重而能忍辱者。子胥惟怀破楚之略，故能乞食于丹阳；范蠡惟怀沼吴之谋，故甘受屈于石室。古今大有为之人，一生力奋，只在负重二字；一生学问，只在忍辱二字。熟读一卷《老子》，便当得一卷《阴符经》。

爱老而不爱少者，不可以用才；爱少而不爱老者，亦不可以用才。孔明之用黄忠，非以其老而用之也，直以为是请缨之终军、破浪之宗悫、三表五饵之贾谊而用之也。阚泽之荐陆逊，非以其少而荐之也，直以为是皓首之子牙、白发之充国、耆英之文彦博而荐之也。总之，人而才，则老亦可，少亦可；人而不才，则老亦不可，少亦不可。但当论其才与不才，不当论其少与不少云。

周郎之战赤壁，庞统与有力焉；吕蒙之袭荆州，陆逊亦与有力焉。乃鲁肃荐统，而孙权不听；阚泽荐逊，而孙权听之。岂信鲁肃不如其信阚泽哉？亦前后之势有不同耳。一当赤壁大胜之后，故气骄而言难入；一当猇亭新败之日，故心小而谋易从也。

却说章武二年春正月，^{正月叙起，时序分明。}武威后将军黄忠随先主伐吴，忽闻先主言老将无用，即提刀上马，引亲随五六人，径到彝陵营中。〔此老倔强犹昔。〕吴班与张南、冯习接入，问曰："老将军此来，有何事故？"忠曰："吾自长沙跟天子到今，多负勤劳。今虽七旬有余，尚食肉十斤，臂开二石之弓，能乘千里之马，未足为老。昨日主上言吾等老迈无用，故来此与东吴交锋，看吾斩将，老也不老！"〔黄忠不服老，陆逊不服少，正与后文相对。〕

正言间，忽报吴兵前部已到，哨马临营。忠奋然而起，出帐上马。冯习等劝曰："老将军且休轻进。"忠不听，纵马而去。吴班令冯习引兵助战。忠在吴军阵前，勒马横刀，单搦先锋潘璋交战。〔意在得仇人。〕璋引部将史迹出马。迹欺忠年老，挺枪出战，斗不三合，被忠一刀斩于马下。潘璋大怒，挥关公使的青龙刀，〔为前孙权赐刀照应，为后关兴得刀伏笔。〕来战黄忠。交马数合，不分胜负。忠奋力恶战，璋料敌不过，拨马便走。忠乘势追杀，全胜而回。〔第一日，忠不老。〕黄路逢关兴、张苞。兴曰："我等奉圣旨来助老将军；既已立了功，速请回营。"忠不听。

次日，潘璋又来搦战。黄忠奋然上马。兴、苞二人要助战，忠不从；吴班要助战，忠亦不从，〔譬之善弈棋者，有人从旁帮之，虽赢不喜。〕只自引五千军出迎。战不数合，璋拖刀便走。忠纵马追之，厉声大叫曰："贼将休走！吾今为关公报仇！"〔第二日，黄忠又不老。〕追至三十余里，四面喊声大震，伏兵齐出，右边周泰，左边韩当，前有潘璋，后有凌统，把黄忠困在垓心。忽然狂风大起，忠急退时，山坡上马忠引一军出，一箭射中黄忠肩窝，险些儿落马。〔中箭后偏不能落马，亦是他不老处。〕吴兵见忠中箭，一齐来攻。〔读者至此，为黄忠着急。〕忽后面喊声大起，两路军杀来，吴兵溃散，救出黄忠，乃关兴、张苞也。〔来得突兀，写得声势。〕二小将保送黄忠径到御前营中。忠年老血衰，箭疮痛裂，病甚沉重。先主御驾自来看视，抚其背曰："令老将军中伤，朕之过也！"忠曰："臣乃一武夫耳，幸遇陛下。臣今年七十有五，寿亦足矣。望陛下善保龙体，以图中原！"〔不以江东为重，而以中原为重，与赵云一样见识。〕言讫，不省人事。是夜殒于御营。后人有诗叹曰：

> 老将说黄忠，收川立大功。
>
> 重披金锁甲，双挽铁胎弓。
>
> 胆气惊河北，威名镇蜀中。
>
> 临亡头似雪，犹自显英雄。

先主见黄忠气绝，哀伤不已，敕具棺椁，葬于成都。先主叹曰："五虎大将，已亡三人。朕尚不能复仇，深可痛哉！"〔又因黄忠，并念关、张。毕竟黄忠是客，关、张是主。〕乃引御林军直至猇亭，大会诸将，分军八路，水陆俱进。水路令黄权领兵，先主自率大军于旱路进发。时章武二年二月中旬也。自正月序至二月，时序分明，正为下文夏月烧营伏线。

韩当、周泰听知先主御驾来征，引兵出迎。孙权屡次自临阵前，独至此时不敢出面，可谓怯矣。两阵对圆，韩当、周泰出马，只见蜀营门旗开处，先主自出，黄罗销金伞盖，左右白旄黄钺，金银旌节，前后围绕。自为帝之后，须此一番渲染，与受魏九锡者不同。当大叫曰："陛下今为蜀主，何自轻出？倘有疏虞，悔之何及！"先主遥指骂曰："汝等吴狗，伤朕手足，誓不与立于天地之间！"当回顾众将曰："谁敢冲突蜀兵？"部将夏恂，挺枪出马。先主背后张苞挺丈八矛，纵马而出，大喝一声，直取夏恂。恂见苞声若巨雷，心中惊惧；恰待要走，周泰弟周平见恂抵敌不住，挥刀纵马而来。关兴见了，跃马提刀来迎。张苞大喝一声，一矛刺中夏恂，倒撞下马。周平大惊，措手不及，被关兴一刀斩了。此处双写二小将便取韩当、周泰。韩、周二人，慌退入阵。先主视之，叹曰："虎父无犬子也！"先主处处念着兄弟，又与关公"虎女犬子"语遥遥相对。用御鞭一指，蜀兵一齐掩杀过去，吴兵大败。那八路兵，势如泉涌，杀得那吴军尸横遍野，血流成河。

却说甘宁正在船中养病，听知蜀兵大至，火急上马，正遇一彪蛮兵，人皆披发跣足，皆使弓弩长枪，搪牌刀斧。为首乃是番王沙摩柯，生得面如喷血，碧眼突出，使一个铁蒺藜骨朵，腰带两张弓，威风抖擞。写得番王可畏，为南蛮孟获伏笔。早甘宁见其势大，不敢交锋，拨马而走；被沙摩柯一箭射中头颅。宁带箭而走，甘宁病中又中箭，犹能带箭而走；黄忠虽老不老，甘宁虽病不病，两人虽死不死矣。到于富池口，坐于大树之下而死。树上群鸦数百，围绕其尸。吴王闻之，哀痛不已，具礼厚葬，立庙祭祀。至今富池口有甘兴霸庙，往来客商祭祀，有神鸦送客一程。后人有诗叹曰：

> 吴郡甘兴霸，长江锦幔舟。
>
> 酬君重知己，报友化仇雠。
>
> 劫寨将轻骑，驱兵饮巨瓯。
>
> 神鸦能显圣，香火永千秋。

却说先主乘势追杀，遂得猇亭。吴兵四散逃走。先主收兵，只不见关兴。第二次又不见关兴，写得出没不测。先主慌令张苞等四面跟寻。原来关兴杀入吴阵，正遇仇人潘璋，骤马追之。璋大惊，奔入山谷内，不知所往。兴寻思只在山里，往来寻觅不见。看看天晚，迷踪失路。幸得星月有光，正与二月中旬相应，用笔闲警。追至山僻之间，时已二更，到一庄上，下马叩门。一老者出问何人。兴曰："吾是战将，迷路到此，求一饭充饥。"老人引入，兴见堂内点着明烛，中堂绘画关公神像。当年便已如此，何况今日？兴大哭而拜。老人问曰："将军何故哭拜？"兴曰："此吾父也。"老人闻言，即便下拜。兴曰："何故供养吾父？"老人答曰："此间皆是尊神地方。在生之日，家家侍奉，何况今日为神乎？近来造生祠者，生则祠之，没则已焉，与关公大不同矣。老夫只望蜀兵早早报仇。今将军到此，百姓有福矣。"遂置酒食待之，卸鞍喂马。

三更已后，忽门外又一人击户。老人出而问之，乃吴将潘璋亦来投宿。狭路相逢，天道之巧往往如此，可不畏哉！恰入草堂，关兴见了，按剑大喝曰："歹贼休走！"璋回身便出。忽门外一人，面如重枣，丹凤眼，卧蚕眉，飘三缕美髯，绿袍金铠，按剑而入。潘璋门外所见，与老人堂中所供，有两关公乎？曰是一不是二。璋见是关公显圣，大叫一声，神魂惊散；欲待转身，早被关兴手起剑落，斩于地上，取心沥血，就关公神像前祭祀。非关兴杀之，而关公杀之也。兴得了父亲的青龙偃月刀，大刀亦大刀环矣。却将潘璋首级，摢于马项之下，辞了老人，就骑了潘璋的马，望本营而来。老人自将潘璋之尸拖出烧化。甚细。

且说关兴行无数里，忽听得人言马嘶，一彪军来到，为首一将，乃潘璋部将马忠也。又恰好遇着仇人。忠见兴杀了主将潘璋，将首级摢于马项之下，青龙刀又被兴得了，勃然大怒，纵马来取关兴。兴见马忠是害父仇人，气冲牛斗，举青龙刀望忠便砍。忠部下三百军并力上前，一声喊起，将关兴围在垓心。兴力孤势危。读者至此又必谓关公显圣杀马忠矣。忽见西北上一彪军杀来，乃是张苞。马忠见救兵到来，慌忙引军自退。关兴、张苞一处赶来。赶不数里，前面糜芳、傅士仁引兵来寻马忠。两军相合，混战一处。苞、兴二人兵少，慌忙撤退，此时马忠即死，糜芳、傅士仁一并就擒，岂不甚快？然事如此便不曲，文如此便不奇。回至猇亭，来见先主，献上首级，具言此事。先主惊异，赏犒三军。

却说马忠回见韩当、周泰，收聚败军，各分头守把。军士中伤者不计其数。马忠引傅士仁、糜芳于江渚屯扎。当夜三更，军士皆哭声不止。既写老人，又写众军，想见关公旧德之不泯。糜芳暗听之，有一伙军言曰："我等皆是荆州之兵，被吕蒙诡计送了主公性命。今刘皇叔御驾亲征，东吴早晚休矣。所恨者，糜芳、傅士仁也。我等何不杀此二贼，去蜀营投降？功劳不小。"又一伙军言曰："不要性急，等个空儿，便就下手。"听得历历分明，声声仔细，与蒋干听周瑜、先主听徐庶更是不同。

糜芳听毕，大惊，遂与傅士仁商议曰："军心变动，我二人性命难保。今蜀主所恨者马忠耳；何不杀了他，将首级去献蜀主，此时不消关公显圣，却假手于糜芳，乃见天道之巧告称：'我等不得已而降吴，今知御驾前来，特地诣营请罪。'"仁曰："不可。去必有祸。"芳曰："蜀主宽仁厚德，目今阿斗太子是我外甥，彼但念我国戚之情，必不肯加害。"有此数语，愈见下文先主之笃于兄弟也。二人计较已定，先备了马。三更时分，入帐刺杀马忠，将首级割了。二人带数十骑，径投猇亭而来。糜、傅之杀马忠，与范、张之刺张飞，相类而相反。伏路军人先引见张南、冯习，具说其事。次日，到御营中来见先主，献上马忠首级，哭告于前曰：“臣等实无反心，被吕蒙诡计，称言关公已亡，赚开城门，臣等不得已而降。今闻圣驾前来，特杀此贼，以雪陛下之恨。伏乞陛下恕臣等之罪。”糜芳之重投先主，与刘封之不降曹操，又相类而相反。先主大怒曰：“朕自离成都许多时，你两个如何不来请罪？今日势危，故来巧言，欲全性命！朕若饶你，至九泉之下，有何面目见关公乎！”更不思九泉之下有糜夫人。言讫，令关兴在御营中，设关公灵位。先主亲捧马忠首级，诣前祭祀。一个死三牲。又令关兴将糜芳、傅士仁剥去衣服，跪于灵前，亲自用刀剐之，以祭关公。两个活三牲。忽张苞上帐哭拜于前曰：“二伯父仇人皆已诛戮；臣父冤仇，何日可报？”接笋甚紧。先主曰：“贤侄勿忧。朕当削平江南，杀尽吴狗，务擒二贼，与汝亲自醢之，以祭汝父。”范疆、张达在吴，而先主伐吴不独为关公报仇，亦为翼德报仇耳。苞泣谢而退。

此时先主威声大振，江南之人尽皆胆裂，日夜号哭。韩当、周泰大惊，急奏吴王，具言糜芳、傅士仁杀了马忠，去归蜀帝，亦被蜀帝杀了。孙权心怯，遂聚文武商议。步骘奏曰：“蜀主所恨者，乃吕蒙、潘璋、马忠、糜芳、傅士仁也。今此数人皆亡，独有范疆、张达二人，现在东吴。何不擒此二人，并张飞首级，遣使送还，步骘为此语，却是翼德有灵。交与荆州，送归夫人，上表求和，再会前情，共图灭魏，则蜀兵自退矣。”诸葛瑾已曾与先主言之矣。权从其言，遂具沉香木匣，盛贮飞首，绑缚范疆、张达，囚于槛车之内，马忠是送死的，范、张是送活的，一是私送，一是公送。令程秉为使，赍国书，望猇亭而来。

却说先主欲发兵前进。忽近臣奏曰：“东吴遣使送张车骑之首，并囚范疆、张达二贼至。”先主两手加额曰：“此天之所赐，亦由三弟之灵也！”即令张苞设飞灵位。先主见张飞首级在匣中面不改色，与曹操在木匣中见关公，正是相对。放声大哭。张苞自仗利刀，将范疆、张达万剐凌迟，祭父之灵。亦是一副活三牲。祭毕，先主怒气不息，定要灭吴。马良奏曰：“仇人尽戮，其恨可雪矣。吴大夫程秉到此，欲还荆州，送回夫人，永结盟好，共图灭魏，伏候圣旨。”先主怒曰：“朕切齿仇人，乃孙权也。今若与之连和，是负二弟当日之盟矣。今先灭吴，次灭魏。”不肯得风便转，却是不识时务。便欲斩来使，以绝吴情。多官苦告方免。程秉抱头鼠窜，回奏吴主曰：“蜀不从讲和，誓欲先灭东吴，然后伐魏。众臣苦谏不听，如之奈何？”

权大惊，举止失措。阚泽出班奏曰：“现有擎天之柱，如何不用耶？”只因先主不见机，就引出这个人来。权急问何人。泽曰：“昔日东吴大事，全任周郎，后鲁子敬代之；子敬亡后，决于吕子明；今子明虽丧，现在陆伯言在荆州。此人名虽儒生，实有雄才大略，儒生诚不可小视。以臣论之，不在周郎之下；以今论之，当在周郎之上。当前破关公，其谋皆出于伯言，补照七十五回中事。主上若能用之，破蜀必矣。如或有失，臣愿与同罪。”权曰：“非德润之言，孤几误大事。”张昭曰：“陆逊乃一书生耳，非刘备敌手，恐不可用。”张昭不知诸葛瑾，安能知陆逊。顾雍亦曰：“陆逊年幼望轻，恐诸公不服；若不服则生祸乱，必误大事。”昭以书生轻之，雍又以年幼轻之。步骘亦曰：“逊才堪治郡耳；若托以大事，非其宜也。”雍嫌其望轻，骘又嫌其才短，知人固不易知，知人亦不易也。阚泽大呼曰：“若不用陆伯言，则东吴休矣！臣愿以全家保之！”前止以一身保，此又以全家保，如此荐人，荐得着力。权曰：“孤亦素知陆伯言乃奇才也！孤意已决，卿等勿言。”前不听鲁肃而用庞统，今独听阚泽而用陆逊，可谓昔非今是。

　　于是命召陆逊。逊本名陆议，后改名逊，字伯言，乃吴郡吴人也；汉城门校尉陆纡之孙，九江都尉陆骏之子；身长八尺，面如美玉；官领镇西将军。百忙中补叙一笔，陆逊生平。当下奉召而至，参拜毕。权曰：“今蜀兵临境，孤特命卿总督军马，以破刘备。”逊曰：“江东文武，皆大王故旧之臣，臣年幼无才，安能制之？”陆逊故意作难，便有邀求筑坛赐剑之意。权曰：“阚德润以全家保卿，孤亦素知卿才。今拜卿为大都督，卿勿推辞。”逊曰：“倘文武不服，何如？”权取所佩剑与之曰：“如有不听号令者，先斩后奏。”与前赐剑周瑜相似。逊曰：“荷蒙重托，敢不拜命。但乞大王于来日会聚众官，然后赐臣。”意在压服众人，故要众人面前受之。阚泽曰：“古之命将，必筑坛会众，赐白旄黄钺、印绶兵符，然后威行令肃。今大王宜遵此礼，择日筑坛，拜伯言为大都督，假节钺，则众人自无不服矣。”如萧何荐韩信故事。权从之，命人连夜筑坛完备，大会百官，请陆逊登坛，拜为大都督、右护军镇西将军，进封娄侯，赐以宝剑印绶，令掌六郡八十一州兼荆楚诸路军马。吴王嘱之曰：“阃以内，孤主之；阃以外，将军制之。”比周郎为都督时，倍觉冠冕。

　　逊领命下坛，令徐盛、丁奉为护卫，即日出师；一面调诸路军马，水陆并进。文书到猇亭，韩当、周泰大惊曰：“主上如何以一书生总兵耶？”韩当、周泰乃孙坚旧将，周瑜尚是后辈，况陆逊乎。以今之世俗论之，当写眷晚生名帖矣，安得不惊。比及逊至，众皆不服。韩信拜大将而一军皆惊，今逊升帐议事，众人勉强参贺。逊曰：“主上命吾为大将，督军破蜀。军有常法，公等各宜遵守。违者王法无亲，勿致后悔。”众皆默然。周泰曰：“目今安东将军孙桓，乃主上之侄，现困于彝陵城中，内无粮草，外无救兵；请都督早施良策，救出孙桓，以安主上之心。”逊曰：“吾素知孙安东深得军心，必能坚守，又在陆逊口中带表孙桓。不必救之。待吾破蜀后，彼自出矣。”早已算定。众皆暗笑而退。韩当谓周泰曰：“命此孺子为将，东吴休矣！公见彼所行乎？”泰曰：“吾聊以言试之，早无一计。安能破蜀也！”前不服周郎，只是程普一人；今不服陆逊，却是韩、周二人。

　　次日，陆逊传下号令，教诸将各处关防，牢守隘口，不许轻敌。众皆笑其懦，不肯坚守。次日，陆逊升帐唤诸将曰：“吾钦承王命，总督诸军，昨已三令五申，令汝等各处坚守，俱不遵吾令，何也？" ^{此时陆逊将将
亦大难事。}韩当曰："吾自从孙将军平定江南，经数百战；其余诸将，或从讨逆将军，或从当今大王，皆披坚执锐、出生入死之士。今主上命公为大都督，令退蜀兵，宜早定计，调拨军马，分头征进，以图大事；乃只令坚守勿战，岂欲待天自杀贼耶？吾非贪生怕死之人，奈何使吾等堕其锐气？" ^{韩当以言触陆逊，与黄盖以言触
周郎，一假一真，前后相映。}于是帐下诸将，皆应声而言曰："韩将军之言是也。吾等情愿决一死战！"陆逊听毕，掣剑在手，厉声曰："仆虽一介书生，今蒙主上托以重任者，以吾有尺寸可取，能忍辱负重故也。^{"忍辱负重"四字，从
来成大事人无不出此。}汝等只各守隘口，牢把险要，不许妄动。如违令者皆斩！" ^{此所谓始如
处女，敌人
闭户者
也。}众皆愤愤而退。

却说先主自猇亭布列军马，直至川口，接连七百里，前后四十营寨，昼则旌旗蔽日，夜则火光耀天。^{与曹操赤壁一样声势。○此处
火光二字与后文火光相映射。}忽细作报说："东吴用陆逊为大都督，总制军马。逊令诸将各守险要不出。"先主问曰："陆逊何如人也？"马良奏曰："逊虽东吴一书生，然年幼多才，深有谋略；前袭荆州，皆系此人之诡计。^{"又在马良口中照应
七十五回中事。}先主大怒曰："竖子诡计，损朕二弟，今当擒之！"便传令进兵。马良谏曰："陆逊之才，不亚周郎，未可轻敌。"^{马良与阚泽
之见相同。}先主曰："朕用兵老矣，岂反不如一黄口孺子耶！"^{先主与张昭、周
泰等之见相似。}遂亲领前军，攻打诸处关津隘口。

韩当见先主兵来，差人报知陆逊。逊恐韩当妄动，急飞马自来观看，正见韩当立马于山上，远望蜀兵，漫山遍野而来，军中隐隐有黄罗盖伞。韩当接着陆逊，并马而观。当指曰："军中必有刘备，吾欲击之。"^{写韩当之猛，视彼驱之战
而不战者，又复天渊矣。}逊曰："刘备举兵东下，连胜十余阵，锐气正盛。今只乘高守险，不许轻出，出则不利。但宜奖励将士，广布守御之策，以观其变。今彼驰骋于平原广野之间，正自得志；我坚守不出，彼求战不得，必移屯于山林树木间。吾当以奇计胜之。"^{为后文
伏笔。}

韩当口虽应诺，心中只是不服。先主使前队搦战，辱骂百端。逊令塞耳休听，不许出迎，亲自遍历诸关隘口，抚慰将士，皆令坚守。^{的是忍辱负
重之人。}先主见吴军不出，心中焦躁。马良曰："陆逊深有谋略。今陛下远来攻战，自春历夏；彼之不出，欲待我军之变也。愿陛下察之。"^{马良之智，亦
不输于陆逊。}先主曰："彼有何谋？但怯敌耳。向者数败，今安敢再出！"先锋冯习奏曰："即今天气炎热，军屯于赤火之中，^{谁知避赤火又遇赤火耶！
日之火易耐，火之火难当。}取水深为不便。"先主遂命各营，皆移于山林茂盛之地，近溪傍涧，待过夏到秋，并力进兵。冯习遂奉旨，将诸寨皆移于林木阴密之处。马良奏曰："我军若动，倘吴兵骤至，如之奈何？"^{不言移营之
不可，而但}

言移营之难，犹是第二着。先主曰："朕令吴班引万余弱兵，近吴寨平地屯住；朕亲选八千精兵，伏于山谷之中。若陆逊知朕移营，必乘势来击，却令吴班诈败；逊若追来，朕引兵突出，断其归路，小子可擒矣。"若不遇陆逊，则此计未尝不妙。文武皆贺曰："陛下神机妙算，诸臣不及也！"

马良曰："近闻诸葛丞相在东川点看各处隘口，恐魏兵入寇。陛下何不将各营移居之地，画成图本，问于丞相？"先主曰："朕亦颇知兵法，何必又问丞相？"良曰："古云：'兼听则明，偏听则蔽。'望陛下察之。"先主曰："卿可自去各营，画成四至八道图本，亲到东川去问丞相。如有不便，可急来报知。"只怕来不及了。马良领命而去。于是先主移兵于林木阴密处避暑。早有细作报知韩当、周泰。二人听得此事，大喜，来见陆逊曰："目今蜀兵四十余营，皆移于山林密处，依溪傍涧，就水歇凉。都督可乘虚击之。"正是：

蜀主有谋能设伏，吴兵好勇定遭擒。

未知陆逊可听其言否，且看下文分解。

第八十四回

陆逊营烧七百里

孔明巧布八阵图

前有火攻破魏之周郎，后复有火攻破蜀之陆逊。同一火也，而陆逊之事，难于周郎。周郎受命于吴师方锐之时，陆逊受命于吴师屡挫之后，一难也；周郎则有同心拒敌之刘备，陆逊则有乘间窥我之曹丕，二难也；周郎则孔明助之，庞统助之，黄盖、阚泽、甘宁又助之，陆逊则张昭疑之，顾雍、步骘疑之，韩当、周泰又疑之，三难也。故曰陆逊之事，难于周郎也。然言其易则亦有较前而独易者，瑜之火在冬月，逊之火在夏天。冬月风逆，必待借风而后烧；夏天风顺，不必待借风而后烧，则烧之易。瑜之火在水上，逊之火在林间。水寨隔绝，必使人诈降而后可烧；旱路通达，不必使人诈降而后可烧，则烧之易。又曹操之船，不自连锁，玄德之营，先自连属。不自连者，必使人赚之使连而后可烧；先自连者，不必使人赚之使连而后可烧，则烧之易。有此三易以济其三难，故逊之成功，与周郎等尔。

兵有挫敌人之锐者，将有大战，先有小战以挫之；将有大战而胜，先有小战而胜以挫之是也。此法周郎用焉。兵有骄敌人之志者，将有大出，先有不出以骄之；将有大出而胜，先有小出而不胜以骄之是也。此法陆逊用焉。当敌人初来之时，宜避其锐而反挫其锐，则周郎用法之奇；当敌人屡胜之后，宜破其骄而反益其骄，则陆逊用法之变。

关公之失，只因不听孔明东和孙权一语耳。先主之败，与关公岂有异哉？不但此也，诸葛瑾两次说关公，一次说玄德，亦止此一语之意也。可见子瑜之才，虽不及孔明，而其识见大略相同，真不愧难兄难弟。

曹操赤壁之兵，骄兵也；先主猇亭之兵，愤兵也。骄亦败，愤亦必败。况以陆逊为年少书生而心轻之，则愤而益之以骄矣。制胜之道，在小其心而平其气。善乎先师之言曰："临事而惧，好谋而成。"小其心故能惧，平其气故能谋。

符坚之败也，王猛已亡；先主之败也，孔明自在。似孔明之智不如王猛矣。然八公山之草木，初非谢安能使之为兵；鱼腹浦之石块，实系孔明能布之作阵。是孔明之才，高于谢安矣。况在入川时，已逆知白帝城之奔，而预设阵图以待陆逊；又逆知逊之数不当绝，而特令丈人黄老做个人情。其神机妙算，至于如此！诸葛公真神仙中人，岂后世智谋之士所能及哉？

吴之胜蜀，孔明知之，而曹丕亦先知之；魏之袭吴，陆逊知之，而孔明亦先知之。斯已奇矣。陆逊又知孔明之必知吴之胜，孔明又知陆逊之必知魏之袭，料人料事，彼此奇中，至于如此，真非他书所有。

一部书中，前后两篇大文，特特相犯，而更无一笔相犯，如周郎、陆逊之两番用火是矣。然周郎止做得半篇，孔明接了后半篇，则华容道乃文之正接者也；陆逊亦只做得半篇，亦有孔明接了后半篇，则鱼腹浦乃文之反接者也。操不能设伏以待追兵，却是孔明设伏以待败兵；陆逊不能设伏以待败兵，却是孔明设伏以待追兵。曹操从江边有烟火处逃来，又向路旁有烟火处走去，以前之烟火为真，而误以后之烟火为假；陆逊向山中有杀气处提防，不向水边有杀气处躲避，以前之杀气为实，而误以后之杀气为虚。华容道胜周郎十二队之雄师，却只是五百兵捧着一将；鱼腹浦胜先主七百里之劲卒，却到底十万兵不见一人。种种变幻，真天地有数文字。

却说韩当、周泰探知先主移营就凉，急来报知陆逊。逊大喜，^{韩当、周泰喜而欲出，陆逊喜而不出，另有喜处。}遂引兵自来观看动静，只见平地一屯，不满万余人，大半皆是老弱之众，大书"先锋吴班"旗号。^{吴班军在陆逊眼中看出。}周泰曰："吾视此等兵如儿戏耳，愿同韩将军分两路击之。如其不胜，甘当军令。"陆逊看了良久，以鞭指曰："前面山谷中，隐隐有杀气起，^{此处望山中杀气，与后文望水边杀气正相映。}其下必有伏兵，故于平地设此弱兵，以诱我耳。诸公切不可出。"^{棋高一着，先被猜破。}众将听了，皆以为懦。

次日，吴班引兵到关前搦战，耀武扬威，辱骂不绝，多有解衣卸甲，赤身裸体，或睡或坐。^{与马超之诱曹仁，前后相似。}徐盛、丁奉入帐禀陆逊曰："蜀兵欺我太甚！某等愿出击之！"逊笑曰："公等但恃血气之勇，未知孙、吴妙法，此彼诱敌之计也，三日后必见其诈矣。"徐盛曰："三日后，彼移营已定，安能击之乎？"逊曰："吾正欲令彼移营也。"^{此处尚不说明缘故。}诸将哂笑而退。过三日后，会诸将于关上观望，见吴班兵已退去。逊指曰："杀气起矣。刘备必从山谷中出也。"言未毕，只见蜀兵皆全装惯束，拥先主而过。吴兵见了，尽皆胆裂。^{此时方信陆逊之言。}逊曰："吾之不听诸公击班者，正为此也。^{此句已验，众人信之。}今伏兵已出，旬日之内，必破蜀矣。"^{此句未验，众所未信。}诸将皆曰："破蜀当在初时，今连营五六百里，相守经七八月，其诸要害，皆已固守，安能破乎？"^{果然信其前语，未信其后语。}逊曰："诸公不知兵法。备乃世之枭雄，更多智谋，其兵始集，法度精专；今守之久矣，不得我便，兵疲意阻，取之正在今日。"^{至此方才说明。}诸将方才叹服。后人有诗赞曰：

虎帐谈兵按《六韬》，安排香饵钓鲸鳌。

三分自是多英俊，又显江南陆逊高。

却说陆逊已定了破蜀之策，遂修笺遣使奏闻孙权，言指日可以破蜀之意。权览毕，大喜曰："江东复有此异人，孤何忧哉！诸将皆上书言其懦，孤独不信。^{诸将上书，又在孙权口中补出，省笔之甚。}今观其言，果非懦也。"于是大起吴兵来接应。

却说先主于猇亭尽驱水军，顺流而下，沿江屯扎水寨，深入吴境。黄权谏曰："水军沿江而下，进则易，退则难。^{黄权不谏移营，但谏深入，亦是第二着。}臣愿为前驱，陛下宜在后阵，庶万无一失。"先主曰："吴贼胆落，朕长驱大进，有何碍乎？"众官苦谏，先主不从。遂分兵两路，命黄权督江北之兵，以防魏寇；^{为黄权投魏张本。}先主自督江南诸军，夹江分立营寨，以图进取。细作探知，连夜报知魏主，^{百忙中却放下吴蜀两边，忽叙北魏一边，笔法又周致，又飘忽。}言"蜀兵伐吴，树栅连营，纵横七百余里，分四十余屯，皆傍山林下寨；今黄权督兵在江北岸，每日出哨百余里，不知何意”。魏主闻之，仰面笑曰：“刘备将败矣！”^{旁观者}^{清。}群臣请问其故。魏主曰：“刘玄德不晓兵法，岂有连营七百里，而可以拒敌者乎？包原隰险阻屯兵者，此兵法之大忌也。玄德必败于东吴陆逊之手。旬日之内，消息必至矣。”^{曹丕可谓知兵，乃}^{郎亦不输于老子。}群臣犹未信，皆请拨兵备之。魏主曰：“陆逊若胜，必尽举吴兵去取西川。吴兵远去，国中空虚，朕虚托以兵助战，令三路一齐进兵，东吴唾手可取也。”^{前刘晔劝取东吴，曹丕不乘其危而取之，}^{今反欲乘其胜而取之，诡谲之甚。}众皆拜服。魏主下令，使曹仁督一军出濡须，曹休督一军出洞口，曹真督一军出南郡：“三路军马会合日期，暗袭东吴。朕随后自来接应。”调遣已定。

不说魏兵袭吴。且说马良至川，^{又放下北魏一边，}^{接叙吴蜀事。}入见孔明，呈上图本而言曰：“今移营夹江，横占七百里，下四十余屯，皆依溪傍涧、林木茂盛之处。皇上令良将图本来与丞相观之。”孔明看讫，拍案叫苦曰：“是何人教主上如此下寨？可斩此人！”^{不好说得先主，}^{却把别人来骂。}马良曰：“皆主上自为，非他人之谋。”孔明叹曰：“汉朝气数休矣！”^{妙在尚不}^{说明。}良问其故。孔明曰：“包原隰险阻而结营，此兵家之大忌。倘彼用火攻，何以解救？^{先生一向惯用火攻，此}^{正是以己度人之法。}又岂有连营七百里而可拒敌乎？祸不远矣！陆逊拒守不出，正为此也。汝当速去见天子，改屯诸营，不可如此。”良曰：“倘今吴兵已胜，如之奈何？”孔明曰：“陆逊不敢来追，成都可保无虞。”^{奇绝，令人}^{测摸不出。}良曰：“逊何故不追？”孔明曰：“恐魏兵袭其后也。^{料事如}^{见。}主上若有失，当投白帝城避之。吾入川时，已伏下十万兵在鱼腹浦矣。”^{奇绝，令人一}^{发测摸不出。}^{○于禁入鱼罾之内，陆逊亦几葬鱼腹之}^{中，关公得一鱼，孔明又几得一鹿。}良大惊曰：“某于鱼腹浦往来数次，未尝见一卒，丞相何作此诈语？”孔明曰：“后来必见，不劳多问。”^{奇绝。○先主之败，孔明不于此时知之，}^{早乃入川之时知之，真是神妙不测。}马良求了表章，火速投御营来。孔明自回成都，调拨军马救应。

却说陆逊见蜀兵懈怠，不复提防，升帐聚大小将士听令曰：“吾自受命以来，未尝出战。今观蜀兵，足知动静，故欲先取江南岸一营。谁敢去取？”言未毕，韩当、周泰、凌统等应声而出：“某等愿往。”逊教皆退不用，^{妙在不要胜先要败，}^{故不用此数人。}独唤阶下末将淳于丹曰：“吾与汝五千军，去取江南第四营，蜀将傅彤所守。今晚就要成功。吾自提兵接应。”淳于丹引兵去了。又唤徐盛、丁奉曰：“汝等各领兵三千，屯于寨外五里。如淳于丹败回，有兵赶来，当出救之，却不可追去。”^{预知其败而使之，}^{真是人所不识。}二将自引军去了。

却说淳于丹于黄昏时分，领兵前进，到蜀寨时，已三更之后。丹令众军鼓噪而入。蜀营内傅彤引军杀出，挺枪直取淳于丹。丹敌不住，拨马便回。忽然喊声大震，一彪军拦住去路，为首大将赵融。丹夺路而走，折兵大半。正走之间，山后一彪蛮兵拦住，为首番将沙摩柯。丹死战得脱，背后三路军赶来。比及离营五里，吴兵徐盛、丁奉二人两下杀来，蜀兵退去，救了淳于丹回营。丹带箭入见陆逊请罪。逊曰："非汝之过也。吾欲试敌人之虚实耳。[蜀兵虚实，逊已尽知，此句亦是托言，不过欲骄敌之心耳。]破蜀之计，吾已定矣。"[奇绝。]徐盛、丁奉曰："蜀兵势大，难以破之，空自损兵折将耳。"逊笑曰："吾这条计，但瞒不过诸葛亮耳。天幸此人不在，使我成大功也。"[正与上文孔明之言相应。]遂集大小将士听令，使朱然于水路进兵，来日午后东南风大作，[六月里，东南风更不消借得。]用船装载茅草，依计而行；韩当引一军攻江北岸，周泰引一军攻江南岸，[旱路只差二将，与水军朱然，正是三路，却与周郎赤壁十二队相似。]每人手执茅草一把，内藏硫黄焰硝，各带火种，各执枪刀，一齐而上，但到蜀营，顺风举火；蜀兵四十屯，只烧二十屯，每间一屯烧一屯。[周郎只是连烧，陆逊却用间烧，又是一样烧法。]又是各军预带干粮，不许暂退，昼夜追袭，只擒了刘备方止。众将听了军令，各受计而去。

却说先主正在御营寻思破吴之计，忽见帐前中军旗幡，无风自倒，[与曹操江中折旗相似。]乃问程畿曰："此为何兆？"畿曰："今夜莫非吴兵来劫营？"先主曰："昨夜杀尽，安敢再来？"[骄敌极矣，安得不败？]畿曰："倘是陆逊试敌，奈何？"[畿亦长于料事。]正言间，人报山上远远望见吴兵尽沿山望东去了。[在蜀人眼中写出吴兵埋伏之状，妙在隐隐跃跃，不知何官何将。]先主曰："此是疑兵。"令众休动，命关兴、张苞各引五百骑出巡。黄昏时分，[黄昏时。]关兴回奏曰："江北营中火起。"[先是一路火起。]先主急令关兴往江北，张苞往江南，探看虚实："倘吴兵到时，可急回报。"二将领命去了。初更时分，[初更时。]东南风骤起，[此句写风。]只见御营左屯火发。[又是一路火起。]方欲救时，御营右屯又火起。[与前共是三路火起。]风紧火急，树木皆着，[此句写林木。]喊声大震。两屯军马齐出，奔离御营中，御营军自相践踏，死者不知其数。后面吴兵杀到，又不知多少军马。先主急上马，奔冯习营时，习营中火光连天而起。[与前共是四路火起。]江南、江北，照耀如同白日。[总写火光一句。此时已不止四路矣。]冯习慌上马引数十骑而走，正逢吴将徐盛军到，敌住厮杀。先主见了，拨马投西便走。徐盛舍了冯习，引兵追来。先主正慌，前面又一军拦住，乃是吴将丁奉，两下夹攻。先主大惊，四面无路。[此处为先主一急。]忽然喊声大震，一彪军杀入重围，乃是张苞，救了先主，引御林军奔走。[此时为先主一宽。]正行之间，前面一军又到，乃蜀将傅彤也，合兵一处而行。背后吴兵追至。先主前到一山，名马鞍山。[马鞍、鱼腹，闲闲相对。]张苞、傅彤请先主上的山时，山下喊声又起，陆逊大队人马，将马鞍山围住。[又为先主一急。]张苞、傅彤死据山口。先主遥望遍野火光不绝，[又总写火光一句，四十营都在其中。]死尸重叠，塞江而下。[方写岸上，又带写江中一句，妙。]

次日，吴兵又四下放火烧山，（此又是第二日之火。）此又是第二军士乱窜，先主惊慌。忽然火光中一将引数骑杀上山来，视之，乃关兴也。（又为先主一宽。）兴伏地请曰："四下火光逼近，不可久停。陛下速奔白帝城，再收军马可也。"（"白帝城"三字在关兴口中一逗。）先主曰："谁敢断后？"傅彤奏曰："臣愿以死当之！"当日黄昏，（此是第二个黄昏，烧过一夜一日矣。）已关兴在前，张苞在中，留傅彤断后，保着先主，杀下山来。吴兵见先主奔走，皆要争功，各引大军，遮天盖地，往西追赶。先主令军士尽脱袍铠，塞道而焚，以断后军。（前是吴兵放火，此是蜀兵放火。以水救火者有之矣，未闻有以火救火者也。真大奇之事。）正奔走间，喊声大震，吴将朱然引一军从江岸边杀来，截住去路。（陆逊第一路先遣朱然，今却于末后出现。）先主叫曰："朕死于此矣！"（又为先主一急。）关兴、张苞纵马冲突，被乱箭射回，各带重伤，不能杀出。背后喊声又起，陆逊引大军从山谷中杀来。（故作吃吓之笔，以跌出下文子龙来，方见来得奇，救得妙也。）先主正慌急之间，此时天色已微明，（此时第三日天明，已烧过一日两夜矣。）只见前面喊声震天，朱然军纷纷落涧，滚滚投岩，一彪军杀入，前来救驾。先主大喜，视之，乃常山赵子龙也。（又为先主一宽。）时赵云在川中江州，闻吴、蜀交兵，遂引军出，忽见东南一带火光冲天，云心惊，远远探视，不想先主被困，云奋勇冲杀而来。（前先主初出兵时，便令子龙为后应，却于此处照出。）陆逊闻是赵云，急令军退。云正杀之间，忽遇朱然，便与交锋，不一合，一枪刺朱然于马下，杀散吴兵，救出先主，望白帝城而走。（以先在火光中几为赤帝，今始是白帝矣。）先主曰："朕虽得脱，诸将士将奈何？"云曰："敌军在后，不可久迟。陛下且入白帝城歇息，臣再引兵去救应诸将。"（为救吴班张本。）此时先主仅存百余人入白帝城。后人有诗赞陆逊曰：

持矛举火破连营，玄德穷奔白帝城。

一旦威名惊蜀魏，吴王宁不敬书生。

却说傅彤断后，被吴军八面围住。丁奉大叫曰："川将死者无数，降者极多，汝主刘备已被擒获。今汝力穷势孤，何不早降？"傅彤叱曰："吾乃汉将，安肯降吴狗乎！"（骂吴为狗，此时却是众"狗"攒枪矣。）挺枪纵马，率蜀军奋力死战，不下百余合，往来冲突，不能得脱。彤长叹曰："吾今休矣！"言讫，口中吐血，死于吴军之中。（傅彤胜黄权多矣。）后人赞傅彤诗曰：

彝陵吴蜀大交兵，陆逊施谋用火焚。

至死犹然骂"吴狗"，傅彤不愧汉将军。

蜀祭酒程畿，匹马奔至江边，招呼水军赴敌，吴兵随后追来，水军四散奔逃。畿部将叫曰："吴兵至矣！程祭酒快走罢！"畿怒曰："吾自从主上出军，未尝赴敌而逃！"

即在程畿口中补叙生平，省笔。言未毕，吴兵骤至，四下无路，畿拔剑自刎。文臣亦有武将之风，惟书生能忍辱，亦惟书生不肯受辱。后人有诗赞曰：

慷慨蜀中程祭酒，身留一剑答君王。

临危不改平生志，博得声名万古香。

时吴班、张南久围彝陵城，忽冯习到，言蜀兵败，遂引军来救先主，孙桓方才得脱。彝陵之围自解，已在陆逊算中。张、冯二将正行之间，前面吴兵杀来，背后孙桓从彝陵城杀出，两下夹攻。张南、冯习奋力冲突，不能得脱，死于乱军之中。后人有诗赞曰：

冯习忠无二，张南义少双。

沙场甘战死，史册共流芳。

吴班杀出重围，又遇吴兵追赶，幸得赵云接着，救回白帝城去了。时有蛮王沙摩柯，匹马奔走，正逢周泰，战二十余合，被泰所杀。番将能为汉死节，亦为汉之忠臣。蜀将杜路、刘宁尽皆降吴。蜀营一应粮草器仗，尺寸不存。蜀将川兵，降者无数。时孙夫人在吴，闻猇亭兵败，讹传先主死于军中，遂驱车至江边，望西遥哭，投江而死。当夫人怒叱吴兵之时，何其壮也；及观其携阿斗而归，疑其志不如前，今观其哭先主而死，则其烈不减于昔矣。后人立庙江滨，号曰枭姬祠。尚论者作诗叹之曰：

先主兵归白帝城，夫人闻难独捐生。

至今江畔遗碑在，犹著千秋烈女名。

却说陆逊大获全功，引得胜之兵，往西追袭。前离夔关不远，逊在马上看见前面临山傍江，一阵杀气，冲天而起，与初时望山中杀气，实一虚，前后不同。遂勒马回顾众将曰："前面必有埋伏，三军不可轻进。"即倒退十余里，于地势空阔处，排成阵势，以御敌军。却是见鬼。即差哨马前去探视，回报并无军屯在此。逊不信，下马登高望之，杀气复起。读书至此，又疑是关公显圣。逊再令人仔细探视，哨马回报，前面并无一人一骑。逊见日将西沉，杀气越加，奇绝。心中犹豫，令心腹人再往探看。回报江边止有乱石八九十堆，并无人马。只此便是人马。逊大疑，令寻土人问之。须臾，有数人到。逊问曰："何人将乱石作堆？如何乱石堆中有杀气冲起？"土人曰："此处地名鱼腹浦。诸葛亮入川之时，驱兵到此，取石排成阵势于沙滩之上。自此常常有气如云，从内而起。"陆逊以火为兵，不若孔明以石为兵。

陆逊听罢，上马引数十骑来看石阵，立马于山坡之上，但见四面八方，皆有门有户。

逊笑曰："此乃惑人之术耳，有何益焉！"_{且看仔细。}遂引数骑下山坡来，直入石阵观看。部将曰："日暮矣，请都督早回。"逊方欲出阵，忽然狂风大作，_{奉答一夜东南风。}一霎时，飞沙走石，遮天盖地。但见怪石嵯峨，槎桠似剑；横沙立土，重叠如山；江声浪涌，有如剑鼓之声。_{比七百里连营更是声势。}逊大惊曰："吾中诸葛之计也！"_{却不道是"惑人之术"。}急欲回时，无路可出。正惊疑间，忽见一老人立于马前，笑曰："将军欲出此阵乎？"_{奇绝。}逊曰："愿长者引出。"老人策杖徐徐而行，径出石阵，并无所碍，送至山坡之上。逊问曰："长者何人？"老人答曰："老夫乃诸葛孔明之岳父黄承彦也。_{先主三顾草庐时，曾遇黄承彦，向不知下落，至此忽然照应出来。}昔小婿入川之时，于此布下石阵，名'八阵图'。反复八门，按遁甲休、生、伤、杜、景、死、惊、开。每日每时，变化无端，可比十万精兵。_{应孔明所言"十万兵"之语。}临去之时，曾吩咐老夫道：'后有东吴大将迷于阵中，莫要引他出来。'_{妙。}老夫适在山岩之上，见将军从'死门'而入，料想不识此阵，必为所迷。_{当面嘲笑。}老夫平生好善，不忍将军陷没于此，故特自'生门'引出也。"_{孔明明知陆逊不该死，却留个人情与丈人做。}逊曰："公曾学此阵法否？"黄承彦曰："变化无穷，不能学也。"逊慌忙下马拜谢而回。_{关公在华容道义释曹操，此则是黄承彦在鱼腹浦义释陆逊矣。}后杜工部有诗曰：

> 功盖三分国，名成八阵图。
>
> 江流石不转，遗恨失吞吴。

陆逊回寨，叹曰："孔明真'卧龙'也！吾不能及！"于是下令班师。左右曰："刘备兵败势穷，困守一城，正好乘势击之。今见石阵而退，何也？"逊曰："吾非惧石阵而退。吾料魏主曹丕，其奸诈与父无异，今知吾追赶蜀兵，必乘虚来袭。吾若深入西川，急难退矣。"_{非是畏其前，却是料其后。曹丕在陆逊算中，陆逊又在孔明算中。}遂令一将断后，逊率大军而回。退兵未及二日，三处人来飞报："魏兵曹仁出濡须，曹休出洞口，曹真出南郡，三路兵马数十万，星夜至境，未知何意。"_{照应前文。}逊笑曰："不出吾之所料。吾已令兵拒之矣。"_{前文未叙其事，在陆逊口中补出，省笔之法。}正是：

> 雄心方欲吞西蜀，胜算还须御北朝。

未知如何退兵，且看下文分解。

第八十五回

刘先主遗诏托孤儿

诸葛亮安居平五路

　　高祖斩白帝子而创业，光武起白水村而中兴，先主入白帝城而托孤，二帝始于白，一帝终于白，正合李意白字之谶。自桃园至此，可谓一大结局矣。然先主之事自此终，孔明之事又将自此始也。前之取西川，定汉中，从草庐三顾中来；后之七擒孟获，六出祁山，从白帝托孤中来。故此一篇，在前幅则为煞尾，在后幅则又为引头耳。

　　观先主托孤之语，而知其不以伐吴为重，终以伐魏为重矣。其曰"君才十倍曹丕"，何以不曰十倍孙权乎？盖以与汉为仇者魏耳，与我为对者曹氏耳。其曰"嗣子可辅则辅之，不可辅则自取之"，犹云能讨贼则辅之，不能讨贼则取之也。重在讨贼，故不重在嗣位。此前后出师之表，所以不能已与？

　　先主教太子之言，已知太子之无用也。何也？刘禅固不能为大善，亦不能为大恶者也。不能为大善，则但勉之以小善而已；不能为大恶，则但戒之以小恶而已。先主枭雄之才，其权谋通变，料非其子之所能学，故曰："汝父德薄不足效。"知子莫若父，然哉，然哉！

　　或问先主令孔明自取之，为真话乎？为假话乎？曰：以为真则是真，以为假则亦假也。欲使孔明为曹丕之所为，则其义之所必不敢出，必不忍出者也。知其必不敢、必不忍，而故令之闻此言，则其辅太子之心愈不得不切矣。且使太子闻此言，则其听孔明、敬孔明之意愈不得不肃矣。陶谦之让徐州，全是真，不是假；刘表之让荆州，半是假，半是真。与先主之遗命，皆不可同年而语。

　　图事之法，与弈棋同。有同此一着，而用之于前则妙，用之于后则失者：如张耳劝陈涉立六国后，便是妙着；郦生劝高帝立六国后，便是失着：先后之势异耳。刘晔先言蜀可伐，后言蜀不可伐，一在曹操初破张鲁之时，一在魏兵留守汉中之后也；刘晔先言吴可伐，后言吴不可伐，一在先主初下江东之时，一在陆逊大破蜀兵之后也。刘晔可谓知弈矣。

　　伊尹三聘，孔明三顾，孔明一伊尹也；吕望钓鱼，孔明观鱼，孔明一吕望也。或谓孔明辅蜀，既在乃翁手中拿班，又在乃郎手中拿班，似乎妆腔太甚。不知不如此，则师相之体不尊。师相之体不尊，则言不听、计不从矣。嗟乎！孔明岂得已哉！

　　曹丕以三路取吴，以五路取蜀，读至此必谓有一场大厮杀在后；不意三路则一战而即退，五路则不战而自解，虎头蛇尾，可发一笑。有此省力之事者，亦以省力之笔传之。三路之中，两路虚写，惟濡须之兵用实写；五路之中，四路虚写，惟邓芝之使用实写。又魏之侵吴，吴之御魏，但叙曹丕，不叙孙权；魏之侵蜀，蜀之御魏，既叙曹丕、司马懿，又叙后主、孔明。或详或略，各各不同，尤见笔法之妙。

　　却说章武二年夏六月，东吴陆逊大破蜀兵于猇亭、彝陵之地，先主奔回白帝城，赵云引兵据守。忽马良至，见大军已败，懊悔不及，将孔明之言，奏知先主。^{补照前文。}先主叹曰：

"朕早听丞相之言，不致今日之败！又照应八十今有何面目复回成都见群臣乎！"遂传旨就

白帝城住扎，将馆驿改为永安宫。人报冯习、张南、傅彤、程畿、沙摩柯等皆殁于王事，

先主伤感不已。又总点又近臣奏称："黄权引江北之兵，降魏去了。黄权下落，但在先陛下可将

彼家属送有司问罪。"先主曰："黄权被吴兵隔断在江北岸，欲归无路，不得已而降魏。

是朕负权，非权负朕也，何必罪其家属？"仍给禄米以养之。先主之待黄权，胜
于曹丕之待禁。

却说黄权降魏，诸将引见曹丕。丕曰："卿今降朕，欲追慕于陈、韩耶？"权泣而奏

曰："臣受蜀帝之恩，殊遇甚厚，令臣督诸军于江北，被陆逊绝断。臣归蜀无路，降吴不

可，此正体贴先故来投陛下。败军之将，免死为幸，安敢追慕于古人耶！"丕大喜，遂拜黄

权为镇南将军。权坚辞不受。不受爵还忽近臣奏曰："有细作人自蜀中来，说蜀主将黄权家

属尽皆诛戮。"权曰："臣与蜀主，推诚相信，知臣本心，必不肯杀臣之家小也。"权若能

为相不然之。后人有诗责黄权曰：

降吴不可却降曹，忠义安能事两朝？

堪叹黄权惜一死，紫阳书法不轻饶。

曹丕问贾诩曰："朕欲一统天下，先取蜀乎？先取吴乎？"诩曰："刘备雄才，更兼

诸葛亮善能治国；东吴孙权，能识虚实，陆逊现屯兵于险要，隔江泛湖，皆难卒谋。以臣

观之，诸将之中，皆无孙权、刘备敌手。不说主上而说臣下，亦虽以陛下天威临之，亦未见万

全之势也。只可持守，以待二国之变。"贾诩可谓知丕曰："朕已遣三路大兵伐吴，安有不

胜之理？"曹丕能料蜀兵之必败，而不能料魏兵之尚书刘晔曰："近东吴陆逊，新破蜀兵七十万，

上下齐心，更有江湖之阻，不可卒制，陆逊多谋，必有准备。"刘晔之见，不丕曰："卿前

劝朕伐吴，今又谏阻，何也？"照应前晔曰："时有不同也。昔东吴累败于蜀，其势顿挫，

故可击耳；今既获全胜，锐气百倍，未可攻也。"刘晔前后两样说话，实有两样解说，丕曰："朕

意已决，卿勿复言。"遂引御林军亲往接应三路兵马。早有哨马报说："东吴已有准备，

令吕范引兵拒住曹休，诸葛瑾引兵在南郡拒住曹真，朱桓引兵当住濡须以拒曹仁。"东吴三路

探马口中叙来，刘晔曰："既有准备，去恐无益。"丕不从，引兵而去。

却说吴将朱桓，年方二十七岁，极有胆略，孙权甚爱之；时督军于濡须，闻曹仁引大

军去取羡溪，桓遂尽拨军守把羡溪去了，为后文战败止留五千骑守城。忽报曹仁令大将常雕

同诸葛虔、王双，引五万精兵飞奔濡须城来。众军皆有惧色。桓按剑而言曰："胜负在

将，不在兵之多寡。兵法云：'客兵倍而主兵半者，主兵尚能胜于客兵。'〔此论主客之异。〕今曹仁千里跋涉，人马疲困。〔此论劳逸之异。〕吾与汝等，共据高城，南临大江，北背山险，〔此论形势之异。〕以逸待劳，以主制客，此乃百战百胜之势。〔三句分顶上文。〕虽曹丕自来，尚不足忧，况仁等耶！"〔预为曹丕自来伏笔。〕于是传令，教众军偃旗息鼓，只作无人守把之状。〔桓亦能军。〕

且说魏将先锋常雕，领精兵来取濡须城，遥望城上并无军马。雕催军急进，离城不远，一声炮响，旌旗齐竖。朱桓横刀飞马而出，直取常雕。〔忽然有人，写得突兀。〕战不三合，被桓一刀斩常雕于马下。吴兵乘势冲杀一阵，魏兵大败，死者无数。朱桓大胜，得了无数旌旗军器战马。〔是东吴一胜。〕曹仁领兵随后到来，却被吴兵从羡溪杀出。曹仁大败而退，〔是东吴再胜。○此一路交锋，却用实写。〕见魏主，细奏大败之事。丕大惊。正议之间，忽探马报："曹真、夏侯尚围了南郡，被陆逊伏兵于内，诸葛瑾伏兵于外，内外夹攻，因此大败。"〔此一路交锋用虚写，妙。〕言未毕，忽探马又报："曹休亦被吕范杀败。"〔此一路交锋亦用虚写，妙。〕丕听知三路兵败，乃喟然叹曰："朕不听贾诩、刘晔之言，果有此败！"〔与先主不听孔明大同小异。〕时值夏天，大疫流行，马步军十死六七，遂引军回洛阳。吴、魏自此不和。〔吴、魏不和，此大关目处。○以上按下吴、魏，以下再叙西蜀。〕

却说先主在永安宫，染病不起，渐渐沉重。至章武三年夏四月，〔一病经年。〕先主自知病入四肢，又哭关、张二弟，其病愈深，两目昏花。厌见侍从之人，乃叱退左右，独卧于龙榻之上。〔将写梦，先写卧；将写见鬼，先写厌见人。〕忽然阴风骤起，将灯吹摇，灭而复明。只见灯影之下，二人侍立。先主怒曰："朕心绪不宁，教汝等且退，何故又来！"叱之不退。先主起而视之，上首乃云长，下首乃翼德也。先主大惊曰："二弟原来尚在？"〔宛然梦中之语。〕云长曰："臣等非人，乃鬼也。上帝以臣二人平生不失信义，皆敕命为神。哥哥与兄弟聚会不远矣。"〔忽曰鬼，忽曰神，忽称君臣，忽称哥哥兄弟，宛然梦中所听之语。〕先主扯定大哭。忽然惊觉，二弟不见。〔直待梦觉，方知是梦，写来如画。〕即唤从人问之，时正三更。〔直待知梦，方始知时，写来如画。〕先主叹曰："朕不久于人世矣！"遂遣使往成都，请丞相诸葛亮、尚书令李严等，星夜来永安宫，听受遗命。孔明等与先主次子鲁王刘永、梁王刘理，来永安宫见帝，留太子刘禅守成都。〔先主在白帝而刘禅在成都，与曹操在洛阳而曹丕在邺郡，临终之时，父子皆不相见，仿佛相似。〕

且说孔明到永安宫，见先主病危，慌忙拜伏于龙榻之下。先主传旨，请孔明坐于龙榻之侧，〔自起兵伐吴以来，至此已有两年之别。〕抚其背曰："朕自得丞相，幸成帝业；何期智识浅陋，不纳丞相之言，自取其败。悔恨成疾，死在旦夕。嗣子孱弱，不得不以大事相托。"〔以三顾始，以托孤终。三顾之礼，为自己下定钱；托孤之情，又为儿子下定钱。〕言讫，泪流满面。孔明亦涕泣曰："愿陛下善保龙体，以副天下之望！"先主以目遍视，只见马良之弟马谡在旁，先主令且退。谡退出，先主谓孔明曰：

"丞相观马谡之才何如？" _{百忙中忽论马谡人才，极似闲话，不知后来却是要紧话。}孔明曰："此人亦当世之英才也。"先主曰："不然。朕观此人，言过其实，不可大用。丞相宜深察之。" _{早为九十六回伏线。}吩咐毕，传旨召诸臣入殿，取纸笔写了遗诏，递与孔明而叹曰："朕不读书，粗知大略。_{与孙权学问相似。}圣人云：'鸟之将死，其鸣也哀；人之将死，其言也善。'朕本待与卿等同灭曹贼，共扶汉室；_{临终之时，更不提起东吴，只说曹贼，则伐吴之举亦悔之矣。}不幸中道而别。烦丞相将诏付与太子禅，令勿以为常言。凡事更望丞相教之！" _{既自教之，又欲孔明教之。}孔明等泣拜于地曰："愿陛下将息龙体！臣等尽施犬马之劳，以报陛下知遇之恩也。"先主命内侍扶起孔明，一手掩泪，一手执其手，曰："朕今死矣，有心腹之言相告！" _{郑重其语，不即说出，又作一顿。}孔明曰："有何圣谕？"先主泣曰："君才十倍曹丕，必能安邦定国，终定大事。_{独以曹丕比较，以伐魏为重也。}若嗣子可辅，则辅之，如其不才，君可自为成都之主。" _{宛似刘表让荆州之语。○人疑此语乃先主所以结孔明之心，吾谓此语乃深知刘禅之无用也。}孔明听毕，汗流遍体，手足失措，泣拜于地曰："臣安敢不竭股肱之力，尽忠贞之节，继之以死乎！"言讫，叩头流血。先主又请孔明坐于榻上，唤鲁王刘永、梁王刘理近前，吩咐曰："尔等皆记朕言：朕亡之后，尔兄弟三人，皆以父事丞相，不可怠慢。" _{只吩咐二子，连三言罢，子俱吩咐在内。}言罢，遂命二王同拜孔明。二王拜毕，孔明曰："臣虽肝脑涂地，安能报知遇之恩也！"

先主谓众官曰："朕已托孤于丞相，令嗣子以父事之。卿等俱不可怠慢，以负朕望。" _{此处方及众官。}又嘱赵云曰："朕与卿于患难之中，相从到今，不想于此地分别。卿可想朕故交，早晚看觑吾子，勿负朕言。" _{一番保阿斗，一番夺阿斗，与别将不同，故又特嘱之。}云泣拜曰："臣敢不效犬马之劳！"先主又谓众官曰："卿等众官，朕不能一一分嘱，愿皆自爱。" _{此句又极周至。○看他以上历历吩咐众官之言，无一语及私，与曹操不同。}言毕，驾崩，寿六十三岁。时章武三年夏四月二十四日也。后杜工部有诗叹曰：

蜀主窥吴向三峡，崩年亦在永安宫。

翠华想像空山外，玉殿虚无野寺中。

_{前解：首句如疾雷破山，何等声势。次句如落日掩照，何等苍凉。三虚写当年，四实叹今日也。山外安觅翠华？意中却有；寺中旧为玉殿？目下却无。是无是有，是有是无，二语闪烁不定。"翠华""玉殿"，又极声势；"空山""野寺"，又极苍凉。只一句中，上下忽变，真是异样笔墨。}

古庙杉松巢水鹤，岁时伏腊走村翁。

武侯祠屋长邻近，一体君臣祭祀同。

_{后解：翠华、玉殿既不可见，所见惟古庙存焉。而昭烈故天子也，以天子而有庙，必也玄堂太室，所谓振鹭来宾，和鸾至止者也。而今乃枭水鹤耳。以天子之庙而有祭，必也八俏九献，所谓群公执爵，髦士奉璋者也。而今乃走村翁耳。祠屋近是一样水鹤杉松，祭祀同是一样村翁伏腊，非幸其君臣一体，正伤其君臣无别也。○少陵为依严武而入蜀，蜀主为伐孙权而窥吴，后人所经，前人亦经焉；后人所止，前人亦止焉。后人吊前人，后人复吊后人，不独玉}

殿、翠华徒劳想像，抑且空山野寺亦属虚无。蜀主与武侯，同尽千载，莫辨君臣；村翁与水鹤，俱湮一时，何分人物。昔年白帝托孤，已作英雄往事；今日蜀中怀古，岂非文士空花。吾于此诗得禅理矣。

先主驾崩，文武官僚，无不哀痛。孔明率众官奉梓宫还成都。太子刘禅出城迎接灵柩，安于正殿之内。举哀行礼毕，开读遗诏。诏曰：

> 朕初得疾，但下痢耳；后转生杂病，殆不自济。朕闻"人年五十，不称夭寿"。今朕年六十有余，死复何恨？但以卿兄弟为念耳。勉之！勉之！勿以恶小而为之，勿以善小而不为。惟贤惟德，可以服人；卿父德薄，不足效也。卿与丞相从事，事之如父，勿怠！勿忘！卿兄弟更求闻达。至嘱！至嘱！

群臣读诏已毕。孔明曰："国不可一日无君。请立嗣君，以承汉统。"乃立太子禅即皇帝位，改元建兴。加诸葛亮为武乡侯，领益州牧。葬先主于惠陵，谥曰昭烈皇帝。昭者，光也；烈者，武也。隐然以光武比之。尊皇后吴氏为皇太后，谥甘夫人为昭烈皇后，糜夫人亦追谥为皇后。升赏群臣，大赦天下。以上按下西蜀，以下再叙魏国。

早有魏军探知此事，报入中原。近臣奏知魏主，曹丕大喜曰："刘备已亡，朕无忧矣。何不乘其国中无主，起兵伐之？伐吴不克，却想伐蜀，是谚所云"东边不着西边着"也。贾诩谏曰："刘备虽亡，必托孤于诸葛亮。亮感备知遇之恩，必倾心竭力，扶持嗣主。陛下不可仓卒伐之。"与刘晔谏伐吴一般见识。正言间，忽一人从班部中奋然而出曰："不乘此时进兵，更待何时？"众视之，乃司马懿也。司马懿惯与蜀做对头，却于此处早伏一笔。丕大喜，遂问计于懿。懿曰："若只起中国之兵，急难取胜。须用五路大兵，四面夹攻，令诸葛亮首尾不能救应，然后可图。"伐吴用三路，伐蜀用五路。三路出曹丕之意，五路出司马之谋，前后相对。

丕问何五路，懿曰："可修书一封，差使往辽东鲜卑国，见国王轲比能，赂以金帛，令起辽西羌兵十万，先从旱路取西平关，此一路也。先主用沙摩柯，今司马亦欲用轲比能，正与前文照应。再修书遣使赍官诰赏赐，直入南蛮，见蛮王孟获，令起兵十万，攻打益州、永昌、牂牁、越巂四郡，以击西川之南，此二路也。早为后文七擒七纵张本。再遣使入吴修好，许以割地，令孙权起兵十万，攻两川峡口，径取涪城，此三路也。以上三路俱是客兵。先言西路、南路，而后及东路，先其近者而后其远者也。又可差使至降将孟达处，起上庸兵十万，西攻汉中，此四路也。此一路用蜀中降将，虽是主兵，亦属客兵，犹之以蜀攻蜀耳。然后命大将军曹真为大都督，提兵十万，由京兆径出阳平关取西川，此五路也。末一路方用自家之将，自家之兵。共大兵五十万，五路并进，诸葛亮便有吕望之才，安能当此乎？"丕大喜，随即密遣能言官四员为使前去；又命曹真为大都督，领兵十万，径取阳平关。此时张辽等一班旧将，皆封列侯，俱在冀、徐、青及合淝等

处，据守关津隘口，故不复调用。^{百忙里又补叙旧将，笔法周密。○以上按下魏国，以下再接西蜀。}

却说蜀汉后主刘禅，自即位以来，旧臣多有病亡者，不能细说。^{闲闲总点一句。}凡一应朝廷选法、钱粮、词讼等事，皆听诸葛丞相裁处。时后主未立皇后，孔明与群臣上言曰："故车骑将军张飞之女甚贤，年十七岁，可纳为正宫皇后。"后主即纳之。^{若论桃园结义，则两人当是兄妹；然异姓为婚，原不碍也，非若吴孟子、晋狐姬之类。}

建兴元年秋八月，忽有边报说："魏调五路大兵，来取西川：第一路曹真为大都督，起兵十万，取阳平关；^{魏以此为第五路，蜀却以此为第一路。}第二路，乃反将孟达，起上庸兵十万，犯汉中；^{魏以此为第四路，蜀却以此为第二路。}第三路，乃东吴孙权，起精兵十万，取峡口入川；^{只有第三路彼此相同。}第四路，乃蛮王孟获，起蛮兵十万，犯益州四郡；^{魏以此为第二路，蜀却以此为第四路。}第五路，乃番王轲比能，起羌兵十万，犯西平关。^{魏以此为第一路，蜀却以此为第五路。○魏意以客兵为助，重在客兵；蜀报以魏兵为主，重在魏兵。故前后次序各各不同。别处叙事，或一边实写，一边虚写，此处独两边皆详叙一番，又换一样笔法。}此五路军马，甚是利害。已先报知丞相，^{报后主用实写，报孔明用虚写，就详叙中又一虚一实。}丞相不知为何，数日不出视事。"^{奇绝，令人猜测不出。}后主听罢大惊，^{不但后主惊，读者至此亦惊。}即差近侍赍旨，宣召孔明入朝。^{第一日，差近侍宣召。}使命去了半日，回报："丞相府下人言，丞相染病不出。"^{奇绝，令人猜测不出。}后主转慌。^{不但后主慌，读者至此亦慌。}次日，又命黄门侍郎董允、谏议大夫杜琼，去丞相卧榻前，告此大事。^{第二日，差大臣往告。}董、杜二人到丞相府前，皆不得入。^{奇绝，令人猜测不出。}杜琼曰："先帝托孤于丞相，今主上初登宝位，被曹丕五路兵犯境，军情至急，丞相何故推病不出？"^{不说真病，竟说他推病，只在不肯放入上猜出。}良久，门吏传丞相令，言："病体稍可，明早出都堂议事。"董、杜二人叹息而回。次日，多官又来丞相府前伺候，^{第三日，多官伺候。}从早至晚，又不见出。^{奇绝，令人猜测不出。}多官惶惶，只得散去。杜琼入奏后主曰："请陛下圣驾，亲往丞相府问计。"后主即引多官入宫，启奏皇太后。太后大惊曰："丞相何故如此？有负先帝委托之意也！我当自往。"^{故作惊人之笔，以显下文孔明之奇。}董允奏曰："娘娘未可轻往。臣料丞相必有高明之见。^{董允颇有见识。}且待主上先往。如果怠慢，请娘娘于太庙中，召丞相问之未迟。"^{请入太庙召之，是重之以先帝之灵也，皆故作惊人之笔，以显下文孔明之奇。}太后依奏。

次日，后主车驾亲至相府。^{第四日，御驾亲临。}门吏见驾到，慌忙拜伏于地而迎。后主问曰："丞相在何处？"门吏曰："不知在何处。只有丞相钧旨，教挡住百官，勿得辄入。"后主乃下车步行，^{与先主亲造草庐相似。}独进第三重门，^{过了第三日，又过三重门，与先主三顾草庐相似。}见孔明独倚竹杖，在小池边观鱼。^{与草庐中高卧相似。}后主在后立久，乃徐徐而言曰："丞相安乐否？"^{与先主阶前立候相似。}孔明回顾，见是后主，慌忙弃杖，拜伏于地曰："臣该万死！"后主扶起，问曰："今曹丕分兵五路，犯境甚急，相父缘何不肯出府视事？"孔明大笑，扶后主入内室坐定，奏曰："五路兵至，臣安得不知？臣非观鱼，有所思也。"_{观鱼者，观吴也。}后主曰："如之奈何？"孔明曰："羌王轲比能，蛮王孟获，反将孟达，魏将曹真，此四路兵，臣已皆退去了也。_{奇绝，妙绝，真是出人意表。}止有孙权这一路兵，臣已有退之之计，但须一能言之人为使。因未得其人，故熟思之。陛下何必忧乎？"_{孔明之意，只致意在第三路。}

后主听罢，又惊又喜，曰："相父果有鬼神不测之机也！愿闻退兵之策。"孔明曰："先帝以陛下付托与臣，臣安敢旦夕怠慢。成都众官，皆不晓兵法之妙贵在使人不测，岂可泄漏于人？_{先言自己托病不出，不与众官议事之故。}老臣先知西番国王轲比能，引兵犯西平关，臣料马超积祖西川人氏，素得羌人之心，羌人以超为神威天将军，_{"神威天将军"，名色甚奇，觉"宇宙大将军"之称不足为怪矣。〇忙中带补马超一边事，妙甚。}臣已先遣一人，星夜驰檄，令马超紧守西平关，伏四路奇兵，每日交换，以兵拒之，此一路不必忧矣。_{一向单写子龙、汉升等战功，马超颇觉冷落，于此处用之，功却不小。}又南蛮孟获，兵犯四郡，臣亦飞檄遣魏延领一军左出右入，右出左入，为疑兵之计；蛮兵惟凭勇力，其心多疑，若见疑兵，必不敢进，此一路又不足忧矣。_{此处用着魏延，魏延亦不冷落。}又知孟达引兵出汉中，达与李严曾结生死之交；臣回成都时，留李严守永安宫。_{托孤时事，却于此处补出。}臣已作一书，只做李严亲笔，令人送与孟达，达必然推病不出，以慢军心，此一路又不足忧矣。_{此处用着李严，方知托孤时同受遗命，不为无谓。}又知曹真引兵犯阳平关；此地险峻，可以保守，臣已调赵云引一军守把关隘，并不出战；曹真若见我军不出，不久自退矣。_{此处又用子龙，却不用战而用守，又是一样用法。}此四路兵俱不足忧。臣尚恐不能全保，又密调关兴、张苞二将，各引兵三万，屯于紧要之处，为各路救应。_{又总用兴、苞二将，布置周密。}此数处调遣之事，皆不曾经由成都，故无人知觉。_{又说明众人不知之故。}只有东吴这一路兵，未必便动，如见四路兵胜，川中危急，必来相攻；若四路不济，安肯动乎？臣料孙权想曹丕三路侵吴之怨，必不肯从其言。_{孔明意中却以孙权一路为第五路，似以此一路为轻。}虽然如此，须用一舌辩之士，径往东吴，以利害说之，则先退东吴；其四路之兵，何足忧乎？_{孔明意中又以孙权一路为第一路，却又以此一路为重。}但未得说吴之人，臣故踌躇。何劳陛下圣驾来临？"后主曰："太后亦欲来见相父。今朕闻相父之言，如梦初觉，复何忧哉！"

孔明与后主共饮数杯，_{连日受恐，此数杯酒只算压惊。}送后主出府。众官皆环立于门外，见后主面有喜色。后主别了孔明，上御车回朝。众皆疑惑不定。_{不知葫芦里卖甚药。}孔明见众官中，一人仰天而笑，面亦有喜色。_{不曾吃酒亦有春色，如此人者，不可不与饮酒；然惟如此人者，可不与饮酒。}孔明视之，乃义阳新野人，姓邓，名芝，字伯苗，现为户部尚书；汉司马邓禹之后。孔明暗令人留住邓芝。多官皆散，孔明请芝到书院中，问芝曰："今蜀、魏、吴鼎分三国，欲讨二国，一统中兴，当先伐何国？"_{不用邓芝问孔明，先用孔明问邓}芝曰："以愚意论之，魏虽汉贼，其势甚大，急难摇动，当徐徐缓图；今主_{芝，先用孔明问邓芝以试之，妙甚。}

上初登宝位，民心未安，当与东吴连合，结为唇齿，一洗先帝旧怨，此乃长久之计也。

正合着"东和孙权"一语。未审丞相钧意若何？"孔明大笑曰："吾思之久矣，奈未得其人，今日方得也！"芝曰："丞相欲其人何为？"孔明曰："吾欲使人往结东吴。公既能明此意，必能不辱君命。使乎之任，非公不可。"妙在待他自说出来，然后教他去。芝曰："愚才疏智浅，恐不堪当此任。"孔明曰："吾来日奏知天子，便请伯苗一行，切勿推辞。"芝应允而退。至次日，孔明奏准后主，差邓芝往说东吴。芝拜辞，望东吴而来。正是：

　　　吴人方见干戈息，蜀使还将玉帛通。

　未知邓芝此去若何，且看下文分解。

第八十六回

难张温秦宓逞天辩

破曹丕徐盛用火攻

自曹丕以三路取吴，而吴、魏之衅生；自曹丕以五路取蜀，而吴、蜀之交复合。吴、蜀之交复合，而吴、魏之衅乃愈生矣。以前卷观之，则五路之中，孔明又以孙权一路为急。盖其于四路，不过退之已耳。若孙权一路，则不但退之，又将用之。退之使不侵蜀，用之即使侵魏也。吴纵不侵魏，而魏必侵吴，以致吴之侵魏。既致吴之侵，而吴必结我以侵魏。是吴以两路答三路之师，蜀亦以两路答五路之师也。然则魏之伐吴，适所以自伐，而蜀之通吴，乃其所以伐魏欤？

孔明之遣邓芝，为伐魏地也。然为伐魏地，亦正为吞吴地也。先主尝仇吴矣，先主仇之，而孔明通之，岂孔明之心异于先主哉？以为不先灭魏，则吴未可吞；而不先通吴，则魏未可灭。魏灭，而蜀与吴势不两存。观邓芝"天无二日"之言，章章可见。然则孔明反先主伐吴之事，实欲终先主吞吴之志耳。

屈灵均作《天问》，柳子厚作《天对》。一问于千百载之前，一对于千百载之后。窃谓子厚未识灵均寄托之本意，恨不再起灵均以难之。若秦宓既为《天对》以答问，又复为《天问》以索对，殆以一人而兼灵均、子厚之长矣。

吴侯初以刀锯鼎镬待蜀使，而吴使至蜀，蜀岂得无答礼乎？有秦宓之舌剑，可以当刀斧手；其悬河之口，可以当油鼎之沸矣。然孔明亦常舌战东吴之士，何以不自折之，而乃用秦宓也？曰：师相之体，固宜养重，与前番入吴时，又自不同故也。

前有周郎赤壁之火，又有陆逊猇亭之火，无分毫相犯，斯亦事与文之最奇者矣。乃不意两番之后，又有徐盛南徐之火，又与前两番无分毫相犯。如赤壁、猇亭之用火甚迟，南徐之用火甚速，其不同者一。曹操、先主之兵烧之而后退，曹丕之兵至于退而后烧；前两番则以火蹑其后，后一番则以火截其前，其不同者二。周郎之兵先小胜而后大胜，陆逊之兵先小败而后大胜，而徐盛则止是一胜，其不同者三。不但此也，程普不服周郎，韩当、周泰不服陆逊，是以老成轻量少年；孙韶不服徐盛，是以少年轻量老成：此则其同而不同者也。曹操有连环之舟，先主有连营之屯，其连在敌；徐盛有连城之势，其连在我，此又其同而不同者也。孔明以草为人，用之大雾之中；徐盛以草为人，见之大雾之后。孔明以石为兵，御陆逊于既胜；徐盛以木为城，惑曹丕于初来。其仿佛处，皆种种各别。如此妙事，如此妙文，使今之捏造稗官者，执笔而摹之，岂能效其万一耶？

若曹丕自守邺都，吴亦以徐盛代守荆州，而令司马懿与陆逊相拒于江淮之间，其斗智必有可观，惜未见此两人之交手也。且使攻南徐者为曹操，则龙舟之役，未必如此之惫。又使助徐盛者有孔明，则曹丕之奔必无生还之路矣。读者将前后彼此相易而观之，则其人才之分数自出。

却说东吴陆逊，自退魏兵之后，吴王拜逊为辅国将军、江陵侯，领荆州牧，自此军权皆归于逊。张昭、顾雍启奏吴王，请自改元。权从之，遂改为黄武元年。魏曰黄初，吴亦曰黄武，皆应黄天当立之谶。忽报魏主遣使至，权召入。使命陈说："蜀前使人求救于魏，魏一时不明，故发兵应之，蜀安肯求救于魏？此说谎骗孙权不信。如今已大悔，欲起四路兵取川，东吴可来接应。若得蜀土，各分一半。"前既救蜀，今又取蜀，便是自相矛盾之语。

权闻言，不能决，乃问于张昭、顾雍等。昭曰："陆伯言极有高见，可问之。"权即召陆逊至。逊奏曰："曹丕坐镇中原，急不可图，今若不从，必为仇矣。臣料魏与吴皆无诸葛亮之敌手。今且勉强应允，整军预备，只探听四路如何。若四路兵胜，川中危急，诸葛亮首尾不能救，主上则发兵以应之，先取成都，深为上策；如四路兵败，别作商议。"已在孔明算中。权从之，乃谓魏使曰："军需未办，择日便当起程。"使者拜辞而去。权令人探得西番兵出西平关，见了马超，不战自退；南蛮孟获起兵攻四郡，皆被魏延用疑兵计杀退回洞去了；上庸孟达兵至半路，忽然染病不能行；曹真兵出阳平关，赵子龙拒住各处险道，果然"一将守关，万夫莫开"。曹真屯兵于斜谷道，不能取胜而回。四路兵退，却在孙权一边听得，不向西蜀一边叙来，笔法变换，却又极省笔。

孙权知了此信，乃谓文武曰："陆伯言真神算也。孤若妄动，又结怨于西蜀矣。"怕结怨于蜀一语，绝妙斗笋。忽报西蜀遣邓芝到。张昭曰："此又是诸葛亮退兵之计，遣邓芝为说客也。"权曰："当何以答之？"昭曰："先于殿前立一大鼎，贮油数百斤，下用炭烧。待其油沸，可选身长面大武士一千人，各执刀在手，从宫门前直摆至殿上，却唤芝入见。休等此人开言下说词，责以郦食其说齐故事，效此例烹之，看其人如何对答。"如此恐吓，亦是下着。

权从其言，遂立油鼎，命武士立于左右，各执军器，召邓芝入。芝整衣冠而入。行至宫门前，只见两行武士，威风凛凛，各持钢刀、大斧、长戟、短剑，直列至殿上。芝晓其意，并无惧色，昂然而行。以前能有喜色，此时能无惧色。故至殿前，又见鼎镬内热油正沸。左右武士以目视之，芝但微微而笑。邓芝真是吓不动。近臣引至帘前，邓芝长揖不拜。妙。权令卷起珠帘，大喝曰："何不拜！"芝昂然而答曰："上国天使，不拜小邦之主。"以硬对硬。权大怒曰："汝不自料，欲掉三寸之舌，效郦生说齐乎！可速入油鼎！"芝大笑曰："人皆言东吴多贤，谁想惧一儒生！"不但说自己不惧，反说东吴惧他，妙甚。权转怒曰："孤何惧尔一匹夫耶？"芝曰："既不惧邓伯苗，何愁来说汝等也？"权曰："尔欲为诸葛亮作说客，来说孤绝魏向蜀，是否？"芝曰："吾乃蜀中一儒生，特为吴国利害而来。"不说为蜀，反说为吴，妙甚。乃设兵陈鼎，以拒一使，何其局量之不能容物耶！"又用激法。

权闻言惶愧，即叱退武士，命芝上殿，赐坐而问曰："吴、魏之利害若何？愿先生教我。"芝曰："大王欲与蜀和，还是欲与魏和？"妙在先问他主意。权曰："孤正欲与蜀主讲和，但恐蜀主年轻识浅，不能全始全终耳。"^{此句待他自说，妙甚。}芝曰："大王乃命世之英豪，诸葛亮亦一时之俊杰；^{权欺后主之幼，芝乃请出孔明来对说。}蜀有山川之险，吴有三江之固。^{上二语说吴蜀人才，此二语说吴蜀形势。}若二国连和，共为唇齿，进则可以兼吞天下，退则可以鼎足而立。^{此言与蜀和之利。}今大王若委贽称臣于魏，魏必望大王朝觐，求太子以为内侍；如其不从，则兴兵来攻，蜀亦顺流而进取。^{妙在又用一句硬语。}如此则江南之地，不复为大王有矣。^{此言与魏和之害。}若大王以愚言为不然，愚将就死于大王之前，以绝说客之名也。"^{答还说客一句，妙甚。}言讫，撩衣下殿，望油鼎中便跳。^{此等做法，却是放习，妙不可言。}权急命止之，请入后殿，以上宾之礼相待。权曰："先生之言，正合孤意。孤今欲与蜀主连和，先生肯为我介绍乎？"^{反使孙权求他，妙不可言。}芝曰："适欲烹小臣者，乃大王也。今欲使小臣者，亦大王也。大王犹自狐疑未定，安能取信于人？"^{反是他做难起来，妙不可言。}权曰："孤意已决，先生勿疑。"^{恐孙权不决，故撩他此一句出来。}

于是吴王留住邓芝，集多官问曰："孤掌江南八十一州，更有荆楚之地，反不如西蜀偏僻之处也。蜀有邓芝，不辱其主；吴并无一人入蜀，以达孤意。"^{孙权亦用激法。}忽一人出班奏曰："臣愿为使。"众视之，乃吴郡吴人，姓张，名温，字惠恕，现为中郎将。权曰："恐卿到蜀见诸葛亮，不能达孤之情。"^{又激他。}温曰："孔明亦人耳，臣何畏彼哉？"^{孙权不注意后主，而注意孔明，使者之意亦不在后主，而在孔明。而}权大喜，重赏张温，使同邓芝入川通好。^{以上按下东吴，以下再叙西蜀。}

却说孔明自邓芝去后，奏后主曰："邓芝此去，其事必成。吴地多贤，定有人来答礼。陛下当礼貌之，^{不必用油锅武士。}令彼回吴，以通盟好。吴若通和，魏必不敢加兵于蜀矣。吴、魏宁靖，臣当征南，平定蛮方，^{便为七擒孟获张本。}然后图魏。^{便为六出祁山张本。}魏削则东吴亦不能久存，^{仍照顾先主可伐吴之意。}可以复一统之基业也。"后主然之。

忽报东吴遣张温与邓芝入川答礼。后主聚文武于丹墀，令邓芝、张温入。温自以为得志，昂然上殿，见后主施礼。后主赐锦墩，坐于殿左，设御宴待之。后主但敬礼而已。^{说不出一句话。}宴罢，百官送张温到馆舍。次日，孔明设宴相待。孔明谓张温曰："先帝在日，与吴不睦，今已晏驾。当今主上，深慕吴王，欲捐旧忿，永结盟好，并力破魏。望大夫善言回奏。"^{邓芝见吴王，不曾提起先主伐吴之事，却于孔明对吴使补出。}张温领诺。酒至半酣，张温喜笑自若，颇有傲慢之意。^{孔明此日任其傲慢，不与计论，自是相体。}

次日，后主将金帛赐与张温，设宴于城南邮亭之上，命众官相送。孔明殷勤劝酒。正饮酒间，忽一人乘醉而入，昂然长揖，入席就坐。^{此人定是孔明约来。}温怪之，乃问孔明曰："此何人也？"孔明答曰："姓秦，名宓，字子勅，现为益州学士。"温笑曰："名称学士，未知胸中曾'学事'否？"〔此句笑今人则可，笑秦宓则不可。〕宓正色而言曰："蜀中三尺小童，尚皆就学，何况于我？"温曰："且说公何所学？"宓对曰："上至天文，下至地理，三教九流，诸子百家，无所不通；古今兴废，圣贤经传，无所不览。"〔此语大话，我今亦闻之矣，但未见真有如秦宓者耳。〕温笑曰："公既出大言，请即以天为问：天有头乎？"〔问得诙谐。〕宓曰："有头。"〔答亦诙谐。〕温曰："头在何方？"〔诙谐。〕宓曰："在西方。《诗》云：'乃眷西顾。'以此推之，头在西方也。"〔便将西蜀高抬。〕温又问："天有耳乎？"〔诙谐。〕宓答曰："天处高而听卑。《诗》云：'鹤鸣九皋，声闻于天。'无耳何能听？"〔敏妙之极。〕温又问："天有足乎？"〔诙谐。〕宓曰："有足。《诗》云：'天步艰难。'无足何能步？"〔敏妙之极。〕温又问："天有姓乎？"〔诙谐。〕宓曰："岂得无姓！"〔妙。〕温曰："何姓？"宓答曰："姓刘。"〔妙。〕温曰："何以知之？"宓曰："天子姓刘，以故知之。"〔天子为天之之子，以子之姓姓其父也，然则天子屡易姓，则天之姓亦屡易矣。〕温又问曰："日生于东乎？"〔"日"言君象，是言君在东吴也。〕宓对曰："虽生于东，而没于西。"〔又将西蜀抹倒东吴。〕

此时秦宓语言清朗，答问如流，满座皆惊。张温无语。宓乃问曰："先生东吴名士，既以天事下问，必能深明天之理。昔混沌既分，阴阳剖判；轻清者上浮而为天，重浊者下凝而为地；至共工氏战败，头触不周山，天柱折，地维缺，天倾西北，地陷东南。天既轻清而上浮，何以倾其西北乎？〔张温之问天是诙谐，秦宓却认真问起来，教他如何对答。〕又未知轻清之外，还是何物？〔此一句又问天之外，一发难对。〕愿先生教我。"张温无言可对，乃避席而谢曰："不意蜀中多出俊杰！恰闻讲论，使仆顿开茅塞。"孔明恐温羞愧，故以善言解之曰："席间问难，皆戏谈耳。足下深知安邦定国之道，何在唇齿之戏哉！"〔暗约秦宓来难倒了他，却又自己收科，孔明真是妙人。〕温拜谢。孔明又令邓芝入吴答礼，就与张温同行。张、邓二人拜辞孔明，望东吴而来。

却说吴王见张温入蜀未还，乃聚文武商议。忽近臣奏曰："蜀遣邓芝同张温入国答礼。"权召入。张温拜于殿前，备称后主、孔明之德，愿求永结盟好，特遣邓尚书又来答礼。权大喜，乃设宴待之。权问邓芝曰："若吴、蜀二国同心灭魏，得天下太平，二主分治，岂不乐乎？"芝答曰："天无二日，〔秦宓论天，邓芝又论天。〕民无二王。如灭魏之后，未识天命所归何人。但为君者，各修其德，为臣者，各尽其忠，则战争方息耳。"〔邓芝到底不弱，胜张温多矣。〕权大笑曰："君之诚款，乃如是耶！"遂厚赠邓芝还蜀。自此吴、蜀通好。〔自此一和之后，永不相伐，又是大关目处。○以上按下吴蜀两边，以下接叙魏国一边。〕

却说魏国细作人探知此事，火速报入中原。魏主曹丕听知，大怒曰："吴、蜀连和，必有图中原之意也。不若朕先伐之。"于是大集文武，商议起兵伐吴。〔头醋不酸，只怕二醋不辣。〕此时大司马曹仁、太尉贾诩已亡。侍中辛毗出班奏曰："中原之地，土阔民稀，而欲用兵，未见其利。今日之计，莫若养兵屯田十年，足食足兵，然后用之，则吴、蜀方可破也。"〔辛毗十年之说太远，与贾诩、刘晔之谏伐吴不同。〕丕怒曰："此迂儒之论也！今吴、蜀连和，早晚必来侵境，何暇等待十年！"即传旨起兵伐吴。司马懿奏曰："吴有长江之险，非船莫渡。陛下必御驾亲征，可选大小战船，从蔡、颍而入淮，取寿春，至广陵，渡江口，径取南徐，此为上策。"〔与曹操之屯兵赤壁又不同，盖曹操既得荆州，故赤壁之兵欲从荆州渡江，今荆州已属孙权，故淮上之军欲从广陵渡江，地势既殊，局面亦异。〕丕从之。于是日夜并工，造龙舟十只，长二十余丈，可容二千余人，〔此时好向镇江看大龙舟也。〕收拾战船三千余只。魏黄初五年秋八月，会聚大小将士，令曹真为前部，张辽、张郃、文聘、徐晃等为大将先行，许褚、吕虔为中军护卫，曹休为合后，刘晔、蒋济为参谋官。〔刘晔此时何以不谏？〕前后水陆军马三十余万，克日起兵。封司马懿为尚书仆射，留在许昌，凡国政大事，并皆听懿决断。〔便为司马氏专权之兆。〕

不说魏兵起程。却说东吴细作探知此事，报入吴国。近臣慌奏吴王曰："今魏王曹丕，亲自乘驾龙舟，提水陆大军三十余万，从蔡、颍出淮，必取广陵渡江，来下江南，甚为利害。"孙权大惊，即聚文武商议。顾雍曰："今主上既与西蜀连和，可修书与诸葛孔明，令起兵出汉中，以分其势；〔为下文赵云取阳平关伏线。〕一面遣一大将，屯兵南徐以拒之。"权曰："非陆伯言不可当此大任。"雍曰："陆伯言镇守荆州，不可轻动。"〔丕之不取荆州，想亦为陆逊在彼之故。〕权曰："孤非不知，奈眼前无替力之人。"〔孙权惯用激将法。〕言未尽，一人从班部内应声而出曰："臣虽不才，愿统一军以当魏兵。若曹丕亲渡大江，臣必生擒，以献殿下；若不渡江，亦杀魏兵大半，令魏兵不敢正视东吴。"权视之，乃徐盛也。〔守南徐，恰好用着姓徐的。〕权大喜曰："如得卿守江南一带，孤何忧哉！"遂封徐盛为安东将军，总镇都督建业、南徐军马。盛谢恩，领命而退，即传令教众官军多置器械，多设旌旗，以为守护江岸之计。〔其地曰徐，其将曰徐，其用兵亦不疾不徐。〕

忽一人挺身出曰："今日大王以重任委托将军，欲破魏兵以擒曹丕，将军何不早发军马渡江，于淮南之地迎敌？直待曹丕兵至，恐无及矣。"〔与韩当、周泰不服陆逊，仿佛相似。〕盛视之，乃吴王侄孙韶也。韶字公礼，官授扬威将军，曾在广陵守御，年幼负气，极有胆勇。〔陆逊以年少，人不服他；孙韶亦以年少，不肯服人。〕盛曰："曹丕势大，更有名将为先锋，不可渡江迎敌。待彼船皆集于北岸，吾自有计破之。"〔与陆逊候先主移营，仿佛相似。〕韶曰："吾手下自有三千军马，更兼深知广陵路势，吾愿自去江北，与曹丕决一死战。如不胜，甘当军令。"盛不从。韶坚执要去，盛只是不肯，韶再三要行。盛怒曰："汝如此不听号令，吾安能制诸将乎？"叱武士推出斩之。〔如韩信之欲斩樊哙。〕刀斧手拥孙韶出辕门之外，立起皂旗。韶部将飞报孙权。权听知，急上马来救。〔樊哙是相国来救，孙韶却是君王自救。〕

武士恰待行刑，孙权早到，喝散刀斧手，救了孙韶。韶哭奏曰："臣往年在广陵，深知地利；不就那里与曹丕厮杀，直待他下了长江，东吴指日休矣！" 孙韶有终军宗悫之风。权径入营来。徐盛迎接入帐，奏曰："大王命臣为都督，提兵拒魏。今扬威将军孙韶，不遵军法，违令当斩，大王何故赦之？"权曰："韶倚血气之壮，误犯军法，万希宽恕。"盛曰："法非臣所立，亦非大王所立，乃国家之典刑也。若以亲而免之，何以令众乎？" 徐盛有穰苴、孙武之风。权曰："韶犯法，本应任将军处治；奈此子虽本姓俞氏，然孤兄甚爱之，赐姓孙，于孤颇有劳绩。今若杀之，负兄义矣。" 孙权笃于兄弟，与曹丕不同。盛曰："且看大王之面，寄下死罪。"权令孙韶拜谢。韶不肯拜，厉声而言曰："据吾之见，只是引军去破曹丕！便死也不服你的见识！" 可谓强项将军。徐盛变色。权叱退孙韶，谓徐盛曰："便无此子，何损于兵？今后勿再用之。" 善于调停。言讫自回。是夜，人报徐盛说："孙韶引本部三千精兵，潜地过江去了。"盛恐有失，于吴王面上不好看，乃唤丁奉授以密计，引三千兵渡江接应。 徐盛亦得体，若弃韶而不救，便不成大将矣。

却说魏王驾龙舟至广陵，前部曹真已领兵列于大江之岸。曹丕问曰："江岸有多少兵？"真曰："隔岸远望，并不见一人，亦无旌旗营寨。" 与朱桓之在濡须，仿佛相似。丕曰："此必诡计也。朕自往观其虚实。"于是大开江道，放龙舟直至大江，泊于江岸。船上建龙凤日月五色旌旗，仪銮簇拥，光耀射目。 此等龙舟，只好去汨罗江吊屈原耳。曹丕端坐舟中，遥望江南，不见一人，回顾刘晔、蒋济曰："可渡江否？"晔曰："兵法'实实虚虚'。彼见大军至，如何不作整备？陛下未可造次。且待三五日，看其动静，然后发先锋渡江以探之。" 毕竟刘晔把细。丕曰："卿言正合朕意。"

是日天晚，宿于江中。当夜月黑， 将写雾，先写月。军士皆执灯火，明耀天地，恰如白昼。遥望江南，并不见半点儿火光。 连写灯火、火光，正为后文火攻点染。丕问左右曰："此何故也？"近臣奏曰："想闻陛下天兵来到，故望风逃窜耳。"丕暗笑。及至天晓，大雾迷漫，对面不见。 既写月黑，又写雾天，与曹操舞槊之月、孔明借箭之雾，前后闲闲相映。须臾风起，雾散云收，望见江南一带皆是连城，城楼上枪刀耀日，遍城尽插旌旗号带。顷刻数次人来报："南徐沿江一带，直至石头城，一连数百里，城郭舟车，连绵不绝，一夜成就。" 如海市蜃楼之不测。曹丕大惊。 读者见之亦吃一惊。原来徐盛束缚芦苇为人，尽穿青衣，执旌旗，立于假城疑楼之上。 假城疑楼只用假人守把，妙。魏兵见城上许多人马，如何不胆寒，丕叹曰："魏虽有武士千群，无所用之。江南人物如此，未可图也！" 然则特地到此，只当龙舟一乐。

正惊讶间，忽然狂风大作，白浪滔天，江水溅湿龙袍，大船将覆。曹真慌令文聘撑小舟急来救驾。龙舟上人立站不住，文聘跳上龙舟，负丕下得小舟，奔入河港。忽流星马报道："赵云引兵出阳平关，径取长安。"〔与曹操在赤壁时闻马腾消息一虚一实，前后又闲闲相映。〕丕听得，大惊失色，便教回军。众军各自奔走。背后吴兵追至。丕传旨教尽弃御用之物而走。龙舟将次入淮，忽然鼓角齐鸣，喊声大震，刺斜里一彪军杀到，为首大将，乃孙韶也。魏兵不能抵当，折其大半，淹死者无数。〔少年负气未尝误事，与近日少年不同。〕诸将奋力救出魏主。魏主渡淮河，行不三十里，淮河中一带芦苇，预灌鱼油，尽皆火着，〔前徐盛所授之计，至此始见。〕顺风而下，风势甚急，火焰漫空，绝住龙舟。〔曹操之火背后烧来，曹丕之火当面截住，更是着急。〕丕大惊，急下小船傍岸时，龙舟上早已火着。〔此时十只龙舟已化作十条火龙矣。〕丕慌忙上马。岸上一彪军杀来，为首一将，乃丁奉也。张辽急拍马来迎，被奉一箭射中其腰，〔可与太史慈报仇。〕却得徐晃救了，同保魏主而走，折军无数。背后孙韶、丁奉夺得马匹、车仗、船只、器械，不计其数。魏兵大败而回。吴将徐盛全获大功，吴王重加赏赐。张辽回到许昌，箭疮迸裂而亡，曹丕厚葬之，不在话下。〔以上按下东吴，以下再叙西蜀。〕

却说赵云引兵杀出阳平关之次，忽报丞相有文书到，说益州耆帅雍闿结连蛮王孟获，起十万蛮兵，侵掠四郡，因此宣云回军，令马超坚守阳平关，丞相欲自南征。〔南蛮消息却从赵云一边听得，绝妙接笋。〕赵云乃急收兵而回。此时孔明在成都整饬军马，亲自南征。正是：

　　　方见东吴敌北魏，又看西蜀战南蛮。

未知胜负如何，且看下文分解。

第八十七回

征南寇丞相大兴师

抗天兵蛮王初受执

　　孔明通吴之后，便当接以伐魏之事，乃忽置中原，而从事于南方者，何哉？曰：孙权之兵，曹丕所欲借以攻蜀者也；孟获之兵，亦曹丕所欲借以攻蜀者也。魏借孙权以攻蜀，而蜀得收之以为我用；乃魏借孟获以攻蜀，而蜀不得收之为我用。不惟不为我用，又深足为我患，则安得不以全力取之乎？不以全力取之，而遽欲伐魏，则孟获将乘虚而袭我之后矣。故凡孔明之通吴，非注意于东，而注意在北；孔明之征南蛮，亦非注意于南，而注意在北也。

　　曹操致韩遂之书，妙在先与韩遂看，后与马超看；孔明致雍闿之书，又妙在不令雍闿看，却令高定看；周瑜假作张蔡之书，妙在不与蒋干看，却令蒋干偷看；孔明假作朱褒之书，又妙在自与高定看，更不消高定偷看。曹操、周郎分用之，而各见其奇；孔明兼用之，而又各极其变。

　　吕凯之图善矣，犹不若马谡之说为善也。何也？吕凯能绘其地，未能绘其人，即能绘其人，未能绘其人之心也；马谡之意，不在取其地，取其人，而在取其人之心。故披吕凯之图，能使南方无处不在孔明之目中；听马谡之说，直当使孔明无日不在南人之心中耳。

　　用兵之家，但知攻城与兵战，至于攻心心战之论，则《六韬》《三略》之所未及详，《黄石素书》《孙武十三篇》之所未及载也。惟南巢牧野之师，为能得此意。而不谓马谡能言之，然非待马谡言而孔明始知之，孔明特因马谡之言而愈决之耳。

　　此卷叙孔明一擒一纵之始事也。而就第一番擒纵之中，已有三番擒纵之妙。如郭焕之被获，是一番擒纵也；董、阿二人之被获，又一番擒纵也；至孟获而三矣。且其间交战者三，而用计者五。若第一番用计，则故以雍闿人认为高定人；第二番用计，则又故以高定人认为雍闿人；第三番用计，则又故以高定之真降，认为假降。至于设伏以擒董、阿，设伏以擒孟获，非又用计之第四番、第五番乎？只一起手时，而事之变化，已不可方物如此，岂非绝世奇文！

　　却说诸葛丞相在于成都，事无大小，皆亲自从公决断。两川之民，忻乐太平，夜不闭户，路不拾遗。又幸连年大熟，老幼鼓腹讴歌，凡遇差徭，争先早办，因此军需器械应用之物，无不完备；米满仓廒，财盈府库。<small>先叙蜀中富庶，以见内安而后可以外攘也。</small>

　　建兴三年，益州飞报："蛮王孟获，大起蛮兵十万，犯境侵掠。<small>孟获犹是曹丕五路中之一路，此时乃去而复来。</small>建宁太守雍闿，乃汉朝什方侯雍齿之后，今结连孟获造反。牂牁郡太守朱褒、越隽郡太守高定，二人献了城，止有永昌太守王伉不肯反。现今雍闿、朱褒、高定三人部下人马，皆与孟获为向导官，攻打永昌郡。今王伉与功曹吕凯，会集百姓，死守此城，其势甚急。"

　　<small>只用传报，不用实叙，皆是省笔。</small>孔明乃入朝奏后主曰："臣观南蛮不服，实国家之大患也。臣当自领大军，前去征讨。"<small>不伐魏而亲自征蛮，出人意外。</small>后主曰："东有孙权，北有曹丕，今相父弃朕而去，倘吴、魏来攻，如之奈何？"<small>先有孙权，次说曹丕，且吴方连和而并言吴魏来攻，便见其胸中没分晓。</small>孔明曰："东吴方与我国讲和，料无异心；若

有异心，李严在白帝城，此人可当陆逊也。^{放下东}曹丕新败，锐气已丧，未能远图；且有马超守把汉中诸处关口，不必忧也。^{放下北}臣又留关兴、张苞等分两军为救应，保陛下万无一失。今臣先去扫荡蛮方，然后北伐，以图中原，^{归重中原。征蛮}_{正为伐魏地耳。}报先帝三顾之恩，托孤之重。”后主曰：“朕年幼无知，惟相父斟酌行之。”言未毕，班部内一人出曰：“不可！不可！”众视之，乃南阳人也，姓王，名连，字文仪，现为谏议大夫。连谏曰：“南方不毛之地，瘴疫之乡，丞相秉钧衡之重任，而自远征，非所宜也。且雍闿等乃疥癣之疾，丞相只须遣一大将讨之，必然成功。”^{不知南方未平，不是疥癣}_{之疾，直是心腹之患。}孔明曰：“南蛮之地，离国甚远，人多不习王化，收伏甚难，吾当亲去征之。可刚可柔，别有斟酌，非可容易托人。”^{七纵七擒之意，于此}_{已先定矣，不消待葛}_{诞说}_{得。}

王连再三苦劝，孔明不从。是日，孔明辞了后主，令蒋琬为参军，费祎为长史，董厥、樊建二人为掾史；赵云、魏延为大将，总督军马；王平、张翼为副将；并川将数十员，共起川兵五十万，前望益州进发。^{似乎小题}_{大做。}忽有关公第三子关索，入军来见孔明曰：“自荆州失陷，逃难在鲍家庄养病。每要赴川见先帝报仇，疮痕未合，不能起行。近已安痊，打探得东吴仇人已皆诛戮，径来西川见帝，恰在途中遇见征南之兵，特来投见。”^{关索踪迹，直于此处叙}_{出，补前文所未及。}孔明闻之，嗟讶不已；一面遣人申报朝廷，就令关索为前部先锋，一同征南。大队人马，各依队伍而行。饥餐渴饮，夜住晓行，所经之处，秋毫无犯。^{的是王者}_{之兵。}

却说雍闿听知孔明自统大军而来，即与高定、朱褒商议，分兵三路，高定取中路，雍闿在左，朱褒在右，三路各引兵五六万迎敌。^{孟获本是一路，}_{忽先有三路。}于是高定令鄂焕为前部先锋。焕身长九尺，面貌丑恶，使一枝方天戟，有万夫不当之勇，领本部兵，离了大寨，来迎蜀兵。^{三路又先}_{写一路。}

却说孔明统大军已到益州界分。前部先锋魏延，副将张翼、王平，才入界口，正遇鄂焕军马。两阵对圆，魏延出马大骂曰：“反贼早早受降！”鄂焕拍马与魏延交锋。战不数合，延诈败走，焕随后赶来。走不数里，喊声大震。张翼、王平两路军杀来，绝其后路。延复回，三员将并力拒战，生擒鄂焕。解到大寨，入见孔明。孔明令去其缚，以酒食待之。^{此待孟获之法，先}_{将鄂焕做个引子。}问曰：“汝是何人部将？”焕曰：“某是高定部将。”孔明曰：“吾知高定乃忠义之士，今为雍闿所惑，以致如此。吾今放汝回去，令高太守早早归降，免遭大祸。”鄂焕拜谢而去。^{妙，亦算}_{擒一纵。}一回见高定，说孔明之德。定亦感激不已。次日，雍闿至寨。礼毕，闿曰：“如何得鄂焕回也？”定曰：“诸葛亮以义放之。”闿曰：“此乃诸葛亮反间之计，欲令我两人不和，故施此谋也。"^{雍闿作梗，与高定罪有轻重。}定半信不信，心中犹豫。忽报蜀将搦战，闿自引三万兵出迎。战不数合，闿拨马便走。延率兵大进，追杀二十余里。

^{三路中又写一路。}次日，雍闿又起兵来迎。孔明一连三日不出。至第四日，雍闿、高定分兵两路，来取蜀寨。^{三路中并写两路，却不见朱褒一路。}

却说孔明令魏延两路伺候，果然雍闿、高定两路兵来，被伏兵杀伤大半，生擒者无数，都解到大寨来。雍闿的人，囚在一边，高定的人，囚在一边。却令军士谣说："但是高定的人免死，雍闿的人尽杀。"^{妙计。}众军皆闻此言。少时，孔明令取雍闿的人到帐前，问曰："汝等皆是何人部从？"众伪曰："高定部下人也。"^{必然如此。}孔明教皆免其死，与酒食赏劳，令人送出界首，纵放回寨。^{先发遣雍闿的人，妙在故意认作高定的人，以疑雍闿。}孔明又唤高定的人问之。众皆告曰："吾等实是高定部下军士。"孔明亦皆免其死，赐以酒食，却扬言曰："雍闿今日使人投降，要献汝主并朱褒首级以为功劳，吾甚不忍。汝等既是高定部下军，吾放汝等回去，再不可背反。若再擒来，决不轻恕。"

众皆拜谢而去，^{次发遣高定的人，又妙在诈称雍闿之约，以疑高定，又带朱褒在内。}回到本寨，入见高定，说知此事。定乃密遣人去雍闿寨中探听，却有一般放回的人，言说孔明之德。因此雍闿部军，多有归顺高定之心。虽然如此，高定心中不稳，又令一人来孔明寨中探听虚实，被伏路军捉来见孔明。孔明故意认做雍闿的人，^{前将雍闿的人故意认作高定的人，今又将高定的人故意认作雍闿的人，巧妙之极。}唤入帐中问曰："汝元帅既约下献高定、朱褒二人首级，因何误了日期？汝这厮不精细，如何做得细作！"^{妙在对高定的人说雍闿的话。}军士含糊答应。孔明以酒食赐之，修密书一封，付军士曰："汝持此书付雍闿，教他早早下手，休得误事。"^{妙在使高定的人致雍闿的书。}细作拜谢而去，回见高定，呈上孔明之书，说雍闿如此如此。定看书毕，大怒曰："吾以真心待之，彼反欲害吾，情理难容！"便唤鄂焕商议。焕曰："孔明乃仁人，背之不祥。^{孔明已先下种。}我等谋反作恶，皆雍闿之故，不如杀闿以投孔明。"^{皆在孔明算中。}定曰："如何下手？"焕曰："可设一席，令人去请雍闿。彼若无异心，必坦然而来；若其不来，必有异心。我主可攻其前，某伏于寨后小路候之，闿可擒矣。"高定从其言，设席请雍闿。闿果疑前日放回军士之言，惧而不来。^{与假书相合。}是夜高定引兵杀投雍闿寨中。原来有孔明放回免死的人，皆想高定之德，乘时助战。^{又是孔明先下的种。}雍闿军不战自乱。闿上马望山路而走。行不二里，鼓声响处，一彪军出，乃鄂焕也，挺方天戟，骤马当先。雍闿措手不及，被焕一戟刺于马下，就枭其首级。^{非鄂焕杀之，亦非高定杀之，是孔明杀之耳。}闿部下军士皆降高定。定引两部军来降孔明，献雍闿首级于帐下。孔明高坐于帐上，喝令左右推转高定，斩首报来。（读至此，令人不解其故。）定曰："某感丞相大恩，今将雍闿首级来降，何故斩也？"孔明大笑曰："汝来诈降，敢瞒吾耶！"（实是我瞒他，他瞒我，妙甚。）定曰："丞相何以知吾诈降？"孔明于匣中取出一缄，与高定曰："朱褒已使人密献降书，说你与雍闿结生死之交，岂肯一旦便杀此人？吾故知汝诈也。"（既假致雍闿之书，又假作朱褒之书，一派是假。）定叫屈曰："朱褒乃反间之计也，（不是朱褒反间，实是孔明反间。）丞相切不可信！"孔明曰："吾亦难凭一面之词。汝若捉得朱褒，方表真心。"（杀朱褒又只用高定，殊不费力。）定曰："丞相休疑。某去擒朱褒来见丞相，若何？"孔明曰："若如此，吾疑心方息也。"

高定即引部将鄂焕并本部兵，杀奔朱褒营来。比及离寨约有十里，山后一彪军到，乃朱褒也。（来得凑巧，此处方写朱褒一路。）褒见高定军来，慌忙与高定答话。定大骂曰："汝如何写书与诸葛丞相处，使反间之计害吾耶？"褒目瞪口呆，不能回答。（雍闿妙在先知，朱褒妙在不知。）忽然鄂焕于马后转过，一戟刺朱褒于马下。定厉声而言："如不顺者皆戮之！"于是众军一齐拜降。定引两部军来见孔明，献朱褒首级于帐下。孔明大笑曰："吾故使汝杀此二贼，以表忠心。"（算高定于股掌之上。）遂命高定为益州太守，总摄三郡；令鄂焕为牙将。

三路军马已平。（以上了却三路。）于是永昌太守王伉出城迎接孔明。孔明入城已毕，问曰："谁与公守此城，以保无虞？"伉曰："某今日得此郡无危者，皆赖永昌不韦人，姓吕，名凯，字季平。皆此人之力。"孔明遂请吕凯至。凯入见，礼毕。孔明曰："久闻公乃永昌高士，多亏公保守此城。今欲平蛮方，公有何高见？"吕凯遂取一图，呈与孔明曰："某自历仕以来，知南人欲反久矣，故密遣人入其境，察看可屯兵交战之处，画成一图，名曰'平蛮指掌图'。（蛮人已在掌中。）今敢献与明公，明公试观之，可为征蛮之一助也。"（与张松献图前后相对。○先主无张松不能入西川，孔明无吕凯不能平孟获。）孔明大喜，就用吕凯为行军教授，兼向导官。于是孔明提兵大进，深入南蛮之境。

正行军之次，忽报天子差使命至。孔明请入中军，但见一人素袍白衣而进，乃马谡也。为兄马良新亡，因此挂孝。（马良之死，在此带叙出来，省笔之法。）谡曰："奉主上敕命，赐众军酒帛。"孔明接诏已毕，依命一一给散，遂留马谡在帐叙话。孔明问曰："吾奉天子诏，削平蛮方。久闻幼常高见，望乞赐教。"（足见孔明虚心，非今人所及。）谡曰："愚有片言，望丞相察之。南蛮恃其地远山险，不服久矣；虽今日破之，明日复叛。丞相大军到彼，必然平服；但班师之日，必用北伐曹丕；蛮兵若知内虚，其反必速。（算到北魏，正合孔明意中之事。）夫用兵之道，攻心为上，攻城为下；心战为上，兵战为下。（此四语是兵法中之所无，却是绝妙兵法，又在孙吴之上。）愿丞相但服其心足矣。"（的的高见。）孔明叹曰："幼常足知吾肺腑也！"于是孔明遂令马谡为参军，即统大兵前进。

却说蛮王孟获，听知孔明智破雍闿等，遂聚三洞元帅商议：第一洞乃金环三结元帅，第二洞乃董荼那元帅，第三洞乃阿会喃元帅。平了三郡，却又生出三洞来，正与三郡相对。三洞元帅入见孟获，获曰："今诸葛丞相领大军来侵我境界，不得不并力敌之。汝三人可分兵三路而进。如得胜者，便为洞主。"于是分金环三结取中路，董荼那取左路，阿会喃取右路，各引五万蛮兵，依令而行。前三郡分三路，今三洞亦分三路。前三路，只是两路厮杀，今却一齐都出。

却说孔明正在寨中议事，忽哨马飞报，说三洞元帅分兵三路到来。孔明听毕，即唤赵云、魏延至，却都不吩咐；不吩咐，却是胜于吩咐。更唤王平、马忠至，马忠有二，一为吴之马忠，一为蜀之马忠。吴之马忠已死，此乃蜀之马忠也。嘱之曰："今蛮兵三路而来，吾欲令子龙、文长去，此二人不识地理，未敢用之。孔明惯用激将之法。王平可往左路迎敌，马忠可往右路迎敌。吾却使子龙、文长随后接应。今日整顿军马，来日平明进发。"二人听令而去。又唤张嶷、张翼吩咐曰："汝二人同领一军，往中路迎敌。今日整点军马，来日与王平、马忠约会而进。吾欲令子龙、文长去取，奈二人不识地理，故未敢用之。"妙在又说一句，再激他一激。张嶷、张翼听令去了。

赵云、魏延见孔明不用，各有愠色。孔明曰："吾非不用汝二人，但恐以中年涉险，为蛮人所算，失其锐气耳。"此是第三番激他。赵云曰："倘我等识地理，若何？"孔明曰："汝二人只宜小心，休得妄动。"妙，止之正以激之也。二人怏怏而退。赵云请魏延到自己寨内商议曰："吾二人为先锋，却说不识地理而不肯用。今用此后辈，吾等岂不羞乎？"延曰："吾二人只今就上马，亲去探之，捉住土人，便教引进，以敌蛮兵，大事可成。"皆在孔明算中。云从之，遂上马径取中路而来。方行不数里，远远望见尘头大起。二人上山坡看时，果见数十骑蛮兵，纵马而来。二人两路冲出。蛮兵见了，大惊而走。赵云、魏延各生擒几人，回到本寨，以酒食待之，却细问其故。不激不肯如此。蛮兵告曰："前面是金环三结元帅大寨，正在山口。寨边东西两路，却通五溪洞一个洞名。并董荼那、阿会喃各寨之后。"

赵云、魏延听知此话，遂点精兵五千，教擒来蛮兵引路。比及起军时，已是二更天气，月明星朗，趁着月色而行。百忙中偏有闲笔，写星、写月。刚到金环三结大寨之时，约有四更，行了两个更次。蛮兵方起造饭，准备天明厮杀。忽然赵云、魏延两路杀入，蛮兵大乱。赵云直杀入中军，正逢金环三结元帅，交马只一合，被云一枪刺落马下，就枭其首级。余军溃散。魏延便分兵一半，望东路抄董荼那寨来。赵云分兵一半，望西路抄阿会喃寨来。比及杀到蛮兵大寨之时，天已平明。又杀了一个更次。

先说魏延杀奔董荼那寨来，董荼那听知寨后有军杀至，便引兵出寨拒敌。忽然寨前门一声喊起，蛮兵大乱。原来王平军马早已到了。（明明是孔明教他接应魏延。）两下夹攻，蛮兵大败。董茶那夺路走脱，魏延追赶不上。

却说赵云引兵杀到阿会喃寨后之时，马忠已杀至寨前。（明明是孔明教他接应赵云。）两下夹攻，蛮兵大败，阿会喃乘乱走脱。各自收军，回见孔明。孔明问曰："三洞蛮兵，走了两洞之主；金环三结元帅首级安在？"赵云将首级献功。众皆言曰："董茶那、阿会喃皆弃马越岭而去，因此赶他不上。"孔明大笑曰："二人吾已擒下了。"（奇幻之极。）赵、魏二人并诸将皆不信。少顷，张嶷解董茶那到，张翼解阿会喃到。（妙，令人不解其故。）众皆惊讶。孔明曰："吾观吕凯图本，已知他各人下的寨子，故以言激子龙、文长之锐气，故教深入重地，先破金环三结，随即分兵左右寨后抄出，以王平、马忠应之，非子龙、文长不可当此任也。（此时却极力赞他一句，真神妙不测。）吾料董茶那、阿会喃必从便径往山路而走，故遣张嶷、张翼以伏兵待之，令关索以兵接应，擒此二人。"（至此方总说明。）诸将皆拜伏曰："丞相机算，神鬼莫测！"

孔明令押过董茶那、阿会喃至帐下，尽去其缚，以酒食衣服赐之，令各自归洞，勿得助恶。（孔明自此以后，只用此法。）二人泣拜，各投小路而去。孔明谓诸将曰："来日孟获必然亲自引兵厮杀，便可就此擒之。"乃唤赵云、魏延至，付与计策，各引五千兵去了。（前是暗使，此是明遣。）又唤王平、关索同引一军，授计而去。孔明分拨已毕，坐于帐上待之。

却说蛮王孟获在帐中正坐，忽哨马报来，说三洞元帅，俱被孔明捉将去了，部下之兵，各自溃散。获大怒，（不大惊而大怒，便见其倔强。）遂起蛮兵迤逦进发，正遇王平军马。两阵对圆，王平出马横刀望之，只见门旗开处，数百南蛮骑将两势摆开。中间孟获出马，头顶嵌宝紫金冠，身披缨络红锦袍，腰系碾玉狮子带，脚穿鹰嘴抹绿靴，骑一匹卷毛赤兔马，悬两口松纹镶宝剑，（写得孟获怕人，乃见擒之非易，纵之亦非易。）昂然观望，回顾左右蛮将曰："人每说诸葛亮善能用兵；今观此阵，旌旗杂乱，队伍交错，刀枪器械，无一可能胜吾者，始知前日之言谬也。（在孟获眼中写出孔明诱敌。）早知如此，吾反多时矣。谁敢去擒蜀将，以振军威？"言未尽，一将应声而出，名唤忙牙长，使一口截头大刀，骑一匹黄骠马，来取王平。二将交锋，战不数合，王平便走。（明明是诱敌。）孟获驱兵大进，迤逦追赶。关索略战又走，（又明明是诱敌。）约退二十余里。孟获正追杀之间，忽然喊声大起，左有张嶷，右有张翼，两路兵杀出，截断归路。（只道此二人为伏兵，那知又有子龙、文长在后。）王平、关索复兵杀回。前后夹攻，蛮兵大败。孟获引部将死战得脱，望锦带山而逃。背后三路兵追杀将来。获正奔走之间，前面喊声大起，一彪军拦住，为首大将乃常山赵子龙也。获见了大惊，慌忙奔锦带山小路而走。子龙冲杀一阵，蛮兵大败，生擒者无数。孟获止与数十骑奔入山谷之中，背后追兵至近，前面路狭，马不能行，乃弃了马匹，爬山越岭而逃。忽然山谷中一声鼓响，乃是魏延受了孔明计策，引五百步军，伏于此处。孟获抵敌不住，被魏延生擒活捉了。^{前二张擒董、阿用虚写，今魏延}^{擒孟获用实写。○此是一擒。}从骑皆降。

魏延解孟获到大寨来见孔明。孔明早已杀牛宰羊，设宴在寨，却教帐中排开七重围子手，刀枪剑戟，灿若霜雪；又执御赐黄金钺斧，曲柄伞盖，前后羽葆鼓吹，左右排开御林军，布列得十分严整。^{令孟获见汉}^{官威仪。}孔明端坐于帐上，只见蛮兵纷纷攘攘，解到无数。孔明唤到帐中，尽去其缚，抚谕曰："汝等皆是好百姓，不幸被孟获所拘，今受惊唬。吾想汝等父母、兄弟、妻子必倚门而望；若听知阵败，定然割肚牵肠，眼中流血。吾今尽放汝等回去，以安各人父母、兄弟、妻子之心。"言讫，各赐酒食米粮而遣之。^{一路只用}^{此法。}蛮兵深感其恩，泣拜而去。孔明教唤武士押过孟获来。不移时，前推后拥，缚至帐前。获跪于帐下。孔明曰："先帝待汝不薄，汝何敢背反？"获曰："两川之地，皆是他人所占地土，汝主倚强夺之，自称为帝。吾世居此处，汝等无礼，侵我土地，何为反耶？"^{两川之地须}^{不是你的。}孔明曰："吾今擒汝，汝心服否？"^{"心"字正与攻}^{心之战相应。}获曰："山僻路狭，误遭汝手，如何肯服！"孔明曰："汝既不服，吾放汝去，若何？"^{妙。}获曰："汝放我回去，再整军马，共决雌雄；若能再擒吾，吾方服也。"孔明即令去其缚，与衣服穿了，赐以酒食，给与鞍马，差人送出路，径望本寨而去。^{此是一}^{纵。}正是：

寇入掌中还放去，人居化外未能降。

未知再来交战若何，且看下文分解。

第八十八回

渡泸水再缚番王

识诈降三擒孟获

二擒孟获即《出师表》所谓"五月渡泸"者也。《诗》云："六月萋萋，戎车是饬。"孔明之征南蛮，其宣王之伐猃狁乎！然深入不毛，独与"薄伐猃狁，至于太原"者有异。何哉？盖孟获于初擒之时，则有辞矣，以为彼来犯境而擒之，不足以相服，必深入彼境而擒之，乃足以相服。宣王不再传，而有骊山之祸，正以未尽伐之之力耳。

二擒之计，已在一擒之中也。何也？董荼那、阿会喃即初擒孟获时之所纵也。不必我擒之，而彼之人自擒之。彼之人自擒之，而一如我之擒之。孔明之不费力者在此，孟获之不肯服者亦在此。

兵家有必败之法，非避之之难，而犯之之难；又非犯之之难，而犯而避之之为难。如先主猇亭之兵，屯于林木之间；孔明泸水之兵，亦屯于林木之间。而先主败而孔明胜者，先主以此自愚，而孔明以此愚敌也：则犯之之妙也。至于孟优内应，孟获外攻，皆被擒捉，于是拔寨多起，尽渡泸水，并非复前日依山傍林之营：则犯而避之之妙也。

不独二擒止是一擒，即三擒亦止是一擒也。何也？二擒孟获之时，使之遍观各营虚实，正欲其来攻，而中我之计也。则三擒之计，亦于二擒时早伏之也。三擒有相连而及之势，三纵亦有相连而及之势。二擒止是一擒，而孟获不服，所以有三擒；三擒又止是一擒，而孟获又不服，所以有三纵云。

马岱自成都来，而孔明用其力；马谡自成都来，而孔明用其谋。用其力，所以分众人之力也；用其谋，所以合一己之谋也。知攻心之为上，是与孔明七纵之谋合；知孟获之诈降，是与孔明三擒之谋合。妙在皆不说明，事后方见。即今日读者猜之，亦不能测其玄机，况当日孟获遇之，安得不中其妙计乎？

却说孔明放了孟获，众将上帐问曰："孟获乃南蛮渠魁，今幸被擒，南方便定，丞相何故放之？"孔明笑曰："吾擒此人，如囊中取物耳。^{掌中物，即囊中物。}又直须降伏其心，自然平矣。"诸将闻言，皆未肯信。

当日孟获行至泸水，^{先在此处点泸水。}正遇手下败残的蛮兵，皆来寻探。众兵见了孟获，且惊且喜，拜问曰："大王如何能勾回来？"获曰："蜀人监我在帐中，被我杀死十余人，乘夜黑而走；正行间，逢着一哨马军，亦被我杀之，夺了此马，因此得脱。"^{背地出丑之事，在人前遮瞒得干干净净，何近日孟获之多也。}众皆大喜，拥孟获渡了泸水，下住寨栅，会集各洞酋长，陆续招聚原放回的蛮兵，约有十余万骑。此时董荼那、阿会喃已在洞中。^{前三郡太守，杀其二而存其一；今三洞元帅，杀其一而存其二。}孟获使人去请，二人惧怕，只得也引洞兵来。^{孟获何等倔强，二人何等疲软。}获传令曰："吾已知诸葛亮之计矣，不可与战，战则中他诡计。彼川兵远来劳苦，况即日天炎，彼兵岂能久住？吾等有此泸水之险，将船筏尽拘在南岸，一带皆筑土城，深沟高垒，看诸葛亮如何施谋！"﹝蛮子胆怯。﹞众酋长从其计，尽拘船筏于南岸，一带筑起土城；有依山傍崖之地，高竖敌楼，楼上多设弓弩炮石，准备久处之计。粮草皆是各洞供运。孟获以为万全之策，坦然不忧。﹝蛮子胆大。﹞

却说孔明提兵大进，前军已至泸水，哨马飞报说："泸水之内，并无船筏，又兼水势甚急，隔岸一带筑起土城，皆有蛮兵守把。"时值五月，天气炎热，南方之地，分外炎酷，军马衣甲，皆穿不得。﹝南方属火故也，仿佛似《西游记》火焰山。﹞孔明自至泸水边观毕，回到本寨，聚诸将至帐中，传令曰："今孟获兵屯泸水之南，深沟高垒，以拒我兵。吾既提兵至此，如何空回？汝等各各引兵，依山傍树，拣林木茂盛之处，与我将息人马。"﹝先主在猇亭亦屯于林木茂盛之处，但孔明不是连营耳。﹞乃遣吕凯离泸水百里，拣阴凉之地，分作四个寨子，使王平、张嶷、张翼、关索各守一寨，内外皆搭草棚，遮盖马匹，将士乘凉，以避暑气。参军蒋琬看了，入问孔明曰："某看吕凯所造之寨甚不好，正犯昔日先帝败于东吴时之地势矣。﹝回顾前文。﹞倘蛮兵偷渡泸水，前来劫寨，若用火攻，如何解救？"孔明笑曰："公勿多疑，吾自有妙算。"﹝可知孔明在猇亭必不被烧。﹞蒋琬等皆不晓其意。

忽报蜀中差马岱解暑药并粮米到。孔明令入。岱参拜毕，一面将米药分派四寨。﹝此时用得几服香薷饮。﹞孔明问曰："汝将带多少军来？"马岱曰："有三千军。"孔明曰："吾军累战疲困，欲用汝军，未知肯向前否？"岱曰："皆是朝廷军马，何分彼我？丞相要用，虽死不辞。"﹝说出一个"死"字，果应下文死了一半。﹞孔明曰："今孟获拒住泸水，无路可渡。吾欲先断其粮道，令彼军自乱。"岱曰："如何断得？"孔明曰："离此一百五十里，泸水下流沙口，此处水慢，可以扎筏而渡。﹝观吕凯图本，连水之急慢亦多晓得。﹞汝提本部三千军渡水，直入蛮洞，先断其粮，然后会合董荼那、阿会喃两个洞主，便为内应。不可有误。"﹝亦如前卷中之用鄂焕。﹞

马岱欣然去了，领兵前到沙口，驱兵渡水；因见水浅，大半不下筏，只裸衣而过，半渡皆倒；急救傍岸，口鼻出血而死。﹝仿佛《西游记》通天河。﹞马岱大惊，连夜回告孔明。孔明随唤向导土人问之。土人曰："目今炎天，毒聚泸水，日间甚热，毒气正发，有人渡水，必中其毒；或饮此水，其人必死。若要渡时，须待夜静水冷，毒气不起，饱食渡之，方可无事。"﹝此又吕凯图中所未及。﹞孔明遂令土人引路，又选精壮军五六百，随着马岱来到泸水沙口，扎起木筏，半夜渡水，果然无事。岱领着二千壮军，令土人引路，径取蛮洞运粮总路口夹山峪而来。那夹山峪，两下是山，中间一条路，止容一人一马而过。﹝与后文邓艾渡阴平岭仿佛相似。﹞马岱占了夹山峪，分拨军士，立起寨栅。洞蛮不知，正解粮到，被岱前后截住，夺粮百余车。蛮人报入孟获大寨中。

此时孟获在寨中，终日饮酒取乐，不理军务，^{如避暑九成宫。}谓众酋长曰："吾若与诸葛亮对敌，必中奸计。今靠此泸水之险，深沟高垒以待之；蜀人受不过酷热，必然退走。那时吾与汝等随后击之，便可擒诸葛亮也。"言讫，呵呵大笑。^{蛮子且慢作乐，苦便到也。}忽然班内一酋长曰："沙口水浅，倘蜀兵透漏过来，深为利害，当分军守把。"获笑曰："汝是本处土人，如何不知？吾正要蜀兵来渡此水，渡则必死于水中矣。"^{土人之语，又在孟获口中说一遍。}酋长又曰："倘有土人说与夜渡之法，当复何如？"获曰："不必多疑。吾境内之人，安肯助敌人耶？"^{痴蛮子。}正言之间，忽报蜀兵不知多少，暗渡泸水，绝断了夹山粮道，打着"平北将军马岱"旗号。^{马岱名字，妙在旗号上看出。○"平北将军"今作"平南将军"矣。}获笑曰："量此小辈，何足道哉！"即遣副将忙牙长，引三千兵投夹山峪来。

却说马岱望见蛮兵已到，遂将二千军摆在山前。两阵对圆，忙牙长出马，与马岱交锋，只一合，被岱一刀，斩于马下。^{蛮子无用。}蛮兵大败走回，来见孟获，细言其事。获唤诸将问曰："谁敢去敌马岱？"言未毕，董荼那出曰："某愿往。"孟获大喜，遂与三千兵而去。获又恐有人再渡泸水，即遣阿会喃，引三千兵，去守把沙口。

却说董荼那引蛮兵到了夹山峪下寨，马岱引兵来迎。部内军有认得是董荼那，说与马岱如此如此。^{妙在部下人认得，不然马岱如何知之？方知孔明拨与五六百军，正为此时用也。}岱纵马向前大骂曰："无义背恩之徒！吾丞相饶汝性命，今又背反，岂不自羞！"董荼那满面惭愧，无言可答，不战而退。^{蛮子原有良心。}马岱掩杀一阵而回。董荼那回见孟获曰："马岱英雄，抵敌不住。"获大怒曰："吾知汝原受诸葛亮之恩，今故不战而退，正是卖阵之计！"喝教推出斩了。众酋长再三哀告，方才免死，叱武士将董荼那打了一百大棍，放归本寨。^{孟获取祸之道。}

诸多酋长皆来告董荼那曰："我等虽居蛮方，未尝敢犯中国；中国亦不曾侵我。今因孟获势力相逼，不得已而造反。想孔明神机莫测，曹操、孙权尚自惧之，何况我等蛮方乎？^{是说孔明之智。}况我等皆受其活命之恩，无可为报。^{是说孔明之仁。}今欲舍一死命，杀孟获去投孔明，以免洞中百姓涂炭之苦。"^{势所必然。}董荼那曰："未知汝等心下若何？"内有原蒙孔明放回的人，一齐同声应曰："愿往！"于是董荼那手执钢刀，引百余人，直奔大寨而来，时孟获大醉于帐中。董荼那引众人持刀而入，帐下有两将侍立。董荼那以刀指曰："汝等亦受诸葛丞相活命之恩，宜当报效。"二将曰："不须将军下手，某当生擒孟获，去献丞相。"^{皆在孔明算中。}于是一齐入帐，将孟获执缚已定，押到泸水边，驾船直过北岸，^{蛮子此时却蛮不过。○此是二擒。}先使人报知孔明。

　　却说孔明已有细作探知此事，于是密传号令，教各寨将士，整顿军器，方教为首酋长解孟获入来，其余皆回本寨听候。董荼那先入中军见孔明，细说其事。孔明重加赏劳，用好言抚慰，遣董荼那引众酋长去了，然后令刀斧手推孟获入。孔明笑曰："汝前者有言：'但再擒得，便肯降服。'今日如何？"获曰："此非汝之能也，乃吾手下之人自相残害，以致如此，如何肯服！"^{蛮子嘴硬，偏会解说。}孔明曰："吾今再放汝去，若何？"^{妙。}孟获曰："吾虽蛮人，颇知兵法。若丞相端的肯放吾回洞中，吾当率兵再决胜负。若丞相这番再擒得我，那时倾心吐胆归降，并不敢改移也。"^{亏他此副老面皮。}孔明曰："这番生擒，如又不服，必无轻恕。"令左右去其绳索，仍前赐以酒食，列坐于帐上。^{前但赐酒，今又赐坐，第二番更是加厚。}孔明曰："吾自出茅庐，战无不胜，攻无不取。汝蛮邦之人，何为不服？"^{第二番放他，偏有许多话说。}获默然不答。

　　孔明酒后，唤孟获同上马出寨，观看诸营寨栅所屯粮草，所积军器。^{故意教他看虚实，妙。}孔明指谓孟获曰："汝不降吾，真愚人也。吾有如此之精兵猛将，粮草兵器，汝安能胜吾哉？汝若早降，吾当奏闻天子，令汝不失王位，子子孙孙，永镇蛮邦。意下若何？"获曰："某虽肯降，怎奈洞中之人未肯心服。若丞相肯放回去，就当招安本部人马，同心合胆，方可归顺。"^{蛮子说谎。}孔明忻然，又与孟获回到大寨。饮酒至晚，获辞去。孔明亲自送至泸水边，以船送获归寨。^{此是二纵。}

　　孟获来到本寨，先伏刀斧手于帐下，差心腹人到董荼那、阿会喃寨中，只推孔明有使命至，将二人赚到大寨帐下，尽皆杀之，弃尸于涧。^{好狠蛮子。}孟获随即遣亲信之人，守把隘口，自引军出了夹山峪，要与马岱交战，却并不见一人；及问土人，皆言昨夜尽搬粮草，复渡泸水，归大寨去了。^{孔明撤回马岱，在孟获一边虚写。}获再回洞中，与亲弟孟优商议曰："如今诸葛亮之虚实，吾已尽知，汝可去如此如此。"^{已在孔明算中。}

　　孟优领了兄计，引百余蛮兵，搬载金珠、宝贝、象牙、犀角之类，渡了泸水，径投孔明大寨而来。方才过了河时，前面鼓角齐鸣，一彪军摆开，为首大将乃马岱也。^{此时忽然又见马岱，写得出没不测。}孟优大惊。岱问了来情，令在外厢，差人来报孔明。孔明正在帐中与马谡、吕凯、蒋琬、费祎等共议平蛮之事，忽帐下一人，报称孟获差弟孟优来进宝贝。孔明回顾马谡曰："汝知其来意否？"谡曰："不敢明言。容某暗写于纸上，呈与丞相，看合钧意否？"^{与孔明、周郎各写"火"字于掌中仿佛相似。}孔明从之。马谡写讫，呈与孔明。孔明看毕，抚掌大笑曰："擒孟获之计，吾已差派下也。汝之所见，正与吾同。"^{妙在不叙出所说何语，令读者自知之。}遂唤赵云入，向耳畔吩咐如此如此；又唤魏延入，亦低言吩咐；又唤王平、马忠、关索入，亦密密地吩咐。

各人受了计策，皆依令而去，^{妙在不叙出所用何
计，待后文方见。}方召孟优入帐，优再拜于帐下曰："家兄孟获，感丞相活命之恩，无可奉献，辄具金珠宝贝若干，权为赏军之资。续后别有进贡天子礼物。"^{前说手下人不肯降，今却
手下人先来，明明是诈。}孔明曰："汝兄今在何处？"优曰："为感丞相天恩，径往银坑山中^{银坑山先在此处点
出，为后文伏线。}收拾宝物去了，少时便回来也。"孔明曰："汝带多少人来？"优曰："不敢多带，只是随行百余人，皆运货物者。"孔明尽教入帐看时，皆是青眼黑面，黄发紫须，耳带金环，鬅头跣足，身长力大之士。^{名为波斯献宝，
却是夜叉作怪。}孔明就令随席而坐，教诸将劝酒，殷勤相待。

却说孟获在帐中专望回音，忽报有二人回了；唤入问之，具说："诸葛亮受了礼物大喜，将随行之人，皆唤入帐中，杀牛宰羊，设宴相待。二大王令某密报大王，今夜二更，里应外合，以成大事。"^{孟获所授之计，
至此方才叙明。}

孟获听知甚喜，即点起三万蛮兵，分为三队。获唤各洞酋长吩咐曰："各军尽带火具。今晚到了蜀寨时，放火为号。吾当自取中军，以擒诸葛亮。"^{痴蛮子说得
如此容易。}诸多蛮将，受了计策，黄昏左侧，各渡泸水而来。孟获带领心腹蛮将百余人，径投孔明大寨，于路并无一军阻当。前至寨门，获率众将骤马而入，乃是空寨，并不见一人。^{孔明吩咐诸将之计，
亦至此方才叙明。}获撞入中军，只见帐中灯烛荧煌，孟优并番兵尽皆醉倒。^{蛮子贪
嘴。}原来孟优被孔明教马谡、吕凯二人管待，令乐人搬做杂剧，殷勤劝酒，酒内下药，尽皆昏倒，浑如醉死之人。^{奉答泸水
之毒。}

孟获入帐问之，内有醒者，但指口而已。^{好看。}获知中计，急救了孟优等一干人，却待奔回中队，前面喊声大震，火光骤起，蛮兵各自逃窜。一彪军杀到，乃是蜀将王平。获大惊，急奔左队时，火光冲天，一彪军杀到，为首蜀将乃是魏延。获慌忙望右队而来，只见火光又起，又一彪军杀到，为首蜀将乃是赵云。^{三将之来，写
得参差错落。}三路军夹攻将来，四下无路。孟获弃了军士，匹马望泸水而逃。正见泸水上数十个蛮兵，驾一小舟，获慌令近岸。人马方才下船，一声号起，将孟获缚住。^{此是三
擒。}原来马岱受了计策，引本部兵扮作蛮兵，撑船在此，诱擒孟获。^{前未叙孔明吩咐马
岱，却于此处补出。}于是孔明招安蛮兵，降者无数。孔明一一抚慰，并不加害。^{一路多用
此法。}就教救灭了余火。

须臾，马岱擒孟获至，^{此是前文所有，
用实写。}赵云擒孟优至，^{此是前文未叙，
用虚写。}魏延、马忠、王平、关索擒诸洞酋长至。^{马忠、关索于此补出，
其诸洞酋长亦用虚写。}孔明指孟获而笑曰："汝先令汝弟以礼诈降，如何瞒得过吾！今番又被我擒，汝可服否？"获曰："此乃吾弟贪口腹之故，误中汝毒，因此失了大事。吾若自来，弟以兵应之，必然成功。此乃天败，非吾之不能也，如何肯服！"

孔明曰："今已三次，如何不服？" 孟获低头无语。孔明笑曰："吾再放汝回去。" 孟获曰："丞相若肯放吾兄弟回去，收拾家下亲丁，和丞相大战一场，那时擒得，方才死心塌地而降。" 孔明曰："再若擒住，必不轻恕。汝可小心在意，勤攻韬略之书，再整亲信之士，早用良策，勿生后悔。" 遂令武士去其绳索，放起孟获，并孟优及各洞酋长，一齐都放。孟获等拜谢去了。

此时蜀兵已渡泸水。孟获等过了泸水，只见岸口陈兵列将，旗帜纷纷。获到营前，马岱高坐，以剑指之曰："这番拿住，必无轻放！" 孟获到了自己寨时，赵云早已袭了此寨，布列兵马。云坐于大旗下，按剑而言曰："丞相如此相待，休忘大恩！" 获嗟嗟连声而去。将出界口山坡，魏延引一千精兵，摆在坡上，勒马厉声而言曰："吾今已深入巢穴，夺汝险要。汝尚自愚迷，抗拒大军！这回拿住，碎尸万段，决不轻饶！" 孟获等抱头鼠窜，望本洞而去。后人有诗赞曰：

五月驱兵入不毛，月明泸水瘴烟高。

誓将雄略酬三顾，岂惮征蛮七纵劳。

却说孔明渡了泸水，下寨已毕，大赏三军，聚众将于帐下曰："孟获第二番擒来，吾令遍观各营虚实，正欲令其来劫营也。吾知孟获颇晓兵法，吾以兵马粮草炫耀，实令孟获看吾破绽，必用火攻。彼令其弟诈降，欲为内应耳。吾三番擒之而不杀，诚欲服其心，不欲灭其类也。吾今明告汝等，勿得辞劳，可用心报国。" 众将拜伏曰："丞相智、仁、勇三者足备，虽子牙、张良不能及也。" 孔明曰："吾今安敢望古人耶？皆赖汝等之力，共成功业耳。" 帐下诸将听得孔明之言，尽皆喜悦。

却说孟获受了三擒之气，忿忿归到银坑洞中，即差心腹人赍金珠宝贝，往八番九十三甸等处，并蛮方部落，借使牌刀獠丁军健数十万，克日齐备。各队人马，云堆雾拥，俱听孟获调用。伏路军探知其事，来报孔明，孔明笑曰："吾正欲令蛮兵皆至，见吾之能也。" 遂上小车而行。正是：

若非洞主威风猛，怎显军师手段高！

未知胜负如何，且看下文分解。

第八十九回

武乡侯四番用计

南蛮王五次遭擒

泸水之险，不可徒涉；西洱河之险，不可方舟：可谓险之极矣。不谓又有哑泉、柔泉、黑泉、灭泉之恶。尤有甚焉，南方属火，炎天如火，蜀兵方苦于火，而忽又苦于水，真有出于意料之外者。惟南方险阻，出于意料之外，乃愈显丞相功绩，出于意料之外耳。

四擒孟获，以假弃旧寨为欲退之势而擒之，是以退为进也。五擒孟获，以深入重地为不可退之势而擒之，是以进为进也。五擒之难，倍难于四擒；则五纵之难，亦倍难于四纵。于四擒见孔明之智，于五擒见孔明之勇，于四纵、五纵见孔明之仁。

孔明乃先主之所谓"水"也。而有四泉以难孔明，则是以水厄水矣；又有二溪以助孔明，则又以水济水矣。至于拜井出泉，而水又自能生水。然则蜀人之有孔明，其亦如鱼之得水乎？

每读《封神演义》，满纸仙道，满目鬼神，觉姜子牙竟一无所用，不若《三国志》中之偶一见之也。如伏波显圣，山神指迷，入山求草，祝井出泉，未尝不仰邀神助，恍遇仙翁，然不可无一，不容有二。使尽赖鬼谋，何以见人谋之善？使尽仗仙力，何以见人力之奇哉？

文章之妙，妙在极热时写一冷人，极忙中写一闲景。如万安隐者，飘飘然有世外之风，其地则柏涧松严，其人则竹冠藜杖。孔明之遇之，殆与先主之遇水镜，刘琦之问紫虚，陈震之谒青城，几相仿佛矣。然先主遇水镜于难后，孔明则求万安于难中。紫虚、青城未尝赖之以救败，万安则实赖之以救死。是彼虽极闲，而见者之心极忙；彼虽极冷，而见者之心极热：又不似前三人之有意无意，为可见可不见之人也。最相类又最不相类，岂非绝世奇事，绝世奇文！

孔明之见隐者不足奇，而奇莫奇于即孟获之兄也。有四泉之恶，则有二溪之美以为之反。有助虐之孟优，则有助善之孟节以为之反。地既有之，人亦宜然。然我谓孟获之五擒而不服者正在此。何也？纳孟获之弟之诈降以诱孟获，与以孟获诱孟获无异也；赖孟获之兄之相救以制孟获，与以孟获制孟获无异也。以孟获诱孟获，而孟获不服；以孟获制孟获，愈不服。惟以孔明胜孟获，而孟获始倾心折服。则吾得而更观五纵之后矣！

却说孔明自驾小车，引数百骑前来探路。前有一河，名曰西洱河，水势虽慢，并无一只船筏。孔明令伐木为筏而渡，其木到水皆沉。_{东方有弱水，南方亦有弱水。}孔明遂问吕凯，凯曰："闻西洱河上流有一山，其山多竹，大者数围。可令人伐之，于河上搭起竹桥，以渡军马。"孔明即调三万人入山，伐竹数十万根，顺水放下，于河面狭处，搭起竹桥，阔十余丈。_{渡泸水尚可用筏，渡此处只可搭桥，比前又险。}乃调大军于河北岸一字儿下寨，便以河为壕堑，以浮桥为门，垒土为城；过桥南岸，一字下三个大营，以待蛮兵。_{倚竹桥为寨，全赖篾片之力。}

却说孟获引数十万蛮兵，恨怒而来。将近西洱河，孟获引前部一万刀牌獠丁，直扣前寨搦战。孔明头戴纶巾，身披鹤氅，手执羽扇，乘驷马车，左右众将簇拥而出。_{一边忿怒，一边安闲。}

相形之下好看煞人。孔明见孟获身穿犀皮甲，头顶朱红盔，左手挽牌，右手执刀，骑赤毛牛，又是一样打扮。口中辱骂；手下万余洞丁，各舞刀牌，往来冲突。孔明急令退回本寨，四面紧闭，不许出战。蛮兵皆裸衣赤身，直到寨门前叫骂。蛮子一味蛮骂。诸将大怒，皆来禀孔明曰："某等情愿出寨决一死战！"孔明不许。诸将再三欲战，孔明止曰："蛮方之人，不遵王化，今此一来，狂恶正盛，不可迎也；用宜坚守数日，待其猖獗少懈，吾自有妙计破之。"蛮人正使蛮性，须要让他头势。

于是蜀兵坚守数日。孔明在高阜处探之，窥见蛮兵已多懈怠，乃聚诸众曰："汝等敢出战否？"众将欣然要出。孔明先唤赵云、魏延入帐，向耳畔低言，吩咐如此如此。二人受了计策先进。却唤王平、马忠入帐，受计去了。此两路受计，不叙明白。又唤马岱吩咐曰："吾今弃此三寨，退过河北；吾军一退，汝可便拆浮桥，移于下流，却渡赵云、魏延军马过河来接应。"岱受计而去。又唤张翼曰："吾军退去，寨中多设灯火。孟获知之，必来追赶，汝却断其后。"张翼受计而退。此两路受计，先说明白，又是一样笔法。孔明只教关索护车。众军退去，寨中多设灯火。蛮兵望见，不敢冲突。

次日平明，孟获引大队蛮兵径到蜀寨之时，只见三个大寨，皆无人马，于内弃下粮草车仗数百余辆。孟优曰："诸葛弃寨而走，莫非有计否？"孟获曰："吾料诸葛亮弃辎重而去，必因国中有紧急之事，若非吴侵，定是魏伐。故虚张灯火以为疑兵，弃车仗而去也。看这般光景，必然料到此处，蛮子原不呆。可速追之，不可错过。"于是孟获自驱前部，直到西洱河边。望见河北岸上，寨中旗帜整齐如故，灿若云锦；沿河一带，又设锦城。蛮兵哨见，皆不敢进。获谓优曰："此是诸葛亮惧吾追赶，故就河北岸少住，不二日必走矣。"蛮子亦会猜，但孔明手法太高，故猜不着耳。遂将蛮兵屯于河岸，又使人去山上砍竹为筏，以备渡河；却将敢战之兵，皆移于寨前面。却不知蜀兵早已入自己之境。只一句轻轻点出，方知前所嘱赵云、魏延之计，乃此计也。

是日，狂风大起。四壁厢火明鼓响，蜀兵杀到。蛮兵獠丁，自相冲突。孟获大惊，急引宗族洞丁杀开条路，径奔旧寨。忽一彪军从寨中杀出，乃是赵云。来得突兀。获慌忙回西洱河，望山僻处而走。又一彪军杀出，乃是马岱。此处方知所授马岱之计。孟获只剩得数十个败残兵，望山谷中而逃。见南、北、西三处尘头火光，因此不敢前进，此处火光是王平、马忠，妙在虚写，令读者自知。只得望东奔走。方才转过山口，见一大林之前，数十从人，引一辆小车，车上端坐孔明，呵呵大笑曰："蛮王孟获，天败至此！吾已等候多时也！"作乐得他好。获大怒，回顾左右曰："吾遭此人诡计，受辱三次；今幸得这里相遇。汝等奋力前去，连人带车砍为粉碎！"痴蛮子只怕踏了空。数骑蛮兵，猛力向前。孟获当先呐喊，抢到大林之前，跐踏一声，踏了陷坑，一齐塌倒。大林之内，转出魏延，引数百军来，一个个拖出，用索缚定。^{此是四擒}孔明先到寨中，招安蛮兵，并诸甸酋长洞丁。此时大半皆归本乡去了，除死伤外，其余尽皆归降。孔明以酒肉相待，以好言抚慰，尽令放回。^{到底只用此法。}蛮兵皆感叹而去。少顷，张翼解孟优至。^{擒孟优只用虚写。}孔明诲之曰："汝兄愚迷，汝当谏之。今被吾擒了四番，有何面目再见人耶！"孟优羞惭满面，伏地告求免死。孔明曰："吾杀汝不在今日。吾且饶汝性命，劝谕汝兄。"令武士解其绳索，放起孟优。优泣拜而去。^{先打发去一个。}

不一时，魏延解孟获至。孔明大怒曰："你今番又被吾擒了，有何理说！"^{此时又是一样面孔。}获曰："吾今误中诡计，死不瞑目！"孔明叱武士推出斩之。^{此时又是一样做法，若只管赐酒食，善言劝之，便没趣矣。}获全无惧色，回顾孔明："若敢再放吾回去，必然报四番之恨！"^{蛮子真是蛮皮。}孔明大笑，令左右去其缚，赐酒压惊，就坐于帐中。^{先硬后软。}孔明问曰："吾今四次以礼相待，汝尚然不服，何也？"获曰："吾虽是化外之人，不似丞相专施诡计，吾如何肯服？"^{蛮子偏会强辩。}孔明曰："吾再放汝回去，复能战乎？"获曰："丞相若再拿住吾，吾那时倾心降服，尽献本洞之物犒军，誓不反乱。"^{蛮子偏会活脱。}

孔明即笑而遣之。获忻然拜谢而去。^{此是四纵。}于是聚得诸洞壮丁数千人，望南迤逦而行。早望见尘头起处，一队兵到，乃是兄弟孟优，重整残兵，来与兄报仇。^{两人一样蛮皮。}兄弟二人，抱头相哭，诉说前事。优曰："我兵屡败，蜀兵屡胜，难以抵当。只可就山阴洞中，退避不出。蜀兵受不过暑气，自然退矣。"获问曰："何处可避？"优曰："此去西南有一洞，名曰秃龙洞。洞主朵思大王^{洞名、人名宛似《西游记》上名色。}与弟甚厚，可投之。"于是孟获先教孟优到秃龙洞，^{秃龙争当卧龙。}见了朵思大王。朵思慌引洞兵出迎。

孟获入洞，礼毕，诉说前事。朵思曰："大王宽心。若蜀兵到来，令他一人一骑不得还乡，与诸葛亮皆死于此处！"^{说得利害，竟似洞中妖怪声口。}获大喜，问计于朵思。朵思曰："此洞中止有两条路：东北上一路，就是大王所来之路，地势平坦，土厚水甜，人马可行；若以木石垒断洞口，虽有百万之众，不能进也。^{关门塞狗洞，不算好汉。}西北上有一条路，山险岭恶，道路窄狭；其中虽有小路，多藏毒蛇恶蝎；黄昏时分，烟瘴大起，直至巳、午时方收，^{与泸水可以夜渡者又不同。}惟未、申、酉三时，可以往来；水不可饮，人马难行。此处更有四个毒泉：一名哑泉，其水颇甜，人若饮之，则不能言，不过旬日必死；^{人之哓哓多言者，当令饮此。}二曰灭泉，此水与汤无异，人若沐浴，则皮肉皆烂，见骨必死；^{今之好洁太甚者，当令遇此。}三曰黑泉，其水微清，人若溅之在身，则

手足皆黑而死；<small>若此泉，恐世
人多有在心。</small>四曰柔泉，其水如冰，人若饮之，咽喉无暖气，身躯软弱如绵
而死。<small>今之刚狠太甚者，
当令饮此。</small>此处虫鸟皆无，惟有汉伏波将军曾到；<small>此处先点伏波一句，为
下文孔明祷伏波伏线。</small>自此以后，
更无一人到此。今垒断东北大路，令大王稳居敝洞，若蜀兵见东路截断，必从西路而入；
于路无水，若见此四泉，定然饮水，虽百万之众，皆无归矣。何用刀兵耶！"<small>孔明惯用火攻，朵
思却欲以水胜。</small>
孟获大喜，以手加额曰："今日方有容身之地！"又望北指曰："任诸葛神机妙算，难以
施设！四泉之水，足以报败兵之恨也！"<small>先主以孔明为水，谁
知好水又遇着恶水。</small>自此，孟获、孟优终日与朵思大
王筵宴。

却说孔明连日不见孟获兵出，遂传号令教大军离西洱河，望南进发。此时正当六月炎
天，其热如火。<small>与上文五月渡泸相应。○"火"
字与"水"字正相应。</small>有后人咏南方苦热诗曰：

> 山泽欲焦枯，火光覆太虚。
>
> 不知天地外，暑气更何如！

又有诗曰：

> 赤帝施权柄，阴云不敢生。
>
> 云蒸孤鹤喘，海热巨鳌惊。
>
> 忍舍溪边坐？慵抛竹里行。
>
> 如何沙塞客，摝甲复长征！

孔明统领大军，正行之际，忽哨马飞报："孟获退往秃龙洞中不出，将洞口要路垒
断，内有兵把守；山恶岭峻，不能前进。"孔明请吕凯问之，凯曰："某曾闻此洞有条
路，实不知详细。"<small>"四泉"恐亦图
中之所未详。</small>蒋琬曰："孟获四次遭擒，既已丧胆，安敢再出？况今天
气炎热，军马疲乏，征之无益，不如班师回国。"孔明曰："若如此，正中孟获之计也。
吾军一退，彼必乘势追之。今已到此，安有复回之理！"<small>此时之势骑虎难下。
○入而不能出矣。</small>遂令王平领数百
军为前部，却教新降蛮兵引路，寻西北小径而入。前到一泉，人马皆渴，争饮此水。王平
探有此路，回报孔明。比及到大寨之时，皆不能言，但指口而已。<small>与孟优等中酒毒以手
指口，前后相对。</small>
孔明大惊，知是中毒，遂自驾小车，引数十人前来看时，见一潭清水深不见底，水气
凛凛，军不敢试。孔明下车，登高望之，四壁峰岭，鸟雀不闻，心中大疑。忽望见远远山
冈之上，有一古庙。孔明攀藤附葛而到，见一石屋之中，塑一将军端坐，旁有石碑，乃汉

伏波将军马援之庙；因平蛮到此，土人立庙祀之。^{此处忽然遇着马}^{超、马岱之祖。}孔明再拜曰："亮受先帝托孤之重，今承圣旨，到此平蛮，欲待蛮方既平，然后伐魏吞吴，重安汉室。^{大主}^{意。}今军士不识地理，误饮毒水，不能出声。万望尊神，念本朝恩义，通灵显圣，护佑三军！"

祈祷已毕，出庙寻土人问之。隐隐望见对山一老叟扶杖而来，形容甚异。^{来得奇，与陆逊之}^{遇黄承彦相似。}孔明请老叟入庙，礼毕，对坐于石上。孔明问曰："丈者高姓？"老叟曰："老夫久闻大国丞相隆名，幸得拜见。蛮方之人，多蒙丞相活命，皆感恩不浅。"孔明问泉水之故，老叟答曰："军所饮水，乃哑泉之水也，饮之难言，数日而死。此泉之外，又有三泉：东南有一泉，其水至冷，人若饮之，咽喉无暖气，身躯软弱而死，名曰柔泉；正南有一泉，人若溅之在身，手足皆黑而死，名曰黑泉；西南有一泉，沸如热汤，人若浴之，皮肉尽脱而死，名曰灭泉。^{又将四泉历叙一遍，却与朵思大}^{王所言参差前后，文法甚变。}敝处有此四泉，毒气所聚，无药可治。又烟瘴甚起，惟未、申、酉二个时辰可往来；余者时辰，皆瘴气密布，触之即死。"^{亦与朵思之}^{言照应。}

孔明曰："如此则蛮方不可平矣。蛮方不平，安能并吞吴、魏，再兴汉室？有负先帝托孤之重，生不如死也！"^{读者至此，已}^{是水穷山尽。}老叟曰："丞相勿忧。老夫指引一处，可以解之。"^{忽然绝处}^{逢生。}孔明曰："老丈有何高见，望乞指教。"老叟曰："此去正西数里，有一山谷，入内行二十里，有一溪名曰万安溪。^{只"万安"二字，便可}^{破得"四泉"名色。}上有一高士，号为'万安隐者'；^{人以溪名乎？}^{溪以人名乎？}此人不出溪有数十余年矣。其草庵后有一泉，名安乐泉。^{只"安乐"二字，又可}^{破得"四泉"名色。}人若中毒，汲其水饮之即愈。有人或生疥癞，或感瘴气，于万安溪内浴之，自然无事。^{以水治水，以}^{一水治四水。}更兼庵前有一等草，名曰'薤叶芸香'，^{好名}^{色。}人若口含一叶，则瘴气不染。^{草头郎中赛}^{过服药。}丞相可速往求之。"孔明拜谢，问曰："承丈者如此活命之德，感刻不胜，愿闻高姓。"老叟入庙曰："吾乃本处山神，奉伏波将军之命，特来指引。"言讫，喝开庙后石壁而入。^{前有关公显圣，此处有伏波显圣。关公自}^{显圣，伏波又使山神显圣，愈出愈奇。}孔明惊讶不已，再拜庙神，寻旧路上车，回到大寨。

次日，孔明备信香、礼物，引王平及众哑军，连夜望山神所言去处，迤逦而进。入山谷小径，约行二十余里，但见长松大柏，茂竹奇花，环绕一庄；篱落之中，有数间茅屋，闻得馨香喷鼻。^{又是一个水镜庄、}^{卧龙冈也。}孔明大喜，到庄前扣户，有一小童出。孔明方欲通姓名，早有一人，竹冠草履，白袍皂绦，碧眼黄发，忻然出曰："来者莫非汉丞相否？"^{又与紫虚上人、青}^{城老叟一般风致。}孔明笑曰："高士何以知之？"隐者曰："久闻丞相大纛南征，安得不知！"遂邀孔明入草堂。礼毕，分宾主坐定。孔明告曰："亮受昭烈皇帝托孤之重，今承嗣君圣旨，领大军到此，欲服蛮邦，使归王化。不期孟获潜入洞中，军士误饮哑泉之水。夜来蒙伏波将军显圣，言高士有药泉，可以治之。望乞矜念，赐神水以救众兵残生。"〖水火不求人，孰知此时水亦甚贵。〗隐者曰："量老夫山野废人，何劳丞相枉驾。此泉就在庵后。"教取来饮。

于是童子引王平等一起哑军，来到溪边，汲水饮之。随即吐出恶涎，便能言语。〖如今之服半夏者，饮着童子又引众军到万安溪中沐浴。隐者于庵中进柏子茶、松花菜，以待孔明。〖百忙中却偏叙出隐士清冷之况，令生姜汤。〗人烦襟顿涤。〗隐者告曰："此间蛮洞多毒蛇恶蝎，柳花飘入溪泉之间，水不可饮；但掘地为泉，汲水饮之方可。"孔明求"薤叶芸香"，隐者令众军尽意采取："各人口含一叶，自然瘴气不侵。"〖留香草根何如此草之妙。〗孔明拜求隐者姓名。隐者笑曰："某乃孟获之兄孟节是也。"〖说出姓名，令人一吓。〗孔明愕然。隐者又曰："丞相休疑，容伸片言。某一父母所生三人：长即老夫孟节，次孟获，又次孟优。父母皆亡。二弟强恶，不归王化。某屡谏不从，故更名改姓，隐居于此。〖兄弟之不得如此，可叹。〗今辱弟造反，又劳丞相深入不毛之地，如此生受，孟节合该万死，故先于丞相之前请罪。"孔明叹曰："方信盗跖、下惠之事，今亦有之。"遂与孟节曰："吾申奏天子，立公为王，可乎？"节曰："为嫌功名而逃于此，岂复有贪富贵之意！"〖泰伯让天下而逃之蛮方，此蛮又让蛮王之位而逃之深山，其殆比泰伯之让而更甚耶，名之曰"节"，真不愧其名。〗孔明乃具金帛赠之。孟节坚辞不受。孔明嗟叹不已，拜别而回。后人有诗曰：

> 高士幽栖独闭关，武侯曾此破诸蛮。
>
> 至今古木无人境，犹有寒烟锁旧山。

孔明回到大寨之中，令军士掘地取水。掘下二十余丈，并无滴水；凡掘十余处，皆是如此。军心惊慌。〖又作一折，令读者再吃一惊。〗孔明夜半焚香告天曰："臣亮不才，仰承大汉之福，受命平蛮。今途中乏水，军马枯渴。倘上天不绝大汉，即赐甘泉！若气运已终，臣亮等愿死于此处！"是夜祝罢，平明视之，皆得满井甘泉。〖与后文司马昭祝井遥相对照。〗后人有诗曰：

> 为国平蛮统大兵，心存正道合神明。
>
> 耿恭拜井甘泉出，诸葛虔诚水夜生。

孔明军马既得甘泉，遂安然由小径直入秃龙洞前下寨。蛮兵探知，来报孟获曰："蜀兵不染瘴疫之气，又无枯渴之患，诸泉皆不应。"〖孟获不是失地利，乃失人和耳。〗朵思大王闻知不信，自与孟获来高山望之。只见蜀兵安然无事，大桶小担，搬运水浆，饮马造饭。朵思见之，毛发耸然，回顾孟获曰："此乃神兵也！"〖有此处疑为神兵，便生出后文神兽来。〗获曰："吾兄弟二人与蜀兵决一死战，就殒于军前，安肯束手受缚！"朵思曰："若大王兵败，吾妻子亦休矣。当杀牛宰马，大赏洞丁，不避水火，直冲蜀寨，方可得胜。"于是大赏蛮兵。

正欲起程，_{读者至此必谓有一场大厮杀矣，不知下文竟不消厮杀得。}忽报洞后迤西银冶洞二十一洞主杨锋引三万兵来助战。_{读者至此，必谓下文又有一场助战矣，不知却是相反。}孟获大喜曰："邻兵助我，我必胜矣！"即与朵思大王出洞迎接。杨锋引兵入曰："吾有精兵三万，皆披铁甲，能飞山越岭，足以敌蜀兵百万；我有五子，皆武艺足备，愿助大王。"锋令五子入拜，皆彪躯虎体，威风抖擞。孟获大喜，遂设席相待杨锋父子。酒至半酣，锋曰："军中少乐，吾随军有蛮姑，善舞刀牌，以助一笑。"_{先主与刘璋饮酒之时，有诸将舞剑；今杨锋与孟获饮酒之时，有诸蛮舞刀，正复相似。}获忻然从之。须臾，数十蛮姑，皆披发跣足，从帐外舞跳而入，群蛮拍手以歌和之。杨锋令二子把盏。二子举杯诣孟获、孟优前。二人接杯，方欲饮酒，锋大喝一声，二子早将孟获、孟优执下座来。_{董荼那之擒孟获，则读者之所料也；杨锋之擒孟获，则非读者之所料。}朵思大王却待要走，已被杨锋擒了。蛮姑横截丁帐上，谁敢近前。获曰："'兔死狐悲，物伤其类。'吾与汝皆是各洞之主，往日无冤，何故害我？"锋曰："吾兄弟子侄皆感诸葛丞相活命之恩，无可以报。_{又与前文放回蛮兵照应。}今汝反叛，何不擒献！"

于是各洞蛮兵，皆走回本乡。杨锋将孟获、孟优、朵思等解赴孔明寨来。_{此是五擒。}孔明令入，杨锋等拜于帐下曰："某等子侄皆感丞相恩德，故擒孟获、孟优等呈献。"孔明重赏之，令驱孟获入。孔明笑曰："汝今番心服乎？"获曰："非汝之能，乃吾洞中之人，自相残害，以致如此。要杀便杀，只是不服！"_{甚矣，攻心之难。}孔明曰："汝赚吾入无水之地，更以哑泉、灭泉、黑泉、柔泉如此之毒，吾军无恙，岂非天意乎？汝何如此执迷？"获又曰："吾祖居银坑山中，有三江之险，重关之固。汝若就彼擒之，吾当子子孙孙，倾心服事。"_{纵虎归穴，然后入穴取虎，更自不易。}孔明曰："吾再放汝回去，重整兵马，与吾共决胜负；如那时擒住，汝再不服，当灭九族。"叱左右去其缚，放起孟获。获再拜而去。_{此是五纵。}孔明又将孟优并朵思大王皆释其缚，赐酒食压惊。二人悚惧，不敢正视。孔明令鞍马送回。_{前番先放孟优，次放孟获，此又先放孟获，次放孟优。}正是：

深临险地非容易，更展奇谋岂偶然！

未知孟获整兵再来，胜负如何，且看下文分解。

第九十回

驱巨兽六破蛮兵
烧藤甲七擒孟获

天下惟猛兽最难降，又惟妇人最难降。降猛兽而猛汉不足忧矣，降妇人而猛兽又不足忧矣。木鹿大王之驱虎豹，是猛汉仗猛兽之不以跋扈者也；孟获之有祝融夫人，是男蛮仗女蛮之不以跋扈者也。降女蛮之法，妙在以我之汉将，擒彼之女蛮，即以彼之女蛮，易我之汉将，而女蛮亦为我所用；降猛兽之法，妙在以我之假兽，逐彼之真兽，又使彼之猛汉，即受逐于彼之猛兽，于彼之猛兽亦为我所用。诸葛真神人哉！

木兽之用，不可无一，不容有二。何也？木鹿大王，亦兽类也。彼既以兽驱兽，我亦以兽胜兽，特因其人而用之耳。使尽欲不用人而用兽，岂长恃之法哉？齐用火牛以攻燕而胜，楚用燧象以攻吴而不胜。观于往事，可为明鉴。

前卷祝井出泉，是孔明但邀神助；此卷以扇反风，是孔明自有神通。每读《西游记》，见孙行者之降妖；读《水浒传》，见公孙胜之斗法，以为奇幻。不谓《三国志》中已备《西游》《水浒》之长矣。况彼以捏造之事，虽层见叠出，总属虚谈；不若此为真实之事，即偶有一二，已足括彼全部也。

七擒之中，缚送者三，有前二者之真，而后之一假生焉；七擒之中，诈降者二，有前者之诈，而后之诈又因焉。孔明辨其真于二擒五擒，而又辨其假于六擒，则知其异；识其诈于二纵之后，而又识其诈于七擒之前，则知其同。

武侯博望之火、新野之火及助周郎赤壁之火，皆烧之不尽不绝，而独于藤甲军，则烧之尽绝，毋乃太酷乎？曰：此藤甲军之自取耳。能御金、能御水，而独不能御火。不惟不能御火，又特特引火，是如身负硫黄焰硝而行，于人何尤焉？且既有四泉之恶，又有桃花溪之恶，而孔明以火治之，此以火胜水也。若夫南方属火，而用火于南，此又以火胜火也。火与火遇，而火之威安得不烈耶！

武侯之欲抚南蛮，而即用孟获者，真深得安蛮之道哉！得其土而欲守之，不能不分兵，分兵则不能不转饷，转饷而输挽徒劳，不若使自守之，而庇荫之下，皆吾土也；得其人而欲治之，不能不设官，设官则不能不用法，用法而刑狱滋扰，不若使自治之，而函盖之下，皆吾人也。不但此也。杀其身，不能变其心，杀之不足以为武；而生其身，又复夺其地，则生之亦不足以为恩。不杀其人，而南人不反；不夺其地，而南人乃愈不反耳。

武侯仍以孟获王南蛮，何如立孟节以王南蛮？曰：孟节在蛮而超于蛮者也。在蛮而超于蛮，则孟节非蛮人也。以非蛮治蛮，岂若以蛮治蛮之为善乎？故虽使孟节肯受爵，而用节不如用获也。然则荆蛮曷为有泰伯？曰：泰伯圣人也，孟节贤人也。惟贤守节，惟圣达权。圣人可以治蛮，而贤人不可以治蛮，则惟听蛮人之自相治而已矣。

却说孔明放了孟获等一干人，杨锋父子皆封官爵，重赏洞兵。杨锋等拜谢而去。孟获等连夜奔回银坑洞。那洞外有三江，乃是泸水、甘南水、西城水。三路水会合，故为三江。^{泸水之外，添出二水。}又其洞北近平坦三百余里，多产万物。洞西二百里，有盐井。西南二百里，直抵泸、甘。正南三百里，乃是梁都洞，洞中有山，环抱其洞；山上出银矿，故名为银坑山。^{产银之山而谓之坑，可见钱财与粪土一般，奈何今人之陷此坑而不悟也。}山中置宫殿楼台，以为蛮王巢穴。其中建一祖庙，名曰"家鬼"。^{老蛮子谓之祖，死蛮子谓之鬼。}四时杀牛宰马享祭，名为"卜鬼"。^{以祭为卜，则其俗之无卜可知，管辂、吕范全用不着矣。}每年常以蜀人并外乡之人祭之。^{平蛮之后，此风始革，武侯之功不小。}若人患病，不肯服药，只祷师巫，名为"药鬼"。^{以祷为药，则其俗之无医可知，华佗、吉平全用不着矣。}其处无刑法，但犯罪即斩。^{倒爽利。}有女长成，却于溪中沐浴，男女自相混淆，任其自配，父母不禁，名为"学艺"。^{问他所学何艺，可发一笑。}年岁雨水均调，则种稻谷；倘若不熟，杀蛇为羹，煮象为饭。^{是蛮食。}每方隅之中，上户号曰"洞主"，次曰"酋长"。每月初一、十五两日，皆在三江城中买卖，转易货物。其风俗如此。^{如此风俗，何必设官理之，宜孔明服蛮之后，不复设官也。○以上抵得一篇《南蛮风俗志》。吕凯但能图之，此则谱之也。}

却说孟获在洞中，聚集宗党千余人，谓之曰："吾屡受辱于蜀兵，立誓欲报之。汝等有何高见？"言未毕，一人应曰："吾举一人，可破诸葛亮。"众视之，乃孟获妻弟，现为八番部长，名曰"带来洞主"。获大喜，急问何人。带来洞主曰："此去西南八纳洞，洞主木鹿大王，深通法术，出则骑象，能呼风唤雨，常有虎豹豺狼、毒蛇恶蝎跟随。^{真是一洞妖魔。如《西游记》金角、银角、虎力、鹿力之类。}手下更有三万神兵，甚是英勇。^{又如《水浒传》樊瑞、高廉之类。}大王可修书具礼，某亲往求之。此人若允，何惧蜀兵哉！"获忻然，令国舅赍书而去。却令朵思大王守把三江城，以为前面屏障。^{东吴以江为固，南蛮亦以江为固，俨然鼎足以外，又是一足。}

却说孔明提兵直至三江城，遥望见此城三面傍江，一面通旱，即遣魏延、赵云同领一军，于旱路打城。军到城下时，城上弓弩齐发。原来洞中之人，多习弓弩，一弩齐发十矢，箭头上皆用毒药；但有中箭者，皮肉皆烂，见五脏而死。^{此药不减四泉之毒。}赵云、魏延不能取胜，回见孔明，言药箭之事。孔明自乘小车，到军前看了虚实，回到寨中，令军退数里下寨。^{所以疏敌之防。}蛮兵望见蜀兵远退，皆大笑作贺，只疑蜀兵惧怯而退，因此夜间安心稳睡，不去哨探。^{是在孔明算中。}

却说孔明约军退后，即闭寨不出。一连五日，并无号令。^{疏敌之防。}黄昏左侧，忽起微风。孔明传令曰："每军要衣襟一幅，限一更时分应点，无者立斩。"^{奇。}诸将皆不知其意，^{读者亦不知其意。}众军依令预备。初更时分，又传令曰："每军衣襟一幅，包土一包，无者立斩。"^{奇。}众军亦不知其意，^{读者亦不知其意。}只得依令预备。孔明又传令曰："诸军包土，俱在三江城下交割，先到者有赏。"^{妙。}众军闻令，皆包净土，飞奔城下。孔明令积土为蹬道，先上城者为头功。（妙，原来为此。○四番号令，两言罚，两言赏。）于是蜀兵十余万，并降兵万余，将所包之土，一齐弃于城下。一霎时，积土成山，接连城上。一声暗号，蜀兵皆上城。（有前之退，故有此之速。）蛮兵急放弩时，大半早被执下，余者弃城而走。朵思大王死于乱军之中。（想朵思此时已剃了两刀矣。）蜀将督军分路剿杀。孔明取了三江城，所得珍宝，皆赏三军。败残蛮兵逃回见孟获说：“朵思大王身死，失了三江城。”获大惊。

　　正虑之间，人报蜀兵已渡江，现在本洞前下寨。孟获甚是慌张。忽然屏风后一人大笑而出曰：“既为男子，何无智也？我虽是一妇人，愿与你出战。”获视之，乃妻祝融夫人也。（蛮子还蛮不了，蛮婆又蛮起来，真好看煞人。）夫人世居南蛮，乃祝融氏之后，（南方属火，故有此火种。然则此妇如火一般热，如何熬得他火气。）善使飞刀，百发百中。孟获起身称谢。夫人忻然上马，引宗党猛将数百员、生力洞兵五万，出银坑宫阙，来与蜀兵对敌。（貂蝉可当女将军，然未尝用兵也。孙夫人虽好兵，然未尝以兵战也。此处却真有一员女将出来。《三国志》中真是无所不有。）方才转过洞口，一彪军拦住，为首蜀将，乃是张嶷。蛮兵见之，却早两路摆开。祝融夫人背插五口飞刀，（还有一口软剪刀更利害。）手挺丈八长标，（夫人亦喜挺长标耶？）坐下卷毛赤兔马。（夫人坐下之物，又毛又赤，可发一笑。）张嶷见之，暗暗称奇。二人骤马交锋。战不数合，夫人拨马便走。张嶷赶去，空中一把飞刀落下。嶷急用手隔，正中左臂，翻身落马。蛮兵发一声喊，将张嶷执缚去了。（这一张斗他不过。）马忠听得张嶷被执，急出救时，早被蛮兵捆住。望见祝融夫人挺标勒马而立，忠忿怒向前去战，坐下马绊倒，亦被擒了，（夫人又战倒了一个。）都解入洞中来见孟获。获设席庆贺。夫人叱刀斧手推出张嶷、马忠要斩。获止曰：“诸葛亮放吾五次，今番若杀彼将，是不义也。（毕竟蛮婆心狠，还是蛮子心软。）且囚在洞中，待擒住诸葛亮，杀之未迟。”夫人从其言，笑饮作乐。

　　却说败残兵来见孔明，告知其事。孔明即唤马岱、赵云、魏延三人受计，各自领军前去。（两个战倒了，又差三个去。）次日，蛮兵报入洞中，说赵云搦战。祝融夫人即上马出迎。二人战不数合，云拨马便走。夫人恐有埋伏，勒兵而回。（蛮婆甚乖。）魏延又引军来搦战，夫人纵马相迎。正交锋紧急，延诈败而逃，夫人只不赶。（又不赶来，毕竟蛮婆乖似蛮子。）次日，赵云又引军来搦战，夫人领洞兵出迎。二人战不数合，云诈败而走，夫人按标不赶。欲收兵回洞时，魏延引军齐声辱骂，（骂得必然好听，大约是啰哩也。）夫人急挺标来取魏延。延拨马便走。夫人忿怒赶来，延骤马奔入山僻小路。忽然背后一声响亮，延回头视之，夫人仰鞍落马。（“仰”字妙，想见此时两脚朝天，甚是好看。）原来马岱埋伏在此，用绊马索绊倒，就里擒缚，解投大寨而来。（前孔明所授之计，至此方叙明。）蛮将洞兵皆来救时，赵云一阵杀散。孔明端坐于帐上，马岱解祝融夫人到，孔明急令武士去其缚，请在别帐赐酒压惊，遣使往告孟获，欲送夫人换张嶷、马忠二将。（此番交易，不知谁得便宜。）孟获允诺，即放出张嶷、马忠，还了孔明。孔明遂送夫人入洞。夫人有洞可入，可发一笑。孟获接入，又喜又恼。忽报八纳洞主到。孟获出洞迎接，见其人骑着白象，身穿金珠缨络，腰悬两口大刀，领着一班喂养虎豹豺狼之士，簇拥而入。蛮妇人不济事，又换一起蛮畜生来了。○先在孟获眼中写木鹿声势。获再拜哀告，诉说前事。木鹿大王许以报仇。获大喜，设宴相待。

次日，木鹿大王引本洞兵带猛兽而出。赵云、魏延听知蛮兵出，遂将军马布成阵势。二将并辔立于阵前视之，只见蛮兵旗帜器械皆别，人多不穿衣甲，尽裸身赤体，面目丑陋，身带四把尖刀；军中不鸣鼓角，但筛金为号。木鹿大王腰挂两把宝刀，手执蒂钟，身骑白象，从大旗中而出。又在蜀将眼中写木鹿声势。赵云见了，谓魏延曰："我等上阵一生，未尝见如此人物。"二人正沉吟之际，只见木鹿大王口中不知念甚咒语，手摇蒂钟。念咒摇钟，极似今日和尚、道士，吾恐和尚、道士之毒，亦不输与木鹿大王也。忽然狂风大作，飞砂走石，如同骤雨；一声画角响，虎豹豺狼，毒蛇猛兽，乘风而出，张牙舞爪，冲将过来。蛮子是禽兽，禽兽亦只算是蛮子。蜀兵如何抵当，往后便退。蛮兵随后追杀，直赶到三江界路方回。

赵云、魏延收聚败兵，来孔明帐前请罪，细说此事。孔明笑曰："非汝二人之罪。吾未出茅庐之时，先知南蛮有驱虎豹之法。吾在蜀中已办下破此阵之物也，与鱼腹浦石块正复相似。随军有二十辆车，俱封记在此。车中是何物，令人不测。今日且用一半，留下一半，后有别用。"早为七擒伏线。遂令左右取了十辆红油柜车到帐下，留十辆黑油柜车在后。众皆不知其意。孔明将柜打开，皆是木刻彩画巨兽，俱用五色绒线为毛衣，钢铁为牙爪，一个可骑坐十人。与后木牛流马仿佛相似。孔明选了精壮军士一千余人，领了一百，口内装烟火之物，藏在军中。早为烧藤甲之火作一引子。次日，孔明驱兵大进，布于洞口。蛮兵探知，入洞报与蛮王。木鹿大王自谓无敌，即与孟获引洞兵而出。孔明纶巾羽扇，身衣道袍，端坐于车上。孟获指曰："车上坐的便是诸葛亮！若擒住此人，大事定矣！"负心蛮子。木鹿大王口中念咒，手摇蒂钟。顷刻之间，狂风大作，猛兽突出。孔明将羽扇一摇，其风便回吹彼阵中去了，孔明能借风，又能退风。蜀阵中假兽拥出。蛮洞真兽见蜀阵巨兽口吐火焰，鼻出黑烟，身摇铜铃，张牙舞爪而来，诸恶兽不敢前进，皆奔回蛮洞，反将蛮兵冲倒无数。不是真破假，反是假破真，奇幻之极。孔明驱兵大进，鼓角齐鸣，望前追杀。木鹿大王死于乱军之中。又当摇钟召之。洞内孟获宗党，皆弃宫阙，扒山越岭而走。孔明大军占了银坑洞。

次日，孔明正要分兵缉擒孟获，忽报："蛮王孟获妻弟带来洞主，因劝孟获归降，获不从，今将孟获并祝融夫人及宗党数百余人尽皆擒来，献与丞相。"前只使孟获诈降，今却一齐都来，更不费力。孔明听知，即唤张嶷、马忠，吩咐如此如此。二将受了计，引二千精壮兵，伏于两廊。孔明即令守门将，俱放进来。带来洞主引刀斧手解孟获等数百人，拜于殿下。孔明大喝曰："与吾擒下！"两廊壮兵齐出，二人捉一人，尽被执缚。^{此是六擒。}孔明大笑曰："量汝些小诡计，如何瞒得过我！汝见二次俱是本洞人擒汝来降，吾不加害；汝只道吾深信，故来诈降，欲就洞中杀吾！"^{孟获一边算计，却在孔明一边叙出。}喝令武士搜其身畔，果然各带利刀。孔明问孟获曰："汝原说在汝家擒住，方始心服，今日如何？"获曰："此是我等自来送死，非汝之能也。吾心未服。"^{南蛮巧舌。}孔明曰："吾擒住六番，尚然不服，欲待何时耶？"获曰："汝第七次擒住，吾方倾心归服，誓不反矣。"孔明曰："巢穴已破，吾何虑哉！"令武士尽去其缚，叱之曰："这番擒住，再若支吾，必不轻恕！"孟获等抱头鼠窜而去。^{此是六纵。○纵法与前又异。}

　　却说败残蛮兵有千余人，大半中伤而逃，正遇蛮王孟获。获收了败兵，心中稍喜，却与带来洞主商议曰："吾今洞府已被蜀兵所占，今投何地安身？"带来洞主曰："止有一国可以破蜀。"^{前荐一人，此又荐一国，是此国之人死期至矣。}获喜曰："何处可去？"带来洞主曰："此去东南七百里，有一国，名乌戈国。国主兀突骨，身长丈二，不食五谷，以生蛇恶兽为饭；^{亦与杀蛇为羹、煮象为饭者差不多。}身有鳞甲，刀箭不能侵。^{今人腹中有鳞甲，亦一乌戈国也。}其手下军士，俱穿藤甲。^{木鹿之兵不穿甲，乌戈之兵穿藤甲，愈出愈奇。○其军以藤为甲，}^{不若其主身自有鳞甲。}其藤生于山涧之中，盘于石壁之上。国人采取，浸于油中，半年方取出晒之；晒干复浸，凡十余遍，却才造成铠甲，^{好个引火之物。}穿在身上，渡江不沉，经水不湿，刀箭皆不能入，因此号为'藤甲军'。^{不惧水，不惧金，独不能御火耳。}今大王可往求之。若得彼相助，擒诸葛亮如利刀破竹也。"^{孰知竹能破藤。}孟获大喜，遂投乌戈国，来见兀突骨。其洞无宇舍，皆居土穴之内。孟获入洞再拜，哀告前事。兀突骨曰："吾起本洞之兵，与汝报仇。"获欣然拜谢。于是兀突骨唤两个领兵俘长，一名土安，一名奚泥，起三万兵，皆穿藤甲，离乌戈国望东北而来。行至一江，名桃花水，两岸有桃树，历年落叶于水中，若别国人饮之尽死，惟乌戈国人饮之，倍添精神。^{桃花之名甚美，而独不宜于他国，岂尽如桃花源之未许人问津者耶？}兀突骨兵至桃花渡口下寨，以待蜀兵。

　　却说孔明令蛮人哨探孟获消息，回报曰："孟获请乌戈国主，引三万藤甲军，现屯于桃花渡口。孟获又在各番聚集蛮兵，并力拒战。"^{此时将服，定须大战一场，以作收尾。}孔明听说，提兵大进，直至桃花渡口。隔岸望见蛮兵，不类人形，甚是丑恶；又问土人，言说即日桃叶正落，水不可饮。孔明退五里下寨，留魏延守寨。

　　次日，乌戈国主引一彪藤甲军过河来，金鼓大震。魏延引兵出迎。蛮兵卷地而至。蜀兵以弩箭射到藤甲之上，皆不能透，俱落于地；刀砍枪刺，亦不能入。^{此番作怪，又与木鹿大王不同。}蛮兵皆使利刀钢叉，蜀兵如何抵当，尽皆败走。蛮兵不赶而回。魏延复回，赶到桃花渡口，只见蛮兵带甲渡水而去；内有困乏者，将甲脱下，放在水面，以身坐其上而渡。^{以甲为舟，更是奇幻。}魏延急回大寨，来禀孔明，细言其事。孔明请吕凯并土人问之。凯曰："某素闻南蛮中有一乌戈国，无人伦者也。^{有此一句，觉后尽情烧杀，亦不为过。}更有藤甲护身，急切难伤。又有桃叶恶水，本国人饮之，反添精神；别国人饮之即死。如此蛮方，纵使全胜，有何益焉？不如班师早回。"^{借吕凯口中作一顿，文势便曲。}孔明笑曰："吾非容易到此，岂可便去！吾明日自有平蛮之策。"^{还有十辆油车，未曾发市。}于是令赵云助魏延守寨，且休轻出。

次日，孔明令土人引路，自乘小车到桃花渡口北岸山僻去处，遍观地理。山险岭峻之处，车不能行，孔明弃车步行。忽到一山，望见一谷，形如长蛇，皆光峭石壁，并无树木，中间一条大路。孔明问土人曰："此谷何名？"土人答曰："此处名为盘蛇谷。^{后即变作"火龙洞"。}出谷则三江城大路，谷前名塔郎甸。"孔明大喜曰："此乃天赐吾成功于此也！"遂回旧路，上车归寨，唤马岱吩咐曰："与汝黑油柜车十辆，须用竹竿千条，^{以竹竿对藤甲，皆是草木门。}柜内之物，如此如此。^{妙在不说明柜中何物。}可将本部兵去把住盘蛇谷两头，依法而行。与汝半月限，一切完备，至期如此施设。倘有走漏，定按军法。"马岱受计而去。又唤赵云吩咐曰："汝去盘蛇谷后，三江大路口如此守把。所用之物，克日完备。"^{妙在不说明所用何物。}赵云受计而去。又唤魏延吩咐曰："汝可引本部兵去桃花渡口下寨。如蛮兵渡水来敌，汝便弃了寨，望白旗处而走。^{白旗正与后文红焰相映。}限半个月内，须要连输十五阵，弃七个寨栅。若输十四阵，也休来见我。"^{骄敌之计，妙，大妙。}魏延领命，心中不乐，怏怏而去。^{今之畏厮杀者遇如此军令，有何不乐。}孔明又唤张翼另引一军，依所指之处，筑立寨栅去了。却令张嶷、马忠引本洞所降千人，如此行之。^{此是用降兵以赚孟获耳，妙在不便叙明。}各人都依计而行。

却说孟获与乌戈国主兀突骨曰："诸葛亮多有巧计，只是埋伏。今后交战，吩咐三军，但见山谷之中，林木多处，不可轻进。"^{只避林木多处，谁知却在无林木处等你。}兀突骨曰："大王说的有理。吾已知道中国人多行诡计。今后依此言行之。吾在前面厮杀，汝在背后教道。"两人商议已定。忽报蜀兵在桃花渡口北岸立起营寨。兀突骨即差二俘长引藤甲军渡了河，来与蜀兵交战。不数合，魏延败走。^{是第一日败。}蛮兵恐有埋伏，不赶自回。次日，魏延又去立了营寨。蛮兵哨得，又引众军渡过河来战。延出迎之。不数合，延败走。^{是第二日败。}蛮兵追杀十余里，见四下并无动静，便在蜀寨中屯住。^{弃了第一个寨。}次日，二俘长请兀突骨到寨，说知此事。兀突骨即引兵大进，将魏延追一阵。蜀兵皆弃甲抛戈而走，^{所弃之甲，蛮兵却用不着。○是第三日败。}只见前有白旗。延引败兵，急奔到白旗处，早有一寨，就寨中屯住。兀突骨驱兵追至，魏延引兵弃寨而走。^{弃第二}蛮兵得了蜀寨。次日，又望前追杀。魏延回兵交战，不三合又败，^{是第四}只看白旗处而走，又有一寨，延就寨屯住。次日，蛮兵又至。延略战又走。^{是第五}蛮兵占了蜀寨。^{弃第三}

话休絮烦，魏延且战且走，已败十五阵，连弃七个营寨。^{前逐日写弃寨，写至此却}^{总叙一句，省笔之法。}蛮兵大进追杀。兀突骨自在军前破敌，于路但见林木茂盛之处，便不敢进；却使人远望，果见树阴之中，旌旗招飐。^{孔明疑兵在兀突}^{骨眼中点出。}兀突骨谓孟获曰："果不出大王所料。"孟获大笑曰："诸葛亮今番被吾识破！大王连日胜了他十五阵，夺了七个营寨，蜀兵望风而走。诸葛亮已是计穷，只此一进，大事定矣！"^{当彼丧胆之后，而欲骄其志为最难。既}^{有六擒以挫之，须此十五阵以骄之。}兀突骨大喜，遂不以蜀兵为念。至第十六日，魏延引败残兵，来与藤甲军对敌。兀突骨骑象当先，头戴日月狼须帽，身披金珠璎珞，两肋下露出生鳞甲，眼目中微有光芒，^{在魏延眼中写兀突骨声势，}^{以见孔明胜之之难。}手指魏延大骂。延拨马便走。后面蛮兵大进。魏延引兵转过了盘蛇谷，望白旗而走。兀突骨统引兵众，随后追杀。兀突骨望见山上并无草木，料无埋伏，放心追杀。^{呆蛮}^{子。}赶到谷中，见数十辆黑油柜车在当路。蛮兵报曰："此是蜀兵运粮道路，因大王兵至，撇下粮车而走。"^{此粮是烫}^{手的。}兀突骨大喜，催兵追赶。将出谷口，不见蜀兵，只见横木乱石滚下，垒断谷口。兀突骨令兵开路而进，忽见前面大小车辆，装载干柴，尽皆火起。^{粮车未取}^{草车反来。}兀突骨忙教退兵，只闻后军发喊，报说谷口已被干柴垒断，车中原来皆是火药，一齐烧着。^{"藤甲军"身上}^{已自各有火药。}兀突骨见无草木，心尚不慌，^{"藤甲军"身上}^{已自各有草木。}令寻路而走。只见山上两边乱丢火把，^{火自上}^{而下。}火把到处，地中药线皆着，就地飞起铁炮。^{火自下}^{而上。}满谷中火光乱舞，但逢藤甲，无有不着。将兀突骨并三万藤甲军，烧得互相拥抱，死于盘蛇谷中。^{几番用火都是横烧，}^{此番用火却是竖烧。}孔明在山上往下看时，只见蛮兵被火烧的伸拳舒腿，大半被铁炮打的头脸粉碎，皆死于谷中，臭不可闻。^{真是臭}^{蛮子。}孔明垂泪而叹曰："吾虽有功于社稷，必损寿矣！"^{此为后人好杀者说法耳。五丈原之殒星，}^{岂真为此乎？若真为此，则新野、博望，}^{前后共二十万之兵，赤壁亦有八十三万之兵，}^{其生还者无几，殆更多于"藤甲军"也。}左右将士，无不感叹。

却说孟获在寨中，正望蛮兵回报。忽然千余人笑拜于寨前，言说："乌戈国兵与蜀兵大战，将诸葛亮围在盘蛇谷中了。特请大王前去接应。我等皆是本洞之人，不得已而降蜀；今知大王前到，特来助战。"^{前受计降兵，于}^{此处方才明白。}孟获大喜，即引宗党并所聚番人，连夜上马，就令蛮兵引路。方到盘蛇谷时，只见火光甚起，臭气难闻。获知中计，急退兵时，左边张嶷，右边马忠，两路军杀出。获方欲抵敌，一声喊起，蛮兵中大半皆是蜀兵，将蛮王宗党并聚集的番人，尽皆擒了。孟获匹马杀出重围，望山径而走。^{孟获此时不即就}^{擒，妙有曲折。}

正走之间，见山凹里一簇人马，拥出一辆小车；车中端坐一人，纶巾羽扇，身衣道袍，乃孔明也。孔明大喝曰："反贼孟获！今番如何？"获急回马走，^{不似前番赶出，乃是惊弓之鸟矣。}旁边闪过一将，拦住去路，乃是马岱。孟获措手不及，被马岱生擒活捉了。^{此是七擒。}此时王平、张翼已引一军赶到蛮寨中，将祝融夫人并一应老小皆活捉而来。^{蛮子是第七番出丑，蛮婆是第二番出丑。}

孔明归到寨中，升帐而坐，谓众将曰："吾今此计，不得已而用之，大损阴德。我料敌人必算吾于林木多处埋伏，吾却空设旌旗，实无兵马，疑其心也。^{疑其心，使不进别处。}吾令魏文长连输十五阵者，坚其心也。^{坚其心，使专道一处。}吾见盘蛇谷止一条路，两壁厢皆是光石，并无树木，下面都是沙土，因令马岱将黑油柜安排于谷中，车中油柜内，皆是预先造下的火炮，名曰'地雷'，^{先生能使风，又能使雷。}一炮中藏九炮，三十步埋之，中用竹竿通节，以引药线；才一发动，山损石裂。吾又令赵子龙预备草车，安排于谷口。又于山上准备大木乱石。却令魏延赚兀突骨并藤甲军入谷，放出魏延，即断其路，随后焚之。^{此处方将上项事一一说明。}吾闻：'利于水者必不利于火。'藤甲虽刀箭不能入，乃油浸之物，见火必着。蛮兵如此顽皮，非火攻安能取胜？^{又说明用计之意。}使乌戈国之人不留种类者，是吾之大罪也！"^{大罪乃是大功。}众将拜伏曰："丞相天机，鬼神莫测也！"孔明令押过孟获来。孟获跪于帐下。孔明令去其缚，教且在别帐与酒食压惊。^{妙。}孔明唤管酒食官至坐榻前，如此如此，吩咐而去。

却说孟获与祝融夫人并孟优、带来洞主、一切宗党在别帐饮酒。忽一人入帐谓孟获曰："丞相面羞，不欲与公相见。^{不说孟获羞，倒说孔明羞，其羞孟获甚矣。}特令我来放公回去，再招人马来决胜负。公今可速去。"^{妙，妙。胜似打，胜似杀。}孟获垂泪言曰："七擒七纵，自古未尝有也。吾虽化外之人，颇知礼义，直如此无羞耻乎？"^{此时蛮子亦蛮不过来。}遂同兄弟妻子宗党人等，皆匍匐跪于帐下，肉袒谢罪曰："丞相天威，南人不复反矣！"^{攻心之法，至此方贺战胜。}孔明曰："公今服乎？"获泣谢曰："某子子孙孙皆感覆载生成之恩，安得不服！"^{前说畏威，此说感恩，恩威交至。}孔明乃请孟获上帐，设宴庆贺，就令永为洞主。所夺之地，尽皆退还。孟获宗党及诸蛮兵，无不感戴，皆欣然跳跃而去。^{此是七纵。}后人有诗赞孔明曰：

羽扇纶巾拥碧幢，七擒妙策制蛮王。

至今溪洞传威德，为选高原立庙堂。

长史费祎入谏曰："今丞相亲提士卒，深入不毛，收服蛮方；目今蛮王既已归服，何不置官吏，与孟获一同守之？"孔明曰："如此有三不易：留外人则当留兵，兵无所食，一不易也；^{此言留兵}^{之难。}蛮人伤破，父兄死亡，留外人而不留兵，必成祸患，二不易也；^{此言不留}^{兵之难。}蛮人累有废杀之罪，自有嫌疑，留外人终不相信，三不易也。^{此言设官}^{之难。}今吾不留人，不运粮，与相安于无事而已。"^{蛇羹象饭，不可以汉人饭食之道治之；沐浴学艺，不可以汉人男女之道治之；}^{卜鬼药鬼，不可以汉人祭祀之道治之。不可治而不治，正治之以不治也。}众人尽服。于是蛮方皆感孔明恩德，乃为孔明立生祠，四时享祭，^{如此人不愧生祠矣。与前}^{卷马伏波祠正是相映。}皆呼之为"慈父"；各送珍珠金宝、丹漆药材、耕牛战马，以资军用，誓不再反。南方已定。^{文势至此}^{一束。}

　　却说孔明犒军已毕，班师回蜀，令魏延引本部兵为前锋。延引兵方至泸水，忽然阴云四合，水面上一阵狂风骤起，飞沙走石，军不能进。延退兵回报孔明。孔明遂请孟获问之。正是：

　　　　塞外蛮人方帖服，水边鬼卒又猖狂。

　　未知孟获所言若何，且看下文分解。

第九十一回

祭泸水汉相班师

伐中原武侯上表

观伏波之显圣，而知南人之信神，真有神；观泸水之夜哭，而知南人之信鬼，真有鬼也。虽然，明于天地之理者，不可惑于神怪。使鬼能作祟，何以猇亭七十余万之众，不闻为祟于林间，以阻陆生之驾；赤壁八十三万之师，不闻为祟于江上，以阻周郎之舟乎？若畏其鬼而祭之，则藤甲三万人，孔明亦哀之矣，曷为不祭盘蛇谷而独祭泸水也？所以然者，为死于王事，理所当恤。非动于猖獗之足畏，而动于忠义之可矜耳。且也曹操哭既死之典韦，以劝未死之典韦；武侯哭阵亡之蜀将，以劝未亡之蜀将。盖不独为死者而不得不祭，亦为生者而不得不祭云。

读武侯祭泸水一篇，而叹兵之不可轻用也。古人不得已而用兵，则有遣戍卒之诗，有劳还卒之诗，必备述其骨肉绸缪、室家系恋之况。至于杨柳雨雪，蟏户鹿场，无不代写离忧，为之永叹。其待生者且然，况既死乎？若为上者不哀之，而使其人自哀之，则"死生契阔，与子成说"，卫风所以悲也；"转予于恤，有母尸饔"，《祈父》所以怨也。"谁无父母，提携捧负，恐其不寿"；"谁无兄弟，如足如手；谁无妻子，如宾如友"。尝览唐人《从军行》，及诸《塞上曲》，如"碛里征人三十万，一时回首月中看"，又如"可怜无定河边骨，犹是深闺梦里人"。其词之痛，情之伤，有令人泫然泣下者。今武侯秋夜奠文，可以仿佛矣。

兵固不可轻用，而有不得不用者，迫于讨贼之义也。然伐魏所以讨贼，平蛮岂亦以讨贼乎？而伐魏之师，必在平蛮之后者何也？亦犹曹操之不灭吕布，则未敢谋袁绍；不灭袁绍，则未敢窥江南耳。不然，而夫差争长于潢池，勾践已入于国；符坚投鞭于淝水，慕容已袭其邦：岂非其明验哉？且魏欲借蛮以攻蜀，则武侯之平蛮，即谓之伐魏也可。平蛮即为伐魏，则武侯之初伐魏，即谓之再伐魏也可。

武侯北伐而无南顾之忧，此武侯之所乐也；武侯外伐而终不免于内顾之忧，此则武侯之所惧也。何也？平蛮之后，忧不在于南人，而忧乃在于后主也。试观武侯《出师》一篇曰："临表涕泣。"夫伐魏即伐魏耳，何用涕泣为哉？正惟此日国事，实当危急存亡之际；而此日嗣主，方在醉生梦死之中。知子莫如父，惟"不可辅"之言，固已验矣。岂知臣莫如君，而"自取"之语，乃遂敢真蹈也？于是而身提重师，万万不可不去；而心牵钝物，又万万不能少宽。因而切切开导，勤勤叮咛，一回如严父，一回如慈妪。盖先生此日此表之涕泣，固有甚难于嗣主者，非但为汉贼之不两立。后日杜工部有诗云："干排雷雨犹力争，根断泉源岂天意。"正是此一副眼泪矣。今人但知此表为讨贼之义，而不知其为恋主之忠，安得为知武侯者耶？

《周礼》阍人领之太宰，则外庭有制内庭之体，而内庭无侵外庭之权。武侯之教后主者，止在宫中府中一语耳。使宫中亲而府中疏，遂至小人近而贤人远，此桓、灵之所以失也。于六出祁山之前，早知有后主宠黄皓之事；在七擒孟获之后，犹回顾桓、灵宠常侍之文。后事于此伏焉，前文又于此照焉。《三国》一书，当以此卷为一大关键，一大章法。

武侯《出师》一表，固为前后文之伏应；而马谡反间之计，亦为前后文之伏应也。何也？曹操欲立曹植而问贾诩，则在初称魏王之时矣。"煮豆燃豆"之诗，则在曹丕初立之时矣。"三马同槽"，一梦于马腾未死之前，一梦于曹操将死之日矣。而谡之行反间，言曹植之当立，则前文于此应也；言司马氏之欲反，则后文又于此伏也。不但此也。好言天象者，莫如谯周。前称天象以劝刘璋之出降，后复称天象以劝刘禅之出降。而此卷谏武侯之语，亦正与前后文相连属云。

蜀使入吴，而有徐盛南徐之役。是虽吴之破魏，而实蜀之以吴破魏也。吴使入蜀，而有赵云阳平之兵。是虽蜀之为吴伐魏，而实蜀之为汉伐魏也。然犹未大伸讨贼之义也。《纲目》书云："汉丞相武乡侯诸葛亮出师伐魏。"则讨贼之义所由大伸者，断自武侯出师始。

却说孔明班师回国，孟获率引大小洞主酋长及诸部落，罗拜相送。前军至泸水，时值九月秋天，〔与前五月渡泸相应。〕忽然阴云布合，狂风骤起；兵不能渡，回报孔明。孔明遂问孟获，获曰："此水原有猖神作祸，往来者必须祭之。"〔猖神者蛮鬼也。〕孔明曰："用何物祭享？"获曰："旧时国中因猖神作祸，用七七四十九颗人头并黑牛白羊祭之，自然风恬浪静，更兼连年丰稔。"〔假使四十九个鬼又作祸，将奈何？〕孔明曰："吾今事已平定，安可妄杀一人？"遂自到泸水岸边观看。果见阴风大起，波涛汹涌，人马皆惊。〔再在武侯眼中一写。〕孔明甚疑，即寻土人问之。土人告说："自丞相经过之后，夜夜只闻得水边鬼哭神号。自黄昏直至天晓，哭声不绝。瘴烟之内，阴鬼无数。〔又在土人口中补写。〕因此作祸，无人敢渡。"孔明曰："此乃我之罪愆也。前者马岱引蜀兵千余，皆死于水中；〔照应八十八卷中事。〕更兼杀死南人，尽弃此处；狂魂怨鬼，不能解释，以致如此。〔往往鬼哭天阴则闻，方信李华《吊古战场文》不是虚话。〕吾今晚当亲自往祭。"土人曰："须依旧例，杀四十九颗人头为祭，则怨鬼自散也。"〔如此则是以鬼祭鬼。〕孔明曰："本为人死而成怨鬼，岂可又杀生人耶？〔若为鬼杀人，而人又成鬼，是鬼与鬼相怨，无已时也。〕吾自有主意。"唤行厨宰杀牛马；和面为剂，塑成人头，内以牛羊等肉代之，名曰"馒头"。〔是国法，亦是佛法，今日和尚吃馒头，恨不以此为之。〕当夜于泸水岸上，设香案，铺祭物，列灯四十九盏，扬幡招魂；将馒头等物，陈设于地。三更时分，孔明金冠鹤氅，亲自临祭，令董厥读祭文。其文曰：

维大汉建兴三年秋九月一日，武乡侯、领益州牧、丞相诸葛亮，谨陈祭仪，享于故殁王事蜀中将校及南人亡者阴魂曰：

我大汉皇帝，威胜五霸，明继三王。昨自远方侵境，异俗起兵；纵虿尾以兴妖，恣狼心而逞乱。我奉王命，问罪遐荒；大举貔貅，悉除蝼蚁；雄军云集，狂寇冰消；才闻破竹之声，便是失猿之势。但士卒儿郎，尽是九州豪杰；

官僚将校，皆为四海英雄：习武从戎，投明事主，莫不同申三令，共展七擒；齐坚奉国之诚，并效忠君之志。何期汝等偶失兵机，缘落奸计：或为流矢所中，魂掩泉台；或为刀剑所伤，魄归长夜：生则有勇，死则成名。今凯歌欲还，献俘将及。汝等英灵尚在，祈祷必闻：随我旌旗，逐我部曲，同回上国，各认本乡，受骨肉之蒸尝，领家人之祭祀，莫作他乡之鬼，徒为异域之魂。我当奏之天子，使汝等各家尽沾恩露，年给衣粮，月赐廪禄，用兹酬答，以慰汝心。至于本境土神，南方亡鬼，血食有常，凭依不远；生者既凛天威，死者亦归王化，想宜宁帖，毋致号啕。聊表丹诚，敬陈祭祀。呜呼，哀哉！伏惟尚飨！

读毕祭文，孔明放声大哭，极其痛切，情动三军，无不下泪。孟获等众，尽皆哭泣。只见愁云怨雾之中，隐隐有数千鬼魂，皆随风而散。_{恐今日和尚施食，倒无此等应验。}于是孔明令左右将祭物尽弃于泸水之中。

次日，孔明引大军俱到泸水南岸，但见云收雾散，风静浪平。蜀兵安然尽渡泸水，果然"鞭敲金镫响，人唱凯歌还"。_{绝妙好辞。}行到永昌，孔明留王伉、吕凯守四郡；发付孟获领众自回，嘱其勤政驭下，善抚居民，勿失农务。孟获涕泣拜别而去。_{蛮子原有良心，若没良心人，虽十擒十纵亦不服也。}

孔明自引大军回成都。后主排銮驾出郭三十里迎接，下辇立于道旁，以候孔明。_{与献帝迎曹操相类，而君之诚伪既殊，臣之忠奸亦别。}孔明慌下车伏道而言曰："臣不能速平南方，使主上怀忧，臣之罪也。"后主扶起孔明，并车而回，设太平筵会，重赏三军。自此远邦进贡来朝者二百余处。_{服者不但南人。}孔明奏准后主，将殁于王事者之家，一一优恤。人心欢悦，朝野清平。_{以上按下蜀汉一边，以下再叙魏国一边。}

却说魏主曹丕，在位七年，即蜀汉建兴四年也。丕先纳夫人甄氏，即袁绍次子袁熙之妇，前破邺城时所得。_{追应三十三卷中事。}后生一子，名叡，字元仲，自幼聪明，丕甚爱之。后丕又纳安平广宗人郭永之女为贵妃，甚有颜色；其父尝曰："吾女乃女中之王也。"故号为"女王"。_{便有夺后之意。}自丕纳为贵妃，因甄夫人失宠，郭贵妃欲谋为后，却与幸臣张韬商议。时丕有疾，韬乃诈称于甄夫人宫中掘得桐木偶人，上书天子年月日时，为魇镇之事。丕大怒，遂将甄夫人赐死，立郭贵妃为后。_{郭后夺嫡，亦比于曹丕之篡国。}因无出，_{如此人自养曹叡为己子。}养曹叡为己子。虽甚爱之，不立为嗣。叡年至十五岁，弓马熟娴。当年春二月，丕带叡出猎。行于山坞之间，赶出子母二鹿，丕一箭射倒母鹿，回观小鹿驰于曹叡马前。丕大呼曰："吾儿何不射之？"

叡在马上泣告曰："陛下已杀其母，臣安忍复杀其子也。" <small>曹操射鹿，失君臣之礼；曹叡射
鹿，动母子之情。前后相对。</small> 丕闻之，掷弓于地曰："吾儿真仁德之主也！"于是遂封叡为平原王。

夏五月，丕感寒疾，医治不痊，乃召中军大将军曹真、镇军大将军陈群、抚军大将军司马懿三人入寝宫。丕唤曹叡至，指谓曹真等曰："今朕病已沉重，不能复生。此子年幼，卿等三人可善辅之，勿负朕心。"三人皆告曰："陛下何出此言？臣等愿竭力以事陛下，至千秋万岁。"丕曰："今年许昌城门无故自崩，乃不祥之兆，朕故自知必死也。"<small>许昌灾异，从曹
丕口中补出。</small> 正言间，内侍奏征东大将军曹休入宫问安。<small>三人召来，
一人自来。</small> 丕召入谓曰："卿等皆国家柱石之臣也，若能同心辅朕之子，朕死亦瞑目矣！"言讫，堕泪而薨。时年四十岁，在位七年。于是曹真、陈群、司马懿、曹休等，一面举哀，一面拥立曹叡为大魏皇帝。谥父丕为文皇帝，<small>谥之日"文"，取继体守文之意也，
然则造篡汉之基者，断归之曹操矣。</small> 谥母甄氏为文昭皇后。封锺繇为太傅，曹真为大将军，曹休为大司马，华歆为太尉，王朗为司徒，陈群为司空，司马懿为骠骑大将军。其余文武官僚，各各封赠。大赦天下。时雍、凉二州缺人守把，司马懿上表乞守西凉等处。<small>司马懿注意在西，
所畏者蜀也。</small> 曹叡从之，遂封懿提督雍、凉等处兵马，领诏去讫。

早有细作飞报入川。<small>斗笋甚
紧。</small> 孔明大惊曰："曹丕已死，孺子曹叡即位，余皆不足虑；司马懿深有谋略，今督雍、凉兵马，倘训练成时，必为蜀中之大患。不如先起兵伐之。"<small>司马懿患蜀，蜀
亦患司马懿。</small> 参军马谡曰："今丞相平南方回，军马疲敝，只宜存恤，岂可复远征？某有一计，使司马懿自死于曹叡之手，未知丞相钧意允否？"孔明问是何计，马谡曰："司马懿虽是魏国大臣，曹叡素怀疑忌。何不密遣人往洛阳、邺郡等处，布散流言，道此人欲反；更作司马懿告示天下榜文，遍贴诸处，使曹叡心疑，必然杀此人也。"<small>此一时反间之计耳，孰知
后来果应司马氏篡位。</small> 孔明从之，即遣人密行此计去了。

却说邺城门上，忽一日见贴下告示一道。守门者揭了，来奏曹叡。叡观之，其文曰：

> 骠骑大将军总领雍、凉等处兵马事司马懿，谨以信义布告天下：昔太祖武皇帝，创立基业，本欲立陈思王子建为社稷主；不幸奸谗交集，岁久潜龙。皇孙曹叡，素无德行，妄自居尊，有负太祖之遗意。今吾应天顺人，克日兴师，以慰万民之望。告示到日，各宜归命新君。如不顺者，当灭九族！先此告闻，想宜知悉。

曹叡览毕，大惊失色，急问群臣。太尉华歆奏曰："司马懿上表乞守雍、凉，正为此也。先时太祖武皇帝尝谓臣曰：'司马懿鹰视狼顾，不可付以兵权，久必为国家大祸。'

（曹孟德语，却从此处补出。）今日反情已萌，可速诛之。"王朗奏曰："司马懿深明韬略，善晓兵机，素有大志；若不早除，久必为祸。"（又是一个趁脚踹的。）叡乃降旨，欲兴兵御驾亲征。忽班部中闪出大将军曹真奏曰："不可。文皇帝托孤于臣等数人，是知司马仲达无异志也。今事未知真假，遽尔加兵，乃逼之反耳。或者蜀、吴奸细行反间之计，使我君臣自乱，彼却乘虚而击，未可知也。陛下幸察之。"（曹子丹略有见识。）叡曰："司马懿若果谋反，将奈何？"真曰："如陛下心疑，可仿汉高伪游云梦之计。御驾幸安邑，司马懿必然来迎；观其动静，就车前擒之，可也。"（此时仲达亦危矣。）叡从之，遂命曹真监国，亲自领御林军十万，径到安邑。

司马懿不知其故，欲令天子知其威严，乃整兵马，率甲士数万来迎。（仲达虽乖，此时却着了道儿。）近臣奏曰："司马懿果率兵十余万，前来抗拒，实有反心矣。"叡慌命曹休先领兵迎之。司马懿见兵马前来，只疑车驾亲至，伏道而迎。曹休出曰："仲达受先帝托孤之重，何故反耶？"（问得出其不意。）懿大惊失色，汗流遍体，乃问其故。休备言前事。懿曰："此吴、蜀奸细反间之计，欲使我君臣自相残害，彼却乘虚而袭。某当自见天子辨之。"（毕竟仲达乖觉。）遂急退了军马，至叡车前俯伏泣奏曰："臣受先帝托孤之重，安敢有异心？必是吴、蜀之奸计。臣请提一旅之师，先破蜀，后伐吴，报先帝与陛下，以明臣心。"叡疑虑未决。华歆奏曰："不可付之兵权。可即罢归田里。"（名士见识亦甚平常。）叡依言，将司马懿削职回乡，（未见"三马同槽"，先见一马离槽。）命曹休总督雍、凉军马。曹叡驾回洛阳。（以上按下魏国一边，以下再叙蜀汉一边。）

却说细作探知此事，报入川中。孔明闻之大喜曰："吾欲伐魏久矣，奈有司马懿总雍、凉之兵。今既中计遭贬，吾有何忧！"次日，后主早朝，大会官僚，孔明出班，上《出师表》一道。表曰：

臣亮言：先帝创业未半，而中道崩殂；（落笔更不着半句闲言语，只用八字恸哭先帝，早使读者精诚发越。）今天下三分，益州罢敝，此诚危急存亡之秋也。（笔态一伏。）然侍卫之臣，不懈于内；忠志之士，忘身于外者，盖追先帝之殊遇，欲报之于陛下也。（笔态一起，一面读其妙文，一面记其口口先帝。）诚宜开张圣听，以光先帝遗德，恢弘志士之气；（此是说宜。）不宜妄自菲薄，引喻失义，以塞忠谏之路也。（此是说不宜。"宜""不宜"二语发起一篇。○"妄自菲薄"是子弟大病，"引喻失义"又是子弟大病，此特说尽。）宫中府中，俱为一体；（此又说宜。○恐其昵于宫中，已预知有宠黄皓之事。）陟罚臧否，不宜异同。（此又说不宜。）若有作奸犯科，及为忠善者，宜付有司，论其刑赏，以昭陛下平明之治，（此又说宜。）不宜偏私，使内外异法也。（此又说不宜。○宫中昵，府中疏，出师进表，全为此一段可知。）侍中、侍郎郭攸之、费祎、董允等，此皆良实，志虑忠纯，是以先帝简拔以遗陛下。^{重之以先帝，句句不脱"先帝"。}愚以为宫中之事，事无大小，悉以咨之，然后施行，必得裨补阙漏，有所广益。^{切嘱宫中。}将军向宠，性行淑均，晓畅军事，试用之于昔日，先帝称之曰"能"，^{重之以先帝。}是以众议举宠以为督。^{看此处入"众议"二字，嫌疑不小。}愚以为营中之事，事无大小，悉以咨之，必能使行阵和穆，优劣得所也。^{切嘱府中。}亲贤臣，远小人，此先汉所以兴隆也；亲小人，远贤臣，此后汉所以倾颓也。先帝在时，每与臣论此事，未尝不叹息痛恨于桓、灵也！^{明明龟鉴之言，亦必重之以先帝，哀哉。○桓、灵之宠十常侍，正与后主之宠黄皓相同。}侍中、尚书、^{陈震。}长史、参军，^{蒋琬。}此悉贞亮死节之臣也，愿陛下亲之、信之，则汉室之隆，可计日而待也。^{此二人先生所进，恐出师后未必用，故又另嘱。}

臣本布衣，躬耕南阳，苟全性命于乱世，不求闻达于诸侯。^{自叙最悲苦。}先帝不以臣卑鄙，猥自枉屈，三顾臣于草庐之中，谘臣以当世之事，由是感激，遂许先帝以驱驰。^{自叙最悲苦。}后值倾覆，受任于败军之际，奉命于危难之间，尔来二十有一年矣。先帝知臣谨慎，故临崩寄臣以大事也。^{自叙最悲苦。}受命以来，夙夜忧虑，恐付托不效，以伤先帝之明；故五月渡泸，深入不毛。^{自叙最悲苦。}今南方已定，甲兵已足，当奖帅三军，北定中原，庶竭驽钝，攘除奸凶，兴复汉室，还于旧都，此臣所以报先帝而忠陛下之职分也。至于斟酌损益，进尽忠言，则攸之、祎、允之任也。

^{自叙最悲苦。此非以师保推三臣，盖自既解任矣，而出师则必使之自代耳。}愿陛下托臣以讨贼兴复之效，不效则治臣之罪，以告先帝之灵；若无兴复^{一本作"兴德"。}之言，则责攸之、祎、允等之咎，以彰其慢。^{说自出师必连三臣裨补者。}陛下亦宜自谋，以谘诹善道，察纳雅言，深追先帝遗诏。^{此表所忧不在陛下，而在内盅也。哀哉！要他"纳言"，亦必重之以先帝。}臣不胜受恩感激！今当远离，临表涕泣，不知所云。^{非为伐魏而涕泣，为后主而涕泣也。}

后主览表曰："相父南征，远涉艰难；方始回都，坐未安席；今又欲北征，恐劳神思。"孔明曰："臣受先帝托孤之重，夙夜未尝有怠。今南方已平，可无内顾之忧，^{一向南征，正是为此。}不就此时讨贼，恢复中原，更待何日？"忽班部中太史谯周出奏曰："臣夜观天象，北方旺气正盛，星曜倍明，未可图也。"^{与后文仇国论相应。}乃顾孔明曰："丞相深明天文，何故强为？"孔明曰："天道变易不常，岂可拘执？吾今且驻军马于汉中，观其动静而后行。"谯周苦谏不从。于是孔明乃留郭攸之、董允、费祎等为侍中，总摄宫中之事。^{正应表中。}又留向宠为大将，总督御林军马，^{又应表中。}蒋琬为参军；^{此表中已及。}张裔为长史，掌丞相府事；杜琼为谏议大夫；杜微、杨洪为尚书；孟光、来敏为祭酒；尹默、李譔为博士；郤正、费诗为秘

书；谯周为太史，内外文武官僚一百余员，同理蜀中之事。^{此又表中所未及。}

孔明受诏归府，唤诸将听令：前督部，镇北将军、领丞相司马、凉州刺史、都亭侯魏延；前军都督，领扶风太守张翼；牙门将，裨将军王平；后军领兵使，安汉将军、领建宁太守李恢；副将，定远将军、领汉中太守吕义；兼管运粮左军领兵使，平北将军、陈仓侯马岱；副将，飞卫将军廖化；右军领兵使，奋威将军、博阳亭侯马忠；抚戎将军，关内侯张嶷；行中军师，车骑大将军、都乡侯刘琰；中监军，扬武将军邓芝；中参军，安远将军马谡；前将军，都亭侯袁綝；左将军，高阳侯吴懿；右将军，玄都侯高翔；后将军，安乐侯吴班；领长史，绥军将军杨仪；前将军，征南将军刘巴；前护军，偏将军、汉城亭侯许允；左护军，笃信中郎将丁咸；右护军，偏将军刘敏；后护军，典军中郎将官雍；行参军，昭武中郎将胡济；行参军，谏议将军阎晏；行参军，偏将军爨习；行参军，裨将军杜义、武略中郎将杜祺、绥戎都尉盛敦；从事，武略中郎将樊岐；典军书记樊建；丞相令史董厥；帐前左护卫使，龙骧将军关兴；右护卫使，虎翼将军张苞。^{以上历叙诸将官衔，以出师伐魏，故特书其官以予之也。}以上一应官员，都随着平北大都督、丞相、武乡侯、领益州牧、知内外事诸葛亮。^{大书特书。}分拨已定，又檄李严等守川口以拒东吴。^{周密之至。}选定建兴五年春三月丙寅日，出师伐魏。^{至此方大伸讨贼之义。}

忽帐下一老将，厉声而进曰："我虽年迈，尚有廉颇之勇，马援之雄。此二古人皆不服老，何故不用我耶？"众视之，乃赵云也。孔明曰："吾自平南回都，马孟起病故，^{马超之死，在孔明口中补出，省笔之法。}吾甚惜之，以为折一臂也。今将军年纪已高，倘稍有参差，动摇一世英名，减却蜀中锐气。"^{又用激将之法。}云厉声曰："吾自随先帝以来，临阵不退，遇敌则先。大丈夫得死于疆场者，幸也，吾何恨焉？愿为前部先锋！"孔明再三苦劝不住。云曰："如不教我为先锋，就撞死于阶下！"^{写子龙悍勇之极。}孔明曰："将军既要为先锋，须得一人同去。"言未尽，一人应曰："某虽不才，愿助老将军先引一军前去破敌。"孔明视之，乃邓芝也。^{即是不畏油鼎之人。}孔明大喜，即拨精兵五千，副将十员，随赵云、邓芝去讫。孔明出师，后主引百官送于北门外十里。孔明辞了后主，旌旗蔽野，戈戟如林，率军望汉中迤逦进发。^{写得孔明堂堂正正，十分声势。}

却说边庭探知此事，报入洛阳。是日曹叡设朝，近臣奏曰："边官报称：诸葛亮率领大兵三十余万，出屯汉中，^{孔明兵数在曹叡近臣口中补出，妙。}令赵云、邓芝为前部先锋，引兵入境。"叡大惊，问群臣曰："谁可为将，以退蜀兵？"忽一人应声而出曰："臣父死于汉中，切齿之恨，未尝得报。^{照应七十一}_{卷中事。}今蜀兵犯境，臣愿引本部猛将，更乞陛下赐关西之兵，前往破蜀：上为国家效力，下报父仇，臣万死不恨！"众视之，乃夏侯渊之子夏侯楙也。楙字子休；其性最急，又最吝；^{乃父已负妙才之名，}_{此子却又不才之甚。}自幼嗣与夏侯惇为子。后夏侯渊为黄忠所斩，曹操怜之，以女清河公主招楙为驸马，^{曹操本姓夏侯，而以女与楙，}_{则是同姓为婚，衰祖甚矣。}因此朝中钦敬。虽掌兵权，未尝临阵。当时自请出征，曹叡即命为大都督，调关西诸路军马前去迎敌。司徒王朗谏曰："不可。夏侯驸马素不曾经战，今付以大任，非其所宜。更兼诸葛亮足智多谋，深通韬略，不可轻敌。"夏侯楙叱曰："司徒莫非结连诸葛亮，欲为内应耶？吾自幼从父学习韬略，深通兵法。汝何欺我年幼？吾若不生擒诸葛亮，誓不回见天子！"^{志大言大之人，}_{每每无用。}王朗等皆不敢言。夏侯楙辞了魏主，星夜到长安，调关西诸路军马二十余万，来敌孔明。正是：

欲秉白旄麾将士，却教黄吻掌兵权。

未知胜负如何，且看下文分解。

第九十二回

赵子龙力斩五将

诸葛亮智取三城

此卷首写赵云战功，所以成云之志也。曷成乎云之志？曰：先主初即帝位时，云即以伐魏为劝矣。先主之伐吴，以云为后应，为其志不在伐吴故也；武侯之伐魏，以云为先锋，为其志在伐魏故也。英雄有复仇之志者，自惜其年，又惜仇人之年。不能及曹丕之未死而伐魏，已深为曹丕惜；不更及赵云之未死而伐魏，得不为赵云惜哉？然则云之复仇，不敢以老而自爱，正以老而愈不得不奋耳。

魏延子午谷之谋，未尝不善，武侯以为危计而不用，盖逆知天意之不可回，而不欲行险以争之耳。知天意之不可回，而行险以争之，即争之未必胜。争之不胜，而天下后世乃得以行险之失，为我咎矣！惟兢兢然持一至慎之心，出于万全之策，而终不能回天意于万一，然后可以无憾于人事耳。

一擒孟获之前，先取三郡；一出祁山之前，亦先取三郡，斯则同矣。而前三郡之取则俱易，后三郡之取则两易而一难。前者高定真降，妙在假疑其诈，今者崔谅诈降，妙在假信其真。前者高定与雍闿不睦，妙在使中我之计；今者崔谅与杨陵同谋，又妙在即用彼之计。令读者观其前文，更不能测其后文；观其后文，乃始解其前文。事之巧，文之幻，皆妙绝今古。

蜀之有姜维，非继武侯而终伐魏之事者乎？六出祁山之后，始有九伐中原之事。而一出祁山之前，早伏一九伐中原之人。将正伏之，先反伏之。正伏之为蜀之姜维，反伏之为魏之姜维。而此卷则犹反伏之者也。观天地古今自然之文，可以悟作文者结构之法矣。

却说孔明率兵前至沔阳，经过马超坟墓，乃令其弟马岱挂孝，孔明亲自祭之。^{祭死的，与活的看。}祭毕，回到寨中，商议进兵。忽哨马报道："魏主曹叡遣驸马夏侯楙，调关中诸路军马，前来拒敌。"魏延上帐献策曰："夏侯楙乃膏粱子弟，懦弱无谋。^{魏延之谋瞒不过司马懿，却瞒得夏侯楙。}延愿得精兵五千，取路出褒中，循秦岭以东，当子午谷而投北，不过十日，可到长安。夏侯楙若闻某骤至，必然弃城望横门邸阁而走。某却从东方而来，丞相可大驱士马，自斜谷而进。如此行之，则咸阳以西，一举可定也。"^{此亦韩信暗渡陈仓之计，惜孔明之不用也。}孔明笑曰："此非万全之计也。汝欺中原无好人物，^{早为下文姜维之来虚伏一笔。}倘有人进言，于山僻中以兵截杀，非惟五千人受害，亦大伤锐气。决不可用。"^{武侯只是小心，不肯放胆。}魏延又曰："丞相兵从大路进发，彼必尽起关中之兵，于路迎敌，则旷日持久，何时而得中原？"孔明曰："吾从陇右取平坦大路，依法进兵，何忧不胜！"^{出师之名既正，出师之路亦取其正。}遂不用魏延之计。魏延怏怏不悦。^{早为后文伏笔。}孔明差人令赵云进兵。

却说夏侯楙在长安聚集诸路军马。时有西凉大将韩德，善使开山大斧，有万夫不当之勇，引西羌诸路兵八万到来；见了夏侯楙，楙重赏之，就遣为先锋。德有四子，皆精通武艺，弓马过人：长子韩瑛，次子韩瑶，三子韩琼，四子韩琪。_{以四小将衬出一老将。}韩德带四子并西羌兵八万，取路至凤鸣山，正遇蜀兵。两阵对圆。韩德出马，四子列于两边。德厉声大骂曰：“反国之贼，安敢犯吾境界！”赵云大怒，挺枪纵马，单搦韩德交战。长子韩瑛，跃马来迎；战不三合，被赵云一枪刺死于马下。_{子龙不老。}次子韩瑶见之，纵马挥刀来战。赵云施逞旧日虎威，抖擞精神迎战。瑶抵敌不住。_{子龙真不老。}三子韩琼，急挺方天戟骤马前来夹攻。云全然不惧，枪法不乱。_{子龙不老。}四子韩琪，见二兄战云不下，也纵马抢两口日月刀而来，围住赵云。云在中央独战三将。少时，韩琪中枪落马，_{子龙着实不老。}韩阵中偏将急出救去。云拖枪便走。韩琼按戟，急取弓箭射之，连放三箭，皆被云用枪拨落。琼大怒，仍绰方天戟纵马赶来，却被云一箭射中面门，落马而死。_{受过三箭，只答一礼，已当不起。}韩瑶纵马举宝刀便砍赵云。云弃枪于地，闪过宝刀，生擒韩瑶归阵，复纵马取枪杀过阵来。_{子龙着实不老。○赵能灭韩，亦能灭魏。}韩德见四子皆丧于赵云之手，肝胆皆裂，先走入阵去。西凉兵素知赵云之名，今见其英勇如昔，谁敢交锋？赵云马到处，阵阵倒退。赵云匹马单枪，往来冲突，如入无人之境。_{子龙着实不老。}后人有诗赞曰：

忆昔常山赵子龙，年登七十建奇功。

独诛四将来冲阵，犹似当阳救主雄。

邓芝见赵云大胜，率蜀兵掩杀，西凉兵大败而走。韩德险被赵云擒住，弃甲步行而逃。云与邓芝收军回寨。芝贺曰：“将军寿已七旬，英勇如昨。今日阵前力斩四将，世所罕有！”云曰：“丞相以吾年迈，不肯见用，吾故聊以自表耳。”_{有得他说嘴：权将少年人试我老本事。}遂差人解韩瑶，申报捷书，以达孔明。

却说韩德引败军回见夏侯楙，哭告其事。_{一丧其父，一丧其子，正是愁人说与愁人道。}楙自统兵来迎赵云。探马报入蜀寨，说夏侯楙引兵到。云上马绰枪，引千余军，就凤鸣山前摆成阵势。当日，夏侯楙戴金盔，坐白马，手提大砍刀，立在门旗之下。见赵云跃马挺枪，往来驰骋，楙欲自战。韩德曰：“杀吾四子之仇，如何不报！”纵马轮开山大斧，直取赵云。云奋怒挺枪来迎；战不三合，枪起处，刺死韩德于马下，_{彼老不如此老。}急拨马直取夏侯楙。楙慌忙闪入本阵。邓芝驱兵掩杀，魏兵又折一阵，退十余里下寨。楙连夜与众将商议曰：“吾久闻赵云之名，未尝见面；今日年老，英雄尚在，方信当阳长坂之事。_{又提照四十一卷中事。}似此无人可敌，如之奈何？”参军程武乃程昱之子也，进言曰：“某料赵云有勇无谋，不足为虑。来日都督再引兵出，先伏两军于左右；都督临阵先退，诱赵云到伏兵处；都督却登山指挥四面军马，重叠围住，云可擒矣。"此计亦平常不过，云太猛，故中之耳。綝从其言，遂遣董禧引三万军伏于左，薛则引三万军伏于右，二人埋伏已定。

次日，夏侯綝复整金鼓旗幡，率兵而进。赵云、邓芝出迎。芝在马上谓赵云曰："昨夜魏兵大败而走，今日复来，必有诈也。老将军防之。"邓芝甚是仔细，与孔明之小心相似。子龙曰："量此乳臭小儿，何足道哉！吾今日必当擒之！"便跃马而出。魏将潘遂出迎，战不三合，拨马便走。赵云赶去，魏阵中八员将一齐来迎。放过夏侯綝先走，八将陆续奔走。赵云乘势追杀，邓芝引兵继进。赵云深入重地，只听得四面喊声大震。邓芝急收军退回，左有董禧，右有薛则，两路兵杀到。邓芝兵少，不能解救。然则长坂坡之解救，仍赖后主之顽福？赵云被困在垓心，东冲西突，魏兵越厚。时云手下止有千余人，杀到山坡之下，只见夏侯綝在山上指挥三军。赵云投东则望东指，投西则望西指，因此赵云不能突围，乃引兵杀上山来。半山中擂木炮石打将下来，不能上山。与黄汉升之战猇亭仿佛相似。

赵云从辰时杀至酉时，不得脱走，只得下马少歇，且待月明再战。却才卸甲而坐，月光方出，此处写月，忙中闲笔。忽四下火光冲天，鼓声大震，矢石如雨，魏兵杀到，皆叫曰："赵云早降！"云急上马迎敌。四面军马渐渐逼近，八方弩箭交射甚急，人马皆不能向前。云仰天叹曰："吾不服老，死于此地矣！"故作惊人之笔，跌出下文。忽东北角上喊声大起，魏兵纷纷乱窜，一彪军杀到，为首大将持丈八点钢矛，马项下挂一颗人头。云视之，乃张苞也。来得突兀。苞见了赵云，言曰："丞相恐老将军有失，特遣某引五千兵接应。闻老将军被困，故杀透重围。正遇魏将薛则拦路，被某杀之。"斩薛则在张苞口中叙出，殊不费力。云大喜，即与张苞杀出西北角来。只见魏兵弃戈奔走，一彪军从外呐喊杀入，为首大将提偃月青龙刀，手挽人头。云视之，乃关兴也。亦来得突兀。○两颗人头一在马项下，一在手中，两样写法。兴曰："奉丞相之命，恐老将军有失，特引五千兵前来接应。却才阵上逢着魏将董禧，被吾一刀斩之，枭首在此。"斩董禧在关兴口中叙出，殊不费力。丞相随后便到也。"云曰："二将军已建奇功，何不趁今日擒住夏侯綝，以定大事？"好子龙，有志气。张苞闻言，遂引兵去了。兴曰："我也干功去。"遂亦引兵去了。前写子龙，此处又夹写兴、苞。云回顾左右曰："他两个是吾子侄辈，尚且争先干功；吾乃国家上将，朝廷旧臣，反不如此小儿耶？吾当舍老命以报先帝之恩！"杀了一日，犹然如此，子龙到底不老。于是引兵来捉夏侯綝。当夜三路兵夹攻，大破魏军一阵。邓芝引兵接应，杀得尸横遍野，血流成河。夏侯綝乃无谋之人，更兼年幼，不曾经战，见军大乱，遂引帐下骁将百余人，望南安郡而走。曹操女婿甚是不济。众军因见无主，尽皆逃窜。兴、苞二将闻夏侯楙望南安郡去了，连夜赶来。楙走入城中，令紧闭城门，驱兵守御。兴、苞二人赶到，将城围住；赵云随后也到，三面攻打。少时，邓芝亦引兵到。〔前将四人分开，今将四人合叙。〕一连围了十日，攻打不下。忽报丞相留后军住沔阳，左军屯阳平，右军屯石城，自引中军来到。赵云、邓芝、关兴、张苞皆来拜问孔明，说连日攻城不下。

孔明遂乘小车亲到城边周围看了一遍，回寨升帐而坐。众将环立听令。〔读至此，似已有取南安之策，却猜不着有下文。〕孔明曰："此郡壕深城峻，不易攻也。吾正事不在此城，汝等如只久攻，倘魏兵分道而出，以取汉中，吾军危矣。"〔读至此，又似有不欲取南安之意，更猜不出下文。〕邓芝曰："夏侯楙乃魏之驸马，若擒此人，胜斩百将。今困于此，岂可弃之而去？"〔邓芝不以南安为重，却以夏侯楙为重。〕孔明曰："吾自有计。此处西连天水郡，北抵安定郡，二处太守，不知何人？"〔孔明不于南安用计，却欲以天水、安定用计，奇妙。〕探卒答曰："天水太守马遵，安定太守崔谅。"孔明大喜，乃唤魏延受计，如此如此；又唤关兴、张苞受计，如此如此；又唤心腹军士二人受计，如此行之。〔妙在此处不叙明白。〕各将领命，引兵而去。孔明却在南安城外，令军运柴草堆于城下，口称烧城。魏兵闻知，皆大笑不惧。

却说安定太守崔谅，在城中闻蜀兵围了南安，困住夏侯楙，十分慌惧，即点军马约共四千，守住城池。忽见一人自正南而来，口称有机密事。〔方知心腹军士如此用法。〕崔谅唤入问之，答曰："某是夏侯都督帐下心腹将裴绪。今奉都督将令，特来求救于天水、安定二郡。南安甚急，每日城上纵火为号，专望二郡救兵，并不见到；因复差某杀出重围，来此告急。可星夜起兵为外应。都督若见二郡兵到，却开城门接应也。"〔此是孔明吩咐之语，至此方才明白。〕谅曰："有都督文书否？"绪贴肉取出，汗已湿透，略教一视，〔假文书不急令手下换了乏马，便出城望天水而去。〔故作着忙之状，妆得活像。〕不二日，又有报马到，告天水太守已起兵救援南安去了，教安定早早接应。〔此亦心腹军士，又是一样用法。〕崔谅与府官商议。多官曰："若不去救，失了南安，送了夏侯驸马，皆我两郡之罪也，只得救之。"谅即点起人马，离城而去，只留文官守城。〔此失城之由。〕崔谅提兵向南安大路进发，遥望见火光冲天，催兵星夜前进。离南安尚有五十余里，忽闻前后喊声大震，哨马报道："前面关兴截住去路，背后张苞杀来！"〔前吩咐关、苞之计，于此方见。〕安定之兵，四下逃窜。谅大惊，乃领手下百余人，往小路死战得脱，奔回安定。方到城壕边，城上乱箭射下来。蜀将魏延在城上叫曰："吾已取了城也！何不早降？"〔前吩咐魏延之计，于此方见。〕原来魏延扮作安定军，赚夜赚开城门，蜀兵尽入，因此得了安定。〔兴、苞截路用实写，魏延取城用虚写，两样笔法。〕

崔谅慌投天水郡来。行不到一程，前面一彪军摆开。大旗之下，一人纶巾羽扇，道袍鹤氅，端坐于车上。谅视之，乃孔明也，急拨回马走。关兴、张苞两路兵追到，只叫：

"早降！"崔谅见四面皆是蜀兵，不得已遂降，同归大寨。孔明以上宾相待。孔明曰：

"南安太守与足下交厚否？"谅曰："此人乃杨阜之族弟杨陵也，^{南安太守姓名，在}^{崔谅口中补出。}在与某邻

郡，交契甚厚。"孔明曰："今欲烦足下入城，说杨陵擒夏侯楙，可乎？"谅曰："丞相

若令某去，可暂退军马，容某入城说之。"孔明从其言，即时传令，教四面军马各退二十

里下寨。^{崔谅假应承，孔明亦假信任。}^{以假对假，自有妙用。}崔谅匹马到城边叫开城门，入到府中，与杨陵礼毕，细言

其事。陵曰："我等受魏主大恩，安忍背之？可将计就计而行。"^{杨陵欲将计就计，孰}^{知孔明又将计就计。}遂引崔

谅到夏侯楙处，备细说知。楙曰："当用何计？"杨陵曰："只推某献城门，赚蜀兵入，

却就城中杀之。"

崔谅依计而行，出城见孔明，说："杨陵献城门，放大军入城，以擒夏侯楙。杨陵本

欲自捉，因手下勇士不多，未敢轻动。"^{此句便知}^{其假。}孔明曰："此事至易。今有足下原降兵百

余人，于内暗藏蜀将扮作安定军马，带入城去，^{此是真}^{话。}先伏于夏侯楙府下；却暗约杨陵，待

半夜之时，献开城门，里应外合。"^{此是假}^{话。}崔谅暗思："若不带蜀将去，恐孔明生疑。且带

入去，就内先斩之，举火为号，赚孔明入来，杀之可也。"^{暗写崔谅意}^{中之语。}因此应允。孔明嘱曰：

"吾遣亲信将关兴、张苞随足下先去，^{此是真}^{话。}只推救军杀入城中，以安夏侯楙之心；但举

火，吾当亲入城去擒之。"^{又是假}^{语。}时值黄昏，关兴、张苞受了孔明密计，^{妙在不叙}^{明白。}披挂上马，

各执兵器，杂在安定军中，随崔谅来到南安城下。杨陵在城上撑起悬空板，倚定护心栏，

问曰："何处军马？"崔谅曰："安定救军来到。"谅先射一号箭上城，箭上带着密书

曰："今诸葛亮先遣二将，伏于城中，要里应外合；且不可惊动，恐泄漏计策。待入府中

图之。"^{崔谅极乖，却不知}^{已在孔明算中。}杨陵将书见了夏侯楙，细言其事。楙曰："既然诸葛亮中计，可教

刀斧手百余人，伏于府中。如二将随崔太守到府下马，闭门斩之；^{不知者为兴}^{苞捏一把汗。}却于城上举

火，赚诸葛亮入城。伏兵齐出，亮可擒矣。"^{不知者又为孔}^{明捏一把汗。}安排已毕，杨陵回到城上言曰：

"既是安定军马，可放入城。"关兴跟崔谅先行，张苞在后。杨陵下城，在门边迎接。兴

手起刀落，斩杨陵于马下。^{方知临行时所受密计，却不是府中，}^{是门边；却不是夜半，是黄昏也。}崔谅大惊，急拨马奔到吊桥边，张

苞大喝曰："贼子休走！汝等诡计，如何瞒得丞相耶！"手起一枪，刺崔谅于马下。^{读至此，}^{方识孔明}

^{将计就计}^{之妙。}关兴早到城上，放起火来。四面蜀兵齐入。夏侯楙措手不及，开南门并力杀出。一

彪军拦住，为首大将，乃是王平；交马只一合，生擒夏侯楙于马上，^{丈人做尽了人，}^{娇却如此出丑。}余皆杀死。

孔明入南安，招谕军民，秋毫无犯。众将各各献功。孔明将夏侯楙囚于车中。邓芝问

曰："丞相何故知崔谅诈也？"^{读书者至此亦}^{欲急问其故。}孔明曰："吾已知此人无降心，故意使入城。

彼必尽情告与夏侯楙，欲将计就计而行。吾见来情，足知其诈，复使二将同去，以稳其心。此人若有真心，必然阻当；彼忻然同去者，恐吾疑也。他意中度二将同去，赚入城内杀之未迟；又令吾军有托，放心而进。（窥见肺腑。）吾已暗嘱二将，就城门下图之。城内必无准备，吾军随后便到。此出其不意也。"（前面一派疑阵，至此方才说明。）众将拜服。孔明曰："赚崔谅者，吾使心腹人诈作魏将裴绪也。（假裴绪亦于此处叙明。）吾又去赚天水郡，至今未到，不知何故。（赚天水亦于此处补出。）今可乘势取之。"乃留吴懿守南安，刘琰守安定，替出魏延军马去取天水郡。

却说天水郡太守马遵，听知夏侯楙困在南安城中，乃聚文武官商议。功曹梁绪、主簿尹赏、主记梁虔等曰："夏侯驸马乃金枝玉叶，倘有疏虞，难逃坐视之罪。太守何不尽起本部兵以救之？"（若依此计，不消孔明赚得。）马遵正疑虑间，忽报夏侯驸马差心腹将裴绪到。（又是一个假裴绪。即是前番做裴绪，换汤不换药。）绪入府，取公文付马遵，说："都督求安定、天水两郡之兵，星夜救应。"言讫，匆匆而去。次日又有报马到，称说："安定兵已先去了，教太守火急前来会合。"（两个军士，两样用法，亦换汤不换药。）马遵正欲起兵，忽一人自外而入曰："太守中诸葛亮之计矣！"众视之，乃天水冀人也，姓姜名维，字伯约。（姜维于此出现，又为后文张本。）父名同，昔日曾为天水郡功曹，因羌人乱，没于王事。维自幼博览群书，兵法武艺，无所不通；奉母至孝，郡人敬之；后为中郎将，就参本郡军事。（详叙伯约生平，为后文伐魏注脚。）当日姜维谓马遵曰："近闻诸葛亮杀败夏侯楙，困于南安，水泄不通，安得有人自重围之中而出？又且裴绪乃无名下将，从不曾见；（赚安定之假裴绪，在孔明口中说明；赚天水之假裴绪，又在伯约口中道破。）况安定报马，又无公文。以此察之，此人乃蜀将诈称魏将。赚得太守出城，料城中无备，必然暗伏一军于左近，乘虚而取天水也。"（孔明瞒过夏侯楙，却瞒不过姜维。）马遵大悟曰："非伯约之言，则误中奸计矣！"维笑曰："太守放心。某有一计，可擒诸葛亮，解南安之危。"正是：

运筹又遇强中手，斗智还逢意外人。

未知其计如何，且看下文分解。

第九十三回

姜伯约归降孔明

武乡侯骂死王朗

　　有将计就计之孔明，以破崔谅之计，斯已奇矣。又有将计就计之姜维，以破孔明之计则更奇。以假裴绪赚天水，而姜维能料，斯已奇矣。即以假姜维赚天水，而姜维不能料，则更奇矣。以孔明之计，而有破之之人，则其人固孔明之所深爱也。以能料孔明之计之人，而终有不及料之事，则孔明又其人之所不得不服也。纵一夏侯楙以招姜维，而诈称姜维之有书，是犹在人意想之中。遣一假姜维以见夏侯楙，而即称夏侯楙之有书，是则出人意想之外。其变幻不测，疑鬼疑神，今日读之者，且为之迷心眩目，况当日遇之者，能不俯首屈膝哉！

　　此卷有假姜维，前乎此者有假张飞矣。假张飞有二，一则张飞所以赚严颜；一则张飞所以赚张郃。而假姜维不容有二，乃孔明所以困姜维。试以《西游记》拟之，则前之假张飞，是孙行者毫毛所变之假行者也；后之假姜维，是六耳猕猴所冒之假行者也。同一假，而或自假之，或不自假而他人假之。然则《三国》之幻，殆不减《西游》云。

　　姜维有母，而孔明即以姜维之母，牵制姜维；亦犹徐庶有母，而曹操即以徐庶之母牵制徐庶也。然曹操假其母之书以招其子，孔明则不必假其母之书以招其子。所以然者，欲其人之背顺归逆，不得不以母子之情，夺其君臣之义；若使其人之背逆助顺，则自有君臣之义，正不专恃其母子之情耳。且曹操之才，不足以胜徐庶；而孔明之才，实足以服姜维。庶不为操屈，而但为母屈；维则不独为母屈，而直为孔明屈矣。

　　人但知讨贼者当诛其首，而不知讨贼者当先诛其从。何也？无贾充、成济，则司马氏父子不能肆其凶；无华歆、王朗，则曹氏父子不能恣其恶。故骂曹操而不骂华歆，未足夺曹操之魂；骂曹丕、曹叡而不骂王朗，未足褫曹丕、曹叡之魂也。骂曹操者，有陈琳之檄矣，有衣带之诏也，有汉中王进位之疏矣，独于曹丕而缺焉。武侯虽有出师之表上告嗣君，恨无讨贼之文布告天下。今观骂王朗一篇，即以此当骂曹丕，即以此当布告之文可耳。

　　兵家之有劫寨，题目旧矣。独至此卷而有翻陈出新者，料彼不知我劫而劫之，不足奇；料彼知我劫而仍劫之，则奇矣。待彼来劫我，而我往劫之，不足奇；知彼待我之往劫而后来，而我故赚其来，则又奇矣。不但此也。以我劫寨之兵，截其归寨之兵，又使彼归寨之兵，即被杀于防我劫寨之兵，其愈出愈幻至于如此。每见他书所纪劫寨之事，不过杀入寨中，并无一人，情知中计，望后便走等语耳。层层叠叠，数见不鲜。问有以旧题而作新文，若此卷之神妙者乎？

　　却说姜维献计于马遵曰："诸葛亮必伏兵于郡后，赚我兵出城，乘虚袭我。某愿请精兵三千，伏于要路。太守随后发兵出城，不可远去，止行三十里便回；但看火起为号，前后夹攻，可获大胜。如诸葛亮自来，必为某所擒矣。"〔前卷孔明用计，说明在后；此处姜维用计，说明在前。〕遵用其计，付精兵与姜维去讫，然后自与梁虔引兵出城等候；只留梁绪、尹赏守城。原来孔明果遣赵云引一军埋伏于山僻之中，只待天水人马离城，便乘虚袭之。当日细作回报赵云，说天水太守马遵，起兵出城，只留文官守城。赵云大喜，又令人报与张翼、高翔，教于要路截杀马遵。此二处兵亦是孔明预先埋伏。^{前卷之事，补叙于此。}

却说赵云引五千兵，径投天水郡城下，高叫曰："吾乃常山赵子龙也！汝知中计，早献城池，免遭诛戮！"城上梁绪大笑曰："汝中吾姜伯约之计，尚然不知耶？"^{前是孔明将计就计，此是姜维将计就计，可谓无礼不答。}云恰待攻城，忽然喊声大震，四面火光冲天。当先一员少年将军，挺枪跃马而言曰："汝见天水姜伯约乎！"^{在子龙眼中写一姜维。○语亦自负之甚。}云挺枪直取姜维。战不数合，维精神倍长。云大惊，暗忖曰："谁想此处有这般人物！"^{又在子龙意中写一姜维。}正战时，两路军夹攻来，乃是马遵、梁虔引军杀回。赵云首尾不能相顾，冲开条路，引败兵奔走，姜维赶来。亏得张翼、高翔两路军杀出，接应回去。^{又亏此一路接应。子龙虽败，可见孔明用计之妙。}赵云归见孔明，说中了敌人之计。孔明惊问曰："此是何人，识吾玄机？"有南安人告曰："此人姓姜，名维，字伯约，天水冀人也；事母至孝，文武双全，智勇足备，真当世之英杰也。"^{又在南安人口中写一姜维。}赵云又夸奖姜维枪法，与他人大不同。^{又在子龙口中写一姜维。}孔明曰："吾今欲取天水，不想有此人。"遂起大军前来。

却说姜维回见马遵曰："赵云败去，孔明必然自来。彼料我军必在城中。今可将本部军马，分为四枝：某引一军伏于城东，如彼兵到则截之。太守与梁虔、尹赏各引一军城外埋伏。梁绪率百姓在城上守御。"^{写姜维第二番用计，亦用明写。}分拨已定。

却说孔明因虑姜维，自为前部，望天水郡进发。将到城边，孔明传令曰："凡攻城池，以初到之日，激励三军，鼓噪直上。若迟延日久，锐气尽隳，急难破矣。"于是大军径到城下。因见城上旗帜整齐，未敢轻攻。^{此非写梁绪，亦非写姜维。}候至半夜，忽然四下火光冲天，喊声震地，正不知何处兵来。只见城上亦鼓噪呐喊相应，蜀兵乱窜。孔明急上马，有关兴、张苞二将保护，杀出重围。回头看时，正东上军马，一带火光，势若长蛇。^{四路兵独写正东。以三路之无用，衬出一路之独奇。}孔明令关兴探视，回报曰："此姜维兵也。"孔明叹曰："兵不在多，在人之调遣耳。此人真将才也！"^{又在孔明眼中、口中写一姜维。}收兵归寨，思之良久，乃唤安定人问曰："姜维之母，现在何处？"^{从事母至孝上得来。}答曰："维母今居冀县。"孔明唤魏延吩咐曰："汝可引一军，虚张声势，诈取冀县。若姜维到，可放入城。"又问："此地何处紧要？"安定人曰："天水钱粮，皆在上邽；若打破上邽，则粮道自绝矣。"孔明大喜，教赵云引一军去攻上邽。

^{欲取天水，却不于天水用计，又于别处用计，妙。}孔明离城三十里下寨。早有人报入天水郡，说蜀兵分为三路：一军守此郡，一军取上邽，一军取冀城。姜维闻之，哀告马遵曰："维母现在冀城，恐母有失。维

乞一军往救此城，兼保老母。"^{亦如徐庶所云，}马遵从之，遂令姜维引三千军去保冀城；梁虔引三千军去保上邽。

却说姜维引兵至冀城，前面一彪军摆开，为首蜀将，乃是魏延。二将交锋数合，延诈败奔走。维入城闭门，率兵守护，拜见老母，并不出战。赵云亦放过梁虔入上邽城去了。^{详于姜维而略于梁虔，}孔明乃令人去南安郡，取夏侯楙至帐下。孔明曰："汝惧死乎？"楙慌拜伏乞命。^{曹家女婿如}孔明曰："目今天水姜维现守冀城，使人持书来说：'但得驸马在，我愿归降。'<sup>又用前番赚吾今饶汝性命，汝肯招安姜维否？"楙曰："情愿招安。"孔明乃与衣服鞍马，不令人跟随，放之自去。^{又用前番纵}楙得脱出寨，欲寻路而走，奈不知路径。正行之间，逢数人奔走。楙问之，答曰："我等是冀县百姓；今被姜维献了城池，归降诸葛亮，蜀将魏延纵火劫财，我等因此弃家奔走，投上邽去也。"^{此是孔明之计，妙在不叙}楙又问曰："今守天水城是谁？"土人曰："天水城中乃马太守也。"楙闻之，纵马望天水而行。又见百姓携男抱女远来，所说皆同。^{妙哉计}楙至天水城下叫门，城上人认得是夏侯楙，慌忙开门迎接。马遵惊拜问之。楙细言姜维之事，又将百姓所言说了。遵叹曰："不想姜维反投蜀矣！"^{孔明只赚夏侯楙，却借夏侯楙以}梁绪曰："彼意欲救都督，故以此言虚降。"楙曰："今维已降，何为虚也？"正踌躇间，时已初更，蜀兵又来攻城。火光中见姜维在城下挺枪勒马，大叫曰："请夏侯都督答话！"^{试令读者掩卷猜之，此是}夏侯楙与马遵等皆到城上，见姜维耀武扬威大叫曰："我为都督而降，都督何背前言？"^{妙极。}楙曰："汝受魏恩，何故降蜀？有何前言耶？"维应曰："汝写书教我降蜀，何出此言？汝要脱身，却将我陷了！^{明明当面说谎，却使夏侯楙闻之。}我今降蜀，加为上将，安有还魏之理？"言讫，驱兵打城，至晓方退。^{若待天明，便认}原来夜间妆姜维者，乃孔明之计，令部卒形貌相似者，假扮姜维攻城，因火光之中，不辨真伪。^{此处方才说明。○《水浒传》假秦明，}

孔明却引兵来攻冀城。城中粮少，军食不敷。姜维在城上，见蜀军大车小辆，搬运粮草，入魏延寨中去了。维引三千兵出城，径来劫粮。蜀兵尽弃了粮车，寻路而走。^{弃一驷马以赚之，}^{又弃无数粮车以赚之，}姜维夺得粮车，欲要入城，忽然一彪军拦住，为首蜀将张翼也。二将交锋，战不数合，王平引一军又到，两下夹攻。维力穷抵敌不住，夺路归城；城上早插蜀兵旗号，原来已被魏延袭了。^{此番却着}维杀条路奔天水城，手下尚有十余骑；又遇张苞杀了一阵，维止剩得匹马单枪，来到天水城下叫门。城上军见是姜维，慌报马遵。遵曰："此是姜维来赚我城门也。"令城上乱箭射下。^{前把假姜维认作真姜维，今把真姜维认作假姜维，被孔明弄得七颠八倒。}姜维回顾蜀兵至近，遂飞奔上邽城来。城上梁虔见了姜维，大骂曰：“反国之贼，安敢来赚我城池！吾已知汝降蜀矣！”遂乱箭射下。〔梁虔一边知道，却用暗写，此省笔处。〕姜维不能分说，仰天长叹，两眼泪流，拨马望长安而走。行不数里，前至一派大树茂林之处，一声喊起，数千兵拥出，为首蜀将关兴，截住去路。〔孔明用计不在孔明一边写去，在姜维一边见来，异样笔法。〕只维人困马乏，不能抵当，勒回马便走。忽然一辆小车从山坡中转出。〔一辆小车抵得一队大兵。〕其人头戴纶巾，身披鹤氅，手摇羽扇，乃孔明也。孔明唤姜维曰：“伯约此时何尚不降？”维寻思良久，前有孔明，后有关兴，又无去路，只得下马投降。〔只此一降，便生出后来无数文字。〕孔明慌忙下车而迎，执维手曰：“吾自出茅庐以来，遍求贤者，欲传授平生之学，恨未得其人。今遇伯约，吾愿足矣。”〔一见便有此深谈，此收拾英雄之法。〕维大喜拜谢。

孔明遂同姜维回寨，升帐商议取天水、上邽之计。维曰：“天水城中尹赏、梁绪，与某至厚；当写密书二封，射入城中，使其内乱，城可得矣。”〔弄假成真。〕孔明从之。姜维写了二封密书，拴在箭上，纵马直至城下，射入城中。小校拾得，呈与马遵。遵大疑，与夏侯楙商议曰：“梁绪、尹赏与姜维结连，欲为内应，都督宜早决之。”楙曰：“可杀二人。”尹赏知此消息，乃谓梁绪曰：“不如纳城降蜀，以图进用。”〔又在姜维算中。〕是夜，夏侯楙数次使人请梁、尹二人说话。二人料知事急，遂披挂上马，各执兵器，引本部军大开城门，放蜀兵入。夏侯楙、马遵惊慌，引数百人出西门，弃城投羌胡城而去。梁绪、尹赏迎接孔明入城。安民已毕，孔明问取上邽之计。梁绪曰：“此城乃某亲弟梁虔守之，愿招来降。”〔甚不费力。〕孔明大喜。绪当日到上邽唤梁虔出城来降孔明。孔明重加赏劳，就令梁绪为天水太守，尹赏为冀城令，梁虔为上邽令。孔明分拨已毕，整兵进发。诸将问曰：“丞相何不去擒夏侯楙？”孔明曰：“吾放夏侯楙，如放一鸭耳。〔轻薄。〕今得伯约，得一凤也！”〔凤雏之后，又有一凤。〕

孔明自得三城之后，威声大震，远近州郡，望风归降。孔明整顿军马，尽提汉中之兵，前出祁山，〔是一出祁山。〕兵临渭水之西。细作报入洛阳。〔以下按过孔明，再叙魏国。〕

时魏主曹叡太和元年，升殿设朝。近臣奏曰：“夏侯驸马已失三郡，逃窜羌中去了。今蜀兵已到祁山，前军临渭水之西，乞早发兵破敌。”叡大惊，乃问群臣曰：“谁可为朕退蜀兵耶？”司徒王朗出班奏曰：“臣观先帝每用大将军曹真，所到必克；今陛下何不拜为大都督，以退蜀兵？”〔亦强夏侯楙不多。〕叡准奏，乃宣曹真曰：“先帝托孤与卿，今蜀兵入寇中原，卿安忍坐视乎？”真奏曰：“臣才疏智浅，不称其职。”王朗曰：“将军乃社稷之臣，不可固辞。老臣虽驽钝，愿随将军一往。”〔此老死期至矣。〕真又奏曰：“臣受大恩，安敢推辞？但乞一人为副将。”叡曰：“卿自举之。”真乃保太原阳曲人，姓郭，名淮，字伯济，官封射亭侯，领雍州刺史。叡从之，遂拜曹真为大都督，赐节钺；命郭淮为副都督，王朗为军师。朗时年已七十六岁矣。_{老而不死}_{是为贼。}选拨东西二京军马二十万与曹真。真命宗弟曹遵为先锋，又命荡寇将军朱赞为副先锋。当年十一月出师，魏主曹叡亲自送出西门之外方回。

曹真领大军来到长安，过渭河之西下寨。真与王朗、郭淮共议退兵之策。朗曰："来日可严整队伍，大展旌旗。老夫自出，只用一席话，管教诸葛亮拱手而降，蜀兵不战而退。"_{痴老儿真在梦中，}_{可发一笑。}真大喜，是夜传令：来日四更造饭，平明务要队伍整齐，人马威仪，旌旗鼓角，各按次序。当时使人先下战书。

次日，两军相迎，列成阵势于祁山之前。蜀军见魏兵甚是雄壮，与夏侯楙大不相同。_{在蜀兵眼中写魏}_{国军容之盛。}三军鼓角已罢，司徒王朗乘马而出。上首乃都督曹真，下首乃副都督郭淮；两个先锋压住阵角。探子马出军前，大叫曰："请对阵主将答话！"只见蜀兵门旗开处，关兴、张苞分左右而出，立马于两边；次后一队队骁将分列；_{在魏兵眼中写蜀}_{汉军容之盛。}门旗影下，中央一辆四轮车，孔明端坐车中，纶巾羽扇，素衣皂绦，飘然而出。孔明举目见魏阵前三个麾盖，旗上大书姓名：中央白髯老者，乃军师、司徒王朗。孔明暗忖曰："王朗必下说词，吾当随机应之。"遂教推车出阵外，令护军小校传曰："汉丞相与司徒会话。"_{只一"汉"字可}_{以压倒王朗。〇}_{司徒上削去"魏"字，不予其事魏也；亦}_{不加以"汉"字者，以不成其为汉臣也。}王朗纵马而出。孔明于车上拱手，朗在马上欠身答礼。朗曰："久闻公之大名，今幸一会。公既知天命、识时务，何故兴无名之兵？"孔明曰："吾奉诏讨贼，何谓无名？"_{不但奉后主之诏，直奉先主之诏也。又}_{不但奉先主之诏，直奉衣带诏之诏也。}又朗曰："天数有变，_{开口便说一}_{"天"字来}_{压孔}_{明。}神器更易，而归有德之人，此自然之理也。曩自桓、灵以来，黄巾倡乱，天下争横。_{应第一卷}_{中事。}降至初平、建安之岁，董卓造逆，_{应第九卷}_{以前事。}傕、汜继虐；_{应十三卷}_{以前事。}袁术僭号于寿春，_{应十七卷}_{中事。}袁绍称雄于邺土；_{应三十一卷}_{以前事。}刘表占据荆州，_{应三十九卷}_{以前事。}吕布虎吞徐郡；_{应十九卷}_{以前事。}盗贼蜂起，奸雄鹰扬，社稷有累卵之危，生灵有倒悬之急。_{将群雄总}_{叙四句。}我太祖武皇帝，扫清六合，席卷八荒；万姓倾心，四方仰德：非以权势取之，实天命所归也。_{应七十八卷以前事。〇称}_{一"天"字以尊曹操。}世祖文帝，神文圣武，以膺大统，应天合人，法尧禅舜，处中国以临万邦，岂非天心人意乎？_{应九十一卷以前事。〇称一"天"}_{字，必添出一"人"字，以尊曹丕。}今公蕴大才、抱大器，自欲比于管、乐，_{先将孔明}_{一扬。}何乃强欲逆天理、背人情而行事耶？_{又将孔明一抑。〇但言逆天数则可，若云逆天理则不可，}_{勉强将一理字换却数字，又勉强添一人字倍却天字。}岂不闻古人云：'顺天者昌，逆天者亡。'_{究竟只好归重}_{"天"字上去。}今我大魏带甲百万，良将千员。谅腐草之萤光，怎及天心之皓月？公可倒戈卸甲，以礼来降，不失封侯之位。国安民乐，岂不美哉！"

孔明在车上大笑曰："吾以为汉朝大老元臣，必有高论，〔劈头将一"汉"字对他"天"字。〕岂期出此鄙言！吾有一言，诸军静听：〔要在众人面前出他丑。〕昔日桓、灵之世，汉统陵替，宦官酿祸；国乱岁凶，四方扰攘。黄巾之后，董卓、傕、汜等接踵而起，迁劫汉帝，残暴生灵。〔略叙往时之乱，颡括不烦。〕因庙堂之上，朽木为官，殿陛之间，禽兽食禄；狼心狗行之辈，滚滚当道，奴颜婢膝之徒，纷纷秉政。以致社稷丘墟，苍生涂炭。〔骂尽汉臣暗切王朗。〕吾素知汝所行：世居东海之滨，初举孝廉入仕；理合匡君辅国，安汉兴刘；何期反助逆贼，同谋篡位！罪恶深重，天地不容！天下之人，愿食汝肉！〔方指名骂他。〕今幸天意不绝炎汉，〔此以天理决天数。〕昭烈皇帝继统西川。吾今奉嗣君之旨，兴师讨贼。〔自叙出师伐魏之意。不但奉诏讨贼，亦是奉天讨贼！〕汝既为谄谀之臣，只可潜身缩首，苟图衣食；安敢在行伍之前，妄称天数耶！〔折倒他天数之语。〕皓首匹夫！苍髯老贼！汝即日将归于九泉之下，何面目见二十四帝乎！〔又奉列圣之灵以折之，连死后都骂到。〕老贼速退！可教反臣与吾共决胜负！"

王朗听罢，气满胸膛，大叫一声，撞死于马下。〔周瑜有三气，王朗只是一气。老儿气不起，不似少年熬得。〕后人有诗赞孔明曰：

> 兵马出西秦，雄才敌万人。
>
> 轻摇三寸舌，骂死老奸臣。

孔明以扇指曹真曰："吾不逼汝。汝可整顿军马，来日决战。"言讫回车。于是两军皆退。曹真将王朗尸首，用棺木盛贮，送回长安去了。〔一个军师早完了局。〕副都督郭淮曰："诸葛亮料吾军中治丧，今夜必来劫寨。可分兵四路：两路兵从山僻小路，乘虚去劫蜀寨；两路兵伏于本寨外，左右击之。"〔算到敌人劫寨，却又去劫敌人之寨，其计亦巧。〕曹真大喜曰："此计与吾相合。"遂传令唤曹遵、朱赞两个先锋吩咐曰："汝二人各引一万军，抄出祁山之后。但见蜀兵望吾寨而来，汝可进兵去劫蜀寨。如蜀兵不动，便撤兵回，不可轻进。"〔若彼不劫，我亦不二人受计，劫，其谋亦慎。〕二人受计，引兵而去。真谓淮曰："我两个各引一枝军，伏于寨外，寨中虚堆柴草，只留数人。如蜀兵到，放火为号。"诸将皆分左右，各自准备去了。

却说孔明归帐，先唤赵云、魏延听令。孔明曰："汝二人各引本部军去劫魏寨。"魏延进曰："曹真深明兵法，必料我乘丧劫寨。他岂不提防？"〔此写魏延。〕孔明笑曰："吾正欲曹真知吾去劫寨也。〔妙极。〕彼必伏兵在祁山之后，待我兵过去，却来袭我寨；吾故令汝二人，引兵前去，过山脚后路，远下营寨，任魏兵来劫吾寨。汝看火起为号，分兵两路：文长拒住山口；子龙引兵杀回，必遇魏兵，却放彼走回，汝乘势攻之，彼必自相掩杀，可获全胜。"

妙在原不教他劫寨，只教他杀劫寨之人。二将引兵受计而去。又唤关兴、张苞吩咐曰："汝二人各引一军，伏于祁山要路；放过魏兵，却从魏兵来路，杀奔魏寨而去。"这两个却是教他劫寨。二人引兵受计去了。又令马岱、王平、张翼、张嶷四将，伏于寨外，四面迎击魏兵。孔明乃虚立寨栅，居中堆起柴草，以备火号；自引诸将退于寨后，以观动静。既防他来劫寨，又要骗他来劫寨，神妙之极。

却说魏先锋曹遵、朱赞黄昏离寨，迤逦前进。二更左侧，遥望山前隐隐有军行动。曹遵自思曰："郭都督真神机妙算！"且慢赞着。遂催兵急进。到蜀寨时，将及三更。曹遵先杀入寨，却是空寨，并无一人。料知中计，急撤军回。寨中火起。朱赞兵到，自相掩杀，人马大乱。曹遵与朱赞交马，方知自相践踏。是此以魏伐魏，妙，妙。急合兵时，忽四面喊声大震，王平、马岱、张嶷、张翼杀到。第三次吩咐的第一次出现。曹、朱二人引心腹军百余骑，望大路奔走。忽然鼓角齐鸣，一彪军截住去路，为首大将乃常山赵子龙也，第一次吩咐的第二次先是一个出现。大叫曰："贼将那里去？早早受死！"曹、朱二人夺路而走。忽喊声又起，魏延又引一彪军杀到。第一次吩咐的第三次又是一个出现。曹、朱二人大败，夺路奔回本寨。守寨军士，只道蜀兵来劫寨，慌忙放起号火。左边曹真杀至，右边郭淮杀至，自相掩杀。又是以魏伐魏，妙，妙。背后三路蜀兵杀到：中央魏延，左边关兴，右边张苞，大杀一阵。第二次吩咐的第四次出现，又妙在魏延再出现。魏兵败走十余里，魏将死者极多。孔明全获大胜，方始收兵。曹真、郭淮收拾败军回寨，商议曰："今魏兵势孤，蜀兵势大，将何策以退之？"淮曰："胜负乃兵家常事，不足为忧。某有一计，使蜀兵首尾不能相顾，定然自走矣。"正是：

可怜魏将难成事，欲向西方索救兵。

未知其计如何，且看下文分解。

第九十四回

诸葛亮乘雪破羌兵
司马懿克日擒孟达

读《三国》者，读至此卷，而知文之彼此相伏，前后相因，殆合十数卷而只如一篇，只如一句也。其相反而相因者，有助汉之沙摩柯，乃有抗汉之孟获；其不相反而相因者，有借羌兵之曹丕，乃有借羌兵之曹真；其相类而相因者，有马超在而即去之轲比能，乃有马超死而忽来之彻里吉；其不相类而相因者，有六纵而不服之蛮王，乃有一纵而即服之雅丹丞相。至于孟达致书于李严，早有李严致书于孟达以为之伏笔矣。申仪助司马而杀孟达，早有孟达之约申仪而背刘封以为之伏笔矣。文如常山率然，击首则尾应，击尾则首应，击中则首尾皆应，岂非结构之至妙者哉！

此卷之内，忽有一关公之神，突如其来，倏然而往。一救关兴，再救张苞，可谓英灵之极矣。然越吉元帅之头，何不即取之以云中显圣之偃月刀，而必待孔明之用计而后斩之乎？曰：《三国》一书，所以纪人事，非以纪鬼神。惟有一番筹度，一番诱敌，乃见相臣之劳心，诸将之用命，不似《西游》《水浒》等书，原非正史，可以任意结构也。

平蛮之后，又有平羌；藤甲之后，又有铁车。一则在于未伐魏之始，一则间于既伐魏之中。一则炎天，一则雪地。一则出其全力持之旷日，一则施以小计定之终朝。或详或略，或长或短，事不雷同，文亦不合掌。如此妙事，如此妙文，真他书之所未有。

司马懿不用，则孟达不死。孟达不死，则两京可图。两京可图，则曹氏可灭。曹氏之不遽灭，以为司马懿之功也。然而救魏之事，即为篡魏之阶。魏之以懿拒汉，犹之前门拒虎后户进狼耳。此卷于司马懿起复之初，便叙师、昭二子之英英露爽。盖非魏之亡于此救，而正魏之亡于此兆云。

蜀事之坏，一坏于失荆州，再坏于失上庸也。荆州不失，则可由荆州以定襄樊；上庸不失，则可由上庸以取宛、洛。而原其所以失，则有故焉。当关公离荆州以伐魏之时，使别遣一上将以守荆州，则荆州可以不失；当孟达弃上庸而奔魏之时，更遣一上将以守上庸，则上庸可以不失。而先主不虑之，孔明亦不虑之，则皆天也，非人也。其所以失而不复者，又有故焉。当先主大战猇亭之初，孙权愿献荆州，而先主不之拒，则荆州虽失而可复；当孔明初出祁山之时，孟达欲献上庸，而司马懿未之知，则上庸虽失而可复。而先主必拒之，司马懿必知之，则又天也，非人也。天不祚汉，亦何咎于先主，亦何咎于孟达耶？

孟达不足咎，而孟达之不知人，则可咎也。于诸葛亮之小心不之信，于申仪、申耽则信之矣；于司马懿之小心不之信，于李辅、邓贤则信之矣。不能料申仪、申耽，而何能料司马懿？不能识李辅、邓贤，而何能识诸葛亮哉？盖惟诸葛亮能知司马懿，亦惟司马懿能知诸葛亮耳。

却说郭淮谓曹真曰："西羌之人，自太祖时连年入贡，文皇帝亦有恩惠加之。我等今可据住险阻，遣人从小路直入羌中求救，许以和亲，羌人必起兵袭蜀兵之后，即曹丕五路
中之一也。吾却以大兵击之，首尾夹攻，岂不大胜？"真从之，即遣人星夜驰书赴羌。

却说西羌国王彻里吉，自曹操时年年入贡；手下有一文一武：文乃雅丹丞相，武乃越吉元帅。^{亦如董荼那、阿会喃等名色。}时魏使赍金珠并书到国，先来见雅丹丞相，送了礼物，具言求救之意。雅丹引见国王，呈上书礼。彻里吉览了书，与众商议。雅丹曰："我与魏国素相往来，今曹都督求救，且许和亲，理合依允。"^{是金帛说话。}彻里吉从其言，即命雅丹与越吉元帅起羌兵一十五万，皆惯使弓弩、枪刀、蒺藜、飞锤等器；又有战车，用铁叶裹钉，装载粮食军器什物，或用骆驼驾车，或用骡马驾车，号为"铁车兵"。^{写得羌兵可畏，以衬孔明之能。}二人辞了国王，领兵直扣西平关。守关蜀将韩祯，急差人赍文报知孔明。

孔明闻报，问众将曰："谁敢去退羌兵？"张苞、关兴应曰："某等愿往。"孔明曰："汝二人要往，奈路途不熟。"遂唤马岱曰："汝素知羌人之性，久居彼处，可作向导。"^{用马岱可谓最得其人。}便起精兵五万，与兴、苞二人同往。兴、苞等引兵而去。行有数日，早遇羌兵。关兴先引百余骑登山坡看时，只见羌兵把铁车首尾相连，随处结寨；车上遍排兵器，就似城池一般。^{赤壁江中有连舟，西平关外有连车。连舟易破，连车不易破。}兴睹之良久，无破敌之策，回寨与张苞、马岱商议。岱曰："且待来日见阵，观看虚实，另作计议。"^{马超已死，马岱亦无如之何。}次早，分兵三路：关兴在中，张苞在左，马岱在右，三路兵齐进。羌兵阵里，越吉元帅手挽铁锤，腰悬宝雕弓，跃马奋勇而出。关兴招三路兵径进。忽见羌兵分在两边，中央放出铁车，如潮涌一般，^{其静也如城，其动也如水。}弓弩一齐骤发。蜀兵大败，马岱、张苞两军先退；关兴一军，被羌兵一裹，直围入西北角上去了。

兴在垓心，左冲右突，不能得脱；^{兴至此好生着急。}铁车密围，就如城池。蜀兵你我不能相顾。兴望山谷中寻路而走。看看天晚，但见一簇皂旗，蜂拥而来，一员羌将，手提铁锤大叫曰："小将休走！吾乃越吉元帅也！"关兴急走到前面，尽力纵马加鞭，正遇断涧，^{兴至此好生着急。}只得回马来战越吉。兴终是胆寒，抵敌不住，望涧中而逃；被越吉赶到，一铁锤打来，兴急闪过，正中马胯。那马望涧中便倒，兴落于水中。^{兴至此又好生着急。}忽听得一声响处，背后越吉连人带马，平白地倒下水来。兴就水中挣起看时，只见岸上一员大将，杀退羌兵。^{绝处逢生，出于意外。}兴提刀待砍越吉，吉跃水而走。^{此时未便斩越吉，更妙。}关兴得了越吉马，牵到岸上，整顿鞍辔，绰刀上马。只见那员将，尚在前面追杀羌兵。^{读者至此，必谓不是张苞定是马岱。}兴自思此人救我性命，当与相见，遂拍马赶来。看看至近，只见云雾之中，隐隐有一大将，面如重枣，眉若卧蚕，绿袍金铠，提青龙刀，骑赤兔马，手绰美髯，分明认得是父亲关公。^{关公又于此处显圣，却是意想不到。}兴大惊。忽见关公以手望东南指曰："吾儿可速望此路去。吾当护汝归寨。"言讫不见。关兴望东南急走。至半夜，<small>前是黄昏，此是半夜，正与斩潘璋时相似。</small>忽一彪军到，乃张苞也，问兴曰："你曾见二伯父否？"<small>问得奇特。</small>兴曰："你何由知之？"苞曰："我被铁车军追急，忽见伯父自空而下，惊退羌兵，<small>关公在张苞一边显圣，却用虚写。</small>指曰：'汝从这条路去救吾儿。'因此引军径来寻你。"关兴亦说前事，共相嗟异。二人同归寨内。马岱接着，对二人说："此军无计可退。我守住寨栅，你二人去禀丞相，用计破之。"<small>虽有关公神助，终赖诸葛奇谋。</small>于是兴、苞二人，星夜来见孔明，备说此事。

孔明随命赵云、魏延各引一军埋伏去讫；然后点三万军，带了姜维、张翼、关兴、张苞，亲自来到马岱寨中歇定。次日上高阜处观看，见铁车连络不绝，人马纵横，往来驰骤。孔明曰："此不难破也。"<small>别人难，他偏不难。</small>唤马岱、张翼吩咐如此如此。二人去了，<small>妙在不叙出来。</small>乃唤姜维曰："伯约知破车之法否？"维曰："羌人惟恃一勇力，岂知妙计乎？"<small>妙在不说出来。</small>孔明笑曰："汝知吾心也。今肜云密布，朔风紧急，天将降雪，吾计可施矣。"<small>隐隐说出，却是不曾说出。</small>便令关兴、张苞二人引兵埋伏去讫；<small>又是两路伏兵。</small>令姜维领兵出战：但有铁车兵来，退后便走；寨口虚立旌旗，不设军马。准备已定。

是时十二月终，果然天降大雪。姜维引军出，越吉引铁车兵来。姜维即退走。羌兵赶到寨前，姜维从寨后而去。羌兵直到寨外观看，听得寨内鼓琴之声，<small>当歌白雪之诗以和之。</small>四壁皆空竖旌旗，急回报越吉。越吉心疑，未敢轻进。雅丹丞相曰："此诸葛亮诡计，虚设疑兵耳。可以攻之。"越吉引兵至寨前，但见孔明携琴上车，<small>赋诗不能退敌，携琴却可以诱敌。</small>引数骑入寨，望后而走。羌兵抢入寨栅，直赶过山口，见小车隐隐转入林中去了。<small>以小车引出大车。</small>雅丹谓越吉曰："这等兵虽有埋伏，不足为惧。"遂引大兵追赶。又见姜维兵俱在雪地之中奔走。越吉大怒，催兵急追。山路被雪漫盖，一望平坦。<small>绝妙雪景，句不是闲笔。○此</small>正赶之间，忽报蜀兵自山后而出。雅丹曰："纵有些小伏兵，何足惧哉！"只顾催趱兵马，往前进发。忽然一声响，如山崩地陷，羌兵俱落于坑堑之中；<small>所云乘雪用计，乃此计也。</small>背后铁车正行得紧溜，急难收止，并拥而来，自相践踏。后兵急要回时，左边关兴，右边张苞，两军冲出，万弩齐发；背后姜维、马岱、张翼三路兵又杀到。铁车兵大乱。越吉元帅望后面山谷中而逃，正逢关兴；交马只一合，被兴举刀大喝一声，砍死于马下。<small>若在关公显圣时杀之，便不见关兴之勇，又不见孔明之能矣。</small>雅丹丞相早被马岱活捉，解投大寨来。羌兵四散逃窜。孔明升帐，马岱押过雅丹来。孔明叱武士去其缚，赐酒压惊，用好言抚慰。<small>又用纵孟获之法。</small>雅丹深感其德。孔明曰："吾主乃大汉皇帝，今命吾讨贼，尔如何反助逆？吾今放汝回去，说与汝主：吾国与尔乃邻邦，永结盟好，勿听反贼之言。"遂将所获羌兵及车马器械，尽给还雅丹，俱放回国。众皆拜谢而去。<small>羌人不复反矣。</small>孔明引三军连夜投祁山大寨而来，命关兴、张苞引军先行；一面差人赍表奏报捷音。

却说曹真连日望羌人消息，忽有伏路军来报说："蜀兵拔寨收拾起程。"　*孔明用计却在曹真一边写出。* 郭淮大喜曰："此因羌兵攻击，故尔退去。"遂分两路追赶。前面蜀兵乱走，魏兵随后追袭。先锋曹遵正赶之间，忽然鼓声大震，一彪军闪出，为首大将乃魏延也，　*孔明使魏延埋伏，于此写出。* 大叫曰："反贼休走！"曹遵大惊，拍马交锋；不三合，被魏延一刀斩于马下。副先锋朱赞引兵追赶，忽然一彪军闪出，为首大将乃赵云也。　*孔明使赵云埋伏，于此写出。* 朱赞措手不及，被云一枪刺死。曹真、郭淮见两路先锋有失，欲收兵回；背后喊声大震，鼓角齐鸣，关兴、张苞两路兵杀出，　*兴、苞埋伏，于此写出。* 围了曹真、郭淮，痛杀一阵。曹、郭二人，引败兵冲路走脱。蜀兵全胜，直追到渭水，夺了魏寨。曹真折了两个先锋，哀伤不已；只得写本申朝，乞拨援兵。

却说魏主曹叡设朝，近臣奏曰："大都督曹真，数败于蜀，折了两个先锋，羌兵又折了无数，其势甚急。今上表求救，请陛下裁处。"叡大惊，急问退军之策。华歆奏曰："须是陛下御驾亲征，大会诸侯，人皆用命，方可退也。不然，长安有失，关中危矣！"　*也得孔明骂他一场便好。* 太傅锺繇奏曰："凡为将者，智过于人，则能制人。孙子云：'知彼知己，百战百胜。'臣量曹真虽久用兵，非诸葛亮对手。臣以全家良贱，保举一人，可退蜀兵。未知圣意准否？"　*自然引出这个人来。* 叡曰："卿乃大老元臣，有何贤士，可退蜀兵，早召来与朕分忧。"锺繇奏曰："向者，诸葛亮欲兴师犯境，但惧此人，故散流言，使陛下疑而去之，　*前疑吴、蜀反间，今专指蜀人。* 方敢长驱大进。今若复用之，则亮自退矣。"叡问何人。繇曰："骠骑大将军司马懿也。"　*郑重说出。* 叡叹曰："此事朕亦悔之。今仲达现在何地？"繇曰："近闻仲达在宛城闲住。"叡即降诏，遣使持节，复司马懿官职，加为平西都督，就起南阳诸路军马，前赴长安。叡御驾亲征，令司马懿克日到彼聚会。使命星夜望宛城去了。　*以下按过魏国，再叙孔明。*

却说孔明自出师以来，累获全胜，心中甚喜；正在祁山寨中，会聚议事，忽报镇守永安宫李严令子李丰来见。孔明只道东吴犯境，心甚惊疑，　*有此一句，反衬下文之喜。* 唤入帐中问之。丰曰："特来报喜。"孔明曰："有何喜？"丰曰："昔日孟达降魏，乃不得已也。彼时曹丕爱其才，时以骏马金珠赐之，曾同辇出入，封为散骑常侍，领新城太守，镇守上庸、金城等处，委以西南之任。　*曹丕恩遇孟达，却于此处补出。* 自丕死后，曹叡即位，朝中多人嫉妒，孟达日夜不安，常谓诸将曰：'我本蜀将，势逼于此。'今累差心腹人，持书来见家父，教早晚代禀丞相：前者五路下川之时，曾有此意；　*又将前事补照一句。* 今在新城，听知丞相伐魏，欲起金城、新城、上庸三处军马，就彼举事，径取洛阳；丞相取长安，两京大定矣。　*此事若成，岂不大妙？* 今某引来人并累次书信呈上。"孔明大喜，厚赏李丰等。忽细作入报说："魏主曹叡一面驾幸长安；一面诏司马懿复职，加为平西都督，起本处之兵，于长安聚会。"孔明大惊。一惊之后，忽有一喜。一喜之后，又忽有一惊。参军马谡曰："量曹叡何足道！若来长安，可就而擒之。丞相何故惊讶？"孔明曰："吾岂惧曹叡耶？所患者惟司马懿一人而已。今孟达欲举大事，若遇司马懿，事必败矣。达非司马懿对手，必被所擒。孟达若死，中原不易得也。"下文之事，早于孔明口中说出。马谡曰："何不急修书，令孟达提防？"孔明从之，即修书令来人星夜回报孟达。

却说孟达在新城，专望心腹人回报。一日，心腹人到来，将孔明回书呈上。孟达拆封视之。书略曰：

近得书，足知公忠义之心，不忘故旧，吾甚喜慰。若成大事，则公汉朝中兴第一功臣也。然极宜谨密，不可轻易托人。慎之！戒之！近闻曹叡复诏司马懿起宛、洛之兵，若闻公举事，必先至矣。管辂之卜无此奇验。须万全提备，勿视为等闲也。

孟达览毕，笑曰："人言孔明心多，今观此事可知矣。"乃具回书，令心腹人来答孔明。孔明唤入帐中。其人呈上回书。孔明拆封视之。书曰：

适承钧教，安敢少怠。窃谓司马懿之事，不必惧也：宛城离洛阳约八百里，至新城一千二百里。若司马懿闻达举事，须表奏魏主：往复一月间事，达城池已固，诸将与三军皆在深险之地。司马懿即来，达何惧哉？丞相宽怀，惟听捷报！

孔明看毕，掷书于地而顿足曰："孟达必死于司马懿之手矣！"管辂之卜无此奇验。马谡问曰："丞相何谓也？"孔明曰："兵法云：'攻其不备，出其不意。'岂容料在一月之期？曹叡既委任司马懿，逢寇即除，何待奏闻？若知孟达反，不须十日，兵必到矣，安能措手耶？"英雄所见略同。众将皆服。孔明急令来人回报曰："若未举事，切莫教同事者知之；知则必败。"又早知申之叛。其人拜辞，归新城去了。

却说司马懿在宛城闲住，闻知魏兵累败于蜀，乃仰天长叹。此老心痒难熬。懿长子司马师，字子元；次子司马昭，字子尚。二人素有大志，通晓兵书。此处忽写二子为晋代魏张本。当日侍立于侧，见懿长叹，乃问曰："父亲何为长叹？"懿曰："汝辈岂知大事耶？"司马师曰："莫非叹魏主不用乎？"司马昭笑曰："早晚必来宣召父亲也。"昭更英敏。言未已，忽报天使持节至。懿听诏毕，遂调宛城诸路军马。忽又报金城太守申仪家人，有机密事求见。懿唤入密室问之，其人细说孟达欲反之事。更有孟达心腹人李辅并达外甥邓贤，随状出首。*方知"不可轻易托人"之语，乃孔明金玉之言。* 司马懿听毕，以手加额曰："此乃皇上齐天之洪福也！诸葛亮兵在祁山，杀得内外人皆胆落；今天子不得已而幸长安，若旦夕不用吾时，孟达一举，两京休矣！*此时司马懿原是魏之功臣。* 此贼必通谋诸葛亮，吾先擒之，诸葛亮定然心寒，自退兵也。"长子司马师曰："父亲可急写表申奏天子。"懿曰："若等圣旨，往复一月之间，事无及矣。"*与孔明之言不谋而合。* 即传令教人马起程，一日要行二日之路，如迟立斩；一面令参军梁畿赍檄星夜去新城，教孟达等准备征进，使其不疑。*更是周密。* 梁畿先行，懿随后发兵。行了二日，山坡下转出一军，乃是右将军徐晃。晃下马见懿，说："天子驾到长安，亲拒蜀兵，今都督何往？"懿低言曰："今孟达造反，吾去擒之耳。"*写仲达机密之至。* 晃曰："某愿为先锋。"懿大喜，合兵一处。徐晃为前部，懿在中军，二子押后。又行了二日，前军哨马捉住孟达心腹人，搜出孔明回书，来见司马懿。懿曰："吾不杀汝，汝从头细说。"其人只得将孔明、孟达往复之事，一一告说。懿看了孔明回书，大惊曰："世间能者所见皆同。*两能相遇，彼此皆惊。* 吾机先被孔明识破。幸得天子有福，获此消息，孟达今无能为矣。"遂星夜催军前行。

却说孟达在新城，约下金城太守申仪、上庸太守申耽，克日举事。耽、仪二人佯许之，每日调练军马，只待魏兵到，便为内应；却报孟达言：军器粮草，俱未完备，不敢约期起事。达信之不疑。*写孟达疏虞之至。* 忽报参军梁畿来到，孟达迎入城中。畿传司马懿将令曰："司马都督今奉天子诏，起诸路军以退蜀兵。太守可集本部军马听候调遣。"达问曰："都督何日起程？"畿曰："此时约离宛城，望长安去了。"*谁知不往长安，却向上庸。* 达暗喜曰："吾大事成矣！"遂设宴待了梁畿，送出城外，即报申耽、申仪知道，明日举事，换上大汉旗号，发诸路军马，径取洛阳。*写孟达卤莽之至。* 忽报："城外尘土冲天，不知何处兵来。"孟达登城视之，只见一彪军，打着"右将军徐晃"旗号，飞奔城下。达大惊，急扯起吊桥。徐晃坐下马收拾不住，直来到壕边，高叫曰："反贼孟达，早早受降！"达大怒，急开弓射之，正中徐晃头额，魏将救去。城上乱箭射下，魏兵方退。孟达恰待开门追赶，四面旌旗蔽日，司马懿兵到。*懿真可谓能。* 达仰天长叹曰："果不出孔明所料也！"*悔之晚矣。* 于是闭门坚守。

却说徐晃被孟达射中头额，众军救到寨中，取了箭头，令医调治；当晚身死，时年五十九岁。*可为关平报仇。* 司马懿令人扶柩还洛阳安葬。次日，孟达登城遍视，只见魏兵四面围得铁桶相似。达行坐不安，惊疑未定，忽见两路兵自外杀来，旗上大书"申耽""申仪"。孟达只道是救军到，忙引本部兵大开城门杀出。*写孟达愚暗之至。* 耽、仪大叫曰："反贼休走！早早受死！"达见事变，拨马望城中便走，城上乱箭射下。李辅、邓贤二人在城上大骂曰："吾等已献了城也！"达夺路而走，申耽赶来。达人困马乏，措手不及，被申耽一枪刺于马下，<small>可为害刘封之报。</small>枭其首级。余军皆降。李辅、邓贤大开城门，迎接司马懿入城。抚民劳军已毕，遂遣人奏知魏主曹叡。叡大喜，教将孟达首级去洛阳城市示众；加申耽、申仪官职，就随司马懿征进；命李辅、邓贤守新城、上庸。

却说司马懿引兵到长安城外下寨。懿入城来见魏主。叡大喜曰："朕一时不明，误中反间之计，悔之无及。今达造反，非卿等制之，两京休矣！"<small>孰知用了司马，两京终不姓曹。</small>懿奏曰："臣闻申仪密告反情，意欲表奏陛下，恐往复迟滞，故不待圣旨，星夜而去。若待奏闻，则中诸葛亮之计也。"<small>借司马懿口中将孔明所料，明白说一遍。不是写仲达，正是写孔明。</small>言罢，将孔明回孟达密书奉上。叡看毕，大喜曰："卿之学识，过于孙、吴矣！"赐金钺斧一对，后遇机密重事，不必奏闻，便宜行事。<small>机密之事孰有大于篡位者乎？将来亦不必奏闻矣。司马氏谨如命。</small>就令司马懿出关破蜀。懿奏曰："臣举一大将，可为先锋。"叡曰："卿举何人？"懿曰："右将军张郃，可当此任。"<small>张辽、徐晃已死，独张郃尚存。一向冷落，此处却又出头。</small>叡笑曰："朕正欲用之。"遂命张郃为前部先锋，随司马懿离长安来破蜀兵。正是：

既有谋臣能用智，又求猛将助施威。

未知胜负如何，且看下文分解。

第九十五回

马谡拒谏失街亭

武侯弹琴退仲达

前卷方写孟达不听孔明之言而失上庸，此卷便接写马谡不听孔明之言而失街亭。上庸失而使孔明无进取之望，街亭失而几使孔明无退足之处矣。何也？无街亭则阳平关危；阳平关危，则不惟进无所得，而且退有所失也。未失者且忧其失，而既得者安能保其得？于是南安不得不弃，安定不得不捐，天水不得不委，箕谷之兵不得不撤，西城之饷不得不收。遂令向之擒夏侯、斩崔谅、杀杨陵、取上邽、袭冀县、骂王朗、破曹真者，其功都付之乌有。悲夫！

兵家胜败之故，有异而同者，有同而异者。徐晃拒王平之谏，而背水以为阵；马谡拒王平之谏，而依山以为营。水与山异，而必败之势则同也。黄忠屯兵于山，而能斩夏侯渊；马谡屯兵于山，而不能退司马懿。山与山同，而一胜一败之势则异也。马谡之所以败者，因熟记兵法之成语于胸中，不过曰"置之死地而后生"耳，不过曰"凭高视下，势如劈竹"耳。孰知坐论则是，起行则非；读书虽多，致用则误；岂不重可叹哉！故善用人者不以言，善用兵者不在书。

请守街亭之马谡，即献计平蛮之马谡也，又即反间司马懿之马谡也。何以前则智而后则愚？曰：此非人之所能为也，天也。试以前二事论之：其策南人，则其言果效；其策司马，则其言始效而不终效。岂非天方授魏，大方启晋，而人实不能与天争乎？故知一效一不尽效之故。而街亭之失，不必为马谡咎，更不必为用马谡者咎。

此卷乃司马懿初与孔明对垒之时也。而孔明利在战，司马懿利在不战。夏侯楙、曹真皆以战而败，司马懿则欲以不战而胜。其守郿城、箕谷者，所以遏孔明之前，而使不得进也；其取街亭、柳城者，所以截孔明之后，而使不得退也。使不得不退，而懿于是乎可以不战矣。非不欲战，实不敢战，畏蜀如虎，盖自此日而已然云。

唯小心人不做大胆事，亦唯小心人能做大胆事。魏延欲出子午谷，而孔明以为危计，是小心者惟孔明也。坐守空城，只以二十军士扫门，而退司马懿十五万之众，是大胆者亦惟孔明也。孔明若非小心于平日，必不敢大胆于一时。仲达不疑其大胆于一时，正为信其小心于平日耳。

为将之道，不独进兵难，退兵亦难。能进兵是十分本事，能退兵亦是十分本事。当不得不退之时，而又当必不可退之势，进将被擒，退亦受执，于此而权略不足以济之，欲全师而退，难矣！试观孔明焚香操琴，以不退为退；子龙设伏斩将，又能以退为进。蜀中有如此之相，如此之将，而卒不能克复中原。呜呼！此天不祥汉耳，岂战之罪哉？

自九十二卷至此，叙武侯第一次伐魏之事，而始之以赵云，终之以赵云者，冲锋陷阵唯子龙，子龙为功首也；班师整旅，亦唯子龙为功首也。以连斩五将始，以杀一将释一将终。觉长坂之英雄如昨，汉水之胆智犹新，务自伸其讨魏报汉之志，真不愧先主之旧臣矣！

却说魏主曹叡令张郃为先锋，与司马懿一同征进；一面令辛毗、孙礼二人领兵五万，往助曹真。二人奉诏而去。

且说司马懿引二十万军，出关下寨，请先锋张郃至帐下曰："诸葛亮平生谨慎，未敢造次行事。若是吾用兵，先从子午谷径取长安，早得多时矣。魏延之计早为司马懿所料。他非无谋，但怕有失，不肯弄险。孔明不用魏延之计，又为司马懿所料。今必出军斜谷，来取郿城。若取郿城，必分兵两路，一军取箕谷矣。因祁山算出郿城一路，郿城又算出箕谷一路。因吾已发檄文，令子丹拒守郿城，若兵来不可出战；此一路是不战。令孙礼、辛毗截住箕谷道口，若兵来则出奇兵击之。"此一路是战。○以上曹真一枝兵，孙礼、辛毗一枝兵，皆在司马懿口中叙出：省笔之法。郃曰："今将军当于何处进兵？"懿曰："吾素知秦岭之西，有一条路，地名街亭；旁有一城，名列柳城：此二处皆是汉中咽喉。前算出两路，又算出两路。今诸葛亮欺子丹无备，定从此进。吾与汝径取街亭，两路原只一，重在一路。望阳平关不远矣。亮若知吾断其街亭要路，绝其粮道，则陇西一境，不能安守，必然连夜奔回汉中去也。彼若回动，吾提兵于小路击之，可得全胜；料孔明必出于此，是正说。若不归时，吾却将诸处小路，尽皆垒断，俱以兵守之。一月无粮，蜀兵皆饿死，亮必被吾擒矣。"料孔明必不出于此，此是反说。张郃大悟，拜伏于地曰："都督神算也！"懿曰："虽然如此，诸葛亮不比孟达。将军为先锋，不可轻进。当传与诸将，循山西路，远远哨探。如无伏兵，方可前进。若是忽略，必中诸葛亮之计。"亦以小心对小心。张郃受计引军而行。

却说孔明在祁山寨中，忽报新城探细人来到。孔明急唤入问之，细作告曰："司马懿倍道而行，八日已到新城，孟达措手不及；又被申耽、申仪、李辅、邓贤为内应，孟达被乱军所杀。今司马懿撤兵到长安见了魏主，同张郃引兵出关，来拒我师也。"隳括不烦。孔明大惊曰："孟达作事不密，死固当然。今司马懿出关，必取街亭，断吾咽喉之路。"司马懿之计，已在孔明算中。便问："谁敢引兵去守街亭？"言未毕，参军马谡曰："某愿往。"孔明曰："街亭虽小，干系甚重，倘街亭有失，吾大军皆休矣。汝虽深通谋略，此地奈无城郭，又无险阻，守之极难。"惟其无城郭可守，无险阻可依，所以马谡欲屯兵山上也。谡曰："某自幼熟读兵书，颇知兵法，正坏在此。岂一街亭不能守耶？"孔明曰："司马懿非等闲之辈；更有先锋张郃，乃魏之名将，恐汝不能敌之。"十分疑虑。谡曰："休道司马懿、张郃，便是曹叡亲来，有何惧哉！此句便差，曹叡不足惧，司马懿乃足惧耳。若有差失，乞斩全家。"孔明曰："军中无戏言。"谡曰："愿立军令状。"孔明从之。谡遂写了军令状呈上。孔明曰："吾与汝二万五千精兵，再拨一员上将，相助你去。"即唤王平吩咐曰："吾素知汝平生谨慎，故特以此重任相托。汝可小心谨守此地，下寨必当要道之处，正与马谡山上屯兵相反。使贼兵急切不能偷过。安营既毕，便画四至八道地理形状图本来我看。十分仔细。凡事商议停当而行，不可轻易。如所守无危，则是取长安第一功也。戒之！戒之！"十分叮咛。二人拜辞引兵而去。

孔明寻思，恐二人有失，十分提防。又唤高翔曰："街亭东北上有一城，名列柳城，乃山僻小路，此可以屯兵扎寨。与汝一万兵，去此城屯扎。但街亭危，可引兵救之。"〔十分周密。〕高翔引兵而去。孔明又思：高翔非张郃对手，必得一员大将，屯兵于街亭之右，方可防之，〔十分小心。〕遂唤魏延引本部兵去街亭之后屯扎。〔十分到家。〕延曰："某为前部，理合当先破敌，何故置某于安闲之地？"孔明曰："前锋破敌，乃偏裨之事耳。今令汝接应街亭，当阳平关冲要道路，总守汉中咽喉，此乃大任也，何为安闲乎？汝勿以等闲视之，失吾大事。切宜小心在意！"〔十分郑重。〕魏延大喜，引兵而去。孔明恰才心安，乃唤赵云、邓芝吩咐曰："今司马懿出兵，与旧日不同。汝二人各引一军出箕谷，以为疑兵。如逢魏兵，或战或不战，以惊其心。〔司马懿所算，孔明亦算到此。〕吾自统大军，由斜谷径取郿城；若得郿城，长安可破矣。"〔街亭是算退后路，郿城是算进前路。〕二人受命而去。孔明令姜维作先锋，兵出斜谷。

　　却说马谡、王平二人兵到街亭，看了地势。马谡笑曰："丞相何故多心也？量此山僻之处，魏兵如何敢来！"〔孔明一团正经，却看得如此没要紧。〕王平曰："虽然魏兵不敢来，可就此五路总口下寨；〔此孔明所谓要道也。〕却令军士伐木为栅，以图久计。"谡曰："当道岂是下寨之地？此处侧边一山，四面皆不相连，且树木极广，此乃天赐之险也，可就山上屯军。"平曰："参军差矣。若屯兵当道，筑起城垣，贼兵总有十万，不能偷过；今若弃此要路，屯兵于山上，倘魏兵骤至，四面围定，将何策保之？"〔后文之事，先在王平口中道破。〕谡大笑曰："汝真女子之见！兵法云：'凭高视下，势如劈竹。'〔泥成法者不可与论兵。〕若魏兵到来，吾教他片甲不回！"〔会说大话的每每误事。〕平曰："吾累随丞相经阵，每到之处，丞相尽意指教。今观此山，乃绝地也。〔王平会看风水，赛过今日堪舆先生。〕若魏兵断我汲水之道，军士不战自乱矣。"〔后文之事，又在王平口中道破。〕谡曰："汝莫乱道！孙子云：'置之死地而后生。'若魏兵绝我汲水之道，蜀兵岂不死战？以一可当百也。吾素读兵书，丞相诸事尚问于我，汝奈何相阻耶！"〔马谡只记得许多兵书。记得多，却是见得少也。〕平曰："若参军欲在山上下寨，可分兵与我，自于山西下一小寨，为掎角之势。倘魏兵至，可以相应。"〔马谡不听王平，是大话；王平不听马谡，是小心。〕马谡不从。忽然山中居民，成群结队，飞奔而来，报说魏兵已到。王平欲辞去。马谡曰："汝既不听吾令，与汝五千兵自去下寨。〔二万五千兵，如何止拨五千？若多与之，犹不至于败。〕待吾破了魏兵，到丞相面前须分不得功！"王平引兵离山十里下寨，画成图本，星夜差人去禀孔明，具说马谡自于山上下寨。〔照应上文。〕

　　却说司马懿在城中，令次子司马昭去探前路；若街亭有兵守御，即当按兵不行。司马昭奉令探了一遍，回见父曰："街亭有兵守把。"懿叹曰："诸葛亮真乃神人，吾不如也！"昭笑曰："父亲何故自堕志气耶？男料街亭易取。"〔前写司马懿，此处又写司马昭。〕懿问曰："汝安敢

出此大言？"昭曰："男亲自哨见，当道并无寨栅，军皆屯于山上，故知可破也。"^{见识高于马谡。}

懿大喜曰："若兵果在山上，乃天使吾成功矣！"^{又写司马懿。}遂更换衣服，引百余骑亲自来看。

是夜天晴月朗，^{闲笔点染。}直至山下，周围巡哨了一遍方回。马谡在山上见之，大笑曰："彼若

有命，不来围山！"^{你若有命，不屯在山。}传令与诸将："倘兵来，只见山顶上红旗招动，即四面皆

下。"^{一面写司马懿在山下探看，一面写马谡在山上传令，夹写得妙。}

　　却说司马懿回到寨中，使人打听是何将引兵守街亭。回报曰："乃马良之弟马谡

也。"懿笑曰："徒有虚名，乃庸才耳！^{虚名是平日听来，庸才是今日看出。}孔明用如此人物，如何不误事！"

又问："街亭左右别有军否？"探马报曰："离山十里有王平安营。"懿乃命张郃引一

军，当住王平来路。^{懿亦十分周密。}又令申耽、申仪引两路兵围山，先断了汲水道路；^{果应王平之言。}待蜀

兵自乱，然后乘势击之。当夜调度已定。次日天明，张郃引兵先往背后去了。司马懿大驱

军马，一拥而进，把山四面围定。^{竟来围山，不怕无命。}马谡在山上看时，只见魏兵漫山遍野，旌旗队

伍，甚是严整。蜀兵见之，尽皆丧胆，不敢下山。马谡将红旗招动，军将你我相推，无一

人敢动。^{红旗不济事。}谡大怒，自杀二将。众军惊惧，只得努力下山来冲魏兵。魏兵端然不动。蜀

兵又退上山去。^{谡曰"置之死地而后生"，则"置之死地而竟死"矣。}今马谡见事不谐，教军紧守寨门，只等外应。^{困守穷山，以}

^{待外应：岂亦兵书中有此策耶？}

　　却说王平见魏兵到，引军杀来，正遇张郃，战有数十余合，平力穷势孤，只得退去。

^{更无外应了。}魏兵自辰时困至戌时，山上无水，军不得食，寨中大乱。嚷到半夜时分，^{口枯舌干，怕嚷不响。}山

南蜀兵大开寨门，下山降魏。马谡禁止不住。^{兵法何在。}司马懿又令人于沿山放火，^{既绝之以水，又赠之以火。}

山上蜀兵愈乱。马谡料守不住，只得驱残兵杀下山西逃奔。^{坏了街亭，失了好个熟读兵书、深明韬略的。}司马懿放条

大路，让过马谡。背后张郃引兵追来。赶到三十余里，前面鼓角齐鸣，一彪军出，放过马

谡，拦住张郃；视之，乃魏延也。^{孔明用魏延，本为守街亭，谁知却是救马谡。}延挥刀纵马，直取张郃。郃回军便

走。延驱兵赶来，复夺街亭。^{至此为孔明一喜。}赶到五十余里，一声喊起，两边伏兵齐出，左边司马

懿，右边司马昭，却抄在魏延背后，把延困在垓心。张郃复来，三路兵合在一处。魏延左

冲右突，不得脱身，折兵大半。^{至此又为孔明一叹。}正危急间，忽一彪军杀入，乃王平也。^{孔明用王平本为守街亭，谁}

^{知却是救魏延。}延大喜曰："吾得生矣！"二将合兵一处，大杀一阵，魏兵方退。二将慌忙奔回寨

时，营中皆是魏兵旌旗。申耽、申仪从营中杀出。王平、魏延径奔列柳城，来投高翔。此

时高翔闻知街亭有失，尽起列柳城之兵，前来救应，^{接笋甚紧。}正遇延、平二人，诉说前事。高

翔曰："不如今晚去劫魏寨，再复街亭。"当时三人在山坡下商议已定。^{三人商议，难出司马懿所料。}待天

色将晚，兵分三路。魏延引兵先进，径到街亭，不见一人，_{此是司马懿用计，却在魏延一边写出。}心中大疑，未敢轻进，且伏在路口等候。忽见高翔兵到，二人共说魏兵不知在何处。正没理会，又不见王平兵到。_{亏得他还未到。}忽然一声炮响，火光冲天，鼓声震地，魏兵齐出，把魏延、高翔围在垓心。二人往来冲突，不得脱身。忽听得山坡后喊声若雷，一彪军杀入，乃是王平，救了高、魏二人，_{此王平第二次救魏延。}径奔列柳城来。比及奔到城下时，城边早有一军杀到，旗上大书"魏都督郭淮"字样。原来郭淮与曹真商议，恐司马懿得了全功，乃分淮来取街亭；闻知司马懿、张郃成了此功，遂引兵径袭列柳城。_{此是趁现成。}正遇三将，大杀一阵。蜀兵伤者极多。魏延恐阳平关有失，慌与王平、高翔望阳平关来。

却说郭淮收了军马，乃谓左右曰："吾虽不得街亭，却取了列柳城，亦是大功。"_{且慢喜着，有手长的。}引兵径到城下叫门，只见城上一声炮响，旗帜皆竖，当头一面大旗，上书"平西都督司马懿"。懿撑起悬空板，倚定护心木栏杆，大笑曰："郭伯济来何迟也？"_{本是郭淮要趁现成，又被司马懿趁去了，妙甚。}淮大惊曰："仲达神机，吾不及也！"遂入城。相见已毕，懿曰："今街亭已失，诸葛亮必走。公可速与子丹星夜追之。"郭淮从其言，出城而去。懿唤张郃曰："子丹、伯济恐吾全获大功，故来取此城池。吾非独欲成功，乃侥幸而已。吾料魏延、王平、马谡、高翔等辈，必先去据阳平关。_{魏延等三人商议，不出司马懿所料。}吾若去取此关，诸葛亮必随后掩杀，中其计矣。_{司马懿算计，非魏延等所料。}兵法云：'归师勿掩，穷寇莫追。'汝可从小路抄箕谷退兵。_{此是孙礼、辛毗所守处。}吾自引兵当斜谷之兵。若彼败走，不可相拒，只宜中途截住，蜀兵辎重可尽得也。"_{慢着，且保守自己辎重者。}张郃受计，引兵一半去了。懿下令："竟取斜谷，由西城而进。西城虽山僻小县，乃蜀兵屯粮之所，又南安、天水、安定三郡总路。若得此城，三郡可复矣。"_{又算出一个紧要去处。}于是司马懿留申耽、申仪守列柳城，自领大军望斜谷进发。_{以上按下司马懿，以下再叙孔明。}

却说孔明自令马谡等守街亭去后，犹豫不定。忽报王平使人送图本至。孔明唤入，左右呈上图本。孔明就文几上拆开视之，拍案大惊曰："马谡无知，坑陷吾军矣！"_{与见猇亭图本时一样吃谎。}左右问曰："丞相何故失惊？"孔明曰："吾观此图本，失却要路，占山为寨。倘魏兵大至，四面围合，断汲水道路，不须二日，军自乱矣。_{先生如见。}若街亭有失，吾等安归？"长史杨仪进曰："某虽不才，愿替马幼常回。"_{杨仪于此处出现。}孔明将安营之法，一一吩咐与杨仪。正待要行，忽报马到来，说："街亭、列柳城，尽皆失了！"孔明跌足长叹曰："大事去矣！此吾之过也！"_{孟达之失，孔明有知人之明；谡之败，孔明自引不知人之过。}马急唤关兴、张苞吩咐曰："汝二人各引三千精兵，投武功山小路而行。如遇魏兵，不可大击，只鼓噪呐喊，为疑兵惊之。彼当自走，亦不可追。^{读者必谓此蜀兵定指将来追孔明之魏兵矣，不知却反是孔明谎走了魏兵，真正神妙。}待军退尽，便投阳平关去。"^{先是两个领兵去了。}又令张翼先引军去修理剑阁，以备归路。^{又是一个引兵去了。}又密传号令，教大军暗暗收拾行装，以备起程。又令马岱、姜维断后，先伏于山谷中，待诸军退尽，方始收兵。^{又是两个领兵去了。}又差心腹人，分路报与天水、南安、安定三郡官吏军民，皆入汉中。^{是弃三郡。}又遣心腹人到冀县搬取姜维老母，送入汉中。^{更周匝之极。}

孔明分拨已定，先引五千兵退去西城县搬运粮草。^{只剩孔明一个。}忽然十余次飞马报到，说："司马懿引大军十五万，望西城蜂拥而来！"时孔明身边别无大将，只有一班文官，所引五千军，已分一半先运粮草去了，只剩二千五百军在城中。^{以二千五百人当十五万之众，看先生如何布置。}众官听得这个消息，尽皆失色。孔明登城望之，果然尘土冲天，魏兵分两路望西城县杀来。孔明传令，教"将旌旗尽皆隐匿；^{奇绝怪绝。}诸军各守城铺，如有妄行出入，及高言大语者，斩之！^{奇绝怪绝。}大开四门，每一门用二十军士扮作百姓，洒扫街道。^{奇绝，奇绝。○二千五百人当不得十五万之众，二十人却反得十五万之众，妙，妙。}如魏兵到时，不可擅动，吾自有计。"^{正不知先生将用何计。}孔明乃披鹤氅，戴纶巾，引二小童携琴一张，于城上敌楼前，凭栏而坐，焚香操琴。^{奇绝妙绝。弄出隆中故态，只怕此时之琴，有杀声在弦中见矣。}

却说司马懿前军哨到城下，见了如此模样，皆不敢进，急报与司马懿。懿笑而不信，^{不惟仲达不信，至今我亦不信。}遂止住三军，自飞马远远望之。果见孔明坐于城楼之上，笑容可掬，焚香操琴。左有一童子，手捧宝剑；右有一童子，手执麈尾。城门内外，有二十余百姓，低头洒扫，旁若无人。懿看毕大疑，^{作怪，蹊跷，不独仲达大疑，至今我亦大疑。}便到中军，教后军作前军，前军作后军，望北山路而退。^{妙，妙，仲达反谎走了。}次子司马昭曰："莫非诸葛亮无军，故作此态？父亲何故便退兵？"^{司马昭胜似其父。}懿曰："亮平生谨慎，不曾弄险。今大开城门，必有埋伏。我兵若进，中其计也。汝辈岂知？宜速退。"^{正以平日信之，故于此时疑之。}于是两路兵尽皆退去。孔明见魏军远去，抚掌而笑。众官无不骇然，乃问孔明曰："司马懿乃魏之名将，今统十五万精兵到此，见了丞相，便速退去，何也？"^{莫非孔明弹琴时，默念退兵咒语？}孔明曰："此人料吾生平谨慎，必不弄险；见如此模样，疑有伏兵，所以退去。^{知彼之能知己，因出于彼所不及知之外以善全夫己。真正神妙。}吾非行险，盖因不得已而用之。^{此日之险比子午谷更险。}此人必引军投山北小路去也。吾已令兴、苞二人在彼等候。"^{不唯自己不谎，倒还要去谎人。}众皆惊服曰："丞相之机，神鬼莫测。若某等之见，必弃城而走矣。"孔明曰："吾兵止有二千五百，若弃城而走，必不能远遁。得不为司马懿所擒乎？"^{走则不能走，不走则能走。}后人有诗赞曰：

瑶琴三尺胜雄师，诸葛西城退敌时。

十五万人回马处，士人指点到今疑。

言讫，拍手大笑，曰："吾若为司马懿，必不便退也。"〔使仲达为先生，将何如？〕遂下令，教西城百姓随军入汉中，司马懿必将复来。〔只疑得他一时，料他必然省觉。〕于是孔明离西城望汉中而走。天水、安定、南安三郡官吏军民，陆续而来。

却说司马懿望武功山小路而走。忽然山坡后喊杀连天，鼓声震地。〔才闻琴声，又听鼓声。〕懿回顾二子曰："吾若不走，必中诸葛亮之计矣。"〔你今走，正中诸葛之计矣。〕只见大路上一军杀来，旗上大书："右护卫使虎翼将军张苞"。〔只在旗鼓上写得声势。〕魏兵皆弃甲抛戈而走。行不到一程，山谷中喊声震地，鼓角喧天，前面一杆大旗，上书："左护卫使龙骧将军关兴"。〔亦只在旗鼓上写得声势。〕山谷应声，不知蜀兵多少；更兼魏军心疑，不敢久停，只得尽弃辎重而去。〔欲夺蜀兵辎重，反自弃其辎重。〕兴、苞二人皆遵将令，不敢追袭，多得军器粮草而归。司马懿见山谷中皆有蜀兵，不敢出大路，遂回街亭。此时曹真听知孔明退兵，急引兵追赶。山背后一声炮起，蜀兵漫山遍野而来，为首大将乃是姜维、马岱。〔二将齐出，法与前变。〕叙真大惊，急退军时，先锋陈造已被马岱所斩。真引兵鼠窜而还。〔司马懿尚不能赶，曹真又何能为。〕蜀兵连夜皆奔回汉中。

却说赵云、邓芝伏兵于箕谷道中，闻孔明传令回军，云谓芝曰："魏军知吾兵退，必然来追。吾先引一军伏于其后，公却引兵打吾旗号，徐徐而退。吾一步步自有护送也。"〔写赵云更是精神。〕

却说郭淮提兵再回箕谷道中，唤先锋苏颙吩咐曰："蜀将赵云，英勇无敌。汝可小心提防。彼军若退，必有计也。"苏颙欣然曰："都督若肯接应，某当生擒赵云。"〔马谡只为说大话坏了事，今又是一个说大话的。〕遂引前部三千兵，奔入箕谷。看看赶上蜀兵，只见山坡后闪出红旗白字，上书："赵云"。〔不知旗下却是邓芝。〕苏颙急收兵退走。〔好个说大话的，见了假的便诧一跳。〕行不到数里，喊声大震，一彪军撞出，为首大将挺枪跃马，大喝曰："汝识赵子龙否！"苏颙大惊曰："如何这里又有赵云？"〔竟似身外身法。〕措手不及，被云一枪刺死于马下。〔说大话的余军溃散。看样。〕云迤逦前进，背后又一军到，乃郭淮部将万政也。云见魏兵追急，乃勒马挺枪，立于路口，待来将交锋。蜀兵已去三十余里。〔到底浑身是胆。〕万政认得是赵云，不敢前进。云等得天色黄昏，方才拨回马缓缓而进。郭淮兵到，万政言赵云英勇如旧，因此不敢近前。淮传令教军急赶，政令数百骑壮士赶来。〔勉强生活。〕行至一大林，忽听得背后大喝一声曰："赵子龙在此！"惊得魏兵落马者百余人，余者皆越岭而去。〔长坂坡之先声至此犹烈。〕万政勉强来敌，被云一箭射中盔缨，惊跌于涧中。云以枪指之曰：“吾饶汝性命回去！快教郭淮赶来！”妙在不杀他，教他寄信去诳郭淮。万政脱命而回。云护送车仗人马，望汉中而去，沿途并无遗失。曹真、郭淮复夺三郡，以为己功。聊为柳城遮羞。

却说司马懿分兵而进。此时蜀兵尽回汉中去了。懿引一军复到西城，因问遗下居民及山僻隐者，皆言孔明止有二千五百军在城中，又无武将，只有几个文官，别无埋伏。武功山小民告曰：“关兴、张苞，只各有三千军，转山呐喊，鼓噪惊退，又无别军，并不敢厮杀。”懿悔之不及，仰天叹曰：“吾不如孔明也！”只好去欺瞒曹真。遂安抚了诸处官民，引兵径还长安，朝见魏主。叡曰：“今日复得陇西诸郡，皆卿之功也。”懿奏曰：“今蜀兵皆在汉中，未尽剿灭。臣乞大兵并力收川，以报陛下。”叡大喜，令懿即便兴兵。忽班内一人出奏曰：“臣有一计，足可定蜀降吴。”正是：

蜀中将相方归国，魏地君臣又逞谋。

未知献计者是谁，且看下文分解。

第九十六回

孔明挥泪斩马谡

周鲂断发赚曹休

观孔明之自贬，而愈知马谡之斩难宽也。丞相且以用参军之误而引罪，参军得不以负丞相之故而坐法乎？又观孔明之斩谡，而愈知自贬之情非伪也。参军且以误丞相之故而受诛，丞相得不以辱天子之命而自责乎？奉《春秋》先自治之义，既不容责人而恕己；准《尚书》克厥爱之文，又不容责己而恕人。盖孔明之治蜀以严，而治兵之法，一如其治国而已。

赵括之母，预知其子之必败，以其好言兵而又易言兵也。先主之知马谡，亦犹此乎？以战为戏之子玉，其病在玩；过门超乘之三帅，其病在轻；举趾高心不固之莫敖，其病在骄；截截善谝言之杞子，其病在佞。此数者，皆兵家之所忌。览马谡之事，可为用兵者鉴，又可为用人者鉴。

武侯之临表涕泣，恋后主也。武侯之临刑涕泣，念先帝也。其出师之初，一则曰先帝，再则曰先帝；其悔败之余，亦一则曰先帝，再则曰先帝。不独斩马谡为奉先帝以斩之，即自贬三等，亦奉先帝以贬之耳。君子于街亭之自责，而知武侯之尽瘁；于枋头之自讳，而知桓温之不臣。

樊城之役，蜀方伐魏而有吕蒙袭荆州之事，是吴乃汉之罪人也。街亭之役，魏方胜蜀而有陆逊破曹休之事，是吴又汉之功臣也。然非吴之能为罪又能为功也，在乎蜀之能用之耳。武侯唯善用之，故终武侯之世，吴不为罪而但为功云。

黄盖、甘宁、阚泽之后，复有周鲂。何南人之多诈与？不知此非南人诈也，乃南人之忠也。用以欺敌，则谓之诈；用以报主，则谓之忠。不当曰南人多诈，正当曰南人多忠耳。有谓南人不可为宰相者，此宋朝迂儒之论。试观东吴，当日岂尝借才于异国哉？

曹操诈欲自刎而割其发，周鲂亦诈欲自刎而割其发。曹操以此欺我军，所以申军法也；周鲂以此欺敌国，所以成战功也。世之不古，乃有以父母之遗体而行诈者。虽然，发如此用，方为不负此发；发不虚生，亦不虚弃。不似今日之和尚无故自髡，又不似今日之割发者，徒以供妇人云髻之用也。

却说献计者，乃尚书孙资也。曹叡问曰："卿有何妙计？"资奏曰："昔太祖武皇帝收张鲁时，危而后济；常对群臣曰：'南郑之地，真为天狱。'〔"天狱"二字亦奇。〕中斜谷道为五百里石穴，非用武之地。〔补六十七卷中所未及。〕今若尽起天下之兵伐蜀，则东吴又将入寇。不如以现在之兵，分命大将据守险要，养精蓄锐。不过数年，中国日盛，吴、蜀二国必自相残害。那时图之，岂非胜算？乞陛下裁之。"〔特地画裁，不过是守而不战。〕叡乃问司马懿曰："此论若何？"懿奏曰："孙尚书所言极当。"叡从之，命懿分拨诸将守把险要，留郭淮、张郃守长安。大赏三军，驾回洛阳。〔按下魏国，再叙孔明。〕

却说孔明回到汉中，计点军士，只少赵云、邓芝，心中甚忧；乃令关兴、张苞各引一军接应。二人正欲起身，忽报赵云、邓芝到来，并不曾折一人一骑；辎重等器，亦无遗失。<small>此番一出，便斩五将，可谓全始全终。</small>孔明大喜，亲引诸将出迎。赵云慌忙下马伏地曰：“败军之将，何劳丞相远接？”孔明急扶起，执手而言曰：“是吾不识贤愚，以致如此！<small>越是有本事人，更不瞒着短处。</small>各处兵将败损，惟子龙不折一人一骑，何也？”邓芝告曰：“某引兵先行，子龙独自断后，斩将立功，敌人惊怕，因此军资什物，不曾遗弃。”孔明曰：“真将军也！”遂取金五十斤以赠赵云，又取绢一万匹赏云部卒。<small>败而整旅，更难于胜而班师，赏之不谬。</small>云辞曰：“三军无尺寸之功，某等俱各有罪；若反受赏，乃丞相赏罚不明也。且请寄库，候今冬赐与诸军未迟。”<small>与谏先主分田意同。</small>孔明叹曰：“先帝在日，常称子龙之德，今果如此！”<small>赞子龙亦思先帝。</small>乃倍加钦敬。

忽报马谡、王平、魏延、高翔至。孔明先唤王平入帐，责之曰：“吾令汝同马谡守街亭，汝何不谏之，致使失事？”平曰：“某再三相劝，要在当道筑土城，安营守把。参军大怒不从，某因此自引五千军离山十里下寨。魏兵骤至，把山四面围合，某引兵冲杀十余次，<small>十余次在此补出。</small>皆不能入。次日土崩瓦解，降者无数。某孤军难立，故投魏文长求救。半途又被魏兵困在山谷之中，某奋死杀出。比及归寨，早被魏兵占了。及投列柳城时，路逢高翔，遂分兵三路去劫魏寨，指望克复街亭。因见街亭并无伏路军，以此心疑。登高望之，<small>此句亦是补出。</small>只见魏延、高翔被魏兵围住，某即杀入重围，救出二将，就同参军并在一处。某恐失却阳平关，因此急来回守。非某之不谏也。<small>将上项事诉说一遍，凡载之未详者，皆于王平口中补之。</small>丞相不信，可问各部将校。”孔明喝退，又唤马谡入帐。谡自缚跪于帐前。孔明变色曰：“汝自幼饱读兵书，熟谙战法。<small>说笑他亦是可惜。</small>吾累次叮咛告戒：街亭是吾根本。汝以全家之命，领此重任。汝若早听王平之言，岂有此祸？今败军折将，失地陷城，皆汝之过也！<small>西城之役，连孔明亦几乎送在他手中。</small>若不明正军律，何以服众？汝今犯法，休得怨吾。汝死之后，汝之家小，吾按月给与禄粮，汝不必挂心。”<small>此是法外之恩。</small>叱左右推出斩之。谡泣曰：“丞相视某如子，某以丞相为父。某之死罪，实已难逃；愿丞相思舜帝殛鲧用禹之义，某虽死亦无恨于九泉！”言讫大哭。孔明挥泪曰：“吾与汝义同兄弟，<small>谡曰父子，亮曰兄弟，情好如此，而终不免一死，可见军法之严。</small>汝之子即吾之子也，不必多嘱。”左右推出马谡于辕门之外，将斩。参军蒋琬自成都至，见武士欲斩马谡，大惊，高叫：“留人！”入见孔明曰：“昔楚杀得臣而文公喜。<small>引一春秋故事。</small>今天下未定，而戮智谋之臣，岂不可惜乎？”孔明流涕而答曰：“昔孙武所以能制胜于天下者，用法明也。<small>亦引一春秋故事。</small>今四方分争，兵戈方始，若复废法，何以讨贼耶？合当斩之。”须臾，武士献马谡首级于阶下。孔明大哭不已。蒋琬问曰："今幼常得罪，既正军法，丞相何故哭耶？"孔明曰："吾非为马谡而哭。吾想先帝在白帝城临危之时，曾嘱吾曰：'马谡言过其实，不可大用。'^{应八十五卷中事。}今果应此言。乃深恨己之不明，追思先帝之言，因此痛哭耳！"^{前赏赵云，口口念着先帝；今杀马谡，亦口口念着先帝。}大小将士，无不流涕。马谡亡年三十九岁，时建兴六年夏五月也。后人有诗曰：

> 失守街亭罪不轻，堪嗟马谡枉谈兵。
>
> 辕门斩首严军法，拭泪犹思先帝明。

却说孔明斩了马谡，将首级遍示各营已毕，用线缝在尸上，具棺葬之，自修祭文享祀；将谡家小加意抚恤，按月给与禄米。^{先尽法，后尽情。}于是孔明自作表文，令蒋琬申奏后主，请自贬丞相之职。^{光明正大，无一毫掩饰之意。}琬回成都，入见后主，进上孔明表章。后主拆视之。表曰：

> 臣本庸才，叨窃非据，亲秉旄钺，以励三军。不能训章明法，临事而惧，至有街亭违命之阙，箕谷不戒之失。咎皆在臣，授任无方。臣明不知人，恤事多闇。^{不似曹操不肯认差。}《春秋》责帅，臣职是当。请自贬三等，以督厥咎。臣不胜惭愧，俯伏待命！

后主览毕曰："胜负兵家常事，丞相何出此言？"侍中费祎奏曰："臣闻治国者，必以奉法为重。法若不行，何以服人？丞相败绩，自行贬降，正其宜也。"^{丞相杀参军，天子贬丞相，皆法也。}后主从之，乃诏贬孔明为右将军，行丞相事，照旧总督军马，就命费祎赍诏到汉中。孔明受诏贬降讫，祎恐孔明羞赧，乃贺曰："蜀中之民，知丞相初拔四县，深以为喜。"^{背后正言，当面世事，此等人今日最多。}孔明变色曰："是何言也！得而复失，与不得同。公以此贺我，实足使我愧赧耳。"^{取三郡不自功。}祎又曰："近闻丞相得姜维，天子甚喜。"孔明怒曰："兵败师还，不曾夺得寸土，此吾之大罪也。量得一姜维，于魏何损？"^{收姜维亦不自功。}祎又曰："丞相现统雄师数十万，可再伐魏乎？"孔明曰："昔大军屯于祁山、箕谷之时，我兵多于贼兵，而不能破贼，反为贼所破，此病不在兵之多寡，在主将耳。今欲减兵省将，明罚思过，较变通之道于将来；如其不然，虽兵多何用？自今以后，诸人有远虑于国者，但勤攻吾之阙，责吾之短，则事可定，贼可灭，功可翘足而待矣。"^{深戒面谀之人。}费祎诸将皆服其论。费祎自回成都。孔明在汉中，惜军爱民，励兵讲武，置造攻城渡水之器，聚积粮草，预备战筏，以为后图。细作探知，报入洛阳。^{按过孔明，再叙魏国。}

魏主曹叡闻知，即召司马懿商议收川之策。懿曰："蜀未可攻也。方今天道亢炎，蜀兵必不出；若我军深入其地，彼守其险要，急切难下。"（只肯为应蜀之兵，不敢为攻蜀之兵。）叡曰："倘蜀兵再来入寇，如之奈何？"懿曰："臣已算定今番诸葛亮必效韩信暗度陈仓之计。臣举一人往陈仓道口，筑城守御，万无一失。此人身长九尺，猿臂善射，深有谋略。若诸葛亮入寇，此人足可当之。"（又引出一个人来。）叡大喜，问曰："此何人也？"懿奏曰："乃太原人，姓郝，名昭，字伯道，现为杂号将军，镇守河西。"（前荐一张郃，今又荐一郝昭。）

叡从之，加郝昭为镇西将军，命守把陈仓道口，（早为后文孔明攻陈仓伏线。）遣使持诏去讫。忽报扬州司马大都督曹休上表，说东吴鄱阳太守周鲂，愿以郡来降，密遣人陈言七事，说东吴可破，乞早发兵取之。叡就御床上展开，与司马懿同观。懿奏曰："此言极有理，吴当灭矣！（司马懿此时亦猜不着。）臣愿引一军往助曹休。"忽班中一人进曰："吴人之言，反复不一，未可深信。周鲂智谋之士，必不肯降，此特诱兵之诡计也。"（此人见识胜似仲达。）众视之，乃建威将军贾逵也。懿曰："此言亦不可不听，机会亦不可错失。"（两可之论。）魏主曰："仲达可与贾逵同助曹休。"二人领命去讫。于是曹休引大军径取皖城；贾逵引前将军满宠、东莞太守胡质，径取阳城，直向东关；司马懿引本部军径取江陵。（按下魏国，再叙东吴。）

却说吴主孙权，在武昌东关，会多官商议曰："今有鄱阳太守周鲂密表，奏称魏扬州都督曹休，有入寇之意。今鲂诈施诡计，暗陈七事，引诱魏兵深入重地，可设伏兵擒之。（读者至此，方知仲达之见不如贾逵。）今魏兵分三路而来，诸卿有何高见？"顾雍进曰："此大任非陆伯言不敢当也。"权大喜，乃召陆逊，封为辅国大将军、平北都元帅，统御林大兵，摄行王事，授以白旄黄钺，文武百官，皆听约束。权亲自与逊执鞭。（此时陆逊宠荣之极。）逊领命谢恩毕，乃保二人为左右都督，分兵以迎三道。权问何人，逊曰："奋威将军朱桓，绥南将军全琮，二人可为辅佐。"权从之，即命朱桓为左都督，全琮为右都督。于是陆逊总率江南八十一州并荆湖之众七十余万，令朱桓在左，全琮在右，逊自居中，三路进兵。（以三路对三路。）朱桓献策曰："曹休以亲见任，非智勇之将也。今听周鲂诱言，深入重地，元帅以兵击之，曹休必败。败后必走两条路：左乃夹石，右乃挂车。此二条路，皆山僻小径，最为险峻。某愿与全子璜各引一军，伏于山险，先以柴木大石塞断其路，曹休可擒矣。若擒了曹休，便长驱直进，唾手而得寿春，以窥许、洛，此万世一时也。"（说得高兴，可为蜀中吐气。）逊曰："此非善策，吾自有妙用。"于是朱桓怀不平而退。逊令诸葛瑾等拒守江陵，以敌司马懿。诸路俱各调拨停当。

却说曹休兵临皖城，周鲂来迎，径到曹休帐下。休问曰："近得足下之书，所陈七事，深为有理，奏闻天子，故起大军三路进发。若得江东之地，足下之功不小。有人言足下多谋，诚恐所言不实。吾料足下必不欺我。"周鲂大哭，〔从何得此一副急泪。〕急掣从人所佩剑欲自刎。〔今之欲以死诈人者，大都是学周鲂。〕休急止之。鲂仗剑而言曰："吾所陈七事，恨不能吐出心肝。今反生疑，必有吴人使反间之计也。若听其言，吾必死矣。吾之忠心，惟天可表！"言讫，又欲自刎。〔越妆越像，劝愈力则妆愈甚。〕曹休大惊，慌忙抱住曰："吾戏言耳，足下何故如此！"鲂乃用剑割发掷于地曰："吾以忠心待公，公以吾为戏，吾割父母所遗之发，以表此心！"〔只怕头发是空心的。○周鲂断发易，黄盖苦肉难。以断发不痛，而苦肉则痛也。然亦视所赚之人何如耳，赚曹操不痛不信，赚曹休直是不消痛得。〕曹休乃深信之，设宴相待。席罢，周鲂辞去。

忽报建威将军贾逵来见，休令入，问曰："汝此来何为？"逵曰："某料东吴之兵，必尽屯于皖城。都督不可轻进，待某两下夹攻，贼兵可破矣。"休怒曰："汝欲夺吾功耶？"〔痴人声口。〕逵曰："又闻周鲂截发为誓，此乃诈也，昔要离断臂，刺杀庆忌。未可深信。"〔亦引一吴中故事。〕休大怒曰："吾正欲进兵，汝何出此言以慢军心！"叱左右推出斩之。〔若发可当头，何不亦断其发以示罚。〕众将告曰："未及进兵，先斩大将，于军不利。且乞暂免。"休从之，将贾逵兵留在寨中调用，自引一军来取东关。时周鲂听知贾逵削去兵权，暗喜曰："曹休若用贾逵之言，则东吴败矣！〔若如此，白做了一个光头。〕今天使我成功也！"即遣人密到皖城，报知陆逊。逊唤诸将听令曰："前面石亭，虽是山路，足可埋伏。早先去占石亭阔处，布成阵势，以待魏军。"遂令徐盛为先锋，引兵前进。

却说曹休命周鲂引兵而进，正行间，休问曰："前至何处？"鲂曰："前面石亭也，堪以屯兵。"休从之，遂率大军并车仗等器，尽赴石亭驻扎。〔骗上路了。〕次日，哨马报道："前面吴兵不知多少，据住山口。"休大惊曰："周鲂言无兵，为何有准备？"急寻鲂问之。人报周鲂引数十人，不知何处去了。〔有头发做当头，怕他则甚。〕休大悔曰："吾中贼之计矣！虽然如此，亦不足惧！"〔生姜汤自暖肚。〕遂令大将张普为先锋，引数千兵来与吴兵交战。两阵对圆，张普出马骂曰："贼将早降！"徐盛出马相迎。战无数合，普抵敌不住，勒马收兵，回见曹休，言徐盛勇不可当。休曰："吾当以奇兵胜之。"〔何奇之有。〕就令张普引二万军伏于石亭之南，又令薛乔引二万军伏于石亭之北。"明日吾自引一千兵搦战，却佯输诈败，诱到北山之前，放炮为号，三面夹攻，必获大胜。"〔如此便自以为奇兵，到却都做了败兵耶。〕二将受计，各引二万军到晚埋伏去了。

却说陆逊唤朱桓、全琮吩咐曰："汝二人各引三万军，从石亭山路抄到曹休寨后，放火为号；吾亲率大军从中路而进，可擒曹休也。"当日黄昏，二将受计引兵而进。二更时分，朱桓引一军正抄到魏寨后，迎着张普伏兵。普不知是吴兵，径来问时，被朱桓一刀斩于马下。魏兵便走。桓令后军放火。恰好此一路伏兵遇着此一路伏兵。全琮引一军抄到魏寨后，正撞在薛乔阵里，就那里大杀一阵。薛乔败走，魏兵大损，奔回本寨。又是一路伏兵遇着一路伏兵。四伏相遇，大家撞破，魏兵吃亏。后面朱桓、全琮两路杀来。

曹休寨中大乱，自相冲击。休慌上马，望夹石道奔走。徐盛引大队军马，从正路杀来。魏兵死者不可胜数，逃命者尽弃衣甲。曹休大惊，在夹石道中奋力奔走。忽见一彪军从小路冲出，为首大将乃贾逵也。休惊慌少息，自愧曰："吾不用公言，果遭此败！"周鲂已嫌发短，曹休自觉颜厚。逵曰："都督可速出此道。若被吴兵以木石塞断，吾等皆危矣！"于是曹休骤马而行，贾逵断后。逵于林木盛茂处，及险峻小径，多设旌旗以为疑兵。亏此得脱。及至徐盛赶到，见山坡下闪出旗角，疑有埋伏，不敢追赶，收兵而回。周鲂以空头骗了曹休，贾逵又以空头骗了徐盛。因此救了曹休。司马懿听知休败，亦引兵退去。仲达此时亦虎头蛇尾。

却说陆逊正望捷音，须臾，徐盛、朱桓、全琮皆到。所得车仗、牛马、驴骡、军资、器械，不计其数，降兵数万余人。逊大喜，即同太守周鲂并诸将班师还吴。吴主孙权领文武官僚出武昌城迎接，以御盖覆逊而入。陆逊此时十分荣耀，年少书生固未可量。诸将尽皆升赏。权见周鲂无发，周鲂没发，却弄得曹休没法。慰劳曰："卿断发成此大事，功名当书于竹帛也。"即封周鲂为关内侯；光了头，宜封他为国师。大设筵会，劳军庆贺。陆逊奏曰："今曹休大败，魏已丧胆；可修国书，遣使入川，教诸葛亮进兵攻之。"权从其言，遂遣使赍书入川去。正是：

只因东国能施计，致令西川又动兵。

未知孔明再来伐魏，胜负如何，且看下文分解。

第九十七回
讨魏国武侯再上表
破曹兵姜维诈献书

《前出师表》开导嗣君，《后出师表》力辩众议。辩众议亦所以开嗣君也。《前出师表》忧在国中，《后出师表》虑在境外。虑境外亦所以忧国中也。何也？自失街亭斩马谡以来，议者以为但宜安蜀，不宜伐魏。武侯则以为若不伐魏，不能安蜀；我不灭贼，贼必灭我。此不两立之势，非不欲偏安，正恐欲偏安而不能耳。汉与贼不两立，则不共天地，不同日月。既以义断之，而在所当奋矣。贼亦与汉不两立，则如苗有莠，如粟有秕，不又以势度之，而在所当虑乎？"不两立"一语，今人但见得汉一边，不曾见得贼一边。然则表中"虑"字，将何所指？是虽读过《后出师表》一篇，却是未尝读一字也。

人知武侯之智不可及，不知武侯之愚不可及。料其事之必成必利而后为之，此智者之事也；不能料其事之必成必利而亦为之，此愚者之心也；不能料其事之必败必钝而蹈之，此愚而愚者之事也；能料其事之必败必钝而终必蹈之，此智而愚者之心也。先生未出草庐，已知三分天下。然则伐魏之无成，出师之不利，先生料之熟矣。明明逆睹而乃云非所逆睹者，何哉？盖以智而愚者，自尽老臣之责；而仍以愚而愚者，上杜幼主之疑。

武侯之死，尚在数卷之后，而此处表中结语，早下一"死"字，已为五丈原伏笔矣。先生不但知伐魏之无成，出师之不利，而又逆知其身之必死于是役也。以汉、贼不两立之故，而至于败亦不惜，钝亦不惜，即死亦不惜。呜呼！先生真大汉之忠臣哉！文天祥《正气歌》曰："或为《出师表》，鬼神泣壮烈。"殆于后一篇而愈见之。

武侯未出祁山，而天使姜维归汉，特以备六出祁山以后之用耳。然将写其归武侯，不先写其敌武侯，不见姜维之才之妙也。但写其敌武侯于前，不写其佐武侯于后，又不见姜维之才之妙也。此卷之赚曹真，则其佐武侯者矣。武侯未死而有佐武侯之姜维，然后武侯既死而有继武侯之姜维。人但知武侯既死，而后显一能伐魏之姜维；不知武侯未死而早见一能破魏之姜维。然则九伐中原之事，殆兆端于此乎！

周鲂降魏，而曹休信之；姜维降魏，而曹真又信之：其事相类。而鲂以书往又以身往，维则不以身往但以书往；曹休则赚之而来，曹真则赚之不来，而真之部将来：此则其不相类者也。孟达以蜀人归蜀，而武侯信之；姜维以魏人归魏，而曹真亦信之：其事相类。而一则信之而是，一则信之而非；一则真而孟达之谋不谐，一则诈而姜维之谋克遂：此又其不相类者也。至于天水城外，有一叫门之假姜维，曹真书中又有一降魏之假姜维，或假而假，或真而假，前后无不映射成趣。

却说蜀汉建兴六年秋九月，魏都督曹休被东吴陆逊大破于石亭，车仗马匹，军资器械，并皆罄尽。休惶恐之甚，气忧成病，到洛阳，疽发背而死。<small>陆逊气杀曹休，与孔明气杀王朗，正复相似。</small>魏主曹叡敕令厚葬。司马懿引兵还，众将接入问曰："曹都督兵败，即元帅之干系，何故急回耶？"懿曰："吾料诸葛亮知吾兵败，必乘虚来取长安。倘陇西紧急，何人救之？吾故回耳。"_{疑其惧吴，却是惧蜀。}众皆以为惧怯，哂笑而退。

却说东吴遣使致书蜀中，请兵伐魏，并言大破曹休之事：一者显自己威风，二者通和会之好。_{叙事中忽断二语，直是《史记》笔法。}后主大喜，令人持书至汉中，报知孔明。时孔明兵强马壮，粮草丰足，所用之物，一切完备，正要出师。听知此信，即设宴大会诸将，计议出师。忽一阵大风，自东北角上而起，把庭前松树吹折。_{正应栋梁之才将折。}众皆大惊。孔明就占一课，曰："此风主损一大将！"诸将未信。正饮酒间，忽报镇南将军赵云长子赵统、次子赵广，来见丞相。孔明大惊，掷杯于地曰："子龙休矣！"二子入见，拜哭曰："某父昨夜三更病重而死。"_{前出师以子龙始、以子龙终者，以子龙于此结局也。}孔明跌足而哭曰："子龙身故，国家损一栋梁，吾去一臂也！"众将无不挥涕。孔明令二子入成都面君报丧。后主闻云死，放声大哭曰："朕昔年幼，非子龙则死于乱军之中矣！"_{追应四十一卷中之事。}即下诏追赠大将军，谥封顺平侯，敕葬于成都锦屏山之东；建立庙堂，四时享祭。后人有诗曰：

> 常山有虎将，智勇匹关张。
>
> 汉水功勋在，当阳姓字彰。
>
> 两番扶幼主，一念答先皇。
>
> 青史书忠烈，应流百世芳。

却说后主思念赵云昔日之功，祭葬甚厚；封赵统为虎贲中郎，赵广为牙门将，就令守坟。二人辞谢而去。忽近臣奏曰："诸葛丞相将军马分拨已定，即日将出师伐魏。"后主问在朝诸臣，诸臣多言未可轻动。_{只因朝臣多有言不当伐魏者，故先生《后出师表》中历历辩之。}后主疑虑未决。忽奏丞相令杨仪赍出师表至。后主宣入，仪呈上表章。后主就御案上拆视，其表曰：

先帝虑汉、贼不两立，_{汉、贼不两立，从来人只解得一半，但曰汉不与贼两立，止是誓不共戴之意耳。不知汉不灭贼，则贼必灭汉，贼亦不与汉两立。此则先主之所深虑也。若第云誓不共戴，又何虑之有哉？今人却是不曾解得虑字。}王业不偏安，_{此句承上虑字说来，言我不讨贼，则贼必灭我，是偏安不成矣。今人都认作不欲偏安，便觉上文虑字说不去。}故托臣以讨贼也。_{重以先帝之托，可见武侯不讨贼，则是不忠后主。不使武侯讨贼，则是不孝。}以先帝之明，量臣之才，故知臣伐贼，才弱敌强也。_{故字作固字解，此四句反说以跌下文。明说自己谦逊，却借先帝来说。}然不伐贼，王业亦亡。_{正是不两立注脚。}惟坐而待亡，孰与伐之？是故托臣而弗疑也。_{此四句正说自起。此述先帝见托之意。}臣受命之日，寝不安席，食不甘味；思惟北征，宜先入南，_{可见先生入南正是为北。}故五月渡泸，深入不毛，并日而食。臣非不自惜也：^{亦反跌一句，以起下文。}顾王业不可偏安于蜀都，^{"不可"犹言"不能"。}故冒危难以奉先帝之遗意。^{自"臣受命"一句至此，自叙其奉先帝之意。}而议者谓为非计。^{只因此一句，生出下文六未解来。}今贼适疲于西，^{指街亭之相持。}又务于东，^{指石亭之战败。}兵法"乘劳"：此进趋之时也。^{此四句正今日伐魏主意。}谨陈其事如左：^{以上作一冒。}

高帝明并日月，谋臣渊深，然涉险被创，危然后安；今陛下未及高帝，谋臣不如良、平，而欲以长策取胜，坐定天下，此臣之未解一也。^{此言贼不可待其自毙。特借高帝为证，以破议者未可轻动之说。}刘繇、王朗，各据州郡，论安言计，动引圣人，群疑满腹，众难塞胸；今岁不战，明年不征，使孙权坐大，遂并江东，此臣之未解二也。^{此言狃于偏安之必失。又借刘繇、王朗为证，以破议者姑守一隅之说。}曹操智计，殊绝于人，其用兵也，仿佛孙、吴，然困于南阳，险于乌巢，危于祁连，逼于黎阳，几败北山，殆死潼关，然后伪定一时耳；况臣才弱，而欲以不危而定之，此臣之未解三也。^{此借曹操之屡败，自解其街亭之败。}曹操五攻昌霸不下，四越巢湖不成，任用李服而李服图之，委任夏侯而夏侯败亡，先帝每称操为能，犹有此失；况臣驽下，何能必胜？此臣之未解四也。^{此又借曹操用人之误，自解其用马谡之误。}自臣到汉中，中间期年耳，然丧赵云、阳群、马玉、阎芝、丁立、白寿、刘郃、邓铜等，及曲长屯将七十余人，突将无前，賨、叟、青羌，散骑武骑一千余人，此皆数十年之内，所纠合四方之精锐，非一州之所有；若复数年，则损三分之二也。当何以图敌？此臣之未解五也。^{此言旧臣代谢，若不及时讨贼，恐将来无讨贼之人。}今民穷兵疲，而事不可息；事不可息，则住与行，劳费正等；而不及今图之，欲以一州之地，与贼持久，此臣之未解六也。^{此言一隅难恃。若不及时讨贼，恐蜀中非持久之地。以上六段皆用反说，驳倒议者之论。}

夫难平者，事也。昔先帝败军于楚，当此之时，曹操拊手，谓天下已定。^{此是汉败而贼成，汉钝而贼利。}然后先帝东连吴、越，西取巴、蜀，举兵北征，夏侯授首，此操之失计，而汉事将成也。^{此是贼败而汉成，贼钝而汉利。}然后吴更违盟，关羽毁败，秭归蹉跌，曹丕称帝。^{汉又败而贼又成，汉又钝而贼又利。}凡事如是，难可逆见。^{此言往事之难料，以见后事之难期。}臣鞠躬尽瘁，死而后已；至于成败利钝，非臣之明所能逆睹也。^{说到终篇，下一"死"字，虽云非所逆睹，已预知有五丈原之事。}

后主览表甚喜，即敕令孔明出师。孔明受命，起三十万精兵，令魏延总督前部先锋，径奔陈仓道口而来。

早有细作报入洛阳。^{以上按下蜀汉一边，以下再叙魏国一边。}司马懿奏知魏主，大会文武商议。大将军曹真出班奏曰："臣昨守陇西，功微罪大，不胜惶恐。今乞引大军往擒诸葛亮。^{有曹休伐吴看样，也要仔细。}臣近得一员大将，使六十斤大刀，骑千里征骓马，开两石铁胎弓，暗藏三个流星锤，百发百中，有万夫不当之勇，乃陇西狄道人，姓王，名双，字子全。臣保此人为先锋。"^{司马懿进一郝昭，曹真亦荐一王双，互相赌赛。}叡大喜，便召王双上殿。视之，身长九尺，面黑睛黄，熊腰虎背；^{王双之勇，在曹真口中叙出，王双之形，在曹叡眼中看见。}叡笑曰："朕得此大将，有何虑哉！"遂赐锦袍金甲，封为虎威将军、前部大先锋。^{此曹叡之许褚也。}曹真为大都督。真谢恩出朝，遂引十五万精兵，会合郭淮、张郃，分道守把隘口。

却说蜀兵前队哨至陈仓，回报孔明，说："陈仓口已筑起一城，内有大将郝昭守把，^{一卷之前，预为此处埋伏。}深沟高垒，遍排鹿角，十分谨严；不如弃了此城，从太白岭鸟道出祁山甚便。"孔明曰："陈仓正北是街亭；必得此城，方可进兵。"^{六出祁山而陈仓未得，则有内顾之忧故也。}命魏延引兵到城下，四面攻之。连日不能破。魏延复来告孔明，说城难打。孔明大怒，欲斩魏延。忽帐下一人告曰："某虽无才，随丞相多年，未尝报效。愿去陈仓城中，说郝昭来降，不用张弓只箭。"众视之，乃部曲靳祥也。^{如李恢之请说马超。}孔明曰："汝用何言以说之？"祥曰："郝昭与某同是陇西人氏，自幼交契。某今到彼，以利害说之，必来降矣。"孔明即令前去。靳祥骤马径到城下，叫曰："郝伯道故人靳祥来见。"城上人报知郝昭。昭令开门放入，登城相见。昭问曰："故人因何到此？"祥曰："吾在西蜀孔明帐下，参赞军机，待以上宾之礼。特令某来见公，有言相告。"昭勃然变色曰："诸葛亮乃我国仇敌也！吾事魏，汝事蜀；各事其主，昔时为昆仲，今时为仇敌！汝再不必多言，便请出城！"^{司马懿荐人如此，亦见懿之知人。}靳祥又欲开言，郝昭已出敌楼上了。魏军急催上马，赶出城外。祥回头视之，见昭倚定护心木栏杆。祥勒马以鞭指之曰："伯道贤弟，何太情薄耶？"昭曰："魏国法度，兄所知也。吾受国恩，但有死而已，兄不必下说词。早回见诸葛亮，教快来攻城，吾不惧也！"^{言非不壮，惜乎事非其主耳。}祥回告孔明曰："郝昭未等某开言，便先阻却。"孔明曰："汝可再去见他，以利害说之。"祥又到城下，请郝昭相见。^{李恢见马超只是一次，靳祥见郝昭却是两番。}昭出到敌楼上。祥勒马高叫曰："伯道贤弟，听吾忠言。汝据守一孤城，怎拒数十万之众？今不早降，后悔无及！且不顺大汉而事奸魏，抑何不知天命、不辨清浊乎？愿伯道思之。"郝昭大怒，拈弓搭箭，指靳祥而喝曰："吾前言已定，汝不必再言！可速退！吾不射汝！"^{马超一说便来，郝昭再说不从者，一则有人驱之于内，一则无人驱之于内也。}

靳祥回见孔明，具言郝昭如此光景。孔明大怒曰："匹夫无礼太甚！岂欺吾无攻城之具耶？"随叫土人问曰："陈仓城中，有多少人马？"土人告曰："虽不知的数，约有三千人。"孔明笑曰："量此小城，安能御我！休等他救兵到，火速攻之！"于是军中起百乘云梯，一乘上可立十数人，周围用木板遮护。军士各把短梯软索，听军中擂鼓，一齐上城。郝昭在敌楼上，望见蜀兵装起云梯，四面而来，即令三千军各执火箭，分布四面；待云梯近城，一齐射之。马谡以三万人而不能守街亭，郝昭以三千人而能守陈仓者，一则无城以为固，一则有城以为固也。孔明只道城中无备，故大造云梯，令三军鼓噪呐喊而进；不期城上火箭齐发，云梯尽着，梯上军士多被烧死。城上矢石如雨，蜀兵皆退。司马懿能取街亭，武侯不能取陈仓者，所遇之人不同，所攻之地亦异耳。孔明大怒曰："汝烧吾云梯，吾却用'冲车'之法！"于是连夜安排下冲车。次日，又四面鼓噪呐喊而进。郝昭急命运石凿眼，用葛绳穿定飞打，冲车皆被打折。郝昭甚能。孔明又令人运土填城壕，教廖化引三千锹镢军，从夜间掘地道，暗入城去。郝昭又于城中掘重壕横截之。能断城外之水，不能断城内之水，如此昼夜相攻，二十余日，无计可破。孔明不减公输，郝昭不减墨翟。孔明正在营中忧闷，忽报："东边救兵到了，旗上书：'魏先锋大将王双'。"孔明问曰："谁可迎之？"魏延出曰："某愿往。"孔明曰："汝乃先锋大将，未可轻出。"又问："谁敢迎之？"裨将谢雄应声而出。孔明与三千军去了。孔明又问曰："谁敢再去？"裨将龚起应声要去。孔明亦与三千兵去了。孔明恐城内郝昭引兵冲出，乃把人马退二十里下寨。

却说谢雄引军前行，正遇王双；战不三合，被双一刀劈死。有郝昭之能守，又有王双之能战，不想于此处遇着两个劲敌。蜀兵败走，双随后赶来。龚起接着，交马只三合，亦被双所斩。此处写王双之勇，为后卷斩王双伏线。败兵回报孔明。孔明大惊，忙令廖化、王平、张嶷三人出迎。攻郝昭连换三样攻法，攻王双亦连调三次人马，取一人如取一城之难。两阵对圆，张嶷出马，王平、廖化压住阵角。王双纵马来与张嶷交马，数合不分胜负。双诈败便走，嶷随后赶去。王平见张嶷中计，忙叫曰："休赶！"毕竟王平精细。嶷急回马时，王双流星锤早到，正中其背。嶷伏鞍而走，双回马赶来。王平、廖化截住，救得张嶷回阵。王双驱兵大杀一阵，蜀兵折伤甚多。嶷吐血数口，回见孔明，说："王双英雄无敌；如今将二万兵就陈仓城外下寨，四围立起排栅，筑起重城，深挖壕堑，守御甚严。"孔明见折二将，张嶷又被打伤，即唤姜维曰："陈仓道口这条路不可行。别求何策？"维曰："陈仓城池坚固，郝昭守御甚密，又得王双相助，实不可取。不若令一大将，依山傍水，下寨固守；再令良将守把要道，以防街亭之攻；却统大军去袭祁山，某却如此如此用计，可捉曹真也。"妙在不叙明何计，待下文自见。孔明从其言，即令王平、李恢，引二枝兵守街亭小路；牵制街亭之兵。魏延引一军守陈仓口。牵制陈仓之兵。马岱为先锋，关兴、张苞为前后救应使，从小径出斜谷望祁山进发。此是二出祁山。

却说曹真因思前番被司马懿夺了功劳，因此到洛阳分调郭淮、孙礼东西守把；又听的陈仓告急，已令王双去救，闻知王双斩将立功，大喜，乃令中护军大将费耀，权摄前部总督，诸将各自守把隘口。忽报山谷中捉得细作来见。曹真令押入，跪于帐前。其人告曰："小人不是奸细，有机密来见都督，误被伏路军捉来。乞退左右。"真乃教去其缚，左右暂退。其人曰："小人乃姜伯约心腹人也。蒙本官遣送密书。"^{此姜维用计也，妙在不向姜维一边写来，却在曹真一边见得。}真曰："书安在？"其人于贴肉衣内取出呈上。真拆视曰：

> 罪将姜维百拜，书呈大都督曹麾下：维念世食魏禄，忝守边城；叨窃厚恩，无门补报。昨日误遭诸葛亮之计，陷身于巅崖之中。思念旧国，何日忘之！今幸蜀兵西出，诸葛亮甚不相疑。赖都督亲提大兵而来，如遇敌人，可以诈败；维当在后，以举火为号，先烧蜀人粮草，却以大兵翻身掩之，则诸葛亮可擒也。非敢立功报国，实欲自赎前罪。倘蒙照察，速赐来命。^{周鲂赚曹休书是虚叙，姜维赚曹真书是实写。}

曹真看毕，大喜曰："天使吾成功也！"遂重赏来人，便令回报，依期会合。真唤费耀商议曰："今姜维暗献密书，令吾如此如此。"耀曰："诸葛亮多谋，姜维智广，或者是诸葛亮所使，恐其中有诈。"^{此人见识殊胜曹真。}真曰："他原是魏人，不得已而降蜀，又何疑乎？"^{曹真只因要夺司马懿之功，故易于中计。}耀曰："都督不可轻去，只守定本寨。某愿引一军接引姜维。如成功，尽归都督；倘有奸计，某自支当。"^{太便宜了曹真，可惜了费耀。}真大喜，遂令费耀引五万兵，望斜谷而进。行了两三程，屯下军马，令人哨探。当日申时分，回报："斜谷道中，有蜀兵来也。"耀忙催兵进。蜀兵未及交战先退。耀引兵追之，蜀兵又来。方欲对阵，蜀兵又退。如此者三次，^{省笔。}俄延至次日申时分。魏军一日一夜，不曾敢歇，只恐蜀兵攻击。方欲屯军造饭，忽然四面喊声大震，鼓角齐鸣，蜀兵漫山遍野而来。^{先疲之而后诱之。}门旗开处，闪出一辆四轮车，孔明端坐其中，令人请魏军主将答话。^{只道曹真自来，故亲自诱敌耳，不然割鸡焉用牛刀。}耀纵马而出，遥见孔明，心中暗喜，回顾左右曰："如蜀兵掩至，便退后走。若见山后火起，却回身杀去，自有兵来相应。"吩咐毕，跃马出呼曰："前者败将，今何敢又来！"孔明曰："唤汝曹真来答话！"耀骂曰："曹都督乃金枝玉叶，安肯与反贼相见耶！"孔明大怒，把羽扇一招，左有马岱，右有张嶷，两路兵冲出。魏兵便退。行不到三十里，望见蜀兵背后火起，喊声不绝。^{正合姜维之书。}费耀只道号火，便回身杀来。蜀兵齐退。耀提刀在前，只望喊处追赶。将次近火，山路中鼓角喧天，喊声震地，两军杀出，左有关兴，右有张苞。山上矢石如雨，往下射来。魏兵大败。费耀知是中计，急退军望山谷中而走，人马困乏。^{为一夜不曾}背^{睡之故。}后关兴引生力军赶来，魏兵自相践踏及落涧身死者，不知其数。耀逃命而走，正遇山坡口一彪军，乃是姜维。耀大骂曰："反贼无信！吾不幸误中汝奸计也！"维笑曰："吾欲擒曹真，误赚汝矣！^{可惜一篇大文字，}^却速下马受降！"耀骤马夺路，望山谷中而走。忽见谷口^{换了一个小题目。}火光冲天，背后追兵又至。耀自刎身死，^{是曹真替}余众尽降。孔明连夜驱兵，直出祁山前下^{死鬼。}寨，收住军马，重赏姜维。维曰："某恨不得杀曹真也！"孔明亦曰："可惜大计小用矣。"

却说曹真听知折了费耀，悔之不及，遂与郭淮商议退兵之策。于是孙礼、辛毗星夜具表申奏魏主，^{只得又去求司马懿来救。}言蜀兵又出祁山，曹真损兵折将，势甚危急。叡大惊，即^{硬要挣气，挣气不来。}召司马懿入内曰："曹真损兵折将，蜀兵又出祁山。卿有何策，可以退之？"懿曰："臣已有退诸葛亮之计。不用魏军扬武耀威，蜀兵自然走矣。"正是：

已见子丹无胜术，全凭仲达有良谋。

未知其计如何，且看下文分解。

第九十八回

追汉军王双受诛

袭陈仓武侯取胜

进兵有进兵之奇，退兵又有退兵之奇。使人不知我进而进，而后我不为敌之所防；使人不知我退而退，而后我不为敌之所掩。夫胜则不退，不胜则退者，人之所知也。不胜则不退，一胜则急退者，则非人之所知也。人不知而武侯知之，我于此奇武侯；武侯知之，而司马懿又知之，我更于此奇司马。

文有与前相应者，观后事益信其有前事；事有与前相反者，读前文更不料其有后文。如武侯之斩王双，袭陈仓，是则与前相反者矣。王双之战甚勇，郝昭之守甚坚。三战之而不胜，而忽斩之于一朝；两说之而不降，屡攻之而不下，而忽取之于一夕。不有所甚难于前，不见其甚易于后者之为异耳。

七擒孟获之文，妙在相连；六出祁山之文，妙在不相连。于一出祁山之后，二出祁山之前，忽有陆逊破魏之事以间之，此间于数卷之中者也。二出祁山之后，三出祁山之前，又有孙权称帝之事以间之，此即间于一卷之内者也。每见左丘明叙一国，必旁及他国而事乃详。又见司马迁叙一事，必旁及他事而文乃曲。今观《三国演义》，不减左丘、司马之长。

《三国》之中，惟孙权之称帝独后。何也？曰：有不得不后之势也。不称帝于曹操未死之时，恐操之挟天子以伐之耳。至于曹丕称帝，其亦可以尤而效之矣。而犹不敢者，蜀方伐吴，而吴遽帝，是益其伐也；吴方求援于魏，而吴遽帝，是绝其援也。迨夫蜀既款，魏既离，蜀方有事于魏，魏方屡败于蜀，夫然后乘间而践天子位焉。此孙权之所以谨避于先而审处于后者也。

魏僭帝，吴亦僭帝。则魏贼也，吴亦贼也。武侯伐魏而不伐吴，不惟不伐，又加款焉，毋乃讨贼之意未全与？曰：原夫伏后之所以死，献帝之所以亡，元恶大憝，不在吴而在魏也。君子耻失其君而悼丧其亲，则惟讨魏之是急，讨魏急则讨吴不得不缓。且吴尝称臣于魏，而受魏之九锡矣，是欲魏之助吴以攻蜀也。吴既帝而吴与魏必不复合。吴与魏不复合，不独魏之势孤，而吴之势亦孤。然则武侯款吴之计，谓即吞吴之计也可。

武侯初出祁山而表一上，二出祁山而表再上，何至于三，而表独阙焉？曰：武侯之志决而言切，已尽在《后出师表》一篇中矣。志既决则不必多言，言既切则不必更赘之以言。非独三出祁山为然也，即至六出祁山之事，亦不过“死而后已”一语足以概之云。

却说司马懿奏曰：“臣尝奏陛下，言孔明必出陈仓，故以郝昭守之，今果然矣。^{自喜其前言之已中。}彼若从陈仓入寇，运粮甚便。^{孔明之力攻陈仓，正是为此，却在仲达口中说出。}今幸有郝昭、王双守把，不敢从此路运粮。其余小道，搬运艰难。臣算蜀兵行粮止有一月，利在急战。我军只宜久守。^{司马懿之意只是利在不战。}陛下可降诏，令曹真坚守诸路关隘，不要出战。不须一月，蜀兵自走。^{自信其后言之必中。}那时乘虚而击之，诸葛亮可擒也。”^{为王双被斩反衬一句。}叡欣然曰：“卿既有先见之明，何不自引一军以袭之？”懿曰：“臣非惜身重命，实欲存下此兵，以防东吴陆逊耳。孙权不久必将僭号称尊；^{为后文孙权称帝伏笔。}如称尊号，恐陛下伐之，定先入寇也，臣故欲以兵待之。"正言间，忽近臣奏曰："曹都督奏报军情。"懿曰："陛下可即令人告戒曹真，凡追赶蜀兵，必须观其虚实，不可深入重地，以中诸葛亮之计。"^{又为斩王双反衬一句。}叡即时下诏，遣太常卿韩暨持节告戒曹真："切不可战，务在谨守；只待蜀兵退去，方才击之。"司马懿送韩暨于城外，嘱之曰："吾以此功让与子丹；^{先知曹真有争功之意。}公见子丹，休言是吾所陈之意，只道天子降诏，教保守为上。追赶之人，大要仔细，勿遣性急气躁者追之。"^{再为斩王双反衬一句，更妙。}暨辞去。

却说曹真正升帐议事，忽报天子遣太常卿韩暨持节至。真出寨接入，受诏已毕，退与郭淮、孙礼计议。淮笑曰："此乃司马仲达之见也。"^{司马懿能料孔明，郭淮又能料司马懿。}真曰："此见若何？"淮曰："此言深识诸葛亮用兵之法。久后能御蜀兵者，必仲达也。"^{高抬仲达，却是当面抹倒曹真。}真曰："倘蜀兵不退，又将如何？"淮曰："可密令人去教王双，引兵于小路巡哨，彼自不敢运粮。待其粮尽兵退，乘势追击，可获全胜。"^{说追与司马同，不说追之宜慎，则不及司马矣。}孙礼曰："某去祁山虚妆做运粮兵，车上尽装干柴茅草，以硫黄焰硝灌之，却教人虚报陇西运粮到。若蜀人无粮，必然来抢。待入其中，放火烧车，外以伏兵应之，可胜矣。"^{此计亦通，但恐瞒不过武侯耳。}真喜曰："此计大妙！"即令孙礼引兵依计而行。又遣人教王双引兵于小路上巡哨，郭淮引兵提调箕谷、街亭，令诸路军马守把险要。真又令张辽子张虎为先锋，乐进子乐绁为副先锋，同守头营，不许出战。^{以上按下曹真一边，以下再叙武侯一边。}

却说孔明在祁山寨中，每日令人挑战，魏兵坚守不出。孔明唤姜维等商议曰："魏兵坚守不出，是料吾军中无粮也。^{司马所算，在孔明算中。}今陈仓转运不通，其余小路盘涉艰难，吾算随军粮草，不敷一月用度，如之奈何？"正踌躇间，忽报："陇西魏军运粮数千车于祁山之西，运粮官乃孙礼也。"^{来得凑巧。宜孔明之必中计矣。}孔明曰："其人如何？"有魏人告曰："此人曾随魏主出猎于大石山，忽惊起一猛虎，直奔御前，孙礼下马拔剑斩之。从此封为上将军。乃曹真心腹人也。"^{孙礼往事前文未见，于此处补前文所未及。}孔明笑曰："此是魏将料吾乏粮，故用此计。车上装载者，必是茅草引火之物。^{孙礼所算，在孔明算中。}又吾平生专用火攻，彼乃欲以此计诱我耶？^{真是班门弄斧。}彼若知吾军去劫粮车，必来劫吾寨矣。"^{曹真所料未及即算者，已早在孔明算中。}可将计就计而行。"遂唤马岱吩咐曰："汝引三千军径到魏兵屯粮之所，不可入营，但于上风头放火。^{不待他放火，倒替他放火，妙甚。}若烧着车仗，魏兵必来围吾寨。"^{第一路是诱其劫寨之兵。}又差马忠、张嶷各引五千兵在外围住，内外夹攻。^{第二路是敌其劫寨之兵。}三人受计去了。又唤关兴、张苞吩咐曰："魏兵头营接连四通之路。今晚若西山火起，魏兵必来劫吾营。汝二人却伏于魏寨左右，只等他兵出寨，汝二人便可劫之。"^{第三路是劫彼}

寨之兵。又唤吴班、吴懿吩咐曰：“汝二人各引一军伏于营外。如魏兵到，可截其归路。”〔第四路是截路之兵。〕孔明分拨已毕，自在祁山上凭高而坐。魏兵探知蜀兵要来劫粮，慌忙报与孙礼。礼令人飞报曹真。真遣人去头营吩咐张虎、乐綝：“看今夜山西火起，蜀兵必来救应。可以出军，如此如此。”〔不出孔明所算。〕二将受计，令人登楼专看号火。

却说孙礼把军伏于山西，只待蜀兵到。是夜二更，马岱引三千兵来，〔第一路兵于此出现。〕人皆衔枚，马尽勒口，径到山西。见许多车仗，重重叠叠，攒绕成营，车仗虚插旌旗。正值西南风起，〔赤壁之火仗着东南风，此处之火却仗着西南风。〕岱令军士径去营南放火，车仗尽着，火光冲天。孙礼只道蜀兵到魏寨内放号火，急引兵一齐掩至。背后鼓角喧天，两路兵杀来：乃是马忠、张嶷，〔第二路兵于此出现。〕把魏军围在垓心。孙礼大惊。又听的魏军中喊声起，一彪军从火光边杀来，乃是马岱。〔第一路兵于此处出现。〕内外夹攻，魏兵大败。火紧风急，人马乱窜，死者无数。孙礼引中伤军，突烟冒火而走。

却说张虎在营中，望见火光，大开寨门，与乐綝尽引人马，杀奔蜀寨来，寨中却不见一人。急收军回时，吴班、吴懿两路兵杀出，断其归路。〔第四路兵于此出现。〕张、乐二将急冲出重围，奔回本寨，只见土城之上，箭如飞蝗，原来却被关兴、张苞袭了营寨。〔第三路兵于此出现。○以上四路兵写得参差错落，笔法变幻之极。〕魏兵大败，皆投曹真寨来。方欲入寨，只见一彪败军飞奔而来，乃是孙礼；遂同入寨见真，各言中计之事。〔愁人说与愁人道。〕真听知，谨守大寨，更不出战。

蜀兵得胜，回见孔明。孔明令人密授计与魏延，〔在此处先伏一句，妙在不叙明。〕一面教拔寨齐起。〔奇绝，出人意外。〕杨仪曰：“今已大胜，挫尽魏兵锐气，何故反欲收军？”孔明曰：“吾兵无粮，利在急战。今彼坚守不出，吾受其病矣。彼今虽暂时兵败，中原必有添益；若以轻骑袭吾粮道，那时要归不能。今乘魏兵新败，不敢正视蜀兵，便可出其不意，乘机退去。〔巧于退兵，军师妙计。〕所忧者但魏延一军，在陈仓道口拒住王双，急不能脱身；吾已令人授以密计，教斩王双，使魏人不敢来追，〔此处说明一句，却不说出如何斩法，直待下文自见，妙在隐隐跃跃。〕只今后队先行。”当夜，孔明只留金鼓守在寨中打更。一夜兵已尽退，只落空营。

却说曹真正在寨中忧闷，忽报左将军张郃领军到。〔魏兵有添益，果应孔明所言。〕郃下马入帐，谓真曰：“某奉圣旨，特来听调。”真曰：“曾别仲达否？”郃曰：“仲达吩咐云：‘吾军胜，蜀兵必不便去；若吾军败，蜀兵必即去矣。’〔能者所见略同。读到此等处最是好看。〕今吾军失利之后，都督曾往哨探蜀兵消息否？”真曰：“未也。”于是即令人往探之，果是虚营，只插着数十面旌旗，兵已去了二日也。〔如猜拳者，遇着此等空拳，却是再猜不着。〕曹真懊悔无及。

　　且说魏延受了密计，当夜二更拔寨，急回汉中。早有细作报知王双。双大驱军马，并力追赶。追到二十余里，看看赶上，见魏延旗号在前，^{旗号之下却无魏延，与前番赵云退兵时正是仿佛。}双大叫曰："魏延休走！"蜀兵更不回头。双拍马赶来。背后魏兵叫曰："城外寨中火起，恐中敌人奸计。"^{孔明所授之计，于此始见。}双急勒马回时，只见一片火光冲天，慌令退军。行到山坡左侧，忽一骑马从林中骤出，大喝曰："魏延在此！"^{此处忽然又一魏延，写得出色惊人。}王双大惊，措手不及，被延一刀砍于马下。^{杀得好。}魏兵疑有埋伏，四散逃走。延手下止有三十骑人马，望汉中缓缓而行。^{以三十骑斩一大将，写魏延正是写武侯。}后人有诗赞曰：

孔明妙算胜孙庞，耿若长星照一方。
进退行兵神莫测，陈仓道口斩王双。

　　原来魏延受了孔明密计：先教存下三十骑，伏于王双营边；只待王双起兵赶时，却去他营中放火；待他回寨，出其不意，突出斩之。^{此处方将上项事叙明一遍。}魏延斩了王双，引兵回到汉中见孔明，交割了人马。孔明设宴大会，不在话下。

　　且说张郃追蜀兵不上，回到寨中。忽有陈仓城郝昭差人申报，言王双被斩。曹真闻知，伤感不已，因此忧成疾病，遂回洛阳；命郭淮、孙礼、张郃守长安诸道。^{以上按下魏国，以下接叙东吴。}

　　却说吴王孙权设朝，有细作人报说："蜀诸葛丞相出兵两次，魏都督曹真兵损将亡。"于是群臣皆劝吴王兴师伐魏，以图中原。^{借兴兵引出称帝来，甚有步骤。}权犹疑未决。张昭奏曰："近闻武昌东山，凤凰来仪；大江之中，黄龙屡现。主公德配唐、虞，明并文、武，可即皇帝位，然后兴兵。"^{因魏兵屡败而吴国称尊，斗笋甚奇。}多官皆应曰："子布之言是也。"遂选定夏四月丙寅日，筑坛于武昌南郊。是日，群臣请权登坛即皇帝位，^{颇觉前番受九锡之无谓。}改黄武八年为黄龙元年。^{到底不换"黄"字，又是"黄谶父孙坚为武烈皇帝，母吴氏为武烈皇后，兄孙策为长沙桓王。立子孙登天当立"之谶。}谥父孙坚为武烈皇帝，母吴氏为武烈皇后，兄孙策为长沙桓王。立子孙登为皇太子。命诸葛瑾长子诸葛恪为太子左辅，张昭次子张休为太子右弼。^{魏有张辽、乐进之子，吴有诸葛瑾、张昭之子。一班小辈后生，前后闲闲相对。}

　　恪字元逊，身长七尺，极聪明，善应对。权甚爱之。年六岁时，值东吴筵会，恪随父在座。权见诸葛瑾面长，乃令人牵一驴来，用粉笔书其面曰："诸葛子瑜"。众皆大笑。恪趋至前，取粉笔添二字于其下曰："诸葛子瑜之驴"。^{又添得二字，驴面之长可知。}满座之人，无不惊讶。权大喜，遂将驴赐之。又一日，大宴官僚，权命恪把盏。巡至张昭面前，昭不饮，曰："此非养老之礼也。"权谓恪曰："汝能强子布饮乎？"恪领命，乃谓昭曰："昔姜尚父年九十，秉旄仗钺，未尝言老。先破他"老"字，十分调笑。今临阵之日，先生在后；饮酒之日，先生在前，何谓不养老也？"又破他"养"字，十分调笑。昭无言可答，只得强饮。权因此爱之，故命辅太子。忙中忽夹此一段闲文。张昭佐吴王，位列三公之上，故以其子张休为太子右弼。恪以才选，休以贵选。又以顾雍为丞相，陆逊为上将军，辅太子守武昌。权复还建业。群臣共议伐魏之策。张昭奏曰：

"陛下初登宝位，未可动兵。前说先称帝然后动兵，及称帝后又说未可动兵，随口变换，方知上文斗笋之幻。只宜修文偃武，增设学校，以安民心；遣使入川，与蜀同盟，共分天下，缓缓图之。"

权从其言，即令使命星夜入川，来见后主。礼毕，细奏其事。后主闻知，遂与群臣商议。众议皆谓孙权僭逆，宜绝其盟好。此是正论，但不知通变耳。蒋琬曰："可令人问于丞相。"后主即遣使到汉中问孔明。孔明曰："可令人赍礼物入吴作贺，乞遣陆逊兴师伐魏。非爱孙权，只因重在伐魏，故暂许之。魏必命司马懿拒之。懿若南拒东吴，我再出祁山，长安可图也。"欲以陆逊牵制司马懿。后主依言，遂令太尉陈震，将名马、玉带、金珠、宝贝，入吴作贺。震至东吴，见了孙权，呈上国书。权大喜，设宴相待，打发回蜀。两国使者，遂权召陆逊入，告以西蜀约会兴兵伐魏之事。逊曰："此乃孔明惧司马懿之谋也。能者所见略同。读到既与同盟，不得不从。今却虚作起兵之势，遥与西蜀为应。待孔明攻魏急，吾可乘虚取中原也。"此学孔明取南郡之智，又是一个要趁现成的。即时下令，教荆襄各处都要训练人马，择日兴师。以上按下东吴，以下再叙蜀汉。

却说陈震回到汉中，报知孔明。孔明尚忧陈仓不可轻进，先令人去哨探。回报说："陈仓城中郝昭病重。"孔明曰："大事成矣。"遂唤魏延、姜维吩咐曰："汝二人领五千兵，星夜直奔陈仓城下；如见火起，并力攻城。"正不知火自何来，令人猜摸不出。二人俱未深信，不独二人不信，即我至今亦尚未信。又来告曰："何日可行？"孔明曰："三日都要完备；不须辞我，即便起行。"一发作怪。二人受计去了。又唤关兴、张苞至，附耳低言，如此如此。正不知所言何语，又令人猜摸不出。二人各受密计而去。

且说郭淮闻郝昭病重，乃与张郃商议曰："郝昭病重，你可速去替他。我自写表申奏朝廷，别行定夺。"张郃引着三千兵，急来替郝昭。此人亦为疏虞。时郝昭病危，当夜正呻吟之间，忽报蜀军到城下了。昭急令人上城守把。时各门上火起，正不知火自何来，令人猜摸不出。城中大乱。昭听知惊死。蜀兵一拥入城。

却说魏延、姜维领兵到陈仓城下看时，并不见一面旗号，又无打更之人。一发作二人惊怪。疑，不敢攻城。忽听得城上一声炮响，四面旗帜齐竖。只见一人纶巾羽扇，鹤氅道袍，大叫曰："汝二人来的迟了！"二人视之，乃孔明也。正不知何时到此，又令人猜摸不出。二人慌忙下马，拜伏于地曰："丞相真神计也！"孔明令放入城，谓二人曰："吾打探得郝昭病重，吾令汝三日内领兵取城，此乃稳众人之心也。_{方知三日之限是假。}吾却令关兴、张苞，只推点军，暗出汉中。_{方知附耳低言乃是此语。}吾即藏于军中，星夜倍道径到城下，使彼不能调兵。_{方知武侯来法。}吾早有细作在城内放火、发喊相助，_{方知城中起火之由。}令魏兵惊疑不定。兵无主将，必自乱矣。吾因而取之，易如反掌。_{至此方将上项事细说一遍，前乎此者，令人如在梦中。}兵法云：'出其不意，攻其无备。'正谓此也。"_{又自下一注脚。}魏延、姜维拜伏。孔明怜郝昭之死，令彼妻小扶灵柩回魏，以表其忠。_{上文都是鬼神手段，此处忽现一菩萨心肠。}

孔明谓魏延、姜维曰："汝二人且莫卸甲，可引兵去袭散关。把关之人，若知兵到，必然惊走。若稍迟便有魏兵至关，即难攻矣。"_{看过上文神机妙算，无以加矣，不意又有一段在后。}魏延、姜维受命，引兵径到散关。把关之人，果然尽走。二人上关才要卸甲，遥见关外尘头大起，魏兵到来。_{先生之言，其应如响。}二人相谓曰："丞相神算，不可测度！"急登楼视之，乃魏将张郃也。二人乃分兵守住险道。张郃见蜀兵把住要路，遂令退兵。魏延随后追杀一阵，魏兵死者无数，张郃大败而去。_{前者差遣姜、魏二人，本为取陈仓之用，不知却为取散关之用。}延回到关上，令人报知孔明。孔明先自领兵，出陈仓斜谷，取了建威。后面蜀兵陆续进发。后主又命大将陈式来助。孔明驱大兵复出祁山。_{此是三出祁山。}安下营寨，孔明聚众言曰："吾二次出祁山，不得其利；今又到此，吾料魏人必依旧战之地，与吾相敌。彼意疑我取雍、郿二处，必以兵拒守；吾观阴平、武都二郡，与汉连接，若得此城，亦可分魏兵之势。_{舍却两路，算出两路来。}何人敢取之？"姜维曰："某愿往。"王平应曰："某亦愿往。"孔明大喜，遂令姜维引兵一万取武都，王平引兵一万取阴平。二人领兵去了。

再说张郃回到长安，见郭淮、孙礼，说："陈仓已失，郝昭已亡，散关亦被蜀兵夺了。今孔明复出祁山，分道进兵。"淮大惊曰："若如此，必取雍、郿矣！"_{不出武侯所料。}乃留张郃守长安，令孙礼保雍城。淮自引兵星夜来郿城守御，一面上表入洛阳告急。

却说魏主曹叡设朝，近臣奏曰："陈仓城已失，郝昭已亡，诸葛亮又出祁山，散关亦被蜀兵夺了。"叡大惊。忽又奏满宠等有表，说："东吴孙权僭称帝号，与蜀同盟。今遣陆逊在武昌训练人马，听候调用。只在旦夕，必入寇矣。"_{若在梨园剧中，是一对双探子。}当叡闻知两处危急，举止失措，甚是惊慌。此时曹真病未痊，即召司马懿商议。懿奏曰："以臣愚意所料，东吴必不举兵。"_{陆逊所算，已在司马懿算中。}叡曰："卿何以知之？"懿曰："孔明尝思报猇亭之仇，非不欲吞吴也，只恐中原乘虚击彼，故暂与东吴结盟。陆逊亦知其意，故假作兴兵之势以应之，实是坐观成败耳。_{你猜着我，我猜着你，两人对手不奇，三手一般则大奇矣。}陛下不必防吴，只须防蜀。"_{放下一头，单}

叡曰：“卿真高见！”遂封懿为大都督，总摄陇西诸路军马，令近臣取曹真总兵将印来。懿曰：“臣自去取之。”^{曹真之印，不欲天子收之，而欲令曹真自让之，善处曹真处。然天子之印，不待天子与之，而曰"臣自取之"，便是目无天子处。}遂辞帝出朝，径到曹真府下，先令人入府报知，懿方进见。问病毕，懿曰：“东吴、西蜀会合，兴兵入寇。今孔明又出祁山下寨，明公知之乎？”真惊讶曰：“吾家人知我病重，不令我知。似此国家危急，何不拜仲达为都督，以退蜀兵耶？”^{妙在待他自说出来。}懿曰：“某才薄智浅，不称其职。”真曰：“取印与仲达。”懿曰：“都督少虑。某愿助一臂之力，只不敢受此印也。”^{极写司马懿之诈。}真跃起曰：“如仲达不领此任，中国必危矣！吾当抱病见帝以保之！”^{又要逼出他此一句来，极写司马懿之诈。}懿曰：“天子已有恩命，但懿不敢受耳。”^{老奸猾老世事。}真大喜曰：“仲达今领此任，可退蜀兵。”懿见真再三让印，遂受之，入内辞了魏主，引兵往长安来与孔明决战。正是：

旧帅印为新帅取，两路兵惟一路来。

未知胜负如何，且看下文分解。

第九十九回

诸葛亮大破魏兵

司马懿入寇西蜀

武侯之计，未尝不为司马懿之所料；而无如司马懿之料武侯，又早为武侯之所料也。懿料武侯之必出，如是而思有以破之；武侯又料懿之知我之出，于是而预有以防之。料其在祁山寨中，而已在武都、阴平；料其在武都、阴平，而已在祁山寨中。料其真退而竟是假退，假退，而竟是真退。致使一足智多谋之司马懿，而动多舛误，束手无策，武侯真神人哉！

武侯一出祁山而即归，以街亭之既失也；再出祁山而又归，以陈仓之未拔也。迨三出祁山而陈仓拔矣，陈仓拔而粮道便矣，粮道便而街亭之兵不必忧矣，且蜀又屡胜，魏又屡败，宜其不归而终亦归者，复因张苞之死，而致武侯之病。呜呼！天不祚汉，于人乎何尤？

前文连写三次出师，而两间以吴国之事。此卷将写武侯四番出师，而又间以魏国之事。夫以吴事间伐魏不足奇，即以魏事间伐魏则奇矣。以魏之侵吴间伐魏不足奇，即以魏之侵汉间伐魏则更奇矣。且魏方侵汉，而不得侵而去，是前所间之两事为实，而今所间之一事为虚也。魏不侵汉，汉犹伐之；及不侵汉，汉乃不追而听其去，是有前三事与后三事之实，而后间以此一事之虚也。断断续续，实实虚虚，岂非妙事妙文，天造地设！

为将者不可不知天时。知天时而后能战，亦惟知天时而后能不战。赤壁之风，南徐之雾，破铁车之雪，所以助战者也。蜀道陈仓之雨，所以阻战者也。知其战而有战之备，知其不战而亦有不战之备。乃孔明知之而御之，司马懿亦知之而不早避之，则司马懿终逊孔明一头。

刘晔之戒漏言，与王肃之请回兵，同一意也。何也？兵为诡道，声趋左而实趋右。所谓出其不意，攻其无备也。事未发而谋先泄，犹恐敌人知之而备我，况劳师于外，旷日持久而不得进者哉！用兵之法贵在密，贵在速。不密则不速，不速则不密，故曰两人之意同。

观于魏之侵蜀，而四出祁山之师，愈不容缓矣。汉以魏为贼，魏亦以汉为贼。汉纵忘贼，贼不忘汉。故曰不伐贼则王业亦亡。此"汉贼不两立"之言，于斯益验也。我以彼为贼，而伐之不得不急；至彼亦以我为贼，而我之伐之又何得不急哉！

蜀汉建兴七年夏四月，^{与后六月炎
天相照。}孔明兵在祁山，分作三寨，专候魏兵。^{先写蜀兵
下寨。}

却说司马懿引兵到长安，张郃接见，备言前事。懿令郃为先锋，戴陵为副将，引十万兵到祁山，于渭水之南下寨。^{次写魏兵
下寨。}郭淮、孙礼入寨参见。懿问曰："汝等曾与蜀兵对阵否？"二人答曰："未也。"^{蜀兵不战，却借
魏将口中叙出。}懿曰："蜀兵千里而来，利在速战；今来此不战，必有谋也。陇西诸路，曾有信息否？"淮曰："已有细作探得各郡十分用心，日夜提防，并无他事。只有武都、阴平二处，未曾回报。"^{为下文虚
伏一笔。}懿曰："吾自差人与孔明交战。汝二人急从小路去救二郡，却掩在蜀兵之后，彼必自乱矣。"^{亦算得着，但
嫌迟了些。}二人受计，引兵五千，从陇西小路来救武都、阴平，就袭蜀兵之后。郭淮于路谓孙礼曰："仲达比孔明如何？"礼曰："孔明胜仲达多矣。"诚如所论。○两人优劣却在魏将口中定之。淮曰："孔明虽胜，此一计足显仲达有过人之智。蜀兵如正攻两郡，我等从后抄到，彼岂不自乱乎？"衬起下文。正言间，忽哨马来报："阴平已被王平打破了。武都已被姜维打破了。不在姜维、王平一边写来，只在郭淮、孙礼一边听得，省笔之甚。前离蜀兵不远。"礼曰："蜀兵既已打破了城池，如何陈兵于外？必有诈也。不如速退。"前用反笔衬起下文，此用正笔衬起下文。郭淮从之。方传令教军退时，忽然一声炮响，山背后闪出一枝军马来，旗上大书："汉丞相诸葛亮"，中央一辆四轮车，孔明端坐于上；写得孔明出色惊人。○先见旗，次见车，然后见人。左有关兴，右有张苞。孙、郭二人见之，大惊。孔明大笑曰："郭淮、孙礼休走！司马懿之计，安能瞒得过吾？他每日令人在前交战，司马懿在祁山一边事，又借孔明口中叙出。却教汝等袭吾军后。司马懿所算，已在孔明算中。武都、阴平吾已取了。汝二人不早来降，欲驱兵与吾决战耶？"郭淮、孙礼听毕，大慌。适才路上闲评，何其闲也。忽然背后喊杀连天，王平、姜维引兵从后杀来。兴、苞二将又引军从前面杀来。两下夹攻，魏兵大败。郭、孙二人弃马爬山而走。张苞望见，骤马赶来；不期连人带马，跌入涧内。后军急忙救起，头已跌破。孔明令人送回成都养病。令人叹想蜀道之难。

却说郭、孙二人走脱，回见司马懿曰："武都、阴平二郡已失。孔明伏于要路，前后攻杀，因此大败，弃马步行，方得逃回。"懿曰："非汝等之罪，孔明智在吾先。不惟孙礼知之，司马懿亦自知之。可再引兵守把雍、郿二城，切勿出战。吾自有破敌之策。"二人拜辞而去。懿又唤张郃、戴陵吩咐曰："今孔明得了武都、阴平，必然抚百姓以安民心，不在营中矣。只因孙、郭二人路上撞见孔明，故算到此。汝二人各引一万精兵，今夜起身，抄在蜀兵营后，一齐奋勇杀将过来；吾却引兵在前布阵，只待蜀兵势乱，吾大驱士马，攻杀进去。两军并力，可夺蜀寨也。若得此地山势，破敌何难？"此计大妙。若以郭淮论之，又道必胜孔明矣。二人受计引兵而去。戴陵在左，张郃在右，各取小路进发，深入蜀兵之后。三更时分，来到大路，两军相遇，合兵一处，却从蜀兵背后杀来。行不到三十里，前军不行。张、戴二人自纵马视之，只见数百辆草车横截去路。每到伏兵处，便是一声炮响、一彪军出，文法旧矣。此处不写炮，先写车，不写敌军兵至，却写我军不行，又换一样文法。郃曰："此必有准备。可急取路而回。"才传令退军，只见满山火光齐明，鼓角大震，伏兵四下皆出，把二人围住。孔明在祁山上大叫曰："戴陵、张郃可听吾言：司马懿料吾往武都、阴平抚民，不在营中，故令汝二人来劫吾寨，却中吾之计也。不写孔明在营中算他劫寨，调道伏兵，却于此处突然而出，不独张、戴二人所不料，亦今日读者所不料。汝二人乃无名下将，吾不杀害，下马早降！"郃大怒，指孔明而骂曰："汝乃山野村夫，侵吾大国境界，如何敢发此言！吾若捉住汝时，碎尸万段！"言讫，纵马挺枪，杀上山来。山上矢石如雨。郃不能上山，乃拍马舞枪，冲出重围，无人敢当。蜀兵困戴陵在垓心。郃杀出旧路，不见戴陵，即奋勇翻身又杀入重围，救出戴陵而回。极写张郃之勇，正为后文射张郃伏线。孔明在山上，见郃在万军之中，往来冲突，英勇倍加，乃谓左右曰："尝闻张翼德大战张郃，人皆惊惧。照应七十卷中事。吾今日见之，方知其勇也。若留下此人，必为蜀中之害。吾当除之。"木门道之箭已伏于此。遂收军还营。

却说司马懿引兵布成阵势，只待蜀兵乱动，一齐攻之。忽见张郃、戴陵狼狈而来，告曰："孔明先如此提防，因此大败而归。"懿大惊曰："孔明真神人也！不如且退。"即传令教大军尽回本寨，坚守不出。坚守不出是他看家拳。

且说孔明大胜，所得器械、马匹，不计其数，乃引大军回寨。每日令魏延挑战，魏兵不出。一连半月，不曾交兵。孔明正在帐中思虑，忽报天子遣侍中费祎赍诏至。孔明接入营中，焚香礼毕，开诏读曰：

街亭之役，咎由马谡；而君引愆，深自贬抑。重违君意，听顺所守。前年耀师，馘斩王双；今岁爰征，郭淮遁走；降集氐、羌，复兴二郡。威震凶暴，功勋显然。方今天下骚扰，元恶未枭，君受大任，干国之重，而久自抑损，非所以光扬洪烈矣。今复君丞相，君其勿辞！

孔明听诏毕，谓费祎曰："吾国事未成，安可复丞相之职？"坚辞不受。祎曰："丞相若不受职，拂了天子之意，又冷淡了将士之心。复爵于军中，不专答丞相之勋，实以鼓将士之气。宜且权受。"孔明方才拜受。受爵不在斩王双之时，而在破郭淮之后，功如武侯，犹不敢滥爵如此，人奈何欲享无劳之俸耶？祎辞去。

孔明见司马懿不出，思得一计，传令教各处皆拔寨而起。孔明第一次诱敌。当有细作报知司马懿，说孔明退兵了。懿曰："孔明必有大谋，不可轻动。"写仲达把细之甚。张郃曰："此必因粮尽而回，如何不追？"懿曰："吾料孔明上年大收，今又麦熟，粮草丰足；虽然转运艰难，亦可支吾半载，前算一月，此算半年，粮多粮少，都要司马懿代为记帐，竟似知数人一般，只因畏蜀如虎故也。安肯便走？彼见吾连日不战，故作此计引诱。可令人远远哨之。"写仲达把细之甚。军士探知，回报说："孔明离此三十里下寨。"懿曰："吾料孔明果不走。且坚守寨栅，不可轻进。"仲达第一次不赶。住了旬日，绝无音信，并不见蜀将来战。懿再令人哨探，回报说："蜀兵已起营去了。"孔明第二次诱敌。懿未信，乃更换衣服，杂在军中，亲自来看，果见蜀兵又退三十里下寨。懿回营谓张郃曰："此乃孔明之计也，不可追赶。"仲达第二次又不赶。又住了旬日，再令人哨探。回报说："蜀兵又退三十里下寨。"孔明第三次诱敌。郃曰："孔明用缓兵之计，渐退汉中，都督何故怀疑，不早追之？郃愿往决一战！"懿曰："孔明诡计极多，倘有差失，丧我军之锐气。不可轻进。"仲达第三次又不欲赶。郃曰："某去若败，甘当军令。"懿曰："既汝要去，可分兵两枝：汝引一枝先行，须要奋力死战；吾随后接应，以防伏兵。汝次日先进，到半途驻扎，后日交战，使兵力不乏。"<u>凡作三番跌顿，然后赶去，却又再三提防，再三吩咐，写仲达十分周密，不比他人。</u>遂分兵已毕。次日，张郃、戴陵引副将数十员、精兵三万，奋勇先进，到半路下寨。司马懿留下许多军马守寨，只引五千精兵，随后进发。<u>以上在魏兵一面写。</u>

原来孔明密令人哨探，见魏兵半路而歇。<u>以下在蜀兵一面写。</u>是夜，孔明唤众将商议曰："今魏兵来追，必然死战，汝等须以一当十，吾以伏兵截其后，非智勇之将，不可当此任。"言毕，以目视魏延。延低头不语。<u>魏延此时不肯当先，只因不听其子午谷之计，心中不悦，非复前之魏延矣。</u>王平出曰："某愿当之。"<u>激出一个人来。</u>孔明曰："若有失，如何？"平曰："愿当军令。"孔明叹曰："王平肯舍身亲冒矢石，真忠臣也！<u>赞王平，反衬魏延。</u>虽然如此，奈魏兵分两枝前后而来，断吾伏兵在中；平纵然智勇，只可当一头，岂可分身两处？须再得一将同去为妙。怎奈军中再无舍死当先之人！"<u>又用激法。</u>言未毕，一将出曰："某愿往！"孔明视之，乃张翼也。<u>又激出一个人来。</u>孔明曰："张郃乃魏之名将，有万夫不当之勇，汝非敌手。"<u>又用激法。</u>翼曰："若有失事，愿献首于帐下。"<u>写张翼，亦反衬魏延。</u>孔明曰："汝既敢去，可与王平各引一万精兵伏于山谷中；只待魏兵赶上，任他过尽，汝等却引伏兵从后掩杀。若司马懿随后赶来，却分兵两头，张翼引一军当住后队，王平引一军截其前队。两军须要死战。吾自有别计相助。"<u>第一起调拨二人，是明白吩咐。</u>二人受计引兵而去。孔明又唤姜维、廖化吩咐曰："与汝二人一个锦囊，引三千精兵，偃旗息鼓，伏于前山之上。如见魏兵围住王平、张翼，十分危急，不必去救，只开锦囊看视，自有解危之策。"<u>第二起调拨二人，却用锦囊，不是明白吩咐。</u>二人受计引兵而去。又令吴班、吴懿、马忠、张嶷四将，附耳吩咐曰："如来日魏兵到，锐气正盛，不可便迎，且战且走。只看关兴引兵来掠阵之时，汝等便回军赶杀，吾自有兵接应。"<u>第三起调拨四人，又是明白吩咐。</u>四将受计引兵而去。又唤关兴吩咐曰："汝引五千精兵，伏于山谷；只看山上红旗飐动，却引兵杀出。"<u>第四起只调拨一人，亦用明白吩咐。</u>兴受计引兵而去。

却说张郃、戴陵领兵前来，骤如风雨。马忠、张嶷、吴懿、吴班四将接着，出马交锋。<u>前第三起所拨，却于第一次出现。</u>张郃大怒，驱兵追杀。蜀兵且战且走。魏兵追赶约有二十余里，时值六月天气，十分炎热，人马汗如泼水。<u>百忙中忽点时序，与走到五十里外，魏兵尽皆气喘。五月渡泸遥遥相对。</u>孔明在山上把红旗一招，关兴引兵杀出。<u>前第四起所拨，却于第二次出现。</u>却马忠等四将，一齐引兵掩杀回来。张郃、戴陵死战不退。忽然喊声大震，两路军杀出，乃王平、张翼也，<u>前第一起所拨，却于第三次出现。</u>各奋勇追杀，截其后路。郃大叫众将曰："汝等到此，不决一死战，更待何时！"魏兵奋力冲突，不得脱身。忽然背后鼓角喧天，司马懿自领精兵杀到。懿指挥众将，把王平、张翼围在垓心。〔已在孔明算中。〕翼大呼曰："丞相真神人也！计已算定，必有良谋。吾等当决一死战！"即分兵两路：平引一军截住张郃、戴陵，翼引一军力当司马懿。两头死战，叫杀连天。姜维、廖化在山上探望，〔前第二起所拨，于第四次出现。〕却见魏兵势大，蜀兵力危，渐渐抵当不住。维谓化曰："如此危急，可开锦囊看计。"二人拆开视之，内书云："若司马懿兵来围王平、张翼至急，汝二人可分兵两枝，竟袭司马懿之营；懿必急退，汝可乘乱攻之。营虽不得，可获全胜。"〔独此数语，却于此处方见，机密之至。〕二人大喜，即分兵两路，径袭司马懿营中而去。

原来司马懿亦恐中孔明之计，沿途不住的令人传报。懿正催战间，忽流星马飞报，言蜀兵两路竟取大寨去了。〔维、化二人劫寨，只在懿耳中虚写，妙。〕懿大惊失色，乃谓众将曰："吾料孔明有计，汝等不信，勉强追来，却误了大事！"即提兵急回。军心惶惶乱走。张翼随后掩杀，魏兵大败。〔第一起张翼于此再写一番。〕张郃、戴陵见势孤，亦望山僻小路而走，蜀兵大胜。背后关兴引兵接应诸路。〔第四起关兴亦再写一番。〕司马懿大败一阵，奔入寨时，蜀兵已自回去。〔又将维、化二人虚写一笔。〕懿收聚败军，责骂诸将曰："汝等不知兵法，只凭血气之勇，强欲出战，致有此败。今后切不许妄动，再有不遵，决正军法！"众皆羞惭而退。这一阵，魏军死者极多，遗弃马匹器械无数。〔又将上项事总叙一句。〕

却说孔明收得胜军马入寨，又欲起兵进取。忽报有人自成都来，说张苞身死。〔赵云之死，在《后出师表》之中；张苞之死，又在《后出师表》之外。〕孔明闻知，放声大哭，口中吐血，昏绝于地。众人救醒。孔明自此得病卧床不起。〔曹操哭典韦，孔明哭张苞。然曹操不病，孔明则病，哭可假得，病却假不得。〕诸将无不感激。后人有诗叹曰：

悍勇张苞欲建功，可怜天不助英雄！

武侯泪向西风洒，为念无人佐鞠躬。

旬日之后，孔明唤董厥、樊建等入帐吩咐曰："吾自觉昏沉，不能理事；不如且回汉中养病，再作良图。汝等切勿走泄，司马懿若知，必来攻击。"遂传号令，教当夜暗暗拔寨，皆回汉中。孔明去了五日，懿方得知，乃长叹曰："孔明真有神出鬼没之计，吾不能及也！"于是司马懿留诸将在寨中，分兵守把各处隘口；懿自班师回。

却说孔明将大军屯于汉中，自回成都养病；文武官僚出城迎接，送入丞相府中，后主御驾自来问病，命御医调治，日渐痊可。

建兴八年秋七月，魏都督曹真病可，〔方叙武侯病可，又忽叙曹真病可，斗笋绝妙。〕乃上表说："蜀兵数次侵界，屡犯中原，若不剿除，必为后患。今时值秋凉，〔与上文夹天相应。〕人马安闲，正当征伐。臣愿与司马懿同领大军，径入汉中，殄灭奸党，以清边境。”汉不伐贼，贼亦伐汉，果应《后出师表》之言。魏主大喜，问侍中刘晔曰：“子丹劝朕伐蜀，若何？”晔奏曰：“大将军之言是也。今若不剿除，后必为大患。陛下便可行之。”可见贼亦与汉不两立。叡点头。晔出内回家，有众大臣相探，问曰：“闻天子与公计议兴兵伐蜀，此事如何？”晔应曰：“无此事也。蜀有山川之险，非可易图；空费军马之劳，于国无益。”忽然要瞒众人。众官皆默然而出。杨暨入内奏曰：“昨闻刘晔劝陛下伐蜀；今日与众臣议，又言不可伐，是欺陛下也。陛下何不召而问之？”叡即召刘晔入内问曰：“卿劝朕伐蜀；今又言不可，何也？”晔曰：“臣细详之，蜀不可伐。”又在天子面前瞒众人，更妙。叡大笑。少时，杨暨出内。晔奏曰：“臣昨日劝陛下伐蜀，乃国之大事，岂可妄泄于人？夫兵者，诡道也，事未发切宜秘之。”前此只疑其模棱两可，至此方知是深心人。叡大悟曰：“卿言是也。”自此愈加敬重。旬日内，司马懿入朝，魏主将曹真表奏之事，逐一言之。懿奏曰：“臣料东吴未敢动兵，今日正可乘此去伐蜀。”叡即拜曹真为大司马、征西大都督，司马懿为大将军、征西副都督，此时大都督印又是曹真挂了，可见前番司马懿谦让，正是老世事处。刘晔为军师。三人拜辞魏主，引四十万大兵，前行至长安，径奔剑阁，来取汉中。其余郭淮、孙礼等，各取路而行。

汉中人报入成都。此时孔明病好多时，每日操练人马，习学八阵之法，尽皆精熟，早为后卷赌阵伏笔。欲取中原；正要讨贼，贼却自来受讨。听得这个消息，遂唤张嶷、王平吩咐曰：“汝二人先引一千兵去守陈仓古道，以当魏兵，只用一千兵，令吾却提大兵便来接应。”二人告曰：“人报魏军四十万，诈称八十万，声势甚大，如何只与一千兵去守隘口？倘魏兵大至，何以拒之？”不独两人不解，即读者亦不解。孔明曰：“吾欲多与，恐士卒辛苦耳。”说得没气力、没要紧，一发令人不解。嶷与平面面相觑，皆不敢去。孔明曰：“若有疏失，非汝等之罪。不必多言，可疾去。”二人又哀告曰：“丞相欲杀某二人，就此请杀，只不敢去。”不独二人哀，我亦为二人哀之。孔明笑曰：“何其愚也！吾令汝等去，自有主见。吾昨夜仰观天文，见毕星躔于太阴之分，此月内必有大雨淋漓；先生知风知雾又知雨。魏兵虽有四十万，安敢深入山险之地？因此不用多军，决不受害。吾将大军皆在汉中安居一月，待魏兵退，那时以大兵掩之，以逸待劳，吾十万之众可胜魏兵四十万也。”此处方才尽情说明。二人听毕，方大喜，拜辞而去。孔明随统大军出汉中，传令教各处隘口，预备干柴草料细粮，俱够一月人马支用，以防秋雨；又点“秋”字，应上秋凉时序，一毫不乱。将大军宽限一月，先给衣食，伺候出征。以上按下武侯一边，以下再叙真、懿一边。

却说曹真、司马懿同领大军，径到陈仓城内，不见一间房屋；寻土人问之，皆言孔明回时放火烧毁。将前事于此补出。曹真便要从陈仓道进发。懿曰：“不可轻进。我夜观天文，见毕星躔于太阴之分，此月内必有大雨；^{孔明知雨，仲达知雨，但孔明知有一月}若深入重地，常胜则可，^{之雨，仲达则未必知有一月之雨耳。}倘有疏虞，人马受苦，要退则难。且宜在城中搭起窝铺住扎，以防阴雨。"真从其言。未及半月，天雨大降，淋漓不止。陈仓城外，平地水深三尺，军器尽湿，人不得睡，昼夜不安。^{沉灶产蛙，仿佛}大雨连降三十日，马无草料，死者无数，军士怨声不绝。传入洛阳，魏主^{似晋阳当日。}设坛，求晴不得。^{此时道士亦}黄门侍郎王肃上疏曰：^{大吃苦也。}

前志有之："千里馈粮，士有饥色；樵苏后爨，师不宿饱。"此谓平途之行军者也。^{先言转饷}又况于深入险阻，凿路而前，则其为劳，必相百也。^{次言路径今又}^{之远。}加之以霖雨，山坂峻滑，众逼而不展，粮远而难继：实行军之大忌也。^{之险。}^{次言天时闻}曹真发已逾月，而行方半谷，治道功大，战士悉作：是彼偏得以逸待劳，乃兵家^{之灾。}之所惮也。^{次言士卒}言之前代，则武王伐纣，出关而复还；论之近事，则武、文征^{之劳。}权，临江而不济：岂非顺天知时，通于权变者哉？愿陛下念水雨艰剧之故，休息士卒；^{此言日下必}后日有衅，乘时用之。所谓"悦以犯难，民忘其死"者也。^{此言他日方}^{宜退兵。}　　　　　　　　　　　　　　　　　　　　^{可进兵。}

魏主览表，正在犹豫，杨阜、华歆亦上疏谏。^{王肃表用实写，杨阜、}魏主即下诏，遣使诏^{华歆表用虚写。}曹真、司马懿还朝。

却说曹真与司马懿商议曰："今连阴三十日，军无战心，各有思归之意，如何禁止？"^{此番一出是特}懿曰："不如且回。"真曰："倘孔明追来，怎生退之？"懿曰："先^{地来赏雨。}伏两军断后，方可回兵。"正议间，忽使命来召。二人遂将大军前队作后队，后队作前队，徐徐而退。^{以上按下真、懿一边，}
^{以下再叙武侯一边。}

却说孔明计算一月秋雨将尽，天尚未晴，自提一军屯于城固，又传令教大军会于赤坡驻扎。孔明升帐唤众将言曰："吾料魏兵必走，魏主必下诏来取曹真、司马懿兵回。^{先生如}吾若追之，必有准备；不如任他且去，再作良图。"^{魏兵每为追蜀兵而败，}忽王平令人报来，^{见。}^{武侯不追，大有主见。}说魏兵已回。孔明吩咐来人，传与王平："不可追袭。吾自有破魏兵之策。"正是：

魏兵纵使能埋伏，汉相原来不肯追。

未知孔明怎生破魏，且看下文分解。

第一百回

汉兵劫寨破曹真

武侯斗阵辱仲达

将写武侯与仲达决雌雄，先见仲达与子丹决雌雄。其以面涂红粉，身服女衣为赌。此以赢者为雄，输者为雌也。然以仲达、子丹相较，则子丹是女，仲达是男。若以武侯、仲达相较，则又武侯是男，仲达是女。观后文巾帼之受，其不异于面涂红粉、身服女衣者几希矣。

武侯气王朗，只是一气；气曹真，不止是一气。姜维诈降一气也，王双被斩二气也，秦良死而寨又劫三气也。与三气周瑜之事，殆相仿佛矣。然周瑜未死之前，有两句歌谣，一封书札；周瑜既死之后，又有一篇祭文。独至曹真而片纸之中，一番教训，一番嘲笑，一番哀怜，直将歌谣、书札、祭文合成一幅，尤令见者解颐。

甚矣，为将之不可不严也！武侯斩陈式而不斩魏延，怜其勇耳。若纵苟安而反为其所谮，则宽之过也。且陈式未归之时，恐其降魏，而使邓芝抚之；魏延将反之日，预知其背汉，而使马岱防之。独至苟安而武侯虑不及此，又似失之于疏矣。虽然，此天之不欲兴汉，岂武侯之咎与？

我以此计中人，而人亦以此计中我。如武侯曾以反间之计退仲达，而仲达亦以反间之计退武侯是也。虽然，物必先腐也，而后虫生之。仲达虽智，岂能间英明之主哉？苟安不能愚后主，而宦官得以愚后主，又非宦官足以愚后主，而后主实受愚于宦官。昭烈所为叹息痛恨于桓、灵者，而其父恨焉，其子蹈焉，悲夫！

三出祁山之师，为武侯之病而去，此仲达不知其去者也。四出祁山之师，为苟安之谮而去，此仲达先知其必去者也。不知其去，则其去也易；知其必去，则其去也难。而武侯卒不难于去者，则减兵添灶之计得也。孙膑以减灶诱敌之追，武侯又以增灶退敌之追，是得孙膑之意而变化之。可见读古书者，读此句必是此句，便是不能读；用古事者，用此法必是此法，便是不能用。观于武侯可以悟矣。

却说众将闻孔明不追魏兵，俱入帐告曰："魏兵苦雨，不能屯扎，因此回去，正好乘势追之。丞相如何不追？"孔明曰："司马懿善能用兵，今军退必有埋伏。吾若追之，正中其计。〔不犯他人失着。〕不如纵他远去，吾却分兵径出斜谷而取祁山，使魏人不提防也。"〔此之谓攻其无备。〕众将曰："取长安之地，别有路途；丞相只取祁山，何也？"〔吾亦欲问之。〕孔明曰："祁山乃长安之首也。陇西诸郡，倘有兵来，必经由此地；更兼前临渭滨，后靠斜谷，左出右入，可以伏兵，乃用武之地。吾故欲先取此，得地利也。"〔前卷是仰察天文，后卷是俯察地理。〕众将皆拜服。孔明令魏延、张嶷、杜琼、陈式出箕谷；马岱、王平、张翼、马忠出斜谷，俱会于祁山。调拨已定，孔明自提大军，令关兴、廖化为先锋，随后进发。〔以上按下武侯一边，以下再叙真、懿一边。〕

却说曹真、司马懿二人，在后监督人马，令一军入陈仓古道探视，回报说蜀兵不来。又行旬日，后面埋伏众将皆回，说蜀兵全无音耗。真曰："连绵秋雨，栈道断绝，蜀人岂知吾等退军耶？"_{写曹真之愚，衬司马之智。}懿曰："蜀兵随后出矣。"_{诚如公言。}真曰："何以知之？"懿曰："连日晴明，蜀兵不赶，料吾有伏兵也，故纵我兵远去；待我兵过尽，他却夺祁山矣。"_{诚如公言。}曹真不信。懿曰："子丹如何不信？吾料孔明必从两谷而来。吾与子丹各守一谷口，十日为期。若无蜀兵来，我面涂红粉，身穿女衣，来营中伏罪。"_{此等赌法甚奇。赢的是男子，输的是妇人。但恐今日天下妇人，偏要赢着男子也。○面涂红粉，早与后文张虎、乐綝相映；身穿女衣，早与后文受巾帼相映。}真曰："若有蜀兵来，我愿将天子所赐玉带一条、御马一匹与你。"_{以天子所赐为赌，孰知后来却把一个天子输与他家。}即分兵两路：真引兵屯于祁山之西，斜谷口；懿引军屯于祁山之东，箕谷口。各下寨已毕。懿先引一枝兵伏于山谷中；其余军马，各于要路安营。懿更换衣装，杂在众军之内，_{赌输了要换妇人妆束，今不曾输，先着小卒衣裳。}遍观各营。忽到一营，有一偏将仰天而怨曰："大雨淋了许多时，不肯回去；今又在这里顿住，强要赌赛，却不苦了官军！"_{赌赛原是一时高兴。}懿闻言，归寨升帐，聚众将皆到帐下，挨出那将来。懿叱之曰："朝廷养军千日，用在一时。汝安敢出怨言，以慢军心！"其人不招。懿叫出同伴之人对证，那将不能抵赖。懿曰："吾非赌赛；欲胜蜀兵，_{胜曹真便是取笑，胜蜀兵便是正经。}令汝各人有功回朝。汝乃妄出怨言，自取罪戾！"喝令武士推出斩之。_{取笑弄出认真来。}须臾，献首帐下。众将悚然。懿曰："汝等诸将皆要尽心以防蜀兵。听吾中军炮响，四面皆进。"众将受令而退。_{以上按下真、懿一边，以下再叙武侯一边。}

却说魏延、张嶷、陈式、杜琼四将，引二万兵，取箕谷而进。正行之间，忽报参谋邓芝到来。四将问其故，芝曰："丞相有令：如出箕谷，提防魏兵埋伏，不可轻进。"_{司马懿之料武侯，又为武侯所料。}陈式曰："丞相用兵何多疑耶？吾料魏兵连遭大雨，衣甲皆毁，必然急归；安得又有埋伏？今吾兵倍道而进，可获大胜，如何又教休进？"芝曰："丞相计无不中，谋无不成，汝安敢违命？"式笑曰："丞相若果多谋，不致街亭之失！"_{照应九十五回中事。}魏延想起孔明向日不听其计，亦笑曰："丞相若听吾言，径出子午谷，此时休说长安，连洛阳皆得矣！"_{照应九十二回中之语。}今执定要出祁山，有何益耶？既令进兵，今又教休进，何其号令不明！"式曰："吾自有五千兵，径出箕谷，先到祁山下寨，看丞相羞也不羞！"芝再三阻当，式只不听，径自引五千兵出箕谷去了。_{司马懿部下一末将不服，武侯部下一大将不服，正是相对。○陈式又是一个马谡。}邓芝只得飞报孔明。

却说陈式引兵行不数里，忽听的一声炮响，四面伏兵皆出。式急退时，魏兵塞满谷口，围得铁桶相似。式左冲右突，不能得脱。忽闻喊声大震，一彪军杀入，乃是魏延。救了陈式，回到谷中，五千兵只剩得四五百带伤人马。_{此时陈将军羞也不羞？}背后魏兵赶来，却得杜琼、张嶷引兵接应，魏兵方退。陈、魏二人方信孔明先见如神，懊悔不及。

且说邓芝回见孔明，言魏延、陈式如此无礼。孔明笑曰："魏延素有反相，吾知彼常有不平之意，因怜其勇而用之。久后必生患害。〔早为一百五回伏笔。〕正言间，忽流星马报到，说陈式折了四千余人，止有四五百带伤人马，屯在谷中。孔明令邓芝再来箕谷抚慰陈式，防其生变；〔周密之至。〕一面唤马岱、王平吩咐曰："斜谷若有魏兵守把，汝二人引本部军越山岭，夜行昼伏，速出祁山之左，举火为号。"又唤马忠、张翼吩咐曰："汝等亦从山僻小路，昼伏夜行，径出祁山之右，举火为号，与马岱、王平会合，共劫曹真营寨。〔前番调拨以此四人为一路，今又分作两路。〕吾自从谷中三面攻之，魏兵可破也。"四人领命分头引兵去了。孔明又唤关兴、廖化吩咐曰：如此如此。〔前两路叙明所授之计，此一路不叙明所授之计，待后文始见，是换笔。〕二人受了密计，引兵而去。孔明自领精兵倍道而行。正行间，又唤吴班、吴懿授与密计，〔又不叙明所授何计，又留在末后分明，亦是换笔。〕亦引兵先行。

却说曹真心中不信蜀兵来，以此怠慢，纵令军士歇息；只等十日无事，要羞司马懿。不觉守了七日，〔再熬过三日，便要赢他花面矣。〕忽有人报谷中有些小蜀兵出来。真令副将秦良引五千兵哨探，不许纵令蜀兵近界。〔图欲瞒过司马懿也。曹真之意，只以赌赛为重，不以国事为重。〕秦良领命，引兵刚到谷口，哨见蜀兵退去。良急引兵赶来，行到五六十里，不见蜀兵，〔此乃孔明所授密计也。〕心下疑惑，教军士下马歇息。忽哨马报说："前面有蜀兵埋伏。"良上马看时，只见山中尘土大起，急令军士提防。不一时，四壁厢喊声大震：前面吴班、吴懿引兵杀出，〔末后吩咐的最先出现。〕背后关兴、廖化引兵杀来。〔第三起吩咐的出现在第二。〕左右是山，皆无走路。山上蜀兵大叫："下马投降者免死！"〔不尽杀之而欲降之，计画已定。〕魏军大半多降。秦良死战，被廖化一刀斩于马下。〔今番却瞒不过司马懿也。〕孔明把降兵拘于后军，却将魏兵衣甲与蜀军五千人穿了，扮作魏兵，〔不见男子扮女子，先见蜀兵扮魏兵。〕令关兴、廖化、吴班、吴懿四将引着，〔此四人重复调拨。〕径奔曹真寨来；先令报马入寨说："只有些小蜀兵，尽赶去了。"〔妙，正合他不许近界之意。〕真大喜。忽报司马都督差心腹人至。真唤入问之。其人告曰："今都督用埋伏计，杀蜀兵四千余人。〔与陈式所折正好相当，武侯正了本矣。〕司马都督致意将军，教休将赌赛为念，务要用心提备。"〔夹叙此一段，笔法妙甚。〕真曰："吾这里并无一个蜀兵。"〔还要强嘴。〕遂打发来人回去。忽又报秦良引兵回来了。真自出帐迎之。比及到寨，人报前后两把火起。真急回寨后看时，关兴、廖化、吴班、吴懿四将，指麾蜀军，就营前杀将进来；〔重复调拨的于此再出现。〕马岱、王平从后面杀来；马忠、张翼亦引兵杀到。〔第一番调拨与第二番调拨的却于末后出现。〕魏军措手不及，各自逃生。众将保曹真望东而走，背后蜀兵赶来。曹真正奔走，忽然喊声大震，一彪军杀到。真胆战心惊，〔每到遇救兵处，故作惊人之笔。〕视之，乃司马懿也。〔莫非来取玉带御马乎？〕懿大战一场，蜀兵方退。真得脱，羞惭无地。〔不惟输与孔明，又输与仲达，是双输了，安得不羞。〕懿曰："诸葛亮夺了祁山地势，吾等不可久居此处；宜去渭滨安营，再作良图。"真曰："仲达何以知吾遭此大败也？"懿曰："见来人报称子丹说并无一个蜀兵，吾料孔明暗来劫寨，因此知之，故相接应。今果中计。^{司马懿一边事即在司马懿口中补出。}切莫言赌赛之事，只同心报国。”
^{老奸猾老世事。}曹真甚是惶恐，气成疾病，卧床不起。^{姓曹的如此无用，安得不以大事托之司马氏。}兵屯渭滨，懿恐军心有乱，不敢教真引兵。

却说孔明大驱士马，复出祁山。^{此是四出祁山。}劳军已毕，魏延、陈式、杜琼、张嶷入帐拜伏请罪。孔明曰：“是谁失陷了军来？”延曰：“陈式不听号令，潜入谷口，以此大败。”式曰：“此事魏延教我行来。”^{始而一齐扛帮，继而互相埋怨，可发一笑。}孔明曰：“他倒救你，你反攀他！^{轻轻一句，便将魏延抛开。}将令已违，不必巧说！”即叱武士推出陈式斩之。须臾，悬首于帐前，以示诸将。此时孔明不杀魏延，欲留之以为后用也。^{按中忽结一断语，绝妙笔法。}孔明既斩了陈式，正议进兵，忽有细作报说曹真卧病不起，现在营中治疗。孔明大喜，谓诸将曰：“若曹真病轻，必便回长安。今魏兵不退，必为病重，故留于军中，以安众人之心。吾写下一书，教秦良的降兵持与曹真，真若见之，必然死矣！”^{与前番致书于周郎一样局面。}遂唤降兵至帐下，问曰：“汝等皆是魏军，父母妻子多在中原，不宜久居蜀中。今放汝等回家，若何？”^{武侯妙人。}众军泣泪拜谢。孔明曰：“曹子丹与吾有约；吾有一书，汝等带回，送与子丹，必有重赏。”^{武侯妙人。}魏军领了书，奔回本寨，将孔明书呈与曹真。真扶病而起，拆封视之。其书曰：

> 汉丞相、武乡侯诸葛亮，致书于大司马曹子丹之前：窃谓夫为将者，能去能就，能柔能刚；能进能退，能弱能强。不动如山岳，难测如阴阳；无穷如天地，充实如太仓；浩渺如四海，眩曜如三光。预知天文之旱涝，先识地理之平康；察阵势之期会，揣敌人之短长。嗟尔无学后辈，上逆穹苍；助篡国之反贼，称帝号于洛阳；走残兵于斜谷，遭霖雨于陈仓；水陆困乏，人马猖狂；抛盈郊之戈甲，弃满地之刀枪；都督心崩而胆裂，将军鼠窜而狼忙！无面见关中之老父，何颜入相府之厅堂！史官秉笔而记录，百姓众口而传扬：仲达闻阵而惕惕，子丹望风而遑遑！吾军兵强而马壮，大将虎奋以龙骧；扫秦川为平壤，荡魏国作丘荒！^{直是一篇叶韵祭文。}

曹真看毕，恨气填胸；至晚，死于军中。^{又是一个王朗。}司马懿用兵车装载，差人送赴洛阳安葬。魏主闻知曹真已死，即下诏催司马懿出战。懿提大军来与孔明交锋，隔日先下战书。

^{仲达此时亦是不得已。}孔明谓诸将曰：“曹真必死矣。”遂批回“来日交锋”，使者去了。孔明当夜教姜维受了密计，如此而行；又唤关兴吩咐，如此如此。^{又不知先生用何妙计。}次日，孔明尽起祁山之兵

前到渭滨：一边是河，一边是山，中央平川旷野，好片战场！_{正好摆阵要子。}两军相迎，以弓箭射住阵角。三通鼓罢，魏阵中门旗开处，司马懿出马，众将随后而出。只见孔明端坐于四轮车上，手摇羽扇。_{二人向来并不曾交话，此是第一番相见。}懿曰："吾主上法尧禅舜，_{开口便说禅代，正为他日效尤张本。}相传二帝，坐镇中原，容汝蜀、吴二国者，乃吾主宽慈仁厚，恐伤百姓也。汝乃南阳一耕夫，不识天数，强要相侵，理宜殄灭！如省心改过，宜即早回，各守疆界，以成鼎足之势，免致生灵涂炭，汝等皆得全生！"孔明笑曰："吾受先帝托孤之重，安肯不倾心竭力以讨贼乎！_{对嗣君开口说先帝，对故人亦开口只说先帝。}汝曹氏不久为汉所灭。汝祖父皆为汉臣，世食汉禄，不思报效，反助篡逆，岂不自耻？"懿羞惭满面曰："吾与汝决一雌雄！汝若能胜，吾誓不为大将！汝若败时，早归故里，吾并不加害。"_{又是一番赌赛。}

孔明曰："汝欲斗将？斗兵？斗阵法？"_{偏有许多斗法。}懿曰："先斗阵法。"孔明曰："先布阵我看。"懿入中军帐下，手执黄旗招飐，左右军动，排成一阵。复上马出阵，问曰："汝识吾阵否？"孔明笑曰："吾军中末将亦能布之。此乃'混元一气阵'也。"_{取混一之意。}懿曰："汝布阵我看。"孔明入阵，把羽扇一摇，复出阵前，问曰："汝识我阵否？"懿曰："量此'八卦阵'，如何不识！"_{一气主合，八卦主分，以分破合也。}孔明曰："识便识了，敢打我阵否？"懿曰："既识之，如何不敢打！"孔明曰："汝只管打来。"司马懿回到本阵中，唤戴陵、张虎、乐綝三将，吩咐曰："今孔明所布之阵，按休、生、伤、杜、景、死、惊、开八门。汝三人可从正东'生门'打入，往西南'休门'杀出，复从正北'开门'杀入，此阵可破。汝等小心在意！"_{如黄承彦教陆逊之语。}于是戴陵在中，张虎在前，乐綝在后，各引三十骑，从生门打入。两军呐喊相助。三人杀入蜀阵，只见阵如连城，冲突不出。三人慌引骑转过阵脚，往西南冲去，却被蜀兵射住，冲突不出。_{鱼腹浦前石疑是人，祁山寨前人疑是石。}阵中重重叠叠，都有门户，那里分东西南北？_{妙写阵法。}三将不能相顾，只管乱撞，但见愁云漠漠，惨雾蒙蒙。_{又加此二句，更见阵法之神奇。}喊声起处，魏军一个个皆被缚了，_{赌阵法输了。}送到中军。孔明坐于帐中，左右将张虎、戴陵、乐綝并九十个军，皆缚在帐下。孔明笑曰："吾纵然捉得汝等，何足为奇！吾放汝等回见司马懿，教他再读兵书，重观战策，那时来决雌雄，未为迟也。_{叫他回去读书，竟似对求试不中的秀才说。}汝等性命既饶，当留下军器战马。"遂将众人衣服脱了，以墨涂面，步行出阵。_{司马懿与曹真赌，只赌得红粉涂面，今却搽了黑脸，更是难当。}司马懿见之大怒，_{老羞变怒。}回顾诸将曰："如此挫败锐气，有何面目回见中原大臣耶！"即指挥三军，奋死掠阵。懿自拔剑在手，引百余骁将，催督冲杀。两军恰才相会，忽然阵后鼓角齐鸣，喊声大震，一彪军从西南上杀来，乃关兴也。_{第二次投计者出现在前。}懿分后军当之，复催军向前厮杀。忽然魏兵大乱，原来姜维引一彪军悄地杀来，^{第一次授计者出现在后。}蜀兵三路夹攻。懿大惊，急忙退军。蜀兵周围杀到，懿引三军望南死命冲出。魏兵十伤六七。^{斗兵斗将又输了。}司马懿退在渭滨南岸下寨，坚守不出。

孔明收得胜之兵，回到祁山时，永安城李严遣都尉苟安解送粮米，至军中交割。苟安好酒，于路怠慢，违限十日。孔明大怒曰："吾军中专以粮为大事，误了三日，便该处斩！汝今误了十日，有何理说？"喝令推出斩之。^{与陈式正是同罪。}长史杨仪曰："苟安乃李严用人，又兼钱粮多出于西川，若杀此人，后无人敢送粮也。"孔明乃叱武士去其缚，杖八十放之。^{不斩此人，反受其误，可见好人做不得。}苟安被责，心中怀恨，连夜引亲随五六骑，径奔魏寨投降。^{苟安不是苟，竟是"狗"矣。}懿唤入，苟安拜告前事。懿曰："虽然如此，孔明多谋，汝言难信。汝能为我干一件大功，吾那时奏准天子，保汝为上将。"安曰："但有甚事，即当效力。"懿曰："汝可回成都布散流言，说孔明有怨上之意，早晚欲称为帝，使汝主召回孔明：即是汝之功矣。"^{此奉答前文马谡反间之计，彼此相对。}

苟安允诺，径回成都，见了宦官，^{得其人矣。}布散流言，说孔明自倚大功，早晚必将篡国。宦官闻知大惊，即入内奏帝，细言前事。^{官中、府中不宜异同。}后主惊讶曰："似此如之奈何？"宦官曰："可诏还成都，削其兵权，免生叛逆。"后主下诏，宣孔明班师回朝。^{"亲小人，远贤臣"，后汉所以倾颓也。}蒋琬出班奏曰："丞相自出师以来，累建大功，何故宣回？"后主曰："朕有机密事，必须与丞相面议。"^{也会说谎。}即遣使赍诏星夜宣孔明回。

使命径到祁山大寨，孔明接入，受诏已毕，仰天叹曰："主上年幼，必有佞臣在侧！吾正欲建功，何故取回？我如不回，是欺主矣。若奉命而退，日后再难得此机会也。"^{苟安之罪，上通于天。}姜维问曰："若大军退，司马懿乘势掩杀，当复如何？"孔明曰："吾今退军，可分五路而退。今日先退此营，假如营内一千兵，却掘二千灶，明日掘三千灶，后日掘四千灶。每日退军，添灶而行。"^{孙膑减灶之法，武侯反用之；虞诩增灶之法，武侯正用之。}杨仪曰："昔孙膑擒庞涓，用添兵减灶之法而取胜；今丞相退兵，何故增灶？"孔明曰："司马懿善能用兵，知吾兵退，必然追赶；心中疑吾有伏兵，定于旧营内数灶；见每日增灶，兵又不知退与不退，则疑而不敢追。吾徐徐而退，自无损兵之患。"^{方将添灶计策解说一遍。}遂传令退军。

却说司马懿料苟安行计停当，只待蜀兵退时，一齐掩杀。正踌躇间，忽报蜀寨空虚，人马皆去。懿因孔明多谋，不敢轻追，自引百余骑前来蜀营内踏看，教军士数灶，^{不出先生所料。}仍回本寨；次日，又教军士赶到那个营内，查点灶数。回报说："这营内之灶，比前又增一分。"司马懿谓诸将曰："吾料孔明多谋，今果添兵增灶，吾若追之，必中其计；^{谁知已中孔明之计。}不如且退，再作良图。"于是回军不追。孔明不折一人，望成都而去。次后，川口土人来报司马懿，说孔明退兵之时，未见添兵，只见增灶。懿仰天长叹曰："孔明效虞诩之法，瞒过吾也！其谋略吾不如之！"遂引大军还洛阳。正是：

棋逢敌手难相胜，将遇良才不敢骄。

未知孔明退回成都，竟是如何，且看下文分解。

第一百一回

出陇上诸葛妆神

奔剑阁张郃中计

或谓武侯妆神作怪，不过为割麦之计，毋乃为人所笑。予曰不然。今天下之妆神作怪者，大抵类此矣。书符遣将，祷雨祈晴，使人群相尊奉，称其道法，无他故也，重□食也。烧丹炼药，却老延年，使人转相传述，指曰仙翁，无他故也，重□食也。杖锡升座，讲佛谈禅，使人疑为慧远再来，生公复出，无他故也，重□食也。歌姬舞妓，尽态极妍，使人疑为天上飞琼，山中神女，无他故也，重□食也。翰墨丹青，琴棋诸艺，穷工斗巧，竭智悉能，使人疑其笔下有神，腕中有鬼，无他故也，重□食也。星卜堪舆，医方杂术，推吉论凶，知生决死，使人疑其胸罗阴阳，心通造化，无他故也，重□食也。推而准之，比比皆是，何独笑一武侯哉？

劳师远征，动以年岁，杨仪请立换班之法，可谓善矣。然使及期而不代，此连称、管至父之所以作乱于齐也。一旦大敌猝临，新军未至，不从权则无以应敌，欲从权则又恐失信于我军。当此之时，将何法以处之乎？而武侯则更有妙术焉。以为我欲从权，而人必以我为失信；惟我不失信，而人乃乐于从权。于是不以驱之战者督其战，正以遣之去者鼓其战。《易》曰："悦以使民，民忘其劳；悦以犯难，民忘其死。"武侯其得此道也夫！

君子读书至此，而叹粮之为累大也。民以食为天，兵亦以食为天。武侯割陇上之麦，迫于无粮耳。司马懿之不战，亦曰粮尽而彼自退耳；郭淮之请断剑阁，又曰截其粮道则彼自乱耳。前者苟安之被责而兴谤，不过以解粮之过期；今者李严之遣书以相欺，亦不过为运粮之有缺。嗟乎！兵之需饷如此，而饷之艰难又如此，然则将如之何哉？故国家兵未足必先足食，食不足无宁去兵。

吓司马懿，则孔明之外又有孔明。东西南北一人化作四人，何其多而幻也！诱张郃，则魏延之外止有关兴，关兴之外止有魏延。轮流转换，两人只是两人，何其少而穷也！非多而幻，须吓司马懿不得；非少而穷，亦诱张郃不得。假张飞两度撮空，假姜维一番窃冒，假孔明四面分身，前后可称三绝。晋□川中捕一活鱼，鱼腹浦边放一生鹿，木门道上获一死獐，前后又可称三绝。

却说孔明用减兵添灶之法，退兵到汉中；司马懿恐有埋伏，不敢追赶，亦收兵回长安去了，因此蜀兵不曾折了一人。孔明大赏三军已毕，回到成都，入见后主，奏曰："老臣出了祁山，欲取长安，忽承陛下降诏召回，不知有何大事？"后主无言可对；<small>活画一昏庸之主。</small>良久，乃曰："朕久不见丞相之面，心甚思慕，故特诏回，一无他事。"<small>又来说谎。</small>孔明曰："此非陛下本心，必有奸臣谗谮，言臣有异志也。"<small>一语道着。</small>后主闻言，默然无语。<small>活画一昏庸之主。</small>孔明曰："老臣受先帝厚恩，誓以死报。今若内有奸邪，臣安能讨贼乎？"后主曰："朕因过听宦官之言，一时召回丞相。今日茅塞方开，悔之不及矣！"<small>活画一昏庸之主。</small>孔明遂唤众宦官究问，方知是苟安流言；急令人捕之，已投魏国去了。孔明将妄奏的宦官诛戮，余皆废出宫外；又深责蒋琬、费祎等不能觉察奸邪，规谏天子。^{责攸之、祎允等之咎，《前出师表》已言之矣。}二人唯唯服罪。孔明拜辞后主，复到汉中，一面发檄令李严应付粮草，仍运赴军前；一面再议出师。杨仪曰："前数兴兵，军力罢弊，粮又不继；今不如分兵两班，以三个月为期，且如二十万之兵，只领十万出祁山，住了三个月，却教这十万替回，循环相转。若此则兵力不乏，然后徐徐而进，中原可图矣。"^{轮流更换之法，使兵不苦于远征，三年破斧之诗，可以勿作矣。}孔明曰："此言正合我意。吾伐中原，非一朝一夕之事，正当为此长久之计。"^{死而后已，岂计其年。}遂下令，分兵两班，限一百日为期，循环相转，^{所谓及瓜期而代。}违限者按军法处治。

　　建兴九年春二月，^{此处忽点时序，正与后文四月麦熟相应。}孔明复出师伐魏。时魏太和五年也。^{以上按过蜀汉，再叙魏国。}魏主曹叡知孔明又伐中原，急召司马懿商议。懿曰："今子丹已亡，臣愿竭一人之力，剿除寇贼，以报陛下。"^{贼反以汉为贼，贼者贼之，汉者亦贼之贼也。}叡大喜，设宴待之。次日，人报蜀兵寇急。^{贼反以伐为寇。}^{有巡检为强盗所擒，而巡检呼盗为爷爷，盗骂巡检为强盗者，其犹此乎？}叡即命司马懿出师御敌，亲排銮驾送出城外。^{司马懿渐渐与曹操相似。}懿辞了魏主，径到长安，大会诸路人马，计议破蜀兵之策。张郃曰："吾愿引一军去守雍、郿，以拒蜀兵。"懿曰："吾前军不能独当孔明之众，而又分兵为前后，非胜算也。不如留兵守上邽，余众悉往祁山。公肯为先锋否？"^{懿之资张郃，真之资王双。}郃大喜曰："吾素怀忠义，欲尽心报国，惜未遇知己；今都督肯委重任，虽万死不辞！"^{说出一"死"字为之兆也。}于是司马懿令张郃为先锋，总督大军。又令郭淮守陇西诸郡，其余众将各分道而进。前军哨马报说：孔明率大军望祁山进发，前部先锋王平、张嶷，径出陈仓，过剑阁，由散关望斜谷而来。^{蜀兵之来，却在魏兵一边叙出。}司马懿谓张郃曰："今孔明长驱大进，必将割陇西小麦，以资军粮。汝可结营守祁山，吾与郭淮巡略天水诸郡，以防蜀兵割麦。"^{谨防偷麦贼，发以汉为贼。}郃领诺，遂引四万兵守祁山。懿引大军望陇西而去。^{以上按过司马，以下再叙武侯。}

　　却说孔明兵至祁山，^{此是五出祁山。}安营已毕，见渭滨有魏军提备，乃谓诸将曰："此必是司马懿也。即今营中乏粮，屡遣人催并李严运米应付，却只是不到。^{预为李严赚武侯伏笔。}吾料陇上麦熟，可密引兵割之。"于是留王平、张嶷、吴班、吴懿四将守祁山营，孔明自引姜维、魏延等诸将，前到卤城。卤城太守素知孔明，慌忙开城出降。^{先声夺人。}孔明抚慰毕，问曰："此时何处麦熟？"太守告曰："陇上麦已熟。"孔明乃留张翼、马忠守卤城，自引诸将并三军望陇上而来。前军回报说："司马懿引兵在此。"孔明惊曰："此人预知吾来割麦也！"^{亦算是绝粮道。}即沐浴更衣，^{读者至此，必谓又如拜斗以祈出泉故事，祷之于天以求食也。}推过一般三辆四轮车来，车上皆要一样妆饰。此车乃孔明在蜀中预先造下的。^{与黑油车又自不同。}当下令姜维引一千军护车，五百军擂鼓，伏在上邽之后；^{第一路。}马岱在左，魏延在右，亦各引一千军护车，五百军擂鼓。^{第二第三路。}每一辆车，用二十四人，皂衣跣足，披发仗剑，手执七星皂幡，在左右推车。^{又来作怪。}三人各受计，引兵推车而去。孔明又令三万军皆执镰刀、驮绳，伺候割麦。^{原来妆妖作怪只是为此。}却选二十四个精壮之士，各穿皂衣，披发跣足，仗剑簇拥四轮车，为推车使者。令关兴结束做天蓬模样，^{是《西游记》猪八戒名色。○今之打劫东西者，往往搭画头脸，想亦用此法也。}手执七星皂幡，步行于车前。孔明端坐于上，望魏营而来。

哨探军见之大惊，不知是人是鬼，^{在众人眼中写一作怪蹊蹻之孔明。}火速报知司马懿。懿自出营视之，只见孔明簪冠鹤氅，手摇羽扇，端坐于四轮车上；左右二十四人披发仗剑；前面一人手执皂幡，隐隐似天神一般。^{又像七星坛前祭风时形状。○又在司马懿眼中写一作怪蹊蹻之孔明。}懿曰：“这个又是孔明作怪也！”遂拨二千人马吩咐曰：“汝等疾去，连车带人，尽情都捉来！”^{诸葛妆神，司马又要捉鬼。}魏兵领命，一齐追赶。孔明见魏兵赶来，便教回车，遥望蜀营缓缓而行。魏兵皆骤马追赶，^{西厢曲云“马儿慢慢行，车儿紧紧随”，今却是“车儿慢慢行，马儿紧紧随”矣。}但见阴风习习，冷雾漫漫。尽力赶了一程，追之不上。^{是《西游记》孙行者神通。}各人大惊，都勒住马言曰：“奇怪！我等急急赶了三十里，只见在前，追之不上。如之奈何？”孔明见兵不来，又令推车过来，朝着魏兵歇下。^{一发作怪倒好耍子。}魏兵犹豫良久，又放马赶来。孔明复回车慢慢而行。魏兵又赶了二十里，只见在前，不曾赶上，^{竟似海上三神山，可望而不可即。}尽皆痴呆。孔明教回过车，朝着魏军，推车倒行。^{一发作怪倒好耍子。}魏兵又欲追赶。后面司马懿自引一军到，传令曰：“孔明善会八门遁甲，能驱六丁六甲之神。此乃六甲天书内‘缩地’之法也。^{借司马懿口中下一注脚。}众军不可追之。”众军方勒马回时，左势下战鼓大震，一彪军杀来。懿急令兵拒之，只见蜀兵队里二十四人，披发仗剑，皂衣跣足，拥出一辆四轮车；车上端坐孔明，簪冠鹤氅，手摇羽扇。^{又是一个孔明，与前却是两个孔明，作怪之极。}懿大惊曰：“方才那个车上坐着孔明，赶了五十里，追之不上；如何这里又有孔明？怪哉！怪哉！”^{不知遁甲天书中可有此等变化。}言未毕，右势下战鼓又鸣，一彪军杀来，四轮车上亦坐着一个孔明，左右亦有二十四人，皂衣跣足，披发仗剑，拥车而来。^{叙法比前变，又是一个孔明，与前却是三个孔明，作怪之极。}懿心中大疑，回顾诸将曰：“此必神兵也！”^{疑是六丁六甲变的。}众军心下大乱，不敢交战，各自奔走。

正行之际，忽然鼓声大震，又一彪军杀来：当先一辆四轮车，孔明端坐于上，左右前后推车使者，同前一般。^{又是一个孔明，与前却是四个孔明，作怪之极。○叙法又变。}魏兵无不骇然。司马懿不知是人是鬼，又不知多少蜀兵，十分惊惧，急急引兵奔入上邽，闭门不出。^{一个孔明当不起，又生出无数孔明。司马懿真要吓杀也。}此时孔明早令三万精兵将陇上小麦割尽，运赴卤城打晒去了。（今人虽有吃食意智，却算不出这等神通。）司马懿在上邽城中，三日不敢出城。（此时麦已晒干矣。）后见蜀兵退去，方敢令军出哨；于路捉得一蜀兵，来见司马懿。懿问之，其人告曰："某乃割麦之人，因走失马匹，被捉前来。"懿曰："前者是何神兵？"（竟道是神兵。）答曰："三路伏兵，皆不是孔明，乃姜维、马岱、魏延也。（借蜀兵口中注明。）每一路只有一千军护车，五百军擂鼓。只是先来诱阵的车上乃孔明也。"（又注明一句。）懿仰天长叹曰："孔明有神出鬼没之机！"忽报副都督郭淮入见。懿接入，礼毕，淮曰："吾闻蜀兵不多，现在卤城打麦，可以击之。"懿细言前事。淮笑曰："只瞒过一时；今已识破，何足道哉！（只怕到底识不破。）吾引一军攻其后，公引一军攻其前，卤城可破，孔明可擒矣。"懿从之，遂分兵两路而来。（如今不怕鬼了。）

　　却说孔明引军在卤城打晒小麦，忽唤诸将听令曰："今夜敌人必来攻城。吾料卤城东西麦田之内，足可伏兵；（割了麦去，止剩光地，正好屯兵。）谁敢为我一往？"姜维、魏延、马忠、马岱四将出曰："某等愿往。"孔明大喜，乃命姜维、魏延各引二千兵，伏在东南、西北两处；马岱、马忠各引二千兵，伏在西南、东北两处：（前是四个孔明，今亦是四面埋伏。）"只听炮响，四角一齐杀来。"四将受计，引兵去了。孔明自引百余人，各带火炮出城，伏在麦田之内等候。

　　却说司马懿引兵径到卤城下，日已昏黑，乃谓诸将曰："若白日进兵，城中必有准备；今可乘夜晚攻之。（只怕夜里有鬼。）此处城低壕浅，可便打破。"遂屯兵城外。一更时分，郭淮亦引兵到。两下合兵，一声鼓响，把卤城围得铁桶相似。城上万弩齐发，矢石如雨，魏兵不敢前进。忽然魏军中信炮连声，三军大惊，又不知何处兵来。（先闻炮声，又恐是驱使雷神。）淮令人去麦田搜时，四角上火光冲天，喊声大震，四路蜀兵，一齐杀至；卤城四门大开，城内兵杀出，里应外合，大杀了一阵，魏兵死者无数。（是被天蓬元帅击死了。）司马懿引败兵奋死突出重围，占住了山头；郭淮亦引败兵奔到山后扎住。孔明入城，令四将于四角下安营。（掎角之势。）郭淮告司马懿曰："今与蜀兵相持许久，无策可退；目下又被杀了一阵，折伤三千余人；（折兵之数，在郭淮口中补出。）若不早图，日后难退矣。"懿曰："当复如何？"淮曰："可发檄文调雍、凉人马并力剿杀。吾愿引军袭剑阁，截其归路，使彼粮草不通，（武侯割陇上之麦，所重在粮；郭淮欲截剑阁之路，亦所重在粮。）三军慌乱。那时乘势击之，敌可灭矣。"懿从之，即发檄文星夜往雍、凉调拨人马。不一日，大将孙礼引雍、凉诸郡人马到。懿即令孙礼约会郭淮去袭剑阁。（与前之袭街亭一样算计。）

　　却说孔明在卤城相拒日久，不见魏兵出战，乃唤姜维、马岱入城听令曰："今魏兵守住山险，不与我战：一者料吾麦尽无粮；二者令兵去袭剑阁，断吾粮道也。汝二人各引一万军先去守住险要，魏兵见有准备，自然退去。"^{与前之使马谡、王平}二人引兵去了。长史^{守街亭一样算计。}杨仪入帐告曰："向者丞相令大兵一百日一换，今已限足，汉中兵已出川口，前路公文已到，只待会兵交换。现存八万军，内四万该与换班。"孔明曰："既有令，便教速行。"众军闻知，各各收拾起程。^{军士思家}忽报孙礼引雍、凉人马二十万来助战，去袭剑阁，司^{归心如箭。}马懿自引兵来攻卤城了。蜀兵无不惊骇。^{欲归不得，}杨仪入告孔明曰："魏兵来得甚急，丞^{惊骇可知。}相可将换班军且留下退敌，待新来兵到，然后换之。"^{杨仪是老}孔明曰："不可。吾用兵命^{实算计。}将，以信为本；既有令在先，岂可失信？且蜀兵应去者，皆准备归计，其父母妻子倚扉而望；吾今便有大难，决不留他。"即传令教应去之兵，当日便行。^{武侯是巧妙机权，着实要他}众^{去，正是着实不要他去也。}军闻之，皆大呼曰："丞相如此施恩于众，我等愿且不回，各舍一命，大杀魏兵，以报丞相！"^{方知武侯几句抚慰言语，}孔明曰："尔等该还家，岂可复留于此？"^{妙在只是打发他去，}众军^{赛过一纸催督公文。}^{却是不留之留。}皆要出战，不愿回家。^{越打发他去越}孔明曰："汝等既要与我出战，可出城安营，待魏兵到，^{不肯去。}莫待他息喘，便急攻之，此以逸待劳之法也。"^{要去时便再三遣归，不去时便}众兵领命，各执兵^{立刻要战，足见机权之妙。}器，欢喜出城，列阵而待。

却说西凉人马倍道而来，走的人马困乏；方欲下营歇息，被蜀兵一拥而进，人人奋勇，将锐兵骁，雍、凉兵抵敌不住，望后便退。蜀兵奋力追杀，杀得那雍、凉兵尸横遍野，血流成渠。^{以少胜众，}孔明出城，收聚得胜之兵，入城赏劳。忽报永安李严有书告^{亏以逸待劳。}急。孔明大惊，拆封视之。书云：

> 近闻东吴令人入洛阳，与魏连和；魏令吴取蜀，幸吴尚未起兵。今严探知消
>
> 息，伏望丞相，早作良图。

孔明览毕，甚是惊疑，乃聚诸将曰："若东吴兴兵寇蜀，吾须索速回也。"^{试令读《三}^{国》者掩卷}猜之，谓书中之言真乎？假乎？若以真也，则洛阳有此即传令，教祁山大寨人马，且退回西川："司马消息，何不知会司马懿，而令司马懿一边曾不闻也？懿知吾屯军在此，必不敢追赶。"于是王平、张嶷、吴班、吴懿，分兵两路，徐徐退入西川去了。

张郃见蜀兵退去，恐有计策，不敢来追，乃引兵往见司马懿曰："今蜀兵退去，不知何意？"懿曰："孔明诡计极多，不可轻动。^{惊弓之}不如坚守，待他粮尽，自然退去。"大^{鸟。}将魏平出曰："蜀兵拔祁山之营而退，正可乘势追之，都督按兵不动，畏蜀如虎，^{卧龙亦是}奈天下笑何？"懿坚执不从。^{卧虎。}

却说孔明知祁山兵已回，遂唤杨仪、马忠入帐，授以密计，令："先引一万弓弩手，去剑阁木门道，两下埋伏；若魏兵追到，听吾炮响，急滚下木石，先截其去路，两头一齐射之。"二人引兵去了。_此处授计明白叙出，与前卷文法不同。_又唤魏延、关兴引兵断后，城上四面遍插旌旗，城内乱堆柴草，虚放烟火。大兵尽望木门道而去。_去得井井有条。_

魏营巡哨军来报司马懿曰："蜀兵大队已退，但不知城中还有多少兵。"懿自往视之，见城上插旗，城中烟起，笑曰："此乃空城也。"令人探之，果是空城。懿大喜曰："孔明已退，谁敢追之？"_方知旌旗烟火非拒其追，正诱其追也。_先锋张郃曰："吾愿往。"懿阻曰："公性急躁，不可去。"郃曰："都督出关之时，命吾为先锋；今日正是立功之际，_正是效死之日。_却不用吾，何也？"懿曰："蜀兵退去，险阻处必有埋伏，须十分仔细，方可追之。"郃曰："吾已知得，不必挂虑。"懿曰："公自欲去，莫要追悔。"郃曰："大丈夫舍身报国，虽万死无恨。"_说一"死"字，在他口内明明道破下文。_懿曰："公既坚执要去，可引五千兵先行；却教魏平引二万马步兵后行，以防埋伏。吾却引三千兵随后策应。"_写仲达仔细之极。_张郃领命，引兵火速望前追赶。行到三十余里，忽然背后一声喊起，树林内闪出一彪军，为首大将，横刀勒马大叫曰："贼将引兵那里去！"郃回头视之，乃魏延也。_不以无伏兵诱之，正以有伏兵诱之。_郃大怒，回马交锋。不十合，延诈败而走。_使知伏兵之无用，则伏兵不足畏矣。_郃又追赶三十余里，勒马回顾，全无伏兵，_忽间一段无伏兵处，使知伏兵之逗递，则伏兵不足畏矣。_又策马前追。方转过山坡，忽喊声大起，一彪军拥出，为首大将，乃关兴也，_不止以一路伏兵诱之，又再以一路伏兵诱之。_横刀勒马大叫曰："张郃休赶！有吾在此！"郃就拍马交锋。不十合，兴拨马便走。_使知伏兵之皆无用，则伏兵又不足畏矣。_郃随后追之。赶到一密林内，郃心疑，令人四下哨探，并无伏兵，_再间一段无伏兵处，使知伏兵又如此之逗递，则伏兵愈不足畏矣。_于是放心又赶。不想魏延却抄在前面；郃又与战十余合，延又败走。郃奋怒追来，又被关兴抄在前面，截住去路。_后所见之伏兵，即前所见之伏兵，使知伏兵之更不添换，则伏兵愈不足畏矣。_郃大怒，拍马交锋，战有十合，蜀兵尽弃衣甲什物等件，塞满道路，魏军皆下马争取。_以利诱之。_延、兴二将轮流交战，_省笔法。_张郃奋勇追赶。看看天晚，赶到木门道口，魏延拨回马，高声大骂曰："张郃逆贼！吾不与汝相拒，汝只顾赶来，吾今与汝决一死战！"郃十分忿怒，挺枪骤马，直取魏延。延挥刀来迎。战不十合，延大败，尽弃衣甲、头盔、匹马引败兵望木门道中而走。_如此方才引得到木门道去。_张郃杀得性起，又见魏延大败而逃，乃骤马赶来。此时天色昏黑，一声炮响，山上火光冲天，大石乱柴滚将下来，阻截去路。_今番着了道儿了。_郃大惊曰："我中计矣！"急回马时，背后已被木石塞满了归路，中间只有一段空地，两边皆是峭壁，郃进退无路。忽一声梆子响，两下万弩齐发，将张郃并百余个部将，皆射死于木门道中。_此日之死，早_

在三出祁山
时伏之。后人有诗曰：

> 伏弩齐飞万点星，木门道上射雄兵。
>
> 至今剑阁行人过，犹说军师旧日名。

却说张郃已死，随后魏兵追到，见塞了道路，已知张郃中计。众军勒回马急退。读至此必谓一篇妙文已完，不谓又有一篇妙文在后。忽听得山头上大叫曰："诸葛丞相在此！"众军仰视，只见孔明立于火光之中，指众军而言曰："吾今日围猎，欲射一'马'，司马之"马"。误中一'獐'。张郃之"张"。汝各人安心而去；上复仲达：早晚必为吾所擒矣。"木门道上射张郃，是一篇叙传。续以武侯几句言语，竟是一篇论赞。此段妙文更出意外。魏兵回见司马懿，细告前事。懿悲伤不已，仰天叹曰："张隽乂身死，吾之过也！"又是几句论赞。乃收兵回洛阳。魏主闻张郃死，挥泪叹息，令人收其尸，厚葬之。

却说孔明入汉中，欲归成都见后主。都护李严妄奏后主曰："臣已办备军粮，行将运赴丞相军前，不知丞相何故忽然班师。"两舌之人，今日多有，毋独怪李严也。后主闻奏，即命尚书费祎入汉中见孔明，问班师之故。祎至汉中，宣后主之意。孔明大惊曰："李严发书告急，说东吴将兴兵寇川，因此回师。"费祎曰："李严奏称军粮已办，丞相无故回师，天子因此命某来问耳。"孔明大怒，令人访察，乃是李严因军粮不济，怕丞相见罪，故发书取回，却又妄奏天子，遮饰己过。此处方才叙明。孔明大怒曰："匹夫为一己之故，废国家大事！"令人召至，欲斩之。费祎劝曰："丞相念先帝托孤之意，姑且宽恕。"照应八十五卷中事。孔明从之。费祎即具表启奏后主。后主览表，勃然大怒，叱武士推李严出斩之。参军蒋琬出班奏曰："李严乃先帝托孤之臣，先主能知马谡，而不能知李严，可见知人之难。乞望恩宽恕。"后主从之，即谪为庶人，徙于梓潼郡闲住。

孔明回到成都，用李严子李丰为长史；黜其父而用其子，是孔明无成心处。积草屯粮，讲阵论武，整治军器，存恤将士，三年然后出征。两川人民军士，皆仰其恩德。

光阴荏苒，不觉三年。时建兴十二年春二月。孔明入朝奏曰："臣今存恤军士，已经三年。日月逝矣，岁不我与，不更讨贼，将待何时。粮草丰足，军器完备，人马雄壮，可以伐魏。今番若不扫清奸党，恢复中原，誓不见陛下也！"已为五丈原之谶。○武侯此行，果然不复见后主矣。读书至此，为之一哭。后主曰："方今已成鼎足之势，吴、魏不曾入寇，相父何不安享太平？"孔明曰："臣受先帝知遇之恩，梦寐之间，未尝不设伐魏之策。竭力尽忠，为陛下克复中原，重兴汉室，臣之愿也。"言未毕，班部中一人出曰："丞相不可兴兵。"众视之，乃谯周也。正是：

武侯尽瘁惟忧国，太史知机又论天。

未知谯周有何议论，且看下文分解。

第一百二回

司马懿占北原渭桥

诸葛亮造木牛流马

观武侯渭桥之败，而益信魏延子午谷之计，非善计也。武侯不能必魏人之不防渭桥，魏延安能必魏人之不防子午谷哉？且烧渭桥而不克，则一败犹可以复胜；若使出子午谷而不遂，则一败将不可复胜。故武侯宁为渭桥之偶有一失，而必不为子午谷之侥幸于一得耳。

司马懿之使郑文为内应，犹孟获之使孟优为内应也。而孟优未尝杀一人，以取孔明之信；郑文则自杀一将，以取孔明之信：是司马懿之谋，巧于孟获也。孔明欲赚司马懿，而止赚一秦朗，犹姜维之欲赚曹真，而止杀一费耀也。乃姜维则以我献书，而使彼中我之计；孔明即以彼献书，而使彼自中彼之计：是孔明之谋巧于姜维也。两巧相对，而尤巧者胜焉，真令读者惊心悦目！

平蛮之时，曾用木兽矣。而驱兵之木兽，止用于一时，运粮之木兽可用之永久：则后之兽，更奇于前之兽也。割麦之时，尝妆神将矣。而陇上之神将，使人背地割麦；渭滨之神将，妙在当面夺粮：是后之将，更奇于前之将也。以木为兽，能使之活；以人为兵，能使之神。却不止一番，偏用两番，又各各惊人，各各出色。若在稗官捏造，不足为怪，而此独为正史中之所实有者，岂非造物奇观！

天下事有我能为之，人亦能学之者矣。而学之者终不如为之者能知其变，则学者不如为者之智也。且为之者能使学之者之适为我用，则学者反受为者之愚也。武侯木牛流马，不但不禁人学，正欲使人学，而人乃至于不敢学。妙哉，技至此乎！

　　却说谯周官居太史，颇明天文；见孔明又欲出师，乃奏后主曰："臣今职掌司天台，但有祸福，不可不奏。近有群鸟数万，自南飞来，投于汉水而死，此不祥之兆；_{鸟兽之变。}臣又观天象，见奎星躔于太白之分，盛气在北，不利伐魏；_{星辰之变。}又成都人民，皆闻柏树夜哭。_{草木之变。○梁木其坏，正应武侯之死。}有此数般灾异，丞相只宜谨守，不可妄动。"孔明曰："吾受先帝托孤之重，当竭力讨贼，岂可以虚妄之灾氛，而废国家大事耶！"遂命有司设太牢祭于昭烈之庙，_{武侯此去，便与昭烈之庙永别。读书至此，为之一哭。}涕泣拜告曰："臣亮五出祁山，未得寸土，负罪非轻！今臣复统全师，再出祁山，誓竭力尽心，剿灭汉贼，恢复中原，鞠躬尽瘁，死而后已！"_{告后主之言，即以告先帝。}祭毕，拜辞后主，星夜至汉中，聚集诸将，商议出师。

　　忽报关兴病亡。孔明放声大哭，昏倒于地，半晌方苏。_{与哭张苞仿佛，然一在将归，一在初出，又各不同。}众将再三劝解，孔明叹曰："可怜忠义之人，天不与以寿！我今番出师，又少一员大将也！"后人有诗叹曰：

生死人常理，蜉蝣一样空。

但存忠孝节，何必寿乔松。

孔明引蜀兵三十四万，分五路而进，令姜维、魏延为先锋，皆出祁山取齐；令李恢先运粮草于斜谷道口伺候。_{以下按过武侯一边，再叙魏国一边。}

却说魏国因旧岁有青龙自摩坡井内而出，改为青龙元年；_{青蛇见御座，是为此日改元之兆。}此时乃青龙二年春二月也。近臣奏曰："边官飞报蜀兵三十余万，分五路复出祁山。"魏主曹叡大惊，急召司马懿至，谓曰："蜀人三年不曾入寇；今诸葛亮又出祁山，如之奈何？"懿奏曰："臣夜观天象，见中原旺气正盛，奎星犯太白，不利于西川。_{与谯周之言相应。}今孔明自负才智，逆天而行，乃自取败亡也。臣托陛下洪福，当往破之。但愿保四人同去。"叡曰："卿保何人？"懿曰："夏侯渊有四子：长名霸，字仲权；次名威，字季权；三名惠，字稚权；四名和，字义权。霸、威二人，弓马熟娴；惠、和二人，谙知韬略。此四人常欲为父报仇。臣今保夏侯霸、夏侯威为左右先锋，夏侯惠、夏侯和为行军司马，共赞军机，以退蜀兵。"_{前所荐郝昭、张郃已死，今又引出四人来。}叡曰："向者夏侯楙驸马违误军机，失陷了许多人马，至今羞惭不回。今此四人，亦与楙同否？"懿曰："此四人非夏侯楙所可比也。"叡乃从其请，即命司马懿为大都督，凡将士悉听量才委用，各处兵马皆听调遣。懿受命，辞朝出城。叡又以手诏赐懿曰：

卿到渭滨，宜坚壁固守，勿与交锋。蜀兵不得志，必诈退诱敌，卿慎勿追。待彼粮尽，必将自走，然后乘虚攻之，则取胜不难，亦免军马疲劳之苦：计莫善于此也。_{此诏出于司马懿之意，乃密令天子赐之耳，恐诸将欲战故也。}

司马懿顿首受诏，即日到长安，聚集各处军马共四十万，皆来渭滨下寨；又拨五万军，于渭水上搭起九座浮桥，令先锋夏侯霸、夏侯威过渭水安营；又于大营之后东原，筑起一城，以防不虞。_{筑城便是欲守不欲战之意。}懿正与众将商议间，忽报郭淮、孙礼来见。懿迎入，礼毕，淮曰："今蜀兵现在祁山，倘跨渭登原，接连北山，阻绝陇道，大可虞也。"懿曰："所言甚善。公可就总督陇西军马，据北原下寨，深沟高垒，按兵休动；只待彼兵粮尽，方可攻之。"_{即曹叡手诏中语。}郭淮、孙礼领命，引兵下寨去了。

却说孔明复出祁山，_{此是六出祁山。}下五个大寨，按左、右、中、前、后；自斜谷直至剑阁，一连又下十四个大寨，分屯军马，以为久计。_{已有不欲复退之势。}每日令人巡哨。忽报郭淮、孙礼领陇西之兵，于北原下寨。孔明谓诸将曰："魏兵于北原安营者，惧吾取此路，阻绝陇道也。吾今虚攻北原，却暗取渭滨。令人扎木筏百余只，上载草把，选惯熟水手五千人驾之。我趁夜只攻北原，司马懿必引兵来救。彼若少败，我把后军先渡过岸去，然后把前军下于筏中，休要上岸，顺水取浮桥放火烧断，以攻其后。吾自引一军去取前营之门。若得渭水之南，则进兵不难矣。"<small>武侯此算亦是妙着，恨司马懿猜破耳。</small>但诸将遵令而行。早有巡哨军飞报司马懿。懿唤诸将议曰："孔明如此设施，其中有计：彼以取北原为名，顺水来烧浮桥，乱吾后，却攻吾前也。"<small>以前往往只猜得一半，此却被他全猜着。</small>即传令与夏侯霸、夏侯威曰："若听得北原发喊，便提兵于渭水南山之中，待蜀兵至击之。"<small>先遣一路兵，提防渭滨。</small>又令张虎、乐綝，引二千弓弩手伏于渭水浮桥北岸："若蜀兵乘木筏顺水而来，可一齐射之，休令近桥。"<small>又遣一路兵，又是防渭滨。</small>又传令郭淮、孙礼曰："孔明来北原暗渡渭水，汝新立之营，人马不多，可尽伏于半路。若蜀兵于午后渡水，黄昏时分，必来攻汝。汝诈败而走，蜀兵必追。汝等皆以弓弩射之。吾水陆并进。若蜀兵大至，只看吾指挥而击之。"<small>第三路兵方是防北原。</small>各处下令已毕，又令二子司马师、司马昭，引兵救应前营。<small>第四路又是防渭滨。</small>懿自引一军救北原。<small>第五路又防北原。</small>

却说孔明令魏延、马岱引兵渡渭水攻北原；<small>孔明第一路兵是攻北原。</small>令吴班、吴懿引木筏兵去烧浮桥；<small>第二路烧浮桥。</small>令王平、张嶷为前队，姜维、马忠为中队，廖化、张翼为后队，兵分三路，去攻渭水旱营。<small>此三路俱取渭滨。</small>是日午时，人马离大寨，尽渡渭水，列成阵势，缓缓而行。

却说魏延、马岱将近北原，天色已昏。<small>先写第一路蜀兵。</small>孙礼哨见，便弃营而走。魏延知有准备，急退军时，四下喊声大震：左有司马懿，右有郭淮，两路兵杀来。<small>两路魏兵于此出现。</small>魏延、马岱奋力杀出，蜀兵多半落于水中，余众奔逃无路。幸得吴懿兵杀来，救了败兵过岸拒住。吴班分一半兵撑筏顺水来烧浮桥，<small>再写第二路蜀兵。</small>却被张虎、乐綝在岸上乱箭射住。<small>又一路魏兵吴班于此出现。</small>吴班中箭，落水而死。<small>吴班死了。</small>余军跳水逃命，木筏尽被魏兵夺去。此时王平、张嶷，不知北原兵败，直奔到魏营，<small>又写第三路蜀兵。</small>已有二更天气，只听得喊声四起。王平谓张嶷曰："军马攻打北原，未知胜负。渭南之寨，现在面前，如何不见一个魏兵？莫非司马懿知道了，先作准备也？我等且看浮桥火起，方可进兵。"<small>王平比众人又加把细。</small>二人勒住军马，忽背后一骑马来报，说："丞相教军马急回。北原兵、浮桥兵俱失了。"<small>姜维、马忠、廖化、张翼两路兵已在取回之内，故不复实写，用笔甚妙。</small>王平、张嶷大惊，急退军时，却被魏兵抄在背后，一声炮响，一齐杀来，火光冲天。<small>此司马师、司马昭、夏侯霸、夏侯威也。妙在不实写其人，但虚写其兵，令读者自知。</small>王平、张嶷引兵相迎，两军混战一场。平、嶷二人奋力杀出，蜀兵折伤大半。孔明回到祁山大寨，收聚败兵，约折了万余人，心中忧闷。<small>街亭之失，失在马谡；渭桥之败，败由武侯。胜败之不可料如此。用兵者可不临事而惧耶？</small>

忽报费祎自成都来见丞相。孔明请入。费祎礼毕，孔明曰："吾有一书，正欲烦公去

东吴投递，不知肯去否？"祎曰："丞相之命，岂敢推辞？"孔明即修书付费祎去了。祎

持书径到建业，入见吴主孙权，呈上孔明之书。权拆视之，书略曰：

> 汉室不幸，王纲失纪，曹贼篡逆，蔓延及今。亮受昭烈皇帝寄托之重，敢不
>
> 竭力尽忠！今大兵已会于祁山，狂寇将亡于渭水。伏望陛下念同盟之义，命将北
>
> 征，共取中原，同分天下。书不尽言，万希圣听！

权览毕，大喜，乃谓费祎曰："朕久欲兴兵，未得会合孔明。今既有书到，即日朕自

亲征，入居巢门，取魏新城；再令陆逊、诸葛瑾等屯兵于江夏、沔口取襄阳；孙韶、张承

等出兵广陵取淮阳等处。三处一齐进军，共三十万，克日兴师。"〔读书至此为〕费祎拜谢曰：

"诚如此，则中原不日自破矣！"权设宴款待费祎。饮宴间，权问曰："丞相军前，用谁

当先破敌？"祎曰："魏延为首。"权笑曰："此人勇有余而心不正。若一朝无孔明，彼

必为祸。孔明岂未知耶？"〔赵咨称其智，〕祎曰："陛下之言极当！臣今归去，即当以此言告孔

明。"遂拜辞孙权，回到祁山，见了孔明，具言吴主起大兵三十万，御驾亲征，兵分三路而

进。孔明又问曰："吴主别有所言否？"费祎将论魏延之语告之。孔明叹曰："真聪明之主

也！吾非不知此人。为惜其勇，故用之耳。"祎曰："丞相早宜区处。"孔明曰："吾自有

法。"〔早为授计马〕祎辞别孔明，自回成都。

孔明正与诸将商议征进，忽报有魏将来投降。孔明唤入问之，答曰："某乃魏国偏将

军郑文也。近与秦朗同领人马，听司马懿调用。不料懿徇私偏向，加秦朗为前将军，而视

文如草芥，因此不平，特来投降丞相。愿赐收录。"言未已，人报秦朗引兵在寨外，单搦

郑文交战。〔秦朗来得快，〕孔明曰："此人武艺比汝若何？"郑文曰："某当立斩之。"孔明

曰："汝若先杀秦朗，吾方不疑。"郑文欣然上马出营，与秦朗交锋。孔明亲自出营视

之。只见秦朗挺枪大骂曰："反贼盗我战马来此，可早早还我！"〔不责其反，但索其〕言讫，直

取郑文。文拍马舞刀相迎，只一合，斩秦朗于马下。〔如此斩得快，〕魏军各自逃走。郑文提首

级入营。孔明回到帐中坐定，唤郑文至，勃然大怒，叱左右："推出斩之！"〔奇妙。〕郑文

曰："小将无罪！"孔明曰："吾向识秦朗；汝今斩者，并非秦朗。安敢欺我！"〔武侯实未尝〕

〔骗得〕文拜告曰："此实秦朗之弟秦明也。"〔一冒便说，然秦朗不是秦朗，秦〕孔明笑曰："司马懿令汝

来诈降，于中取事，却如何瞒得我过！若不实说，必然斩汝！"〔奇妙。〕郑文只得诉告其实

是诈降，泣求免死。〔一冒又一吓，〕孔明曰："汝既求生，可修书一封，教司马懿自来劫营，

司马懿先教郑文斩一魏将，以取信于孔明，则必不料此书之诈也。吾便饶汝性命。若捉住司马懿，便是汝之功，还当重用。"郑文只得写了一书，呈与孔明。孔明令将郑文监下。樊建问曰："丞相何以知此人诈降？"孔明曰："司马懿不轻用人。若加秦朗为前将军，必武艺高强；今与郑文交马只一合，便为文所杀，必不是秦朗也。以故知其诈。"说曾识秦朗，亦是武侯之诈。众皆拜服。

孔明选一舌辩军士，附耳吩咐如此如此。军士领命，持书径来魏寨，求见司马懿。懿唤入，拆书看毕，问曰："汝何人也？"答曰："某乃中原人，流落蜀中；郑文与某同乡。秦朗既有兄弟，郑文如何没有同乡。今孔明因郑文有功，用为先锋。郑文特托某来献书，约于明日晚间，举火为号，望乞都督尽提大军前来劫寨，郑文在内为应。"此皆孔明附耳吩咐之语。司马懿反复诘问，又将来书仔细检看，果然是实；书中笔迹果然是实。即赐军士酒食，吩咐曰："本日二更为期，我自来劫寨。大事若成，必重用汝。"军士拜别，回到本寨告知孔明。孔明仗剑步罡，祷祝已毕，又来作怪。唤王平、张嶷吩咐如此如此；又唤马忠、马岱吩咐如此如此；又唤魏延吩咐如此如此。此处不先叙明，止用虚笔妙。孔明自引数十人，坐于高山之上，指挥众军。

却说司马懿见了郑文之书，便欲引二子提大兵来劫蜀寨。长子司马师谏曰："父亲何故据片纸而亲入重地？倘有疏虞，如之奈何？不如令别将先去，父亲为后应可也。"懿之不死，赖有此儿。懿从之，遂令秦朗引一万兵，去劫蜀寨，真秦朗来了。懿自引兵接应。是夜初更，风清月朗；先写风月反衬下文。将及二更时分，忽然阴云四合，黑气漫空，对面不见。此从仗剑步罡里中来，令读者自知。懿大喜曰："天使我成功也！"于是人尽衔枚，马皆勒口，长驱大进。秦朗当先，引一万兵直杀入蜀寨中，并不见一人。朗知中计，忙叫退兵。四下火把齐明，喊声震地：左有王平、张嶷，右有马岱、马忠，两路兵杀来。"如此如此"原来如此。秦朗死战，不能得出。背后司马懿见蜀寨火光冲天，喊声不绝，又不知魏兵胜负，只顾催兵接应，望火光中杀来。忽然一声喊起，鼓角喧天，火炮震地：左有魏延，右有姜维，两路杀出。"如此如此"又原来如此。魏兵大败，十伤八九，四散逃奔。此时秦朗所引一万兵，都被蜀兵围住，箭如飞蝗。秦朗死于乱军之中。是司马懿替死鬼。○假秦朗之死瞒不得孔明，真秦朗之死却替了仲达。司马懿引败兵奔入本寨。

三更以后，天复清朗。神奇极。孔明在山头上鸣金收军。原来二更时阴云暗黑，乃孔明用遁甲之法；后收兵已了，天复清朗，乃孔明驱六丁六甲扫荡浮云也。补注明白。○如此作法，不曾杀得司马懿，只算小题大做。

当下孔明得胜回寨，命将郑文斩了，写书后不即斩，至得胜后方斩，大有针线。再议取渭南之策。每日令兵搦战，魏军只不出迎。孔明自乘小车，来祁山前、渭水东西，踏看地理。忽到一谷口，见其形如葫芦之状，内中可容千余人；两山又合一谷，可容四五百人；背后两山环抱，只可通一人一骑。^{与征蛮时盘蛇谷相仿佛。}孔明看了，心中大喜，问向导官曰："此处是何地名？"答曰："此名上方谷，又号葫芦谷。"孔明回到帐中，唤裨将杜叡、胡忠二人，附耳授以密计。令唤集随军匠作一千余人，入葫芦谷中，制造"木牛""流马"应用；^{前征蛮时所用木兽，早为此时木牛流马作一引子。}又令马岱领五百兵守住谷口。孔明嘱马岱曰："匠作人等，不许放出；外人不许放入。吾还不时自来点视。捉司马懿之计，只在此举。切不可走漏消息。"^{为后卷伏线。}马岱受命而去。杜叡等二人在谷中监督匠作，依法制造。孔明每日往来指示。

忽一日，长史杨仪入告曰："即今粮米皆在剑阁，人夫牛马，搬运不便，如之奈何？"^{不用孔明吩咐杨仪，先写杨仪来禀孔明，斗笋处用逆不用顺，绝妙笔法。}孔明笑曰："吾已运谋多时也。前者所积木料，并西川收买下的大木，教人制造'木牛''流马'，搬运粮米，甚是便利。牛马皆不水食，可以昼夜转运不绝也。"^{今有人要便宜者，谚讥之云：又要马儿不食草，又要马儿走得好，惜其未得传孔明之法也。}众皆惊曰："自古及今，未闻有'木牛''流马'之事。不知丞相有何妙法，造此奇物？"孔明曰："吾已令人依法制造，尚未完备。吾今先将造木牛流马之法，尺寸方圆，长短阔狭，开写明白，汝等视之。"众大喜。孔明即手书一纸，付众观看。众将环绕而视。造木牛之法云：

方腹曲胫，一腹四足；头入领中，舌着于腹。载多而行少：独行者数十里，群行者三十里。曲者为牛头，双者为牛足，横者为牛领，转者为牛脚，覆者为牛背，方者为牛腹，垂者为牛舌，曲者为牛肋，刻者为牛齿，立者为牛角，细者为牛鞅，摄者为牛鞅轴。牛御双辕，人行六尺，牛行四步。人不大劳，牛不饮食。

造流马之法云：

肋长三尺五寸，广三寸，厚二寸五分：左右同。前轴孔分墨去头四寸，径中二寸。前脚孔分墨去头四寸五分，长一寸五分，广一寸。前杠孔去前脚孔分墨二寸七分，孔长二寸，广一寸。后轴孔去前杠分墨一尺五寸，大小与前同。后杠孔去后脚孔分墨二寸二分，后杠孔分墨四寸五分。前杠长一尺八寸，广二寸，厚一寸五分。后杠与等。板方囊二枚，厚八分，长二尺七寸，高一尺六寸五分，广一尺六寸：每枚受米二斛三斗。从上杠孔去肋下七寸：前后同。上杠孔去下杠孔分墨一尺三寸，孔长一寸五分，广七分：八孔同。前后四脚广二寸，厚一寸五分。形制如象，靬长四寸，径面四寸三分。孔径中三脚杠，长二尺一寸，广一寸五分，厚一寸四分。

　　众将看了一遍，皆拜伏曰："丞相真神人也！"若非神人，安过了数日，木牛流马皆造能驱使草木。
完备，宛然如活者一般；上山下岭，各尽其便。不唯省力，众军见之，无不欣喜。孔明令右亦好耍子。
将军高翔，引一千兵驾着木牛流马，自剑阁直抵祁山大寨，往来搬运粮草，供给蜀兵之
用。后人有诗赞曰：

　　　　剑关险峻驱流马，斜谷崎岖驾木牛。
　　　　后世若能行此法，输将安得使人愁？

　　却说司马懿正忧闷间，忽哨马报说："蜀兵用木牛流马转运粮草。人不大劳，牛马不
食。"懿大惊曰："吾所以坚守不出者，为彼粮草不能接济，欲待其自毙耳。今用此法，
必为久远之计，不思退矣。如之奈何？"畏蜀如虎，虎可畏，急唤张虎、乐綝二人吩咐曰：牛马更可畏。
"汝二人各引五百军，从斜谷小路抄出；待蜀兵驱过木牛流马，任他过尽，一齐杀出；不
可多抢，只抢三五匹便回。"偷石人石马者是笨贼，二人依令，各引五百军，扮作蜀兵，夜间抢木牛流马者是巧贼。
偷过小路，伏在谷中，果见高翔引兵驱木牛流马而来。将次过尽，两边一齐鼓噪杀出。蜀
兵措手不及，弃下数匹，张虎、乐綝欢喜，驱回本寨。爱丧其马，蜀人之忧；司马懿看了，果尔牛来思，魏人之喜。
然进退如活的一般，乃大喜曰："汝会用此法，难道我不会用！"便令巧匠百余人，当面
拆开，吩咐依其尺寸长短厚薄之法，一样制造木牛流马。司马懿善抄别人文字，然依样画葫不消半芦，毕竟未尽知文字中之妙也。
月，造成二千余只，与孔明所造者一般法则，亦能奔走。遂令镇远将军岑威，引一千军驱
驾木牛流马，去陇西搬运粮草，往来不绝。抄得快，用得快，极魏营军将，无不欢喜。似今之读时文秀才。
　　却说高翔回见孔明，说魏兵抢夺木牛流马各五六匹去了。孔明笑曰："吾正要他抢
去。我只费了几匹木牛流马，却不久便得军中许多资助也。"故意使他抄我文字，却是诸将问替我做了文字，妙极。
曰："丞相何以知之？"孔明曰："司马懿见了木牛流马，必然仿我法度，一样制造。那
时我又有计策。"妙在不即数日后，人报魏兵也会造木牛流马，往陇西搬运粮草。孔明大喜说明。
曰："不出吾之算也。"便唤王平吩咐曰："汝引一千兵，扮作魏人，星夜偷过北原，只
说是巡粮军，径到运粮之所，将护粮之人尽皆杀散；却驱木牛流马而回，径奔过北原来，
此处必有魏兵追赶，汝便将木牛流马口内舌头扭转，牛马就不能行动，前但说得造法，不曾说得用法；前但说得行法，不
曾说得止法：却汝等竟弃之而走。背后魏兵赶到，牵拽不动，扛抬不去。吾再有兵到，汝却回在此处补出。

身再将牛马舌扭过来，长驱大行。魏兵必疑为怪也！" ^{真正作怪。}王平受计引兵而去。

孔明又唤张嶷吩咐曰："汝引五百军，都扮作六丁六甲神兵，鬼头兽身，用五彩涂面，妆作种种怪异之状；一手执绣旗，一手仗宝剑；身挂葫芦，内藏烟火之物，伏于山旁。待木牛流马到时，放起烟火，一齐拥出，驱牛马而行。^{比前番割麦时倍觉声势，如此用兵倒好耍子。}魏人见之，必疑是神鬼，不敢来追赶。"张嶷受计引兵而去。孔明又唤魏延、姜维吩咐曰："汝二人同引一万兵，去北原寨口接应木牛流马，以防交战。"又唤廖化、张翼吩咐曰："汝二人引五千兵，去断司马懿来路。"又唤马忠、马岱吩咐曰："汝二人引二千兵去渭南搦战。"^{先遣一队天将，后遣三队人兵。}六人各各遵令而去。

且说魏将岑威引军驱木牛流马，装载粮米，正行之间，忽报前面有兵巡粮。岑威令人哨探，果是魏兵，^{人且可以妆神，蜀何不可妆魏。}遂放心前进。两军合在一处。忽然喊声大震，蜀兵就本队里杀起，大呼："蜀中大将王平在此！"魏兵措手不及，被蜀兵杀死大半。岑威引败兵抵敌，被王平一刀斩了，余皆溃散。王平引兵尽驱木牛流马而回。^{司马懿用别人文字，却倒被别人用了去。}败兵飞奔报入北原寨内。郭淮闻军粮被劫，疾忙引军来救。王平令兵扭转木牛流马舌头，皆弃于道上，且战且走。郭淮教且莫追，只驱回木牛流马。众军一齐驱赶，却那里驱得动？^{此时却似盗石人石马矣。}郭淮心中疑惑，正无奈何，忽鼓角喧天，喊声四起，两路兵杀来，乃魏延、姜维也。王平复引兵杀回。三路夹攻，郭淮大败而走。王平令军士将牛马舌头，重复扭转，驱赶而行。^{司马懿但能学文，不能学舌。}郭淮望见，方欲回兵再追，只见山后烟云突起，一队神兵拥出，一个个手执旗剑，怪异之状，驱驾木牛流马如风拥而去。^{妆神作怪只为抢粮之用，与前卷天蓬元帅正是一般。}郭淮大惊曰："此必神助也！"众军见了，无不惊畏，不敢追赶。

却说司马懿闻北原兵败，急自引军来救。方到半路，忽一声炮响，两路兵自险峻处杀出，喊声震地。旗上大书"汉将张翼廖化"。司马懿见了大惊。魏军着慌，各自逃窜。正是：

　　　　路逢神将粮遭劫，身遇奇兵命又危。

未知司马懿怎地抵敌，且看下文分解。

第一百三回

上方谷司马受困
五丈原诸葛禳星

　　二出祁山之前，有魏侵吴、吴破魏之事。六出祁山之时，又有吴侵魏、魏破吴之事。犹是吴也，御魏则胜，攻魏则不胜。何也？曰：无讨贼之志也。魏之侵吴，司马懿在焉，乃曹休一败，而司马引归，为虑武侯之将伐魏也。吴之侵魏，陆逊在焉，乃诸葛瑾一败，而陆逊亦引归，此岂亦虑武侯之将伐吴乎？本无所虑，而一败辄退，使武侯之倚赖于吴者，竟成画饼。悲夫！

　　武侯一生，用火攻者凡五，有烧之而不必杀之者，如博望之烧，不必杀夏侯惇；新野之烧，不必杀曹仁；赤壁之烧，不必杀曹操是也。有烧之而必欲杀之者，如盘蛇谷之烧，必欲杀藤甲；上方谷之烧，必欲杀司马懿是也。乃不欲杀之，则果无一人之见杀；必欲杀之，则独有一事之不同。何也？人曰：天之助魏。予曰：非天之助魏，而天之助晋也。天为助晋而雨，则不惟不助魏，乃正所以灭魏与！

　　或谓武侯知曹操之不死，而特使关公释之；知陆逊之不死，而特使黄承彦救之。若独于司马氏三人，而不能预知其不死，是不智也。知其不死，而必欲置之于死，是逆天也。予曰不然。华容之役，不遣别将，或以为孔明咎矣。鱼腹之役，不报猇亭，或又以为孔明咎矣。以为人之纵之，而非天之纵之也。唯至于上方谷之事，而殚虑竭能，尽其人力，然而人不纵之，而天终纵之。夫然后天下后世，不得以谋事之不忠咎武侯，而武侯亦得告无憾于先帝耳。

　　因粮于敌之计，善矣。而敌之粮不可常恃，则因粮不若运粮之善。木牛流马之辇输，善矣。而我之粮又未可常继，则运粮又不若屯田之善也。屯田而转饷不劳，蜀之兵便，而蜀之民亦便矣。三分其田，而军屯其一，民屯其二，兵不妨民，民不苦兵。不独蜀之民便，而魏之民亦便矣。后之有事于远征者，武侯屯田渭滨之法，其何可以不讲乎？

　　司马懿克日而擒孟达，未尝受诏于曹丕；受巾帼而不战，何独受诏于曹叡！知其军中请诏之诈，而临行所受之诏，亦必其密启之魏主，而求其赐之者也。为将之道，贵于随机应变，便宜行事。岂有既出师以后，而为将者复以欲战之谋，千里而请命者哉？则又岂有未出师以前，而为上者主一不战之说，先期而预定者哉？由其后之非真，益可悟其前之是假。

　　《诗》之刺尹氏者曰："谁秉国钧，不自为政。"盖言大臣误天子，而大臣所用者误大臣也。武侯之自校簿书，殆鉴诸此矣。托马谡而马谡失之，释苟安而苟安负之，任李严而李严又背之，其犹敢以弗躬弗亲而取咎与？故处陈平、丙吉之世，可以不为武侯；而当武侯之时，不得复为陈平、丙吉。

　　天下岂有寿而可借者哉？若寿而可借，则死亦可诅也。武侯祝之，仲达何必不诅之？武侯自祝之，何不取仲达而诅之也？天下岂有星而可救者哉？若星可救，则雨亦可止也。风将借之，雨独不能止之？陈仓之雨，既知之而预备之。上方谷之雨，何以不知之，而勿烧之也？然则武侯之祝寿而禳星者，毋乃愚乎？曰：武侯非为己请命，而为汉请命耳。忠臣之事君，如孝子之事父母，知其亲之将殒，而不复为之求医，不复为之问卜者，必非人情。然则武侯之披发步罡，与《金滕》之秉圭植璧一而已矣！

却说司马懿被张翼、廖化一阵杀败，匹马单枪，望密林间而走。张翼收住后军，廖化

当先追赶。看看赶上，懿着慌，绕树而转。化一刀砍去，正砍在树上；及拔出刀时，懿已

走出林外。^{与马超追曹}廖化随后赶出，却不知去向，但见树林之东，落下金盔一个。廖化取

盔捎在马上，一直望东追赶。原来司马懿把金盔弃于林东，却反向西走去了。^{与孙坚之弃}廖

化追了一程，不见踪迹，奔出谷口，遇见姜维，同回寨见孔明。张嶷早驱木牛流马到寨，

交割已毕，获粮万余石。廖化献上金盔，录为头功。魏延心中不悦，口出怨言。孔明只做

不知。^{又为后文}

且说司马懿逃回寨中，心甚恼闷。忽使命赍诏至，言东吴三路入寇，朝廷正议命将抵

敌，令懿等坚守勿战。^{此则是魏主之诏矣，然}懿受命已毕，深沟高垒，坚守不出。^{以下按过西蜀，}

却说曹叡闻孙权分兵三路而来，亦起兵三路迎之：令刘劭引兵救江夏，田豫引兵救襄

阳，叡自与满宠率大军救合淝。满宠先引一军至巢湖口，望见东岸战船无数，旌旗整肃。

宠入军中奏魏主曰：“吴人必轻我远来，未曾提备；今夜可乘虚劫其水寨，必得全胜。”

^{此写魏将用计，}魏主曰：“汝言正合朕意。”即令骁将张球领五千兵，各带火具，从湖口攻

之；满宠引兵五千，从东岸攻之。是夜二更时分，张球、满宠各引军悄悄望湖口进发；将

近水寨，一齐呐喊杀入。吴兵慌乱，不战而走；被魏军四下举火，烧毁战船、粮草、器具

不计其数。^{吴人两次以火攻胜魏，今却}诸葛瑾率败兵逃走沔口。魏兵大胜而回。次日，哨军报知

陆逊。逊集诸将议曰：“吾当作表申奏主上，请撤新城之围，以兵断魏军归路，吾率众攻

其前；彼首尾不敌，一鼓可破也。”^{此写吴将用计，}众服其言。陆逊即具表，遣一小校密地

赍往新城。小校领命，赍着表文，行至渡口，不期被魏兵伏路的捉住，解赴军中见魏主曹

叡。叡搜出陆逊表文，览毕，叹曰：“东吴陆逊真妙算也！”遂命将吴卒监下，令刘劭谨

防孙权后兵。^{魏将用计而吴人不知，吴将用}

却说诸葛瑾大败一阵，又值暑天，人马多生疾病；乃修书一封，令人转达陆逊，议欲撤

兵还国。逊看书毕，谓来人曰：“拜上将军，吾自有主意。”使者回报诸葛瑾。瑾问：“陆

将军作何举动？”使者曰：“但见陆将军催督众人于营外种豆菽，自与诸将在辕门射戏。”

^{从容不迫，颇有名士风流}瑾大惊，亲自往陆逊营中，与逊相见，问曰：“今曹叡亲来，兵势甚

盛，都督何以御之？”逊曰：“吾前遣人奉表于主上，不料为敌人所获。机谋既泄，彼必

知备；与战无益，不如且退。已差人奉表约主上缓缓退兵矣。”^{前上表用实写，}瑾曰：“都督

既有此意，即宜速退，何又迟延？”逊曰：“吾军欲退，当徐徐而动。今若便退，魏人必

乘势追赶，此取败之道也。足下宜先督船只诈为拒敌之意，吾悉以人马向襄阳而进，为疑敌之计，然后徐徐退归江东，魏兵自不敢近耳。"〔与武侯焚香操琴一样意思。〕瑾依其计，辞逊归本营，整顿船只，预备起行。陆逊整肃部伍，张扬声势，望襄阳进发。〔以进为退，是为善退。〕早有细作报知魏主，说吴兵已动，须用提防。魏将闻之，皆要出战。魏主素知陆逊之才，谕众将曰："陆逊有谋，莫非用诱敌之计？不可轻进。"众将乃止。数日后，哨卒报来："东吴三路兵马皆退矣。"魏主未信，再令人探之，回报果然尽退。魏主曰："陆逊用兵，不亚孙、吴。东南未可平也。"〔善进为能，善退亦为能。〕因敕诸将，各守险要，自引大军屯合淝，以伺其变。〔以下按过吴、魏，再叙武侯。〕

却说孔明在祁山，欲为久驻之计，乃令蜀兵与魏民相杂种田：军一分，民二分，并不侵犯，魏民皆安心乐业。〔木牛流马运粮虽便，不如屯田之尤便。〕司马师入告其父曰："蜀兵劫去我许多粮米，今又令蜀兵与我民相杂屯田于渭滨，以为久计，似此真为国家大患。父亲何不与孔明约期大战一场，以决雌雄？"懿曰："吾奉旨坚守，不可轻动。"〔老儿油嘴，只是害怕耳。〕正议间，忽报魏延将着元帅前日所失金盔，前来骂战。〔先以失金盔羞之，后乃以送巾帼辱之。〕众将忿怒，俱欲出战。懿笑曰："圣人云：'小不忍则乱大谋。'但坚守为上。"〔今之引书中言语以掩饰其短者，大率类此。〕诸将依令不出。魏延辱骂良久方回。

孔明见司马懿不肯出战，乃密令马岱造成木栅，营中掘下深堑，多积干柴引火之物；周围山上，多用柴草虚搭窝铺，内外皆伏地雷。置备停当，孔明附耳嘱之曰："可将葫芦谷后路塞断，暗伏兵于谷中。若司马懿追到，任他入谷，便将地雷干柴一齐放起火来。"〔葫芦里却是卖火药。〕又令军士昼举七星号带于谷口，夜设七盏明灯于山上，以为暗号。〔七星灯之火正与下文之火相应，燎原之火，未有不本于星之细者也。〕马岱受计引兵而去。孔明又唤魏延吩咐曰："汝可引五百兵去魏寨讨战，务要诱司马懿出战。不可取胜，只可诈败。懿必追赶，汝却望七星旗处而入；若是夜间，则望七盏灯处而走。只要引得司马懿入葫芦谷内，吾自有擒之之计。"〔如孙行者以葫芦装人。〕魏延受计，引兵而去。孔明又唤高翔吩咐曰："汝将木牛流马或二三十为一群，或四五十为一群，各装米粮，于山路往来行走。如魏兵抢去，便是汝之功。"〔此又测摸不出。〕高翔领计，驱驾木牛流马去了。孔明将祁山兵一一调去，只推屯田，吩咐："如别兵来战，只许诈败；若司马懿自来，方并力只攻渭南，断其归路。"〔算到他归路，是算无遗策。〕孔明分拨已毕，自引一军近上方谷下营。

且说夏侯惠、夏侯和二人入寨告司马懿曰："今蜀兵四散结营，各处屯田，以为久计；若不趁此时除之，纵令安居日久，深根固蒂，难以摇动。"懿曰："此必又是孔明之计。"〔只是不敢出头。〕二人曰："都督若如此疑虑，寇敌何时得灭？我兄弟二人，当奋力决一死战，以报国恩。"懿曰："既如此，汝二人可分头出战。"（自己不敢出头，却推别人去试一试。）遂令夏侯惠、夏侯和，各引五千兵去讫。懿坐待回音。

却说夏侯惠、夏侯和二人分兵两路，正行之间，忽见蜀兵驱木牛流马而来。二人一齐杀将过去，蜀兵大败奔走，木牛流马尽被魏兵抢获，解送司马懿营中。（以木牛流马引诱司马懿，是以牛引马，以马引马也。）次日又劫掳得人马百余，亦解赴大寨。（既以流马引马，又以活马引马。）懿将解到蜀兵，诘审虚实。蜀兵告曰："孔明只料都督坚守不出，尽命我等四散屯田，以为久计。不想却被擒获。"（此明系武侯所教，却不叙明，令读者自知。）懿即将蜀兵尽皆放回。夏侯和曰："何不杀之？"懿曰："量此小卒，杀之无益。放归本寨，令说魏将宽厚仁慈，释彼战心，此吕蒙取荆州之计也。"（照应七十五卷中事。）遂传令今后凡有擒到蜀兵，俱当善遣之。仍重赏有功将吏。诸将皆听令而去。

却说孔明令高翔伴作运粮，驱驾木牛流马，往来于上方谷内；夏侯惠等不时截杀，半月之间，连胜数阵。（省笔之法。）司马懿见蜀兵屡败，心中欢喜。一日，又擒到蜀兵数十人。懿唤到帐下问曰："孔明今在何处？"众告曰："诸葛丞相不在祁山，在上方谷西十里下营安住。今每日运粮屯于上方谷。"（此又明系武侯所教，今却不叙明，令读者自知。）懿备细问了，即将众人放去；乃唤诸将吩咐曰："孔明今不在祁山，在上方谷安营。汝等于明日，可一齐并力攻取祁山大寨。吾自引兵来接应。"（今番却骗得出头了。）众将领命，各各准备出战。司马师曰："父亲何故反欲攻其后？"懿曰："祁山乃蜀人之根本，若见我兵攻之，各营必尽来救；我却取上方谷烧其粮草，使彼首尾不接，必大败也。"（欲攻上方，先取祁山，自以为妙计，那知正中了别人妙计。）司马师拜服。懿即发兵起行，令张虎、乐綝各引五千兵，在后救应。

且说孔明正在山上，望见魏兵或三五千一行，或一二千一行，队伍纷纷，前后顾盼，料必来取祁山大寨，乃密传令众将："若司马懿自来，汝等便往劫魏寨，夺了渭南。"（骗他出户，便使无家。）众将各各听令。

却说魏兵皆奔祁山寨来，蜀兵四下一齐呐喊奔走，虚作救应之势。司马懿见蜀兵都去救祁山寨，便引二子并中军护卫人马，杀奔上方谷来。（今番着了道儿了。）魏延在谷口，只盼司马懿到来；忽见一枝魏兵杀到，延纵马向前视之，正是司马懿。（候久了。）延大喝曰："司马懿休走！"舞刀相迎。懿挺枪接战。不上三合，延拨回马便走，懿随后赶来。延只望七星旗处而走。懿见魏延只一人，军马又少，放心追之；令司马师在左，司马昭在右，懿自居中，一齐攻杀将来。（不是三马同槽，是三马落阱矣。）却魏延引五百兵皆退入谷中去。懿追到谷口，先令人入谷中哨探。（亦甚把细。）回报谷内并无伏兵，山上皆是草房。懿曰："此必是积粮之所也。"遂大驱士马，尽入谷中。懿忽见草房上尽是干柴，前面魏延已不见了。懿心疑，谓二子曰："倘有兵截断谷口，如之奈何？"^{至此方疑，已是迟了。}言未已，只听得喊声大震，山上一齐丢下火把来，烧断谷口。魏兵奔逃无路。山上火箭射下，地雷一齐突出，草房内干柴都着，刮刮杂杂，火势冲天。司马懿惊得手足无措，乃下马抱二子大哭曰："我父子三人皆死于此处矣！"

^{读至此，为之拍案一快。}正哭之间，忽然狂风大作，黑气漫空，一声霹雳响处，骤雨倾盆。满谷之火，尽皆浇灭；地雷不震，火器无功。^{地雷怎及天雷，人火怎当霹雳火。○读至此，为之废书一叹。}司马懿大喜曰："不就此时杀出，更待何时！"即引兵奋力冲杀。张虎、乐綝亦各引兵杀来接应。马岱军少，不敢追赶。司马懿父子与张虎、乐綝合兵一处，同归渭南大寨，不想寨栅已被蜀兵夺了。^{虽失其槽，未丧其马。}郭淮、孙礼正在浮桥上与蜀兵接战。司马懿等引兵杀到，蜀兵退去。懿烧断浮桥，据住北岸。

且说魏兵在祁山攻打蜀寨，听知司马懿大败，失了渭南营寨，军心慌乱；急退时，四面蜀兵冲杀将来，魏兵大败，十伤八九，死者无数，余众奔过渭北逃生。孔明在山上见魏延诱司马懿入谷，一霎时火光大起，心中甚喜，以为司马懿此番必死。不期天降大雨，火不能着，哨马报说司马懿父子俱逃去了。孔明叹曰："'谋事在人，成事在天。'不可强也！"^{知其不可而强为之，亦欲自尽其人事耳，若竟诿之天而不为之谋，岂昭烈托孤之意哉？}后人有诗叹曰：

谷口风狂烈焰飘，何期骤雨降青霄。

武侯妙计如能就，安得山河属晋朝！

却说司马懿在渭北寨内传令曰："渭南寨栅，今已失了。诸将如再言出战者斩。"^{只是不要出头好。}众将听令，据守不出。郭淮入告曰："近日孔明引兵巡哨，必将择地安营。"懿曰："孔明若出武功，依山而东，我等皆危矣；若出渭南，西止五丈原，方无事也。"^{此是欺人之语。明知孔明必屯五丈原，故诈为此言，以安众心耳。}令人探之，回报果屯五丈原。司马懿以手加额曰："大魏皇帝之洪福也！"^{老儿油嘴。}遂令诸将："坚守勿出，彼久必自变。"

且说孔明自引一军屯于五丈原，累令人搦战，魏兵只不出。孔明乃取巾帼并妇人缟素之服，盛于大盒之内，修书一封，遣人送至魏寨。^{既送巾帼，又送缟服，唯是妇人，又是寡妇矣。}诸将不敢隐蔽，引来使入见司马懿。懿对众启盒视之，内有巾帼妇人之衣，并书一封。懿拆视其书，略曰：

仲达既为大将，统领中原之众，不思披坚执锐，以决雌雄，乃甘窟守土巢，谨避刀箭，与妇人又何异哉！今遣人送巾帼素衣至，如不出战，可再拜而受之。

倘耻心未泯，犹有男子胸襟，早与批回，依期赴敌。

司马懿看毕，心中大怒，乃佯笑曰："孔明视我为妇人耶！"即受之，_{此时亏他耐得，便是今日妇人亦不肯自以为妇人，而令重待来使。}懿问曰："孔明寝食及事之烦简若何？"使者曰："丞相夙兴夜寐，罚二十以上皆亲览焉。所啖之食，日不过数升。"懿顾谓诸将曰："孔明食少事烦，其能久乎？"_{更无别策，只好咒他死，却不想受了他巾帼女衣，竟为孔明之妇矣。若咒死了，他则是真正寡妇也。}使者辞去，回到五丈原，见了孔明，具说："司马懿受了巾帼女衣，看了书札，并不嗔怒，只问丞相寝食及事之烦简，绝不提起军旅之事。某如此应对，彼言：'食少事烦，岂能长久？'"孔明叹曰："彼深知我也！"_{武侯亦自料其不久于人世也。}主簿杨颙谏曰："某见丞相常自校簿书，窃以为不必。夫为治有体，上下不可相侵。譬之治家之道，必使仆执耕，婢典爨，私业无旷，所求皆足，其家主从容自在，高枕饮食而已。若皆身亲其事，将形疲神困，终无一成。岂其智之不如婢仆哉？失为家主之道也。是故古人称：坐而论道，谓之三公；作而行之，谓之士大夫。昔丙吉忧牛喘，而不问横道死人；陈平不知钱谷之数，曰：'自有主者。'_{陈平、丙吉当国家无事之时，今岂可与武侯一例论乎？}今丞相亲理细事，汗流终日，岂不劳乎？司马懿之言，真至言也。"孔明泣曰："吾非不知。但受先帝托孤之重，惟恐他人不似我尽心也！"_{正是"鞠躬尽瘁"之意。}众皆垂泪。自此孔明自觉神思不宁。诸将因此未敢进兵。

却说魏将皆知孔明以巾帼女衣辱司马懿，懿受之不战。众将不忿，入帐告曰："我等皆大国名将，安忍受蜀人如此之辱！即请出战，以决雌雄。"_{主将已是雌了，人雄出甚么来。}懿曰："吾非不敢出战，而甘心受辱也。奈天子明诏，令坚守勿动。今若轻出，有违君命矣。"_{老儿油嘴。何不云"将在外，君命有所不受"乎？}众将俱忿怒不平。懿曰："汝等既要出战，待我奏准天子，同力赴敌，何如？"_{浑身是解说。}众皆允诺。懿乃写表遣使，直至合淝军前，奏闻魏主曹叡。叡拆表览之。表略曰：

臣才薄任重，伏蒙明旨，令臣坚守不战，以待蜀人之自敝；奈今诸葛亮遗臣以巾帼，待臣如妇人，耻辱至甚！臣谨先达圣聪：旦夕将效死一战，以报朝廷之恩，以雪三军之耻。臣不胜激切之至！_{纯是假语。}

叡览讫，乃谓多官曰："司马懿坚守不出，今何故又上表求战？"卫尉辛毗曰："司马懿本无战心，必因诸葛亮耻辱，众将忿怒之故，特上此表，欲更乞明旨，以遏诸将之心耳。"^{辛毗猜破仲达之诈。}叡然其言，即令辛毗持节至渭北寨传谕，令勿出战。司马懿接诏入帐，辛毗宣谕曰："如再有敢言出战者，即以违旨论。"^{此时不独司马懿为妇人，曹叡亦为妇人矣。}众将只得奉诏。懿暗谓辛毗曰："公真知我心也！"于是令军中传说："魏主命辛毗持节，传谕司马懿勿得出战。"蜀将闻知此事，报与孔明。孔明笑曰："此乃司马懿安三军之法也。"^{此法瞒不得辛毗，怎瞒得武侯耶？}姜维曰："丞相何以知之？"孔明曰："彼本无战心；所以请战者，以示武于众耳。岂不闻：'将在外，君命有所不受。'安有千里而请战者乎？^{若必请诏而后战，则上方谷之兵何以不闻奉诏而出也？}此乃司马懿因将士忿怒，故借曹叡之意，以制众人。今又播传此言，欲懈我军心也。"^{若蜀兵懈惰，懿必复出矣。}

正论间，忽报费祎到。孔明请入问之，祎曰："魏主曹叡闻东吴三路进兵，乃自引大军至合淝，令满宠、田豫、刘劭分兵三路迎敌。满宠设计尽烧东吴粮草战具，吴兵多病。陆逊上表于吴王，约会前后夹攻，不意赍表人中途被魏兵所获，因此机关泄漏，吴兵无功而退。"孔明听知此信，长叹一声，不觉昏倒于地；^{"谋事在人，成事在天"，于此愈信。}众将急救，半晌方苏。孔明叹曰："吾心昏乱，旧病复发，恐不能生矣！"是夜，孔明扶病出帐，仰观天文，十分惊慌；入帐谓姜维曰："吾命在旦夕矣！"维曰："丞相何出此言？"孔明曰："吾见三台星中，客星倍明，主星幽隐，相辅列曜，其光昏暗。天象如此，吾命可知！"^{但观前日之雨，不必更观今日之星矣。}维曰："天象虽则如此，丞相何不用祈禳之法挽回之？"孔明曰："吾素谙祈禳之法，但未知天意若何。汝可引甲士四十九人，各执皂旗，穿皂衣，环绕帐外；我自于帐中祈禳北斗。若七日内主灯不灭，吾寿可增一纪；如灯灭，吾必死矣。闲杂人等，休教放入。凡一应需用之物，只令二小童搬运。"^{此等禳星法，是真本事，不似今日道士禳星，是骗斋供吃也。}姜维领命，自去准备。时值八月中秋，是夜银河耿耿，玉露零零，旌旗不动，刁斗无声。^{写军中秋夜，与子美暮上河阳桥之诗相仿佛。}姜维在帐外引四十九人守护。孔明自于帐中设香花祭物，地上分布七盏大灯，外布四十九盏小灯，内安本命灯一盏。^{上方谷只有此盏灯，此处又添出无数小灯，灯与灯前后相应。}孔明拜祝曰："亮生于乱世，甘老林泉；承昭烈皇帝三顾之恩，托孤之重，不敢不竭犬马之劳，誓讨国贼。不意将星欲坠，阳寿将终。谨书尺素，上告穹苍：伏望天慈，俯垂鉴听，曲延臣算，使得上报君恩，下救民命，克复旧物，永延汉祀。非敢妄祈，实由情切。"^{是非为己请命，而为汉请命也。}拜祝毕，就帐中俯伏待旦。^{不像今之伏坛道士，本无诚心，一味妆模做样也。}次日，扶病理事，吐血不止。日则计议军机，夜则步罡踏斗。^{一发食少事烦。}

却说司马懿在营中坚守，忽一夜仰观天文，大喜，谓夏侯霸曰："吾见将星失位，孔明必然有病，不久便死。^{幸灾乐祸，只缘无可奈何耳。}你可引一千军去五丈原哨探。若蜀人攘乱，不出接战，孔明必然患病矣。吾当乘势击之。" ^{此时何不奉天子诏？}霸引兵而去。孔明在帐中祈禳已及六夜，见主灯明亮，心中甚喜。姜维入帐，正见孔明披发仗剑，踏罡步斗，压镇将星。忽听得寨外呐喊，方欲令人出问，魏延飞步入告曰："魏兵至矣！"延脚步急，竟将主灯扑灭。^{谷中之火为大雨所扑灭，帐中之火为魏延所扑灭，前后相映。}孔明弃剑而叹曰："死生有命，不可得而禳也！"^{原是禳不得，可破愚知之见。}魏延惶恐，伏地请罪；姜维忿怒，拔剑欲杀魏延。正是：

万事不由人做主，一心难与命争衡。

未知魏延性命如何，且看下文分解。

第一百四回

陨大星汉丞相归天

见木像魏都督丧胆

或疑武侯有灵异之术，如八阵图、木牛流马之类，几于神矣，仙矣，而终不免于一死者，何也？曰：武侯非左慈、李意之比也。长生不死，为出世之神仙；有生有死，为入世之圣贤。学圣贤则不失为真实，学神仙则多至于妖妄。武侯不以神仙之不可知者，示天下以可疑；正以圣贤之无不可知者，示天下以可法耳。

曹操、司马懿之为相，与诸葛武侯之为相，其总揽朝政相似也，其独握兵权相似也，其神机妙算，为众推服，又相似也。而或则篡，而或则忠者，一则有私，一则无私；一则为子孙计，一则不为子孙计故也。操之临终，必嘱曹丕；懿之临终，必嘱师、昭。而武侯不然。其行丞相事，则托之蒋琬、费祎矣；其行大将军事，则付之姜维矣。而诸葛瞻、诸葛尚，曾不与焉。有桑八百株、田十五顷而外，更无一事以增家虑。则出将入相之孔明，依然一弹琴抱膝之孔明耳。原其初心，本欲俟功成之后，为泛湖之范蠡，辟谷之张良，而无如事之未终，乃卒于五丈原之役。呜呼！有人如此，尚得于功名富贵中求之哉！

五丈原之役，所以践"死而后已"之一语也。而有已而不已者：后事有所托，则九伐中原，将自此而始；前事有所承，则六出祁山，不自此而止也。又有死而不死者：蜀人之思孔明，皆有一未死之孔明在其心；魏人之畏孔明，如有一未死之孔明在其目也。岂独当日之刻像于车中者为然哉！后世之慕义者，读出师二表，无不欷歔慷慨，想见其为人。则虽谓武侯至今未尝死，至今未尝已焉，可也。

死为定数，而武侯有不欲死之心，何也？曰：念托孤之任重，则不可以死；念嗣君之才劣，则不可以死；外顾敌之未灭，而内顾诸臣，更无一人堪与我匹者，则又不可以死。不可以死而死，此武侯所以不欲死也。虽然，人事已尽，则亦可以无憾于死。无憾于死，则不可死者，其心；而可以死者，其事也。老泉以不可死者责管仲，而独不能以此责武侯。则武侯之死，殆贤于管仲多矣。

管仲尊周，有拨乱之风；乐毅存燕，有继绝之力，武侯自比管、乐，特以拨乱继绝之意自寓耳。而武侯之才与品，有非管、乐之所能及者。其用兵，则年少之子牙也；其辅主，则异姓之公旦也，至其出处大纲，又与伊尹最相仿佛。如先识三分，非先觉乎？躬耕南阳，非乐道乎？三顾而出，非三聘之幡然乎？鞠躬尽瘁，非自任以天下之重乎？兄弟各事一国，而天下不以为疑，非犹五就汤五就桀之迹乎？专国十二年，而后主不以为偏，非犹迁桐宫废太甲之事乎？始之不求闻达，依然千驷弗视之心；继之誓愿讨贼，无异一夫不获之耻，三代以后，一人而已！

却说姜维见魏延踏灭了灯，心中忿怒，拔剑欲杀之。孔明止之曰："此吾命当绝，非文长之过也。"维乃收剑。孔明吐血数口，卧倒床上，谓魏延曰："此是司马懿料吾有病，故令人来探视虚实。汝可急出迎敌。"_{抱病若此，料事到底如神。}魏延领命，出帐上马，引兵杀出寨来。夏侯霸见了魏延，慌忙引军退走。延追赶二十余里方回。孔明令魏延自回本寨把守。

姜维入帐，直至孔明榻前问安。孔明曰："吾本欲竭忠尽力，恢复中原，重兴汉室；奈天意如此，吾旦夕将死。吾平生所学，已著书二十四篇，计十万四千一百一十二字，内有八务、七戒、六恐、五惧之法。_{务居其一，戒、恐、惧居其三，可见用兵之道，贵在小心。}吾遍观诸将，无人可授，独汝可传我书。切勿轻忽！"维哭拜而受。孔明又曰："吾有'连弩'之法，不曾用得。其法矢长八寸，一弩可发十矢，皆画成图本。汝可依法造用。"_{为后文射魏兵伏线。}维亦拜受。孔明又曰："蜀中诸道，皆不必多忧；惟阴平之地，切须仔细。此地虽险峻，久必有失。"_{为后文邓艾入川伏线。}又唤马岱入帐，附耳低言，授以密计，嘱曰："我死之后，汝可依计行之。"_{为后文斩魏延伏线。}岱领计而出。少顷，杨仪入。孔明唤至榻前，授与一锦囊，密嘱曰："我死，魏延必反；待其反时，汝与临阵，方开此囊。那时自有斩魏延之人也。"_{为后文临阵见马岱伏线。}孔明一一调度已毕，便昏然而倒，至晚方苏，便连夜表奏后主。后主闻奏大惊，急令尚书李福，星夜至军中问安，兼询后事。李福领命，趱程赴五丈原，入见孔明，传后主之命，问安毕。孔明流涕曰："吾不幸中道丧亡，虚废国家大事，得罪于天下。我死后，公等宜竭忠辅主。国家旧制，不可改易；吾所用之人，亦不可轻废。_{周公曰："厥若彝及，抚事如予。"伊尹曰："无以辨言乱旧政。"同此意也。}吾兵法皆授与姜维，他自能继吾之志，为国家出力。_{为后九伐中原伏线。}吾命已在旦夕，当即有遗表上奏天子也。"李福领了言语，匆匆辞去。

孔明强支病体，令左右扶上小车，出寨遍观各营；自觉秋风吹面，彻骨生寒，_{写尽病驱。妙在"自觉"二字。}乃长叹曰："再不能临阵讨贼矣！悠悠苍天，曷此其极！"_{千古以下，同此悲愤。○宗泽临终大呼"过河"者三，}又高吟"出师未捷身先死，长使英雄泪满襟"之句，_{盖亦以诸葛武侯自况也。}叹息良久。回到帐中，病转沉重，乃唤杨仪吩咐曰："王平、廖化、张嶷、张翼、吴懿等，皆忠义之士，久经战阵，多负勤劳，堪可委用。_{前对李福止言姜维，此对杨仪并及此数人。}我死之后，凡事俱依旧法而行。_{前与李福言者是国法，此与杨仪言者是军法。}缓缓退兵，不可急骤。汝深通谋略，不必多嘱。姜伯约智勇足备，可以断后。"_{嘱杨仪亦重托姜维。}杨仪泣拜受命。孔明令取文房四宝，于卧榻上手书遗表，以达后主。表略曰：

伏闻生死有常，难逃定数；死之将至，愿尽愚忠。臣亮赋性愚拙，遭时艰难，分符拥节，专掌钧衡，兴师北伐，未获成功；何期病入膏肓，命垂旦夕，不及终事陛下，饮恨无穷！伏愿陛下：清心寡欲，约己爱民；达孝道于先皇，布仁恩于宇下；提拔幽隐，以进贤良；屏斥奸邪，以厚风俗。即"亲贤臣，远小人"之意。臣家成都，有桑八百株，薄田十五顷，子弟衣食，自有余饶。至于臣在外任，别无调度，随身衣食，悉仰于官，不别治生，以长尺寸。臣死之日，不使内有余帛，外有赢财，以负陛下也。

孔明写毕，又嘱杨仪曰："吾死之后，不可发丧。可作一大龛，将吾尸坐于龛中；以米七粒放吾口内；脚下用明灯一盏；军中安静如常，切勿举哀，则将星不坠，吾阴魂更自起镇之。神奇之极。司马懿见将星不坠，必然惊疑。吾军可令后寨先行，然后一营一营缓缓而退。若司马懿来追，汝可布成阵势，回旗返鼓。等他来到，却将我先时所雕木像，安于车上，推出军前，令大小将士，分列左右。懿见之必惊走矣。"前用木牛木马，今又用木人，何先生之善能驱使草木也。杨仪一一领诺。是夜，孔明令人扶出，仰观北斗，遥指一星曰："此吾之将星也。"奇绝。众视之，见其色昏暗，摇摇欲坠。孔明以剑指之，口中念咒。更是神奇之极。咒毕急回帐时，不省人事。众将正慌乱间，忽尚书李福又至，见孔明昏绝，口不能言，乃大哭曰："我误国家之大事也！"须臾，孔明复醒，又奇。开目遍视，见李福立于榻前。孔明曰："吾已知公复来之意也。"奇绝。福谢曰："福奉天子命，问丞相百年后，谁可任大事者。适因匆遽，失于谘请，故复来耳。"孔明曰："吾死之后，可任大事者，蒋公琰其宜也。"福曰："公琰之后，谁可继之？"孔明曰："费文伟可继之。"福又问："文伟之后，谁当继者？"孔明不答。费祎之后，汉祚亦终矣，先生所以不答。众将近前视之，已薨矣。时建兴十二年秋八月二十三日也，寿五十四岁。后杜工部有诗叹曰：

> 长星昨夜坠前营，讣报先生此日倾。
>
> 虎帐不闻施号令，麟台惟显著勋名。
>
> 空余门下三千客，辜负胸中十万兵。
>
> 好看绿阴清昼里，于今无复雅歌声！

白乐天亦有诗曰：

> 先生晦迹卧山林，三顾那逢圣主寻。
>
> 鱼到南阳方得水，龙飞天汉便为霖。
>
> 托孤既尽殷勤礼，报国还倾忠义心。

前后出师遗表在，令人一览泪沾襟。

初，蜀长水校尉廖立，自谓才名宜为孔明之副，尝以职位闲散，怏怏不平，怨谤无已。于是孔明废之为庶人，徙之汶山。及闻孔明亡，乃垂泣曰：“吾终为左衽矣！”李严闻之，亦大哭病死。盖严尝望孔明复收己，得自补前过；度孔明死后，人不能用之故也。管仲夺伯氏骈邑三百没齿无怨言，夫无怨已难矣，今废之、黜之而又为之泣、为之死，孔明之得此于廖、李二人者，更不易也。○忙中忽夹叙此二事，绝有笔力。后元微之有赞孔明诗曰：

拨乱扶危主，殷勤受托孤。

英才过管乐，妙策胜孙吴。

凛凛《出师表》，堂堂八阵图。

如公全盛德，应叹古今无！

是夜，天愁地惨，月色无光，孔明奄然归天。姜维、杨仪遵孔明遗命，不敢举哀，依法成殓，安置龛中，令心腹将卒三百人守护；随传密令，使魏延断后，各处营寨一一退去。以下按过蜀将一边，再叙魏将一边。

却说司马懿夜观天文，见一大星，赤色，光芒有角，星有角，大奇。自东北方流于西南方，坠于蜀营内，三投再起，此是孔明神通。隐隐有声。星有声，大奇。懿惊喜曰：“孔明死矣！”既惊又喜，写仲达忌孔明之甚。即传令起大兵追之。方出寨门，忽又疑虑曰：“孔明善会六丁六甲之法，今见我久不出战，故以此术诈死，诱我出耳。今若追之，必中其计。”既喜又疑，写仲达畏孔明之甚。遂复勒马回寨不出，只令夏侯霸暗引数十骑，往五丈原山僻哨探消息。以下按过魏将，再叙蜀兵。

却说魏延在本寨中，夜作一梦，梦见头上忽生二角，武侯既死而其星有角，魏延未死而其头梦角，亦闲闲相对。醒来甚是疑异。次日，行军司马赵直至，延请入问曰：“久知足下深明《易》理。吾夜梦头生二角，不知主何吉凶？烦足下为我决之。”赵直想了半晌，答曰：“此大吉之兆。麒麟头上有角，苍龙头上有角，乃变化飞腾之象也。”总之要反，则是头上生出角耳。延大喜曰：“如应公言，当有重谢！”直辞去，行不数里，正遇尚书费祎。祎问何来。直曰：“适至魏文长营中，文长梦头生角，令我决其吉凶。此本非吉兆，但恐直言见怪，因以麒麟苍龙解之。”祎曰：“足下何以知非吉兆？”直曰：“角之字形，乃‘刀’下‘用’也。今头上有刀，其凶甚矣！”预为后文之兆。祎曰：“君且勿泄漏。”直别去。费祎至魏延寨中，屏退左右，告曰：“昨夜三更，丞相已辞世矣。临终再三嘱咐，令将军断后以当司马懿，缓缓而退，不可发丧。

今兵符在此，便可起兵。”延曰：“何人代理丞相之大事？”_{此句便有不肯相下之意。}祎曰：“丞相一应大事，尽托与杨仪；用兵密法，皆授与姜伯约。此兵符乃杨仪之令也。”_{闻此数语，宜其不服。}延曰：“丞相虽亡，吾今现在。杨仪不过一长史，安能当此大任？他只宜扶柩入川安葬。我自率大兵攻司马懿，务要成功。岂可因丞相一人而废国家大事耶？”_{不说投魏，只说伐魏；不说不肯听令，只说不宜回兵。}_{以渐而来。}祎曰：“丞相遗令，教且暂退，不可有违。”延怒曰：“丞相当时若依我计，取长安久矣！_{此是不服武侯。○遥应初出祁山时事。}吾今官任前将军、征西大将军、南郑侯，_{好货。}安肯与长史断后！”_{此是不服杨仪。}祎曰：“将军之言虽是，然不可轻动，令敌人耻笑。待吾往见杨仪，以利害说之，令彼将兵权让与将军，何如？”_{费祎诡词以对，极为得体。}延依其言。

祎辞延出营，急到大寨见杨仪，具述魏延之语。仪曰：“丞相临终，曾密嘱我曰：‘魏延必有异志。’今我以兵符往，实欲探其心耳。今果应丞相之言。吾自令伯约断后可也。”于是杨仪领兵扶柩先行，令姜维断后；依孔明遗令，徐徐而退。_{此处杨仪、魏延又分作两边写。}魏延在寨中，不见费祎来回复，心中疑惑，乃令马岱引十数骑往探消息。回报曰：“后军乃姜维总督，前军大半退入谷中去了。”延大怒曰：“竖儒安敢欺我！我必杀之！”因顾谓岱曰：“公肯相助否？”岱曰：“某亦素恨杨仪，今愿助将军攻之。”_{此是孔明所教，却不叙明，令读者自知。}延大喜，即拔寨引本部兵望南而行。_{以下按过蜀将一边，再叙魏营一边。}

却说夏侯霸引军至五丈原看时，不见一人，急回报司马懿曰：“蜀兵已尽退矣。”懿跌足曰：“孔明真死矣！可速追之！”夏侯霸曰：“都督不可轻追。当令偏将先往。”_{又是一个怕的。}懿曰：“此番须吾自行。”遂引兵同二子一齐杀奔五丈原来；呐喊摇旗，杀入蜀寨时，果无一人。_{只好在无人处耀武扬威，想因孔明死后，特到营中来吓鬼净宅耳。}懿顾二子曰：“汝急催兵赶来，吾先引军前进。”于是司马师、司马昭在后催军；懿自引军当先，追到山脚下，望见蜀兵不远，乃奋力追赶。忽然山后一声炮响，喊声大震，只见蜀兵俱回旗返鼓，树影中飘出中军大旗，上书一行大字曰：“汉丞相武乡侯诸葛亮。”_{此是铭旌耳，犹认作帅旗，可发一笑。}懿大惊失色。定睛看时，只见军中数十员上将，拥出一辆四轮车来；车上端坐孔明：纶巾羽扇，鹤氅皂绦。_{写司马懿先见旗，后见像，吃惊不小。}懿大惊曰：“孔明尚在！吾轻入重地，堕其计矣！”急勒回马便走。背后姜维大叫：“贼将休走！你中了我丞相之计也！”魏兵魂飞魄散，弃甲丢盔，抛戈撇戟，各逃性命，自相践踏，死者无数。_{畏蜀如虎，见死虎亦认作生虎，可发一笑。}司马懿奔走了五十余里，背后两员魏将赶上，扯住马嚼环叫曰：“都督勿惊。”懿用手摸头曰：“我有头否？”_{惊极逼出趣语。○如无头尚然会走，则陨星安得便死。}二将曰：“都督休怕，蜀兵去远了。”懿喘息半晌，神色方定；睁目视之，乃夏侯霸、夏侯惠也；

被死人吓怕，连活人亦几乎不认得。乃徐徐按辔，与二将寻小路奔归本寨，使众将引兵四散哨探。

过了两日，乡民奔告曰："蜀兵退入谷中之时，哀声震地，军中扬起白旗，孔明果然死了，止留姜维引一千兵断后。前日车上之孔明，乃木人也。"人如孔明，虽木人，可当活人；不似今人，活人却像木人也。懿叹曰："吾能料其生，不能料其死也！"解嘲语，然而颜汗矣。因此蜀中人谚曰："死诸葛能走生仲达。"武侯原是如生，仲达几乎吓死，直可谓之"生诸葛走死仲达"耳。后人有诗叹曰：

> 长星半夜落天枢，奔走还疑亮未殂。
>
> 关外至今人冷笑，头颅犹问有和无！

司马懿知孔明死信已确，乃复引兵追赶。无耻。行到赤岸坡，见蜀兵已去远，乃引还，顾谓众将曰："孔明已死，我等皆高枕无忧矣！"可知以前却是夜眠不贴席也。遂班师回。一路上见孔明安营下寨之处，前后左右，整整有法，懿叹曰："此天下奇才也！"又在武侯死后补写武侯。于是引兵回长安，分调众将，各守隘口，懿自回洛阳面君去了。以下按过魏兵，再叙蜀事。

却说杨仪、姜维排成阵势，缓缓退入栈阁道口，然后更衣发丧，扬幡举哀。蜀军皆撞跌而哭，至有哭死者。使人畏威易，使人怀德难。孔明何以得此于蜀军哉！蜀兵前队正回到栈阁道口，忽见前面火光冲天，喊声震地，一彪军拦路。故作惊人之笔。众将大惊，急报杨仪。正是：

> 已见魏营诸将去，不知蜀地甚兵来。

未知来者是何处军马，且看下文分解。

第一百五回

武侯预伏锦囊计
魏主拆取承露盘

　　此记武侯死后之事也。前营之星方殒，而魏延遂兴反汉之兵，则武侯之不可以死也。锦囊之计有遗，而魏延终应生角之梦，则武侯之实未尝死也。逆知其必叛，而不于未叛之时除之，于此见武侯之仁；不待其既叛，而早于未叛之先防之，于此见武侯之智。

　　魏延既反，不独司马懿一大敌也，即魏延亦一大敌也。当其焚栈道，攻南郑，使魏人知之而回兵转斗，则蜀之亡可翘足而待矣。且有杨仪与延互相讦奏，少主疑于内，诸将阻于外，太后忧惶而未宁，廷臣聚议而未决，而卒能定之俄顷，易危为安，则武侯身后之功，不其伟哉！武侯死，而吴之君臣惧可知也，曰："今而后莫予援也已。"武侯死，而魏之君臣喜可知也，曰："今而后莫予毒也已。"惟其惧，而边境之戍于是乎增；惟其喜，而土木之功于是乎起。

　　然则思武侯者，不独蜀人为然也。于其戍之劳，而吴之人不得不思武侯；于其役之苦，而魏之人亦不得不思武侯。凡后人之失，未有不由于前人之失，以为之倡也。有铜雀、玉龙、金凤之台作于前，乃有总章观、青霄阁、凤凰楼之工兴于后矣；有曹丕之杀甄后，以作之于前，乃有曹叡之杀毛后，以效之于后矣。然曹操止于筑台，而叡则更劳其民于拆台；操止以其民充役，而叡至欲以官充役。毛氏比甄氏之来为正，而其被黜亦与甄氏同。曹叡曾以射鹿之事讽其父，而其杀毛氏则与其父等。尤而效之，更有甚焉。则祖宗之为法于子孙者，可不惧与？

　　却说杨仪闻报前路有兵拦截，忙令人哨探。回报说魏延烧绝栈道，引兵拦路。<small>魏延隐然一敌国。</small>仪大惊曰："丞相在日，料此人久后必反，谁想今日果然如此！今断吾归路，当复如何？"费祎曰："此人必先捏奏天子，诬吾等造反，故烧绝栈道，阻遏归路。<small>魏延上表事，在费祎一边虚写。</small>吾等亦当表奏天子，陈魏延反情，然后图之。"姜维曰："此间有一小径，名槎山，虽崎岖险峻，可以抄出栈道之后。"一面写表奏闻天子，一面将人马望槎山小道进发。<small>费祎只算得上表，姜维便算到归路。</small>

　　且说后主在成都，寝食不安，动止不宁；夜作一梦，梦见成都锦屏山崩倒；<small>孔明乃蜀之屏障，先主得孔明如得水，后主倚孔明如倚山。</small>遂惊觉，坐而待旦，聚集文武，入朝圆梦。谯周曰："臣昨夜仰观天文，见一星，赤色，光芒有角，自东北落于西南，主丞相有大凶之事。今陛下梦山崩，正应此兆。"<small>泰山其颓，哲人其萎。</small>后主愈加惊怖。忽报李福到，后主急召入问之。福顿首泣奏丞相已亡；将丞相临终言语，细述一遍。后主闻言大哭曰："天丧我也！"哭倒于龙床之上。<small>能令后主如此，不是写后主，是写武侯。</small>侍臣扶入后宫。吴太后闻之，亦放声大哭不已。<small>能令太后如此，不是写太后，是写武侯。</small>多官无不哀恸，百姓人人涕泣。<small>能令多官、百姓如此，不是写多官、百姓，是写武侯。</small>后主连日伤感，不能设朝。忽报魏延表奏杨仪造反，<small>不在魏延一边写，只在后主一边写，省笔之法。</small>群臣大骇，入宫启奏后主。时吴太后亦在宫中。后主闻奏大惊，命近臣读魏延表。其略曰：

> 征西大将军、南郑侯臣魏延，诚惶诚恐，顿首上言：杨仪自总兵权，率众造
>
> 反，劫丞相灵柩，欲引敌人入境。臣先烧绝栈道，以兵守御。谨此奏闻。

读毕，后主曰："魏延乃勇将，足可拒杨仪等众，何故烧绝栈道？"^{此句颇似聪明。}吴太后曰："尝闻先帝有言，孔明识魏延脑后有反骨，每欲斩之；^{又将五十三回中语一提。}因怜其勇，故姑留用。今彼奏杨仪等造反，未可轻信。杨仪乃文人，丞相委以长史之任，必其人可用。今日若听此一面之词，杨仪等必投魏矣。此事当深虑远议，不可造次。"^{太后亦能于料人料事。}众官正商议间，忽报长史杨仪有紧急表到。近臣拆表读曰：

> 长史、绥军将军臣杨仪，诚惶诚恐，顿首谨表：丞相临终，将大事委于臣，
>
> 照依旧制，不敢变更，使魏延断后，姜维次之。今魏延不遵丞相遗语，自提本部人
>
> 马，先入汉中，放火烧断栈道，劫丞相灵车，谋为不轨。变起仓卒，谨飞章奏闻。

太后听毕，问："卿等所见若何？"蒋琬奏曰："以臣愚见：杨仪为人虽禀性过急，不能容物，至于筹度粮草，参赞军机，与丞相办事多时，今丞相临终，委以大事，决非背反之人。魏延平日恃功务高，人皆下之；仪独不假借，延心怀恨；今见仪总兵，心中不服，故烧栈道，断其归路，又诬奏而图陷害。臣愿将全家良贱，保杨仪不反。实不敢保魏延。"^{一个先料杨仪，次料魏延。}董允亦奏曰："魏延自恃功高，常有不平之心，口出怨言。向所以不即反者，惧丞相耳。今丞相新亡，乘机为乱，势所必然。若杨仪，才干敏达，为丞相所任用，必不背反。"^{一个先料魏延，次料杨仪，所见皆同。}后主曰："若魏延果反，当用何策御之？"蒋琬曰："丞相素疑此人，必有遗计授与杨仪。若仪无恃，安能退入谷口乎？延必中计矣。陛下宽心。"^{蒋琬料事如此，武侯荐之不谬。写蒋琬亦是写武侯。}不多时，魏延又表至，告称杨仪背反。正览表之间，杨仪又表到，奏称魏延背反。二人接连具表，各陈是非。^{后表俱用虚写省却无数笔墨。}忽报费祎到。后主召入，祎细奏魏延反情。后主曰："若如此，且令董允假节释欢，用好言抚慰。"^{和事天子。}允奉诏而去。

却说魏延烧断栈道，屯兵南谷，把住隘口，自以为得计；不想杨仪、姜维星夜引兵抄到南谷之后。仪恐汉中有失，令先锋何平引三千兵先行。仪同姜维等引兵扶柩望汉中而来。^{杨仪亦可谓能。}

且说何平引兵径到南谷之后，擂鼓呐喊。哨马飞报魏延，说杨仪令先锋何平引兵自槎

山小路抄来搦战。延大怒，急披挂上马，提刀引兵来迎。两阵对圆，何平出马大骂曰："反贼魏延安在？"延亦骂曰："汝助杨仪造反，何敢骂我！"平叱曰："丞相新亡，骨肉未寒，汝焉敢造反！"乃扬鞭指川兵曰："汝等军士，皆是西川之人，川中多有父母妻子，兄弟亲朋；丞相在日，不曾薄待汝等，今不可助反贼，宜各回家乡，听候赏赐。"众军闻言，大喊一声，散去大半。_{先散其兵，此必杨仪、姜维所教。}延大怒，挥刀纵马，直取何平。平挺枪来迎。战不数合，平诈败而走，延随后赶来。众军弓弩齐发，延拨马而回。见众将纷纷溃散，延转怒，拍马赶上，杀了数人，却只止遏不住；只有马岱所领三百人不动。_{此受武侯之计，不即叙明，令读者自知。}延谓岱曰："公真心助我，事成之后，决不相负。"遂与马岱追杀何平。平引兵飞奔而去。魏延收聚残军，与马岱商议曰："我等投魏，若何？"岱曰："将军之言，不智甚也。大丈夫何不自图霸业，乃轻屈膝于人耶？吾观将军智勇足备，两川之士，谁敢抵敌？吾誓同将军先取汉中，随后进攻西川。"_{妙，岱亦善于词令。}

延大喜，遂同马岱引兵直取南郑。姜维在南郑城上，见魏延、马岱耀武扬威，蜂拥而来。维急令拽起吊桥。延、岱二人大叫："早降！"_{此时马岱竟似同谋，令人猜摸不出。}姜维令人请杨仪商议曰："魏延勇猛，更兼马岱相助，虽然军少，何计退之？"_{不是一番疑惑，见武侯遗计之妙。}仪曰："丞相临终，遗一锦囊，嘱曰：'若魏延造反，临城对敌之时，方可开拆，便有斩魏延之计。'今当取出一看。"遂出锦囊拆封看时，题曰："待与魏延对敌，马上方许拆开。"_{妙在拆开又不见计策，令人猜摸不出。}维大喜曰："既丞相有戒约，长史可收执。吾先引兵出城，列为阵势，公可便来。"姜维披挂上马，绰枪在手，引三千军，开了城门，一齐冲出，鼓声大震，排成阵势。维挺枪立马于门旗之下，高声大骂曰："反贼魏延！丞相不曾亏你，今日如何背反？"延横刀勒马而言曰："伯约，不干你事。只教杨仪来！"_{魏延只恨一杨仪。}仪在门旗影里，拆开锦囊视之，如此如此。_{妙在到此处又不说明，只是令人猜摸不出。}仪大喜，轻骑而出，立马阵前，手指魏延而笑曰："丞相在日，知汝久后必反，教我提备，今果应其言。汝敢在马上连叫三声'谁敢杀我'，便是真大丈夫，吾就献汉中城池与汝。"_{读者至此，正不知此是甚计策。}延大笑曰："杨仪匹夫听着！若孔明在日，吾尚惧他三分；他今已亡，天下谁敢敌我？休道连叫三声，便叫三万声，亦有何难！"遂提马按辔，于马上大叫曰："谁敢杀我？"一声未毕，脑后一人厉声而应曰："吾敢杀汝！"手起刀落，斩魏延于马下。_{来得突兀，出人意外。}众皆骇然。斩魏延者，乃马岱也。_{先闻其声，次见其刀，然后知其人，总是写得意外。}原来孔明临终之时，授马岱以密计，只待魏延喊叫时，便出其不意斩之；当日，杨仪读罢锦囊计策，已知伏下马岱在彼，故依计而行，果然杀了魏延。

此处方才叙明，以前却是疑阵。后人有诗曰：

> 诸葛先机识魏延，已知日后反西川。
>
> 锦囊遗计人难料，却见成功在马前。

却说董允未及到南郑，马岱已杀了魏延，与姜维合兵一处。杨仪具表星夜奏闻后主。后主降旨曰："既已名正其罪，仍念前功，赐棺椁葬之。"如此待之，不失为厚。杨仪等扶孔明灵柩到成都，后主引文武官僚，尽皆挂孝，出城二十里迎接。后主放声大哭。上至公卿大夫，下及山林百姓，男女老幼，无不痛哭，哀声震地。又写一番哀痛。后主命扶柩入城，停于丞相府中。其子诸葛瞻守孝居丧。

后主还朝，杨仪自缚请罪。后主令近臣去其缚曰："若非卿能依丞相遗教，灵柩何日得归，魏延如何得灭。大事保全，皆卿之力也。"遂加杨仪为中军师。马岱有讨逆之功，即以魏延之爵爵之。此亦处置得停当，想必蒋公琰所教也。仪呈上孔明遗表。后主览毕，大哭，降旨卜地安葬。费祎奏曰："丞相临终，命葬于定军山，不用墙垣砖石，亦不用一切祭物。"补前卷中所未及。后主从之。择本年十月吉日，后主自送灵柩至定军山安葬。为后文锺会感神伏线。后主降诏致祭，谥号忠武侯；令建庙于沔阳，四时享祭。后杜工部有诗曰：

> 丞相祠堂何处寻，锦官城外柏森森。
>
> 映阶碧草自春色，隔叶黄鹂空好音。

前解"咏祠堂"，后解"咏丞相"。至"城外"然后有"丞相祠堂"，然至"城外"而见"祠堂"，是无心于见"祠堂"者也。先言"祠堂"而后至"城外"，是有心于吊"祠堂"者也。有一丞相于胸中，而至其地寻其庙，则在"锦官城外""森森"柏树之中也。三四两句是但见"祠堂"而无丞相也。"碧草春色""黄鹂好音"，入一"自"字、"空"字，便凄清之极。黄鸟所以求友，旷百世而相感，君子有尚友，古人之思则无如古人，终不可见如隔叶也。

> 三顾频烦天下计，两朝开济老臣心。
>
> 出师未捷身先死，长使英雄泪满襟！

后解承三四来。丞相不可见于今日矣，然当时若非三顾草庐，丞相并不得见于昔日也。天下妙计，在混一不在偏安也。两朝既受眷于先，并效忠于后也，虽不能混一天下，成开济之功，然老臣之计，老臣之心，则如是也。死而后已者，老臣所自失于我者也。捷而后死者，老臣所仰望于天者也。天不可必，老臣之志则可必也。"未"字、"先"字妙绝，一似后曾恢复，而老臣未及身见之者，体其本心而为言也。当日有未了之事，今日遂长留一未了之计，未了之心。嗟乎！后世英雄有其计与心而不获见诸事者，可胜道哉！在昔日为英雄之计，英雄之心，在今日皆成英雄之泪矣。

又杜工部诗曰：

> 诸葛大名垂宇宙，宗臣遗像肃清高。

三分割据纡筹策，万古云霄一羽毛。

前解：史迁疑子房以为魁梧奇伟，而状貌乃如妇人，"好女"二语，正与此诗起二语意相似。向闻其名，但震其大，今观其像，又叹其高，"清高"二字从遗像写出，入相则紫袍象简，出将则黄钺白旄，而今其遗像，羽扇纶巾，一何清高之至也。加一"肃"字，又有气定神闲，不动声色之意。三分割据，英才辈出，持筹挟策，比肩皆是，如孔明者，万古一人。三是泛指众人，四是独指诸葛也。鸿渐于逵，其羽可用为仪，"凤翔翔于千仞兮，揽德辉而下之"，羽毛状其清，云霄状其高也。

伯仲之间见伊吕，指挥若定失萧曹。

运移汉祚终难复，志决身歼军务劳。

后解：万古罕有其匹矣。古人中可与为伯仲者，庶几其伊、吕乎？若萧、曹辈，不足数耳。然耕莘钓渭，与伊、吕同其清高；而荡秦灭楚，不得与萧、曹同其功烈。何那？此缘汉祚之已改，非军务之或疏也。运虽移而志则决，"身"即所云"鞠躬"，"劳"即所云"尽瘁"，"歼"即所云"死而后已"，"终难复"即所云"成败利钝，非臣逆睹"也。"终"字妙，包得前后拜表、六出祁山无数心力在内。前解慕其大名不朽，后解惜其大功不成。慕是十分慕，惜是十分惜。

却说后主回到成都，忽近臣奏曰："边庭报来，东吴令全琮引兵数万，屯于巴丘界口，未知何意。"后主惊曰："丞相新亡，东吴负盟侵界，如之奈何？"^{不用顺接，忽用逆接，斗笋甚奇。}蒋琬奏曰："臣敢保王平、张嶷引兵数万屯于永安，以防不测。陛下再命一人去东吴报表，以探其动静。"^{虽无全琮之事，亦当报表。}后主曰："须得一舌辩之士为使。"一人应声而出曰："微臣愿往。"众视之，乃南阳安众人，姓宗，名预，字德艳，官任参军、右中郎将。后主大喜，即命宗预往东吴报表，兼探虚实。^{不重在报表，重在探虚实。}

宗预领命，径到金陵，入见吴主孙权。礼毕，只见左右人皆着素衣。^{不消送帛，先自挂孝。}权作色而言曰："吴蜀已为一家，卿主何故而增白帝之守也？"^{责问王平、张嶷守永安之故。}预曰："臣以为东益巴丘之戍，西增白帝之守，皆事势宜然，俱不足以相问也。"^{预亦善于词令。}权笑曰："卿不亚于邓芝。"^{照应八十六卷中事。}乃谓宗预曰："朕闻诸葛丞相归天，每日流涕，令官僚尽皆挂孝。^{不是写孙权，是写武侯。}朕恐魏人乘丧取蜀，故增巴丘守兵万人，以为救援，别无他意。"^{说明全琮守巴丘之故。}预顿首拜谢。权曰："朕既许以同盟，安有背义之理？"预曰："天子因丞相新亡，特命臣来报丧。"权遂取金鈚箭一枝折之，设誓曰："朕若负前盟，子孙绝灭！"^{前者砍案为誓，今者折箭为誓。一为伐魏，一为和蜀。}又命使赍香帛奠仪，入川致祭。^{吴仪四色，奉申奠敬。}

宗预拜辞吴主，同吴使还成都，入见后主，奏曰："吴主因丞相新亡，亦自流涕，令群臣皆挂孝。其益兵巴丘者，恐魏人乘虚而入，别无异心。今折箭为誓，并不背盟。"后主大喜，重赏宗预，厚待吴使去讫。^{以下按过东吴，专叙西蜀。}遂依孔明遗言，加蒋琬为丞相、大将军、录尚书事；加费祎为尚书令，同理丞相事；加吴懿为车骑将军，假节督汉中；姜维为辅汉将军、平襄侯，总督诸处人马，同吴懿出屯汉中，以防魏兵。^{防魏重于防吴。}其余将校，各依旧职。

杨仪自以为年宦先于蒋琬，而位出琬下；且自恃功高，未有重赏，口出怨言，谓费祎曰："昔日丞相初亡，吾若将全师投魏，宁当寂寞如此耶！"<small>杨仪为人亦与魏延仿佛。</small>费祎乃将此言具表密奏后主。后主大怒，命将杨仪下狱勘问，欲斩之。蒋琬奏曰："仪虽有罪，但日前随丞相多立功劳，未可斩也，当废为庶人。"后主从之，遂贬杨仪赴汉嘉郡为民。仪羞惭自刎而死。<small>杨仪结局却与彭羕仿佛。</small>

蜀汉建兴十三年，魏主曹叡青龙三年，吴主孙权嘉禾四年，三国各不兴兵。<small>将三国总叙作一关锁。</small>单说魏主封司马懿为太尉，总督军马，安镇诸边。懿拜谢回洛阳去讫。<small>以下又按下蜀吴，单叙魏国。</small>魏主在许昌，大兴土木，建盖宫殿，<small>前既胜吴而归，今又闻武侯已死，故安意肆志于土木也。</small>又于洛阳造朝阳殿、太极殿，筑总章观，俱高十丈；又立崇华殿、青霄阁、凤凰楼、九龙池，命博士马钧监造，极其华丽：雕梁画栋，碧瓦金砖，光辉耀日。<small>抵得一篇《阿房宫赋》。</small>选天下巧匠三万余人，民夫三十余万，不分昼夜而造。民力疲困，怨声不绝。

叡又降旨起土木于芳林园，使公卿皆负土树木于其中。<small>公卿为栋梁，今使公卿负木，是栋梁负栋梁也。</small>司徒董寻上表切谏曰：

> 伏自建安以来，野战死亡，或门殚户尽；虽有存者，遗孤老弱。若今宫室狭小，欲广大之，犹宜随时，不妨农务。况作无益之物乎？陛下既尊群臣，显以冠冕，被以文绣，载以华舆，所以异于小人也。今又使负木担土，沾体涂足，毁国之光，以崇无益：甚无谓也。<small>役民既已不情，役官更是无礼。</small>孔子云："君使臣以礼，臣事君以忠。"无忠无礼，国何以立？臣知言出必死；而自比于牛之一毛，生既无益，死亦何损。秉笔流涕，心与世辞。臣有八子，臣死之后，累陛下矣。不胜战栗待命之至！

叡览表怒曰："董寻不怕死耶！"左右奏请斩之。叡曰："此人素有忠义，今且废为庶人。<small>做了庶人，一发该搬砖弄瓦，为役夫之事矣。</small>再有妄言者必斩！"时有太子舍人张茂，字彦材，亦上表切谏，叡命斩之。即日诏马钧问曰："朕建高台峻阁，欲与神仙往来，以求长生不老之方。"<small>武侯祈禳求死，忠也；魏主求生，愚也。</small>钧奏曰："汉朝二十四帝，惟武帝享国最久，寿算极高，盖因服天上日精月华之气也：尝于长安宫中，建柏梁台；台上立一铜人，手捧一盘，名曰'承露盘'，接三更北斗所降沆瀣之水，其名曰'天浆'，又曰'甘露'。取此水用美玉为屑，调和服之，可以返老还童。"<small>马钧是李少君一流人。</small>叡大喜曰："汝今可引人夫星夜至长安，拆取铜人，移置芳林园中。"

钧领命，引一万人至长安，令周围搭起木架，上柏梁台去。不移时间，五千人连绳引索，旋环而上。公卿搬木石，是公卿为役夫；役夫升青云，是役夫为公卿矣。那柏梁台高二十丈，铜柱圆十围。马钧教先拆铜人。多人并力拆下铜人来，只见铜人眼中潜然泪下。兴废无常，成毁顿易，铁汉亦心酸，铜人安得不泪下。众皆大惊。忽然台边一阵狂风起处，飞砂走石，急若骤雨；一声响亮，就如天崩地裂，台倾柱倒，压死千余人。不死于兵，又死于役。君求长生，民则不聊生矣。钧取铜人及金盘回洛阳，入见魏主，献上铜人、承露盘。魏主问曰："铜柱安在？"钧奏曰："柱重百万斤，不能运至。"叡令将铜柱打碎，运来洛阳，铸成两个铜人，号为"翁仲"，列于司马门外；又铸铜龙凤两个：龙高四丈，凤高三丈余，立在殿前。木牛流马却是有用，铜人铜龙铜凤却是无用。又于上林苑中，种奇花异木，蓄养珍禽怪兽。少傅杨阜上表谏曰：

臣闻尧尚茅茨，而万国安居；禹卑宫室，而天下乐业；及至殷、周，或堂崇三尺，度以九筵耳。古之圣帝明王，未有极宫室之高丽，以凋弊百姓之财力者也。桀作璇室、象廊，纣为倾宫、鹿台，以丧其社稷；楚灵以筑章华而身受其祸；秦始皇作阿房而殃及其子，天下叛之，二世而灭。夫不度万民之力，以从耳目之欲，未有不亡者也。陛下当以尧、舜、禹、汤、文、武为法则，以桀、纣、楚、秦为深诫。而乃自暇自逸，惟宫台是饰，必有危亡之祸矣。君作元首，臣为股肱，存亡一体，得失同之。臣虽驽怯，敢忘诤臣之义？言不切至，不足以感寤陛下。谨叩棺沐浴，伏俟重诛。

表上，叡不省，只催督马钧建造高台，安置铜人、承露盘。又降旨广选天下美女，入芳林园中。奇花异木，珍禽怪兽，犹不若此物之佳。○此句便引起下文宠妃废后事，绝妙过接法。众官纷纷上表谏诤，叡俱不听。

却说曹叡之后毛氏，乃河内人也；先年叡为平原王时，最相恩爱；及即帝位，立为后；后叡因宠郭夫人，毛后失宠。曹叡因甄后之子也，独不记甄后失宠之事也？郭夫人美而慧，叡甚璧之，每日取乐，月余不出宫闱。是岁春三月，芳林园中百花争放，叡同郭夫人到园中赏玩饮酒。郭夫人曰："何不请皇后同乐？"叡曰："若彼在，朕涓滴不能下咽也。"其新孔嘉，遂令旧者之取厌如此，为之一叹。遂传谕宫娥，不许令毛后知道。毛后见叡月余不入正宫，是日引十余宫人，来翠花楼上消遣，只听得乐声嘹亮，乃问曰："何处奏乐？"一宫官启曰："乃圣上与郭夫人于御花园中赏花饮酒。"毛后闻之，心中烦恼，回宫安歇。却恨含情掩秋扇，空悬明月待君王。次日，毛皇后乘小车出宫游玩，正迎见叡于曲廊之间，乃笑曰："陛下昨游北园，其乐不浅也！"叡大怒，即命擒昨日侍奉诸人到，叱曰："昨游北园，朕禁左右不许使毛后知道，何得又宣露！"喝令宫官将诸侍奉人尽斩之。毛后大惊，回车至宫，叡即降诏赐毛皇后死，立郭夫人为皇后。

皮去毛曰鞹，今去毛立郭，却是光皮矣，一笑。　朝臣莫敢谏者。忽一日，幽州刺史毌丘俭上表，报称辽东公孙渊造反，自号为燕王，改元绍汉元年，建宫殿，立官职，兴兵入寇，摇动北方。叡大惊，即聚文武官僚，商议起兵退渊之策。正是：

才将土木劳中国，又见干戈起外方。

未知何以御之，且看下文分解。

第一百六回

公孙渊兵败死襄平

司马懿诈病赚曹爽

孙权之欲结公孙渊以拒魏，犹曹丕之欲借孟获以侵蜀也。公孙渊之斩吴使以献曹叡，犹公孙康之杀二袁以献曹操也。孟获之叛汉者不一，而公孙之奉魏者至再，则魏于公孙，其亦可以恕之矣。而武侯不杀孟获，司马懿必杀公孙，何仁与不仁之不同如是耶？厥后，怀、愍二帝为刘渊父子所戮辱，前渊后渊，其名不谋而合，君子于此，有报反之感焉。

用兵之道，有势同而事不同者：陈仓道口之雨，足以阻侵蜀之师；襄平城外之雨，独不返平辽之马是也。有势不同而事亦不同者：敌粮多而我粮少，则八日而取上庸；敌粮少而我粮多，则百日而后拔襄平是也。或退或进，或速或迟，随时而易，变化无常。读此可以悟兵法。

武侯之平蛮难，仲达之平辽易，何也？攻心则难，攻城则易也。且祁山未出之前，武侯有北顾之忧，而能肆志于南征，则其事非人之所能及。武侯既死之后，仲达无西顾之患，而后安意于东伐，则其事犹人之所能为，故仲达虽能，终在武侯之下。

甚矣，管辂之深于《易》也。以不言为要言，则正使人于不言而得其所言；以常谈见不谈，则又使人于其言而得其所未言。后世之侈陈阴阳、广衍象数者，直谓之未尝知《易》可耳。

曹操之父，为乞养之子；曹丕之孙，亦为乞养之子。夫以父而乞养，则前之世系于此紊；以孙而乞养，则后之宗祀于此斩也。盖曹氏之绝，不待晋之受禅，而于曹芳继立之时，已为吕秦、黄楚之续矣。或以芳为任城王曹楷之所出，然则宗室入继，何以不明告之大臣，而乃秘而不传，使人莫知其所从来乎？呜呼！曹丕之谋之，如彼其艰难；而螟蛉之嗣之，如此其率易。后之篡臣，其亦鉴于此而知沮也夫！

以既死之孔明，而妆一未死之孔明，所以使仲达见之而惧也；以不死之仲达，而妆一将死之仲达，所以使曹爽闻之而喜也。见之而惧者，不疑此日所望之车，是既死而赚以不死，反疑前夜所见之星，是不死而赚以将死。然则仲达之卧床，其殆以所疑于武侯者反用之也与？

却说公孙渊乃辽东公孙度之孙，公孙康之子也。建安十二年，曹操追袁尚，未到辽东，康斩尚首级献操，操封康为襄平侯；^{照应三十三卷中事。}后康死，有二子：长曰晃，次曰渊，皆幼；康弟公孙恭继职。曹丕时封恭为车骑将军、襄平侯。^{又补叙曹丕时事，此前文所未及。}太和二年，渊长大，文武兼备，性刚好斗，夺其叔公孙恭之位。曹叡封渊为扬烈将军、辽东太守。^{又补叙曹叡时事，亦前文所未及。}后孙权遣张弥、许晏赍金珠珍玉赴辽东，封渊为燕王。渊惧中原，乃斩张、许二人，送首与曹叡。叡封渊为大司马、乐浪公。^{又补叙东吴事。以上叙公孙渊来历，皆补前文所未及。}渊心不足，与众商议，自号为燕王，改元绍汉元年。副将贾范谏曰："中原待主公以上公之爵，不为卑贱；今若背反，实为不顺。更兼司马懿善能用兵，西蜀诸葛武侯且不能取胜，何况主公乎？"^{又带应祁山事。}渊大怒，叱左右缚贾范，将斩之。参军伦直谏曰："贾范之言是也。圣人云：'国家将亡，必有妖孽。'今国中屡见怪异之事：近有犬戴巾帻，身披红衣，上屋作人行；^{此是兽妖。}又城南乡民造饭，饭甑之中，忽有一小儿蒸死于内；^{此是人妖。}襄平北市中，地忽陷一穴，涌出一块肉，周围数尺，头面眼耳口鼻都具，独无手足，刀箭不能伤，不知何物，^{此非人非兽之妖。}卜者占之曰：'有形不成，有口无声；国家亡灭，故现其形。'有此三者，皆不祥之兆也。^{可当齐谐志怪之书。}主公宜避凶就吉，不可轻举妄动。"渊勃然大怒，叱武士绑伦直并贾范同斩于市。令大将军卑衍为元帅，杨祚为先锋，起辽兵十五万，杀奔中原来。^{何不于武侯未死之前为之。}

　　边官报知魏主曹叡。叡大惊，乃召司马懿入朝计议。懿奏曰："臣部下马步官军四万，足可破贼。"^{以四万当十五万。}叡曰："卿兵少路远，恐难收复。"懿曰："兵不在多，在能设奇用智耳。臣托陛下洪福，必擒公孙渊以献陛下。"^{武侯一死，懿便自负。}叡曰："卿料公孙渊作何举动？"懿曰："渊若弃城预走，是上计也；守辽东拒大军，是中计也；坐守襄平，是为下计，必被臣所擒矣。"^{如滕公之料英布。}叡曰："此去往复几时？"懿曰："四千里之地，往百日，攻百日，还百日，休息六十日，大约一年足矣。"^{前擒孟获不消一月，今平公孙渊定一年。一速一迟，前后相对。}叡曰："倘吴、蜀入寇，如之奈何？"懿曰："臣已定下守御之策，陛下勿忧。"叡大喜，即命司马懿兴师征讨公孙渊。懿辞朝出城，令胡遵为先锋，引前部兵先到辽东下寨。哨马飞报公孙渊。渊令卑衍、杨祚分八万兵屯于辽隧，^{此是司马懿所算中计。}围堑二十余里，环绕鹿角，甚是严密。胡遵令人报知司马懿。懿笑曰："贼不与我战，欲老我兵耳。我料贼众大半在此，其巢穴空虚，不若弃却此处，径奔襄平；贼必往救，却于中途击之，必获全功。"^{欲其奔襄平，是使彼出下计。}于是勒兵从小路向襄平进发。

　　却说卑衍与杨祚商议曰："若魏兵来攻，休与交战。彼千里而来，粮草不继，难以持久，粮尽必退；待他退时，然后出奇兵击之，司马懿可擒也。昔司马懿与蜀兵相拒，坚守渭南，孔明竟卒于军中，今日正与此理相同。"^{是抄司马懿旧文字耳，不想此处却用不着这篇文字。}二人正商议间，忽报："魏兵往南去了。"卑衍大惊曰："彼知吾襄平军少，去袭老营也。若襄平有失，我等守此处无益矣。"遂拔寨随后而起。^{即司马懿取街亭、守陈仓之意。武侯能料之，卑衍、杨祚不能料之，是原不会抄文字也。}早有探马飞报司马懿。懿笑曰："中吾计矣！"乃令夏侯霸、夏侯威各引一军伏于辽水之滨："如辽兵到，两下齐出。"二人受计而往。早望见卑衍、杨祚引兵前来。一声炮响，两边鼓噪摇旗：左有夏侯霸，右有夏侯威，一齐杀出。卑、杨二人，无心恋战，夺路而走；奔至首山，正逢公孙渊兵到，^{卑、杨一边用实写，公孙渊一边用虚写。}合兵一处，回马再与魏兵交战。卑衍出马骂曰："贼将休使诡计！汝敢出战否？"夏侯霸纵马挥刀来迎。战不数合，被夏侯霸一刀斩卑衍于马下，辽兵大乱。霸驱兵掩杀，公孙渊引败兵奔入襄平城去，闭门坚守不出。_{此则竟出下计矣。}魏兵四面围合。

时值秋雨连绵，一月不止，平地水深三尺，运粮船自辽河口直至襄平城下。魏兵皆在水中，行坐不安。_{与陈仓道之事前后仿佛。}左都督裴景入帐告曰："雨水不住，营中泥泞，军不可停，请移于前面山上。"懿怒曰："捉公孙渊只在旦夕，安可移营？如有再言移营者斩！"_{与陈仓道退军又是不同。}裴景喏喏而退。少顷，右都督仇连又来告曰："军士苦水，乞太尉移营高处。"懿大怒曰："吾军令已发，汝何敢故违！"即命推出斩之，悬首于辕门外。_{武侯用兵严以济宽，懿之用兵一于严耳。}于是军心震慑。

懿令南寨人马暂退二十里，纵城内军民出城樵采柴薪，牧放牛马。司马陈群问曰："前太尉攻上庸之时，兵分八路，八日赶至城下，遂生擒孟达而成大功；_{照应九十四卷中事}今带甲四万，数千里而来，不令攻打城池，却使久居泥泞之中，又纵贼众樵牧。某实不知太尉是何主意？"懿笑曰："公不知兵法耶？昔孟达粮多兵少，我粮少兵多，故不可不速战；出其不意，突然攻之，方可取胜。今辽兵多，我兵少，贼饥我饱，何必力攻？正当任彼自走，然后乘机击之。我今放开一条路，不绝彼之樵牧，是容彼自走也。"_{粮则以多胜少，兵则以少胜多。}陈群拜服。

于是司马懿遣人赴洛阳催粮。魏主曹叡设朝，群臣皆奏曰："近日秋雨连绵，一月不止，人马疲劳，可召回司马懿，权且罢兵。"_{与前王肃等之谏又相仿佛。}叡曰："司马太尉善能用兵，临危制变，多有良谋，捉公孙渊计日而待。卿等何必忧也？"遂不听群臣之谏，_{此处不听谏者之言，比前又是不同。}使人运粮解至司马懿军前。懿在寨中，又过数日，雨止天晴。是夜，懿出帐外，仰观天文，忽见一星，其大如斗，流光数丈，自首山东北，坠于襄平东南。各营将士，无不惊骇。_{或疑是司马懿死耳。}懿见之大喜，乃谓众将曰："五日之后，星落处必斩公孙渊矣。_{迟则百日，速则五日；迟则极迟，速则极速。}来日可并力攻城。"

众将得令，次日侵晨，引兵四面围合，筑土山，掘地道，立炮架，装云梯，日夜攻打不息，箭如急雨，射入城去。公孙渊在城中粮尽，皆宰牛马为食。_{至此方攻，正是待其粮尽。}人人怨恨，各无守心，欲斩渊首，献城归降。渊闻之，甚是惊忧，慌令相国王建、御史大夫柳甫，往魏寨请降。_{孟获屡战不降，公孙渊一战便降，彼此不同。}二人自城上系下，来告司马懿曰："请太尉退二十里，我君臣自来投降。"懿大怒曰："公孙渊何不自来？殊为无理！"叱武士推出斩之，将首级付与从人。_{孟获不降而武侯纵之，公孙渊愿降而司马懿不许，彼此又自不同。}从人回报，公孙渊大惊，又遣侍中卫演来到魏营。司马懿升帐，聚众将立于两边。演膝行而进，跪于帐下，告曰："愿太尉息雷霆之怒。克日先送世子公孙修为质当，然后君臣自缚来降。"懿曰："军事大要有五：能战当战，不能战当守，不能守当走，^{重在此}不能走当降，不能降当死耳！何必送子为质当？"^{司马懿}叱卫演回报公孙渊。演抱头鼠窜而去，归告公孙渊。渊大惊，乃与子公孙修密议停当，选下一千人马，当夜二更时分，开了南门，往东南而走。^{不能守当走，谨}^{如司马懿之教。}渊见无人，心中暗喜。行不到十里，忽听得山上一声炮响，鼓角齐鸣：一枝兵拦住，中央乃司马懿也；左有司马师，右有司马昭，二人大叫曰："反贼休走！"渊大惊，急拨马寻路欲走。早有胡遵兵到；左有夏侯霸、夏侯威，右有张虎、乐綝，四面围得铁桶相似。公孙渊父子，只得下马纳降。

^{不能走当降，亦谨}^{如司马懿之教。}懿在马上顾诸将曰："吾前夜丙寅日，见大星落于此处，今夜壬申日应矣。"众将称贺曰："太尉真神机也！"懿传令斩之。公孙渊父子对面受戮。^{孟获有七擒，公}^{孙渊只是一擒。}

^{武侯有七纵，司马懿更}^{一纵。彼此又大不同。}司马懿遂勒兵来取襄平，未及到城下时，胡遵早引兵入城。^{省笔。}城中人民焚香拜迎，魏兵尽皆入城。懿坐于衙上，将公孙渊宗族，并同谋官僚人等，俱杀之，计首级七十余颗。^{司马懿好杀，是但能攻城而不能攻}^{心，但能力战而不能心战者也。}出榜安民。人告懿曰："贾范、伦直苦谏渊不可反叛，俱被渊所杀。"懿遂封其墓而荣其子孙。就将库内财物，赏劳三军，^{封赏竟自己出，司}^{马氏专权之渐。}班师回洛阳。

却说魏主在宫中，夜至三更，忽然一阵阴风，吹灭灯光，只见毛皇后引数十个宫人哭至座前索命。^{才见番兵灭了，}^{又是一阵阴兵来了。}叡因此得病。病渐沉重，命侍中光禄大夫刘放、孙资，掌枢密院一切事务；又召文帝子燕王曹宇为大将军，佐太子曹芳摄政。宇为人恭俭温和，未肯当此大任，坚辞不受。叡召刘放、孙资问曰："宗族之内，何人可任？"二人久得曹真之惠，乃保奏曰："惟曹子丹之子曹爽可也。"^{宇贤于爽，舍其贤者用其不}^{贤者，此曹氏之当衰也。}叡从之。二人又奏曰："欲用曹爽，当遣燕王归国。"叡然其言。二人遂请叡降诏，赍出谕燕王曰："有天子手诏，命燕王归国，限即日就行；若无诏不许入朝。"燕王涕泣而去。^{用一曹必去一曹，曹氏之党}^{寡，而后司马氏之党盛矣。}遂封曹爽为大将军，总摄朝政。叡病渐危，急令使持节诏司马懿还朝。懿受命，径到许昌，入见魏主。叡曰："朕惟恐不得见卿；今日得见，死无恨矣。"懿顿首奏曰："臣在途中，闻陛下圣体不安，恨不肋生两翼，飞至阙下。^{两翼已成矣，将飞入宫今}^{廷食曹氏之子孙也。}今日得睹龙颜，臣之幸也。"叡宣太子曹芳，大将军曹爽，侍中刘放、孙资等，皆至御榻之前。叡执司马懿之手曰："昔刘玄德在白帝城病危，以幼子刘禅托孤于诸葛孔明，^{照应八十五孔明因此竭尽}^{回中事。}忠诚，至死方休。偏邦尚然如此，何况大国乎？^{僭号之国，反指正统为偏邦，此在曹叡之言}^{则然，后世修史者亦复踵之，何其误也。}朕幼子曹

芳，年才八岁，不堪掌理社稷。幸太尉及宗兄元勋旧臣，竭力相辅，无负朕心！"又唤芳曰："仲达与朕一体，尔宜敬礼之。"遂命懿携芳近前。芳抱懿颈不放。叡曰："太尉勿忘幼子今日相恋之情！"言讫，潸然泪下。懿顿首流涕。魏主昏沉，口不能言，只以手指太子，须臾而卒。^{曹叡好神仙，何不以}在位十三年，寿三十六岁，时魏景初三年春正月下旬也。

当下司马懿、曹爽，扶太子曹芳即皇帝位。芳字兰卿，乃叡乞养之子，秘在宫中，人莫知其所由来。^{曹操奸猾，曹丕篡逆，孰知再传而后，遂不知为何}于是曹芳谥叡为明帝，葬于高平陵；尊郭皇后为皇太后；改元正始元年。司马懿与曹爽辅政。爽事懿甚谨，一应大事，必先启知。^{曹爽无}爽字昭伯，自幼出入宫中；明帝见爽谨慎，甚是爱敬。爽门下有客五百人，内有五人以浮华相尚：^{亦是无用}一是何晏，字平叔；一是邓飏，字玄茂，乃邓禹之后；一是李胜，字公昭；一是丁谧，字彦静；一是毕轨，字昭先。^{此五人先叙其人品，}又有大司农桓范字元则，颇有智谋，人多称为"智囊"。^{此一人先叙其姓氏，}此数人皆爽所信任。何晏告爽曰："主公大权，不可委托他人，恐生后患。"爽曰："司马公与我同受先帝托孤之命，安忍背之？"晏曰："昔日先公与仲达破蜀兵之时，累受此人之气，因而致死。主公如何不察也？"^{将赌赛羞惭事，于此一提，}爽猛然省悟，遂与多官计议停当，入奏魏主曹芳曰："司马懿功高德重，可加为太傅。"^{太尉掌兵，太傅不掌}芳从之，自是兵权皆归于爽。爽命弟曹羲为中领军，曹训为武卫将军，曹彦为散骑常侍，^{三曹怎敌}各引三千御林军，任其出入禁宫。又用何晏、邓飏、丁谧为尚书，毕轨为司隶校尉，李胜为河南尹，此五人日夜与爽议事。于是曹爽门下宾客日盛。司马懿推病不出，二子亦皆退职闲居。^{此时武侯若在，亦}爽每日与何晏等饮酒作乐，凡用衣服器皿，与朝廷无异；各处进贡玩好珍奇之物，先取上等者入己，然后进宫；佳人美女，充满府院。黄门张当，谄事曹爽，私选先帝侍妾七八人，送入府中；爽又选善歌舞良家子女三四十人，为家乐。又建重楼画阁，造金银器皿，用巧匠数百人，昼夜工作。^{如此所为，便不能成事，}

却说何晏闻平原管辂明数术，请与论《易》。时邓飏在座，问辂曰："君自谓善《易》，而语不及《易》中词义，何也？"辂曰："夫善《易》者，不言《易》也。"^{孔子学《易》而《易》不在雅言}晏笑而赞之曰："可谓要言不烦。"^{不言《易》正深于言《易》}因谓辂曰："试为我卜一卦：可至三公否？"又问："连梦青蝇数十，来集鼻上，此是何兆？"辂曰："元、恺辅舜，周公佐周，皆以和惠谦恭，享有多福。^{以周公、元恺为言，}今君侯位尊势重，而怀德者鲜，畏威者众，殆非小心求福之道。^{可谓要}且鼻者，山也；山高而不危，所以长守贵也。^{急讲相}今青蝇臭恶而集焉。位峻者颠，可不惧乎？愿君侯哀多益寡，^{此益卦非}非_{之义。}

礼勿履，^{此履卦之义。不言《易》}然后三公可至，青蝇可驱也。"^{不论数而}邓飏怒曰："此老生之_{论理。}

常谈耳！"辂曰："老生者见不生，常谈者见不谈。"^{玄语，隐语，}遂拂袖而去。二人大笑_{亦妙语。}

曰："真狂士也！"辂到家，与舅言之。舅大惊曰："何、邓二人，威权甚重，汝奈何犯

之？"辂曰："吾与死人语，何所畏也！"^{所谓"老生者}舅问其故。辂曰："邓飏行步，筋_{见不生"。}

不束骨，脉不制肉，起立倾倚，若无手足，此为'鬼躁'之相。何晏视候，魂不守宅，血

不华色，精爽烟浮，容若槁木，此为'鬼幽'之相。^{此麻衣相法}二人早晚必有杀身之祸，何_{之所无。}

足畏也！"^{不决之于卜，}其舅大骂辂为狂子而去。_{而决之于相。}

　　却说曹爽尝与何晏、邓飏等畋猎。其弟曹羲谏曰："兄威权太甚，而好出外游猎，倘

为人所算，悔之无及。"^{预为后文}爽叱曰："兵权在吾手中，何惧之有！"司农桓范亦谏，_{伏线。}

不听。^{不叙所谏何语，}时魏主曹芳，改正始十年为嘉平元年。曹爽一向专权，不知仲达虚实，_{是省笔。}

适魏主除李胜为荆州刺史，即令李胜往辞仲达，就探消息。胜径到太傅府中，早有门吏报

入。司马懿谓二子曰："此乃曹爽使来探吾病之虚实也。"乃去冠散发，上床拥被而坐，

又令二婢扶策，方请李胜入府。^{曹操假病以试吉平，司马懿假病以}胜至床前拜曰："一向不见太_{欺李胜。奸雄手段，前后一辙。}

傅，谁想如此病重。今天子命某为荆州刺史，特来拜辞。"懿佯答曰："并州近朔方，好

为之备。"^{诈妆耳聋，}胜曰："除荆州刺史，非'并州'也。"懿笑曰："你方从并州_{妙甚。}

来？"^{妙绝，活}胜曰："汉上荆州耳。"懿大笑曰："你从荆州来也！"^{妙绝，活}胜曰："太_{像聋子。} _{像聋子。}

傅如何病得这等了？"左右曰："太傅耳聋。"胜曰："乞纸笔一用。"左右取纸笔与

胜。胜写毕，呈上，懿看之，笑曰："吾病的耳聋了。此去保重。"言讫，以手指口。

^{妙绝，活}侍婢进汤，懿将口就之，汤流满襟，^{妙绝，活}乃作哽噎之声曰："吾今衰老病笃，死_{像病人。} _{像病人。}

在旦夕矣。二子不肖，望君教之。君若见大将军，千万看觑二子！"言讫，倒在床上，声

嘶气喘。^{妙绝，活}李胜拜辞仲达，回见曹爽，细言其事。爽大喜曰："此老若死，吾无_{像病人。}

忧矣！"

　　司马懿见李胜去了，遂起身谓二子曰：^{病得快，}"李胜此去，回报消息，曹爽必不忌我_{好得快。}

矣。只待他出城畋猎之时，方可图之。"^{又先为下文}不一日，曹爽请魏主曹芳去谒高平陵，_{虚伏一笔。}

祭祀先帝。大小官僚，皆随驾出城。爽引三弟，并心腹人何晏等，及御林军护驾正行，司

农桓范叩马谏曰："主公总典禁兵，不宜兄弟皆出。倘城中有变，如之奈何？"^{此之谓智}_{囊，若曹}

^{爽，只是酒}爽以鞭指而叱之曰："谁敢为变？再勿乱言！"当日，司马懿见爽出城，心中大_{囊饭囊耳。}

喜，即起旧日手下破敌之人，并家将数十，引二子上马，径来谋杀曹爽。正是：

闭户忽然有起色，驱兵自此逞雄风。

未知曹爽性命如何，且看下文分解。

第一百七回

魏主政归司马氏

姜维兵败牛头山

甚矣，天之恶魏也！继之以不知所从来之曹芳，而又相之以醉生梦死之曹爽，纵令司马懿真病而真死，而其国亦必为蜀、吴之所并矣。纵使曹爽听桓范之言，而迁驾许都，檄召外兵，其势必不胜，亦必终为司马氏之所并矣。而况同槽之三马，猝然闭城，恋豆之驽马，觍然就缚哉！孟德奸雄，而再传以后，其苗裔之不振如此，悲夫！

知何晏、邓飏之附曹爽为必死者，管辂也。知司马懿之谋曹爽为必胜者，辛宪英也。然管辂知之不足奇，宪英知之则奇矣。当曹爽之未灭，而出从曹爽者辛敞也。及曹爽之既灭，而不背曹氏者夏侯女也。然听其姊以全我之义，不足奇，违其父以伸己之志，则奇矣。管辂以男子知人，必知之以卜与相；宪英以女子知人，不必知之以卜与相。辛敞以男子之智资于妇人，夏侯女则以妇人之志，过于男子。如此二女子者，殆《列女传》中所仅见。不以盛衰改节，此夏侯女之节，一武侯佐汉之节也；不以存亡易心，此夏侯女之心，一武侯报先帝之心也。然则耳之截，鼻之割，即谓之张睢阳之齿、颜常山之舌可也。身毁而乃以全身，形残而乃以践形，是又管辂相法之所不能及者。辂但知鬼躁、鬼幽为死人之相，孰知截耳、割鼻有完人之目耶？

此卷叙曹氏失政，为司马篡魏之由。而夏侯霸入蜀，又为姜维伐魏之始。然夏侯霸之心，非姜维之心也。霸所欲伐者司马，而欲借汉以存曹也。维所欲伐者曹氏，而欲借霸以灭魏也。姜维之心则武侯之心也。武侯以先帝之心为心，而欲终先帝之事。姜维又以武侯之心为心，而欲终武侯之事也。霸与维事同而心则异，维与武侯心同而才则异。才异而一出即败，君子亦以其心取之而已。

文之以前伏后者，有实笔，有虚笔。姜维伐魏在六出祁山之后，而一出祁山之前，先写一姜维；此以实笔伏之者也。钟、邓入蜀，在九伐中原之后，而一伐中原之前，先在夏侯霸口中，写一钟会，写一邓艾：此以虚笔伏之者也。且前有武侯之嘱阴平，葬定军，又虚中之虚。此处夏侯霸之言，又虚中之实。叙事作文，如此结构，可谓匠心。

却说司马懿闻曹爽同弟曹羲、曹训、曹彦并心腹何晏、邓飏、丁谧、毕轨、李胜等及御林军，随魏主曹芳出城谒明帝墓，就去畋猎。懿大喜，即到省中，令司徒高柔〔一个司马懿心腹。〕假以节钺行大将军事，先据曹爽营；又令太仆王观〔又是一个司马懿心腹。〕行中领军事，据曹羲营。〔如陈平领太尉入北军。〕懿引旧官入后宫奏郭太后，言爽背先帝托孤之恩，奸邪乱国，其罪当废。〔周勃去产、禄，要瞒着妇人；司马懿去曹爽，正要用着妇人。〕郭太后大惊曰："天子在外，如之奈何？"懿曰："臣有奏天子之表，诛奸臣之计。太后勿忧。"太后惧怕，只得从之。懿急令太尉蒋济、尚书令司马孚，一同写表，〔又是两个司马懿心腹。〕遣黄门赍出城外，径至帝前申奏。懿自引大军据武库。早有人报知曹爽家。其妻刘氏急出厅前，唤守府官问曰："今主公在外，仲达起兵何意？"〔郭后已为司马懿所用，刘氏干得甚事？〕守门将潘举曰："夫人勿惊，我去问来。"乃引弓弩手数十人，登门楼望之，正见司马懿引兵过府前。举令人乱箭射下，懿不得过。偏将孙谦在后止之曰："太傅为国家大事，休得放箭。"〔又是一个司马懿心腹。〕连止三次，举方不射。司马昭护父司马懿而过，引兵出城屯于洛河，守住浮桥。

且说曹爽手下司马鲁芝，见城中事变，来与参军辛敞商议曰："今仲达如此变乱，将如之何？"敞曰："可引本部兵出城去见天子。"芝然其言。敞急入后堂。其姊辛宪英见之，问曰："汝有何事，慌速如此？"敞告曰："天子在外，太傅闭了城门，必将谋逆。"宪英曰："司马公未必谋逆，特欲杀曹将军耳。"〔善于料事。刘氏若能学之，必不使曹爽出城矣。〕敞惊曰："此事未知如何？"宪英曰："曹将军非司马公之对手，必然败矣。"〔明于料人。刘氏若能学之，必不使曹爽废仲达矣。〕敞曰："今鲁司马教我同去，未知可去否？"宪英曰："职守，人之大义也。凡人在难，犹或恤之；执鞭而弃其事，不祥莫大焉。"〔忠于劝义。刘氏若能学之，必不使曹爽行僭妄之事矣。〕敞从其言，乃与鲁芝引数十骑，斩关夺门而出。人报知司马懿。懿恐桓范亦走，急令人召之。范与其子商议。其子曰："车驾在外，不如南出。"〔辛敞有姊，桓范有儿。〕范从其言，乃上马至平昌门，城门已闭，把门将乃桓范旧吏司蕃也。范袖中取出一竹版曰："太后有诏，可即开门。"司蕃曰："请诏验之。"范叱曰："汝是吾故吏，何敢如此！"蕃只得开门放出。范出的城外，唤司蕃曰："太傅造反，汝可速随我去。"〔后仲达杀桓范，只为此语。〕蕃大惊，追之不及。人报知司马懿。懿大惊曰："'智囊'泄矣！如之奈何？"蒋济曰："驽马恋栈豆，必不能用也。"〔"智囊"怎当钝物？〕懿乃召许允、陈泰，曰：〔又是两个司马懿心腹。〕"汝去见曹爽，说太傅别无他事，只是削汝兄弟兵权而已。"〔恐其在外生变，故诱之使归而就死耳。〕许、陈二人去了。又召殿中校尉尹大目至；令蒋济作书，与目持去见爽。懿吩咐曰："汝与爽厚，可领此任。〔曹爽所厚者，为司马懿心腹。〕汝见爽，说吾与蒋济指洛水为誓，只因兵权之事，别无他意。"〔直如骗小儿。〕尹大目依令而去。

却说曹爽正飞鹰走犬之际，忽报城内有变，太傅有表。爽大惊，几乎落马。〔太傅忽然起床，曹爽自应落马。〕黄门官捧表跪于天子之前。爽接表拆封，令近臣读之。表略曰：

征西大都督、太傅臣司马懿，诚惶诚恐，顿首谨表：臣昔从辽东还，先帝诏陛下与秦王及臣等，升御床，把臣臂，深以后事为念。今大将军曹爽，背弃顾命，败乱国典；内则僭拟，外专威权；以黄门张当为都监，专共交关；看察至尊，候伺神器；离间二宫，伤害骨肉；天下汹汹，人怀危惧：此非先帝诏陛下及嘱臣之本意也。

臣虽朽迈，敢忘往言？太尉臣济、尚书令臣孚等，皆以爽为有无君之心，兄弟不宜典兵宿卫，奏永宁宫；皇太后令，敕臣如奏施行。臣辄敕主者及黄门令，罢爽、羲、训吏兵，以候就第，不得逗留，以稽车驾；敢有稽留，便以军法从事。^{此数语竟似告示，不像表文，司马懿之专于此见矣。}臣辄力疾将兵，屯于洛水浮桥，伺察非常。谨此上闻，伏于圣听。^{"伏于圣听"四字何不竟改"想宜知悉"。}

魏主曹芳听毕，乃唤曹爽曰："太傅之言若此，卿如何裁处？"爽手足失措，回顾二弟曰："为之奈何？"羲曰："劣弟亦曾谏兄，兄执迷不听，致有今日。^{应前巻中语。}司马懿谲诈无比，孔明尚不能胜，况我兄弟乎？不如自缚见之，以免一死。"^{爽兄弟三人都是驽马，懿父子三人都是骏马，三驽马恋栈，三骏马便同槽矣。}言未毕，参军辛敞、司马鲁芝到。爽问之，二人告曰："城中把得铁桶相似，太傅引兵屯于洛水浮桥，势将不可复归。宜早定大计。"正言间，司农桓范骤马而至，谓爽曰："太傅已变，将军何不请天子幸许都，调外兵以讨司马懿耶？"^{若行此计，国中必大乱，姜维得乘乱伐魏，必得成功。}爽曰："吾等全家皆在城中，岂可投他处求援？"^{果应蒋济之料。}范曰："匹夫临难，尚欲望活！今主公身随天子，号令天下，谁敢不应？岂可自投死地乎？"爽闻言不决，惟流涕而已。^{因恋生泣，只是抛不下栈豆耳。}范又曰："此去许都，不过中宿，城中粮草，足支数载。今主公别营兵马，近在阙南，呼之即至。大司马之印，某将在此。主公可急行，迟则休矣！"^{此之谓智囊。}爽曰："多官勿太催逼，待吾细细思之。"^{活画一无用之人。}少顷，侍中许允、尚书陈泰至。二人告曰："太傅只为将军权重，不过要削去兵权，别无他意。将军可早归城中。"爽默然不语。^{其名曰"爽"，何其人之不爽如此。}又只见殿中校尉尹大目到。目曰："太傅指洛水为誓，并无他意。^{罚咒当有蒋太尉书在此。}有蒋太尉书在此。将军可削去兵权，早归相府。"爽信为良言。桓范又告曰："事急矣，休听外言而就死地！"

是夜，曹爽意不能决，乃拔剑在手，嗟叹寻思；自黄昏直流泪到晓，终是狐疑不定。^{今之文思迟钝者，竟日不成一字，毋乃与曹爽同乎？}桓范入帐催之曰："主公思虑一昼夜，何尚不能决？"爽掷剑而叹曰："我不起兵，情愿弃官，但为富家翁足矣！"^{曹子丹被孔明气死、羞死，尚是有羞、有气，今曹爽直是不羞不气也。}范大哭，出帐曰："曹子丹以智谋自矜，今兄弟三人，真豚犊耳！"痛哭不已。许允、陈泰令爽先纳印绶与司马懿。爽令将印送去。主簿杨综扯住印绶而哭曰："主公今日舍兵权自缚去降，不免东市受戮也！"爽曰："太傅必不失信于我。"^{曹氏子孙如此无用，当使奸雄气沮。}于是曹爽将印绶与许、陈二人，先赍与司马懿。众军见无将印，尽皆四散。爽手下只有数骑官僚。到浮桥时，懿传令，教曹爽兄弟三人，且回私宅；^{奸雄手段，妙}^{在缓缓而来。}余皆发监，听候敕言。爽等入城府，并无一人侍从。桓范至浮桥边，懿在马上以鞭指之曰："桓大夫何故如此？"范低头不语，^{钳智囊}^{口矣。}入城而去。

于是司马懿请驾拔营入洛阳。曹爽兄弟三人回家之后，懿用大锁锁门，令居民八百人围守其宅。曹爽心中忧闷。羲谓爽曰："今家中乏粮，兄可作书与太傅借粮。^{刀在其颈，犹欲借}^{粮，为之一笑。}如肯以粮借我，必无相害之心。"爽乃作书令人持去。司马懿览书，遂遣人送粮一百斛，运至曹爽府内。^{奸雄手段，只}^{是缓缓而来。}爽大喜曰："司马公本无害我之心也！"遂不以为忧。^{愚人愚}^{到底。}原来司马懿先将黄门张当捉下狱中问罪。当曰："非我一人，更有何晏、邓飏、李胜、毕轨、丁谧等五人，同谋篡逆。"懿取了张当供词，却捉何晏等勘问明白：皆称三月间欲反。^{此等狱词皆周内}^{所成，未必真有}^{其事}^{也。}懿用长枷钉了。城门守将司蕃告称："桓范矫诏出城，口称太傅谋反。"懿曰："诬人反情，抵罪反坐。"亦将桓范等皆下狱，然后押曹爽兄弟三人并一干人犯，皆斩于市曹，灭其三族；^{拔剑寻思想了一夜，}^{竟想不到此。}其家产财物，尽抄入库。

时有曹爽从弟文叔之妻，乃夏侯令女也，早寡而无子，其父欲改嫁之，女截耳自誓。及爽被诛，其父复将嫁之，女又断去其鼻。其家惊惶，谓之曰："人生世间，如轻尘栖弱草，何至自苦如此？^{今日此等达}^{人多矣。}且夫家又被司马氏诛戮已尽，守此欲谁为哉？"女泣曰："吾闻'仁者不以盛衰改节，义者不以存亡易心'。曹氏盛时，尚欲保终；况今灭亡，何忍弃之？此禽兽之行，吾岂为乎！"^{辛宪英教弟以义，}^{以节，同时乃有两个奇女子。}^{夏侯女辞父}懿闻而贤之，听使乞子以养，为曹氏后。^{司马懿自受巾帼，当以}^{男子衣冠送夏侯氏。}后人有诗曰：

> 弱草微尘尽达观，夏侯有女义如山。
>
> 丈夫不及裙钗节，自顾须眉亦汗颜。

却说司马懿斩了曹爽，太尉蒋济曰："尚有鲁芝、辛敞斩关夺门而出，杨综夺印不与，皆不可纵。"懿曰："彼各为其主，乃义人也。"遂复各人旧职。^{独杀桓范，特以}^{智囊见忌耳。}辛敞叹曰："吾若不问于姊，失大义矣！"^{好姐姐，我亦}^{愿为之弟也。}后人有诗赞辛宪英曰：

> 为臣食禄当思报，事主临危合尽忠。
>
> 辛氏宪英曾劝弟，故令千载颂高风。

司马懿饶了辛敞等，仍出榜晓谕：但有曹爽门下一应人等，尽皆免死；有官者照旧复职。军民各守家业，内外安堵。何、邓二人死于非命，果应管辂之言。^{应前卷中语。}后人有诗赞管辂曰：

传得圣贤真妙诀，平原管辂相通神。

鬼幽鬼躁分何邓，未丧先知是死人。

却说魏主曹芳封司马懿为丞相，加九锡。^{令人追忆魏公加九锡时。}懿固辞不肯受。^{此则贤于曹操。}芳不准，令父子三人同领国事。懿忽然想起："曹爽全家虽诛，尚有夏侯玄守备雍州等处，系爽亲族，倘骤然作乱，如何提备？必当处置。"即下诏遣使往雍州，取征西将军夏侯玄赴洛阳议事。^{翦灭公室，其情可知。}玄叔夏侯霸听知大惊，便引本部三千兵造反。有镇守雍州刺史郭淮，听知夏侯霸反，即率本部兵来，与夏侯霸交战。淮出马大骂曰："汝既是大魏皇族，天子又不曾亏汝，何故背反？"霸亦骂曰："吾祖父于国家多建勤劳，今司马懿何等匹夫，灭吾兄曹爽宗族，又来取我，早晚必思篡位。吾仗义讨贼，何反之有？"^{夏侯霸欲讨魏贼，姜维即借他来共讨汉贼。}淮大怒，挺枪骤马，直取夏侯霸。霸挥刀纵马来迎。战不十合，淮败走，霸随后赶来。忽听得后军呐喊，霸急回马时，陈泰引兵杀来。郭淮复回，两路夹攻。霸大败而走，折兵大半；寻思无计，遂投汉中来降后主。^{孔明得姜维为帮手，姜维又得一夏侯霸为帮手。}

有人报与姜维，维心不信，令人体访得实，方教入城。霸拜见毕，哭告前事。维曰："昔微子去周，成万古之名。公能匡扶汉室，无愧古人也。"遂设宴相待。维就席问曰："今司马懿父子掌握重权，有窥我国之志否？"霸曰："老贼方图谋逆，未暇及外。但魏国新有二人，正在妙龄之际，若使领兵马，实吴、蜀之大患也。"^{预为数卷后伏笔。}维问："二人是谁？"霸告曰："一人见为秘书郎，乃颍川长社人，姓锺，名会，字士季，太傅锺繇之子，幼有胆智。^{乃翁笔下有字，乃郎胸中有字。}繇尝率二子见文帝，会时年七岁，其兄毓年八岁。毓见帝惶惧，汗流满面。帝问毓曰：'卿何以汗？'毓对曰：'战战惶惶，汗出如浆。'帝问会曰：'卿何以不汗？'会对曰：'战战栗栗，汗不敢出。'^{一人戏问曰：人身上何物不怕吓？或答曰：惟有汗不怕吓。人越吓他，越要出来。今会曰"汗不敢出"，则是汗亦怕吓矣。为之一笑。}帝独奇之。及稍长，喜读兵书，深明韬略；司马懿与蒋济皆称其才。一人现为掾吏，乃义阳人也，姓邓，名艾，字士载，幼年失父，素有大志。但见高山大泽，辄窥度指画，何处可以屯兵，何处可以积粮，何处可以埋伏。^{便为渡阴平岭张本。}人皆笑之，独司马懿奇其才，遂令参赞军机。艾为人口吃，每奏事必称'艾……艾……'，^{古之名人口吃者，韩非、周昌、扬雄、邓艾也。今有嘲口吃者曰：既是昌家，又疑非类，如无雄风，定有艾气。}懿戏谓曰：'卿称艾艾，当有几艾？'艾应声曰：'"凤兮凤兮"，故是一凤。'其资性敏捷，大抵如此。此二人深可畏也。"^{二人来历，却在夏侯霸口中叙出，省笔之法。}维笑曰："量此孺子，何足道哉！"

于是姜维引夏侯霸至成都，入见后主。维奏曰："司马懿谋杀曹爽，又来赚夏侯霸，霸因此投降。目今司马懿父子专权，曹芳懦弱，魏国将危。臣在汉中有年，兵精粮足；臣愿领王师，即以霸为向导官，克服中原，重兴汉室，以报陛下之恩，以终丞相之志。"

^{此一段言语可当姜维一篇《前出师表》。}尚书令费祎谏曰："近者，蒋琬、董允皆相继而亡，^{二人之死在费祎口中补出，省笔之法。}内治无人。伯约只宜待时，不宜轻动。"维曰："不然。人生如白驹过隙，似此迁延岁月，何日恢复中原乎？"^{"微尘栖草"是言其轻，"白驹过隙"是言其快。则以"徇节"为不必，一则以"徇节"当及时也。}祎又曰："孙子云：'知彼知己，百战百胜。'我等皆不如丞相远甚，丞相尚不能恢复中原，何况我等？"^{将六出祁山事于此一提。}维曰："吾久居陇上，深知羌人之心；今若结羌人为援，虽未能克复中原，自陇而西，可断而有也。"^{既得夏侯霸为帮手，又欲借羌人为帮手。}后主曰："卿既欲伐魏，可尽忠竭力，勿堕锐气，以负朕命。"于是姜维领敕辞朝，同夏侯霸径到汉中，计议起兵。维曰："可先遣使去羌人处通盟，然后出西平，近雍州。先筑二城于麴山之下，令兵守之，以为掎角之势。我等尽发粮草于川口，依丞相旧制，次第进兵。"^{此是一伐中原。}是年秋八月，先差蜀将句安、李歆同引一万五千兵，往麴山前连筑二城：句安守东城，李歆守西城。

早有细作报与雍州刺史郭淮。淮一面申报洛阳，一面遣副将陈泰引兵五万，来与蜀兵交战。句安、李歆各引一军出迎；因兵少不能抵敌，退入城中。泰令兵四面围住攻打，又以兵断其汉中粮道。句安、李歆城中粮缺。郭淮自引兵亦到，看了地势，忻然而喜；回到寨中，乃与陈泰计议曰："此城山势高阜，必然水少，须出城取水；若断其上流，蜀兵皆渴死矣。"^{马谡屯山上，患在水道；今二将屯城中，亦患水道。盖蜀道山多而水少故也。}遂令军士掘土堰断上流，城中果然无水。李歆引兵出城取水，雍州兵围困甚急。歆死战不能出，只得退入城去。句安城中亦无水，乃会了李歆，引兵出城，并在一处；大战良久，又败入城去。^{此时蜀兵甚渴，其望姜维之救亦甚渴矣。}军士枯渴。安与歆曰："姜都督之兵，至今未到，不知何故。"^{街亭之危，咎在马谡；二人之危，咎在姜维。}歆曰："我当舍命杀出求救。"遂引数十骑，开了城门，杀将出来。雍州兵四面围合，歆奋死冲突，方才得脱；只落得独自一人，身带重伤，余皆没于乱军之中。是夜北风大起，阴云布合，天降大雪，因此城内蜀兵分粮化雪而食。^{蜀兵啖雪，几似苏武当年。○此日之雪，虽承露盘之天浆不是过矣。}

却说李歆撞出重围，从西山小路行了两日，正迎着姜维人马。歆下马伏地告曰："麴山二城，皆被魏兵围困，绝了水道。幸得天降大雪，因此化雪度日，甚是危急。"维曰："吾非来迟；为聚羌兵未到，因此误了。"〔羌人误姜维，而姜维又误二将也。〕遂令人送李歆入川养病。维问夏侯霸曰："羌兵未到，魏兵围困麴山甚急，将军有何高见？"霸曰："若等羌兵到，麴山二城皆陷矣。吾料雍州兵，必尽来麴山攻打，雍州城定然空虚。将军可引兵径往牛头山，抄在雍州之后：郭淮、陈泰必回救雍州，则麴山之围自解矣。"〔此围魏救赵之法。〕维大喜曰："此计最善！"于是姜维引兵望牛头山而去。

却说陈泰见李歆杀出城去了，乃谓郭淮曰："李歆若告急于姜维，姜维料吾大兵皆在麴山，必抄牛头山袭吾之后。将军可引一军去取洮水，断绝蜀兵粮道；吾分兵一半，径往牛头山击之。彼若知粮道已绝，必然自走矣。"〔夏侯霸所算，在陈泰算中。〕早郭淮从之，遂引一军暗取洮水。陈泰引一军径往牛头山来。

却说姜维兵至牛头山，忽听得前军发喊，报说魏兵截住去路。维慌忙自到军前视之。陈泰大喝曰："汝欲袭吾雍州，吾已等候多时了！"〔句安等候多时，偏等不来，为一叹。〕维大怒，挺枪纵马，直取陈泰。泰挥刀而迎。战不三合，泰败走，维挥兵掩杀。雍州兵退回，占住山头。维收兵就牛头山下寨。维每日令兵搦战，不分胜负。夏侯霸谓姜维曰："此处不是久停之所。连日交战，不分胜负，乃诱兵之计耳，必有异谋。不如暂退，再作良图。"正言间，忽报郭淮引一军取洮水，断了粮道。维大惊，急令夏侯霸先退，维自断后。陈泰分兵五路赶来。维独拒五路总口，战住魏兵。泰勒兵上山，矢石如雨。维急退到洮水之时，郭淮引兵杀来。维引兵往来冲突。魏兵阻其去路，密如铁桶。维奋死杀出，折兵大半，〔第一次出兵，动见掣肘，不及武侯多矣。〕飞奔上阳平关来。前面又一军杀到，为首一员大将，纵马横刀而出。那人生得圆面大耳，方口厚唇，左目下生个黑瘤，瘤上生数十根黑毛，〔不知管辂相之又作何语。〕乃司马懿长子骠骑将军司马师也。维大怒曰："孺子焉敢阻吾归路！"拍马挺枪，直来刺师。师挥刀相迎。只三合，杀败了司马师，维脱身径奔阳平关来。城上人开门放入姜维。司马师也来抢关，两边伏弩齐发，一弩发十矢，乃武侯临终时所遗"连弩"之法也。〔忽将武侯临终事一提，与一百四回照应。〕正是：

难支此日三军败，犹赖当年十矢传。

未知司马师性命如何，且看下文分解。

第一百八回
丁奉雪中奋短兵
孙峻席间施密计

今人将曹操、司马懿并称。及观司马懿临终之语，而懿之与操则有别矣。操之事皆懿之子为之，而懿则终其身未敢为操之事也。操之忌先主，是欲除宗室之贤者；懿之谋曹爽，是欲杀宗室之不贤者。至于弑主后，害皇嗣，僭皇号，受九锡，但见之于操，而未见之于懿。故君子于懿有恕辞焉。

曹丕乘丧以伐刘禅，曹芳亦乘丧以伐孙亮。而前之伐则丕自主之；后之伐非芳主之，而司马师主之。其不同者一。前之兵有五路，而止一路是魏兵；后之兵有三路，而三路皆魏兵。其不同者二。前之兵不战而自解；后之兵战而后退。其不同者三。前之兵四路实，而一路是虚；后之兵一路败，而两路皆走。其不同者四。前后更无一毫相犯，岂非奇事奇文！

乘雪以诱敌者，有之矣，武侯之破铁车兵是也；而冒雪以犯敌，则未之有也。以黑夜劫营者，有之矣，甘宁百骑之劫是也；而白日劫营，则未之有也。用短兵步卒，于险峻无人之处者，有之矣，邓艾之袭阴平岭是也；用之于平川大寨，则未之有也。以舟师破舟师者，有之矣，黄盖之烧北船是也；而以舟师入旱寨，则未之有也。以前后所未有者，而独于丁奉之战徐塘见之，真异样惊人。

丁奉成东兴之功，而诸葛恪不能奏新城之绩，其故何也？曰：魏来而我御之则克，我往攻魏则不克。则明验已见于前事矣。自周郎之御赤壁，而吴一胜；及孙权之攻合淝，而吴不胜。当曹操之攻濡须，而吴再胜；及张辽之拒逍遥津，而吴又不胜。及曹丕之攻三郡，而吴三胜。有徐盛之守南徐，而吴四胜。又曹休之取石亭，而吴五胜；及诸葛瑾之被烧于满宠，而吴又不胜。此非其章章者哉？画江而守，自顾有余，而取人不足。在孙权未死，周瑜、鲁肃、吕蒙、陆逊未亡之时，犹然如是，而乃欲于孙亮之日，进图中原，吾知其难耳。

司马懿之杀曹爽，是以异姓而灭宗室；孙峻之杀诸葛恪，是以宗室而灭异姓。恪与爽之才不才不同，而其气骄而计疏则一也。外不能测张特之诈，内不能灼孙峻之奸，而又刚愎自矜，果于杀戮。聪明虽过于其父，而卒以恃才取祸，哀哉！

却说姜维正走，遇着司马师引兵拦截。原来姜维取雍州之时，郭淮飞报入朝，魏主与司马懿商议停当，懿遣长子司马师引兵五万，前来雍州助战；司马师发兵补叙在此，省笔之法。师听知郭淮敌退蜀兵，师料蜀兵势弱，就来半路击之。直赶到阳平关，却被姜维用武侯所传连弩法，于两边暗伏连弩百余张，一弩发十矢，皆是药箭，两边弩箭齐发，前军连人带马射死不知其数。司马师于乱军之中，逃命而回。几同上方谷之难。

却说麹山城中蜀将句安，见援兵不至，乃开门降魏。姜维折兵数万，领败兵回汉中屯扎。以上按下蜀汉，以下再叙魏国。司马师自还洛阳。至嘉平三年秋八月，司马懿染病，渐渐沉重，前是诈病，此是真病了。

乃唤二子至榻前嘱曰："吾事魏历年，官授太傅，人臣之位极矣；人皆疑吾有异志，吾尝怀恐惧。吾死之后，汝二人善理国政，慎之！慎之！"^{与曹操铜雀台语相似。○此
时偏不耳聋，偏不错乱。}言讫而亡。长子司马师，次子司马昭，二人申奏魏主曹芳。芳厚加祭葬，优锡赠谥；封师为大将军，总领尚书机密大事，昭为骠骑上将军。^{以上按下魏国，
以下接叙东吴。}

却说吴主孙权，先有太子孙登，乃徐夫人所生，于吴赤乌四年身亡，遂立次子孙和为太子，乃琅琊王夫人所生。和因与全公主不睦，被公主所谮。权废之，和忧恨而死。又立三子孙亮为太子，乃潘夫人所生。此时陆逊、诸葛瑾皆亡，一应大小事务，皆归于诸葛恪。^{补前文所
未及。}太元元年秋八月初一日，忽起大风，江海涌涛，平地水深八尺。吴主先陵所种松柏，尽皆拔起，直飞到建业城南门外，倒卓于道上。^{孙权将亡，先书灾异，与后诸葛恪
将亡，亦先书灾异，正是相对。}权因此受惊成病，至次年四月内，病势沉重，乃召太傅诸葛恪、大司马吕岱至榻前，嘱以后事。嘱讫而薨。在位二十四年，寿七十一岁，^{紫髯白
矣。}乃蜀汉延熙十五年也。后人有诗曰：

> 紫髯碧眼号英雄，能使臣僚肯尽忠。
> 二十四年兴大业，龙盘虎踞在江东。

孙权既亡，诸葛恪立孙亮为帝，大赦天下，改元建兴元年；谥权曰大皇帝，葬于蒋陵。早有细作探知其事，报入洛阳。司马师闻孙权已死，遂议起兵伐吴。尚书傅嘏曰："吴有长江之险，先帝屡次征伐，皆不遂意；^{照应前
事。}不如各守边疆，乃为上策。"师曰："天道三十年一变，^{不但欲灭吴，亦有吞魏之
意。吴将变，魏亦将变也。}岂得常为鼎峙乎？吾欲伐吴。"昭曰："今孙权新亡，孙亮幼懦，其隙正可乘也。"遂令征南大将军王昶引兵十万攻南郡，征东将军胡遵引兵十万攻东兴，镇南都督毌丘俭引兵十万攻武昌，三路进发。^{前曹丕用三路取吴，今司马师
亦用三路取吴，正复相似。}又遣弟司马昭为大都督，总领三路军马。是年冬十二月，^{为雪天
伏笔。}司马昭兵至东吴边界，屯住人马，唤王昶、胡遵、毌丘俭到帐中计议曰："东吴最紧要处，惟东兴郡也。今他筑起大堤，左右又筑两城，以防巢湖后面攻击，诸公须要仔细。"遂令王昶、毌丘俭各引一万兵列在左右："且勿进发；待取了东兴郡，那时一齐进兵。"昶、俭二人受令而去。昭又令胡遵为先锋，总领三路兵前去："先搭浮桥，取东兴大堤；若夺得左右二城，便是大功。"遵领兵来搭浮桥。

却说吴太傅诸葛恪，听知魏兵三路而来，聚众商议。平北将军丁奉曰："东兴乃东吴紧要处所，若有失，则南郡、武昌危矣。"^{写丁奉能谋，
是老将之智。}恪曰："此论正合吾意。公可就引三千水兵从江中去，吾随后令吕据、唐咨、留赞各引一万马步兵，分三路来接应。但听连珠炮响，一齐进兵。吾自引大兵后至。"丁奉得令，即引三千水兵，分作三十只船，望东兴而来。

却说胡遵渡过浮桥，屯军于堤上，差桓嘉、韩综攻打二城。左城中乃吴将全端守把，右城中乃吴将留略守把。此二城高峻坚固，急切攻打不下。全、留二人见魏兵势大，不敢出战，死守城池。*蜀有句安、李歆守二城，吴亦有全端、留略守二城，仿佛相似，而胜败不同。* 胡遵在徐塘下寨。时值严寒，天降大雪，胡遵与众将设席高会。*前巷蜀兵取雪当水，此巷魏兵对雪饮酒，同一雪也，而忧乐大异。* 忽报水上有三十只战船来到。遵出寨视之，见船将次傍岸，每船上约有百人。遂还帐中，谓诸将曰："不过三千人耳，何足惧哉！"只令部将哨探，仍前饮酒。*何贪杯至此。* 丁奉将船一字儿抛在水上，乃谓部将曰："大丈夫立功名，取富贵，正在今日！"遂令众军脱去衣甲，卸了头盔，不用长枪大戟，止带短刀。*狭巷短兵相接处，杀人如草，不闻声，此用之狭巷耳。今用之平川则奇矣。* 魏兵见之大笑，更不准备。忽然连珠炮响了三声，丁奉扯刀当先，一跃上岸。*写丁奉能战，是老将之勇。* 众军皆拔短刀，随奉上岸，砍入魏寨，*以水兵劫旱寨奇绝。* 魏兵措手不及。韩综急拔帐前大戟迎之，早被丁奉抢入怀内，手起刀落，砍翻在地。*雪天遇雪刀，两白相照，何不更以酒赏之。* 桓嘉从左边转出，忙绰枪刺丁奉，被奉挟住枪杆。嘉弃枪而走，奉一刀飞去，正中左肩，嘉望后便倒。*以我之短胜彼之长。* 奉赶上，就以枪刺之。*即用彼之长济我之短。* 三千吴兵，在魏寨中左冲右突。胡遵急上马夺路而走。魏兵齐奔上浮桥，浮桥已断，*断桥雪景，大有可观。惜此时魏兵心忙，无暇吃酒耳。* 大半落水而死；杀倒在雪地者，不知其数。*魏兵此时可谓红雪齐腰。* 车仗马匹军器，皆被吴兵所获。司马昭、王昶、毌丘俭听知东兴兵败，亦勒兵而退。

却说诸葛恪引兵至东兴，收兵赏劳了毕，乃聚诸将曰："司马昭兵败北归，正好乘势进取中原。"遂一面遣人赍书入蜀，求姜维进兵攻其北，许以平分天下；*前者石亭之胜，吴使入蜀献捷，与此正复相似。* 一面起大兵二十万，来伐中原。临行时，忽见一道白气，从地而起，遮断三军，对面不见。*陵树拔而孙权将死，白气见而诸葛将亡，一般灾异。* 蒋延曰："此气乃白虹也，主丧兵之兆。*不止是丧兵。又应在丧身。* 太傅只可回朝，不可伐魏。"恪大怒曰："汝安敢出不利之言，以慢吾军心！"叱武士斩之，众皆告免，恪乃贬蒋延为庶人。仍催兵前进。丁奉曰："魏以新城为总隘口，若先取得此城，司马师破胆矣。"恪大喜，即趱兵直至新城。守城牙门将军张特，见吴兵大至，闭门坚守。恪令兵四面围定。早有流星马报入洛阳。主簿虞松告司马师曰："今诸葛恪困新城，且未可与战。吴兵远来，人多粮少，粮尽自走矣。*与司马懿之料蜀兵，仿佛相似。* 待其将走，然后击之，必得全胜。但恐蜀兵犯境，不可不防。"师然其言，遂令司马昭引一军助郭淮防姜维；毌丘俭、胡遵拒住吴兵。

却说诸葛恪连月攻打新城不下，下令众将："并力攻城，怠慢者立斩。"于是诸将奋力攻打，城东北角将陷。张特在城中定下一计：乃令一舌辩之士，赍捧册籍，赴吴寨见诸葛恪，告曰："魏国之法：若敌人困城，守城将坚守一百日，而无救兵至，然后出城降敌者，家族不坐罪。今将军围城已九十余日；望乞再容数日，某主将尽率军民出城投降。今先具册籍呈上。"曹洪之守潼关，曹操限之以十日；吴兵之攻皖城，吕蒙限之以半日。未闻有百日之约也。恪深信之，收了军马，遂不攻城。

骗信了。原来张特用缓兵之计，哄退吴兵。遂拆城中房屋，于破城处修补完备，乃登城大骂曰："吾城中尚有半年之粮，岂肯降吴狗耶！尽战无妨！"诸葛恪着了道儿，可为受骗者之戒。恪大怒，催兵攻城。城上乱箭射下。恪额上正中一箭，翻身落马。诸将救起还寨，金疮举发。众军皆无战心；又因天气亢炎，回想雪天劫寨时，寒暑一更矣。军士多病。恪金疮稍可，欲催兵攻城。营吏告曰："人人皆病，安能战乎？"恪大怒曰："再说病者斩之！"众军闻知，逃者无数。忽报都督蔡林引本部军投魏去了。恪大惊，自乘马遍视各营，果见军士面色黄肿，各带病容，遂勒兵还吴。早有细作报知毌丘俭。俭尽起大兵，随后掩杀。吴兵大败而归。一胜不止至于败而后止，是画蛇添足矣。恪甚羞惭，托病不朝。吴主孙亮自幸其宅问安，文武官僚皆来拜见。恪恐人议论，先搜求众官将过失，轻则发遣边方，重则斩首示众。恪有死之道。于是内外官僚，无不悚惧。又令心腹将张约、朱恩管御林军，以为牙爪。恪有死之道。

却说孙峻字子远，乃孙坚弟孙静曾孙，孙恭之子也；孙权存日甚爱之，命掌御林军马。今闻诸葛恪令张约、朱恩二人掌御林军，夺其权，心中大怒。太常卿滕胤，素与诸葛恪有隙，乃乘间说峻曰："诸葛恪专权恣虐，杀害公卿，将有不臣之心。公系宗室，何不早图之？"峻曰："我有是心久矣；今当即奏天子，请旨诛之。"

于是孙峻、滕胤入见吴主孙亮，密奏其事。亮曰："朕见此人，亦甚恐怖；恪有死之道。常欲除之，未得其便。今卿等果有忠义，可密图之。"胤曰："陛下可设席召恪，暗伏武士于壁衣中，掷杯为号，就席间杀之，以绝后患。"亮从之。

却说诸葛恪自兵败回朝，托病居家，心神恍惚。一日，偶出中堂，忽见一人穿麻挂孝而入。又是一道白气。恪叱问之，其人大惊无措。恪令拿下拷问，其人告曰："某因新丧父亲，入城请僧追荐；初见是寺院而入，却不想是太傅之府。却怎生来到此处也？"宅第化为寺院，恪今日多有之矣。恪大怒，召守门军士问之。军士告曰："某等数十人，皆荷戈把门，未尝暂离，并不见一人入来。"孝子眼中误见是作怪，人眼中不见更是作怪。恪大怒，尽数斩之。是夜，恪睡卧不安，忽听得正堂中声响如霹雳。恪自出视之，见中梁折为两段。^{栋折榱崩，凶莫大焉。}恪惊归寝室，忽然一阵阴风起处，见所杀披麻人与守门军士数十人，各提头索命。^{前是人怪，此是鬼怪。}恪惊倒在地，良久方苏。次早洗面，闻水甚血臭。恪叱侍婢，连换数十盆，皆臭无异。^{轻于杀人，故有血臭之怪。}恪正惊疑间，忽报天子有使至，宣太傅赴宴。恪令安排车仗。方欲出府，有黄犬衔住衣服，嘤嘤作声，如哭之状。^{君之凳不如臣之凳。}恪怒曰："犬戏我也！"叱左右逐去之，遂乘车出府。^{欲牵黄犬出东门不可得也。}行不数步，见车前一道白虹，自地而起，如白练冲天而去。^{又是白虹，可见前灾所应不止在兵败也。}恪甚惊怪，心腹将张约进车前密告曰："今日宫中设宴，未知好歹，主公不可轻入。"^{董卓入朝之时，有李肃赚之；诸葛恪入朝之时，有张约阻之。前后相类而相反。}恪听毕，便令回车。行不到十余步，孙峻、滕胤乘马至车前曰："太傅何故便回？"恪曰："吾忽然腹痛，不可见天子。"胤曰："朝廷为太傅军回，不曾面叙，故特设宴相召，兼议大事。太傅虽感贵恙，还当勉强一行。"恪从其言，遂同孙峻、滕胤入宫，张约亦随入。恪见吴主孙亮，施礼毕，就席而坐。亮命进酒，恪心疑，辞曰："病躯不胜杯酌。"孙峻曰："太傅府中尝服药酒，可取饮乎？"恪曰："可也。"遂令从人回府取自制药酒到，恪方才放心饮之。^{不饮君之酒，而自饮家中之酒，以为怀疑则怀疑极矣，以为不敬则不敬甚矣。}酒至数巡，吴主孙亮托事先起。孙峻下殿，脱了长服，着短衣，内披环甲，手提利刃，上殿大呼曰："天子有诏诛逆贼！"诸葛恪大惊，掷杯于地，欲拔剑迎之，头已落地。^{从前种种灾异至此结局。}张约见峻斩恪，挥刀来迎。峻急闪过，刀尖伤其左指。峻转身一刀，砍中张约右臂。武士一齐拥出，砍倒张约，剁为肉泥。^{此亦一黄犬也。}孙峻一面令武士收恪家眷，一面令人将张约并诸葛恪尸首，用芦席包裹，以小车载出，弃于城南门外石子冈乱冢坑内。^{可惜聪明人如此结果，世之自恃聪明，妄自尊大者，可不戒哉。}

却说诸葛恪之妻正在房中心神恍惚，动止不宁，忽一婢女入房。恪妻问曰："汝遍身如何血臭？"其婢忽然反目切齿，飞身跳跃，头撞屋梁，口中大叫："吾乃诸葛恪也！被奸贼孙峻谋杀！"^{前已写过无数灾异，不想又有此一段在后。}恪合家老幼，惊惶号哭。不一时，军马至，围住府第，将恪全家老幼，俱缚至市曹斩首。^{前之灾异为恪杀之兆，后之灾异又为全家皆杀之兆。}时吴建兴二年冬十月也。昔诸葛瑾存日，见恪聪明尽显于外，叹曰："此子非保家之主也！"^{知子莫若父。○此补前文所未及。}又魏光禄大夫张缉，曾对司马师曰："诸葛恪不久死矣。"师问其故，缉曰："威震其主，何能久乎？"^{宣帝负芒刺于背，霍光之所以赤族也。○此亦补前文所未及。}至此果中其言。却说孙峻杀了诸葛恪，吴主孙亮封峻为丞相、大将军、富春侯，总督中外诸军事。自此权柄尽归孙峻矣。

且说姜维在成都，接得诸葛恪书，欲求相助伐魏，^{遥接前文。}遂入朝，奏准后主，复起大兵，北伐中原。正是：

一度兴师未奏绩，两番讨贼欲成功。

未知胜负如何，且看下文分解。

第一百九回

困司马汉将奇谋

废曹芳魏家果报

　　姜维一伐中原，因夏侯霸之来，乘其宗党之内变也。再伐中原，因诸葛恪之约，乘其邻境之外侵也。而前后皆无成功者：前则借羌兵为助，而羌兵不至；后则羌兵至，而羌兵反为敌所用也。夫武侯在日，犹有铁车之助魏；武侯死后，安得恃羌兵之助刘？若以羌兵为可信，孰如南蛮孟获之可信乎？武侯不闻求助于蛮，而姜维乃欲求助于羌，此姜维之失计者耳。

　　姜维虽失计，不得以失计咎姜维也。何也？牛头山之败，固甚于武侯之失街亭，而铁笼山之围，则不异武侯之算上方谷也。亦无如上方谷之烧，则水自天来，铁笼山之渴，则水从地出。街亭之水道绝，天不助马谡以泉；铁笼山之水道绝，天独助司马昭以水。天实为之，谓之何哉？故曰：不得以失计为姜维咎。

　　五月渡泸之时，武侯尝拜井出泉矣。而武侯所拜，有数十井，司马昭所拜，止是一井，而有数十井之用，不更奇乎？赤壁鏖兵之时，武侯尝借箭曹营矣。而武侯借曹操之箭以射曹操，有十万枝，姜维借郭淮之箭以射郭淮，止是一枝。以一箭而胜十万箭之力，不更奇乎？读《三国》者，阅至后幅，愈出愈奇。谁谓武侯死后，无出色惊人之事？

　　郭淮死，徐质死，而司马昭不死，非天之爱司马也，为有一段绝妙排场在后，欲借司马氏演出，为后世乱臣贼子戒耳。献帝有衣带诏，曹芳亦有血诏；汉有伏后之见弑，魏亦有张后之见弑；汉有伏完、董承之事泄，魏亦有张缉之事泄。报复之反，何无分毫之或爽耶？且前人所为，后人效之，必有更甚者。曹操未尝以衣带诏而废献帝，司马师乃以血诏而废曹芳，则已甚矣。天之假手于后人，以报其前人，又必有比前而更快者。衣带诏之泄露甚迟，曹芳之血诏泄露甚速，则更快矣。天道好还，及其还也，又加倍相偿。读书至此，令人毛发俱悚！

　　甚矣，造物者之巧也！逆臣之报，不待后世之人言之，而即令其子孙当日自言之。今人以司马师比曹操，而曹芳亦自以其太祖比司马师；今人以董承比张缉，而曹芳亦自以其国丈比董承。此是现前因果，明明告世，不必更听释氏地狱轮回之说矣。

　　蜀汉延熙十六年秋，将军姜维起兵二十万，令廖化、张翼为左右先锋，夏侯霸为参谋，张嶷为运粮使，大兵出阳平关伐魏。_{此是二伐中原。}维与夏侯霸商议曰："向取雍州，不克而还；今若再出，必又有准备。公有何高见？"霸曰："陇上诸郡，只有南安钱粮最广；若先取之，足可为本。_{武侯第一次出兵，曾取南安、安定、天水三郡，此计与前合。}向者不克而还，盖因羌兵不至。今可先遣人会羌人于陇右，然后进兵出石营，从董亭直取南安。"维大喜曰："公言甚妙！"遂遣郤正为使，赍金珠蜀锦入羌，结好羌王。羌王迷当，得了礼物，便起兵五万，令羌将俄何烧戈为大先锋，引兵南安来。_{前番不肯自来，今番买他便来，甚矣，阿堵之有用也。}

　　魏左将军郭淮闻报，飞奏洛阳。司马师问诸将曰："谁敢去敌蜀兵？"辅国将军徐质曰："某愿往。"师素知徐质英勇过人，心中大喜，即令徐质为先锋，令司马昭为大都督，领兵望陇西进发。军至董亭，正遇姜维，两军列成阵势。徐质使开山大斧，出马挑战。蜀阵中廖化出迎。战不数合，化拖刀败回。张翼纵马挺枪而迎，战不数合，又败入阵。徐质驱兵掩杀，蜀兵大败，^{先写徐质之勇，以见姜维之智。}退三十余里。司马昭亦收兵回，各自下寨。

姜维与夏侯霸商议曰："徐质勇甚，当以何策擒之？"霸曰："来日诈败，以埋伏之计胜之。"维曰："司马昭乃仲达之子，岂不知兵法？若见地势掩映，必不肯追。^{司马昭收兵之故，从姜维口中补出。}吾见魏兵累次断吾粮道，今却用此计诱之，可斩徐质矣。"^{此计殊妙。}遂唤廖化吩咐如此如此，又唤张翼吩咐如此如此，二人领兵去了。一面令军士于路撒下铁蒺藜，寨外多排鹿角，示以久计。

徐质连日引兵搦战，蜀兵不出。哨马报司马昭说："蜀兵在铁笼山后，用木牛流马搬运粮草，^{木牛流马又于此一提，照应一百二卷中事。}以为久计，只待羌兵策应。"昭唤徐质曰："昔日所以胜蜀者，因断彼粮道也。今蜀兵在铁笼山后运粮，汝今夜引兵五千，断其粮道，蜀兵自退矣。"^{不出姜维所料。}徐质领令，初更时分，引兵望铁笼山来，果见蜀兵二百余人，驱百余头木牛流马，装载粮草而行。魏兵一声喊起，徐质当先拦住。蜀兵尽弃粮草而走。质分兵一半，押送粮草回寨；自引兵一半追来。追不到十里，前面车仗横截去路。质令军士下马拆开车仗，只见两边忽然火起，^{善学丞相火攻，是好徒弟。}质急勒马回走，后面山僻窄狭处，亦有车仗截路，火光迸起。质等冒烟突火，纵马而出。一声炮响，两路军杀来：左有廖化，右有张翼，大杀一阵，魏兵大败。徐质奋死只身而走，人困马乏。

正奔走间，前面一枝兵杀到，乃姜维也。质大惊无措，被维一枪刺倒坐下马，徐质跌下马来，被众军乱刀砍死。质所分一半押粮兵，亦被夏侯霸所擒，尽降其众。霸将魏兵衣甲马匹，令蜀兵穿了，就令骑坐，打着魏军旗号，从小路径奔回魏寨来。魏军见本部兵回，开门放入，蜀兵就寨中杀起。^{此处用兵，直与武侯仿佛。}司马昭大惊，慌忙上马走时，前面廖化杀来。昭不能前进，急退时，姜维引兵从小路杀到。昭四下无路，只得勒兵上铁笼山据守。原来此山只有一条路，四下皆险峻难上；其上惟有一泉，止够百人之饮，此时昭手下有六千人，被姜维绝其路口，^{绝其水道，可以奉答前番二城之失。}山上泉水不敷，人马枯渴。昭仰天长叹曰："吾死于此地矣！"^{读至此，令人拍案一快。○上方谷苦于有火，铁笼山苦于无水，前后相对。}后人有诗曰：

妙算姜维不等闲，魏师受困铁笼间。

庞涓始入马陵道，项羽初围九里山。

主簿王韬曰："昔日耿恭受困，拜井而得甘泉，将军何不效之？"昭从其言，遂上山顶泉边，再拜而祝曰："昭奉诏来退蜀兵，若昭合死，令甘泉枯竭，昭自当刎颈，教部军尽降；如寿禄未终，愿苍天早赐甘泉，以活众命！"祝毕，泉水涌出，取之不竭，因此人马不死。此天助晋，非助魏也。看司马昭所祝，但为自己寿命祝耳，更无一语及魏事。

却说姜维在山下困住魏兵，谓众将曰："昔日丞相在上方谷，不曾捉住司马懿，吾深为恨；照应一百三卷中事。今司马昭必被吾擒矣。"

却说郭淮听知司马昭困于铁笼山上，欲提兵来。陈泰曰："姜维会合羌兵，欲先取南安。今羌兵已到，羌兵之来，在陈泰口中虚写，省笔之法。将军若撤兵去救，羌兵必乘虚袭我后也。可先令人诈降羌人，于中取事；若退了此兵，方可救铁笼之围。"郭淮从之，遂令陈泰引五千兵，径到羌王寨内，解甲而入，不战而降，便是假；带着五千兵来，发是假。只好骗羌人，却骗蜀将不得。泣拜曰："郭淮妄自尊大，常有杀泰之心，故来投降。郭淮军中虚实，某俱知之。只今夜愿引一军前去劫寨，便可成功。如兵到魏寨，自有内应。"迷当大喜，遂令俄何烧戈同陈泰来劫魏寨。俄何烧戈教泰降兵在后，令泰引羌兵为前部。是夜二更，竟到魏寨，寨门大开。陈泰一骑马先入。俄何烧戈骤马挺枪入寨之时，只叫得一声苦，连人带马，跌在陷坑里。陈泰兵从后面杀来，郭淮从左边杀来，羌兵大乱，自相践踏，死者无数，生者尽降。俄何烧戈自刎而死。此人略胜迷当。郭淮、陈泰引兵直杀到羌人寨中，迷当大王急出帐上马时，被魏兵生擒活捉，来见郭淮。淮慌下马，亲去其缚，用好言抚慰曰："朝廷素以公为忠义，今何故助蜀人也？"迷当惭愧伏罪。淮乃说迷当曰："公今为前部，去解铁笼山之围，退了蜀兵，吾奏准天子，自有厚赐。"郭淮用计，亦与司马懿仿佛。

迷当从之，遂引羌兵在前，魏兵在后，径奔铁笼山。维欲用羌人，羌人反为淮所用，惜哉。时值三更，先令人报知姜维。维大喜，教请入相见。魏兵多半杂在羌人部内；行到蜀寨前，维令大兵皆在寨外屯扎，迷当引百余人到中军帐前。姜维、夏侯霸二人出迎。魏将不等迷当开言，就从背后杀将起来。维大惊，急上马而走。羌、魏之兵，一齐杀入。蜀兵四分五落，各自逃生。读至此，案一叹。维手无器械，腰间止有一副弓箭，走得慌忙，箭皆落了，只有空壶。维望山中而走，读者为姜维捏一把汗。背后郭淮引兵赶来；见维手无寸铁，乃骤马挺枪追之。看看至近，维虚拽弓弦，连响十余次。淮连躲数番，不见箭到，知维无箭，乃挂住钢枪，拈弓搭箭射之。又为姜维捏一把汗。

维急闪过，顺手接了，就扣在弓弦上；待淮追近，望面门上尽力射去，淮应弦落马。^{得此一箭，稍快人意。}维勒回马来杀郭淮，魏军骤至。维下手不及，只掣得淮枪而去。魏兵不敢追赶，急救淮归寨，拔出箭头，血流不止而死。司马昭下山引兵追赶，半途而回。夏侯霸随后逃至，与姜维一齐奔走。维折了许多人马，一路收扎不住，自回汉中。虽然兵败，却射死郭淮，杀死徐质，挫动魏国之威，将功补罪。^{以上按下蜀汉，专叙魏国。}

却说司马昭犒劳羌兵，发遣回国去讫，班师还洛阳，与兄司马师专制朝权，群臣莫敢不服。魏主曹芳每见师入朝，战栗不已，如针刺背。^{令人追想献帝见曹操时。}一日，芳设朝，见师带剑上殿，慌忙下榻迎之。师笑曰："岂有君迎臣之礼也，请陛下稳便。"须臾，群臣奏事，司马师俱自剖断，并不启奏魏主。少时朝退，师昂然下殿，乘车出内，前遮后拥，不下数千人马。^{写得司马师声势依然曹操当年。}芳退入后殿，顾左右止有三人：乃太常夏侯玄、中书令李丰、^{李丰有二，李严之子亦名丰，乃蜀之李丰也。今此李丰则魏之李丰也。}光禄大夫张缉。缉乃张皇后之父，曹芳之皇丈也。^{令人追念伏完。}芳叱退近侍，同三人至密室商议。芳执张缉之手而哭曰："司马师视朕如小儿，觑百官如草芥，社稷早晚必归此人矣！"言讫大哭。^{令人追念献帝告董承之语。}李丰奏曰："陛下勿忧。臣虽不才，愿以陛下之明诏，聚四方之英杰，以剿此贼。"夏侯玄奏曰："臣叔夏侯霸降蜀，因惧司马兄弟谋害故耳；^{照应一百七卷中事。}今若剿除此贼，臣叔必回也。臣乃国家旧戚，安敢坐视奸贼乱国，愿同奉诏讨之。"芳曰："但恐不能耳。"三人哭奏曰："臣等誓当同心灭贼，以报陛下！"^{令人追念马腾等誓词。}芳脱下龙凤汗衫，咬破指尖，写了血诏，授与张缉，^{令人追念献帝赐衣带诏时。}乃嘱曰："朕祖武皇帝诛董承，盖为机事不密也。^{如此报应，妙在教他子孙自说出来。}卿等须谨细，勿泄于外。"丰曰："陛下何出此不利之言？臣等非董承之辈，司马师安比武祖也？^{曹芳以武祖比师，便为司马氏篡位之兆。}陛下勿疑。"三人辞出，至东华门左侧，正见司马师带剑而来，从者数百人，皆持兵器。三人立于道旁。^{令人追念董承遇曹操时。}师问曰："汝三人退朝何迟？"李丰曰："圣上在内廷观书，我三人侍读故耳。"师曰："所看何书？"^{乃看汉史衣带诏故事。}丰曰："乃夏、商、周三代之书也。"师曰："上见此书，问何故事？"丰曰："天子所问伊尹扶商、周公摄政之事，我等皆奏曰：'今司马大将军，即伊尹、周公也。'"^{不欲学伊尹、周公，欲学舜、禹受禅耳。}师冷笑曰："汝等岂将吾比伊尹、周公！其心实指吾为王莽、董卓！"^{何不竟说曹操。}三人皆曰："我等皆将军门下之人，安敢如此？"师大怒曰："汝等乃口谀之人！适间与天子在密室中所哭何事？"^{曹芳左右都是司马氏心腹，却于司马师口中见之。}三人曰："实无此状。"师叱曰："汝三人泪眼尚红，^{笔有在后文追染前文者，此类是也。}如何抵赖！"夏侯玄知事已泄，乃厉声大骂曰："吾等所哭者，为汝威震其主，将谋篡逆耳！"

师大怒，叱武士捉夏侯玄。玄揎拳裸袖，径击司马师，^{不是厮打的事。}却被武士擒住。师令将各人搜检，于张缉身畔搜出一龙凤汗衫，上有血字。^{比董承事又泄漏得快。}左右呈与司马师。师视之，乃密诏也。诏曰：

> 司马师弟兄，共持大权，将图篡逆。所以诏制，皆非朕意。各部官兵将士，可同仗忠义，讨灭贼臣，匡扶社稷。功成之日，重加爵赏。^{献帝手诏在董承眼中叙出，曹芳手诏在司马师眼中叙出，又自不同。}

司马师看毕，勃然大怒曰："原来汝等正欲谋害吾兄弟！情理难容！"遂令将三人腰斩于市，灭其三族。^{令人追念董承等七人遇害之时。}三人骂不绝口。比临东市中，牙齿尽被打落，各人含糊数骂而死。^{令人追念吉平截指之时。}师直入后宫。魏主曹芳正与张皇后商议此事。皇后曰："内廷耳目甚多，倘事泄露，必累妾矣！"^{令人追念伏后、董妃语。}

正言间，忽见师入，皇后大惊。师按剑谓芳曰："臣父立陛下为君，功德不在周公之下；臣事陛下，亦与伊尹何别乎？^{曹操自比文王，今司马师自比伊、周，前后一辙。}今反以恩为仇，以功为过，欲与二三小臣，谋害臣兄弟，何也？"芳曰："朕无此心。"师袖中取出汗衫，掷之于地曰："此谁人所作耶！"^{亲笔现在，如何抵赖。}芳魂飞天外，魄散九霄，战栗而答曰："此皆为他人所逼故也。朕岂敢兴此心？"师曰："妄诬大臣造反，当加何罪？"^{自然反坐，有何理说。}芳跪告曰："朕合有罪，望大将军恕之！"^{情甘罪责，所供是实。}师曰："陛下请起，^{"陛下"二字之下，忽接"请起"，自有"陛下"以来，未有如此之没体面者也。}国法未可废也。"^{不当曰"国法"，当曰"家法"耳。}乃指张皇后曰："此是张缉之女，理当除之！"芳大哭求免，师不从，叱左右将张后�提出，至东华门内，用白练绞死。^{令人追念华歆破壁取伏后时。}后人有诗曰：

> 当年伏后出宫门，跣足哀号别至尊。
> 司马今朝依此例，天教还报在儿孙。

次日，司马师大会群臣曰："今主上荒淫无道，亵近娼优，听信谗言，闭塞贤路。其罪甚于汉之昌邑，不能主天下。吾谨按伊尹、霍光之法，别立新君，以保社稷，以安天下，如何？"^{此时不学曹操，不学曹丕，又学董卓矣。觉第四卷中事于此又见。}众皆应曰："大将军行伊、霍之事，所谓应天顺人，谁敢违命？"^{此时更无丁原、袁绍其人。}师遂同多官入永宁宫，奏闻太后。太后曰："大将军欲立何人为君？"师曰："臣观彭城王曹据，聪明仁孝，可以为天下之主。"太后曰："彭城王乃老身之叔，今立为君，我何以当之？今有高贵乡公曹髦，乃文皇帝之孙；此人温恭克让，可以立之。卿等大臣，从长计议。"一人奏曰："太后之言是也，便可立之。"众视之，乃司马师宗叔司马孚也。师遂遣使往元城召高贵乡公；_{据幼而髦长，故师利于立幼，因孚之言，勉从之耳。}请太后升太极殿，召芳责之曰："汝荒淫无度，亵近娼优，不可承天下；当纳下玺绶，复齐王之爵，目下起程，非宣召不许入朝。"芳泣拜太后，纳了国宝，乘王车大哭而去。只有数员忠义之臣，含泪而送。后人有诗曰：

> 昔日曹瞒相汉时，欺他寡妇与孤儿。
>
> 谁知四十余年后，寡妇孤儿亦被欺。

却说高贵乡公曹髦，字彦士，乃文帝之孙，东海定王霖之子也。_{比曹芳又觉来历明白。}当日，司马师以太后命宣至，文武官僚备銮驾于西掖门外拜迎。髦慌忙答礼。太尉王肃曰："主上不当答礼。"髦曰："吾亦人臣也，安得不答礼乎？"文武扶髦上辇入宫。髦辞曰："太后诏命，不知为何，吾安敢乘辇而入？"遂步行至太极东堂。司马师迎着，髦先下拜，_{此时曹髦极其谦恭，后文仗剑出宫只为更耐不得耳。}师急扶起。问候已毕，引见太后。后曰："吾见汝年幼时，有帝王之相；汝今可为天下之主，务须恭俭节用，布德施仁，勿辱先帝也。"髦再三谦辞。师令文武请髦出太极殿，是日立为新君，改嘉平六年为正元元年，大赦天下，假大将军司马师黄钺，入朝不趋，奏事不名，带剑上殿。_{与曹操无异。}文武百官，各有封赐。

正元二年春正月，有细作飞报，说镇东将军毌丘俭、扬州刺史文钦，以废主为名，起兵前来。司马师大惊。正是：

> 汉臣曾有勤王志，魏将还兴讨贼师。

未知如何迎敌，且看下文分解。

第一百十回

文鸯单骑退雄兵

姜维背水破大敌

今人读董卓之废汉帝，未有不怒者也；读司马师之废魏主，未有不喜者也。今人读曹操之弑伏后，未有不怒者也；读司马师之弑张后，未有不喜者也。何也？为曹氏之报宜尔也。虽然，弑后废帝，不可以训。操为汉贼，师亦为魏贼。为汉臣者当为汉讨贼，为魏臣者安得不为魏讨贼乎？故毌丘俭之挥泪，文钦之起兵，文鸯之力战，作史者皆特书以予之。

魏之逼汉，即以司马氏之逼魏者报之矣。若司马氏之逼魏，岂得独无报乎？曰：有报。报之以金墉之祸，报之以青衣之辱，报之以牺牛之易，报之以刘宋之篡也。然司马昭有后，司马师无后。有后则报之于子孙，无后则当报之于其身。而司马师独以病终，将奈何？曰：眼珠迸出，亦可以当显戮也已。

姜维三伐中原，在曹芳既废，司马师既死之后。夫师既死，则有隙可乘；芳既废，则亦有贼可讨也。然维之心，自为汉讨贼，初非为魏讨贼也。而以讨汉贼为念，亦不妨借讨魏贼以为名者，何哉？盖人方欲讨司马，我姑从其讨司马之名；而天方大讨曹，则我自行我讨曹之志耳。

背水之阵，徐晃以之拒汉而不胜，武侯以之拒曹而胜。姜维用之，则视前而为三矣。疑兵之伏，武侯一以之退曹操于汉中，一以之退司马懿于祁山。邓艾用之，则亦视前而为三矣。此用彼法，彼用此法，或不皆得，或皆得，各各不同。读之不厌其复。

却说魏正元二年正月，扬州都督、镇东将军、领淮南军马毌丘俭，字仲恭，河东闻喜人也。<small>以其能讨贼，故存其官并书其地，书其字。</small>闻司马师擅行废立之事，心中大怒。长子毌丘甸曰："父亲官居方面，司马师专权废主，国家有累卵之危，安可宴然自守？"<small>与马腾父子相同。</small>俭曰："吾儿之言是也。"遂请刺史文钦商议。钦乃曹爽门下客，<small>为后尹大目追赶一段伏笔。</small>当日闻俭相请，即来拜谒。俭邀入后堂，礼毕，说话间，俭流泪不止。钦问其故，俭曰："司马师专权废主，天地反覆，安得不伤心乎！"<small>前董承与马腾语，都用反挑；毌丘俭与文钦语，只是直说。</small>钦曰："都督镇守方面，若肯仗义讨贼，钦愿舍死相助。钦中子文淑，小字阿鸯，有万夫不当之勇，常欲杀司马师兄弟，与曹爽报仇，今可令为先锋。"<small>又是一个好儿子，不减马超。</small>俭大喜，即时酹酒为誓。二人诈称太后有密诏，令淮南大小官兵将士，皆入寿春城，立一坛于西，宰白马歃血为盟，宣言司马师大逆不道，今奉太后密诏，令尽起淮南军马，仗义讨贼。<small>与曹操矫诏讨董卓时相似。</small>众皆悦服。俭提六万兵，屯于项城。文钦领兵二万在外为游兵，往来接应。俭移檄诸郡，令各起兵相助。

却说司马师左眼肉瘤，不时痛痒，<small>瘤者身之赘肉也。师之视君，亦如此矣。</small>乃命医官割之，以药封闭，连日在府养病；忽闻淮南告急，乃请太尉王肃商议。肃曰："昔关云长威震华夏，孙权令吕蒙袭取荆州，抚恤将士家属，因此关公军势瓦解。<small>七十五卷中事，于此一提。</small>今淮南将士家属，皆在中原，可急抚恤，更以兵断其归路，必有土崩之势矣。"师曰："公言极善。但吾新割目瘤，不能自往。若使他人，心又不稳。"时中书侍郎钟会在侧，^{此处钟会出现。}进言曰："淮楚兵强，其锋甚锐；若遣人领兵去退，多是不利。倘有疏虞，则大事废矣。"师蹶然起曰："非吾自往，不可破贼！"遂留弟司马昭守洛阳，总摄朝政。师乘软舆，带病东行。令镇东将军诸葛诞总督豫州诸军，从安风津取寿春；又令征东将军胡遵领青州诸军，出谯、宋之地，绝其归路；又遣荆州刺史、监军王基领前部兵，先取镇南之地。师领大军屯于襄阳，聚文武于帐下商议。光禄勋郑袤曰："毋丘俭好谋而无断，文钦有勇而无智。今大军出其不意，江、淮之卒锐气正盛，不可轻敌；只宜深沟高垒，以挫其锐。此亚夫之长策也。"^{一个说守。}监军王基曰："不可。淮南之反，非军民思乱也；皆因毋丘俭势力所逼，不得已而从之。若大军一临，必然瓦解。"^{一个说战。}师曰："此言甚妙。"遂进兵于㶏水之上，中军屯于㶏桥。基曰："南顿极好屯兵，可提兵星夜取之。若迟则毋丘俭必先至矣。"^{不唯要战，又要速战。}师遂令王基前部兵来南顿城下寨。

却说毋丘俭在项城，闻知司马师自来，乃聚众商议。先锋葛雍曰："南顿之地，依山傍水，极好屯兵；若魏兵先占，难以驱遣，可速取之。"^{葛雍所料，已为王基所料。}俭然其言，起兵投南顿来。正行之间，前面流星马报说，南顿已有人马下寨。俭不信，自到军前视之，果然旌旗遍野，营寨齐整。俭回到军中，无计可施。忽哨马飞报："东吴孙峻提兵渡江袭寿春来了。"^{孙峻之来，却用虚写。}俭大惊曰："寿春若失，吾归何处！"是夜退兵于项城。

司马师见毋丘俭军退，聚多官商议。尚书傅嘏曰："今俭兵退者，忧吴人袭寿春也，必回项城分兵拒守。将军可令一军取乐嘉城，一军取项城，一军取寿春，则淮南之卒必退矣。兖州刺史邓艾，足智多谋；^{又在傅嘏口中写一邓艾。}若领兵径取乐嘉，更以重兵应之，破贼不难也。"师从之，急遣使持檄文，教邓艾起兖州之兵破乐嘉城。师随后引兵到彼会合。

却说毋丘俭在项城，不时差人去乐嘉城哨探，只恐有兵来。请文钦到营共议，钦曰："都督勿忧。我与拙子文鸯，只消五千兵，敢保乐嘉城。"俭大喜。钦父子引五千兵投乐嘉来。前军报说："乐嘉城西，皆是魏兵，约有万余。遥望中军，白旄黄钺，皂盖朱幡，簇拥虎帐，内竖一面锦绣帅字旗，必是司马师也。^{"师"者，师也。}安立营寨，尚未完备。"时文鸯悬鞭立于父侧，闻知此语，乃告父曰："趁彼营寨未成，可分兵两路，左右击之，可全胜也。"钦曰："何时可去？"鸯曰："今夜黄昏，父引二千五百兵，从城南杀来；儿引二千五百兵，从城北杀来。三更时分，要在魏寨会合。"^{此之谓父子兵。}钦从之，当晚分兵两路。且说文鸯年方十八岁，身长八尺，全装惯甲，腰悬铜鞭，绰枪上马，遥望魏寨而进。

是夜，司马师兵到乐嘉，立下营寨，等邓艾未至。师为眼下新割肉瘤，疮口疼痛，卧于帐中，令数百甲士环立护卫。三更时分，忽然寨内喊声大震，人马大乱。师急问之，人报曰："一军从寨北斩围直入，为首一将，勇不可当！"〔文鸯之来，先在众将眼中、司马师耳中虚写。〕师大惊，心如火烈，眼珠从肉瘤疮口内迸出，〔想其怒目视曹芳之时，当受此报。〕血流遍地，疼痛难当；又恐有乱军心，只咬被头而忍，被皆咬烂。〔做逆贼有何便宜。〕原来文鸯军马先到，一拥而进，在寨中左冲右突；所到之处，人不敢当，有相拒者，枪搠鞭打，无不被杀。〔此处方实写文鸯。〕鸯只望父到，以为外应，并不见来。数番杀到中军，皆被弓弩射回。鸯直杀到天明，只听得北边鼓角喧天，〔邓艾之来，先在文鸯耳中、众军眼中虚写。〕鸯回顾从者曰："父亲不在南面为应，却从北至，何也？"〔妙在不知是邓艾。〕鸯纵马看时，只见一军行如猛风，为首一将，乃邓艾也，跃马横刀，大呼曰："反贼休走！"〔此处方写是邓艾。〕鸯大怒，挺枪迎之。战有五十合，不分胜败。〔写文鸯写邓艾。〕又正斗间，魏兵大进，前后夹攻。鸯部下兵各自逃散，只文鸯单人独马，冲开魏兵，望南而走。背后数百员魏将，抖擞精神，骤马追来；将至乐嘉桥边，看看赶上。鸯忽然勒回马大喝一声，直冲入魏将阵中来；钢鞭起处，纷纷落马，各各倒退。鸯复缓缓而行。〔写文鸯如生龙活虎。〕魏将聚在一处，惊讶曰："此人尚敢退我等之众耶！可并力追之！"于是魏将百员，复来追赶。鸯勃然大怒曰："鼠辈何不惜命也！"提鞭拨马，杀入魏将丛中，用鞭打死数人，复回马缓辔而行。〔文鸯之勇，直与常山赵云仿佛相似。〕魏将连追四五番，皆被文鸯一人杀退。〔总叙一句，省笔。〕后人有诗曰：

> 长坂当年独拒曹，子龙从此显英豪。
>
> 乐嘉城内争锋处，又见文鸯胆气高。

原来文钦被山路崎岖，迷入谷中，行了半夜，比及寻路而出，天色已晓，文鸯人马不知所向，只见魏兵大胜。钦不战而退。〔老子殊梦梦。〕魏兵乘势追杀，钦引兵望寿春而走。

却说魏殿中校尉尹大目，乃曹爽心腹之人，因爽被司马懿谋杀，故事司马师，〔照应一百七卷中事。〕常有杀师报爽之心；又素与文钦交厚。今见师眼瘤突出，不能动止，乃入帐告曰："文钦本无反心，今被毌丘俭逼迫，以致如此。某去说之，必然来降。"〔此是赚司马师语。〕师从之。大目顶盔惯甲，乘马来赶文钦；看看赶上，乃高声大叫曰："文刺史见尹大目么？"钦回头视之，大目除盔放于鞍鞒之前，以鞭指曰："文刺史何不忍耐数日也？"此是大目知师将亡，故来留钦。钦不解其意，厉声大骂，便欲开弓射之。〔文钦如此有粗无细，干得甚事。〕大目大哭而回。钦

收聚人马奔寿春时，已被诸葛诞引兵取了；欲复回项城时，胡遵、王基、邓艾三路兵皆

到。钦见势危，遂投东吴孙峻去了。文钦之投吴，如夏侯霸之投蜀。

却说毌丘俭在项城内，听知寿春已失，文钦势败，城外三路兵到，俭遂尽撤城中之兵

出战。正与邓艾相遇，俭令葛雍出马，与艾交锋，不一合，被艾一刀斩之，引兵杀过阵

来。毌丘俭死战相拒。江淮兵大乱。胡遵、王基引兵四面夹攻。毌丘俭敌不住，引十余骑

夺路而走。前至慎县城下，县令宋白开门接入，设席待之。俭大醉，被宋白令人杀了，将

头献与魏兵。于是淮南平定。此时文钦去了，毌丘俭死了，惟文鸯不知下落，妙在此处不即叙明，留在后文始见。

司马师卧病不起，唤诸葛诞入帐，赐以印绶，加为镇东大将军，都督扬州诸路军马；

一面班师回许昌。师目痛不止，每夜只见李丰、张缉、夏侯玄三人立于榻前。与曹操临终见伏完等二十余人正复相似。师心神恍惚，自料难保，遂令人往洛阳取司马昭到。昭哭拜于床下。师遗言曰："吾

今权重，虽欲卸肩，不可得也。汝继我为之，大事切不可轻托他人，自取灭族之祸。"言

讫，以印绶付之，泪流满面。昭急欲问时，师大叫一声，眼睛迸出而死。两目俱出，此时正目无天子报。此时正

元二年二月也。于是司马昭发丧，申奏魏主曹髦。髦遣使持诏到许昌，即命暂留司马昭屯

军许昌，以防东吴。昭心中犹豫未决。钟会曰："大将军新亡，人心未定，将军若留守于

此，万一朝廷有变，悔之何及？"司马昭之有钟会，犹曹操之有贾诩、郭嘉耳。昭从之，即起兵还屯洛水之南。髦闻

之大惊。太尉王肃奏曰："昭既继其兄掌大权，陛下可封爵以安之。"髦遂命王肃持诏，

封司马昭为大将军、录尚书事。昭入朝谢恩毕。自此，中外大小事情，皆归于昭。去一司马师，又来司马昭。○以下按下魏事，再叙蜀汉。

却说西蜀细作哨知此事，报入成都。姜维奏后主曰："司马师新亡，司马昭初握重

权，必不敢擅离洛阳。臣请乘间伐魏，以复中原。"后主从之，遂命姜维兴师伐魏。维到

汉中，整顿人马。征西大将军张翼曰："蜀地浅狭，钱粮鲜薄，不宜远征；不如据险守

分，恤军爱民，此乃保国之计也。"前文官谏，今武臣亦谏。维曰："不然。昔丞相未出茅庐，已定三

分天下，然且六出祁山以图中原；不幸半途而丧，以致功业未成。将前事一提。今吾既受丞相遗

命，当尽忠报国以继其志，虽死而无恨也。亦效武侯"死而后已"之语。今魏有隙可乘，不就此时伐之，更

待何时？"夏侯霸曰："将军之言是也。曹芳既废，夏侯玄既死，霸之意在报仇，故主于必战。可将轻骑先出枹罕。若得洮

西南安，则诸郡可定。"张翼曰："向者不克而还，皆因军出甚迟也。兵法云：'攻其无

备，出其不意。'今若火速进兵，使魏人不能提防，必然全胜矣。"张翼之意，不战则竟不战，欲战则必速矣。

于是姜维引兵五万，望枹罕进发。此是三伐中原。兵至洮水，守边军士报知雍州刺史王经、征

西将军陈泰。王经先起马步兵七万来迎。姜维吩咐张翼如此如此，又吩咐夏侯霸如此如

此。二人领计去了；维乃自引大军背洮水列阵。^{妙，所谓置之死}^{地而后生也。}王经引数员牙将出而问曰：

"魏与吴、蜀，已成鼎足之势；汝累次入寇，何也？"维曰："司马师无故废主，邻邦理

宜问罪，^{二句是客，此为魏报}^{仇乃夏侯霸之意也。}何况仇敌之国乎？"^{一句是主，此为汉报}^{仇乃姜维之意也。}

　　经回顾张明、花永、刘达、朱芳四将曰："蜀兵背水为阵，败则皆没于水矣。姜维骁

勇，汝四将可战之。彼若退动，便可追击。"四将分左右而出，来战姜维。维略战数合，

拨回马望本阵中便走。王经大驱士马，一齐赶来。维引兵望着洮水而走；将次近水，大呼

将士曰："事急矣！诸将何不努力！"^{此韩信破}^{赵之计。}众将一齐奋力杀回，魏兵大败。张翼、夏侯

霸抄在魏兵之后，分两路杀来，把魏兵困在垓心。^{方知前吩咐之}^{计乃此计也。}维奋武扬威，杀入魏军之

中，左冲右突，魏兵大乱，自相践踏，死者大半，逼入洮水者无数，斩首万余，垒尸数

里。^{此番大胜，}^{当得风便转。}又王经引败兵百骑，奋力杀出，径往狄道城而走；奔入城中，闭门保守。姜

维大获全功，犒军已毕，便欲进兵攻打狄道城。张翼谏曰："将军功绩已成，威声大震，

可以止矣。今若前进，倘不如意，正如'画蛇添足'也。"维曰："不然。向者兵败，尚

欲进取，纵横中原；今日洮水一战，魏人胆裂，吾料狄道唾手可得。汝勿自堕其志也。"

^{本欲不胜不止，}^{却弄出不败不止。}张翼再三劝谏，维不从，遂勒兵来取狄道城。

　　却说雍州征西将军陈泰，正欲起兵与王经报兵败之仇，忽兖州刺史邓艾引兵到。泰接

着，礼毕，艾曰："今奉大将军之命，特来助将军破敌。"泰问计于邓艾，艾曰："洮水

得胜，若招羌人之众，东争关陇，传檄四郡，此吾兵之大患也。今彼不思如此，却图狄道

城；其城垣坚固，急切难攻，空劳兵费力耳。吾今陈兵于项岭，然后进兵击之，蜀兵必败

矣。"^{写邓艾有谋，以风令}^{自许，亦殊不愧。}陈泰曰："真妙论也！"遂先拨二十队兵，每队五十人，尽带旌

旗、鼓角、烽火之类，日伏夜行，去狄道城东南高山深谷之中埋伏；只待兵来，一齐鸣鼓

吹角为应，夜则举火放炮以惊之。^{此武侯在汉中}^{惊曹操之计。}调度已毕，专候蜀兵到来。于是陈泰、邓

艾，各引二万兵相继而进。

　　却说姜维围住狄道城，令兵八面攻之，连攻数日不下，心中郁闷，无计可施。是日黄

昏时分，忽三五次流星马报说："有两路兵来，旗上明书大字：一路是征西将军陈泰，一

路是兖州刺史邓艾。"维大惊，遂请夏侯霸商议。霸曰："吾向尝为将军言：邓艾自幼深

明兵法，善晓地理。^{应一百七今}^{卷语。}今领兵到，颇为劲敌。"维曰："彼军远来，我休容他住脚，

便可击之。"乃留张翼攻城，命夏侯霸引兵迎陈泰。维自引兵来迎邓艾。行不到五里，忽

然东南一声炮响，鼓角震地，火光冲天。维纵马看时，只见周围皆是魏兵旗号。维大惊曰："中邓艾之计矣！"遂传令教夏侯霸、张翼各弃狄道而退。邓艾先声足以夺人，非鼓声足以惊姜维，因有夏侯霸之言为之先耳。于是蜀兵皆退于汉中。维自断后，只听得背后鼓声不绝，维退入剑阁之时，方知火鼓二十余处，皆虚设也。维收兵退屯于钟提。

且说后主因姜维有洮西之功，降诏封维为大将军。维受了职，上表谢恩毕，再议出师伐魏之策。正是：

成功不必添蛇足，讨贼犹思奋虎威。

未知此番北伐如何，且看下文分解。

第一百十一回

邓士载智败姜伯约
诸葛诞义讨司马昭

姜维一伐中原之后，间之以丁奉破魏之事。二伐中原之后，间之以文鸯反魏之事。而三伐、四伐，更无他事以间之者，何也？牛头山之战，全乎败者也；铁笼山之战，初胜而终败者也；洮西之战，则全乎胜者也。不全乎胜，则士气沮；全乎胜，则士气锐。锐则可以及锋而用焉。此四伐之师，所以继三伐而即出与！

邓艾有"五必出"之说以料蜀，姜维亦有"五可胜"之说以料魏，彼此若合符节，而料其出则果出，料其胜则不必果胜，则以维之所料，先为艾之所料故也。故知己，而不知彼之亦足以知己，则不得谓之知己；知彼而不知彼之亦料我之知彼，则不得谓之知彼。

四伐之败，与一伐等。盖一伐之役句安陷焉，四伐之役张嶷死焉；其失固相类也。然为国讨贼，虽败犹荣。一伐之时，未学武侯之自贬；四伐之后，亦学武侯之自责。君子于其败而哀其遇，于其贬而怜其心。

有毌丘俭之讨司马师于前，又有诸葛诞之讨司马昭于后，两人皆魏之忠臣也。诸葛兄弟三人，分事三国。人谓蜀得其龙，吴得其虎，魏得其狗。不知狗亦不易为矣。高帝以功臣比之功狗，蒯通曰："桀犬吠尧。"亦自比于狗。赵盾曰："君之獒不若臣之獒。"亦自比家将于狗。若后世无义之徒，正狗之不如耳。

司马昭之攻诸葛诞也，贾充劝其挟太后天子以亲征。此则从前未有之事矣。曹操南征北伐，岂尝挟献帝而俱行乎？其挟帝而俱行，惟许田射鹿之时则有之。至于挟太后而俱行，则又何尝有之乎？曹操所不为，而司马昭为之者，恐我出而天子在内，则曹芳之血诏，亦曹髦之所欲发也。故必挟天子而后可以无恐也。又恐天子虽在外而太后在内，则太后之诏可请，而城门可闭，亦未必无曹爽故事也。故必挟太后而后可以无恐也。凡乱臣贼子，欲效前人之所为，往往较前人之心又加危，较前人之心又加慎。嗟乎！人之窃弄威福，亦欲安意肆志以自娱乐耳！乃防患虑祸，岌岌不宁，以至于如此。人亦何乐而为乱臣贼子也哉？

却说姜维退兵屯于钟提，魏兵屯于狄道城外。王经迎接陈泰、邓艾入城，拜谢解围之事，设宴相待，大赏三军。泰将邓艾之功，申奏魏主曹髦。髦封艾为安西将军，假节领护东羌校尉，同陈泰屯兵于雍、凉等处。邓艾上表谢恩毕，陈泰设宴与邓艾作贺曰："姜维夜遁，其力已竭，不敢再出矣。"_{先写陈泰料敌不中，以反衬邓艾之智。}艾笑曰："吾料蜀兵必出有五。"_{邓艾居然将才。}泰问其故，艾曰："蜀兵虽退，终有乘胜之势；_{知己之壮。}吾兵终有弱败之实，_{知己之沮。}其必出一也。蜀兵皆是孔明教演，精锐之兵，容易调遣；_{知彼之利。}吾将不时更换，军又训练不熟，_{知己之钝。}其必出二也。蜀人多以船行，_{知彼之逸。}吾军皆是旱地，_{知己之劳。}劳逸不同，其必出三也。狄道、陇西、南安、祁山四处皆是守战之地；蜀人或声东击西，指南攻北，吾兵必须分头守把；〔知己之分而小。〕蜀兵合为一处而来，以一分当我四分，〔知彼之合而大。〕其必出四也。若蜀兵至南安、陇西，则可取羌人之谷为食；若出祁山，则有麦可就食，〔知彼之粮易于我。但言知彼，而知己在其中。〕其必出五也。"陈泰叹服曰："公料敌如神，蜀兵何足虑哉！"于是陈泰与邓艾结为忘年之交。

〔如程普之服周郎。〕艾遂将雍、凉等处之兵，每日操练；各处隘口，皆立营寨，以防不测。〔以上按下魏国一边，以下再叙蜀汉一边。〕

却说姜维在钟提大设筵宴，会集诸将，商议伐魏之事。令史樊建谏曰："将军屡出，未获全功；今日洮西之捷，魏人已服威名，何故又欲出也？万一不利，前功尽弃。"维曰："汝等只知魏国地宽人广，急不可得；却不知攻魏者有五可胜。"〔邓艾"五必出"，姜维"五可胜"，彼此若合符节。〕众问之，维答曰："彼洮西一败，挫尽锐气，吾兵虽退，不曾损折，今若进兵，一可胜也。〔邓艾所言一必出，维亦算在第一。〕吾兵船载而进，不致劳困，彼兵皆从旱地来迎，二可胜也。〔邓艾所算三必出，维却算在第二。〕吾兵久经训练之众，彼皆乌合之徒，不曾有法度，三可胜也。〔邓艾所言二必出，维却算在第三。〕吾兵自出祁山，掠抄秋谷为食，四可胜也。〔邓艾所言五必出，维却算在第四。〕彼兵须各守备，军力分开，吾兵一处而去，彼安能救？五可胜也。〔邓艾所言四必出，维却算在第五。〕不在此时伐魏，更待何时耶？"夏侯霸曰："艾年虽幼，而机谋深远；近封为安西将军之职，必于各处准备，非同往日矣。"〔维但能料其兵，霸则能料其将。〕维厉声曰："吾何畏彼哉！公等休长他人锐气，灭自己威风！吾意已决，必先取陇西。"众不敢谏。维自领前部，令众将随后而进。于是蜀兵尽离钟提，杀奔祁山来。〔此是四伐中原。〕哨马报说魏兵已先在祁山立下九个寨栅。维不信，引数骑凭高望之，果见祁山九寨势如长蛇，首尾相顾。维回顾左右曰："夏侯霸之言，信不诬矣。此寨形势绝妙，止吾师诸葛丞相能之；今观邓艾所为，不在吾师之下。"〔在姜维眼中、口中写一邓艾，然亦未见其人，但见其营，尚是虚写。〕遂回本寨，唤诸将曰："魏人既有准备，必知吾来矣。吾料邓艾必在此间。〔猜得着。〕汝等可虚张吾旗号，据此谷口下寨；每日令百余骑出哨，每出哨一回，换一番衣甲、旗号，按青、黄、赤、白、黑五方旗帜相换。〔示兵之多以疑之。〕吾却提大兵偷出董亭，径袭南安去也。"〔亦是好算。〕遂令鲍素屯兵于祁山谷口，维尽率大兵，望南安进发。

却说邓艾知蜀兵出祁山，早与陈泰下寨准备；见蜀兵连日不来搦战，一日五番哨马出寨，或十里或十五里而回。艾凭高望毕，慌入帐与陈泰曰："姜维不在此间，〔一个说邓艾必在此间，果然在此间；一个说姜维不在此间，果然不在此间。两个猜得都着，是对手拳头。〕必取董亭袭南安去了。〔料得如此。〕出寨哨马只是这几匹，更换衣甲，往来哨探，其马皆困乏，主将必无能者。陈将军可引一军攻之，其寨可破也。破了寨栅，便引兵袭董亭之路，先断姜维之后。〔先破前寨，却断后路，算出陈泰两路兵来。〕吾当先引一军救南安，径取武城山。若先占此山头，姜维必取上邽。上邽有一谷，名曰段谷，地狭山险，正好埋伏。彼来争武城山时，吾先伏两军于段谷，破维必矣。"【先到武城，却伏段谷，又算出自己两路兵来。】泰曰："吾守陇西二三十年，未尝如此明察地理。公之所言，真神算也！公可速去，吾自攻此处寨栅。"于是邓艾引军星夜倍道而行，径到武城山；下寨已毕，蜀兵未到，即令子邓忠，【邓忠于此出现。】与帐前校尉师纂，各引五千兵，先去段谷埋伏，如此如此而行。二人受计而去。艾令偃旗息鼓，以待蜀兵。

却说姜维从董亭望南安而来，至武城山前，谓夏侯霸曰："近南安有一山，名武城山；若先得了，可夺南安之势。只恐邓艾多谋，必先提防。"【你猜着我，我猜着你，好看杀人。】正疑虑间，忽然山上一声炮响，喊声大震，鼓角齐鸣，旌旗遍竖，皆是魏兵；中央风飘起一黄旗，大书"邓艾"字样。【又未见人，先见其旗，又只在姜维眼中虚写。】蜀兵大惊。山上数处精兵杀下，势不可当，前军大败。维急率中军人马去救时，魏兵已退。【恶甚。】维直来武城山下搦邓艾战，山上魏兵并不下来。【恶甚。但闻其声，不见其人。】维令军士辱骂，至晚，方欲退军，山上鼓角齐鸣，却又不见魏兵下来。【恶甚。又但闻其声，不见其人。】维欲上山冲杀，山上炮石甚严，不能得进。守至三更，欲回，山上鼓角又鸣。【恶甚。又但闻其声，不见其人。】维移兵下山屯扎。比及令军搬运木石，方欲竖立为寨，山上鼓角又鸣，魏兵骤至。【三番不下来，此处却突如其来。】蜀兵大乱，自相践踏，退回旧寨。次日，姜维令军士运粮草车仗，至武城山，穿连排定，欲立起寨栅，以为屯兵之计。是夜二更，邓艾令五百人，各执火把，分两路下山，【三番不下来，此处又突如其来。】放火烧车仗。两兵混杀了一夜，营寨又立不成。维复引兵退，再与夏侯霸商议曰："南安未得，不如先取上邽。上邽乃南安屯粮之所；若得上邽，南安自危矣。"【姜维亦料到此，但先为邓艾料去了，毕竟是邓艾先猜先着。】遂留霸屯于武城山，维尽引精兵猛将，径取上邽。行了一宿，将及天明，见山势狭峻，道路崎岖，乃问向导官曰："此处何名？"答曰："段谷。"维大惊曰："其名不美：'段谷'者，'断谷'也。倘有人断其谷口，如之奈何？"【读书至此，令人一吓，几为落凤坡、晋口川之续矣。】正踌躇未决，忽前军来报："山后尘头大起，必有伏兵。"维急令退兵。师纂、邓忠两军杀出，维且战且走，前面喊声大震，邓艾引兵杀到，三路夹攻，蜀兵大败。幸得夏侯霸引兵杀到，魏兵方退，救了姜维，欲再往祁山。霸曰："祁山寨已被陈泰打破，鲍素阵亡，全寨人马皆退回汉中去了。"【陈泰打寨，在夏侯霸口中虚写，省笔之法。】维不敢取董亭，急投山僻小路而回。后面邓艾急追，维令诸军前进，自为断后。正行之际，忽然山中一军突出，乃魏将陈泰也。魏兵一声喊起，将姜维困在垓心。维人马困乏，左冲右突，不能得出。荡寇将军张嶷，闻姜维受困，引数百骑杀入重围。维因乘势杀出。嶷被魏兵乱箭射死。维得脱重围，复回汉中，因感张嶷忠勇，殁于王事，乃表赠其子孙。于是，蜀中将士多有阵亡者，皆归罪于姜维。维照武侯街亭旧例，乃上表自贬为后将军，行大将军事。

抄旧文章，只是不如原稿。以上按
下蜀汉一边，以下再叙魏国一边。

　　却说邓艾见蜀兵退尽，乃与陈泰设宴相贺，大赏三军。泰表邓艾之功，司马昭遣使持节，加艾官爵，赐印绶；并封其子邓忠为亭侯。

　　时魏主曹髦，改正元三年为甘露元年。司马昭自为天下兵马大都督，出入常令三千铁甲骁将前后簇拥，以为护卫；宛然董卓变相。一应事务，不奏朝廷，就于相府裁处，宛然曹操后身。自此常怀篡逆之心。有一心腹人，姓贾名充，字公闾，及故建威将军贾逵之子，为昭府下长史。充语昭曰："今主公掌握大柄，四方人心必然未安；且当暗访，然后徐图大事。"昭曰："吾正欲如此。汝可为我东行，只推慰劳出征军士为名，以探消息。"贾充领命，径到淮南，入见镇东大将军诸葛诞。诞字公休，乃琅琊南阳人，即武侯之族弟也；兄弟三人分事三国，亦大奇事。向事于魏，因武侯在蜀为相，因此不得重用；后武侯身亡，诞在魏历任重职，封高平侯，总摄两淮军马。补叙诸葛诞前事。当日，贾充托名劳军，至淮南见诸葛诞。诞设宴待之。酒至半酣，充以言挑诞曰："近来洛阳诸贤，皆以主上懦弱，不堪为君。司马大将军三辈辅国，功德弥天，可以禅代魏统。未审钧意若何？"诞大怒曰："汝乃贾豫州之子，世食魏禄，安敢出此乱言！"写得诸葛诞义形于辞，不愧武侯族弟。充谢曰："某以他人之言告公耳。"诞曰："朝廷有难，吾当以死报之。"说得凛凛烈烈。充默然。

　　次日辞归，见司马昭细言其事。昭大怒曰："鼠辈安敢如此！"充曰："诞在淮南，深得人心，又在贾充口中补写诸葛诞平日。久必为患，可速除之。"昭遂暗发密书与扬州刺史乐綝，一面遣使赍诏征诞为司空。诞得了诏书，已知是贾充告变，遂捉来使拷问。使者曰："此事乐綝知之。"诞曰："他如何得知？"使者曰："司马将军已令人到扬州送密书与乐綝矣。"使者口中泄漏机密，妙在要言不烦。诞大怒，叱左右斩了来使，遂起部下兵千人，杀奔扬州来。将至南门，城门已闭，吊桥拽起。诞在城下叫门，城上并无一人回答。诞大怒曰："乐綝匹夫，安敢如此！"遂令将士打城。手下十余饶骑，下马渡壕，飞身上城，杀散军士，大开城门。于是诸葛诞引兵入城，乘风放火，杀至綝家。綝慌上楼避之。诞提剑上楼，大喝曰："汝父乐进，昔日受魏国大恩！不思报本，反欲顺司马昭耶！"乐进是曹操旧将，于此提照出来。綝未及回言，为诞所杀。一面具表数司马昭之罪，使人申奏洛阳；申罪致讨，比毌丘俭更是烈烈。一面大聚两淮屯田户口十余万，并扬州新降兵四万余人，积草屯粮，准备进兵；又令长史吴纲，送子诸葛靓入吴为质求援，务要合兵诛讨司马昭。志自可取，不必以成败论之。

此时东吴丞相孙峻病亡，从弟孙綝辅政。綝字子通，为人强暴，杀大司马滕胤、将军吕据、王惇等，^{顺笔带叙吴事。○前杀诸葛恪用详}因此权柄皆归于綝。吴主孙亮，虽然聪明，无可奈何。^{为后卷孙綝}于是吴纲将诸葛靓至石头城，入拜孙綝。綝问其故，纲曰："诸葛诞乃蜀汉诸葛武侯之族弟也，^{不说诸葛瑾之弟，而独说武侯者，因}向事魏国；今见司马昭欺君罔上，废主弄权，欲兴师讨之，而力不及，故特来归降。诚恐无凭，专送亲子诸葛靓为质。伏望发兵相助。"綝从其请，便遣大将全怿、全端为主将，于诠为合后，朱异、唐咨为先锋，文钦为向导，起兵七万，分三队而进。吴纲回寿春报知诸葛诞。诞大喜，遂陈兵准备。

却说诸葛诞表文到洛阳，司马昭见了大怒，欲自往讨之。贾充谏曰："主公承父兄之基业，恩德未及四海，今弃天子而去，若一朝有变，悔之何及？不如奏请太后及天子一同出征，可保无虞。"^{曹瞒但挟天子耳，贾充又教}昭喜曰："此言正合吾意。"遂入奏太后曰："诸葛诞谋反，臣与文武官僚，计议停当，请太后同天子御驾亲征，以继先帝之遗意。"^{孙綝将诸葛}头，司马昭却将太后^{诞儿子作当}太后畏惧，只得从之。次日，昭请魏主曹髦起程。髦曰："大将军都督天下军马，任从调遣，何必朕自行也？"昭曰："不然。昔日武祖纵横四海，文帝、明帝有包括宇宙之志，并吞八荒之心，凡遇大敌，必须自行。^{然未闻奉母}陛下正宜追配先君，扫清故孽，何自畏也？"髦畏威权，只得从之。昭遂下诏，尽起两都之兵二十六万，命镇南将军王基为正先锋，安东将军陈骞为副先锋，监军石苞为左军，兖州刺史州泰为右军，保护车驾，浩浩荡荡，杀奔淮南而来。

东吴先锋朱异，引兵迎敌。两军对圆，魏军中王基出马，朱异来迎。战不三合，朱异败走；唐咨出马，战不三合，亦大败而走。王基驱兵掩杀，吴兵大败，退五十里下寨，报入寿春城中。诸葛诞自引本部锐兵，会合文钦并二子文鸯、文虎，^{文鸯前卷不知下落，此}雄兵数万，来敌司马昭。正是：

　　　　方见吴兵锐气堕，又看魏将劲兵来。

未知胜负如何，且看下文分解。

第一百十二回

救寿春于诠死节

取长城伯约鏖兵

　　诸葛恪之进兵于新城，魏无衅之可窥。若孙綝之进兵于寿春，则乘魏之衅而动矣。毌丘俭之讨司马师，犹惧吴之袭其后。若诸葛诞之讨司马昭，则吴且为之援矣。綝之事易于恪，诞之事易于俭，而迄无成功者，是綝之才不如恪，诞之才亦不如俭也。然吴有不降贼之将，则于诠一人为忠臣；魏有不降贼之兵，则诸葛诞数百人皆义士。君子谓吴之一人，可以愧吴之众人；而诞之数百人，愈以重诞之一人云。

　　威克厥爱，为将之道固然；而用法太严，御人太酷，又必败之理也。朱异不杀，则吴将不至离心；文钦不诛，则魏将不至解体。读书至此，可为严酷者之戒。

　　曹操筑土城于潼关之西，地高而无水患；司马昭筑土城于淮水之南，地卑而有水患。无水患，则城难堕；有水患，则城易堕也。而天雨不降，淮水不发。与寿春相拒数月，而曾不得上方谷一日之雨；以淮河之势，而曾不及铁笼山一井之涨溢。此实天意，岂人事哉！此谯周《仇国论》之所以作也。

　　谯周《仇国论》，不过以成败利钝为言耳。其不作于武侯伐魏之时，而作于姜维伐魏之时者，盖武侯"非所逆睹"一语，已足以破之矣。使人尽明哲，孰竭愚忠？使人尽知天，孰尽人事？故后世人臣有报国之志者，愿读《出师表》，不愿读《仇国论》。

　　闻魏之衅而起，闻吴之败而止，此姜维五伐中原之师所以一出而即返。前于三伐、四伐之时，魏军中早有一邓艾，为之设谋，为之画策，而维与艾尚未识面。直至此卷，而又先见其子，后见其父。及既见之后，而又略战而退，未及大决雌雄。其事之纡徐，文之曲折如此。读书至此，又乐得而观其后矣。

　　却说司马昭闻诸葛诞会合吴兵前来决战，乃召散骑长史裴秀、黄门侍郎钟会，商议破敌之策。钟会曰："吴兵之助诸葛诞，实为利也；以利诱之，则必胜矣。"〔利与义相对，不为义则必为利。为魏讨贼者义也，会以吴人为利，则诞之义可知矣。〕昭从其言，遂令石苞、州泰先引两军于石头城埋伏，王基、陈骞领精兵在后，却令偏将成倅引兵数万先去诱敌；又令陈俊引车仗牛马驴骡，装载赏军之物，四面聚集于阵中，如敌来则弃之。

　　是日，诸葛诞令吴将朱异在左，文钦在右，见魏阵中人马不整，诞乃大驱士马径进。成倅退走，诞驱兵掩杀，见牛马驴骡，遍满郊野；南兵争取，无心恋战。〔此曹操破文丑之计，其解渭桥之厄亦以此。〕忽然一声炮响，两路兵杀来：左有石苞，右有州泰。诞大惊，急欲退时，王基、陈骞精兵杀到。诞兵大败。司马昭又引兵接应。诞引败兵奔入寿春，闭门坚守。昭令兵四面围困，并力攻城。

　　时吴兵退屯安丰，魏主车驾驻于项城。钟会曰："今诸葛诞虽败，寿春城中粮草尚多，更有吴兵屯安丰以为掎角之势；今吾兵四面攻围，彼缓则坚守，急则死战；吴兵或乘势夹攻，吾军无益。不如三面攻之，留南门大路，容贼自走；走而击之，可全胜也。^{先算诸葛诞。}吴兵远来，粮必不继；我引轻骑抄在其后，可不战而自破矣。"^{次算吴兵。}昭抚会背曰："君真吾之子房也。"^{曹操以荀彧为子房，昭又以钟会为子房，前后遥相照映。}遂令王基撤退南门之兵。

却说吴兵屯于安丰，孙綝唤朱异责之曰："量一寿春城不能救，安可并吞中原？如再不胜必斩！"^{一味好杀，安能成功。}朱异乃回本寨商议。于诠曰："今寿春南门不围，某愿领一军从南门入去，助诸葛诞守城。将军与魏兵挑战，我却从城中杀出，两路夹攻，魏兵可破矣。"^{此计亦妙，但城中增兵则粮愈少耳。}异然其言。于是全怿、全端、文钦等，皆愿入城，遂同于诠引兵一万，从南门而入城。^{本欲虚一门以待诞之走，不想吴兵反从此而入，出于意外。}魏兵不得将令，未敢轻敌，任吴兵入城，乃报知司马昭。昭曰："此欲与朱异内外夹攻，以破我军也。"乃召王基、陈骞吩咐曰："汝可引五千兵截断朱异来路，从背后击之。"^{于诠所算，又早被司马昭所算。}二人领命而去。朱异正引兵来，忽背后喊声大震：左有王基，右有陈骞，两路军杀来。吴兵大败。朱异回见孙綝，綝大怒曰："累败之将，要汝何用！"叱武士推出斩之。^{一味好杀，安能成功。}又责全端子全祎曰："若退不得魏兵，汝父子休来见我！"^{是驱之降魏。}于是孙綝自回建业去了。

钟会与昭曰："今孙綝退去，外无救兵，城可围矣。"昭从之，遂催军攻围。全祎引兵欲入寿春，见魏兵势大，寻思进退无路，遂降司马昭。^{势所必然。}昭加祎为偏将军。^{一以杀驱之，一以赏招之。}祎感昭恩德，乃修家书与父全端、叔全怿，言孙綝不仁，不若降魏，将书射入城中。怿得祎书，遂与端引数千人开门出降。诸葛诞在城中忧闷，谋士蒋班、焦彝进言曰："城中粮少兵多，不能久守，可率吴、楚之众，与魏兵决一死战。"诞大怒曰："吾欲守，汝欲战，莫非有异心乎！再言必斩！"^{与孙綝之令无异。}二人仰天长叹曰："诞将亡矣！我等不如早降，免至一死！"是夜二更时分，蒋、焦二人逾城降魏，司马昭重用之。^{又以赏招之。}因此城中虽有敢战之士，不敢言战。

诞在城中，见魏兵四下筑起土城以防淮水，只望水泛，冲倒土城，驱兵击之。不想自秋至冬，并无霖雨，淮水不泛。^{岂非天意。}城中看看粮尽，文钦在小城内与二子坚守，见军士渐渐饿倒，只得来告诞曰："粮皆尽绝，军士饿损，不如将北方之兵尽放出城，以省其食。"^{去兵亦所以足食。}诞大怒曰："汝教我尽去北军，欲谋我耶？"叱左右推出斩之。^{又是一个孙綝。}文鸯、文虎见父被杀，各拔短刀，立杀数十人，飞身上城，一跃而下，越壕赴魏寨投降。司马昭恨文鸯昔日单骑退兵之仇，欲斩之。^{照应一百十卷中事。}钟会谏曰："罪在文钦，今文钦已亡，二子势穷来归，若杀降将，是坚城内人之心也。"昭从之，遂召文鸯、文虎入帐，用好言抚慰，赐骏马锦衣，加为偏将军，封关内侯。_{要杀则竟杀，不杀则抚之、慰之、爵之、禄之，直是老瞒手段。}二子拜谢，上马绕城大叫曰："我二人蒙大将军赦罪赐爵，汝等何不早降！"城内人闻言，皆计议曰："文鸯乃司马氏仇人，尚且重用，何况我等乎？_{如什方侯故事。}"于是皆欲投降。诸葛诞闻之大怒，日夜自来巡城，以杀为威。_{又是一个孙綝，如此安得不败。}

锺会知城中人心已变，乃入帐告昭曰："可乘此时攻城矣。"昭大喜，遂激三军，四面云集，一齐攻打。守将曾宣献了北门，放魏兵入城。_{必至于此。}诞知魏兵已入，慌引麾下数百人，自城中小路突出；至吊桥边，正撞着胡奋，手起刀落，斩诞于马下，数百人皆被缚。_{必至于此。}王基引兵杀到西门，正遇吴将于诠。基大喝曰："何不早降！"诠大怒曰："受命而出，为人救难，既不能救，又降他人，义所不为也！"乃掷盔于地，大呼曰："人生在世，得死于战场者，幸耳！"急挥刀死战三十余合，人困马乏，为乱军所杀。_{孔曰"成仁"，孟曰"取义"，于诠有焉。}后人有诗赞曰：

> 司马当年围寿春，降兵无数拜车尘。
>
> 东吴虽有英雄士，谁及于诠肯杀身！

司马昭入寿春，将诸葛诞老小尽皆枭首，灭其三族。武士将所擒诸葛诞部卒数百人缚至。昭曰："汝等降否？"众皆大叫曰："愿与诸葛公同死，决不降汝！"_{有卒如此，可不愧诸葛二字。}昭大怒，叱武士尽缚于城外，逐一问曰："降者免死。"并无一人言降。直杀至尽，终无一人降者。_{与张睢阳之事相似。}昭深加叹息不已，令皆埋之。后人有诗赞曰：

> 忠臣矢志不偷生，诸葛公休帐下兵。
>
> 《薤露》歌声应未断，遗踪直欲继田横！

却说吴兵大半降魏，裴秀告司马昭曰："吴兵老小，尽在东南江、淮之地，今若留之，久必为变；不如坑之。"_{李广不封侯，只为杀降之故，何秀之不仁也。}锺会曰："不然。古之用兵者，全国为上，戮其元恶而已。若尽坑之，是不仁也。不如放归江南，以显中国之宽大。"_{会之言与秀天渊，宜独为夏侯霸之所称许。}昭曰："此妙论也。"遂将吴兵尽皆放归本国。_{从来成大事者，必能用善言。}唐咨因惧孙綝，不敢回国，亦来降魏。昭皆重用，令分布三河之地。淮南已平。正欲退兵，忽报西蜀姜维引兵来取长城，邀截粮草。_{姜维此来，先在司马昭一边听得，又是一样笔法。}昭大惊，慌与多官计议退兵之策。

时蜀汉延熙二十年，改为景耀元年。姜维在汉中，选川将两员，每日操练人马：一是蒋舒，一是傅佥。二人颇有胆勇，维甚爱之。忽报淮南诸葛诞起兵讨司马昭，东吴孙綝助之。昭大起两都之兵，将魏太后并魏主一同出征去了。^{只听得二半。}维大喜曰："吾今番大事济矣！"^{吾亦谓然。}遂表奏后主，愿兴兵伐魏。中散大夫谯周听知，叹曰："近来朝廷溺于酒色，信任中贵黄皓，^{黄皓事，借谯周口中叙出。}不理国事，只图欢乐；伯约累欲征伐，不恤军士，国将危矣！"乃作《仇国论》一篇，寄与姜维。维拆封视之。论曰：

或问：古往能以弱胜强者，其术何如？曰：处大国无患者，恒多慢；处小国有忧者，恒思善。多慢则生乱，思善则生治，理之常也。故周文养民，以少取多；勾践恤众，以弱毙强。此其术也。

或曰：曩者楚强汉弱，约分鸿沟，张良以为民志既定则难动也，率兵追羽，终毙项氏；岂必由文王、勾践之事乎？曰：商、周之际，王侯世尊，君臣久固。当此之时，虽有汉祖，安能仗剑取天下乎？及秦罢侯置守之后，民疲秦役，天下土崩，于是豪杰并争。今我与彼，皆传国易世矣，既非秦末鼎沸之时，实有六国并据之势，故可为文王，难为汉祖。时可而后动，数合而后举，故汤、武之师，不再战而克，诚重民劳而度时审也。如遂极武黩征，不幸遇难，虽有智者，不能谋之矣。

姜维看毕，大怒曰："此腐儒之论也！"掷之于地，遂提川兵来取中原。乃问傅佥曰："以公度之，可出何地？"佥曰："魏屯粮草，皆在长城；今可径取骆谷，度沈岭，直到长城，先烧粮草，^{魏兵屡次断蜀之粮，今则是蜀兵取魏之粮，反而用之。又变一样文法。}然后直取秦川，则中原指日可得矣。"维曰："公之见与吾计暗合也。"即提兵径取骆谷，度沈岭，望长城而来。^{此是五伐中原。}

却说长城镇守将军司马望，乃司马昭之族兄也。城内粮草甚多，人马却少。望听知蜀兵到，急与王真、李鹏二将，引兵离城二十里下寨。次日，蜀兵来到，望引二将出阵。姜维出马，指望而言曰："今司马昭迁主于军中，必有李傕、郭汜之意也。^{直应第九卷中事。}吾今奉朝廷明命，前来问罪，汝当早降。若还愚迷，全家诛戮！"望大声而答曰："汝等无礼，数犯上国，如不早退，令汝片甲不归！"言未毕，望背后王真挺枪出马，蜀阵中傅佥出迎。战不十合，佥卖个破绽，王真便挺枪来刺；傅佥闪过，活捉真于马上，便回本阵。李鹏大怒，纵马轮刀来救。佥故意放慢，等李鹏将近，努力掷真于地，暗掣四楞铁简在手；鹏赶上举刀待砍，傅金偷身回顾，向李鹏面门只一简，打得眼珠迸出，死于马下。写傅金不惟能谋，且又能勇。王真被蜀军乱枪刺死。姜维驱兵大进。司马望弃寨入城，闭门不出。维下令曰："军士今夜且歇一宿，以养锐气。来日须要入城。"次日平明，蜀兵争先大进，一拥至城下，用火箭火炮打入城中。城上草屋一派烧着，魏兵自乱。维又令人取干柴堆满城下，一齐放火，烈焰冲天。几同博望、新野。城已将陷，魏兵在城内嚎啕痛哭，声闻四野。

正攻打之间，忽然背后喊声大震。维勒马回看，只见魏兵鼓噪摇旗，浩浩而来。来得突兀。维遂令后队为前队，自立于门旗下候之。只见魏阵中一小将，全装惯带，挺枪纵马而出，约年二十余岁，面如傅粉，唇似抹朱，厉声大叫曰："认得邓将军否！"小小年纪，便尔油嘴。维自思曰："此必是邓艾矣。"在姜维意中虚猜一邓艾。挺枪纵马来迎。二人抖擞精神，战到三四十合，不分胜负。那小将军枪法无半点放闲。维心中自思："不用此计，安得胜乎？"便拨马望左边山路中而走。那小将骤马追来，维挂住了钢枪，暗取雕弓羽箭射之。那小将眼乖，早已见了，弓弦响处，把身望前一倒，放过羽箭。维回头看时，小将已到，挺枪来刺；维一闪，那枪从肋旁边过，被维挟住。那小将弃枪，望本阵而走。维嗟叹曰："可惜！可惜！"再拨马赶来。追至阵门前，一将提刀而出曰："姜维匹夫，勿赶吾儿！邓艾在此！"在姜维耳中实听一邓艾。维大惊。原来小将乃艾之子邓忠也。此处方才叙明前文，故意令人不测。○钟会弟胜于兄，邓家子如其父，然则艾艾真有两艾，凤兮不止一凤矣。维暗暗称奇；欲战邓艾，又恐马乏，乃虚指艾曰："吾今日识汝父子也。幸会，幸会。各且收兵，来日决战。"艾见战场不利，亦勒马应曰："既如此，各自收兵，暗算者非丈夫也。"于是两军皆退。邓艾据渭水下寨，姜维跨两山安营。艾见了蜀兵地理，乃作书于司马望曰："我等切不可战，只宜固守。待关中兵至时，蜀兵粮草皆尽，三面攻之，无不胜也。今遣长子邓忠相助守城。"一面差人于司马昭处求救。

却说姜维令人于艾寨中下战书，约来日大战，艾佯应之。恶极。次日五更，维令三军造饭，平明布阵等候。艾营中偃旗息鼓，却如无人之状。恶极。维至晚方回。次日又令人下战书，责以失期之罪。艾以酒食待使，答曰："微躯小疾，有误相持，明日会战。"却像回债的。次日，维又引兵来，艾仍前不出。如司马懿受巾帼时。如此五六番。总叙一句省笔。傅金谓维曰："此必有谋也，宜防之。"维曰："此必�=关中兵到，三面击我耳。吾今令人持书与东吴孙綝，使并力攻之。"忽探马报说："司马昭攻打寿春，杀了诸葛诞，吴兵皆降。昭班师回洛阳，便欲引兵来救长城。"司马昭一边事，在姜维耳中，却分作两番听得。维大惊曰："今番伐魏，又成画饼矣。不如且回。"正是：

已叹四番难奏绩，又嗟五度未成功。

未知如何退兵，且看下文分解。

第一百十三回

丁奉定计斩孙綝

姜维斗阵破邓艾

　　天之报恶人，有报之奇者，有报之正者。曹丕以臣废君，而司马师亦以臣废君，此如其事以报之者也，报之奇者也；孙綝以臣废君，而孙休乃以君灭臣，此反其事以报之者也，报之正者也。天以为报之奇者不可训，则还以报之正者训天下而已矣。

　　吴之有孙綝，犹魏之有曹爽也。而司马懿以异姓去宗室，而政不复归于曹；丁奉亦以异姓去宗室，而政犹归于孙，则何也？孙峻之后有孙綝，犹司马懿之后有师、昭也。毌丘俭、诸葛诞以起兵讨师、昭而不胜，丁奉、张布以杯酒杀孙綝而有余，则又何也？曰：魏之得国也以篡，吴之得国也不以篡，故魏之将灭，天必假手于其臣，而吴之将灭，天不必假手于其臣耳。

　　献帝谋诛权臣，而一泄于国舅董承，再泄于国丈伏完，有两事焉。若曹芳托国丈而事泄，止如汉之一事也；孙亮则因国舅以及国丈而事泄，是一事而合汉之两事也。且伏完为后父，而张缉亦为后父，董承受血诏，而张缉亦受血诏，则以魏之一人，兼为汉之两人。董承不必有父，而全纪有父，伏完不必有儿，而全尚有儿，则又以汉之两家，并为吴之一家。读《三国》者，读至后幅，有与前事相犯，而读之更无一毫相犯。愈出愈幻，岂非今古奇观！

　　雍纠之妻，祭仲之女也，而以父杀夫非也；卢蒲癸之妻，庆舍之女也，而以夫杀父亦非也。况全尚之妻，乃以兄之故，而杀其夫，又以兄之故，而并杀其子乎？然君子不责全尚之妻，而责全尚何也？国家之事而谋及妇人，宜其败也。知其必败，不可以学雍纠；即幸而不至于败，不可以学卢蒲癸。

　　孙亮知黄门之小过，而刘禅不能识黄门之大奸；孙休知邻国之是非，而刘禅不能知本国之得失：先主之后人，不及孙权之后人远矣。作者合而叙之，使人于相形之下见其短长云。

　　吴主以蜀有内侍之乱，而特使人以敌国之外患警之。此绝妙斗笋处，亦绝妙伏线处。何谓斗笋？姜维因外患而动，则伐魏之笋，于此斗也。何谓伏线？姜维因内侍而归，则班师之线，又于此伏也。叙事作文，如此结构，可谓匠心。

　　武侯以出祁山而胜，姜维亦以出祁山而胜。姜维能继武侯，则姜维之六伐中原，即谓是武侯之七出祁山可也。且其事多有仿佛者：武侯与仲达斗阵法，姜维亦与邓艾斗阵法；而武侯斗阵只是一番，姜维斗阵却有两番。邓艾斗阵是真，即以斗阵破之；司马望斗阵是假，又不必以斗阵破之：则姜维又得武侯之意而化之矣。武侯好布八门阵，姜维好布长蛇阵。武侯布八门阵于祁山，先有鱼腹浦边之石以为之端；姜维布长蛇阵于祁山，先有天水城外之火以为之端。陆逊不遇黄承彦必亡，邓艾不得司马望亦必死。一样惊人，一样出色。每见读《三国志》者，谓武侯死后，便不堪寓目。今试观此篇，与武侯存日，岂有异哉？

　　司马懿用反间之计退武侯，邓艾亦用反间之计退姜维，诚前后一辙矣。然司马懿即以蜀人苟安为反间，是以蜀间蜀；邓艾必使魏人党均行反间，是以魏间蜀也。顾使蜀中无黄皓，魏即遣百党均，亦何益哉？然则邓艾之计，仍谓之以蜀间蜀也可。

却说姜维恐救兵到，先将军器车仗，一应军需，步兵先退，然后将马军断后。细作报知邓艾。艾笑曰："姜维知大将军兵到，故先退去。不必追之，追则中彼之计也。"乃令人哨探，回报果然骆谷道狭之处，堆积柴草，准备要烧追兵。^{积草烧追兵之计，不在姜维一}^{边实叙，却在探马口中虚叙。}众皆称艾曰："将军真神算也！"遂遣使赍表奏闻。于是司马昭大喜，又加赏邓艾。^{此下按下蜀魏，}^{专叙东吴。}

却说东吴大将军孙綝，听知全端、唐咨等降魏，勃然大怒，将各人家眷，尽皆斩之。^{与先主不杀黄权家属，}^{厚薄相去天壤。}吴主孙亮，时年方十六，见綝杀戮太过，心甚不然。一日出西苑，因食生梅，令黄门取蜜。须臾取至，见蜜内有鼠粪数块，召藏吏责之。藏吏叩首曰："臣封闭甚严，安有鼠粪？"亮曰："黄门曾向尔求蜜食否？"^{问得聪}^{明。}藏吏曰："黄门于数日前曾求蜜食，臣实不敢与。"亮指黄门曰："此必汝怒藏吏不与尔蜜，故置粪于蜜中，以陷之也。"^{一语道}^{着。}黄门不服。^{从来偷食人}^{极嘴强。}亮曰："此事易知耳。若粪久在蜜中，则内外皆湿；若新在蜜中，则外湿内燥。"^{小智耳，妙}^{在敏捷。}命剖视之，果然内燥，黄门服罪。亮之聪明，大抵如此。^{载一小事之明，以见其大事之察。然无}^{大事可叙者，以大事俱归于孙綝故耳。}虽然聪明，却被孙綝把持，不能主张。綝令弟威远将军孙据入苍龙宿卫，武卫将军孙恩、偏将军孙干、长水校尉孙闿分屯诸营。^{孙綝父子兄弟五人，与曹}^{爽兄弟三人，正复相似。}

一日，吴主孙亮闷坐，黄门侍郎全纪在侧，纪乃国舅也。亮因泣告曰："孙綝专权妄杀，欺朕太甚；今不图之，必为后患。"^{如曹芳之}^{告张缉。}纪曰："陛下但有用臣处，臣万死不辞。"亮曰："卿可只今点起禁兵，与将军刘丞各把城门，朕自出杀孙綝。^{如曹髦之自}^{讨司马昭。}但此事切不可令卿母知之，卿母乃綝之姊也。倘若泄漏，误朕匪轻。"^{一脉亲戚，却在}^{孙亮口中叙出。}纪曰："乞陛下草诏与臣。临行事之时，臣将诏示众，使綝手下人皆不敢妄动。"亮从之，即写密诏付纪。^{密诏请而后与，较曹芳之自}^{书血诏付张缉，又是不同。}纪受诏归家，密告其父全尚。尚知此事，乃告妻曰："三日内杀孙綝矣。"^{子不告其母，而夫乃告其妻，可见夫}^{妻之情，密于子母也，为一叹。}妻曰："杀之是也。"口虽应之，却私令人持书报知孙綝。^{不顾其夫，不顾其子，而但以内家为}^{重，今之妇人多有之矣。又为一叹。}綝大怒，当夜便唤弟兄四人，点起精兵，先围大内；一面将全尚、刘丞并其家小俱拿下。比及平明，吴主孙亮听得宫门外金鼓大震，内侍慌入奏曰："孙綝引兵围了内苑。"亮大怒，指全后骂曰："汝父兄误我大事矣！"乃拔剑欲出。全后与侍中近臣，皆牵其衣而哭，不放亮出。孙綝先将全尚、刘丞等杀讫，^{一个妇}^{人送了}^{老公与儿}^{子也。}然后召文武于朝内，下令曰："主上荒淫久病，昏乱无道，不可以奉宗庙，今当废之。汝诸文武，敢有不从者，以谋叛论！"众皆畏惧，应曰："愿从将军之令。"尚书桓彝大怒，从班部中挺然而出，指孙綝大骂曰："今上乃聪明之主，汝何敢出此乱言！吾宁死不从贼臣之命！"^{全纪不得为孝子，}^{桓彝乃可为忠臣。}綝大怒，自拔剑斩之，即入内指吴王孙亮骂曰："无道昏君！本当诛戮以谢天下！看先帝之面，废汝为会稽王，吾自选有德者立之！"叱中书郎李崇夺其玺绶，令邓程收之。亮大哭而去。^{与司马师废曹芳一样手段。}后人有诗叹曰：

乱贼诬伊尹，奸臣冒霍光。

可怜聪明主，不得莅朝堂。

孙綝遣宗正孙楷、中书郎董朝，往虎林迎请琅琊王孙休为君。休字子烈，乃孙权第六子也，在虎林夜梦乘龙上天，回顾不见龙尾，失惊而觉。^{乘龙者应在为君，无尾应在其子之不得立也。}次日，孙楷、董朝至，拜请回都。行至曲阿，有一老人，自称姓干，名休，叩头言曰："事久必变，愿殿下速行。"休谢之。行至布塞亭，孙恩将车驾来迎。休不敢乘辇，乃坐小车而入。百官拜迎道旁，休慌忙下车答礼。孙綝出令扶起，请入大殿，升御座即天子位。休再三谦让，方受玉玺。文官武将朝贺已毕，大赦天下，改元永安元年；封孙綝为丞相、荆州牧；多官各有封赏；又封兄之子孙皓为乌程侯。^{为后文嗣位张本。}孙綝一门五侯，皆典禁兵，权倾人主。吴主孙休，恐其内变，阳示恩宠，内实防之。綝骄横愈甚。

冬十二月，綝奉牛酒入宫上寿，吴主孙休不受。綝怒，乃以牛酒诣左将军张布府中共饮。酒酣，乃谓布曰："吾初废会稽王时，人皆劝吾为君。吾为今上贤，故立之。今我上寿而见拒，是将我等闲相待。吾早晚教你看！"^{周郎对蒋干醉话，是假；孙綝对张布醉语，是真。}布闻言，唯唯而已。次日，布入宫密奏孙休。休大惧，日夜不安。数日后，孙綝遣中书郎孟宗，拨与中营所管精兵一万五千，出屯武昌；又尽将武库内军器与之。于是，将军魏邈、武卫士施朔二人密奏孙休曰："綝调兵在外，又搬尽武库内军器，早晚必为变矣。"^{孙休此时干休不得。}休大惊，急召张布计议。布奏曰："老将丁奉，计略过人，能断大事，可与议之。"休乃召奉入内，密告其事。奉奏曰："陛下无忧。臣有一计，为国除害。"休问何计，奉曰："来朝腊日，只推大会群臣，召綝赴席，臣自有调遣。"休大喜。奉同魏邈、施朔掌外事，张布为内应。

是夜，狂风大作，飞沙走石，将老树连根拔起。天明风定，使者奉旨来请孙綝入宫赴会。孙綝方起床，平地如人推倒，^{与诸葛恪家黄犬衔衣，孝子入门之怪，仿佛相似。}心中不悦。使者十余人，簇拥入内。家人止之曰："一夜狂风不息，今早又无故惊倒，恐非吉兆，不可赴会。"^{与诸葛恪入朝时仿佛相似。}綝曰："吾弟兄共典禁兵，谁敢近身！倘有变动，于府中放火为号。"嘱讫，升车入内。吴主孙休忙下御座迎之，请綝高坐。酒行数巡，^{与诸葛恪饮酒时仿佛相似。}众惊曰："宫外望有火起！"^{此是丁奉等在外擒孙家兄弟时也，妙在虚写。}綝便欲起身。休止之曰："丞相稳便。外兵自多，何足惧哉？"言未毕，左将军张布拔剑在手，引武士三十余人，抢上殿来，口中厉声而言曰："有诏擒反贼孙綝！"　令人追想孙峻杀诸葛恪时。綝急欲走时，早被武士擒下。綝叩头奏曰："愿徙交州归田里。"休叱曰："尔何不徙滕胤、吕据、王惇耶？"　即以前事问之，现前果报。命推下斩之。于是张布牵孙綝下殿东斩讫，前谓布云"吾早晚教你看"，不想"看"出这局面来。从者皆不敢动。布宣诏曰："罪在孙綝一人，余皆不问。"众心乃安。布请孙休升五凤楼。丁奉、魏邈、施朔等，擒孙綝兄弟至，张布一边用实写，丁奉等一边用虚写，省笔之法。休命尽斩于市。宗党死者数百人，灭其三族，命军士掘开孙峻坟墓，戮其尸首。将被害诸葛恪、滕胤、吕据、王惇等家，重建坟墓，以表其忠。其牵累流远者，皆赦还乡里。旧案尽翻。丁奉等重加封赏。

驰书报入成都。后主刘禅遣使回贺，吴使薛珝答礼。使命往来，叙得简略，省笔之法。珝自蜀中归，吴主孙休问蜀中近日作何举动。珝奏曰："近日中常侍黄皓用事，公卿多阿附之。入其朝，不闻直言；经其野，民有菜色。所谓'燕雀处堂，不知大厦之将焚'者也。"西蜀事在吴使口中虚写一番，妙在有意无意写来，只为后文姜维回兵伏线。休叹曰："若诸葛武侯在时，何至如此乎！"于是又写国书，教人赍入成都，说司马昭不日篡魏，必将侵吴、蜀以示威，彼此各宜准备。因其不知内忧，故以外患动之。

姜维听得此信，忻然上表，再议出师伐魏。孙休本欲以外患动其内忧，姜维乃舍内忧而图其外患，绝妙斗笋。时蜀汉景耀元年冬，大将军姜维以廖化、张翼为先锋，王含、蒋斌为左军，蒋舒、傅佥为右军，胡济为合后，维与夏侯霸总中军，共起蜀兵二十万，拜辞后主，径到汉中。与夏侯霸商议，当先攻取何地。霸曰："祁山乃用武之地，可以进兵，故丞相昔日六出祁山，因他处不可出也。"总照数卷以前之事。维从其言，遂令三军并望祁山进发，此是六伐中原。至谷口下寨。时邓艾正在祁山寨中，整点陇右之兵。忽流星马报到，说蜀兵现下三寨于谷口。艾听知，遂登高看了，回寨升帐，大喜曰："不出吾之所料也！"原来邓艾先度了地脉，故留蜀兵下寨之地；地中自祁山寨直至蜀寨，早挖了地道，待蜀兵至时，于中取事。邓艾一边事，却从此处补出。此时姜维至谷口分作三寨，地道正在左寨之中，乃王含、蒋斌下寨之处。邓艾唤子邓忠，与师纂各引一万兵，为左右冲击；却唤副将郑伦，引五百掘子军，于当夜二更，径从地道直至左营，于帐后地下拥出。以攻城之法攻营，不从天降却从地出。

却说王含、蒋斌因立寨未定，恐魏兵来劫寨，不敢解甲而寝。忽闻中军大乱，急绰兵器上的马时，寨外邓忠引兵杀到。内外夹攻，王、蒋二将奋死抵敌不住，弃寨而走。姜维在帐中听得左寨中大喊，料道有内应外合之兵，遂急上马，立于中军帐前，传令曰："如有妄动者斩！便有敌兵到营边，休要问他，只管以弓弩射之！"一面传示右营，亦不许妄动。〔与张辽之守合淝仿佛相似。〕果然魏兵十余次冲击，皆被射回。只冲杀到天明，魏兵不敢杀入。〔此处却无地孔可钻，但能直入，不能横进。〕邓艾收兵回寨，乃叹曰："姜维深得孔明之法！兵在夜而不惊，将闻变而不乱，真将才也！"次日，王含、蒋斌收聚败兵，伏于大寨前请罪。维曰："非汝等之罪，乃吾不明地脉之故也。"〔谁周以为不知天时。〕又拨军马，令二将安营讫。却将伤死身尸，填于地道之中，以土掩之。〔以地道为蜀人之冢，哀哉。〕令人下战书单搦邓艾来日交锋。艾忻然应之。

　　次日，两军列于祁山之前。维按武侯八阵之法，依天、地、风、云、鸟、蛇、龙、虎之形，分布已定。邓艾出马，见维布成八卦，乃亦布之，左右前后，门户一般。〔前有武侯与仲达斗阵，今又有姜维与邓艾斗阵。前是仲达先布，各自一样；此是邓艾后布，却是学样。〕维持枪纵马大叫曰："汝效吾排八阵，亦能变阵否？"艾笑曰："汝道此阵只汝能布耶？吾既会布阵，岂不知变阵！"艾便勒马入阵，令执法官把旗左右招飐，变成八八六十四个门户；〔好看。〕复出阵前曰："吾变法若何？"维曰："虽然不差，汝敢与吾八阵相围么？"〔前武侯是教仲达打阵，今姜维却教邓艾围阵，又自不同。〕艾曰："有何不敢！"两军各依队伍而进。艾在中军调遣。两军冲突，阵法不曾错动。姜维到中间，把旗一招，忽然变成"长蛇卷地阵"，〔邓艾会做穿山甲，今却遇了卷地蛇。〕将邓艾困在垓心，四面喊声大震。艾不知其阵，心中大惊。蜀兵渐渐逼近，艾引众将冲突不出。只听得蜀兵齐叫曰："邓艾早降！"艾仰天长叹曰："我一时自逞其能，中姜维之计矣！"〔读至此，令人拍案一快。〕

　　忽然西北角上一彪军杀入，艾见是魏兵，遂乘势杀出。救邓艾者，乃司马望也。〔出于意外，令人废书一叹。〕比及救出邓艾时，祁山九寨，皆被蜀兵所夺。〔读至此又令人拍案一快。〕艾引败兵，退于渭水南下寨。艾谓望曰："公何以知此阵法而救出我也？"望曰："吾幼年游学于荆南，曾与崔州平、石广元为友，讲论此阵。〔此二人从先主三顾时叙之提矣，忽于此处照应出来，妙极。〕今日姜维所变者，乃'长蛇卷地阵'也。若他处击之，必不可破。吾见其头在西北，故从西北击之，自破矣。"〔蛇无头而不行。〕艾谢曰："我虽学得阵法，实不知变法。公既知此法，来日以此法复夺祁山寨栅，如何？"望曰："我之所学，恐瞒不过姜维。"艾曰："来日公在阵上与他斗阵法，我却引一军暗袭祁山之后。两下混战，可夺旧寨也。"〔不欲以斗胜之，却欲以诈斗胜之。〕于是令郑伦为先锋，艾自引军袭山后；一面令人下战书，搦姜维来日斗阵法。〔来日候教，伏惟枉临。〕维批回去讫，乃谓众将曰："吾受武侯所传密书，此阵变法共三百六十五样，按周天之数。今搦吾斗阵法，乃'班门弄斧'耳！但中间必有诈谋，公等知之乎？"〔妙在姜维不自说出。〕廖化曰："此必赚我斗阵法，却引一军袭我后也。"〔妙在等廖化说出此意。〕维笑曰："正合我意。"即令张翼、廖化，引一万兵去山后埋伏。

　　次日，姜维尽拔九寨之兵，分布于祁山之前。司马望引兵离了渭南，径到祁山之前，出马与姜维答话。维曰："汝请吾斗阵法，汝先布与吾看。"望布成了八卦。维笑曰："此即吾所布八阵之法也。汝今盗袭，何足为奇！"〔今人都是盗袭，那个是自己做出来的？〕望曰："汝亦窃他人之法耳！"维曰："此阵凡有几变？"望笑曰："吾既能布，岂不会变？此阵有九九八十一变。"〔比姜维学问没有一半，便要出来比试，极像今日子弟略读几句文字，便欲出来会考也。〕维笑曰："汝试变来。"望入阵变了数番，复出阵曰："汝识吾变否？"维笑曰："吾阵法按周天三百六十五变。汝乃井底之蛙，安知玄奥乎！"望自知有此变法，实不曾学全，乃勉强折辩曰："吾不信，汝试变来。"〔今日空疏之腹反不信淹博之人，往往如此。〕维曰："汝教邓艾出来，吾当布与他看。"望曰："邓将军自有良谋，不好阵法。"维大笑曰："有何良谋！不过教汝赚吾在此布阵，他却引兵袭吾山后耳！"〔此言洞见肺腑，胜领教阵法多矣。〕望大惊，恰欲进兵混战，被维以鞭梢一指，两翼兵先出，杀的那魏兵弃甲抛戈，各逃性命。〔读至此，令人拍案一快。○此时蜀兵亦有长蛇卷阵之势。〕

　　却说邓艾催督先锋郑伦来袭山后。伦刚转过山角，忽然一声炮响，鼓角喧天，伏兵杀出：为首大将，乃廖化也。二人未及答话，两马交处，被廖化一刀，斩郑伦于马下。〔阵不会斗，将亦不经斗。〕邓艾大惊，急勒兵退时，张翼引一军杀到。两下夹攻，魏兵大败。艾舍命突出，身被四箭。〔读至此，令人又拍案一快。○郭淮一箭便死，邓艾四箭不死，大是侥幸。〕奔到渭南寨时，司马望亦到。二人商议退兵之策。望曰："近日蜀主刘禅，宠幸中贵黄皓，日夜以酒色为乐。〔正与吴使薛珝语相应。〕可用反间计召回姜维，此危可解。"〔如此良谋，胜斗阵法。〕艾问众谋士曰："谁可入蜀交通黄皓？"言未毕，一人应声曰："某愿往。"艾视之，乃襄阳党均也。艾大喜，即令党均赍金珠宝物，径到成都结连黄皓，〔阉人偏好金珠，正不知欲传与何人，可发一叹。〕布散流言，说姜维怨望天子，不久投魏。〔与苟安谮孔明事相同。〕于是成都人人所说皆同。黄皓奏知后主，即遣人星夜宣姜维入朝。〔读至此，又令人废书一叹。〕

　　却说姜维连日搦战，邓艾坚守不出。维心中甚疑。忽使命至，诏维入朝。维不知何事，只得班师回朝。邓艾、司马望知姜维中计，遂拔渭南之兵，随后掩杀。正是：

　　　　乐毅伐齐遭间阻，岳飞破敌被谗回。

未知胜负如何，且看下文分解。

第一百十四回

曹髦驱车死南阙

姜维弃粮胜魏兵

有司马师之废曹芳于前，又司马昭之弑曹髦于后，天之报曹氏，毋乃太过与？曰："非过也。曹芳为乞养之子，则未必其为操与丕之孙也，于其非孙者报之，不若于其真为孙者报之之为快也。且以非孙而冒孙者斩其祀，又不若去一冒孙者立一是孙者，而终至于夺其祀之为奇也。苍苍者之巧于报复如此，后世奸雄，尚其鉴哉！

或谓奸雄将作乱于内，必先立威于外，则司马昭之弑君，又当在灭蜀之后；或谓奸雄将定难于外，必先除患于内，则司马昭之弑君，又当在灭蜀之前。由前之论，是孙休之所虑也；由后之论，是贾充之所劝也。然而弑君之事，人固难为矣。司马昭不自弑之，而使贾充弑之；贾充又不自弑之，而使成济弑之。所以然者，诚畏弑君之名而避之耳。孰知论者不归罪于济，而归罪于充，又不独归罪于充，而归罪于昭。然则虽畏而欲避，而何所容其避哉？《春秋》诛乱贼，必诛其首，有以夫！

赵盾不以赵穿之弑君为己辜，司马孚能以昭之弑君为己罪。然则由陈泰言之，有进于贾充者，以充为次；由司马孚言之，又有进于昭者，而昭又为次矣。故依齐南史之书法，当以司马昭为崔杼；依晋董狐之书法，又当以司马孚为赵盾。

陈泰之舅舅不如甥，王经之母母如其子；泰不死而其义不朽，经能死而其忠愈不朽。君子以髦之死为不足惜者，所以报先世为人臣而篡国之辜，而仍以经之死为足嘉者，所以正后世为人臣而从贼之义。

曹操以周文自比，司马昭亦以周文自比。然操比周文，则竟比周文耳，昭则自言学曹操之比周文，直自比曹操也。操欲学周文，则篡国之意，犹隐然于言外；昭欲学曹操，则篡国之意，已显然于言中。虽同一篡贼，而一前一后，又有升降之异焉。

蔡和、蔡中，实为蔡瑁之弟，犹不为周郎之所信。王瓘本非王经之族，安得不为姜维之所料乎？纵使姜维信之，而夏侯霸必能识之，则邓艾之计，又疏于曹操矣。武侯知郑文之诈，而先斩郑文，故有得而无失；姜维知王瓘之诈，而不先斩王瓘，安能有得而无失乎？粮与栈道，虽王瓘焚之，无异于维自焚之。则姜维之智，终逊于武侯矣。文有后事胜于前事者，不观后事之深，不知前事之浅，则后文不可不读；有后事不如前事者，不观后事之疏，不见前事之密，则后文又不可不读。

却说姜维传令退兵，廖化曰："'将在外，君命有所不受。'今虽有诏，未可动也。"廖化之言，只从君命起见。张翼曰："蜀人为大将军连年动兵，皆有怨望；不如乘此得胜之时，收回人马，以安民心，再作良图。"张翼之言却从民心起见。维曰："善。"遂令各军依法而退。命廖化、张翼断后，以防魏兵追袭。

却说邓艾引兵追赶，只见前面蜀兵旗帜整齐，人马徐徐而退。艾叹曰："姜维深得武侯之法也！"邓艾每赞姜维，必赞武侯，可见文中虽无武侯，却处处有一武侯。因此不敢追赶，勒军回祁山寨去了。

且说姜维至成都，入见后主，问召回之故。后主曰："朕为卿在边庭，久不还师，恐劳军士，故诏卿回朝，别无他意。"维曰："臣已得祁山之寨，正欲收功，不期半途而废。此必中邓艾反间之计矣。"后主默然不语。活画一昏庸之主。姜维又奏曰："臣誓讨贼，以报国恩。陛下休听小人之言，致生疑虑。"后主良久乃曰："朕不疑卿；卿且回汉中，俟魏国有变，再伐之可也。"极没气力语，却早为后卷七伐中原伏线。姜维叹息出朝，自投汉中去讫。以下按下蜀汉，再叙魏事。

却说党均回到祁山寨中，报知此事。邓艾与司马望曰："君臣不和，必有内变。"就令党均入洛阳，报知司马昭。昭大喜，便有图蜀之心，早为一百十六回伏笔。乃问中护军贾充曰："吾今伐蜀，如何？"充曰："未可伐也。天子方疑主公，若一旦轻出，内难必作矣。

邓艾方说蜀有内变，贾充却说魏有内变，借伐蜀转出弑主，斗笋甚奇。旧年黄龙两见于宁陵井中，魏初改年号便曰"黄初"，自以为土德王，盖色尚黄也，黄龙正应曹氏之君，井中正应幽沉之象，两见者正应曹髦被弑之后，又有曹奂被篡也。群臣表贺，以为祥瑞；天子曰：'非祥瑞也。龙者君象，乃上不在天，下不在田，屈于井中，是幽困之兆也。'遂作《潜龙诗》一首。诗中之意，明明道着主公。曹髦作诗之事，却在贾充口中写出，叙事妙品。其诗曰：'伤哉龙受困，不能跃深渊。上不飞天汉，下不见于田。蟠居于井底，鳅鳝舞其前。藏牙伏爪甲，嗟我亦同然！'"汉少帝飞燕之诗，兴也，赋也；曹髦黄龙之诗，比也。不谓百卷之后，忽有其对。

司马昭闻之大怒，谓贾充曰："此人欲效曹芳也！此人公之何人？若不早图，彼必害我。"彼者何人也？充曰："某愿为主公早晚图之。"时魏甘露五年夏四月，司马昭带剑上殿，髦起迎之。群臣皆奏曰："大将军功德巍巍，合为晋公，加九锡。"髦低头不答。昭厉声曰："吾父子兄弟三人有大功于魏，今为晋公，得毋不宜耶？"曹操受九锡尚能假意托辞，司马昭受九锡却是公然索取，尤而效之，殆有甚焉。髦乃应曰："敢不如命？"口气亦恶。昭曰："《潜龙》之诗，视吾等如鳅鳝，是何礼也？"天子以字取祸，又见于此。髦不能答。昭冷笑下殿，众官凛然。髦归后宫，召侍中王沈、尚书王经、散骑常侍王业三人入内计议。髦泣曰："司马昭将怀篡逆，人所共知！朕不能坐受废辱，卿等可助朕讨之！"不能为勿用之"潜龙"，欲为有悔之"亢龙"矣。王经奏曰："不可。昔鲁昭公不忍季氏，败走失国；今重权已归司马氏久矣，内外公卿，不顾顺逆之理，阿附奸贼，非一人也。如华歆、王朗之助曹丕。且陛下宿卫寡弱，无用命之人。陛下若不隐忍，祸莫大焉。且宜缓图，不可造次。"髦曰："'是可忍也，孰不可忍也！'朕意已决，便死何惧！"还是献帝耐得。言讫，即入告太后。王沈、王业谓王经曰："事已急矣。我等不可自取灭族之祸，当往司马公府下出首，以免一死。"人心不附曹而附昭，果如王经之言。经大怒曰："主忧臣辱，主辱臣死，敢怀二心乎？"不肯轻动之人，正是敢死之士。王沈、王业见经不从，径自往报司马昭去了。

少顷，魏主曹髦出内，令护卫焦伯聚集殿中宿卫苍头官僮三百余人，^{曹操帐前虎卫军动以万计，今何如此}其急也。鼓噪而出。髦仗剑升辇，叱左右径出南阙。王经伏于辇前，大哭而谏曰：“今陛下领数百人伐昭，是驱羊而入虎口耳，^{以龙自况，王经乃比之以羊。}空死无益。臣非惜命，实见事不可行也！”髦曰：“吾军已行，卿无阻当。”遂望云龙门而来。

只见贾充戎服乘马，左有成倅，右有成济，引数千铁甲禁兵，呐喊杀来。髦仗剑大喝曰：“吾乃天子也！^{一向不成为天子，此时欲正名定分难矣。}汝等突入宫庭，欲弑君耶？”禁兵见了曹髦，皆不敢动。^{众人还有“天子”二字在肚里。}贾充呼成济曰：“司马公养你何用？正为今日之事也！”^{贾充只有“司马”二字在意中。}济乃绰戟在手，回顾充曰：“当杀耶？当缚耶？”^{直将曹髦作一羊耳。}充曰：“司马公有令：只要死的。”^{不要献生，只要纳熟。}成济捻戟直奔辇前。髦大喝曰：“匹夫敢无礼乎！”言未讫，被成济一戟刺中前胸，撞出辇来；再一戟，刃从背上透出，死于辇旁。^{从前天子遇害，未有如此之惨者。为之一叹。}焦伯挺枪来迎，被成济一戟刺死。众皆逃走。王经随后赶来，大骂贾充曰：“逆贼安敢弑君耶！”充大怒，叱左右缚定，报知司马昭。昭入内，见髦已死，乃佯作大惊之状，以头撞辇而哭，^{不知此处眼泪从何处得来，将谁欺？欺天乎？}令人报知各大臣。

时太傅司马孚入内，见髦尸，首枕其股而哭曰：^{此是真哭。}“弑陛下者，臣之罪也！”^{赵穿弑其君而《春秋》归罪于赵盾，孚殆以赵盾自比矣。}遂将髦尸用棺椁盛贮，停于偏殿之西。昭入殿中，召群臣会议。群臣皆至，独有尚书仆射陈泰不至。昭令泰之舅尚书荀颛召之。泰大哭曰：“论者以泰比舅，今舅实不如泰也。”^{吴国全纪是外甥背娘舅，今魏国荀颛是娘舅背外甥。}乃披麻带孝而入，哭拜于灵前。昭亦佯哭而问曰：“今日之事，何法处之？”泰曰：“独斩贾充，少可以谢天下耳。”^{曰“少可以谢天下”，则知斩贾充亦是次着矣。}昭沉吟良久，又问曰：“再思其次？”^{意在成济二人。}泰曰：“惟有进于此者，不知其次。”^{明明道着司马昭。}昭曰：“成济大逆不道，可剐之，灭其三族。”济大骂昭曰：“非我之罪，是贾充传汝之命！”昭令先割其舌。济至死叫屈不绝。弟成倅亦斩于市，尽灭三族。^{助乱贼者即为乱贼所杀，人亦何为而助乱贼也！}后人有诗叹曰：

> 司马当年命贾充，弑君南阙赭袍红。
>
> 却将成济诛三族，只道军民尽耳聋。

昭又使人收王经全家下狱。王经正在廷尉厅下，忽见缚其母至。经叩头大哭曰：“不孝子累及慈母矣！”母大笑曰：“人谁不死？正恐不得死所耳！以此弃命，何恨之有！”

与徐庶之母并传，庶母欲其子之忠汉，经母喜其子之忠魏，同一意也。次日，王经全家皆押赴东市。王经母子含笑受刑。满城士庶，无不垂泪。后人有诗曰：

> 汉初夸伏剑，汉末见王经。
>
> 真烈心无异，坚刚志更清。
>
> 节如泰华重，命似鸿毛轻。
>
> 母子声名在，应同天地倾。

太傅司马孚请以王礼葬曹髦，昭许之。贾充等劝司马昭受魏禅，即天子位。昭曰："昔文王三分天下有其二，以服事殷，故圣人称为至德。曹操欲学周文王，司马昭亦称文王，看样得好。魏武帝不肯受禅于汉，犹吾之不肯受禅于魏也。"曹芳常以曹操比司马师矣，今司马昭亦以曹操自比。夫君比臣，于曹操犹可言也，臣亦公然自比于曹操，不可言也。贾充等闻言，已知司马昭留意于子司马炎矣，曹操让皇帝与曹丕做，司马昭亦让皇帝与司马炎做，欲篡其子孙，而即学其祖宗之法，哀哉。遂不复劝进。是年六月，司马昭立常道乡公曹璜为帝，改元景元元年。璜改名曹奂，字景明，乃武帝曹操之孙，燕王曹宇之子也。奂封昭为相国、晋公，赐钱十万、绢万匹。其文武多官，各有封赏。以下按过魏事，再叙西蜀。

早有细作报入蜀中。姜维闻司马昭弑了曹髦，立了曹奂，喜曰："吾今日伐魏，又有名矣。"遂发书入吴，令起兵问司马昭弑君之罪；一面奏准后主，起兵十五万，车乘数千辆，皆置板箱于上；令廖化、张翼为先锋，化取子午谷，翼取骆谷，维自取斜谷，皆要出祁山之前取齐。三路兵并起，杀奔祁山而来。此是七伐中原。

时邓艾在祁山寨中，训练人马，闻报蜀兵三路杀到，乃聚诸将计议。参军王瓘曰："吾有一计不可明言，现写在此，谨呈将军台览。"艾接来展看毕，笑曰："此计虽妙，只怕瞒不过姜维。"瓘曰："某愿舍命前去。"艾曰："公志若坚，必能成功。"遂拨五千兵与瓘。瓘连夜从斜谷迎来，正撞蜀兵前队哨马。瓘叫曰："我是魏国降兵，可报与主帅。"

哨军报知姜维，维令拦住余兵，只教为首的将来见。瓘拜伏于地曰："某乃王经之侄王瓘也。近见司马昭弑君，将叔父一门皆戮，某痛恨入骨。今幸将军兴师问罪，故特引本部兵五千来降。愿从调遣，剿除奸党，以报叔父之恨。"与前蔡中、蔡和之降吴，以杀蔡瑁为名，一样局面。维大喜，试令读者猜之，是真喜耶？是假喜耶？谓瓘曰："汝既诚心来降，吾岂不诚心相待？吾军中所患者，不过粮耳。今有粮车数千，现在川口，汝可运赴祁山。吾只今去取祁山寨也。"读者试猜姜伯约是何意见。瓘心中大喜，以为中计，忻然领诺。姜维曰："汝去运粮，不必用五千人，但引三千人去，留下二千人引路，以打祁山。"〔妙着算定。〕瓘恐维疑惑，乃引三千兵去了。维令傅佥引二千魏兵随征听用。忽报夏侯霸到。霸曰："都督何故准信王瓘之言也？吾在魏，虽不知备细，未闻王瓘是王经之侄。〔想是通谱宗侄耳。〕其中多诈，请将军察之。"维大笑曰："我已知王瓘之诈，故分其兵势，将计就计而行。"〔原来如此。〕霸曰："公试言之。"维曰："司马昭奸雄比于曹操，既杀王经，灭其三族，安肯存亲侄于关外领兵？故知其诈也。"〔能料王瓘，只是能料司马昭耳。〕仲权之见，与我暗合。"于是，姜维不出斜谷，却令人于路暗伏，以防王瓘奸细。不旬日，果然伏兵捉得王瓘回报邓艾下书人来见。维问了情节，搜出私书，书中约于八月二十日，从小路运粮送归大寨，却教邓艾遣兵于坛山谷中接应。维将下书人杀了，却将书中之意，改作八月十五日，约邓艾自率大兵，于坛山谷中接应。一面令人扮作魏军往魏营下书；〔来降的是真魏兵，下书的是假魏兵。王瓘是以真用假，姜维是以假用假，以此木换八木。〕一面令人将现有粮车数百辆卸了粮米，装载干柴茅草引火之物，用青布罩之，令傅佥引二千原降魏兵，执打运粮旗号。〔方知前留下魏兵二千大有用处。〕维却与夏侯霸各引一军，去山谷中埋伏。令蒋舒出斜谷，廖化、张翼俱各进兵，来取祁山。〔前姜维本自出斜谷，今却换了蒋舒，变化得妙。〕

却说邓艾得了王瓘书信，大喜，急写回书，令来人回报。至八月十五日，邓艾引五万精兵径往坛山谷中来，远远使人凭高眺探，只见无数粮车，接连不断，从山凹中而行。〔此是傅佥扮作王瓘。〕艾勒马望之，果然皆是魏兵。〔知真魏兵。〕左右曰："天已昏暮，可速接应王瓘出谷口。"艾曰："前面山势掩映，倘有伏兵，急难退步；只可在此等候。"〔邓艾亦甚精细。〕正言间，忽两骑马骤至，报曰："王将军因将粮草过界，背后人马赶来，望早救应。"〔此两人是假魏兵。〕艾大惊，急催兵前进。时值初更，月明如昼，〔正是八月十五日。○将写火，先写月，百忙中有此闲笔。〕只听得山后呐喊，艾只道王瓘在山后厮杀。径奔过山后时，忽树林后一彪军撞出，为首蜀将傅佥，纵马大叫曰："邓艾匹夫！已中吾主将之计，何不早早下马受死！"〔读至此，为之一快。〕艾大惊，勒回马便走。车上火尽着，〔中秋放烟火，似正月元宵。〕竟那火便是号火。〔一火两用。〕两势下蜀兵尽出，杀得魏兵七断八续，但闻四下山上只叫："拿住邓艾的，赏千金，封万户侯！"〔大是快人。〕诳得邓艾弃甲丢盔，撇了坐下马，杂在步军之中，爬山越岭而逃。〔与曹操割须弃袍时仿佛相似。〕姜维、夏侯霸只望马上为首的径来擒捉，不想邓艾步行走脱。维领得胜兵去接王瓘粮车。

却说王瓘密约邓艾，先期将粮草车仗，整备停当，专候举事。忽有心腹人报："事已泄漏，邓将军大败，不知性命如何。"瓘大惊，令人哨探，回报三路兵围杀将来，背后又见尘头大起，四下无路。瓘叱左右令放火，尽烧粮草车辆。〔前烧假粮，此烧真粮，弄假成真，以火济火。〕一霎时，火光突起，烈火烧空。瑾大叫曰："事已急矣！汝等宜死战！"乃提兵望西杀出。背后姜维三路追赶。维只道王瑾舍命撞回魏国，不想反杀入汉中而去。瑾因兵少，只恐追兵赶上，遂将栈道并各关隘尽皆烧毁。姜维不先杀王瑾，亦是失着。 姜维恐汉中有失，遂不追邓艾，提兵连夜抄小路来追杀王瑾。瑾被四面蜀兵攻击，投黑龙江而死。又是以水济火。 余兵尽被姜维坑之。维虽然胜了邓艾，却折了许多粮车，又毁了栈道，乃引兵还汉中。邓艾引部下败兵，逃回祁山寨内，上表请罪，自贬其职。司马昭见艾数有大功，不忍贬之，复加厚赐。艾将原赐财物，尽分给被害将士之家。昭恐蜀兵又出，遂添兵五万，与艾守御。姜维连夜修了栈道，又议出师。正是：

连修栈道兵连出，不伐中原死不休。

未知胜负如何，且看下文分解。

第一百十五回

诏班师后主信谗
托屯田姜维避祸

姜维四伐与三伐相连，而三伐胜，而四伐不胜。张翼所谓画蛇添足者也。今八伐亦与七伐相连，而七伐胜而八伐不胜，是又画蛇添足矣。而姜维之意，则以为不然。盖画蛇而既成，则蛇固可以无足；若画蛇而未就，则蛇正不可无尾耳。

洮阳之出，维以为非艾之料，而艾则知其料我之不料也；祁山之救，维知为艾之所料，而艾则不知其料我之能料也。至于后主之召回，不独维不料之，艾亦不料之矣。智者之智，常出于智者之意外；愚者之愚，亦出于智者之意外。读书至此，能不为之慨然！

又有读至终篇，而复与最先开卷之数行相应者。如观黄龙见井之兆，令人思青蛇见御座之时；观曹髦咏黄龙之诗，令人思汉帝咏飞燕之句。斯已奇矣。然当时之人，犹未以前相况也。至于姜维之欲去黄皓，则明明以十常侍为比，明明以灵帝为鉴。于一百十回之后，忽然如睹一百十回以前之人，忽然重见一百十回以前之事。如此首尾连合，岂非绝世奇文？

武侯出师以屯田终，姜维出师亦以屯田终。屯沓中与屯渭滨无异耳。以为避祸，而保蜀之道在焉；以为保蜀，而取魏之道亦在焉。姜维未尝有九伐之事，而后人以沓中之役为姜维之九伐中原。夫为取魏而屯田，则虽谓之九伐焉可也。

蜀之伐魏自此终，而魏之伐蜀又自此始。可见汉不灭贼，则贼必灭汉，此正武侯"不两立"之说也。先主将入西川，先见孔明画图一幅，又得张松画图一幅；司马昭将入西川，先见邓艾沓中画图一本，又得钟会全蜀画图一幅。前后天然相对，若合符节，真奇文奇事。

却说蜀汉景耀五年，冬十月，大将军姜维差人连夜修了栈道，整顿军粮兵器，又于汉中水路调拨船只，俱已完备，上表奏后主曰："臣累出战，虽未成大功，已挫动魏人心胆。今养兵日久，不战则懒，懒则致病。其语甚壮，如先主髀肉复生之叹。况今军思效死，将思用命。臣如不胜，当受死罪。"数语又抵得一篇《出师表》。后主览表，犹豫未决。谯周出班奏曰："臣夜观天文，见西蜀分野，将星暗而不明。谯周好言天文，又为后文伏笔。今大将军又欲出师，此行甚是不利。陛下可降诏止之。"后主曰："且看此行若何。果然有失，却当阻之。"谯周再三苦谏不从，乃归家叹息不已，遂推病不出。

却说姜维临兴兵，乃问廖化曰："吾今出师，誓欲恢复中原，当先取何处？"化曰："连年征伐，军民不宁；兼魏有邓艾，足智多谋，非等闲之辈，将军强欲行难为之事，此化所以未敢专也。"廖化前番欲战，此番不欲战，亦与张翼之见合矣。维勃然大怒曰："昔丞相六出祁山，亦为国也。吾今八次伐魏，岂为一己之私哉？今当先取洮阳，如有逆吾者必斩！"遂留廖化守汉中，自同诸将提兵三十万，径取洮阳而来。此是八伐中原。早有川口人报入祁山寨中。时邓艾正与司马望谈兵，闻知此信，遂令人哨探。回报蜀兵尽从洮阳而出。司马望曰："姜维多计，莫非虚取洮阳而实来取祁山乎？"邓艾曰："今姜维实出洮阳也。"望曰："公何以知之？"艾曰："向者姜维累出吾有粮之地，今洮阳无粮，维必料吾只守祁山，不守洮阳，故径取洮阳；如得此城，屯粮积草，结连羌人，以图久计耳。"^{姜维欲取洮阳之意，姜维不曾说明，却在邓艾口中说出，妙。}望曰："若此，如之奈何？"艾曰："可尽撤此处之兵，分为两路去救洮阳。离洮阳二十五里，有侯河小城，乃洮阳咽喉之地。公引一军伏于洮阳，偃旗息鼓，大开四门，如此如此而行；我却引一军伏侯河，必获大胜也。"^{此番又为邓艾所算，与取上邽时一样局面。}筹画已定，各各依计而行。只留偏将师纂守祁山寨。

却说姜维令夏侯霸为前部，先引一军径取洮阳。霸提兵前进，将近洮阳，望见城上并无一杆旌旗，四门大开。霸心下疑惑，未敢入城，回顾诸将曰："莫非诈乎？"诸将曰："眼见得是空城，只有些小百姓，听知大将军兵到，尽弃城而走了。"霸未信，自纵马于城南视之，只见城后老小无数，皆望西北而逃。霸大喜曰："果空城也。"^{夏侯霸多谋，此番却在邓艾之下。}遂当先杀入，余众随后而进。方到瓮城边，忽然一声炮响，城上鼓角齐鸣，旌旗遍竖，拽起吊桥。霸大惊曰："误中计矣！"慌欲退时，城上矢石如雨。可怜夏侯霸同五百军，皆死于城下。^{如曹仁在南郡射周郎时。}后人有诗叹曰：

大胆姜维妙算长，谁知邓艾暗提防。

可怜投汉夏侯霸，顷刻城边箭下亡。

司马望从城内杀出，蜀兵大败而逃。随后姜维引接应兵到，杀退司马望，就傍城下寨。维闻夏侯霸射死，嗟伤不已。是夜二更，邓艾自侯河城内，暗引一军潜地杀入蜀寨。蜀兵大乱，姜维禁止不住。城上鼓角喧天，司马望引兵杀出。两下夹攻，蜀兵大败。维左冲右突，死战得脱，退二十余里下寨。^{姜维又输二筹。}蜀兵两番败走之后，心中摇动。维与众将曰："胜败乃兵家之常，今虽损兵折将，不足为忧。成败之事，在此一举，汝等始终勿改，如有言退者立斩。"^{不但天意不可回，心亦未可以强者。}张翼进言曰："魏兵皆在此处，祁山必然空虚。将军整兵与邓艾交锋，攻打洮阳、侯河；某引一军取祁山，取了祁山九寨，便驱兵向长安。此为上计。"^{张翼之计亦自胜着，惜又为邓艾猜破。}

维从之，即令张翼引后军径取祁山。维自引兵到侯河搦邓艾交战。艾引兵出迎。两军对圆，二人交锋数十余合，不分胜负，各收兵回寨。次日，姜维又引兵挑战，邓艾按兵不出。姜维令军辱骂。邓艾寻思曰：“蜀人被吾大杀一阵，全然不退，连日反来搦战，必分兵去袭祁山寨也。守寨将师纂，兵少智寡，必然败矣。吾当亲往救之。”^{张翼所算，又在邓艾算中。}乃唤子邓忠吩咐曰：“汝用心守把此处，任他搦战，却勿轻出。吾今夜引兵去祁山救应。”是夜二更，姜维正在寨中设计，忽听得寨外喊声震地，鼓角喧天，人报邓艾引三千精兵夜战。诸将欲出，维止之曰：“勿得妄动。”原来邓艾引兵至蜀寨前哨探了一遍，乘势去救祁山，^{邓艾之救祁山，不用衔枚疾走，却用鼓角喧天，借夜战为名，乘势而去，真意料所不及。}邓忠自入城去了。姜维唤诸将曰：“邓艾虚作夜战之势，必然去救祁山寨矣。”^{你猜着我，我猜着你，好看杀人。}乃唤傅佥吩咐曰：“汝守此寨，勿轻与敌。”嘱毕，维自引三千兵来助张翼。^{两人真是对手，叙法简净。}

却说张翼正到祁山攻打，守寨将师纂兵少，支持不住。看看待破，忽然邓艾兵至，冲杀了一阵，蜀兵大败，把张翼隔在山后，绝了归路。正慌急之间，忽听的喊声大震，鼓角喧天，只见魏兵纷纷倒退。左右报曰：“大将军姜伯约杀到！”^{伯约之来，又在张翼乘势驱兵相应。两下夹攻，邓艾折了一阵，急退上祁山寨不出。姜维令兵四面攻围。}

话分两头。却说后主在成都，听信宦官黄皓之言，又溺于酒色，不理朝政。^{阿斗如此不长进，子龙错抱了他也。}时有大臣刘琰妻胡氏，极有颜色；因入宫朝见皇后，后留在宫中，一月方出。^{此时宫中、府中大觉一体了。}琰疑其妻与后主私通，^{命妇留宫一月，原无此礼，但后主南道方盛，北道恐未暇及此。}乃唤帐下军士五百人，列于前，将妻绑缚，令军以履挞其面数十，几死复苏。^{与面何干，想想其冶容诲淫也。}后主闻之大怒，令有司议刘琰罪。有司议得：“卒非挞妻之人，面非受刑之地，^{命妇非入侍宫禁之人，宫中亦非命妇游翔之地。君臣皆失也。}合当弃市。”遂斩刘琰。自此命妇不许入朝。然一时官僚以后主荒淫，多有疑怨者。于是贤人渐退，小人日进。^{“亲贤人，远小人，前汉所以兴隆也；亲小人，远贤人，后汉所以倾颓也。”令人忆武侯之言。}时右将军阎宇，身无寸功，只因阿附黄皓，遂得重爵；闻姜维统兵在祁山，乃说皓奏后主曰：“姜维屡战无功，可命阎宇代之。”^{是欲以骑劫代乐毅也。}后主从其言，遣使赍诏，召回姜维。维正在祁山攻打寨栅，忽一日三道诏至，宣维班师。^{何异岳飞金牌十二。}维只得遵命，先令洮阳兵退，次后与张翼徐徐而退。邓艾在寨中，只听得一夜鼓角喧天，不知何意。至平明，人报蜀兵尽退，止留空寨。^{与邓艾救祁山时一样方法。}艾疑有计，不敢追袭。^{姜维此番退兵，不独维所不料，亦艾所不料也。}

姜维径到汉中，歇住人马，自与使命入成都见后主。后主一连十日不朝。维心中疑虑，是日至东华门，遇见秘书郎郤正。维问曰：“天子召维班师，公知其故否？”正笑曰：“大将军何尚不知？黄皓欲使阎宇立功，奏闻朝廷，发诏取回将军。今闻邓艾善能用兵，因此寝其事矣。”^{忽兴忽衰，全凭一个宦官做主，可发一笑。○早知如此，何如勿召姜维。}维大怒曰：“我必杀此宦竖！”^{此时姜维欲效袁绍}

之杀十常侍，亦是快事。郤正止之曰："大将军继武侯之事，任大职重，岂可造次？倘若天子不容，反为不美矣。"维谢曰："先生之言是也。"次日，后主与黄皓在后园宴饮，维引数人径入。早有人报知黄皓，皓急避于湖山之侧。黄皓如此害怕，原不比张让、赵忠之难除，特天子之不欲除之耳。维至亭下，拜了后主，泣奏曰："臣困邓艾于祁山，陛下连降三诏，召臣回朝，未审圣意为何？"后主默然不语。维又奏曰："黄皓奸巧专权，乃灵帝时十常侍也。直照应到第一卷，可谓常山率然，首尾相应。陛下近则鉴于张让，远则鉴于赵高。又说一个样子与他看。早杀此人，朝廷自然清平，中原方可恢复。"后主笑曰："黄皓乃趋走小臣，纵使专权，亦无能为。昔者董允每切齿恨皓，朕甚怪之。补前文所未及。卿何必介意？"维叩头奏曰："陛下今日不杀黄皓，祸不远也。"后主曰："'爱之欲其生，恶之欲其死。'卿何不容一宦官耶？"令近侍于湖山之侧，唤出黄皓至亭下，命拜姜维伏罪。和事天子。皓哭拜维曰："某早晚趋侍圣上而已，并不干与国政。将军休听外人之言，欲杀某也。某命系于将军，惟将军怜之！"言罢，叩头流涕。乞怜取奸是此辈故态，其如姜维之不好男风何。

维忿忿而出，即往见郤正，备将此事告之。正曰："将军祸不远矣。将军若危，国家随灭！"不特为伯约忧，正为国家忧。维曰："先生幸教我以保国安身之策。"正曰："陇西有一去处，名曰沓中；此地极其肥壮。将军何不效武侯屯田之事，又将屯田渭滨事一提，照应一百二回中事。奏知天子，前去沓中屯田？一者，得麦熟以助军实；一是足兵。二者，可以尽图陇右诸郡；二是进取。三者，魏人不敢正视汉中；三是御寇。四者，将军在外掌握兵权，人不能图，可以避祸。四是自保。此乃保国安身之策也，宜早行之。"三句是保国，一句是安身。维大喜，谢曰："先生金玉之言也。"次日，姜维表奏后主，求沓中屯田，效武侯之事。后主从之。维遂还汉中，聚诸将曰："某累出师，因粮不足，未能成功。今吾提兵八万，往沓中种麦屯田，徐图进取。汝等久战劳苦，今且敛兵聚谷，退守汉中；魏兵千里运粮，经涉山岭，自然疲乏；疲乏必退，那时乘虚追袭，无不胜矣。"姜维意中口中只是以破魏为事。遂令胡济守汉寿城，王含守乐城，蒋斌守汉城，蒋舒、傅佥同守关隘。分拨已毕，维自引兵八万，来沓中种麦，以为久计。以下按过蜀汉，再叙魏国。

却说邓艾闻姜维在沓中屯田，于路下四十余营，连络不绝，如长蛇之势。连营亦与阵法一般。○此是九伐中原。艾遂令细作相了地形，画成图本，具表申奏。先是一本画图。晋公司马昭见之，大怒曰："姜维屡犯中原，不能剿除，是吾心腹之患也。"贾充曰："姜维深得孔明传授，急难退之。须得一智勇之将，往刺杀之，可免动兵之劳。"贾充是盗贼之计。从事中郎荀勖曰："不然。今蜀主刘禅溺于酒色，信用黄皓，大臣皆有避祸之心。姜维在沓中屯田，正避祸之计也。若令大将伐之，无有不胜，何必用刺客乎？"方是堂堂正正之论。昭大笑曰："此言最善。吾欲伐蜀，谁可为将？"荀勖曰："邓艾乃世之良材，更得锺会为副将，大事成矣。"昭大喜曰："此言正合吾意。"乃召锺会入而问曰："吾欲令汝为大将，去伐东吴，可乎？"^{将行刺跌出兴师，又将伐吴跌出伐蜀，事曲而文亦曲。}会曰："主公之意，本不欲伐吴，实欲伐蜀也。"^{妙人。}昭大笑曰："子诚识吾心也。但卿往伐蜀，当用何策？"会曰："某料主公欲伐蜀，已画图本在此。"^{又是一本画图。}昭展开视之，图中细载一路安营下寨屯粮积草之处，从何而进，从何而退，一一皆有法度。^{邓艾止画沓中之图，锺会又画全蜀之图，同一画图，又自各别。}昭看了大喜曰："真良将也！卿与邓艾合兵取蜀，何如？"会曰："蜀川道广，非一路可进；当使邓艾分兵各进，可也。"^{既以伐吴跌出伐蜀，又以合兵跌出分兵，曲折之甚。}昭遂拜锺会为镇西将军，假节钺，都督关中人马，调遣青、徐、兖、豫、荆、扬等处；一面差人持节令邓艾为征西将军，都督关外陇上，使约期伐蜀。^{因遣新将，再封旧将，一新一旧，便有不相下之势。}次日，司马昭于朝中计议此事，前将军邓敦曰："姜维屡犯中原，我兵折伤甚多，只今守御，尚自未保；奈何深入山川危险之地，自取祸乱耶？"昭怒曰："吾欲兴仁义之师，伐无道之主，汝安敢逆吾意！"叱武士推出斩之。须臾，呈邓敦首级于阶下。众皆失色。^{弑君之后，又必示威于臣；伐国之前，亦必示威于内。奸雄作威，往往如此。}昭曰："吾自征东以来，息歇六年，治兵缮甲，皆已完备，欲伐吴、蜀久矣。今先定西蜀，乘顺流之势，水陆并进，并吞东吴：此灭虢取虞之道也。^{方算伐蜀，又算到伐吴，自此至末卷方是一气呵成。}吾料西蜀将士，守成都者八九万，守边境者不过四五万，姜维屯田者不过六七万。今吾已令邓艾引关外陇右之兵十余万，绊住姜维于沓中，使不得东顾；遣锺会引关中精兵二三十万，直抵骆谷，三路以袭汉中。^{此处本欲邓艾绊住姜维，锺会潜入西川，后文却是锺会绊住姜维，邓艾潜入西川，正妙在与后相反，方见事之变化。}蜀主刘禅昏暗，边城外破，士女内震，其亡可必矣。"众皆拜服。

却说锺会受了镇西将军之印，起兵伐蜀。会恐机谋或泄，却以伐吴为名，令青、兖、豫、荆、扬等五处各造大船；又遣唐咨于登、莱等州傍海之处，拘集海船。^{锺会佯作伐吴，即刘晔讦讳伐蜀之意。}司马昭不知其意，遂召锺会问之曰："子从旱路收川，何用造船耶？"会曰："蜀若闻我兵大进，必求救于东吴也。故先布声势，作伐吴之状，吴必不敢妄动。一年之内，蜀已破，船已成，而伐吴，岂不顺乎？"^{亦从伐蜀，先算到伐吴，自此至末卷，方是一气呵成。}昭大喜，选日出师。时魏景元四年秋七月初三日，锺会出师。司马昭送之于城外十里方回。西曹掾邵悌密谓司马昭曰："今主公遣锺会领十万兵伐蜀，愚料会志大心高，不可使独掌大权。"^{早为锺会谋反伏线。}昭笑曰："吾岂不知之？"悌曰："主公既知，何不使人同领其职？"昭言无数语，使邵悌疑心顿释。正是：

方当士马驱驰日，早识将军跋扈心。

未知其言若何，且看下文分解。

第一百十六回

锺会分兵汉中道

武侯显圣定军山

此卷记魏取蜀之事也，而司马昭主其事，则非魏之能取之，而晋之取之也。魏之灭，尚在蜀灭之后，然曹芳已废，而曹髦已弑，虽奂之一息尚存，而已全乎其为晋也。全乎其为晋，则不得复以魏目之。犹之起兵徐州，乃备之讨曹，而非备之犯汉；兵败当阳，乃魏之攻备，而非汉之伐备也。前乎此者，魏之攻蜀有二：一发于曹丕，而五路之兵，不战而自解；再发于曹叡，而陈仓之兵，遇雨而引归，是天意之不欲以魏灭汉也明矣。天不欲兴汉，而又不欲以魏灭汉，于是灭之以灭魏之晋焉。而汉之灭，庶可以无憾云尔。

钟会将取蜀，而佯作取吴之势，其谋是诈；乃未取蜀，而先为取吴之地，其谋仍是真。斯亦伏线之最奇者矣。而犹未也。邵悌于会之未行，而预知其必胜，预知其必叛，则更奇；司马昭于会之未胜，而预知其胜后之必叛，又知其叛之必无成，则尤奇。以数卷之线，于一卷伏之，天然有此一气呼应之文。近之作稗官者，虽欲执笔而效焉，岂可得耶？

黄巾以妖邪惑众，此第一卷中之事也，而师婆之妄托神言似之；张让隐匿黄巾之乱，以欺灵帝，亦第一卷中之事也，而黄皓隐匿姜维之表又似之。前有男妖，后有女妖，而女甚于男；前有十常侍，后有一常侍，而一可当十。文之有章法者，首必应尾，尾必应首，读《三国》至此篇，是一部大书前后大关合处。

以死诸葛走生仲达，而武侯不死；以死诸葛吓生钟会，而武侯又不死。然武侯能显圣以谕魏将，而不显圣以教后主；能显圣以护百姓，而不显圣以助姜维，则何也？曰：此天之不可强也。自非然者。武侯之前，关公亦尝显圣矣。关公能显圣以追吕蒙，岂不能显圣以追陆逊；能显圣以解铁车之围，岂不能显圣以救猇亭之败哉？

邓艾未入川时，先得一梦；钟会于定军山前，亦得一梦。人但知艾与会之梦为梦，而不知艾之以梦告卜者亦梦也。会之祭武侯，与武侯之托梦于会亦梦也。不独两人之事业以成梦，即三分之割据皆成梦。先主、孙权、曹操，皆梦中之人；西蜀、东吴、北魏，尽梦中之境。谁是谁非，谁强谁弱，尽梦中之事。读《三国》者，读此卷述梦之文，凡三国以前、三国以后，总当作如是观。

却说司马昭谓西曹掾邵悌曰："朝臣皆言蜀未可伐，是其心怯；若使强战，必败之道也。_{此不遣他人同往之意。}今钟会独建伐蜀之策，是其心不怯；心不怯，则破蜀必矣。蜀既破，则蜀人心胆已裂，'败军之将，不可以言勇；亡国之大夫，不可以图存'。会即有异志，蜀人安能助之乎？_{早为姜维助会不成伏线。}至若魏人得胜思归，必不从会而反，更不足虑耳。_{又为魏将不从钟会伏线。}此言乃吾与汝知之，切不可泄漏。"邵悌拜服。

却说钟会下寨已毕，升帐大集诸将听令。时有监军卫瓘，护军胡烈，大将田续、庞会、田章、爰彭、丘建、夏侯咸、王买、皇甫闿、句安等八十余员。会曰："必须一大将为先锋，逢山开路，遇水叠桥。谁敢当之？"一人应声曰："某愿往。"会视之，乃虎将许褚之子许仪也。〔虎痴之勇已隔数十卷，于此一提。〕众皆曰："非此人不可为先锋。"会唤许仪曰："汝乃虎体猿班之将，父子有名；今众将亦皆保汝。汝可挂先锋印，领五千马军、一千步军，径取汉中。分兵三路：汝领中路，出斜谷；〔武侯尝从此处去，锺会却从此处来，与前文相映。〕左军出骆谷；〔姜维尝从此处去，锺会却从此处来，与前文相映。〕右军出子午谷。〔魏延欲从此处去，锺会却从此处来，与前文相映。〕此皆崎岖山险之地，当令军填平道路，修理桥梁，凿山破石，勿使阻碍。如违必按军法。"〔数语极似常套，却为后文伏笔。〕许仪受命，领兵而进。锺会随后提十万余众，星夜起程。

却说邓艾在陇西，既受伐蜀之诏，一面令司马望往遏羌人，又遣雍州刺史诸葛绪、天水太守王颀、陇西太守牵弘、金城太守杨欣，各调本部兵前来听令。〔先写锺会一番调度，便接写邓艾一番调度，各自声势。〕比及军马云集，邓艾夜作一梦：梦见登高山，望汉中，忽于脚下迸出一泉，水势上涌。须臾惊觉，〔一场大事，先述一梦起。〕却浑身汗流；遂坐而待旦，乃召护卫爰邵问之。邵素明《周易》，艾备言其梦，邵答曰："《易》云：'山上有水曰《蹇》。'《蹇卦》者：'利西南，不利东北'。孔子云：'《蹇》利西南，往有功也；不利东北，其道穷也。'〔不是圆梦，却是起课，不消更卜，梦即是卜。〕将军此行，必然克蜀；但可惜蹇滞不能还。"〔早为邓艾被杀伏案。〕艾闻言，愀然不乐。忽锺会檄文至，约艾起兵，于汉中取齐。艾遂遣雍州刺史诸葛绪，引兵一万五千，先断姜维归路；次遣天水太守王颀，引兵一万五千，从左攻沓中；陇西太守牵弘，引一万五千人，从右攻沓中；又遣金城太守杨欣，引一万五千人，于甘松邀姜维之后。〔锺会是三路，邓艾是四路，各各不同。〕艾自引兵三万，往来接应。

却说锺会出师之时，有百官送出城外，旌旗蔽日，铠甲凝霜，人强马壮，威风凛然。人皆称羡，惟有相国参军刘寔微笑不语。〔邵惮知而言之，刘实知而不言，更有意思。〕太尉王祥见寔冷笑，就马上握其手而问曰："锺、邓二人，此去可平蜀乎？"寔曰："破蜀必矣。但恐皆不得还都耳。"〔此处又总为二人被杀伏线。〕王祥问其故，刘寔但笑而不答。〔是有意思人。〕祥遂不复问。

却说魏兵既发，早有细作入沓中报知姜维。维即具表申奏后主："请降诏遣左车骑将军张翼领兵守护阳安关，右车骑将军廖化领兵守阴平桥。这二处最为要紧，若失二处，汉中不保矣。〔锺会三路，邓艾四路，姜维却重在二路，又各不同。〕一面当遣使入吴求救。〔正与锺会之言相合。〕一面自起沓中之兵拒敌。"〔连此亦是四路。〕时后主改景耀六年为炎兴元年，〔插入此句，为后二日火初出语伏笔。〕与宦官黄皓在宫中游乐。忽接姜维之表，即召黄皓问曰："今魏国遣锺会、邓艾大起人马，分道而来，如之奈何？"〔赤壁之战曾仗孔明东风之功，今何不以黄皓之南风退之？〕皓奏曰："此乃姜维欲立功名，故上此表。陛下宽心，勿生疑虑。

臣闻城中有一师婆，供奉一神，能知吉凶，可召来问之。"〔今日人家女子往往信此。〕后主从其言，于后殿陈设香花纸烛、享祭礼物，令黄皓用小车请入宫中，坐于龙床之上。〔即此师婆，亦是蜀中之大灾异，当与柏树夜哭等同观。〕后主焚香祝毕，师婆忽然披发跣足，就殿上跳跃数十遍，盘旋于案上。〔活画一师婆身分。〕皓曰："此神人降矣。陛下可退左右，亲祷之。"后主尽退侍臣，再拜祝之。〔即天子拜师婆，亦是朝中一大灾异，当与青蛇升御座同观。〕师婆大叫曰："吾乃西川土神也。〔即师婆自称土神，亦是朝中一大灾异，当与雌鸡化为雄同观。〕陛下欣乐太平，何为求问他事？数年之后，魏国疆土亦归陛下矣。陛下切勿忧虑。"言讫，昏倒于地，半晌方苏。〔活画一师婆身分。〕后主大喜，重加赏赐。自此深信师婆之说，遂不听姜维之言，每日只在宫中饮宴欢乐。〔自李傕信师巫言，已隔百余回，忽又其匹。〕姜维累申告急表文，皆被黄皓隐匿，因此误了大事。〔与张让隐匿黄巾消息，前后一辙。〕

却说钟会大军，迤逦望汉中进发。前军先锋许仪，要立头功，先领兵至南郑关。仪谓部将曰："过此关即汉中矣。关上不多人马，我等便可奋力抢关。"众将领命，一齐并力向前。原来守关蜀将卢逊早知魏兵将到，先于关前木桥左右伏下军士，装起武侯所遗十矢连弩；〔又将武侯临终之事一提，与一百四回照应。〕比及许仪兵来抢关时，一声梆子响处，矢石如雨。仪急退时，早射倒数十骑。魏兵大败。仪回报钟会。会自提帐下甲士百余骑来看，果然箭弩一齐射下。会拨马便回，关上卢逊引五百军杀下来。会拍马过桥，桥上土塌，陷住马蹄，争些儿掀下马来。马挣不起，会弃马步行；跑下桥时，卢逊赶上，一枪刺来，〔读者至此必谓钟会死矣。〕却被魏兵中荀恺回身一箭，射卢逊落马。钟会麾众乘势抢关，关上军士因有蜀兵在关前，不敢放箭，被钟会杀散，夺了山关，〔钟会几死复生，又夺山关，皆意外惊人之笔。〕即以荀恺为护军，以全副鞍马铠甲赐之。会唤许仪至帐下，责之曰："汝为先锋，理合逢山开路，遇水叠桥，专一修理桥梁道路，以便行军。吾方才到桥上，陷住马蹄，几乎堕桥；若非荀恺，吾已被杀矣！〔会之不死实有天幸。〕汝既违军令，当按军法！"叱左右推出斩之。诸将告曰："其父许褚有功于朝廷，〔又将许褚前事一提。〕望都督恕之。"会怒曰："军法不明，何以令众？"遂令斩首示众。诸将无不骇然。〔早为后文诸将不从钟会张本。〕

时蜀将王含守乐城，蒋斌守汉城，见魏兵势大，不敢出战，只闭门自守。钟会下令曰："兵贵神速，不可少停。"〔魏兵利在速战，蜀兵利在固守。〕乃令前军李辅围乐城，护军荀恺围汉城，自引大军取阳安关。守关蜀将傅佥与副将蒋舒商议战守之策。舒曰："魏兵甚众，势不可当，不如坚守为上。"〔战不如守，其言是矣。守不如降，其理何居。〕佥曰："不然。魏兵远来，必然疲困，虽多不足惧。我等若不下关战时，汉、乐二城休矣。"蒋舒默然不答。〔不怀好意了。〕忽报魏兵大队已至关前，蒋、傅二人至关上视之。钟会扬鞭大叫曰："吾今统十万之众到此，如早早出降，各依品级升用；如执迷不降，打破关隘，玉石俱焚！"傅佥大怒，令蒋舒把关，自引三千兵杀下关来。锺会便走，魏兵尽退。金乘势追之，魏兵复合。金欲退入关时，关上已竖起魏家旗号，（读至此，只道锺会使人袭关耳，孰知却是蒋舒。可发一叹。）只见蒋舒叫曰："吾已降了魏也！"金大怒，厉声骂曰："忘恩背义之贼，有何面目见天下人乎！"拨回马复与魏兵接战。魏兵四面合来，将傅金围在垓心。金左冲右突，往来死战，不能得脱；所领蜀兵，十伤八九。金乃仰天叹曰："吾生为蜀臣，死亦当为蜀鬼！"（如此之鬼，鬼可不朽矣。若师婆之说鬼话，连鬼亦不是鬼也。）乃复拍马冲杀，身被数枪，血盈袍铠；坐下马倒，金自刎而死。（蒋舒能无愧死？）后人有诗叹曰：

> 一日抒忠愤，千秋仰义名。
>
> 宁为傅金死，不作蒋舒生。

锺会得了阳安关，关内所积粮草、军器极多，大喜，遂犒三军。是夜，魏兵宿于阳安城中，忽闻西南上喊声大震。锺会慌忙出帐视之，绝无动静。魏军一夜不敢睡。次夜三更，西南上喊声又起。（读者至此，疑是姜维设下疑兵耳。）锺会惊疑，向晓，使人探之。回报曰："远哨十余里，并无一人。"（却是作怪。）会惊疑不定，乃自引数百骑，俱全装惯带，望西南巡哨。前至一山，只见杀气四面突起，愁云布合，雾锁山头。（读者至此，又疑是武侯所设八阵图，如鱼腹浦边故事耳。）会勒住马，问向导官曰："此何山也？"答曰："此乃定军山，昔日夏侯渊殁于此处。"（夏侯渊事已隔数十卷，于此忽然照应。○读者至此，又疑是夏侯渊阴魂作怪。）会闻之，怅然不乐，遂勒马而回。转过山坡，忽然狂风大作，背后数千骑突出，随风杀来。（读者至此，再猜不出。）会大惊，引众纵马而走。诸将坠马者，不计其数。及奔到阳安关时，不曾折一人一骑，只跌损面目，失了头盔。皆言曰："但见阴云中人马杀来，比及近身，却不伤人，只是一阵旋风而已。"（师婆所言之神，不过鬼混；锺会所见之鬼，却是神奇。）会问降将蒋舒曰："定军山有神庙乎？"舒曰："并无神庙，惟有诸葛武侯之墓。"（照应一百五回中事。）会惊曰："此必武侯显圣也。吾当亲往祭之。"（定军山显圣与玉泉山显圣，前后遥遥相映。）次日，锺会备祭礼，宰太牢，自到武侯墓前再拜致祭。祭毕，狂风顿息，愁云四散。忽然清风习习，细雨纷纷。一阵过后，天色晴朗。魏兵大喜，皆拜谢回营。是夜，锺会在帐中伏几而寝，忽然一阵清风过处，只见一人，纶巾羽扇，身衣鹤氅，素履皂绦，面如冠玉，唇若抹朱，眉清目朗，身长八尺，飘飘然有神仙之概。（忽于锺会梦中写一诸葛孔明，仿佛先主草庐初遇时。）其人步入帐中，会起身迎之曰："公何人也？"其人曰："今早重承见顾，吾有片言相告：虽汉祚已衰，天命难违，然两川生灵，横罹兵革，诚可怜悯。汝入境之后，万勿妄杀生灵。"（朗朗数语，迄今如闻其声，不似师婆鬼话。）言讫，拂袖而去。会欲挽留之，忽然惊醒，乃是一梦。会知是武侯之灵，不胜惊异。于是传令前军，立一白旗，上书"保国安民"四字；所到之处，如妄杀一人者偿命。〔不是写活锺会，正是写死武侯。〕于是汉中人民，尽皆出城拜迎。会一一抚慰，秋毫无犯。后人有诗赞曰：

数万阴兵绕定军，致令锺会拜灵神。

生能决策扶刘氏，死尚遗言保蜀民。

却说姜维在沓中，听知魏兵大至，传檄廖化、张翼、董厥提兵接应；一面自分兵列将以待之。忽报魏兵至，维引兵迎之。魏阵中为首大将乃天水太守王颀也。颀出马大呼曰："吾今大兵百万，上将千员，分二十路而进，已到成都。汝不思早降，犹欲抗拒，何不知天命耶！"维大怒，挺枪纵马，直取王颀。战不三合，颀大败而走。姜维驱兵追杀至二十里，只听得金鼓齐鸣，一枝兵摆开，旗上大书"陇西太守牵弘"字样。维笑曰："此等鼠辈，非吾敌手！"遂催兵追之，又赶到十里，却遇邓艾领兵杀到。两军混战。维抖擞精神，与艾战有十余合，不分胜负，后面锣鼓又鸣。维急退时，后军报说："甘松诸寨，尽被金城太守杨欣烧毁了。"〔两路太守实叙，一路太守虚叙，笔法变换。〕维大惊，急令副将虚立旗号，与邓艾相拒。维自撤后军，星夜来救甘松，正遇杨欣。欣不敢交战，望山路而走。维随后赶来。将至山岩下，岩上木石如雨，维不能前进。比及回到半路，蜀兵已被邓艾杀败。魏兵大队而来，将姜维围住。维引众骑杀出重围，奔入大寨坚守，以待救兵。忽然流星马到，报说："锺会打破阳安关，守将蒋舒归降，傅佥战死，汉中已属魏矣。〔此事已实叙在前，于此再虚叙一遍。〕乐城守将王含、汉城守将蒋斌知汉中已失，亦开门而降。〔二人之降，在前未曾实叙，特于此处虚叙出来，妙。〕胡济抵敌不住，逃回成都求援去了。"〔此事在前未曾实叙，特于此处补叙出来，妙。〕

维大惊，即传令拔寨。是夜兵至疆川口，前面一军摆开，为首魏将，乃是金城太守杨欣。维大怒，纵马交锋，只一合，杨欣败走，维拈弓射之，连射三箭皆不中。维转怒，自折其弓，挺枪赶来。战马前失，将维跌在地上。杨欣拨回马来杀姜维。〔读至此，必谓姜维死矣。〕维跃起身，一枪刺去，正中杨欣马脑。〔又是绝处逢生。〕背后魏兵骤至，救欣去了。维骑上从马，欲待追时，忽报后面邓艾兵到。维首尾不能相顾，遂收兵要夺汉中。哨马报说："雍州刺史诸葛绪已断了归路。"〔诸葛绪之兵亦用虚叙。〕维乃据山险下寨。魏兵屯于阴平桥头。维进退无路，长叹曰："天丧我也！"副将宁随曰："魏兵虽断阴平桥头，雍州必然兵少，将军若从孔函谷径取雍州，诸葛绪必撤阴平之兵救雍州，将军却引兵奔剑阁守之，则汉中可复矣。"〔欲取剑阁，反先取雍州，其计亦曲。〕维从之，即发兵入孔函谷，诈取雍州。细作报知诸葛绪。绪大惊曰："雍州是吾合守之地，倘若疏失，朝廷必然问罪。"急撤大兵从南路去救雍州，只留一枝兵守桥头。姜维入北道，约行三十里，料知魏兵起行，乃勒回兵，后队作前队，径到桥头，果然魏兵大队已去，只有些小兵把桥；被维一阵杀散，尽烧其寨栅。诸葛绪听知桥头火起，复引兵回，姜维兵已过半日了，因此不敢追赶。_{绝处逢生。}

却说姜维引兵过了桥头，正行之间，前面一军来到，乃左将军张翼、右将军廖化也。维问之，翼曰："黄皓听信师巫之言，不肯发兵。翼闻汉中已危，自起兵来时，阳安关已被锺会所取。今闻将军受困，特来接应。"遂合兵一处，前赴白水关。化曰："今四面受敌，粮道不通，不如退守剑阁，再作良图。"_{与宁随之意相合。}维疑虑未决。忽报锺会、邓艾分兵十余路杀来。维欲与翼、化分兵迎之。化曰："白水地狭路多，非争战之所，不如且退去救剑阁可也；若剑阁一失，是绝路矣。"维从之，遂引兵来投剑阁。将近关前，忽然鼓角齐鸣，喊声大起，旌旗遍竖，一枝军把住关口。_{故作惊人之笔，令读者着急。}正是：

汉中险峻已无有，剑阁风波又忽生。

未知何处之兵，且看下文分解。

第一百十七回

邓士载偷度阴平

诸葛瞻战死绵竹

有入险而能出者：先主檀溪之跃，后主当阳之夺，孙权逍遥津之逃，曹操濮阳之败、潼关之奔、华容道之释，司马懿上方谷之走，皆是也。然此特事之险，而非地之险也；又特难之以险脱，而非功之以险成也。若夫造最险之谋，而经最险之地，犯最险之患，而成最险之功，则未有如邓艾之贯索于悬崖，裹毡于峭壁，持斧挟凿以行七百里无人之境者也。人即好幽，幽不至此；文即好奇，奇不至此。不谓读《三国》者，读至终篇，有此惊见骇闻之乐。

南郑桥边之钟会，犹铁笼山中之司马昭也。昭几死而不死，会亦几死而不死，皆天意也。偷渡阴平岭之邓艾，犹欲出子午谷之魏延也。武侯以延之计为危，而延不得自行其危；钟会以艾之计为危，而艾竟得自行其危，亦皆天意也。天意所在，有非人力所得而强耳。

武侯显圣以告钟会，而不显圣以告邓艾，不见武侯之神也。然既显圣于定军山，又必显圣于阴平岭，则武侯之灵，毋乃太劳乎？今有不必显圣，而同于显圣者。定军有墓，武侯如在焉；阴平有寨，武侯亦如在焉。风中隐隐有人，不若石上明明有字。山前一梦，能保蜀人之生，又不若岭边一碣，能决魏将之死。愈出愈奇，岂非旷古奇观？

蜀之求援甚急，而吴之来援甚迟，论者以此咎吴，而不必以此咎吴也。何也？孙休之不能援刘禅，犹张鲁之不能援刘璋也。以汉中救成都则近，以江东救绵竹则远。近且莫救，远何望乎？且人事已非，天命已去。即使丁奉倍道而来，若马超之攻葭萌，而蜀中之有黄皓，甚于陇中之有杨松。内乱既深，虽有外助，必无济矣。故君子不为吴咎，而但为蜀咎。

诸葛瞻父子受命于大事既去之后，而能以一死报社稷。君子曰：武侯于是乎不死矣。盖战死绵竹之心，亦秋风五丈原之心也。使当日甘心降魏，以图苟全，则于"鞠躬尽瘁，死而后已"之家训，不其有愧乎？故瞻、尚生则武侯死，瞻、尚亡则武侯存。

却说辅国大将军董厥闻魏兵十余路入境，乃引二万兵守住剑阁；当日望尘头大起，疑是魏兵，急引军把住关口。董厥自临军前视之，乃姜维、廖化、张翼也。^{姜维绝处逢生，却在董厥一边叙出，笔法变换。}厥大喜，接入关上，礼毕，哭诉后主黄皓之事。维曰："公勿忧虑。若有维在，必不容魏来吞蜀也。且守剑阁，徐图退敌之计。"厥曰："此关虽然可守，争奈成都无人；倘为敌人所袭，大势瓦解矣。"^{预为后主出降伏线。}维曰："成都山险地峻，非可易取，不必忧也。"正言间，忽报诸葛绪领兵杀至关下，维大怒，急引五千兵杀下关来，直撞入魏阵中，左冲右突，杀得诸葛绪大败而走，退数十里下寨，魏军死者无数。蜀兵抢了许多马匹器械，维收兵回关。^{此是灯欲灭而复明。}

却说钟会离剑阁二十里下寨，诸葛绪自来伏罪。会怒曰："吾令汝守把阴平桥头，以断姜维归路，如何失了！今又不得吾令，擅自进兵，以致此败！"绪曰："维诡计多端，诈取雍州；绪恐雍州有失，引兵去救，维乘机走脱；绪因赶至关下，不想又为所败。"会大怒，叱令斩之。监军卫瓘曰："绪虽有罪，乃邓征西所督之人；不争将军杀之，恐伤和气。"会曰："吾奉天子明诏、晋公钧命，特来伐蜀。便是邓艾有罪，亦当斩之！"_{会与艾不睦自此始。}众皆力劝。会乃将诸葛绪用槛车载赴洛阳，任晋公发落；随将绪所领之兵，收在部下调遣。_{全不顾邓艾体面，邓艾者实难堪此。为}有人报与邓艾，艾大怒曰："吾与汝官品一般，吾久镇边疆，于国多劳，汝安敢妄自尊大耶！"_{此时尚不是争功，不过是争体面、争意气耳。○想口吃人发怒，此时正不知称多少"艾、艾"矣。}子邓忠劝曰："'小不忍则乱大谋'，父亲若与他不睦，必误国家大事。望且容忍之。"艾从其言。然毕竟心中怀怒，_{不以诸葛绪送邓艾而送晋公，一可怒也；不交还其军，二可怒也；言欲杀邓艾，三可怒也。该怒。}乃引十数骑来见钟会。会闻艾至，便问左右："艾引多少军来？"左右答曰："只有十数骑。"会乃令帐上帐下列武士数百人。艾下马入见。会接入帐礼毕。艾见军容甚肃，心中不安，乃以言挑之曰："将军得了汉中，乃朝廷之大幸也，可定策早取剑阁。"_{并不提起诸葛绪，亦甚见机。}会曰："将军明见若何？"艾再三推称无能。_{期期不吐，口吃模样，是。}会固问之。艾答曰："以愚意度之，可引一军从阴平小路出汉中德阳亭，用奇兵径取成都，姜维必撤兵来救，将军乘虚就取剑阁，可获成功。"_{邓艾此计，原是行险徼幸。}会大喜曰："将军此计甚妙！可即引兵去。吾在此专候捷音！"_{一片奸诈。}二人饮酒相别。会回本帐与诸将曰："人皆谓邓艾有能。今日观之，乃庸才耳！"_{方知适才大喜答应都是假话。}众问其故。会曰："阴平小路，皆高山峻岭，若蜀以百余人守其险要，断其归路，则邓艾之兵皆饿死矣。吾只以正道而行，何愁蜀地不破乎！"遂置云梯炮架，只打剑阁关。

却说邓艾出辕门上马，回顾从者曰："钟会待吾若何？"从者曰："观其辞色，甚不以将军之言为然，但以口强应而已。"_{在从人口中写一钟会。}艾笑曰："彼料我不能取成都，我偏欲取之！"回到本寨，师纂、邓忠一班将士接问曰："今日与钟镇西有何高论？"艾曰："吾以实心告彼，彼以庸才视我。彼今得汉中，以为莫大之功；若非吾屯沓中绊住姜维，彼安能成功耶！_{若非钟会在剑阁绊}吾今若取了成都，胜取汉中矣！"_{住姜维，艾亦安能成功。}当夜下令，尽拔寨望阴平小路进兵，离剑阁七百里下寨。有人报钟会说："邓艾要去取成都了。"会笑艾不智。_{有此一笑，乃见下文之奇，出于意外。}

却说邓艾一面修密书遣使驰报司马昭，一面聚诸将于帐下问曰："吾今乘虚去取成都，与汝等立功名于不朽，汝等肯从乎？"诸将应曰："愿遵军令，万死不辞！"艾乃先令子邓忠引五千精兵，不穿衣甲，各执斧凿器具，凡遇峻危之处，凿山开路，搭造桥阁，以便军行。_{竟似一起匠人，不是军士。}艾选兵三万，各带干粮绳索进发。约行百余里，选下三千兵，就彼扎寨；又行百余里，又选三千兵下寨。

是年十月自阴平进兵，至于巅崖峻谷之中，凡二十余日，行七百余里，皆是无人之地。谢灵运凿山是高兴，邓士载凿山是大胆。魏兵沿途下了数寨，只剩下二千人马。前至一岭，名摩天岭，马不堪行，艾步行上岭，正见邓忠与开路壮士尽皆哭泣。锺会笑而邓忠哭，哭一笑，正是相对。艾问其故。忠告曰："此岭西背是峻壁巅崖，不能开凿，虚废前劳，因此哭泣。"不能为灵威持炬之人，将为阮籍穷途之哭矣。艾曰："吾军到此，已行了七百余里，过此便是江油，岂可复退？"乃唤诸军曰："'不入虎穴，焉得虎子？'吾与汝等来到此地，若得成功，富贵共之。"欲求生富贵，须下死工夫。众皆应曰："愿从将军之命。"艾令先将军器撺将下去。艾取毡自裹其身，先滚下去。副将有毡衫者裹身滚下，无毡衫者各用绳索束腰，攀木挂树，鱼贯而进。行险徼幸。邓艾、邓忠，并二千军及开山壮士，皆度了摩天岭。"凤兮凤兮"，以摩天之翅飞过摩天之岭矣。方才整顿衣甲器械而行，忽见道旁有一石碣，上刻："丞相诸葛武侯题。"其文云："二火初兴，有人越此。二士争衡，不久自死。"二火者，炎字也，二火初兴，乃炎兴元年也；二士者，邓士载与锺士季也；不久自死者，二人争功而皆被杀也。武侯之神至于如此，则此处亦可谓之武侯再显圣也矣。艾观讫大惊，慌忙对碣再拜曰："武侯真神人也！艾不能以师事之，惜哉！"后人有诗曰：

阴平峻岭与天齐，玄鹤徘徊尚怯飞。

邓艾裹毡从此下，谁知诸葛有先几。

却说邓艾暗度阴平，引兵行时，又见一个大空寨。左右告曰："闻武侯在日，曾拨一千兵守此险隘。今蜀主刘禅废之。"补叙前事，又与武侯临终之语相应。艾嗟呀不已，乃谓众人曰："吾等有来路而无归路矣！前江油城中，粮食足备：汝等前进可活，后退即死，须并力攻之。"置之死地而后生，置之亡地而后存，即韩信背水阵之意。众皆应曰："愿死战！"于是邓艾步行，引二千余人，星夜倍道来抢江油城。

却说江油城守将马邈闻东川已失，虽为准备，只是提防大路；又仗着姜维全师守住剑阁关，遂将军情不以为重。当日操练人马回家，与妻李氏拥炉饮酒。饮醇酒，近妇人，何其乐也。其妻问曰："屡闻边情甚急，将军全无忧色，何也？"邈曰："大事自有姜伯约掌握，干我甚事？"马邈与后主正是一对，有是君必有是臣。其妻曰："虽然如此，将军所守城池，不为不重。"邈曰："天子听信黄皓，溺于酒色，吾料祸不远矣。魏兵若到，降之为上，何必虑哉？"立定主意。其妻大怒，唾邈面曰："汝为男子，先怀不忠不义之心，枉受国家爵禄，吾有何面目与汝相见耶！"马邈与李氏却不是一对，有是夫不意有是妻。马邈羞惭无语。忽家人慌入报曰："魏将邓艾不知从何而来，引二千余人，一拥而入城矣！"陈后主正在宫中饮酒赋诗，而韩擒虎已到，马邈之事将毋同？邈大惊，慌出纳降，拜伏于公堂之下，泣告曰："某有心归降久矣。今愿招城中居民及本部人马，尽降将军。"此等老主意，已在拥炉时算定。艾准其降，遂收江油军马于部下调遣，一向都是步卒，此处方才有马。即用马邈为向导官。忽报马邈夫人自缢身死。夏侯之女但知有夫妇，马邈之妻独知有君臣，其节义更胜夏侯女矣。艾问其故，邈以实告。艾感其贤，令厚礼葬之，亲往致祭。魏人闻者，无不嗟叹。后人有诗赞曰：

后主昏迷汉祚颠，天差邓艾取西川。

可怜巴蜀多名将，不及江油李氏贤。

邓艾取了江油，遂接阴平小路诸军，皆到江油取齐，径来攻涪城。部将田续曰："我军涉险而来，甚是劳顿，且当休养数日，然后进兵。"艾大怒曰："兵贵神速，汝敢乱我军心耶！"喝令左右推出斩之。众将苦告方免。为后文田续杀艾伏线。艾自驱兵至涪城。城内官吏军民疑从天降，尽皆出降。

蜀人飞报入成都。后主闻知，慌召黄皓问之。皓奏曰："此诈传耳。神人必不肯误陛下也。"邓艾如从天降，疑有神人助之，若后主则非神人之所能助矣。后主又宣师婆问时，却不知何处去了。土神逃走了。此时远近告急表文，一似雪片，往来使者，联络不绝。此时何不治黄皓隐匿之罪。后主设朝计议，多官面面相觑，并无一言。郤正出班奏曰："事已急矣！陛下可宣武侯之子商议退兵之策。"先主无儿，武侯有子。原来武侯之子诸葛瞻，字思远。其母黄氏，即黄承彦之女也。母貌甚陋，而有奇才，黄帝之有嫫母，齐王之有无盐，得此而三。上通天文，下察地理；凡韬略遁甲诸书，无所不晓。武侯是天上神仙，夫人亦是天上神仙，皆不从人间来者。武侯在南阳时，闻其贤，求以为室。武侯之学，夫人多所赞助焉。天下奇人必有奇配，然武侯之名彰而夫人之名不甚著者，盖无成而有终，坤道也，妇道也。及武侯死后，夫人寻逝，临终遗教，惟以忠孝勉其子瞻。武侯夫人事，直至此篇终补出，叙事妙品。瞻自幼聪明，尚后主女，为驸马都尉。后主有佳儿，亦有佳婿。后袭父武乡侯之爵。景耀四年，迁行军护卫将军。时为黄皓用事，故托病不出。诸葛瞻往事，却于此处补出，叙事妙品。当下后主从郤正之言，即时连发三诏，召瞻至殿下。三诏与三顾，前后相应。后主泣诉曰："邓艾兵已屯涪城，成都危矣。卿看先君之面，救朕之命！""朕"字两头着"救命"二字，与献帝一般狼狈。瞻亦泣奏曰："臣父子蒙先帝厚恩、陛下殊遇，虽肝脑涂地，不能补报。愿陛下尽发成都之兵，与臣领去决一死战。"此数语亦抵得乃翁前后《出师表》。后主即拨成都兵将七万与瞻。瞻辞了后主，整顿军马，聚集诸将问曰："谁敢为先锋？"言未讫，一少年将出曰："父亲既掌大权，儿愿为先锋。"众视之，乃瞻长子诸葛尚也。尚时年一十九岁，博览兵书，多习武艺。先主有孙，武侯亦有孙。瞻大喜，遂命尚为先锋。是日，大军离了成都，来迎魏兵。

却说邓艾得马邈献地理图一本，备写涪城至成都三百六十里山川道路，阔狭险峻，一一分明。^{又是一个张松，令人回}^{想前事，为之一叹。}艾看毕，大惊曰："吾只守涪城，倘被蜀人据住前山，何能成功耶？如迁延日久，姜维兵到，我军危矣。"^{钟会之笑艾，}^{正为此耳。}速唤师纂并子邓忠，吩咐曰："汝等可引一军，星夜径去绵竹，以拒蜀兵。吾随后便至。切不可怠缓。若纵他先据了险要，决斩汝首！"

师、邓二人引兵将至锦竹，早遇蜀兵。两军各布成阵。师、邓二人勒马于门旗下，只见蜀兵列成八阵。三鼕鼓罢，门旗两分，数十员将簇拥一辆四轮车，车上端坐一人：纶巾羽扇，鹤氅方裾。车旁展开一面黄旗，上书："汉丞相诸葛武侯。"^{读至此，又令人}^{疑是武侯显圣。}诿得师、邓二人汗流遍身，回顾军士曰："原来孔明尚在，我等休矣！"^{惊人之笔，}^{出于意外。}

急勒兵回时，蜀兵掩杀将来，魏兵大败而走。蜀兵掩杀二十余里，遇见邓艾援兵接应。两家各自收兵。艾升帐而坐，唤师纂、邓忠责之曰："汝二人不战而退，何也？"忠曰："但见蜀阵中诸葛孔明领兵，因此奔还。"艾怒曰："纵使孔明更生，我何惧哉！^{已来到这里，不}^{得不说硬话。}汝等轻退，以致于败，宜速斩以正军法！"众皆苦劝，艾方息怒。令人哨探，回说孔明之子诸葛瞻为大将，瞻之子诸葛尚为先锋。车上坐者乃木刻孔明遗像也。^{至此方才}^{叙明，又}^{可谓"死诸葛走}^{生邓忠"矣。}

艾闻之，谓师纂、邓忠曰："成败之机，在此一举。汝二人再不取胜，必当斩首！"师、邓二人又引一万兵来战。诸葛尚匹马单枪，抖擞精神，战退二人。诸葛瞻指挥两掖兵冲出，直撞入魏阵中，左冲右突，往来杀有数十番，魏兵大败，死者不计其数。师纂、邓忠中伤而逃。瞻驱士马随后掩杀二十余里，扎营相拒。^{第一番胜，是武侯余威；第二番胜，是瞻、}^{尚本事。前是写武侯，此是写瞻、尚。}师纂、邓忠回见邓艾，艾见二人俱伤，未便加责，乃与众将商议曰："蜀有诸葛瞻善继父志，两番杀吾万余人马，^{又在邓艾口中}^{写一诸葛瞻。}今若不速破，后必为祸。"监军丘本曰："何不作一书以诱之？"艾从其言，遂作书一封，遣使送入蜀寨。守门将引至帐下，呈上其书。瞻拆封视之。书曰：

征西将军邓艾，致书于行军护卫将军诸葛思远麾下：切观近代贤才，未有如公之尊父也。昔自出茅庐，一言已分三国，扫平荆、益，遂成霸业，古今鲜有及者；后六出祁山，非其智力不足，乃天数耳。今后主昏弱，王气已终，艾奉天子之命，以重兵伐蜀，已皆得其地矣。成都危在旦夕，公何不应天顺人，仗义来归？艾当表公为琅琊王，以光耀祖宗，决不虚言。幸存照鉴。

瞻看毕，勃然大怒，扯碎其书，叱武士立斩来使，令从者持首级回魏营见邓艾。又极写一瞻。

艾大怒，即欲出战。丘本谏曰："将军不可轻出，当用奇兵胜之。"艾从其言，遂令天水太守王颀、陇西太守牵弘，伏两军于后，艾自引兵而来。此时诸葛瞻正欲搦战，忽报邓艾自引兵到。瞻大怒，即引兵出，径杀入魏阵中。邓艾败走，瞻随后掩杀将来。忽然两下伏兵杀出。蜀兵大败，退入绵竹。连写诸葛瞻战胜，则邓艾为无用矣。此处却按下诸葛瞻，再写邓艾。艾令围之。于是魏兵一齐呐喊，将绵竹围的铁桶相似。

诸葛瞻在城中，见事势已迫，乃令彭和赍书杀出，往东吴求救。连写蜀中厮杀，则东吴一边冷落矣。此处却按下绵竹，再写东吴。和至东吴，见了吴主孙休，呈上告急之书。吴主看罢，与群臣计议曰："既蜀中危急，孤岂可坐视不救。"即令老将丁奉为主帅，丁封、孙异为副将，率兵五万，前往救蜀。丁奉领旨出师，分拨丁封、孙异引兵二万向沔中而进，自率兵三万向寿春而进：分兵三路来援。纲目于此书吴人来援，书人微之也。书"来援"，缓词也。是时汉有倒悬之急，吴人救之当如救焚拯溺，犹恐弗及，乃仅命丁奉等将向寿春、沔中而已，是果何益于事哉？虽然，吴人为义不力，行将自及，悲夫。

却说诸葛瞻见救兵不至，谓众将曰："久守非良图。"遂留子尚与尚书张遵守城，瞻自披挂上马，引三军大开三门杀出。邓艾见兵出，便撤兵退。瞻奋力追杀，忽然一声炮响，四面兵合，把瞻困在垓心。瞻引兵左冲右突，杀死数百人。再极写诸葛瞻一句。艾令众军放箭射之，蜀兵四散。瞻中箭落马，乃大呼曰："吾力竭矣，当以一死报国！"遂拔剑自刎而死。此写瞻之死忠。其子诸葛尚在城上，见父死于军中，勃然大怒，遂披挂上马。张遵谏曰："小将军勿得轻出。"尚叹曰："吾父子祖孙，荷国厚恩，今父既死于敌，我何用生为！"遂策马杀出，死于阵中。此写尚之死孝。后人有诗赞瞻、尚父子曰：

> 不是忠臣独少谋，苍天有意绝炎刘。
>
> 当年诸葛留嘉胤，节义真堪继武侯。

邓艾怜其忠，将父子合葬。乘虚攻打绵竹。张遵、黄崇、李球三人各引一军杀出。蜀兵寡，魏兵众，三人亦皆战死。傅金可以愧蒋舒，此三人亦可以愧马邈。艾因此得了绵竹。劳军已毕，遂来取成都。正是：

> 试观后主临危日，无异刘璋受逼时。

未知成都如何守御，且看下文分解。

第一百十八回

哭祖庙一王死孝

入西川二士争功

　　武侯有子又有孙，而武侯不死；先主虽无子，有孙可以当子，而先主亦不死。使蜀之后主，而以北地王为之，则吴可吞、魏可灭，而汉亦安得遂亡哉？虽然，绵竹之战，臣死于君，识武侯之家教；成都之失，子死于父，见昭烈之遗风。汉虽亡，凛凛有生气矣。

　　西汉亡于孺子婴，东汉亡于献帝，皆奄奄不振矣。独至后汉之亡，而刘禅虽懦，幸有北地王之能死，为汉朝生色。西汉亡而有王皇后之骂王莽，东汉亡而有曹皇后之骂曹丕，然两后皆未能死，则犹未见其烈矣。独至后汉之亡，而北地王能死，又有夫人崔氏之能死，尤足为汉朝生色。

　　三国人才之盛，不独于男子中见之，又于妇人中见之。然男子有才，不必其皆节；而妇人无节，即谓之不才。故论才于男子，才与节分；论才于妇人，必才与节合。是妇人之才，视男子之才，而更难也。惟其最难而能盛，则三国有足述焉。魏之才妇有五：姜叙之母、赵昂之妻、辛敞之姊、夏侯令之女、王经之母是也。吴之才妇有三：孙策之母、孙翊之妻、孙权之妹是也。汉之才妇有五：先主之夫人糜氏、北地王之夫人崔氏、武侯之夫人黄氏，及徐庶之母、马邈之妻是也。至于权变如貂蝉，聪慧如蔡琰，又其下者耳。

　　武侯初死，有杨仪、魏延互相上表一段文字；成都初亡，又有钟会、邓艾互相上表一段文字，遥遥相对。然邓艾之表，未尝讦奏钟会，则邓艾与魏延异矣；魏延之表，未尝为杨仪所更易，则钟会与杨仪异矣。且一在班师之日，一在克敌之初，其势既殊，其事亦别，令人耳目一新。钟会之将叛，司马昭之所料也；邓艾之将叛，则司马昭之所未料也。于其所未料者，而变生于意外，安得不于其所既料者，防患于意中，故使会制艾，而即自将以防会，防会而又恐会知之；于是讳之秘之，即心腹如贾充者，而亦不以其意告之。昭之奸雄，诚不亚于曹操矣。会欲伐蜀而佯作伐吴之势，昭欲收会而亦佯托收艾之名，治其人而即用法，出乎尔者反乎尔，其锺士季之谓与？

　　却说后主在成都，闻邓艾取了绵竹，诸葛瞻父子已亡，大惊，急召文武商议。近臣奏曰："城外百姓，扶老携幼，哭声大震，各逃生命。"后主惊惶无措。忽哨马报到，说魏兵将近城下。多官议曰："兵微将寡，难以迎敌；不如早弃成都，奔南中七郡。其地险峻，可以自守，就借蛮兵，再来克复未迟。"〔南人但能使其不复反耳，若欲患难相从，岂可恃乎？○嗟哉后主，南方不可以止此。〕光禄大夫谯周曰："不可。南蛮久反之人，平昔无惠；今若投之，必遭大祸。"多官又奏曰："蜀、吴既同盟，今事急矣，可以投之。"〔先主半生作客，尝依吕布矣，寄袁绍矣，托刘表矣，然此一时彼一时也。○嗟哉后主，东方不可以止此。〕周又谏曰："自古以来，无寄他国为天子者。〔此言一国不可有两天子。〕臣料魏能吞吴，吴不能吞魏。若称臣于吴，是一辱也；若吴被魏所吞，陛下再称臣于魏，是两番之辱矣。〔此言一身不可事两天子。〕不如不投吴而降魏。魏必裂土以封陛下，则上能自守宗庙，下可以保安黎民。愿陛下思之。"〔谯周前劝刘璋出降，今又劝后主出降，是劝降惯家。〕后主未决，退入宫中。

次日，众议纷然。谯周见事急，复上疏诤之。后主从谯周之言，正欲出降；忽屏风后转出一人，厉声而骂周曰："偷生腐儒，岂可妄议社稷大事！自古安有降天子哉！"〔蜀无降将军，岂得有降天子哉？〕后主视之，乃第五子北地王刘谌也。〔昭烈无儿，后主却有子。〕后主生七子：长子刘璿，次子刘瑶，三子刘琮，四子刘瓒，五子即北地王刘谌，六子刘恂，七子刘璩。七子中惟谌自幼聪明，英敏过人，余皆懦善。〔后主七子于此叙出，补前文之所未及。〕后主谓谌曰："今大臣皆议当降，汝独仗血气之勇，欲令满城流血耶？"谌曰："昔先帝在日，谯周未尝干预国政；今妄议大事，辄起乱言，甚非理也。臣切料成都之兵，尚有数万；姜维全师，皆在剑阁，〔提照姜维。〕若知魏兵犯阙，必来救应，内外攻击，可获大功。〔此言降不如战，战不如守。〕岂可听腐儒之言，轻废先帝之基业乎？"〔提照先帝。〕后主叱之曰："汝小儿岂识天时！"谌叩头哭曰："若势穷力极，祸败将及，便当父子君臣背城一战，同死社稷，以见先帝可也。奈何降乎！"〔此言不得已则战。〕后主不听。谌放声大哭曰："先帝非容易创立基业，今一旦弃之，吾宁死不辱也！"〔先主不死矣！〕后主令近臣推出宫门，遂令谯周作降书，〔惯修降书第一手。〕遣私署侍中张绍、驸马都尉邓良同谯周赍玉玺来雒城请降。

时邓艾每日令数百铁骑来成都哨探。当日见立了降旗，艾大喜。不一时，张绍等至，艾令人迎入。三人拜伏于阶下，呈上降款玉玺。〔令人追想刘璋纳款之时，为一叹。〕艾拆降书视之，大喜，受下玉玺，重待张绍、谯周、邓良等。艾作回书，付三人赍回成都，以安人心。三人拜辞邓艾，径还成都，入见后主，呈上回书，细言邓艾相待之善。后主拆封视之，大喜，即遣太仆蒋显赍敕令姜维早降；〔又以降天子敕谕降将军，为一叹。〕遣尚书郎李虎，送文簿与艾：共户二十八万，男女九十四万，带甲将士十万二千，〔有此何以不战。〕官吏四万，仓粮四十余万，〔有此何以不守。〕金银各二千斤，锦绮彩绢各二十万匹。余物在库，不及具数。〔有此何不以赏战士。〕择十二月初一日，君臣出降。

北地王刘谌闻知，怒气冲天，乃带剑入宫。其妻崔夫人问曰："大王今日颜色异常，何也？"谌曰："魏兵将近，父皇已纳降款，明日君臣出降，社稷从此殄灭。吾欲先死以见先帝于地下，不屈膝于他人也！"〔后主有此子，是干蛊之子；先主有此孙，是绳武之孙。〕崔夫人曰："贤哉！贤哉！得其死矣！妾请先死，王死未迟。"〔后主有佳儿，又有佳妇。〕谌曰："汝何死耶？"崔夫人曰："王死父，妾死夫，其义同也。夫亡妻死，何必问焉！"言讫，触柱而死。〔马邈夫妇是有妇无夫，刘谌夫妇是有夫有妇。〕谌乃自杀其三子，并割妻头，提至昭烈庙中，伏地哭曰："臣羞见基业弃于他人，故先杀妻子，以绝挂念，后将一命报祖！祖如有灵，知孙之心！"大哭一场，眼中流血，自刎而死。

凛凛烈烈，如闻其声，如见其人。蜀人闻知，无不哀痛。后人有诗赞曰：

> 君臣甘屈膝，一子独悲伤。
>
> 去矣西川事，雄哉北地王！
>
> 捐身酬烈祖，搔首泣穹苍。
>
> 凛凛人如在，谁云汉已亡？

后主听知北地王自刎，乃令人葬之。后主闻北地王之死，不但不知愧耻，亦不知痛惜，真无心人哉。

次日，魏兵大至。后主率太子诸王，及群臣六十余人，面缚舆榇，出北门十里而降。邓艾扶起后主，亲解其缚，焚其舆榇，并车入城。后人有诗叹曰：

> 魏兵数万入川来，后主偷生失自裁。
>
> 黄皓终存欺国意，姜维空负济时才。
>
> 全忠义士心何烈，守节王孙志可哀。
>
> 昭烈经营良不易，一朝功业顿成灰。

于是成都之人，皆具香花迎接。艾拜后主为骠骑将军，司马昌明幸不为尚书左仆射，而后主刘禅竟为骠骑将军，可发一叹。其余文武，各随高下拜官；邓艾竟擅自封爵，有死之道也。请后主还宫，出榜安民，交割仓库。又令太常张峻、益州别驾张绍，招安各郡军民。又令人说姜维归降。一面遣人赴洛阳报捷。艾闻黄皓奸险，欲斩之。皓用金宝赂其左右，因此得免。黄皓之受金珠，原来为此。自是汉亡。后人因汉之亡，有追思武侯诗曰：

> 鱼鸟犹疑畏简书，风云长为护储胥。
>
> 徒令上将挥神笔，终见降王走传车。
>
> 管乐有才真不忝；关张无命欲何如！
>
> 他年锦里经祠庙，《梁父》吟成恨有余！

且说太仆蒋显到剑阁，入见姜维，传后主敕命，言归降之事。维大惊失语。帐下众将听知，一齐怨恨，咬牙怒目，须发倒竖，拔刀砍石大呼曰："吾等死战，何故先降耶！"号哭之声，闻数十里。蜀中有如此之将、如此之兵，而天子甘心面缚，可发一叹。维见人心思汉，乃以善言抚之曰："众将勿忧。吾有一计，可复汉室。"众皆求问。姜维与诸将附耳低言，说了计策，以下无数文字，皆在附耳低言之内，此处妙在不即叙明。即于剑阁关遍竖降旗，先令人报入锺会寨中，说姜维引张翼、廖化、董厥等来降。会大喜，令人迎接维入帐。会曰："伯约来何迟也？"维正色流涕曰："国家全军在吾，今日至此，犹为速也。"_{既来诈降，又偏说不肯便降，乃是善于用诈。}会甚奇之，下座相拜，待为上宾。维说会曰："闻将军自淮南以来，算无遗策；司马氏之盛，皆将军之力，维故甘心俯首。如邓士载，当与决一死战，安肯降之乎？"_{如此口气，便是姜维用诈处，读者当自知之。}会遂折箭为誓，与维结为兄弟，情爱甚密，_{为上宾则犹疏，为兄弟则甚密矣。为}仍令照旧领兵。维暗喜，遂令蒋显回成都去了。

却说邓艾封师篡为益州刺史，牵弘、王颀等各领州郡；又于绵竹筑台以彰战功，_{既擅自封爵，又筑台示功，邓艾有死之道。}大会蜀中诸官饮宴。艾酒至半酣，乃指众官曰："汝等幸遇我，故有今日耳。若遇他将，必皆殄灭矣。"_{气骄而言夸，邓艾有死之道。}多官起身拜谢。忽蒋显至，说姜维自降锺镇西了。艾因此痛恨锺会。遂修书令人赍赴洛阳，致晋公司马昭。昭得书视之。书曰：

> 臣艾切谓兵有先声而后实者，今因平蜀之势以乘吴，此席卷之时也。然大举之后，将士疲劳，不可便用；宜留陇右兵二万、蜀兵二万，煮盐兴冶，并造舟船，预备顺流之计；然后发使，告以利害，吴可不征而定也。今宜厚待刘禅，以致孙休；若便送禅来京，吴人必疑，则于向化之心不劝。且权留之于蜀，须来年冬月抵京。今即可封禅为扶风王，锡以资财，供其左右，爵其子为公侯，以显归命之宠：则吴人畏威怀德，望风而从矣。_{书中虽以劝吴为名，实以封蜀为主，既不送禅于京，又自汉封爵，大有专制之意，此艾之所以见杀也。}

司马昭览毕，深疑邓艾有自专之心，乃先发手书与卫瓘，随后降封艾诏曰：

> 征西将军邓艾：耀威奋武，深入敌境，使僭号之主，系颈归降；兵不逾时，战不终日，云彻席卷，荡定巴、蜀；虽白起破强楚，韩信克劲赵，不足比勋也。其以艾为太尉，增邑二万户，封二子为亭侯，各食邑千户。_{诏中但封邓艾，并不提起封刘禅，便是不欲邓艾专制之意。}

邓艾受诏毕，监军卫瓘取出司马昭手书与艾。书中说邓艾所言之事，须候奏报，不可辄行。_{诏用实写，手书用虚写，省笔之法。}艾曰："'将在外，君命有所不受。'吾既奉诏专征，如何阻当？"遂又作书，令来使赍赴洛阳。时朝中皆言邓艾必有反意，司马昭愈加疑忌。忽使命回，呈上邓艾之书。昭拆封视之。书曰：

> 艾衔命西征，元恶既服，当权宜行事，以安初附。若待国命，则往复道途，

延引日月。《春秋》之义：大夫出疆，有可以安社稷、利国家，专之可也。<small>实有不臣之心，反引《春秋》之义，亦善于词令。</small>今吴未宾，势与蜀连，不可拘常以失事机。兵法：进不求名，退不避罪。艾虽无古人之节，终不自嫌以损于国也。先此申状，见可施行。

司马昭看毕大惊，忙与贾充计议曰："邓艾恃功而骄，任意行事，反形露矣。如之奈何？"贾充曰："主公何不封钟会以制之？"<small>邓艾方忌钟会，又使钟会制邓艾，此已成不两立之势。</small>昭从其议，遣使赍诏封会为司徒，就令卫瓘监督两路军马，以手书付瓘，使与会伺察邓艾，以防其变。<small>此处手书亦用虚写。</small>会接读诏书。诏曰：

镇西将军钟会：所向无敌，前无强梁，节制众城，网罗迸逸；蜀之豪帅，面缚归命；<small>以收姜维为功，愈使会之与维密也。</small>谋无遗策，举无废功。其以会为司徒，进封县侯，增邑万户，封子二人亭侯，邑各千户。

钟会既受封，即请姜维计议曰："邓艾功在吾之上，又封太尉之职；今司马公疑艾有反志，故令卫瓘为监军，诏吾制之。伯约有何高见？"维曰："愚闻邓艾出身微贱，幼为农家养犊，<small>明明以世家子弟推重钟会，妙。</small>今侥幸自阴平斜径，攀木悬崖，成此大功；非出良谋，实赖国家洪福耳。<small>又与钟会初时笑艾之意相合，妙。</small>若非将军与维相拒于剑阁，艾安能成此功耶？<small>直以邓艾之功为钟会之功，妙。</small>今欲封蜀主为扶风王，乃大结蜀人之心，其反情不言可见矣。晋公疑之是也。"会深喜其言。维又曰："请退左右，维有一事密告。"<small>来了。</small>会令左右尽退。维袖中取一图与会，曰："昔日武侯出草庐时，以此图献先帝，<small>钟会曾画一图，已呈司马昭矣。又不若姜维之图为详卷也。○又照应三十八卷中事。</small>且曰：'益州之地，沃野千里，民殷国富，可为霸业。'先帝因此遂创成都。<small>夸美西蜀以引动钟会，妙甚。</small>今邓艾至此，安得不狂？"<small>张扬邓艾以激怒钟会，妙甚。</small>会大喜，指问山川形势。<small>此时钟会也动念了。</small>维一一言之。会又问曰："当以何策除艾？"维曰："乘晋公疑忌之际，当急上表，言艾反状；晋公必令将军讨之。一举而可擒矣。"<small>绝妙挑构，绝妙撺掇。</small>会依言，即遣人赍表进赴洛阳，言邓艾专权恣肆，结好蜀人，早晚必反矣。<small>此处钟会表文又用虚写，笔法变换。</small>于是朝中文武皆惊。会又令人于中途截了邓艾表文，按艾笔法，改写傲慢之辞，以实己之语。<small>邓艾所上之表与钟会所改之辞，又皆用虚写，笔法变换。</small>

司马昭见了邓艾表章，大怒，即遣人到钟会军前，令会收艾；又遣贾充引三万兵入斜谷，昭乃同魏主曹奂御驾亲征。西曹掾邵悌谏曰："钟会之兵，多艾六倍，当令会收艾足矣，何必明公自行耶？"昭笑曰："汝忘了旧日之言耶？<small>照应一百十五卷中语。</small>汝曾道会后必反。吾今此行，非为艾，实为会耳。"^{奸雄心事，}与曹操仿佛。正悌笑曰："某恐明公忘之，故以相问。今既有此意，切宜秘之，不可泄漏。"^{一般都是有心人，}写来真是好看。昭然其言，遂提大兵起程。时贾充亦疑锺会有变，密告司马昭。昭曰："如遣汝，亦疑汝耶？吾到长安，自有明白。"^{昭听邵悌不可泄漏}之语，连对贾充亦无实话。早有细作报知锺会，说昭已至长安。会慌请姜维商议收艾之策。正是：

才看西蜀收降将，又见长安动大兵。

不知姜维以何策破艾，且看下文分解。

第一百十九回

假投降巧计成虚话
再受禅依样画葫芦

姜维欲先杀诸魏将，然后杀锺会，而重立汉帝，其计不为不深，其心不为不苦矣；且将除邓艾，而假手于会，将除卫瓘，而又假手于艾。是谋杀诸将者姜维，谋杀邓艾者亦姜维也；谋杀锺会者姜维，谋杀卫瓘者亦姜维也。然而会灭而诸将不灭，艾灭而卫瓘不灭，则天之未可强也。论者往往以多事责姜维，然则陆秀夫之航海、张世杰之瓣香、文天祥之崖山流涕，皆得谓之多事耶？李陵之不即死，或犹虚谅其待当报汉之言；而姜维之不即死，岂得实没其设谋报汉之志？元人有诗曰："诸葛未亡犹是汉。"予请更下一语以对之曰："姜维不死尚为刘。"庶不负其苦心云。

先主基业，半以哭而得成：送徐庶则哭而送之，不哭则庶安得有走马之荐？请诸葛亮，则哭而请之，不哭则亮安得有出山之心？乃其父善哭，而其子独不善哭，何也？或曰：哀欢非人之所得而教，若待教而后哭，便是不能哭。予曰：不然。先主亦尝受人之教矣。其对鲁肃而哭，孔明教之也；其对孙夫人而哭，亦孔明教之也。但教之哭而哭，必其人先自会哭，然后能如所教耳。若后主生平眼泪从来贵重，其睡着于子龙怀中，则丧其母而不知哭；其听北地王之自刃于庙，则丧其子而亦不知哭。以此二者不能得其眼泪，更何从得其眼泪？

观后主之不哭，而司马昭笑其不哭，郤正又当哭其所笑矣。不独为郤正哭，又当为孔明哭，为先主哭。先主有如此之子，此托孤之时，所以执手流涕；孔明有如此之君，此出师之时，所以临表涕泣也。

或作高视刘禅之说曰"此间乐，不思蜀"之言，乃禅之巧于自全也。若日夜流涕，感愤思归，奸雄如司马昭，其能容之乎？然则闭目开目之刘禅，依然一青梅煮酒，闻雷失箸之刘玄德耳。虽然，使禅而果能如是，则不至于用黄皓，不至于疑姜维，亦不至于献成都降邓艾矣。然则为此说者，夫岂其然？

司马昭欲舍炎立攸，以继师后，其与宋太宗之杀德昭而自立其子者，不啻天渊矣。虽然，以此为昭之爱兄，则犹未知昭者也。使攸而非昭之子，而昭欲立之，乃为公耳。今则阳托立侄之名，而阴受立子之利，其计不亦巧乎？且炎为长而攸为次，若以炎为师之子而立之，更无他议耳。今不以炎嗣师，而以攸嗣师，使人得执立长之说，以废其立侄之事，其计不更巧乎？盖不明君臣之义者，必不能笃兄弟之谊。故观曹丕之篡汉帝，知其必不能爱曹植；观司马昭之弑魏主，知其必不能念司马师。魏之亡，非晋亡之而魏自亡之也。何也？炎之逼主，一则曰：我何如曹丕？再则曰：父何如曹操？是其篡也，魏教之也。魏教之则谓之魏之亡魏可也。且魏之亡魏，自亡之而亦汉亡之也。何也？炎之受禅，一则曰：我为汉报仇；再则曰：我依汉故事。是其禅也，汉教之也，汉教之则谓之汉之亡魏可矣。天理昭然，丝毫不爽，岂不重可畏哉？

曹氏以再世而篡刘，司马氏历三世而篡魏，似魏之亡独迟于汉也。汉灭于魏未灭之时，似汉之亡，独早于魏也，而非也。当曹芳之立而魏已亡，及曹芳之废而魏再亡，及曹髦之弑而魏三亡矣！何待于奂之见黜，而后谓之亡哉？然则汉之亡终在后，魏之亡终在先耳。

董卓闻受禅台之言，曹丕有受禅台之事，魏则取前之虚者而实之，晋又取前之实者而再实之也。汉将亡有黄巾之妖，魏将亡亦有黄巾之怪；汉则先举后之一黄巾而散为众人，魏则又举前之众黄巾而合为一人也。受禅台有三，则两实一虚；黄巾有二，则一多一寡。此又一部大书前后关合处。

却说钟会请姜维计议收邓艾之策。维曰："可先令监军卫瓘收艾。艾欲杀瓘，反情实矣。将军却起兵讨之，可也。"姜维忌艾亦忌瓘，若使艾杀瓘，是为维先去一忌也。会大喜，遂令卫瓘引数十人入成都，收邓艾父子。瓘手下人止之曰："此是钟司徒令邓征西杀将军，以正反情也。切不可行。"瓘曰："吾自有计。"遂先发檄文二三十道。其檄曰："奉诏收艾，其余各无所问。若早来归，爵赏如先；敢有不出者，灭三族。"妙在先散其羽翼，众则不可擒，少则可擒。随备槛车两乘，星夜望成都而来。

比及鸡鸣，艾部将见檄文者，皆来投拜于卫瓘马前。时邓艾在府中未起。瓘引数十人突入大呼曰："奉诏收邓艾父子！"艾大惊，滚下床来。瓘叱武士缚于车上。其子邓忠出问，亦被捉下，缚于车上。妙在事成于俄顷，迟则不可擒，速则可擒。府中将吏大惊，欲待动手抢夺，早望见尘头大起，哨马报说钟司徒大兵到了。钟会之至，却在邓艾一边叙来，笔法变换。众各四散奔走。钟会与姜维下马入府，见邓艾父子已被缚。会以鞭挞邓艾之首而骂曰："养犊小儿，何敢如此！"姜维亦骂曰："匹夫行险徼幸，亦有今日耶！"艾亦大骂。一吃口怎敌得两便口。会将艾父子送赴洛阳。会入成都，尽得邓艾军马，威声大震，乃谓姜维曰："吾今日方趁平生之愿矣！"渐渐露出马脚来了。维曰："昔韩信不听蒯通之说，而有未央宫之祸；此句隐然劝他谋反，是主句。大夫种不从范蠡于五湖，卒伏剑而死。此句是陪说，然却不可少。斯二子者，其功名岂不赫然哉，徒以利害未明，而见几之不早也。先以危辞动之。今公大勋已就，威震其主，何不泛舟绝迹，登峨嵋之岭，而从赤松子游乎？"再以冷语挑之。○将劝其谋叛，反劝其辞官，妙甚，恶甚。会笑曰："君言差矣。吾年未四旬，方思进取，岂能便效此退闲之事？"正要钩他此句出来。维曰："若不退闲，当早图良策。此则明公智力所能，无烦老夫之言矣。"分明教他谋反，妙在隐而不言。却会抚掌大笑曰："伯约知吾心也。"二人自此每日商议大事。维密与后主书曰："望陛下忍数日之辱，维将使社稷危而复安，日月幽而复明。必不使汉室终灭也。"若有此事，真是快事；纵无此事，亦是快文。

却说钟会正与姜维谋反，忽报司马昭有书到。会接书。书中言："吾恐司徒收艾不下，自屯兵于长安；相见在近，以此先报。"会大惊曰："吾兵多艾数倍，若但要我擒艾，晋公知吾独能办之。今日自引兵来，是疑我也！"钟会之反，姜维催之，司马昭又催之。遂与姜维计议。

维曰："君疑臣则臣必死，岂不见邓艾乎？"更不消引韩信、文种为喻，即以邓艾为譬，如作文者，只用本题，不用别意。会曰："吾意决矣！——事成则得天下，不成则退西蜀，亦不失作刘备也。"不必学他人，只学刘先主，亦如作文者只用本题，不消别意。

维曰："近闻郭太后新亡，可诈称太后有遗诏，教讨司马昭，以正弑君之罪。司马昭必挟曹奂而出，恐有以天子之诏讨之者耳。今维见曹奂在军中，便算出郭太后遗诏来，正与司马懿讨曹爽之诏相合。据明公之才，中原可席卷而定。"会曰："伯约当作先锋。成事之后，同享富贵。"维曰："愿效犬马微劳。但恐诸将不服耳。"既说倒了主帅，会便又算顾众将。会曰："来日元宵佳节，于故宫大张灯火，请诸将饮宴。如不从者尽杀之。"董承与吉平饮宴，亦是元宵佳节，至此已隔九十余卷，忽然相映。维暗喜。次日，会、维二人请诸将饮宴。数巡后，会执杯大哭。邓忠阴平岭上之哭是真哭，锺会席间之哭是假哭。诸将惊问其故，会曰："郭太后临崩有遗诏在此，为司马昭南阙弑君，又将南阙一事一提。大逆无道，早晚将篡魏，命吾讨之。汝等各自佥名，共成此事。"众皆大惊，面面相觑。会拔剑出鞘曰："违令者斩！"众皆恐惧，只得相从。画字已毕，勉强画字，与甘责一般，画犹不画也。会乃困诸将于宫中，严兵禁守。维曰："我见诸将不服，请坑之。"会曰："吾已令宫中掘一坑，置大棒数千；如不从者，打死坑之。"若听姜维之言而遂坑之，何必又置大棒乎？几不早决，变将作矣。

时有心腹将丘建在侧。建乃护军胡烈部下旧人也，时胡烈亦被监在宫。建乃密将锺会所言，报知胡烈。烈大惊，泣告曰："吾儿胡渊领兵在外，安知会怀此心耶？汝可念向日之情，透一消息，虽死无恨。"丘建只为一胡烈，又因胡烈转出一胡渊。建曰："恩主勿忧，容某图之。"遂出告会曰："主公软监诸将在内，水食不便，可令一人往来传递。"会素听丘建之言，遂令丘建监临。会吩咐曰："吾以重事托汝，休得泄漏。"事之将败，所托非人。建曰："主公放心，某自有紧严之法。"建暗令胡烈亲信人入内，烈以密书付其人。其人持书火速至胡渊营内，细言其事，呈上密书。渊大惊，遂遍示诸营知之。众将大怒，急来渊营商议曰："我等虽死，岂肯从反臣耶？"又因胡渊转出众将。渊曰："正月十八日中，可骤入内，如此行之。"妙在不即叙明。监军卫瓘深喜胡渊之谋，又因众将转出卫瓘。即整顿了人马，令丘建传与胡烈。烈报知诸将。

却说锺会请姜维问曰："吾夜梦大蛇数千条咬吾，主何吉凶？"与邓艾水山寨之梦一远一近，正自相对。维曰："梦龙蛇者，皆吉庆之兆也。"爰邵为邓艾圆梦，是真话；姜维为锺会圆梦，是假话。会喜，信其言，乃谓维曰："器仗已备，放诸将出问之，若何？"维曰："此辈皆有不服之心，久必为害，不如乘早戮之。"会从之，即命姜维领武士往杀众魏将。维领命，方欲行动，忽然一阵心疼，昏倒在地；凭他胆大，无奈心疼，天命已然，人谋何益。左右扶起，半晌方苏。忽报宫外人声沸腾。会方令人探时，喊声大震，四面八方，无限兵到。维曰："此必是诸将作恶，可先斩之。"忽报兵已入内。会令闭上殿门，使军士上殿屋以瓦击之，互相杀死数十人。宫外四面火起，外兵砍开殿门杀入。会自掣剑立杀数人，却被乱箭射倒。众将枭其首。_{谋事不密又不速，宜其死也，然使事纵得成，维杀诸将之后又必杀会，则会固始终一死耳。}维拔剑上殿，往来冲突，不幸心疼转加。维仰天大叫曰："吾计不成，乃天命也！"_{此时姜维即不心疼，而事机已泄，外兵已来，亦无及矣。}遂自刎而死，_{噫，维死矣，汉斯亡矣！}时年五十九岁。

宫中死者数百人。卫瓘曰："众军各归营所，以待王命。"魏兵争欲报仇，共剖维腹，其胆大如鸡卵。_{子龙一身都是胆，正不知又怎样大。}众将又尽取姜维家属杀之。邓艾部下之人见钟会、姜维已死，遂连夜去追劫邓艾。早有人报知卫瓘。瓘曰："是我捉艾，今若留他，我无葬身之地矣。"护军田续曰："昔邓艾取江油之时，欲杀续，得众官告免。_{提照一百十七卷中事。}今日当报此恨！"_{丘建欲报旧主之恩，田续欲报旧主之恨，两人相反而相对。}瓘大喜，遂遣田续引五百兵赶至绵竹，正遇邓艾父子放出槛车，欲还成都。艾只道是本部兵到，不作准备；欲待问时，被田续一刀斩之。邓忠亦死于乱军之中。

_{水山寒之梦于此应矣。}后人有诗叹邓艾曰：

> 自幼能筹画，多谋善用兵。
>
> 凝眸知地理，仰面识天文。
>
> 马到山根断，兵来石径分。
>
> 功成身被害，魂绕汉江云。

又有诗叹钟会曰：

> 髫年称早慧，曾作秘书郎。
>
> 妙计倾司马，当时号子房。
>
> 寿春多赞画，剑阁显鹰扬。
>
> 不学陶朱隐，游魂悲故乡。

又有诗叹姜维曰：

> 天水夸英俊，凉州产异才。
>
> 系从尚父出，术奉武侯来。
>
> 大胆应无惧，雄心誓不回。
>
> 成都身死日，汉将有余哀。

却说姜维、钟会、邓艾已死，张翼等亦死于乱军之中。太子刘璿、汉寿亭侯关彝，皆被魏兵所杀。军民大乱，互相践踏，死者不计其数。旬日后，贾充先至，出榜安民，方始宁靖。留卫瓘守成都，乃迁后主赴洛阳。止有尚书令樊建、侍中张绍、光禄大夫谯周、秘书郎郤正等数人跟随。廖化、董厥皆托病不起，后皆忧死。

时魏景元五年，改为咸熙元年。春三月，吴将丁奉见蜀已亡，遂收兵还吴。^{补应前卷中之事。}中书丞华覈奏吴主孙休曰："吴、蜀乃唇齿也，'唇亡则齿寒'，臣料司马昭伐吴在即，乞陛下深加防御。"^{为后卷伏线。}休从其言，遂命陆逊子陆抗为镇东大将军，领荆州牧，守江口；左将军孙异守南徐诸处隘口；又沿江一带，屯兵数百营，老将丁奉总督之，以防魏兵。

^{不能救蜀，已成灭虢举虞之势，此时欲自守难矣。}建宁太守霍弋闻成都不守，素服望西大哭三日。诸将皆曰："既汉主失位，何不速降？"弋泣谓曰："道路隔绝，未知吾主安危若何。若魏主以礼待之，则举城而降，未为晚也；万一危辱吾主，则主辱臣死，何可降乎？"^{虽不能死，与早降者不啻天渊。}众然其言，乃使人到洛阳，探听后主消息去了。

且说后主至洛阳时，司马昭已自回朝。昭责后主曰："公荒淫无道，废贤失政，理宜诛戮。"^{司马昭本不欲杀后主，因见他醉生梦死，故意吓他一吓，要他醒一醒耳。}后主面如土色，不知所为。文武皆奏曰："蜀主既失国纪，幸早归降，宜赦之。"昭乃封禅为安乐公，^{生于忧患而死于安乐，以其不知忧患，固当封以此名。}赐住宅，月给用度，赐绢万匹，僮婢百人。子刘瑶及群臣樊建、谯周、郤正等，皆封侯爵。后主谢恩出内。昭因黄皓蠹国害民，令武士押出市曹，凌迟处死。^{快事快事。○此时后主何不乞免之？}时霍弋探听得后主受封，遂率部下军士来降。次日，后主亲诣司马昭府下拜谢。昭设宴款待，先以魏乐舞戏于前，蜀官感伤，独后主有喜色。^{见魏而不思蜀，已为无情。}昭令蜀人扮蜀乐于前，蜀官尽皆堕泪，后主嬉笑自若。^{见蜀而不思蜀，尤为无情。}酒至半酣，昭谓贾充曰："人之无情，乃至于此！虽使诸葛孔明在，亦不能辅之久全，何况姜维乎？"乃问后主曰："颇思蜀否？"后主曰："此间乐，不思蜀也。"^{此之谓安乐公。}须臾，后主起身更衣，郤正跟至厢下曰："陛下如何答应不思蜀也？倘彼再问，可泣而答曰：'先人坟墓，远在蜀地，乃心西悲，无日不思。'晋公必放陛下归蜀矣。"^{要他放回，恐亦未必。}后主牢记入席。酒将微醉，昭又问曰："颇思蜀否？"后主如郤正之言以对，^{学舌不差，还算亏他。}欲哭无泪，遂闭其目。^{两番闻乐不能得泪，此时安得有泪。}昭曰："何乃似郤正语耶？"^{趣甚。}后主开目惊视曰："诚如尊命。"^{写得后主如画。}昭及左右皆笑之。^{且慢笑着，司马氏再传而后，便有问虾蟆食肉縻之主矣。}昭因此深喜后主诚实，并不疑虑。后人有诗叹曰：

追欢作乐笑颜开，不念危亡半点哀。

快乐异乡忘故国，方知后主是庸才。

却说朝中大臣因昭收川有功，遂尊之为王，表奏魏主曹奂。时奂名为天子，实不能主张，政皆由司马氏，不敢不从，遂封晋公司马昭为晋王，〔令人追想曹操封魏王时。〕谥父司马懿为宣王，兄司马师为景王。昭妻乃王肃之女，生二子：长曰司马炎，人物魁伟，立发垂地，两手过膝，聪明英武，胆量过人；〔此处详叙司马炎，为下文称帝伏线。〕次曰司马攸，情性温和，恭俭孝悌，昭甚爱之，因司马师无子，嗣攸以继其后。〔不以炎继而以攸继，一片权诈。〕昭常曰："天下者，乃吾兄之天下也。"〔公然以天下归之司马氏，目中久已无曹氏矣。○既笃于兄弟之情，何独不知君臣之义。〕于是司马昭受封晋王，欲立攸为世子。〔一片权诈。〕山涛谏曰："废长立幼，违礼不祥。"〔若论承嗣之礼，则继师者固当以炎，继昭者乃当以攸也。〕贾充、何曾、裴秀亦谏曰："长子聪明神武，有超世之才；人望既茂，天表如此，非人臣之相也。"昭犹豫未决。〔惟攸与炎本皆为昭之子，故犹豫未决耳。若使攸而真为师之所出，则昭又未必然矣。〕太尉王祥、司空荀顗谏曰："前代立少，多致乱国。愿殿下思之。"昭遂立长子司马炎为世子。〔其以次子嗣师而不以长子嗣师者，逆料诸臣必以立长为言。即犹豫未决亦是假。〕

大臣奏称："当年襄武县，天降一人，身长二丈余，脚迹长三尺二寸，白发苍髯，着黄单衣，裹黄巾，〔此时又遇一黄巾之妖，与首卷遥遥相应。〕拄藜头杖，自称曰：'吾乃民王也。'〔"民王"二字，名色甚奇，与首卷大贤良师等号相似。〕今来报汝，天下换主，立见太平。'如此在市游行三日，忽然不见。此乃殿下之瑞也。〔此非晋之符瑞，乃魏之妖孽。〕殿下可戴十二旒冠冕，建天子旌旗，出警入跸，乘金根车，备六马，进王妃为王后，立世子为太子。"昭心中暗喜；回到宫中，正欲饮食，忽中风不语。次日，病危，太尉王祥、司徒何曾、司马荀顗及诸大臣入宫问安。昭不能言，以手指太子司马炎而死。〔司马师临终时有目至于无目，司马昭临终时有口一如无口，皆以臣凌君之报。〕时八月辛卯日也。何曾曰："天下大事，皆在晋王；可立太子为晋王，然后祭葬。"是日，司马炎即晋王位，封何曾为晋丞相，司马望为司徒，石苞为骠骑将军，陈骞为车骑将军，谥父为文王。〔昭自比文王，故如其所命。〕

安葬已毕，炎召贾充、裴秀入宫问曰："曹操曾云：'若天命在吾，吾其为周文王乎！'果有此事否？"〔照应七十八回中语。〕充曰："操世受汉禄，恐人议论篡逆之名，故出此言。乃明教曹丕为天子也。"〔得此一注脚，遂使曹操教曹丕之意，竟教了司马炎，可发一叹。〕炎曰："孤父王比曹操何如？"〔妙。〕充曰："操虽功盖华夏，下民畏其威而不怀其德。〔贬坏曹操，以赞司马氏。〕子丕继业，差役甚重，东西驱驰，未有宁岁。〔又贬坏曹丕以赞司马氏。〕后我宣王、景王，累建大功，布恩施德，天下归心久矣。〔与民不怀德对说。〕文王并吞西蜀，功盖寰宇，〔与东西驱驰对说。〕又岂操之可比乎？"〔见得司马昭不做皇帝，已算极耐得。〕炎曰："曹丕尚绍汉

统，孤岂不可绍魏统耶？"^{司马昭明明要学曹操，}司贾充、裴秀二人再拜而奏曰："殿下正当法

＊

统，孤岂不可绍魏统耶？"司马昭明明要学曹操，马炎亦明明要学曹丕。贾充、裴秀二人再拜而奏曰："殿下正当法曹丕绍汉故事，复筑受禅坛，布告天下，以即大位。"此处受禅坛与八十卷之受禅台，正是依样葫芦。

炎大喜，次日带剑入内。此时，魏主曹奂连日不曾设朝，心神恍惚，举止失措。炎直入后宫，奂慌下御榻而迎。炎坐毕，问曰："魏之天下，谁之力也？"奂曰："皆晋王父祖之赐耳。"炎笑曰："吾观陛下，文不能论道，武不能经邦，何不让有才德者主之？"明明当面鄙薄，要他义让。奂大惊，口噤不能言。傍有黄门侍郎张节大喝曰："晋王之言差矣！昔日魏武祖皇帝，东荡西除，南征北讨，非容易得此天下；今天子有德无罪，何故让与人耶？"炎大怒曰："此社稷乃大汉之社稷也。曹操挟天子以令诸侯，自立魏王，篡夺汉室。借司马炎口中替汉朝出气。吾祖父三世辅魏，得天下者，非曹氏之能，实司马氏之力也，四海咸知。吾今日岂不堪绍魏之天下乎？"曹丕欲篡汉，却使他人说合；马炎欲篡魏，竟是自家开口。节又曰："欲行此事，是篡国之贼也！"炎大怒曰："吾与汉家报仇，有何不可！"此是苍苍者之意，却在司马炎口中直叫出来。叱武士将张节乱棍打死于殿下。奂泣泪跪告。献帝尚不曾如此没体面。炎起身下殿而去。奂谓贾充、裴秀曰："事已急矣，如之奈何？"充曰："天数尽矣，陛下不可逆天，当照汉献帝故事，重修受禅坛，是祖宗做样与别人看，曹奂只当怨曹丕耳。具大礼，禅位与晋王，上合天心，下顺民情，陛下可保无虞矣。"

奂从之，遂令贾充筑受禅坛。以十二月甲子日，奂亲捧传国玺，立于坛上，大会文武。后人有诗叹曰：

魏吞汉室晋吞曹，天运循环不可逃。

张节可怜忠国死，一拳怎障泰山高。

请晋王司马炎登坛，授与大礼。奂下坛，具公服立于班首。炎端坐于坛上，贾充、裴秀列于左右，执剑，令曹奂再拜伏地听命。充曰："自汉建安二十五年，魏受汉禅，已经四十五年矣；处处提出魏篡汉故事来，可见当日之事，乃是贼偷贼物。今天禄永终，天命在晋。司马氏功德弥隆，极天际地，可即皇帝正位，以绍魏统。封汝为陈留王，即用献帝初时名号，一发分毫不差。出就金墉城居止；当时起程，非宣诏不许入京。"与华歆叱献帝语，前后一辙。奂泣谢而去。太傅司马孚哭拜于奂前曰："臣身为魏臣，终不背魏也。"曹氏篡汉时，曹家宗族中却无此人。炎见孚如此，封孚为安平王。孚不受而退。是日，文武百官，再拜于坛下，山呼万岁。炎绍魏统，国号大晋，改元为泰始元年，大赦天下。魏遂亡。后人有诗叹曰：

晋国规模如魏王，陈留踪迹似山阳。

重行受禅台前事，回首当年止自伤。

晋帝司马炎，<small>汉以炎兴为年号，恰合司马炎之名，亦一谶也。</small>追谥司马懿为宣帝，伯父司马师为景帝，父司马昭为文帝，立七庙以光祖宗。那七庙？汉征西将军司马钧，钧生豫章太守司马量，量生颍川太守司马隽，隽生京兆尹司马防，防生宣帝司马懿，懿生景帝司马师、文帝司马昭：是为七庙也。<small>曹丕不闻帝曹腾、曹嵩，晋则更有胜焉者。</small>大事已定，每日设朝计议伐吴之策。正是：

汉家城郭已非旧，吴国江山将复更。

未知怎生伐吴，且看下文分解。

第一百二十回

荐杜预老将献新谋

降孙皓三分归一统

此卷纪三分之终，而非纪一统之始也。书为三国而作，则重在三国，而不重在晋也。推三国之所自合，而归结于晋武，犹之原三国之所从分，而追本于桓、灵。以虎狼之秦而吞六国，则始皇不可以比汤武；以篡窃之晋而并三国，则武帝岂足以比高光？晋之刘毅对司马炎曰：陛下可比汉之桓、灵。然则《三国》一书，以桓、灵起之，即谓以桓、灵收之可耳。

前卷晋之篡魏，与魏之篡汉，相对而成篇；此卷炎之取吴，亦与昭之取蜀，相对而成篇。而前卷于不相似之中，偏有特特相类者，见报应之不殊也；此卷于极相似之中，偏有特特相反者，见事变之不一也。如邓艾之拒姜维，悉力攻击；而羊祜之交陆抗，通好馈遗，则大异。锺会之忌邓艾，彼此不合；而杜预之继羊祜，前后一心，则大异。伐蜀之议决诸终朝，而伐吴之议迟之又久，则大异。平蜀之役，二将不还；而平吴之役，全师皆返，则大异。"此间乐不思蜀"之刘禅，以懦而称臣，而"设此座以待陛下"之孙皓以刚而屈首，则又大异。至于取蜀之难，难在事后：邓艾专焉，锺会叛焉，姜维构焉，而邵悌忧之，刘寔知之，司马昭亦料之矣；取吴之难，难在事先：羊祜请焉，杜预劝焉，王濬、张华又赞焉，而冯纯沮之，荀勖、贾充沮之，王浑、胡奋亦欲缓之矣。比类以观，更无分寸雷同，丝毫合掌。凡书至终篇，每虞其易尽。有如此之竿头百尺，愈出愈奇者哉！

《三国》一书，每至两军相聚、两将相持，写其勇者披坚执锐，以决死生，写其智者，殚虑竭思，以衡巧拙，几于荆棘成林，风云眩目矣。忽于此卷见一轻裘缓带之羊祜，居然文士风流；又见一馈酒受药之陆抗，无异良朋赠答。令人气定神闲，耳目顿易，直觉险道化为康庄，兵气销为日月，真梦想不到之文。

或谓大夫之交不越境，以羊、陆二人交欢边境，如宋华元、楚子反之自平于下，毋乃有违君命乎？予曰不然。一施德而一施暴，则人尽舍暴而归德，而施暴者将为施德者之所制矣。彼以德怀我之人，是欲不战而服我也；我亦以德怀彼之人，是亦欲不战而服彼也。外似于相和，而意实主于相敌，又何讥焉？

中原之兵所以难于取吴者，有前事以为之鉴也。周郎有赤壁之捷，陆逊有猇亭之捷，徐盛有南徐之捷，朱桓有江陵之捷，周鲂有石亭之捷，丁奉有徐塘之捷，斯诚未易图矣。而孰知从前之难，则屡战而不克；向后之易，则一战而成功。贯索之舰，断之以刀，连环之舟，焚之以火，吴之摧敌者有然；而横江之锁，熔之以炬，沉水之锥，冲之以筏，吴之受摧于敌者，又有然。时移势改，险不足恃。凡古今成败无常，皆当以此类之。

三国之兴，始于汉祚之衰，而汉祚之衰，则由于阉竖之欺君与乱臣之窃国也。一部大书，始之以张让、赵忠，而终之以黄皓、岑昏，可为阉竖之戒；首篇之末结之以张飞之欲杀董卓，终篇之末结之以孙皓之讥切贾充，可为乱臣之戒。

三国以汉为主，于汉之亡可以终篇矣。然篡汉者魏也。汉亡而汉之仇国未亡，未足快读者之心也；汉以魏为仇，于魏之亡，又可以终篇矣；然能助汉者吴也，汉亡而汉之与国未亡，犹未足竟读者之志也，故必以吴之亡为终也。至于报报之反，未有已时：禅、皓稽首于前，而怀、愍亦受执于后；师、昭上逼其主，而安、恭亦见逼于臣；西晋以中原而并建业，东晋又以建业而弃中原；晋主以司马而吞刘氏，宋主又以刘氏而夺司马，则自有两晋之史在，不得更赘于三国之末矣。

却说吴主孙休，闻司马炎已篡魏，知其必将伐吴，忧虑成疾，卧床不起，乃召丞相濮阳兴入宫中，令太子孙𩅖出拜。吴主把兴臂、手指𩅖而卒。兴出，与群臣商议，欲立太子孙𩅖为君。左典军万彧曰："𩅖幼不能专政，不若取乌程侯孙皓立之。" ^{何不仍求孙亮而复立之?}左将军张布亦曰："皓才识明断，堪为帝王。"丞相濮阳兴不能决，入奏朱太后。太后曰："吾寡妇人耳，安知社稷之事？卿等斟酌立之可也。"兴遂迎皓为君。

皓字元宗，大帝孙权太子孙和之子也。当年七月，即皇帝位，改元为元兴元年，封太子孙𩅖为豫章王，追谥父和为文皇帝，尊母何氏为太后，^{若论入继大统，便不当自帝其父。}加丁奉为右大司马。次年改为甘露元年。皓凶暴日甚，酷溺酒色，宠幸中常侍岑昏。^{又是一个中常侍，与蜀之黄皓正是一对。}濮阳兴、张布谏之，皓怒，斩二人，灭其三族。^{第一便杀两个顾命定策大臣，其它可知。}由是廷臣缄口，不敢再谏。又改宝鼎元年，以陆凯、万彧为左右丞相。时皓居武昌，扬州百姓溯流供给，甚苦之；又奢侈无度，公私匮乏。陆凯上疏谏曰：

今无灾而民命尽，无为而国财空，臣窃痛之。昔汉室既衰，三家鼎立；今曹、刘失道，皆为晋有，此目前之明验也。臣愚但为陛下惜国家耳。武昌土城险瘠，非王者之都。且童谣云："宁饮建业水，不食武昌鱼；宁还建业死，不止武昌居！"此足明民心与天意也。今国无一年之蓄，有露根之渐；官吏为苛扰，莫之或恤。大帝时，后宫女不满百；景帝以来，乃有千数，此耗财之甚者也。又左右皆非其人，群党相挟，害忠隐贤，此皆蠹政病民者也。愿陛下省百役，罢苛扰，简出宫女，清选百官，则天悦民附而国安矣。

疏奏，皓不悦。又大兴土木，作昭明宫，令文武各官入山采木；^{又有曹叡之风。}又召术士尚广，令筮蓍问取天下之事。尚对曰："陛下筮得吉兆：庚子岁，青盖当入洛阳。"^{为后文降晋之兆。}^{刘禅误信师婆，师婆之言不应}^{孙皓误信术士，术士之言却应}皓大喜，谓中书丞华覈曰："先帝纳卿之言，分头命将，沿江一带，屯数百营，命老将丁奉总之。朕欲兼并汉土，以为蜀主复仇，当取何地为先？"^{既好土木，又}

好甲兵，其亡可知。其覈谏曰：“今成都不守，社稷倾崩，司马炎必有吞吴之心。陛下宜修德以安吴民，乃为上计。若强动兵甲，正犹披麻救火，必致自焚也。愿陛下察之。”^{前以一吴伐一魏尚不能胜，今晋兼魏、蜀，是又两魏矣，以一吴伐两魏，岂能胜乎？华覈之言最是老成。}皓大怒曰：“朕欲乘时恢复旧业，汝出此不利之言！若不看汝旧臣之面，斩首号令！”叱武士推出殿门。华覈出朝叹曰：“可惜锦绣江山，不久属于他人矣！”^{为吴亡伏笔。}遂隐居不出。于是皓令镇东将军陆抗部兵屯江口，以图襄阳。

早有消息报入洛阳，近臣奏知晋主司马炎。晋主闻陆抗寇襄阳，与众官商议。贾充出班奏曰：“臣闻吴国孙皓，不修德政，专行无道。陛下可诏都督羊祜率兵拒之，俟其国中有变，乘势攻取，东吴反掌可得也。”^{平吴之未遣杜预而先遣羊祜，犹平蜀之未遣钟会而先遣邓艾也。}炎大喜，即降诏遣使到襄阳，宣谕羊祜。祜奉诏，整点军民，预备迎敌。自是羊祜镇守襄阳，甚得军民之心。吴人有降而欲去者，皆听之。减戍逻之卒，用以垦田八百余顷。^{与孔明屯田渭滨，姜维屯田沓中，前后相似。}其初到时，军无百日之粮；及至末年，军中有十年之积。祜在军，尝着轻裘，系宽带，不披铠甲，帐前侍卫者不过十余人。^{彬彬然有儒雅之风，其视羽扇纶巾亦不多让。}其一日，部将入帐禀祜曰：“哨马来报：吴兵皆懈怠，可乘其无备而袭之，必获大胜。”祜笑曰：“汝众人小觑陆抗耶？此人足智多谋，日前吴主命之攻拔西陵，斩了步阐及其将士数十人，吾救之无及。^{在羊祜口中补前文所未及。}此人为将，我等只可自守；候其内有变，方可图取。若不审时势而轻进，此取败之道也。”^{自邓艾与姜维苦战之后，又见此一段不战之文，出人意外。}众将服其论，只自守疆界而已。

一日，羊祜引诸将打猎，正值陆抗亦出猎。羊祜下令：“我军不许过界。”众将得令，止于晋地打围，不犯吴境。陆抗望见，叹曰：“羊将军有纪律，不可犯也。”日晚各退。^{曹操与孙权书曰：“愿与将军会猎于吴”，是以猎为战也。今观此二人之猎，何其从容不迫、两无猜忌乎？}祜归至军中，察问所得禽兽，被吴人先射伤者皆送还。^{更妙。}吴人皆悦，来报陆抗。抗召来人入，问曰：“汝主帅能饮酒否？”来人答曰：“必得佳酿，则饮之。”抗笑曰：“吾有斗酒，藏之久矣。今付与汝持去，拜上都督：此酒陆某亲酿自饮者，特奉一勺，以表昨日出猎之情。”^{周瑜饮玄德以酒是歹意，陆抗送羊祜以酒是美情。}来人领诺，携酒而去。左右问抗曰：“将军以酒与彼，有何主意？”抗曰：“彼既施德于我，我岂得无以酬之？”众皆愕然。

却说来人回见羊祜，以抗所问并奉酒事，一一陈告。祜笑曰：“彼亦知吾能饮乎！”遂命开壶取饮。部将陈元曰：“其中恐有奸诈，都督且宜慢饮。”祜笑曰：“抗非毒人者也，不必疑虑。”竟倾壶饮之。^{关公饮鲁肃之酒，是大胆；羊祜饮陆抗之酒，是雅量。}自是使人通问，常相往来。一日，抗遣人候祜。祜问曰：“陆将军安否？”来人曰：“主帅卧病数日未出。”祜曰：“料彼之病，与我相同。吾已合成熟药在此，可送与服之。"（孔明识周郎之病，以不药药之；羊祜识陆抗之病，即以药药之。一是赌智斗巧，一是开心见诚。）

来人持药回见抗。众将曰："羊祜乃是吾敌也，此药必非良药。"抗曰："岂有鸩人羊叔子哉！（曹操不信华佗，是奸雄机智；陆抗不疑羊祜，是良将高怀。）汝众人勿疑。"遂服之。次日病愈，众将皆拜贺。抗曰："彼专以德，我专以暴，是彼将不战而服我也。今宜各保疆界而已，无求细利。"（正是羊叔子敌手。）众将领命。

忽报吴主遣使来到，抗接入问之。使曰："天子传谕将军：作急进兵，勿使晋人先入。"抗曰："汝先回，吾随有疏章上奏。"使人辞去，抗即草疏遣人赍到建业（时吴主皓已还都建业。）近臣呈上。皓拆观其疏，疏中备言晋未可伐之状，且劝吴主修德慎罚，以安内为念，不当以黩武为事。吴主览毕，大怒曰："朕闻抗在边境与敌人相通，今果然矣！"遂遣使罢其兵权，降为司马，却令左将军孙冀代领其军。（阎宇代姜维，蜀主但有其意；孙冀代陆抗，吴主竟有其事。）群臣皆不敢谏。

吴主皓自改元建衡，至凤凰元年，恣意妄为，穷兵屯戍，上下无不嗟怨。丞相万彧、将军留平、大司农楼玄三人见皓无道，直言苦谏，皆被所杀。前后十余年，杀忠臣四十余人。（羊祜所谓孙皓之暴过于刘禅，正为此也。）皓出入常带铁骑五万。群臣恐怖，莫敢奈何。

却说羊祜闻陆抗罢兵，孙皓失德，见吴有可乘之机，乃作表遣人往洛阳请伐吴。（陆抗谏伐晋而羊祜请伐吴，其言似异，而其旨实同。）其略曰：

夫期运虽天所授，而功业必因人而成。（此将"谋事在人，成事在天"二语倒转说来。孔明谓"天时之不可强"，羊祜谓"人事之不可急"。）今江淮之险，不如剑阁；孙皓之暴，过于刘禅；吴人之困，甚于巴蜀；而大晋兵力，盛于往时：不于此际平一四海，而更阻兵相守，使天下困于征戍，经历盛衰，不可长久也。（非好黩武，正欲止武；非好动兵，正欲息兵，盖吴平则征戍可息也。）

司马炎观表，大喜，便令兴师。（伐吴之事于此一紧。）贾充、荀勖、冯纯三人，力言不可，炎因此不行。（伐吴之事于此一宽，此是第一层曲折。）祜闻上不允其请，叹曰："天下不如意者，十常八九。今天与不取，岂不大可惜哉！"（亦至言。）至咸宁四年，羊祜入朝，奏辞归乡养病。炎问曰："卿有何安邦之策，以教寡人？"祜曰："孙皓暴虐已甚，于今可不战而克。若皓不幸而殁，更立贤君，则吴非陛下所能得也。"（陆抗未去，则吴不可得；皓既死，则吴亦不可得。）孙炎大悟曰："卿今便提兵往伐，若何？"（伐吴之事又于此一紧。）祜曰："臣年老多病，不堪当此任。陛下另选智勇之士，可也。"（伐吴之事又于此一宽，此第二层曲折。）遂辞炎而归。是年十一月，羊祜病危，司马炎车驾亲临其家问安。炎至卧榻前，祜下泪曰："臣万死不能报陛下也！"炎亦泣曰："朕深恨不能用卿伐吴之策。今日谁可继卿之志？"祜含泪而言曰："臣死矣，不敢不尽愚诚：右将军杜预可任；若伐吴，须当用之。"钟会与邓艾彼此相妒，羊祜与杜预前后相荐，与前卷相反而相对。炎曰："举善荐贤，乃美事也；卿何荐人于朝，即自焚奏稿，不令人知耶？"钟会伐国欲密，羊祜荐人亦欲密。伐国之密，恐其备我也；荐人之密，恐其感我也。恐其备我不足奇，恐其感我则奇矣。祜曰："拜官公朝，谢恩私门，臣所不取也。"如此则免朝廷朋党之疑，可为万世人臣之法。言讫而亡。炎大哭回宫，敕赠太傅、巨平侯。南州百姓闻羊祜死，罢市而哭。江南守边将士，亦皆哭泣。襄阳人思祜存日，常游于岘山，遂建庙立碑，四时祭之。往来人见其碑文者，无不流涕，故名为"堕泪碑"。与蜀人之思武侯、南人之思武侯，仿佛相似。后人有诗叹曰：

晓日登临感晋臣，古碑零落岘山春。

松间残露频频滴，疑是当年堕泪人。

晋主以羊祜之言，拜杜预为镇南大将军都督荆州事。杜预为人，老成练达，好学不倦，最喜读左丘明《春秋传》，坐卧常自携，每出入必使人持《左传》于马前，时人谓之"左传癖"。关公好读《春秋》，杜预好读《左传》，正复相对。及奉晋主之命，在襄阳抚民养兵，准备伐吴。

此时吴国丁奉、陆抗皆死，吴主皓每宴群臣，皆令沉醉；又置黄门郎十人为纠弹官。宴罢之后，各奏过失，有犯者或剥其面，或凿其眼。此断胫、剖心之类也。不意读至《三国演义》终篇，如见《封神演义》首卷。由是国人大惧。晋益州刺史王濬上疏请伐吴。其疏曰：

孙皓荒淫凶逆，宜速征伐。若一旦皓死，更立贤主，则强敌也；伐之当急者一。臣造船七年，日有朽败；伐之当急者二。臣年七十，死亡无日；伐之当急者三。三者一乖，则难图矣。愿陛下无失事机。孔明《出师表》有六不可解，王濬伐吴表有三不可失。孔明意在尽人事，王濬意在顺天时。

晋主览疏，遂与群臣议曰："王公之论，与羊都督暗合。朕意决矣。"伐吴之事，又于此一紧。侍中王浑奏曰："臣闻孙皓欲北上，军伍已皆整备，声势正盛，难与争锋。更迟一年以待其疲，方可成功。"晋主依其奏，乃降诏止兵莫动，伐吴之事又于此一宽，此第三层曲折。退入后宫，与秘书丞张华围棋消遣。不用王濬紧着，却用王浑缓着，不依王濬着有用之着，却与张华着无用之着。文势至此，又是一顿。近臣奏边庭有表到。晋主开视之，乃杜预表也。表略云：

往者，羊祜不博谋于朝臣，而密与陛下计，故令朝臣多异同之议。凡事当以利害相校。度此举之利，十有八九，而其害止于无功耳。自秋以来，讨贼之形颇露；今若中止，孙皓恐怖，徙都武昌，完修江南诸城，迁其居民，城不可攻，野无所掠，则明年之计亦不及矣。

晋主览表才罢，张华突然而起，推却棋枰，敛手奏曰："陛下圣武，国富兵强；吴主淫虐，民忧国敝。今若讨之，可不劳而定。愿勿以为疑。"_{弃了局中之着，却助表中之着，纸上与局中无异也。若失此机会，则一着错，满盘错}晋主曰："卿言洞见利害，朕复何疑！"_{羊祜之棋全赖杜预为之终局，杜预之棋又赖张华为之帮局，而孙皓之棋乃于是结局矣。伐吴之事，又于此一紧。}即出升殿，命镇南大将军杜预为大都督，引兵十万出江陵；镇东大将军琅琊王司马伷出涂中；安东大将军王浑出横江；建威将军王戎出武昌；平南将军胡奋出夏口：各引兵五万，皆听预调用。_{以上是五路陆兵。}又遣龙骧将军王濬、广武将军唐彬，浮江东下：水陆兵二十余万，战船数万艘。_{以上是二路水兵。}又令冠军将军杨济出屯襄阳，节制诸路人马。_{如平蜀之有卫瓘监军。}

早有消息报入东吴。吴主皓大慌，急召丞相张悌、司徒何植、司空滕循，计议退兵之策。悌奏曰："可令车骑将军伍延为都督，进兵江陵，迎敌杜预；骠骑将军孙歆进兵拒夏口等处军马。臣敢为军师，领左将军沈莹、右将军诸葛靓，引兵十万，出兵牛渚，接引诸路军马。"_{吴兵只三路。}皓从之，遂令张悌引兵去了。皓退入后宫，不安忧色。幸臣中常侍岑昏问其故。皓曰："晋兵大至，诸路已有兵迎之；争奈王濬率兵数万，战船齐备，顺流而下，其锋甚锐。朕因此忧也。"昏曰："臣有一计，令王濬之舟，皆为虀粉矣。"皓大喜，遂问其计。岑昏奏曰："江南多铁，可打连环索百余条，长数百丈，每环重二三十斤，于沿江紧要去处横截之。再造铁锥数万，长丈余，置于水中。若晋船乘风而来，逢锥则破，岂能渡江也？"_{岑昏献计虽是下策，犹胜于黄皓之请师婆也。○东吴前几番御敌都是用火，此一番御敌却是用金。}皓大喜，传令拨匠工于江边连夜造成铁索、铁锥，设立停当。

却说晋都督杜预，兵出江陵，令牙将周旨引水手八百人，乘小舟暗渡长江，_{邓艾使人偷越山岭，杜预使人暗渡长江，前后仿佛相似。}夜袭乐乡，多立旌旗于山林之处，日则放炮擂鼓，夜则各处举火。旨领命，引众渡江，伏于巴山。次日，杜预领大军水陆并进。前哨报道：吴主遣伍延出陆路，陆景出水路，_{陆景一路又在此处补出，叙法参差。}孙歆为先锋，三路来迎。杜预引兵前进，孙歆船早到。两兵初交，杜预便退。歆引兵上岸，迤逦追时，不到二十里，一声炮响，四面晋兵大至。吴兵急回，杜预乘势掩杀，吴兵死者不计其数。孙歆奔到城边，周旨八百军混杂于中，就城上举火。歆大惊曰："北来诸军乃飞渡江也？"_{杜预巴山之兵与邓艾阴平之兵仿佛相似。}急欲退时，被周旨大喝一声，斩于马下。_{了却吴兵第二路。}陆景在船上，望见江南岸上一片火起，巴山上风飘出一面大旗，上书"晋镇南大将军杜预"。〔杜预渡江，却在陆景眼中叙出，倍觉声势。〕陆景大惊，欲上岸逃命，被晋将张尚马到斩之。〔了却陆景。〕伍延见各军皆败，乃弃城走，被伏兵捉住，缚见杜预。预曰："留之无用！"叱令武士斩之，〔了却吴兵第一路。〕遂得江陵。于是沅、湘一带，直抵广州诸郡，守令皆望风赍印而降。〔省笔之法。〕预令人持节安抚，秋毫无犯。遂进兵攻武昌，武昌亦降。杜预军威大振，遂大会诸将，共议取建业之策。〔如邓艾取成都。〕胡奋曰："百年之寇，未可尽服。方今春水泛涨，难以久住。可俟来春，更为大举。"〔如田续之阻邓艾。○伐吴之事又于此一宽，此第四层曲折。〕预曰："昔乐毅济西一战而并强齐；今兵威大振，如破竹之势，数节之后，皆迎刃而解，无复有着手处也。"〔事如破竹，文亦如破竹。〕遂驰檄约会诸将，一齐进兵，攻取建业。〔伐吴之事又于此一紧。〕

时龙骧将军王濬率水兵顺流而下。前哨报说："吴人造铁索，沿江横截；又以铁锥置于水中为准备。"濬大笑，遂造大筏数十方，上缚草为人，披甲执杖，立于周围，顺水放下。〔江中草人乃孔明所以借箭者，不意此日反为北军所用。〕吴兵见之，以为活人，望风先走。暗锥着筏，尽提而去。又于筏上作大炬，长十余丈，大十余围，以麻油灌之，但遇铁索，燃炬烧之，须臾皆断。〔东吴欲用金克木，王濬却用火克金。〕两路从大江而来，所到之处，无不克胜。

却说东吴丞相张悌，令左将军沈莹、右将军诸葛靓，来迎晋兵。莹谓靓曰："上流诸军不作提防，吾料晋军必至此，宜尽力以敌之。若幸得胜，江南自安。今渡江与战，不幸而败，则大事去矣。"靓曰："公言是也。"言未毕，人报晋兵顺流而下，势不可当。二人大惊，慌来见张悌商议。靓谓悌曰："东吴危矣，何不遁去？"〔方知答应沈莹乃是勉强。〕悌垂泪曰："吴之将亡，贤愚共知；今若君臣皆降，无一人死于国难，不亦辱乎！"〔此处若无死难之人，不独吴国无气色，即书中煞尾亦无气色。〕诸葛靓亦垂泪而去。张悌与沈莹挥兵抵敌，晋兵一齐围之。周旨首先杀入吴营。张悌独奋力搏战，死于乱军之中。沈莹被周旨所杀。〔了却吴兵第三路。〕吴兵四散败走。后人有诗赞张悌曰：

　　　　杜预巴山见大旗，江东张悌死忠时。

　　　　已拼王气南中尽，不忍偷生负所知。

却说晋兵克了牛渚，深入吴境。王濬遣人驰报捷音，晋主炎闻知大喜。贾充奏曰："吾兵久劳于外，不服水土，必生疾病。宜召军还，再作后图。"〔伐吴之事又于此一宽，此第五层曲折。○以上凡作五番顿跌，出人意外。〕张华曰："今大兵已入其巢，吴人胆落，不出一月，孙皓必擒矣。若轻召还，前功尽废，诚可惜也。"〔棋局可以不完，兵局不可不完。〕晋主未及应，贾充叱华曰："汝不省天时地利，欲妄邀功勋，困弊士卒，虽斩汝不足以谢天下！"贾充更无他长，但炎曰："此是朕意，华但与朕同会相帮弑君耳。耳，何必争辩！"忽报杜预驰表到。晋主视表，亦言宜急进兵之意。晋主遂不复疑，竟下征进之命。伐吴之事又王濬等奉了晋主之命，水陆并进，风雷鼓动，吴人望旗而降。吴主皓于此一紧。闻之，大惊失色。诸臣告曰："北兵日近，江南军民不战而降，将如之何？"皓曰："何故不战？"众对曰："今日之祸，皆岑昏之罪，请陛下诛之。臣等出城决一死战。"皓曰："量一中贵，何能误国？"众大叫曰："陛下岂不见蜀之黄皓乎！"姜维以黄皓比张让，吴人又以岑昏比黄皓，三人正是一遂不待吴主之命，一齐拥入宫中，碎割岑昏，生啖其肉。陶濬奏曰："臣领战船皆般。小，愿得二万兵乘大船以战，自足破之。"皓从其言，遂拨御林诸军与陶濬上流迎敌。前将军张象，率水兵下江迎敌。二人部兵正行，不想西北风大起，此时东风不吴兵旗帜皆不能可复借矣。立，尽倒竖于舟中；兵各不肯下船，四散奔走，只有张象数十军待敌。

　　却说晋将王濬，扬帆而行，过三山，舟师曰："风波甚急，船不能行；且待风势少息行之。"濬大怒，拔剑叱之曰："吾目下欲取石头城，何言住耶！"遂擂鼓大进。若避险峻，不能取蜀；若畏风波，何以取吴！吴将张象引从军请降。濬曰："若是真降，便为前部立功。"象回本船，直至石头城下，叫开城门，接入晋兵。孙皓闻晋兵已入城，欲自刎。中书令胡冲、光禄勋薛莹奏曰："陛下何不效安乐公刘禅乎？"皓从之，亦舆榇自缚，率诸文武，诣王濬军前归降。剥面凿眼之威何处去了。濬释其缚，焚其榇，以王礼待之。唐人有诗叹曰：

西晋楼船下益州，金陵王气黯然收。

千寻铁锁沉江底，一片降旗出石头。

人世几回伤往事，山形依旧枕寒流。

今逢四海为家日，故垒萧萧芦荻秋。

　　于是东吴四州，四十三郡，三百一十三县，户口五十二万三千，军吏三万二千，兵二十三万，男女老幼二百三十万，米谷二百八十万斛，舟船五千余艘，后宫五千余人，皆归大晋。令人追想孙策大事已定，出榜安民，尽封府库仓廪。次日，陶濬兵不战自溃。琅琊破刘繇时。王司马伷并王戎大兵皆至，见王濬成了大功，心中忻喜。次日，杜预亦至，大犒三军，开仓赈济吴民。于是吴民安堵。惟有建平太守吾彦拒城不下。闻吴亡，乃降。如蜀之有霍弋。王濬上表报捷。朝廷闻吴已平，君臣皆贺，上寿。晋主执杯流涕曰："此羊太傅之功也，惜其不亲见之耳！"此杯亦是骠骑将军孙秀退朝，向南而哭曰："昔讨逆壮年，以一校尉创立基业；堕泪杯。

今孙皓举江南而弃之！‘悠悠苍天，此何人哉！’”^{此数语抵一篇}_{麦秀之歌。}

却说王濬班师，迁吴主皓赴洛阳面君。皓登殿稽首以见晋帝。^{此是青盖入}_{洛阳矣。}帝赐坐曰："朕设此座以待卿久矣。"皓对曰："臣于南方，亦设此座以待陛下。"^{孙皓应对捷于刘禅，然}_{只是南人轻薄嘴耳。}帝大笑。贾充问皓曰："闻君在南方，每凿人眼目，剥人面皮：此何等刑耶？"皓曰："人臣弑君及奸回不忠者，则加此刑耳。"^{明明道着}_{下官。}充默然甚愧。帝封皓为归命侯，子孙封中郎，随降宰辅皆封列侯。丞相张悌阵亡，封其子孙。封王濬为辅国大将军。其余各加封赏。

自此三国归于晋帝司马炎，为一统之基矣。^{一部大书，}_{一句是总结。}此所谓"天下大势，合久必分，分久必合"者也。^{直应转首卷起语，}_{真一部如一句。}后来后汉皇帝刘禅亡于晋泰始七年，魏主曹奂亡于太安元年，吴主孙皓亡于太康四年，皆善终。^{不以司马炎作结，仍以三国之主}_{作结，方是《三国志》煞尾。}后人有古风一篇，以叙其事曰：

高祖提剑入咸阳，炎炎红日升扶桑；

光武龙兴成大统，金乌飞上天中央；

哀哉献帝绍海宇，红轮西坠咸池傍！

何进无谋中贵乱，凉州董卓居朝堂；

王允定计诛逆党，李傕郭汜兴刀枪；

四方盗贼如蚁聚，六合奸雄皆鹰扬；

孙坚孙策起江左，袁绍袁术兴河梁；

刘焉父子据巴蜀，刘表军旅屯荆襄；

张燕张鲁霸南郑，马腾韩遂守西凉；

陶谦张绣公孙瓒，各逞雄才占一方。

曹操专权居相府，牢笼英俊用文武；

威挟天子令诸侯，总领貔貅镇中土。

楼桑玄德本皇孙，义结关张愿扶主；

东西奔走恨无家，将寡兵微作羁旅；

南阳三顾情何深，卧龙一见分寰宇；

先取荆州后取川，霸业图王在天府；

呜呼三载逝升遐，白帝托孤堪痛楚！

孔明六出祁山前，愿以只手将天补；

何期历数到此终，长星半夜落山坞！

姜维独凭气力高，九伐中原空劬劳；

锺会邓艾分兵进，汉室江山尽属曹。

丕叡芳髦才及奂，司马又将天下交；

受禅台前云雾起，石头城下无波涛；

陈留归命与安乐，王侯公爵从根苗。

纷纷世事无穷尽，天数茫茫不可逃；

鼎足三分已成梦，后人凭吊空牢骚。此一篇古风将全部事迹檃栝其中，而末二语以一"梦"字、一"空"字结之，正与首卷词中之意相合。

一部大书以词起，以诗收，绝妙笔法。

图书在版编目（CIP）数据

毛宗岗批评本三国演义 /（明）罗贯中著；（清）毛
宗岗评 . — 南京：江苏凤凰文艺出版社，2023.4（2023.8 重印）
ISBN 978-7-5594-6483-5

Ⅰ . ①毛… Ⅱ . ①罗… ②毛… Ⅲ . ①章回小说 – 中
国 – 明代 Ⅳ . ① I242.4

中国版本图书馆 CIP 数据核字 (2021) 第 273516 号

毛宗岗批评本三国演义

罗贯中 著　　毛宗岗 评

出 版 人	张在健	
责任编辑	张　倩	
特约编辑	李慧佳	
封面绘图	金协中	
装帧设计	别境 Lab	
出版发行	江苏凤凰文艺出版社	
	南京市中央路 165 号，邮编：210009	
网　　址	http://www.jswenyi.com	
印　　刷	三河市中晟雅豪印务有限公司	
开　　本	787 毫米 ×1092 毫米 1/16	
印　　张	65.5	
字　　数	1471 千字	
版　　次	2023 年 4 月第 1 版	
印　　次	2023 年 8 月第 4 次印刷	
书　　号	ISBN 978-7-5594-6483-5	
定　　价	299.00 元	